Hobbit Presse/Klett-Cotta

Evangeline Walton
Die Vier Zweige des Mabinogi
Aus dem Amerikanischen
übersetzt von
Jürgen Schweier

Die Originalausgabe
(erste vollständige Ausgabe
aller vier Teile)
erschien 1974
bei Ballantine Books, New York,
unter dem Titel:
»Four Branches of The Mabinogion:
Prince of Annwn,
The Children of Llyr,
The Song of Rhiannon,
The Island of The Mighty«.
© 1974 Evangeline Walton

Über alle Rechte
der deutschen Ausgabe verfügt die
Verlagsgemeinschaft Ernst Klett –
J. G. Cotta'sche Buchhandlung
Nachfolger GmbH, Stuttgart
Fotomechanische Wiedergabe
nur mit Genehmigung des Verlages
Printed in Germany 1983
Zweite revidierte Auflage
Gesamtherstellung: Ernst Klett, Stuttgart
ISBN 3-608-95148-2

Der Fürst von Annwn
Der Erste Zweig des Mabinogi

Zum Andenken
an ein Mädchen,
das alle keltischen
und zauberischen Dinge
liebte;
ich hoffe,
es hätte seine Freude
gehabt an diesem
Buch.

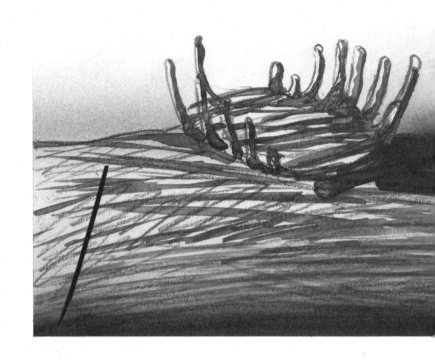

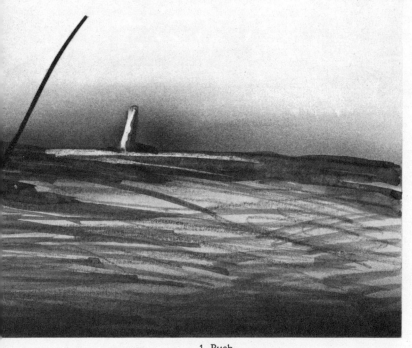

1. Buch
Der Ritt in den Abgrund

ERSTES KAPITEL – DER JÄGER UND DER GEJAGTE/AN JENEM TAGE MEINTE PWYLL, FÜRST VON DYVED, ER ZIEHE AUS, UM ZU JAGEN; DOCH IN WIRKLICHKEIT ZOG ER AUS, UM GEJAGT ZU WERDEN – UND VON KEINEM IRDISCHEN TIER ODER MENschen.

Die Nacht zuvor hatte er in Llyn Diarwya geschlafen, das auf halbem Wege zwischen dem königlichen Arberth, seinem Hauptsitz, und den tiefen Wäldern von Glen Cuch lag. Und als der Mond unterging, in der letzten dicken Dunkelheit vor dem Morgengrauen, da erwachte er dort.

Er erwachte so jäh, als wäre vor seinem Ohr eine Glocke geläutet worden. Alarmiert spähte er um sich, sah aber nur blickeverschlingendes Schwarz, das sich bald zu einer Dunkelheit verdünnte, die von noch dunkleren Dingen erfüllt war. Halbgeformten, sich unablässig umformenden Wesen, wie sie in den lichtlosen Tiefen der Nacht spuken und diese geheimnisvoll und schrecklich erscheinen lassen. Er sah nichts, was etwas bedeutete, und wenn er wirklich etwas gehört hatte, dann hörte er es nicht noch einmal.

Dann, scharf wie ein Befehl, kam die Erinnerung: ›Du bist hierher gekommen, um in Glen Cuch zu jagen – warum beginnst du nicht damit?‹

»Beim Gott, auf den mein Volk vertraut, ich werde es!« sagte Pwyll, und er sprang aus dem Bett.

Er weckte Männer, Hunde und Pferde, er jagte sie hinaus, als sie ihr Frühstück erst halb gegessen hatten.

»Wenn er doch nur heiraten würde«, brummte ein Mann, der kummervoll auf sein Essen zurückblickte, während er zur Tür ging. »Dann würde er morgens später aufstehen.«

»Das hätte er auch hier getan, wenn die Frau unseres Gastgebers jung und hübsch wäre«, murmelte ein zweiter Mann, der noch kaute. »Vielleicht wäre er bis Mittag im Bett geblieben.« Und dies traf zu, denn Pwyll gehörte den Neuen Stämmen an, denen es die Gastfreundschaft gebot, die eigene Frau genauso wie das beste Essen und das eigene Bett zur Verfügung zu stellen. Bei den Alten Stämmen war es anders; die kannten keine Ehe, und ihre Frauen schliefen nur dann mit Männern, wenn es ihnen beliebte; es beliebte ihnen allerdings oft.

Doch an jenem Morgen hätte es Pwyll nicht im Bett gehalten, und wenn die schönste Frau der Welt bei ihm gewesen wäre. Das »Mabinogi« sagt, es habe ihm beliebt, auf die Jagd zu gehen; doch in Wirklichkeit beliebte es jemand anderem. Der Gedanke war ihm von einem anderen eingegeben worden, von einem, der weit älter war, feiner und mächtiger. Pwyll, der gerne tat, wie ihm beliebte, der gewohnt war, Befehle zu geben und nicht entgegenzunehmen, Pwyll ahnte nicht, daß er gehorchte wie einer seiner eigenen Hunde.

Hinaus in das erste schwache Grau der Dämmerung ritt er, und seine hungrigen, verdrossenen Männer folgten ihm. Bald ragte vor ihnen der Wald von Glen Cuch auf, noch schwarz wie die Nacht und gewaltig in dem Geheimnis und Dunkel, die alle tiefen Wälder erfüllen. Am Waldrand stiegen die Männer ab, denn Pferde konnten, wie die Sonne, nicht weit in jene Tiefen eindringen.

Pwylls Horn erklang, und die Hunde wurden losgelassen. Eine Weile lang standen die riesigen Tiere witternd da, rotäugig, und die Haare auf ihren Rükken richteten sich auf. Dann, mit einem wilden und mächtigen Gebell, waren sie davon. Der schwarze Wald schloß sich über ihnen wie ein riesiger Rachen.

Ein Mann, der ihnen nachsah, sagte beklommen: »So haben sie sich noch nie benommen.«

Pwyll lachte. »Sie haben etwas gewittert. Laßt uns herausfinden, was!« Und er stürmte hinter den Hunden her in jene Dunkelheit hinein.

Eine Weile lang konnte er überhaupt nichts sehen. Er brach und bahnte sich einen Weg durch das dichte Gestrüpp, riß Zweige ab und wurde gepeitscht von Zweigen, die er nicht abgerissen hatte. Er wußte, daß seine Männer rings um ihn waren, denn er hörte, wie sie genauso schwerfällig durchs Unterholz trampelten und wie sie fluchten, wenn auch sie gepeitscht wurden. Doch ihnen allen voraus erscholl noch immer das wilde Bellen der Meute.

›Dieser Wald ist immer dicht gewesen‹, dachte Pwyll, verwundert. ›Doch als ich das letzte Mal hier war, da war er nicht annähernd so dicht!‹

Aber das Gebell der Hunde zog ihn unwiderstehlich, jenes Gebell, das wilder ist und grausiger süß als irgendein anderer Klang auf Erden. Er hetzte weiter, ohne auf die Kleider zu achten, die zerfetzten, oder auf die Haut, die mit abging. Er lauschte den Hunden so angespannt, daß er eine ganze Zeitlang gar nicht bemerkte, daß er von seinen Männern nicht das geringste Geräusch mehr hörte. ›Früher oder später‹, dachte er, als er sein Alleinsein erkannte, ›werden wir alle die Hunde einholen.‹

Doch der Weg wurde nicht leichter und das Bellen nicht lauter, und dann kam es Pwyll so vor, als hätte er schon viel zu lange gegen dieses stachlige Gesträuch gekämpft. Schon längst hätte Sonnenlicht in hellen Flecken durch die grünen Blätter über ihm fallen müssen; zumindest Tageslicht. Er wünschte sich, er könnte einige seiner Männer hören, gleichgültig, wie weit weg; und dann schämte er sich darüber, wie heftig er das wünschte.

›Dieser Wald muß dichter sein als irgendein Wald auf der Welt. Er ist gewiß viel zu dicht. Doch Sie hat letzten Winter viel Regen geworfen; das muß der Grund dafür sein.‹

Die Waliser sagen: ›Sie wirft Regen‹, nicht ›Es regnet‹, und in Pwylls Tagen wußten die Menschen noch, warum. Regen und Sonne, die Früchte des Feldes und der Schoß von Tieren und Frauen: sie alle wurden von jener alten, geheimnisvollen Göttin regiert, aus deren Schoß am Anfang alle Dinge gekommen waren. Die Wildnis gehörte Ihr, und die wilden Tiere waren Ihre Kinder. Die Männer der Neuen Stämme, Pwylls stolzes hellhaariges Kriegergeschlecht, überließen es den Weibern, Sie anzubeten, und brachten ihre Opfer nur ihren Männer-Göttern dar, die ihnen Kampf bescherten und Beute. Doch jetzt fragte sich Pwyll, ob nicht jene Jäger recht hatten, die sagten, jeder, der in den Wald ziehe, um Ihre gehörnten und bepelzten Kindern zu töten, solle Ihr erst ein Opfer bringen und versprechen, nicht zu viele von ihnen zu töten. So hatten es die Alten Stämme immer gehalten.

›Ich weiß nicht, was Dir gefällt, Herrin; doch was immer es ist: Du sollst es haben. Bring mich nur hier heraus‹

Nach seiner Heimkehr würde er etliche Frauen fragen, was Ihr wohl gefiele, und zwar lauter junge. Dieser Gedanke ermunterte ihn, rief angenehme Bilder wach, doch in jenem düsteren Wald verblaßten sie bald.

Mit einem Mal wurde das Bellen wütend – die wilde Freude von Hunden, die ihre Beute fast erreicht haben. Doch kam es von Westen, und das Bellen von Pwylls Hunden war immer von Osten gekommen. Auch war das nicht ihr Laut. Doch schnell folgte dem das erregte Kläffen von Pwylls Hunden; auch sie hatten sich nach Westen gewandt. Das verfolgte Wild mußte seine Richtung geändert haben; in Kürze würden die beiden Meuten aufeinanderstoßen! Und diese Begegnung konnte blutig werden!

Pwyll konnte durch jenes Dornengestrüpp nicht rennen, also krachte er hindurch, wobei er noch mehr Haut verlor. Seine springenden Füße flogen über Steine und Wurzeln hinweg, die versuchten, ihn straucheln zu lassen.

Vor ihm schien sich der Wald aufzutun wie ein Tor. Er sah eine grüne Lichtung, flach und frei unter einem bleiernen Himmel. Er blieb stehen.

›Diese Stelle ist noch nie hier gewesen. Es kann keine geheure Stelle sein. Ob ein Mensch sie wohl betreten darf?‹

Doch dann kamen seine Hunde am anderen Ende jener Lichtung hereingerannt, und das Herz hüpfte ihm im Leibe. Er öffnete den Mund, um ihnen zuzurufen, doch bevor noch ein Ton herauskommen konnte, sprang genau vor ihm ein gewaltiger Hirsch aus dem Wald. Die Zunge hing ihm aus dem Maul, seine Augen waren toll vor Angst, und die fremden Hunde rannten dicht hinter ihm drein!

Ihr Kläffen füllte Himmel und Erde; es schien Pwylls Ohren zu sprengen. Vor seinen schwimmenden Augen blitzte Weiß, Weiß, das flammte wie Feuer und leuchtete wie Schnee. Viele Körper prallten gegen ihn; schneller als der Wind, kälter als Schnee, warfen sie ihn um und sprangen über ihn hinweg, hetzten hinter dem Hirsch her. In der Mitte der Lichtung faßten sie ihn, und sie rissen ihn nieder.

Als Pwyll sich mühsam aufrappelte, hörte er den qualvollen Todesschrei. Er stand benommen da, sah zu, wie jene weißen Gestalten an dem braunen Körper zerrten, der noch zuckte, wie die langen Läufe, die noch vor einem Augenblick so schnell und mächtig gewesen waren, schwach bebten, als die furchtbaren Fänge an ihrem Fleische nagten.

Die Augen und Ohren und die bluttriefenden Zähne dieser fremden Hunde leuchteten rot, rot wie Feuer, doch ihre weißen Körper glitzerten noch wilder, mit einer unnatürlichen, todfahlen, gleißenden Blässe. Schwarz erschreckt; es ist Sichtlosigkeit, es blendet den Menschen und verbirgt seine Feinde; doch die Dunkelheit in der Erde ist warm und lebenspendend, sie ist der Schoß der Mutter, der Ursprung allen Wachstums. Aber in Schnee oder in weißglühender Flamme kann nichts wachsen. Weiß bedeutet Vernichtung, jenes Ende, aus dem kein Anfang kommen kann.

Wie lange er jenem schrecklichen Fraße zusah, das wußte Pwyll auch später nicht. Stille alarmierte ihn; tiefe Stille, die nur vom freudigen, aber immer noch wilden Knurren der Sieger durchbrochen wurde.

Seine eigenen Hunde gaben nicht den geringsten Laut von sich. Sie waren immer noch da; am anderen Ende der Lichtung kauerten sie zitternd. Jedes Haar an ihren Körpern sträubte sich so steif und stramm wie Gras.

Sie waren erlesene Kämpfer; noch nie hatte einer von ihnen vor irgendeinem Feind den Schwanz eingezogen. Niemals zuvor hätten sie gezögert, sich windschnell, wie ein Rausch aus reißenden Fängen und Klauen, auf jede fremde Meute zu stürzen, die bei dem dreisten Versuch ertappt worden wäre, in einem Wald zu jagen, in dem Pwyll jagte. Doch jetzt kauerten sie dort, zitternd, und fürchteten sich, jene unheimlichen, todweißen Hunde anzugreifen.

Pwyll sah es, und er konnte es nicht ertragen. Er war jung, noch nicht ganz drei Winter lang war er Fürst von Dyved, und der Stolz in ihm war noch stärker als die Vorsicht. Auch fürchtete er sich ein wenig vor sich selbst, und was uns an uns selbst unangenehm berührt, das verabscheuen wir an anderen am meisten.

Er sah seine Hunde streng an. »Faßt diesen Hirsch!«

Sie blickten ihn flehentlich an; sie wedelten mit ihren Schwänzen, bettelten ihn an, sich anders zu besinnen. Ihre Augen sprachen, Mitleid heischend: ›Herr, immer sind wir deinem Befehl gefolgt. Was immer wir für dich tun können: wir werden es immer tun. Doch das . . . Verlang das nicht von uns! Herr, tu es nicht . . .‹

Und weil er selbst befürchtete, daß sie es nicht könnten, wurde Pwyll ganz elend zumute; auch schmerzte ihn ihr Elend. Und weil er sich schuldig fühlte, starrte er sie noch strenger an als zuvor.

»Ich sagte: Packt diesen Hirsch!«

Sie wurden noch kleiner; sie winselten.

Noch nie zuvor hatte er einen von ihnen geschlagen. Sie waren seine Lieblinge und seines Herzens Stolz. Doch jetzt bückte er sich und hob einen Stock auf.

Das konnten sie nicht ertragen; der Tod war weniger schrecklich für sie als sein Zorn. Sie bewegten sich, sie rückten vor, mit hängenden Schwänzen und bebenden Körpern.

Pwyll ließ den Stock fallen und zog sein Schwert. Er würde sie nicht allein kämpfen lassen.

Doch als die fremden Hunde sie kommen sahen, da wichen sie zurück. Mit Nüstern voll Blutgeruch, mit ihren schrecklichen, fangzähnigen Mäulern voll Fleisch und dessen gutem Geschmack, wichen sie zurück von dem warmen, dampfenden Leib ihrer Beute. Lautlos wichen sie, ihre Augen leuchteten heller als ihre blutbefleckten Fänge, und dem beobachtenden Manne schien es, als verspotteten ihn diese roten Augen.

Pwyll gefiel dieser Rückzug nicht. Kein richtiger Hund verhielt sich so. Sie hätten kämpfen müssen; selbst wenn sie wußten, daß sie einen Übergriff begingen, und Angst hatten, so hätten sie doch Enttäuschung zeigen müssen.

Behutsam näherten sich seine eigenen Hunde dem Hirsch, doch sobald sie sein Blut gekostet hatten, begannen sie ihn freudig zu zerreißen, mit einem dumpfen Grollen in ihren Kehlen. Aber von Zeit zu Zeit warfen sie wachsame Blicke auf jene fahlen, leuchtenden Fremden hinüber, die abseits standen, lautlos lauernd bei den Bäumen.

Pwyll verwandte keinen Blick von den fremden Hunden. Ihre roten Augen starrten zurück, mit einer höchst unhündischen Geradheit, mit einer schimmernden Wildheit, einer fast unerträglichen Helle; es bedurfte seines ganzen Willens, nicht wegzusehen.

›Sie warten auf etwas‹, dachte Pwyll. Er blickte über seine Schulter nach Westen, von wo sie gekommen waren. Doch dort war nichts; nur Bäume.

Sein Herz sprang auf, dann sank es; dort war Etwas!

Ein Namenloses, ein weitentferntes Grau, nicht fest genug, um Tier zu sein, zu dünn, um Nebel zu sein . . .

Es bewegte sich! Es kam näher, weder schnell noch langsam, sondern mit einer schrecklichen, steten Gewißheit. Was für eine Gestalt es an sich hatte, Mensch, Tier oder Wolke, konnte Pwyll nicht erkennen; er wußte nur: Was es auch war – wenn es bei ihm war, würde er sich danach sehnen, woanders zu sein.

Der Stamm eines alten Baumriesen verbarg es; einen Atemzug lang konnte Pwyll es nicht sehen, und dann ritt ein Grauer Mann auf einem Grauen Pferd auf die Lichtung herein. Und Pwylls Hand, die zu seinem Schwertgriff gezuckt war, erstarrte dort, und seine Augen starrten, als wären sie in seinem Kopf festgefroren.

Reiter und Pferd waren jetzt Wirklichkeit. Sie sahen größer aus, als sie hätten sollen, und jeder Teil von ihnen, Haut und Haar und Huf, Gewand und Gesicht, alles war von genau derselben Farbe. Das gleiche schreckliche, leichenhafte Grau.

Bis auf die Augen des Mannes.

Pwyll wollte diesen Augen nicht begegnen, aber er konnte ihnen nicht entgehen. Durch ihr leuchtendes Schwarz schien Kälte in sein Blut und seine Knochen zu strömen. Erkenntnis strömte mit ihr, Erkenntnis, die er weder begreifen noch behalten konnte. Sein Verstand schrak zurück vor dieser schrecklichen Weisheit, die in sein Gehirn hereinfloß wie in ein Gefäß, es umstürzte und wieder vergossen ward.

Er konnte seine Augen nicht schließen; er schauderte und bedeckte sie mit seinen Händen, um jene anderen Augen auszuschließen. Er war froh, höchst froh, daß er seine Hände noch bewegen konnte.

Dann sprach der Reiter, und seine Stimme hatte einen Hauch des Windes an sich, eines Windes, der weite Räume durchweht; darin war sie wie das Bellen seiner Hunde. Doch seine Worte waren gewöhnlich.

»Fürst«, sagte er, »ich weiß, wer du bist, und kein guter Tag ist es, den ich dir wünsche!«

›Es sieht ganz so aus‹, dachte Pwyll, ›als ob du ihn mir verderben würdest. Aber ich bin ein Mann, und ich werde meiner Männlichkeit keine Schande machen.‹ Er warf den Kopf zurück und sah den Fremden an, und es entzückte ihn, daß er das konnte. Worte oder Hiebe: beides konnte er mit jedem Feinde wechseln. »Vielleicht, Herr«, sagte er kühl, »ist deine Würde so groß, daß es unter ihr ist, mich zu grüßen.« Das war Ironie, denn dies war sein Land, und er war Herr darüber, und der Fremde hatte es ungeladen betreten.

Doch der andere ließ sich nicht einschüchtern. »Bei den Göttern, es ist nicht meine Würde, die mich daran hindert!«

»Was ist es dann?«

»Bei allen Göttern« – Pwyll fragte sich, ob der Fremde einer von ihnen sei und sich selbst anrief –, »es ist deine Torheit und dein schlechtes Benehmen!«

Pwyll erstarrte. Seine grauen Augen hatten das Glitzern von Eis. »Was für ein schlechtes Benehmen hast du an mir bemerkt, Fremder?«

»Nie habe ich ein schlechteres Benehmen gesehen als dies: Hunde zu verjagen, die die Beute gerissen haben, und deine eigene Meute auf den Kadaver zu hetzen!« Donner rollte in der tiefen Stimme.

»Wenn ich dir Unrecht getan habe«, sagte Pwyll ruhig, »werde ich dir das Sühngeld bezahlen, das deinem Range zusteht. Ich weiß nicht, was dieser ist, denn ich kenne dich nicht.«

Plötzlich wurde es ringsum sehr still. Kein Blatt rührte sich, kein Windhauch regte sich, die Vögel hingen starr in der Luft, und die Schlangen hörten auf, durch das hohe Gras zu gleiten. Sogar die Hunde ließen das Kauen sein, obwohl ihre Mäuler voll Fleisch waren.

»Ich bin ein gekrönter König in dem Land, aus dem ich komme.« Die Stimme des Fremden war leis, doch die wilde Weite des Windes war darin, und in Pwyll zog sich etwas zusammen.

»Dann grüße ich dich, hoher König.« Er hielt Stimme und Augen stet. »Welches Land ist das?«

»Annwn. Arawn, ein König in Annwn, bin ich genannt.«

Da durchströmte in der Tat große Kälte Pwyll, sie gefror ihn, bis in Blut und Knochen hinein. Denn er begriff.

Unsere Welt ist eine von vielen. Die Unwissenden fassen jene anderen alle zu dem liebreizenden, mutwilligen, ewig gefährlichen Feenreich zusammen, doch Pwyll, der aus königlichem Blute stammte, hatte einiges an druidischer Lehre eingetrichtert bekommen. Er wußte, daß die der Erde nächstgelegene Anderswelt Annwn war, der Abgrund; jener Urschoß, in dem alle Dinge zuerst geformt wurden. Dort hatte sich eine Horde namenloser Wesen emporgekämpft, von Form zu Form, bis nach unnennbaren Zeiten sie bereit waren, auf der Erde als Menschen geboren zu werden. Dorthin kehrten die meisten Menschen nach ihrem Tode zurück, und nur einige wenige waren befähigt, an einen höheren, helleren Ort zu gelangen. »Jede Welt hat ihren Grauen Mann«, hatte sein Vetter Pendaran Dyved, der einzige Druide, dem er traute, ihm einmal gesagt. »Nur unter uns Irdischen weilt keiner; denn wir fürchten uns davor, sein Gesicht zu erblicken. Deshalb ist der, welcher in Annwn west, auch unser Herr. Er ist der Gärtner, der alle Gärten betreut. Er pflückt die Blumen und sammelt die reifen Früchte, um den neuen Raum zum Wachsen zu schaffen. Er fällt die alten Bäume, damit die jungen Raum haben und wachsen können.«

Und Arawn war der Graue Mann von Annwn, der Herr über die Hunde der Mutter: Arawn, dessen anderer Name »Tod« war.

Benommen dachte Pwyll: ›Sterbe ich? Doch was ist mir geschehen? Ich bin jung und stark; ich erinnere mich nicht, getötet worden zu sein.‹

Wäre ihm das geschehen, hätte er bestimmt etwas davon bemerkt. Doch warum sonst war der Tod hier? Er konnte diesen schrecklichen Augen nicht standhalten, er wandte den Kopf ab, er blickte starr und sehnsüchtig zu den Bäumen hinüber und auf das Gras. Dinge, die er immer für selbstverständlich gehalten hatte, die jetzt jedoch sehr kostbar, sehr wertvoll schienen.

Doch spürte er diese Augen. Sie brannten sich durch seine Schläfe, durch sein Fleisch hindurch in seinen Schädel hinein. Bis er sich schließlich umdrehte und Arawn ins Auge sah.

»Ich versprach dir das Sühngeld, das dir zusteht. Fordere es, König.« Er schluckte schwer, aber er sagte es.

Zweites Kapitel – Die Begegnung im Walde / Arawn sagte ruhig: »Niemand kann lange vor meinen Hunden und mir fliehen: wir brauchen keine List, um ihn zur Strecke zu bringen. Ich trachte nicht nach deinem Leben, Fürst von Dyved.«

»Was willst du dann?« Pwyll fühlte sich noch schwindliger als zuvor, doch jetzt vor Erleichterung.

»Es ist mein Recht, das Leben eines jeden Menschen einzufordern, wenn seine Zeit gekommen ist; also können alle Menschen meine Untertanen genannt werden. Doch ist dieser Tribut der einzige, auf den ich einen Anspruch habe. Da ich aber von dir einen anderen Dienst benötige, habe ich diese Begegnung herbeigeführt.«

Wie ein Blitz vor einem Mann in Dunkelheit herabzuckt und vor seinen Augen verborgen gewesene Hügel und Täler aufleuchten läßt aus Nacht zu feurigem Glanz, so widerfuhr es Pwyll. Er begriff. Nicht zufällig war er erwacht und hatte in die Morgendämmerung hinausziehen wollen; in jene zwielichtige Ungewißheit hinein, die weder Nacht noch Tag ist und in der, wie in der Abenddämmerung, Wesen ohne unsere Grobknochigkeit am leichtesten die Möglichkeit finden, sich den Menschen zu zeigen. Er war in eine Falle gegangen, und jetzt stand der Fallensteller vor ihm.

»Du hast recht«, sagte Arawn, »ich plante alles.« Da wußte Pwyll, daß für dieses Hohe Wesen Gedanken so laut waren wie Worte; kein Geheimnis konnte vor ihm verborgen werden.

Er sagte: »Ich hätte es merken müssen! Als ich diese Lichtung sah, wo noch nie eine Lichtung gewesen ist, da hätte ich merken müssen, daß ich aus meiner Welt in die deine geritten bin!«

»So ist es. Alles und jedes in deiner Welt spiegelt nur etwas wider, was zuerst in Annwn gewesen ist. Du wandelst jetzt in dem Glen Cuch, wie es die Mutter einst geträumt, nicht in dem, wie es auf der Erde ist.«

»Aber warum hast du mich hierher gebracht? Was auf der Welt – oder darunter – kann ein Mensch für einen Gott tun?«

»Es gibt einen König, dessen Land dem meinen gegenüber liegt: Havgan, ein anderer König in Annwn. Einst herrschte er über die Toten der Östlichen Welt, so wie ich über die Toten des Westens herrsche, doch jetzt dringt er westwärts. Er thront in Anghar der Lieblosen, er führt ständig Krieg gegen mich, er möchte Herrscher über ganz Annwn werden. Um mein Volk zu retten, kam ich mit ihm überein, daß ein Zweikampf die Herrschaft über beide Reiche entscheiden soll, ein Zweikampf, der nach Jahr und Tag wiederholt werden sollte, würden beide überleben. Also kämpften wir, und ich erschlug ihn.«

»Aber dann ist doch alles vorbei! Du hast gesiegt, und er ist tot.« Doch da fiel Pwyll ein, daß in Arawns Reich jedermann tot war, und er kratzte sich den Kopf. »Ich habe diese Altweibergeschichten nie geglaubt, in denen Leute, die auf der Erde starben, zum Mond gehen, und Leute, die auf dem Mond sterben, zur Sonne gehen; doch wenn jemand in deiner Welt stirbt, Herr, dann muß er ja an einen Ort gehen, der noch toter ist!«

Arawn lächelte. »Richtig. Jene Geschichten von Sonne und Mond sind gut für Kinder, doch steckt etwas Wahres in ihnen, genauso, wie etwas vom Menschen, allerdings sehr wenig von ihm, in seinem Spiegelbild vorhanden ist. Es ist nicht gut, Kinder zu belügen.«

Pwyll stöhnte. »Willst du sagen, Annwn sei, obwohl es nicht der Mond, doch der Mond?«

»Es ist die Welt des Mittleren Lichts, nicht der harte, helle Ort, der die Erde ist. Mein Volk ist dem deinen immer noch sehr ähnlich; zwar kennt es weder Alter noch Krankheit, doch kämpfen und töten sie einander immer noch, allerdings nicht annähernd so oft, wie ihr auf Erden es tut. Sie können viele Geburten erleben in Annwn, doch wenn sie genug gelernt haben, dann werden sie in die Helle Welt geboren, der eure Sonne nur ein Schatten ist. Wo ein anderer Grauer Mann als Herrscher thront, wo kein Mensch die Hand gegen einen anderen erhebt, wenn man dort auch über andere, feinere Waffen verfügt.«

»Jener andere Graue Mann – ist er verwandt mit dir?«

»Es gibt Wesen, die in viele Welten ihre Schatten werfen. Mag sein, wir Grauen Männer sind alle nur ein Schatten des Einen jenseits deiner Vorstellungskraft; mag sein, auch Havgan ist einer der Schatten eines Anderen.«

»Ich hoffe«, sagte Pwyll schlicht, »daß ich das, was du von mir willst, tun kann, ohne es zu verstehen.«

»Der erste Teil ist nur Töten, was du ja schon oft getan hast, ob du diese Tat nun ganz verstanden hast oder nicht. Vor einem Jahr kämpfte ich mit Havgan, und morgen sollst du ihm an meiner Statt entgegentreten. Ihm begegnen an der Furt, wo sich die Kämpfer treffen, und ihn töten, wenn du es kannst.«

»Herr, wie kann ich ihn töten, wenn du es nicht konntest?«

»Gegen ihn habe ich keine Gewalt mehr, und keiner meiner Kämpen kann vollbringen, was ich nicht konnte. Doch du wirst ein Löwe in der Schlacht genannt und das Weh deiner Feinde – die wilde, rohe Stärke des Irdischen mag vollbringen, was wir nicht können.«

»Du hast eine hohe Meinung von der Erde«, sagte Pwyll, ein wenig steif. Arawn lächelte wieder. »Jede Sprosse hat ihren Platz in der Leiter. Doch wollte ich dich nicht beleidigen.«

»Jedenfalls hat die Erde etwas Gutes an sich«, sagte Pwyll. »Wenn man dort einen Mann erschlägt, bleibt er tot. Man hat mit ihm keine Scherereien mehr, wenn einem auch manchmal seine Verwandten und Freunde welche machen wollen.«

»Es sind nicht Havgans Freunde oder Verwandte, die morgen gegen mich gezogen kommen«, sagte Arawn, »sondern er selbst, und ihn kann keiner ein zweites Mal erschlagen.«

»Letzteres erstaunt mich nicht. Was ich aber nicht verstehen kann, das ist, warum er nach dem ersten Mal nicht tot blieb.« Pwyll sagte es leichthin, doch in seinem Kopf drehte sich alles. Welche Hilfe brauchte wohl der Tod beim Töten? Und was würde aus den Menschen werden, wenn – unvorstellbarer Gedanke! – der Tod selbst sterben würde?

»Bau darauf keine Hoffnungen.« Wieder hatte Arawn seine Gedanken gelesen. »Havgan ist ebenfalls der Tod, und wenn ich falle, dann wird er töten, wie ich nie getötet habe. Alle Welten, die er erreichen kann, wird er verbrennen, zertrümmern und vernichten. Er wird die Ordnung umstürzen, die ich durch die Zeiten hindurch aufrechterhalten habe, ich, der Erstgeborene und Diener der Mutter.«

Einen Atemzug lang herrschte Schweigen. Dann sagte Pwyll ruhig: »Sage mir, was ich tun soll, und ich werde es tun.«

Arawn sah ihn an, und in den unermeßlichen Tiefen seiner fremden, sonnenhell schwarzen Augen lagen Leid und Mitleid, die sich menschlichem Begreifen entzogen: das Mitleid eines Mannes für den Schmerz eines Kindes und das Mitleid eines Gottes für seine leidende Schöpfung. Für das Leid, das er allen seinen Kreaturen antat, indem er sie erschuf, und das er teilen muß, will er nicht weniger sein als ein Gott oder ein Mensch.

»Du bist unwissentlich in Annwn eingeritten, du hast dir nur genommen, was du für dein Recht hieltest. Zwar war es deine Unbesonnenheit, die dich in die Falle gehen ließ; aber ein großzügiger Eigentümer verlangte kein Sühngeld. Die Tat muß, wenn du sie tust, freiwillig getan werden.«

»Ich zahle meine Schulden.« Pwylls Kinn reckte sich stolz.

»Du bist ein zu stolzer Krieger, um den Tod zu fürchten. Doch wagst du etwas, was du für schlimmer als das Sterben halten könntest. Du reitest in Gefahren, die du dir nicht einmal vorstellen kannst.«

»Was immer bezahlt werden muß, werde ich bezahlen«, sagte Pwyll; »nicht für den Kadaver eines Hirsches – das, meine ich, solltest du mir verzeihen –, sondern weil meine Welt, so gut wie die deine, auf dem Spiel steht. Soviel, glaube ich, verstehe ich.«

»Dann laß uns Freundschaft schwören«, sagte Arawn. »Wir wollen werden wie Brüder. Noch nie ward ein Mann geboren, der diesen Eid mit dem Tod geschworen hat.«

Also schworen sie den Eid, und Pwyll fühlte Ehrfurcht, und er fühlte Stolz, er, der jetzt Schwurbruder des Todes war. Eide besaßen damals große Macht; noch Jahrhunderte danach kannte die walisische Landbevölkerung einen, der war so mächtig, daß der, dessen Lippen ihn aussprachen, sterben und verderben konnte, und wenn er ihn noch so gut hielt.

»Ich werde dich jetzt zu meinem eigenen Palast schicken«, sagte Arawn. Pwyll zuckte zusammen, und wieder lächelte der Graue Mann. »Fürchte dich nicht. Heute abend sollst du auf meinem Thron sitzen und in meinem Bett schlafen, und die schönste Frau, die du je gesehen hast, wird dort mit dir schlafen. Denn meine Gestalt wird um dich sein, und weder meine Königin noch unser Kammerherr – kein Mann von all den Männern, die mir folgen – werden dein Gesicht von meinem Gesicht unterscheiden können. So soll es bleiben, bis wir uns wieder begegnen, hier an diesem Ort. Nachdem du Havgan erschlagen hast.«

Pwyll konnte ein Gefühl der Erleichterung nicht unterdrücken und atmete hörbar auf. ›Ich werde also auf die Erde zurückkehren‹ Dieser Ritt in den Abgrund würde nur ein Besuch sein, nicht eine feinere Art, ihn umzubringen.

»Hüte dich wohl«, sagte Arawn. »Havgan ist der gewaltigste aller Krieger und der verschlagenste. Er verfügt über Künste und Listen, wie selbst ich sie in all den Zeiten nicht gesehen habe, ich, der ich zugegen war bei allen Schlachten der Menschheit, als der Tod.«

»Und doch hast du ihn getötet!« Pwyll fragte sich allmählich, ob er es könnte.

»Mit einem gewaltigen Hieb. Wie du es mußt. Deine wirkliche Prüfung wird erst danach kommen; wenn er geschlagen zu deinen Füßen liegt.«

»Wie kann das sein?« Pwyll war verwirrt. »Ich schlag' ihm dann einfach den Kopf ab und mach' der Sache ein Ende. Noch nie habe ich den Todeskampf eines Feindes in die Länge gezogen.«

Seine Stimme erstarb, gefror vor dem schrecklichen Ausdruck auf Arawns Gesicht.

»Dann bist du verloren. Was auch geschieht – und dein Herz wird um ihn bluten wie um einen Bruder, geboren von derselben Mutter –: versetz ihm keinen zweiten Streich! Auf diese Weise wurde ich, ein Gott, getäuscht! Ich sah nur ihn, hörte nur ihn; sein Todeskampf schien mein eigenes Herz zu zerreißen. Also unterwarf ich meinen Willen seinem Willen – und wer das tut, der hat fortan keine Macht mehr über ihn.«

»Was geschah?« Pwyll riß verwundert die Augen auf.

»Als er mich anflehte, ich solle ihm den Kopf abschlagen und ihn von seinen Schmerzen erlösen, da tat ich es – und der Kopf sprang sogleich auf seinen Rumpf zurück und saß wieder fest auf seinen Schultern. Er sprang auf und kämpfte wieder so gut wie zuvor. Kaum konnt' ich entrinnen.«

Pwyll pfiff durch die Zähne. »An dem«, sagte er, »hat man einen schlechten Feind!«

»Ich habe ihn«, sagte Arawn grimmig, »und wenn er dich erschlägt, wird er mein Volk und meine Welt besitzen. Und bald deine.«

»Eines Tages«, Pwylls Lachen blitzte wieder auf, und er zuckte die Schultern, »eines Tages wird vielleicht einer meiner Feinde, der gut auf den Füßen ist, meinen Kopf bekommen; doch denke ich, daß ich ihn wohl behalten werde, wenn ich mit einem zu tun habe, der mir zu Füßen liegt!«

»Möge das wahr sein, Fürst von Dyved! Möge dein Wille so stark sein wie dein Arm – und beide werden große Stärke brauchen.« Arawns Augen waren tiefer als das Meer, seine Stimme hatte die wogende Majestät tiefer Wasser; des Ozeans, der mehr als irgend etwas anderes, was der Mensch fühlen oder berühren kann, ein Ebenbild der Unendlichkeit ist. »Um meinetwillen und um deinetwillen, und um aller Götter und Menschen willen.«

Also ritt Pwyll nach Annwn hinab, um den Mann zu töten, den der Tod selbst nicht töten konnte. Er ritt auf dem Grauen Pferd, und wenn er hinabschaute, sah er graue Hände auf den Zügeln. Hände, die nicht geformt waren wie seine Hände. Er sah nicht oft hinab, denn der Anblick beunruhigte ihn. Er sagte sich beklommen: ›Untendrunter ist es das gleiche alte Zeug – das Zeug, das ich bin. Es muß so sein!‹

Aber war es das? In jenem wilden Augenblick, als sein ganzes Selbst sich um und um gedreht hatte, als seine Haut nur noch eine sich hebende, wirbeln-

24

de Decke über dem Chaos schien, da konnte alles geschehen sein. Seine Seele mochte losgerissen und in Arawns Körper geweht worden sein, und Arawns Seele mochte in den seinen geweht worden sein. Nur wenige irdische Magier und Zauberer konnten der Materie eine andere Form geben, sie konnten meistens nur einen falschen Schein wie einen Mantel über das werfen, was sie verzauberten. Doch der König der Toten war wohl ein mächtigerer Magier als der mächtigste auf Erden geborene.

›Auf jeden Fall habe ich meine eigene Seele‹, tröstete sich Pwyll. ›Die Druiden würden sagen, das sei mein wirkliches Ich.‹

Er mochte die Druiden nicht, er hatte ihre Mysterien nie verstanden, und er glaubte, daß sie diese oft nur benutzten, um ihre eigenen Absichten durchzusetzen; doch jetzt wärmte dieses Stückchen aus dem Hort ihrer Weisheit sein Herz.

Zuerst war ihm nicht klargewesen, daß ein Tausch der Gestalten stattfinden sollte – etwas, das Arawn die Möglichkeit gab, seinen Körper in seine Gewalt zu bekommen. Besorgt hatte er gesagt: »Aber mein Volk – sie werden sich große Sorgen machen, wenn ich nicht von der Jagd zurückkomme.« Und der andere hatte gelächelt. »Nein, denn ich werde an deiner Statt dort sein. Kein Mann und keine Frau in Dyved wird mein Gesicht von deinem Gesicht unterscheiden können.«

»Aber wie werde ich deinen Palast finden?« Pwyll hatte verzweifelt nach Einwänden gesucht. »Und wie soll ich wissen, wer wer sein wird, wenn ich hinkomme? Ein König muß seine Leute doch kennen . . .«

»Laß dem Grauen die Zügel schießen, und er wird dich dorthin tragen, wohin du gehen sollst. Und wenn deine Leute schlafen, dann werde ich wieder bei dir sein. Ich selbst werde dein Führer sein, und der Weg zu meinem Palast wird frei vor dir liegen.«

Und so war es dann geschehen, obgleich Pwyll zunächst eine Empörung gefühlt hatte, als hätte ein Fremder sich ohne Erlaubnis sein Pferd oder seine Hunde oder sein Schwert geliehen – das Beste jeweils, was es in ganz Dyved gab, und lauter Dinge, die er so zärtlich liebte, als wären es seine eigenen Kinder.

›Auch mein Körper ist der beste seiner Art in Dyved‹, dachte er. ›Viele Männer haben mir das gesagt, wenn sie mich meine Heldentaten vollbringen sahen. Und viele Frauen, wenn ich andere Taten vollbrachte.‹

Da, in den düsteren Nebeln der Unterwelt, die rings um ihn herum aufstiegen, grinste er, erinnerte sich alter Eroberungen, alten Entzückens. Doch nicht lange. Er hatte seine Seele, sehnte sich aber nach seinem Körper, nach dem starken, warmen, jungen Fleisch, an das er gewohnt, auf das er stolz war. Es war ein schlimmer Augenblick gewesen, als Arawn gepfiffen hatte und Pwylls Hunde ihm gefolgt waren, ohne auch nur einen Blick zurück auf Pwyll zu werfen. Es ist eine bange Sache, sich von sich selbst weggehen zu sehen.

›Dafür werde ich dann seine Sachen haben, gerade so, wie er die meinen hat ... Wie sie wohl aussehen wird, Arawns Königin? Darin habe ich ihm etwas voraus, denn ich habe keine Frau, mit der er schlafen kann.‹

Nicht, daß er wirklich beabsichtigte, Arawns Königin zu berühren. Die Höflichkeit hatte Arawn gezwungen, sie anzubieten, und genauso würde die Höflichkeit Pwyll zwingen, sich ihrer zu enthalten. Von einem Adligen wurde erwartet, daß er mit den Frauen seiner Männer schlief; das war die beste Art und Weise, einen Stamm bei Kraft zu halten: ihn mit den Söhnen seiner Anführer, seiner besten Männer, zu stärken. Pwyll entjungferte jede Braut von vornehmer Herkunft in ihrer Hochzeitsnacht, und manche, die nicht so vornehm waren, dafür aber hübsch. Wenn je der Hochkönig der Insel der Mächtigen Dyved besuchte, so würde er mit Dyveds Königin schlafen – falls es zu diesem Zeitpunkt eine solche gab. Doch Arawn war nicht Pwylls Untertan, sondern seinesgleichen und höher. Seine Großzügigkeit ausnutzen, hieße eine unedle Tat begehen.

›Und wenn die Dame die gleiche Farbe hat wir ihr Gemahl, dann wird es leicht sein, ein Edelmann zu bleiben‹, dachte er. ›Obgleich ich sie natürlich mit Arawns Augen sehen werde ...‹

Oder mit Augen, die man so bearbeitet hatte, daß sie wie die Arawns aussahen. Wieder meldete sich der Zweifel. Er wäre gern sicher gewesen, daß er immer noch seine eigene Seele hatte, alles, was zu ihm gehörte. Ein Mann kämpft ja am besten mit seinen eigenen, vertrauten Waffen, und Pwyll wäre auch gern sicher gewesen, daß er seine eigenen guten und wohlgeübten Muskeln hatte. Er seufzte.

Er hatte gehofft, diese Muskeln bald in einem einträglichen irdischen Kampf zu gebrauchen. Beli der Große, der Hochkönig, kränkelte, und mit ihm konnte der Friede sterben, den viele Winter hindurch seine Stärke und seine Gerechtigkeit zwischen den Alten Stämmen und den Neuen gewahrt hatten. Beli gehörte den Alten Stämmen an, deshalb würden die Söhne seiner Schwester seine Erben sein, die Kinder Llyrs, doch insgeheim umwarb sein eigener Sohn, Caswallon, schon die Lords der Neuen Stämme mit fragwürdigen Versprechungen. »Helft mir, den Thron meines Vaters zu gewinnen, bevor Bran, Sohn des Llyr, seinen breiten Hintern lang genug draufgepflanzt hat, um mächtig zu werden. Dann sollt ihr sein wie die Brüder des Königs, ihr sollt Herrscher sein über die Alten Stämme. Über jene Feiglinge, die sich für stärker als ihr halten, obgleich sie damals, als sich eure Vorväter wie Adler auf die Insel der Mächtigen stürzten, nicht stark genug waren, sie ins Meer zurückzutreiben.«

Für Pwyll roch Caswallon wie ein Verräter; das Volk eines Mannes war nun einmal das eigene Volk, und wie es auch sein mochte, er sollte es immer für das beste aller Völker halten. Doch sollte der Sohn auf den Vater folgen, und Dyved war jetzt ein kleines Land; die Neuen Stämme hatten nie vermocht, es ganz zu erobern. Pwyll hatte sieben neue Cantrevs im Auge, und von Caswallon dem Verschlagenen konnte er sie bekommen, wenn er rasch handelte, bevor der neue König stark genug wurde, um seine Versprechungen zu vergessen. ›Aber werde ich rechtzeitig zurückkommen, um Caswallon zu helfen? Irdische Zeit ist anders als Andersweltzeit; hätte ich nur Arawn danach gefragt. Ich wollte, Arawn käme zurück . . .‹

Die Nebel rings um ihn wurden noch trüber und kühler. Er hatte dem Grauen die Zügel schießen lassen, und jedes Pferd kannte wohl den Weg zu seiner Futterkrippe. Doch wenn das der Weg zu Arawns Palast war, dann war es kein angenehmer Weg.

Da war Pwyll, als hätte er etwas gehört. Einen Laut, der so weit weg, so grausig gewaltig war, daß er ihm keinen Namen geben konnte.

Drittes Kapitel – Die Begegnung auf den Mooren/Es war kein geheurer Laut. Pwyll hielt sein Pferd an, er lauschte angestrengt, doch jetzt erstickte das wolkige Grau jeden Laut. Nichts durchbrach es, keines aus der Myriade winziger Geräusche, die sich zu einem lebenden Teppich verweben und die Wälder und Felder der Erde bedecken, zur Nacht die Häuser der Menschen erfüllen. Pwyll strengte seine Augen an, doch hätte er genausogut blind sein können. Er öffnete den Mund, um eine Herausforderung hinauszurufen, doch der Nebel drängte sich sogleich herein, kalt und schleimig; wie eine gallertige Hand suchte er sich in das warme lebende Fleisch, das er selbst war, hineinzukrallen. Er schloß seinen Mund wieder, recht schnell. Vielleicht würde auf seinen Ruf hin wirklich etwas erscheinen, doch würde dieses Etwas dem Auge angenehm sein?

Er schüttelte sich; solche Gefühle waren eines Helden unwürdig. »Bin ich der Fürst von Dyved? Gleich werd' ich nach meiner Mutter rufen, wie ein kleines Mädchen, das mitten in der Nacht an Bauchweh aufwacht.« Er sagte nicht ›an schlechten Träumen‹; solche Dinge, schien ihm, blieben hier besser unerwähnt. »Auf, setz dich wieder in Bewegung, Grauer!«

Arawns Grauer folgte; dieses Mal schoß er vorwärts. Schnell, zielbewußt galoppierte er durch die Nebel. Pwyll spürte den festen, mächtigen Körper zwischen seinen Knien, doch war da nichts von der warmen Kameradschaft, die er mit seinem eigenen braunen Hengst so sehr genossen hatte, seinem lieben Kein Galed, den jetzt Arawn hatte. Seinem Braunen hatte er immer gesagt, wohin er gehen solle; jetzt ging er selbst dorthin, wohin ihn dieses fremde Graue Pferd zu tragen beliebte. Und es schien ihm, als näherten sie sich der Stelle, von wo jener rätselhafte Laut gekommen war.

Jetzt war kein Laut zu hören. Sie galoppierten weiter und weiter durch graue Sichtlosigkeit und graue Lautlosigkeit. Bis Pwyll allmählich das Gefühl bekam, er wäre glücklich, wenn er überhaupt etwas hören könnte, irgendein Geräusch. Und dann hörte er es.

Es war ein lautes, krachendes Geräusch, das auf die tödliche Stille klatschte, wie ein Schlag auf Fleisch klatscht, und dann kam ein mehrmaliges gewaltiges Knirschen. Kurz darauf ein splitterndes Krachen, dann neuerliches Knirschen. Viele Zimmerleute und Holzfäller, die gemeinsam arbeiten, sagte sich Pwyll mit Nachdruck, machen wohl diese Geräusche.

›Doch wenn das Sägen sind‹ – er zuckte zusammen, als ein erneutes Knirschen sich durch seine beiden Ohren bis in seinen Magen hinunter zu bohren schien –, ›noch niemals haben ich Sägen gehört, die mir so gräßlich in den Ohren klangen ... Autsch! Das muß ein großer Baum gewesen sein‹ Denn wieder war ein gewaltiges Krachen ertönt.

Auf der Erde arbeiteten Zimmerleute und Holzfäller selten miteinander, doch das hier war nicht die Erde, und wo Leute waren, da konnte auch Arawns Palast sein. Vielleicht waren das seine Arbeiter; die Arbeiter des Todes.

›Sie hören sich so an.‹ Die Geräusche ließen Pwylls Zähne klappern, doch gestand er sich nicht ein, daß sie ihm Schauer über die Haut jagten. Er lauschte angestrengt, während der Graue vorangaloppierte. ›Sie halten den Takt wie Musikanten, doch klingen sie wahrlich nicht wie Hofmusikanten. Ich glaube nicht, daß irgendein König, ob tot oder lebendig, sie in seiner Halle haben möchte ... Sie halten ja nicht nur den Takt, diese Geräusche klingen, als würden sie von einem einzigen Wesen gemacht‹

Einen Atemzug lang schwankte er, seine Hände krampften sich um die Zügel. Aber der Graue wollte spürbar weiter, und der Graue war der Führer, den ihm Arawn mitgegeben hatte. Auch war das Etwas – was es nun auch sein mochte – immerhin so wirklich, daß es ein Geräusch machen konnte, und Pwyll sehnte sich nach wirklichen Dingen.

›Wenn es freundlich ist, werde ich Freundschaft mit ihm schließen, und wenn es nicht freundlich ist, werd' ich mit ihm kämpfen.‹

Beide Möglichkeiten boten Gelegenheit zu trefflicher, männlicher Tat, etwas, das Pwyll beherrschte.

Die Nebel lichteten sich jetzt; trieben zurück und spiralten, fast eilig, als wären sie ängstlich darauf bedacht, sich von dem zu entfernen, was vor ihnen lag. Pwyll konnte jetzt wieder sehen, obwohl das ihn umgebende Grau nichts war, was er auf der Erde als Licht bezeichnet hätte. Seine Beklommenheit unterdrückend, sagte er sich: ›Wenigstens werde ich bald diesen Geräuschemacher richtig zu Gesicht bekommen. Und was es auch ist, nach all den endlosen Nebeln muß es ja schön aussehen.‹

Dann sah er es, und es sah nicht schön aus.

Es war riesig. Sein flacher schwarzer Kopf ragte in den grauen Himmel, die gewaltige, hügelbreite Weite seiner schwarzgeschuppten Brust und Schultern türmte sich über den Nebelschwaden auf, die fahl seine ungeheuren beschuppten Beine und die gewaltigen klauenbewehrten Füße umwirbelten. Es hatte drei Zahnreihen, und von den Fangzähnen aller drei troff Blut. Aus den beiden unteren Zahnreihen ragte ein menschliches Bein hervor.

Pwylls Hand flog zu seinem Schwert, obwohl er wußte, daß weder Schwert noch Speer gegen diese gewaltige gepanzerte Macht mehr ausrichten konnte, als die Nähnadel einer Frau gegen einen angreifenden Stier. Rasch zügelte er den Grauen, in der Hoffnung, daß der Nebel sie beide noch verberge. Er saß reglos da, und starrte hinüber, und der Graue unter ihm rührte sich auch nicht.

Pwyll sah zwei riesige Tatzen, er sah aus jeder einen Menschenkopf herabbaumeln, dessen Haare sich in den großen blitzenden Krallen verfangen hatten. Das Blut rann noch von den abgetrennten Hälsen. Pwyll war, als läge ein weiterer, noch nicht verschlungener Körper im Nebel, zu Füßen des Ungeheuers, doch war er sich nicht sicher.

»Es kommt auch nicht drauf an, denn in seinem Bauch muß noch viel Platz für einen dritten sein. Man brauchte eine ganze Kriegerschar, um ihn zu füllen . . . Pferd, wir wollen so schnell und so leis wie möglich weg von hier! Was hast du dir nur gedacht, mich hierher zu bringen?«

Es war zu spät. Als sie sich umdrehten, witterte das Ungeheuer sie. Es warf seinen entsetzlichen Kopf zurück und brüllte, und dieses Brüllen erfüllte Himmel und Erde. Die Köpfe schaukelten und tanzten wie in einem Sturm; die Nebel erzitterten und strudelten wie ein sturmgepeitschtes Meer. Jene roten, wilden Augen brannten durch den Nebel; Pwyll spürte ihre versengende Grelle, als sie ihn gefunden hatten.

Ein neues Gebrüll erscholl, hungrig und triumphierend. Die Erde bebte.

Pwyll bohrte seine Knie in die Flanken des Grauen, der Hengst galoppierte, wie er noch nie ein Pferd hatte galoppieren sehen, doch das Ungeheuer rumpelte ihnen hinterdrein, unaufhörlich brüllend. Seine Schwerfälligkeit, gegen die schnelle helle Leichtigkeit des Grauen, gab Pwyll eine schwache Hoffnung.

Das Ungeheuer brüllte lauter, wütend über ihre Schnelligkeit. Das halbverschlungene Bein fiel aus dem Maul, kam auf seinen Fuß zu stehen und floh, wild durch die Nebel hüpfend.

›Das ist ein gewitztes Bein‹, dachte Pwyll. ›Doch wird ihm das nicht viel nützen – ohne einen Mann obendrauf.‹ Dann schauderte ihn. Krieger kämpften schwer, um Köpfe zu erbeuten und sie aus den Schlachten heimzubringen; heutzutage bedeutete für die meisten Männer der Neuen Stämme eine solche Trophäe lediglich: ›Ich bin ein besserer Mann als der, von dem ich ihn habe.‹ Doch die alten Männer raunten, daß der, der den Kopf eines Mannes besaß, auch einen unsichtbaren Teil jenes Mannes besaß; seinen Geist zum Sklaven machte. Entsetzlich wäre es, in die Höhle dieses Ungeheuers geschleppt zu werden; mit ihm in jener faulen Finsternis für immer und ewig hausen zu müssen . . .

Er versuchte, den Grauen anzutreiben, konnte es aber nicht. Jene geschwinden, geschmeidigen Pferdebeine gaben alles, was sie geben konnten, doch die plump hetzenden Riesenbeine holten auf. Mit jedem Schritt, den sie taten, bildeten sie einen schwarzen, überbrückenden Bogen, hoch wie ein Hügel.

Pwyll warf seine schönen, getüpfelten Schuhe ab; er erhob sich und stand aufrecht im Sattel. Oft hatte ihm dieses Kunststück auf den Rennbahnen von Arberth den Beifall der Männer und das entzückte Seufzen der Frauen eingebracht. Er lockerte einen seiner beiden Jagdspeere, hob ihn und zielte. Sorgfältig, sehr sorgfältig zielte er. Mit aller Kraft und Kunst, die er in sich hatte, tat er seinen Wurf; das war ein gewaltiger Wurf.

Er ging daneben. Der Speer prallte von einer großen schwarzen Schuppe neben dem einen riesigen, bösen Auge ab, fiel zu Boden.

Pwyll biß die Zähne zusammen. Im Sattel schwankend, zielte er mit dem zweiten Speer. Er nahm sich Zeit, obwohl es schien, als bliebe ihm kaum noch welche. Dieser Wurf mußte treffen . . .

Wie ein Blitz durchschnitt der Speer die Luft. Er verwandelte das schreckliche Gebrüll in ein Gekreische, das Pwyll fast aus dem Sattel geworfen hätte. Schnell, freudig richtete er sich auf. War seine Aufgabe schon halb vollbracht?

Der Speer war in einem der roten, glotzenden Augen gelandet. Eine erhobene Klaue riß ihn heraus; das Ungeheuer heulte vor Schmerz, dann beugte es sich, um einen Kopf aufzuheben, den es hatte fallenlassen, und trottete weiter. Blut tropfte jetzt aus seinem Auge, die Erde bebte stärker als je zuvor unter seinem wütenden Gebrüll.

Pwyll hatte noch seinen Dolch; sein Schwert hatte er noch nie geworfen. Halbblind, war das Monster so gefährlich wie eh und je, doch bestand die

Möglichkeit, den tastenden Tatzen des gänzlich Geblendeten zu entgehen. Der Dolch war viel kleiner und leichter als der Speer, der nicht tief genug hatte eindringen können, um zu töten. Vielleicht drang er nicht einmal tief genug, um zu blenden; aber wenn es ihm gelang, genau in die Pupille des gesunden Auges zu treffen, genau in die Pupille ...

»Gott meines Volkes, steh mir bei! Mütter, steht mir bei!«

Wie ein Vogel flog der Dolch durch die Luft. Eine herrliche, sonnenhelle Sekunde lang dachte Pwyll, es sei ihm gelungen. Doch der Dolch durchbohrte nur die Nickhaut über dem riesigen, rollenden Augapfel. Das Ungeheuer heulte wieder auf, doch diesmal mehr vor Wut als vor Schmerz; auch der Dolch wurde herausgezogen und fiel zu Boden.

Auch Pwyll fiel. Seine gemarterten Zehen verloren ihren Halt, es gelang ihm gerade noch, einen Arm um den Hals des Grauen zu schlingen. Sie rasten weiter, mit schleifenden Zügeln. Dann fiel Dunkelheit über sie: ein Schatten, der so schwarz war wie Nacht und Tod.

Pwyll fühlte die Gluthitze von des Ungeheuers Atem, roch den faulen Gestank, dann spürte er den heftigen Ruck an seinem Mantel, die fünf versengenden Schmerzen, die sich in seinen Rücken bohrten.

Doch dann, mit einem Ausbruch, der alle Schnelligkeit übertraf, sprang der Graue vorwärts. Der Mantel wurde von Pwylls Schulter gerissen, fünf Klauen voll Fleisch gingen mit, doch hinter sich hörte er das Wutgebrüll des enttäuschten Ungeheuers. Sie waren ihm entronnen, sie waren frei! Aber Pwyll fühlte dort, wo der Mantel gewesen war, eine warme Flut hervorquellen; jene Riesenklauen hatten sein Fleisch bis zu den Knochen aufgerissen.

Sein Rücken war ein Schmerzensmeer. Er sah das Blut an sich hinabschießen, er spürte, wie es aus ihm quoll und seine Lebenskraft mit sich nahm. Er sah wieder den schwarzen Schatten über ihnen, wußte, daß das Ungeheuer wieder aufholte; er hörte den Grauen keuchen; ein zweites Mal konnte es kein Entrinnen geben. Schwach und elend wie er war, biß er die Zähne wieder zusammen.

›Ich werde diesem Ding nicht vor die Füße fallen. Oder vom Rücken meines Pferdes gepflückt werden wie ein Apfel. Ich werde sterben, wie ein Mann sterben soll: dem ins Auge blickend, der meinen Kopf nimmt.‹

Noch einige Atemzüge lang lag er so still, wie er nur konnte, auf dem rüttelnden Bett, sammelte alle Kraft, die noch in ihm war. Seine wohlgeübten Kriegermuskeln zu ihrer letzten Tat anspannend, lockerte er das Schwert in der Scheide, die eine Waffe, die ihm geblieben war. Dann, mit einem armseligen Abklatsch jenes wunderbaren Sprunges, der ihn vorhin aufgerichtet hatte, erhob er sich wieder. Stand noch einmal aufrecht im Sattel, das Schwert in seiner rechten Hand. Sein Aufrichten brachte ihn wieder in die Griffweite seines Feindes.

Mit einem ohrenzerreißenden Triumphgeheul schlug das Ungeheuer zu. Doch in dem Augenblick, als jene Riesenklauen, die noch von seinem eigenen Blut troffen, herniederfuhren, sprang Pwyll. Hinüber und hinauf, genau auf das Ungeheuer zu. Er hoffte, auf der ihm zugewandten Gigantenschulter zu landen, die sich gesenkt hatte, um ihn zu packen. So geschwächt er auch war – hätten Haare statt Schuppen den weiten, ungeheuerlichen Körper bedeckt, es hätte ihm gelingen können. Sein Wille und sein Kriegerherz ließen ihn nicht im Stich, doch seine klammernden Hände suchten vergeblich Halt an jenen glatten Schuppen; er fiel. Krabbelnd wie ein verletztes Tier, mit einem vor neuen Wunden schmerzenden Körper, versuchte er, sich durch die Nebelschwaden wegzurollen, die jene ungeheuren Knie umkräuselten. Doch eine große, grapschende Tatze fand ihn; gräßlicher Schmerz durchdrang ihn wieder, als scharfe Krallen sich in seine Schultern senkten und in seinen ohnehin schon zerrissenen Rücken.

Er wurde gehoben; gehoben zu jenen entsetzlichen dreifachen Zahnreihen! Er schaute in eine Höhle aus flammendem Feuer; eine Höhle, deren roter Boden sich wölbte und wellte – auf ihn zu!

Die große rote Zunge, voll Gier, ihn zu schmecken!

Wie Felsen blitzte eine Reihe blutbefleckter Zähne über ihm auf, senkte sich. Eine zweite Reihe erglänzte unter ihm, hob sich. In weniger als einem Atemzug würden die beiden zusammenkommen und seinen Kopf abbeißen!

Da hörte er, weit drunten, wie ihm schien, den schrillen Schrei eines kämpfenden Hengstes, das Trommeln von Hufen gegen Schuppen. Der Graue versuchte ihm zu helfen! Nicht absichtlich hatte er seinen neuen Herrn in eine Falle geführt. Das Ungeheuer brüllte wieder; sogar jener schwarze Berg fühlte die Hufe vom Hengst des Todes!

Diese Treue wärmte Pwyll, spornte ihn an zu einer letzten Anstrengung. Als der betäubende Hall dieses ungeheuren Gebrülls auf ihn einschlug, über ihn hinwegbrandete wie die Wogen des Meeres, da entwand er sich dem kurz gelockerten Griff. Er konnte nicht mehr hoffen, zu den großen Augen hinaufzuklettern, wie er geplant hatte. Vermutlich hätte sein Schwert auch noch weniger ausgerichtet als seine Speere, selbst wenn er auf die furchtbare Schulter gekommen wäre. Doch wenigstens würde er jener Zunge noch weh tun, bevor sie ihn genießen konnte!

Er wand sich voran und stieß sein Schwert tief in die gewaltige, züngelnde Röte. Hinein und hindurch.

Das Gebrüll, das folgte, schien seinen Kopf zu sprengen und sämtliche Kno-

32

chen in seinem Leib zu zerschmettern, die Erde unter ihm zu spalten und den Himmel auf sie herabstürzen zu lassen.

Schmerz weckte Pwyll. Ein riesiges, beschupptes Bein, dicker als der dickste Baumstamm, schoß in der Luft über ihm hin und her. ›Gleich wird es herabfallen und zerschmettern, was von mir übriggeblieben ist. Dann werde ich ruhen.‹ So dachte Pwyll, und es störte ihn nicht, so groß waren seine Schwäche und sein Schmerz.

Dann sah er den Grauen, wie er immer noch blitzschnell angriff, den gewaltigen Stößen und Tritten gewandt ausweichend. Und das Geheul machte noch immer die Erde beben; dann erwachten auch Pwylls Ohren, und er hörte es. Die beiden riesigen Tatzen mußten an dem Schwert zerren, das in jener schrecklichen Zunge stak; genausogut hätte der Fuß einer Kuh versuchen können, einen Splitter zu fassen.

›Es muß mich ausgespieen haben‹, dachte Pwyll, ›und der Graue hält es mir vom Leib. Lange kann er das nicht. Tod, wirst du dein eigenes Pferd holen?‹

Wenn Arawn wirklich versucht hatte, Havgan hinters Licht zu führen, dann war er jetzt selbst überlistet worden. Doch Pwyll war müde, zu weh und wund, um noch etwas anderes zu tun, als still dazuliegen. Und doch ... ein Mann soll seinen Freunden helfen, und der Graue war sein Freund ...

Er versuchte, sich auf Händen und Knien aufzurichten, brach ein, versuchte es wieder, kam unsicher auf die Beine und fiel zurück in die immer größer werdende Lache aus seinem eigenen Blut. Seine Augen schlossen sich.

Durch die Nebel in ihm und um ihn herum kam ein Schrei. Zwei Schreie. Pwyll öffnete die Augen.

Aus dem Nebel heraus kamen die beiden abgehauenen Menschenköpfe heran, flogen wie Bälle durch die Luft. Als das baumstarke Bein herabschwang, um nach dem Grauen zu treten, sprangen sie hinauf, ließen sich wie zwei Vögel auf ihm nieder. Wieder hörte Pwyll die beiden Rufe, erkannte, daß es Schlachtrufe waren. Matt dachte er: ›Ihr müßt auf den Hälsen tapferer Männer gewachsen sein, wenn ihr in diesem Zustand zurückkommt und kämpft. Viel Glück, ihr kleinen Burschen; ihr werdet es brauchen!‹

Doch sah er nicht, wie es ihnen zuteil werden sollte, und seine Augen schlossen sich wieder. Bald würde für sie alle das Ende kommen, für Pferd und Köpfe und Mann.

Etwas brachte ihn dazu, die Augen wieder aufzuschlagen. Die Köpfe mußten vom Bein des Ungeheuers auf dessen Flanke gesprungen sein. Sie hüpften gerade auf seinen Rücken, sprangen von Schuppe zu Schuppe, immer höher und höher und höher. Pwyll wünschte, er hätte Kraft genug, um sie anzufeuern. Tapfere Köpfe! Kluge Köpfe!

Auch schien es ihm aus einem unbegreiflichen Grund wichtig zu sein, daß er die Augen offenhielt und ihnen zusah. Obgleich jetzt nichts mehr wichtig sein konnte. Und Wachsein schmerzte . . .

Der Graue kämpfte immer noch, und die Köpfe hatten den mächtigen Hals erreicht. Einen Moment lang rasteten sie, auf jeder der beiden Riesenschultern hockte einer. Dann taten sie einen letzten Sprung – den größten aller Sprünge. Sie erreichten, was Pwyll zu erreichen gehofft hatte: die Oberfläche des furchtbaren flachen Kopfes. Sie rollten über seine grausige Fläche hinweg, ihre gebleckten Zähne blitzten, und jeder landete in einem der großen, roten, wilden Augen.

Da übertraf das Gebrüll alles seitherige Brüllen. Unter Pwyll bebte und schwankte die Erde; er war sicher, daß seine Trommelfelle geplatzt waren, doch sehen konnte er noch. Er sah die Köpfe wie Wespen hin und her schießen, indes die großen Klauen nach ihnen griffen; sah, wie ihre Zähne das einmal Gepackte nur losließen, um sich woanders festzubeißen. Sah die Klauen, die nach ihnen faßten, wieder und wieder herniederfallen und die Augen auskratzen, die sie beschützen wollten. Blut begann aus den riesigen Augäpfeln zu fließen, schwarzes, greuliches Blut . . .

Zuletzt warf das Ungeheuer die Köpfe ab, und sie blieben liegen, wohin sie fielen. Immer noch brüllend und blutend, trottete es durch die Nebel davon. Diese stiegen jetzt wieder auf; Pwyll fühlte, wie sich ihr weiches Grau über ihm schloß, kühl und süß und heilend . . .

Etwas stieß ihn an, stupste ihn, kräftig, aber freundlich. Er spürte, wie wund sein Rücken war, dann hörte er ein Wiehern und öffnete die Augen, blickte in braune, besorgte Pferdeaugen und erkannte den Grauen Arawns. Er wollte eine Hand heben, um die Nüstern des Hengstes zu streicheln, doch reichte er nicht so hoch. Er sagte: »Bist du unverletzt, Junge?« Und der Hengst wieherte wieder, froh und eifrig, als würde er ihn verstehen.

Der Graue entfernte sich. Er kam zurück, und Pwyll begriff, daß Wasser in seinem Maul war, und daß er, Pwyll, seinen Mund öffnen sollte, damit dieses Wasser hineinfließen konnte. Das tat er, und nichts, was er je gekostet hatte, war so frisch und süß und kühl gewesen. Es muß Wein sein, dachte Pwyll; manche sagten, Wein, nicht Wasser, fließe in den Bächen von Anderswelt. Doch nein! Wein stieg zu Kopf. Wieder rollte Dunkelheit über ihn hinweg, diesmal eine angenehme, lindernde Dunkelheit, und er schlief.

Er erwachte in einem sanften grauen Licht, und der Graue graste an seiner Seite. Er lag auf einem weiten Moor; die Nebel hatten sich gelichtet, so daß er alle Dinge in seiner Nähe deutlich sehen konnte, doch in der Weite bildeten sie noch silbrige, wogende Wände.

Doch etwas Übles konnte er noch sehen und riechen. Die schwarze, getrocknete, immer noch stinkende Spur vom Blut des Ungeheuers. Sogar die Grashalme, die jeden dieser eklen Tropfen umstanden, sahen versengt und verbrannt aus.

Pwyll sprang auf, dann japste er, denn seine Wunden fielen ihm ein; dann japste er zum zweiten Mal, denn er erkannte, daß sie nicht schmerzten. Er sah an sich hinab. Seine Kleider hingen in Fetzen, doch auf der bronzenen Glätte seiner Haut zeigte sich kein Mal. Während er schlief, waren seine Wunden verschwunden!

Doch jenes Wesen war Wirklichkeit gewesen; kein Traumfeind hatte jene Blutspur hinterlassen. Pwyll sprang auf den Rücken des Grauen und folgte jenen schrecklichen Spuren. Bald stach ihm ein Übelkeit erregender Gestank in die Nase; der übelste Geruch, den er je gerochen hatte. Dennoch ritt er weiter; ihm voraus gleißte etwas böse.

Es war eine große, tiefe Grube voll schwarzem, waberndem Schleim; es rauchte und fauchte und blubberte. Das Ungeheuer lag dort, schon mehr als zur Hälfte aufgelöst. Das schreckliche Gift seines Blutes hatte sich tief in die Erde gefressen und jene Grube gemacht, hatte Erde und Fels verbrannt, während es greuliches Fleisch und Knochen und Schuppen verbrannte . . .

So schnell er nur konnte, wandte sich Pwyll ab und ritt fort von dieser Grube. Er fand einen Bach und trieb den Grauen hindurch, dann badete er darin. Er hätte gern jede Erinnerung an den stinkenden Schrecken von ihnen beiden abgewaschen. Doch dann wollte er die Stelle wiederfinden, wo der Kampf stattgefunden hatte. Er suchte, bis er im tiefen Grase die beiden Köpfe nebeneinander liegen fand; ihre blutverschmierten Gesichter waren jetzt so friedlich wie die schlafender Kinder. Er häufte Erde und Steine über ihnen auf; für jeden baute er einen so schönen Grabhügel, wie er vermochte. Dann nahm er Haltung an und sagte ihnen Lebewohl.

»Traurig ist es, daß der Rest von euch zusammen mit dem Ungeheuer verwesen mußte. Es müssen feine Burschen gewesen sein, die euch einst auf ihren Schultern getragen haben; ein Mann könnte sich keine besseren Kameraden wünschen. Mögen wir uns eines Tages wiedertreffen und Seite an Seite kämpfen in einer Welt, wo wir alle ganz sind.«

Dann ritt er davon und ließ sie zurück. Er gab dem Grauen wieder den Kopf frei; er wußte nicht, was sonst tun.

Von ihren schönen neuen Gräbern aus sahen ihn die Köpfe ziehen, sie, deren Blick keine Wände hindern konnten. Dann sahen sie einander an und grinsten. Einer sagte: »Da geht ein guter Mann, Bruder. Auch ich hoffe, daß wir eines Tages an seiner Seite kämpfen werden!«

Der andere Kopf sagte nüchtern: »Nur zu bald wird er seine ganze Kraft und Tapferkeit wieder brauchen. Ich wünschte, wir hätten ihm von dieser Kraft nicht soviel abzapfen müssen, Bruder.«

»Doch nur mit seinen Augen auf uns und mit seiner Kraft in uns, mit den Augen und der Kraft eines lebenden Menschen, konnten wir die Tat vollbringen, Bruder. Jenes ekle Fleisch war zu grobschlächtig, als daß ein Mann aus dieser Welt es hätte töten können.«

VIERTES KAPITEL – DIE SCHÖPFERIN DER VÖGEL/PWYLL RITT DAHIN, UND DAS EINZIGE, WORAN ER DENKEN KONNTE, WAR ESSEN. AN JENE DAMPFENDEN PLATTEN VOLL GUTER SACHEN, VON DENEN ER SEINE MÄNNER WEGGEJAGT HATTE, UM NACH GLEN CUCH hinabzugehen. Er sah die verlockenden Speisen vor sich, er roch sie, sein Magen gierte nach ihnen, und das Wasser lief ihm im Munde zusammen.

›Nie wieder werde ich Mensch oder Tier von seinem Essen jagen, um meinem Vergnügen zu dienen‹, sagte er sich. Und bemitleidete seine Pferde und Jagdhunde und Männer, bis ihm einfiel, daß sie wahrscheinlich alle in der Zwischenzeit gegessen hatten; da bemitleidete er nur noch sich selbst.

Wie lange war er schon in Annwn? Wo war Arawns Palast? Und wo war Arawn? Ohne das wachsende Vertrauen in den Grauen hätten große Sorgen ihn befallen. Doch irgend etwas stimmte nicht; daran konnte es keinen Zweifel geben.

›Nun, schließlich muß ja Arawn dafür sorgen, daß ich rechtzeitig an die Furt komme, um seinen kostbaren Havgan umzubringen‹, dachte er. ›Was ich jetzt brauche, ist ein Frühstück.‹

Dann kam plötzlich ein Geruch zu ihm, so wunderbar in seiner Köstlichkeit und Süße, wie es vorher der Gestank in seiner Schrecklichkeit gewesen war. Ein Geruch wie der von irdischen Apfelblüten, nur viel süßer als der Duft einer Blume auf Erden.

Vor ihm richtete sich eine dieser silbrigen, wogenden Wände auf. Bevor der Graue in sie hineingaloppierte, sah sie fest aus, und dann mußte Pwyll mit der Hand seine Augen schützen, denn rings um ihn blitzte alles wie Feuer; ohne Hitze, doch diamantenhell, wie Tautropfen unter der Morgensonne funkeln. Dann kamen sie auf der anderen Seite heraus, in ein goldenes sanftes Licht hinein, das von keiner Sonne kam, die Pwyll sehen konnte.

Sie waren in einem Wald, keinem Wald aus Gold und Kristall, wie ihn seine Amme in ihren Geschichten über die Wunder von Anderswelt geschildert hatte, sondern in einem Obstgarten voll lebendigem Grün. Sein Duft machte das Atmen zu einer Wonne; seine zartgrünen Blätter und die Fülle der noch zarteren, rosig weißen Blüten verbargen den Himmel.

Als er unter dem ersten Baum ritt, geschah ein Wunder. Denn dessen Blüten rieselten wie Schneeflocken um ihn herab, und innerhalb eines Atemzuges wuchsen die winzigen grünen Früchte und wurden größer und reiften zu großen Äpfeln, rund wie die Sonne und rosiger als die Wange der schönsten Frau.

Pwyll sah es mit offenem Munde, dann stieg er ab. »Vielleicht ist es nur Blendwerk, doch bin ich hungrig genug, einen fauligen Apfel mit einem Wurm drin zu essen und den Wurm als einen schmackhaften Bissen Fleisch zu genießen. Und diese Äpfel sehen nicht faulig aus; wir wollen sie probieren, Junge.«

Halb erwartete er, daß sich der erste Bissen in seinem Munde in etwas anderes verwandle, aber das tat er nicht; dieser Apfel war süß und tadellos und reif und saftig, war alles, was ein Apfel sein sollte, und seine Genossen waren genauso. Pwyll und der Graue mampften glücklich, bis sie voll waren.

Zuletzt leckte sich Pwyll die Lippen und sagte: »Die waren gut, Junge. Doch du brauchst Wasser, und ich kann auch welches brauchen. Nach diesen Äpfeln könnte ein Mann mit Wein nichts anfangen.«

Sie zogen weiter, bis sie unter einem Baum eine Quelle fanden, eine Quelle so blau wie der sonnenhelle Himmel, und neben ihr lag ein goldener Becher. Pwyll stieg wieder ab; während der Graue eifrig schlappte, trank er aus dem Becher, und das Wasser dieser Quelle war süß und rein vor allen Wassern der Welt, die er gekostet hatte.

Dann ließ er den Becher fallen und riß die Augen auf vor Ehrfurcht und Verwunderung. Bevor er getrunken hatte, da war auf der anderen Seite des Brunnens niemand gewesen, doch jetzt . . .

Eine Frau saß dort, und das Licht an diesem Ort kam von ihr. Ihr Körper strahlte wie die Sonne; ihr dünnes Gewand verbarg nicht mehr, als Wasser es getan hätte. Ihr Haar leuchtete, es strömte rot wie Gold zu ihren edlen, hochgewölbten Füßen hinab, die zart und rosig weiß waren wie die Apfelblüten. Doch als Pwyll versuchte, ihr ins Gesicht zu blicken, da konnte er es nicht, seine Augen senkten sich; so wußte er, daß Sie keine Frau, sondern eine Göttin war und daß dieser Ort aus der strahlenden Herrlichkeit lebte, die Sie verkörperte.

Drei Vögel flogen um ihr Haupt, und ihr Gesang war süß. Einer war zart grün wie die Blätter, einer leuchtete weiß wie Schnee, und der dritte blitzte wie ein Sonnenstrahl. Sie saß da und schnitzte an einem gewöhnlichen Stück Holz von einem Apfelbaum, und Sie machte Ebenbilder von Vögeln. Sobald eines fertig war, erbebte das Holz, verwandelte sich in gefiedertes Fleisch, und der neue Vogel flog singend vor Freude über das Leben und seine Flügel davon.

Wie lange er ihr zusah, konnte Pwyll nie sagen, doch schließlich hob Sie Ihre Augen und sah ihn an.

»Sei willkommen, Pwyll von Dyved. Jetzt lachst du nicht über Mich, wie du es auf Erden getan hast. Jetzt, da du aus Meinem Becher getrunken und Meine wahre Gestalt geschaut hast.«

Er sagte: »Herrin, kein Mann könnte je über Dich lachen. Nur aus Freude an Dir.«

»So? Ich bin von alters her Königin in Dyved gewesen. Vor dir hat sich noch nie ein Mann König genannt, es sei denn von Meinen Gnaden. Nur du hast Mich verhöhnt und geschworen, daß du das Land aus eigener Kraft halten könntest – ohne die Hilfe einer alten Hexe, deren Volk das deine besiegt habe.«

Da erkannte Pwyll Sie und erstarrte. »Große Königin, nicht in dieser Gestalt wurdest Du mir als Braut dargeboten.«

»Dieses Wesen darf kein Mann berühren. Sterbliches Fleisch kann es nicht beherbergen.«

»Nein. Nur ein Teil von Dir kann auf der Erde sein – sogar ich weiß das –, und wenn auch nur das kleinste bißchen von Dir zu einer sterblichen Frau werden könnte, dann würde ihr Mann für immer der glücklichste aller Männer sein.« Pwylls Stimme war dunkel vor Verlangen gewesen; jetzt wurden seine Augen hart. »Doch die Druiden haben diesen Teil von Dir in einer großen Weißen Stute untergebracht. Als mein Vater starb und ich die Königswürde nahm, da sagten sie, ich müsse mich auf alle viere niederlassen und sie nehmen wie ein Hengst in Brunst! Du könntest niemals so zu einem Mann kommen!«

»Mann, hättest du ihren Willen erfüllt, wärest du auf allen vieren gegangen und hättest deinen Samen einem Tier gegeben – niemals hättest du aus Meinem Becher trinken können! Die Stute wäre so befleckt gewesen wie du. Ich würde Mich nicht schämen, ihre Gestalt anzunehmen, um Mir in euren Gefilden einen Hengst zu suchen; denn alles, was in Dyved lebt und atmet, ist ein Teil von Mir. Doch Mann und Stute, pfui!«

»Ich wußte es, Herrin!« Pwylls Augen waren wieder weich und leuchtend. »Niemals könntest Du Dich so an Dir versündigen!«

»Nur die Druiden der Neuen Stämme konnten einen solchen Frevel ersinnen, sie, die von den Uralten Harmonien nichts wissen wollen und das bißchen Weisheit, das sie gewinnen können, zu veralteter Torheit verzerren – ihre eigenen Absichten verfolgend!«

Wieder versteifte sich Pwyll. »Herrin, auch ich gehöre den Neuen Stämmen an!« Dann klärte sich sein innerer Blick. »Verzeih mir, Du kannst weiter sehen als die Menschen. Und ich freue mich darüber, daß ihre Verwünschungen nichts bedeuten. Als ich nämlich an ihrem heiligen Pferdespiel keinen Teil haben wollte, da sagten sie, daß kein Sohn von mir nach mir regieren und daß ich größtes Unglück über Dyved und mich selbst bringen würde. Hätten meine Krieger mich weniger geliebt, wäre ich niemals König geworden. Nur ein einziger von allen Druiden stand mir bei und wollte in ihre Verfluchungen nicht einstimmen: mein Blutsverwandter, Pendaran Dyved.«

»Er hat ein wenig Weisheit. Mag sein, er gewinnt noch mehr, wenn auch nicht viel. Selbst unter den wahren Druiden, jenen der Alten Stämme, werden die weisen Männer weniger. Denn Finsternis muß über deine Welt kommen – nur wenn du Havgan erschlägst, kann das Chaos verhindert und zurückgeworfen werden.«

Pwyll lachte freudig. »Herrin, bevor ich Dich traf, da schwor ich, Havgan zu töten; doch jetzt werde ich ihn für Dich in so viele Stücke hauen, wie Sterne am Himmel stehen!«

»In diesem Kampf kann ich dir nicht helfen. Du nimmst Warnungen leicht; sei dennoch gewarnt: Ein schwerer Kampf erwartet dich dort, und er erwartet auch die Erde.«

Er blickte Sie gerade an, so gerade, wie es ihm möglich war; denn Ihren Augen konnte er nicht begegnen.

»Herrin, ich bin jetzt trunken. Von Deiner Schönheit. Doch weder von Gott noch von Menschen werde ich je Hilfe gegen einen Feind mit zwei Armen und zwei Beinen erbitten. Doch sag mir, was ich für Dyved tun kann, und ich werde es tun.«

»Ich werde mehr als das tun. Wenn Ich kann, werde Ich auf die Erde kommen und dort deine Frau sein, so, wie Ich von alters her den Königen von Dyved Weib war.«

Pwylls Herz zuckte vor Freude und Erstaunen. Fast hätten seine Arme auch gezuckt, doch etwas hielt sie zurück. Dann durchbohrte ihn ein dunkler Gedanke, und er stöhnte: »Herrin, wenn ich warten muß, bis Du als sterbliches Mädchen geboren wirst und heranwächst, dann werd' ich lange warten müssen. Ich werde graubärtig und vielleicht kahlköpfig sein – zu alt, um Dir Gerechtigkeit widerfahren zu lassen.«

»Zu alt, um dich Meiner zu erfreuen, meinst du.« Sie lachte. »Fürchte dich nicht. Wenn wir beide zusammenkommen, dann wird es als junger Mann und junge Frau sein. Deine Lenden werden noch mächtig sein.«

Da lachte auch er. Seine Augen funkelten. »Sag' nicht ›wenn‹, Herrin. Nichts kann mich jetzt mehr davon abhalten, Havgan zu töten.«

»Doch bevor wir beieinander liegen können, mußt du fürchterliche Feinde bezwingen – unter ihnen dich selbst. Du hast eine große Prüfung bestanden, doch eine zweite rückt näher.«

»Havgan, Herrin?«

»Nein. Bei dieser Gefahr kann Ich dir helfen – wenn du Meine Hilfe begreifen und anwenden kannst.«

»Welche Gefahr dann, Herrin? Welche Hilfe?« Er mühte sich, diese Worte zu sagen, aber es gelang ihm nicht. Das Singen Ihrer Vögel war lauter geworden; es war rings um sie herum, spülte über sie hinweg wie die Wellen einer sonnigen See. Von weit her kam Ihre Stimme: ». . . ein Vogel, der nicht Mein ist . . .«

Bäume und Quelle waren verschwunden. Sie standen auf einer grünen Ebene, und Sie hob Ihre weißen Arme, und unter jedem Arm hervor kam ein weißes Pferd. Die Pferde begegneten sich, sie tänzelten und drehten sich, sie wurden zu vielen Pferden und tanzten, leicht wie Blätter im Wind. Ihre Mähnen und Schwänze leuchteten wie Schaum. Pwylls Herz schmerzte vor Freude; immer auf Erden hatte er den Anblick weißer Pferde geliebt, die sich auf einer Wiese tummelten. Nichts anderes hatte, bis er hierher gekommen war, den Herrlichkeiten von Anderswelt auch nur annähernd so sehr den Anschein der Wirklichkeit gegeben.

Das Tanzen hörte auf. Die Pferde kehrten zu Ihr zurück, jetzt wieder nur zwei; sie beschnoberten Ihre Hände. Sie streichelte ihre schneeweißen Köpfe, und neben Pwyll wieherte der Graue, wie ein Kind, das seinen Teil Liebe will.

Sie rief ihm; er galoppierte zu Ihr, und über die drei schimmernden Pferdeköpfe hinweg sah Sie Pwyll an: »Diese gehören zu den schönsten unter Meinen Kindern. War es nicht zum Teil aus Liebe zu ihnen, daß du es so haßtest, dem Gebot deiner Druiden zu folgen? Solchen Liebreiz nicht beflecken wolltest?«

Er wollte antworten, doch die Vögel sangen immer noch, ihr Gesang schwemmte ihn hinweg wie die schimmernden, vielfarbigen Fluten eines Regenbogenflusses. Noch einmal kam Ihre Stimme herüber: »Schlafe und ruhe. Erwache und wundere dich, ob du Mich nur geträumt hast – Mann, der du hoffentlich Mein Mann sein wirst.«

Pwyll erwachte nach – wie ihm schien – langer Abwesenheit von sich selbst. Er lag auf dem offenen Moor, in baumloser, felsiger Öde, die nur von dem grauen Zwielicht erhellt wurde, das in Annwn sowohl Tag als auch Nacht zu sein schien. Der Graue graste neben ihm; er streckte eine Hand aus und berührte diese gute und wirkliche Pferdehaut. Ihre Wärme linderte seinen plötzlichen, tiefen Schmerz über Verlorenes – Verlust von was? Ein Garten voller köstlicher Äpfel – eine blaue Quelle mit einem goldenen Becher? Weiße, tanzende Pferde? Er mußte diesen wilden Wunderwirbel geträumt haben. Nein –

Sie war Wirklichkeit gewesen, jene wahre Braut, die mit ihm unter den Apfelbäumen gewandelt war. Frau oder Göttin, sie war Wirklichkeit gewesen. Er schloß die Augen, sein Herz hungerte nach ihrer goldenen Wärme. Doch das Grau um ihn herum sickerte durch die geschlossenen Augenlider, in seine Seele, in die verschwimmende Erinnerung hinein ... Er bestieg den Grauen wieder.

»Wir müssen weiter, Junge. Wir haben noch was zu erledigen!«

Der Königstrunk! Er hatte den Becher gefunden, doch wahrlich, Sie hatte ihm jenen Trunk geschenkt; wie die Göttin den Erwählten zu trinken gibt, wenn Sie in Gestalt einer Frau einherging und nicht in der einer Stute. Mehr Träume. Selbst hier war es wenig wahrscheinlich, daß er Ihr begegnet war, Ihr, die von alters her Dyveds Göttin war, und daß Sie sich ihm verlobt hatte. Wahrscheinlich hatte ihm eine Dame aus dem Feenreich diesen Streich gespielt, indem sie jenen erhabenen Namen benutzte. Doch war kein Name gefallen ... Nun, derlei mußte man erwarten in einer Welt wie dieser. Er freute sich darauf, hier herauszukommen und heimzugehen, doch erst mußte er Havgan töten.

Er ritt weiter, doch Beklommenheit ritt an seiner Seite. In den alten Geschichten hieß es, Menschen, die das Feenvolk im Mondlicht tanzen sahen und in diesen Tanz gezogen wurden, seien nach einer Zeit, die ihnen wie die Lustbarkeit einer einzigen Nacht vorkam, zurückgekommen und hätten erfahren, daß alle ihre Freunde und Verwandten vor langer Zeit gestorben seien. Was, wenn er, Pwyll, bei seiner Heimkehr einen anderen Fürsten von Dyved vorfände und von sich selbst nur noch die schwache Erinnerung an einen jungen Prinzen, der vor hundert Jahren ausgezogen und verschwunden war?

Doch Arawn hatte versprochen, bis zu seiner Rückkehr auf seinem Thron zu sitzen. »Und das gute Volk von Dyved wird seine Überraschung erleben, wenn ich hundert Jahre alt werde!« Pwyll lachte unbehaglich. Gewiß würde Arawn einen solchen Bruch in der überkommenen Ordnung der Dinge niemals erlauben. Ordnung war es doch, was der Tod aufrechtzuerhalten geschworen hatte. Nein, wenn Pwyll heimkam, dann würde alles sein wie zuvor; seine Pferde, Hunde und Männer würden alle noch dasein. Nichts würde sich verändert haben.

›Wenn du je heimkommst. Was, wenn Arawn nur mit dir spielt? Wenn er dich die ganze Zeit betrogen und es nie einen Havgan gegeben hat? Wenn er dein Leben dort in dem Wald genommen und ...‹

Zornig trat Pwyll dieses fauchende Gedankengewürm nieder. Er sah sich um, versuchte, auf andere Gedanken zu kommen. Der Weg war jäh bedrohlich geworden. Felsige Hügel türmten sich rings um ihn auf, schroffe, zerklüftete

Klippen, von deren Nähe er nicht das geringste geahnt hatte. Nebel hatten die Moore hinter ihm ausgelöscht, krochen hinter ihm her. Nebel, die sich sanft und unaufhörlich bewegten, wie das Meer sich bewegt. Es war ein andauerndes Zusammen- und Auseinander- und wieder Zurückrollen in ihnen, als versuchte Etwas, sich einen Körper zu formen. Eine Gestalt, deren Anblick ungut wäre ...

Pwyll begann sich öfter umzusehen, als ein tapferer Krieger es sollte. ›Du hast schon eine große Prüfung bestanden, doch eine zweite ist nahe.‹ Wer hatte das gesagt? Vielleicht hatte er es nur geträumt, doch in dieser Welt mochten Träume Wirklichkeit werden.

Er war jetzt waffenlos; Dolch und Speere lagen irgendwo auf jenen endlosen Nebelmooren, sein gutes Schwert war wohl versunken und geschmolzen in jenem stinkenden Pfuhl, der einmal ein Ungeheuer gewesen war. Gegen jeden Feind, auf den er fortan traf, hatte er nur noch seine Hände.

›Arawn hat versprochen, daß der Weg zu seinem Palast frei vor dir läge. Er hat dieses Versprechen gebrochen.‹

Der Wurm in ihm spie ihm das ins Gesicht. Jäh ringelte er sich zusammen wie die Nebel, richtete sich in diesen Windungen auf, und sein zischender Kopf spie ihm neue Gedanken entgegen. »List und Hinterlist haben dich hierher gelockt. Er hat dich belogen und betrogen.«

»Doch warum mit mir spielen?« wollte Pwyll wissen. »Warum mich mit Gespenstern ängstigen, wie eine schlechte Amme am Abend ein Kind ängstigt? Er hätte mich doch schon längst vernichten können.«

Doch jetzt hatte das zischende Gesicht der Schlange flache, böse Augen. »Wie sollte, Sterblicher, dein erbsengroßer Kopf je die Ränke dessen begreifen können, der seit Anbeginn der Zeit der Herr des Lebens ist? Vielleicht gelüstet es ihn nach sterblichen Freuden? Nach dem Entzücken der Katze an der Maus, des Folterknechtes an dem Mann oder an der Frau, die er foltert? Nach jenen Spielen, die ihn so oft herbeigeführt haben, um deren erschöpfte, zerbrochene Opfer wegzuräumen – warum sollte er nicht neugierig werden und erfahren wollen, wie sie sind?«

Weisheit stieg in Pwyll auf; vielleicht war es ein kleiner Rest von dem, was aus Arawns Augen in ihn geflossen war, vielleicht etwas, das einzig aus seiner eigenen Menschentreue geboren wurde. »Torheit, Schlange! Welches Wesen, das all die unvorstellbaren Wonnen und Wunder und Entzückungen genossen hat wie er, könnte sich zu der niedrigsten aller Torheiten von Mensch und Tier herablassen?«

Doch der Wurm sagte: »Die Langeweile ist mächtig. In jenem Land der Ewig-Jungen, wo Mann und Frau einander in altersloser Schönheit umfangen,

42

wo meinesgleichen nie dazu kommt, sich in den süßen Früchten zu ringeln oder in die Scheunen zu kriechen, wo das goldene Korn gelagert wird, dort muß schließlich die Langeweile einziehen. Langeweile zeugt seltsamen Nachwuchs!«

»Sie kann im Mächtigen nicht etwas so Kleines wie dich erzeugen«, sagte Pwyll mit zusammengebissenen Zähnen.

»Bin ich klein?« Die Schlange bäumte sich auf und lachte ihm ins Gesicht, ein seltsames, zischendes Gelächter. »Ich, die ich groß geworden bin und weiter wachsen werde – in und aus deiner Seele?«

»Du sollst nicht größer werden«, sagte Pwyll grimmig. »Wenn Arawn mein Bruder solche Gemeinheiten an sich hat, dann sind es welche aus seiner Welt, nicht aus meiner!«

Wieder lachte die Schlange. »Gemeinheit ist vielleicht überall gleich!«

»Vielleicht auch nicht«, sagte Pwyll. In jenem inneren Bezirk, in dem sie sprachen, setzte er seine Ferse auf den Kopf der Schlange. Zertreten, sank sie in die Tiefen in ihm zurück, wo sie sich wieder zusammenringelte, wartete ...

Pwyll und der Graue zogen weiter, durch Gelände, das immer gefährlicher wurde. Felsnadeln und grimme graue Steine ragten aus dem Nebel, gewaltige, nur halb sichtbare Formen, die zu leben und zu drohen schienen. Einmal sah Pwyll zurück, in die Nebel hinab, die die Moore verbargen. Diese dampften jetzt, wie ein ungeheurer Kessel, in dem böse Dinge brodelten.

›Es ist‹, sagte sich Pwyll, ›noch nie das Wahrzeichen eines tapferen Mannes gewesen, umzukehren; und ich weiß auch nicht, wohin ich umkehren könnte. Und es geht bergauf. Vielleicht werden wir endlich ins Licht kommen.‹

Noch nie hatte er in dieser Welt richtige Dunkelheit gesehen. Nie, außer an jenem wunderbaren Ort der Äpfel, hatte er richtiges Licht gesehen; und er war wieder hungrig und durstig; es wurde leichter und leichter zu glauben, daß er jene Äpfel nur geträumt hatte. »Auch mit deinem Glück ist es vorbei«, sagte er zum Grauen. »Denn wie ich sehe, wächst zwischen diesen Steinen überhaupt kein Gras, und gewiß kann nicht einmal das Pferd des Todes Steine fressen.«

Genau besehen, wuchs hier überhaupt nichts. In jenen immer dichter werdenden Nebeln konnte er bald so gut wie gar nichts mehr sehen, und selbst das zu sehen, wurde immer schwieriger. Er gähnte. Schlaf überkam ihn wieder, und obgleich Vergessen gut wäre: das hier schien nicht der rechte Ort zum Schlafen zu sein. Ja, es schien genau der falsche Ort zu sein.

FÜNFTES KAPITEL – DIE HÜTERIN DES TORES/ PLÖTZLICH BLIEB DER GRAUE STEHEN, UND PWYLL SAH DARIN EIN ZEICHEN UND VERSCHEUCHTE SEINE ZWEIFEL. ER STIEG AB UND LEGTE SICH AN DER AM WENIGSTEN STEINIGEN STELLE NIEDER, DIE ER FINDEN konnte. Es fror ihn, er wünschte, er hätte seinen Mantel, um sich zuzudecken, doch war jeder Abstand von dieser endlosen, ziellosen Reise gut. Der Graue, dachte er, muß sich auch verloren vorkommen.

Doch als er durch die grauen Nebel außerhalb in die grauen Nebel innerhalb sank, da sehnte er sich plötzlich nach seinem Schwert . . . Dann wußte er nichts mehr und wünschte sich nichts mehr.

Er erwachte, verkrampft und zitternd. Neben ihm stand der Graue, mit hangendem Kopf, offenbar schlafend. Die Nebel waren verschwunden, und endlich war die Nacht gekommen. Ein kalter Mond leuchtete grimmig am schwarzen, sternenlosen Himmel. Er grinste auf ihn herab wie ein vergoldeter Schädel.

Seine Augen folgten diesem Grinsen, und er sah einen Schatten, der war schwärzer als die Nacht.

Ein gigantisches, dreisäuliges Tor türmte sich über ihm. Wenn dahinter Mauern waren, so verbarg der schwarze Schatten des Felsens sie; aber Pwyll glaubte nicht, daß dies der Fall war. Etwas sagte ihm, daß jenes Tor in ewige Finsternis führte . . .

Ein wuchtiger Querbalken aus Stein deckte die drei Säulen. Genau in seiner Mitte saß ein riesiger Vogel. Und Pwyll sah diesen Vogel, und das Herz in ihm wurde wie Eis. Er versuchte aufzuspringen und zu fliehen, aber er konnte nicht einmal einen Finger rühren. Er versuchte, die Augen zu schließen, doch das Leuchten des Vogels bannte ihn. Sein Schnabel leuchtete fahl, grausam, schrecklich: eine gekrümmte Gewalt, die leicht den Arm oder Kopf eines Mannes abreißen konnte. Die Augen leuchteten rot, wie die Augen des Ungeheuers, doch mit einer ganz anderen Bosheit; einer Bosheit so kalt wie Eis.

Aber am schwersten war es, den Blick von den Federn abzuwenden, von der Myriade schimmernder, sich immerfort verändernder Federn . . . rotüberlaufene, grünüberlaufene, purpurüberlaufene Dunkelheiten, die zu einem einzigen Schwarz verflossen: einem Schwarz, das alles Licht ergriff und verwandelte und besiegte.

Mit einer gewaltigen Anstrengung gelang es Pwyll, seine Augen zu bewegen, bevor sie für immer gebannt wurden; sonst hätte seine Seele wohl äonenlang das unheilvoll leuchtende Labyrinth aus Federn durchwandern müssen. Doch konnte er seine Augen nicht sehr weit abwenden; gerade weit genug, um die Säulen unter dem Vogel zu sehen.

In dem riesigen Mittelpfeiler, auf dem er hockte, waren drei Nischen, und

die unterste davon war leer; doch aus jeder der beiden darüber grinste ein Totenschädel. Die zwei seitlichen Säulen enthielten jeweils nur eine Nische, doch
in jeder dieser beiden saß ein jüngst abgeschlagener Menschenkopf. Die glasigen Augen der Köpfe starrten noch verwundert drein, das Blut an ihren Hals-
stümpfen war frisch und rot.

Sie erblickten Pwyll; sie erwiderten seinen Blick. Sogar die Schädel glotzten
her, ihre schwarzen, leeren Augenhöhlen musterten ihn mit einem Blick, der
gierig und forschend und böse war.

Der Kopf zur Linken sagte: »Brüder, hier liegt der große Arawn, zu unseren
Füßen. Vielmehr dort, wo unsere Füße sein sollten. Ich wußte nicht, daß der
Tod je rastet.«

Doch der oberste Schädel lachte, riß seine fleischlosen Kinnladen weit auf.
»Narr, hast du das Gesicht des Todes schon vergessen? Du, der ihm erst heute
morgen begegnete?«

Auch der zweite Schädel lachte. »Wenn das Blut an deinem Hals nicht so
frisch wäre, Brüderchen, dann wüßtest du schon, daß der Tod niemals rastet.«

Der Kopf zur Rechten sagte: »Wie hält er das nur aus? Tag und Nacht,
Sommer und Winter hat er mehr zu tun als irgendwer.«

Die beiden Schädel lachten zusammen, dann antworteten sie wie einer:
»Friede, Brüderchen; zweifelt die Weisheit eurer Altvorderen und Höheren
nicht an. Zeitenlang haben wir beide hier oben gehockt und haben den Tod
kommen und gehen sehen. Zeit und Raum binden ihn nicht. Er tötet und tötet
und tötet, und doch findet er immer die Zeit, sich in seiner Halle zum Mahl zu
setzen. Mit seiner Frau zu schlafen, der Leichenverschlingerin, in deren Bauch
wir zuletzt alle gehen müssen.«

In dem eisigen Gefängnis, das sein Körper war, erzitterte Pwyll. War diese
Ogerin jene schönste aller Frauen, die ihm Arawn zur Bettgenossin versprochen hatte?

Der Kopf zur Linken sagte hartnäckig: »Und ich sage nach wie vor, daß das
Arawn ist, der dort liegt. Ich kenne sein großes Pferd; ich kenne sein Gesicht;
jenes Gesicht hat sich für immer meinen Augen eingeprägt.«

Die Schädel lachten wieder. »Deine Augen! Bald werden sie herausfallen
und dir das Gesicht hinablaufen wie zwei Batzen Schmalz. Wie die unseren.«

Und wieder lachte der oberste Schädel. »Und jene Lippen, die soviel Unsinn
plappern – bald werden auch sie abfaulen und hinabfallen und eure Zähne
nackt dem Wind überlassen. Wie die unseren.«

Der Kopf zur Rechten sagte: »Ihr zwei scheint aber noch genug zum Reden
behalten zu haben. Wie kommt das? Eure Zungen hätten doch schon längst
ausfaulen müssen.«

Der erste Schädel gab einen Laut von sich, der einem Schnauben verblüffend nahe kam, doch der zweite sagte: »Das ist eine gute Frage, und sie verdient eine gute Antwort. Der Kopf des Mannes gehört unter die Mysterien. Er sieht, er hört, er denkt, er spricht. Der Mann hat nur noch eine andere Fähigkeit, die wichtig ist: Bewegung, und deren angenehmster Sitz ist in einem sanften Etwas, das schnell verrottet; es hält nicht vor wie ein Schädel. Wir Toten können nicht hoffen, das zu behalten.«

»Leider, leider nicht«, sagten die beiden Köpfe und wackelten leidvoll. »Die Liebe der Frauen hat uns auf ewig verlassen.«

Der zweite Schädel schnaubte sie verächtlich an. »So? Eure Erinnerungen sind noch frisch, wie euer Blut. Ihr werdet euch an diesen Mangel gewöhnen müssen, Brüderchen. Ich habe zwar von einem Totenkopf gehört, der auf eine Frau spie und sie schwängerte, aber viel Spaß kann das nicht machen.«

»Nein, wirklich nicht!« sagten die Köpfe traurig.

»Doch wohnt große Macht in einem Kopf, dem Sitz der Vier Gewalten. Unsere Vorfahren bewahrten die Köpfe ihrer Verstorbenen als verehrte Hüter auf, die weiter sehen konnten als die Menschen. Sie hielten sie als liebevolle Verwandte und gute Ratgeber in hohen Ehren.«

Der oberste Schädel sagte düster: »Ja. Früher hielt man Köpfe in Ehren; sie wurden umhegt, man brachte ihnen Opfer von Milch und Fleisch und Honig. Man hörte auf sie und gehorchte ihnen. Doch jetzt reiten die Männer herum und binden die Köpfe an ihre Sattelknäufe; sie kratzen unsere Gehirne aus und geben uns dann den Goldschmieden, damit sie hübsche Gefäße aus uns machen. Wahrlich, wir leben in finsteren Zeiten!«

Der Kopf zur Rechten sagte: »Tapfere Männer ehren immer noch tapfere Männer. Ich dachte deshalb, der Mann, der mich gestern tötete, wäre stolz auf mich und würde sich niemals an einen gedeckten Tisch setzen, ohne mir meinen gerechten Anteil abzugeben. Das habe ich für seinen Bruder getan. Doch statt dessen kam Finsternis über mich, und ich erwachte an diesem Ort. Wie konnte das geschehen, Schädelbrüder?«

»Sie hat dich herbeizitiert. Sie hat dich auserwählt, so wie sie einst uns auserwählt hat.«

»Wer ist sie? Die alte Göttin, die Königin über Alles?«

Die Schädel blickten zu dem Stein über ihnen hinauf, wo der Vogel saß, und Pwyll schien es, als ob sie gezittert hätten, wäre ihnen etwas geblieben, womit sie hätten zittern können.

Dann sagte der oberste Schädel: »Brüder, wir haben gelogen. Unsere Augen sind nicht herausgefallen und unsere Lippen nicht hinabgefallen. Sie hat sie gefressen, sie, die hier über uns sitzt, genauso, wie sie die euren fressen wird. Sie melt, als weiterzuleben, während das Alter einen langsam zerstückelt, Stück um Stück. Uns ergeht es besser. Der Vogel frißt uns nur einmal. Dann sitzen wir ruhig da und warten auf die Dunkelheit und das Schweigen. Auf jenes endlose Rollen auf dem Moore, bei dem sogar die Erinnerung stirbt.«

Irgendwie bekam Pwyll eine Hand frei. Er packte die Zügel des Grauen und zerrte daran. »Pferd, hilf mir! Wenn ich auf deinen Rücken komme, dann schaffen wir's vielleicht, uns bei den Felsen dort drüben zu verstecken, wo ihre dunklen Schwingen keinen Raum zum Zustoßen haben.«

Doch der Gedanke an dieses Herabstoßen kam über ihn wie etwas Schwärzeres als Schwarz, und seine Hand sank. Er lag wieder hilflos da. Der Graue rührte sich nicht, noch öffnete er die Augen. Alle vier, Schädel und Köpfe, schnatterten triumphierend.

»Er wird dir dieses Mal nicht helfen! Niemand kann dir gegen sie helfen, deren Schnabel wartet. Und der wird nicht mehr lange warten – Bruder!«

Verzweiflung überkam Pwyll. Sie ergriff seinen Körper, der sich so sehr angestrengt hatte, wie Fleisch und Knochen sich anstrengen können – vergeblich. Sie überwältigte sein tapferes Herz. Selbst wenn ihm die Flucht gelang, wohin konnte er entfliehen? Um mit Blut und Schweiß das unvermeidliche Ende noch ein wenig hinauszuzögern? Wozu war das gut?

Doch das Leben hatte er geliebt. Er hob die Augen zu einem letzten Blick gen Himmel, auf dessen weite Freiheit, so düster er jetzt auch war. Er wünschte sich einen letzten Galopp über die Gefilde der Erde, auf seinem eigenen Kein Galed.

Einen guten Ritt, mit Wind und Sonne im Gesicht! Dafür zu leben war wert, was immer am Ende dieses Rittes auf einen wartete. Egal; alles war egal. Bevor dieser grinsende Mond viel höher stand, würde der Vogel auf ihn niederstoßen und seinen Kopf abreißen; ihn zum Verrotten in die unterste Nische legen. Und wenn er dann genügend verfault war, würde der schreckliche Schnabel sein innerstes Wesen herauspicken.

Sie beäugte ihn jetzt. Mit dem letzten Rest seiner Kraft versuchte er, von diesen kalten roten Augen wegzusehen.

Worauf wartete sie? Weidete sie sich an seiner Hilflosigkeit? Konnte todlose Größe so klein sein? Schon einmal hatte er etwas Ähnliches gesagt – und dann seine Ferse auf einen bösäugigen Kopf gesetzt. Einen Kopf, der diesem Vogelkopf nicht unähnlich war ... Konnte solch eine Kreatur überhaupt die Macht haben, seine Seele zu fressen?

Zweifel sprang in ihm auf, dieses Mal kein Wurm, sondern eine Schlange aus goldener Flamme. Sie befreite seine gebannten Glieder. Schwerfällig stützte er sich auf einen Ellbogen; die freie Hand, tastend in dem Staub neben ihm, fand einen Stein. Eine armselige, erbärmliche Waffe gegen den Anprall jener schrecklichen Schwingen, das Zustoßen jenes grausamen Schnabels, doch ein Mann sollte kämpfend sterben. Vielleicht würde seine Seele frei ausgehen, wenn er ungebeugt starb. Hoffnung tönte in ihm, wie der Gesang eines Vogels.

Der Gesang eines Vogels . . . IHRE VÖGEL!

Jäh erblühte Schönheit vor seinen Augen, in seinem Herzen, rechtfertigte ihr eigenes Dasein, alles Dasein. Er stand mit Mühen auf, Stein in der Hand.

Die Schädel und die Köpfe schrien zusammen auf, alarmiert und wütend. Der Vogel blieb stumm. Riesige Schwingen gespreitet, rote Augen blitzend wie kalte Flammen, so stieß er herab.

Der Wind von jenen großen Schwingen hätte Pwyll fast umgeworfen, ihr Gestank war ekelerregend, doch gelang es ihm, stehenzubleiben. Den Stein zu heben. Eine schreckliche Sekunde lang dachte er, Hand und Stein seien beide verloren, bevor er sie benutzen konnte – erst sie und dann sein Kopf. Schon konnte er in die feurige Höhle des gewaltigen, aufgesperrten Schnabels blicken. Mit einer Art krankhafter Ruhe dachte er: ›Das ist das Ende.‹ Doch immer noch bewegte sich sein Arm zum Wurf. Nutzlos wie der Wurf sein mußte – er würde sein Bestes in ihn hineinlegen; er würde sterben, ohne sich zu beugen.

Der Gesang war süß. Er füllte seine Ohren mit Schönheit, er floß wie kühles, köstliches Wasser in und über jeden Teil seines müden, schmerzenden Körpers. Worte seiner alten Amme fielen ihm ein: »Die Vögel Rhiannons . . . sie wekken die Toten und lullen die Lebenden in Schlaf.«

Er war tot, und sie weckten ihn. Der Vogel hatte nur seinen Kopf bekommen – er selbst war frei.

Doch nein! Seine sich öffnenden Augen sahen, wie der gewaltige Schnabel immer noch aufgähnte, um ihn zu vernichten, wie die scharlachroten Augen immer noch blitzten – dann sah er die Angst in ihnen. Sie, die schon durch ihr bloßes Dasein ein Frevel an dem Namen ›Vogel‹ war, hing machtlos, reglos da. Gebannt, wie er es gewesen war.

Eine große Bahn aus Licht durchschnitt den dunklen Himmel, fiel in reinigender Helle auf den Querstein, wo der monströse Vogel gesessen hatte wie auf einem Thron. Die strahlende Bahn herabgeflogen kamen drei singende Vögel, und einer war weiß und einer war grün und einer war golden wie der Morgen.

Näher kamen sie, immer noch singend, und alle fesselnden Lichter schienen die Federn jenes Vogels zu verlassen, der das Un-Bild des Menschen gewesen war. Das strahlende Gefieder wurde stumpf, zerfiel in Asche und rieselte zu Boden. Es schien, als folgte ihm kein Körper. Einen Atemzug lang hingen die wilden roten Augen allein in der Luft, immer noch gierig glühend, und dann waren sie verschwunden, wie ausgelöschte Fackelflammen.

Die drei Säulen jenes entsetzlichen Tores bogen sich und bebten. Still und sanft, wie Schneeflocken fallen, fielen sie, und ihr Fall enthüllte nichts als den Abhang eines Hügels und nackte Moore dahinter. Der große Querstein, welcher der Thron der Finsternis gewesen war, stürzte ebenso lautlos und lag zerbrochen auf ihrer Zerbrochenheit. Pwyll erhaschte einen letzten Blick auf die fallenden Köpfe und Schädel: Die Schädel grinsten leer, die glasigen Augen der Köpfe starrten mit ebensolcher Leere drein. Ihr böses Schattenleben war vorüber. Dann bedeckte sie die Erde, und auch sie waren verschwunden.

Wo der Querbalken gewesen war, da leuchtete immer noch das Licht. In seinem zarten Strahlen schwebten die Vögel Rhiannons und sangen. In Dankbarkeit und Verehrung hob Pwyll seine Arme zu ihnen auf, dann fiel auch er zu Boden, und der Graue Arawns, jetzt hellwach, kam und beschnoberte sein Gesicht.

Sechstes Kapitel – Das Mondlichtland/ »Du hast dich gut gehalten«, sagte Arawns Stimme über ihm. »Jetzt iss und trink.« Er streckte ihm einen Becher voll würzigem Wein und einen riesigen Brocken dampfendes Fleisch hin, und diese guten Düfte weckten Pwyll vollends. Er setzte sich auf.

Dann sah er sich verblüfft um, denn vor ihm lag das schönste Land, das er je gesehen: die grünsten Wälder und Wiesen, die lieblichsten Blumen, und auf das alles schien der Mond herab, und seine Helle war nur ein wenig weicher als die des Tages. Farbe, ein wahres Wunder an Zartheit, erblühte überall, in Tönen, die zarter waren und weit lieblicher als jene auf der Erde. Das Fell des Grauen glänzte wie Silber, und seine Mähne leuchtete wie Schaum, und Pwyll selbst – einen schwindligen Augenblick lang wunderte sich der Fürst von Dyved, wie er sich selbst sehen konnte – kauerte bei einem Feuer, das brannte, ohne zu brennen, nur glühte wie eine große rote Blume.

Pwyll sagte leise: »Das ist also das wahre Annwn!«

Seine eigene Gestalt, die Arawn barg, lächelte. »Annwn ist viele Lande. Wie ein Mensch ist, so ist auch das, was er sieht. Doch das hier ist die wahre Welt des Mittleren Lichts. Hierher kommen weder eure versengende Sonne noch eure schwarze Nacht jemals. Hier in diesem sanften Licht in dem allheilenden Schoß der Mutter, können die Geschlagenen und Entstellten eine neue Gestalt finden.«

»Und hier gestaltet Sie auch die Ungeborenen?«

»Die Toten und die Ungeborenen sind eins. Sogar eure Druiden der Neuen Stämme müssen dir das doch gesagt haben.«

Jemand anderer – Pwyll konnte sich nicht erinnern, wer, aber jemand, dem er nicht zürnen wollte – hatte sich über die weisen Männer seines Volkes lustig gemacht. Jetzt war Arawn der Spötter, und obgleich Pwyll selbst nicht viel von ihrer Weisheit hielt, so gehörten sie doch seinem Volke an: Außenstehende sollten sie nicht verspotten. Überhaupt – was anderes hatte Arawn bisher getan? Sehr viele Fragen schossen plötzlich durch Pwylls Kopf. So köstlich Fleisch und Wein rochen, er stieß sie beiseite und sah sehr gerade in das vertraute Gesicht, das, unglaublicherweise, nicht mehr sein eigenes war.

»Du sagst, ich habe mich gut gehalten. Doch wie steht es mit dir, Herr? Du versprachst, daß der Weg frei vor mir liegen würde, und doch hättest du mich den schlimmsten aller Tode allein sterben lassen!«

Arawn sagte, unbewegt: »Ich versprach, daß der Weg frei vor dir läge und daß ich dein Führer sei. Und frei wird er sein, jetzt, da ich hier bin. Doch gibt es Wege, die ein Mann für sich allein finden muß, und indem du den deinen fandest, hast du Kraft für die Begegnung mit Havgan gewonnen. Die Klinge muß geschmiedet werden, bevor sie zur Schlacht taugt.«

Eine lange Zeit schwieg Pwyll, dann sagte er, eine Spur grimmig: »Diese Ungeheuer waren also Prüfungen, wie sie einer bestehen muß, der eingeweiht werden will? Ich hatte gedacht, das seien vor allem Druidenschliche.« Er griff wieder nach dem Fleisch und dem Wein, nahm einen großen Schluck vom einen und mehrere Mundvoll vom anderen, bevor er mit schiefem Gesicht sagte: »Ich muß sagen, Fürst, du bist Herr über eine reizende Meute!«

Arawn sagte ruhig: »Nur über meine Hunde bin ich Herr. Die Feinde, denen du begegnetest, die muß jeder Mensch für sich allein bezwingen.«

Pwyll sperrte den Mund auf. »Ich habe sie doch umgebracht!«

»Nur für dich. Jeder Mensch muß sie zu seiner Zeit töten oder von ihnen getötet werden. Furcht, die äußerste, krankmachende Angst, der schaudernde Abscheu, der das Fleisch überkommen kann – sie sind die Bestien. Ekel an allen Dingen, Zweifel und Verzweiflung, die schlimmer sind als jede Angst des Fleisches . . .«

». . . sind der Vogel.« Pwyll schauderte. »Sie muß die Mutter der Drei Vögel von Midir sein – derer, die den Mut eines Mannes auf dem Weg in die Schlacht aussaugen. Doch jene Vögel, die mich retteten, das waren doch auch drei – hast du sie geschickt?«

»Nein. Zur rechten Zeit wirst du dich daran erinnern, wer es tat.« Arawns leises, weises Lächeln machte Pwyll sein eigenes Gesicht fremd. »Doch jene geflügelte Finsternis ist schrecklich, weil sie immer die Wahrheit mit Lügen ver-

mengt; alles verzerrt und verdüstert. Und schwer ist es, sich aus ihrer morasti-
gen Finsternis zu erheben und zu erkennen, daß das Leben alle seine langen,
bitteren Kämpfe wert ist. Wert sogar mich.«

Es gab ein kurzes, grimmiges Schweigen. Pwyll mußte zweimal schlucken,
bevor er sich zu der Frage durchrang, die Antwort fürchtend:

»Jene Totenköpfe. Haben sie ihre Männlichkeit wirklich für alle Zeiten verloren?«

»Nein, indem du dich befreitest, hast du auch sie befreit; du hast ihren
Bann gebrochen und bewiesen, daß die Macht des Vogels nur ein Trug war.«

Pwyll atmete tief und erleichtert auf. »Ich bin froh darüber. Doch war es
ein rauhes Lernen und ein rauhes Lehren.«

»Du hast meine Freundschaft«, sagte Arawn. »Was ich sonst noch geben
kann, wirst du bekommen.«

Pwyll lachte. »Was, wenn ich dich bäte, mir nie wieder dein Gesicht zu zeigen? Mich ewig leben zu lassen?«

Arawn sagte einfach: »Du würdest Leben auf Leben blind und taub und
hilflos daliegen. Nicht alle Dinge kann der Tod geben; ich kann dir keine ewige
Jugend schenken.«

Wieder herrschte, einen Atemzug lang, Schweigen. Dann lachte Pwyll wieder, etwas zittrig. »Ich habe nicht den Wunsch, meine eigene Manneskraft zu
überleben. Hol' mich, bevor sie gegangen ist, Herrscher Tod – aber nicht zu
lange davor. Laß mich Freude daran haben, solange ich kann.«

»Wenn du nicht an jenen einen Ort der Erde gehst, wo ein anderer Grauer
Mann regiert, wird es so geschehen«, sagte Arawn. Und einen Moment lang
packte eisige Kälte Pwyll, denn er wußte – wie alle Könige von Dyved –, welcher Ort gemeint war. Er sagte nur: »Ich danke dir, Herr.«

»Für ein geringes Geschenk. Es gibt einen Wunsch, den nur der Tod nicht
gewähren kann, auf Grund seiner Natur; mögest du mich nie darum bitten
müssen.« Plötzlich ließ Arawns Ausdruck das junge Gesicht Pwylls alt und
weise aussehen. Mitleid war darin zu lesen, das erhabene, weitsichtige Mitleid
eines Gottes, und noch etwas anderes, etwas, das bei einem Sterblichen wohl
Schuldgefühl oder Bedauern bedeutet hätte.

Verwundert sagte Pwyll: »Was ist denn? Hast du nicht gesagt, ich hätte
Stärke gewonnen, um damit deinen kostbaren Havgan zu bekämpfen?«

»Stärke des Geistes, nicht des Körpers.«

»Mein Körper hat sich noch nie besser gefühlt!« sagte Pwyll unwillig.

»Du hast noch genug Kraft, um zu töten. – Iß jetzt, Fürst von Dyved, solange dein Essen noch warm ist.« Und unter jenen seltsamen, zwingenden Augen,
die wieder waren wie schwarze Sonnen, vergaß Pwyll alles andere und aß.

Er war kaum fertig, als Arawn pfiff und ein großer schwarzer Hengst herbeigeprescht kam. Pwyll zuckte zusammen; er hätte schwören können, daß kein Tier außer dem Grauen in ihrer Nähe sei. Hatte dieser Pfiff den hier herbeigezaubert, mitsamt Sattel, Zügel und Zaumzeug?

Dann kam der Graue zu ihm, wiehernd, und Arawn wandte sich dem Rappen zu. Doch Pwyll führte den Grauen zu ihm. »Denn er gehört dir, Herr. Es ist nicht nötig, daß du ihn mir jetzt schon gibst.«

»Mein Volk wird uns bald vorüberreiten sehen«, sagte Arawn. »Man würde es seltsam finden, wenn ein anderer Mann auf meinem Pferd ritte.«

Also nahm Pwyll den Grauen und war froh, denn seit ihrem Kampf gegen das Ungeheuer liebte er ihn so sehr wie seinen eigenen Kein Galed. Doch beim Aufsteigen durchzuckte ihn ein neuer Gedanke. »Wird es deinem Volk nicht seltsam vorkommen, dich ohne Waffen reiten zu sehen, Herr? Meine Waffen sind alle verlorengegangen.«

»Sind sie das?« Wieder lächelte Arawn. »Siehe!«

Und Pwyll sah hinab und erblickte sein eigenes Schwert an seiner Seite, und die beiden Speere waren auch an ihrem Platz. Er faßte sie an, er starrte sie an, betastete jeden Zoll von ihnen. Sie waren blank und rein und frisch geschliffen, doch hier war eine alte Kerbe und dort ein winziger Kratzer, die er kannte. Sie sahen genauso aus, sie fühlten sich genauso an; doch wie konnten sie es sein?

»Es sind deine eigenen«, sagte Arawn. »Ich habe sie aus der Wildnis und aus dem Schleim geholt.«

Pwyll lachte vor Entzücken. »Niemals wirst du mir ein besseres Geschenk machen, Herr! Waffen aus deiner Welt mögen feiner und magischer sein, doch diese hier kenne ich!«

»Alle Kenntnis ist gut. Doch keines Mannes Stärke liegt außerhalb von ihm. Kein Schwert und kein Speer hatten jemals die Zauberkraft, allein zu kämpfen, wenn alle Mühe sinnlos schien und jede Hoffnung eine Lüge.«

»Ich verstehe. Sie müssen von einem Mann getragen werden!« Pwyll strahlte. Dies war das erste Mal, daß es ihm gelungen war, eines der Rätsel Arawns zu lösen, und nach diesem Erfolg war ihm Arawn lieber.

Sie ritten in guter Kameradschaft weiter, und Arawn erzählte ihm viel über Annwn und seine Fürsten. So viel, daß Pwyll hoffte, auch nur ein Viertel davon behalten zu können, und das sagte er auch.

»Dem läßt sich leicht abhelfen«, sagte Arawn. »Ich kann dein Gedächtnis einrichten.«

Pwyll erstarrte. Wenn das Haus eines Mannes seine Burg ist, dann ist sein Geist eine noch viel wichtigere Festung – sein Innerstes, oder zumindest das, was ihm bekannt davon ist. Die Vorstellung, daß in diesen heiligen Bezirk eingedrungen und eingegriffen werden könnte – und sei es von einer weisen und wohlmeinenden Macht –, das ist ein grauenerregender Gedanke.

Arawn las jenes Gefühl. Er sagte ruhig: »Wir haben Freundschaft geschworen. Es wäre unter meiner Würde, tiefer in die deine einzudringen, als ich muß. Doch heute abend sitzt du in Annwn auf meinem Thron, mit nichts als deinem eigenen Willen, deinem eigenen Verstand als Hilfe. Herr über alles, was mein ist.«

»... alles, was mein ist!« Erinnerung überflutete Pwyll. Die Königin! Sie würde also doch schön sein; die Königin über ein Land wie dieses ... Er scheute vor diesem Gedanken zurück, um seinetwillen, aber auch, weil Arawn ihn lesen konnte. Er sagte:

»Tu, was du mußt, Herr. Doch gewiß hat noch nie ein König ein solches Sühngeld für einen einzigen Hirsch bekommen ... Übrigens, wer war denn jener Hirsch, Herr? Er ist ein Mann gewesen, nehme ich an, denn deine Hunde jagen nur die Toten.«

Arawn sagte es ihm, und Pwyll pfiff durch die Zähne. »Ich dachte immer, es sei für jeden Mann bitter, zweimal so kurz hintereinander zu sterben; doch wenn auch nur die Hälfte der Geschichten, die über ihn erzählt werden, wahr ist, dann verdient er alles, was ihm geschieht.«

»Er glaubte, aus gutem Grund vor meinen Hunden zu fliehen«, sagte Arawn, »denn seine Wanderungen durch die Wüsten von Annwn werden schwer sein. Lang und lang wird er brauchen, um die angenehmen Orte zu finden. Denn nur wer Schönheit in sich hat, kann Schönheit sehen.«

»Und doch war er ein Narr«, sagte Pwyll, »und ein Feigling. Ein Mann sollte ohne Zögern dem ins Auge sehen, dem er ins Auge sehen muß. Alle wissen, daß man deinen Hunden nicht entrinnen kann.«

»Es gibt schlimmere Dinge als die Fänge meiner Hunde«, sagte Arawn.

»Ja, das gibt es«, sagte Pwyll mit jäher Hitze. »Da gibt es Ungeheuer, die in deiner Wildnis hausen. Ich habe sogar mit diesem Burschen Mitleid, wenn er denen begegnen muß, denen ich begegnet bin!«

»Er wird schlimmeren begegnen. Doch bin ich gnädig; ich helfe den Menschen nur, sich zu reinigen. Schon glauben viele Menschen in der Östlichen Welt, in jenen heißen Wüstenlanden, wo Götter erstehen, die uns Götter des Westens vertreiben werden, daß der Tod sie in ein Flammenmeer stürze, in dem sie ewig brennen müssen. Also werden sie brennen, bis sie schließlich erkennen, daß selbst jenes Feuer nur Blendwerk ist, entstanden aus ihren eigenen, schuldhaften Ängsten.«

Pwyll gaffte.

»Aber ich dachte, du hättest gesagt, durch Havgans Tod würde ich unsere Welt retten! Götter! Was für eine Rasse von närrischen Schwächlingen bringt diese Östliche Welt hervor, daß sie solche marternden Ungeheuer anbeten?«

Arawn sagte: »Sogar tapfere Männer, die nur einen einzigen Gott anbeten und Ihn den liebenden Vater aller Menschen nennen.«

»Liebend!« schnaubte Pwyll. »Ehe ich so geliebt werde, wollte ich lieber den Alten Stämmen angehören, die zu einfältig sind, um zu wissen, daß Kinder Väter haben. Und keinen anderen Schöpfer anbeten als den Schoß meiner Mutter!«

Arawn sagte: »Noch kein Mensch hat je wirklich einen Gott angebetet. Im Westen sind alle Götter gleich und Eines; doch wenige Sterbliche haben je diese Unnennbare Herrlichkeit geschaut, und keines Menschen Geist kann sie begreifen. Deshalb bilden jene Seher um das Wenige herum, woran sie sich erinnern können, armselige plumpe Un-Ähnlichkeiten nach ihrem eigenen Bilde, und predigen den Menschen dann davon.«

»Aber wenn alle Götter in Wirklichkeit Eins sind, wie könnt ihr dann gegeneinander kämpfen?« Wieder gaffte Pwyll.

»Glaube zeugt Wirklichkeit; Dämonen suchen Behausungen. Und jene Gestalten, die vom Menschen nach seinem Bilde geformt sind – Gestalten, in denen wie im Menschen und in allen erschaffenen Dingen noch ein Funke der wahren Göttlichkeit, eingekerkert, brennt –, unterscheiden und bekämpfen sich sehr.«

»Dann sollen sie doch irgendwo anders kämpfen!«

»Sie werden hier kämpfen. Denn Havgan ist hierher gekommen.«

»Und was gewinnen wir durch seinen Tod?«

»Zeit, und Zeit bedeutet viel. Jeder Gott kommt zuletzt in den Kessel der Wiedergeburt; wird dort neugestaltet, wie die Menschen neugestaltet werden. Ein Tag wird dämmern, da die Götter des Ostens und die Götter des Westens einander umarmen und ihre Einheit erkennen werden.«

»Und Havgans Tod wird diese Dämmerung rascher herbeiführen?«

»Zumindest wird er das Heraufziehen einer zu tiefen Finsternis verhindern. Seine Macht ist ganz Feuer, und alle Feuer, die in Annwn entzündet werden, breiten sich zur Erde aus, wo ihr Sterblichen weniger Macht habt, sie auszulöschen. Du betest den Schoß deiner Mutter nicht an, aber du hast sie geliebt. Möchtest du, daß Menschen geboren werden, die nichts lieben? Die kein anderes Licht als das von versengendem Feuer kennen?«

»Herr, ich verstehe dich nicht.«

»Männer, die die Mütter anderer Männer verachten, werden mit der Zeit auch ihre eigenen verachten. Havgan ist in Annwn eingefallen – und schon kann im grünen lieblichen Irland, wo ihr Neuen Stämme die Alten besiegt habt, kein Krieger eine stolzere Trophäe heimbringen als die zwei abgeschnittenen Brüste einer Frau! Die gleiche Beute, die Havgans Krieger zu ihm bringen, wenn er auf seinem schrecklichen Thron sitzt in Anghar der Lieblosen.«*

Tief und schmerzlich war da das Schweigen. Schließlich sagte Pwyll, schwer: »Mein eigenes Volk kam aus Irland nach Dyved. Wir Männer der Neuen Stämme sind zahlreich. Zu zahlreich, als daß nicht böse Männer unter uns wären. Doch wehe jedem meiner Männer, der es wagen sollte, solch eine Trophäe vor mich zu bringen – so wie Weh über den gekommen wäre, der es gewagt hätte, sie vor meinen Vater oder meines Vaters Vater zu bringen! Wir aus Dyved sind stolz darauf, die Väter unserer Söhne zu sein; wir wissen, daß die Leiber unserer Frauen nicht anschwellen können, wenn unser guter Same sie nicht füllt. Doch nie könnten wir vergessen, daß die Brüste unserer Mütter die ersten Gefäße waren, aus denen wir tranken: unsere Lebensspender!«

»Wenn Havgan lebt, werden eure Söhne es vergessen.«

»Sie werden es nicht! Er wird sterben!«

»Sie dürfen es nicht. Der Vater darf nicht gänzlich zu einem Wesen aus Feuer und Zorn werden. Der Sohn muß bleiben, was Er immer gewesen ist: der Freund und Helfer alles Lebendigen.«

Ehrfurcht ergriff Pwyll; staunend schaute er in das Gesicht, das sein eigenes und doch nicht sein eigenes war. In jene Augen, tiefer als das Meer, die alle Zeitalter zu überblicken schienen, gewesene Zeit und künftige Zeit. Auf den entschlossenen Mund eines Gottes, der unerschütterlich Gefahren trotzte, Gefahren, die ein Mensch nicht einmal erträumen konnte, und das mit einer Ausdauer, die beharrlicher war als die der grauen Klippen, auf die ungezählte Winter lang das peitschende Meer einschlägt.

Und dann, während seines Blickes, wandelte sich das Gesicht. Gewann Wärme und Sanftheit und einen fast menschlichen Stolz.

»Siehe, Mann von der Erde!« Wieder erdröhnte die tiefe Stimme eines Gottes, durch Pwylls Lippen hindurch. »Siehe jenen Palast, wo du heute nacht an meiner Statt thronen wirst! Wo noch kein Mensch eingetreten ist, es sei denn als mein Untertan, auf meinen Befehl.«

Pwyll schaute und dachte zuerst, der Mond sei vom Himmel herabgefallen, solch runde Pracht schimmerte und flimmerte dort in der Ebene vor ihm. Dann blickte er auf und sah, daß die helle Königin noch am Himmel war, sicher auf ihrem angestammten Thron. Er sah wieder hinab und erkannte in jenem

---

* Sankt Adamnan beklagt diese Sitte, die von den Christen (!) seiner Tage geübt wurde. Sie muß auf viel frühere Zeiten zurückgehen.

leuchtenden Wunder einen großen runden Palast, strahlend wie ein Stern.

»Siehe! Mein Palast und mein Hof und mein Reich, sie alle sind in deiner Gewalt. Tritt ein.« Die tiefe Stimme Arawns schien nicht mehr aus der kleinen Zelle einer Kehle zu kommen; ruhig wie Zwielicht, schien sie dennoch allen Raum zu erfüllen. Pwyll fuhr im Sattel herum, sah aber nichts. Grauer Mann und schwarzes Pferd, beide waren so restlos verschwunden, als hätten sie sich in der weichen Luft aufgelöst.

Pwyll ritt allein weiter durch die süße Dämmerung, und Ehrfurcht und Entzücken und Angst waren in ihm, alles zugleich. Wie sah er wohl aus, dieser wundervolle Ort, dem er sich näherte, all diese unirdische Pracht, über die er Herr sein würde?

Eine Brise kam auf, und die fließende Mähne des Grauen leuchtete wie helles Frauenhaar.

Arawns Königin!

Pwyll zwang sich, nicht an sie zu denken. Er versuchte heftig, an andere Dinge zu denken. Diese Mutter und ihr Sohn, über die er so viel gehört hatte – wer waren sie?

Sein Mantel leuchtete silberhell, und Pwyll sah beim Hinabblicken, daß auch die Hände auf den Zügeln nicht mehr grau waren. Sie waren immer noch anders geformt als die seinen, nicht sonnengebräunt wie die eines irdischen Kriegers, doch ihre Blässe war rein und gesund.

Wenn hier in seiner eigenen Welt der Graue Mann nicht grau war, dann konnte sie ja schön sein – Arawns Königin!

›Du wirst es bald wissen . . .‹

Er verschloß seine Ohren vor dieser Stimme. Er versuchte, an andere Dinge zu denken. Diese Mutter und ihr Sohn, von denen er so viel hatte reden hören, wer waren sie? Die Mutter mußte Sie sein, die er im Walde angerufen hatte, Sie, von der die Alten Stämme glaubten, Sie sei die Göttin hinter allen Göttern. Sie nannten Sie Modron, ›Mutter‹, und der Sohn, den Sie jedes Jahr gebar, war Mabon ab Modron, ›Sohn, Sohn der Mutter‹. In der dritten Nacht nach der Geburt wurde Er jedesmal von ihrer Seite gestohlen, doch immer gewann Sie Ihn wieder zurück. Mißlänge Ihr das je, würde der Sommer nicht kommen, würde weder Gras noch Getreide wachsen, würde alles Lebende sterben. Doch bis jetzt hatte Sie Ihn immer zurückgewonnen, in manchen Jahren ließ Sie sich allerdings viel Zeit. Eine wilde Geschichte. Doch hatte Arawn mit Verehrung von Ihr gesprochen, obwohl jetzt ganz offensichtlich er in dieser Welt regierte, von der die Alten Stämme manchmal als von Ihrem Schoß sprachen. Dieses Mondlichtland war jetzt eine richtige Welt, eine Menschenwelt, die Walstatt kämpfender Könige.

»Und morgen werde ich kämpfen!« Er frohlockte bei diesem Gedanken; wie ein Messer durchtrennte er alle befremdenden, verwirrenden Netze. Kämpfen, das verstand er!

›Doch zuerst kommt die Nacht. Hier wird es nie dunkel, doch die Zeit zum Schlafen kommt. Zeit für die Liebe.‹

Diese Stimme erklang nicht nur in ihm. Sie tönte im Gesang der Vögel, Gesang so sanft wie Schlaf und doch wärmend in seiner Sanftheit, eine Melodie, die das Blut eines Mannes durchflutete.

Der Palast war jetzt sehr nahe. Seine Mauern waren wirklich aus dem blassen Gold des Mondes; doch wo waren alle diese Vögel?

Und dann sah er: Das Dach jenes schimmernden Palastes war nichts anderes als eine ungeheure Menge lebender Vögel!

Plötzlich erscholl lautes Rufen, übertönte ihren Gesang: »Heil Arawn! Heil Herr!« Leute waren rings um ihn, wimmelten wie Ameisen, doch voll liebender Freude. Menschenähnlich und doch anders als die Menschen auf der Erde. Ihre Augen leuchteten heller als die sterblicher Menschen, ihre Kleider, selbst die des geringsten Stalljungen, waren alle prächtig und vielfarbig. Keines unter den Gesichtern, das nicht schön gewesen wäre, und kein Kopf unter ihnen, der grau war. Pwyll saß da, als befände er sich inmitten eines Regenbogens, doch plötzlich erzitterte er. Was, wenn im Licht des Tages alle diese schönen lächelnden Menschen nichts wären als verfaulende Kadaver? Skelette mit grinsenden Totenschädeln? Er schüttelte diese furchtbaren Bilder von sich. Die Schönheit war hier vor seinen Augen. Ein vernünftiger Mann freute sich dran.

Er stieg ab. Zwei in Scharlach gekleidete Reitknechte – prächtig wie Königssöhne – führten den Grauen fort. Pwyll schritt durch Türen aus Kristall, die zwischen goldenen Säulen eingelassen waren. Die große Halle drinnen brauchte keine Fackeln; die schimmernde Pracht ihrer eigenen Wände erleuchtete sie. Männer, die herrlich anzusehen waren, kamen herbei und führten ihn in eine Kammer, wo sie ihm aus seinen Jagdkleidern halfen, ihm ein goldenes Becken zum Waschen und Festgewänder brachten, die, wo sie nicht von Gold und Edelsteinen blitzten, aus einem Stoff waren so sanft wie Blütenblätter.

Tafeln wurden gedeckt. Diener, die wie Prinzen und Prinzessinnen aussahen, trugen Met und Wein und dampfende Platten herein; Pwyll lief das Wasser im Munde zusammen. Doch war die Zeit zum Essen noch nicht gekommen; erst mußte er die Fürsten begrüßen, Arawns Gefolgsleute und Unterkönige. Alle waren edel und hoheitsvoll, und manche ließen ihm das Herz im Leibe hüpfen vor ehrfürchtigem Staunen, denn es waren die Helden seiner Knabenzeit, gewaltige Männer aus sagenhaften Zeiten, deren Taten auf Erden groß gewesen und noch gewachsen waren in den Liedern der Barden und den Geschichten, die sich die Leute erzählten, wenn sie ums Herdfeuer saßen. Er dachte: ›Wer bin ich, daß ich die Huldigung solcher empfange?‹

Doch wer auch kam: Pwyll wußte seinen Namen und grüßte ihn, wie es ihm zustand. Arawn hatte sein Gedächtnis gut eingerichtet.

Und dann kam SIE, umringt von ihren Damen, wie der Mond inmitten der Sterne. Ihr Gesicht glich nur sich selbst; es war das einzige Gesicht, das sie haben konnte, zart und rosig wie die Morgenröte. Durch ihr goldenes Gewand hindurch prangte ihre Haut, rosig bleich und herrlich warm, wie nur die Haut einer Frau sein kann.

Pwyll sah sie und erkannte sie. Sein Herz schrie ihr zu, seine Lippen öffneten sich, doch kein Name kam heraus. Mußte ihr Haar nicht rot wie Gold sein, mußten nicht singende Vögel ihr Haupt krönen? Nein, er kannte diese Frau nicht. Er erkannte nur die Schönheit, und nur in Träumen konnte er eine Schönheit wie diese gesehen haben. Doch jetzt war er wach, und diese Königin war Fleisch und Blut.

Sie lächelte, sie kam auf ihn zu ... Wie konnte Arawn es ertragen, sie einem anderen Mann zu lassen, und sei es nur für eine Nacht?

Heute nacht war sie sein. Das war ein Teil des Handels gewesen; Arawn hatte es versprochen. ›Doch haben wir zwei Freundschaft geschworen. Er dachte, er habe es mit einem ehrenhaften Mann zu tun.‹

Sie standen voreinander, sie küßten sich, und dieser Kuß war stärker als aller Wein, den Pwyll je getrunken. Feuer tanzte vor seinen Augen und sprang und sang in seinem Blut.

›Kein Mann, dessen Mannheit nicht weggeschnitten ist, kann mit ihr in einem Bett liegen und ihr entsagen. Arawn muß das doch wissen!‹

König und Königin, sie setzten sich gemeinsam in all ihrer Schönheit und Pracht nieder, und die Diener bedienten sie. Sie aßen und tranken, sie lachten und redeten miteinander.

SIEBENTES KAPITEL – ARAWNS KÖNIGIN/NIE HATTE SICH PWYLL AUF DER ERDE IN GESELLSCHAFT EINER DAME SO UNGEZWUNGEN UND BEHAGLICH GEFÜHLT. DOCH AUF DER ERDE HATTE AUCH NIE DIE WÄRME VON GELÄCHTER UND GESPRÄCH SO DEN RAUM um zwei Menschen herum mit einem Schimmer von Rosen und Gold erfüllt. Und zugleich war er eine Flamme gewesen, ein Schmerz, eine einzige Qual; er hatte nicht gewußt, wie das Ende des Festes erwarten, bis man sie endlich zu ihrem Schlafgemach geleiten würde. Doch jeder Augenblick mit ihr war gut, wie er auch verbracht wurde. Entzücken soll sich langsam entfalten, Blatt um

Blatt. Zum ersten Mal lernte das der Fürst von Dyved, er, der immer flammenschnell gewesen war in seinen Liebschaften.

Als die Zeit kam, den Barden zu lauschen, da haßte er es, daß die süße Rede ihres Mundes verstummte. Doch dann war es eine neue Freude, die ruhige Lieblichkeit ihres Gesichtes zu beobachten, während sie lauschte. Ihre Hand zu fühlen, die warm und fest in die seine geschlüpft war. Er sagte sich: ›Sie ist das Leben. Das Blut und der Saft des Lebens. Es ist nicht richtig, es ist gegen alles Recht und allen Anstand, daß der Tod solch eine Frau hat. Daß seine Kälte in ihre Wärme eindringt.‹

Heut nacht – heut nacht! Wenigstens diese eine Nacht würde er sie lieben, wie sie geliebt werden mußte . . .

Dann hörte er wieder die tiefe Stimme Arawns, wie sie das sanfte Zwielicht rings um sie erfüllt hatte: »Siehe! Mein Palast und mein Hof und mein Reich, sie alle sind in deiner Gewalt.« Hatte er nur eine Tatsache festgestellt oder eine Bitte getan, die er nicht aussprechen konnte?

Tod, der Unbesiegbare, war also nicht unbesiegbar. Er konnte Havgan nicht besiegen. Um sich einen Kämpen zu kaufen, der es konnte, hatte er diesen Frevel an seiner eigenen Majestät vorgeschlagen. Kein Mann mit Blut in den Adern hätte das vermocht; kein Gatte, der ihrer wert war.

›Doch wie hätte er anders handeln können, wissend, daß du an ihrer Seite schlafen mußt? Und du mußt es – oder du wirst sie vor dem ganzen Hof beschämen.‹

›Höflichkeit hin, Höflichkeit her. Er hat angeboten, was er anbieten mußte, in der Hoffnung, daß du dich mit den Geschenken bescheiden würdest, die er in Ehren geben konnte.‹

Den Stimmen, die kalt in ihm sprachen, antwortete Pwyll beharrlich: ›Nein. Es ist mein Recht. Er kam nicht offen zu mir und bat um meine Hilfe. Er forderte sie als Sühne für eine Beleidigung, die er selbst herbeigeführt hatte. Er hat mich belogen und betrogen und von Anfang an mit mir gespielt wie die Katze mit der Maus. Jetzt soll er seinen Vertrag halten!‹

›Ihr beide habt euch aber Freundschaft geschworen. Freundschaft so eng wie Bruderschaft . . .‹

Neben ihm sagte die Königin leise: »Die Zeit zum Schlafen ist gekommen, Herr. Sollten wir nicht rasch zu Bett gehen, da du doch bei Tagesanbruch aufstehen mußt?«

Pwylls Herz schlug so gewaltig, daß es die Rippen zu sprengen drohte. Jetzt! Jetzt! Er stand auf. Keine Zeit mehr, keine Notwendigkeit mehr, nach Rechtfertigungen zu suchen für etwas, von dem er die ganze Zeit gewußt hatte, daß er es doch tun würde. Für das, was Fleisch und Blut tun mußten . . .

Sie stand mit ihm auf. Ihre Damen begleiteten sie und des Königs Kammerherr. Zusammen begaben sie sich in die YSTAFELL, das Schlafgemach von König und Königin. Durch jene Türen, die ein Schmied aus dem Geschlecht der Ewig-Jungen aus jenen feurigen Lichtern geschmiedet hatte, wie sie Flammenschein auf dunklem Frauenhaar hervorruft; eine unerklärliche, lodernde Pracht, jetzt eingefangen und immerfort glänzend und blitzend.

Als die beiden sich den Türen näherten, flammten sie auf wie ein Sonnenaufgang. Ohne daß eine Hand sie berührte, schwangen sie weit auf, um ihre Herrin und ihren Herrn einzulassen. Pwyll hätte seine Augen bedecken müssen, hätten nicht gleich feurige Flammen in ihm gelodert.

Doch das Gemach drinnen war ganz Zartheit und Weichheit. Es hatte keine richtigen Wände, sondern winzige Kristalltürchen, die zwischen Stäben aus Mondgold eingelassen waren. Die meisten standen offen, und durch sie strömte kühle Nachtluft herein und der süße Duft unirdischer Blumen. Ein großes goldenes Bett wartete, bedeckt mit Tüchern, die in allen Farben des Regenbogens leuchteten; doch waren es Farben, die sich ständig veränderten und in den Veränderungen sich kräuselten wie die Wellen des Meeres. Als er das Bett sah, vergaß Pwyll alles andere.

»Geht!« Seine Stimme war dunkel und rauh. »Laßt uns allein!« Und wie Vögel fliegen, so flohen die schönen Damen. Der Kammerherr aber grinste, als er ging.

Die Königin stand und lächelte. »Du hast recht, Herr. Heute nacht bist du meine Zofe, und ich bin dein Kammerherr. Wir wollen nicht die geringste Berührung des anderen auslassen, nicht die geringste Wonne.«

Ihre Hände hoben sich, sie tat einen Schritt auf ihn zu, um die Spangen zu öffnen, die seinen Mantel zusammenhielten. Seine Muskeln spannten sich zum Springen.

Und dann erlosch ihr Lächeln, und ihr Mund bebte. »Oh, mein Geliebter, eine irdische Frau würde heute nacht tapfer sein. Sie würde dir nichts als Wonne und Freude schenken, bevor sie verließest. Doch wir Frauen des Mondlichtlandes sind Kampf und Krieg nicht gewöhnt. In der Halle konnte ich mich noch halten, wie es einer Königin ziemt, doch hier, allein mit dir, da kann ich meine Sorge nicht verbergen. Verzeih mir, Herr. Bald werd' ich dir Freude schenken.«

Ihre Hände verbargen jetzt ihr Gesicht, ihr schimmerndes Haupt war gebeugt. Tiefe, schwere Schluchzer schüttelten ihren Körper, sie zitterte, gab aber keinen Laut von sich. Vor ihrem stummen Leid stand Pwyll benommen, erstaunt. In jenem Schweigen hörte er wieder den leisen Gesang der Vögel über ihnen; jener Vögel, die über all ihren Nächten mit Arawn gewacht hatten.

Arawn. Der Tod war also doch Mann genug für sie gewesen. Sie hatte ihn geliebt.

Das Schluchzen versiegte; ihre Hände fielen herab. Sie sah zu ihm auf, und ihre Augen waren wie Teiche, in die die Sonne scheint. »Lange sind wir beisammen gewesen, Herr. Nie lag der Kopf eines anderen Mannes neben meinem Kopf; nie fand die Hand eines anderen Mannes den weichen weißen Pfad zwischen meinen Brüsten oder koste die rosigen Rehzwillinge. Nie wird ein anderer Mann es tun!«

›Meine Hand wird es‹ Pwylls Herz schrie das hinaus; seine Fäuste ballten sich, er biß die Zähne zusammen. ›Ich bin es, den du heut nacht lieben wirst, Herrin. Ich bin es, mit dem du schlafen wirst, ich, der in dich eindringen wird‹

Laut sagte er, rauh: »Geh ins Bett, Weib!«

Sie zeigte keine Überraschung, kein Gekränktsein. Gehorsam gingen ihre Hände zu den goldenen Broschen, die ihr eigenes Gewand hielten. »Du hast wieder recht, Herr. Wir sollten keinen Augenblick mehr von dieser Nacht verschwenden. Du bist auch mein erster Mann und mein einziger Mann, und wenn dein Körper niemals wieder neben meinem Körper liegen sollte, dann werde auch ich nicht mehr lange leben. Kein anderer soll dein Bett und mich besudeln.«

Die goldene Robe fiel, enthüllte ihre rosigweiße Pracht ...

Pwyll wußte nicht, warum er sich nicht auf sie stürzte. Warum er seinen Kopf senkte und zu Boden blickte, während seine zitternden Hände, täppisch zuerst, dann wütend, seine Kleider herunterrissen. Dann mußte er schauen.

Sie lag auf dem großen Bett. Ihr Gesicht lächelte willkommenheißend zu ihm empor, ihre Arme streckten sich ihm entgegen. Schon öffneten sich ihre Beine ...

Wie ein Panther springt, so sprang Pwyll. Über sie und über sie hinweg, um mit dem Gesicht zur Wand dazuliegen, so viele Falten des schimmernden, wundervollen Zeuges zwischen sich und sie pressend, wie er nur zusammenraffen konnte, damit er ihre Haut nicht fühle.

Er hörte, wie ihr der Atem stockte. Er ertrug es nicht, sich vorzustellen, wie das Willkommen auf ihrem Gesicht erlosch, wie Schmerz es zeichnete. Doch um wieviel tiefer mußte ihre Schmach sein, ihr Schmerz, wenn sie später erfahren würde, daß der Mann, den sie liebte, sie einem anderen Manne überlassen hatte! Wenn nur ihr Stolz sie jetzt schweigen ließ; der Stolz einer großen Königin. Er betete verzweifelt zu Ihr, die Sonne und Regen schickt: ›Mutter, mach, daß sie nicht mehr spricht, daß sie sich nicht bewegt!‹

Ihre Hand bewegte sich; ihre sanfte Wärme fand seine nackte Schulter.

»Verzeih mir, Herr. Ich sprach Worte, die ein schlechtes Omen sind, böse Worte. Ich werde sie nicht mehr sagen. Liebe mich.«

Er lag wie Stein. Nein, wie Holz, das von einem lodernden Feuer aufgezehrt wird. Ihre Hand bewegte sich weiter, stetig, erregend, drang unerbittlich abwärts. Ihre andere Hand berührte seinen Nacken, schmiegte sich an seine Wange. »Viel Freude haben wir zusammen erlebt, Herr. Unsere Nächte sind voll Entzücken gewesen, und bei Tage sind wir immer Freunde gewesen. Laß es zwischen uns sein, wie es immer war.«

Immer noch lag er wie Stein.

Ihre Hände liebkosten ihn weiter. Sie sprach wieder, jetzt mit einem Beben in der Stimme. »Herr, liebe mich!«

Er sprach nicht und regte sich nicht.

»Herr . . .« Ihre Stimme brach; sie schluchzte laut.

Ihre Arme umschlangen ihn, ihr Gesicht preßte sich gegen seinen Nacken, ihre Brüste bohrten sich in seinen Rücken. Ihre Beine umwanden ihn. Ohne die seidige Fülle der zwischen sie gepreßten Decken wäre er verloren gewesen, jene Falten, die schließlich ihrer abwärts tastenden Hand Einhalt geboten. »Herr, weise mich nicht zurück – nicht heute nacht. Ich sagte, daß ich keine Worte mit schlechtem Omen mehr sprechen würde; laß uns diese Nacht wie in keiner Nacht sonst zusammen sein! Laß es voll Wonne sein!«

Pwyll dachte: ›Lieber wollte ich noch einmal mit dem Ungeheuer kämpfen, ohne die Hilfe der Köpfe. Den Vogel bestehen, ohne die Hilfe der Vögel . . .‹

Die drei Vögel! Jemand hatte sie zu seiner Hilfe geschickt. Er konnte sich nicht erinnern, wer es gewesen war, aber an die Vögel konnte er sich erinnern. Er konnte ihre Federn in der Lichtbahn leuchten sehen, fast konnte er ihr Singen hören. Wenn er es hören könnte . . .

Sie schluchzte und schluchzte. So schluchzt ein Kind in seinem Herzeleid, das die ganze Welt zu füllen scheint und doch so rasch endet, aber Narben zurücklassen kann, die nicht zu sehen sind: Narben, die die Seele verunstalten. So schluchzt eine Frau, wenn ihre Welt endet; wenn die Liebe ihres Mannes stirbt.

Immer noch lag Pwyll wie Stein an ihrer Seite und versuchte das Singen jener Vögel zu hören, die nicht da waren.

Schließlich gab sie auf; ihre umklammernden Glieder fielen herab, und sie lag erschöpft da. Auch er lag erschöpft und elend neben ihr.

Über ihm glänzten die Kristalltürchen. Der Himmel flammte von Sternen. Seine weite Ruhe besänftigte ihn, und er dachte: ›Hier kann kein Mensch je sagen, er habe seinen Weg in der Dunkelheit verloren.‹ Doch er hatte ihn verloren. Fast hätte er einen Freund verraten. Plötzlich und tief und bis in sein Innerstes hinein bemitleidete Pwyll Arawn. Erkannte, daß auch Arawn keine Wahl gehabt hatte. Dann, genauso plötzlich und tief, schlief er ein . . .

Die Frau neben ihm setzte sich auf. Sie warf das regenbogenfarbene Laken ab, und Ihre Haut leuchtete wie der Mond. Brüste und Schenkel und Beine, Ihre ganze edle Länge schimmerte weich in dem ruhigen Dämmerlicht. Ihr Gesicht war nicht mehr das einer jungen Liebenden; seine Schönheit war zeitlos, zart und majestätisch.

Ihre Vögel in dem Dach über Ihr grüßten Sie. »Brenhines-y-nef! Königin! Herrin, die alle Dinge liebt und erschafft. Modron! Mutter!« Sie lächelte, und sie schwiegen. Sie blickte auf den schlafenden Mann hinab, und Ihre Augen waren stolz und zärtlich, wahrlich die einer Mutter.

»Du hast die dritte Prüfung bestanden, die Prüfung nach Meinem Plan. Heil dir, Mein Kind, von Mir geboren, wie alle Söhne der Frauen von Mir geboren sind.«

»Wir auch!« sangen die Vögel. »Wir und die Jungen in unseren Nestern.«

»Ihr und alles, was lebt. Rhiannon gestaltet euch, doch auch sie ist von Mir geboren. Selbst Havgan ward von Mir geboren, er, der Meinen Schleier zerreißen und dieses Land verwüsten will, das Mein Schoß ist, dieses Land, in dem ursprünglich alle Dinge gestaltet wurden.«

Havgan! Bei diesem schrecklichen Namen erbebten alle Schatten, kamen aus allen Winkeln jenes lieblichen Gemaches herbeigerannt und drängten sich wie geängstigte Kinder um Ihre schimmernden Knie. Sie lachte und streichelte ihre schwarzen, luftigen Köpfe.

»Habt keine Furcht, ihr Kleinen. Sollte auch Feuer euch und die Wesen, die euch werfen, verbrennen, so werdet ihr doch alle wiederkehren. Alles, was stirbt, wird von Mir wiedergeboren. Licht und Dunkelheit haben beide ihre Zeit und ihren Platz; beides bin Ich.«

Die Schatten schwiegen, getröstet, doch die Vögel sagten: »Das sagst Du, Herrin, die nichts zerstören kann. Doch wir sind klein und ängstlich.«

»Nur durch Mut könnt ihr wachsen. Ich gab Meinen Kindern die Freiheit, und der Preis der Freiheit ist hoch. Es ist Fehler auf Fehler, Schmerz auf Schmerz. Doch umgäbe euch Meine Fürsorge immer, so bliebet ihr immer wie gekäfigte Vögel. Männer und Frauen würden nie erwachsen, was immer ihre Körper auch täten. Um euch alle zu Teilhabern Meiner Weisheit und Meiner Macht zu machen, habe Ich vor Zeiten Meine Allmacht aufgegeben und das Böse in die Welt kommen lassen.«

»Aber es wird Leben und Leben dauern, bis wir diese Weisheit erlernen, Herrin und Mutter! Leben auf Leben selbst für die Männer und Frauen, die doch schon genug gelernt haben, um auf einer Sprosse Deiner Leiter geboren zu werden, die höher ist als die, auf der wir sitzen. Und jetzt fürchten wir uns vor dem Schmerz!«

Traurig sagte Sie: »Ich weiß. Für Mich ist die Zeit ohne Schrecken; sie ist nur eines Meiner Kinder. Und wenn Mein Wald verbrennt, so lasse ich aus der Asche grüne Schößlinge wachsen, neue Bäume und Vögel, die auf ihnen singen. Doch Mein Herz leidet, wenn ich Meine Kinder in den Flammen schreien höre. Was immer eines von euch erleidet, das erleide auch Ich. Doch Ich habe die Kraft, es zu ertragen.«

Die Vögel sagten: »Herrin, die für so viele leidet, wir werden versuchen, stark zu sein.«

»Ich danke euch. Aus dem Versuchen, dem oft wiederholten Versuchen, kommt die Kraft. Aber fürchtet euch nicht: hofft! Dieser Mann wird vielleicht Havgan aus Annwn vertreiben.«

»Das wäre gut, Herrin. Es ist nicht gut, wenn man die eigenen Jungen verbrennen sieht. Auch wir – fürchten die Flammen.«

»Die hier nicht brennen. Doch wenn sie kommen, dann erinnert euch: der Tod, Mein Sohn und Mein Diener, ist nur der Schnitter, der Meine Garben einbringt. Durch ihn befreie Ich die Alten und Müden, Ich mache sie wieder jung und stark. Ich gebe den Verstümmelten und Zerbrochenen neue Körper, die frisch und ganz sind. Dies nennen die Menschen, die nahe dem Sonnenaufgang leben, das Rad des Lebens, und kein tapferes Herz fürchtet dieses Rad. Leben ist etwas zum Frohlocken, mit Lachen und Stolz!«

Da waren auch die Vögel getröstet; sie verstummten, steckten ihre Köpfe unter die Flügel und schliefen. Sie blickte auf Pwyll hinab, und auf Ihrem herrlichen Gesicht lagen Liebe und Leid. »Ruhe sanft, Mein Sohn. Mein Segen begleitet dich, und wenn du auch nach deiner Rückkehr zur Erde glauben wirst, er habe dich im Stich gelassen, so sollst du doch bei einer anderen Umdrehung des Rades deine Belohnung erfahren. Wir haben dir Unrecht getan, Mein Sohn und Ich. Doch wie könnten die Götter makellos sein, Sie, die das Böse existieren lassen?«

Im Morgenrot erwachte Pwyll allein. Er dachte: ›Sie konnte es nicht ertragen, zu bleiben, nach dem Schmerz und der Schmach, die ich ihr bereitete.‹ Mitleid durchbohrte ihn wie ein Schwert.

Dann staunte er über das rote Licht, hier, wo es keine Sonne gab. Er setzte sich auf, blickte durch die Kristalltürchen und sah, daß der Mond rot war wie Blut. Schwarze Wolken brodelten im Osten, grimmig und furchtbar; Scharlachflammen leckten aus ihnen hervor wie gierige, suchende Zungen.

66

Die Vögel über ihm zwitscherten furchtsam: »Havgan erhebt sich. Havgan erhebt sich in Anghar der Lieblosen. Um zur Furt zu reiten.«

Pwyll sprang aus dem goldenen Bett; er griff nach seinen Kleidern und Waffen.

In der großen Halle wimmelten die Menschen wie Ameisen in einem bedrohten Ameisenhaufen. Nur die Königin war ruhig, ihr Gesicht eine schöne, lächelnde Maske. Pwyll dachte mit Erleichterung, doch ohne Trost: ›Sie ist zu stolz, um vor dem Volk ihren Schmerz zu zeigen.‹

Er war froh, aus diesem herrlichen Palast herauszukommen. Als er hinaustrat und den Grauen zwischen den Stallknechten schon warten sah, da war es wie die Begegnung mit einem alten Freund. Freudig schwang er sich auf den Rücken des großen Hengstes. Er rief Arawns Hauptleute herbei, und Arawns Hauptleute riefen ihre Mannschaften herbei. Gewaltig war jenes Heer; alles hochgewachsene, prächtige Männer, glänzend gewappnet und beritten. Pwylls Herz hüpfte vor Freude an ihnen; keinem von ihnen mangelte es an Mut, das gute Leben hatte sie nicht verweichlicht.

›Hüte dich vor uns, Herr über Liebloses Anghar! Du, dessen sogenannte Männer Frauenbrüste abschneiden. Wenn diese Memmen, nachdem ich deinen Kopf abgeschlagen habe, wortbrüchig werden und dir helfen wollen, dann werden diese meine Männer ihnen auch verschiedene Dinge abschneiden!‹

Mit einem Hieb würde er jenen stolzen Kopf abhauen – und dann mochte Havgan um Gnade flehen! Doch vielleicht konnte dieser Kopf voll Tücken das noch? Gewiß war es am besten, das Ding aufzuheben, bevor es davonrollen konnte. Aufgespießt auf einem Speer, konnte er sich nicht mehr mit dem Rest vereinigen.

Havgan – ›Sommer-Weiß‹! Ein lächerlicher Name für diesen furchtbaren Feind der Menschen. Pwyll fielen die Worte ein, die er einst Math den Uralten hatte sprechen hören, Gwynedds alten, weisen Druidenkönig (in Gwynedd hatten die Druiden der Alten Stämme noch Weisheit, ob ein Mann sie nun begreifen konnte oder nicht). »Hier im kühlen und wolkigen Westen beten wir die Sonne als eine der schönsten Formen der Mutter an. Als die Spenderin von Licht und Wärme; ohne Ihre Liebe könnten wir nicht leben. Doch das Volk der Sumerer, nahe dem Sonnenaufgang, wo die heißen Sommer Erde und Menschen wie Fieber verbrennen, fürchtet die Sonne als einen wilden Krieger. Als Ihn, der die Ernte verdorrt und Mensch und Tier versengt.« Havgans Weiß mußte das Weiß der verbrannten Erde sein; doch selbst dann war es noch ein närrischer Name.

Pwyll ritt weiter, und das Heer Arawns folgte ihm. Gen Osten ritten sie, dem flammenübergossenen Himmel entgegen, der wie eine lebendige, zornige

Dunkelheit auf sie wartete, und der Wind, der ihnen ins Gesicht wehte, war nicht süß und kühl, wie Morgenwind es sein sollte. Er trug den Gestank von Verbranntem her, einen Gestank, der immer stärker wurde. Dann machte Pwyll den Schimmer von Wasser aus, das unter jenem seltsam trüben, roten Licht glomm.

Die Furt. Der Treffpunkt der Krieger!

Er ritt schneller. Die weiße, fliegende Mähne des Grauen nahm einen rosigen Schein an. Sie kamen an die Furt. Grüne Bäume und blumenübersätes Gras wuchsen bis zum westlichen Ufer des Wassers; Wasser, so tief durchschattet, daß es trüb aussah. Jetzt war der Gestank aus dem Osten wie ein Schlag ins Gesicht, heiß wie Feuer und beißend. Rauch verhüllte das jenseitige Ufer, Rauch und der Schatten jener aufgetürmten Dunkelheit, die den Himmel darüber erfüllte. Verschwommen konnte Pwyll die Skelette von Bäumen sehen, die sich immer noch unter dem Todesschmerz zu krümmen schienen, der ihre Leben ausgebrannt hatte. Dieses Mal kamen Arawns Worte zu ihm zurück: ›Wo Havgan hintritt, wächst nichts mehr. Wo er reitet, wird die Erde unter den Hufen seines Pferdes schwarz verbrannt. Er versengt die Brust der Mutter; sein ganzes Land ist eine öde Wüste. Sein Volk lebt von den Überfällen auf meines.‹

Etwas bewegte sich in jener Trübe; wie eine gewaltige, heranrollende Woge, mit Feuer statt mit Schaum gekrönt. Einen Augenblick lang rätselte Pwyll, dann erkannte er darin das unfreundliche Blinken der bronzenen Helme eines Heeres. Havgans Heerschar! Rasch befahl er seinen Männern, ein gutes Stück von der Furt zurückzuweichen. Es hatte keinen Sinn, die beiden Heere zu dicht aneinanderzulassen, so erfrischend es auch sein würde. Es wäre ein großes Vergnügen, diese Abschneider von Frauenbrüsten kleinzuschnippeln! Doch er war hier, um gegen einen einzigen Feind zu kämpfen und alle anderen Männer zu retten.

Er sandte seinen Herold vor, Arawns Herold. Der Mann war groß und hager; in seinem Haar mischte sich das Schwarz der Nacht mit dem Grau des Zwielichts. Als er die Furt erreichte, verwandelte sich dieses Haar in Falkengefieder; er hob seine Arme, und sein schwarzer Mantel wurde zu Flügeln, die ihn hoch über die Wasser erhoben. Einen Augenblick lang wurde der ganze Kopf der eines Falken; sein kühner Schnabel blitzte in dem roten Licht, die Augen darin waren keine Menschenaugen.

Doch die Stimme eines Mannes war es, was über die Wasser herüberdonnerte. »Männer, höret! Herren, Höret! Zwischen zwei Königen ist dieses Treffen. Wer einem von ihnen hilft oder ihn hindert, soll nichts verlieren als sein Leben!«

Wie ein großer Vogel vom Himmel stürzt, so stürzte er sich herab. Er landete auf seiner Seite der Furt, und sein Kopf war wieder der Kopf eines Mannes, sein Haar war wieder Haar, sein Mantel nur ein Mantel. Er hatte keine einzige Feder.

Da trat aus der rauchigen Trübnis drüben ein zweiter Herold, und Pwyll und alle seine Männer schnappten nach Luft, denn dieser Mann trug einen Mantel aus loderndem Feuer! Über seinen ganzen großen Körper hinweg flackerte und flammte es, bald rot, bald gelb, doch immer böse blitzend. Er stand da und sprach, und seine Stimme war wie ein gewaltiges Fauchen. Alle Männer im Westen schraken zurück, fühlten Hitze wie kleine Feuerzungen über ihre Gesichter lecken, obgleich die ganze Breite der Furt dazwischen lag.

»Heil, ihr Männer des grauen Arawn! Mein Herr naht, der Goldene, er, der uralt ist und dennoch ewig jung. Er, den keines Vogels Schwinge überflügelt, er, dessen Flamme alles Gefieder versengt, alles Fleisch verzehrt. Hört ihr mich, Männer der Westlichen Welt?«

Arawns Herold sagte: »Wir haben dich gehört.«

»Dann zittert! Nergal kommt, der Fürst des Abgrundes, der Fürst der sengenden Sommersonne. Er, der sich aus Meslam, der Unterwelt, erhebt, um alles, was grün ist und wächst, zu verbrennen. Er, der vor Zeiten Ereshkigal, die Königin der Östlichen Toten, an den Haaren ihres schrecklichen Hauptes von ihrem Throne zerrte. Er, der ihren Stolz in sich windende Angst verwandelte und sie zur unterwürfigen Empfängerin seines Samens machte. Genauso wird er mit eurer Brenhines-y-nef verfahren, mit eurer Modron, der Mutter. Schon viel zu lange hat Sie dort drüben herumgekönigt, bei euch verschnittenen Schwächlingen des Westens. Sie wird jetzt Ihren Rang erfahren, den Rang des Weibes! Im Osten und Westen sollen die Toten nur einen Herrn mehr kennen: Havgan den Zerstörer!«

Von Pwylls Heerschar stieg ein Wutgebrüll auf. Wie die Wogen des Meeres stürmten sie vorwärts, gewaltig und schrecklich. Doch Pwylls erhobene Hand gebot ihnen Halt. »Brecht nicht Arawns Wort, Männer Arawns. Schreihals aus dem Osten, geh zurück und entbiete deinem weiberbekämpfenden Meister, er möge vortreten und mit einem Manne kämpfen!«

Keine Antwort kam. Die Schatten verschluckten jenen Flammenmann.

Lächelnd ritt Pwyll zur Furt hinab. Lächelnd dachte er: ›Jetzt werde ich ihn endlich sehen, diesen schrecklichen, wundervollen Havgan. Ihn, auf den mich Ungeheuer und Vogel vorbereiten sollten. Nun, wenigstens trägt er Menschengestalt und kann sterben.‹

Dann erblickte er seinen Feind, und das Lächeln gefror auf seinen Wangen,

und der Atem stockte ihm, als schnürte sich seine Kehle schon zusammen im
Griff einer gigantischen Feuerfaust.

ACHTES KAPITEL – DER ZWEIKAMPF AN DER FURT/JUNG WAR HAVGAN, JUNG UND
SCHÖN WIE DER MORGEN: EIN KNABE, DER KAUM ALT GENUG AUSSAH, UM IN DEN
KAMPF ZU ZIEHEN. SEINE ROTEN LIPPEN LÄCHELTEN WIE DIE EINES FRÖHLICHEN, KEK-
ken Kindes, seine blitzenden Augen leuchteten so blau wie der Himmel über
der Erde, sein Haar hatte das rote Gold des Sonnenlichts. Pwyll fiel ein, daß er
vergessen hatte, wie hell und klar Sonnenlicht war, wie schön.

›Kämpfe ich gegen den, der siegen sollte?‹ Wie ein Speer durchstieß ihn dieser Gedanke; wie Eiswasser durchrann er seine Adern. ›Wie kann ein Land unter den Schritten dieses Jünglings verwüstet werden? Wie könnte dieser goldene Sonnenfürst etwas anderes sein als ein Freund der Menschen?‹

Was wußte er denn von Havgan, außer dem, was Arawn ihm erzählt hatte
– Arawn, der ihn von Anfang an betrogen hatte? Alle Herolde prahlen, bevor
ihre Herren in den Kampf gehen; im Krieg sind alle Lande in Gefahr, durch
Feuer verwüstet zu werden. Nie könnte dieser Knabe die Brust einer Frau dazu
verwenden – sie abzuschneiden; zumindest diese Geschichte war reine Narretei . . .

Dann dachte er nicht mehr, denn Havgan war bei ihm.

Wild und schrecklich war jener Kampf. Pwyll wich gerade noch rechtzeitig
aus, um sein rechtes Auge vor dem ersten Speerwurf zu retten. Blut rötete seine geritzte Wange. Der Wurf seines eigenen Speers ging daneben. Sie stiegen
ab und kämpften mit den Schwertern. Sie hieben und hauten aufeinander ein;
blitzschnell war ihr Angriff und ihre Parade. Doch immer aufs neue gelang es
jedem der beiden, dem Streich, der das Ende bedeutet hätte, noch eben zu entgehen oder ihn mit dem eigenen Schwert abzuwehren.

Wieder und wieder wurde Pwyll getroffen; sein Blut floß aus vielen Wunden. Er dachte: ›Bald geht meine Kraft zu Ende.‹ Desto wilder stürzte er sich
auf seinen Feind, er griff an, warf sich auf ihn und schlug zu, doch Havgan
war überall, nur nicht dort, wohin diese Hiebe fielen. Nach jeder vergeblichen
Attacke war das schöne, helle Gesicht wieder da, lächelte Pwyll an, die weißen
Zähne leuchteten so hell wie die blauen Augen. Er war herrlich, er war
schrecklich, er war unberührbar. Er schien, unglaublich, immer schneller,
leichter, stärker zu werden. ›Das kommt, weil ich blute und er nicht‹, dachte
Pwyll und sprang ihn noch wilder an als je zuvor; doch er hätte genausogut
auf die Luft einschlagen können. Seine Sprünge, die immer verzweifelter wurden, brachten ihm nur neue Wunden ein.

70

›So geht es nicht.‹ Als er sich gerade, um Haaresbreite, vor einem Stich gerettet hatte, der ihm die Kehle durchstoßen hätte, hörte Pwyll diese Worte; so kalt und gewiß, als hätte sie ihm eine Stimme ins Ohr gesagt. Er fing zu kämpfen an, wie er noch nie gekämpft hatte, deckte sich mit seinem Schild, so gut er konnte, versuchte, sich lediglich zu schützen. Er mußte Stich um Stich von Havgans tanzendem Schwert hinnehmen, aber keine tiefen Wunden mehr. Er wartete, lauerte auf seinen Augenblick.

Doch seine Augen, sein Verstand waren damit beschäftigt, auf die unzähligen Blitze von Havgans Klinge aufzupassen und sie abzuwehren. Sie woben ein Netz aus verwirrenden, wirbelnden Lichtern; ein Netz, das eine Sekunde lang alle Dinge bedeckte ... Pwyll wich aus, doch an seiner Seite klaffte eine neue rote Wunde. Da erkannte er, daß ohne die Hilfe eines Gottes der Ausgang dieses Kampfes entschieden war.

›Um zu gewinnen, muß ein Kämpfer angreifen. Vorwärts! Ich mache Dyved ja Schande, wenn ich hier nur herumstehe, kämpfe, um noch ein bißchen länger am Leben zu bleiben. Doch noch stehe ich, und solange ich stehen kann, werde ich es.‹

Er biß die Zähne zusammen und stand.

Weiter und weiter wogte der Kampf – Ausfall, Stoß, Parade, Ausfall, Stoß, Parade. Havgans Ausfall, Havgans Stoß, Pwylls Parade. Doch was war das? Wurden diese blitzschnellen Sprünge und Schwünge Havgans nicht ein klein bißchen weniger sprung- und schwungvoll? War dieser letzte Stoß nicht ein klein wenig leichter zu parieren gewesen? Nein; solche Träume kamen, wenn der Lebenssaft eines Mannes ausströmte. Parade, Parade, Parade – Stoß – Parade. Bei allen Göttern, es stimmte! Der letzte Stoß war Pwylls Stoß gewesen; der erste, der ihm in langer Zeit gelungen war. Havgan wurde schwächer!

Freude flammte auf in Pwyll; ein letztes Aufflackern seiner Kraft. Dann kam, düster und dunkel, das Begreifen. ›Geht auf der Erde jetzt bald die Sonne unter? Nimmt seine Kraft bis Mittag zu und verebbt dann, wie das Licht verebbt, sobald die Schatten sich erheben, um die Herren der Welt zu werden?‹

Wenn er bis zum Sonnenuntergang durchhielt, würde Havgan ihm ausgeliefert sein, doch – wenn er Havgan tötete, würde dann die Sonne je wieder aufgehen? Dann würde der Tod wahrlich ein gewaltiges Mahl halten, und Pwylls Welt wäre auf ewig vor allen Feinden sicher; eine Eiswüste, in Finsternis versunken, allen Lebens entblößt ...

Havgan sah seine Gelegenheit. Wie eine zustoßende Schlange schoß sein Schwert an Pwylls Schild vorbei. Der kriegsgeübte Körper des Fürsten von Dyved rettete ihn, nicht seine umherschweifenden Gedanken. Er wich aus, doch neues Blut sprang aus seiner schon verwundeten Seite hervor.

Da kämpfte er weiter, hartnäckig, wild und verbissen, wissend, daß er bald gar nicht mehr kämpfen konnte. Wußte von nichts, dachte an nichts als an seinen Feind. Nur sie beide waren wesenhaft, aneinandergekettet in jener schrecklichen Flammeneinheit, wie Liebende sie kennen, verschmelzend in dem Akt, der Leben zeugt, oder wie zwei Männer, die sich mit aller Kraft ihres Körpers und ihres Willens mühen, einander den Tod zu geben.

Von der grünen Böschung herab sah Arawns Heerschar zu, mit bleichen und starren Gesichtern. In der heißen, faulen Düsternis des anderen Ufers standen die dunklen Männer aus dem Osten und grinsten, feuerten Havgan an; doch auch ihre Gesichter waren angespannt. Wie rote, schwere Schlangen kroch das Blut beider Könige nun durch das Wasser.

Plötzlich überkam Havgan große Wut. Sein goldenes Haar richtete sich auf; jedes einzelne Haar wurde flammenrot, sprühte Feuer. Auch der runde Schildbuckel flammte auf, rot wie die Sonne, die auf der Erde gerade untergehen mußte. Mit einem Schrei, der allen Raum erfüllte, drang er auf Pwyll ein, und alle seine Männer schrieen schon triumphierend auf, während die Männer Arawns aufstöhnten. Keinem schien es denkbar, daß jemand, Gott oder Mensch, diesem Angriff widerstehen könnte.

Doch der gewaltige Hieb, der Pwylls Kopf von den Schultern hätte scheren sollen, schnitt nur in die Haut seines Halses. Sein eigenes Schwert blitzte nach oben. Mit einem letzten Kraftausbruch trieb er es durch jenen feurigen, leuchtenden Schildbuckel hindurch – und tiefer, tief in Havgans Körper hinein.

Mit einem lauten Schrei fiel der helle König. Sein Schwert und sein durchbohrter Schild fielen mit ihm in die verschlingenden Wasser. Doch wie durch Zauber, unerklärlich, kehrte Pwylls Kraft zurück. Er fing seinen Feind in seinen Armen auf, taumelte mit ihm an Land. Mit lauten Jubelrufen kamen ihm Arawns Männer zu Hilfe gerannt, doch kein Triumph, nur Leid und Mitleid zeigten sich auf Pwylls Gesicht, als er, sicher an Land, auf das Gesicht des anderen hinabblickte. Es sah wieder sehr jung aus, knabenhaft und schuldlos schön.

Die blauen Augen öffneten sich; blickten in die seinen. Zorn erfüllte sie und Verwunderung: die Verwirrung eines Kindes, das nicht begreift, warum man ihm weh getan hat.

»Welches Recht hattest du, Fürst, nach meinem Tod zu trachten? Ich habe dir nie ein Leid getan; ich weiß nicht, warum du nach meinem Leben trachtest. Da du aber einmal begonnen hast, mich zu töten, so beende es auch – erlöse mich von diesem Schmerz!«

Tiefer, als sein Schwert seinen Feind durchbohrt hatte, durchbohrten jetzt seine Augen Pwyll. Weise im Tod, erkannten sie ihn; erkannten, daß er Pwyll war und nicht Arawn. Wieder schienen im ganzen All sie beide allein zu sein: der Mann, der dalag und in Schmerzen starb, und der Mann, der ihm diesen Schmerz zugefügt hatte. Die Qual, die den Körper des anderen durchwühlte, durchwühlte Pwylls Herz.

Havgan stöhnte: »Nimm meinen Kopf – erlöse mich!«

Von selbst hob sich Pwylls Arm. Sein Schwert blitzte in die Höhe, dann hinab.

Doch einen Fingerbreit vor Havgans Kehle hielt es inne. Auch Arawn hatte diese Bitte gehört; der Tod hatte seines uralten, barmherzigen Amtes gewaltet. Und der Erschlagene hatte sich erhoben, und sein Besieger war hinfort machtlos gegen ihn.

Doch warum Angst davor haben? Solch ein Aufstehen würde so strahlend sein wie der Aufgang der Sonne; es würde wirklich Sonnenaufgang sein. Sein ganzes Wesen lechzte danach, diesen Knaben aufstehen zu sehen, wieder heil und schön. Und doch . . .

Arawn. Sein Eid. Aber Arawn hatte ihn von Anbeginn an betrogen, mit ihm gespielt, ihn im Kampf gegen Ungeheuer allein gelassen. Immer hatte er eine Entschuldigung gehabt, eine wortreiche Spitzfindigkeit, auf die Pwyll keine Antwort wußte; doch dies waren die Tatsachen. Aller unterdrückter Groll, alles Mißtrauen brach plötzlich los, schoß baumhoch in ihm auf.

Vielleicht bedeutete Havgans Sieg über Arawn, daß auch hier die Sonne aufginge, über der Welt der Toten; daß die Toten und die Lebenden wieder eins würden, in der Herrlichkeit jenes Lichtes . . .

Der Mann zu seinen Füßen stöhnte erbärmlich: »Spiel – nicht – mit mir. Mach Schluß!«

Wieder hob sich Pwylls Arm. Die blauen Augen leuchteten hoffnungsvoll auf.

Sie saugten ihn ein, diese himmelfarbenen Meere aus Schönheit und Sehnsucht, diese Augen, die ein neues Weltall verhießen. Und dann brachte etwas – das kalte Gefühl von Banden, die sich wie Schlangen um seinen Willen wanden – Pwyll dazu, seine Augen loszureißen; bannte seinen Arm. Er blickte auf, suchte etwas, das er statt dessen ansehen konnte, um seinen Kopf zu klären, und er sah die Dunkelheit jenseits der Furt.

Sie bedeckte jetzt alles. Vom Flußufer bis zum halbverschlungenen Himmel brodelte die rauchige Schwärze. Durch sie hindurch erklang das Wehgeschrei der Männer aus dem Osten, die um ihren König klagten. Und mit jenem Klagen kam der Gestank, die Hitze . . .

Wenn Havgan aufstand, würden seine Männer die Furt überqueren. Würde jene stickige, stinkende Finsternis mit ihnen übersetzen?

Qual erschütterte Pwyll. Das Stöhnen zu seinen Füßen stach nach ihm wie Schwerter. Zweifel hackten an ihm wie die Schnäbel von Raubvögeln. Konnten nicht Finsternis, Gestank und Hitze auch nur eine von Arawns Täuschungen sein? Viel von dem, was er gesehen, viel von dem, was er gehört, seit er diese Welt betreten hatte, war unwirklich gewesen. Kälter als Eis, tiefer als das Meer, durchströmte ihn jene Einsicht; er erkannte, daß er das schon lange wußte, sich aber bisher geweigert hatte, dieser Erkenntnis ins Gesicht zu sehen.

Wie sollte ein Mann wissen, was tun – in einer Welt, wo seine eigenen Augen und Ohren zu Lügnern gemacht wurden?

›Du wirst es nie wissen.‹ Tief in ihm antwortete eine Stimme, ruhig und schrecklich, eine fremde Stimme, die dennoch seine eigene war, obwohl sie keinem Selbst gehörte, das er kannte. ›Nie – bis du als Toter zurückkommst, einer von Arawns Untertanen. Doch das weißt du, das entspringt deinem eigenen Herzen: der Ekel, den du vor jener Fäulnis jenseits des Wassers spürst.‹

Pwyll sah die Männer an, die sich um ihn drängten; in Gesichter, die triumphierend gewesen und jetzt besorgt waren. Gesichter, auf denen Furcht dämmerte. Diese ganze Heerschar hier, all die Menschen, die daheim auf ihren Feldern und in ihren Häusern warteten, in Furcht darauf warteten, den Ausgang dieses Kampfes zu erfahren – sogar jene herrliche Königin –, sie alle sahen auf ihn, Pwyll, daß er sie schütze. Wie er versprochen hatte . . .

Sie waren jetzt sein Volk, genauso, wie auf Erden die Menschen in Dyved sein Volk gewesen waren. Konnte er es wagen, diese Finsternis auf sie loszulassen?

Er ließ sein Schwert fallen; es hatte eines langen Kampfes bedurft, seinen Arm zu senken, ohne ihn zu gebrauchen. Er wandte seine Augen von jenen blauen Augen ab, in denen die Hoffnung starb. Er sagte, seine Stimme zur Festigkeit zwingend: »König, mag sein, ich werde bereuen, was ich dir angetan habe. Laß den, der das Herz dazu hat, dich töten. Ich will keinen Tropfen mehr von deinem Blut an meinen Händen haben.«

Havgan tat einen tiefen Seufzer. Er sagte nur: »Laß meine Männer zu mir kommen. Die Hauptleute meines Heeres.«

Sie kamen, jene schwarzbärtigen Männer aus dem Osten. Aus jenem lauernden Schatten heraus, hinein in die blutigen Wasser und durch sie hindurch. Sie scharten sich um ihren König, und Havgan nahm die Hand eines jeden und drückte sie. Ein schwacher Abglanz seiner alten Schönheit wärmte sein Gesicht.

»Zu früh haben wir die Tempel von Cuthah in Sumer, nahe dem Aufgang der Sonne, verlassen. Götter aus dem Osten werden im Westen regieren, aber noch ist die Zeit dafür nicht gekommen. Tragt mich jetzt von hinnen, meine Getreuen. Ich kann euch nicht weiter führen.«

Wehklagend machten sie aus ihren Mänteln ein Bett und hoben ihn darauf und trugen ihn davon, in jenen Schatten zurück, den sie gemacht hatten. Pwyll und seine Männer, die ihren Abzug beobachteten, sahen, daß die Finsternis drüben, noch während die Feinde die Furt durchquerten, erzitterte und dünner wurde und zusammenfiel. Wie ein Mantel fiel sie vom Himmel, den sie verdunkelt hatte, und dieser leuchtete wieder klar und weit und unbefleckt. Was so riesig und ungeheuerlich gewesen, was scheinbar die Unendlichkeit herausgefordert hatte, schrumpfte jetzt zu ein wenig Dunkelheit zusammen, das die Trauernden und ihre Bürde einhüllte. Aus diesem Schwarz ertönte ihr Klagen, bis die Entfernung beides verschlang. Dann war alles still; der Mond schien wieder auf beide Ufer der Furt herab, so gelassen wie am Urbeginn, jenseits aller Erinnerung. Sanft, wie eine Mutterhand auf einem kranken Kind, liebkoste sein Licht das verbrannte Wüstenland.

Und Pwyll dachte, beglückt, nur eines: ›Jetzt kann ich heimgehen.‹ Dann erinnerte er sich, mit einem innerlichen Stöhnen, an das, was jeder König tun mußte, bevor er zum Siegesfest heimkehrte. »Ihr Hauptleute meines Heeres, wir wollen ihnen folgen und sehen, was für diese Lande getan werden muß, die nun wieder meine Lande sind. Und auch, welche Menschen meine Vasallen sein sollen.«

Wie mit einer Stimme antworteten sie: »Herr, alle Menschen sollen deine Vasallen sein, denn von nun an gibt es wieder keinen anderen König über ganz Annwn als dich!«

NEUNTES KAPITEL – HEIMKEHR/AUF DEM RÜCKEN VON ARAWNS GRAUEM RITT PWYLL, FÜRST VON DYVED, WIEDER ZU JENER GRÜNEN LICHTUNG VON GLEN CUCH – JENER LICHTUNG, AUF WELCHER DER HIRSCH GEENDET UND SO VIELES ANDERE BEgonnen hatte. Dieses Mal liefen die Hunde Arawns vor ihm her, so wie sie damals vor Arawn hergelaufen waren. Er sah die Stelle und erkannte sie wieder, doch war ihm, als hätte er sie tausend Jahre lang nicht gesehen. Gewiß, dachte er, war er länger als zwei Tage und zwei Nächte in Annwn gewesen; Arawn mußte ein Mittel haben, die Zeit einzurichten, wie er eines gehabt hatte, das Gedächtnis einzurichten. Doch wie konnte das sein?

›Unwichtig. Zeit ist unwichtig. Wichtig ist nur, was in ihr geschieht. Zeit kann brennen wie Feuer oder so ruhig verstreichen, wie das Gras wächst. Für mich ist sie wie Feuer gewesen. Dinge wurden in mich eingebrannt, und Dinge wurden ausgebrannt; nur – was für Dinge?‹

Er sann noch darüber nach, als es geschah: Mit einem jähen, gewaltigen Zittern und Beben hob sich die gesamte grasige Lichtung und wirbelte und verschwand. Er war wieder in dem Glen Cuch seiner Knabenzeit. Bäume deckten ihn wie ein Dach, in seine Nüstern wehte der Wind den guten, waldigen Geruch der Erde, und durch die Blätter hindurch schien die Sonne.

Die Sonne!

Pwylls Augen tranken noch jene geliebte Helle, als hinter ihm eine Stimme trocken sagte: »Hast du immer noch befürchtet, daß die goldene Erntebringende Mutter nie wieder aufgehen könnte, mein Bruder?«

Was er selbst zu sein schien, ritt an seiner Seite, auf etwas, das ganz gewiß sein eigenes Pferd war. Pwyll sah in seine eigenen grauen Augen, und Arawn sah ihn mit ihnen an.

Pwyll sagte langsam: »Ein Teil von mir muß noch Angst gehabt haben, doch nicht der Teil, auf den es ankommt. Ich vertraue dir jetzt, Tod, mein Bruder.«

»Das ist gut. Der Tod ist der einzige Freund, der einen Mann nie im Stich läßt. Das Kind in dir fürchtete sich, Fürst von Dyved, das Kind, das früher Angst vor der Dunkelheit hatte. Doch der Mann fürchtet sich nicht. Er ist gewachsen, seitdem wir den Eid zusammen geschworen haben.«

Pwyll sagte, noch bedächtiger: »Ich weiß nur, daß ich meinen Vertrag mit dir gehalten habe, Bruder.«

»Das weiß auch ich, und möge Es, das über allen Göttern ist, welche die Menschen kennen, dich belohnen, Bruder. Besser, als ich es kann.«

Doch seine Augen waren traurig. Pwyll wunderte sich etwas darüber, dann fiel ihm das goldene Bett ein. Nun, was dort nicht geschehen war, das mußte die Königin ihrem Gebieter erzählen. Wenn Arawn es erfuhr, dann wußte er, daß der Edelmut eines Menschen dem eines Gottes ebenbürtig sein konnte. ›Er wüßte es schon, wenn er meine Gedanken läse. Doch ist er ein Edelmann; er wird nicht mehr in sie eindringen.‹

Er sagte laut: »Herr, ich habe dein Heer über die Wasser geführt. Ich thronte in Anghar der Lieblosen, und alle, die Havgan gehuldigt hatten, huldigten dir. Deinem Ebenbild, ohne zu wissen, daß ein anderer an deiner Statt saß. Als wir dann nach Hause ritten, kam Nebel über uns – wie du ja sicherlich weißt –, und ich schlüpfte davon. Du kannst dich an die Siegestafel setzen; sie erwartet dich.«

Arawn sagte: »Ja, ich sandte diesen Nebel, und ich danke dir für deine Kraft, die den Sieg errang.«

»Meine rohe irdische Kraft?« Einen Atemzug lang flammte der alte Groll in Pwyll auf.

»Sie war nötig, doch ohne eine andere Art von Kraft hättest du den Sieg nicht erringen können.«

Schweigen fiel zwischen sie. Ein Vogel flog quer über den Himmel; in dem goldenen Licht, das zwischen den Blättern hereinströmte, sahen sie die Schatten seiner Flügel, hörten ihren Schlag, obwohl er auf Erden hätte unhörbar sein müssen.

Dann sagte Pwyll ruhig: »Ich habe gesehen, was er in Anghar der Lieblosen angerichtet hat. Ich danke allen Göttern, daß er nicht in meine Welt gelangte, um solche Taten hier zu vollbringen. Und doch war er schön, so schön, daß ich ihn lieben mußte. Wie konnten solche Taten und solche Schönheit Hand in Hand gehen?«

Arawn sagte: »Ist ein Stern weniger schön, wenn er fällt, als wenn er am Himmelszelt strahlt? Götter müssen wachsen – genau wie die Menschen; im Schlechten wachsen, wenn sie sich vom Guten abgewendet haben. Jetzt wird Havgan niemals eure grüne Erde verbrennen. Viele Männer und Frauen werden noch an hölzernen Pfählen verbrennen wegen der Feuersmacht, die er in den Westen gebracht hat; und noch viel mehr werden sich winden in Angst vor dem, was zu lieben sie vorgeben. Denn nur das Böse sollte gefürchtet werden; Götter sollten geliebt werden. Doch er kann jetzt nicht mehr das Allerschlimmste über euch bringen, kann nicht mehr alle Formen der Liebe in Haß und Furcht verwandeln.«

»Dann wird er also, wenn er das nächste Mal kommt, sanfter sein?«

»Ja, doch wird er, oder wer immer an seiner Statt kommt, immer noch den bösen Traum vom ewigen Feuer bringen, der den Menschen eine Folter ist.«

Wieder war Schweigen. Dann sagte Pwyll: »War er wirklich ein Gott? Was ist ein Gott? Ein wirklicher Gott?«

Arawn sagte: »Niemand kann einem anderen sagen, was Gott ist. Das Eine hinter den Vielen; die Macht jenseits kleiner Worte wie ›er‹ und ›sie‹. Nicht einmal ich kann es, der ich der Tod bin.«

»Wozu sind dann die Druiden und ihre Lehren gut?«

»Wahre Lehrer setzen den Fuß des Menschen auf den Weg. Auf diesem mag jeder suchen, was er für sich finden muß.«

Pwyll seufzte. »Ich glaube, ich habe nichts gelernt, Herr, außer, daß ich nichts weiß. Und noch weniger verstehe.«

»Dann hast du Weisheit gewonnen, Bruder.«

»Wenn es Weisheit ist, zu wissen, daß ich die Wahrheit nicht kenne.«

Der Tod sagte ruhig: »Ich bin ein Schritt auf dem Weg aller Menschen dorthin. Und doch fürchten mich die meisten als einen Peiniger. Sie begreifen nicht, daß ich nur komme, um Mensch und Tier von Leiden zu erlösen. Von den Qualen, die ihnen andere oder sie sich selbst zufügen, bis ihre Körper es nicht mehr ertragen.«

Pwyll sagte ebenso ruhig: »Ja, das begreife ich jetzt. Ich hätte wissen müssen, daß niemals du es bist, der grausam ist.«

Da lächelte Arawn; sein seltsames, leises Lächeln. »Es ist schwer für ein warmes junges Blut, nicht vor einem Pakt mit mir zurückzuschrecken. Du hast nur getan, was ich erwartete ... Doch jetzt ist es Zeit, daß jeder von uns in sein eigenes Reich zurückkehrt. Leb wohl für eine Weile, Bruder.«

Ein Zauberstab erschien plötzlich in seiner Hand – in Pwylls Hand. Er schwenkte ihn.

Ein neuerliches Beben und Bersten, doch dieses Mal war es nicht die Erde, die erzitterte, sondern ihre beiden Personen; sie bogen sich, wirbelten, vereinigten sich und formten sich um im Entformen und flogen auseinander. Als sich Pwylls Kopf klärte, da saß vor ihm der Graue Mann auf seinem Grauen Pferd. Pwyll blickte an sich hinab und sah seine eigenen Hände, die seine eigenen Zügel hielten, und sie waren geformt und gefärbt, wie sie es immer gewesen waren. Glücklich, selig, wußte er, daß es seine eigenen Hände waren, jedes Teilchen von ihnen. Er war wieder er selbst, ganz Pwyll.

Doch als er aufsah, um Lebewohl zu sagen, da waren Grauer Mann und Graues Pferd und die Hunde von Annwn alle zusammen verschwunden. Pwyll war traurig; vor allem von dem Pferd hätte er sich gern verabschiedet.

»Nicht, daß ich dich weniger liebte als zuvor, mein Kein Galed« – er tätschelte den glänzenden Hals des Braunen, etwas schuldbewußt –, »doch dieser Graue und ich haben viel miteinander durchgemacht. Sachen, wie ich sie hoffentlich mit dir nicht durchmachen muß, mein Liebling.«

Dann ritt er heim, und sein Volk begrüßte ihn; freudig, wie der Geliebte immer empfangen wird, aber ohne Überraschung, denn sie wußten nicht, daß er fort gewesen war. Er betrat seinen eigenen Palast, dort in Arberth, und alles sah genauso aus wie eh und je, lieb und wert, wenn auch weniger prächtig als die Wunder in Arawns herrlicher Halle. Doch der Rauch und die Gerüche belästigten ihn ein wenig. Er dachte: ›Ob die Handwerker von Dyved wohl lernen könnten, solche Türchen zu machen? Selbst wenn wir uns nicht viele aus Kristall leisten könnten, so könnte man doch auch solche aus Holz öffnen, wenn das Wetter gut ist. Sie machen ein Haus hell und lassen frische Luft herein.‹

Als eben das Abendessen aufgetragen wurde, kam sein Vetter Pendaran Dyved herein. Wie er Pwyll erblickte, erhellte Freude wie die Sonne sein Gesicht. Er kam herbei und legte ihm beide Hände auf die Schultern. Er sagte leise, damit kein anderer ihn höre: »Willkommen daheim, Pwyll. Es ist gut, dich wiederzuhaben!«

Pwyll riß die Augen auf: »Dann wußtest du also, daß ich nicht hier war?«

»Von Anfang an. Wir Druiden wußten es alle, aber wir wagten es nicht, den zu fragen, der hier an deiner Statt saß.«

»Von Anfang an? Wie lange bin ich denn ...?«

»Du bist ein Jahr und einen Tag fort gewesen. Aber sorge dich nicht; die Ernte ist gut gewesen, und obwohl einige Leute gestorben sind, so hat uns doch kein guter Freund von dir verlassen – doch das wirst du ja schon wissen, denn dort, wo du warst, hättest du ihm ja begegnen müssen. Und jetzt werde ich dir alles erzählen, was geschehen ist, und fürs erste in deiner Nähe bleiben, damit du keine Fehler machst.«

»Bei meiner Hand«, sagte Pwyll, »ich bin nie einer gewesen, der schleicht und verheimlicht.« Und er rief sein Volk zusammen und befragte es. »Ist es euch im letzten Jahr wohlergangen? Habe ich euch gut behandelt? Bin ich so gut zu euch gewesen, wie ich es in den Wintern zuvor war?« Viele Münder wurden aufgesperrt, und viele Augen traten hervor, doch alle gaben die gleiche Antwort.

»In allem ist es uns wohlergangen. Noch nie bist du so weise oder so mild gewesen, Herr; noch nie hast du, wenn du Recht sprachst, so tief in die Herzen der Menschen geblickt. Nie bist du ein so liebenswerter Mann oder ein so guter König gewesen.«

Pwylls alte Amme strahlte und sagte: »Wahrlich, Herr, du hast ihnen endlich den Mund gestopft, all den Narren, die sagten, die Herrin, deine Mutter, hätte dich zu Unrecht Pwyll, ›Weisheit‹, genannt. Und es hat einige von dieser Sorte gegeben!«

Einige Atemzüge lang schwieg Pwyll. Dann dachte er: ›Ich würde den Schlachtenruhm eines anderen Mannes nicht stehlen. Ist das etwas anderes?‹ Er straffte die Schultern; er sah ihnen in die Augen. »Dann, bei der Sonne und beim Mond, Volk von Dyved, und bei der Luft, die wir alle atmen – dann solltet ihr dem danken, der hier bei euch gewesen ist. Nicht mir.« Und er erzählte ihnen seine Geschichte.

Münder, die sich geschlossen, öffneten sich wieder, und Augen, die wieder Platz in ihren Höhlen genommen hatten, traten wieder hervor, doch alle glaubten ihm. Viele dachten sogar: ›Wie gut, daß er nicht toll geworden ist, wie wir nach seinen närrischen Fragen schon befürchteten.‹ Denn in jenen Tagen waren die Wände zwischen den Welten dünner und Besuche an unbekannten, schimmernden Orten glaubhafter, als sie es heute wären. Auch hatten alle diese Menschen von der Weisheit der Alten Stämme gehört, und die meisten von ihnen hatten in ihren Adern etwas von dem alten, kundigen Blut.

Schließlich gab der älteste und geehrteste von Pwylls Hauptleuten Antwort:

»Herr, wir danken allen Göttern, daß du wieder sicher daheim bist und für dich selbst und für Dyved die Freundschaft dessen gewonnen hast, der hier an deiner Statt war – dessen, der vielleicht besser ungenannt bleibt. Wir hoffen auch« – und hier sah er Pwyll sehr nachdrücklich an –, »daß du uns in Zukunft die Art von Herrschaft geben wirst, die er uns gab.«

»Ich werde mein Bestes tun«, sagte Pwyll. Und alle jubelten. Bis Tagesanbruch feierten sie, und alle waren fröhlich. Pwyll saß neben Pendaran Dyved; als Knaben waren sie wie zwei Finger an einer Hand gewesen, und Pwylls Herz ward wund, als sein Vetter ihn dann verließ, um bei den Druiden Weisheit zu suchen. Jetzt aber mußte er sich ein wenig freuen, als er sah, wie sehr sein Verwandter sich danach sehnte, zu erfahren, was er während seiner Abwesenheit gesehen hatte. Er dachte: ›Ja, ich der Krieger, der Unweise, bin dort gewesen, wo du noch nie gewesen bist, habe gesehen, was du noch nie gesehen hast, mein Pendaran, selbst dann nicht, wenn du mit verbundenen Augen an einem dunklen Orte lagst, mit einem schweren Stein auf deinem Bauch.‹ Denn so suchten die Druiden der Neuen Stämme religiöse Versenkung und den Weg zur Weisheit.

Doch in jener tiefsten Dunkelheit, die knapp vor dem Tod der Nacht kommt, als der Wein die Köpfe aller um sie herum übermannt hatte und ihr eigenes Gespräch erlahmte, da sagte Pwyll sinnend: »Vetter, warum hat wohl Havgans Herold nicht Arawns schöne Königin mit Vergewaltigung bedroht? Warum nicht sie, sondern die Brenhines-y-nef? Er redete so, als wäre jene uralte Mutter immer noch die Königin in der Welt des Mittleren Lichts.«

»Sie ist es. Sie ist Arawns Mutter.«

Pwyll riß die Augen auf. »Aber ich habe dort keine alte Frau gesehen!«

Pendaran Dyved lächelte: »Du selbst hast doch gesagt, daß dort niemand alt wird.«

»Doch wenn Sie immer noch Königin ist, warum hat dann Arawns Gemahlin alle Ehren bekommen? Warum saß sie allein an des Königs Seite? Und ich habe noch nie von einem anderen Sohn von Ihr als von Mabon gehört . . .«

»Mabon ab Modron – Sohn, Sohn der Mutter. Das ist der Name eines Kindes, Pwyll. Ein Kinderkosename. Kein Gott ist an einen Namen gebunden, nicht einmal an ein Gesicht. Drüben in Irland, von wo unser Volk einst kam, gibt es Dichter, die Ihn anbeten, der zwei Gesichter hat: eines ist das eines verfaulenden Kadavers, das andere das eines schönen Jünglings. Poesie kommt aus dem Land der Toten.«

»Aber – aber ich habe nur eine Königin gesehen. Arawns junge schöne Herrin.« Pwyll protestierte, denn wenigstens dessen war er sich sicher. Doch

Pendaran Dyved lächelte immer noch, und der Wein in Pwylls Kopf trug dazu bei, daß sich dieser wirbelnd im Kreise drehte.

Doch als er schließlich in sein Bett taumelte, da kam Friede in ihn; alle Dinge kehrten an ihre angestammten Plätze zurück. Ob sie jetzt wohl auch im Bett waren, fragte er sich, Arawn und seine schöne Königin? Nein, die Zeit bewegte sich langsamer im Mondlichtland. Sie sitzen sicherlich noch alle fröhlich beim Siegesfest, jetzt, da der wahre König heimgekommen ist und seine Untertanen stolz auf ihn sind, und jene liebliche Königin lächelt an seiner Seite, auch sie stolz, doch immer noch verletzt und voller Fragen.

Doch dann würden sie zu Bett gehen, sie würden aus jener Halle gehen, die prächtiger war als Sonne und Mond, in jenes Gemach mit den Kristalltürchen. Wie ein Falke sich auf die Taube stürzt, so würde sich der König auf sie stürzen – welcher Mann würde das nicht, wenn er ein Jahr lang von solch einer Frau getrennt gewesen war? Er würde sie in seinen starken Armen halten und sein Verlangen stillen, doch sie läge reglos da, reglos wie das geschnitzte und bemalte Standbild einer schönen Frau. Er würde sie zweimal ansprechen, vielleicht dreimal, doch sie würde nicht antworten, so wenig wie ein Standbild antwortet.

Schließlich würde er sagen: »Herrin, was für ein Empfang ist das für deinen Gebieter?«

Wie der Mond aufgeht, so würde sie ihr goldenes Haupt erheben.

»Bei der Macht, die die Götter selbst anbeten: welcher Wandel, Herr! In der Nacht, bevor du in den Kampf rittest, da hattest du weder Wort noch Blick für mich. Du hast dein Gesicht zur Wand gedreht und mir deinen Rücken hingestreckt!«

Er würde lächeln und sagen: »Herrin, selbst der stärkste Krieger braucht etwas Ruhe, bevor er in den Kampf zieht. Ganz gewiß habe ich dir meinen gestrengen Rücken nicht die ganze Nacht zugewandt!«

»Das hast du, Herr, das hast du! Die ganze Nacht lang lagst du neben mir wie diese Wand. Kalt und hart wie Stein bist du zu mir gewesen. Du hast keine Hand auf mich gelegt, nicht den kleinsten Finger! Ganz zu schweigen von anderem!«

Dann würde ihr Stolz brechen, und sie würde weinen, jene schöne Göttin, genau wie sterbliche Frauen weinen. Und eine Weile würde selbst Arawn schweigen; sogar aus jenem weisen Munde würden keine Worte kommen. Bis sich dann, dieses eine Mal, seine Augen erwärmen und in ihren weiten, unermeßlichen Tiefen Dankbarkeit und Bewunderung aufleuchten würden. Er würde sie an sich ziehen und sagen: »Herrin, weine nicht. Denn du hast nichts verloren, und ich habe einen Freund gewonnen. Nie hat ein Mann gelebt, der wahrhaftiger zu seinem Kameraden gewesen wäre. Was letzte Nacht hier nicht geschehen ist, das ist ein Wunder, das selbst uns, die wir die Menschen erschufen, mit Ehrfurcht erfüllt.«

Er würde ihr schließlich die Wahrheit sagen, und sie würde sie begreifen, da sie seinem Gotte Göttin war, und zusammen würden sie über die Ehre von Pwyll, Fürst von Dyved, staunen, Pwyll, der das Bett eines Gottes hätte beflecken können und es nicht tat. Das Bett des Todes, dessen anderes Gesicht das Leben ist.

Von dieser Zeit an, sagt das »Mabinogi«, wuchs starke Freundschaft zwischen Pwyll von Dyved und Arawn, dem Herrn des Abgrunds. Und jenes Landes wegen, in dem Pwyll gewesen war, und der Taten wegen, die er dort verrichtet, nannte ihn selbst sein eigenes Volk oft »Pwyll, Fürst von Annwn«; ein Titel, der Arawn gewiß mißfallen hätte – wäre er sterblich gewesen. Doch kein Mensch kann die unantastbare Würde eines Unsterblichen beleidigen oder wahren; selbst jenes Gespräch im goldenen Bett war sicherlich nur ein Traum in dem müden, weintrunkenen Kopf Pwylls gewesen.

Aber weder Pwylls neue Freundschaft noch sein neuer Titel gefielen seinen Druiden, seinen Druiden, die immer eifersüchtig auf ihre eigene Macht bedacht waren. Also machten sie, die über mehr Magie als Weisheit verfügten, sich daran, sein Glück in Unglück zu verwandeln. Doch drei Jahre lang führten ihre Verwünschungen zu nichts, denn in jenen drei Jahren blühte die ganze Insel der Mächtigen; Beli der Große wurde von seiner Krankheit geheilt, und sein Sohn Caswallon hörte auf, Ränke zu schmieden.

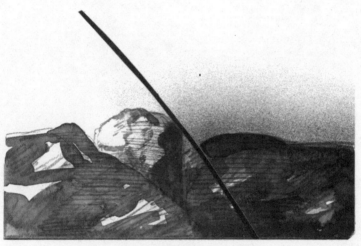

2. Buch
Rhiannon von den Vögeln

»... nicht in solch grobschlächtigen Körpern
hausend wie wir, neigen sie vor allem den mehr geistigen
und hochmütigen Sünden zu.«
Ein etwas vereinfachtes Zitat aus des Reverenden
Robert Kirk »Secret Commonwealth«, wohl dem ersten
großen Buch der keltischen Feenkunde. Kirk starb jung;
sein Sprengel scheint geglaubt zu haben, das
Feenvolk habe ihn »geholt«, mutmaßlich, weil er
dessen Geheimnisse verraten habe.

Erstes Kapitel – Not kommt über Dyved/Drei Winter und drei Sommer lang gedieh Dyved. Schnee bettete das Land weich und liebevoll; unter seinem weiss schlief die Erde den warmen, fruchtbaren Schlaf einer Braut. Und als sie gebar, da leuchteten ihre Felder von goldenem Korn, bogen sich ihre Bäume unter dem Gewicht ihrer Früchte. Nüsse und Beeren waren so zahlreich wie die Sterne am Himmel. Die Kuh, die keine Drillinge warf, warf Zwillinge, und mit den Mutterschafen und den Stuten war es das gleiche. Die Frauen leisteten nicht ganz soviel, aber sie machten ihre Sache gut. Kein Land konnte je einen besseren Beweis dafür haben, daß es einen guten König hatte, denn nach uraltem Glauben bringt ein starker König gute Jahreszeiten und gute Ernten, ein schwacher König aber macht das Land kahl und die Menschen leiden. Tief liebte ganz Dyved Pwyll, ihren König.

Doch der vierte Winter heulte wie ein Wolf daher. Der eisige Wind seines Atems riß hohe Bäume nieder, brachte Krankheit über Mensch und Tier. Der Frühling kam spät und war nicht hell und fröhlich wie eine Braut, sondern schlaff und schwach wie eine alte Frau. Er duckte sich unter unzeitigen Frösten; was an Früchten wuchs, war klein und knapp und wurmig. Keine Kuh warf mehr als ein Kalb, keine Stute mehr als ein Fohlen, und davon starben auch noch die meisten.

Als die Fröste endeten, kam der Regen. Was an Getreide wuchs, verfaulte am Halm. Was an Kälbern und Fohlen übriggeblieben war, erkrankte und starb, ebenso viele Säuglinge der Frauen.

Die Druiden kamen vor Pwyll. In weißen Roben und ihre heiligen goldenen Sicheln tragend, kamen sie, und der Älteste sprach: »Herr, dein Volk geht zugrunde. Bald wird ganz Dyved eine Wüste sein, und die wenigen von uns, die übrigbleiben, werden der Wut der Alten Stämme zum Opfer fallen, von denen unsere Väter das Land nahmen.«

Pwyll antwortete, so gut er konnte. »Beli der Hochkönig wird uns den Tribut dieses Jahr erlassen. Er ist nicht der Mann, der Männer bestraft, die ihr Bestes geben. Und das nächste Jahr muß besser sein.«

»Wird es das? Und wie viele von uns werden es erleben? Gwynedd grenzt an unser Land – und dort drüben herrscht keine Not, so nahe sie uns sind. Math der Uralte, ihr König, ist immer noch ein gewaltiger Krieger. Wenn er gegen uns marschiert, dann werden ihn viele vom alten Stamm als ihren Erlöser begrüßen.«

»Math ist ein gewaltiger Hüter seines eigenen Landes, doch nie setzt er auch nur einen Fuß über die Grenzen seines Landes. Du weißt das gut, weiser Mann; du wußtest es schon, bevor ich geboren wurde.«

»Wir, die wir lange gelebt haben, wissen, daß immer ein Wolf darauf lauert, die Kehle des Schwachen zu zerreißen. Auch muß das Volk essen. Als dein Vater unser Herrscher war, blieb die Ernte nie aus.«

Da sah Pwyll es, das Messer, das sie ihm an die Kehle setzten. Einem neuen König Platz zu machen, war die uralte Pflicht des von Gott Verlassenen; so lautete das Gesetz, das die Neuen Stämme vom Festland mit sich gebracht hatten. Es hatte vielen Königen einen blutigen Tod gebracht, doch nie hätte Pwyll im Stolz seiner jugendlichen Kraft sich träumen lassen, daß es gegen ihn angewendet werden könnte.

Er lachte grimmig. »Das ist es also, alter Mann! Ihr wollt einen neuen König. Ich bin für euren Geschmack zu alt und schwach!«

Da schwiegen sie. Sie hatten noch nicht so deutlich werden wollen. Doch ihre Gesichter waren so entschlossen wie die starren Gesichter jener Götterbilder, die ewig reglos dahingen, eingeschnitzt in die Bäume ihrer heiligen Haine, mit Augen wie eisüberkrustete Kiesel, hart und kalt. Nur im Gesicht seines Vetters Pendaran Dyved, dem jüngsten von allen, konnte Pwyll Mitgefühl und menschliche Angst sehen.

Der Hohe Druide sprach wieder, jener älteste von allen. »Leg uns keine Worte in den Mund, Herr. Wir verlangen nur von dir, daß du deine Pflicht tust. Das Land von Dyved ist eine Mutter, die Urmutter ihres Volkes. Doch selbst eine Göttin muß Samen bekommen, der Ihren Schoß fruchtbar macht. Jeder König von Dyved hat Ihr seinen Samen gegeben, seit es Könige unter uns gibt. Nur du nicht.«

Einen Atemzug lang war es wieder still. Dann sagte Pwyll ruhig: »Wir haben schon früher darüber gesprochen, Hoher Druide. Zu gegebener Zeit werde ich eine Frau nehmen; inzwischen horte ich meinen Samen nicht. Hat je eine Braut, die mit mir schlief, geklagt, sie sei als Jungfrau zu ihrem Mann gegangen? Oder lange gebraucht, um ihr erstes Kind zu gebären?«

Doch die Augen des alten Mannes nagelten ihn fest. »Du magst bei den Frauen deiner Männer deine Pflicht getan haben, Herr, doch jene Bräute waren nicht die Heilige Braut. Die Weiße Stute von Arberth muß hervorgeführt werden; du mußt bei ihr liegen und ihr deinen Samen geben, dann sie töten und von der Brühe trinken, die aus ihrem Blut gemacht wird. Dann, und nur dann, wird die Erde wieder ihre guten Früchte tragen und der Fluch von Land und Leuten genommen werden.«

»Vor sieben Wintern habe ich mich geweigert, mit der Weißen Stute zu schlafen, Herr. Und doch sind sechs dieser sieben Jahre gut gewesen!«

»Die Göttin ist geduldig gewesen; Sie hat darauf gewartet, daß du aus der Torheit der Jugend herauswächst. Doch jetzt mußt du deine Mannheit beweisen – wenn sie überhaupt noch stark in dir ist.«

Einigen schien es, Pwyll zucke zusammen, als hätte eine glühende Kohle ihn berührt; doch dann biß er die Zähne zusammen. »Und ich sage dir: Die Göttin ist froh, daß ich Sie nicht mit einem Tier gehöhnt habe. Besorg deiner Stute einen Hengst, alter Mann, laß sie leben und Fohlen haben, und ihr Blut soll ungetrunken bleiben. So kann sie für sich selbst und für Dyved ihr Bestes leisten – ohne meine Hilfe oder die eines anderen Mannes.«

Da fiel ein Schweigen, wie ein Schlag. Männer konnten ihr eigenes Atmen hören. Noch nie hatte ein Mann, und sei es ein König, gewagt, so mit dem Hohen Druiden zu sprechen. Alle, die Pwyll liebten, fragten sich entsetzt, zitternd: ›Ist Wahnsinn über ihn gekommen? Hat seine Weisheit ihn verlassen?‹

Der alte Druide aber richtete sich zu seiner ganzen Größe empor, und das war wirklich groß. Im Feuerschein blitzte seine goldene Sichel wie ein zweites Feuer.

»Niemand hat Sie je so gehöhnt, wie du Sie höhnst, Pwyll, genannt Fürst von Dyved. Du verschmähst die Weiße Stute, du, der die Umarmung der Leichenverschlingerin erfahren hat! Du, der Diener des Todes gewesen ist, seine Kämpfe gekämpft hat und in seinem Bett geschlafen hat? Mit seiner eigenen Bettgenossin, mit ihr, die noch älter und schrecklicher ist als er . . .«

»Sie ist die schönste aller Frauen!« rief Pwyll mit empörtem Erstaunen. »Ich habe bei ihr geschlafen, doch niemals mit ihr! Nie ihr meinen Samen gegeben!«

»Sie wand ihre Arme und Beine um dich; sie hat dich in ihre Bande gelegt. Und der Same, den du ihr verweigert hast, ist in dir vertrocknet. Nie wieder wirst du Sohn oder Tochter zeugen, wirst dich immer nur der Früchte des guten Samens anderer Männer rühmen. Welches Kind, das seit deiner Rückkehr aus Annwn hier geboren wurde, hat ein Gesicht wie das deine gehabt?«

»Ah . . . hhh!« Pwylls Stimme scholl durch die Halle, wortlos wie der Schrei eines gemarterten Tieres. Wie ein Blitz erglänzte sein Schwert, doch der funkelnde Bogen, der den Kopf des alten Druiden wie eine Ähre abgeschlagen hätte, hielt mitten in der Luft. Totenblaß stand der Fürst von Dyved da und kämpfte mit sich selbst; als er schließlich sprach, war seine Stimme so leise, als würde sie durch die starren Lippen eines Toten gepreßt.

»Wir helfen unserem Volke nicht, Herr, wenn wir aufeinander losfahren wie Hunde, die um einen Knochen raufen. Die Götter sollen entscheiden. Heute nacht werde ich auf den Gorsedd Arberth steigen, und wenn dort in meinen Träumen eine Erleuchtung zu mir kommt, werde ich herabkommen und eine Königin nehmen, die mir Söhne gebiert. Denn von alters her ist das Fest, bei dem ein König seine Herrschaft antritt, seine Hochzeit genannt worden, also habe ich vielleicht Unrecht getan, den Platz meines Vaters einzunehmen, ohne eine Frau zu nehmen. So viel Recht mag mit dir sein, alter Mann.«

»Der König schläft mit seinem Reich; so lauten die heiligen Worte.« Des Hohen Druiden Gesicht war so steinern wie je. »Die Königin, die einen Mann zum König macht, muß die alte Göttin des Landes in sich haben. Hier hat das keine Frau. Nur die Weiße Stute ... Willst du bei ihr liegen, falls du vom Gorsedd Arberth herabkommen solltest? Wenigen Königen ist das je gelungen, und keiner von ihnen war so auf Frevel versessen wie du.«

Er schwieg, und alle Männer zitterten, als sickerte der schwarze, eisige Schatten jenes entsetzlichen Hügels mit dem Namen Gorsedd Arberth durch die Wände – jenes fürchterlichen Hügels, der immer den menschenerfüllten, lebenerfüllten Palast überragt hatte, wartend ...

»Besser das, als in meiner eigenen Halle verbrannt oder zur Grube oder zum Pfahl geschleppt zu werden! Ich weiß, wie Könige sterben!« Pwyll lachte wild. »Ich werde jenen hohen Ort besteigen, mit meinen Milchbrüdern und erwählten Kriegskameraden an meiner Seite, den Wahren Gefährten des Königs. Und wenn sie mich mit ihren Speeren erschlagen, so wie – nach dem Gemunkel alter Männer – meines Großvaters Gefährten diesen erschlugen, dann werde ich keine Hand gegen sie heben. Doch werde ich überrascht sein, wenn sie es tun!«

»Du hast die Wahl.« Das Gesicht des alten Druiden blieb unbeweglich. »Eines Königs Wahl.«

»Aber eine, die ich nicht allein getroffen habe ... Du hast bekommen, worum du gespielt hast.« Pwyll lachte bitter, dann wandte er seinen Blick vom Gesicht des Hohen Druiden ab, wandte ihn ab von all den geschnitzten Gesichtern und blassen Gesichtern und richtete ihn auf das eine, das besorgt war. »Wenn er siegt und die Götter mich erschlagen – denn meine Wahren Gefährten werden es niemals tun –, dann erlege ich es dir auf, Pendaran Dyved, meinem Blutsverwandten, hier an meiner Statt König zu sein. Du bist kein Mann des Krieges, doch dein Herz ist gut, und unser Volk wird dich brauchen.«

»Ich habe keine Hand in dieser Sache gehabt, Pwyll.« Die Stimme des anderen jungen Mannes war ganz elend.

»Du hast nicht einmal einen Finger drin gehabt, Junge. Das weiß ich. Die Götter seien mit dir! Die Druiden werden es sein – auch das weiß ich.«

Dann erhob sich der Hohe Druide und ging aus jener Halle, und alle Druiden folgten ihm. Auch Pendaran Dyved. Doch Pwyll hatte gewußt, daß es so sein mußte. Er verschwendete keine Zeit, sondern rief unverzüglich seine Wahren Gefährten zusammen, und sie rüsteten sich, als ginge es in die Schlacht.

In seine Behausung heimgekehrt, saß der Hohe Druide allein. Pendaran

Dyved kam zu ihm. »Herr, laß mich zurück zu meinem Vetter gehen. Laß uns beide unter vier Augen miteinander reden, und vielleicht kann ich ihn dazu bringen, daß er sieht, was er tun sollte. Denn er hat das Herz und das Haupt eines Königs.«

»Es ist Zeit, daß er in den Abgrund zurückgeht.«

»Herr, er wollte deine hohe Würde nicht beleidigen. Er ist ein Kampfstier, und in seinem großen Schmerz blendete ihn die Wut. Laß mich ihn umstimmen – wenn er bei der Weißen Stute liegt, dann wird sein Same gewiß wieder in ihm schwellen. Was eine Göttin genommen, muß eine andere doch zurückgeben können!«

Der alte Mann lächelte dünn. »Ich diene Ihr nicht, doch so viel will ich für Modron die Mutter sagen: Sie schadet dem Samen eines Mannes nicht. Leben ist Ihr Geschäft, der Tod beschneidet nur Ihren Garten.«

»Dann ist er nicht . . .« Freude blitzte wie die Sonne in Pendaran Dyveds Gesicht auf.

»Er ist es. Er ist im ›Land ohne Wiederkehr‹ gewesen, in jenem Abgrund, aus dem kein Mensch zurückkommen darf – außer durch den Schoß einer Frau. In einem neuen Körper.«

»Du meinst, er konnte nicht ganz zurückkommen?« Die Freude auf Pendaran Dyveds Gesicht erstarb.

»Arawn und seine Schatten brauchten Kraft, um den Weißen Schatten zu bekämpfen. Kraft, die niedriger und gröber ist als ihre eigene, die Kraft eines sterblichen Mannes. Nicht in böser Absicht, sondern aus Notwendigkeit, um ihre Welt und die unsere zu retten, haben sie Pwyll Stärke entzogen. Sonst wären die Menschen wieder wie Tiere geworden – und schlimmer als Tiere.«

»Aber dann – wenn Pwylls Opfer doch Götter und Menschen gerettet hat, muß Sie ihm doch verzeihen und ihm helfen, unsere Göttin, die selbst aus dem Abgrund geboren ist!«

»Modron, deren Sorge die ganze Welt ist, hat viele Töchter, und sie alle sind Sie selbst. Sie ist eine von ihnen, Sie, die über unsere Felder und Wälder wacht, über unsere Tiere und uns.«

»Sie, die Dyved IST. Die Weiße Stute!«

Wieder dieses dünne Lächeln. »Knabe, bei den Alten Stämmen regierten nur Königinnen, und sie alle waren die Schatten, die Sie unter die Menschen wirft. Als Könige kamen, waren sie zuerst Ihre Söhne, und später, als ein neues Volk kam, Ihre Männer. Selbst bei uns Neuen Stämmen kann noch kein König aus eigenem Recht regieren; er muß zuerst die alte Göttin des Landes heiraten.«

»Das Land selbst, ich weiß. Mein und Pwylls Vorfahr übermannte die letzte Königin, doch gebar sie ihm kein Mädchen. Ein Jammer. Um Dyveds willen hätte Pwyll jede Frau geheiratet!«

»Es ist kein Jammer, sondern ein Segen, daß jenes Geschlecht von Hexen endete. Um die Männer zu stärken und die Frauen zu schwächen, haben wir Druiden die Hochzeit mit der Weißen Stute ersonnen. In ihrem Namen üben wir die heilige Macht der Königin aus.«

Pendaran Dyved sperrte den Mund auf. »Aber die Göttin . . .?«

»Knabe, es ist nicht mehr von Ihr in der Weißen Stute als in jedem anderen weiblichen Tier. Ein wenig von Ihr lebt in jeder Kreatur, die einen Schoß hat. Doch manchmal wird es dem Weisen nötig, gewöhnliche Menschen zu täuschen.« Sein Lächeln war jetzt trocken. »Es ist Zeit, daß du das lernst – du, der zu unserem Orden gehört.«

Nach langer Zeit, wie ihm schien, flüsterte Pendaran Dyved: »Herr, wie kann Weisheit lügen?«

»Sie spricht in Symbolen. Die Alten Stämme hatten nur ein einziges Symbol für die Schöpfung: den Schoß. Wir hier haben das geändert, doch Kinder brauchen ihr Spielzeug noch. Wenn das Volk seine Weiße Stute zu schnell verliert, könnte die Macht der Frauen wieder wachsen.«

Pendaran Dyved sagte langsam: »Ich habe Frauen gekannt, die waren weise und stark. Same und Schoß – was ist das eine ohne das andere?«

»Wir dienen den Männer-Göttern.«

»Aber ich dachte, wir verehrten die Mütter noch – wie es die Alten Stämme tun, die vor uns Druiden waren. Sie machten uns zu Brüdern in diesem Orden, der älter ist als die Welt. Druiden halfen die Welt formen, und erst als dieses Werk getan war, planten und gestalteten sie den Menschen. Oder ist auch das eine Lüge?«

»Die Alten Stämme sind zu alt geworden. Sie klammern sich an Vergangenes. Der Tag der Mutter ist zu Ende. Sie muß zurück in den Abgrund sinken, in jene Nacht, die der Anfang war und das Ende sein wird.«

»Aber dann muß sich ja alles ändern! Was wird kommen?« Pendaran Dyved wich vor ihm zurück, verwirrt und furchtsam.

»Ein Tag, da die Menschen höher fliegen werden als die Vögel, da sie tiefer tauchen werden als die Fische. Da der Blitz in kleine Behältnisse gesperrt wird und ihnen wie ein Sklave dienen muß. Und alle diese Wunder werden hervorgebracht vom Verstand und von den Händen von Männern. Die Frau – sie, die nur unseren Samen empfängt und ihn eine Weile trägt, während er sich in ihrer Dunkelheit ausformt –, wie kann sie behaupten, eine Schöpferin zu sein? Die Felder, die wir betreten, werden uns gehören, so wie die Schuhe, die auch unter unseren Füßen sind – kein heiliges Lehen mehr, nicht mehr Ihr heiliger Leib, die Brust der Mutter, deren Milch unser Brot ist.«

Pendaran Dyved sagte, noch langsamer: »Herr, ich kann es nicht verstehen. Mein Kopf ist wie ein Topf, aus dem alle diese Wunder so schnell herausfließen, wie ich sie hineintun kann.«

»Dann geh in dein Bett und meditiere über sie!«

Doch als Pendaran Dyved dann im Bett war, hatte er einen Deckel für diesen Topf gefunden. Einen, der genau paßte und alle Wunder ausschloß.

»Wir werden also höher fliegen als die Vögel und tiefer tauchen als die Fische? Selbst Hohe Druiden werden einmal altersschwach, scheint mir. Alte Männer träumen, und manchmal hassen sie die Frauen, die sie nicht mehr genießen können ... Doch Pwylls Männer lieben ihn immer noch, also wird er sicher wieder herunterkommen vom Hügel und heiraten und gewiß Söhne zeugen. Die Nöte, die das Land heimsuchen, werden auch vorübergehen – nie könnten die Götter einen Mann wie Pwyll verlassen!«

Solche Gedanken trösteten ihn, und er schlief ein. Doch der alte Hohe Druide saß und lächelte, er, der selbst aus der Ferne die Gedanken all derer lesen konnte, die einmal ihren Willen seinem Willen unterworfen hatten.

»Ich phantasiere also in meiner Altersschwäche? Doch durch unsere Künste haben wir ausgedienten alten Männer alle diese Nöte über Dyved heraufbeschworen, um sie vor der Torheit eines tollen Knaben zu retten. Du wirst einen guten König abgeben, Knabe, gut geführt – und das wirst du sein! Doch das Zeug zu einem Hohen Druiden ist nicht in dir. Und morgen wirst du enttäuscht sein, denn ein Volk liebt keine Herrscher, die ihre Leiden nicht lindern können. Jedenfalls nicht lange ... Die meisten von Pwylls Männern lieben ihn noch, aber nicht alle. Und ich selbst werde heute nacht auf den Grabhügel steigen, um Sorge dafür zu tragen, daß alles gut geht ...«

Eine Weile brütete er vor sich hin, und sein Gesicht war noch schrecklicher als die Gesichter seiner hölzernen Götter. Schrecklich wie das Gesicht des alterslosen, alles bezwingenden Schicksals.

»Du läßt dich nicht beherrschen, Pwyll. Wenn jemand sagte: ›Das ist richtig‹, und du hieltest es für falsch, dann würdest du ihm nicht glauben, und wenn es der Hohe Druide selbst wäre. Und in dieser neuen Welt, von der mir zur Nacht ein Gott raunt, da wird Raum sein für jene, die für sich selbst denken. Doch sogar unsere Wundertäter müssen wie Kinder sein, wenn sie nicht gerade mit den Dingen umgehen, die wir ihnen geben, um Wunder damit zu tun. Die Ordnung zu erhalten, ist immer schwer gewesen, doch wird es noch zehntausendmal schwerer sein, wenn die Hände der Menschen mit Wundern gefüllt sind. Sie werden sein wie Kinder, doch ihr Spielzeug kann die Erde zerstören. Wir Herrscher werden viel von Freiheit reden, doch im Namen der Freiheit müssen wir die Freiheit zerstören. Fragen können gefährlicher sein als Schwerter.«

ZWEITES KAPITEL – PWYLL BESTEIGT DEN HÜGEL DES SCHRECKENS/ IM FEURIGEN LICHT DES SONNENUNTERGANGS VERLIESS PWYLL SEINEN PALAST. NEUNUNDNEUNZIG MÄNNER FOLGTEN IHM, SEINE ERKORENE KRIEGERSCHAR, DES KÖNIGS WAHRE GEfährten, denen er vertraute, wie ein Mann den Fingern an seiner eigenen Hand vertraut. Keiner unter ihnen, der nicht jung und gewaltig war, stark wie ein Stier und das Weh aller Feinde Dyveds, und keiner unter ihnen, der sich nicht gewünscht hätte, er ginge woandershin.

Schwarz wie die Nacht ragte er über ihnen auf, jener riesige und furchtbare Hügel: der Schrecken ihrer Kindheit, der legendäre Sitz des Furchtbaren. Ungeheuer groß schien er, zu groß, um ein Werk von Menschenhand zu sein, und doch hatten ihn die längst Verstorbenen über den Gebeinen des ersten Königs von Dyved errichtet, über ihm, dessen Name und Abstammung niemand kannte; und die Tore zu welcher Welt auch immer, die sich damals geöffnet hatten, um ihn einzulassen, hatten sich seitdem nie mehr ganz geschlossen. Stamm auf Stamm hatte seitdem Dyved besessen, und alle hatten gelernt, diesen Ort zu scheuen. Nur wenn Unheil das Land heimsuchte, geschah es bisweilen, daß die Füße von Sterblichen seinen Abhang betraten; dann mußte ein lebender König den schrecklichen Aufstieg auf sich nehmen, umgeben von seinen Männern.

›Werden wir morgen Pwylls Leiche heruntertragen?‹ Das war die Frage, die das Herz in der Brust jedes Mannes brannte oder wie ein Hammer auf seinen Kopf eindröhnte. Seit jeher war der blutige Leichnam jedes Königs, der auf dem Hügel gestorben war, von seinen Wahren Gefährten herabgetragen worden – von denen, die für ihn hätten sterben sollen; doch im Tod war er immer verlassen gewesen. Tröstende Mütter erzählten ihren Knaben, tiefer Schlaf komme über den todgeweihten König und alle seine Kameraden, und beim Erwachen fänden sie ihn dann erschlagen vor. Doch die Männer wußten es besser, und Pwylls Männer fürchteten sich, sehr. Konnten die Mächte, die auf jenen Höhen spukten, auch sie wahnsinnig machen und dazu bringen, daß sie ihn erschlügen, ihn, den sie vor allen Menschen liebten? Wie die Schnäbel schwarzer Vögel packte lähmende Angst das Herz eines jeden Mannes: ›Werde ich derjenige sein? Wird morgen und für immer jene schlimmste Schuld und Schande auf mir lasten: Wehe meiner Hand, daß sie meinen Herrn erschlug?‹

Doch einige wenige, sehr wenige, dachten: ›Vielleicht ist es für uns alle besser, besser für ganz Dyved, wenn er heute nacht stirbt.‹

Nur Pwyll war glücklich, denn endlich tat er etwas, er, der so lange Zeit nicht gewußt hatte, was tun. Zwar tat er, was der alte Mann wollte, etwas, wozu ihn der schlaue Druide verleitet hatte; doch eine Tat ist eine Tat, und nur die Götter wissen, wie sie ausgehen wird.

An der Sache selbst war nichts; konnte gar nichts sein. Doch wann immer er an einer Gruppe spielender Kinder vorüberkam, die alt genug waren, um vor seinem Abstieg nach Annwn geboren worden zu sein, dann lächelte wenigstens eines von ihnen mit seinen eigenen Augen zu ihm auf. Früher hatten junge Mütter ihn immer angehalten, stolz und errötend, um ihm zu zeigen, wie ähnlich ihm ihre erstgeborenen Kinder waren. Doch jetzt taten das nur noch wenige, und deren Augen sahen gierig und schlau aus, so daß er den Mund verzog, wenn er ihnen das vorgeschriebene Geschenk machte. Hatte das erst im letzten schwarzen Jahr begonnen, oder war er in seinem jungen Stolz zu glücklich gewesen, um es in jenen früheren, guten Zeiten zu bemerken? Manchmal dachte er das eine, manchmal das andere; solche Gedanken konnten einem Mann das Hirn zermalmen und seinen kreischenden Kopf abreißen und ihn auf die wirbelnde Reise in die schreckliche Kälte der oberen Winde senden – auf immer.

Könige mußten vollkommen sein; der König, der Arm oder Bein verlor, verlor sein Königstum. Und erst ein Mann, der diese Macht verlor! ER aber hatte sie nicht verloren; ganz unmöglich! Er genoß Frauen so sehr wie je, sie genossen ihn so sehr wie je. Vielleicht hatte ihm der alte Druide diese schwarzen Hirngespinste geschickt; gewiß hatte er sie gelesen und spielte jetzt auf ihnen wie auf einer Harfe. ›Ich werd's ihm zeigen! Steht mir zur Seite, Mächte, die ihr an diesem Ort umgeht. Helft mir!‹

Der Weg krümmte sich; er wand sich, Windung über Windung, wie eine Schlange rings um den Gorsedd Arberth herum. Es herrschte eine Kühle hier, eine Leere, gegen die ein Hundert Männer sich nicht einer am anderen warmhalten konnte. Oder war es die Leere? Ihre Füße, die Kiesel aufscharrten, schienen an einem Schweigen zu kratzen, das durch nichts gebrochen werden konnte. Ihre Stimmen zerrten vergeblich daran und wurden bald zum Schweigen gebracht.

Wie war ER gestorben, jener erste König von Dyved? Irgendwo unter ihren Füßen lagen noch seine Gebeine. Vor langer Zeit war der Gang, der zu seiner letzten Ruhestatt führte, aufgefüllt und verschlossen worden, verschollen für immer. Doch die Bewohner von Anderswelt benutzten ihn noch bis zu diesem Tag; in Menschen- oder Monstergestalt gingen sie durch feste Wände hindurch, um Wohl oder Weh nach Dyved zu bringen.

Ihre Welt war nicht Annwn; soviel wußte Pwyll; Arawn konnte ihm hier nicht helfen. Auf diesem Hügel mußte der König von Dyved jenen Wesen begegnen, begleitet nur von seinen Gefährten, denen er allein hier nicht vertrauen konnte. Zum ersten Mal dachte Pwyll, in plötzlicher und tiefer Einsamkeit: ›Kann einer von diesen ein Verräter sein? Einer von diesen Freunden aus meiner Knabenzeit? Vielleicht sogar einer meiner Milchbrüder? Einer von ihnen, mit denen ich schlief und kämpfte und spielte, als wir klein waren?‹

Er ertrug es nicht, das zu denken. Er richtete seine Gedanken auf einen geringeren Schmerz: Arawns Schweigen das ganze lange, bittere Jahr hindurch. Nun, zweifellos hätte der König von Annwn geholfen, wäre es ihm möglich gewesen. ›Ich hoffe nur‹, dachte Pwyll grimmig, ›daß er nicht gerade einen Platz für mich an seinem Hofe vorbereitet.‹

Es würde ein guter Platz sein, der Ehrenplatz eines Bruders; doch Pwylls Körper war noch jung und stark, und es lebte sich angenehm darin; er wollte noch eine Weile länger in ihm bleiben. Auch wollte er nicht, daß seine Feinde über ihn triumphierten.

Sie erreichten schließlich die Spitze des Hügels. Viele Steine krönten ihn, rohbehaune Sitze, um einen riesigen Mittelstein herum angeordnet. Dessen hohe Lehne überschattete seine harte Sitzfläche, machte sie schwarz in jenem roten Licht. Auf diesem grimmen Thron nahm Pwyll Platz, der alles andere als bequem war; auf den niedrigeren Steinen saßen seine Männer, ringten ihn ein. Er blickte zum weiten, scharlachbespritzten Himmel hinauf, wo Mächte jenseits menschlicher Vorstellung immer noch miteinander in den verwundeten, blutenden Höhen zu kämpfen schienen. Er blickte auf die erdunkelnde Erde hinab, auf jene schwarzen Schatten, die jetzt lautlos hügelan zu kriechen schienen, hinter ihm her, und er lächelte.

»Mein ganzes Leben lang habe ich im Schatten dieses Hügels gelebt, und doch habe ich ihn noch nie zuvor bestiegen. Nun, die Aussicht ist gut!«

Einer seiner Männer grinste ihn an. »Als ich klein war, Herr, versuchte ich einmal, ihn zu besteigen; doch bevor ich auch nur zwei Schritt weit kam, fing mich mein Großvater ein und verpaßte mir eine gehörige Tracht Prügel. Eine ganze Woche lang wünschte ich mir, wann immer ich mich setzte, daß ich bei den Alten Stämmen geboren worden wäre, die ihre Kinder niemals schlagen.«

Alle lachten, und Pwyll grinste zurück. »Ich bin besser weggekommen. Es war meine Amme, die mich einfing, eine Frau von den Alten Stämmen, und sie sagte: ›Keiner deines Blutes ist jemals wieder in dem gleichen Körper heruntergekommen, in dem er hinaufstieg. Es sei denn, er sah ein Wunder.‹«

Die meisten schauten verwundert drein, doch ein Mann kicherte: »Das hätte dich eigentlich gleich wieder hinauftreiben müssen, sobald sie dir den Rükken zudrehte. Du bist doch immer ganz versessen hinter Wundern hergewesen, Herr.«

»Das wußte sie. Sie sagte aber auch noch: ›Nur der König kann dieses Wunder sehen, und du bist noch nicht König. Also würdest du deinen Körper umsonst verlieren.‹ Das machte einen gehorsamen Knaben aus mir.«

Wieder lachten alle, doch ihr Lachen erstarb rasch. Beklommen sahen die Männer auf die Schatten, die sie schon schwarz umlagerten, zwischen den zerklüfteten Felsen; auf jene anderen, die ebenso schwarz von unten heraufstiegen. Ein kalter Wind wehte über sie hinweg; sie zitterten. Doch Pwyll dachte plötzlich: ›Das Wunder – was ist das Wunder? Werde ich sie sehen, die Herrlichkeit, die der glückliche König sieht?‹

Die Göttin selbst in all Ihrer Schönheit? Nein, Sie wartete angeblich drunten auf die Könige, in der Weißen Stute. Die Weiße Stute – sie war eine gute Stute, er hätte gern einen guten Galopp auf ihr geritten, doch nie und nimmer würde er bei ihr liegen, ihr seinen Samen geben. Seine Lider wurden schwer; seine Augen schlossen sich. Er hatte nicht gewußt, daß er so müde war.

Die Augenlider der anderen sanken auch. Einige dachten überrascht: ›Das muß der Wein sein, den wir tranken, bevor wir den Palast verließen.‹ Die Ehrlichsten dachten: ›Der Wein, mit dem wir uns Mut antranken.‹

Doch jene sehr wenigen dachten: ›Geschieht es auf diese Weise? Während die anderen schlafen, können wir aufstehen und ihn töten.‹ Doch dann fielen ihre Lider, und auch sie schliefen. Der König und alle seine Gefährten schliefen, die wahren wie die unwahren.

Ein Laut weckte Pwyll. Ein feiner, süßer Laut, so klar wie reines Wasser, so frisch und hell wie das Wasser von Gebirgsbächen. Doch auch golden war er, golden wie das zarte Gold des jungen Morgen, viel feiner und kostbarer als das harte, kalte Gold der Erde.

Pwylls Augen öffneten sich, und er sah Licht. Nicht das letzte Rot der untergehenden Sonne – die war jetzt verschwunden, versunken in einem Grab aus sanftem Zwielicht –, sondern ein reines, goldenes Licht, zart wie der Gesang von Vögeln.

Da waren Vögel; sie flogen ein und aus in jenem Licht, während es unter ihm dahintrieb, auf jenem sich windenden Weg, dem er und seine Männer gefolgt waren. Ihre Flügel funkelten in dem Licht, und sie sangen; jener leise Laut war die weit entfernte Süße ihres Singens gewesen. Jetzt waren sie näher. Aber sie konnten doch gar nicht hier sein! Dies war ein schwarzer, kalter Herbsttag, und in dem regendurchpeitschten, frostklirrenden Dyved gab es keine singenden Vögel.

Pwyll rieb sich die Augen, doch hinterher waren die Vögel immer noch da. Sie, und das Licht auch. Was war jenes Licht? Ein herabgefallener Stern? Nein, denn es bewegte sich, und zwar mit einer langsamen, gelassenen Anmut, die ein Mensch für stolz halten konnte.

Es waren Pferd und Reiter! Die fliegende weiße Mähne des Pferdes leuchtete wie Mondstrahlen, und des Reiters fliegendes goldenes Haar leuchtete wie die Sonne.

Der Reiter war eine Frau!

Pwyll sprang auf. Er rannte, wie er noch nie gerannt war, seine Augen strengten sich an, als wollten sie wie ihre Vögel fliegen, um den Raum zwischen ihr und ihm zu verkürzen und das Wunder ihres Gesichtes zu erblicken. Das Wunder – SIE war das Wunder, und sie war gekommen!

Die Biegung, die zur Spitze des Hügels führte, lag vor ihr. Er mußte vor ihr dort sein! Er hielt den Atem an, rannte, als wollte er seine Lungen sprengen.

Er kam als erster an die Biegung. Groß stand er da, mit wogender Brust, doch schön anzuschauen, wahrlich ein König. Sie war sehr nah; durch den morgengoldenen, dünnen Stoff ihres Gewandes und ihres Schleiers konnte er ihre Haut prangen sehen, warm und rosig sanft. Sie mußte ihn jetzt sehen, ihre Augen mußten ihn erblicken, und ihr Gesicht mußte sich verändern und mit jenem Lächeln erhellen, das ganz allein ihm galt. Nicht in Ergebung, sondern in einer Hingabe so anmutig und liebreizend wie die der Sonne. Denn sie war sein; sie war ihm gesandt worden!

Sie schien ihn nicht zu sehen. Sie ritt weiter, um den Hügel herum. Um die Biegung herum und an ihm vorüber, als stünde er gar nicht da.

Wortlos wie der Schrei eines Tieres flog Pwylls Schrei hinter ihr her, voll Schreck und Qual, die ihm die Kehle schnürten. Doch ihr Haupt wandte sich nicht. Sie ritt weiter, als hätte sie nichts gehört.

Wut und Enttäuschung brannten Pwyll wie Feuer. Er biß die Zähne zusammen. »Du möchtest ein bißchen spielen, meine Süße? Nun, du sollst deinen Spaß haben – und dann ich den meinen!«

Immer noch schien sie ihn nicht zu hören. Ohne Eile zottelte ihr Pferd dahin.

Leicht und schnell lief Pwyll hinter ihr her, lächelnd jetzt. Es würde nicht lang dauern. Er konnte schneller laufen als irgendein Mann in Dyved, er konnte schneller laufen als viele Pferde, und obgleich er bezweifelte, schneller als dieses hier laufen zu können, so würde sie es doch bald antreiben müssen, oder es würde überhaupt kein Rennen geben. Zum ersten Mal kam sie ihm seltsam vor – jene langsame, gleichmäßige Gangart einer Stute, die schimmerte wie der Morgen und geschwind wie der Wind aussah.

Etwas anderes kam ihm noch seltsamer vor: Er holte nicht auf!

Zuerst konnte er es nicht glauben, doch dann mußte er es. Da biß er die Zähne zusammen. Wie ein Speer geworfen wird, so warf er sich – so hoch wie die Vögel, die ihren Kopf umzwitscherten, flog sein Körper durch die Luft! Dieser gewaltige Sprung hätte ihn an ihre Seite tragen müssen, oder sogar vor sie – in eine Position, von der aus er sie leicht vom Pferd hätte ziehen können.

Er landete auf den Füßen, doch nur, um keuchend, schwankend und verwundert den Kopf schüttelnd dazustehen. Sie war ihm so weit voraus wie zuvor. Ihr Pferd trottelte so langsam dahin wie zuvor. Ihre Vögel zwitscherten ungestört, flogen ein und aus in jenem Licht, das sie kleidete.

Kein Mann lief je schneller, als Pwyll lief. Vielleicht ist noch nie ein Mann so schnell gelaufen. Aber er kam ihr nicht näher. Ihr Pferd zottelte dahin, unerreichbar wie ein Stern.

Der Hohe Druide kam zur Spitze des Gorsedd Arberth. Langsam kam er daher, sich schwer auf die Arme seiner beiden jüngsten, stärksten Druiden stützend. Doch die goldene Sichel trug er selbst.

Er sah auf Pwyll und seine Männer hinab, wie sie dalagen und schliefen, der König und seine Wahren Gefährten, die Nacht um sie herum so sanft wie die Fessel ihres Schlafes. Er runzelte die Stirn. »Der Gott sandte den Schlummer, den er versprach, doch hätte er Seine Erkorenen nicht binden sollen ... Ihr zwei müßt zuschlagen.«

Die jungen Druiden schraken zurück, mit weißen Gesichtern. Seine Augen blitzten, und sie riefen: »Wir werden es, wir werden es!« – aber durch klappernde Zähne hindurch. Seine Lippen kräuselten sich. »Ihr fürchtet euch, euren König zu töten? Ich bin zwar alt, doch der Gott wird meinem Arm die Stärke geben!« Mit erhobener Sichel näherte er sich dem schlafenden Pwyll.

Da brauste durch die windlose Nacht ein heftiger Wind heran. Er warf ihn auf die Knie, die goldene Sichel fiel. Seine Augen flammten vor Wut und Furcht, starrten das Unsichtbare an.

»Wer bist Du, um Dich zwischen diesen Mann und das Verhängnis zu stellen? WER?« Die Stimme erstickte ihm in der Kehle, und seine Männer liefen ihm zu Hilfe. Er rang eine Weile nach Atem, dann sprach er wieder, aber nicht zu ihnen. »Du – hast immer noch Macht. Mehr Macht – als ich dachte. Du bindest alle diese Männer mit Träumen, doch SEIN Traum ist eine Prüfung, und wenn er versagt, kannst Du ihn nicht länger schützen. Und er muß versagen. Seine Arbeit ist getan. Er muß zurück nach Annwn. Und wenn er versagt, werde ich hier sein, wartend ...«

Geduckt hockte er da, zitternd, doch mit entschlossenem Mund. Auf sein

Zeichen lief der jüngste Druide und brachte ihm die Sichel und legte sie über seine Knie.

Pwyll konnte nicht mehr laufen. Die Zunge hing ihm heraus wie einem Hund; er japste wie ein Hund. Er blieb stehen, weil er stehenbleiben mußte. Er dachte erschöpft: ›Ich kann nicht mehr.‹ Und jenes war das erste Mal, daß Pwyll, Fürst von Dyved, sich eine Niederlage eingestand.

Alle anderen Frauen, die vor ihm davongelaufen waren, hatten sich fangen lassen wollen, doch wenn es die hier wollte, dann packte sie es falsch an. Oder tat er das? Er setzte sich hin und ließ seinen müden Körper ruhen. Er versuchte zu denken.

»Denn bis jetzt habe ich noch nicht gedacht. Ich habe nicht wie ein Mann gehandelt. Ein Mann denkt. Ich habe sie nur gejagt, wie ein Hund einen Hasen jagt oder ein anderes Tier. Ich habe mich geirrt; die Geschenke der Götter lassen sich nicht so leicht haschen. Auch fallen sie einem Mann nicht wie eine reife Frucht in den Schoß. Sie müssen errungen werden. Wie kann ich sie erringen? Wie?‹

Er saß da, wie ein Mensch am Grunde einer Grube sitzt; und der Mond schien hoch über ihm, so hoch, daß seine Strahlen nicht in seine Dunkelheit herabreichten. Und dann hörte er das Singen ihrer Vögel wieder, er sah das Licht, das sie durchflogen – er sah SIE. Sie ritt an ihm vorüber, und wie ein müder, atemloser Gott sich erhebt und seinem Meister folgt, so erhob er sich und trabte hinter ihr her. Sie war jetzt nicht weiter von ihm weg als zuvor, doch kam er ihr auch keinen Zoll näher.

›Nur Zauber kann dich gewinnen, Herrin, und ich habe keinen. Doch wenn ich meinen guten Kein Galed hier hätte, dann würden wir dich und deine weiße Hexenmähre schon zum Laufen bringen, und wie‹

Er blieb stehen, immer noch keuchend. Er warf den Kopf zurück und pfiff, jenen besonderen Pfiff, den er sich immer für jenes eine Pferd vorbehalten hatte. Er wußte nicht, warum er das tat; der große Kein Galed schlief friedlich, voll Hafer, in seinem Stall dort drunten. Weit drunten, in der nahen und doch so fernen Welt der Menschen. Doch wie ein Wirklichkeit gewordener Wunsch kam Antwort: ein freudiges Wiehern, der Klang von schnellen, leichten Hufen auf Stein, und da kam auch schon Kein Galed, gezäumt und gesattelt, den Hügel heraufgaloppiert, und seine schönen, feurigen dunklen Augen suchten seinen Herrn.

Pwyll begrüßte, umarmte ihn, mit ungläubiger Freude und Liebe. »Willkommen, mein Schönster, mein Liebling, mein Kein Galed, schnellster aller irdischen Hengste!«

Kein Galed wieherte wieder, stolz, und rieb seinen Kopf an ihm. Pwyll streichelte seine Mähne, jene Mähne, von der er immer gesagt hatte, sie sei seidiger, strahlender als das Haar jeder Frau. Sie konnte nicht leuchtender sein als ihr Haar; sie konnte gar nicht so weich sein ... Einen Atemzug lang ward ihm schwindlig, im Gedanken daran, wie jenes Haar sein mußte, jenes Haar und das übrige an ihr. Er konnte keine Ruhe finden, keinen Frieden, im Schlafen oder Wachen, bis er sie hatte.

»Doch jetzt sind wir zusammen, mein Kein Galed!« Sein Herz sang vor Hoffnung. »Die Götter müssen dich zu meiner Hilfe gesandt haben!« Blitzschnell alle Müdigkeit vergessend, schwang er sich in den Sattel.

Und dann kam es wieder, das stete, leichte Klippklapp, Klippklapp der zurückkehrenden Stutenhufe! Pwyll wartete, hielt den Atem an. Er mußte jetzt besonnen sein. Menschenverstand und Pferdestärke zusammen ...

Sie kamen! Die Mähne der Stute leuchtete silbern im Mondlicht, die der Frau golden, unter ihrer lebenden Krone aus Vögeln.

»Jetzt!« Pwyll trieb seine Knie in die Flanken des Hengstes. »Jetzt!«

Wie ein Wolf springt, so sprangen sie, Mann und Pferd zusammen. Kein Reh hätte jenem Sprung entgehen können, nicht einmal der Wind hätte es vermocht.

Und doch verfehlte er sein Ziel.

Als Pwylls verstörte Augen sie wieder entdeckten, da waren die weiße Stute und ihre Reiterin ihnen gut dreißig Längen voraus, so gemächlich dahinzottelnd wie eh und je!

Da packte Pwyll die Raserei. Mit einem gewaltigen Wutschrei bohrte er seine Knie wieder in die Rippen des Hengstes, trieb ihn so roh, wie er ihn noch nie getrieben hatte. Er mußte sie haben – sie war die Antwort, die ihm die Götter gesandt, die Königin, die seine Söhne gebären, die Heilbringerin, die Dyveds Felder und seine Lenden wieder fruchtbar machen würde. Doch vor und über allem anderen war sie seine Liebste und seines Herzens Sehnsucht.

Bis die Sonne hoch am Himmel stand, lief Kein Galed; bis die Schatten, die vor dem Morgen geschrumpft waren, wieder lange schwarze Arme auszustrekken begannen. Schnell wie der Wind lief er; schneller als der Falke, wenn er sich auf die Taube stürzt. Und immer noch wurde der Vorsprung der weißen Stute nicht größer und nicht kleiner. Immerzu zottelte sie mit ihrer Reiterin genau gleich weit voraus.

Kein Galed lief und lief, obwohl sein Atem in schweren, keuchenden Stößen ging, obwohl seine Augen glasig und blutunterlaufen waren. Schweiß stand auf seinen bebenden Flanken, doch immer noch lief er. Schwärzer und länger wurden jene Schattenarme, die sich täglich über die Welt ausstrecken.

Mitleid durchdrang Pwyll zuletzt; brach ein in jene verschlossene Kammer in ihm, in der so lange Zeit für nichts anderes Raum gewesen war als für einen Anblick, einen Klang, eine Absicht. Er hielt an und stieg ab.

»Das Pferd kann nicht mehr«, sagte er. Er nahm den müden Kopf in seine Hände und streichelte ihn. »Es geht nicht mit rechten Dingen zu. Nie hätte ich dich sonst um einer Frau willen in den Tod getrieben, mein Kein Galed, der in meinen Schoß gefohlt wurde.«

Schwächlich wieherte der Hengst und rieb seine Schnauze an den streichelnden Händen. Pwyll führte ihn den Hügel hinab; zurück zu seinem Stall in Arberth von den Königen. Mit seinen eigenen Händen rieb er den erschöpften Braunen trocken und gab ihm Wasser zu trinken, und Hafer, den er nicht fressen konnte.

Dann ermannte sich Pwyll und ging allein in seinen Palast zurück, den er so stolz und inmitten so vieler Männer verlassen hatte, um die Götter auf dem Gorsedd Arberth herauszufordern. Doch als er hineinkam, da saßen alle neunundneunzig seiner Wahren Gefährten schon drinnen um den Herd herum und tranken, und sie und alle anderen Männer grüßten ihn, als wäre nichts geschehen. Er aß und trank mit ihnen, doch sein Herz war schwer. Würde das Pferd je wieder so gut sein wie zuvor? Würde es überhaupt am Leben bleiben? Was für ein Spiel sie auch spielen mochte: jenes Wunderweib war ihn zu teuer zu stehen gekommen. Sie hatte ihn dazu gebracht, einen Freund zu mißbrauchen.

Doch als er im Bett lag, konnte er sich nur hin und her wälzen; er fragte sich, wo er einen anderen Hengst finden konnte, der auch nur halb so schnell war, um ihr morgen wieder zu folgen. Die ganze Nacht hindurch brannte ihn diese Frage.

Vor Tagesanbruch war er auf, ließ sich alle seine anderen Pferde und alle Pferde in der Nähe von Arberth vorführen. Alle waren gut, und einige waren sehr gut, doch keines von allen war auch nur halb so gut wie sein Kein Galed. Das einzige, was Pwyll einfiel, war dies: die besten von ihnen an verschiedenen Punkten des sich schlangenhaft windenden Weges aufzustellen. So konnte er die Pferde rasch wechseln und immer ein frisches reiten.

Doch im letzten Augenblick, gerade als er aufsaß, um loszureiten, da erscholl lautes Wiehern und wildes Stampfen im Stall, und Kein Galed riß sich von seinen Knechten los und kam herbeigerannt. Schnurstracks zu seinem Herrn kam er gerannt; er legte seinen Kopf auf Pwylls Knie und wieherte erbärmlich. Er hätte nicht deutlicher sagen können:

»Herr, du bist mein, so wie ich dein bin, und ich kann es nicht ertragen, dich auf dem Rücken eines anderen Pferdes reiten zu sehen.«

Pwyll sah ihn an und staunte, denn er schien wieder gesund und frisch zu sein. Er erinnerte sich, wie seine eigenen Wunden in Annwn geheilt waren, doch sagte er vorsichtig: »Also gut, aber nur eine kleine Weile, Kein Galed. Bis wir an die Stelle kommen, wo das nächste Pferd wartet. Dich werde ich nicht noch einmal aufs Spiel setzen!«

Auf Kein Galeds Rücken ritt er aus, sich so demütig fühlend wie nie zuvor; er, der stolz vor Arawn, König der Unterwelt, gestanden hatte. Demütig geworden durch die Liebe dieser Kreatur, die er nur als ein Mittel zum Zweck benutzt hatte; deren Leiden er in der Glut seiner Begierde vergessen hatte.

Würde sie wieder kommen? ›Ganz gleich, was geschieht, ich habe dich, mein großer Kein Galed, schnellster aller Hengste und edelster.‹

Dann, auf dem Abhang, bevor er noch das Licht um sie herum sah, hörte er das Singen ihrer Vögel. Spürte, wie groß seine Furcht gewesen war, sie wäre mit der Nacht verschwunden und er sähe sie nie wieder.

Doch da war sie – in all ihrer schimmernden Pracht, mit ihrer singenden Krone, und Pwyll hüpfte das Herz im Leibe, und unter ihm spielten die mächtigen Muskeln von Kein Galed. Der große Hengst hatte nicht vor, sich dieses Mal wieder schlagen zu lassen, und Pwyll versuchte nicht, ihn im Zaum zu halten. Rund um den Hügel herum rasten sie, doch es ging wieder so wie am Tag zuvor. Keinen Schritt kamen sie jenem fremden, strahlenden, gelassenen Pferd und seiner Reiterin näher.

Pwyll dachte: ›Es ist genug. Ich muß Kein Galed zügeln.‹ Und dann: ›Gewiß kann ich ihn noch ein klein bißchen weiterlaufen lassen. Bis dahin, wo das erste meiner anderen Pferde wartet. Wir müssen schon oft an dieser Stelle vorbeigekommen sein.‹

Sie jagten aber weiter und weiter, ohne Haut oder Haar von einem der anderen Pferde zu sehen. Pwyll sagte sich: ›Wir müssen so schnell sein, daß wir schon an ihnen vorüber sind, ehe ich sie sehen kann. Ich muß besser aufpassen. Bald – bald – ganz gewiß werd' ich bald eines von ihnen sehen!‹

Doch dann sah er vor sich eine Stelle, wo es ihm möglich schien, durch die Büsche hindurch den Weg abzuschneiden und die Frau abzufangen. ›Seltsam, daß ich diese Stelle seither nicht bemerkt habe, aber was macht das schon. Jetzt werden wir sie erwischen – ganz gewiß!‹ Sein Herz schlug gewaltig, er trieb Kein Galed vorwärts. Edel brach der Hengst durch die Büsche, deren Dornen durch sein glänzendes Fell drangen und das Fleisch darunter aufrissen.

Doch als sie dann drüben wieder auf den Weg kamen, da tauchten die beiden wieder auf: ihnen genauso weit vorauszottelnd wie eh und je.

Da sank Pwylls Herz, und Zorn brannte ihn wie Feuer. Er trieb die Sporen in Kein Galeds Flanken, die noch niemals Sporen gespürt hatten; die Sporen, die er am Morgen angelegt hatte, in der Annahme, er reite andere Pferde.

Doch als das große Pferd zusammenzuckte und aufschrie, als er an ihm hinabsah und Blut auf den bebenden Flanken erblickte, da kehrten Pwylls Herz und Verstand wieder zu ihm zurück. Er stöhnte und stieg ab; streichelte den zitternden Hals des Hengstes.

»Vergib mir, Kein Galed! Das wollte ich nicht – ich vergaß, daß ich auf dir saß!«

»Hätte es einem anderen Pferd besser gefallen?« Kalt fragte ihn das eine klanglose Stimme. Pwyll zuckte zusammen, doch dann vergaß er alles andere über der Erkenntnis, die ihn wie ein Schlag traf. ›Du bist fertig, Kein Galed. Ich muß umkehren.‹

Doch die anderen Pferde mußten ganz in der Nähe sein! Sie konnten nirgends anders sein. Gleich mußte er eines von ihnen entdecken, schon im nächsten Augenblick!

Er stieg wieder auf. »Nur ein klein wenig weiter noch, Kein Galed, mein Schönster – dann kannst du dich ausruhen!«

Doch dem Schlangenpfad schienen plötzlich neue Biegungen gewachsen zu sein, neue Wendungen und Windungen; vorhin waren es bestimmt nicht einmal halb so viele gewesen!

Bestimmt waren alle diese verwirrenden, stachligen Büsche vorhin noch nicht dagewesen. Er war wie eine im Netz der Spinne verfangene Fliege; ein Netz, das mit spitzen Dornen gespickt war.

»Noch ein wenig weiter, Kein Galed, mein Liebling – nur noch ein ganz klein wenig weiter. Paß auf, ein Busch! Wir werden die anderen Pferde jeden Augenblick finden . . .«

Dann wußte er mit einer jähen, kalten, schrecklichen Gewißheit, daß er sie nicht finden würde. Und nahm diese Gegebenheit endlich an.

An seinen eigenen Beinen konnte er den Schweiß Kein Galeds spüren. Spürte mit ihnen, wie gewaltig das große Herz schlug; wie schwer der Atem durch die große Brust rasselte . . . Und Pwyll kämpfte mit sich, wie er nicht einmal mit jenem Untier gekämpft hatte, das die Abgeschlagenen Köpfe trug, oder mit jenem Vogel, der das Tor hütete; wie er nicht einmal das schreckliche Verlangen bekämpft hatte, Havgan den zweiten Streich zu versetzen – den Gnadenstreich. Alle Dämonen der Sitte und Erziehung kamen einhergeschwärmt wie Wespen, um die Glut seines Begehrens noch zu verstärken; in seine Ohren schrien sie die Worte, die Menschen benutzt hätten: »Nur ein Pferd! Nur ein Pferd! Was ist das gegen dein Königtum, dein Leben, deine Frau?«

Dann sah Pwyll ihre Herrlichkeit wieder, die die Büsche eine Zeitlang verborgen hatten. Friede kam über ihn, unerklärlich und plötzlich. Er hielt an; seine Hände ließen die Zügel locker. Während sein Körper sich zum Absteigen straffte, warf er einen letzten, sehnsüchtigen Blick auf sie.

Da fiel er ihm ein, jener Gedanke, bei dem jeder Mann, den er kannte, über ihn gelacht hätte. Männer der Neuen Stämme konnten freundlich sein zu Frauen, aber sie baten sie niemals um einen Gefallen; die Bittende mußte immer die Frau sein. Und sich gar vor ihr erniedrigen, die in der ganzen Zeit nicht einmal einen Blick für ihn gehabt hatte!

Er tat es. Er rief laut und deutlich: »Herrin, um dessentwillen, den du am meisten liebst, halt' an! Halt' an und warte auf mich!«

Sie hielt an. Ihr Pferd hielt; jenes verdammte Zotteln, das endlos geschienen hatte, endete. Hinweg über den Raum zwischen ihnen kam ihre Stimme, klar und rein wie die Stimme ihrer Vögel: »Gern, Herr, da du die Höflichkeit hast, mich darum zu bitten.«

DRITTES KAPITEL – WAS AUS DEM HÜGEL KAM/WIE ER SIE DANN ERREICHTE, DARAN KONNTE SICH PWYLL SPÄTER NICHT MEHR ERINNERN. DOCH ALS KEIN GALED AUF GLEICHER HÖHE MIT IHRER STUTE WAR, UND SIE IHN ANSAH, DA FUHR IHRE STIMME PWYLL wie eine Feuerflamme an. »Weit besser wäre es für dein Pferd gewesen, Mann von Dyved, du hättest den Anstand besessen, mich früher ums Anhalten zu bitten!«

Die neugeborene Freude auf Pwylls Gesicht erstarb.

»Herrin! Ich habe meine eigene Kraft auch nicht geschont!«

»Die konntest du verbrauchen, wie du wolltest. Du hast aber auch die Kraft dessen verbraucht, der keine Wahl hatte, der dir gehorchen mußte. Doch will ich tun, was ich kann.«

Ihre Vögel flogen von ihr, sie verließen ihre Lichtkrone und kreisten, immer noch singend, um Kein Galeds Kopf. Sein Atem hörte auf zu pfeifen, seine Flanken wurden wieder glatt, ließen keine Spur von Schweiß und Blut mehr erkennen. Pwyll sah mit freudigem Staunen zu.

Die Vögel flogen zurück zu ihr. Einer setzte sich auf ihren Kopf, die beiden anderen auf ihre Schultern. Alle vier sahen Pwyll an, und er hatte jählings ein seltsames Gefühl, als ob alle vier eins seien, und als ob er diese Eine kenne. Jene kalte, leise Stimme, die er vor einer Weile gehört hatte, war das die ihre gewesen? Obwohl ihre Rede jetzt wie Feuer knisterte? Dann, sich an Kein Galeds blutige Flanken erinnernd, kämpfte er gegen ein Schamgefühl, wie er es vor vielen Jahren empfunden hatte, wenn seine Mutter oder seine Amme ihn bei etwas erwischt hatten, von dem er wußte, daß es Unrecht war. Denn selbst die gewaltigsten Krieger werden von Frauen geboren, und Frauen sind die ersten Richter und die ersten Gesetzgeber, die sie kennen. Was der Grund dafür sein mag, daß manche Männer, die sonst nichts respektieren, Frauen respektieren, und daß andere sich lebenslang darum bemühen, sie klein zu machen.

Durch ihren Schleier, der wie eine Maske aus Licht war, musterte sie ihn. »Ich habe so lange in einer Welt gelebt, in der nie ein Schlag geführt wird, daß ich viel vom Benehmen der Menschen vergessen habe... Du mußt noch viel lernen, doch bist du weder ein ungezogener Lümmel noch ein Pferdeschinder, ich muß dich also nicht deinen Druiden überlassen, wie ich eine Zeitlang befürchtete.«

Pwyll verstand nur wenige ihrer Worte, doch ›Pferdeschinder‹ stach ihn gewaltig. Er erinnerte sich daran, daß er Fürst von Dyved war, und daß sie, wer immer sie auch sein mochte, eine Fremde war in seinem Reich und kein Richter über ihn. Um sie – oder vielleicht sich selbst – daran zu erinnern, begann er ihr Fragen zu stellen, wie sie der Herr von Dyved zu Recht einer solchen Fremden stellen konnte.

»Herrin, wer bist du, und woher kommst du?«

Ihre Augen hinter dem Schleier, tiefer und schöner als die Augen sterblicher Frauen, hielten die seinen fest. »Ich bin Rhiannon von den Vögeln, Rhiannon von den Hengsten, und ich bin aus meiner Welt in die deine gekommen.«

»Aber – das sind doch die Namen und Titel der Göttin, derer, die seit alters her über Dyved geherrscht hat!« Pwylls Stimme bebte; Ehrfurcht durchfröstelte ihn.

»Zu viel von Ihr ist in mir, als daß Ich durch rohe Kraft eingeholt werden könnte – ob sie auf vier Beinen läuft oder auf zweien. Ich kann geben, aber ich kann nicht gezwungen werden.«

Sie konnte geben! Wieder hüpfte Pwyll das Herz im Leibe – und sie war hierhergekommen und hatte auf seinen Ruf hin gehalten. War sie den Töchtern der Menschen ähnlich genug, um die Gemahlin eines Mannes werden zu können? Er sagte, sich behutsam vortastend: »Herrin, welche Angelegenheit führt dich hierher?«

»Meine eigene Angelegenheit, und ich freue mich über diese Begegnung, Fürst von Dyved.«

Eine Antwort mit zwei Gesichtern, dachte Pwyll, einigermaßen grimmig. Sie wies ihn zurecht, zeigte ihm aber gleichzeitig ihre Freundlichkeit. Er zog sich auf die schlichte Würde eines Gastgebers zurück.

»Dann sei willkommen, Herrin. Welche Angelegenheit dich auch nach Dyved bringen mag – es ist eine gute Angelegenheit.«

Da lächelte sie; sie warf ihren Schleier zurück. Zum ersten Mal sah er ihr

Gesicht, und ihm war, als sähe er zum ersten Mal die Morgenröte, und er wünschte sich, nie wieder etwas anderes ansehen zu müssen.

»Du bist fürwahr ein Wunder, Herrin. Das Wunder dieser Welt und aller anderer. Die Gesichter aller jungen Mädchen und aller reifen Frauen, die ich jemals sah, sind blaß und schlicht gewesen, verglichen mit dem deinen.«

»Auch das Gesicht von Arawns Königin? Sie, mit der du geschlafen hast, als du nach Annwn hinunterrittest, in den Abgrund?« Ihr Lächeln verspottete ihn jetzt.

»Ich schlief neben jener Königin; niemals mit ihr!« Pwyll sagte es entrüstet. »Herrin, wärest du dort gewesen...«

»Dann wäre meine Schönheit jetzt auch vergessen. Es gab da noch eine Andere, der du in einem Garten begegnet bist. Einst war sie die Schönste von Allen. Bis zum nächsten Tag, als du Arawns Königin sahst.« Jene tiefen, schönen Augen hielten noch immer die seinen fest.

In Pwylls Kopf ertönte schwaches Glockengeläut. Große Müdigkeit – Äpfel und Blumen und ein stiller Ort. Eine Frau, von Licht gekrönt und lebenden Vögeln – aber nein! Jene Frau stand jetzt und hier vor ihm, und er wollte keine andere, nie. Er versuchte, ihr das zu sagen, aber sie lächelte immer noch.

»Du hast Arawn große Höflichkeit erwiesen. Mut hast du und Ehre, nach menschlichen Begriffen. Soviel wußte ich von dir. Doch wie du mit Tieren und Frauen umgehst – mit Wesen, die du für niedriger hältst als dich selbst –, davon mußte ich mich selbst überzeugen.«

Pwylls Herz stand still. »Warum, Herrin, warum?«

»Weil du die Angelegenheit bist, die mich nach Dyved bringt.«

Freudig rief Pwyll: »Das sind die glücklichsten Worte, die ich je auf dieser Welt gehört habe! Aber bist du wirklich eine Göttin, Herrin? Oder nur eine, die Ihren Namen trägt und über einige Ihrer Fähigkeiten verfügt und deshalb einen Sterblichen zum Manne nehmen kann? Ich möchte dich für immer haben – nicht nur für eine Stunde hier auf dem Hügel!«

»Ich bin Rhiannon, Tochter Heveydds des Uralten. Er ist jetzt ein König der Hellen Welt, doch einst war er König von Dyved, und dieser Hügel, den ihr Gorsedd Arberth nennt, wurde über den Gebeinen errichtet, die er damals benutzte. Ich bin Frau genug, um zu heiraten.«

»Dann«, rief Pwyll, wieder froh, »wird er mir dich gewiß mit freudigem Herzen zur Frau geben, mir, der heute König von Dyved ist!«

»Das wird er nicht. Er will mich gegen meinen Willen einem anderen Manne geben.«

Pwyll starrte sie an. »Werden in dieser hellen, hohen Welt, aus der du kommst, die Dinge so gehandhabt, Herrin? Ich meinte immer, die Alten Stämme hätten wenigstens eine gute Sitte: daß ein Mann und eine Frau nie ein Bett teilen sollen, wenn sie nicht auch das Verlangen teilen.«

»Die Alten Stämme halten an den Uralten Harmonien fest. Doch mit jedem Gewinn kommt Verlust, und jeder Gewinn ist eine Prüfung. Meine Welt, die sich für so erhaben über Erde und Annwn hält, wie ihr Neuen Stämme euch über die Alten erhaben dünkt, vergißt die alten geheiligten Dinge der Mutter Erde. Doch kann ich, da jede Gewalt gegen unser Gesetz verstößt, nicht gezwungen werden. Wenn du in einem Jahr und einem Tag zur Halle Heveydds des Uralten kommst, wird unser Hochzeitsfest gerüstet sein, und Heveydd muß mich dir geben.«

»Höchst freudig werd' ich diese Verabredung halten!« rief Pwyll. »Bei Sonne und Mond, beim Himmel über uns und der Erde unter uns – wenn ich unter allen Frauen der Welt die Wahl hätte: du bist es, die ich wählte!«

»Dann vergiß es nicht und halte Wort, bevor ich einem anderen Manne gegeben werde. Nun muß ich meines Weges gehen; ich habe keine Macht, länger hierzubleiben.«

Und trotz allem Drängen von Pwyll blieb sie nicht länger, nicht den kleinsten Augenblick, sondern verließ ihn. Obwohl das »Mabinogi« es nicht sagt, muß sie ihm zuvor jedoch mitgeteilt haben, wie er jene Halle Heveydds des Uralten, jenseits des Grabes, erreichen konnte; denn gewiß hätte kein Sterblicher jenen Weg allein finden können.

Pwyll ging zu seinen schlafenden Männern zurück und weckte sie, und im goldenen Sonnenaufgang gingen sie alle zusammen den Hügel hinab, zurück nach Arberth von den Königen. Und die Druiden schwiegen, da Pwyll lebend heruntergekommen war.

Jener Winter war kein schlechter Winter, sondern so gut, wie ein Winter nur sein kann. In den langen Stunden beim Feuer rätselten die Männer darüber, was Pwyll auf dem Hügel gesehen hatte – ein Wunder, das wußten sie, mußte er gesehen haben, da er dem Tode entronnen war; doch er beantwortete ihre Fragen nicht, oder so knapp, wie er nur konnte. Noch mehr Männer aber fragten ihn, warum er nicht heirate, was er doch zu tun versprochen habe, falls er vom Hügel lebend herunterkommen würde. Viele hatten Hoffnungen für ihre Schwestern oder Töchter gehegt. Doch allen antwortete er: »Ich habe meine Braut erwählt. Ich muß ein Jahr und einen Tag warten – die herkömmliche Dauer eines Verlöbnisses –, und dann werde ich sie heimholen.« Deshalb dachten die Männer, ihre neue Herrin sei wohl keine Frau aus Dyved; doch das war alles, was sie wußten.

Seltsamerweise wunderte sich Pwyll nie darüber, warum Erdenzeit und die Zeit dieser Anderswelt gleich sein sollten, wo doch jene in Annwn so anders

106

gewesen war. Wenn er darüber nachdachte, so erinnerte er sich an das, was er in Annwn gelernt hatte: daß die Zeit anderer Welten nicht starr und unbeweglich ist wie die Zeit in der unseren.

Frühling kam, lieblich wie eine Braut. Die Sonne schien, alles gedieh. Meere zarter Blüten bedeckten die Obstbäume. In den Gefilden frohlockten die Tiere, und in den Häusern liebten sich Männer und Frauen. Nie hatte es so viel Empfängnis gegeben in Dyved.

Erntezeit kam; das goldene Getreide wurde eingebracht. Herbst kam, mit seinem Flammenmantel; alle Blätter aller Bäume flammten wie Feuer.

An einem hellen, klirrend klaren Morgen rief Pwyll seine Wahren Gefährten zusammen. »Heute holen wir meine Braut!« Und mit erwartungsvollem Eifer gingen sie daran, sich selbst und ihre Pferde und ihre Waffen herzurichten. Doch Pwyll sagte: »Auf diese Reise müssen wir unbewaffnet und zu Fuß gehen. Doch zieht eure besten Kleider an und tragt brennende Fackeln.«

Da wunderten sie sich noch mehr, doch taten sie, wie er befahl. Zurück auf den Gorsedd Arberth führte er sie, und die Sonne schien kalt und klar auf seine felsigen Abhänge; doch als sie näher kamen, da tat sich vor ihnen ein schwarzes Loch in jenem schrecklichen, sagenumwobenen Hang auf. Es gähnte sie an, wie das klaffende, gierige Maul der Nacht.

Sie schraken zurück, doch Pwyll sagte: »Wir müssen durch die Nacht zum Licht.«

Er hielt seine Fackel empor und betrat jenes schwarze Maul, und einige folgten ihm, weil sie ihn liebten, und andere, weil sie sich schämten bei dem Gedanken, die Leute könnten erfahren, daß sie umgekehrt seien. Einen langen dunklen Gang hinab gingen sie. Er schien immer enger und niedriger zu werden, so daß sie schließlich im Gänsemarsch gingen, mit geduckten Köpfen. Einer flüsterte einem anderen zu: »Kann das der verschollene Gang sein, durch den Dyveds erster König zu seinem letzten Bett getragen wurde?«

Sie gelangten schließlich in eine große Kammer, und in deren Mitte stand ein Mann in goldener Rüstung, in einem goldenen Wagen. Doch die Pferde, die jenen Wagen gezogen hatten, waren längst tot, ihre Gerippe leuchteten weiß in ihren Geschirren, und auch ihr Herr war tot. Sein Kopf wäre fast in die Hände seiner Feinde gefallen; sie konnten die gespaltenen Halsknochen unter seinem weißen Schädel sehen. Doch seine Leute hatten ihn gerettet, und sein Bart war nach dem Tod noch gewachsen; wie eine große Silberdecke, aus Mondstrahlen gewoben, reichte er bis zu seinen Füßen hinab.

Pwyll sagte: »Heil dir, Heveydd der Uralte, erster derer, die meinen Thron vor mir innehatten!«

Doch jene tote Gestalt schwieg, und Pwylls Männer, die sich umblickten, sahen, daß es in den Felswänden jener Kammer keine Tür gab, keine Öffnung, durch die auch nur eine Maus hätte schlüpfen können – bis auf jene, durch die sie gekommen waren. Und die Luft war knapp; sie war schwer und stickig; sie machte einen schwindlig.

Einer rief: »Wir wollen hier hinaus, so schnell wir können, Herr! Solange wir noch können! Du wirst hier keine Braut finden, nur den Tod.«

Ein anderer, einer von Pwylls Milchbrüdern, sagte ruhiger: »Er hat recht, Herr. Wenn wir hier lange bleiben, dann werden wir nicht genug Atem haben, um wieder hinauszukommen, und du wirst so knochig werden wie er.«

Und dann schrieen alle auf, denn das Skelett bewegte sich in seinem Wagen! Und plötzlich erloschen alle ihre Fackeln, als hätte ein Sturm sie ausgeblasen.

In jener schwarzen Sichtlosigkeit hielten sie alle den Atem an und zitterten und lauschten dem Klappern jener uralten Gebeine. Dann erfüllte ein feuriges Licht die Kammer, und sie sahen, daß das Skelett gerade aus seinem Wagen steigen wollte. Es war Pwyll zugewandt. Die augenlosen Höhlen in seinem Schädel schienen schwarze Flammen zu bergen, die ihn anglühten. Und was seine rechte Hand gewesen war, hob sich, und in ihr blitzte ein großes Schwert, von dem das Licht kam, ein Schwert, das leuchtete wie der Blitz.

Alle lebenden Männer in jener Kammer des Todes schrien auf, alle außer Pwyll. Er fühlte, wie sich die Haare auf seinem Kopf aufrichteten, steif wie Stacheln, aber er stand wie Stein. Dann streckte er langsam, sehr langsam, seine Hand aus; er wußte, daß er handeln mußte, bevor das Skelett von seinem Wagen herabstieg, oder alles war verloren.

Seine Finger schlossen sich um jene Knochen, die einst von Fingern belebt gewesen waren. Er sprach wieder, und seine Stimme stet zu halten, war schwerer, als am Rande eines Abgrundes entlangzugehen.

»Du bist in eine Welt gegangen, in der keiner gegen einen anderen die Hand erhebt, König Heveydd. Du brauchst dieses Schwert nicht mehr. Gib es mir, der ich jetzt König in Dyved bin und der Mann deiner Tochter sein werde.«

Sanft nahm er das Schwert aus den Skelettfingern, und ob es auch aussah wie Feuer, so brannte es ihn doch nicht. Sanft setzte er das Gerippe wieder zurück an seinen uralten Platz. Er glättete den langen Silberbart, so daß jene armen Gebeine wieder bedeckt waren.

Dann richtete er sich auf und hielt das Schwert hoch. Und unter dessen Licht erbebte die mächtige Felswand, die er ansah, wie eine Welle des Meeres. Alle Festigkeit wich von ihr; grauer Stein ward grauer Nebel, kein festes Hindernis mehr. Pwyll schritt hinein, wie er zuvor in die Finsternis hineingeschritten war. Und wieder folgten ihm alle seine Männer.

Auf dem Gorsedd Arberth im weißen Licht des Mondes, fiel der Arm des Hohen Druiden wieder herab. Wieder fiel die goldene Sichel; sie verfehlte Pwylls Kopf um Haaresbreite und fiel, noch frei von Blut, auf den Boden.

Wieder erbebte der Körper des alten Mannes; sein Gesicht verzerrte sich vor Haß und Wut; die jungen Druiden wichen vor seinem schrecklichen Blick zurück.

»Sie hat wieder gewonnen! Auch diese Prüfung hat er bestanden. Doch das nächste Mal wird er versagen – ER WIRD VERSAGEN!«

Im Nebel wandernd, seine Männer wie Schatten um sich herum, fühlte Pwyll den Schwertgriff in seiner Hand zerbröckeln. Und war froh, denn dies mußte bedeuten, daß er endlich die Schwelle zur Hellen Welt erreicht hatte, wo keine Waffe Einlaß fand.

Doch vermißte er den Lichtschein von der heiligen Waffe, der, obgleich vom Nebel gedämpft, wie er von der Finsternis nicht gedämpft worden war, ihn vor Fall bewahrt hatte. Er mußte sich jetzt sehr behutsam vorwärtstasten, kriechen, wie er auf der Erde Schnecken hatte kriechen sehen. Dann blickte er auf und sah vor sich einen großen Regenbogen. Fast hätte er dessen strahlenden Glanz verpaßt, so sehr hatte er auf seine Füße geachtet. Auf seinen Zuruf hin sahen seine Männer, was er sah, und erwiderten seinen Ruf. Alle zusammen liefen sie vorwärts, unter jenen Regenbogen und hinaus auf eine grüne, sonnige Ebene, unter einem Himmel, der so schön war wie kein anderer.

Eine Straße aus blassen Muscheln erstreckte sich vor ihnen, fast weiß, doch glühend im vollen Wesensglanz aller Farben, die man je unter der Sonne sah. Sie folgten ihr, gewiß, von ihr dorthin geführt zu werden, wohin sie gehen sollten.

VIERTES KAPITEL – IN DER HALLE HEVEYDDS DES URALTEN/SCHON ÜBER DIE MASSEN IST DIE HELLE WELT. NIEMAND KANN SAGEN, WAS SCHÖNER SEI: DAS BLAU DES HIMMELS, DER SIE BEDECKT, ODER DAS TIEFE MEERESBLAU, DAS SIE UMRINGT. Niemand kann sagen, was liebreizender sei und köstlicher: die weißen Wolken in ihrer großen Reinheit oder die vielfarbigen Wolken, goldübergossene Gloriolen, die in jedem Farbton erglühen, von Morgenröte bis Sonnenuntergangsrot. Lieblich ist auch der Kristallschaum, der den blaugrünen Seepferden Mähnen macht, ihnen, die immerfort spielen an Silberstränden, geboren aus sturmlosem Meer.

Süßer als das Lied irdischer Vögel ist das Lachen jener verspielten Wellen in der Hellen Welt. Süßer als irgendein Laut, den ein Mensch sich vorstellen kann, ist das Lied der Vögel in jener Welt. Pwylls Männer staunten, und Pwyll staunte auch, obwohl er die Herrlichkeiten Annwns gesehen hatte und die weiche Lieblichkeit des Mondlichtlandes.

Doch das Sonnenlicht hier war so weich wie Mondlicht, so sanft wie die duftige, zarte Luft, die es durchschimmerte. Auf der Erde kann zuviel Licht einen Menschen blenden, doch hier, wo das Glänzen des Lichts viel stärker ist, da leuchtete und glühte und funkelte es, ohne je zu blenden. Nichts hier, dachte Pwyll, kann jemals weh tun.

Dann sah er, über einem Baum ganz in der Nähe, gerade über einem Zweig, auf dem ein kleiner goldener Vogel sang, den dunklen Schatten von Falkenflügeln.

Wie polierte Bronze leuchtete der gewaltige wilde Schnabel, purpurn und golden blitzten die Schwungfedern dieses geflügelten Todes in der Sonne. Herrlich und schrecklich schwebte er dort. Oft auf Erden hatte Pwyll vor Freude gelacht beim Anblick der schieren Pracht eines herabstoßenden Falken, doch jetzt erzitterte sein Herz.

Mit köstlicher, herzbewegender Reinheit sang der goldene Vogel weiter, als sähe er nicht den schwarzen Schatten des Todes über sich, hörte nicht das Rauschen der schrecklichen Schwingen. Freude, die strahlende, ungetrübte Freude am Leben, strömte weiter in einer lieblichen Flut aus seiner kleinen Kehle.

Der Falke stieß zu. Tief in das Fleisch seiner Beute bohrte sich der wilde Schnabel; tief in das rosige Fleisch einer Frucht, die genau über dem winzigen goldenen Kopf des Sängers hing. Eine neue Frucht quoll auf, reif und köstlich, sobald die erste verzehrt war. Friedlich ließ sich der Falke nieder, auf demselben Zweig, auf dem der Singvogel saß. Der Falke fraß weiter, und der kleinere Vogel sang weiter.

Pwyll dachte, demütig und voll des Wunders: ›Und das alles will sie um meinetwillen verlassen‹

Dann hüpfte ihm das Herz, hingerissen von einem Entzücken, das alles andere hinwegfegte. ›Heute nacht wird sie mit mir schlafen. Heute nacht‹ Mit schnellerem Schritt eilte er auf dieser Straße aus blassen Muscheln weiter, auf dieser Straße, die zum Palast Heveydds des Uralten führen mußte. Freudig ging er, und freudig folgten ihm seine Männer, ehrfürchtig, aber auch voll Stolz auf ihn, ihren König. Auf ihn, der eine Frau aus dieser Wunderwelt als Gemahlin heimholte.

Und im sanften Glanz des Sonnenuntergangs, ähnlich und doch so herrlich unähnlich den Sonnenuntergängen, die wir kennen, kamen sie zu einem Palast, der schöner war, als Menschen sich vorstellen können.

Lebende Vögel bildeten sein Dach, wie sie es auch über Arawns Halle taten, doch diese Wände hier waren alle aus Kristall. Sie spiegelten das liebliche Licht ringsum wider; sie spiegelten jeden Baum in der Nähe und jedes grüne Blatt und jede köstliche, prangende Anderswelt-Blume. Sie spiegelten die Vögel wider, die zwischen jenen Bäumen umherflogen, Vögel, die in vielen Farben leuchteten. Sie machten ein wunderbares, vielfarbenes, sich unablässig änderndes Gewebe, das auf Erden nicht seinesgleichen hat.

Und dort, vor hohen, weit offenen Portalen aus Perlmutter, Toren, die aussahen, als wären sie aus einer einzigen Riesenmuschel geschnitten worden, da stand Heveydd der Uralte und erwartete sie – lebend.

Sein Lächeln ließ sie zusammenzucken in der Erinnerung an jenen grinsenden Totenschädel, doch obgleich seine neuen Gebeine wohl so ziemlich dieselben waren wie seine alten, bedeckte sie jetzt festes, lebendes Fleisch. Er sah genauso aus, wie jeder andere prächtige Mann auf der Erde aussah – bis auf die unirdische, durchdringende Helle seiner tiefblauen Augen. Und es umspielte ihn dasselbe Licht, das Pwyll um Rhiannon herum gesehen hatte, das Licht, das in diesem vielfarbenen Land alles einhüllte.

»Sei willkommen, mein Sohn«, sagte er zu Pwyll und umarmte ihn. Seite an Seite schritten sie durch jene schönen Türen, und Pwyll stockte beim Anblick des Gepränges drinnen der Atem.

Heveydd sagte: »Die edelsten Herren und Herrinnen dieser Welt sind hier zum Hochzeitsfest meiner Tochter zusammengekommen. Um sie und mich zu ehren, und den Mann, den sie erwählt hat.«

Von einem Bräutigam wurde erwartet, daß er bei seiner Hochzeit viele Geschenke verteilte. Pwyll sagte in plötzlicher Beschämung: »Herr, ich habe kein Gepäck bei mir.«

»Sei ohne Sorge. Deine Welt birgt keine Schätze, die bei einem Fest wie diesem zu Geschenken taugten. Und hier sitzt der Bräutigam bei seiner Hochzeit auf dem Platz des Gastgebers. Gib von meinen Schätzen, als wären es deine eigenen, und gib reichlich. Beschäme deine Braut und mich nicht, indem du knauserst.«

›Ich hoffe, es wird ihm nichts ausmachen, wenn ich ihn beim Wort nehme‹, dachte Pwyll und dankte ihm. Dann sah er Rhiannon und sah nichts anderes mehr. Goldenschön saß sie auf dem Platz der Braut, thronend wie eine Göttin oder eine Königin, und ihr Lächeln ließ alles Blut in ihm zu dem einzigen stummen Schrei zusammenschießen: »Bald! Bald!«

Er sah sie zu gebannt an, um die Herrlichkeiten zu bemerken, die seine Männer sprachlos machten. Doch kamen ihm die köstlichen Gerüche von heißen, dampfenden Speisen in die Nase, und die feineren, noch köstlicheren Düfte, die sich bei jedem Schritt rings um ihn herum erhoben, während seine Füße in die angehäuften Blüten traten, die den Boden der gesamten Halle bedeckten. Blüten, die sich unversehrt wieder erhoben, ganz lächelnde Schönheit, sobald seine Füße über sie hinweggeschritten waren. Er stand vor ihr, er nahm seinen Platz an ihrer Seite ein, und Heveydd setzte sich neben sie. Auch Pwylls Männer setzten sich, und was für ein Gericht auch vor jeden Mann hingestellt wurde: vor seinen Augen verwandelte es sich in sein Lieblingsgericht. Sie aßen so glücklich drauflos, daß sie ihre Scheu vergaßen und sich über nichts mehr wunderten, außer über die Vorzüglichkeit dieses Essens.

Pwyll aß soviel wie alle anderen, doch was er aß, wußte er nie. Er dachte nur an seine Braut; er wandte kein Auge von ihr, aber ihre Augen waren besorgt. Einmal drückte er ihre Hand: »Sei froh, meine Freude!«

»Wenn wir sicher im Bett sind, dann werde ich es sein. Vorher nicht.«

»Warum? Wenn jener andere Mann, der dich will, versuchen würde, mich umzubringen, könnte ich es ihm nicht verdenken. Doch hier in dieser sanften Welt kann er nichts tun. Selbst wenn er hier ist. Ist er das?« Mit plötzlicher Aufmerksamkeit blickte sich Pwyll um.

Und sah ein Wunder. Denn Heveydd gegenüber, auf dem höchsten Ehrenplatz der Gäste, saß eine gewaltige Gestalt oder vielleicht ein Schatten. Sturmgewölk umbrodelte ihn, verbarg sein Gesicht; nur seine gewaltig-edlen Umrisse zeigten sich verschwommen. Riesig war er, vor allen Söhnen der Menschen, und rote Blitze durchzuckten die Dunkelheit, die ihn umstrudelte.

»Ist das der Mann?« Pwyll riß die Augen auf. »Wenn, dann sieht er zornig aus. Sehr zornig. Ich hoffe, er ist zu gesittet, um zu donnern.«

»Scht! Verspotte ihn nicht.« Furcht lag in ihrer Stimme. »Er ist nicht Gwawl der Helle, der mich umwarb, aber er ist Gwawls bester Freund. Er ist auch unser aller Herr – der Graue Mann, Sohn Dessen, Der sich im Walde verbirgt.«

»Der Tod!« Das war also der Graue Mann ihrer Welt. Pwyll sah jene umwölkte Gestalt wieder an und sagte etwas zweifelnd: »Sieht er immer so aus? Was mich angeht, so sähe ich lieber Arawn mit allen seinen Hunden daherkommen. Selbst wenn wir keinen Eid miteinander geschworen hätten.«

»Nein. Sein Gesicht ist schön. Doch heute abend ist er um Gwawls willen zornig. Gwawl selbst will nicht dabeisein, wenn ich einen anderen heirate, doch der Graue Mann muß es, da er der Hochkönig und meines Vaters Freund und sein Lehnsherr ist. Hüte dich! Sie sind Feinde zum Fürchten!«

Sie ist also wie andere Frauen auch, dachte Pwyll behaglich. Ängstlich vor Hirngespinsten, wenn alle Gefahr vorüber war. Denn er war jetzt bei ihr, und hier konnte ihm keiner in die Quere kommen. Er tätschelte ihre Hand. Doch war ihm wohler, wenn er von dieser Gestalt hinter den brodelnden Wolken wegsah, und als ein Diener mit Wein vorüberkam, da nahm er einen Becher und trank ihn rasch hinunter, schneller, als er beabsichtigt hatte, so gut schmeckte es. Er machte ihn sehr warm und wohlig und ein wenig beschwipst. Er mußte stark gewesen sein, viel stärker als der Wein, der bisher ausgeschenkt worden war. Die Augen fielen ihm zu, sie waren geschlossen. Er konnte sie nicht mehr öffnen; er konnte sich überhaupt nicht mehr bewegen.

»Ich kann ihn nicht warnen; unser Pakt bindet mich.« Das war Rhiannons Stimme, klar wie Kristall, hart wie Kristall, doch sehr weit weg. »Doch hieße es alle Gesetze unserer Welt verspotten, wenn ich in Gwawls Arme gezwungen würde. Wenn du, Gewaltiger, den Hals meines rechtmäßigen Mannes dem Schwert eines mörderischen Verräters preisgeben würdest.«

»Das Gesetz wird gewahrt.« Unter der weiten kalten Macht jener Stimme erzitterte Pwyll, selbst an jenem fernen Ort, an dem er sich befand. »Niemand wird Hand an dich legen, Herrin. Du wirst lediglich die Abmachung halten, die wir getroffen haben.«

»Ich traf sie, ohne die List zu kennen, die du plantest!«

»In dieser Welt wird Pwyll kein Haar gekrümmt. Die Tat des Druiden ist allein dessen Sache.«

Rhiannon lachte bitter. »Jene feine Dame, die zu zimperlich ist, ein Huhn zu töten, und es ihren Dienern überläßt, ihm den Hals umzudrehen! Welchen Wert hat ihr Freisein von Blutschuld?«

»Es ist ein kleines Ding, Tochter, der Tod eines sterblichen Mannes.« Heveydds Stimme wollte sie besänftigen. »Arawn wird gut für seinen Freund sorgen. Und in Gwawls Armen wirst du diese Torheiten bald vergessen. Deine Freude wird der seinen gleichen.«

»Was ich in Gwawls Armen fühle, wird Verderben hierherbringen, wohin noch nie Verderben kam.«

»Hierher kann es nie kommen. Friede, Weib!« In der tiefen Stimme des Grauen Mannes lag solche Gewalt – leidenschaftslos, unwiderstehlich – wie in der Lawine, die von schneebedeckten Bergen wirbelt, um alles Leben in der grünen Ebene darunter zu zermalmen.

Einige Atemzüge lang herrschte Schweigen, ein Schweigen, wie es der Lawine folgt. Dann sagte Rhiannon leise: »Vielleicht ist es schon gekommen. Schön ist diese Welt, die wir erreicht haben, diese Welt, wo die Sonne niemals brennt, wo die Biene niemals sticht. Doch die Weisheit, die uns diese schöne Heimat errang, geht uns verloren. Wir, die keinen Schmerz kennen, haben das Mitleid vergessen. Wir blicken mit Verachtung auf jene, die noch im Schlamm und Blut der Erde kämpfen, wie wir es einst taten. Wir sind stolz geworden, und Stolz zeugt Verderben.«

Die finstere Wut in der antwortenden Stimme des Grauen Mannes erinnerte Pwyll daran, wie er einmal als kleiner Knabe barfuß auf das Eis hinausgelaufen war und geschrien hatte, weil er meinte, er träte auf glühende Kohlen.

»So? Wir sind also stolz. Und du bist es nicht – du, die ihren Willen gegen den Willen von uns allen setzt? Wenn du zurück zur Erde gehst, wirst du lernen, was Verderben ist, Weib! Du wirst lernen, was Schmerz ist. In jenem groben Körper, in den du dich einschließen willst, wird eine Unzahl von Schmerzen, große und kleine, dich unablässig quälen. Du wirst dein Essen erbrechen, du wirst plump und mißförmig hinter deinem eigenen Bauche herwatscheln, bis die Qualen der Geburt dich zerreißen. Alter wird deine Jugend und Schönheit verdorren, und schließlich wird der Tod dein zitterndes, zahnloses, schändliches Wrack holen. Und das alles, bevor auch nur ein Jahr über diese lachenden, frohäugigen Mädchen hinweggegangen sein wird, die hier deine Spielgefährten sind!«

»Alle diese Gebresten kenne ich. Ich habe sie oft ertragen. Und ich kann sie besser ertragen als sterbliche Frauen, ich, die weiß, daß es vorübergehende Dinge des Augenblicks sind.«

»Kannst du das? Schmerz kann dem, der ihn hat, lang und schwer vorkommen, Weib. Er kann alles andere auslöschen.«

»Auch daran erinnere ich mich, Herr.«

»Dann erinnere dich auch daran: Nur Bruchstücke des Wissens, das du hier hast, werden dir dort bleiben!«

»Das weiß ich. Wie ich auch weiß, Herr, daß diese Bruchstücke so klein sein werden, wie du sie nur machen kannst.«

»Du verdienst überhaupt keine, du, die das oberste Gesetz des Großen Vorwärtsgehens brechen will. Sink zurück und wälze dich in dem Schleim, aus dem du dich einst erhobst!«

»Herr, ist das Große Vorwärtsgehen eine Leiter, auf der wir geradewegs zur Spitze klettern können? Oder ist es ein sich windender Gebirgspfad, dessen Kehren sich krümmen und manchmal verwirren? Jene, die schon weiter oben sind, können sich umdrehen und denen unter ihnen helfen. Die Götter selbst haben es getan und werden es wieder tun: Weiser-des-Weges.«

»Und du hältst dich für stark genug, jenen Weg zu weisen, Mädchen?« Heveydds Stimme war rauh vor Zorn. »Du warst klüger, als du das letzte Mal hierhergekommen bist – vergewaltigt von dem Großvater dieses Narren, der sich jetzt betrunken an deiner Seite lümmelt!«

»Und, nicht zu vergessen, deine Tochter wurde – Tochter dessen, der mich einst Mutter nannte. Ich irrte, doch ist nicht genug von der Göttin in mir, daß ich wüßte, welches Mal: damals, als ich nicht zuerst hierher kam, um zu versuchen, diese schöne Welt gut und rein zu bewahren, frei von Stolz, oder als ich von der Erde floh, die böse geworden war. Mütter können ihre Söhne beeinflussen; vielleicht hätte ich die Finsternis früher erhellen können, wäre ich geblieben.«

»Träume, Mädchen, törichte Träume! Du kamst hierher, als du bereit dazu warst, und jetzt schaust du zurück. Die Weisen schauen vorwärts. Doch dich gelüstet nach diesem Erdenkloß!«

»Aus eigener Kraft und mit Schmerzen hat Pwyll große Taten vollbracht, Vater; und wenn er dabei auch nicht immer allein war, so glaubte er doch, er sei es. Die Menschen unserer Welt können solchen Schmerz und solche Einsamkeit nicht erfahren. In mancherlei Hinsicht sind sie, verglichen mit ihm, wie Kinder, was für Fehler er auch haben mag.«

»Auf Erden kämpft und stirbt ein Hund für seinen Herrn. Heißt das, daß sein Verstand dem seinen gleichkommt?« Pwyll fühlte das spöttische Lächeln des Grauen Mannes, ohne es sehen zu können.

»Hunde werden, wie alles andere, uns ebenbürtig werden, Herr. Sie sind nur jünger als wir. Du weißt das so gut wie ich.«

»Möchtest du unter Hunden leben? Niemals menschliche Rede vernehmen?«

»Vielleicht kann ich den Hunden helfen, sprechen zu lernen, Herr.«

Heveydd schnaubte. »Narretei, nichts als Narretei. Sterbliche sind gemein und werden immer gemeiner. Wir, die es in uns hatten, sich zu erheben, haben uns erhoben.«

»Das ist wahr.« Die gewaltige, tiefe Stimme des Grauen Mannes war jetzt sanft, als wollte sie ein Kind überzeugen. »Die Alten Stämme erinnern sich schwach an die Weisheit, doch klammern sie sich an Formen, die vergehen müssen. Die Zukunft des Menschen liegt bei den Neuen Stämmen; ich habe sie durch den Geist der Druiden zu leiten versucht, doch immer verzerren Narren und Heißsporne meine Worte. Ich werde nie wieder zu den Menschen sprechen.«

»Du lehrst ohne Liebe, Herr. Ich würde mich ins Unkraut knien, wie du es nie tätest, und versuchen, es aufzurichten – versuchen, dem Guten darin Raum zum Wachsen zu schaffen. Denn es ist da.«

Heveydd lachte grimmig. »Viele haben versucht, das zu tun, Kind. Einst auch ich.«

»Ich erinnere mich. In jenen Tagen liebten wir beide Dyved, Vater.«

»Und jetzt bin ich wach, du aber träumst immer noch wie ein Kind. Was kannst du wohl allein ausrichten, wenn wir zusammen nichts ausrichten konnten?«

»Ich kann etwas tun. Ich kann die Alten Stämme und die Neuen davor bewahren, übereinander herzufallen. Pwyll hat eine törichte Liebe zu Kampf und Krieg – er könnte Caswallon gegen Bran unterstützen, wenn Beli stirbt. Doch mit mir an seiner Seite wird sein Wort für Frieden sein.«

»Du könntest gar nichts Schlimmeres tun!« Der Graue Mann lachte jetzt, und jenes Gelächter rollte wie Donner in den Hügeln. »Unter Bran wird solch ein Krieg kommen, wie ihn die Westliche Welt nie gesehen hat – und all das Blut und all das Weh wird nur der Anfang sein. Jahrhundert auf Jahrhundert werden die Menschen Blut vergießen und einander zerfleischen in Finsternis.«

»Jene Weltennacht muß kommen; wir alle wissen das, Herr. Wenn Brans Krieg sie auch ein wenig beschleunigt, so wird sie doch nicht auf der Insel ausgetragen, auf der Dyved liegt. Dort, in meerumgürteter Ruhe, wird das, was von Alten und Neuen Stämmen übrigbleibt, zu einem Volk zusammenwachsen – ohne die Bitterkeit, die zwischen Siegern und Besiegten brennt. Etwas wird gerettet werden, und etwas mag blühen!«

»Ein kümmerliches Pflänzchen!« schnaubte Heveydd.

»Vielleicht. Doch wird es Samenkörner ausstreuen, und gehen auch viele verloren, so werden einige doch wachsen. Der eine Mann oder die andere Frau mag freundlicher werden auf Grund einer Freundlichkeit, die ich ihm oder ihr in der Kindheit erwies – oder seines Vaters Vater oder ihrer Mutter Mutter. Dichter werden mich und Pwyll besingen, wie wir einander liebten, und einige Männer und Frauen, die diese Lieder hören, werden vielleicht die feineren Dinge in einander suchen. Viele Dinge, kleine Dinge; sie sind es, aus denen schließlich große Dinge entspringen werden!«

»Torheit, Mädchen; nichts als Träume und Torheit!«

»Meine Träume und meine Torheit, Vater. Ich werde ihnen folgen, wenn ich kann.«

»Da wird Gwawl noch ein Wörtchen mitzureden haben.« Die Stimme des Grauen Mannes, leise und doch gewaltig, schien allen Raum mit unermeßlicher Macht, unermeßlicher Kälte zu füllen . . .

»Trink!« Rhiannon schüttelte Pwylls Arm und hielt ein Trinkhorn an seine Lippen. Solche Dringlichkeit strömte von ihr aus, daß sie gegen ihn prallte wie eine Welle. Er öffnete die Augen und trank, verschluckte sich und hustete. Dieser Trank war zwar stark, doch weder Wein noch süß. Er wollte ihn nicht austrinken, sie aber zwang ihn dazu.

»Trink! Dein Kopf muß klar sein.«

»Warum?« Pwyll grinste töricht. »Der Kopf eines Mannes ist nicht sein wichtigster Körperteil in der Hochzeitsnacht!«

»Du mußt einen klaren Kopf bekommen, so rasch wie möglich – augenblicklich!«

»Warum denn?« fragte Pwyll wieder, und dann wirbelte ihm der Kopf unter dem stürmischen Anprall halberinnerter Erinnerungen, die wie Hornissen auf ihn einschwirrten.

»Haben sie mich betäubt?«

»Nein. Wir haben keine Drogen, da wir keine Schmerzen kennen; sie haben dir aber einen Trank gegeben, der für einen Mann, der nicht aus dieser Welt stammt, zu stark ist. Er hat deine Sinne geschwächt.«

»Aber warum denn? Damit du eine Nacht länger Jungfrau bleibst? Das würde ihnen doch wenig helfen; und bei dem Gott, bei dem mein Volk schwört: nichts kann mich heute nacht so schläfrig machen, daß ich nicht . . .«

»Du hast genug getrunken. Ich werde dir nicht mehr geben, und von dem, was dir die anderen bringen, darfst du nur einen Schluck nehmen.«

Sie hört sich schon ganz wie eine Ehefrau an, dachte Pwyll, etwas benebelt. Wie jede gewöhnliche sterbliche Ehefrau. Nun, bald würde sie wirklich seine Frau sein. Wonnevolle Vorstellungen machten ihn schwindlig, ließen jene nicht geheure, wilde Meute von Erinnerungen verblassen. Nichts konnte jetzt mehr schiefgehen. Sie war hier an seiner Seite, seine schöne Braut. Und ein Mann mußte ja wohl bei seiner eigenen Hochzeit trinken.

Ein Barde erhob sich und sang. Pwyll meinte, noch nie ein so wundervolles Lied gehört zu haben, doch wovon es handelte, davon hatte er keine Ahnung. Ein anderer Mann füllte sein Trinkhorn nach, und Rhiannon trat ihm unter dem Tisch auf den Fuß, und keineswegs sanft. Pwyll fuhr zusammen, dann grinste er sie an. »Bald werden wir dort sein, wo ich Rache dafür nehmen kann, Herrin.« Und wunderte sich, warum sie erbleichte.

Dann sah er einen großen, braunhaarigen Jüngling auf sie zukommen. Einen goldenen Mantel trug der Fremde, und auch um ihn herum war ein goldenes Licht. ›Ich kenne ihn‹, dachte Pwyll und versuchte blinzelnd, sich zu erinnern.

»Heil dir, Lord Heveydd!« Die Stimme des späten Gastes war tief und wohltönend wie eine Glocke. Wie eine goldene Glocke. »Heil dir, Lady Rhiannon, schönste alle Bräute, und heil dir, Bräutigam, der heute nacht der glücklichste aller Männer sein wird!«

Pwyll mochte ihn und grinste wieder. »Sei willkommen, mein Freund. Setz dich. Es gibt noch jede Menge zu essen. Und zu trinken«, fügte er mit einem Gähnen hinzu, das er nicht unterdrücken konnte.

»Herr, ich bin nicht als Gast gekommen, sondern als Bittsteller. Laß mich das Geschäft tätigen, das mich hierherführt.«

117

»Tu das« – Pwyll gähnte wieder – »und setz' dich dann hin.«

Augen, blau wie Kornblumen, fixierten die seinen. »Herr, mein Geschäft ist eines mit dir. Ich habe eine Bitte an dich.«

Jene Augen waren sehr blau; blauer als alle Blumen; blauer und tiefer als das Meer. Der Jüngling war jung, sehr jung. Er war schön wie der Morgen. Er war wie – doch selbst wenn Havgan der Sommer-Weiße in diese Welt wiedergeboren worden wäre, müßte er noch ein kleines Kind sein. Und solche Liebe stieg in Pwyll auf, wie er noch nie für einen Mann empfunden hatte.

»Nenne dein Begehren, Bursche. Was es auch sei: du sollst es haben – wenn ich es geben kann.«

Rhiannon schrie auf, als hätte ein Messer sie durchbohrt. »Wehe uns! Was ließ dich diese Antwort geben?«

Triumph blitzte im Gesicht des Fremden auf, das Licht um ihn flammte wie die aufgehende Sonne. »Er hat sie gegeben, Herrin, und alle diese Herren sind Zeugen!«

Durch starre Lippen sprach Pwyll. »Freund, was ist es, worum du mich bittest?«

Er wußte es. Er wußte, wer dieser Mann sein mußte und worum er bitten würde. Und die erwartete Antwort kam.

»Herr, die Herrin, die ich am meisten liebe, soll heute nacht mit dir schlafen. Ich bitte um sie und um dieses Hochzeitsfest!«

Wie ein großer, vom Blitz getroffener Baum, dessen grüne Blätter versengt und verdorrt sind, von Leben und Wachstum verlassen auf immer, dessen tote Majestät nackt und bloß ist, doch immer noch ehrfurchtgebietend an seinem uralten Platz: so saß Pwyll da, reglos, sprachlos.

Doch Rhiannons Gesicht und das Licht um sie leuchteten auf wie Flammen. »Sitz' stumm da, solang du willst!« rief sie. »Nie hat ein Mann schlechteren Gebrauch von seinem Verstand gemacht als du heute nacht!«

Pwyll sagte schwer: »Herrin, ich wußte nicht, wer er war. Und du hast es mir nicht gesagt.«

»Ich konnte nicht; ich war in Banden. Doch jetzt weißt du es! Er ist Gwawl, Sohn des Cludd – Gwawl, dem sie mich gegen meinen Willen geben wollten. Und jetzt mußt du mich ihm geben – oder für immer ein Mann ohne Ehre sein!«

FÜNFTES KAPITEL – ENTSCHEIDUNGEN/PWYLL BETRACHTETE DEN BODEN ZU SEINEN FÜSSEN; ER WÜNSCHTE, ER MÜSSTE NIE WIEDER ETWAS ANDERES ANSEHEN. ER WÜNSCHTE, ER MÜSSTE NIE WIEDER SPRECHEN, DOCH JEDES AUGE DORT BOHRTE sich in ihn ein wie ein Egel, war wie ein Seil um seinen Hals und zog und zerrte an ihm. Zwang seinen Mund auf, seine zusammengebissenen Zähne auseinander.

Endlich sprach er, und durch ein Wunder waren die Worte seine eigenen, und keine, die ihm in den Mund gelegt worden waren.

»Herrin, nie kann ich mich dazu bringen, dich aufzugeben!«

Störrisch und ungestüm fügte er hinzu: »Und könnte ich es – könnte es denn eine größere Schande geben als diese: Meine eigene Frau aufgeben!«

»Du mußt«, sagte Rhiannon. Ihr Gesicht war immer noch eine Flamme, hell und schrecklich. »Du mußt.«

Sie stand auf. Sie blickte gerade in die hämisch glotzenden Augen Gwawls. »Herr, mich konnte Pwyll vergeben, also bin ich jetzt dein. Doch dieses Fest wurde für den Mann aus Dyved bereitet, und es kann von niemandem vergeben werden. Geh jetzt heim. Komm zurück nach einem Jahr und einem Tag, und unsere Hochzeit wird dich erwarten und unser eigenes Hochzeitslager.«

Gwawls Augen gaben das hämische Glotzen auf. Feuer umflammte ihn, ein zorniges, gründurchschossenes Scharlach. »Was für eine List ist das, Herrin? Willst du mich immer noch um dieses hirnlosen Tölpels willen hinhalten? Um dessentwillen, der dich weggeworfen hat, wie man einem Hund einen Knochen zuwirft?«

»Möchtest du deinen Männern das vorsetzen, was Hunde übriggelassen haben, Herr?« Rhiannons Augen blieben fest. »Dieser Festschmaus ist schon halb gegessen.«

In Schmerz und Schande verließ Pwyll jene Halle, die er so froh betreten hatte, in solchem Stolz und eifriger Freude. Er konnte nicht einmal über jene Beleidigungen grollen, er, der gegen Magie kämpfen konnte; und er wußte, daß ihm nur noch eine Pflicht blieb: seine Männer sicher nach Dyved zurückzubringen. Er ging, und sie gingen mit ihm, und all die schönen feinen Leute sahen lächelnd ihrem Abgang zu. Denn jetzt stimmte wieder alles in der Hellen Welt: Er, der hier daheim war, hatte sein Eigentum zurückbekommen.

Durch das sanft schimmernde Zwielicht trotteten die Männer aus Dyved, denn richtige Nacht kam nie in jene Welt; doch die Finsternis, die nicht vor ihren Augen war, war in ihren Herzen. Sie kamen zu jener strahlenden Regenbogenbrücke, aber jetzt schienen ihre fröhlichen Farben wie glühende Kohlen zu brennen, so wie Pwylls Herz brannte. Sie stolperten durch den grauen Nebel, und Pwyll wünschte, er verlöre sich darin, mit Körper und Seele, und hörte auf zu sein.

Als sie schließlich zu jener schwarzen Grabkammer gelangten, hoffte er, dieses Mal würde sich die Schreckensgestalt in ihrem Wagen erheben und ihn niederschmettern. Doch dieses Mal war sie nur ein altes Gerippe, leer und zerbrechlich unter jener silbrigen Decke aus Bart. Die Wand schloß sich hinter ihnen, und Pwyll spürte einen letzten, stechenden Schmerz. Jetzt war ihm der Weg in die Helle Welt für alle Zeit verschlossen; doch was hätte es ihm auch genützt, zurückzukehren? Er hatte sie für immer verloren; mehr noch, seine Torheit hatte ihre Liebe getötet, und das war sicherlich gut, denn jetzt mußte sie mit Gwawl dem Hellen schlafen.

Lang und dunkel schien der Gang; so, wie fortan sein Leben ohne sie sein würde. Als sie ins Freie kamen, blieb Pwyll stehen und sagte: »Geht zurück, alle, nach Arberth von den Königen. Ich werde wieder auf den Hügel gehen, zu jenem Felsenthron auf seiner Spitze, und erwarten, was mir die Götter schikken. Denn jetzt ist es deutlich, daß mein Geschick unglücklich ist, und ich werde kein neues Leid mehr über Dyved bringen.«

Viele versuchten, ihn davon abzubringen, doch sein Wille konnte nicht geändert werden, und schließlich gehorchten sie ihm und ließen ihn allein. Doch auf dem Weg zum Palast stahlen sich im Duster, ohne von ihren Kameraden gesehen zu werden, einige beiseite, jene wenigen, die ihn getötet hätten, wäre der Zauberschlaf nicht über sie gekommen. Sie dachten: ›Jetzt wird es eine barmherzige Tat sein, ihn zu erschlagen: denn die Freude am Leben ist von ihm gegangen. Und wir werden Dyved sichern . . .‹

Der Mond schien hoch und klar über dem Gorsedd Arberth. Pwyll setzte sich wieder auf jenen Felsenthron, auf dem er damals gesessen hatte, als er sie erblickte. Sie würde nie wieder kommen; er würde sie nie wieder sehen. Sein Mund blieb stumm, doch in seinem brennenden Schmerz empörte sich sein Herz laut gegen sein Schicksal, das härter schien als die Felsen ringsum. Bis ihn schließlich, unglaublich, der Mond, der auf diese Felsen herabschimmerte, tröstete und er einschlief . . .

Sie stand vor ihm, schimmernd in all ihrer Lieblichkeit. Er dachte: ›Ich träume.‹ Dann aber: ›Solche Schönheit kann ich ja gar nicht träumen. Das ist nicht in mir, und auch in keinem anderen Manne. Solche Schönheit muß von außen kommen.‹

Er sagte: »Hast du mir vergeben, meine Herrin, und bist du gekommen, um mir Lebwohl zu sagen, wie Menschen, die einander lieben, es tun sollten? Oder ist der Tod in deiner Gestalt gekommen? Ich habe allerdings gehört, daß er auf diesem Hügel in grausiger Gestalt sich naht.«

Sie lächelte. »Es ist leicht, dir zu zürnen. Es ist aber auch leicht, dir zu vergeben. Und du bist mein Mann, den ich erwählt habe aus all den Männern aus all den Welten, die ich kenne.«

»Ich bin ein Narr gewesen«, sagte Pwyll demütig.

»Das warst du. Und wir sind in bitteren Nöten, denn mein Eid bindet mich, so wie dich der deine bindet. Ich schloß einen Handel mit meinem Vater und mit dem Grauen Mann, unserem König. Wir drei sündigten, als wir jenen Handel schlossen, doch sie sündigten doppelt, denn von Anfang an sannen sie auf deinen Tod.«

»Herrin, ich verstehe dich nicht.«

»Frauen aus dem Lande, das ihr Feenreich nennt, nehmen sich oft sterbliche Liebhaber, doch selten folgen sie ihnen nach Hause. Um mit dir gehen zu können, schacherte ich mit dem, womit keine Frau schachern darf: mit dem Weg zwischen meinen Beinen, der zu dem kinderformenden, heiligen Gefäß in meinem Körper führt. Ich sagte: ›Wenn ich Pwyll nicht bekommen kann, werde ich Gwawl nehmen.‹«

Pwyll stöhnte. »Es ist genau so, wie er sagte: Ich habe dich ihm zugeworfen, wie man einem Hund einen Knochen zuwirft.«

»Er soll mich niemals besitzen. Hör mir jetzt gut zu.« Sie sprachen lange miteinander, und am Ende seufzte sie und sagte: »Groß wird der Frevel sein. Wenn ich ganz eine Göttin wäre und nicht nur ein Stück von einer, könnte ich sicher einen besseren Weg ersinnen. Doch kann ich es nicht, und alles in allem bin ich auch nicht traurig darüber.«

Pwyll lachte leise: »Ich auch nicht, Herrin.«

»Dann erinnere dich gut. Jetzt muß ich gehen, denn mein Körper schläft in Heveydds Halle, und es gibt dort manche, die argwöhnisch werden, wenn ich zu lange fort bin. Sie kennen mich . . . Doch erst muß ich dir noch etwas zeigen, was du wohl nicht verstehen würdest, wenn du es beim Erwachen erblicktest.«

»Was meinst du, Herrin?«

Dann schien sich sein Gesichtskreis zu weiten, und er sah, als lägen sie vor ihm, sechs Männer, die verbrannt und verschrumpelt ein paar Schritte hinter seinem Felsthron lagen. Nur an ihren Waffen und Kleidern erkannte er sie; Feuer hatte ihre Gesichter verbrannt. Und in großem Leid schrie er auf: »Meine Männer! Meine Männer! Was ist ihnen geschehen?«

»Höchstwahrscheinlich haben sich diese deine Wahren Gefährten an dich herangeschlichen, um dich in deinem Schlafe zu erschlagen. Doch sie vergaßen, oder vielmehr er, der sie schickte, vergaß, daß ich immer noch einige Macht in der Welt der Menschen habe.«

Pwyll sah in ihr Gesicht, so schön und lieblich und ungetrübt. Dann ertränkte das Leid das Wunder, und er stöhnte wieder. »Diese Männer und ich haben als Kinder zusammen gespielt, Herrin, wir ritten und jagten zusammen und kämpften Seite an Seite, jeden Tag, seit wir Männer sind – und doch wollten sie mich erschlagen!«

»Die Götter spielen seltsame Spiele mit den Menschen. Man kann ihnen aber nicht immer die Schuld geben, denn Priester wie eure Druiden benutzen die Allmacht ihrer Namen, um große Verbrechen zu rechtfertigen. Doch wenn der Graue Mann letzte Nacht sagte, er werde von nun an nicht mehr zu den Menschen sprechen, so bedeuteten jene Worte wenig. Denn er kann nicht lange von seinem Spielzeug fernbleiben; die Menschen machen ihm zu viel Spaß. Es ist eine übliche Schwäche der Hohen, von jenen abzuhängen, jene zu brauchen, die sie für die Niedrigen halten.«

»Du meinst, diese armen Burschen hier versuchten nicht aus freien Stükken, mich umzubringen?«

»Nicht gänzlich, denke ich. Aber ich würde nicht allzusehr um sie trauern. Doch jetzt muß ich wirklich gehen. Noch einmal sage ich dir: Erinnere dich!«

Im Gold des Morgenlichts öffnete Pwyll die Augen zum ersten Mal (sie waren geschlossen gewesen, als er sie schaute, seine Geliebte) und streckte sich und stand auf und entdeckte zu seinen Füßen einen kleinen Sack. Einen ganz gewöhnlichen Ledersack, so schien es auf den ersten Blick; doch er erinnerte sich an seinen Traum und packte ihn, als enthielte er sämtliche Schätze des Ostens. Dann biß er die Zähne zusammen und ging hinter seinen Thron und fand dort die toten Männer.

Mit seinen eigenen Händen trug er die armen verbrannten Leichen vom Hügel hinab, eine nach der anderen. Er bereitete ihnen ein ehrenvolles Begräbnis, als wären sie wirklich Wahre Gefährten gewesen, und die Leute sagten: »Er ist edelmütig.« Aber auch: »Die Götter lieben ihn noch. Sie zerschmettern jene, die ihm nach dem Leben trachten.«

In Dyved blieben die Jahreszeiten gut. Die Ernte des nächsten Jahres gedieh prächtig und wurde sicher eingebracht, und die Jungen von Frauen und Tieren waren zahlreich.

Dann, an einem anderen hellen, frostigen Morgen, rief Pwyll seine Wahren Gefährten zusammen; die dreiundneunzig, die zuvor mit ihm geritten waren, und die sechs kräftigen neuen Burschen, die er auserwählt hatte. Er sagte: »Männer, heute gehen wir zurück durch den Gorsedd Arberth an jenen schönen Ort, den die meisten von euch schon einmal gesehen haben. Und wir werden sehen, wer heute nacht mit meiner Braut schläft – ich, der ich ihr rechtmäßiger Mann bin, oder er, der sie mir mit Lug und Trug gestohlen hat!«

Die Wahren Gefährten klatschten pflichtgetreu Beifall, aber nicht sehr begeistert. Die Lust zu neuen Abenteuern an seltsamen Orten, wohin sie unbewaffnet gehen mußten, war ihnen abhanden gekommen.

Als sie auf den Hügel zugingen, brummte ein Mann einem anderen zu:

»Ich hatte gehofft, er würde diesmal ein gutes, strammes Erdenmädchen mit großem Busen heiraten – eine, die stolz wäre, ihn zu bekommen, und deren Familie stolz wäre, ihn zu haben. Ich hätte gedacht, daß er seit letztem Jahr die Nase voll hat von solchen Sachen.«

»Warum? Hat dir das Aussehen der Braut nicht gefallen?« Sein Kamerad war einer der sechs neu erwählten Wahren Gefährten.

»Ihr Aussehen hätte nicht besser sein können. Sie war der Rahm auf der Milch und der Saft im Apfel, aber sie hatte eine Zunge so scharf wie ein Messer. Sogar noch schärfer als die meiner Frau, und das will etwas heißen!«

Die Lippen des anderen kräuselten sich. »Ein Mann muß eben mit Frauen umgehen können. Wenn sie wirklich so hübsch war, dann zählt doch alles andere nicht. Pwyll hätte ihr nur ein oder zwei Zähne auszuschlagen brauchen, dann hätte sie immer den Mund gehalten und doch so schön wie eh und je ausgesehen!«

»Schon möglich«, sagte der erste Mann etwas zweifelnd, »doch wenn er das getan hätte, wäre ihr sicher eine passende Antwort eingefallen. Ich hab' so ein Gefühl, als wäre es besser, jene reden zu lassen, soviel sie will.«

»Willst du, daß ein Mann sich benimmt wie eine Maus?« sagte sein Kamerad verächtlich.

Der erste Mann überdachte es. »Es ist besser«, sagte er schließlich, »ein Mann benimmt sich wie eine Maus, als er ist eine Maus. Bei diesen Frauen aus dem Feenreich kann man nie wissen . . .«

Es war jetzt an dem zweiten Mann, die Dinge zu überdenken, und als er das getan hatte, sagte er überhaupt nichts mehr.

Sie kamen an den Abhang, und wieder öffnete sich vor ihnen jener schwarze Mund. Gähnte, als wollte er sie alle verschlingen. Sie gingen jenen langen Gang hinab, der so schwarz war wie die Nacht, und seine Schwärze schien auf ihre Fackeln einzuschlagen. Sie kamen in die Kammer, die schwärzer als die Nacht war und in der die Gebeine, die einst Heveydd den Uralten beherbergt hatten, immer noch in ihrem goldenen Wagen saßen, unter ihrem Silberbart.

Pwyll schnürte die Mündung des schäbigen kleinen Ledersackes auf, den er trug (alle Männer wunderten sich darüber, woher ihr König ein so armseliges Ding hatte und warum er es mitgebracht hatte). Er holte einen Holzspan heraus, und in einem Atemzug wuchs er zur Größe einer handfesten Fackel heran. Von selbst entzündete sie sich, und Pwyll hielt sie empor, so daß ihr Licht auf die Felsenwand fiel. Dann sahen alle Männer ein Wunder: die großen grauen Steine dieser Wand bebten und zitterten, wankten und wurden weich und grauer Nebel.

»Der Weg ist frei«, sagte Pwyll. »Gehen wir.« Und die Neunundneunzig folgten ihm, und zweimal neunundneunzig Augen traten aus ihren Höhlen.

Dieses Mal gab es keine Gefahr, sich im Nebel zu verlieren, kein Stolpern, denn Pwylls Zauberfackel war ein treffliches Licht. Erst als sie an die Regenbogenbrücke kamen, die wieder so prächtig schimmerte und flimmerte wie damals, da erzitterte jene Fackel und erlosch wie ein Leuchtkäfer. In Pwylls Hand schrumpfte sie, fast genauso schnell, wie sie gewachsen war, wieder zu einem gewöhnlichen Holzspan zusammen.

»Du bist eine gute Fackel gewesen«, sagte Pwyll, »doch deine Arbeit ist getan.« Und er warf den Span weg.

Alle Männer sperrten beim Anblick jener Welt, die vor ihnen erstrahlte, den Mund auf, obgleich die meisten von ihnen sie schon einmal gesehen hatten.

Doch diesmal war nicht alles so ruhig, wie es im Jahr zuvor gewesen war. Die blasse Straße aus Muscheln war besät mit Menschen und Pferden, die alle sangen und wieherten oder lachten, die alle freudig der Halle von Heveydd dem Uralten zueilten.

Pwyll biß die Zähne zusammen. »Sie sind glücklicher, als sie es bei meiner Hochzeit waren. Wir wollen uns ihnen anschließen.«

Der älteste seiner Milchbrüder sagte verwundert: »Sie werden uns doch sehen, Herr. Ich meinte, wir wollten diese Leute richtig überfallen!«

»Sie werden uns noch eine Weile lang nicht sehen, Bruder.«

»Aber wir sind jetzt doch aus dem Nebel heraus!« Dem Widersprechenden fiel die Kinnlade herab, so weit, daß es aussah, als könnte er sie nur mit großer Mühe wieder an ihren alten Platz bringen.

»Er umgibt uns noch, leuchtet aber jetzt so hell und klar wie die Luft in dieser Welt. Die Leute sehen nur sein Scheinen; wenn sie unsere Stimmen hören, dann hören sie nur deren zarten, duftigen Hauch.«

Ein oder zwei Männer wollten ihn fragen, woher er das wisse; da sie aber noch nicht wieder zu Atem gekommen waren, folgten sie ihm so demütig wie die anderen.

Sie kamen in Sichtweite der Halle Heveydds des Uralten, jener Halle, die funkelte wie ein Diamant. Doch Pwyll führte sie beiseite, über grüne Auen, daunenweich und duftend, an einen Ort, von dem aus sie auf den Palast hinabblicken konnten – einen Ort, wo es am süßesten duftete.

Es war ein Apfelgarten. Apfelblüten saßen noch zwischen den grünen Blättern vieler Bäume, ihr rosig überhauchtes Weiß war so lieblich anzuschauen wie die zarteste Färbung der Morgendämmerung. Doch an anderen Bäumen prangten Äpfel, von denen manche rot wie Frauenlippen waren und manche golden wie der Morgen.

»Wir müssen hier still warten«, sagte Pwyll, »doch könnt ihr Äpfel essen, soviel ihr wollt.«

Freudig sprangen sie, um ihm zu gehorchen, doch er selbst aß nichts. Der Ort erinnerte ihn an einen anderen Ort; die verblaßte Erinnerung schmerzte ihn. Dann öffnete er wieder seinen Sack; er nahm ein zerlumptes, geschecktes Gewand heraus und zog es an.

Ein Mann sah ihn und schrie auf. Alle hörten zu kauen auf, auch diejenigen, deren Mund noch voll war, und alle gafften ihn an.

»Herr«, sagte der zweitälteste seiner Milchbrüder, »was machst du in diesen Kleidern? Das sind die Kleider eines Bettlers!« Seine Stimme war voll Mißbilligung, so wie sein Mund eben noch voll Apfel gewesen war.

»Das sind sie«, sagte Pwyll. »In ihnen gehe ich in die Halle Heveydds des Uralten, und ihr werdet alle hier auf mich warten. Bis ihr dieses Horn hört.« Und plötzlich baumelte ein goldenes Horn an seinem Hals, baumelte an einer goldenen Kette, und genauso plötzlich war beides wieder verschwunden.

Der dritte der Milchbrüder schnappte nach Luft. »Herr, sie werden dich erkennen! Selbst diese Kleider können dein Gesicht nicht verändern. Sie werden sehen, daß du kein Bettler bist.«

»In dieser Welt«, sagte Pwyll, »gibt es keine Bettler. Auch haben Heveydd und sein Volk Augen, vor denen mich keine Verkleidung, nicht einmal eine andere Gestalt, verbergen könnte. Doch werden diese Kleider ihren Zweck erfüllen. Wenn ihr aber bis zum Monduntergang mein Horn nicht hört, dann geht zurück zur Regenbogenbrücke und nach Dyved, so schnell ihr nur könnt – wenn ihr könnt. Denn ich brauche dann keine Hilfe mehr.«

Seine Männer sahen ihn gehen, und dann überkam sie die Angst. Solche Angst, wie sie nie hätten spüren können, wären sie mit ihm gegangen; solche Angst, wie sie nie hätten spüren können, hätte er sie irgendwo in der Welt, die sie kannten, allein gelassen. Dann sagte der jüngste von ihnen, mit gedrückter Stimme: »Was könnte unserem Herrn hier denn zustoßen? Ich dachte, die Leute an diesem Ort seien sanftmütig und töteten niemals, wenn sie auch Fremde nicht mögen.«

»Sie können ihn in einen Käfer oder eine Mücke verwandeln.« Der älteste der Milchbrüder sprach mit rauher Stimme.

Niemand antwortete ihm. Sie setzten sich ins Moos, mitten in die herabgefallenen Früchte und Blumen; rings um sie herum stieg Duft auf wie der Atem der Mutter, die sanft in dem großen braunen Bett schlummert, das Sie sich ist. Sie saßen da, sahen Schönheit, atmeten Schönheit – und noch nie hatten sie sich so gefürchtet.

Auf dem Gipfel des Gorsedd Arberth wankte der Hohe Druide, sein weißer Bart zischte, als stünde er in Brand, seine Hand bebte, hielt aber immer noch die Sichel umkrampft. Die jungen Druiden versuchten, ihn zurückzuhalten.

»Laß ab, Herr! Das Feuer vom Himmel hat dich getroffen wie jene sechs anderen – sie, die aus ihrem Schlaf erwachten und ihre Schwerter zogen und sich an den König heranschleichen wollten. Erst dachten wir, auch du seiest tot. Laß ab, Herr!«

»Niemals! Ich werde ihn töten. Dieses letzte Mal wird er versagen. Ich werde ihn töten!«

Sechstes Kapitel – Wieder in Heveydds Halle/Hinein durch jene hohen Portale aus Perlmutt schritt Pwyll, durch dieselben Portale, durch die er einst in Schande und Leid hinausgegangen war. Wieder sah er jene Halle, erfüllt von Licht und schönen Menschen und Lachen. Einen Atemzug lang war ihm, als wäre jenes ganze Jahr des Schmerzes und der Sehnsucht nur ein böser Traum gewesen; als wäre er nur einen Augenblick hinausgegangen, um sich zu erleichtern, wie es Krieger bei irdischen Festen oft müssen.

Doch dann sahen sie ihn, und ihr Lachen erlosch. Es wurde still. Ein Page, der einen Krug Wein trug, ließ ihn fallen, und auch seine Kinnlade fiel herab. Nachdem so die Stille gebrochen war, brach das Gelächter erneut hervor. Es scholl aus den Mündern von Edelleuten, es erklang von den süßen roten Lippen schöner Damen; es ließ all die vielfarbenen Lichter um sie herum zittern und beben, als strudelte dort ein vom Himmel gefallener Regenbogen.

Auf dem ganzen Weg durch die Halle hinab prasselte dieses Lachen wie Peitschen- und Geißelhiebe auf Pwyll ein; es krachte gegen ihn und über ihn herein, und kein Weg, den er je gegangen war, kam ihm so lang vor. ›Einst bin ich als Bräutigam hierhergekommen. Jetzt komme ich häßlich und lächerlich, eine Spottfigur. Wie es einem erwiesenen Narren zukommt.‹

Rhiannon lachte nicht, sie, die in ihrem Brautschmuck dasaß; und die Lippen ihres Vaters kräuselten sich nur. Der Bräutigam dagegen grinste breit, er, der in Scharlach und Gold die Sonne überstrahlte.

Ein Platz war leer; jener Platz, wo letztes Jahr das Sturmgewölk gebrodelt hatte. Wo Pwyll, wie er als Ausgestoßener hinausging, über die Schultern hinweg jenen gewaltigen und schönen Mann gesehen, dessen Lächeln ihn an eine Katze erinnert hatte, die Sahne schleckt. Jene gewaltige Gestalt war heute nicht anwesend, und Pwyll war froh darüber. Wobei die Erinnerung an jenes Lächeln der geringste Grund war.

Das Lachen verstummte allmählich. Eine Dame flüsterte besorgt einer ande-

126

ren zu: »Er muß tot sein. Lebend hätte er niemals wieder hierher gelangen können. Doch warum feiert er nicht mit seinen Vätern, in Arawns Halle?«

»Weil er nicht vergessen kann, was hier geschah. Weil er in Weh und Sehnsucht gestorben ist, umhangen jene Lumpen seinen Geist. Doch tot oder lebendig: Er hätte den Weg hierher nicht finden dürfen!« Die zweite Dame runzelte die Stirn.

»Ob Arawn und er vielleicht finstere Pläne schmieden?« Das Licht um die erste Dame bebte, erlosch fast.

»Nein, Schwester. Auf der Erde könnte Arawn ihm helfen. Dort ist seine Macht größer als die unsere, da sie gröber ist, doch hier hat er keine Macht.«

Pwyll trat vor Braut und Bräutigam, und Gwawl grinste noch breiter. »Nun, Vogelscheuche, diesmal kommst du schicklich angezogen. Bist du gekommen, um für deine vormalige Vermessenheit dir Verzeihung zu erbitten und uns Glück zu wünschen?«

»Glück hast du auch ohne mich, Herr. Ich bin gekommen, um meinerseits eine Bitte zu tun. Einst habe ich die deine erfüllt.« Pwylls Augen und Stimme waren fest.

»Das hast du, Narr!« Lachend lümmelte sich Gwawl auf seinem Platz. »Heisch' ein maßvolles Almosen, und du sollst haben, was du erflehst. Ein Mann soll in seiner Hochzeitsnacht großzügig sein.«

Ein lautes Kichern von vielen stieg auf. Doch erstarb das Kichern, als die hohe, hagere Gestalt in ihren Lumpen sich dem prächtigen Bräutigam näherte. Ein Mann flüsterte einem anderen zu: »Er war ein großer Krieger. Er muß viele mit sich in den Tod genommen haben.«

Pwyll legte seinen schäbigen kleinen Sack Gwawl zu Füßen.

»Hungrig und durstig habe ich diese Halle verlassen, Herr. Hungrig und durstig bin ich seitdem geblieben. Auf Erden fand ich keinen Trost; als Feinde meinen Kopf nahmen und Raben an meinen Knochen hackten, da dachte ich: ›Jetzt werde ich endlich Frieden finden.‹ Doch selbst der Met von Annwn kann meinen Durst nicht stillen, selbst die Leckerbissen von Arawns Tafel können mich nicht sättigen. Einen Brocken von eurer Fülle muß ich haben – eine Kruste von diesem Tisch, wo ich alles gewann und alles verlor. Ein paar Bissen, die ich mit mir in den Abgrund nehmen kann. Ohne sie kann ich keine Ruhe finden.«

Er beugte sich vor, und das Licht fiel auf seinen starken braunen Nacken, auf den Rand aus dunklerem Braun, der ihn umringte, wie getrocknetes Blut. Eine Frau schrie schrill.

»Speise genug, um diesen kleinen Sack zu füllen, Herr. Das ist alles, worum ich bitte.« Pwylls Stimme tönte hell in der Stille, die dem Schrei folgte. »Dann werde ich dorthin zurückkehren, von wo ich komme, und euch keine Beschwer mehr machen.«

Gwawl sagte: »Männer, füllt diesen Sack!«

Sie liefen, um Essen zu holen, mit einer Hast, als spürten sie den heißen Atem von Feinden im Nacken. Sie brachten Speise genug, um ein Dutzend Säcke zu füllen; sie taten etwas davon in den Sack hinein, dann mehr, und schließlich alles. Doch dieser sah nicht weniger leer aus.

»Holt mehr«, sagte Gwawl.

Sie taten es. Sie brachten alles Essen aus der Küche, alles Essen aus den Vorratskammern, sie streiften schließlich sogar jeden Bissen von den Tellern der Gäste und taten auch das in den Sack. Doch immer noch sah der Sack keinen Deut voller aus.

Da herrschte tiefes Schweigen. Alle sahen betroffen drein. Die Gäste blickten auf ihre leeren Teller und sahen besonders betroffen drein. Gwawl grinste noch, doch sein Grinsen war steif geworden.

»Mann«, sagte er zu Pwyll, »wird dein Sack denn niemals voll?«

Pwyll sagte: »Nein, und wenn du alles Essen in der ganzen Welt hineintätest, Herr. Jeden Bissen aus deiner Welt und jeden Bissen aus meiner. Nicht, bevor nicht der wahre Herr über weite Lande und große Besitztümer, über jede Art von edlem Besitz, den es gibt« – hier sah er sehr gerade in Gwawls Augen – »beide Füße auf das stellt, was drinnen ist, und sagt: ›Sack, genug ist in dich hineingetan worden.‹«

Da wurde das Schweigen noch tiefer; tief und kalt wie das Schweigen auf dem Grunde einer winterlich eisigen Klamm. Jeder sah jeden an und sah doch nur das Spiegelbild seiner eigenen Bestürzung; die eigene namenlose Angst. Doch schließlich lachte dann Rhiannon. Sie sah Gwawl an, und zum ersten Mal sprach sie.

»Erhebe dich, mein edler Gebieter! Leicht sollte diese Tat für dich sein!«

Heveydd ihr Vater sagte rasch: »Tu es nicht, Schwiegersohn. Es steckt Zauberei dahinter.«

Gwawl saß da und blickte Rhiannon an, und seine Augen wurden schmal. »Das könnte sein, Herrin. War es wirklich ein Mißgeschick – ein höchst bedauerliches Mißgeschick –, Weib, daß bei der Einladung unseres Königs des Grauen Mannes die falsche Nacht angegeben wurde, so daß er heute woanders feiert und nicht vor morgen abend hier sein kann?«

»Was könnte er tun, wenn er hier wäre?« fragte Rhiannon geschmeidig. »Dieser Mann hier bittet dich doch nur, ein Versprechen zu halten, das du gegeben hast. So, wie er einst ein Versprechen hielt, das er dir gegeben hatte.«

»Diese Sache ist nicht geheuer, Weib.« Gwawls Augen wurden noch schmäler.

»Wie könnte das sein, lieber Mann? Es sei denn, du, der Herr über weite Lande und große Besitztümer, bist nicht der wahre Herr über jedes edle Besitztum, das du hast.«

Feuer flammte und zuckte um Gwawl. »Du bist mein, Weib! Durch meine Klugheit habe ich dich von diesem Tölpel hier gewonnen!«

»Manche Dinge müssen gegeben, nicht gewonnen werden wie beim Würfelspiel. Wenn du mein wahrer Gebieter bist, dann hast du nichts zu fürchten. Erhebe dich schnell, lieber Mann, und mach ein Ende. Wir sind alle tief beschämt. Noch nie ist ein Gast hungrig vom Tisch meines Vaters aufgestanden.«

Heveydds Gesicht erbleichte, wie er in seiner uralten Majestät dasaß. Er sagte:»Vielleicht sind wir alle sorglos geworden, haben die Gesetze der Mutter vergessen, hier, so weit entfernt von Ihrem dunklen Schoß. Die Schande komme auf mich. Ich sage noch einmal: Schwiegersohn, setze deine Füße nicht in diesen Sack!«

Gwawl sah die Gäste an, und über ihre leeren Teller hinweg sahen sie ihn an – ohne Wohlwollen. Der Mann, der sich zum Narren halten läßt, hat in keiner Welt viele Freunde. Auch hätte eine Verweigerung dieser Bitte das Eingeständnis bedeutet – vor allen anderen, am meisten aber vor sich selbst –, daß Rhiannon nicht Rechtens sein war.

Gwawl sprang auf. »Knie nieder und halte diesen verfluchten Sack für mich auf, Sterblicher! Niedrer Sklave, der du bist!« Er sprang. Er hoffte, durch einen Zufall die Gesetze dieser Welt zu brechen und auf Pwylls Hand zu treten; wenigstens würde er auf das Essen treten. Auf irgendwas zu treten, würde guttun!

Seine Füße landeten in dem Sack. Pwyll sprang auf und zurück. Der Sack wuchs. Er schoß in die Höhe, er breitete sich seitwärts aus. Gwawl war wie ein Mann, um den herum sich eine schwarze Grube erhebt, wie ein Mann, den eine große Schlange verschlingt. Er schrie, und alle anwesenden Frauen taten es auch, außer Rhiannon. Seine Männer sprangen hinzu, um ihm zu helfen, doch schon war der Sack über seine Mitte hinaus. Gerade als sie ihn erreichten, schloß sich die schwarze Öffnung über seinem Kopf, und er war ganz verschlungen.

Sie rissen mit ihren Händen an dem Sack, sie holten sich Messer vom Tisch und stachen auf ihn ein. Doch genausogut hätten sie versuchen können, mit jenen Messern durch nackten Fels zu schneiden oder durch die unberührbare, alles berührende Luft.

Das goldene Horn erschien, baumelnd an Pwylls Hals. Er packte es, hob es an seine Lippen, doch noch bevor diese das Mundstück berührten, wehten wilde süße Klänge durch die Halle, erhoben sich über das Geschrei der Frauen, das Rufen der Männer.

Wie Ameisen aus einem Ameisenhaufen strömen, so strömten Pwylls Männer durch jene Portale aus Perlmutter herein, riefen: »Pwyll! Dyved!« Sie packten Gwawls Männer und banden sie; sie schnürten sie zu wahren Bündeln zusammen. Die Bewohner der Hellen Welt waren hilflos, sie wußten nicht, was tun, sie, die noch nie Waffen getragen, noch nie auch nur ihre Fäuste geballt hatten. Nur die Frauen taten etwas: sie schrien noch lauter als zuvor.

Als alles vorüber war, erhob sich Heveydd in kalter Majestät, sein Gesicht wie aus Stein geschnitten. »Du hast diesmal gewonnen, Mann von der Erde. Niemand hier kann diesen Sack öffnen, außer meiner Tochter, die ihn dir gegeben haben muß. Und wohl weiß ich, daß sie es nicht tun wird. Doch bald kommt er, der alle Dinge öffnen kann, alle Dinge entbinden. Flieh, solange du noch kannst – und flieh schnell! Doch erst bestimme eine Stunde und eine Zeit, zu der Rhiannon dir folgen wird. Sie hat ihre Wahl getroffen.«

Pwyll biß die Zähne zusammen. Er blickte fest in die Augen jenes ersten Königs von Dyved. »Bei dem Gott, bei dem mein Volk schwört – das Volk, das einst auch deines war –, ich werde nicht von hier fortgehen, es sei denn, mein Weib geht mit mir! Keine List soll uns mehr trennen!«

Groß war Heveydd der Uralte gewesen. Noch größer wurde er. Sein Haupt berührte die Decke; das Licht um ihn, das düster wie ein Wintertag gewesen war, barst in eine goldene Flamme.

»Du hast keine Frau! Du hast sie Gwawl gegeben, und er hat sie dir nicht zurückgegeben. Mit Magie hast du ihn gefangen, hast alles entweiht, was wir in dieser Welt heilig halten, hast ihn so grausam gefangen, wie ein Raubtier in deiner Welt seine Beute schlägt! Doch nicht lange kannst du ihn in deiner kleinen Finsternis eingepfercht halten, bald wird er frei sein! Und dann wird er die Macht haben, ihr von Welt zu Welt zu folgen und sie zu ergreifen, wo er sie auch findet. Selbst in den Hallen Arawns, des Herrn über den Abgrund! Denn ihr eigener Eid bindet sie.«

Männer wurden kleiner und Frauen stockte der Atem. Doch Pwyll sagte ruhig: »Meine kleine Finsternis wird ihn noch eine Weile halten, Herr. Bevor euer Grauer Mann kommt, wird er vielleicht noch großzügig werden und seine Ansprüche auf sie, die immer nur mich geliebt hat, aufgeben.«

Hoch über ihm kräuselten sich Heveydds Lippen. Einen Atemzug lang brannten die Flammen um ihn rauchig rot. »Du drohst ihm? In dieser Welt, Bube, sterben wir nur, wenn wir es wollen und wie wir es wollen: wenn wir alles gelernt haben, was wir hier lernen können, und neues Wissen und neue Einsichten suchen.«

»Ich bin also«, sagte Pwyll, »deiner Meinung nach umsonst von weither gekommen und habe mich umsonst sehr angestrengt. Doch wenigstens diese eine Nacht werde ich mit Rhiannon schlafen!«

Aus dem Sack kam ein Geheul wie von einem Wolf. »Schlaf' mit ihr – und zehntausend Leben lang sollst du wie eine Fliege durch die Luft geweht werden, du und alle, die dir hierher gefolgt sind! Feuer soll eure Flügel versengen, kalte Meere sollen euch verschlingen. Und zehntausend weitere Leben lang sollt ihr wie Würmer am Boden kriechen, und schwere Füße sollen euch zu blutiger Pampe zertrampeln!«

Das feine Volk erbleichte; die Lichter um sie herum wankten und wurden schwächer; sie waren es nicht gewohnt, von solchen Schrecken zu hören. Pwylls Männer erbleichten auch, sie, denen solche Dinge widerfahren sollten. Doch Pwyll lachte.

»Wahrlich, du hast ein weiches Herz, Mann aus dieser weichen Welt. Doch deine Worte machen meine Aufgabe leichter.«

Heveydd war wieder zu seiner gewöhnlichen Größe geschrumpft; das Licht um ihn war ebenfalls schwächer geworden, und sein Gesicht hatte sich gewandelt. »Mann, willst du dieses Verhängnis über deine Männer bringen?«

»Was liegt dir an mir oder an ihnen?«

»Dies: Auch ich habe für Dyved gekämpft und geblutet – zu meiner Zeit bin ich um ihretwillen gestorben, etwas, das du noch tun mußt. Längstvergessene Torheit! Doch ein Mann blickt manchmal mit Rührung auf das kunstlose, armselige Spielzeug seiner Kindheit zurück. Ich sehe immer noch einige Schönheit in dem Band zwischen einem König und seinen Männern. Rette die deinen – sie sind dir treu gefolgt!«

Pwyll antwortete ruhig: »Ich möchte gerne glauben, daß dies wahre Worte sind, Herr, und daß es nicht die letzte deiner Listen ist. Doch du, der vor langer Zeit unser Führer war, hast viele Dinge vergessen, und eines von ihnen ist: Die Männer von Dyved mögen keinen König, der wie ein geprügelter Hund mit eingezogenem Schwanz nach Hause läuft.«

Einige von Pwylls Männern sahen aus, als wären sie sich dessen nicht allzu sicher, doch die Gesichter der meisten erhellten sich, und ihre Schultern strafften sich, sie schöpften Mut aus seinem Mut.

»Dann geschehe, was geschehen muß«, sagte Heveydd schwer.

»Das wird es, Schwiegervater. Doch jetzt will ich gehen und mir den Reisestaub in dem Bach draußen abwaschen, und meine Männer werden mir paarweise folgen und dasselbe tun. Selbst Leute mit weniger empfindlichen Nasen

131

als die von euch feinen Leuten hier hätten das Recht, dies von mir bei meinem Hochzeitsfest zu erwarten. Und wenn ich zurückkomme, werde ich dort sitzen, wo Gwawl saß – auf jenem Platz, der Rechtens meiner ist, und meine Männer werden dort sitzen, wo seine saßen.«

»Und das beste Essen wird vor euch allen stehen«, sagte Rhiannon. »Dafür werde ich sorgen.«

Heveydd sagte nichts. Auch aus dem Sack kam nur Schweigen; und kein Mann und keine Frau in der Halle dort brach jenes Schweigen.

Und als Pwyll zurückkam, strahlend im reinen Stolz seiner sonnengebräunten Nacktheit, setzte er sich an Rhiannons Seite und schlang seine Arme um sie. Und als sie ihre Arme um ihn schlang, da ließ Freude sie erstrahlen wie ein Regenbogen.

»Ich wollte dich nicht in diesen Lumpen heiraten, Herrin.«

»Ich hätte dich schmücken können, Herr. Doch so siehst du am besten aus. Ich habe noch nie so viel von dir gesehen, und alles, was ich sehe, ist gut.«

Sie küßten sich und waren glücklich, ohne auf alle die kalten Augen zu achten, die auf sie gerichtet waren.

Die ersten beiden Männer, die mit Pwyll hinausgegangen waren, kamen zurück, und einer trug einen Zweig in seiner Hand, den er von einem der Apfelbäume geschnitten hatte. Um an seinen Platz zu gelangen, mußte er an dem Sack vorbei. Er blieb stehen und sah ihn mit gespielter Verwunderung an.

»Was ist da drin?« fragte er.

»Ein Dachs, denk' ich«, lachte sein Kamerad.

»Das ist aber ein großer Dachs!« Auch der erste Mann lachte, und im Vorübergehen schlug er mit seinem Zweig einmal kräftig auf den Sack. Der zweite Mann trat den Sack kräftig mit dem Fuß.

Paarweise kamen Pwylls Männer herein, und jeder Mann, der einen Zweig hatte, peitschte den Sack im Vorübergehen, und jeder Mann, der keinen hatte, gab ihm einen guten Tritt.

Eine sehr lange Zeit verging, wie es schien, in der kein Laut zu hören war als der Laut von jenen Hieben. Einmal wollte eine Frau schreien, doch blieb ihr der Schrei in der Kehle stecken. In gebanntem Entsetzen saßen die Bewohner der Hellen Welt da und sahen eine Tat, wie sie noch nie in ihrer Welt verübt worden war. Lauschten dem dumpfen Dröhnen der Tritte, dem bösen Sausen der Hiebe, bis ihnen war, als hätten sie noch nie etwas anderes gehört und würden nie wieder etwas anderes hören. Rhiannons Gesicht war so weiß wie das aller anderen, und Pwyll und Heveydd saßen da wie hölzerne Figuren.

Zwanzig Männer waren hereingekommen, dann dreißig, vierzig. Immer neue kamen. Der fünfzigste blieb unter der Tür stehen.

132

»Was für ein Spiel spielt ihr Burschen denn da drinnen?«

»Dachs-im-Sack wird es genannt«, grinste der neunundvierzigste.

Der fünfzigste erwiderte das Grinsen. »Das ist ja ein ganz neues Spiel! Hier draußen gibt es noch eine Menge kräftiger Burschen, die alle mitspielen wollen. Laßt uns rein.«

Er näherte sich dem Sack, mit zum Tritt erhobenem Bein. Er war der größte Mann, der bislang hereingekommen war, und er hatte den größten Fuß. Als jener Tritt fiel, da erzitterten alle.

Der Sack brach endlich sein Schweigen. Er schrie nicht auf, doch die Stimme, die aus ihm drang, war heiser und verändert. Wenige hätten sie als die Stimme Gwawls erkannt, des hellen Sohns von Cludd. »Herr, höre mich! Laß mich nicht in diesem Sack sterben!«

Pwyll sah Uralt-Heveydd an. Langsam, durch steinstarre Lippen, kamen die Worte: »Schwiegersohn, mach ein Ende. Wahrlich, ich hatte die Art der Menschen vergessen, und schlimm ist die Erinnerung. Nimm sie; wir können dir nicht widerstehen.«

Der einundfünfzigste Mann, Gerte in der Hand, hatte fast den Sack erreicht. Auf ein Zeichen Pwylls blieb er stehen. Pwylls Augen richteten sich wieder auf jenen früheren König Dyveds. »Schwiegervater, ich werde deinen und Rhiannons Rat befolgen. Sagt mir, was ich tun soll.«

Rhiannon sprach schnell, bevor ihr Vater den Mund öffnen konnte. Ihre Stimme war klar und hart wie Kristall, und ebenso kalt. »Dies ist mein Rat, Herr. Laß Gwawl schwören, niemals nach mir zu suchen, nicht in Haß und nicht in Liebe. Keine Rache zu nehmen, weder an uns noch an den Unsrigen.«

»Gern werde ich diese Eide schwören«, sagte der Sack mit Hast.

»Und gern werd' ich sie annehmen.« Pwyll erhob sich, doch Rhiannon faßte ihn am Arm. »Auch das muß er schwören, Herr: niemals seine Freunde oder Verwandten gegen uns aufzuhetzen.«

»Wir werden diesen Eid mit ihm schwören«, sagte Heveydd mit schwerer Stimme. »Wir alle hier. Laßt ihn nur frei.«

Pwyll blickte Rhiannon an. Einen Atemzug lang zögerte sie; dann sagte sie: »Damit müssen wir zufrieden sein.«

Auf Pwylls Berührung hin öffnete sich der Sack wie ein Mund. Pwyll streckte seine Hand aus, um dem Mann drinnen zu helfen, fuhr aber zurück, als sich Gwawls goldener Kopf aus jener Finsternis erhob. Wieder war ihm, als sähe er das weiße Gesicht Havgans, sterbend bei der Furt. Die Liebe, die Pwyll schon zweimal fast zum Verhängnis geworden wäre, stieg wieder in ihm auf. Doch da stieß Gwawl seine ausgestreckte Hand weg, und er blickte in jene blitzenden gequälten Augen und erkannte sie als die Augen eines, der niemals Liebe oder Freundschaft geben konnte. Trotz aller unterdrückter Wut waren sie kalt vor einer inneren Kälte, so weit wie der Himmel und so tief wie das Meer: eine lieblose, selbsterfüllte Weite, die sich nie erwärmte. Für diesen Mann war die Vereitelung seiner Begierden die einzige Sünde – eine unverzeihliche Sünde.

Unbeholfen, unter Schmerzen, befreite sich Gwawl. Die Lederwände des Sackes hatten ihn etwas geschützt; kein Blutstropfen befleckte sein schönes Hochzeitsgewand. Doch Blut stand in einer roten, häßlichen Linie auf seinen Lippen, dort, wo er sie durchgebissen hatte, und er bewegte sich steif. Er warf keinen Blick auf seine Männer, die eben von Pwylls Männern losgebunden wurden.

»Bringt ihm Wein«, sagte Heveydd, mit zusammengepreßten Lippen. Sie taten es, und Gwawl trank ihn; schwache Farbe begann in sein Gesicht zurückzukriechen. Seine Augen, jetzt so hart und hell wie Kiesel, richteten sich auf Pwyll.

»Herr, ich bin zerschlagen und wund. Hab' ich deine Erlaubnis, zu gehen?«

Höflich gab Pwyll Antwort: »Wenn das dein Wille ist, Herr.«

»Es ist soviel von meinem Willen, wie mir beschieden sein wird.« Wieder durchfröstelten ihn jene Augen.

Unter dem weiten Torbogen stehend, sah Pwyll sie gehen; Gwawl und seine Männer ritten in jenes reine süße Zwielicht hinaus, ihre eigenen Lichter umglühten sie als dunkles Scharlachrot und rauchiger Purpurschein, jene schimmernde Reinheit befleckend, die sie durchritten. Und großes Leid lastete auf dem Fürsten von Dyved, ein Weh, das er nicht begreifen konnte.

»Du trauerst, Herr?«

Rhiannon stand an seiner Seite.

»Herrin, ich habe mich nach dieser Rache gesehnt; dieses ganze lange Jahr hindurch habe ich davon geträumt. Doch jetzt habe ich keine Freude daran. Ein Mann sollte seinem Feind Aug' in Aug' gegenüberstehen.«

»Niemals würde Gwawl offen und ehrlich kämpfen, Herr.«

»Das weiß ich jetzt. In welcher Welt man ihm auch begegnet: er kennt kein Erbarmen, und das Erbarmen anderer Menschen ist ihm nur ein Werkzeug. Doch Mitleid habe ich noch nie sehr hoch bewertet. Ich bin ein Krieger, aus einem Geschlecht von Kriegern, und ich habe immer gedacht, Krieg sei die einzig richtige Beschäftigung für einen Mann, und alle friedlichen Taten seien unmännlich.«

»Und jetzt, Herr?«

»Jetzt trauere ich. Nicht um Gwawl, sondern um die törichte Unschuld deines Volkes, das vergessen hat, was ein Mann dem anderen Mann antun kann.

Um eure Bäume, die meine Männer und ich verstümmelt haben, indem wir ihre Zweige abrissen, Zweige, die Blüten und Früchte hätten tragen sollen und nun gestorben sind, um Schmerzen zuzufügen.«

»Auch ich trauere, ich, die diese Tat ersann.« Ihr Gesicht und ihre Stimme waren sehr ruhig.

Er sprach weiter; seine Gedanken waren verwirrt, wild und bitter wie die Hiebe, die auf Gwawl niedergesaust waren. »Jener Falke, den ich einen Zweig mit einem Singvogel teilen sah: wird so etwas je wieder geschehen, sogar hier? Oder wird eine unsichtbare Dunkelheit diese klare, lichterfüllte Luft hier trüben? Wird sie bewirken, daß der Schwache den Starken fürchtet; wird sie den Starken die schreckliche Lust lehren, den Schwachen zu demütigen?«

Sie legte ihre Hand auf seinen Arm. »Dies ist nicht die erste Welt, in welche die Sünde kam, Herr, und es wird auch nicht die letzte sein. Schon vor langer Zeit wurde der Same gelegt, sonst hätte Gwawl niemals hier geboren werden können.«

»Aber hier war doch alles Schönheit, alles Frieden . . .«

Sie sagte trocken: »Nein. Erinnere dich daran, was Gwawl und der Graue Mann mit mir vorhatten. Zwar kann nur Schönheit in diese Welt geboren werden, und Gwawl hat Schönheit erlangt. Aber er benutzt sie, um andere nach seinem Willen zu lenken, nicht, um ihren Blick nach oben zu richten. Denn er selbst war der erste, der sich in seine Schönheit verliebte, und jetzt glaubt er, alle anderen seien nur dazu da, dem Wunder, das er darstellt, zu dienen. In niedrigeren Welten muß er jener Schönheit noch Kriegerkünste hinzufügen, um euch Kriegslüsterne zu blenden; doch wo immer Stolz ist, da ist auch er.«

»Herrin, ein Mann hat ein Recht auf Stolz!«

»Nicht auf einen Stolz wie den seinen. Daß Zärtlichkeit und Dienen zur Liebe gehören, hat er vergessen, und wäre es ihm gelungen, deine Seele oder meinen Körper in seine Gewalt zu bringen, dann hätte mit der Zeit ganz Dyved werden müssen wie er. Bis auf seine trügerische, hinterhältige Schönheit.«

»Dann haben wir also kein Unheil angerichtet?«

»Das habe ich nicht gesagt. Ich habe Gewalt hierhergebracht, wo es noch nie Gewalt gegeben hat, und dafür muß ich bezahlen. Doch ist es nicht deine Schuld, du bist nur der Stock in meiner Hand gewesen.«

»Du bist meine Frau!« Er drehte sich um und zog sie an sich. »Niemand darf dir weh tun, jetzt nicht und nie. Nicht, solange ich lebe!«

Sie lächelte sanft, wie eine Mutter das Kind anlächelt, das prahlt, es würde sie beschützen. »Heute nacht wird uns beiden niemand etwas zuleide tun. Dies ist unsere Hochzeitsnacht.«

Sie nahm seine Hand und führte ihn zurück zu ihren Plätzen neben Heveydd dem Uralten, ihrem Vater. Pwylls Männer waren alle da, jeder saß auf dem Platz, auf dem er auch im letzten Jahr gesessen hatte. Und es schien, als wäre inzwischen überhaupt nichts geschehen, als vergnügten sie sich immer noch bei jenem ersten Hochzeitsfest. Sie saßen da, sie aßen und tranken und lachten, bis es Zeit zum Schlafen war. Und beim Schein jenes silbergoldenen Mondes, der hell wie eine irdische Sonne leuchtete, da verließen Pwyll und Rhiannon jene herrliche Halle. Zusammen gingen sie in ihre Kammer. In ihr Bett, das ganz aus Blumen gemacht war, taubensanft, duftend und unverwelkbar. Da endlich umfingen seine Arme sie, und freudig gab sie ihm ihre Jungfrauenschaft.

Heimreitend, wund und wehe, durch jenes kühle, schimmernde Licht, dachte Gwawl an die beiden in jenem Bett, und das Herz in ihm wand sich, so wie sein Körper sich in dem Sack gewunden hatte. Wild tröstete er sich. ›Kein Eid bindet den Grauen Mann. Keiner von uns hatte die Macht, für ihn zu schwören – und das weiß sie gut! Er wird mich rächen.‹ Doch dann fiel ihm Arawn ein und die Tatsache, daß dort, in der schweren Luft der Erde, die Macht des Herrn über den Abgrund sogar den Sohn des Verborgenen besiegen konnte, den, der in Ewigkeit in den Urwäldern des Unerschaffenen lauert. Da kam in jener Welt, die keine Finsternis kennt, große Finsternis über den hellen Sohn des Cludd, und Flammen sengten ihn; er knirschte mit den Zähnen. ›Doch die Menschen leben nur eine kleine Weile, und wenn Pwyll vor dir stirbt, dann hüte dich, Rhiannon! Denn dann wirst du wieder unser, und Arawn wird kein Recht haben, dich zu schützen.‹

SIEBENTES KAPITEL – DIE GOLDENE SICHEL/ALLE, DIE IN JENEM WUNDERVOLLEN, VIELRÄUMIGEN PALAST EIN ZIMMER FINDEN KONNTEN, HATTEN EINES GEFUNDEN; FÜR DIE ÜBRIGEN WAREN IN DER GROSSEN HALLE LAGER GERICHTET WORDEN. NUR Heveydd der Uralte saß noch auf seinem Thron, allein in jener silbernen Stille, so allein, wie er fortan immer sein mußte. Seine sinnenden Augen starrten in eine weite Ferne, in Erinnerungen und Mysterien jenseits menschlichen Horizontes.

Eine von Rhiannons Mägden schlief dort mit einem von Pwylls Milchbrüdern. Zuerst waren sie glücklich, doch als die Freude verbraucht war und sie still lagen, da trauerte das Herz der Magd um ihre Herrin, die sie jetzt verlieren mußte, und sie hänselte ihn:

»Was für eine Überraschung werdet ihr morgen früh erleben, ihr feinen Erdenburschen, wenn ihr wieder auf eurem kahlen Abhang erwacht. Mit kalten, harten Steinen als Betten!«

Er grinste, halb im Schlaf; seine Hände tasteten wieder nach ihren Brüsten. »Die waren wirklich nicht wie dieses Bett, Mädchen. Doch war es letztes Jahr, daß wir auf jenen Steinen schliefen, damals, als wir zum ersten Mal den Gorsedd bestiegen. Gestern hatten wir nicht einmal genug Zeit, um uns hinzusetzen.«

Sie lachte ihm ins Gesicht. »Mann, wenn du unter Gorsedd jenen Hügel verstehst, der über den ausgedienten Knochen unseres Königs errichtet wurde, so habt ihr ihn nur ein einziges Mal bestiegen. Ihr seid nie von ihm herabgekommen!«

»Das kann nicht sein!« Er fuhr hoch; riß den Mund auf.

»Es ist aber so. Pwyll und ihr alle denkt, er habe unsere Herrin vor zwei Jahren getroffen; doch nach eurer Zeit war es erst gestern. Und nach unserer vor nicht zwei Stunden – obwohl hier unsere Großen eine Stunde längen oder kürzen können, wie es ihnen beliebt. Zeit ist uns keine Fessel.«

Mit offenem Mund gaffte er sie an. »Weib, es kann nicht sein! Wir sind ein ganzes Jahr auf der Erde gewesen. Dort hat Pwyll sechs neue Wahre Gefährten erwählt, um die sechs Verräter zu ersetzen. Sie sind gestern mit uns auf den Hügel gestiegen . . .«

»Im Traum hat er sie ausgewählt, und im Traum, leeräugig, haben sie sich aus ihren Betten erhoben und den Berg bestiegen. Jetzt schlaft ihr alle neunundneunzig um euren König herum, doch jene sechs liegen ihm am nächsten. Denn da sie noch nicht so lange wie ihr anderen aus ihren Körpern heraus sind, können sie sich schneller bewegen, wenn es nötig ist. Um ihrem Befehl zu folgen.«

»Ihrem Befehl!« Er schüttelte sie, Furcht und Wut auf seinem Gesicht. »Dann ist sie auch daran beteiligt! Sie und dein verfluchtes Volk haben uns hereingelegt! Sie, die Pwyll liebt, wie er noch keine Frau geliebt hat . . .«

»Fürchte nichts.« Ihr Lächeln war bitter. »Zwischen unserer Herrin und ihrer Verwandtschaft ist es zu vielen Täuschungen gekommen. Aber sie liebt ihn. Sie wird morgen auf eurem Gorsedd an seiner Seite erwachen.«

»Dann ist ja alles gut.« Mit einem tiefen Seufzer der Erleichterung sank er zurück.

»Nie wird es gut sein! Ich kann nicht verstehen, wie sie das ertragen kann. Wenn sie erwacht, wird ihr Leib sterblich sein, kein Licht wird von ihm ausstrahlen, nie wieder. Sie wird altern, wie eure Frauen altern. Zwar werden die Armen unter euch sie vielleicht lieben, in der Erinnerung an die Göttin, die euer Volk früher anbetete, doch die stolzen Damen der Neuen Stämme werden sie hassen, weil er sie liebt. Weil er sie erwählt hat und keine von ihnen. Es ist nicht gut, als Frau allein unter anderen Frauen zu sein, die einen hassen. Und erst recht nicht, wenn die Fähigkeiten der eigenen Rasse einen verlassen haben.«

Er lachte. »Mit eifersüchtigen Hexen kann man fertig werden. Unser Herr wird seine Herrin haben.«

Sie seufzte. »Wenigstens werden ihre Vögel immer bei ihr sein. Sie sind ein Teil von ihr.«

Plötzlich glitzerte es in seinen Augen; er zog sie wieder an sich. »Mädchen, komm mit mir! Dann wird sie nicht allein sein. Ich kann mein Weib schon entbehren, solange es Pwylls Gemahlin aufwartet.«

Doch sie wich vor ihm zurück und schüttelte den Kopf, stumm vor Entsetzen.

In ihrem Augenblick der Verzückung, als jenes mondhelle Gemach von einer Herrlichkeit erfüllt schien, die größer war als die von Sonne und Mond, da erbebte Pwyll und rief: »Jetzt erkenne ich dich! Du bist die, der ich in Annwn begegnete, nachdem ich das Ungeheuer erschlagen hatte. Die Eine, die im Garten saß und Vögel machte.«

Sanft und belustigt antwortete ihm die Stimme der Göttin: »Ja. Vögel sind unter den geringsten Meiner Schöpfungen, doch fliegen sie am höchsten. Menschen werden eines Tages höher fliegen, doch sie müssen sich ihre Flügel selbst machen. Ich kann es nicht für sie tun, oder sie würden immer Kinder bleiben.«

»Wie könnte ein Mann je noch höher steigen, als Dich zu besitzen?«

»Das war Mein ganzes Ich, Pwyll, jene Schöpferin der Vögel. Mehr von Mir, als je ein Leib für längere Zeit behausen kann, selbst solch ein Leib, wie ihn die Helle Welt hervorbringt. Doch bin ich Frau genug, um mich manchmal gefragt zu haben, wie lange du brauchen würdest, um dich zu erinnern.«

»Ich hätte es wissen müssen, als Du zum ersten Mal Deinen Schleier lüftetest und mir Dein Gesicht zeigtest. Als ich glaubte, Dich für immer verloren zu haben, und dann in schwarzer Nacht erwachte, um Dich vor meinen Augen erstrahlen zu sehen. Wie hatte ich es je vergessen können!«

»Weil du nur ein Mann bist. So, wie ich nur eine Frau bin. Deine Frau.« Jetzt war die Stimme wieder nur die Rhiannons, seiner Frau. Doch sie war genug, gesegnet genug.

Als er wieder schlief, da hielt sie ihn in ihren Armen; das Licht, das für diese eine Nacht noch das ihre war, umspielte sie beide. »Du lernst langsam, Geliebter, aber du lernst. Und das, was langsam gelernt wird, sinkt tief ein. Ihr

Menschen und eure Götter! Ihr macht euch lustig über die Mutter wegen ihrer Schneckenlangsamkeit, weil Sie blind und im Dunkel erschafft. Doch wenn ihr ohne Sie erschafft, schnell und im Licht, dann erschafft ihr wirklich blind – gestaltet vielleicht den Tod der Welt! Vergiftet nur Himmel und Meer, die Luft, die ihr atmet, und sogar die köstliche braune Erde Ihrer Brust, die Sie euch immer zu ritzen erlaubt hat, um euch Korn zu geben. Tötet und tötet, bis nichts mehr übrig ist als Gerippe auf kahler, vergifteter Erde. Die Mutter ist mächtig; Sie hat viele Körper, und eure Welt ist nur einer von ihnen. In Ihrer Allmacht mag Sie Ihre Wunden noch einmal heilen und die Erde wieder zum Blühen bringen – ja, vielleicht wird Sie sogar euch Menschen mit erheben, selbst wenn Sie eure gesamte Rasse noch einmal austragen muß. Denn eine gute Mutter ist geduldig; sie weiß, daß ein Kind viele Male stolpern muß, bevor es gehen lernt . . . Auch hast du deine Vorzüge. Wer wüßte das besser als ich?« Sie lachte und barg Pwylls Kopf an ihren Brüsten.

Auf dem Gorsedd Arberth lag der Hohe Druide im Sterben, seine eigene goldene Sichel ragte aus seinem Herzen. Die beiden jungen Druiden knieten neben ihm, einer hielt seinen Kopf. Ein wenig Atem war noch in ihm; er sprach keuchend zu ihnen: »Sie – hat – nicht – ganz – gesiegt. Sagt Pwyll – daß er nie – einen Sohn zeugen wird!«

Er starb, ohne den stummen, verschlossenen Ausdruck auf ihren Gesichtern gesehen zu haben. Nie würden sie diese garstigen Worte in die Ohren des Großen flüstern; in jenem neuen Zeitalter, das er angekündigt hatte, waren Könige und Krieger, Männer mit irdischer Macht, ganz offenkundig diejenigen, die von den Göttern geliebt wurden. Hatten sie nicht gerade mit eigenen Augen gesehen, wie der Hohe Druide zerschmettert worden war, als er die Hand gegen seinen König erhoben hatte?

Unversehrt schlief der König noch inmitten seiner neunundneunzig Wahren Gefährten. Sechs Männer hatten jenen Berg bestiegen, leeräugig im Mondlicht, und die Plätze jener sechs Unwahren Gefährten eingenommen, die gefallen waren. »In seinem Traum hat er sie ausgewählt«, hatte der Hohe Druide lachend gesagt. »Wenig werden sie ihm nützen!« Doch sie hatten ihm genützt; als die Sichel über ihm schwebte, da waren es jene sechs gewesen, die aufsprangen und sie im Niedersausen aufhielten und in das Herz dessen trieben, der sie geschwungen hatte. Dann, so leeräugig wie zuvor, waren sie an ihre Plätze zurückgegangen. Jetzt schliefen sie so friedlich, wie jene anderen es taten, deren Geister schon länger aus ihren Körpern getreten waren.

Als die jungen Druiden den Leichnam ihres Gebieters hinabtrugen, sagte der eine zum anderen: »Vielleicht sollten wir Pendaran Dyved die letzten Worte dessen berichten, dem er sicherlich nachfolgen wird. Dann wird ein Hoher Druide das Wissen haben; doch wenn er es anwendet, werden die Worte von ihm kommen und nicht von uns.«

Sein Kamerad sagte bedenklich: »Die Hohen finden in der Regel immer eine Möglichkeit, den Niedrigen die Schuld zuzuschieben, Bruder – und die Niedrigen allein leiden zu lassen. Doch Pendaran Dyved liebt Pwyll; wenn er spricht, wird es geschehen, um ihn zu warnen, nicht um ihm zu schaden. So können wir unserem Orden treu bleiben, ohne den zu erzürnen, den die Götter mehr lieben.«

ENDE DES ERSTEN ZWEIGES

QUELLEN UND DANKSAGUNGEN/Druiden waren berühmte Propheten. Sie sagten Roms Untergang voraus und die Beherrschung Europas durch seine nordwestlichen Völker. Auch wird heute der Bericht des Giraldus Cambrensis über jenen merkwürdigen irischen Krönungsritus – die Vermählung des Königs mit einer weißen Stute, die hinterher getötet und deren Blut in einer heiligen Brühe getrunken wurde – von den meisten Keltologen anerkannt. Da die Anbetung der Pferdegöttin über die ganze keltische Welt verbreitet war, blieb dieser Ritus wohl nicht auf Irland beschränkt. Die walisische Rhiannon ist mit der Pferdegöttin identifiziert worden.

Teile des Ersten Zweiges des »Mabinogi« haben die Keltologen lange vor Rätsel gestellt. Warum trägt Pwylls großer Widersacher den Namen einer gütigen Gottheit – Havgan, ›Sommer-Weiß‹? Es wurde sogar behauptet, Pwyll selbst sei ursprünglich wohl eine Gestalt der Unterwelt gewesen; das hieße, wir sympathisierten mit der falschen Person. Mir scheint die einzige Erklärung im Einfluß des Ostens zu liegen; vor Jahren hat Heinrich Zimmer darauf hingewiesen, daß gewisse Elemente dieser walisischen Sage wohl mit dem britischen Klima unvereinbar sind, und er hat die Vermutung geäußert, daß sie von den Phöniziern mitgebracht worden seien. Der Ausdruck »Phönizier« ist nicht mehr so populär, wie er es einmal war; aber wir wissen, daß die alten Sumerer ihre sengende Sommersonne mit dem Tod identifizierten und ihn in dieser Gestalt in ihrem Tempel zu Cuthah anbeteten.

Das »Mabinogi« verleiht Arawns Auftritt eine unheimliche Majestät, die wahrlich wie ein Wind aus einer anderen Welt wirkt; ich kam mir anmaßend vor, als ich daran etwas änderte. Doch wenn Arawn Pwyll versichert, daß der Kampf gegen Havgan vollkommen ungefährlich sei – nur ein Hieb, und alles wird vorbei sein –, da sorgt er nicht gerade für Spannung oder Bangigkeit. Zweifellos wußten die Zuhörer und Leser im Mittelalter schon, was kam, und achteten nur darauf, wie die alte Geschichte erzählt wurde; vor ungefähr hundert Jahren lauschten die irischen Bauern noch im hohen Alter gebannt den immer gleichen Geschichten von Dierdre und Finn, die sie schon als Kinder gehört hatten. Doch heute müssen wir Geschichtenerzähler, die wir uns über Schreibmaschinen beugen, statt Harfen zu schlagen und die eigenen Stimmen zu benutzen, versuchen, unseren Lesern Rätsel aufzugeben. Deshalb formte ich die Kampfszene so um, daß sie den grimmigen Zweikämpfen der klassischen irischen Helden ähnelt, und gab Pwyll sogar zwei neue Widersacher, Wesen, die auf zwei mysteriösen Relikten der Festlandkelten zu sehen sind: das sogenannte ›Ungeheuer der Bewegung‹ und jenen Vogel, der Zeitenwache hält über den schädelgeschmückten Säulen des düsteren Tempels von Bouches-du-Rhône.

Der verstorbene Roger Loomis identifizierte Arawns nie genannte Königin als Modron die Mutter. Einem Artikel der berühmten Nora Chadwick verdanke ich die Idee, daß alles, was Pwyll auf dem Berg erlebte, ein Traum war (Traum in einer Welt, Wirklichkeit in einer anderen – wissen wir denn sicher, was Wirklichkeit ist?). Und das Monumentalwerk des verstorbenen Robert Briffault, »Die Mütter«, gab mir einige verlockende Gedanken zum Spielen. Er glaubte, so verstehe ich ihn jedenfalls, daß sich Zivilisation aus dem Bemühen schwangerer Mütter entwickelte, für das Wohl ihrer Familie zu sorgen, und daß die Männer, als sie dann die Macht übernommen hatten, nichts wirklich Neues erfanden, bis unser Maschinenzeitalter heraufzog – eine fast ausschließlich männliche Schöpfung. Die Umweltverschmutzung hat letztere Errungenschaft ein wenig getrübt; ich hoffe, ich werde nicht des weiblichen Vorurteils bezichtigt, wenn ich das sage; ich mag Penicillin, elektrische Toaster und Flugreisen so sehr wie alle Menschen. Doch als wir abergläubisch genug waren, die Erde heilig zu halten und sie anzubeten, da taten wir nichts, was unsere Zukunft auf ihr gefährdet hätte – ganz im Gegensatz zu unserem heutigen Tun. Das scheint ein wenig ironisch.

Evangeline Walton
Tucson, Arizona, 1974

Die Kinder Llyrs
Der Zweite Zweig des Mabinogi

Jenem großen Literaten
walisischer Abstammung zugeeignet,
dem verstorbenen
John Cowper Powys,
dem die Verfasserin nie begegnete,
ohne dessen briefliche
Anteilnahme und Ermutigung
dieses Buch jedoch
wohl nie geschrieben worden wäre.

Der Anfang – Llyr Llediaith war ein Häuptling der Alten Stämme, und die Frau, mit der er schlief, war Penardim im schwarzen Haar, und Penardim war schön. Ihr Bruder war Beli von der Tiefe, Hochkönig über die ganze Insel der Mächtigen. Sogar die Neuen Stämme zahlten Steuern an ihn, die wilden Eindringlinge von jenseits des Meeres.

Doch Beli herrschte nach dem Gesetz der Alten Stämme. Wenn seine Stunde kam, würde er seinen Nachfolger unter den Söhnen seiner Schwester erwählen, unter seinen Neffen, den Söhnen von Penardim und Llyr.

Penardim nannte Llyr nicht Gatten, und die Kinder nannten ihn nicht Vater. Die Alten Stämme kannten diese Wörter nicht. Leicht kann man sich einen jungen Mann vorstellen, der sich den Kopf kratzt und sagt: »Ja, das weiß ich schon, Großmutter. Doch die Neuen Stämme sagen, daß ihre Mädchen keine Kinder bekommen, wenn sie nicht. . .«

»Die Neuen Stämme! Unverschämte Taugenichtse! Es ist nicht so leicht, den Bauch einer Frau anschwellen zu lassen. Kinder sind die Geschenke, die den Frauen von den Müttern gemacht werden, von den heiligen Mächten, die Frühling und Sommer bringen. Ihr Ursprung gehört unter die Mysterien.«

»Schon, aber. . .«

»Und was jene Mädchen der Neuen Stämme angeht, so kenne ich sie! Und du kennst sie auch! Daß sie vor ihrer Ehe keine Kinder bekommen, liegt gewiß nicht daran, daß sie vorher keine Männer hätten!«

Und der junge Mann würde grinsen und sich erinnern oder so tun, als ob er sich erinnerte, und sagen, das sei richtig. Im übrigen wurde ja wirklich nicht jedesmal ein Kind gemacht, wenn ein Mann bei einer Frau lag. Sonst hätte jeder lebhafte Bursche jeden Monat Dutzende bekommen müssen. Diese Dinge überließ man besser den Göttern; ein Mann wagte sich besser nicht zu weit vor.

So war es, als Llyr Llediaith und Penardim die Schwester des Königs zusammenkamen; und für die beiden bedeutete Mann und Frau ausschließlich Llyr und Penardim. Alle anderen waren nur geschlechtslose, nebensächliche Schatten, die an der herrlichen, warmen Lebensinsel vorübertrieben, welche diese zwei sich waren. So war es zwischen diesen beiden, als Llyr die Runde im Land machte, um für Beli den Tribut einzuziehen; als er zum Hause von Eurosswydd mab Maelgwn kam, einem Häuptling der Neuen Stämme, und dort Halt machte.

Steuern werden selten gern bezahlt, und kein Steuereinnehmer hätte Eurosswydd weniger willkommen sein können als Llyr. Die Abneigung zwischen diesen beiden war so unvermeidlich wie die zwischen Feuer und Wasser. Llediaith bedeutet »Halb-Sprache«, denn Llyr beherrschte die Inselsprache nur gebrochen; er war vom Festland herübergekommen, wo die Neuen Stämme gesiegt hatten, und seine Erinnerungen waren bitter. Dennoch hatte er unter den Neuen Stämmen viele Freunde; nur wenn er Eurosswydd ansah, fiel ihm wieder ein, wie das Volk dieses Mannes mit Feuer und Schwert über das seine hergefallen war. Und wann immer Eurosswydd Llyr sah, dachte er: ›Keiner wird je vergessen, daß mein Großvater und sein Volk nicht hier geboren wurden. Und obwohl dieser Mann da auch woanders geboren wurde, so hat er doch viel mehr Freunde, als ich habe, sowohl bei seinem Volke als auch bei meinem. Er hat das Ohr des Königs. Er hat die Schwester des Königs.‹

Als er so dachte, fühlte er sich unbillig klein gemacht, und der Gedanke, Steuern an Llyr zu zahlen, bewirkte, daß er sich noch kleiner fühlte, und er war ein Mann, der sich gern groß fühlte. Also trank er zuviel, und schließlich schlug er auf den Tisch und weigerte sich zu zahlen.

»Denn mein Vater Maelgwn hat sich verpflichtet, an Beli Steuern zu zahlen, und an Beli werde ich sie zahlen, aber ich bin kein Untertan von dir, Llyr Llediaith, und muß dir überhaupt nichts zahlen!«

»Ich bin von Beli gesandt worden«, sagte Llyr, »und über alles, was ich bekomme, muß ich Beli Rechenschaft geben. Wenn er nach dem Fehlenden fragt, soll ich ihm dann sagen, Eurosswydd, Sohn Maelgwns, habe es verweigert?«

»Sag ihm, warum ich es verweigert habe«, sagte Eurosswydd, »und daß ich es an ihn selbst bezahlen werde.«

»Was, wenn er es holen kommt?« sagte Llyr, und seine Stimme war so weich, wie das Fell einer zuschlagenden Katze weich ist.

Beli wäre wohl kaum mit Waffengewalt gekommen. Seine Würde war zu groß, um nicht über Ungeduld erhaben zu sein, und sein Lebenswerk war es gewesen, die Alten Stämme und die Neuen in Freundschaft zu verschmelzen. Llyr tat unrecht, so rasch zu drohen. Doch die Hitze, die er aus seinem Gesicht und seiner Stimme fernhielt, wallte in seinem Kopf.

Aus Eurosswydd blitzte sie wie Feuerfunken von einem getroffenen Amboß. Seine Stimme sprang Llyr wie ein Raubtier an. »Dann mag er es bekommen, und meinen Kopf dazu, aber auf keinen Fall wirst du dein Eintreiberteil davon bekommen, du stolperzüngiger Ausländer!«

Dann wurde auch seine Stimme weich, aber so weich, wie es eine faule Frucht ist, und er sagte: »Doch warum dich gehen und Beli Lügenmärchen vorplappern lassen?«

Da sah Llyr den Speer an seiner Kehle. In jener Festhalle kamen drei Männer Eurosswydds auf einen von seinen. Doch sein Gesicht veränderte sich nicht, und seine Stimme war so kühl wie je, als er sagte: »Der Tod ist eine schöne Frau, Eurosswydd; das jedenfalls behaupten manche Leute. Bist du so in sie verliebt, daß du dich in ihre Arme werfen willst, nur um mich zuerst hineinstoßen zu können?«

»Bei meiner Hand!« schrie Eurosswydd. »Nicht in die Arme einer Frau, die ich begehre, würde ich dich je stoßen! Ich bin ein Mann – ich behalte meine Frauen für mich. Nicht wie ihr ehrlosen Bastarde, ihr Halbmänner, die kommen, sobald sie gerufen werden, und gehen, sobald es ihnen befohlen wird, wie junge Hunde den Gelüsten eurer Weiber gehorchend! Weiber! Ich weiß einen besseren Namen für sie!« Er spie aus, als er das sagte. »Ich würde die Peitsche auf ihren Rücken tanzen lassen – auf diesen gespreizten Schlampen von euch Alten Stämmen – und würde ihnen beibringen, was ein Mann ist. Sie würden euch Hündchen bald vergessen!«

Rings in der Halle blitzten Schwerter – wo ein Mann der Alten Stämme saß, klirrte ein gezogenes Schwert. Doch Llyr hob seine Hand, leer, und alle Schwerter fielen.

»Du hast Belis Abgesandtem Belis Tribut verweigert«, sagte er ruhig, und seine Augen nagelten Eurosswydd fest. »Morgen früh, wenn dein Verstand spricht, und nicht der Wein in deinem Bauch, magst du dich eines Besseren besinnen. Wenn du es nicht tust, werde ich zur Furt hinuntergehen und dort mit dir kämpfen. So werden unsere Männer unversehrt bleiben, und der Streit wird zwischen uns beiden sein und Beli nicht betreffen.«

Seine Augen ließen die Eurosswydds nicht los und blieben so fest wie zwei Speere, bis die geröteten, wütenden Augen von Maelgwns Sohn sich senkten.

Eurosswydd sagte leise und mürrisch: »So sei es. Doch wirst du nicht lebend von der Furt zurückkommen, Llyr.«

»Das wird sich zeigen«, sagte Llyr. »Wir wollen essen.«

Doch auf jenes Fest war ein düsteres Schweigen gefallen. Wie ein schwarzer Vogel hockte es auf der Schulter eines jeden Mannes. Alle aßen, aber keinem schmeckte es. Die Barden harften, doch ihr Harfen gebar keine Schönheit; es machte nur ein Geräusch, das sich vor dem Schweigen zu fürchten schien.

Llyr dachte: ›Ich bin zu einem fruchtbaren Feld gekommen, und ich habe schlechten Samen gesät – die Sorte, die am besten auf ihm gedeiht. Werde ich meine Männer und mich hier lebend herausbekommen? Und wenn es mir gelingt, wie habe ich dann Beli gedient, dem zu dienen ich so laut verkündet habe?‹

Seine Männer und die Eurosswydds dachten auch, Gedanken, die einander so ähnlich waren wie Zwillinge: ›Ob wir wohl besser mit unseren Schwertern

an der Seite schlafen werden? In denen vom Andern Stamm könnte Verrat
stecken. Es kann gar nicht anders sein – sie haben immer danach gestunken!
Doch wenn wir bewaffnet schlafen, könnten sie sagen, wir planten, aufzustehen und sie zu erschlagen in ihrem Schlaf. Könnten das zu ihrer Entschuldigung machen...‹

Ihre Gedanken röteten sich, und sie überlegten: ›Es wäre gut, jetzt aufzustehen und diese Andersstämmigen zu erschlagen und ihr Blut auslaufen zu lassen. Dann könnten wir in Frieden schlafen.‹

Eurosswydd saß reglos und blickte auf die langen roten Haare, die, dicht
wie Grasbüschel, auf seinen Händen wuchsen. Er war unglücklich. Er schämte
sich, weil er seine eigenen Hände und Füße anstarrte und nicht Llyr. ›Hat er
durch einen Zauber gemacht, daß meine Augen sich senkten? Die Alten Stämme sind stark im Zaubern...‹

Im Geiste sah er die Furt und das kalte Grau der Morgendämmerung.
In seinem Herzen sagte er zornig: ›Zauberei wird ihm jetzt nicht helfen. Ich
werde ihn zerlegen, wie man eine Rinderseite zerlegt.‹ In Gedanken malte er
sich jenes Zerlegen und das dabei entstehende Blutbad in lustvollen Bildern aus.
Er fühlte sich frei und mächtig und glücklich, zweifellos der bessere Mann. Er
sah sich als Helden; um ihm zu folgen, würden sich die Neuen Stämme bis
zum letzten Mann erheben. ›Ich werde Llyrs Kopf auf den einen meiner Türpfosten stecken und den Belis auf den anderen.‹ Bis eine Stimme wisperte, eine
kleine, kalte Stimme in seinem Innersten: ›Was aber, wenn sein Zauber über
deine Stärke siegt? So, wie er deine Augen senkte...‹

Er versuchte zu denken, daß Llyr im Handgemenge nicht zaubern könne.
Aber er war sich dessen nicht sicher; bei einem Zauberer konnte man nie sicher sein. Er dachte zornig: ›Das ist nicht gerecht.‹ Die ganze Zeit hatte Llyr ihn
überlistet, ihn zum Kampf gereizt, ihn schlau des Vorteils der überlegenen
Kriegerzahl beraubt. Es hatte edel und häuptlingshaft ausgesehen, jene Aufforderung zum Zweikampf, so häuptlingshaft, daß er sie vor seinen Männern
nicht ablehnen konnte. Doch wenn sie das nicht war, wenn Llyr sich auf Zauberei verließ, um ihn wie ein Schaf aufzuspießen...

Er dachte: ›List gegen List ist nur billig.‹ Und dann: ›Er schläft heute nacht
in meinem Haus.‹

Hätte Llyr irgendwoanders geschlafen, hätte Eurosswydd leicht ehrenhaft
bis zum Morgen warten können. Er hätte vor sich selbst für alle Zeiten das Gesicht verloren, wenn er nicht zur Furt hinuntergegangen wäre. Doch jetzt
schien jeder Augenblick ein Speer zu sein, der in seiner Hand lag und den die
Zeit ihm entwand, Zeit, die im Vergehen sprach: ›Wieder ein Augenblick vergangen, und du hast ihn nicht genutzt. Du Narr, du hockst hier und wartest auf

den, der sich in deiner eigenen Halle lümmelt, vollgestopft mit deinem Fleisch, um dich mit Arglist zu töten.«

Schneller und schneller entwand ihm die Zeit diese kostbaren, hellen Minuten. Sie fielen wie Goldstücke aus der Öffnung eines Sackes ins Meer.

Gold, das sein eigenes Herzblut sein konnte. . .

Sein Verstand begann zu arbeiten. Es war der Teil von ihm, der am wenigsten an Übung gewohnt war, und er wühlte wie ein Maulwurf, tappte in dunklen, krummen Gängen hin und her.

Er rief einen Barden zu sich, einen Mann, dessen Verwandte mütterlicherseits Druiden waren, den die Alten Stämme jedoch eines Verbrechens wegen ausgestoßen hatten. Er flüsterte mit jenem Manne, dessen Augen schmal und funkelnd wurden.

»Ich kann es tun, Herr. Doch wird keiner da sein, der dir helfen kann, wenn es vollbracht ist; denn der Zauber fällt über uns alle gleich. Du selbst gingest am besten schnell aus der Halle.«

Eurosswydd sagte: »Gib mir ein Zeichen, wenn die Gefahr kommt.«

»Ich kann nicht, Herr. Der Zauber wird mich ganz in Anspruch nehmen. Doch nicht lange wirst du sicher sein, wenn du bleibst.«

Er ging zu seiner Harfe zurück und sang. Jenes Lied war ein Wunder und ein Geheimnis. Es war süßer als Honig, eintöniger als tagelanger Regenfall. Es war weicher als jene leisesten Töne von Wiegenliedern, die sich in den Stimmen der Mütter verlieren; süße Schatten von Lauten. Es war das geläuterte Wesen allen Schlafes; es war der Schatten des Todes.

Müdigkeit kam über die Festenden. Nebel zog sich vor ihren Augen zusammen, ihre Lider wurden schwer wie Steine. Sie glitten schlaff von ihren Sitzen, grotesk, Beine hebend und Arme senkend, wie Puppen, fallengelassen von Kindern. Nur Eurosswydd schlich, wankend, aus der Halle, während die anderen hinsanken. Wie Brüder schliefen seine Männer neben denen Llyrs; neben Llyr.

Die Fackeln brannten fauchend herunter, unbeaufsichtigt, und die Nacht, nicht mehr in Schach gehalten, kroch sanft durch die Türen herein und eroberte dieses eine, winzige Rebellennest zurück. Hüllte sie alle in den weiten, weichen Mantel ihrer Schwärze. . .

Die Sonne kam und sengte jenen dunklen Überwurf hinweg, und immer noch lagen die Männer dort; nur waren jetzt die Mannen Llyrs waffenlos, und schwere Fesseln banden ihre Arme und Beine. Wie Fliegen, die sich im Netz einer rauhen Riesenspinne verfangen haben, lagen sie dort. Die Männer Eurosswydds schliefen immer noch neben ihnen. Der Barde aber saß breit grinsend da, mit einer neuen goldenen Kette um seinen Hals. Die Sklaven, die herbeigerufen worden waren, um die schlafenden Gäste zu binden, waren alle wieder zu ihren Hütten zurückgegangen.

Eurosswydd der Sohn Maelgwns saß und sah auf seine Gefangenen hinab, und der Maulwurf in seinem Kopf arbeitete weiter.

Llyr jetzt zu töten, würde Verfemung bedeuten. Seine Ehre würde zusammen mit dem Leben seines Feindes erlöschen, wie eine Fackel in einer Mistlache. Denn Llyr war Gast in seinem Hause gewesen, und niemals könnte er irgend jemandem beweisen – nicht einmal sich selbst –, daß Llyr an der Furt Zauberei angewandt hätte.

Doch Llyr der Gefangene war auch Llyr die Geisel – sie würden Eurosswydd Frieden schwören, jene Häuptlinge der Alten Stämme, sie würden ihm Gold und Güter geben, um Llyr lebend und unversehrt aus seinen Händen zu bekommen. Und Llyr selbst würde fortan in Schande gehen, Erinnerungen würden ihn brennen wie Peitschenstriemen. Oh, und er sollte Erinnerungen haben! Bevor er freikam, würde er wissen, wer der Herr war! Llyr der Sehr Stolze, der Vater des künftigen Königs!

Der künftige König! Penardims Knaben waren Belis Erben. Jener Stolz konnte Llyr nie genommen werden. Sein Same würde in künftigen Tagen über die Neuen Stämme herrschen.

›Über meine eigenen Kinder – welche Rache auch immer ich nehme.‹

Wie ein Blitz durchzuckte ein Gedanke Eurosswydd. Fiel wie ein frisches Scheit auf das Feuer in ihm. Flammte auf in einer Lohe, die sein Maulwurfshirn blendete. . .

Er lachte und trommelte mit den Fäusten auf seinen Sitz. Seine Augen leuchteten, als er den lächelnden Barden zu sich rief; ihre Pupillen waren wie rauchige Feuerchen, tanzten böse in den geröteten Augäpfeln.

»Du bist der einzige meiner Männer, der noch wach ist. Du wirst meine Nachricht zu Penardim der Schwester Belis tragen. Zu Llyrs Frau. . .«

Er sagte diese Worte, und der Mann hörte sie und zitterte, doch mußte er sie seinem Herrn nachsprechen. Seine kleine Zeit der Macht und des Lobes war vorbei.

Nicht mit Glücksgefühlen trat der Barde vor Penardim, in ihrem Hause, wo sie der Schwester Llyrs aufwartete.

Sie war groß, die Schwester Belis. Ihr Haar glänzte wie Rabengefieder; ihre hohen, lieblichen Brüste waren noch mädchenhaft straff; die reinen Linien ihres Kopfes und ihres Körpers machten Musik. Sie war wie eine Fackel, die an einem dunklen, stillen Ort leuchtet. Sie war gerade wie eine Fackel, makellos und schön gemacht.

»Du bringst mir Nachricht von Llyr Llediaith?«

»Nicht von, sondern über ihn, Herrin. Er machte Halt im Hause meines Herrn Eurosswydd, und er ist dort ein Gefangener.«

Sie bebte einmal, wie unter einem plötzlichen Schlag. Dann wurde ihr Gesicht hart wie Stein; kälter als Stein.

»Llyr wurde nicht leicht überwältigt. Durch welchen Verrat?«

»Herrin«, stammelte er, bleiche Lippen leckend, »Herrin, es gab einen Streit. Fürst Llyr machte mit seinen Augen einen Zauber und schlug meinen Herrn in seiner eigenen Halle mit Stummheit. Doch im Haushalt Eurosswydds ist ein Mann, der diese Fähigkeit hat; er kann ein Lied singen, das einem schwerverwundeten Mann Schlaf bringt, selbst dem, der sich in wildem Fieber und Todesqual wälzt. Jener Mann sang das Lied des Schlafes über Llyr und seine Kameraden, und sie wurden entwaffnet und gebunden.«

Er schrumpfte. Er hoffte, daß sie jenen Mann in weiter Ferne wähnte, und fürchtete, daß sie es nicht täte. Alle seine Gedanken schienen wie Fische in klarem Wasser zu schwimmen, nackt vor ihren Augen.

Sie sah diese Gedanken, dachte aber nicht an ihn. Sie stand vor der Notwendigkeit, zu retten; sie stand noch nicht vor der Notwendigkeit, zu rächen.

»Dein Herr hat Llyr«, sagte sie, »und in Kürze wird Beli, mein Bruder, ihn haben. Hat er daran gedacht?«

»Das hat er, Herrin. Viele Tage werden vergehen, bevor Beli, der in Arvon ist, die Männer aus den Cantrevs zusammenziehen und zum Hause meines Herrn marschieren kann. Bis dahin kann er in Gallien oder in Irland in Sicherheit sein, bei Häuptlingen, die ihm große Geschenke geben werden, ihm, der ihnen zeigen kann, wo und wie sie am besten Belis Küsten plündern können. Er gibt dir diesen Tag und diese Nacht, um dich zu entscheiden – ob du ihm das Lösegeld für Llyr bezahlen willst, oder ob er dir Llyrs Kopf schicken soll.«

»Wieviel?« Ihre Stimme, die kalt war wie Schnee, feilschte; sie war eine gute Haushälterin. Er blickte zu Boden. Er betrachtete ihre Schuhe, versuchte, die Stiche auf ihnen zu zählen.

»Nun?« sagte sie.

Er versuchte zu antworten; er öffnete den Mund, doch bewegte sich dieser nur lautlos. Der Tod war jetzt die geringste seiner Ängste. Es fiel ihm vieles ein, was er in Eurosswydds Haus halb vergessen hatte: die Zauberkräfte ihres Königshauses, das an Alter nur von den Göttern übertroffen wurde. Die Macht, die ihn nicht nur von der Erde fegen, sondern ihn zu ihr zurückbringen konnte – als eine Maus oder einen Käfer oder etwas noch Niedrigeres.

Ihn vielleicht sogar entselbsten konnte, zu Nichts machen...

Schließlich bekam er einen Laut heraus; er war leise und zittrig, aber es war ein Laut. Er hatte keine Macht, ein Wort zurückzuhalten, zu bitten oder Ausflüchte zu machen oder abzumildern. »Herrin, er fordert dies: daß du zu seinem Haus kommst und dich mit ihm paarst. Am Morgen werden du und Llyr unversehrt gehen können. Bei der Sonne und beim Mond schwört er das, und bei der Stärke seines Körpers, die er dir zu kosten geben will.«

Die Druiden kamen zu Penardim in ihre Sonnenkammer. Große Männer mit weißen Roben und Bärten, und in ihren Händen trugen sie die Zauberstäbe, von denen man sagte, sie hätten die Macht, einem Menschen die Gestalt eines Vogels oder Tieres zu verleihen.

Sie sagten: »Herrin, warte. Ein Mann in der Schlacht wirft seinen Schild nicht weg, und Llyr ist Eurosswydds Schild.«

Sie sagte: »Ihr irrt. Er hat geprahlt, daß er Llyrs Kopf abschlagen wird, und er wird es tun; er hätte Angst, es nicht zu tun. Er ist ein kleiner Mann, der sich in seinen eigenen großen Worten gefangen hat, und es gibt nichts Gefährlicheres als das.«

»Doch, Herrin. Es gibt dunkle Wesen, die zwischen den Welten lauern, Körper und Geburt suchend. Oft sind solche in die Östliche Welt geboren worden, als Tyrannen und Peiniger. Doch hier, wo wir unter den Uralten Harmonien leben, ein schlichtes, den Müttern noch nahes Volk, da ist noch keiner Frau Körper eine Tür gewesen, um sie hereinzulassen.«

»Ihr sprecht von den Mysterien«, sagte Penardim, »und ich verehre die Mysterien. Doch ist es mein Mann, an den ich jetzt denke. Nicht um dem Elend einer Nacht zu entgehen, werde ich alle Nächte meines Lebens ohne Llyr an meiner Seite liegen. Nein – ich habe Kinder geboren, und obgleich dies schlimmer ist als eine Geburt, so wird es doch genauso vorübergehen.«

Ihre Frauen waren anwesend, und eine von ihnen sagte: »Llyr selbst wird es vielleicht nicht mögen, Herrin.«

»Wo eine Frau unseres Volkes schläft und mit wem, das bestimmt sie. So ist es immer gewesen, und so wird es immer sein. Ich gebe kein Land und keine Sachen meines Mannes weg, für die er Rechenschaft verlangen könnte, wenn er Narr genug wäre, für sie sterben zu wollen. Und Llyr wird auch nicht wünschen, daß Beli mein Bruder um seinetwillen Männer verliert und Männer tötet.«

»Wenn Llyr und seine Mörder und seine Rächer nicht sterben, werden es vielleicht noch viel mehr Männer müssen«, sagte der älteste Druide. »Geht, Frauen.« Und sie gingen schnell, zitternd.

Doch Penardim saß und sah ihm ins Gesicht, und ihre Augen blieben fest. »Du hättest meine Frauen nicht wegzuschicken brauchen. Sie wissen so gut wie ich, daß ich vielleicht Eurosswydd ein Kind gebären werde. Ist euch weisen Druiden noch nicht bekannt, daß heute die meisten Frauen soviel wissen? Vielleicht alle Frauen, die je einen Mann sehr geliebt haben. Könnte ich es bezweifeln, die ich sehe, wie Llyr als Kind ausgesehen haben muß – jedesmal, wenn ich das Gesicht meines Manawyddans sehe?«

»Möchtest du ihm ein Ungeheuer zum Bruder geben, Weib?«

»Starke Worte, Druide. Es wird schlimm genug sein, wenn ich einen zweiten Eurosswydd zur Welt bringe, und dieser ist kein Ungeheuer. Er ist zu klein dazu. Und, so glaube ich, wer immer sonst noch sterben wird: Eurosswydd wird bald noch einen Kopf kleiner sein.«

»Herrin, gut weißt du, daß alle Liebenden Saiten einer gewaltigen Harfe sind. Alles Lebende, Mann und Frau, Vieh und Vogel, der Fisch im Meer und die Schlange, die durchs tiefe Gras kriecht, sie alle machen Musik. Noch keine Frau der Alten Stämme ist jemals zu einem Mann gegangen und hat sein Kind empfangen, wenn diese Musik nicht ihr Wesen durchtönte. Diese Musik ist des Lebens Quell und der Liebe Entzücken. Sie ist die eine Möglichkeit von Mann und Frau, zu sein wie Götter und atmendes Leben zu bilden. Du, die du zu einem Manne gehen willst, den du haßt, der dich nur aus Bosheit begehrt – wirst du die Tür deines Körpers dem öffnen, was da kommen kann?«

Sie sagte: »Ich kann Llyr nicht sterben lassen. Und was mein Kind angeht – wer weiß, nach wessen Bilde es geformt werden wird? Ich werde meinen Geist vor dem Roten Mann verschließen. Ich werde nur Llyr sehen, nur an Llyr denken.«

»Du bist eine starke Frau«, sagte der Druide, »doch wird es dir nicht gelingen, das zu tun. Nicht die ganze Nacht hindurch. . .«

Sie sah an ihm vorbei. Sie sah durch die Wände hindurch und durch das schwindende Licht; und mit den Augen ihres Herzens blickte sie in das Gesicht Llyrs, das warm und klar leuchtete. Ihr eigenes Gesicht war so entschlossen wie ihr Wille; war wieder ein in Stein geschnittenes Gesicht.

Sie sagte: »Ich werde Llyr nicht sterben lassen. Die Insel der Mächtigen muß mein Kind wagen – das Kind, das vielleicht nie geboren wird.«

Im Rot jenes Sonnenuntergangs begann sie ihre Reise. Und die Winde zückten ihre Messer, und die Blätter ächzten und schauderten unter ihrem kalten Biß. Die ganze Insel der Mächtigen zitterte im Griff der sich senkenden Nacht.

Der Druide stand und sah zu, wie die Entfernung sie aufnahm.

Er sah länger zu, während die Dunkelheit sich um ihn herum auftürmte wie Rauch, und was er sah, wußte nur er, und vielleicht nicht einmal sein Verstand; mag sein, es gibt Etwas im Menschen, das dorthin geht, wohin der Verstand nicht folgen kann. Er zog seinen Mantel um sich und zitterte unter jenen beißenden Winden.

»So geschehe es denn«, sagte er, »da es geschehen muß. Nacht fällt jetzt, eine Weltennacht, und eine finstere Zeit naht. Das Ende all dessen, was wir gekannt haben, der Anfang des Neuen. Nun, solange alles Teil des Großen Vorwärtsgehens ist, solange schließlich das Gute wiederkehrt, sich aus dem Bösen erhebt...«

So begann die Reise Penardims der Dunklen Frau, der Mutter der Söhne Llyrs.

Sie kam zum Hause Eurosswydds, und das Gesinde hieß sie mit so vielen Fackeln willkommen, daß der Weg zu seiner Tür wie mit Sternen gesäumt schien.

Eurosswydd begegnete ihr dort, vor seiner Tür. Er lachte sein lautes, wieherndes Lachen und breitete seine Arme aus; er gab ihr den Begrüßungskuß, und sie erwiderte ihn.

Sie ging in seine Halle und aß mit ihm, und später ging sie zu seinem Bett. Sie stand daneben und löste die Spangen, die ihr Gewand zusammenhielten; und es war ihr, als ob keine Tat auf der Welt je so lange gedauert hätte oder je so langsam gewesen wäre. Sie fühlte sich wie ein Bogenschütze, der steif, verkrampft, stundenlang dagestanden hatte, jeden Gedanken und Nerv und Muskel darauf gespannt, seinen Pfeil aufs Ziel gerichtet zu halten, seinen Arm nicht zu entspannen.

Nicht zu erschlaffen, nicht loszulassen...

Neben ihr entblößte Eurosswydd seinen breiten, haarigen Körper. Die roten Borsten darauf ließen sie an den Rücken eines Schweines denken, das sie einmal gesehen hatte; Jäger hatten es aus dem Walde getragen, der Kadaver an einer Stange baumelnd. Doch das Schwein war kalt gewesen; Eurosswydds Körper würde schrecklich warm sein... ›Fühle nicht, denke nicht, außer an Llyr!

Nur heute nacht, nur diese eine Nacht! Morgen nacht und in allen künftigen Nächten wieder Llyr, nur Llyr! Er wird nicht lange hier sein, dieser andere, nicht lange wirst du dich so verkrampfen müssen, um ihn nicht zu sehen, ihn draußen zu halten. Sei stark. Oh, sei weit weg, das, was mein Ich ist‹

Sie spürte seine Hände, heiß auf ihrem Körper, auf ihren Brüsten. Sie spürte seine Küsse, heiß und feucht und ekelerregend. Er lachte, zog sie an sich auf das Bett – und plötzlich zog sich etwas in ihr zusammen und huschte zurück, angewidert, in die innersten Schlupfwinkel ihres Wesens.

›Er kann nicht in dich kommen. Dein Fleisch ist nicht du; es ist ein Gewand, das du nicht immer gehabt hast und das vertauscht werden wird... Nein! O Mütter, nein!

Laß den Körper dort auf dem Bett; laß ihn ihm. Du bist getrennt davon; du mußt es sein. Du mußt wegbleiben, dich in einem inneren Raum verbergen, dich an Llyr klammern... Nur Llyr sehen, nur an Llyr denken. Oh, sei ganz weit weg!«

Am Morgen gingen sie beide zu der Stelle, wo Llyr gebunden lag. Mit Augen gleich gefärbten Steinen sah er zu ihnen auf, Augen, die allen Gefühls entleert waren, grimmig ausdruckslos. Er sah, wie weiß und verzerrt Penardims Gesicht war, wie müde und eingesunken ihre Augen. Er sah Eurosswydds Grinsen.

Der Rote Mann schritt zu Llyr und stand über ihm. Sein Grinsen wurde breiter, bis es weit wie der Himmel schien. Unermeßlich, unentrinnbar; es bedeckte die Welt.

»Du bist nicht der einzige Mann, der einen Neffen Belis gezeugt hat, Llyr. Nicht, wenn ich meine Kraft richtig einschätze – und noch nie habe ich eine Nacht zu einem besseren Zweck genutzt! Bei den Göttern, wie wird man diese schöne Geschichte herumerzählen! Wie Llyr Llediaith in mein Haus kam und so tief schlief, daß er nicht wieder hinaus konnte, bis seine Frau kam und mit mir schlief – ein lebhafteres Schlafen diesmal!« Er warf den Kopf zurück und schüttelte sich vor Lachen. Wie Donner rollte es, und der Raum bebte mit ihm.

Penardim kniete bei Llyr. Während sie seine Hände losband, sagte sie: »Ich habe teuer für dein Leben bezahlt, Llyr. Laß es nicht vergebens sein.«

Eurosswydd lachte immer noch, doch sein Gesicht verwandelte sich allmählich in ein fleckiges Scharlachrot. Llyrs Gesicht war weiß wie der Tod.

»Laß ihn jetzt ruhig reden, Weib. Zerschneide diese Stricke um meine Beine.«

»Nicht so schnell«, sagte Eurosswydd. »Erst müßt ihr versprechen, Beli nicht gegen mich aufzustacheln.«

Llyr blickte ihm gerade in die Augen und gelassen. »Ich gelobe dir Belis Frieden, aber nicht den meinen.«

»Der Belis ist gut genug für mich«, sagte Eurosswydd und lachte.

Doch lag in jenem Lachen wenig Herz. Seine Eitelkeit blutete; er hatte gehofft, einen guten Eindruck auf die Frau zu machen. Auch standen diese beiden immer noch zusammen und gegen ihn, wie in einem Druidenkreis, den er nicht betreten konnte. Er rief sich ins Gedächtnis, daß dies nicht wahr sei; er hatte die Frau gehabt.

Er zog kein Glück aus der Erinnerung an jenen Morgen, außer diesem einen plötzlichen Erbleichen von Llyrs Gesicht.

Und eines Tages im Herbst, als Frost die Bäume in Wunder aus Feuer und

Gold verwandelt hatte, da erbleichte sein eigenes Gesicht. Denn Llyr kam mit seinen eigenen Männern aus seinem eigenen Land herangeritten, und Speere umringten das Haus, welches das Lied des Schlafes gehört hatte.

Llyr sprach zu denen drinnen durch ein Schallhorn, und dies ist, was er sagte: »Komm heraus, Eurosswydd, und wir beide werden endlich zur Furt hinuntergehen. Komm heraus, und ich werde deine Leute frei ausgehen lassen.«

Eurosswydd wollte nicht gehen. Doch waren zu viele Augen auf ihn gerichtet; es hatte schon zuviel Gerede über die List gegeben, die er das letzte Mal angewendet hatte. Er befürchtete, seine eigenen Männer könnten ihn für einen Feigling halten. Er raffte die Reiser seines Stolzes zusammen und entzündete sie zu einer letzten Flamme. In wilder und ängstlicher Hoffnung ging er zur Furt hinunter.

Er ging viel weiter.

Er ging aus seinem Körper und fort von der Insel der Mächtigen, und das war das Ende von ihm, dort und überall. Denn wo immer er jetzt ist, ist er so wenig Eurosswydd, wie eine Eiche die Eichel ist, der sie entsprang. Arawn, Herr der Unterwelt, richtete ihn und schmolz gewißlich das meiste von ihm ein, rettete jedoch das Wenige, was gut genug war, um wieder verwendet zu werden.

Er ging, und die Menschen vergaßen ihn, weil er nicht der Erinnerung wert gewesen war; auch war er in ehrlichem Kampf gefallen, so daß weder die Neuen Stämme noch die Alten einen Groll zu hegen brauchten.

Nur aus zwei Gründen ist sein Name nicht schon längst vergessen, doch dieser beiden wegen kann er nicht in Vergessenheit geraten, solange sich die Insel der Mächtigen der Sprache ihrer Jugend erinnert. Einige Monde nach seinem Tode gebar Penardim diese beiden, und sie waren ihre Söhne und seine. Nissyen und Evnissyen waren ihre Namen.

Drei Winter vergingen, und der Frühling kam wieder, und als das Land duftete von Blüten, da gebar sie noch ein Kind – Branwen, Tochter Llyrs.

ERSTES KAPITEL – DIE ANKUNFT DES FREMDEN/BRAN, ERSTGEBORENER SOHN LLYRS UND PENARDIMS, WAR KÖNIG ÜBER DIE GANZE INSEL DER MÄCHTIGEN. IN LLWNDRYS, SPÄTER LONDON GENANNT, WAR SEIN NAME AUSGERUFEN WORDEN, UND DORT WAR ihm die Krone aufgesetzt worden.

Pwyll von Dyved muß jene Krönung gesehen haben, er, der unter den Neuen Stämmen herrschte, mit Rhiannon, der Königin, die aus dem Feenreich zu ihm gekommen war, obgleich sie wohl wußte, daß Alter und Tod der Preis für ihre Liebe zu ihm war. Math, Sohn Mathonwys, muß sie gesehen haben, jener Avatara, den man den Uralten nannte. In vielen Körpern hatte er das Volk von Gwynedd regiert, jenen Urbestand der Alten Stämme, und würde ihn weiterhin regieren, bis für ihn und das Volk die Zeit kam, sich zu wandeln. Jene Zeit rückte heran. Sein Nachfolger war schon geboren, der Sohn seiner Schwester – Gwydion, Sohn Dons.

Wenn jene beiden Häuptlinge Ja sagten zu Brans Krönung, dann konnte keiner Nein sagen, obwohl Caswallon, Sohn Belis, mit verstohlenen, träumerischen Augen zugesehen haben mag...

Bran der Gesegnete wurde er genannt, denn er war gütig und gerecht, und zu seiner Zeit bekam jede Kuh, die kalbte, Zwillinge, und jedes Feld und jeder Obstgarten trug doppelte Frucht. Doch seine Frau starb jung, und er behielt ihr einziges Kind bei sich und nannte den Jungen Caradoc, Sohn Brans. Die Leute waren nicht so überrascht, wie sie es früher gewesen wären. Der Glaube an Vaterschaft wuchs; niemand konnte schließlich übersehen, daß es zwischen den Kindern Penardims einen Unterschied gab. Zwischen den Kindern Llyrs und den Söhnen des roten Eurosswyds.

Eines Tages, als Jung-Caradoc mab Bran zum Jüngling heranwuchs, lagerte der Hof auf dem Felsen von Harlech. Bran saß dort und schaute auf die Küste von Merioneth hinab, und in den Nebeln, die sich vom Meer erhoben, sah seine große Gestalt wie die Firnzacke jenes großen Felsens aus. Er war gewaltig gebaut, der größte unter den Söhnen der Menschen. Das »Mabinogi« sagt, kein Schiff oder Haus habe ihn aufnehmen können; doch wenn jene Geschichte nicht unterm Erzählen gewachsen ist, müssen Häuser und Schiffe damals klein gewesen sein. Nur eines scheint sicher: Bran war sehr groß.

Zwei der Söhne seiner Mutter, Manawyddan mab Llyr und Evnissyen mab Eurosswydd, waren mit ihm dort, und Caradoc war es auch, sein eigener Sohn. Caradoc spielte mit einem goldenen Ball, warf ihn in die Luft und fing ihn, wenn er wieder herabkam. Evnissyen beäugte jenes Spiel mit Mißfallen, wie er dies bald bei allem Zeitvertreib tat, bei dem nichts getötet oder verstümmelt wurde.

»Du wirst lange brauchen, wenn du auf diese Weise den Himmel treffen willst, Knabe. Du bist noch nicht einmal in die Nähe der niedrigsten Wolke gekommen.«

Da verfehlte Caradoc den Ball; er fiel zu Boden, und Evnissyen lachte. Der Knabe drehte sich um, sagte mit einer Stimme, die schärfer war, als er beabsichtigt hatte: »Ich will gar nichts treffen, Onkel. Und warum sollte jemand wohl so töricht sein, den Himmel treffen zu wollen?«

Evnissyen grinste. »Ich selbst würde ja lieber nach etwas zielen als nach nichts, aber vielleicht ist es auch besser, daß es dir an Ehrgeiz mangelt, Junge. Im Süden wird Jung-Pryderi nach seinem Vater Pwyll König sein, doch du, des Hochkönigs eigener Sohn, wirst, wenn du Glück hast, ein oder zwei kümmerliche Cantrevs bekommen. Branwens Söhne werden nach Bran herrschen, nicht du.«

Manawyddan sagte versöhnlich: »Dyved ist ein kleines Königreich, Bruder, das sich leicht den Neuen Stämmen eingliedern ließ und deshalb vom Vater auf den Sohn übergehen konnte. Doch Caradoc ist hier, was noch kein Mann auf der Insel der Mächtigen war: des Hochkönigs anerkannter Sohn. Caswallon und seine Brüder hatten sich immer damit zufriedengeben müssen, zu sagen, daß Beli der Mann sei, mit dem ihre Mutter schlafe.«

Evnissyen schloß Caradoc sogleich ins Herz. Dreifache Aussicht blendete ihn – Caradoc zu vergeben und ihn zu verteidigen, Caradoc, der ihn angefahren hatte, und zugleich seinen Bruder und seinen Neffen gründlich zu ärgern. Er stürzte sich darauf, wie eine Katze sich auf eine Maus stürzt.

»Nun, es ist ja ganz nett, mit seiner hohen Abstammung prahlen zu können, aber es wäre noch netter, das zu haben, was dazugehört – die Schale mitsamt der Frucht. Doch vielleicht würde auch ich Caradocs Mangel an Ehrgeiz loben, Manawyddan, wenn ich in deinen Schuhen steckte. Es muß angenehm sein, in ihnen zu stecken, da Branwen ja bemerkenswert lange Jungfrau bleibt.«

Er lächelte, während er das sagte. Für Schmerzen hatte er eine so feine Witterung, wie ein Hund sie für Wild hat, und er wußte, wie sehr Manawyddan es haßte, daran erinnert zu werden, daß er Brans Nachfolger wurde, sollte Branwen keine Kinder bekommen.

»Ich habe mich immer geweigert, Land oder Herrschaft zu übernehmen«, sagte Manawyddan ruhig. »Das weißt du und wissen alle Männer. Laß den Jungen zufrieden.«

»Das nenn' ich aber wirklich ungerecht«, sagte Evnissyen. »Er gab mir eben eine kurze Antwort, als ich ihm eine einfache Frage stellte, und trotzdem habe ich seine Partei ergriffen.«

»Auf deine Weise«, sagte Manawyddan, dann biß er sich auf die Lippe. Evnissyen zu antworten, war immer unklug – es gab ihm den Vorwand, wieder zu sprechen. Doch die stetig gepiekste Stelle wird allmählich wund.

Manawyddan kannte die Gefahren von Evnissyens endlosem Sticheln. Der große, gutmütige Bran würde am liebsten den Mond vom Himmel holen, wenn sein Kind danach verlangte, und obwohl Caradoc, sich selbst überlassen, sowenig davon geträumt hätte, die Königswürde zu verlangen, wie nach dem Mond zu verlangen, so erinnerte ihn Evnissyen doch unablässig an das, was

160

der Knabe sonst als selbstverständlich hingenommen hätte. Er gab ihm das Gefühl, daß ihm etwas genommen sei, und sorgte dafür, daß er diesen Verlust nicht vergaß.

Evnissyen zuckte darauf die Schultern und sagte: »Was ich tue, ist ja sowieso immer falsch. Ich müßte mich wirklich daran gewöhnt haben, daß ihr so denkt, ihr Söhne Llyrs. Ihr seid beide besser als ich; alle meine Brüder sind besser als ich. Ich habe immer das Vergnügen gehabt, zu wissen, daß jedermann so denkt. Und vielleicht ist es auch wahr. Denn wenn ich je Land und Herrschaft ausschlüge, so geschähe es darum, weil diejenigen, die sie mir anböten, nicht groß genug wären. Weil ich hoffte, durch Warten mehr zu bekommen; durch Gutsein, so fabelhaftes Gutsein, daß mir die Leute das, was ich wollte, bald als eine Verpflichtung aufdrängten.«

Manawyddan sah ihn gerade an, mit den meergrauen, meertiefen Augen Llyrs. »Man kann nur hoffen, daß solche Verschlagenheit mehr Niedertracht erforderte, als du besitzt, Sohn meiner Mutter, so, wie sie mehr erfordert, als ich besitze.«

Bran sagte mißbilligend: »Das war ein großer langer Mundvoll Nichts, Bruder Evnissyen.«

Er hatte sich vom Absturz der Klippen und von den Nebeln abgewendet und sah jetzt zu ihnen her; doch Manawyddan wünschte, er hätte es nicht getan. Dieser Nebel hier raubte einem noch mehr die Sicht.

Evnissyen wurde rot. »Dann liebst du Caradoc weniger, als du behauptest, Bruder. Warum sollte der Junge nicht all das haben, was Königssöhne in der Östlichen Welt schon haben? – was, wie viele meinen, eines Tages alle Königssöhne haben werden! Mit Manawyddans Hilfe – und ein so selbstloser Mann wie er würde sich bestimmt beeilen, sie zu leisten – könntest du die Gesetze ändern. Caradoc zu deinem Nachfolger machen.«

Manawyddan sagte: »Ihr habt meine Antwort darauf wieder und wieder gehört – du und Bran. Täte Bran es, erklärte er sich selbst zum unrechtmäßigen König. Dann könnte Caswallon zu Recht sagen: ›Warum sollte Caradoc auf Bran folgen, wenn ich nicht auf Beli folgen konnte?‹ Die gesamte Insel der Mächtigen könnte in ein Chaos stürzen, wenn Söhne und Neffen miteinander um das Erbe kämpften.«

Bran seufzte. »Das ist wahr – und doch schwer anzunehmen. Denn eines Tages wird die Veränderung kommen.«

»Und warum nicht jetzt?« wollte Evnissyen wissen. »Rechtzeitig für Caradoc. Ich weiß, du liebst den Frieden; doch wenn Schwierigkeiten kommen müssen, warum sie dann nicht gleich hinter sich bringen?«

»Weil in der Zukunft diese Schwierigkeiten vielleicht geringer sein werden«, sagte Manawyddan. »Bis dahin werden wohl so viele Menschen die Veränderung wollen oder zumindest bereit sein, sie anzunehmen, daß sie vielleicht ohne Kampf und Aufruhr kommen wird.«

Dann biß er sich wieder auf die Lippe und dachte: ›Ich hätte Bran ihm antworten lassen sollen.‹

Evnissyen grinste wieder. »Man kann es dir ja wirklich nicht übelnehmen, daß du die Dinge so lassen willst, wie sie sind, Manawyddan. Schließlich bist du der Mann, der durch die Veränderung am meisten verlieren würde.«

Bran öffnete den Mund zum Sprechen, dann schloß er ihn. Schweigen legte sich auf sie; Schweigen, das sich auszudehnen und herumzulegen und sich zusammenzuziehen schien wie Schnüre um lebendes Fleisch.

Evnissyen hätte sich selbst umarmen können. Er legte sich hin und warf einen Arm übers Gesicht, um seine Freude zu verbergen. ›Bran wird nichts von dem glauben, was ich gesagt habe, aber es wird ihn verdrießen. Und es wird Manawyddan ärgern, und wenn Bran das sieht, wird er sich wundern. Wenn er es je glaubte –!‹ Es schauderte ihn vor Entzücken.

Er wußte nicht, warum er seine Brüder gegeneinander aufbringen wollte; er haßte sie nicht viel mehr, als er andere Menschen haßte. Doch seine Überzeugung, daß man ihn sein ganzes Leben lang benachteiligt und beleidigt hatte, war jetzt so tief in ihm verwurzelt, daß er sich nie die Mühe nahm, darüber nachzudenken, wer ihn benachteiligt hatte oder wie, sondern sich nur unablässig an allen rächte. Dies war Evnissyens Eigenschaft. Er hielt seine eigene Würde und die Würde jeder anderen Person, mit der er sich vorübergehend als wesensgleich empfand (wirklich gern hatte er niemals jemanden), für so zerbrechlich wie eine Eierschale. Er konnte tausend Wege ersinnen, wie sich jene kostbare Zerbrechlichkeit verletzen ließ; er jagte nach diesen Schmerzen mit einem Auge, das schärfer war als das eines Falken. Er konnte einen Mann, dessen Ellbogen in einem Gedränge angestoßen worden war, davon überzeugen, daß dieser Stoß lang vorbedacht und vorsätzlich gewesen sei, und er brachte jenen Mann dazu, daß er darauf brannte, sich für diese böse Beleidigung zu rächen. Die Leute sagten, daß er zwischen einem Mann und einer Frau Streit stiften könne über die Frage, wie man am besten miteinander schlafe, ja, sogar zwischen den beiden Brüsten einer Frau. Mit Spitzfindigkeit für Zwist zu sorgen, das war seine Begabung. Und jetzt hatte er für Zwist gesorgt.

Manawyddan saß und dachte: ›Mein Bruder kann nicht denken, daß ich seinen Thron will. Doch hat er gehört, was Evnissyen sagte; er saß da und sagte nichts. . .‹

Bran fragte sich unbehaglich, ob er Evnissyen nicht ein zweites Mal hätte zurechtweisen sollen. Doch solches Gewäsch ständig zurechtzuweisen, das hätte ausgesehen, als nähme man es ernst. Manawyddan kannte Evnissyen so gut, wie er selbst ihn kannte. Warum wurde er so dünnhäutig gegen das, was der Junge sagte? Und warum war er nur so entschlossen dagegen, daß Caradoc die Krone bekam? Caradoc ... Caradoc ... Der Knabe würde einen so prächtigen König abgeben!

Was er dachte, wurde überschattet von dem, was er fühlte und wollte, und das Gift Evnissyens arbeitete weiter.

Auch Caradoc schwieg. Wie aufgescheuchte Vögel flogen seine Blicke zwischen seinem Vater und seinem Onkel hin und her, behutsam und sehnsüchtig zugleich. Wenn diese beiden es beschlossen, konnte er ein König werden!

Manawyddan fing diese Blicke auf. Das Schweigen begann sich eine Zunge zu weben, und diese Zunge klagte ihn an. Er erhob sich.

»Habe ich deine Erlaubnis, zu gehen, Herr?«

Bran verhärtete sich. »Warum solltest du gehen wollen, Bruder?«

»Es scheint mir das Beste zu sein, Herr.«

Bran blickte zu Boden; dachte verdrossen: ›Warum soll ich ihm eigentlich immer sagen, wie ehrenhaft er ist? Ich habe nichts gegen seine Ehre gesagt.‹

Sein Zögern dauerte ein wenig zu lange. Es durchbohrte Manawyddan wie ein Speer. Er sagte mit einer leisen Stimme: »Ich denke, es ist des Königs Wille, daß ich gehen soll.«

Bran sagte, mit einem Grollen wie Bärengebrumm in seiner großen Kehle: »Warum sollte ich das wünschen, Manawyddan?«

Manawyddan sagte mit einer Kälte, die wie eine Eiskruste über brodelnder Hitze war: »Es ist an dir, mir das zu sagen, Herr. Aber ich denke, das wirst du nicht tun – nicht mir ins Gesicht. Denn du spielst damit nur in der Verborgenheit in deinem Kopf. Du weißt wohl, daß es des Lichts nicht würdig ist.«

Da sprang Brans Stimme hervor wie Löwengebrüll. »Ich sage immer, was ich denke, Bruder! Warum denkst du, daß ich Böses von dir denke – es sei denn, du hast dieses Böse zuerst in deinem eigenen Herzen ersonnen?«

Manawyddans Gesicht wurde totenblaß. »Nenne dieses Böse, König.«

Wieder Schweigen; Schweigen, das sich um die Hälse zusammenzog wie eine Schlinge. Bran sah Manawyddan an, und Manawyddan sah Bran an. Evnissyen beugte sich vor, sein Gesicht so eifrig wie Feuer.

Das Schweigen zerrte an Brans Mund und Zunge wie wilde Pferde. Sein Mund öffnete sich; er fürchtete sich vor dem, was herauskommen könnte. Er wollte ihn schließen, konnte es aber nicht. Seine Halsmuskeln bewegten sich. Ein Laut pfiff zwischen seinen Zähnen und erstarb dort.

Jemand hatte gelacht.

Lachen, kühl und süß wie das Sprudeln einer Quelle, zerbrach jenes grimme Schweigen so sanft, als schmölze es dieses. Und die hitzigen Verdächtigungen, die Evnissyen gezeugt und aufgezogen hatte, schlichen sich wie Hunde mit eingezogenen Schwänzen davon.

»Was habt ihr denn?« Nissyen, der Sohn Penardims, sah seine älteren Brüder an. »Warum macht ihr beiden die Luft um euch herum rot? Sagt mir's!«

Doch plötzlich wußten sie beide, daß sie Nissyen gar nichts sagen konnten. Sie spürten ihn, als wäre er eine kühle Brise an einem heißen Ort gewesen; eine kühle, reine Brise, die durch ihre Herzen wehte und durch ihre Lungen. Bran lachte, als hätte er einen gewaltigen und unglaublichen Scherz vernommen.

»Überhaupt nichts. Nissyen, überhaupt nichts. Manawyddan hier ist beleidigt, weil er denkt, ich hätte mir in den Kopf gesetzt, er wolle nach mir König sein. Eine lange Herrschaft hätte er da vor sich, denn ich bin ja nur zwei Winter älter als er, und sehr gesund!«

Er strahlte auf seine jüngeren Brüder hinab, nachsichtig, erhellend, heiter. »Ich wäre der größte Narr auf der ganzen Welt, wenn ich einen solchen Gedanken lange in meinem Kopf behielte«, sagte er.

»Ein ebenso großer Narr, wie ich es wäre, wenn ich dächte, du könntest das«, sagte Manawyddan und streckte seine Hand aus. Bran ergriff sie, und sie lachten beide. Nissyen lachte mit ihnen.

»Ihr wärt ein Paar Narren!« sagte er.

Evnissyen sprang auf, wild wie ein hungriger Hund, dem man seinen Knochen weggenommen hat. »Ich bin es wohl, der besser ginge!« sagte er. »Ich bin hier nicht erwünscht. Ich bin es nie.«

Bran sah ihn gerade an. »Nicht du bist es, was hier nicht erwünscht ist, Junge. Sondern das, was du anzettelst.«

Doch Evnissyen war schon davon, sein roter Mantel umwirbelte ihn wie eine Flamme, die über trockenes Laub zischt.

»Er ist gekränkt.« Nissyen sah seinem Zwillingsbruder nach, und in seinen Augen stand Mitleid. »Er meint immer, ihr beide wärt gegen ihn, weil er Eurosswydds Sohn ist. Immer, seit wir Kinder waren, dachte er, wann irgend jemand zornig auf ihn war, das sei der Grund dafür – und nicht etwas, das er selber tat.«

»Bei den Alten Stämmen kam es nie darauf an, wer eines Mannes Vater war«, sagte Bran. »Und wer auch seine Mutter sein mochte – stets war es Brauch, ihn selbst gut zu behandeln, weil er überhaupt hier war. Doch wenn Evnissyen nicht aufpaßt, wird es eines Tages darauf ankommen, wer er selbst ist.«

»Bis jetzt hat er nur getan, was ihn andere tun ließen«, sagte Nissyen. Dies war die Eigenschaft Nissyens: Er sagte immer die Wahrheit.

Bran antwortete nicht darauf. Er seufzte wieder und ließ sich neben Manawyddan nieder. Nissyen ließ sich in ihrer Nähe nieder. Caradoc begann wieder mit seinem Ball zu spielen. Es herrscht wieder Ruhe auf dem Felsen von Harlech, und Friede ließ sich hernieder wie ein Vogel auf sein Nest. Auch dies war die Eigenschaft Nissyens: Er machte Friede.

Bran blickte wieder aufs Meer hinaus. Die Nebel hatten sich gehoben, und in jener Klarheit und aus jener Höhe schien er in einen unirdischen Raum hinauszublicken. Meer und Himmel waren vor ihm, und Himmel und Meer, und in der Ferne schienen die beiden sich zu begegnen, schien weites Blau weites Blau zu umfassen, in einer Umarmung, die aussah wie das Ende der Welt. In früheren Zeiten, als Schiffe noch neu waren und ein Gedanke, der erst vor kurzem von Menschenhänden in Holz gebildet, da glaubte man, jene blaue Wand sei fest. Die Kühnsten hatten versucht, zu ihr hinauszusegeln, um festzustellen, wie sie aus der Nähe aussah. Doch als sie sich immer vor ihnen zurückgezogen hatte, ein Stück weiter weg für jedes Stück, das sie näherkamen, da hatten sie daraus den Schluß gezogen, daß sie magisch sei, Druidenwerk, errichtet, um die Geheimnisse von Anderswelt vor den Augen der Menschen zu verschleiern.

Bran betrachtete das zart schimmernde Wunder jener Wand, bis die Sonne sank und es zerschnitt, den Himmel mit Blut füllte und Gold auf das dunkelnde Meer goß.

Dann sah er Flecken jene flammende Scheibe überqueren. Flecken, die wuchsen und schwollen zu seltsamen Formen, wie riesige Ameisen über das Gesicht der sterbenden Sonne krochen. Rasch wuchsen sie – schossen vorwärts, aus dem Zauberreich in die Welt der Menschen.

Sie wurden zu Vögeln, großen Vögeln mit weißen, ausgebreiteten Schwingen, die auf das Land zuschossen, ihre Beute.

Bran hob die Hand. »Schiffe kommen – und sie kommen schnell.«

Um ihn herum herrschte plötzlich Bewegung. Alle Männer waren auf den Füßen, alle Augen schauten dorthin, wohin er schaute. Erregung, die Vielfingrige, die Hände genug hat, um alle in ihrer Nähe zu ergreifen, hatte sie an der Gurgel gepackt. Ein oder zwei fremde Schiffe wären Piraten oder friedliche Händler gewesen, doch noch nie waren so viele Schiffe auf die Insel der Mächtigen zugekommen, es sei denn in kriegerischer Absicht.

Bran sagte: »Geh hinab und führe Männer hervor, um ihnen zu begegnen, Manawyddan. Doch geh als Herold; finde heraus, ob sie in friedlicher Absicht kommen.«

Einige Männer gafften, als hielten sie ihn für übergeschnappt; doch auf den Gesichtern der anderen dämmerte Hoffnung. Der König war nicht sicher, ob die Fremden als Feinde kamen.

Manawyddan gab den Männern ein Zeichen, und sie nahmen ihre Speere und Schilde und folgten ihm. Um ihrer aller Herzen zog sich die unsichtbare Vielfingrige zusammen – so schnell und sicher und stumm war jenes Vorrücken über das in der Abendröte glänzende Meer, mit dem Wind hinter sich, dem Wind, auf dem die Leute aus Anderswelt reiten und die körperlosen Toten.

Drunten am Strand wimmelten die Männer, bewaffneten sich eilends. Mit lauten Rufen begrüßten sie den Sohn Llyrs, in der Meinung, er sei gekommen, um sie in den Kampf zu führen. Manawyddan lächelte und hob seine Hand, die Handfläche nach außen gewandt, Frieden befehlend.

»Haltet eure Speere bereit, Männer, aber werft sie nicht, bevor ich das Zeichen gebe.«

Darauf schwiegen alle, sahen aufs Meer hinaus.

Näher kamen die fremden Schiffe und näher. Noch nie hatten die Männer von der Insel der Mächtigen prächtigere Schiffe gesehen. Die Fremdenschiffe leuchteten und blühten geschmückt mit vielfarbigen Bannern aus reichem Zeug, mit Männern in vielfarbenen Kleidern und blitzenden Waffen. In dem roten Licht glänzten ihre bronzenen Brünnen und Speerspitzen wie Feuer, heller als Gold.

Ein Schiff segelte den anderen voraus, und während sie hinübersahen, hoben die Männer auf ihm einen großen Schild über Bord, Innenseite nach außen, zum Zeichen des Friedens. Manawyddans Herz erhellte sich, als er das sah, denn die Söhne Llyrs liebten den Krieg nicht; doch gab er seinen Männern noch kein Zeichen, die Speere zu senken. Es konnte eine Hinterlist sein.

Hinter dem Schild erschien ein großer Mann in einem scharlachroten Mantel. Wer schärfere Augen hatte, sah, daß er keinen Helm trug; die Sonne verfing sich in seinem hellen Haar und in dem helleren Reif, der es umschloß. Eine Königskrone.

Als die Schiffe fast unter dem Felsen von Harlech dahintrieben, hob er seine Arme, und aus seiner Kehle und aus den Kehlen aller seiner Männer erscholl ein gewaltiger Ruf über die Wasser.

»Sei gegrüßt! Sei gegrüßt, Bran der Gesegnete, Herr über die Insel der Mächtigen!«

An seinem Platz in der Höhe hörte Bran sie. Er beugte sich vor, und seine eigene laute Stimme dröhnte über die Wasser. »Mögen die Götter mit euch sein, fremde Männer! Ihr seid hier willkommen. Wem gehören diese Schiffe? Und wer ist euer Anführer?«

Seine Stimme schien aus dem Himmel über ihnen zu kommen, und die Fremden erschraken und starrten. Sie hatten Manawyddans hohe, baumgerade Gestalt, die am Strand wartete, für den mächtigeren der Söhne Llyrs gehalten. Dann erhob sich ein Herold und sagte: »Matholuch der Hochkönig von Irland ist hier. Dies sind seine Schiffe, Herr, und wir sind seine Männer.«

»Warum ist er hier?« sagte Bran. »Kommt er an Land?«

»Das tut er nicht«, sagte er Herold, »es sei denn, er bekommt, was er möchte. Er ist gekommen, um eine Bitte an dich zu richten, Herr.«

»Nun«, sagte Bran, »was erbittet er?« Er versprach nichts; eine nicht näher bezeichnete Bitte zu gewähren, konnte ein gefährlicheres Geschäft sein, als eine Katze im Sack zu kaufen – wie Pwyll Fürst von Dyved bei seiner Hochzeit hatte erfahren müssen, als Gwawl ihn überlistete, jener gefährliche Bittsteller aus dem Feenreich.

»Er erbittet Branwen die Weißbrüstige, Branwen die Tochter Llyrs. Laß sie mit ihm gehen und seine Frau sein, Herr, damit du und er wie Brüder seid und die beiden Inseln der Mächtigen sich verbünden und beide noch mächtiger werden können.«

Da wurde es wirklich still. Männer standen und starrten, zu verblüfft, um zornig zu sein. Noch nie hatte eine Frau der Alten Stämme ihre Sippe verlassen und ihre Insel, es sei denn als das Opfer von Betrug oder Gewalt. So etwas war unerhört, unglaublich; und die Frau, um die hier gebeten wurde, war Branwen, ihre vornehmste Herrin, die Mutter künftiger Könige!

Bran brach jenes Schweigen; er rieb sich das Kinn. »Nun«, sagte er, »das ist eine Bitte. Ich bin kein König der Östlichen Welt und gebe meine Schwester nicht wie eine Kuh fort. Doch dein König soll an Land kommen und mit uns feiern; das Mädchen kann ihn sich ansehen, und dann werden wir darüber reden.«

Am Strand drunten sperrten die Männer Mund und Augen auf, als trauten sie ihren Ohren nicht. Doch der Herold lächelte, und der große Mann mit der Krone flüsterte ihm ins Ohr.

»Herr, König Matholuch dankt dir. Er wird gern an Land kommen.«

Ein Mann in Manawyddans Nähe faßte genug Mut, um sich auf die Hüfte zu schlagen und zu brummen: »Wenn dieser Ausländer wirklich an Land kommt, wird er kriegen, worum er gebeten hat! Und Branwen wird es nicht sein!«

Ein anderer lachte. »Bran ist schlau! Er muß den Burschen erst an Land haben, bevor er ihn züchtigen kann.«

Ein Mann von den Neuen Stämmen sagte nachdenklich: »Wenigstens kommt er an Land, ohne zu wissen, ob er sie bekommen wird oder nicht. Bran hat ihn dazu gebracht, klein beizugeben.«

Manawyddan sagte nichts; er stand wie ein Baum, wie ein Fels. Er kannte seinen Bruder Bran zu gut, um zu hoffen, daß in dessen Einladung Arglist steckte. Zum ersten Mal in seinem Leben gefror ihn die Furcht; eisige Furcht. ›Wird er das Mädchen mit Fremden wegschicken? So weit weg, daß wir von dem, was ihr geschieht, nur vom Hörensagen erfahren? Wird er ihr die Heimat und ihren Kindern das Erbe rauben? Kann er so in Caradoc vernarrt sein, daß er das tut?‹

Die Iren kamen an Land; stolze, prächtige Männer, die sich um ihren König scharten. Er war groß und schön, dieser Matholuch; in Tara konnte kein Mann mit irgendeinem Makel Hochkönig sein. Sein seidiges Haar und sein seidiger Bart waren fast rot, doch in dem ersterbenden Sonnenlicht hatten sie einen goldenen Schimmer. Seine kühnen Augen waren fast blau, doch zu blaß für reines Blau; keine schöne junge Frau konnte je in sie schauen, ohne davon zu träumen, sie sei der Sonnenaufgang, der diese Augen erwärmen würde.

Am Strand gab er Manawyddan den Friedens- und Begrüßungskuß, und auf dem Felsen empfing er den Kuß von Bran. Dann kam Branwen, die Tochter Llyrs. Bran hatte nach ihr und ihren Mägden geschickt.

Sie war schön, die Schwester Brans des Gesegneten. Ihr Haar war wie die Schwingen eines Raben, und ihr Busen war wie die Brust einer weißen Taube, weich und warm und lieblich, nichts Schöneres gab es auf der Welt. Matholuchs ganzes Gesicht leuchtete, als er sie sah.

»Bei der Sonne und beim Mond und bei allen Elementen, Herrin: du bist eine Reise ans Ende der Welt wert! Traurig bin ich über all die Nächte, die ich ohne dich schlief!«

Ihr Gesicht wurde blutrot, sogar ihr weißer Busen. Sie sagte: »Sei gegrüßt, und Freude sei mit dir, Matholuch von den Iren.«

Er lachte ein lautes Lachen. »Das wird sie, Herrin, wenn du es willst.« Er nahm den Metbecher, den sie ihm bot, seine große Hand braun auf ihrem weißen Arm. Und die Schatten, die sich über Harlech längten, wurden schwärzer.

Wie ein großer Mantel fiel die Dunkelheit. Feuer blinkten; Tiere wurden geschlachtet und an Bratspießen über jenen Feuern gedreht. Die Männer der beiden Inseln saßen und aßen, und die Frauen von der Insel der Mächtigen aßen mit ihnen.

Branwen saß Matholuch gegenüber, und ihre Augen waren von seiner Schönheit und Kraft erfüllt. Ihr Herz sang: ›Hier ist mein Mann, mein erster

Mann und mein letzter, der eine, auf den ich immer gewartet habe.‹ Doch ein Bezirk tief in ihr war kalt vor Angst. Ihre Heimat und ihr Volk für immer zu verlassen – die Mädchen, mit denen sie gespielt, mit denen sie aufgewachsen war, ihre Sippe, ihre Brüder, Bran und Manawyddan, Nissyen und Caradoc, sogar Evnissyen – wie konnte sie das tun? Doch wenn sie es nicht tat, wenn sie diesen Mann davonsegeln sah – würden dann nicht alle Dinge, die zurückgeblieben, kalt und leer und hohl sein?

Wenn sie nur zu jenem Morgen hätte zurückkehren können, in die Zeit, da sie ihn noch nie gesehen hatte! Wie gerne, wie freudig hätte sie sich dorthin geflüchtet! Doch jetzt mußte sich, was immer sie auch tat, alles ändern; Schmerz und weher Verlust waren unvermeidlich.

Und doch, und doch, wünschte sie wirklich, sie hätte ihn nie gesehen? Seinen Anblick und seine Stimme und seine warme Nähe versäumt, das Wissen, daß es solch einen Mann gab?

Sie konnte nicht mit ihm gehen! Sie konnte nicht! Doch. . .

Ihre Augen flehten ihn an, er möge sie zum Gehen zwingen, und dann wieder, zum Bleiben. Das Unmögliche zu tun, und aus dem Leid den Schmerz zu nehmen.

Mit grünen, hungrigen Katzenaugen beobachtete er sie: die reine Schwanenlinie ihres Kopfes und ihres Halses, die sich hinabbog in die wärmere, reichere Schönheit ihres Busens. Er brannte darauf, seinen Kopf und seine Hände dorthin zu legen, auf jene warme, weiße Lieblichkeit, die ein Nest für die Liebe war. Doch vergaß er keinen Augenblick lang, was jener schöne Körper noch war: ein strategischer Schatz, ein Gestaltungsort und ein Tor in diese Welt für künftige Könige. Für Könige über diese Insel, die größer als seine eigene war. . .

Erst als es fast tagte, waren die Söhne Llyrs allein. Dann, als die Feuer zu Glut herabgebrannt waren und alle anderen Männer sich schlafen gelegt hatten, als der Mond untergegangen war und die Erde lichtlos und verloren lag, sprachen sie miteinander.

»Nun«, sagte Bran, »es ist offensichtlich, daß Branwen ihn mag. Was hast du zu sagen, Bruder?«

»Es gefällt mir nicht«, sagte Manawyddan. »Noch nie hat ein König in der Westlichen Welt seine Schwester mit einem Ausländer fortgeschickt.«

»Du gibst den besten aller Gründe, es zu tun«, sagte Bran. »Jenes Wort ›Ausländer‹. Die Alten Stämme leben in Irland, genau wie auf unserer eigenen Insel. Die Neuen Stämme sind ihnen dorthin gefolgt, wie bei uns. Wir sind von einem Blut; in unseren Adern fließt das gleiche Blut. Und doch hat ein kleiner Streifen Meer solch eine Mauer zwischen uns errichtet, daß die Männer der einen Insel jene der anderen ›Ausländer‹ nennen und aus jenen Namen einen Argwohn und einen Gestank machen.«

»Das wäre genauso falsch, wenn wir von verschiedenem Blut wären, Bruder.«

»Wahr. Es ist nicht ehrenhaft oder eine Heldentat, einen Mann zu töten, weil er nicht dort lebt, wo man selbst lebt, oder weil er sich in irgendeiner anderen Hinsicht von einem selbst unterscheidet. Doch alle unsere jungen Männer, die Matholuchs wie unsere eigenen, meinen, das sei ehrenhaft; heimlich suchen diese jungen Heißsporne die Küsten des anderen Landes heim und töten und stehlen und brennen. Es hat keinen Sinn, darüber zu reden, wer damit angefangen hat oder wer es am häufigsten tut. Man muß der Sache ein Ende machen!«

Manawyddan sagte: »Ich gehöre nicht zu denen, Bran, die einem Menschen seine Rasse zum Vorwurf machen; das weißt du. Doch dieser Mann Matholuch ist ein Fremder für uns. Und er ist von den Neuen Stämmen, deren Sitten nicht unsere Sitten sind.«

»Er scheint von guter Abstammung zu sein und sieht gut aus. Alles, was ein Mann sein soll, Bruder.«

»Vielleicht. Ich wünschte nur, ich könnte ihn ohne seinen Bart sehen. Manches Gesicht hat eine gute Stirn, aber ein schwaches Kinn. Alles, was wir von seinem Kinn wissen, ist, daß er beim Essen guten Gebrauch davon machen kann.«

»Eine nützliche Errungenschaft.« Bran grinste.

»Der Vater von Königen braucht mehr. Auch wird der Haß auf Ausländer nicht über Nacht sterben. Wenn Branwens Sohn in Irland zur Welt kommt, wird er es nicht leicht haben, wenn er hierherkommt, um zu herrschen.«

Einen Atemzug lang schwieg Bran. Dann sagte er: »Ein König hat es niemals leicht.«

»Und Branwen selbst, Bruder? Der Sturm in ihrem Blut mag sie nach Irland treiben, doch wird sie dort sein, was der Mann hier ist – ausländisch. Wenn es Streit gibt zwischen ihnen – und was ist so ungewiß wie diese flammende, alles erschaffende, viel zerstörende Liebe zwischen Mann und Frau? –, wird sie allein sein. Alle dort werden seine Freunde sein, nicht die ihren. Und in Irland haben die Neuen Stämme die Oberhand gewonnen; sie, die denken, daß der Mann der Herrscher über die Frau sein sollte.«

»Matholuch würde es niemals wagen, ihr Leid oder Beleidigung anzutun«, sagte Bran. »Zu viele Händler verkehren zwischen den Inseln; es würde uns bald zu Ohren kommen. Warum sollte irgendein Mann auch wünschen, einer wie ihr weh zu tun? Branwen ist ebenso liebenswert wie lieblich.«

»Viele Frauen sind beides gewesen, Bruder, und doch ist großes Leid über sie gekommen.«

»Es wird immer in ihrer Hand liegen, wieder heimzukommen«, sagte Bran. »Sie ist eine Frau aus königlichem Hause. Kein Mann wird es wagen, sie zu binden. Beli schuf Frieden auf dieser Insel, Bruder. Wenn ich ihn zwischen den beiden Inseln schaffen könnte. . .«

Mit dem Teil seiner selbst, der alle Männer und alle Frauen liebte, schaute Bran jenes Bild an und sah, daß es gut war. Wenn tief in den dunkelsten, uneingestandenen Winkeln seines Herzens etwas flüsterte: ›Branwens Sohn wird weit weg geboren werden; er wird ein Fremder auf der Insel der Mächtigen sein, wogegen Caradoc bekannt und geliebt ist‹, dann gestand er sich nicht ein, daß er es hörte.

Manawyddan seufzte. »Ich sehe, wie du im Rat sprechen wirst, Bruder, vor den Häuptlingen. Und du weißt ebensogut, wie ich gerne sprechen würde. Aber ich werde mich dort nicht gegen dich stellen. Ich habe es nie getan.«

Er dachte: ›Freundschaft zwischen den Völkern, das Ende alten Hasses – mit welch prächtigen Gewändern hast du die Nacktheit deiner Begierde bedeckt! Du verbirgst deine wahre Absicht vor dir selbst, aber sie ist da.‹

ZWEITES KAPITEL – DIE BELEIDIGUNG/IM RAT DER HÄUPTLINGE WURDE JENE EHE BESCHLOSSEN, DIE ERSTE EHE, DIE AUF DER INSEL DER MÄCHTIGEN JE AUS STAATSGRÜNDEN GESCHLOSSEN WURDE. BRAN DER GESEGNETE UND SEINE SCHWESTER WÜNSCHTEN sie, und seine Brüder Manawyddan und Nissyen sagten nichts dagegen. Sein Bruder Evnissyen war nicht anwesend und konnte gar nichts sagen. Seit jenem Tage, als es ihm mißlungen war, seine älteren Brüder auf dem Felsen von Harlech einander zu entfremden, hatte kein Mensch sein Gesicht gesehen.

Das »Mabinogi« sagt, es sei vereinbart worden, das Branwen Matholuch zum ersten Mal in Aberffraw zu ihrem Bett zulassen solle. Deshalb marschierte Bran mit allen seinen Männern dorthin, und Matholuch segelte mit allen seinen Schiffen dorthin. Zu zahlreich waren jene Hochzeitsgäste, als daß man sie in einem Hause hätte unterbringen können. Sie aßen und schliefen in Zelten und um Lagerfeuer herum. Bei Nacht müssen die Sterne, die auf jene vielen hellen Feuer auf der zuvor dunklen Erde hinabschauten, sich gewundert und das Firmament nach einem Riß abgesucht haben, zitternd vor Angst, daß auch sie hinabfallen könnten.

Bei einem Feuer saßen die Söhne Llyrs, und ihnen gegenüber saß Branwen die Tochter Llyrs an Matholuchs Seite, und die Hände der beiden Liebenden berührten einander unablässig, und ihre Augen warfen sich lange und tiefe Blicke zu. Manawyddan beobachtete sie und dachte: ›Es ist wie Wein, diese Sache zwischen ihnen. Ich hoffe, es wird dauern. Aber er gefällt mir nicht, dieser Plan, daß zwei Menschen miteinander schlafen sollen zum Wohle zweier Inseln. Das Verlangen wird nicht immer kommen, wenn es gerufen wird. Ein trostloser Weg wird sich von nun an durch die Zeiten winden: die lieblosen Betten der Verdrossenheit und die freudlos gezeugten Kinder. Vielleicht ist es besser für das Große Vorwärtsgehen, daß Bran König ist, nicht ich. Ich bin keiner, der neue Wege erschließt.‹

Er blickte wieder zu Branwen hinüber, in ihr liebliches, gerötetes Gesicht und in ihre Augen, die nur den Iren sahen, und er betete zu den Welt-Gestaltern, den Namen nennend, unter dem er Sie kannte: »O Mütter, die Ihr die Erde machtet, laßt den Weg meiner Schwester so gut sein, wie Ihr nur könnt!«

In jener Nacht schlief Matholuch in den Armen Branwens der Weißbrüstigen, der Tochter Llyrs.

Es wurde Tag und wieder Nacht, und nach ihnen wieder Tag und Nacht, Schwarz und Gold pendelten hin und her, wie sie es bis ans Ende der Welt tun werden. Denn die Hochzeit zwischen Licht und Dunkelheit ist wohl die erste gewesen, die je geschlossen ward, wie sie gewißlich die letzte sein wird, wenn jene Kraft, die zu Dunkelheit verkehrt wurde, schließlich geläutert und an jenen Busen des Göttlichen Feuers zurückgeholt werden wird, von dem sie kam.

Branwen und Matholuch waren glücklich. Tag auf Tag jagte und feierte der irische König mit den Männern von der Insel der Mächtigen, und Nacht auf Nacht legte er sich neben seinem Weibe nieder, und für die beiden gab es keinen Sonnenuntergang und keine Dunkelheit, nur ihr eigenes Feuer, das aufflammte und sie einschloß und allein ließ, einander zu lieben.

Seine Männer jagten und feierten auch und fanden die Frauen von der Insel der Mächtigen höchst gastfreundlich, und seine Pferde grasten auf der ganzen Strecke von Aberffraw bis zum Meer. Die irischen Männer und die irischen Pferde lebten in Saus und Braus, und man kann sich fragen, wer dabei ausgelassener wurde.

Evnissyen begegnete auf seinem Heimweg diesen Pferden. Was dann geschah, macht gewiß, daß er nicht vielen Iren begegnete. Wahrscheinlich war nur ein Ire bei den Pferden, und dieser ein alter Mann.

Evnissyen war in den Hügeln gewesen, hatte auf hartem Boden geschlafen und von dem gelebt, was er erbeuten konnte, hatte keine menschlichen Stimmen gehört, nur die kalten Winde, die über ihn hinwegwehten und ihm keine Beachtung schenkten. Solche unpersönlichen Feinde fordern – im Gegensatz zu einer wütenden Person, der nachzugeben man haßt – das stolze Ich nicht heraus und wirken oft sehr kühlend. Evnissyen war jetzt bereit, seinen Brüdern zu vergeben; ja, er hegte fast freundliche Gefühle für sie.

Er wollte rasch nach Hause, doch als er die Pferde sah, blieb er stehen, um sie anzusehen, und das war kein Wunder, denn sie lohnten das Anschauen. Von Kopf bis Huf waren sie vollkommen, von der Schnauze bis zum Schwanz waren sie geschwinde, schimmernde Schönheit. Ihre Augen und ihre glatten Felle leuchteten wie Sterne. Irland hat viele herrliche Pferde gezüchtet, doch nirgendwo hat je eines diese an Schönheit übertroffen.

»Das sind schöne Tiere«, sagte Evnissyen. »Wem gehören sie?«

»Wer ist denn Euer Hochwohlgeboren?« sagte der Ire grinsend. Er dachte, es sei Nissyen, der scherze. Die beiden Söhne Eurosswydds waren sich äußerlich so ähnlich, wie sie innerlich einander unähnlich waren – dunkle, schlanke Jünglinge mit sehr schönen Gesichtern, so schön wie Penardim, ihre Mutter.

Evnissyen erwiderte dieses Grinsen nicht. Er fühlte sich verspottet, und seine stets verletzliche Würde schwoll sogleich wieder an und wurde so stachlig wie ein Igel.

»Ich bin Bruder des Hochkönigs der Insel der Mächtigen, Bursche. Bruder Brans des Gesegneten. Ich bin Evnissyen, Sohn Penardims. Achte also auf eine höfliche Zunge in deinem Kopf, Tölpel.«

Das wischte das Grinsen des Iren hinweg. »Wenn du ein Bruder von König Bran bist,« sagte er, »dann glaube ich nicht, daß er deinetwegen der Gesegnete genannt wird. Doch wenn es stimmt: Diese Pferde sind die Pferde deines Verwandten, denn sie gehören Matholuch, Hochkönig von Irland und Mann deiner Schwester Branwen.«

Evnissyen wurde so rot wie Feuer und dann so weiß wie der Tod. »Haben sie es gewagt, so mit einem Mädchen wie Branwen umzuspringen – sie einem Hund von einem Ausländer zu geben? Auch noch meine eigene Schwester, und ohne meinen Rat einzuholen! Meine Brüder hätten keine größere Schande über mich bringen können als diese!«

Es schien ihm, als hätten Bran und Manawyddan diese Ehe in die Wege geleitet, um ihn zu bestrafen, um ihm und der ganzen Insel der Mächtigen zu zeigen, wie wenig es bei ihren Entschlüssen oder bei irgend etwas Wichtigem auf ihn ankam – den geringsten der Söhne Penardims. Sie hatten nicht auf ihn gewartet, sie hatten sich freudig auf die Möglichkeit gestürzt, diese unerhört wichtige Angelegenheit ohne ihn abzumachen!

Seine Hände schossen vor und packten den Hals des alten Mannes. »Bei den Göttern, bei denen dein Volk schwört: Ist diese Schändlichkeit wahr?«

»Es ist wahr, und es ist keine Schändlichkeit«, sagte der alte Mann standhaft. Evnissyens Schwert fuhr ihm durch den Bauch, bevor er noch etwas sagen konnte. Er fiel, und der Sohn Eurosswydds stand und sah ihm beim Sterben zu, froh über jedes Stöhnen. Dann stürzte er sich auf die Pferde und schnitt ihre Ohren ab. Er schnitt ihre Lefzen ab und legte ihre Zähne bloß, und das Blut strömte nur so. Er schnitt ihre seidigen Schwänze ab. Er hackte ihre Augenlider weg. Er fügte ihnen jeden erdenklichen Schmerz zu, ohne sie jedoch zu töten, und die ganze Zeit über waren ihre Schreie Musik in seinen Ohren. In seiner Vorstellung schnitt er dies von Bran ab, und jenes von Manawyddan, und Verschiedenes von dem unbekannten Matholuch.

Einmal in seinem ruhlosen, selbstzerstörerischen Leben war er glücklich; denn obgleich seine Rache unvollkommen war und teilweise ein Traum, so verdarb er doch vollkommene Schönheit, und es ist eine Art Wunder, ein Wunder wie dieses zunichte machen zu können.

Als er alles getan hatte, was er sich nur ausdenken konnte, ging er davon. Unterwegs traf er einen zweiten Iren und hielt ihn an.

»Berichte deinem ausländischen Hochkönig«, sagte er, »daß er gut daran tue, seine Pferde anzuschauen, denn sie waren noch nie so sehr des Anschauens wert. Auch ist es schade, so schöne Tiere unbewacht zu lassen, und der Mann, der auf sie aufpaßte, ist jetzt nicht mehr in der Verfassung dazu.

Sag ihm auch, daß diese Botschaft von Evnissyen kommt, Bruder Brans des Hochkönigs, dessen, der über die bei weitem größte der Inseln der Mächtigen regiert.«

Lachend ging er seines Weges, der jetzt nicht mehr nach Hause führte.

Doch die Iren lachten nicht, als sie zu ihrem König kamen. Ihre Gesichter waren so rot wie Blut, und ihre Hände waren verknotete Fäuste.

»Herr«, sagten sie, »du bist entehrt und beleidigt worden wie vor dir noch kein König in Erin!«

Matholuch starrte sie an. »Wie?«

»Herr, die Pferde sind beschnitten und verstümmelt, kastriert; schreiend vor Entsetzen rasen sie umher. Diese Grausamkeit übersteigt alles Vorstellbare. Und Evnissyen, der Bruder deiner eigenen Frau, hat sich damit vor uns gebrüstet. Das muß es sein, was diese Männer von der anderen Insel von Anfang an geplant haben, während sie dich besabbelten und so taten, als wären sie deine Freunde.«

Matholuch saß so steif da wie ein toter Mann, starrte von krebsrotem Gesicht zu krebsrotem Gesicht. Er fühlte sich so hohl, als wären ihm sämtliche Organe ausgeblasen worden. Er wollte Zeit, Zeit, um nachzudenken, aber es gab keine Zeit. Alle jene roten, starrenden Augen schlugen ihn wie Peitschen.

Er versuchte, zunächst, Vernunft walten zu lassen. Er selbst hätte gern auf

174

Erklärungen gewartet; er war ein gemäßigter Mann. Er leckte sich die Lippen und sagte schwächlich: »Es ist mir ein Rätsel, weshalb, wenn sie mich beleidigen wollten, sie mich mit einer so vornehmen Dame schlafen ließen, mit dem Liebling ihrer ganzen Sippe.«

Die unerbittlich roten Blicke wurden nicht weicher. »Herr, es kommt nicht drauf an, was für eine Art von Rätsel das ist. Es ist so. Und da wir hier nicht genug Männer sind, um mit ihnen zu kämpfen, bleibt dir nichts anderes übrig, als heimzukehren.«

Er sah, daß sie ihn, wenn er nicht ging, verachten würden. Er sagte schwer: »Dann wollen wir gehen.«

Ein Mädchen mit bleichem Gesicht brachte die Nachricht von jenem Aufbruch zu Branwen der Königin. Zuerst lachte Branwen. Die Geschichte schien wahnsinnig, eines jener häßlichen, angsteinjagenden Gespinste, die Kobolde aus den schlafmatten und unbehüteten Gedanken der Menschen weben. Doch umgab sie heller und klarer Tag. Und die nüchterne Wirklichkeit des Tages drängte ihr die Geschichte auf, etwas, das widerlegt und in das Land der Träume zurückgestoßen werden mußte.

Sie ging hinaus. Sie sah zu der Straße auf der anderen Seite ihres Pavillons hinüber, zu der Straße, die hinabführte zum Meer und zu den irischen Schiffen. Sie sah die Iren dort, davonmarschierend, Matholuch an ihrer Spitze, groß und gerade in seinem Scharlachmantel. Sein Gesicht hatte den merkwürdigen, gemeißelten Ausdruck, den alle im Profil gesehenen Gesichter haben. Fühllos, maskenhaft, statuenhaft. Er ging an ihr vorüber, sie alle gingen an ihr vorüber, wie von einer Lawine ins Rollen gebrachte Steine. Keine Menschen mehr, nur noch Statuen, die sich bewegten. Es war eine Art Tod.

»Matholuch!« Sie wollte seinen Namen hinausschreien, doch eine plötzliche Geschwulst in ihrem Hals würgte sie. Sie wollte ihm hinterherrennen, doch ihre Füße hatten Wurzeln geschlagen, die in die Erde schossen und sie festhielten.

Sie wollte ihre Arme um ihn werfen und die Statue in einen Mann zurückverwandeln. Doch was, wenn sie ihn berührte und er erwachte nicht zum Leben?

Er war jetzt mehr ein Fremder als an jenem ersten Tage. Eine Statue, die mit den Statuen seiner Männer von ihr ging. Kein Schrei von ihr konnte ihn erreichen oder jene schweigende Gefolgschaft – so unerreichbar waren sie, als wären es tote Männer gewesen, die den Paßweg zum Hunderachen hinabziehen, hinab in die nebligen Gefilde Arawns, des Herrn der Unterwelt. Es war gewiß ihr Tod. Denn ihr Mann, ihr Geliebter, wollte gehen.

Bran und Manawyddan hielten Rat im königlichen Lager zu Harlech. Abend war gekommen, aber nicht der Frieden des Abends. Der Himmel flammte mit fürchterlicher Farbe, blutrot und feuergolden.

Ihre Ratgeber saßen bei ihnen; sie sprachen leise. Branwen war im Pavillon hinter ihnen, und die Söhne Llyrs hofften, daß sie in den Armen des Schlafes ruhte, jenes barmherzigen Bruders des Todes. Sie hatte nicht geweint, doch ihr Schweigen war schlimmer als Weinen gewesen, schwer und sprachlos wie der Schmerz in ihr.

Bran hatte Boten hinter Matholuch hergeschickt. Sie hatten mit ihm an Bord seines Schiffes gesprochen, das seine Männer gerade beluden. Sie hatten gesagt: »Herr, diese Sache wurde weder von unserem König noch von seinen Räten gewollt. Die Schande Brans des Gesegneten ist größer als die deine. Wahrlich, ungesegnet ist er an diesem Tag gewesen!«

»Das denke ich auch«, sagte Matholuch. »Sein Gesicht ist mehr besudelt als das meine. Aber er kann die Beleidigung nicht zurücknehmen. Er kann den Schmerz nicht ungeschehen machen.« Brans Männer machten dann Sühneangebote, und Matholuch blickte sich unter seinen Männern um. Doch sah er nur ein Gesicht auf den vielen Gesichtern eingegraben: funkelnde Augen und fest entschlossenen Mund, voll Stolz auf ihren eigenen Zorn. Und er sagte: »Rot war das Unrecht, und rot muß die Sühne sein. Und solche Buße wird euer König, glaube ich, uns nicht bezahlen wollen, da der Mann, der das Unrecht beging, ist, der er ist.«

Die Boten brachten diese Worte zu Bran zurück, der lange schweigend dasaß. Jeder Mann hörte dieses Schweigen; fühlte es, wie ein Messer an der eigenen Kehle. Denn nur eine einzige wirkliche Sühne konnte Matholuch angeboten werden.

Schließlich sprach Manawyddan, und seine Stimme klang, als zöge man ein Schwert aus der Scheide. »Zwei Dinge müssen wir beschließen. Was wir mit den Iren tun, und was wir mit Evnissyen tun.«

»Wir könnten Evnissyen verbannen«, sagte Bran düster. »Die Mütter wissen, daß er es verdient hat, und ohne uns gegen die Uralten Harmonien zu versündigen, können wir Matholuch kein höheres Sühngeld anbieten. Nie hat bei den Alten Stämmen Bruder den Bruder erschlagen. Selbst bei den Neuen Stämmen wird es noch für eine böse Tat gehalten. Wir können es nicht tun.«

»Wenn wir ihn verbannen«, sagte Manawyddan, »wird er zum Piraten werden und die Menschen an der irischen Küste – und vielleicht die an der unseren – behandeln, wie er die Pferde behandelte.«

Bran stöhnte. »Warum konnte ihm nicht eines jener Pferde den Schädel eintreten!«

176

»Es tat es nicht. Vom Schicksal ist uns bestimmt worden, daß wir nicht so leicht Frieden bekommen, Bruder.«

Bran stöhnte wieder. »Das ist eine häßliche Sache. Daß er den Iren tötete, kann ich verstehen. Es hat ihm immer gefallen, Menschen zu verachten; natürlich wird er einen Ausländer besonders verachten und kein großes Unrecht darin sehen, einen solchen zu töten. Doch diese Sache mit den Pferden – ich habe so etwas noch nie gehört! Seit Anbeginn der Welt hat gewiß noch kein Mann so gehandelt. Kennt er denn kein Erbarmen?«

Sein großes Gesicht sah so düster aus, als hätte sich dort die ganze Finsternis der Nacht zusammengezogen.

»Wir waren Narren, daß wir keine Schwierigkeiten vorhersahen«, sagte Manawyddan. »Er hatte ein Recht, in dem Rat zu sitzen, der beschloß, unsere Schwester mit Matholuch gehen zu lassen. Und seine Ehre ist immer seine empfindliche Seite gewesen.«

»Ich würde nur zu gerne meine Hand an einer anderen empfindlichen Seite von ihm ausprobieren«, knurrte Bran.

»Auch das ist gegen die Sitte der Alten Stämme«, sagte Manawyddan, »unsere Kinder zu schlagen. Wir hätten damit Evnissyen vielleicht Verschlagenheit gelehrt, aber nie hätten wir ihn Furcht lehren können, die stärker als sein Haß gewesen wäre.«

Bran sagte grimmig: »Viele Männer würden wohl am Leben bleiben, wenn er jetzt stürbe. Die Druiden hatten recht, Bruder. Erinnerst du dich? Als Nissyen geboren wurde, sahen sie ihn an und schüttelten ihre Köpfe vor Verwunderung. Sie sagten: ›Wie konnte solch ein Kind aus einer solchen Tat entstehen?‹ Doch als Evnissyen ihm folgte, da schüttelten sie wieder die Köpfe und sagten: ›Laßt diesen auf keinen Fall auf der Insel der Mächtigen zu einem Mann heranwachsen.‹«

»Ich erinnere mich gut«, sagte Manawyddan. »Ich kann das Weinen unserer Mutter noch heute hören. Llyr stellte sich um ihretwillen gegen die Druiden und wollte nicht zwischen seinem Volk und seiner Sippe richten. Er sandte Boten zu Math dem Uralten, der antwortete, daß jedes Kind eine Bestimmung sei und daß dieses nicht hierhergekommen wäre, wenn ihn das Land nicht verdient hätte. Also behielt man Evnissyen und gab ihm einen Namen.«

»Evnissyen – ›ungleich Nissyen‹«, sagte Bran. »Was er, bei den Müttern, wahrlich ist!« Er seufzte. »Ich kann nicht sehen, was wir auf unserer Insel getan haben, womit wir ihn verdient hätten.«

»Unsere Mutter Penardim hat eine Tat getan«, sagte Manawyddan. »Eurosswydd tat eine schlimmere. Taten haben in der Luft gelegen, seitdem die Neuen Stämme kamen, weil Veränderung in der Luft lag. Veränderung, die selten ein einzelnes Kind gebiert, sondern meistens Zwillinge – Gut und Böse. Doch weil Evnissyen ungleich Nissyen ist, sollen wir uns deshalb ungleich Bran machen, ungleich Manawyddan? Die Uralten Harmonien müssen von uns behütet werden, Bruder. Sie und, wie ich hoffe, die Gestalt der künftigen Welt.«

Bran schaute in die Nacht hinaus, die mondlos war; zu den Sternen hinauf, die ihn wie eine Myriade funkelnder Augen zu beobachten schienen. Augen, wie sie von kolossalen Gesichtern herab leuchten mögen, mit ruhiger, uralter Verwunderung dem unruhigen Treiben auf der Erde zuschauend.

Er sagte schließlich: »Es gibt nichts, was wir wegen Evnissyen tun könnten. Man kann kein Licht in ihn hineinlassen, und wenn man ein Loch in ihn machte. Doch der Ire, das ist etwas anderes. Geh zu ihm, Bruder, mit Heveydd dem Großen und anderen Männern deiner Wahl, und sage ihm, daß ich ihm zwar nicht den Kopf des Sohnes meiner Mutter geben könne – was ich nur zu gerne täte –, daß ich ihm aber ein Sühngeld geben werde, wie es noch niemals einem König gezahlt wurde.« Er nannte diesen Preis ein zweites Mal.

»Das ist mehr, als er wert ist«, sagte Manawyddan.

»Es steht ihm zu. Auch wollen wir keine Bitterkeit zwischen den beiden Inseln, und vor allem nicht, daß seine jungen Männer unsere Küsten heimsuchen. Denn dann könnte ich unser Volk nicht mehr zurückhalten. Im übrigen bricht diese Sache Branwens Herz.«

Manawyddan erstarrte. »Laß es hier brechen, nicht in Irland. Matholuch ist kein gutes Holz, um einen Frieden damit zu bauen, Bruder. Er hat Branwen nicht die Treue gehalten.«

»Das hat er nicht. Ich weiß es. Doch ist er keiner wie Evnissyen. Solange ihn nichts aufstachelt, wird er schon genügen. Ich muß den Frieden zweier Inseln wahren. Hilf mir, Bruder.« Manawyddan schwieg eine Weile; dann sagte er schwer: »Lieber gäbe ich ihm den Kopf unseres Bruders mit nach Hause, als unsere Schwester aus den Augen zu verlieren. Doch ich sehe ein, daß du sie nicht zurückhalten kannst, wenn sie immer noch gehen will. Doch laß auf jeden Fall Evnissyen einfangen und gut bewachen. Sonst wird es bestimmt wieder etwas geben, was unseren teuren neuen Verwandten in Wut bringt.«

»Das wird nicht geschehen, Herren.« Groß-Heveydd hatte zugehört und war vorgetreten. »Fürst Nissyen ist aufgebrochen, um seinen Bruder zu suchen. Gestern trug er mir auf, euch das zu sagen; es ist aber inzwischen so viel geschehen, daß ich es vergessen habe.«

Bran und Manawyddan wechselten einen langen Blick.

»Seltsam«, murmelte Bran, »wie Nissyen immer Bescheid weiß! Schade, daß er Evnissyen nicht fand, bevor Evnissyen die Pferde fand. Aber er wird ihn finden; das ist gewiß.«

Manawyddan nickte. »Ja. Du und ich hätten Druiden beauftragt, in Wasser und Kristall zu blicken, um herauszufinden, wo Evnissyen ist; doch Nissyens Füße werden ihn von selbst zu ihm führen. Es ist ein seltsames Band zwischen jenen beiden.«

»Das ist es fürwahr.« Bran grinste. »Als sie klein waren und Evnissyen die Ammen biß und die Hunde trat und alles zerriß, was er in die Hände bekommen konnte, so daß man sogar Branwen in ihrer Wiege vor ihm schützen mußte, da hob er nicht ein einziges Mal die Hand gegen Nissyen. Wenn sein Zwillingsbruder herbeikam und ihn ansah, ließ er sein, was er gerade Böses tat, brüllte vor Wut auf und rannte davon. Liebt er Nissyen, oder haßt er ihn am meisten von uns allen, frage ich mich. Nun, wenigstens eine Schwierigkeit ist jetzt beseitigt. Mögest du mit der anderen genausoviel Glück haben, Bruder.«

»Ich werde mein Bestes tun«, sagte Manawyddan.

In der letzten Stunde vor Tagesanbruch, da Stille und Schwärze schwer auf allen Dinge lagen, als trauerte die Welt um ihren eigenen Tod, kam er zu den Schiffen der Iren. Er rief zu ihnen hinauf; in dem Licht ihrer erlöschenden Fakkeln sah er ihre Augen glitzern, ein Schimmern ohne Farbe, Augen, die unter den Helmen hervor wachsam zu ihm herabspähten.

Ihr Sprecher sagte: »Geh heim, Brite. Es gibt nichts zu reden. Unser König schläft.«

»Weckt ihn«, sagte Manawyddan. »Sagt ihm, daß Manawyddan, Sohn Llyrs, hier sei. Der Bruder seiner eigenen Frau.«

»Ich bin hier.« Über dem Mann, der gesprochen hatte, ragte eine hohe Gestalt auf, ohne Gesicht. Er stand außerhalb der Reichweite des Fackellichts, und viele Männer drängten sich um ihn.

Manawyddan spähte zu ihm hinauf, strengte seine Augen an, versuchte, jenen umrißlosen Fleck fahlerer Dunkelheit auszumachen, der seines Schwagers Gesicht war. Plötzlich erkannte er, erschreckend, daß er Matholuch so deutlich sah, wie er ihn jemals gesehen hatte. Verbarg Dunkelheit nicht mehr, als Form und Farbe und seine stolze Erscheinung inmitten seiner Krieger verbargen?

Der Sohn Llyrs überbrachte seine Botschaft. Matholuch sagte: »Ich werde mit meinen Männern darüber sprechen.«

Manawyddan und seine Männer warteten. Das Schwarz der Nacht machte einer kränklichen Farblosigkeit Platz, welche die Erde alt und müde und mißförmig aussehen machte. Der Osten ergraute wie das Haar einer alten Frau. Ein kalter Wind wehte, und mit ihm kam das schrille Geschwirr von Stimmen zu den Boten: »Ein gewaltiges Sühngeld ... Wenn wir es nicht nehmen, müssen wir zur Vergeltung ihre Küsten plündern ... Dann werden sie vielleicht bei uns einfallen ... Wahrscheinlich suchen sie sowieso nur nach einem Vorwand dafür ... Wenn wir das ablehnen, werden wir noch viel mehr Ärger kriegen und vielleicht noch mehr Schande, aber niemals wieder einen solchen Preis für unsere Ehre.«

Der Morgen rötete sich. Matholuch kam an die Reling des Schiffes und beugte sich darüber. Er blickte zu Manawyddan hinab und lächelte sein altes, freies, freundliches Lächeln. In dem roten Licht leuchteten sein Haar und sein Bart fast rot, mit einem fast goldenen Schimmer.

»Komm herauf, Bruder«, sagte er, »und drück' mir die Hände. Fleisch und Trank sollen dir und deinen Männern vorgesetzt werden. Niemand auf der Welt könnte solch ein schönes Sühngeld zurückweisen. Darin sind wir uns einig, meine Männer und ich. Und wie froh bin ich, Branwen zurückzubekommen, meine Frau!«

Drittes Kapitel – Der Friedensschluss/Bei Sonnenuntergang war Nissyen der Sohn Eurosswydds zu einem Hügel unweit von Aberffraw gekommen. Bäume und Felsen gab es dort, aber keine Spur von einem Menschen. Wie eine aufgerissene und brennende Fläche brütete der Himmel darüber; blutrot, wie aus gewaltigen Wunden. Die Felsen und Bäume leuchteten stumpf in jenem roten Glühen, das wie der Schatten und die Seele des Blutes war.

Nissyen sah eine Eiche und etwas, das im Schatten jener Eiche kauerte, so still, daß es jedem Späher mit weniger geschärften Sinnen wie ein Teil jenes Schattens vorgekommen wäre. Doch Nissyen fühlte die rote Dunkelheit, die es umbrodelte, unrein wie Jauche, wilder als der brennende Himmel.

»Evnissyen«, sagte er. »Bruder.«

Sein Zwillingsbruder zuckte zusammen, als durchbohrte ihn ein Pfeil; dann wandte er seine Augen ab, als wäre ihm der Anblick jenes ruhigen Gesichtes unerträglich.

»Es konnte ja niemand anderes sein!« Er fletschte knurrend die Zähne. »Warum kannst du mich nie allein lassen?«

Nissyen sagte nichts. Er setzte sich neben seinen Bruder; er blickte weder zu ihm hin noch von ihm weg. Seine nichts fordernde, gelassene Freundlichkeit war wie die ruhige Macht der Erde, die zu gewaltig ist, als daß ein Mensch sie erschüttern könnte, zu stark und sanft und fruchtbar, als daß ein Feuer sie verbrennen könnte.

Sie machte, daß Evnissyen sich leer und nutzlos fühlte. Er griff gierig, gleichsam mit beiden Händen, nach der Wut, die ihm entglitt. Er krallte in die Erde, riß Fäuste voll Gras aus und erhielt so die Befriedigung, wenigstens etwas zu verletzen. »Er hat dich geschickt!« tobte er. »Bran!«

Und die mächtige Gestalt Brans, die er immer ein wenig gefürchtet hatte, türmte sich vor seinem inneren Auge auf wie eine große Klippe, wie die riesigen Eismassen des hohen Nordens, Unermeßlichkeiten, die, einmal in Bewegung gesetzt, alle Dinge erdrücken und vereisen können.

»Ist er immer noch so zufrieden mit dem Streich, den er mir gespielt hat, unser ruhmreicher Bruder? Er, der nicht genug Schneid hat, um das zu tun, was er will, und seinen eigenen Sohn zum König zu machen? In seinem ganzen großen klumpigen Kadaver hat er nicht genug Mark, sich über eine Beleidigung zu ärgern oder selbst jemanden zu beleidigen – außer mich! Außer mich!« Er heulte, wie ein Wolf heult. »Mein ganzes Leben lang hat er mich verachtet. Sie alle haben es, sie alle haben mich immer gehaßt und gequält und alles verbogen, was ich je sagte oder tat. Weil ich der Sohn Eurosswydds bin, nicht der Llyrs.«

»Auch ich bin Eurosswydds Sohn«, sagte Nissyen. »Ich habe jenen Haß nie gespürt.«

»Natürlich nicht, du kriechender Stiefellecker! Du Hund, der stets die Absätze der Söhne Llyrs umwinselt! Aber ICH habe ihn gespürt, ich habe ihn alle meine Tage lang tragen müssen, und ich werde ihn alle meine Tage lang tragen müssen.« Er knurrte und krümmte sich in seiner großen Qual und riß noch mehr Gras aus.

»Gras fühlt weniger als Pferde«, sagte Nissyen.

Evnissyen setzte sich auf. Er lachte und knirschte mit den Zähnen zu seinem Gelächter. »Wenigstens das habe ich getan! Ich habe sie erschreckt – Llyrs edle Söhne! So nahe hatte ich sie daran, einander an die Kehle zu fahren – und es wäre mir gelungen, wärst du nicht gewesen, du brandige Pest –, daß es ihnen schon angst und bange wurde. Diesmal bin ich es gewesen, mit dem sie eine Rechnung begleichen wollten – ich!« Seine Stimme hob sich triumphierend. »Nicht unser Vater. Ich, Evnissyen!«

»Sie hätten es nicht tun sollen«, sagte Nissyen. »Aber sie haben es nicht aus Bosheit getan. Sie vergaßen dich.«

Stille, niederschmetternde Stille. Die Söhne Llyrs hätten Evnissyen niemals davon überzeugen können, daß es Vergeßlichkeit gewesen war, nicht Gehässigkeit; doch Nissyen überzeugte ihn. Und dieses Wissen machte, daß er sich klein fühlte, und nichts auf der ganzen Welt gab es, was Evnissyen so sehr fürchtete wie Kleinheit – seine eigene Kleinheit. Er liebte es, Schmerz zuzufügen und sich dadurch groß zu machen in dem Bewußtsein dessen, der den

Schmerz fühlte. Er selbst war fähig, Schmerz zu ertragen, in heimlicher Wonne, die er aus dem Wissen saugte, daß seine eigenen Handlungen wichtig genug waren, diese Gewalttätigkeit zu bewirken, unter der er litt, diesen Aufruhr und diese Anstrengung in einem anderen Menschen. Dem innerlich fröstelnden und hungernden Menschen kann Züchtigung eine bittere Speise sein. Und jetzt hatte man Evnissyen seine Nahrungsquelle weggeschnappt.

Als er wieder sprach, war seine Stimme leise. »Ich werde sie lehren, mich zu vergessen! Mich vergißt man nicht ungestraft. Wenn unsere guten Brüder das bis jetzt nicht gelernt haben, dann werden sie es bald lernen. Eurosswydd hat sie daran erinnert. Ich bin froh darüber. Froh, daß unsere Mutter ihn haben mußte, als sie ihn nicht haben wollte. Er hat in einer Nacht mit ihr so viel fertiggebracht wie Llyr in all den Jahren zuvor. Zwei von uns, so wie es zwei Söhne von Llyr gibt. Er war ein Mann, unser Vater! Und Llyr mußte sich danach in jeder Nacht daran erinnern, solange er lebte, wo Eurosswydd überall gewesen war . . .« Er lachte wölfisch. »Nun, ich werde dir nicht nachstehen, Vater. Auch ich werde sie dazu bringen, daß sie sich an mich erinnern. Ich hab' erst angefangen.«

Nissyen gab keine Antwort. Schatten waren jetzt überall, wie dunkle, langgliedrige Eindringlinge schwangen sie sich vom Himmel herab. Immer dichter, schwärzer, stärker – ein Heer von ihnen bedeckte die Erde.

Evnissyen sagte aus der Dunkelheit: »Ich hätte glücklich sein können, wenn sie mich nicht gehaßt hätten.« Er bewegte sich ruhelos, seine Hände zerrten noch immer an Grashalmen, rissen sie aber nicht mehr aus. Er war müde; seine Wut war erschöpft. Trotz seinen prahlerischen Worten hatte er keine Ahnung, was er als nächstes tun könnte, damit Bran und Manawyddan sich an ihn erinnerten. Sein schönes, nach oben gewandtes Gesicht war tragisch, rein durch die Reinheit des Schmerzes, und so ähnlicher denn je seinem ruhigen Ebenbild neben ihm.

»Meinst du, Bran wird es gelingen, mit diesem ausländischen König Frieden zu schließen, Bruder? Ich hoffe nicht – ich hoffe nicht!«

›Wenn es ihm nicht gelingt, werde ich wenigstens etwas geleistet haben. Ich werde immer noch Größe besitzen.‹

»Bran wird ihm ein großes Sühngeld anbieten«, sagte Nissyen. »Mehr, als er im Kampf gewinnen könnte.«

»Er könnte meinen Kopf im Kampf bekommen. Vielleicht hofft er, ihn auch so zu bekommen.« Evnissyen lachte grimmig, aber auch beklommen.

»Du weißt, daß Bran ihm den niemals geben würde, Bruder.«

»Wahrlich, große Güte wohnt in ihm – diesem Sohn meiner eigenen Mutter! Ich weiß nicht einmal, ob es so ist, aber ohne Zweifel weißt du es. Du

weißt überhaupt viele Dinge, du kriecherischer Spion – zu viele! Aber du wußtest nicht genug, um mich zu finden, bevor ich die Iren fand. Wie hätte es dir
gefallen, jene Pferde vor mir zu retten!« Er lachte gehässig.

»Ja, das wäre mir recht gewesen«, sagte Nissyen. Seine Stimme war wie
die nachtbedeckten Felsen um sie herum; sie hatte keine Färbung und keine
Schwäche und keine Leidenschaft.

»Hund!« Wieder erscholl Evnissyens Wolfsgeheul. »Hund, unwürdig deines
Erzeugers! Wenn du mein wahrer Bruder gewesen wärest, wenn du dich an
meiner Seite gegen die Söhne Llyrs gestellt hättest . . .«

»Ich habe immer an deiner Seite gestanden. Ich stelle mich gegen niemanden.«

Dieses Mal gab Evnissyen keine Antwort. Er verbarg sein Gesicht und
überließ sich ganz seinem krankhaften Haß auf alle Dinge. Nissyen lag neben
ihm und dachte: ›Ich habe ihm ein wenig Licht gegeben, und es brennt ihn
schlimmer als sein eigenes Feuer. Es ist aber meine Aufgabe, Licht zu bringen.‹

Dann wälzte er sich herum und legte seine Hand auf die Schulter seines
Zwillingsbruders. »Steh auf, Bruder. Wir wollen für eine Weile in die Hügel
hinaufgehen, wir beide. Fort von den anderen Menschen.«

Gehorsam wie ein Kind stand Evnissyen auf, doch hielt er seine Augen abgewandt; unverminderter Abscheu brannte in ihnen. Zusammen gingen sie in
die Hügel hinauf, und kein Mensch sah einen von ihnen wieder, bis die Iren
nach Irland abgesegelt waren.

Nach und nach ließ die Sonne ihr goldenes Haar auf die Erde herab. Durch das
hellerwerdende Grün marschierten Manawyddan und Matholuch gemeinsam
zurück. Groß-Heveydd war vorausgegangen, um Bran von ihrem Kommen zu
unterrichten, und als sie Aberffraw erreichten, war das dort gerüstete Fest so
groß wie jenes, das für die Hochzeit hergerichtet worden war. Bran saß und
wartete auf sie, und Branwen war bei ihm. Bleich und reglos wie eine Statue
saß sie da, mit tiefen Ringen unter ihren großen dunklen Augen. Seit Anbruch
des Tages hatte sie unablässig gedacht: ›Wenn er kommt – wird es wieder sein
wie zuvor? Alles wieder gut und ich seiner sicher, meines Mannes? O Mütter,
laßt es sein wie zuvor!‹

Doch konnten selbst Sie ungeschehen machen, was einmal geschehen war?

Manawyddan und Matholuch kamen zu Bran und gaben ihm den Begrüßungskuß. Dann kam Matholuch zu Branwen. Er nahm sie in seine Arme und
tat ein lautes Lachen – Lachen, das keines vernünftigen Grundes bedarf, ist oft
nützlicher als Worte – und küßte ihren Mund und zauste ihr schönes Haar, das
so glatt gewesen war wie schwarzes Gefieder.

»Ja, Mädchen«, sagte er, »ich habe dich vermißt vergangene Nacht. Hast du mich auch vermißt?«

Auch sie lachte und küßte ihn. Doch ihre Augen lächelten nicht. Sie suchte in den seinen, wie ein müder Schwimmer den Horizont nach Land absucht.

Er setzte sich an ihre Seite und aß. Alle aßen, und bald summte Gespräch so munter wie Bienen. Jetzt, da Frieden geschlossen war und ihre Münder voll waren, konnten die Iren die Briten besser leiden, und da ihre Münder voll waren und die Gefahr für ihre Küsten vorüber war, konnten die Briten die Iren besser leiden. Die beiden Heere mochten sich.

Nur dort, wo die Könige saßen, herrschte immer noch ein gewisses Schweigen, kalte Tiefen, die das Gespräch, das sich über ihrer Oberfläche kräuselte, nicht erwärmen konnte. Es mochte eine Stille an sich haben, die von Branwen ausging; es hatte in jedem Falle eine häßliche, rote Düsternis an sich, die von Matholuch kam.

Denn jetzt, da seine Männer die Beleidigung vergessen hatten, da erinnerte er sich an sie. Sie, die ehrlich beleidigt und empört gewesen waren, konnten verzeihen. Aber sie hatten ihn hinter sich hergeschleift. Er, der Kopf des Hundes hätte sein sollen, war statt dessen sein Schwanz gewesen, und ein gehorsam wedelnder Schwanz obendrein. Er fühlte sich erniedrigt. Branwens Schweigen und Brans heitere Freundlichkeit nagten gleichermaßen an ihm. Hatten seine Männer vielleicht ursprünglich recht gehabt? Lachte Bran über ihn? Über einen kleinen Streit mit einem geringeren König?

›Ein geringerer König . . .‹ Die Düsternis um ihn herum verdickte sich.

Bran sah, wie weiß Branwen war, sah die Tiefe des Kummers in ihren Augen, die immer noch nicht lächelten. Er spürte Manawyddan neben sich immer stiller und stiller werden, sah das Glitzern des Meeres in diesen meergrauen, meertiefen Augen stärker werden. Den Augen ihres Vaters Llyr.

Bran traf eine Entscheidung. Er sah Matholuch an und sagte: »Du bist nicht so fröhlich, wie du es warst, Schwestermann. Wenn der Grund dafür ist, daß du das Sühngeld für geringer hältst, als dir zusteht, dann sollst du jedes meiner Güter haben, das dir gefällt.«

Das war ein Angebot so groß wie Bran, und innerhalb eines Atemzuges wuschen dieses Angebot und die ochsenhaft großen, arglosen Augen das Gemüt Matholuchs blitzblank.

»Herr«, sagte der irische König, »das ist ein königliches Angebot!«

»Das soll es auch sein, Bruder. Ich werde dem Sühngeld etwas hinzufügen; ich werde dir ein seltenes Geschenk geben. Einen Kessel, der nicht auf dieser Erde gemacht wurde. Dies ist seine Eigenschaft: Wenn einer deiner Männer heute getötet werden würde« – hier erinnerte er sich traurig daran, daß Evnissyen gestern einen von ihnen getötet hatte –, »könntest du ihn hineinwerfen, und er würde wieder lebendig und ganz aus ihm herausspringen, es fehlte ihm nur die Gabe der Sprache. Denn es wäre nicht er selbst, der darinnen wäre, sondern ein ander Ding in seinem Körper, etwas, das nicht einmal fähig wäre, in den Zungen dieser Erde zu denken. Er würde aber kämpfen wie der Dämon, der er dann wohl wäre.«

Röte schoß in das Gesicht Matholuchs. Seine Augen leuchteten.

»Ich danke dir, Herr! Dies muß der größte Schatz auf der Insel der Mächtigen sein. Mit ihm könnte ein Mann die ganze Welt erobern!«

»Es ist der beste Schatz, den ein Mann sich wünschen kann«, sagte Bran trocken, »um Angreifer davor abzuschrecken, in sein Land einzufallen. Doch ein weiser Mann würde es hassen, ihn zu gebrauchen. Denn mit jenen unirdischen Wesen, die nichts können außer kämpfen, wird man wohl schwerer fertigwerden, wenn die Schlacht einmal gewonnen ist, als mit allen irdischen Feinden.«

»Ach so.« Matholuchs Begeisterung schwand. »Eine zu große Gefahr würde der auf sich nehmen, der ihn für Angriff und Eroberung verwendete. Aber er schützt vor Eroberung. Denn im schlimmsten Falle würden jene Wesen aus Anderswelt in dem Fleisch auf der Erde bleiben, das einst das seiner eigenen Rasse gewesen war. Sein Volk würde nie die Schmach kennenlernen, sich Ausländern zu beugen.«

Bran sagte, noch trockener: »Eine schwere Entscheidung. Aber du siehst, was ich dir zeigen wollte.«

Die Nacht war wieder gekommen; alle Festenden gingen zur Ruhe. Branwen und Matholuch gingen zu ihrem Pavillon, sein Arm lag um sie. So hatte er sie in anderen Nächten gehalten, sie bergend, sie wärmend wie Wein. Doch jetzt, wieder zurück in jenem ersehnten, zauberstiftenden Kreis, fühlte sie sich immer noch kalt und einsam, wie eine Frau, die durch eine Winternacht irrt.

Sie waren jetzt in ihrem Pavillon, und sie hörte ihn ihre Frauen fortschikken. »Geht, und gönnt euch jetzt etwas Schlaf, Mädchen. Ich werde eurer Herrin aus ihren Kleidern helfen.« Früher hatte jenes Lachen sie immer erregt; jetzt tat es das nicht.

Sie setzte sich auf das Bett; sie fühlte sich müde, wie eine abgerackerte alte Frau müde ist, für die nichts mehr Glanz oder Verlockung hat. Ihre Gefühle waren wie Jahre über sie hinweggegangen, langsame und schwere und altmachende Jahre, und sie hatte keine Sehnsüchte mehr. Es sei denn, allein zu sein, nicht den Abklatsch dessen zu erleben, was einst schön gewesen war.

Sie fühlte seine Hände auf ihr, wie sie ihr Kleid öffneten, es abstreiften – und es beleidigte sie, wie wenn er in Wirklichkeit eine alte Frau oder eine Leiche lieben wollte.

Sie sagte: »Vergangene Nacht hast du mich nicht so begehrt.«

Er lachte wieder. »Hab' ich das nicht? Wenig weißt du von mir, Weib!« Und zog sie an sich. Er preßte sie so dicht an sich, daß sie die rotgoldenen Haare auf seiner Brust fühlte, das schwere Schlagen seines Herzens.

»Wir wollen nicht mehr reden, Liebste. Laß uns nichts mehr von den Stunden dieser Nacht verschwenden!«

Seine Arme hielten sie fest; sie konnte ihn sowenig aus ihrem Blut fernhalten, wie sie ihn von ihrem Körper hätte fernhalten können. Doch in diesen Armen hätte sie weinen mögen, weil sie immer noch von ihm abgeschlossen war, immer noch die umherirrende Frau, durch ein erleuchtetes Fenster auf unerreichbare Wärme und Freude spähend . . . Zwei Branwen gab es: den Körper, der getröstet wurde, und die Frau, die zusah, allein mit ihrem unerbittlichen Wissen in der Kälte und in der Dunkelheit.

Als er sie besessen und sie seine Leidenschaft immer noch nicht ganz erwidert hatte, da fragte er sie, was sie schmerze. »Nichts«, sagte sie, und ihre Stimme bebte bei diesem Wort, und darüber schämte sie sich; sie war sehr jung. Dann, zum ersten Male, weinte sie.

»Oh, wie konntest du mich ohne ein einziges Wort verlassen!«

Es war ihm nicht nach Streit zumute; er wollte sie, und er wollte den Kessel. Die Insel der Mächtigen schien ihm in dieser Nacht ein guter Platz zu sein; angenehm und voller Schätze. Im übrigen schmeichelte ihn der Grund ihres Kummers. Er hielt sie ganz zart und sagte das einzige, was er noch sagen konnte: »Ich war verrückt letzte Nacht. Ich war entehrt und beleidigt und erzürnt. Ich dachte nicht.«

Das ließ ihn wie ein Kind klingen, das sich von seiner Wut hat hinreißen lassen, und die meisten Frauen haben für die Kümmernisse eines Kindes zärtliches Verständnis. Und obwohl sie es nicht wollte, weinte sie immer noch, und er streichelte sie, um sie zu trösten; sie aber dachte immer noch, er ginge besser von ihr.

»Branwen«, sagte er, »Branwen.« Seine Stimme war die eines Liebenden; die Musik, die Entzücken und Forderung zugleich ist. Seine Hände liebkosten ihre Brüste, und diese Hände waren warm. Sie brachten eine schmelzende Süße an jede kalte, gekränkte Stelle in ihr.

»Matholuch!« sagte sie. »Matholuch.«

Dieses Mal war sie ganz sein.

Der Kessel gefiel den Iren. Bevor das Fest vorüber war, hatten ihn Brans Männer vor den Zelten der Ausländer aufgestellt – rund und riesig und stumpf glänzend, wie ein ausgebrannter Meteor. Seine neuen Besitzer waren voll Wein und Fleisch und Glückseligkeit, konnten aber keinen Schlaf finden, weil sie ihn immerzu anfassen und anschauen wollten.

Doch alle fürchteten ihn ein wenig. Er fühlte sich kälter an, als er hätte sollen. Unirdischkeit haftete an ihm, die Kälte schwarzer Wüsten jenseits der Erde. Metall gehört nicht allein unserer Welt an; vielleicht kommt es von außerhalb, eingeschlossen in Meteore, jene seltsamen Streuner aus den dunklen Gefilden des Weltenraums.

Ein Mann sagte: »Ich frage mich, ob dieser britische König uns wieder zum Narren gehalten hat.« Und er fuhr mit der Hand den Kessel entlang, behutsam, als hätte er Angst, dieser könnte seinen Zweifel übelnehmen und ihn beißen. »Oder ob man wirklich einen Mann töten und ihn drin kochen könnte, und er spränge wieder raus, so gut wie neu, bloß daß er nicht mehr reden könnte.«

»Das letztere würde für einige Männer, die ich kenne, einen Fortschritt bedeuten«, lachte ein zweiter. »Schon manche Zunge hat sich um den Kopf geredet, in dem sie saß.«

»Ich würde wirklich zu gern diesen Kessel bei der Arbeit sehen«, sagte ein Dritter. Er starrte ihn mit geweiteten, gebannten Augen an.

»Bevor wir das tun, werden wir nicht wissen, was er kann«, sagte ein vierter. »Wir haben nur das Wort dieses Königs Bran dafür, und der ist ein Ausländer, kein Ire. Es wäre eine hübsche Sache, wenn wir diesen Kessel nach Hause schafften und einen toten Mann hineintäten, und der würde dann nur gargekocht!«

»Bevor man es ausprobieren kann, braucht man erst einmal einen toten Mann zum Hineintun«, sagte ein fünfter, »und niemand hierherum ist tot.«

Hierauf schwiegen sie eine Weile. Sie brannten alle darauf, den Kessel arbeiten zu sehen, aber keiner von ihnen wollte tot sein.

»Wir könnten Lose ziehen«, sagte schließlich eine kühne Seele.

Doch ein anderer lehnte das sogleich ab. »Wenn der Kessel nicht funktioniert, würde dem König ja ein Mann fehlen.«

Da entdeckten alle die Tiefe und Größe ihrer Liebe zu Matholuch. Sie sagten voll Treue: »Das ist leider ganz unmöglich. Hier, inmitten der Feinde. Er braucht jeden Mann, den er hat.«

»Wir könnten uns an einen dieser Ausländer heranschleichen und ihm die Kehle durchschneiden und ihn hierherschaffen«, schlug einer vor.

»Das wäre nicht ehrenhaft«, sagte ein anderer.

»Und nicht sicher«, sagte wieder ein anderer. »Man würde ihn am Morgen vermissen, und man könnte uns verdächtigen. Man könnte uns auch erwischen, wenn wir ihn töten, und dann würden die Leute sagen, wir hätten den Frieden gebrochen.«

Der erste Mann seufzte. »Es ist jammerschade, nicht einmal einen von ihnen töten zu dürfen, nach dem, was sie unseren Pferden angetan haben. Ich habe diese Pferde aufziehen helfen.« Er seufzte schwerer. »Gibt es denn gar niemanden, den wir töten könnten?«

»Es gibt niemanden«, sagte der vorsichtigste Mann, »aber es gibt jemanden, den wir ausgraben können. Unseren Kameraden, der getötet wurde. Laßt uns gehen und ihn holen.«

Wieder herrschte ein kurzes Schweigen. Sie blickten einander zweifelnd an. »Er ist schon eine Weile tot«, sagte einer. »Er muß sich wohl allmählich dran gewöhnen.«

»Es ist erst vorgestern geschehen«, sagte der Mann, der ihn ausgraben wollte. »Er kann noch nicht sehr weit gegangen sein, und vermutlich ist er immer noch überrascht und voller Heimweh.«

Sie gingen und holten ihn, und sie mußten alle mit anpacken, um es zu schaffen, obwohl er im Leben nie ein großer Mann gewesen war. Sie zitterten, als sie den Wind stöhnen hörten, während sie ihn durch die stillen Felder zurücktrugen, denn sie dachten, seine Seele könnte darauf reiten, sich ärgerlich fragend, warum alte Freunde und Verwandte seine Ruhe störten. Der Tod macht einen Mann zum Fremden; wie gemütlich er im Leben auch gewesen sein mag – niemand kann sicher wissen, wie sein Temperament sein wird, wenn er einmal tot ist.

Sanft und vorsichtig senkten sie ihn in den Kessel. Das Mondlicht schien auf sein stilles Gesicht herab, das so ausdruckslos war wie das einer Puppe, doch erfüllt von einer schrecklich geheimnisvollen Weisheit, wie das Antlitz jenes Leichengottes, von dem es heißt, daß er der Lehrer der ersten Dichter gewesen sei. Keinem von ihnen kam es vertraut vor, obwohl einige von ihnen wohl seine Söhne waren oder die Söhne seiner Schwester.

Einer sagte zu ihm: »Bruder, wir tun das für die Ehre und den Ruhm Irlands. Du solltest stolz darauf sein, uns zu helfen.«

Doch dann sprang er jäh zurück. Jenes stille Gesicht schien so ohne jedes Interesse, ohne jedes Gehör.

Sie brachten Holz und richteten ein Feuer und entzündeten es. Kleine Flammen leckten zum Kessel hinauf. Männer sahen einander an, besorgt.

»Es muß heiß sein da drinnen«, sagte einer.

Ein anderer sagte: »Er kann es nicht fühlen.« Dann, mit einem Schaudern: »Wenigstens noch nicht.«

Die Flammen stiegen höher. Rasch, als faßte etwas Unsichtbares herab, voll Eifer, sie nach oben zu ziehen. Der Kessel glühte rot und böse, wie ein Meteor, der sein Gefängnis, die Erde, haßt. Rauch begann von ihm aufzusteigen und plötzlich ein zischender Laut, wie von einer mächtigen Schlange.

Den Zuschauern standen die Haare zu Berg. Sie sprangen alle zurück. Ein Mann versuchte zu kichern: »Habt ihr noch nie einen Topf kochen hören?« Doch mitten im Kichern klapperten ihm die Zähne. Sie zitterten wieder alle, obwohl die Hitze des Feuers wie mit Händen nach ihnen langte.

Der Rauch stieg höher, löschte den Mond aus.

Dann, ganz plötzlich, bebte er und verschwand. Das Feuer spuckte und erlosch, als wäre ihm alle Kraft entzogen worden, in ein Anderswo hinüber. Der Mond schien wieder.

Aus dem Kessel heraus kam ein Geräusch wie von einer Bewegung, von Etwas, das sich darin regt. Ein Schrei stieg von den nächststehenden Männern auf, und sie sprangen noch weiter zurück.

Die Männer hinter ihnen machten ihnen freudig Platz. Alle wurden kleiner, und die meisten wollten davonlaufen, konnten es aber nicht. Ihre Füße schienen festgeklebt zu sein, und ihre Augen, die sich danach sehnten, wegzusehen, waren auf den Kessel geheftet.

Auf dem Rand des großen Gefäßes erschien eine Hand. Finger, die unangenehm lang, unangenehm eifrig aussahen. Sie hörten ein scharrendes Geräusch, und dann schwang sich ein Körper über die Kante; seine langen Beine, sein Zottelhaar und sein Bart verdeckten halb den untergehenden Mond.

Seine Augen leuchteten grünlich, und das erloschene Licht des Feuers schien in ihnen weiterzuglühen, böse.

Das Wesen kam mit einem Satz herabgesprungen, blickte sich um, ohne etwas zu erkennen, starrte auf die Gesichter der Iren. Seine Nüstern witterten, wie die eines Hundes, als suchten sie einen Geruch, den sie nicht finden konnten. Dann, mit einem unmenschlichen Wutschrei, stürzte es sich auf den nächsten Iren.

Bevor der sich rühren konnte, hatten ihm jene Zähne die Kehle zerrissen. Bevor die Schwerter und das vereinte Gewicht aller Anwesenden es niederzwangen, hatte es zwei weitere Männer gepackt und ihre Köpfe zusammengestoßen, daß ihre Schädel zerplatzten wie Eierschalen. Bran und Manawyddan kamen aus den britischen Zelten gerannt, und Matholuch kam aus Branwens Pavillon gerannt.

Sie hörten, was geschehen war. Sie blickten auf das hinab, was jetzt wieder tot dalag, von vielen Klingen zerhackt, und Bran wischte sich die Stirn.

»Du siehst jetzt, Bruder«, sagte er zu Matholuch, »wovor ich dich gewarnt habe.«

»Wahrlich«, sagte Matholuch, mit zitternder Stimme, »ich würde keinem meiner Männer jemals eine solche Wiedergeburt wünschen.«

»Dein Mann selbst blieb unberührt«, sagte Bran. »Er war in Sicherheit bei Arawn in der Unterwelt. Bei ihm, der die Macht hat, zu behalten, was er genommen.«

Matholuch schauderte und sagte nichts mehr. Er ging zu Branwen zurück, als suchte er Schutz vor dem Unaussprechlichen.

»Ich bin froh, daß er es so nimmt«, sagte Manawyddan, der ihm nachsah, zu Bran. »Er wird jetzt sorgsam mit dem Kessel umgehen. Ich erinnere mich an meine Dankbarkeit, als du ihn von Llassar bekamst. Und mein Herz sank heute wie ein Stein, als du ihn weggabst. Ich hätte es nie getan.«

»Ich gab ihn Branwens Mann«, sagte Bran einfach. »Um ihm meine Freundschaft über allen Zweifel hinaus zu beweisen, gab ich ihm das, was seine Insel vor unserer, der größeren, für immer sicher machen kann. Mir schien das kein zu hoher Preis für das Glück unserer Schwester und für den Frieden zweier Inseln.«

»Kann jemand außer den beiden dieses Glück kaufen«, sagte Manawyddan, »sie und Matholuch?« Er schaute in das trübe Grau über den Feldern und am Himmel. »Auch glaube ich, daß es mehr braucht als Geschenke, um Frieden zu kaufen, Bruder.«

VIERTES KAPITEL – DAS EISERNE HAUS/EINE ZWEITE NACHT FESTETEN SIE, DIE MÄNNER AUS IRLAND UND DIE MÄNNER VON DER INSEL DER MÄCHTIGEN. UND MATHOLUCH SAGTE ZU BRAN DEM GESEGNETEN: »BRUDER, WOHER HAST DU DIESEN KESSEL?«

»Von einem Mann, der aus deinem Lande kam, Bruder.«

Matholuch fuhr zusammen. »Von einem Iren?«

»Woher er ursprünglich kam, weiß ich nicht, doch Llassar – die Flamme – ist der Name, den er auf Erden benutzt; und er ist wahrlich flammengleich genug. Er kam mit seiner Frau hierher, mit Kymideu Kymeinvoll, nachdem sie aus dem Eisernen Haus entflohen waren, das dein Volk um sie herum zur Rotglut erhitzt hatte. Es ist mir ein Wunder, daß du nichts von jener Geschichte weißt, Bruder.«

Matholuch lächelte; ein frankes, freies und soldatisches Lächeln. »Ich weiß schon davon, denn als Hochkönig befahl ich ja, daß es um sie herum zur Rotglut erhitzt werde. Für Menschen, die von Frauen geboren sind, schien es keinen anderen Weg zu geben, um sich dieser Zwei und ihrer Brut zu erwehren. Ich hätte diesen Kessel wirklich wiedererkennen müssen; sie trugen ihn, als mein Blick zum ersten Mal auf sie fiel.«

»Erzähl' uns«, sagte Bran.

»Gern. Eines Tages war ich auf der Jagd, und irgendwie verlor ich den Weg und meine Kameraden. Ich ritt weiter und weiter, doch wohin ich mich auch wandte, ich schien nur immer tiefer und tiefer in den Wald hineinzugeraten. Nichts als Bäume, Bäume überall; kein Tier, kein Vogel, nicht einmal das Zirpen einer Grille. Nur Grün und eine große Stille, als hielte die Erde selbst Ihren Atem an unter den Bäumen und Gräsern, als wartete Sie auf Etwas, das kommen mußte. Als ob alles Leben, das Beine hatte oder Schwingen, geflohen wäre, ehe jenes Etwas kam.«

»Oh«, hauchte Branwen, und ihr liebliches Gesicht war gerötet, und ihre lieblichen Augen ruhten sternhell auf ihrem Mann, »du mußt in große Gefahr hineingeritten sein.«

Matholuch lachte und tätschelte ihre Hand. »Du brauchst dich nicht zu ängstigen, Mädchen, ich bin jetzt ja hier bei dir. Doch damals fühlte ich mich wie ein Fisch, der sich in einem ungeheuren Netz verfangen hat; denn die Bäume wurden jetzt so dicht, daß ich nicht einmal den Himmel zwischen ihren Zweigen sehen konnte. Froh war ich, als ich gegen Abend das Blinken von Wasser sah, zwischen den Büschen. Das bedeutete die Möglichkeit zu einem Trunk, und eine offene Stelle. Doch als ich dem Licht entgegensprengte, erhob sich ein Sturm und heulte durch den verdeckten Himmel. Alle Bäume im Wald bogen und schüttelten und krümmten sich. Mein Pferd und ich stürmten weiter, rings um uns brachen Äste und fielen herab. Und dann hörte ich ein gewaltiges, krachendes Pflatschen, als stürzten viele Bäume in Wasser, und ich wußte, daß jenes Blinken ein See sein mußte, und zwar ein tiefer.

Wir kamen auf die Lichtung, und ich sah die Oberfläche jenes Sees brodeln, als herrschte in ihm der gleiche Sturm wie über ihm. Und nach einem Atemzug sah ich, daß es so war, daß sich Etwas aus der Tiefe erhob.«

Er machte eine Pause. Branwen hielt den Atem an, und alle anderen Frauen dort taten es auch. Die Gesichter der meisten Männer waren angespannt. Nur die Söhne Llyrs saßen ruhig da, ihre meergrauen Augen fest auf das Gesicht Matholuchs gerichtet.

Er fuhr fort. »Ich sah eines riesigen Mannes Kopf und Schultern aus dem See steigen. Wenn man so etwas einen Mann nennen kann – sein gelbes Haar troff, und sein Gesicht war riesengroß. Schnurrhaare wuchsen aus jedem Nasenloch und säumten die beiden Lippenwülste; feuerrote Schnurrhaare, die aussahen, als könnten sie alles verbrennen, was sie berührten, und es war nur schade, daß sie dieses Gesicht nicht verbrannt hatten. So sah ich Llassar, die Flamme, zum ersten Mal, und sein Anblick war noch schrecklicher als der von Feuer, nach dem er benannt ist.

Er erhob sich aus dem Wasser und watete an Land, und ich sah, daß er einen Kessel auf seinem Rücken trug – den gleichen, nehme ich an, den du mir gestern gegeben hast, Bran. Doch damals schenkte ich ihm keine Beachtung. Die Wasser brodelten immer noch, sogar noch stärker als zuvor; und nach einer kleinen Weile erhob sich der Kopf einer Frau aus ihnen – wenn man so etwas eine Frau nennen kann –, und er war zweimal so groß wie sein Kopf, und es war zweimal so gut, davon wegzusehen. Sie watete hinter ihm her, wie eine Bäuerin, die eine Henne scheucht. Sie kamen an Land, und ich sah ihren Bauch, und ich hoffe, daß ich nie wieder so etwas sehe!« Er seufzte, spuckte aus und nahm einen Schluck.

»Und dann?« Jung-Caradocs Gesicht war ungeduldig.

»Sie sahen mich am Ufer und riefen mir zu: ›Sei gegrüßt, Herr, und Gutes sei mit dir‹ Und ich ging hinunter, um sie zu begrüßen, obwohl ich dachte, das Gute sei mir näher, wenn sie weiter weg von mir wären. ›Nun‹, sagte ich zu dem Mann, ›das ist Irland, und ich bin sein Hochkönig, und warum seid ihr darin?‹

Er sagte: ›Dies ist der Grund unseres Kommens, Herr. In einem Monat und vierzehn Tagen wird diese Frau hier einen Sohn gebären, und wir müssen eine Welt haben, in der er geboren wird. Wir bitten um deine Gastfreundschaft, Herr, denn wir sind zwei Fremde allein in deinem Land.‹

Wer oder von wo immer sie waren, ich mußte einfach Mitgefühl mit dem unbekannten Volk haben, das offensichtlich gewünscht hatte, daß besagter Sohn woanders zur Welt käme. Doch eine solche Bitte abzuschlagen, wäre unköniglich gewesen, also nahm ich sie mit nach Hause – ich hatte keine Mühe, den Weg aus dem Wald zu finden, nachdem ich sie gefunden hatte – und gab ihnen einen guten Bauernhof. Und der Bauch der Frau, der jetzt aus seinem ursprünglichen Element heraus war, formte Fleisch nach dem Muster unserer Welt; sie gebar nämlich einen kräftigen, hübschen Jungen. Ein Schwert, ein Speer und ein Schild kamen mit ihm aus ihr heraus, und dies überraschte mich, aber ich war froh, daß ich es nicht mit noch einem Ungeheuer zu tun hatte; so verfügte ich nur über einen kräftigen Krieger mehr, und das früher, als zu erwarten gewesen wäre.

Doch im nächsten Monat bekam sie wieder einen Sohn, und im Monat darauf wieder einen, und im Monat darauf nochmals einen. Und in der Nacht,

192

als deren jüngster Bruder geboren wurde, gingen alle vier aus und hielten auf der Straße nach Tara eine Gesellschaft von Edelleuten an. Sie zogen die Männer aus und nahmen ihnen alles Wertvolle ab, und sie schliefen mit allen Frauen. Einigen der Frauen gefiel das und einigen nicht, doch von den Männern gefiel es keinem. Sie beklagten sich bei mir, laut.

Ich schickte einen Mann zu Llassar, um zu klagen, aber er traf nur Kymideu Kymeinvoll und die Kinder zu Hause an; und er blieb nicht, um seine ganze Botschaft auszurichten, sondern flüchtete schnell, als Kymideu Kymeinvoll sich erhob und wissen wollte, was er sich dabei denke, ihre Kinderchen so hart zu schelten.«

»Ich fange an zu begreifen«, sagte Manawyddan, grimmig lächelnd, »daß du deine Gastfreundschaft schlecht gelohnt sahst.«

»Das tat ich, Bruder. Und im nächsten Monat bekam Kymideu Kymeinvoll einen neuen Sohn, und in jener Nacht zogen alle fünf aus und begingen ein zweites und größeres Verbrechen. Ihre Mutter sagte, sie seien nur verspielt, und wir Iren könnten keinen Spaß verstehen, doch Llassar schien verständiger zu sein; er sagte, er meine, die Jungen würden wohl zur Ruhe kommen, wenn sie eigene Frauen hätten. Also gab ich ihnen Frauen, aber sie machten ihnen sogleich Kinder und fuhren fort, mein Volk zu belästigen wie zuvor. Und jeden Monat kam ein neuer, um ihnen dabei zu helfen. Am Ende des Jahres kamen die Häuptlinge Irlands vor mich. ›Herr‹, sagten sie, ›du mußt wählen zwischen deinem Reich und diesen Kindern Llassars des Mörders – zwischen seinem Volk und deinem Volk. Wenn du weiterhin deine Hand über sie hältst, werden wir dich zusammen mit ihnen ächten, denn wir können sie nicht länger ertragen. Sie müssen sterben.‹

›Sie werden vielleicht schwer umzubringen sein‹, sagte ich, ›denn ihr Vater und ihre Mutter werden vielleicht etwas dagegen haben.‹

›Die Alten müssen auch sterben‹, sagten sie, ›sie vor allem; denn wie könnten wir je auf Frieden in diesem Lande hoffen, solange diese beiden weitermachen? Keiner anständigen Frau Bauch kann Schwerter und Schilde formen. Das Innere dieser Frau ist einfach zu hart‹, sagten sie.

Also sandte ich Männer aus, um die Fremden bei Nacht zu töten, doch Kymideu Kymeinvoll wachte auf und erschlug zweimal so viele wie ihr Mann und ihre Jungen zusammen. Ich erkannte, daß ich auf diese Weise ein ganzes Heer verlieren konnte, deshalb berief ich einen Rat aus ganz Irland ein. Doch während wir berieten, gebar sie Zwillinge, und als wir das hörten, fühlten wir uns kein bißchen wohler.

Dann sagte ein Druide: ›Der große Stein, der im letzten Jahr vom Himmel fiel, ist zu Metall geworden; zu dem Metall, das die Östliche Welt Eisen nennt.

Eisen ist noch härter als Bronze, aus der wir unsere Schwerter schmieden; niemand kann durch es hindurchbrechen. Höhlt eine Halle aus jenem Stein, und sie wird sogar die Kinder Llassars festhalten.‹ Gewaltig war die Anstrengung, aber es gelang uns; dann schlossen wir Frieden mit dem Llassar-Volk und luden sie zu einem Fest in diese Halle, und wir machten sie betrunken. Dann schlüpften wir hinaus und schichteten Kohle auf und machten einen großen Ring aus Feuer um das Eiserne Haus herum.«

»Ich kenne diesen Teil der Geschichte«, sagte Bran kurz.

»War das ein Anblick, Bruder! Jeder Schmied aus ganz Irland half, und jeder Mann, der Hammer und Zangen besaß. Flammen brüllten wie Tiere, sie schossen hinauf, als wollten sie die Sterne vom Himmel fressen. Bald wäre die Hitze für gewöhnliche Sterbliche unerträglich geworden, für alle Menschenkinder. Und endlich hörten wir einen Schrei, als hätte die Hand oder der Arm eines Mannes oder ein anderer Körperteil eine rotglühende Wand berührt. Da lachten einige von uns, denn sie hatten viel Böses getan, sie, die jetzt in diesem Ofen schmorten.«

Branwen sagte sich: ›Er mußte es tun. Es gab keinen anderen Weg.‹ Aber sie war unglücklich. Als Matholuch schwieg, um die Spannung zu steigern, fragte sie: »Ist keiner von ihnen herausgekommen?«

»Nicht zu diesem Zeitpunkt, Herrin. Die Schmiede bliesen mit ihren Blasebälgen in die Feuer, um sie noch heißer zu machen, und die Leute holten noch mehr Kohle herbei. Sie tanzten um jenen Flammenring herum, riefen denen drinnen zu und verspotteten sie. Doch kam kein zweiter Laut aus dem Eisernen Haus. Bis zur letzten Stunde der zweiten Nacht, als jene Wände, die rotglühend waren, weiß wie der Tod wurden. Da erscholl ein gewaltiges Krachen, denn die eisengepanzerten Türen barsten nach außen. Dort waren die brüllenden Feuerwände am dicksten, doch Llassar die Flamme brach durch sie hindurch, und hinter ihm trampelte Kymidеu Kymeinvoll drein; und ihr riesiger Schatten ließ sogar seinen wie den eines Zwerges erscheinen. Ihre Kinder folgten ihnen, aber sie waren nicht so groß, und die Flammen blendeten sie. Wir spießten sie wie Hühnchen, wir stießen sie ins Feuer zurück, obwohl ihre Eltern schwer darum kämpften, sie zu retten. Jene beiden fegten unsere Speere wie Nadeln beiseite, sie streckten ihre langen Arme ganz in die Flammen hinein. Doch am Ende mußten sie fliehen, mit nichts als ihrem Kessel, dessen Macht wir nicht kannten – es war ein Glück für uns, daß es ihnen nicht gelang, eine der Leichen ihrer Knaben herauszufischen und in ihn hineinzutun! Wohin sie gingen, das erfuhren wir nie, und es war uns auch gleichgültig, da sie Irland verließen. Ich nehme an, sie sind zu euch hinübergewatet, Herr?« Er blickte Bran fragend an. »Durch die Sinkenden Lande?«

»Das taten sie«, sagte Bran, »und die Leute hier freuten sich nicht, sie kommen zu sehen. Viele Häuptlinge waren dafür, sie zu töten oder zu vertreiben. Doch ich wußte, daß dies viele Leben kosten würde; aber auch, daß sie, da sie nun einmal hier auf der Erde waren, ein Recht hatten, irgendwo zu leben. Deshalb schloß ich einen Handel mit ihnen. Sie gaben mir den Kessel, dessen Macht sie fürchten, und willigten ein, ihre Söhne, sobald sie zur Welt kommen würden, auf verschiedene Städte und Gegenden der Insel der Mächtigen zu verteilen.«

»Soll das heißen, daß sie immer noch hier sind? Daß du kein Mittel gefunden hast, sie zu töten?« Matholuch fiel das Kinn herab. »Wie kannst du es dann wagen, den Kessel herzugeben?«

Bran lachte sein lautes, tiefes, gutmütiges Lachen. Nie war ein Klang auf der Welt so gewaltig und so weich zugleich, so donnernd und so heiter wie das Lachen Brans. »Wir brauchen ihn nicht. Wir haben jenes Volk verschlungen und es verdaut.«

»Wir mußten sie auch nicht in einem Eisernen Haus kochen.« Abscheu zeigte sich deutlich auf Caradocs jungem Gesicht.

Diesmal runzelte Bran über Caradoc die Stirn; er hielt diese Bemerkung nicht für taktvoll. »Schweig, Knabe. Jene wilde Brut ist zahlreich, Matholuch; doch gibt es nicht viel von ihr an einem Ort, und sie kennen einander nicht und können deshalb nicht zusammenhalten. Dieses Volk gedeiht aber immerzu, und jede Stadt, in der diese Leute leben, stärken sie mit den besten Kriegern und Waffen.«

»Du traust ihnen?«

»Ja. Ich sage nicht, daß ich froh über ihr Kommen bin. Jene kriegerische Rasse, die unter uns arbeitet, kann immer noch unsere Rasse verändern. Doch schon haben wir sie verändert; sie sind ein Teil von uns, Teil eines großen und friedlichen Volkes. Hätte ich sie weitergejagt, wären sie vielleicht über ein schwächeres Land hergefallen und hätten dessen Volk verschlungen.«

»Sie können euch immer noch verschlingen. Kymideu Kymeinvoll gebiert schnell Söhne, Bruder.«

Dieses Mal lachte Manawyddan. »Nicht mehr so schnell. In einem ganzen Jahr hat sie nicht einen einzigen Krieger geboren. Sagtest du nicht, sie habe, als dein Volk Angst bekam und ihren Tod plante, Zwillinge geboren? Gleiches zeugt Gleiches, sei es Gedanke oder Fleisch, und die Angst ist der Wein der Wut.«

Bran sagte: »Sie hat noch ein Zwillingspaar geboren, in der ersten Nacht, nachdem sie hier an Land gekommen ist – die einzigen Kinder, die ich sie bis jetzt habe behalten lassen. Doch bald werde ich mich nicht mehr davor fürchten, ihre Söhne lange genug bei ihr zu lassen, daß sie die Sitten ihrer Eltern lernen. Diese ändern sich. Niemand, der sorgenfrei und ohne Angst lebt, wünscht je die Gefahren und Schmerzen eines Krieges.«

»Sorge dafür, daß der Mann einen vollen Bauch hat, und du hast keinen Ärger mit ihm – ist das deine Überlegung, Bran? Glaubst du, daß ein reicher Mann sich immer Frieden kaufen kann?« Eine Schärfe war in Matholuchs Stimme gekommen.

»Männer, deren Bäuche voll sind, verlassen selten ihre Häuser, um zu kämpfen«, sagte Bran gemütlich. »Nur große Angst oder große Wut können sie dazu bringen, und solcher Wahnsinn ist für gewöhnlich das Werk hinterlistiger Lügner. Es ist unsere Aufgabe, meine Brüder Matholuch und Manawyddan, dafür zu sorgen, daß nie wieder Lügen zwischen unsere Inseln kommen. Darauf wollen wir trinken.«

Die Söhne Llyrs tranken, und Matholuch trank, mit leuchtenden Augen; er dachte daran, wie eines Tages sein Sohn König über die Insel der Mächtigen sein würde. Erbe von Brans gesamtem Reichtum.

Viele Tage lang festeten die Männer der beiden Inseln gemeinsam in Friede und Freude, doch schließlich kam die Zeit, da die Iren Segel setzten.

Am Tage vor jener Abfahrt besuchte Manawyddan seine Schwester Branwen. Sie und ihre Frauen packten. Er sagte: »Schick diese Mädchen weg, Branwen.«

Sie tat es, sah dann verwundert zu ihm auf. »Was drückt dich denn, Manawyddan?«

Er legte seine Hände auf ihre Schultern. Er hielt die beiden schlanken Schultern, als wären es sehr kostbare Dinge.

»Du, Mädchen. Dies ist deine Zeit des Fühlens, und ich werde versuchen, dich zum Denken zu bringen.«

Sie lächelte zu ihm auf. »Worüber, Bruder? Ich tue doch, was Bran und der Rat wünschen, und ich bin glücklich.«

»Glücklich? Branwen, Mädchen, bist du dir dessen ganz sicher?«

Sie sagte einfach: »Nicht ganz. Du weißt, daß ich das nicht sein kann, Bruder. Es ist schwer, meine Sippe zu verlassen und mein Daheim und meine Freunde. Doch wer kann schon alles haben, was er will? Ich liebe meinen Mann, wie unsere Mutter unseren Vater liebte.«

»Du wirst weit weg gehen. Aus unseren Augen und aus unserer Reichweite, mit einem Mann, den du vor drei Monden noch nie gesehen hattest. Penardim tat zuviel für Llyr, doch niemals das.«

Sie seufzte, doch ihre Augen blieben entschlossen. »Ich weiß, was dich drückt, Bruder. Weil er wegging und zurückgeholt werden mußte, traust du ihm nicht. Du bist verletzt und zornig, um meinetwillen, so wie er verletzt und zornig war um seiner Pferde willen – jene herrlichen Pferde! Aber ich vertraue ihm; ich weiß, er liebt mich.«

»Das tut er zweifellos. Du bist die schönste aller Frauen. Und du glaubst, weil er ein Bild von einem Mann ist, müsse sein Herz genauso schön sein. Doch solches Lieben geht vorüber; wie Feuer lodert es auf, dann brennt es herab. Verlangen wird kommen und gehen, solange eure beiden Körper kräftig sind, doch Freundschaft und Achtung müssen immer dasein, wenn ein Mann und eine Frau glücklich durch die langen Jahre hindurch zusammenleben sollen. Überleg es dir, Mädchen, bevor du mit diesem Mann gehst! Achtest du ihn jetzt so, wie du es tatest, bevor Bran ihn für dich zurückkaufen mußte?«

Sie wurde kleiner, sie starrte an ihm vorbei. Versuchte, nicht jene Nacht der Kälte und der Einsamkeit und des Schmerzes zu sehen, sondern Matholuch, nur Matholuch, immer noch warm, immer noch prächtig, immer noch der ihre.

»Was für eine Art von Freund ist er, Mädchen? Du hast es gehört, aus seinem eigenen Mund. Einst, glaube ich, hoffte er durch die Kinder Llassars Macht und Ruhm zu gewinnen, doch ließ er sie auf das Gebot seines Volkes hin im Stich, so wie er dich auch schon einmal im Stich gelassen hat. Wirst du ihm eine zweite Gelegenheit dazu geben?«

Doch jetzt schien das Bild, das er zeichnete, zu häßlich, zu unähnlich dem Manne, den sie kannte. Sie hob den Kopf.

»Er ist mein Mann«, sagte sie. »Man vergibt einem Kind, das zu lieben vergißt, wenn es gekränkt und zornig ist, und ich habe ihm vergeben.«

»Dein Mann – und noch ein Kind? Er kann kaum beides sein!«

Sie lachte leise, wieder sicher. »Was ist ein Mann nicht – bisweilen? Es gibt Zeiten, wo jeder Mann die Mutter in seiner Frau braucht, wo vielleicht jede Frau den Vater in ihrem Mann braucht. Die Götter haben uns nicht Ihre Stärke geschenkt, Bruder.«

»Wahr genug, doch solche Zeiten sollten nicht zu oft kommen. Du kannst nicht Matholuchs Mutter sein.«

Branwen bekam plötzlich Grübchen. »Ich möchte es nicht sein. Kann man jemals viel gewinnen, ohne viel zu wagen? Wenn die erste Frau, die sich die Finger verbrannte, das Feuer für immer aus ihrem Haus verbannt hätte, was täten wir dann heute? Unser Fleisch roh essen, wie die Tiere?«

»Du machst dich selber blind, Mädchen.«

Wieder blitzte ihr Lächeln in grübchenreicher Mutwilligkeit auf. »Hat sie einen so schlechten Geschmack in deinem Mund hinterlassen, Bruder, jene schöne Königin im Süden, von der ich habe erzählen hören?«

Manawyddan sagte kurz: »Der – oder wohl eher die – lügt, die sagt, daß Rhiannon von den Vögeln je einen anderen Mann liebte als Pwyll, Fürst von Dyved.«

»Wie hat sie dann ihren Sohn bekommen – sie, die so lange kinderlos blieb, daß sich Pwylls Volk gegen sie empörte und ihm sagte, es wolle, sollte sie nicht binnen zwölf Monaten ein Kind gebären, nicht dulden, daß er sie weiterhin behalte? Und just in jenem Jahr besuchtest du Dyved, mein Bruder, und irgendwie bekam Rhiannon ihren Sohn. Auch hast du seither keine Frau lange angeschaut, obgleich du sagst, daß solche Feuer immer herabbrennen.«

Manawyddan lachte ungeduldig. »Jeder Mann in Dyved wird dir sagen, daß Jung-Pryderi das Ebenbild seines Vaters Pwyll ist.«

»Wirklich? Jene, die es wollen, können große Ähnlichkeit zwischen zwei beliebigen Gesichtern sehen, von denen jedes eine Nase und Augen und einen Mund hat.«

»Du neckst mich, um abzulenken, Mädchen.«

»Auch du denkst nicht an alles, Manawyddan.« Sie war wieder ernst, eine ernstäugige Königin. »Es ist jetzt zu spät, um gegen Matholuch zu sprechen. Unsere Trennung würde eine neue Beleidigung für ihn sein, eine, die Krieg hervorrufen könnte.«

»Es würde keine Beleidigung sein, Mädchen. Bran müßte ihm nur noch ein paar Geschenke mehr geben; das ist alles. Du bist keine Sache, die wie der Kessel weggegeben werden kann; niemand wird dir einen Vorwurf machen, wenn du im letzten Augenblick es nicht ertragen kannst, so weit weg von deiner Heimat zu gehen. Hier herrschen immer noch die Alten Stämme, und wir sind die mächtigste der Inseln der Mächtigen; keine kleinere Insel wird ein Eroberungsheer gegen uns senden.«

Branwen sagte: »Ich kann ohne Matholuch nicht glücklich sein.«

Manawyddans Hände fielen herab. »Dann mögest du mit ihm glücklich sein, kleine Schwester. Niemand wünscht das mehr als ich.«

Mit ihrem Iren segelte Branwen von Aber Menai ab. Vom Strand aus sahen die Söhne Llyrs sie scheiden. Der Tag war grau; die Wolken hingen tief, wie weite, trauerfarbene Schwingen, auf die Erde herab. Solange sie ihre Brüder sehen konnte, blickte Branwen zu ihnen zurück; sie sahen ihr nach, bis sie zur Größe eines Kindes schrumpfte, zur Größe einer Puppe schwand. Schließlich blieben nur noch die Schiffe übrig, die, spielzeuggroß, in den grauen Rachen der Nebel hinunterfuhren. Entfernung, die Hexe mit der Macht, das Größte klein zu machen, hatte sie verschlungen.

Die Söhne Llyrs gingen nach Harlech zurück, und den größten Teil des Weges über waren sie stumm. Einmal sagte Bran schwer: »Wie wird das Mädchen wohl aussehen, wenn sie ihr eigenes Kind säugt? Es scheint erst vorgestern gewesen zu sein, daß sie selbst noch an der Brust unserer Mutter lag. Ich wünschte, Irland wäre näher, oder wir wären nicht so vielbeschäftigte Männer und könnten sie dort öfters besuchen. Sag, was du denkst, Manawyddan; ich weiß wohl, daß du es denkst: ich hätte sie niemals gehen lassen dürfen.«

Manawyddan sagte: »Ich werde es nicht sagen. Sie ist jetzt fort. Doch auch ich wünschte, Irland wäre näher. Sie sagte, der Mann sei wie ein Kind. Nun, jede Frau muß sich in Übung halten für ihre Mutterschaft, und sie ist ebenso weise, wie sie töricht ist. Doch die Aufgabe eines Mannes ist es, ein Mann zu sein.«

FÜNFTES KAPITEL – DER SCHLAG/MATHOLUCH BRACHTE BRANWEN NACH TARA, UND SIE WURDEN DORT MIT EINER FREUDE EMPFANGEN, DIE AUFFLAMMTE WIE FEUER UND LAUTER TÖNTE ALS GESANG. DIE NEUEN STÄMME FREUTEN SICH, DASS IHR KÖNIG IM Triumph zurückkehrte, und die Alten Stämme freuten sich, weil die neue Königin von ihrem Blut war und ihr Los lindern konnte. Branwens Schönheit und Schätze blendeten alle; Bran hatte ihr großen Reichtum mitgegeben, damit sie sich Freunde mit ihm erwerbe. Das »Mabinogi« sagt, daß ein ganzes Jahr lang niemand, der sie besuchte, kein Adliger und keine Adlige, ohne ein Kleinod von ihr gegangen sei.

Dann wurde ihr Sohn geboren, Gwern der Sohn Matholuchs. Der König schwoll vor Stolz. Seine Träume wurden Fleisch und Blut. Welch unerhört großes Reich konnte errichtet werden, wenn beide Inseln das Erbe des Jungen wurden!

Fein und vorsichtig begann er, auf dieses Ziel hinzuarbeiten. Er sprach mit Amergin dem Hohen Druiden, dem ältesten und weisesten Mann in Irland. Doch Amergin sagte: »In Tara ist noch kein Sohn auf seinen Vater gefolgt. Männer deines Stammes empfingen die Königswürde seit jeher von den Priester-Königen; sie waren die Gotterwählten, deren Namen genannt wurden, wenn wir Druiden das Zauberlied der Wahrheit über einem schlafenden Manne sangen und dieser in seinem Traum den künftigen König erblickte. Doch ihr Neuen Stämme machtet Tara zur Beute des Stärksten; der wurde König, wer den König tötete. Bis dein Onkel in seinem Bett starb und du sagtest, die Götter hätten ihn zu sich genommen, weil es an der Zeit gewesen sei, daß du, der Sohn seiner Schwester, seine Krone trügest. Ein guter Wechsel, und einer, der in Einklang mit unseren heiligen Gesetzen stand. Bald wird es einen neuen Wechsel geben.«

Matholuch lächelte; er gab Amergin und allen Druiden große Geschenke. »Die Zeiten ändern sich heute rasch. Geht und deutet eure Sterne; ich glaube, sie werden euch sagen, daß Gwern mein Sohn der beste Hochkönig sein wird, den die Iren je hatten.«

Sie gingen, kamen aber mit ernsten Gesichtern zurück. Amergin sagte: »Unheil wird über Irland kommen, Herr, wenn dein Sohn je König ist. Unheil, das bis ans Ende von Leben und Zeit erinnert werden wird.«

Matholuch erbleichte. »Warum? Was wird geschehen?«

Einen Atemzug lang zögerte Amergin, dann sagte er: »Herr, warum dein Herz mit Sorgen plagen, die nicht kommen müssen? Keinem Menschen helfen düstere Visionen. Laß deinen Knaben hier aufziehen, ihn Irland lieben lernen und die Iren, und dann soll er heimgehen, um König im Lande seines Onkels zu sein. So, und nur so, wird deine Ehe gute Frucht tragen.«

Zorn flammte in Matholuchs Gesicht auf. »Sagen das die Sterne? Oder sind das deine eigenen Gedanken, alter Mann?«

Doch die steten Augen Amergins begegneten den seinen, und die Augen des Königs sanken. Später sagte er zu Branwen: »Wir müssen langsam vorgehen. Allmählich werden diese alten Männer ohne Weitblick absterben, und mit ihnen der Groll, den sie hegen. Inzwischen werde ich die jungen Druiden für mich gewinnen. Auch du mußt fortfahren, Geschenke zu machen, Branwen.«

»Das werde ich. Aber«, ihr Gesicht war besorgt, »was las Lord Amergin in den Sternen? Er ist alt und weise.«

Matholuch lachte kurz. »Druidenweisheit und deine Uralten Harmonien! Beides sind Altweibergeschichten, Weib.«

Sie seufzte und dachte: ›Seine Erziehung spricht aus ihm. Die Sitten der Neuen Stämme. Nicht seine wahre Natur.‹

Er fuhr fort: »Schließlich werde ich doch meinen Willen bekommen. Wie immer. Es sei denn«, und er runzelte die Stirn, »die Leute würden von der Beleidigung erfahren, die dein Bruder Evnissyen mir antat. Diese würden meine Kriegshauptleute niemals dulden.«

Sie seufzte wieder. »Aber sie müssen doch schon davon wissen. Alle deine Männer wissen es, die mit dir segelten.«

»Die Druiden, die ich mit mir hatte, erlegten es ihnen als GESSA auf, nicht darüber zu sprechen. Und über den Kessel auch nicht. Dein Bruder hat mir da ein zweischneidiges Geschenk gemacht, Weib. Was für einen Sinn hat ein Sieg, wenn man von seinen eigenen siegreichen Kriegern in Stücke gerissen wird, wenn sie keine Feinde mehr töten können?«

»Mein Bruder zahlte dir das beste Sühngeld, das er zahlen konnte, Herr. Nicht viele Könige hätten diesen Kessel aufgegeben.«

»Das weiß ich, Weib. Ich habe es nie geleugnet.«

Aber er lachte und küßte sie nicht, wie er es früher getan hätte. Er war sie jetzt gewohnt und bei Tage kein großer Liebhaber mehr. Doch Gwern krähte und streckte ihr runde Händchen entgegen, und Branwen herzte ihn und war zufrieden. Sie wußte: wenn die Nacht kam, würde sein Vater sie wieder brauchen und lieben.

Er tat es. In jener Nacht und in vielen Nächten. Sie beobachtete sich auf Anzeichen einer neuen Empfängnis, als Amergin starb. Viele weinten, denn Amergin hatte Erin lange und gut geführt; er war die letzte Säule eines goldenen Zeitalters gewesen, das jetzt vorüber war, der letzte Schild der Alten Stämme. Gewaltig waren seine Leichenspiele; gewaltiger, als sie für irgendeinen anderen Mann gewesen wären, den König ausgenommen. Und in der Nacht, als jene Spiele endeten, betrank sich einer der Männer, die mit Matholuch gesegelt waren, und redete. Vielleicht schienen jetzt, da der Hohe Druide tot war, die alten, fürchterlichen Bande der GESSA weniger schrecklich; vielleicht arbeiteten auch einige der unteren Druiden an ihm, die den König fürchteten, der neue Ideen hatte und neue Wege erschließen wollte. Er redete jedenfalls, und wenn sich auch die Götter später mit ihm befaßt haben mögen, so befaßten sich jetzt die Männer von Irland mit Matholuch.

Über dem ganzen Land stieg ein Schrei der Wut auf. Von jedem Häuptling, der das Blut der Neuen Stämme in seinen Adern hatte.

»Herr, du hast ganz Irlands Gesicht schandrot gemacht!«

»Jener ausländische König hat dich angespuckt! Du hast dich von ihm heimschicken lassen wie ein geprügelter junger Hund, mit ein paar armseligen Knochen in deinem Mund – du, der Hochkönig von Irland! Wir schämen uns, aufrecht einherzugehen! Du hättest den Kopf jenes Evnissyen bekommen müssen und hast nicht mal ein Ohr bekommen!«

Wenn der König in seinem Wagen ausfuhr, schauten die feineren Leute beiseite, und der Pöbel pfiff ihn aus und spie nach ihm. Der geplagte Mann hatte keine Freunde oder Verwandte oder Untertanen mehr; er hatte nur noch einen Schwarm wütender Hornissen. Oder vielmehr: sie hatten ihn. Sie brausten in seinen Ohren, und schließlich brausten sie in seinem Kopf. Und immer, unter allem, waren die Worte, die nie ausgesprochen wurden und doch am lautesten in seinen Ohren klangen: ›Herr, du hast nicht gewagt, den Kopf dessen zu nehmen, der dich entehrt hat. Herr, du bist ein Feigling!‹

Branwen war sein einziger Trost. Ihre zarten Arme und ihr weißer Busen, ihre klar leuchtenden Augen und ihre sanfte Stimme, die ihn immer noch bewunderte und pries als einen großen Mann, dessen Kaltblütigkeit und Weitsicht sein Volk nicht verstehen konnte. Wenn er gereizt und erniedrigt zu ihr kam, so fühlte er sich beim Weggehen erhaben; wieder schön aufgebläht. Er versuchte sogar, einige ihrer Gedanken in der Ratskammer zu verwenden, doch seine Räte verhöhnten ihn nur.

»Herr, du bist von einem Weib unterrichtet worden. Die Königin kann nicht anders, als ihr eigenes Volk zu verteidigen; doch die Ehre verläßt den Mann, der das Werkzeug einer Frau ist.«

Matholuch begann sich zu fragen: ›Spricht sie aus ihrem Herzen, wenn sie mich preist? Wen liebt sie mehr – mich oder die Könige der größeren Insel der Mächtigen?‹

Danach sprach er manchmal grob mit ihr und schien ihr die Schuld an seinen Nöten zu geben. Doch zu anderen Zeiten mußte er sich an sie klammern. Branwen ertrug seine Launen, wie sie die ihres Kindes ertragen hätte, wäre es krank gewesen. Sie hoffte, daß der Sturm sich legen würde.

Aber er tat es nicht. Er nahm zu. In jeder Brise schien das Volk das Gelächter der Männer von der größeren Insel zu hören, die Iren verspottend, deren König sie herabgesetzt hatten. Jedes Volk kann zu einem Mob auf- oder herabgeputscht werden; und ein Mob braucht etwas zum Zerreißen. Schließlich hatte er eine Idee. Sie mochte im Kopf eines unwürdigen Druiden ausgebrütet worden sein: Arglist an die Stelle der Weisheit tretend, die mit Amergin gestorben war.

Eine Abordnung kam zu Matholuch; zu viele bedeutende Männer für des Königs Behagen. Einige von ihnen schienen woandershin blicken zu wollen, doch ihr Sprecher sah ihm gerade in die Augen.

»Herr, dies sind unsere Bedingungen. Nimm sie an oder lehne sie ab.«

Matholuch sah sie an, und sein Gesicht war steinern und ruhig, wie es einem König ansteht. Doch seine Augen waren grün und ruhelos, wie die Augen eines in die Enge getriebenen Fuchses.

»Was wollt ihr?« sagte er.

»Dies, Herr. Daß du das Weib, das du bei dir hast, wegtust, Branwen die Tochter Llyrs, die Schwester des Königs über die andere Insel der Mächtigen.«

Es entstand eine kurze Pause; der König feuchtete seine Lippen. Er sagte: »Nun gut. Die Frau ist eine gute Frau, doch ihr Scheiden ist kein zu großes Opfer, um mein Volk glücklich zu machen. Ich liebe es mehr.« Er dachte: ›Branwen liebt mich. Sie wird zwar ein Getue machen, doch was ist schon ein Getue mehr bei so viel Lärm? Vor ihrem Bruder wird sie es nicht machen; sie wird nicht wollen, daß er meinen Kopf holen kommt.‹

Sie konnte ja leicht sagen, daß sie aus freien Stücken heimkehre, weil sie krank vor Heimweh sei; den Alten Stämmen käme das nur natürlich vor.

Der Mann antwortete: »Herr, wir werden sie nicht gehen lassen. Wir haben ihren Bruder nicht, der dein Gesicht schandrot gemacht hat und damit das Gesicht ganz Irlands, aber wir haben sie. Dies ist, was wir tun werden.« Und sie sagten es ihm.

In ihrer Sonnenkammer hörte Branwen jene Bestimmungen, noch bevor der König sie hörte. Ihre Frauen beobachteten gierig ihr Gesicht, während sie ihr diese mitteilten, wie ein Falke Küken beobachtet. Mit einer verzehrenden Begierde, zuzustoßen und zu zerreißen und nichts zu verpassen, was sie hinterher anderen Leuten erzählen konnten.

Sie lachte ein bißchen. Sie sagte: »Ihr träumt.«

Sie schüttelten ihre Köpfe, mit funkelnden Augen. »Nein. Es ist wahr. Herrin, wir trauern um dich.«

Sie wußte, daß sie das nicht taten. Sie wußte gut, jetzt, wieviel Freundschaft ihre Geschenke ihr erkauft hatten. Viele Tage lang hatten diese Klatschmäuler sie belagert, hatten ihr alles erzählt, was sie gehört hatten, und ein gut Teil mehr, und hatten versucht, sie selbst zum Sprechen zu bringen. Daß diese Frauen fast alles, was sie anderen gegenüber als Antwort der Königin weitertratschten, selbst erfinden mußten, war für die Hechelzungen vielleicht eine kleine Beschwernis, für Branwen aber der einzige Trost. Sie war eine zur Hoheit erzogene Königin; nie hatte sie Ärger oder Angst gezeigt.

Aber sie war auch jung und allein unter den Blicken vieler feindseliger Augen, und jetzt mußte sie sich endlich eingestehen, daß sie Angst hatte. Natürlich nicht vor diesen törichten Drohungen; Matholuch würde es niemals dulden, daß jemand sie berührte. Doch welche Erniedrigung mußte es für ihn bedeuten, solch schändliche Forderungen anhören zu müssen! Daß seine Männer das wagten! Niemals hätte so etwas auf ihrer Insel der Mächtigen geschehen können.

Dies war ihre Angst, eine Angst, die ihr Herz so gewaltig schlagen machte, daß sie befürchtete, alle diese gierig lauernden Frauen könnten es hören: Was, wenn Matholuch mit diesen Verrätern die Geduld verlor? Was, wenn sie ihn verletzten?

Sie überlegte; sie wurde zur Flamme, zu einer einzigen Frage: Wie stand er vor ihnen? Leicht, ach wie leicht war es, sich vorzustellen, wie ihre Brüder sich verhalten würden: Bran mit einem lauten Gebrüll, das sie alle aus seiner Gegenwart hinweggeweht hätte, mit vor Entsetzen gesträubten Haaren; Manawyddan mit ein paar kalten Worten, so ruhig wie steter, gleichmäßig fallender Regen, so zerschmetternd wie Hagel. Seine Stimme wäre das Kälteste auf der ganzen Welt, und sie würde diese Leute bis ins Mark hinein gefrieren machen.

Doch wie stand wohl Matholuch, ihr eigener Mann, vor ihnen? Sorgfältig schloß und verriegelte sie die Türen ihres Inneren vor jedem Gedanken, der flüsterte, daß er weniger Mann sei als ihre Brüder; aber sie fürchtete sich. Was, wenn er wütend wurde und stotterte? Dann würden sie sich lustig machen über ihn und ihn erniedrigen; und er war doch schon so sehr erniedrigt worden ...

Sie erhob sich. Sie konnte nicht mehr untätig bleiben. Sie sagte: »Wenn die Männer gegangen sind, werde ich zum König gehen und ihn fragen, was sie wirklich sagten. Ihr habt mich neugierig gemacht.«

Sie lächelten; sie dachten, daß sie Angst um sich habe. Und so ging sie von ihnen, ohne zu ahnen, daß es zum letzten Mal war.

Schweigen grüßte sie auf den Gängen. So vielfaches Schweigen, wie es Leute gab, und es verwob sich zu einem einzigen großen Schweigen. Einmal kicherte jemand, aber sie wandte sich um und stieß mit einem starren Blick den Spötter ins Schweigen zurück; und ihre Augen waren die Augen Llyrs, wie er vor langer Zeit Eurosswydd in der Halle des Roten Mannes gegenübergestanden hatte.

Sie kam zur Ratskammer, sie pochte an die Tür und wartete auf eine Antwort. Es kam keine, und sie öffnete. Matholuch saß drinnen, sehr still. Er rührte sich nicht und sah sie nicht an.

Sie starrte ihn an und konnte ihn nicht finden. Sein Gesicht war wieder ein Hindernis, eine bemalte, geschnitzte Maske, die zwischen ihm und ihr hing. So viel vertrautes Vorspringen der Nase, so viel heller Bart unter Augen, die jetzt grau wie trübes, sonnenloses Wasser waren. Augen, die den ihren auswichen, Nase, die absichtlich ins Nichts ragte, Bart, hinter dem sein Kinn immer verborgen gelegen hatte.

Sie starrte ihn an, als wollte sie ihre ganze Seele durch ihre Augen schleudern, um den Schild jenes Gesichtes zu durchdringen und den Mann zu finden, der sich dahinter verbarg. Und in jenem Versteck – außerhalb der Reichweite dessen, der sich dort verbarg – fand sie schließlich ihre Antwort.

Eine Antwort, die die Erde unter ihren Füßen zu spalten, sie in einen bodenlosen grauen Abgrund zu stürzen schien. So tief hinab, daß ihre ausgestreckten Hände nie wieder etwas Warmes und Menschliches berühren konnten. Und während sie in jene schreckliche Einsamkeit sank, da verhöhnten sie Erinnerungen, wirbelnde Abbilder dessen, was gewesen war, Stimmen, die zum letzten Mal riefen, während sie sich in Nichts auflösten: ›Branwen, Branwen, Tochter Llyrs‹ Ihre Mädchenzeit auf der Insel der Mächtigen, und all die Zärtlichkeit und Freude. All der Stolz auf sie, und all die Hoffnung, daß sie, die Starke und Schöne, mit einem Helden schlafen und die Mächtigen dieser Erde gebären würde.

Dies war der Mann, den sie geliebt, dem sie erlaubt hatte, ihr Kind zu zeugen! Dies war ihre Schmach und die Schmach der Insel der Mächtigen! ›Doch am meisten deine Schmach, dein Leid, Branwen, die du allein bist.‹

Matholuch rührte sich und sah unbehaglich auf seine Füße hinab. »Geh, Branwen. Ich werde später mit dir reden.«

Er hatte nicht die Absicht, sie je wiederzusehen. Er wollte ihr ausweichen. Klar und deutlich sah und verstand sie ihn, in jener letzten Stunde ihres gemeinsamen Lebens. Er wünschte ihr nichts Böses. Eine kleine Weile lang würde er sie vermissen – es würde schwer sein, eine ebenso schöne Frau für sein Bett zu finden. So wenig bedeutete sie ihm, oder irgendeine Frau, außer was die Stillung seiner Bedürfnisse anging.

Ihr Gesicht färbte sich rot und dann wieder weiß. Sie lachte, ein schreckliches Lachen, wie der Klang eines brechenden Herzens, und schrie ihn an.

»Oh, Matholuch mit dem Mäuseherzen! Es ist eine größere Schmach für mich, im Bett eines Feiglings zu liegen als in seiner Küche! Das ist meine Schande und mein Leid: Es läßt sich nicht ungeschehen machen, daß ich je mit dir geschlafen habe!«

Matholuch sprang auf und schlug ihr ins Gesicht. Röte trat auf ihre Wange und in ihr zartes Ohr, aber immer noch lachte sie.

Jenes war der erste Schlag, der Branwen je versetzt wurde, aber es war längst nicht der letzte.

Sie setzten sie in die große, hüfthohe Grube, wo das Kochen besorgt wurde. Sie legten ihr den riesigen Bratspieß auf die Schultern, so daß sie sich unter ihm beugen und in der Hitze des Feuers schwitzen mußte. Drei Jahre lang schmachtete sie, die Königin in Tara gewesen war, jeden Tag in dessen Küche, ein Aschenbrödel. Und jeden Tag kam der Metzger und gab ihr einen Schlag aufs Ohr; Leute kamen von weither, um das zu sehen und zu lachen.

»So, wie ihr Volk das Gesicht der Göttin Irland schandrot gemacht hat, so soll auch ihr Gesicht schandrot werden!«

Ruhige Jahre waren das außerhalb der Küche, ruhig auf beiden Inseln. Das »Mabinogi« sagt, daß Matholuchs Männer zu ihm sagten: »Herr, verbiete allen Schiffen, zur Insel der Mächtigen zu segeln, und lasse keinen der Leute, die von dort kommen, zurückkehren und diese Sache bekanntmachen«, und daß der König ihnen gehorchte; wieder war der Kopf des Hundes sein gehorsam wedelnder Schwanz geworden. Doch war es wohl eher so, daß er in Branwens Namen falsche Nachrichten an ihre Brüder sandte. Ein so langes Schweigen hätte bestimmt Argwohn in den Söhnen Llyrs erweckt.

205

SECHSTES KAPITEL – BRANWEN UND DIE STARIN/WENN BRANWEN IN JENEN JAHREN IRGENDWELCHE TRÖSTUNGEN ERFUHR, SO WIRD UNS NICHTS VON IHNEN BERICHTET. SIE MUSSTE SCHWERE ARBEIT TUN, UND DIES WAR WOHL DIE GERINGSTE IHRER QUALEN und ihre einzige Zuflucht.

Augen und Hände und Zungen stachen wie Wespen auf sie ein; neugierig, unaufhörlich, emsig, mit einer bösen Ausgelassenheit. In jedem Mob steckt ein Stück Evnissyen.

Eine ausländische Frau allein inmitten beleidigter und aufgebrachter Diesländer; eine den Küchenmägden ausgelieferte Königin, Küchenmägden, die halb toll waren vor Erregung über ihren tiefen Fall, durch den Klasse an Klasse Rache nehmen konnte. Der Untergang der Tochter Llyrs.

Die Frauen müssen sie mit zahllosen Sticheleien geplagt haben. Die Männer betasteten sie wohl mit Augen und mit Händen. Sie lernte wohl, mit dem Bratspieß in der Hand zu schlafen, vielleicht sogar, während das Wasser auf dem Feuer neben ihr kochte; Wasser, das die Frauen über sie schütteten, wenn sie konnten . . .

Nicht gut, zu lange in Abgründe zu blicken oder zu versuchen, deren ekle Tiefen zu ergründen.

Branwen biß die Zähne zusammen und ertrug alles. Niemals sollten diese Ausländer sie weinen sehen! Was sie ihr auch antaten – sie konnte es aushalten und überleben; niemals würde sie um Erbarmen bitten. SIE würden darum bitten – wenn die Zeit dafür gekommen war, und mit solcher Schmach würden sie dann bedeckt werden, wie sie ihr niemals hatte angetan werden können. Nur eine Ausnahme gab es. Eine schmerzende Narbe, eine besudelnde Schmach, von der sie nie frei sein würde, bis sie ihren befleckten Körper los war, der sie betrogen hatte.

Sie hatte Matholuch geliebt; ihr Körper hatte seinem Körper geantwortet . . .

Dies war, was sie in manchen Momenten, wenn ihr schmerzender Kopf von all den wirbelnden, wahnsinnig machenden Geräuschen der großen Küche dröhnte, beinahe brach: jene einst süßen Stunden, die jetzt schlimmer in ihrem Gedächtnis brannten, als die harte Hand des Metzgers ihre Haut brannte. Momente, in denen es ihr nicht wert schien, zu kämpfen, zu versuchen, etwas so Entwertetes, so Erniedrigtes wie sie zu retten.

›Willst du, daß deine Sippe und deine Freunde und die ganze Insel der Mächtigen wissen, was du liebtest? Wie er dich liebte, die Schöne, die Stolze? Es ist nicht angenehm, bemitleidet zu werden, wenn man stolz gewesen ist. Hier wirst du wenigstens nicht bemitleidet.‹

Und das wurde sie auch nicht; das war wirklich wahr. ›Stirb, und laß die

Erde deine Schande bedecken. Hilfe könnte dir das Glück nicht zurückbringen, nur jene Schande aufdecken.‹

Sie knirschte mit den Zähnen und sprach zu sich: ›Ich werde nicht brechen. Ich bin eine Prinzessin von der Insel der Mächtigen, und noch mehr als das: ich bin, die ich bin, eine Person, und ich werde beiden Pflichten genügen. Mein Kind lebt. Ich gab ihm das Mäuseherz zum Vater; ich darf ihm nicht noch mehr Unrecht antun. Ich muß dafür sorgen, daß mein Blut in ihm herrscht, nicht das dieses Volkes.‹

Die Zeit muß ihr Los ein wenig gelindert haben. Man gewöhnt sich allmählich an alles. Auch dauerte ihre Demütigung nun schon so lange, daß sie kein Spektakel mehr war. Die Leute kamen nicht mehr in die Küche, um ihr zuzusehen und sie zu verhöhnen. Leute, die einst froh gewesen wären, sich damit brüsten zu können, ein Wort oder einen Blick von ihr empfangen zu haben; und ihre Mitmägde gewöhnten sich an ihre Anwesenheit. Da sie selbst keine Gemeinheiten beging, fühlten einige sogar allmählich ein heimliches, verstohlenes Mitleid für sie.

Einmal, als sie nebeneinander arbeiteten, wisperte eine Frau: »Dein Junge ist in einem Heim bei den besten Männern Irlands.« Sie nannte den Ort. »Sie machen dort viel von ihm her. Der König und sein Rat hoffen immer noch, durch ihn Vorteile von deinem Volk zu bekommen.«

Jenes war der einzige helle Tag in all jenen langen dunklen Jahren. Doch Branwen konnte nicht einmal ihren Dank zurückwispern. Sie sah den Küchenaufseher zu ihnen herüberschauen, ihren unerbittlichen Feind, und mußte kalt geradeaus starren und ihr den Rücken zukehren. Die Frau begriff entweder nicht, oder begriff nur zu gut und fürchtete sich; sie erwies ihr keine Freundlichkeiten mehr. Schließlich reihte sie sich wieder unter die Plagegeister Branwens ein.

Tage und Wochen und Monde und Jahre. Jede Nacht sich erschöpft niederlegen und jeden Morgen beim Erwachen wissen, daß der Metzger kommen wird und daß jemand lachen wird.

Einmal, als alle schliefen, erhob sie sich und trat in die Nacht hinaus. Der Wind war kühl auf ihrem zerschundenen Gesicht. Der Mond war voll, und sie blickte zu ihm hinauf, staunend über den weiten Frieden des wolkigen Himmels. Sie badete ihre wunde Seele in jener Stille, die nach der Marter des Tages in der heißen, lauten Küche süßer war als Musik.

In der Dachtraufe des Palastes befand sich ein Starennest; jetzt ertönte unter ihm ein schwacher Ruf. Ein Piepsen, das Piepsen eines Vogels, aber es durchbrach die Stille. Der Schmerz war wieder in der Welt. Branwen ging zu ihm hin. Sie dachte: ›Vielleicht kann ich dieses eine Mal die Peitsche abwenden.‹

Sie fand einen flatternden und ängstlich piepsenden Nestling, und die Katze, die ihn grünäugig beobachtete. Sie sah Blut, wo die Katze schon einmal zugeschlagen hatte.

Für gewöhnlich waren die Katze und Branwen gute Freunde; sie war die einzige Bewohnerin der Küche, die sie nie verspottet oder verletzt hatte. Oft hatte Branwen sie heimlich gefüttert und gestreichelt, voller Angst, man könnte sehen, wie sie das Tier liebkoste, und es dafür bestrafen. Dennoch hatte sie nicht die Absicht, ihrer Freundin dieses lebende Mahl zu lassen. Sie hob den Vogel rasch auf und trug ihn in die Küche, wo sie Wasser holte, um die Wunde auszuwaschen, die nicht sehr tief war. Die Katze kam hinter ihr her und miaute anklagend, rieb sich an ihren Beinen, unfähig, ihre Unfreundlichkeit zu verstehen; aber Branwen achtete nicht darauf. Sie setzte den Vogel in die Höhlung ihres Backtroges und versorgte ihn dort, einen dunklen kleinen Bausch aus Daunen, an dessen einem halbbefiederten Flügel das Blut herablief.

Sie sagte, als die Wunde gestillt war: »Ich habe alles getan, was ich tun kann. Du mußt jetzt leben oder sterben, wie die Mütter es wollen.« Und sie trug ihn zurück, das Nest aber war zu hoch, als daß sie hätte hinaufreichen können. Dann, schwerer als die Hand des Metzgers, traf sie ein Gedanke, scharf und blendend wie ein Blitz in schwarzer Nacht.

Ein Blitz fürwahr, der lange Nacht durchschnitt ...

›Die Stare, die Penardim unsere Mutter immer hielt! Wie liebten wir es, ihnen das Sprechen beizubringen, als wir Kinder waren! Es ist ein Zeichen. Es ist der Weg – mein Weg! Meine Möglichkeit, endlich.‹

Sie trug die kleine Starin zurück zum Backtrog, und sie gab der Katze Sahne, diesmal ohne die Furcht, ob man sie vermissen würde oder nicht. »Du hast mir gedient«, flüsterte sie in jene pelzigen Ohren hinein, »gut gedient, gewollt oder ungewollt, und es ist lange her, daß jemand das getan hat.‹

Am Morgen war der Metzger da, um sie vor dem grinsenden Gesinde wieder zu schlagen, wenn auch nicht so viele gekichert haben mögen wie zu Anfang. Der Anblick war jetzt eine alte Geschichte.

Doch jetzt hatte sie eine Zuflucht, hatte etwas anderes zu tun, als sich gegen den Trog zu pressen und ein leeres Gesicht zu machen.

Sie hatte Hoffnung. Dort in dem Trog hatte sie Flügel, und sie würden wachsen und stark werden, bis sie groß genug waren, um übers Meer zur Insel der Mächtigen zu fliegen.

Sie hatte jetzt eine Zunge außer ihrer eigenen Zunge, und eines Tages würde diese ihre Feinde durchbohren wie ein Speer.

Sie war ein Schmied, und diese Zunge war das Schwert, das sie schmiedete.

Sie war ein Dichter, und der Vogel war ihr Schüler.

Sie wurde so listig wie eine Schlange, so hartnäckig wie der Tod. Sie arbeitete langsam, ganz auf Sicherheit, ganz auf Gewißheit bedacht. Sie durften niemals Verdacht schöpfen, niemals erraten, was sie vorhatte, dort in der Küche von König Matholuch.

Des Nachts richtete sie den Vogel ab, wisperte leise in sein Gefieder hinein, während die anderen schliefen. Manchmal nahm sie ihn mit in die Dunkelheit hinaus, wo sie lauter sprechen konnte und wo er lernen konnte, seine Stimme zu üben und in der fremden Zunge der Menschen deutliche Laute zu bilden.

Sie packte ihn mit Wörtern voll, und sie packte ihn mit Futter voll, das sich in Kraft und Größe und Muskeln verwandelte, in die Kraft, ungeheure Weiten zu überqueren, zu fliegen ...

Er gedieh, dort in dem Backtrog. Er vergaß das Nest und kannte nur noch sie. Manchmal richtete er sich auf und pickte zärtlich nach ihrem Finger, nahm dann ein oder zwei Schnabelvoll Teig und zog sich wieder in die Höhlung zurück.

Wir wissen nicht, wie sie ihn davon abhielt, während des Tages zu sprechen, oder wie sie ihm beibrachte, wohin er fliegen müsse. In jenen Tagen, da die feineren Sinne noch nicht verlorengegangen waren, da die Wände zwischen den Welten noch nicht so fest waren, daß Ausgestoßene wie Llassar und sein Weib nicht von der einen in die andere hätten fliehen und sich zur härteren Gußform der Erde verdichten und erhärten können, da mag die Verständigung zwischen Menschen und Vögeln leichter gewesen sein.

Auch kennen wir die Macht ihrer königlichen Druidenabstammung nicht ...

Das »Mabinogi« sagt, sie habe ihn gelehrt, was für eine Art Mann ihr Bruder Bran war; sie muß also fähig gewesen sein, Bilder aus ihrem Kopf in jenen kleinen Kopf zu übertragen.

Der Sommer kam; Säfte flossen wie heiliges Blut, beschleunigten den Pulsschlag der Erde. Die Bäume waren voller Leben, voll grünem Leben und singendem Leben, der Himmel lächelte, und die Starin wurde unruhig. Branwen sah, daß sie alt genug war, um zu fliegen.

Die Entdeckung war Entzücken, und sie war Entsetzen. Es war ein Ende ...

Sie hatte Hoffnung gehabt, sie hatte Spannung gehabt, sie hatte ein Ziel gehabt, auf das sie hinarbeiten konnte. Jetzt würde sie immer noch Hoffnung und eine weit größere Spannung haben, doch wieder würde sie hilflos warten, mit gebundenen Händen.

›Wie lange, wie lange, o Mütter, bis sie Bran erreichen kann? Und dann wie lange, wie lange, bis Bran kommen kann?‹ Warten und warten und warten, und dann wird er vielleicht niemals kommen. Ein Falke kann die Starin schlagen, oder ein Sturm sie im Meer ertränken, oder sie kann alles vergessen und einem Liebhaber folgen, so wie du einst einem gefolgt bist, Branwen, Tochter Llyrs!

Eine ganze Nacht hindurch kauerte sie unter den Sternen, die Starin an ihre Brust pressend. Sie sprach zu ihr, sie murmelte Zaubersprüche, die spätere Menschen »mesmerisch« nennen sollten. Sie goß Kraft aus sich aus; sie konnte spüren, wie Wille und Wissen wie Blut aus ihr flossen, in jene kleine gefiederte Gestalt hinein.

Es dämmerte. Das Alter stürzte sich auf die Nacht, alle ihre Jahre fielen zugleich über jene stolze süße Dunkelheit und über die Erde her. Ihr schwarzes Haar färbte sich grau, schleppte ihre tote, fahle Gespenstigkeit über die Erde hin. Der Osten erbleichte, begann dann zu bluten, wie das zerschnittene Gesicht einer Frau.

Branwen erhob sich. Ein letztes Mal sagte sie dem Vogel ihre Botschaft vor. Ein letztes Mal wiederholte er ihre Worte.

Sie streckte ihre Hände nach Osten empor, den Vogel in ihnen, sie küßte seinen Kopf und warf ihn in die Luft. Er schoß davon wie ein Pfeil, stracks auf die Insel der Mächtigen zu.

Branwen sah ihm nach, dann brach sie plötzlich in Tränen aus. »Oh, mein Vogel! Welch lange und schwere Reise liegt vor dir! Ich hätte dich niemals ziehen lassen sollen!«

Sie hatte den einzigen Freund in ihrer Einsamkeit fortgeschickt, sie hatte seine Liebe gewonnen, ihn dann als Werkzeug benutzt.

Und jenes war das erste Mal in mehr als drei Jahren, daß Branwen, die Tochter Llyrs, weinte.

Lang und einsam war der Flug der Starin. Sie war jung, und sie war noch nie weit geflogen. Sie sah seltsame Felder grün unter sich, und sie sah das andere, grauere Grün der Irischen See, die sich sanft und ständig bewegte, wie eine große Schlange. Sie fürchtete jene düstere Weite, sie, die noch nie mehr Wasser als das in der Pferdetränke gesehen hatte oder in einer Pfütze vor der Küchentür.

Sie flog weiter.

Sie flog, bis sie so müde war, daß sie glaubte, ins Meer fallen zu müssen, bis ihre Schwingen schwer wie Steine waren und ihre Augen sich ihre eigene Nacht zu machen begannen.

Dann wehte ihr ein Wind ins Gesicht, ein warmer Wind, süß vom Duft grüner, frischer, lebender Dinge. Wieder der gute Geruch von Erde und von

Bäumen, Bäumen, auf denen sich ein Vogel ausruhen konnte. Sie war hungrig und erschöpft, und sie ahnte Nahrung und Rast.

Doch der Wind warf sie zurück, wehte sie hierhin und dorthin. Sie mußte gegen ihn ankämpfen, mußte mit ihren müden Flügeln gegen die schimmernde Luft schlagen.

Klippen ragten aus dem Meer auf, grau und nackt, und wieder schöpfte sie Hoffnung. Festigkeit, um sich darauf niederzulassen! Gesegnete Rast, gesegnete Befreiung von der Last, das eigene, ermüdende Gewicht in der Luft halten zu müssen ...

Dann sah sie große Vögel, weit größer als sie, Vögel, die um jene Klippen segelten und kreisten. Ihre Schreie gellten ihr in den Ohren wie die Stimme des Todes.

Einer hatte sie erspäht und kam auf sie zugeschossen, mit langgestrecktem Hals, funkelnden schwarzen Augen, und sein Schnabel blitzte gierig, so grausam wie der Tod.

Mit einem Schrei drehte sie ab und flog seewärts, dem Erschöpfungstod entgegen, dem Sturz in kalte, klaffende Wasser, die wenigstens keinen Schnabel hatten, um einen damit zu zerreißen, keine wilden gierigen Augen, die einen anglotzten, während einem jener Schnabel das Fleisch zerriß.

Aber sie war müde, so müde. Und die Möwe war schnell. Sie schnitt ihr den Weg ab; die Starin sah eine zweite kommen, übers Meer herschießen.

Sie drehte im Sturzflug ab, in einem letzten, verzweifelten Geschwindigkeitsausbruch, entsetzt nach einem Spalt in den Klippen ausschauend, um sich darin zu bergen, nach einem winzigen Ort, wohin ihr kein Raubvogel folgen konnte.

Sie fand keinen.

Aber sie sah etwas anderes – ein Boot unter ihr, beladen mit Fischen, wie sie manchmal daheim in die Küche gebracht worden waren, damit Branwen sie zubereite. Zwei Männer saßen darin. Sie fiel, bleischwer, auf der den Männern abgewandten Seite des Fischhaufens herab.

Die Möwe schoß hinter ihr drein. Doch die Männer dachten, sie sei hinter den Fischen her, und schrien, und einer wedelte mit seinem Mantel, während der andere ein Stück Holz aufhob.

Die Möwe erhob sich und flog davon.

Sie sahen nicht, was sich bei den Fischen verbarg. Sie hockte dort und zitterte erschöpft; ihr Herz schlug wie ein Hammer, als versuchte es, ihre Brust zu durchschlagen.

Das Boot landete. An einer stillen, grünen Stelle, von Klippen umschlossen, wo es keine Möwen gab. Ihr Herz hatte sich etwas beruhigt; sie sammelte sich, stieg auf und flog davon in einem prächtigen, schmerzhaften Ruck. Sie hörte eine Stimme hinter sich herrufen, doch kein Stein sauste durch die Luft.

Sie erreichte den Strand. Sie flog weiter, gerade wie ein geworfener Speer, ein elender und ängstlicher und tapferer kleiner Speer, nach Bäumen spähend. Endlich fand sie einige. Welche Wonne war es, ihren grünen, gesegneten Schatten zu spüren! Ihre Krallen schlossen sich um einen Zweig, wie um ein Paradies; ihre müden Flügel ruhten, endlich gefaltet . . .

Sie erwachte; sie aß und versorgte ihr Gefieder. Schlaf kam noch einmal, wie eine große, dunkle, weiche Schwinge . . .

Sie erwachte wieder, und Branwen fiel ihr ein.

Sie flog weiter, über diese fremde Insel, auf der sie nicht ausgeschlüpft war, suchend nach dem Manne, den man nicht zu fürchten brauchte, weil er gütig war zu allen Dingen, nach dem Manne, dessen Bild Branwen sie hatte sehen machen.

Das »Mabinogi« sagt, daß Bran zu Caer Seiont, in Arvon, gewesen sei; und damit meint es wahrscheinlich Caer Seon, das später das Schloß von Gwydion dem Goldenzüngigen wurde, von Gwydion dem Sohne Dons. Damals muß es Math dem Uralten gehört haben, jenem großen König, der ein so gewaltiger Mann der Magie und Zauberei war, daß nur zwei Männer je geboren wurden, die ihm gleichkamen: Gwydion, sein Neffe und Schüler, und jener weitberühmte Merlin, der in einer späteren Zeit Arthur zum König von Britannien machen sollte. Höchstwahrscheinlich zahlte Math mit Rat, nicht mit Geld, Tribut an Bran den Hochkönig.

Bran muß vor Caer Seon gesessen haben, denn er hätte nicht hineingehen können, und es müssen andere Männer bei ihm gewesen sein.

Die Starin sah ihn, und sie sah die anderen Männer.

Sie wollte sogleich zu ihm, aber sie fürchtete sich; einer dieser anderen Männer konnte ein Steinwerfer sein. Sie hatte in jener großen, stürmischen Welt außerhalb der Küche die Angst zu gut kennengelernt, um unvorsichtig zu sein.

Sie setzte sich auf den nächsten Baum; sie fand einen Käfer und aß ihn. Sie wartete, braune Augen unverwandt auf Bran geheftet.

Wenn nur diese anderen Männer weggingen!

Sie taten es nicht, und der Tag neigte sich. Das Blau am Himmel verblaßte; die Sonne sank feuerrot im blutigen Westen.

›Die Nacht kommt, und ich werde schläfrig. Ich muß zu ihm und die Geräusche machen, die sie mich gelehrt hat. Bevor ich zu schläfrig bin, um mich noch an sie zu erinnern.‹

Mit einem lauten Schrei der Angst vor ihrem eigenen Mut segelte sie durch

die Luft; landete an der einzigen Stelle, wo sie glaubte, ihren Halt bewahren zu
können, sollte er versuchen, sie abzuschütteln. In dem Zeug, das wie dichtes,
seltsam gefärbtes Gras auf seinem großen Kopf wuchs.

Ein oder zwei Männer schrien auf, doch Math der Uralte hob die Hand; die
Hand, die solch geheimnisvolle Macht besaß.

»Dies hat etwas zu bedeuten«, sagte er.

»Das hat es sicherlich«, sagte Bran. »Ich bin zwar größer als andere Männer, aber es ist dennoch nicht üblich, daß Vögel kommen und sich auf mich
setzen.«

Er faßte sanft hinauf, und die Starin erkannte jene Sanftheit. Sie ließ sich
von seiner großen Hand umschließen und herabheben. Er hielt sie so, daß ihre
Augen auf gleicher Höhe waren.

»Kleines«, sagte er, »ich bin kein Baum. Vielleicht hast du das gedacht und
einen Fehler gemacht. Oder hast du vielleicht einen guten Grund, dich auf meinen Kopf zu setzen?«

Er mag gedacht haben, es sei kein richtiger Vogel, sondern eine verzauberte
Frau oder ein verzauberter Mann.

Was Math der Uralte dachte, wußte niemand. Er starrte in den blutbefleckten goldenen Westen, und auf seinem Gesicht lag die Trauer eines Gottes; eines, der eine nahende Finsternis schaut, die tiefer ist als Nacht, weit schrecklicher als Nacht . . .

Bran sah den Vogel an, und der Vogel sah Bran an. Der Schnabel der Starin
öffnete sich; aus ihm kam ein krächzendes Echo von Branwens Stimme voll
Schönheit. »Bran – Bran Sohn Llyrs – Grüße von Branwen, Tochter Llyrs . . .«

Jene Nacht sah Bran schon auf dem Rückweg nach Harlech; und Signalfeuer blitzten auf den Hügeln wie herabgefallene Sterne.

SIEBENTES KAPITEL – DIE INSEL DER MÄCHTIGEN RUFT ZU DEN WAFFEN/VOR DEM
VOLK AUS ACHTZIG UND SIEBEN BEZIRKEN BERICHTETE BRAN, WAS BRANWEN ERLITT;
UND VON DEM GROSSEN FELSEN HERAB ROLLTE SEINE STIMME NACH ALLEN SEITEN
hin, als hätte der Donner die Wolken des Himmels verlassen, um eine irdische
Heimat und einen Ursprung in seiner Brust zu finden.

Das Volk lauschte; ihrer aller Wesen bebten wie die Saiten einer geschlagenen Harfe. Eine rote Wolke, zu fein, um von anderen als Druidenaugen gesehen zu werden, bedeckte Harlech; die luftgeborenen Wesen, die Geister, die
sich von Blut nähren, schwebten darinnen, hoffnungsvoll an jenen Dünsten
voll dunkler Verheißung schnüffelnd.

IRLAND! IRLAND! Das war der Name, den alle Zungen schnatterten, den alle

Herzen hinausschrien. Wie ein Rudel hungriger Hunde nach Fleisch lechzt, so lechzten sie danach, dorthin zu kommen. IRLAND! ... IRLAND! ... BRANWEN! BRANWEN, TOCHTER LLYRS!

Wie ein Wind Flammen anfacht, so fachten Bran und Manawyddan jene Lohe an. Sie selbst brannten; für sie konnte es keine Ruhe geben, bis ihre Körper in Irland bei Branwen waren, wo ihrer beider Sinn jetzt schon weilte, ein ohnmächtiger, körperloser Schatten.

So endete das Goldene Zeitalter auf der Insel der Mächtigen, der Friede Brans des Gesegneten.

In jener Nacht wurde im Rat beschlossen, wieviel Männer mit dem Hochkönig nach Irland gehen sollten und wieviel daheim bleiben sollten. Ohne Zweifel gingen die Stärksten und Tapfersten mit Bran, die mit den besten Körpern und oftmals mit den besten Köpfen. Im Krieg sind die, die zuerst ausziehen, immer die fähigsten Väter der Zukunft, vielleicht nicht nur von Menschen, sondern auch von Dichtung und Wissenschaft. Unsere Welt wäre wohl dunkler geblieben, wäre Homer nicht blind gewesen.

Noch eine Entscheidung wurde in jenem Rat gefällt, und am Morgen wurde sie dem Volke verkündet.

Sieben Häuptlinge wurden ernannt, die in Abwesenheit des Königs die Insel der Mächtigen regieren sollten. Und der siebte und zum Obersten über die sechs anderen gesetzt, war, trotz seiner Jugend, Caradoc, Sohn Brans. Das Nennen dieses Namens schuf Schweigen; ein Schweigen so tief wie das am Grunde eines Brunnens.

Ein Licht leuchtete auf vielen Gesichtern der Neuen Stämme auf. ›Bran würde das nie tun, wenn er nicht wollte, daß Caradoc nach ihm König wird. Die Insel wendet sich von ihren alten Sitten ab. Den unseren zu‹

Die Alten Stämme standen stumm, verblüfft wie Männer, die, während sie friedlich zu Hause sitzen, plötzlich einen Sturm sehen und hören, der eine Wand oder ein Dach davonträgt.

Augen bewegten sich mit ungläubiger, verstohlener Emsigkeit. Augen, die Fragen waren, Augen, die Hoffnungen und Ängste und Verdächtigungen waren. Augen, in denen nichts als reine Verblüffung stand.

Ein Mann mit einem reichen Onkel dachte: ›Wenn Caradoc nach Bran König sein kann – werde ich dann meines Onkels Felder bekommen, wenn er stirbt? Oder werden Kilydd und Kai sie bekommen, Kilydd und Kai, die wahrscheinlich seine Söhne sind?‹

Ein Mann mit einem reichen Vater dachte: ›Werde ich wohl Glelwyds Güter nach ihm bekommen – und lachen können über jene frohlockenden Söhne seiner Schwester, die glauben, sie würden soviel reicher sein als ich?‹

Türen taten sich allenthalben auf, eröffneten noch nie dagewesene Aussichten; Türen zum Alten und Sicheren und Wohlbekannten wurden zugeschlagen ...

Viele versuchten, sich einzureden, daß Bran gewiß keine derart gewaltige Veränderung beabsichtige; daß die Dinge wieder an ihre alten Plätze zurückkehren und wieder so würden wie zuvor, wenn er von Irland zurückkäme. Doch das Herz jedes Mannes, der seinen Onkel beerben wollte, ward kalt in ihm, und das Blut jedes Sohnes, der gern von seinem Vater geerbt hätte, floß schnell und heiß durch seine Adern.

Die Söhne Belis aber standen wie eine Insel in einer Insel, ohne Licht auf ihren Gesichtern, ihre Augen so dunkel wie Sturmwolken. Nur in den Augen Caswallons, des Ältesten und Fähigsten von ihnen, begann es zu glimmen ...

Jung-Pryderi von Dyved lachte und schlug Caradoc auf die Schulter. »Eine gute Wahl, Sohn Brans des Gesegneten, und möge sein Segen immer mit dir sein!«

Er war der erste, der jenes Schweigen brach, und sein Wort war das Wort eines Herrschers.

Da jubelten alle; Bran, der König, hatte gesprochen, und sein Wille würde geschehen. Die Alten Stämme, die allein Grund zum Widerspruch gehabt hätten, besaßen keinen anderen Führer. Dazuhin waren sie gespalten, in Neffen und Söhne.

Nur Manawyddan, Sohn Llyrs, schwieg und Math der Oftgeborene, der Sohn Mathonwys.

Jene Entscheidung war in Wirklichkeit schon früher gefallen: während der König darauf wartete, daß sein Volk sich versammle. Nur die vier Söhne der dunklen Penardim waren dabeigewesen und Math der Uralte.

Bran hatte seinen Plan entwickelt, und Evnissyen hatte sich vorgebeugt, mit von wildem Frohlocken verzerrtem Gesicht.

»Wie gut, das zu hören! Jetzt wird die Insel der Mächtigen niemals unter die Herrschaft des Abschaums von jenem ausländischen Hund kommen!«

»Schweig!« sagte Manawyddan, »du, der du die Grube gegraben hast, in die sie unsere Schwester gesetzt haben. Und gib ihrem Sohn keinen falschen Namen.«

»Er ist der Same Matholuchs. Eine Schande für sie und eine Gefahr für uns! Und habe ich Matholuch zu einem Feigling und einem Verräter gemacht? Ist seine Niedertracht meine Schuld?«

»Wir haben kein Recht, vor unseren Älteren zu sprechen, Bruder«, sagte Nissyen. »Wir, die wir die Jüngsten hier sind.«

Manawyddan sah ihn an. »Und was würdest du sagen, Bruder Nissyen?«
Nissyen sagte leise: »Leid und Leid und Leid. Über Evnissyens Kränkung,
die Branwen dorthin gebracht hat, und über ihre Kränkung, die uns nach Irland führt.«

»Du meinst, wir seien jetzt so beleidigt, wie die Männer von Irland beleidigt
waren, so daß unser Rachefeldzug nichts anderes ist, als das Rad weiterzudre-
hen? Das weiß ich. Ich weiß, daß schon bald auch unsere Männer weniger an
sie denken werden als an irische Köpfe auf einer Stange. Doch Branwen ist dort
– was können wir anderes tun?«

»Nichts«, sagte Nissyen. »Jetzt nichts mehr.«

Evnissyen zeigte ihm, mit einem böse knurrenden Lächeln, die Zähne.
»Dieses eine Mal wird es dir nicht gelingen, Frieden zu machen, Milchtrinker!
Und sag mir nicht noch einmal, ich solle schweigen! Deine Zeit zum Reden ist
jetzt vorbei, und Taten hast du nie getan. Du bist nur ein Mantel über Nichts.
Ein Wind würde dich davonwehen!«

»Ich war es, der dir Schweigen gebot«, sagte Manawyddan; und obwohl
seine Stimme nicht laut war, wurde Evnissyen plötzlich still. Manawyddan sah
Bran an. »Ich werde nicht wiederholen, was ich zuvor gesagt habe, Bruder. Wie
werden Belis Söhne das aufnehmen? Und wie Branwen, wenn wir sie befreit
haben? Sie hat schon genug Leid ertragen, bevor du ihren Sohn enterbt hast.
Sie trägt es immer noch.«

Er schwieg, und in diesem Schweigen konnten alle ihre Brüder hören, wie
die Hand des Metzgers auf Branwens Wange klatschte. Sie dachten daran, daß
es nicht mehr lange war bis zum Morgen . . .

Bran sagte schwer: »Du sagst mir immer, ich solle das Wohl des Volkes im
Augen haben, Manawyddan. Und das habe ich getan. Branwens Sohn ist der
Sohn Matholuchs, und wie kann ich die Insel der Mächtigen dem Sprößling eines Verräters anvertrauen? Des Mannes, der so mit ihr umgegangen ist, wie er
mit ihr umgegangen ist?« Seine großen Hände umkrampften den Fels unter
ihm, so daß ein wenig davon zwischen seinen Fingern zerbröckelte.

»Die Mütter sind meine Zeugen, Bruder, daß ich dem kleinen Jungen alles
Gute wünsche – er ist ihr Sohn, und ich bin bereit, ihn um ihretwillen zu lieben –, doch ihm die Insel der Mächtigen geben, hieße viel wagen. Du magst
sagen: ›Wart ab, und stell ihn auf die Probe‹, doch wie können wir jemals sicher sein? Sein Vater ist schön und falsch. Und ich werde dem Kind ja Irland
vererben können, das Land, in dem er geboren wurde.«

Lange Zeit, so schien es, saß Manawyddan stumm da. Weit drunten schrien
die Möwen, und in einem der Zelte schrie ein schlafender Mann auf, gebeutelt
von bösen Träumen.

»Etwas Recht hast du, mein Bruder«, sagte er schließlich, »und deshalb hast du um so mehr Unrecht. Dein Zorn auf Matholuch ist groß und verbindet einen neuen Vorwand mit deinem alten Wunsch. Ach, wäre doch der Schleier der Mütter noch dicht und hätten wir Männer nie erfahren, daß wir Söhne zeugen können! Ich begreife jetzt, warum Math hier recht hat, wenn er jenes Wissen solange wie möglich von Gwynedd fernhält. Ohne es würdest du nur Branwen in ihrem Kind sehen, und wir würden bei unserer Rückkehr hier immer noch Frieden vorfinden.«

»Matholuch wäre immer noch in ihm«, sagte Bran.

»Auch das ist wahr«, sagte Manawyddan und seufzte. »Doch ist in jedem Menschen Gut und Böse. Alle Menschen müssen sich vom Bösen reinigen, gleichgültig, wie viele Leben es dauert. So lehren es die Druiden, und so glauben wir es. Und ich denke, Bruder, daß wir jedem Sohn Branwens, den sie empfing, da sie den Vater liebte, beibringen könnten, das Gute in sich öfters zum Vorschein kommen zu lassen als das Böse.«

»Die Insel der Mächtigen ist eine große Verpflichtung«, sagte Bran.

»Ist das ein Grund dafür, daß du eine neue Art von Krieg über sie bringen willst? Eine, die erst beginnen wird, wenn wir heimkommen? Diejenigen von uns, die heimkommen werden . . .«

Bran sah Math an. »Wie lautet dein Wort, Sohn des großen Mathonwy? Denkst du wie mein Bruder Manawyddan, Sohn Llyrs, oder wie ich? Du hast länger gelebt als wir; lange bevor wir geboren wurden, nannten die Menschen dich weise.«

Math hob die Augen, jene grauen Augen, die so unendlich schienen wie der Strom der Zeit, auf dem alles treibt, was gewesen, und alles, was ist. So weit schien seine Sicht zu reichen, und so anders als die Augen gewöhnlicher Männer waren seine Augen. Ihrer Tiefe kam nur ihre Trauer gleich, die Trauer des Vorausschauenden.

»Kommt es darauf an«, sagte er schließlich, »wie mein Rat lautet? Denn die alte ruhige Welt, deren Säulen wir sind, zerbricht, und eine neue Welt formt sich. Alte Tage und alte Lebensweise sind im Vergehen. Hier ist ein Ende. Eine Weile noch werde ich in Gwynedd den Frieden bewahren; doch der, der nach mir kommt, wird ihn brechen. Denn selbst Gwynedd, das ich von den Wirren der Menschen fernzuhalten suchte, ist Brot, das im Ofen der Schicksalsgöttinnen gebacken wird – schon sträubt sich die Materie gegen mich und will sich erheben und aus der Form fliehen, in die ich sie kneten möchte.

Und das ist Teil des Großen Vorwärtsgehens. Es kann kein Aufhalten geben; die Welt wächst, wie ein Kind wächst, und kein Mensch ist je ganz ausgewachsen. Er stirbt, wenn seine Zeit gekommen ist, um irgendwo anders weiterzuwachsen.

Wir sind die Hüter über die Kindheit der Erde gewesen, Könige, die Väter des Volkes waren, und die Welt würde glücklicher sein, wenn wir die einzigen Väter bleiben könnten. Doch jetzt muß die Menschheit erwachsen werden, und jeder Mensch muß den König in sich finden und ausbilden. Und so soll es auch sein. Von einem Führer abhängig sein, heißt versäumen, die eigene Stärke zu entwickeln oder nach Klarsicht zu streben. Wer kämpft, muß führen oder einem Führer gehorchen; nur wer stark genug ist, allein zu stehen, kann sich den Frieden bewahren.«

Bran beugte sich eifrig vor. »Dann ist Veränderung am Ende doch gut? Und wenn sie eine Zeitlang Böses bringt, so ist das nur wie die Gebärschmerzen einer Frau?«

»Wenn sie zu schnell kommt, kann sie langes Unheil bringen«, sagte Math, »Unheil, das länger als alle je ertragenen Gebärschmerzen dauert.«

»Meinst du, ich führte sie zu schnell herbei?«

»Wenn ich das sagte – würdest du umkehren auf dem Weg, auf den dein Herz dich treibt? Verzichten auf den Weg, der vielleicht Bestimmung ist? Auch kann es schon zu spät sein, umzukehren. Du hast deine Schwester fortgeschickt, du hast die Signalfeuer auf den Hügeln entzündet.«

Brans große Hände ballten sich wieder. »Die Mütter wissen: Könnte ich ungeschehen machen, was ich tat, dann würde ich Branwen nie wieder von uns gehen lassen! Doch die Signalfeuer auf den Hügeln« – seine Stimme klang wie das tiefe Grollen eines Löwen in seiner Kehle –, »die Signalfeuer würde ich wieder entzünden! Männer, sie halten sie dort gefangen, bürden ihr solche Schande und solches Elend auf, wie sie bei den Alten Stämmen noch nie einer Frau aufgebürdet wurden, sei sie Königin oder Dienerin . . . Branwen! Unserer Branwen!« Und er wandte sein Gesicht ab.

Vielleicht dachte Math an die dunkeläugige Don, seine eigene Schwester, daheim in Caer Seon. Er sagte mild: »Wahr. Die Untat stinkt zum Himmel. Doch hätten Manawyddan und Nissyen und ich heimlich nach Irland gehen und sie befreien können. Gegen meine Zaubermacht hätte kein Ire außer Amergin ankämpfen können, und wenn er lebte, wäre es nie zu dieser verhängnisvollen Torheit gekommen. Deine Schwester läge noch in Matholuchs Bett.«

Evnissyen keuchte, getrieben von einer Wut, die alle Bande sprengte. »Du würdest keine Rache nehmen? Die Schmach ERTRAGEN?«

Manawyddan und Bran starrten ihn verwundert an. Nur in Nissyens Augen war Verständnis zu sehen; er lächelte schwach, mit ruhiger Traurigkeit.

218

»Viele Frauen auf der Insel der Mächtigen müssen jetzt weinen, um Söhne und Brüder und Geliebte. Ist Branwens gerötetes Gesicht das wert?« Maths Stimme war so gelassen wie immer.

»Alle Völker auf dem Festland würden über uns lachen, wenn sie hörten, daß ich meine Schwester wie einen Hund mißbrauchen lasse.«

»Kann es sich der Starke nie leisten, verlacht zu werden? Du kämpfst gegen die Neuen Stämme mit deren eigenen Waffen. Schon hast du die unseren vergessen.«

»Krieg ist böse«, sagte Manawyddan, »doch dieser ist uns aufgezwungen worden. Auch du hast Kriege geführt, Math, wenn Gwynedd überfallen wurde.«

»Und werde es wieder tun. Doch der Krieg selbst, nicht eine bestimmte Rasse oder ein bestimmter Stamm, ist der Feind, der alles niederzureißen droht, was wir von den Alten Stämmen aufgebaut haben. Bei uns waren weder Mann noch Frau je Herrscher; alle gingen frei. Frauen schufen Besitz; durch ihre Arbeit entstanden Häuser und Felder, denn sie brauchten Schutz, um ihre Kinder darin aufzuziehen, und Nahrung, die nicht ausblieb, wenn die Jagd oder der Fischfang eines Tages erfolglos war. Sie konnten wenig dem Zufall überlassen, anders als der Mann, der Freie, der schweifende Jäger. So ist Besitzschaft eines ihrer Kinder und hat sich stets durch die Linie der Frau fortgeerbt. Und lange Zeit regierte sie das Volk, das sie gesammelt hatte.«

Bran und Manawyddan sahen einander an und nickten. In Irland drüben war es den siegreichen Neuen Stämmen nie gelungen, die Erinnerung daran zu löschen, daß Tara und alle anderen bedeutenden irischen Festungen von Frauen gegründet worden waren.

Math fuhr fort: »Doch dann kam der Krieg – denn neue Völker kamen, und es wird immer der Instinkt des Hungrigen sein, von denen zu nehmen, die Nahrung haben. Und Männer gaben im Krieg bessere Anführer ab, bessere Verteidiger. Ein Kriegshäuptling mit einem schweren Kind im Bauch taugt nicht viel.

Doch die Frau wurde, obwohl sie nicht mehr König* war und obwohl der Mann sie beschützte, immer noch als die Quelle des Lebens verehrt. Erst heute, da der Mann entdeckt, daß sie ohne ihn kein Leben geben kann, beginnt er die zu verachten, die er beschützt. So wird sie, die das Eigentum schuf, Eigentum werden.

---

* Was die Wahrscheinlichkeit angeht, daß der keltische Titel »König« einst auf beide Geschlechter angewendet wurde, vgl. Rhys, »Celtic Folklore«, S. 661. Desgl. Macalisters »Tara« bezüglich irischer Gründungslegenden.

So ist es schon in der Östlichen Welt, so wird es hier werden. Und aus jener fortwährenden Ungerechtigkeit werden unablässig neue Übel entstehen, die Kriege zeugen und neue Ungerechtigkeit, bis die Menschen vergessen, daß es je eine Welt in Frieden gab. Wenn die Menschheit erst einmal die eine Hälfte der Menschheit versklavt sein läßt, wird es lang und lange dauern – selbst wenn jene Sklaverei allmählich aufhört –, bis die Freiheit wieder geachtet wird und Volk nicht mehr Volk zerfleischt; bis die Menschheit die Gewohnheit der Gewalt verlernt.«

Er schwieg, und der große Bran holte tief Atem.

»Wenn ich das verhindern kann, zählt nichts anderes. Sag mir, was tun, weiser Sohn Mathonwys, und ich werde es tun.«

»Ich kann keine Versprechungen machen«, sagte Math. »Schon ist das Unheil empfangen, und die Welt liegt in den Wehen einer Mißgeburt.«

Bran sah ihn an und an ihm vorbei und in die grauen Nebel hinein, die über dem Meer hingen. Die Dämmerung kam, die fahle, kränkliche Dämmerung eines Tages, der kein Glück verhieß. In jener erbleichenden Dunkelheit, die kein Licht war, sahen sie einander in die Gesichter und fanden keine Hilfe; nur fahle, umrißlose Masken.

Bran seufzte. »Nichts Gutes ist es, was du für die Welt voraussiehst, Sohn Mathonwys. Es ist ein bitter Ding, zu wissen, daß all das über das Volk kommen wird und daß es rückwärts gehen muß statt vorwärts. Oder zumindest auf verschlungenen Umwegen vorwärts.

Doch du, der so viel sieht – darf ich dich fragen, was du für Branwen meine Schwester siehst? Und für Caradoc meinen Sohn?«

Wieder sah ihn Math aus jenen grauen Augen an, die jetzt die ganze Dreifaltigkeit der Zeit in sich zu vereinen schienen – Vergangenheit, Gegenwart und Zukunft.

»Ich kann nicht derart deutlich sehen, Sohn Llyrs. Ich kann die Schreie vieler hören, die erschlagen werden, und das Blut riechen, das noch nicht vergossen ist; doch das ist das Schicksal der Vielen. Was die Wenigen angeht, jene, die ich kenne, so macht mein Herz mein Druidenauge blind.«

Evnissyen lachte. »Wenigstens etwas, wofür man dankbar sein kann, Herr von Gwynedd. Es ist das erste Erfreuliche, was du gesagt hast.«

Math richtete seine Augen auf ihn. »Sogar Kraft, die sich in gänzlich Böses verwandelt hat, hat ihren Platz in dem Plan«, sagte er. »Aber ich denke, daß nur die Götter es ertragen, jenen Plan anzusehen. Es ist gut, daß Menschen es nicht können.«

An jenem Morgen war Jung-Pryderi aus dem Süden mit den Männern von Dyved angekommen. Freudig kam er, seine weißen Zähne blitzten in einem kriegerischen Lachen unter seinen strahlend blauen Augen und seinem goldenen Haar; seine Nase schnupperte den Wind, als wäre sie die eines jungen, feurigen Hundes, der es nicht mehr erwarten kann, daß die Jagd beginnt.

»Seid gegrüßt, ihr Herren!« Er kam zu den Söhnen Llyrs herübergesprungen. »Das Gute sei mit euch! Und mit der Herrin, eurer Schwester. Wir werden einen irischen Kopf abschlagen für jeden Schlag, den sie ihr versetzt haben, und dann werden wir jenen König Mäuseherz öffnen, um zu sehen, was für kuriose Innereien er hat. Obwohl, bei den Göttern beider Inseln, ich glaube, daß uns jemand zuvorgekommen ist und ihm den Kuttelfleck rausgeholt hat!«

Dann sah er an ihren Gesichtern, wie tief das ging, tiefer als alle Grimmigkeit und aller Spott, und sein eigenes Gesicht ernüchterte sich, wie das eines fröhlichen Kindes, das plötzlich Mitleid verspürt.

»Ihr habt recht, ich würde auch nicht lachen, wenn diese Frau meine Kigva wäre, Enkelin aus Gloyu Broads Reich. Nicht, bevor ich meine Hände in Blut gewaschen hätte. Verzeiht mir.«

Bran lächelte. »Jene Dame ist in dein Haus gekommen, um mit dir zu schlafen, nicht wahr?«

»Vor drei Monaten«, sagte Pryderi stolz. »Meine Trauerzeit für meinen Vater ist vorüber, und ich bin jetzt König; deshalb dachte ich, es sei an der Zeit, mir eine Frau zu holen. Und glaubt mir, seit ich Kigva bekam« – hier tanzten seine Augen, und ein Grübchen auf der linken Seite seines Lachens tanzte mit –, »habe ich mir nichts mehr gewünscht, außer, ich hätte sie früher bekommen! Jammerschade, daß ich soviel Zeit verschwendet habe!«

Bran lachte. »Ich merke, wir schulden dir dafür, daß du so schnell gekommen bist, noch mehr Dank, als ich dachte!«

Pryderi warf seinen gelben Schopf zurück. »Ich pflege auf dem Weg in die Schlacht nicht langsam zu sein, und wenn ich es dieses Mal gewesen wäre, dann würde ich wahrlich nicht in den Armen jenes Rotkopfes liegen. Sehr wahrscheinlich würde mich die Spitze ihres Stiefels vorwärts befördern.«

»Die Frauen ihrer Sippe sind Kriegerinnen, nicht wahr?« sagte Manawyddan. »Hexen-Priesterinnen bei den Stämmen, die am Ufer des Severn leben?« Er dachte: ›Ich hoffe, Kigva hat nicht deren Gemüt; es würde sie zu einer schlechten Hausgenossin für Rhiannon von den Vögeln machen.‹

»Das stimmt, Königsbruder. Ich glaube nicht, daß je ein Mann wegen einer von Kigvas Tanten den Kopf verlor – es sei denn, sie säbelte ihn von seinen

Schultern.« Er grinste. »Neun von ihnen, alles alte Hexen, und keine unter ihnen, die nicht ein Gesicht hätte, das jeden Mann verscheuchte, sogar mitten in der Nacht. Kigva hat ihr Aussehen von der anderen Seite der Familie mitbekommen. Wenn ihre Tanten ihre Art Hexerei beherrschten, dann hätten sie sich bestimmt nicht aufs Kopfabsäbeln verlegt.«

Ihre Häßlichkeit mochte ein Grund dafür gewesen sein, daß die Neun zu Kriegerinnen geworden waren; doch muß es noch einen anderen gegeben haben. Um das Land und die Freiheit zu behalten, die ihre Vormütter besessen hatten und die jene friedlichen Priesterinnen nicht mehr halten konnten, hatten sie den Krieg, ihren Feind, zum Diener genommen, und er war ihr Herr geworden. Dieser verformte, durch sie, sogar das Gesicht, das ihre Göttin auf Erden zeigte; so mannigfaltig sind die Fallen, die von der Veränderung, der unerbittlichen, gestellt werden.

Doch was sie zu dem machte, was sie waren, darüber nachzudenken, nahm sich Pryderi nie die Zeit. Er scheint überhaupt selten innegehalten zu haben, um nachzudenken, was ein wenig überraschend ist, wenn man das Blut bedenkt, das wahrscheinlich in ihm war. Vielleicht war er auch zu sehr ins Leben verliebt, war zu sehr damit beschäftigt, jeden Atemzug davon zu genießen, als sich je für etwas anderes als Schlaf Zeit zu nehmen.

So deutete ihn jedenfalls Manawyddan in den darauffolgenden Tagen. Der liebte es, jene Lebensfreude zu beobachten, jene junge, fröhliche Kraft. Doch manchmal überkam ihn Nachdenklichkeit, die ihm niemals fern war, und legte eine kalte Hand auf seine Schulter.

›Im besten Falle viele Gefahren, selbst für die Jungen und Schnellen und Kühnen. Doch wenn Matholuch den Kessel benutzen sollte . . .‹

Das würde einen Krieg bedeuten, wie ihn die Welt noch nie gesehen hatte: Ausrottung der Männer beider Inseln, und die Erde bedeckt mit wilden, sprachlosen Dämonen.

Kein Mann würde das wagen. Doch wenn Panik einen Feigling treibt . . .

Manawyddan mag froh gewesen sein, daß er wenig Zeit zum Nachdenken hatte.

Wie aufgestöberte Ameisen wimmelten die Männer in jenem Lager unter Harlech umher. Schiffe wurden gebaut, Waffen geschmiedet. Alle Augen waren aufs Meer gerichtet, auf jene graue Wasserstraße, die zu ihrem Ziele führte.

›Bald werden wir dort sein! Bald werden wir ihnen eine Lehre erteilen! Ihrer aller Köpfe werden wir als Sühngeld nehmen, diesen Hunden.‹

Viele waren grimmig glücklich. Evnissyen war am glücklichsten von allen. Er dachte stolz: ›Dies alles ist mein Werk. Ohne mich herrschte immer noch Frieden. Bran würde immer noch an der Nase herumgeführt.‹

222

Er hätte sich selbst umarmen können vor Freude über seine eigene Schlauheit, vor Stolz auf seine eigene Weitsicht. Er hatte sich nie täuschen lassen von den geschmeidigen, lügnerischen Zungen der Ausländer.

Einige Männer waren mit ihm einer Meinung, was seine Gerissenheit betraf; zum ersten Mal hatte er eine Anhängerschaft. An der Spitze seiner neuen Bewunderer standen Keli und Kueli, jene Söhne, die Kymideu Kymeinvoll in ihrem Schoß getragen hatte, als sie aus dem Eisernen Haus ausbrach. Ohne das häßliche feuerrote Mal, das die eine Seite seines Gesichtes verunstaltete, hätte kein Mensch Keli von Kueli unterscheiden können, und in ihrem Haß auf die Iren brannten beide mit einer Flamme.

»Unsere Eltern und unsere Brüder trauten ihren Versprechungen; in Frieden und Freundschaft gingen sie in das Eiserne Haus hinein. Wir kennen sie, jene Ausländer, die unsere Brüder verbrannten!« Kelis Augen brannten heißer als das Brandmal auf seinem Gesicht.

»Man kann keinem Versprechen trauen, das sie geben, keinem Eid, den sie schwören. Jeder Mann, jede Frau und jedes Kind aus jenem Blut muß sterben. Sonst werden sie alles wieder tun.« Es war Kueli, der da sprach, mit ebenso wilden Augen.

»Solange eines von ihnen auf der Erde ist, wird Verräterei sich fortpflanzen. Kein Mann einer anderen Rasse kann ohne Furcht vor einem Messer im Rücken umhergehen, kein Kind sicher im Schoß oder Arm seiner Mutter ruhen.« Kelis blitzende Augen waren weit aufgerissen; seine Stimme hatte sich zu einem grimmen Sang erhoben.

Sie priesen Evnissyens Scharfblick, bis er schnurrte wie eine Katze. Er sog jedes Wort in sich hinein; beides, ihr Lob und ihre Wildheit, stieg ihm zu Kopf wie Wein.

ACHTES KAPITEL – DIE SINKENDEN LANDE/DER GRUND, WESHALB SO VIELE SCHIFFE GEBAUT WERDEN MUSSTEN, WAR DIE TATSACHE, DASS ES ÜBERHAUPT KEINE SCHIFFE WAREN, SONDERN NUR FLÖSSE UND BOOTE, DIE FÜR DIE FAHRT IN SEICHTEN GEWÄSSERN taugten. Segel hatten sie, aber sonst nicht viel von dem, was ein richtiges Schiff ausmacht. Auch konnte die Flotte nicht den üblichen Kurs durchs tiefe Wasser nehmen, weil Bran zu groß war, um auf ein Schiff zu passen.

Er hätte wohl überhaupt nicht nach Irland gelangen können, wären nicht die Sinkenden Lande gewesen.

Ein großer Teil von ihnen war schon verschwunden, jene »verlorenen Lande« von Wales. Das Meer bedeckte den hohen Wald, der einst die Küsten von

Carnarvon mit jenen von Anglesey verbunden hatte;* versunken war jener Wald, in dem in späteren Zeiten nicht nur die Knochen des großen Bären und des Rothirsches gefunden wurden, sondern auch die des Ochsen, jenes uralten Dieners des Menschen.

Das Gebiet zwischen Anglesey und den südlichen Küstenabschnitten sank, war aber noch nicht versunken. Bäume erhoben sich noch hie und da aus dem schlammigen Wasser, Riesen, die den Fluten, welche sie verdammt hatten, trotzten; Fische schwammen durch ihre unteren Zweige, und Tang wuchs reich und üppig, wo einst Kornfelder ihre goldenen Halmbüsche im Wind hatten wogen lassen. Keine Tiere gab es dort und keine Vögel, bis auf die weißen, schreienden Möwen. Es war alles Salzwasser, und kein Landlebewesen konnte dort leben; sie überließen es alle seinem einsamen Tod. Wie das Reich des Leichengottes erstreckte es sich, eine Wüste aus schmutztrübem Wasser.

Bran mußte durch sie hindurch, und seine Männer fürchteten sich davor. Er aber lachte über ihre Ängste.

»Die meiste Zeit wird mein Kinn über Wasser sein, und wenn es das nicht ist, kann ich ja schwimmen.«

»Du wirst da einen unangenehmen Gang machen«, sagte Pryderi. »Ich würde es hassen, durch all diesen Schlamm zu waten.« Er blickte hinaus, und es schauderte ihn; diesmal war seine Fröhlichkeit erloschen.

»Vielleicht«, sagte Bran, »doch Branwen muß weit schlimmere Dinge erdulden als nasse Füße.«

»Das ist wahr«, sagte Manawyddan, und Schmerz strich über sein Gesicht wie eine schwarze Schwinge.

»Aber paß gut auf«, fügte er hinzu. »Du kannst in der Finsternis dieses Wassers nicht sehen, wohin du trittst, und der Boden ist tückisch. Wenn du einsinkst, werden wir in den Schiffen herbeikommen und versuchen, dich herauszuziehen; ich weiß aber nicht, was geschehen wird.«

»Ich weiß es.« Bran lächelte sein breites, gutmütiges Lächeln, das weiteste der ganzen Welt. »Die Schiffe werden umkippen, und ihr werdet alle ein Schlammbad nehmen.«

»Solange das das Schlimmste ist . . .«, sagte Manawyddan.

Mit gerunzelter Stirn schaute er über jene feindlichen Wasser hinweg, über jene Wildnis, in die der Frieden des Todes noch nicht gekommen war, nur die Häßlichkeit und der Schmerz eines riesigen, einst blühenden Körpers in seinen Todeszuckungen, eines Körpers, der es haßte, die Wärme und Köstlichkeit der Vergangenheit loszulassen. Und er dachte: ›Bei wievielen von uns wird das

---

* Nach Sir William Boyd Dawkins

auch so sein, bevor wir auf diesem Weg hier zurückkommen? ... Nun, auch
der Tod ist ein Teil des Großen Vorwärtsgehens.‹

Nackt watete Bran in die Sinkenden Lande hinein, nackt bis auf die Seile,
die Manawyddan an ihm hatte befestigen lassen. Sie banden ihn an die Schiffe,
die sich so dicht wie möglich bei ihm hielten, und er ging so nah wie möglich
an der Scheidelinie der Sinkenden Lande entlang, an der Kante zum richtigen
Meer. Doch auch darin lag Gefahr. Es brachte ihn in die Nähe tückischer Ab-
stürze, in die Nähe unsichtbarer Klippen.

Manchmal hatte er festen Boden unter den Füßen und manchmal die breiige
Weiche nassen Sandes, und über diese ging er so schnell und leicht hinweg,
wie er nur konnte. Bran konnte leichtfüßig laufen, trotz seiner Masse.

Dann fühlte er wieder Fels unter seinen Füßen, und er ging langsam und
behutsam, sich vor einem Sturz aus unsichtbaren Höhen hütend. Und dann
quatschte und rülpste wieder der dicke Schlamm unter ihm, als fauchte ein
Ungeheuer aus Anderswelt unter seinem Tritt; und er ging schneller, denn jener Schlamm saugte an ihm wie gierige Lippen, zog an den Sehnen seiner
mächtigen Beine mit einer Gewalt, die sogar ihn atomklein machte, zerrte mit
der Kraft von Gewalten, die ewig in Finsternis hausen und keine andere Eigenschaft oder Macht besitzen als die der Zerstörung.

Dann fiel er, und wie mit Armen umfing ihn jener saugende Tod und deckte ihn zu, wie ein Maul, dessen Zähne ihrer Weichheit wegen nur um so
schrecklicher waren, eine Vernichtung schwärzer als die Nacht.

Doch aus jenen umklammernden Tiefen stieg der große Bran wieder empor, kämpfend, sich windend, jeden Muskel anspannend, in einer herzzerrei-
ßenden Anstrengung gegen jene schwarze, umschlingende Umarmung an-
kämpfend, jede Zehe, wie ein Wesen für sich, nach Halt, nach Festigkeit, nach
Sicherheit suchend.

Doch selbst in diesem Todeskampf erinnerte er sich daran, wie die harpu-
nierte Walmutter sich daran erinnert, daß ihr wild um sich schlagender
Schwanz auch in den Todeszuckungen nicht ihr Junges treffen darf, so erinnerte sich Bran daran, daß er nicht an jenen Seilen zerren durfte, die ihn an die
zerbrechlichen Barken banden, auf denen seine Männer waren.

Dann fanden die tastenden Zehen des einen um sich schlagenden Fußes,
fanden und verloren wieder, was sie suchten; streiften, einen Atemzug lang,
Festigkeit. Verzweifelt kämpfte er sich dorthin zurück, dachte schon, sie verloren zu haben – und fand sie wieder. Seine Zehen schlossen sich; durch
den klammernden Schlamm kämpfte sich der andere Fuß vorwärts. Mit zusammengebissenen Zähnen, Mund und Nase voll von schlammigem Tod,
rüstete er sich zu einer letzten, gewaltigen Anstrengung; deren Gewalt schien

seine sich spannenden Muskeln zu zerreißen, sein ganzes Wesen zu sprengen.

Sein Kopf tauchte aus dem Wasser. Über sich hörte er die Rufe erschreckter Männer. Seine schlammverklebten Augen konnten sich nicht öffnen, doch befreit von jener Tiefe und äußersten Dunkelheit schienen sogar ihre beschmierten, geschwärzten Lider wie Lichter, hell und klar wie der Himmel, der jetzt wieder auf ihn herabblickte.

Er schleppte sich weiter, und Nissyen, der leichteste seiner Brüder, schwamm zu ihm hinaus und wusch sein Gesicht und brachte ihm Wein.

Da lachte er, zur Sonne hinaufschauend, die er nie wieder zu sehen geglaubt hatte; und seine Männer auf den Schiffen jubelten ihm zu, und Manawyddan, immer noch bleich und ohne Lächeln, schöpfte tief und erleichtert Atem.

Neben ihm lachte Pryderi. »Mit Schlamm läßt sich Bran nicht umbringen!«

Doch dieses Mal sprach Manawyddan streng mit dem jungen König von Dyved. »Schweig, Knabe! Du hast einen größeren Sieg gesehen, als je einer in Irland errungen werden wird, und einen, der teuer erkauft wurde.«

Doch in Wirklichkeit hatte ihn niemand gesehen, jenen Kampf, der in der Dunkelheit unter Wasser, in der tieferen Finsternis jener verdorbenen und vergifteten Welt ausgetragen worden war, gegen jenen Tod, der einer berggroßen, schlingenden Zunge glich. Allein und ungesehen, hatte Bran ihn gekämpft und ihn gewonnen, und das wäre keinem anderen erdgeborenen Mann je gelungen.

Er stampfte weiter, und der Tag ging zur Neige. Die Sonne ging unter. Die blassen Küsten der Insel der Mächtigen waren in die grauen Arme der Entfernung gesunken, und die weißen Klippen waren dunkel geworden. Der Himmel flammte wie der Scheiterhaufen eines gewaltigen Leichenbrandes.

Von der Küste aus, die sie verlassen hatten, sahen jene Schiffe jetzt klein aus, wie Spielzeuge, die ein Kind auf einem stillen Weiher oder einem Bächlein schwimmen läßt, während Amme oder Mutter aufpaßt. Brans große Gestalt, die durch jene tückische Wüste stampfte, war zur Größe eines gewöhnlichen Mannes geschrumpft; hatte klein und verloren und gänzlich menschlich ausgesehen, dort in der weiten, ergrauenden Einsamkeit.

Sie war zu Puppengröße geschwunden; dann gänzlich verschwunden.

Von der Höhe der verlassenen Klippen aus hatten vier Männer ihr nachgesehen, solange sie konnten: die Söhne Belis.

Als sie nur noch die Segel der Schiffe sehen konnten, rührte sich Caswallon. »Was wohl geschehen ist, als er fiel? Er brauchte so lange, um sich wieder zu erheben, daß ich einen Atemzug lang schon dachte – doch der Segen ist immer noch mit ihm.«

Llud sein Bruder seufzte. »Er wird Irland erreichen. Einige von uns hätten mit ihm gehen sollen. In meinem Herzen wußte ich das immer. Ich hoffe, er bringt Branwen wohlbehalten zurück. Man sagt, jene Iren schätzten keine Trophäe so hoch wie den Kopf einer Frau auf einer Stange.«

»Das kommt von den Schwierigkeiten, die ihnen die Frauen der Alten Stämme machten; sie kämpften zäh für das Alte.« Caswallon zuckte die Schultern. »Schließlich war es ja Bran, der sie nach Irland schickte, nicht wir. Und er beging einen Betrug, als er das tat; denn er wußte wohl, daß der Ire sie wollte, damit später ein irisch-bürtiger Mann auf Belis Thron sitze. Und die ganze Zeit über wollte er diesen Thron für Caradoc.«

»Dann war seines das erste Unrecht!« rief Jung-Eveyd hitzig; er war der vierte Bruder. Doch Llud und Llevelys, seine älteren Brüder, schwiegen, und dann drehte sich Caswallon um und sah Llud an.

»Du bist der Erstgeborene«, sagte er. »Wenn du dein Recht fordern willst, werde ich dich unterstützen.«

Llud erwiderte seinen Blick. »Welches Recht, Caswallon? Das Wort hat zwei Bedeutungen. Bran ist der Insel der Mächtigen ein guter Herrscher gewesen; und ich bin es nicht, der sie entzweien wird, wie ein Hund, der um einen Knochen kämpft, wenn Caradoc nach ihm herrschen sollte. Der wäre ein Mörder, der den Frieden bräche und Blut vergösse um seines eigenen Vorteils willen. Solange das Land glücklich ist – unter Bran oder Caradoc oder einem anderen –, störe es nicht!«

»Warum sollte jener Welpe Brans nach ihm auf dem Thron sitzen, wenn wir nicht nach Beli drauf sitzen konnten?« Caswallons Lachen klang wie zerreißende Seide. »Wir sind es, die das Erstrecht haben, und ich bin es nicht, der dies aufgeben wird! Und da es mein Recht ist, König zu sein, müssen alle Leute, die Rechtens handeln, mich unterstützen, und ich werde nur jene töten, die es nicht tun und also unrecht handeln. Das Töten von Missetätern ist rechtmäßig!«

»Ich habe von jener Krone zu lange geträumt und sie zu sehr geliebt, um sie zu beflecken«, sagte Llud. »Ein König ist der Diener seines Volkes; es wäre ein seltsam Ding, einige Untertanen zu töten, um allen zu dienen – und nicht so verstehe ich die Königswürde.«

»Dann wirst du Platz machen«, sagte Caswallon.

»Und was, wenn Bran zurückkommt?« sagte Llevelys. »Das wird er wahrscheinlich; jener Ire ist kein Gegner für ihn. Glaubst du, das Volk wird an deiner Seite gegen ihn kämpfen? Ich glaube es nicht.«

»Im Krieg gibt es viele Möglichkeiten«, sagte Caswallon. »Ich trage in meinem Herzen die Gewißheit, daß es meine Bestimmung ist, König zu sein.«

227

»Und Caradoc würdest du töten?« sagte Llevelys kalt. »Das müßtest du, um sicher auf dem Thron zu sitzen, und das wäre eine Tat, wie sie selten vernommen wird. Eine Tat, wie sie nur Geächtete und Verfemte begangen haben, sie, die für alle Zeiten verflucht umherirren, denen niemand Speise oder Trank oder Zuflucht geben darf.«

»Er ist Brans Sohn, nicht der Branwens. Kein Verwandter von uns...«

»Er ist unser Verwandter, wenn wir Belis Verwandte sind. Er ist der Sohn unseres Vetters, unser eigenes Blut.«

Caswallon schwieg eine Weile, dann sagte er: »Ich habe es bedacht. Viele Leute mögen so denken wie du, obwohl heutzutage die Grade und Bande der Verwandtschaft neu überdacht werden müssen; für einen neuen König wird es viel zu tun geben. Und ich werde jener König sein. Bran hat unsere Rechte lange genug innegehabt; ihn könnte ich nie entthronen, doch Caradoc kann ich. Mit ihm werde ich mich nicht abfinden. Aber ich werde versuchen, ihn am Leben zu lassen.«

Manawyddan blickte zu der Insel zurück, die sie hinter sich gelassen hatten. Zurück zu den Klippen, die jetzt nur noch ein dunkler, verschwommener Fleck waren, als ruhte dort schon die nahende Nacht. Ein schwarzer, schützender Schemen, so hatte sie sich auf der Insel der Mächtigen niedergelassen, wie ein riesiger Vogel auf seinem Nest.

›Was für Eier dort wohl ausgebrütet werden?‹ sann er. Doch nur das Schweigen der Nacht antwortete ihm, das leise Flüstern der Wellen, das tiefe, unmenschliche Rufen des Windes. Und Bran stampfte weiter durch die Sinkenden Lande, stetig, unermüdlich, wie ein Berg in Bewegung, wie ein Berg, der sich von seinem angestammten Platz löst. So schritt er voran, blind wie Erde und Fels, durch die Welt, die seine Bewegung schon in ihren uralten Fundamenten erschüttert hatte.

Hirten sahen Seltsames auf dem Meer, und die Kunde wurde zu Matholuch getragen.

»Herr, Herr, aus den Sinkenden Landen erhebt sich ein Wald – dort, wo seit unserer Ur-Ur-Väter-Zeiten nicht das Geringste gewachsen ist –, und er bewegt sich! Er kommt auf uns zu!«

Matholuch rief seine Druiden herbei. »Versenkt euch in eure Gedanken«, gebot er ihnen. »Und sagt mir, was das in Wirklichkeit ist, was diese Burschen hier zu sehen glauben.«

Sie sagten: »Herr, solche Reisen des Geistes brauchen Zeit und Vorbereitung.« Aber er gab ihnen keine Zeit.

Er gab ihnen keine Zeit, also schlossen sie ihre Augen, und ihre Lippen bewegten sich lautlos. Dann waren sie ein paar Atemzüge lang stumm. Dann öffneten sich ihre Münder alle zugleich, und sie sagten: »Holz – Holz – ja, sie sind aus Holz. Viele, viele und hoch – eine Menge von ihnen, und alle bewegen sich ...«

»Ist es wirklich ein Wald?« wollte Matholuch wissen.

»Etwas geht neben ihnen her, Herr. Eines neben den Vielen – etwas Höheres als ein Mann, nicht so hoch wie ein Baum im Walde ...«

»WAS IST ES?« Matholuch beugte sich aus seinem geschnitzten, goldverzierten Thron vor; seine Hände umklammerten die Lehnen, daß die Knöchel weiß hervortraten.

»Herr, es bewegt sich ... Zwei Helligkeiten blitzen nahe seiner Spitze. Wie Wasser blitzen sie, nur rot ... Es bewegt sich, Herr! Alles bewegt sich! Auf das Land zu. Auf uns alle zu!«

Sie öffneten ihre Augen und zitterten.

Matholuch saß wie versteinert. Seine Hände umklammerten immer noch die Lehnen seines Thrones, und sein Gesicht war so weiß wie seine Knöchel. Er muß gewußt haben: Wälder erheben sich nicht aus dem Meer, und nur ein Grund konnte Schiffe in die Sinkenden Lande oder in ihre Nähe führen.

Nur ein Mann konnte jene Untiefen durchwaten ...

Alle dort müssen es gewußt haben, doch mit all ihrer Kraft stießen sie dieses Wissen zurück, schlugen die Türen ihres Inneren vor ihm zu und verriegelten sie. ›Wir wollen es nicht sehen – es soll weggehen – es soll nicht sein ...‹

Aber es war da. Mit jedem Atemzug, den sie taten, kam es näher. Sie alle wußten es; der König wußte es. Er leckte seine Lippen, und schließlich sprach er.

»So«, sagte er, »so.« Und verstummte. Dann: »Niemand kann wissen, was das bedeutet, es sei denn, Branwen weiß es. Fragt sie.«

Er bot nicht an, selbst zu ihr zu gehen.

Sie gingen, die Edlen und die Druiden. Sie hoben den schweren Bratspieß von ihr, hoben sie selbst aus der Grube. Sie berichteten ihr, und der Bericht wurde unterm Erzählen nicht schwächer.

»... Und neben dem Wald ist ein großer Berg, und er bewegt sich. Und nahe der Spitze des Berges sind zwei hell schimmernde Seen ... Herrin, was denkst du, was das ist?«

Sie sahen weniger Brans Körper als seinen Geist und den Zorn, der wie eine Lawine über ihnen allen drohte.

Branwens Augen leuchteten; ein schwaches, hartes Lächeln spielte um ihren Mund. »Ich bin keine Herrin, aber ich kann euch sagen, was das ist. Die

Männer von der Insel der Mächtigen kommen hierher, denn sie haben gehört, wie ich gequält und entehrt werde.«

Keiner der Männer vor ihr hatte nicht gelacht, als sie in die Grube hinabgelassen worden war. Keiner von ihnen, der sich jetzt nicht plötzlich in seine eigenen Füße verliebt hätte; der nicht auf seine Schuhe hinabgestarrt hätte, als versuchte er, durch sie hindurchzusehen, Einblick zu nehmen in die kringeligen und entzückenden und faszinierenden Geheimnisse seiner Zehen.

Aber noch hofften sie, gegen alle Hoffnung. Natürlich sehnte sie ihre Befreiung herbei; es konnte aber auch etwas anderes sein ... es konnte ...

»Herrin«, fragten sie höflich, »was ist dann jener Wald?«

»Die Masten von Schiffen«, antwortete sie. »So dicht wie ein Wald; die Schiffe, die das Heer von der Insel der Mächtigen bringen.«

Sie erschauderten und blickten gen Himmel, doch war die Decke im Weg, und es mag ihnen so vorgekommen sein, als ob Bran schon fast ebenso niederdrückend nahe wäre.

»Herrin«, fragten sie noch höflicher, »was ist dann jener Berg?«

Sie erblühte wie eine Rose. Ihr Gesicht, das so lange bleich und blaß gewesen war, wenn nicht das Küchenfeuer oder die Hand des Metzgers es rötete, strahlte wie die Morgenröte.

»Das ist mein Bruder, Bran der Gesegnete, der durch die Untiefen watet.«

Bran, den kein Schiff tragen konnte! Sie erschauderten, aber sie versuchten es noch einmal. »Herrin, was sind jene beiden Seen?«

»Seine beiden Augen, die auf diese Insel gerichtet sind. Der König ist ergrimmt darüber, wie ich hier behandelt worden bin.«

Da gingen sie von ihr; sie gingen zu Matholuch zurück. Sie waren jetzt voller Eifer, ihm die Führerschaft zu überlassen, die sie ihm einst geraubt hatten, voller Eifer, ihn wieder den Kopf des Hundes sein zu lassen, nicht den Schwanz. Wie furchtsame Kinder hofften sie, daß ihm ein rettender Gedanke käme.

Doch er fuhr sie an. »All das ist euer Tun! Ich wollte nie meine Frau aus meinem Bett vertreiben und ihre mächtige Sippe beleidigen. Ihr seid meine Räte – eine feine Arbeit habt ihr da geleistet! Jetzt denkt euch etwas aus, wie ihr das, was ihr getan habt, ungeschehen machen könnt, oder ich werde euch alle die Köpfe abschlagen lassen. Gewiß werden sie dann von genausoviel Nutzen sein wie jetzt!«

Sie sagten nichts. Ihre stummen Gesichter waren der Spiegel seiner eigenen Verzweiflung. Er wütete gegen ihn und gegen sie.

»Redet! Damals habt ihr reichlich geredet. Was für Hohlheiten tragt ihr nur auf euren Schultern herum! Lugaid, mein Lieb ...«

Er wandte sich seinem Kämpen zu, jenem bewaffneten, kühnen Recken, desgleichen immer in der Nähe eines irischen Hochkönigs stand. Höchstwahrscheinlich hielt Matholuch eine ganze Schar solcher Männer; er wollte verhindern, daß ein Ehrgeizling ihm nahe genug kam, um ihm das Leben zu nehmen und damit seine Krone, wie es die blutige Sitte der Neuen Stämme war.

Doch sein Oberdruide faßte schließlich ein wenig Mut. Zweifellos erinnerte er sich an Amergin.

»Herr, vielleicht wäre es für alle von uns besser gewesen, wenn du diesen Befehl vor drei Jahren gegeben hättest. Doch jetzt ist es zu spät. Die Tat ist geschehen, und du brauchst alle Männer, die du hast.«

Matholuch fiel jener Wald aus Masten ein. Die Wut wich aus ihm, und er sank in seinen Thron zurück.

»Haben wir gar keine Hoffnung mehr?« sagte er schwächlich.

»Wir haben Branwen«, sagte der Druide.

»Narr! Das habt ihr alle gesagt – vor drei Jahren.«

»Und der Gebrauch, den wir davon machten, war töricht. Aber es ist immer noch wahr!«

»Narr! Wollt ihr ihn noch mehr herausfordern? Er muß hundert Männer für jeden haben, den ich zusammentrommeln kann, bevor er zuschlägt; und wenn ich Zeit gewinnen könnte, so würde sie ihm helfen, nicht mir. Im Norden gibt es immer noch viele Männer der Alten Stämme, und sie würden sich erheben, würden zu ihm stoßen – um ihre eigene Haut zu retten und um Rache an uns zu nehmen.«

»Auch das ist wahr, Herr. Wir können Bran nicht daran hindern, sie zu rächen. Doch den Männern der Alten Stämme sind ihre Frauen teuer. Mag sein, es liegt ihm mehr daran, sie gesund und wohlbehalten zurückzubekommen, als ein noch so großes Sühngeld zu erhalten.«

»Dein Plan gefällt mir nicht«, sagte Matholuch, »aber ich werde ihn anhören.«

»Zuerst laß sie in das Haus der Frauen zurückbringen«, sagte der Druide. »In ihre Sonnenkammer. Schicke Damen hin, die ihr dort aufwarten. Dann wollen wir die Botschaft aufsetzen, die wir an ihn senden.«

Die Männer von der Insel der Mächtigen landeten. Sie setzten ihre Schiffe nahe der Mündung des Flusses Boyne auf den Strand, jenes lieblichen Flusses, der nach einer alten Göttin benannt ist, nach der Mutter Angus' von den Vögeln. Nicht viele Meilen von Tara von den Königen entfernt fließt er, und am Brug na Boinne vorüber, jenem großartigen Grabmal, das vielleicht noch älter als die älteste der ägyptischen Pyramiden ist; es kann nicht viel jünger sein. Eines ist gewiß: nicht für Matholuch oder seinesgleichen wurde es errichtet.

Bran badete dort, in der Boyne. Er wusch sich den Schlamm der Sinkenden Lande ab, und er bekam endlich ein warmes Mahl und tat einen guten Schlaf. Seine Männer festeten und ruhten auch, doch schliefen nicht alle zur gleichen Zeit. Das Heer hielt gute Wacht.

Die Boten kamen, als Bran noch schlief. Manawyddan gab ihnen Speise und Trank. »Wenn der König erwacht, sollt ihr mit ihm sprechen.«

»Warum gutes Essen und Wein an diese Hunde verschwenden, Bruder?« wollte Evnissyen wissen. Er achtete sehr darauf, daß sie ihn hören konnten.

»Weil sie zwar nicht wissen, welche Behandlung einer Frau geziemt, wir aber wissen, welche Behandlung Herolden geziemt«, sagte Manawyddan. »Wir sind Männer. Wenn ein Hund uns beißt, dann beißen wir nicht zurück. Wir haben unsere Schwerter.

Doch nicht an Herolden probieren wir sie aus«, fügte er hinzu, als er sah, daß Matholuchs Männer immer noch unglücklich dreinsahen.

Evnissyen stürmte davon, und Pryderi sah ihm nachdenklich hinterher. »Es gibt Hunde und Hunde«, sagte er. »Und ein toller Hund muß irgend etwas beißen.«

Dann biß er sich auf die Lippe und sah Manawyddan an. »Ich vergaß, daß er dein Verwandter ist. Wirklich, Herr, es ist schwer, das nicht zu vergessen.«

Manawyddan lächelte. »Nur jene, die Tollheit in sich haben, müssen über jeden Biß toll werden«, sagte er.

Matholuchs Boten aßen in Frieden, in solchem Frieden, wie ihre eigenen Herzen ihnen gewährten. Sie waren kaum fertig, als sie vor Bran geführt wurden. Sogar im Schlaf mochte er ihre Ankunft gespürt haben; er, dessen Herz nun unabänderbar ausgerichtet war, im Wachen wie im Schlafen, auf ein Ziel: eines Menschen Freiheit und Frieden.

Sie sahen ihn an, jene Boten, und dachten mit Erleichterung: ›Er ist also doch ein Mensch. Ein Mann wie andere.‹

Dann sahen sie ein zweites Mal hin und dachten, weniger behaglich: ›Aber er ist sehr groß.‹ Und etwas auf seinem Gesicht flößte ihnen mehr Bangigkeit ein als seine Größe.

»Heil dir, Herr«, sagten sie, »und möge das Gute mit dir sein. Wir bringen dir Grüße von Matholuch dem Hochkönig, deinem Verwandten. Und von seiner edlen Herrin, von Königin Branwen, deiner Schwester.«

Bran dankte ihnen, dann sagte er: »Habt ihr eine Nachricht oder ein Zeichen von Branwen der Königin?«

Die Boten zögerten; sie blickten zu Boden. Doch dann erinnerten sie sich ihrer Erziehung; sie faßten sich und sahen ihm in die Augen, wie Männer, die in den Kampf gehen.

»Herr, die Königin ist sicher in ihrer Sonnenkammer, und in ganz Irland gibt es niemanden, dem es nicht leid tut, daß sie jemals nicht in ihr war. Niemanden, der auch nur ein Haar auf ihrem Haupte krümmen wollte, aber . . .«

Sie verstummten. Unter Brans Blicken erstarben die Worte. Ihre eigenen Blicke schossen wie aufgescheuchte Fliegen hin und her, vom Himmel zur Erde, von links nach rechts und wieder zurück. Sie ließen sich überall nieder, nur nicht auf seinem Gesicht. Fast hätten sie gesummt.

»Wollt ihr sie bedrohen?« sagte Bran; und seine große Stimme klang wie das Grollen eines Bären tief in seiner Kehle. Sie war wie ein Sturm aus einem zornigen Himmel, ein Sturm mit der Macht, alle Dinge vor sich herzufegen, und er wehte Matholuchs Botschaft hinweg.

NEUNTES KAPITEL – DIE EINE SCHWÄCHE BRANS/DIE BOTEN KNIETEN VOR MATHOLUCH; SIE GABEN IHREN BERICHT, UND IHRE STIMMEN ERSTARBEN.

DA KAM SCHWEIGEN; SCHWEIGEN, DAS DURCH DIE WÄNDE DES RATSAALES IN jeden Winkel und in jede Ecke Taras zu sickern schien. Das Schweigen des Grabes oder eines Raumes, in dem ein ermordeter Mann liegt, eines Ortes, wo das Leben jählings und unter heftigem Widerstreben geendet hat. Männer hörten ihr eigenes Atmen, und es war nur ein Faden, der vom großen Mantel jenes Schweigens losgezupft wurde.

Matholuch lag zurückgelehnt in seinem prächtigen Thron und dachte an das, was kommen mußte.

Er fühlte sich nicht in der Lage, dem zu begegnen. Er fühlte sich schwindlig und kalt und krank. Er fühlte sich leer; hohl, wo er hätte fest sein sollen. Er war nur noch eine Kruste über Hohlheit.

Er blickte sich unter seinen Männern um, doch auch sie sahen hohl aus; Masken, hinter denen er, rissen seine Finger sie weg, nichts als leere Luft finden würde. Nirgendwo die warme Festigkeit treuer Herzen, treuer Köpfe, treuer Arme, die für ihn planen und kämpfen wollten.

Sie begingen Verrat: Sie sahen ihn nicht. Sie sahen nur sich selbst, ihre eigenen Ängste, ihre eigene Gefährdung.

Er war allein.

Er versuchte, über diesen Graben hinüberzuschreien, der ihn, schrecklicher als alle Mauern und aller Abstand, von ihnen trennte.

›Ihr habt mich zugrundegerichtet. Ihr habt mich wieder verraten. Ihr habt jede Hoffnung vertan, die ich hatte.‹

Doch welche Hoffnung hatte er denn gehabt?

Er feuchtete seine Lippen und feuchtete sie wieder, bevor er sprechen konnte.

»Männer, wie lautet euer Rat?«

»Herr«, sagte der älteste Druide, »es gibt nur einen Rat: Du mußt die Krone Gwern übergeben, deinem Sohn. Das kann ein Sühnpreis sein, der sogar Bran zufriedenstellt, denn es wird die Gesetze Irlands brechen und seinen Erben zu unserem König machen. Und es wird Irland retten, denn dann werden wir keinen fremden Herrscher über uns haben.«

Und Matholuch beugte sein Haupt.

Boten kamen wieder an die Ufer der Boyne. Entschuldigungen umsummten sie wie ein Schwarm Bienen.

»Für nichts, was je mit seinem guten Willen geschehen ist, hat dein Verwandter Matholuch etwas anderes als Gutes von dir verdient, Herr. So ist es, wirklich und wahrhaftig.«

»Wahrhaftig, sehr viel taugt sein guter Wille dann nicht«, sagte Bran.

Pryderi stemmte die Arme in die Hüften und lachte. Seine weißen Zähne blitzten verächtlich.

»Wahrhaftig, wenn meine Männer es jemals wagten, so mit meiner Frau umzuspringen – weniger von ihnen und nichts von mir gäbe es, bevor sie damit fertig wären!«

Die Boten überhörten dies geflissentlich. Sie sagten höflich zu Brans Füßen und nicht zu seinen Augen: »Alles, was er tun kann, tut er, Herr. Um der Schande willen, die auf dich und auf die Königin gehäuft wurde, von seinem Volke, aber nicht mit seinem Willen, ist er bereit, von seinem Thron zu steigen und alles aufzugeben, was er hat. An Gwern, den Sohn deiner Schwester, tritt er es ab. So wird der Erbe der Insel der Mächtigen Hochkönig von Irland sein, und Matholuch der Thronlose soll hier oder auf der Insel der Mächtigen gehalten werden, oder wo immer es dir beliebt.«

Viele sahen verblüfft drein. Licht schoß in Manawyddans Gesicht und in das Nissyens. Doch schwarze Wut verzerrte die Züge von Evnissyen, und seine Hand flog zum Griff seines Schwertes. Die Männer um ihn herum sahen niedergeschlagen und enttäuscht aus.

Ihre Gedanken durchbrachen das Schweigen. ›Haben wir diesen langen Weg gemacht, um mit Geld und Gütern abgespeist zu werden, wo doch allein Blut, Meere von Blut, die Beleidigung abwaschen kann? Und nicht einmal Geld und Güter für uns, sondern für den Welpen des Ausländers!‹

Bevor sie mit diesem Heerbann ausgezogen waren, hätte kein Mann der Alten Stämme dem Sohn Branwens einen derartigen Namen gegeben. Doch

Evnissyen hatte seine Saat gesät; Kriegslust und Haß hatten sie gewässert.

Doch nicht einmal Evnissyen wagte, den Mund aufzumachen, bevor die Gesandten Antwort erhalten hatten. Bran mußte ihnen antworten.

Und Bran sagte nichts.

Wie ein Fels saß er da, wie der große Sonnenstein, der heute noch aufragt, zerklüftet und riesig, inmitten der Steinringe von Britanniens ältestem Tempel; jener Fels, auf dessen Gipfel auch heute noch jede Sommersonnenwende die Sonne zum Stillstand bringt, in einer furchtbaren Flammenkrone.

Er saß und sagte nichts, und Manawyddans Hand umklammerte den Arm des jungen Königs von Dyved, bis Pryderi aufstöhnte.

In Nissyens Gesicht erlosch das Licht, wie es am Himmel über ihnen erlosch. Der Tag neigte sich dem Abend zu.

Immer noch brütete Bran. Er dachte unglücklich: ›Ein gutes Angebot – ein gutes Angebot – ich wünschte, es wäre nicht so gut. Es würde den Stolz der Iren wahren, und jeder Mann braucht Stolz. Es würde Branwens Sohn das geben, was ich für ihn will. Doch könnte ich den kleinen König von Irland nicht immer bei seiner Mutter und mir auf der Insel der Mächtigen behalten; die Iren müßten ihn einen Teil des Jahres haben – ihn irisch erziehen, aber stets mit der Überzeugung füllen, daß er der Erbe der Insel der Mächtigen sei. Wächst er dagegen an meinem Hofe auf, als ein junger, landloser Prinz, in der Erwartung, nach meinem Tode Irland zu bekommen, so wie Caradoc die Insel der Mächtigen bekommen wird . . .‹

Er öffnete seinen Mund und schrak dann vor dem zurück, was aus ihm kam. So schmetternd laut klang es in jener Stille, und so viel wurde davon zerschmettert.

»Ich soll die Krone also nicht selbst bekommen? Wenn ihr sie mir anbietet, werde ich erwägen, euch Frieden zu geben. Doch von jetzt bis dahin werdet ihr keinen von mir bekommen!«

Die Männer von der Insel der Mächtigen lachten laut, vor Freude. Die niedergeschlagenen Gesichter der Iren sahen nicht allzu überrascht aus; was immer sie erhofft hatten, die Abgesandten jener Häuptlinge, die kein Erbarmen gegeben hatten, können, da Erbarmen ihnen so unbekannt war, wenig für sich selbst erhofft haben. Mit verschränkten Armen und traurigen Augen starrte Nissyen in den Sonnenuntergang, der den Himmel jetzt wieder hell machte, den Westen aufflammen ließ wie eine brennende Welt. Manawyddans Hand fiel von Pryderis Arm, und sein Gesicht war totengrau.

Evnissyen aber lachte am lautesten von allen, und das Feuer des Sonnenuntergangs glühte rot in seinen tanzenden Augen.

»Jetzt soll nichts mehr unsere Rache aufhalten!«

Sie trugen die Nachricht nach Tara zurück.

Sie brachte Nacht mit sich, schwarze, vollkommen finstere Nacht. Denn hier endete die Hoffnung der Iren, ihren Stolz als eine freie Nation zu behalten.

Hier wurden auch die roten Tore zu Metzelei und Sklaverei und Vergewaltigung geöffnet.

Jenes war ein Hofstaat aus weißen Gesichtern und ängstlichen Augen und angespannten Mündern. Jeder Mann ging in Düsternis gehüllt, und jede Frau hatte in ihren Augen die Furcht vor den Söhnen Llassars, deren Brüder im Eisernen Haus geschrieen hatten und gestorben waren.

Viele von ihnen mußten mit den Söhnen Llyrs marschiert sein; saßen jetzt bei jenen Lagerfeuern in der Ferne. Aßen irische Schafe und irische Rinder, zermalmten das grüne, liebliche Land zwischen ihren gewaltigen Kiefern.

Sie würden die Gnadenlosesten von allen sein, sie, deren Rasse schon gnadenlos gewesen war, bevor sie etwas zu rächen gehabt hatten.

Die Frauen, die zu Branwens Bedienung befohlen worden waren, umkreisten sie, als wäre sie eine Wölfin. Sie sagten ihr nichts, und sie fragte sie nichts. Rede war rar gewesen in der Sonnenkammer seit der ersten Stunde von Königin Branwens Rückkehr; sie waren um sie herumscharwenzelt, doch ihr liebedienerisches Gegacker war unter der kalten Ruhe ihrer Augen erstorben. Sie dankte ihnen für erwiesenen Dienst, wie es einer Königin ziemt, aber ohne Lächeln. Jetzt merkte sie, daß die Frauen plötzlich noch mehr Angst zu haben schienen, und ihr Herz schlug höher.

›Kann das bedeuten, daß meine Brüder in der Nähe sind? Meine Brüder ... ‹

Matholuch, der einzige Mann, der den Frieden gefürchtet hatte, war jetzt, da keiner geschlossen worden war, der ängstlichste von allen. Aus den Schatten heraus grinste ihn sein eigenes Gesicht an: auf dem Weg zur Insel der Mächtigen, von der Spitze einer Stange herab.

Er fragte sich, ob es von Nutzen wäre, die Köpfe seiner Räte abzuschlagen – die Köpfe, in denen die Grausamkeit und die Beleidigung ausgebrütet worden waren – und sie in einer Art Bukett an Bran zu senden. In einer letzten, kurzen Wutaufwallung dachte er: ›Sie sind es, die sterben sollten! Sie, die das alles angerichtet haben!‹

Doch war er sich nicht sicher, ob überhaupt noch ein Befehl von ihm befolgt werden würde. Gut möglich, daß sie schon Pläne schmiedeten, jene Verräter – wie sie am besten seinen eigenen Kopf an Bran senden könnten ...

Schließlich sagte er: »Bringt Branwen.«

Wie eine Königin kommt, so kam sie zu ihm. Wie die Morgenröte aus lan-

236

ger Nacht sich erhebt, so kam sie, schön wie der neue Tag. Gemalte Rosen blühten auf ihren bleichen Wangen, roter Satin umhing sie, umhüllte wie in strahlendem Triumph jenen Körper, der immer ein Gedicht sein würde, wie sehr auch sein Fleisch unter Alter oder Elend welken mochte. Die edlen Beine, die geschwungenen Hüften, die sich einladend zur Taille verjüngten, die festen lieblichen Brüste, wie seltene weiße Äpfel; fast schien er unverändert, jener Körper, der gestaltet worden war, um Könige zu gebären und der Leitstern des Verlangens zu sein.

Matholuch streckte ihr die Hände entgegen. Vermutlich hatte er sie nie so sehr geliebt, wie er sie in diesem Augenblick liebte. »Branwen!« rief er. »Branwen!«

Denn für ihn war ihr Anblick der Morgen. Sie war seine einzige Hoffnung und seine letzte Möglichkeit. Das war kein zerlumptes, zänkisches Küchenputtel, keine Fremde – sie war sein eigen, seine Branwen. Seine Frau, die ihn geliebt hatte. Gewiß war sie immer noch Branwen genug, um ihn zu retten, um von ihren Brüdern sein Leben zu erbitten.

Sie aber sah ihn an, und seine Hände fielen herab.

»Herr«, sagte sie, »was wünschest du von mir?«

»Branwen.« Er konnte nur ihren Namen nochmals stammeln. »Branwen.«

»Sprich«, sagte sie. »Ich habe ja noch ein Ohr, mit dem ich dich hören kann.« Und sie berührte die immer noch köstlich aussehende Ohrmuschel, die es nicht mehr konnte. »Für eines muß ich dir dankbar sein: daß in allen diesen Jahren dein Metzger mich immer auf die gleiche Seite meines Kopfes geschlagen hat.«

»Branwen«, sagte er, und seine Hände zitterten, »es war nicht meine Schuld. Ich wollte es nie so weit kommen lassen. Ich saß hier und fragte mich, was tun, und dann kamst du und hattest keinen Glauben an mich. Du warst zornig, und ich wurde auch zornig . . .«

Wieder sah sie ihn an, und er verstummte.

Ohne Unterlaß sah sie ihn an, und ihr Gesicht war wie eine geschnitzte Maske, eine Maske, die weder von Triumph erwärmt, noch von Erbarmen erweicht werden kann.

Viele Dinge fielen ihr ein, und sie verstand ihn jetzt. Niemals hätte er für sie gekämpft. Jenes erste Mal, als er sich von ihr abgewendet hatte, auf ihrer eigenen Insel, da hatte er es gehaßt, sie aufzugeben – wie ein hungriger Hund es haßt, einen Knochen loszulassen. Keinen einzigen Gedanken – von Mitleid ganz zu schweigen – hatte er an ihre Trauer verschwendet, daß sie ihn verlor. Nachdem sie seine Eitelkeit verletzt hatte vor drei Jahren, hier in diesem Raum, da hatte er lediglich versucht, sie zu vergessen, nicht aus Schuldgefühlen oder verletzter Liebe heraus, sondern lediglich aus verletztem Stolz. Jetzt sehnte er sich wieder nach ihr, wie ein geängstigtes Kind sich nach der Wärme seiner Mutter sehnt.

Er zog Mut aus ihrem Schweigen. An ihrer Stelle hätte er seinen Verräter beschimpft. Wenn er sie nur in seine Arme bekommen konnte, ihre Leidenschaft wieder erwecken ...

»Branwen – !« Seine Stimme war heiser, geschwellt von einem Verlangen, an das sie sich gut erinnerte; ein Verlangen, das viele Nächte zurückbrachte.

Ein Schritt hatte ihn zu ihr gebracht, seine Hände waren ausgestreckt, sie zu umfangen, doch sie kreuzte die ihren vor den lieblichen Brüsten. Schwielig, aufgesprungen und häßlich hoben sie sich grob von der schimmernden Seide ab.

Eine Hand war mit Blasen bedeckt, und die Nägel ihrer langen, edel geformten Finger waren abgebrochen. Über dieser Verwüstung leuchteten ihre Augen kalt wie das Eis auf hohen Berggipfeln, Eis, das bis ans Ende der Welt nicht schmelzen wird.

Die Hände des Königs fielen wieder herab.

Sie sagte: »Ruf deine Räte, Matholuch. Wir haben einander nichts zu sagen, was unter vier Augen gesagt werden sollte.«

Er schickte nach ihnen, dann wartete er, ruhelos, versuchte, seine Augen von ihrem Gesicht fernzuhalten, das seine Blicke anzog wie ein schrecklicher Magnet. So mag in seiner scheinbaren Ausdruckslosigkeit ein steinernes Gesicht oder das Antlitz des toten Mondes erfüllt scheinen von einer schrecklichen Abgeschiedenheit. Weit eisiger ist solch eine Maske, wenn sie sich auf einen Menschen legt ...

Sie kamen, jene Männer, auf deren Rat hin sie gelitten hatte.

Sie grüßten Branwen vorsichtig, und sie sah sie mit jenen kalten, ruhigen Augen an.

»Sagt mir, wie die Dinge zwischen euch und meinem Bruder stehen, ihr Herren.«

Der älteste Druide räuspert sich. Er räusperte sich ein zweites Mal.

»Herrin, wir haben deinem Bruder dieses Sühngeld angeboten ...«, und er berichtete ihr, was geschehen war.

»Herrin, gewiß würde es dir gefallen, deinen Sohn als Hochkönig zu sehen, und du kannst nicht wünschen, daß sein Reich verwüstet wird. Noch kannst du wünschen, daß das Blut der Menschen von Irland um deinetwillen vergossen wird, wenn mit ihm auch das Blut der Männer von der Insel der Mächtigen fließen muß. Wogegen, am Leben gelassen, sie, die dich beleidigt haben, sich vor dir beugen und Diener deines Sohnes sein müssen. Sie, und ihre Kinder nach ihnen.«

Branwen stand in Gedanken versunken da, und jene Maske veränderte sich nicht, so wenig, wie sich die düsteren Gipfel von Bergen verändern. Die Männer, die sie beobachteten, zitterten und hielten den Atem an.

Schließlich sagte sie:»Ihr gebt besseren Rat, Herren, als ihr es damals tatet. Der König mein Bruder hätte der erste sein müssen, seine Trefflichkeit zu erkennen – er muß wirklich zornig sein. Seid ihr sicher, daß ihr mir alles berichtet habt, was ihm gesagt wurde?«

»Wir schwören es, Herrin, bei unseren Händen und bei den Göttern, zu denen wir beten.«

»Was ist dann geschehen, das ihr mir nicht erzählt habt? Ist einer meiner Brüder tot?« Ihre starren Augen fixierten sie, vielschichtige Unergründlichkeiten.

»Nein, Herrin. Es hat noch keine Kämpfe gegeben. Wir haben dir alles erzählt, was geschehen ist, wie es geschehen ist. Bei Sonne und Mond, bei Feuer und Wasser, Erde und Luft schwören wir das!«

Sie sagte verwundert:»Es sieht Bran nicht ähnlich, Blut zu wollen.«

Matholuch sagte eifrig:»Wir könnten ihm den Kopf des Metzgers schicken – oder den ganzen Metzger, damit er ihn nach Belieben töten kann.«

Da schleuderte die Finsternis in Branwens Augen Blitze. »Es wäre unter meines Bruders Würde, einen Diener zu töten, weil er dem Befehl seines Herrn gehorchte. Er wird den Kopf des Metzgers nicht abschlagen lassen, es sei denn, ich bitte ihn darum, und das werde ich nicht!« Ihre Augen sprachen deutlich: ›Frag dich selbst, wessen Kopf er wohl am ehesten will, Matholuch, du, der du in meinen Augen ohne Kopf nicht mehr tot sein könntest als mit Kopf!‹ Und Matholuch sank in sich zusammen.

Laut schloß sie:»Doch müssen wir bedenken, was wir meinem Bruder antworten. Ich will nicht, daß Männer meines Volkes ihr Blut für mich vergießen.«

»Herrin«, sagte der älteste Druide, »du kennst ihn. Wenn du uns keinen Rat geben kannst, so haben wir keinen.«

Sie dachte nach, sie suchte in ihren Erinnerungen, wie eine Frau in einem Beutel mit Nähresten sucht, kramte in allem, was wertlos, und in allem, was teuer ist; in hohen, zärtlich geliebten Augenblicken und in den kleinen Alltäglichkeiten, die Zeit und Tod in unerhört wertvolle Schätze verwandeln können. Große Ereignisse und kleine Ereignisse, und hier und dort eine Begebenheit, alle funkelnd wie ein Edelstein im Lichte einer zärtlichen Empfindsamkeit. Erinnerungen, die sie gehütet und viele Male blankgerieben hatte wie Edelsteine

239

während der langen Nächte in jenen Jahren, da Erinnerung ihr einziger Trost gewesen war.

Wie das plötzliche Aufgehen einer Tür in einen hell erleuchteten Raum hinein kam sie schließlich, die eine, die sie suchte und brauchte, und sie lächelte, im Gedanken daran, wie kindlich alle Männer waren – ihr großer zorniger Bruder und diese hier, die sich voller Schuld krümmten, wie ängstliche Kinder, unter der Peitsche seines Kommens.

»Er haßte es«, sagte sie, und ein kleines, zärtliches Lächeln brachte die Grübchen in ihren Wangen zurück, »er haßte es, so groß zu werden, daß er in kein Haus mehr paßte. Er klagte nicht deswegen, er klagt nie. Er scherzte darüber, aber er haßte es.

Ich war damals sehr klein, aber ich erinnere mich daran; es ist eines der ersten Dinge, an die ich mich erinnere. Baut ihm ein Haus!«

Die Hoffnung, die ihre Gesichter erhellt hatte, erlosch wieder. »Herrin, wie können wir ihm ein Haus bauen, wenn er es selbst nicht kann?«

»Er ist nicht gar so groß«, sagte Branwen. »Er könnte sich ein Haus bauen, wenn er – wie er zu sagen pflegt – willens wäre, so viel vom Vermögen der Menschen auf der Insel der Mächtigen zu verschwenden. Vermögen, das für Dinge gebraucht wird, die die Menschen brauchen. Aber ich brauch' euch ja nicht zu sagen, wie viele Ausgaben an des reichsten Königs Schatzkammer zehren. Auch nicht, daß euer Volk jetzt nichts so sehr braucht wie sein Wohlwollen.«

Sie wußten das, obgleich sie wohl eher an sich selbst als an ihre Untertanen dachten. Doch ihre Gesichter blieben düster.

»Herrin, das Bauen würde Zeit erfordern. Und wird er uns Zeit geben?«

»Versucht es«, sagte Branwen. »Sagt auch, daß ihr die Krone in seine Hände legen werdet, damit er nach seinem Gutdünken mit ihr verfahre. Gibt er erst ein wenig nach, wird er ganz nachgeben. So ist er: groß in allen Dingen.«

Sie trugen jene Botschaft zu Bran, der im Lager der Männer von der Insel der Mächtigen saß.

Er saß da mit einem blanken Schwert über seinen Knien, einem Schwert von der Länge eines fast mannbaren Knaben. Die Herolde sahen es und zitterten, dachten daran, wie weit es reichte und wie sein großer Schwung einen Mann gleich einem Stück Käse zerschneiden konnte.

»Wir hoffen, dieses Sühngeld gefällt dir, Herr.«

Bran sagte: »Das ist eine Lüge, um Zeit zu gewinnen!«

»Wenn du uns Zeit gibst, wird das Haus stehen, Herr. Schon werden die Bäume für das Bauholz gefällt. Und das geschieht auf den Rat der Königin

240

Branwen, deiner Schwester, die hofft, daß du diese Insel nicht verheeren wirst. Diese Insel, die, wenn du es willst, das Reich ihres Sohnes sein wird.«

»Branwen«, sagte Bran weich. Und der Gedanke durchzuckte ihn: ›Vielleicht will sie das wirklich. Ihren Sohn als König sehen.‹ Doch stieß er jenen Gedanken von sich. Er sagte sich zum wiederholten Male, wie unweise es wäre, Gwern zum König zu machen. Und diese Männer waren verschlagen; er stierte sie an.

»Wie weiß ich, was sie sagte oder nicht sagte?« donnerte er. »Welche Worte ihr in ihren Mund legt?«

Doch Manawyddan war es, der antwortete, und seine Augen waren so tief wie das Meer, dessen Farbe sie hatten, und so stet wie die beständigen Sterne.

»Diese Worte sind Branwens eigene, Bruder. Die Iren hätten nie daran gedacht, dir ein Haus zu bauen – das ist ihr Einfall. Weißt du nicht mehr, wie sie ein kleines Mädchen war und weinte, wenn es Zeit fürs Bett wurde, weil du dann draußen im Dunkeln bleiben mußtest?«

Bran sah an ihm vorbei; auf seinem großen Gesicht arbeitete es. Dann: »Sie soll nicht mehr weinen um meinetwillen«, sagte er schwer. »Ich nehme diesen Sühnpreis an.«

Die Gesichter der Iren leuchteten wie die Sonne. Viele der Männer von der Insel der Mächtigen sahen aus wie Hunde, denen man einen Knochen weggenommen hat, doch noch einmal so viele sahen froh aus.

Brans mächtige Schultern waren vornüber gesunken, als hätte er eine Niederlage erlitten, doch die Gesichter Manawyddans und Nissyens waren ganz Licht. Manawyddan dachte: ›Du hast soeben einen größeren Sieg errungen, Bruder, als da, wo du gegen jene saugenden Tiefen in den Sinkenden Landen kämpftest. Den größten, den du je erringen wirst.‹

Dann hörte er plötzlich ein seltsames und sehr böses Geräusch: das Knirschen von Evnissyens Zähnen.

ZEHNTES KAPITEL – DER PREIS EINER KRONE/BÄUME KRACHTEN UND FIELEN, RIESEN, DEREN WACHSTUM JAHRHUNDERTELANG SONNE UND REGEN ERFORDERT HATTE, WURDEN AUF JENE BRAUNE ERDE HINGESTRECKT, DER SIE EINST ENTSPRUNGEN WAREN. Über die grüne Ebene von Tara wurden sie von Männern und Pferden geschleift, und dunkelleuchtende Flüsse trieben sie hinab, zu Flößen zusammengebunden.

Tag und Nacht schufteten die Schmiede an ihren Ambossen; Hämmer krachten, und Feuer loderten. Metall glühte und schmolz, wurde zu Wänden und Täfelungen aus Gold oder aus goldüberzogener Bronze. Tag und Nacht schufteten die Holzschnitzer, strengten ihre Augen an, um in Hast die schwierigen, kunstvollen Ornamente zu gestalten, die gewöhnliches braunes Holz so erlesen wie schimmerndes Metall aussehen ließ. Die Häuser der Adligen lieferten goldene und silberne Gefäße und juwelenbesetzte Elfenbeinbecher; Decken und Kissen aus Seide und Pelz und besticktem Leinen. Tara wurde geplündert. Nichts wurde verschont, was das Haus Brans prächtiger machen konnte.

Wo es sich erhob, wissen wir nicht, es ist keine Spur davon geblieben; doch vermutlich stand es irgendwo zwischen Tara und dem Meer; wo der große Bran dem Bau zusehen konnte, Branwen an seiner Seite. Sie war jetzt bei ihren Brüdern, sie hatte im Lager ihren eigenen Pavillon, wie sie damals in Aberffraw einen gehabt hatte, bei ihrer Hochzeit.

Groß war die Freude bei ihrem Kommen gewesen. Zum ersten Mal in drei Jahren – außer in jener Nacht, als sie die Starin auf die Reise geschickt hatte – weinte Branwen, beim Anblick ihrer Brüder, und sie schämte sich nicht, daß die Iren, die sie brachten, sie weinen sahen, die Iren, vor denen sie so lange stolz und tränenlos gewesen war.

»Bran«, sagte sie. »Bran.« Dann: »Manawyddan!« Und Bran reichte sie wie eine Puppe aus seinen großen Armen in die ihres Bruders weiter, mit feuchten Augen, und als Manawyddan sie umarmte, da hatten auch seine grauen Augen einmal die Feuchtigkeit des Meeres und nicht nur dessen Farbe.

Dann kam Nissyen. Seine Augen waren trocken, doch von einem starken, sanften Licht erfüllt.

»Das Gute sei mit dir, Schwester«, sagte er, als seine Arme sie umschlossen. »Jetzt und immer.«

Sie lachte und schmiegte sich an ihn. »Das Gute wird immer bei mir sein, wenn ihr drei bei mir seid, Nissyen, Bruder.«

Dann biß sie sich auf die Lippe, denn sie sah Evnissyen hinter ihm. Rasch fügte sie hinzu: »Wenn ihr vier es seid, Söhne meiner Mutter.«

Er umarmte sie; nie hätte er etwas unterlassen, was seine Pflicht war, doch sein Blick war wütend und gekränkt.

»Ich bin von so weither und so schnell wie die anderen gekommen, Schwester, und ich bin der einzige, der dich niemals diesem irischen Hund zum Fraß vorgeworfen hätte. Doch weil ich in ihm von Anfang an einen Feind sah und ihn als einen solchen behandelte, bist du gegen mich. So verhält sich nur eine Frau.«

Sie antwortete: »Es war doch nur, weil ich dich nicht sah und mein Herz so voll von den dreien war, die ich sah, daß ich an nichts anderes denken konnte.

Du bist mein jüngster Bruder, der letzte, der vor mir aus unserer Mutter Schoß kam. Wie könnte ich mich nicht über dich freuen?«

Doch er dachte nur daran, wie undankbar sie ihm gegenüber war, ihm, dem einzigen, der sie hatte retten wollen. Wie immer hatte man ihn gekränkt und zurückgestoßen.

Er grollte und schmollte, doch das hatte er immer getan, und Branwen grämte sich deswegen nicht. Sogar Evnissyens Eifersucht und Bösartigkeit schienen gut, sie schmeckten so nach daheim. Ihr Herz sang so laut in seiner Freude, daß die ganze Welt gut zu sein schien.

Manchmal, allein in den dunklen Stunden der Nacht, mag sie an jenen anderen Pavillon gedacht haben, in Aberffraw, wo ihr Geliebter neben ihr gelegen hatte. Doch all das schien lange her zu sein, weiter weg als ihre Kindheit, die das Kommen ihrer Brüder so warm und lebendig gemacht hatte. Fast hätte sie lächeln können, wie eine Frau lächelt, wenn sie beim Hausputz ein altes Spielzeug findet, das sie als Kind verloren und beweint hat und jetzt als etwas Wertloses und Billiges ansieht, ohne jeden Zauber.

›All das ist vorbei und vorüber. Es zählt nicht mehr. Es sei denn, Gwern würde ihm nachschlagen, und das werde ich nicht zulassen. Er hat auch mein Blut.‹

Gwern! Ihr Herz schrie jenen Namen, wie ein verirrtes Kind nach seiner Mutter schreit, wie ein in der Wüste verirrter Mann nach Wasser schreit. Er war ihr einziger Mangel; ihre Sehnsucht nach ihm war unstillbar.

›Ich darf nicht gierig sein, ich, die ich jetzt so viel habe! Ich, die ich so lange nichts hatte. Es ist ja nur für eine kleine Weile. Sobald das Haus gebaut ist, werden sie ihn bringen, ihren König, für das Fest und den Friedensschluß. Ein König gehört zuerst seinem Volk; wir dürfen ihren Stolz nicht zu sehr mit Füßen treten. Ich muß mich daran erinnern, ich, seine Mutter, muß lernen, sie um seinetwillen zu lieben.

Bald schon, bald! Seine Onkel werden ihn sehen, und ich werde ihn wieder in meinen Armen halten – Gwern, meinen Gwern, mein Kind! Meinen Sohn, der eines Tages König über beide Inseln sein wird.‹

Doch lag ihr nichts an jener Krone – außer der Vorstellung, daß er stolz darauf sein würde. Alles, was sie wollte, war er selbst; ein größerer Gwern, natürlich, doch immer noch warm und rund und lachend. Immer noch klein genug, um in ihren Armen getragen zu werden ...

Die Söhne Llyrs sahen ihre Sehnsucht. Bran sagte: »Sollten wir den kleinen Burschen nicht sogleich kommen lassen, Bruder?«

Manawyddan sagte schwer: »Du weißt, warum nicht. Es ist nicht gut für ein Volk, sich besiegt zu fühlen; sie brauchen, was an Zeichen und Symbolen der Freiheit sie behalten können. Wir lasten sowieso schon schwer auf ihnen. Die meisten dieser irischen Häuptlinge werden bis auf die Knochen gerupft sein.«

Bran sagte: »Ich muß meinen Männern Geschenke machen, um sie für diesen Heerzug zu entschädigen; sie bekommen weder Beute noch Schlachtenruhm. Und was diese irischen Häuptlinge angeht – noch nie war Gerupftwerden so weidlich verdient. Wenn ich daran denke, was sie getan haben, diese Frauenschinder, dann könnte ich ihnen immer noch allen die Köpfe abschlagen lassen!«

Doch sein Ärger stammte jetzt aus mehr als einer Quelle. Jene Herren, die ihm »Geschenke« machen mußten, preßten zweifellos so viele dieser Geschenke, wie nur irgend möglich, aus den kleinen Leuten heraus, aus denen, die das Land bestellten. Die Vielen bezahlten für die grausame Torheit der Wenigen.

›Später wird es anders sein‹, sagte er sich. ›Wenn alles in meinen Händen liegt. Gerechtigkeit wird dann zwischen allen Menschen geübt werden, wie sie jetzt auf der Insel der Mächtigen geübt wird. Ich werde die Sitten der Alten Stämme hierher zurückbringen.‹

Er litt, weil er Ungerechtigkeit ertragen und von ihr profitieren mußte, weil er diese Männer, die er verachtete, bei Laune halten mußte. Nicht zum ersten Mal kroch ein Gedanke durch seinen Kopf wie ein häßlicher, fetter Wurm. ›Sie halten viel für selbstverständlich. Ich habe noch nicht gesagt, daß der Junge König sein wird.‹

Wenn Gwern kein König wäre, würde Caradocs Krone sicherer sein. Wenn er es nicht wäre – wenn er es nicht wäre . . .

Manawyddan spürte die Unruhe seines Bruders. Er sagte: »Wenn wir diesen Hunden die Köpfe abgeschlagen hätten, dann hätten wir auch einige unserer eigenen Männer begraben müssen, Bruder. Wo kein Weg gut ist, da kann immer noch der eine besser sein als der andere, und du hast den besseren gewählt.«

Bran zappelte. »Ich muß immer noch viele Entscheidungen treffen, Bruder. Noch ist nichts entschieden.«

Manawyddan warf ihm einen scharfen Blick zu. »Die wichtigsten Dinge sind es bestimmt. Obwohl es eine heikle Sache sein wird, den Haushalt Gwerns einzurichten: einen Mann von uns für jeden Iren, und jeder von den unseren muß ein besonnener Mann sein, der nicht auf irische Zehen tritt . . .«

Bran lachte kurz. »Wahrlich, ein Haushalt von Katzen und Hunden! Besser, wir nehmen den Jungen mit nach Hause. Dann kann er immer bei Branwen sein, und es gibt keine Schwierigkeiten.«

Manawyddan öffnete den Mund, dann schloß er ihn wieder. Endlich sagte er, sehr langsam: »Dann wird er als ein Fremder hierher zurückkehren, als ein Ausländer. Er wird stets gehaßt und angefeindet werden. Wogegen er, wenn er hierbleibt, ganz irisch ist; das meiste Volk wird zu ihm halten, auch wenn unsere Aufgabe auf Jahre hinaus nicht leicht sein wird.«

»Gewiß nicht. Darauf können wir uns verlassen.« Bran lachte zum zweiten Mal, noch kürzer.

»Doch als Mann kann Gwern solchen Frieden zwischen Neuen Stämmen und Alten Stämmen stiften, wie ihn unsere Insel kennt. Schulden wir dem Volk dieser Insel nicht so viel, Bran? Den Alten Stämmen, unserer eigenen Rasse? Den vielen kleinen Leuten, über die wir Angst und Armut gebracht haben wegen der Taten einer Meute hochgestellter Hunde?«

Doch Bran stand wie ein in Sturmwolken gehüllter Berg, in grauer, trüber Dunkelheit, geladen mit Blitz und Donner. Er war in sich selbst gespalten; er wußte nicht mehr, ob er das tun würde, was richtig war, oder das, was er tun wollte. Er wußte nur, mit der schrecklichen, durchbohrenden Plötzlichkeit eines Speerstoßes, daß es zweierlei Dinge waren.

In all den Jahren seiner Herrschaft hatte er sich darum bemüht, ausschließlich zum Wohle seines Volkes zu arbeiten. Doch war das jetzt auch noch wahr? Und wann hatte es aufgehört, wahr zu sein? Er sah in Manawyddans Augen und sah dann rasch wieder weg, denn jene steten grauen Augen gaben ihm Antwort. ›Als du zum ersten Mal die Liebe zu Caradoc über die Liebe zu unserem Volk setztest.‹

Er konnte diese Erkenntnis nicht ertragen, und er konnte deshalb den Anblick seines Bruders nicht ertragen. Er machte auf dem Absatz kehrt und ließ ihn stehen.

Es ist leichter, Licht auszuschließen, als es hereinzulassen; leichter, ein Loch in der Wand abzudecken, wenigstens notdürftig, als jenes Loch in sie hineinzuschlagen. Sorgfältig, gewissenhaft füllte Bran das Loch zu, das Licht hereingelassen hatte, das er nicht sehen wollte.

Wie ein Hund einen Knochen, wie ein Geizhals seinen Schatz bewacht, so brütete Bran über seinem Zweifel und pflegte ihn.

Was für eine Art Mann würde Gwern werden? Gewiß war es nur klug, abzuwarten. Ein Knabe kann seine Natur nicht verbergen, wie ein Mann es kann. In sechs oder acht Jahren, vielleicht schon in vier oder fünf, konnte man wohl mit Gewißheit sagen, ob Gwern der echte Sohn Branwens war. Und ihre Freude, ihn bei sich zu haben, würde sie für jeden Schmerz über seine geminderte Zukunft entschädigen.

›Doch die Iren werden niemals glauben, daß du wartest. Es wird Unruhen hier und Intrigen dort geben und schließlich Blutvergießen.‹

Bran brütete vor sich hin, und Evnissyen und seine Freunde schöpften wieder Mut. Sie stolzierten umher und putzten sich heraus, und hinter den Rücken seiner Brüder versetzten sie den Iren manche Nadelstiche.

Doch die Angst ist der Hoffnung Zwilling, und die Kriegslüsternen waren wie Hunde, denen man einen Knochen vor die Nase hält, einen Knochen, der jeden Augenblick wieder weggenommen werden kann.

Evnissyen dachte in krankhafter Wut: ›Warum mußten die Iren sich nur ergeben? Warum mußte Branwen gerade in dem Augenblick Bran rührselig machen, als er endlich Vernunft annehmen wollte? Und das alles zum Wohle des Welpen jenes Ausländers! Jenes Wölflings, der zu einem Wolf heranwachsen wird . . .‹

Und neben ihm standen jene anderen Zwillinge, die Söhne Llassars.

Kueli sagte: »Wird der König dein Bruder sie ein zweites Eisernes Haus bauen lassen? Kannst du ihn nicht aufhalten? Du hast es schon einmal getan.«

Kelis Zähne blitzten wie die eines hungrigen Wolfes. »Sie sollen es nur versuchen! Manche Eltern hier werden dann ihre Kinder vielleicht auch brennen sehen.«

Evnissyen zuckte zusammen; seine Nüstern bebten, seine Augen weiteten sich. ›Ja, ich könnte Bran aufhalten!‹ Er wußte jetzt, wie, und dieses Wissen war Erschrecken und schwindelerregendes Entzücken zugleich. Es war ein Traum, etwas, das er in Wirklichkeit nie tun würde, aber doch tun konnte. Eine Tat, die kein Mann wagte; doch von jener Stunde an zerrte sie an ihm, lockte und quälte ihn; er fürchtete sich, und um seine eigene Qual zu lindern, reizte er Nissyen.

»Du hast dir schon wieder Hoffnungen gemacht, Bruder; aber du hast dich getäuscht. Niemals wird Bran diese Insel dem Welpen des Verräters überlassen.«

Nissyen sagte: »Was sein wird, wird sein. Es gestaltet sich im Schoß der Mütter.«

Evnissyen dachte: ›Aber ich kann es auch gestalten! Kann das Lächeln von euren Gesichtern wischen. Euch allen zeigen, die ihr immer geglaubt habt, auf mich käme es nicht an, daß ich stärker bin als ihr alle zusammen. Fähig, zu zerstören, was immer ihr erbauen könnt.‹

Er fühlte Nissyens scharfen Blick. Um ihn zu täuschen, lachte er. »Ein leichter Ausweg. Werd' ich denn dein Gewinsel nie los sein, du Narr?«

Nissyen lächelte. »Du kannst mir nie entfliehen, sowenig, wie ich dir entfliehen kann. Denn wir waren ein Wesen einst und werden es wieder sein.«

Evnissyen gaffte. »Das ist ja heller Wahnsinn! So verrückt, wie man es selbst von dir nicht gewohnt ist! Zwei Menschen, die sich unähnlicher sind als du und ich, kann es auf der ganzen Welt nicht geben!«

Er rannte davon, und Nissyen sah ihm nach, immer noch lächelnd. ›In jedem Menschen ist etwas Unverderbbares, wie tief er auch sinken mag, wie unsichtbar sein wahres Selbst auch werden mag – für ihn selbst und für andere. Doch du verstehst das nicht, Bruder. Es gab eine Zeit, da konntest du meine Stimme über die Kluft hinweg noch hören, doch jetzt ... Nun, jeder Mensch muß viele Leben durchmachen und viele Geburten, bevor er sich von jener Finsternis reinigen und zu jenem Licht zurückkehren kann, von dem alles Licht kommt. Welche Bedeutung hat da die Zeit, Zeit, die ebenfalls enden muß?‹

Wäre Branwen weniger beschäftigt gewesen, hätte sie bemerkt, daß Sorge auf ihren Brüdern lastete. Doch Brans Haus war fast fertig. Sie war jetzt vom Morgen bis zur Nacht dort, planend, beaufsichtigend.

Einmal packte sie die Angst. Sie legte ihre Hand auf Manawyddans Arm. »Bruder, verbirgst du etwas vor mir? Haben du und Bran etwas reden hören? Über Gwern ...?«

Er lächelte. »Nein, kleine Schwester. Dein Sohn wird bald hier sein.«

Das beruhigte sie; sie gingen zusammen zum Haus hinüber. Sie wollte unbedingt seine Meinung zu diesem und jenem hören.

»Ich will, daß es genau so ist, wie es Bran gefällt. Dies ist sein Haus, das erste, das er je gehabt hat ...«

»Mir scheint, als wolltest du es auch so haben, wie es Branwen gefällt.« Er lächelte wieder.

Sie bekam Grübchen. »Du siehst immer alles, Manawyddan. Ja, wenn du und Bran zur Insel der Mächtigen zurückgeht, werden Gwern und ich in diesem Haus leben. Wenn er ein Mann ist, muß Tara sein Heim sein, das weiß ich; doch nie wieder kann es das meine sein.«

Er blickte in ihr Gesicht hinab, das ernst geworden war, plötzlich gealtert; das Gesicht der Frau, die er kennenzulernen begann. Die junge, lachende Schwester, die er von ihrer Geburt an gekannt hatte, war wieder verschwunden.

»Mädchen, ist es Matholuchs wegen ...?«

»Nein. Es ist nicht eine Sache, sondern alles zusammen. In diesem Haus hier haben sie keine Grube gegraben, in der eine Frau kochen muß, Bruder; dafür habe ich gesorgt. Königinnen wissen zu wenig von dem, was in ihren Schloßküchen vor sich geht; vielleicht ist es gut, daß ich das lernen mußte. Wenn ich sterbe, wird keine Frau in Irland mehr in einer heißen Grube

247

schmachten, mit dem Bratspieß auf ihren Schultern.* Ich werde es meinem Sohn auftragen, dafür zu sorgen, falls es mir nicht gelingt, bevor er ein Mann ist.«

»Wir werden es zu einem Punkt der Friedensbedingungen machen, sollte es nötig sein. Bran wird dein Hierbleiben nicht mögen, aber ich dachte mir schon, daß du nicht wieder von dem Knaben getrennt werden willst.« Es lag ein grimmiger Ton in seiner Stimme, aber auch Stolz.

»Wenige Frauen würden hierbleiben wollen, nach dem, was geschehen ist; doch du hast ein tapferes Herz, Mädchen.«

»Und Brüder, die mir gute Freunde sind. Ich hatte noch einen Freund.« Sie blickte zu ihm auf. »Wo ist mein Vogel, Manawyddan? Bran sagte mir, er habe ihn in deine Hut gegeben; daher wußte ich, daß die Starin in Sicherheit ist. Doch schäme ich mich, nicht früher nach ihr gefragt zu haben.«

»Ich übergab sie jemandem, der viele Vögel hält, Schwester, aber keinen käfigt.«

Sie lachte. »Also Rhiannon hat sie! Möge mein Sohn so schön werden wie der ihre! Du hast ein Recht, auf ihn stolz zu sein, Bruder. Ich hatte gehofft, meine Starin wiederzusehen; doch wenn sie einen Gefährten findet und ein Nest baut in Dyved, werde ich sie in Frieden lassen.«

Dann kehrte ihr Sinn zu dem Haus zurück; zu all den Vorbereitungen, die für die Nacht getroffen werden mußten, in der Bran es zum ersten Mal betrat.

»Es wird für beide Inseln das größte Fest sein, das sie je erlebt haben, Bruder. Alle unsere Männer und alle großen Männer Irlands; alle Könige, die dem Hochkönig in Tara huldigen. Und dieses Mal werden sie meinem Sohn huldigen. Könnte eine Frau stolzer sein, als ich es sein werde? Oder sich eine bessere Rache wünschen?« Plötzlich lachte sie. »Was liegt an all dem! Gwern wird da sein. Mein Gwern!«

Ihr ganzes Wesen war nun auf ihn als den Mittelpunkt gerichtet, mit der schrecklichen Herzensausschließlichkeit der Frau, die der Liebe den Rücken gekehrt hat und weiß, daß ihr Erstgeborener ihr letztes Kind sein wird. Tief in Manawyddan erschauerte etwas, wie in großer Kälte; er glaubte zu wissen, warum. Er betete stumm: ›Möge kein neues Leid durch ihn über dich kommen, Schwester! Von uns, deinen Brüdern.‹

---

* Im 7. Jahrhundert bewog St. Adamnans Mutter tatsächlich ihren Sohn, den irischen Köchinnen diese Erleichterung zu verschaffen und überdies den Frauen andere Rechte zu sichern.

Eines Tages war das Haus vollendet. Auf seiner rechten Seite standen die Männer von der Insel der Mächtigen, auf seiner linken alle großen Männer Irlands, umgeben von ihrer Gefolgschaft. Matholuch der König stand da in seinem roten Mantel und mit seiner goldenen Krone, und in seinem Herzen war eine Bitternis, die fast seine Angst überwog.

Der Abend nahte. Die Sonne strömte rotgolden über die Ebene, weich wie das Haar einer Frau; doch unter den Bäumen längten sich die Schatten. Schwarz und unheilvoll streckten sie viele Arme aus, die aus den Eingeweiden der hereinbrechenden Nacht, ihrer Mutter, zu kommen schienen. Nach dem Haus von Bran faßten sie. Hügelhoch stand es da, stolz ihre schwarzen Fangarme verachtend, und es schien um sich herum seine eigene, kleine Nacht zu erschaffen. In beide Seiten des Hauses waren Doppeltüren aus Bronze eingelassen, mit Gold verziert. Die breitesten aller Türen.

Neben Pryderi stand ein junger Adliger aus Dyved und beäugte sie unbehaglich. »Ich wünschte, wir hätten unsere Waffen nicht hergeben müssen, Herr.«

»Die Iren mußten ihre auch hergeben«, sagte Pryderi. »Vor Branwens eigenen Augen hängen die Diener und die Damen Irlands die Waffen eines jeden Mannes über seinem Platz an der Tafel auf. Das braucht Zeit; es ist der Grund, weshalb wir hier draußen warten müssen.«

Doch auch er fühlte sich beklommen. Jene riesige Masse, versunken in ihren eigenen schwarzen Schatten, glich eher einem der Riesengrabmäler des Brug na Boinne als dem Palast eines lebenden Königs.

Dann schließlich, und im selben Augenblick, schwangen jene vier riesigen Türen auf.

Pryderi schnappte nach Luft; das taten viele Männer von beiden Inseln.

Gewaltig war jene Halle Brans. Feuer glühten in ihrer schattigen Weitläufigkeit, erhoben sich wie rote Blumen aus jeder der drei großen Feuerstellen, die in der Mitte der Halle flammten. Hundert Säulen trugen das Dach; hundert hohe Bäume waren das gewesen, jetzt ihrer grünen Zweige beraubt und in schimmerndes Gold eingeschlossen.

Alle standen da und starrten; als wäre jene Halle, die zu groß für Menschen schien, in Wahrheit die erhabene und Ehrfurcht gebietende Wohnstatt eines Gottes; gefährlich für des Menschen Fuß.

Dann lachte Bran sein lautes Lachen. »Vorwärts, Männer!«

Wie die Wogen des Meeres brandeten sie hinter ihm her, und wie ein zweites brandendes Meer schwärmten durch die Türen auf der gegenüberliegenden Seite die Iren hinein, hinter ihrem goldgeschmückten, hellbärtigen Schatten von einem König her.

249

So gingen die Männer beider Völker in jene Halle hinein, die für immer berühmt sein wird.

Jetzt, da es soweit war, ging der große Bran nicht unglücklich hinein. Während das Haus gebaut worden war, hatte er mit mehr Verdruß als Freude daran gedacht; es war ihm wie eine Bestechung und eine Falle vorgekommen. Schon längst hatte er aufgehört, den angenehmen kleinen Schutz eines Hauses zu vermissen; kein Dach kann die Stürme abhalten, die auf einen König niedergehen. Doch jetzt, da es fertig war, da er es tatsächlich betrat, empfand er knäbisches Staunen und Vergnügen. Er dachte: ›Dies ist mein.‹

Die guten Düfte von röstendem Fleisch und frischgebackenem Brot stiegen rings um ihn auf, brachten ihm ein Gefühl von Zuhause.

Auf jeder Seite der drei Feuerstellen war eine Lagerstatt. Geschnitzte Stellwände, goldglitzernde, trennten sie von den anderen ab. Dort waren die Polster ausgelegt, auf denen die Kinder Penardims und der König der Iren essen und schlafen sollten.

Dort begegneten sich Bran der Gesegnete und Matholuch; dort erstarb die Wärme, und kalte Höflichkeit trat an ihre Stelle. Matholuch, der sich auf die andere Seite der hellen Feuer zurückzog, umringt von den Häuptlingen, die ihn verraten hatten, wußte, daß es für ihn keine Hoffnung gab.

›Er wird keinem Versprechen trauen, das ich geben könnte. Er wird mich weder hierbleiben lassen, wo ich geboren wurde, noch ins Exil nach Gallien gehen lassen, wo sich gallische Häuptlinge meiner Sache annehmen könnten. Ich muß meine Tage als Gefangener auf der Insel der Mächtigen beschließen.‹

Und er dachte daran, wie er damals in seinem Stolz dorthin gefahren war, umgeben von einem Heer, um die Frau zu gewinnen, die ihn jetzt verachtete. Wie anders würde diese Fahrt werden! Die Schande würde vergehen; bald würde es sein Hauptgedanke sein, welche Bequemlichkeiten sie ihm wohl zugestehen würden, welche Brosamen von ihrer Herrlichkeit. Wie ein Tier im Käfig würde er allmählich lernen, nur noch zu leben, um seinen Bauch zu füllen. Doch in dieser Nacht wand sich sein Stolz, oder jene Eitelkeit, die er Stolz nannte, in weißglühender Wut. All die Pracht, die ihn zum letzten Mal umgab, weckte wilden Hunger in ihm, verhöhnte ihn.

Als er Branwen kommen sah, schön wie eine Braut, strahlend in all der Pracht, die einer Königin zusteht, da wandte er den Kopf ab. Nicht aus Scham, sondern weil sie eine weitere Kostbarkeit war, die man ihm geraubt hatte. Er blickte nicht ein einziges Mal auf die kleine Gestalt, die neben ihr hertrottete, auf die rotgoldenen Locken, in denen das Licht des Feuers widerglänzte – einst sein ganzer Stolz, jetzt sein Nebenbuhler . . .

Sie sah ihn nicht; sie sah nur ihre Brüder. Sie führte ihren Sohn an der

Hand; vor den Söhnen Llyrs blieb sie stehen, die vornehmsten Frauen von ganz Irland scharten sich hinter ihr.

»Das ist Gwern«, sagte sie. Ihre Augen sagten, bittend und stolz zugleich: ›Wenn ich das Bett eines niedrigen Mannes geteilt habe, wenn ich geschändet und betrogen wurde wie vor mir noch keine Frau von der Insel der Mächtigen, so habe ich doch aus all dem etwas Gutes davongetragen.‹

Das Kind war so schön wie Matholuch, doch sein kantiges kleines Kinn, seine Nase und der Schnitt seines Gesichtes waren von Branwen. Und seine Augen, blau ohne allen Zweifel, nicht das Fast-Blau Matholuchs, blickten gerade in die Augen seiner Onkel hinauf. Mit einer aufmerksamen, wenn auch etwas scheuen Neugier.

Das »Mabinogi« sagt, niemand habe jenes Kind angesehen, ohne es zu lieben.

Manawyddan warf einen Blick auf ihn, und dann sah er Bran an. Er dachte, während er um das Gegenteil betete: ›Werden wir jetzt sehen, wie klein der größte Mann sein kann?‹

Bran sah das Kind an, und dann die Mutter, und tief in ihm wendete sich etwas um. Etwas schmolz und machte ihn unermeßlich leicht und unermeßlich glücklich und unermeßlich frei. Er schloß den Knaben in seine mächtigen Arme und warf ihn in die Höhe. Seine gewaltige Stimme erdröhnte, daß die Balken bebten.

»Heil dem König der Iren! Heil Gwern dem Hochkönig! Friede und Brüderschaft sollen auf immer zwischen meinem Volk und seinem sein!«

Dann ließen auch die Rufe der Iren die Balken beben, und dann jauchzte Bran wieder, und die Männer von beiden Inseln jauchzten mit ihm.

In jener ganzen großen Halle leuchteten alle Gesichter wie Sterne, bis auf vier: die grimmigen Gesichter der Zwillingssöhne Llassars, das weiße Gesicht Matholuchs, des gewesenen Königs, und das totenblasse Gesicht Evnissyens. Der Sohn Eurosswydds stand da und knirschte mit den Zähnen. Die Jubelrufe der Ausländer brannten ihn wie Peitschenhiebe, rannen wie Gift durch seine Adern.

Doch Bran strahlte. Er strahlte wie die Sonne, unglaublich gütig; er sah jeden mit Augen der Liebe an. Er dachte: ›So ist es besser. Besser, nicht eine ganze Nation gefangenzuhalten, bis ich sterbe. Jetzt wird Branwen glücklich sein. Beide Inseln werden Könige aus ihrem eigenen Blut haben und glücklich sein und eine sichere Straße zum Frieden bauen. Und Manawyddan wird nichts mehr sagen können.‹

Jener letzte Gedanke verschaffte ihm besondere Befriedigung. Er strahlte noch ein bißchen heller ...

Bran gab den Schenken ein Zeichen, und sie brachten Trinkhörner, die mit köstlichen Weinen gefüllt waren. Bran setzte sich und rief Branwens Sohn wieder zu sich. Der Knabe kam gern. Kinder sind nicht so aufs Schoßhocken versessen, wie die meisten Kinderfreunde gern glauben, doch hier war endlich ein Onkel, dessen Schoß breit genug war, um bequem zu sein. Gwern setzte sich auf ihn und befand ihn für gut.

Von Bran ging er zu Manawyddan, dessen Schoß kleiner, aber nicht übel war. Jene meergrauen Augen waren sehr freundlich und warm und gütig.

Dann rief ihn Nissyen, der Sohn Eurosswydds.

Dieser Onkel war anders. Er war schön, so schön wie Gwerns wiedergefundene Mutter und genauso gütig. Seine Schönheit schien aus ihm zu strömen und alles um ihn herum schön zu machen, schien sich in allen Dingen zu finden und alle Dinge an ihre richtigen Plätze zu rücken und zu zeigen, daß diese Plätze gut waren. Seine große Ruhe machte Musik.

Gwern hätte nichts von alledem ausdrücken können, aber er fühlte es. Seine Augen, die immer größer geworden waren und dunkel vor Aufregung, wurden sanft. Sein Kopf sank an Nissyens Schulter; er schlief.

Branwen nutzte die Gelegenheit, sich für einen Augenblick neben Manawyddan zu setzen. Auch ihre Augen waren sanft.

»Er ist müde geworden. Ich glaubte schon, ich müßte ihn euch wegnehmen, doch Nissyen merkte es natürlich. Gibt es etwas, das Nissyen nicht merkt?«

Manawyddan lächelte. »Eine andere Frau hätte gesagt: ›Er sollte eigene Kinder haben.‹ Du bist weiser. Nissyen liebt alles, was lebt; ich glaube, er sieht so tief in jedes lebende Wesen hinein, mit einer solchen Kenntnis seines innersten Kerns, daß er es liebt, wie kein anderer es kann. Doch gibt es keine Liebe für ihn, die ihn an das eine stärker bindet als an das andere; keine Liebe, die andere ausschließt.«

»Du irrst dich, Bruder. Seine Liebe mag keine Bande schlingen, aber er ist gebunden. An Evnissyen, so stark, wie an keinen von uns.«

Als wären ihre Worte ein Zauberstab gewesen, der einem der Schatten hinter ihm seine Gestalt verliehen hätte, war er da. Seine Augen glühten, ruhelos wie die lodernden Flammen.

»Das Gute sei mit euch, mein Bruder, meine Schwester, edle Kinder Llyrs. Heute nacht ist es das gewiß. Ihr habt beide den Einsatz gewonnen, um den ihr gespielt habt.« Er kam näher, trat in das Licht des Feuers.

Die fremde Stimme weckte Gwern. Er hob den Kopf; die Augen, die so strahlend blau waren wie Häherfedern, starrten verwundert in das Gesicht, das wie das Spiegelbild des Gesichtes über ihm war. So ähnlich, und doch so anders ...

Evnissyen lächelte sein schiefes Lächeln. »Erst Bran, dann Manawyddan, dann du, Nissyen. Ihr alle, nur ich nicht. Warum kommt mein neuer Neffe, der einzige Sohn meiner Schwester, nicht auch zu mir? Ich würde mich freuen, den Knaben zu umarmen, auch wenn er nicht König der Iren wäre.«

Branwen seufzte. »Gwern muß jetzt zu ihm gehen, oder er wird wieder beleidigt sein, und wir alle werden das Kind dann dazu angestiftet haben.«

Bran sagte: »Laßt den Knaben zu ihm gehen und ihn begrüßen.«

Gwern war daran gewöhnt, herumgezeigt zu werden. Er stand auf und trottete gehorsam zu seinem neuen Onkel hin.

Evnissyen ging in die Hocke und ließ seine Hände zwischen seine Knie fallen, damit niemand ihr krampfhaftes Zucken sähe. Wie zuckende, zischende Schlangen wanden sich seine Finger.

›Zwei Atemzüge, drei Atemzüge, vier – dann werd' ich ihn haben!‹

Die kleinen Füße erreichten ihn; hielten.

Mit einem Triumphgeheul sprang Evnissyen. Mit einer blitzschnellen Bewegung packte er Branwens Sohn und schleuderte das Kind kopfüber ins Feuer.

ELFTES KAPITEL – KRIEG/DER KLEINE KÖRPER WIRBELTE DURCH DIE FLAMMEN UND KRACHTE WIE EINE KEULE DURCH DIE BRENNENDEN SCHEITER; SEIN SCHÄDEL ZERPLATZTE WIE EINE EIERSCHALE.

Einen Schrei hatte das Kind von sich gegeben, als Evnissyen es packte, einen Schrei, der sich schrecklich veränderte, als die Flammen es verschlangen. Auch Branwen hatte aufgeschrien, und Manawyddan an ihrer Seite war es, als würde dieser Schrei für immer in seinen Ohren gellen.

Pfeilgerade sprang sie zum Feuer, doch er sprang ihr nach und stieß sie beiseite. Seinen Mantel vors Gesicht gezogen, um die Augen zu schützen, bückte er sich und hob das verbrannte, augenlose Ding aus dem Feuer. Branwen schrie wieder, als sie es erblickte, doch der Todeskampf des Kindes war vorüber. Dann packten sie Brans mächtige Arme, und sein Schild deckte sie. Allenthalben stürzten die Iren, brüllend vor Wut und Entsetzen, zu ihren Waffen. Ihr König war vor ihren Augen getötet worden, und der Krieg, den Evnissyen gewollt hatte, war da.

Die Männer der Insel der Mächtigen stürzten zu ihren eigenen Waffen. Getroffene Schilde krachten wie Donner; Schwerter und Speere blitzten. Männer schrien auf, wenn ihr Fleisch durchbohrt wurde. Evnissyen sprang hierhin und dorthin und tötete, mit einem Gesicht, auf dem immer noch ein unheiliges Ent-

253

zücken brannte, und neben ihm sprangen und töteten die Söhne Llassars, Keli und Kueli, mit weiß blitzenden Zähnen und flammenroten Augen. Nissyen hielt seinen Schild vor Manawyddan, während der Sohn Llyrs mit dem Schmerz in seinen verbrannten Händen und Armen kämpfte. Vor ihnen wütete Bran wie ein Löwe, sein riesiges Schwert, länger als das irgendeines anderen Mannes, schuf einen Kreis, der weit genug war, um allen Schaden von Branwen fernzuhalten, die zwischen Schild und Schulter eingepreßt war. Behindert, wie er war, half diese wirbelnde Klinge dennoch vielen seiner Männer oder rächte sie. Jene Halle war wie die Heimat und der Ursprung allen Donners, der tosende, schrillende Kern aller Stürme, die jemals die Erde geschüttelt haben.

Das »Mabinogi« sagt, daß nie ein solcher Aufruhr unter einem anderen Dach vernommen worden sei, und an ihren fernen Stätten mögen ihn selbst die Götter vernommen haben und erschaudert sein vor der Gewalt, die Sie den Menschen gegeben hatten.

Viele fielen. Blut machte den Boden glitschig, und Männer stolperten über Körper, die für immer fühllos dalagen oder sich krümmten und aufschrien unter diesem neuen Schmerz. Freund trat auf Freund; die Toten und die Sterbenden wurden unter den vielen Füßen zertrampelt.

Bran sah, was geschah. Seine Stimme tönte in jenem Tumult wie die Posaunen, die am Tage des Jüngsten Gerichts erschallen werden. »Hinaus! Hinaus, Männer Brans des Gesegneten!«

Er pflügte vorwärts, gegen die Brandung, sein riesiges Schwert wie eine Sichel vor sich herwirbelnd, und alle Männer schreckten vor ihm zurück. Und alle, die zu ihm gehörten, folgten ihm, hieben jene nieder, die sich ihnen in den Weg stellten.

Draußen im mondhellen Zwielicht hielt er inne und kam zu Atem, und die Männer von der Insel der Mächtigen scharten sich um ihn. Manawyddan, dessen Hände mit Stoffstreifen von seinem Mantel verbunden waren, entdeckte, daß er Schwert und Speer immer noch handhaben konnte.

Ein Atemzug – und die Iren waren wieder um sie herum, wie tanzende Flammen, und auch Matholuch kam, die Mitte eines gierigen, wirbelnden Kreises; er hatte den günstigen Augenblick beim Schopf gepackt; wie wenig sie ihn auch ehrten – die Iren waren gewohnt, ihm zu folgen, und sie hatten keinen anderen Führer.

Er kämpfte gut; mancher Mann von der Insel der Mächtigen fiel in jener Nacht von seiner Hand, doch nie drängte er sich in die Nähe jener Stelle, wo sein gewaltiger Schwager aufragte.

Doch eine Zeitlang bedurfte jener Sturm keines stärkeren Führers; Raserei zeugte ihn, und Raserei nährte ihn. Und als die Rache vergessen war, da trat

254

ein anderer Wahnwitz an ihre Stelle. Es waren keine Männer mehr, die dort kämpften; sie waren Tode, die einander grausig bedrohten. Sich selbst empfand jeder Mann immer noch als Fleisch und Blut, doch jene, die auf ihn eindrangen, grinsten ihn aus Totenschädeln heraus an und langten mit der Knochenhand nach ihm; und so, wie er seinen Nächsten sah, so sah dieser ihn. Jeder Mann rammte Schwert und Speer in so viele jener lebenden Bedrohungen, wie er erreichen konnte.

Der Tagesanbruch fand sie dort, graue Männer, die inmitten grauer Schatten kämpften; wie vielleicht jeder Mann, der im Krieg kämpft, gegen einen Schatten kämpft, gegen den Tod, der für ihn wie der Tod aussieht, weil dieser ihn auch als einen Tod sieht; so daß ihre gemeinsame Leidenschaft für das Leben sie alle in dessen Feinde und Mörder verwandelt.

Morgenlicht fiel auf ihre erschöpften Gesichter, und das Fieber wich von ihnen. Sie zitterten in dem harten grauen Licht.

Die Iren zogen sich auf Tara zurück, und Bran und seine Männer gingen in das Haus zurück, das für ihn gebaut worden war; das Haus, das den Frieden hätte besiegeln sollen.

Drinnen war jene große Halle ganz verwüstet; die Feuer erloschen, die Möbel zerschlagen, der Boden mit Blut und toten Männern bedeckt und mit den stöhnenden Verwundeten.

Sie legten, was Branwens Sohn gewesen war, auf das für den König der Iren bereitete Lager; Branwen schlief wie eine Tote auf ihrem eigenen Lager, und Nissyen saß an ihrer Seite, seine zauberkräftigen Hände nahe ihrem Kopf, damit sie, tat es not, ihr schnell Schlaf bringen konnten. Manchmal während des Gemetzels war sie hinter Brans Schild ohnmächtig geworden; und Vergessen war das einzig Gute, was ihr noch blieb. Sie schlief ...

Bran und Manawyddan schliefen nicht; sie sahen zu, daß die Verwundeten versorgt und die Toten hinausgetragen wurden. Speise und Wein fanden sich; ein Mahl wurde bereitet.

Vor den wiederentzündeten Feuern versorgten Evnissyen und Keli einander ihre Stiche und Schnitte; Kueli, der eine schwere Wunde erhalten hatte, saß am Boden. Evnissyens Augen tanzten immer noch; er hatte noch nicht bemerkt, daß sich alle Männer außer diesen beiden von ihm zurückgezogen hatten.

Er sagte lachend: »Lange werden die Iren sich an diese Nacht erinnern!«

Dann fühlte er die Augen seiner Brüder auf sich, die Augen der Söhne Llyrs, und eine große Kälte überkam ihn. Das Lachen auf seinem Gesicht erlosch. Doch dann faßte er sich wieder und brach in schnelle, wilde Rede aus.

»Nun, Brüder, hab' ich denn nicht das einzig Vernünftige getan? Er war der

Welpe des Verräters, und je größer man ihn hätte werden lassen, desto kräftiger hätte er gebissen. Unsere Schwester machte seinen Leib – einen schönen Leib –, doch der Same, um den herum er geformt war, hätte ihm das Herz verfaulen lassen. Du liebst den Frieden, Bran – welchen Frieden hättest du denn haben können, solange er lebte? Wäre dir sein Messer in Caradocs Rücken lieber? Oder, wahrscheinlicher, sein Gift in Caradocs Bauch?«

Bran sagte langsam und grimmig: »Sprich mir nicht von Caradoc, Evnissyen, damit ich nicht daran erinnert werde, wie es im Herzen meiner Schwester aussehen wird, wenn sie erwacht. Wie es in meinem aussähe, wenn das Caradoc gewesen wäre.«

Manawyddan sagte ebenso grimmig: »Viele Männer von der Insel der Mächtigen sind in dieser Nacht wegen dieser vernünftigen Tat von dir gestorben, Evnissyen; wegen dieses Verwandtenmordes. Und noch viele mehr werden sterben.«

Evnissyen schrie wild auf: »Es war kein Verwandtenmord – das kannst du nicht sagen! Ich habe gut darauf geachtet, nichts von seinem Blut zu vergießen, ich habe ihn nur ins Feuer geworfen . . .«

Vor Brans Gesichtsausdruck verstummte er; er war finster wie eine Wintermorgendämmerung auf Klippen, die sich, erbarmungslos in alle Ewigkeit, über nördlichen Meeren erheben.

»Erinnere uns nicht daran, daß dies kein Vergießen von verwandtem Blut ist«, sagte er. »Sprich nicht von Feuer. Für dich ist das nicht geheuer.«

Evnissyen schauderte, und dann war er endlich still. Eine Weile lang waren alle Männer dort still.

Dann sah Pryderi von dem Schwert auf, das er gerade reinigte, und seine Augen waren so blank wie die Klinge.

»Ich bin«, sagte er, »wirklich kein Verwandter dieses Sohnes von Eurosswydd. Wenn ihr seinen Tod wünschen solltet, ihr Herren, dann werde ich gerne mit ihm nach draußen gehen und ihn dazu überreden.«

Evnissyens Zähne blitzten wie die eines Wolfes; er war wieder er selbst. »Wenn wir auf die Insel der Mächtigen zurückkommen und gegen keine geborenen Feinde mehr kämpfen müssen, werde ich dir darauf eine Antwort abverlangen – Pryderi, den Sohn zu nennen, Pwyll Narr genug war!«

»Du wirst jene Antwort bekommen«, sagte Pryderi. »Doch warum sich davor drücken, sie jetzt zu verlangen? Ich bin sehr bereit, sie zu geben.«

Bran sagte: »Kein Mann hier soll Blut von der Insel der Mächtigen vergießen. Die Iren werden das zur Genüge tun.«

Er wandte ihnen seinen großen Rücken zu, und wieder herrschte Schweigen.

In diesem Schweigen entdeckte Evnissyen, daß die Männer wegsahen, wenn er sie ansah, und sich abwendeten, wenn er sich ihnen näherte. Schließlich kam er zu der Tür, bei der die Zwillingssöhne Llassars saßen, die wilden Keli und Kueli. Er fing an, ihnen zu erzählen, wie weise und weitsichtig er gewesen sei.

»Jener Wölfling hätte die ganze Insel der Mächtigen in die Knechtschaft der Iren zwingen können. Dem habe ich ein Ende gemacht. Und welchen Dank bekomm' ich jetzt dafür?«

Doch dann hörte er auf zu sprechen, denn er merkte, daß ihm niemand zuhörte. Kuelis Wunde war schlimmer, als er gedacht hatte, und Keli war mit ihr beschäftigt; Sorge stand auf der Seite seines Gesichtes geschrieben, die aussah wie die anderer Männer.

Evnissyen rührte sich nicht und sah niemanden an und wußte, daß er wieder einmal allein war.

Nur Nissyen, der bei Branwen saß, sah ihn an, und sein Gesicht war das traurigste von allen.

Der Tag ging dahin. Bran ließ seine Toten verbrennen und eine große Grube graben, um ihre Asche darin zu bestatten; und die alten Weiber der Iren kamen und schleppten ihre Toten hinweg.

Einige von Brans Männern murrten und sagten, es wäre ihnen lieber gewesen, wenn statt ihrer die Männer von Irland gekommen wären. Ein paar lachten und sagten, die irischen Feiglinge hätten schnell den Schwanz eingezogen. Doch die meisten sagten gar nichts. Sie fingen an, sich zu fragen: ›Wann werden sie kommen?‹ Selbst der Mann, der wild frohlockt, wenn er seinem Feind ins Auge sieht, weiß doch gern, wo dieser Feind ist und was er tut.

Sie konnten den Hügel von Tara sehen; die Festungswälle, die jene Stelle umgaben, welche der Sitz genannt wurde, wo von alters her die Könige wohnten. Seit Anbruch der Westlichen Welt, als alle Könige in Übereinstimmung mit den Uralten Harmonien herrschten.

Nichts regte sich auf jenen Höhen; es herrschte sonnenbeglänztes Schweigen.

Die Schatten wurden schwärzer; die Arme, die sie über die Ebene ausstreckten, wurden länger und länger. Nichts geschah.

Die Sonne sank, rot und zornig, im Westen.

Die Männer von der Insel der Mächtigen sahen sie sinken und spürten, wie ihnen kälter wurde. Das war kein Wunder, denn es war Herbst, und die Nächte waren schon kühl. Sie gingen hinein und aßen und tranken; sie hätten zuviel getrunken, wenn die Söhne Llyrs es erlaubt hätten. Sie saßen um die Feuer herum und schürten tüchtig. Wie zornige Schlangen zischten die roten Flammen. Branwen hörte sie auf ihrem Lager; sie erzitterte und bedeckte ihr Gesicht; sie konnte den Anblick von Feuer nicht mehr ertragen. Nissyen streichelte sanft ihr Haar, mit seinen langen feinen Fingern.

Bei der Tür, die nach Tara führte, entstand plötzlich eine Unruhe. Eine der dort aufgestellten Wachen kam zu Bran geeilt.

»Herr –«, stammelte er, »Herr, mit dem Mond stimmt etwas nicht. Er – er ist, wo er nicht sein sollte!«

»Wo ist er?« Brans riesige Gestalt spannte sich.

»Herr, er steht zu niedrig!« Die Lippen des Mannes zitterten. »Zu niedrig. Er ist überhaupt nicht mehr am Himmel!«

Bran erhob sich und ging zu den Türen. Pryderi wollte ihm folgen, doch Manawyddan legte ihm eine Hand auf den Arm.

»Am besten bleiben wir ganz ruhig, wo wir sind, Junge. Wo die Männer uns sehen können. Wir wollen keine Panik.«

Pryderi setzte sich wieder, wenn auch nicht glücklich. Bran stand allein unter der Tür.

Rund und rot glühte er dort, auf den Wällen von Tara. Ein leuchtendes Unheil. Ein praller, seltsamer Zeuge für das Geheimnis der Form, die einem Kinderball und der Sonne gemeinsam ist; dem Winzigen und dem Unendlichen. Der Wirklichkeit gewordene Kreis; ohne Ende und ohne Anfang, die wahre Gestalt der Ewigkeit. Unlebendig, doch voller Leben; Rauch stieg von ihm auf wie grimmer Atem.

Bran schaute, und sein großes Gesicht wurde bleich und bleicher, wie ein Berg, der unter Schneefällen weiß wird.

»Der Kessel! Der Kessel!«

Der Schrei kam von Kueli. Er rannte, taumelnd und torkelnd, er, der seit Mittag nicht in der Lage gewesen war, auch nur aufzustehen, und sein Gesicht war fahl vor Entsetzen.

»Komm zurück! Du mußt still sein . . .« Keli, sein Bruder, erwischte ihn. Andere Männer schwärmten hinter ihnen her. »Nein, Bruder, nein! Wir müssen fliehen. Sie werden die Toten gegen uns schicken!«

Kueli wollte sich mit Gewalt freimachen, um zu den Türen zu gelangen, und plötzlich entquoll ein roter Strom seinem Mund. Er keuchte; sein Kopf fiel vornüber, und er fiel vornüber, seinem Bruder an die Brust. Sein Atem rasselte, und er starb.

Keli legte ihn zu Boden. Er wandte sich um und sah Bran an, und das rote Mal auf seinem Gesicht bewegte sich wie etwas Lebendiges.

»Mein Bruder hat die Wahrheit gesagt, Herr. Dort drüben ist der Kessel, den mein Vater und meine Mutter aus der Unterwelt stahlen – der Pair Dadeni, der Kessel der Wiedergeburt.«

Alle rangen nach Atem; alle rissen die Augen auf. Keinen Mann gab es dort, der nicht gewußt hätte, welche Bewandtnis es mit diesem Kessel hatte, in dem die Erinnerung ertränkt werden mußte, bevor sich eine Seele aus ihm erheben konnte, um zur Erde zurückkehren und im warmen Schoß einer neuen Mutter einen neuen Körper zu finden.

»Ja, sie haben ihn gestohlen«, lachte Keli wild, »sie, die beiden einzigen, die seit Anbeginn der Zeit aus jener Welt mit Gewalt ausgebrochen sind! Sie wollten ihre schwer errungenen Kriegskünste nicht in ihren Tiefen verlieren, sie wollten die Menschheit für alle Zeiten von den Göttern befreien, ihr die Freiheit geben, das eigene Schicksal zu gestalten.«

»Aber wie ...?« Pryderi staunte; er war mit Manawyddan herbeigekommen.

»Wie sind die Götter ohne ihn zurechtgekommen – fragst du?« Kelis Lachen war noch wilder. »Irgendwie sind Sie es, denn es wird weiterhin auf der Erde geboren. Auch meine Mutter hatte eine Zeitlang Angst; sie sagte mir einmal, daß sie befürchtet habe, keine Seelen für ihre eigenen Söhne zu bekommen. Nun, bald werden wir es wissen. Sie werden uns alle töten, jene Dämonen, die jetzt aus dem Kessel kommen!«

»Schweig!« sagte Bran scharf.

Keli fuhr herum. »Wehe über den Tag, an dem mein Vater Llassar Ihn dir gab, gegen den Rat meiner Mutter, Bran der Nicht-mehr-Gesegnete! Du, der Ihn jenem Mäuseherzen gab, ihm, der deine Schwester verriet, wie er uns verraten hat! Einmal Verräter, immer Verräter – bis der Kessel die Seele unzählige Male gewaschen hat. Haben die Mütter dir den Rücken zugekehrt oder die Götter dich blind gemacht, daß du dich so auf dein eigenes Ende gestürzt hast?«

Bran sagte: »Ich bin nicht am Ende. Kein Mann ist es je gewesen, und kein Mann wird es je sein.«

Doch wieder lachte Keli, und die Narbe, die keine Narbe war, zuckte wie eine scharlachrote Schlange.

»Vielleicht, vielleicht auch nicht. Noch nie haben vor uns Männer ihren Tod aus solchen Händen empfangen, wie denen, durch die wir sterben werden. Du, den wir unseren Freund nannten, der du zumindest dein eigener hättest sein sollen, du hättest es besser wissen müssen, als den Kessel in die Hände jener zu geben, die damals die Kinder vor den Augen ihrer Mutter verbrannten. Ich hätte dir sagen können, wie diese Iren sind – ich, auf dessen Gesicht sie ihr Zeichen setzten, als ich noch im Schoße meiner Mutter war! Kueli ist jetzt tot – der von uns beiden, den die Frauen liebten –, und ich danke den Göttern, jenen

Feinden meiner Sippe, daß er starb, wie andere Männer sterben! Einen sauberen Tod, keinen solchen, wie du und ich ihn finden werden.«

Lachend wie ein Wahnsinniger drehte er sich um und floh in die Nacht hinaus. Pryderi wollte ihm nachspringen, doch dieses Mal war es Bran, der eine Hand auf seinen Arm legte.

»Laß ihn gehen, Knabe.« Er wandte sich seinen Männern zu, die sich herandrängten, eine Ansammlung weißer Gesichter, schon gespenstisch bleich, starr vor einer Angst, wie sie Gespenster nicht empfinden können. »Wir wollen uns jetzt zur Ruhe legen, Männer. Morgen werden wir unsere Kraft brauchen.«

In seiner großen Ruhe lag etwas Beruhigendes. Es besänftigte sie alle. Ein Mann lachte sogar, das Lachen stand allerdings auf wackeligen Beinen.

»Hier ist einer, den sie nicht wiedererwecken können!« Er hielt einen Kopf hoch, den er in der letzten Nacht erbeutet hatte. »Oder wenn sie es können, dann wird er schwerlich sehen können, wohin er schlägt!«

Seine Kameraden lachten stürmisch, doch hallte etwas seltsam Verzerrtes in ihrem Gelächter. Manawyddan aber sah den Kopf an und sagte nachdenklich: »Wäre ich du, würde ich das gut bewachen.«

Das Gesicht des Mannes wurde ein wenig weiß. »Das werde ich«, sagte er und band ihn mit den Haaren fest an seinen Speer.

Sie legten sich nieder, Schilde und Schwerter griffbereit an ihrer Seite. Sie schliefen, und ihre Seelen traten aus ihnen heraus, mit jenen schmalen, silbernen Banden an ihre Körper gebunden, die nur ein Messer durchtrennen kann – jenes, das in den Händen des Todes liegt, dem Bruder des Schlafes. Sie schliefen fest; das Schlimmste wissen, heißt: eine Art Frieden finden.

Doch in den letzten Stunden der Nacht, in jener tiefen Finsternis, die dem Morgen weicht, erscholl ein lauter Schrei, und die Schläfer erwachten. Sie griffen zu Schwert und Speer und schauten sich nach dem Feind um, doch wohin sie auch schauten, bedeckte Nacht ihre Augen, die große körperlose Feindin, die sie umringte.

Bis Fackeln entzündet waren und sie einen Mann sahen, der am Boden kauerte und schnatterte, unfähig weiterzuschreien, aber immer noch mit seiner Hand deutend . . .

Auf einen Speer, der vor ihnen über dem Boden tanzte; und als sie, verblüfft, genauer hinsahen, erkannten sie, was den Speer bewegte. Ein Kopf, dessen Haar an ihm festgebunden war, hüpfte geschwind, grotesk zu den Türen. Seine glasigen Augen blitzten rot, und seine gefletschten Zähne blitzten weiß. Alle Männer schrien auf und sprangen zurück. Nur Bran und Manawyddan sprangen vor den Eingang, an dem die gebannten Wachen standen und jenen Kopf anstarrten, wie Vögel eine Schlange anstarren.

Pryderi sprang hinzu und packte den Speer am Schaft, so weit wie möglich vom Kopf entfernt. Doch dieser wirbelte herum und fuhr auf ihn los, auf unerklärliche Weise mit dem Speer nach seiner Kehle stoßend. Dieser tödliche Stoß mußte ihn aufspießen; wieder schrien alle Männer auf.

Lichtschnell bog sich Pryderi zur Seite, um dem Stoß zu entgehen, dann schrie er laut, weil der Kopf ihm folgte und ihm die Zähne in die Kehle schlug.

Er riß ihn ab und schleuderte ihn zu Boden. Einen Atemzug lang lag der Kopf benommen da, dann sprang er ihn wieder an. Doch dieses Mal ließ Pryderi ihn ins Leere sausen und stach mit seinem eigenen Speer nach ihm. Wieder und wieder wich ihm der Kopf aus und sprang ihn an, während er genauso vergeblich versuchte, ihn aufzuspießen.

Bran und Manawyddan schlossen die Türen, und Bran versperrte die ihm nächste mit seinem großen Leib. Manawyddan wollte Pryderi zu Hilfe kommen.

Doch in diesem Augenblick trat Pryderi mit seinem linken Fuß nach dem Kopf, während dieser auf den Speer achtete, der von rechts her auf ihn einstach. Der Tritt erwischte ihn und schleuderte ihn kugelnd in die Glut des Feuers, wo er aufschrie wie ein Mann in Todesqual. Pryderi sprang ihm nach und trampelte auf ihm herum; Mal um Mal stieß er seinen Speer hinein, aber immer noch sprang ihn der Kopf an, heulend vor Wut und Schmerz.

Dann brachte Manawyddan eine Axt, und mit dieser zerschmetterte Pryderi den Schädel; er mußte ihn aber in kleine Stücke zerspalten, bevor die Stücke aufhörten, ihn anzuspringen.

Als alles vorüber war, jubelten die Männer. Sie schwenkten ihre Speere und lachten. »So müssen wir's morgen alle machen! Ihnen die Köpfe abschlagen und sie dann zerschmettern! Dann werden sie nicht mehr aufstehen!«

Pryderi setzte sich und schmierte Fett auf seine verbrannten Füße, und Manawyddan wusch seine Halswunde aus. Der Sohn Llyrs behandelte jene Wunde mit Druidenzauber, wie Bran es bei seinen Brandwunden getan hatte, denn man konnte nicht wissen, welches Gift in jenen Dämonenzähnen lauerte.

Doch Branwen weinte um das, woran jene Schreie sie erinnert hatten, und konnte nicht wieder in den Schlaf entfliehen.

Der Morgen kam und mit ihm das Heer der Iren, und einige hatten die Gesichter von Menschen, die meisten aber schäumende Münder, die fauchten und geiferten und mit gebleckten Zähnen knirschten, aber keinen Ton von sich gaben. Lang und schwer war jene Schlacht; viele Männer starben. Matholuch hielt jene dämonenbehausenden Körper immer in vorderster Linie, um die Lebenden zu schonen und seine tödlichste Waffe zu schwingen: die Untoten.

Einer nach dem anderen fielen jene toten Männer, in zu viele Stücke zerhauen, um wieder aufzustehen. Lebende Iren traten an ihre Stelle, weißgesichtige Männer, die sich vor den Teufeln entsetzten, an deren Seite sie kämpften.

Lang und bitter war jene Schlacht; sie endete erst, als auch der Tag endete. Dann zogen die Iren nach Tara zurück, und die erschöpften, zusammengeschrumpften Streitkräfte von der Insel der Mächtigen kehrten in das Haus Brans zurück.

Ein Mann namens Rhun löste sich von den anderen, um an einem nahegelegenen Bach zu trinken; er war der Mann, der den Kopf abgeschlagen hatte, mit dem Pryderi gekämpft hatte. Die Nacht sank herab, und er meinte, hinter sich ein Rascheln zu hören; doch als er sich umdrehte, um zu sehen, ob es einer seiner Kameraden sei, erblickte er nur den Schatten von jemandem, der plump durch die Büsche trampelte; von jemandem, der zu klein war, um ein Mann zu sein.

›Ist es ein irisches Kind?‹ dachte er. Er rief ihm zu, doch nur einmal, denn er war sehr müde. Er ging weiter, zum Bach hinunter. Er beugte sich vor, um zu trinken, und in diesem Augenblick sprang ihm etwas auf den Rücken, und lange Arme packten seinen Hals . . .

Seine Kameraden hörten seinen Schrei und kamen herbeigerannt. Sie fanden ihn daliegen, den Kopf von den Schultern gerissen. Ein Ding, desgleichen sie noch nie gesehen hatten, tanzte auf seinem Körper herum und schwenkte triumphierend Rhuns Kopf. Sein eigener Körper war der eines Mannes, doch von seinen Schultern erhob sich kein Kopf, nur der rote Stumpf eines durchtrennten Halses.

Schreiend rannten sie zum Haus Brans zurück.

»Nun«, sagte Pryderi, als er gehört hatte, was geschehen war, »es hat jetzt Rhuns Kopf an Stelle seines eigenen. Ich bin es, den es als nächsten haben will. Ich werde es nicht warten lassen.«

Er stand auf und bewaffnete sich wieder und ging zu dem Bach hinunter. Seine blauen Augen und sein schöner, fröhlicher junger Mund waren entschlossen und streng; dieses Mal war alles Lächeln verschwunden.

Das Ding konnte ihn nicht gesehen oder gehört haben; es hatte weder Augen noch Ohren. Doch als er in Sichtweite des Wassers kam, sprang es.

Pryderi war gewappnet. Er wich dem Sprung aus und schnitt das Wesen mit einem gewaltigen Hieb seines Schwertes entzwei. Die beiden Beine fielen auf die eine Seite und die Arme auf die andere. Doch blitzschnell griffen jene beiden Arme nach seinem Hals, und die Beine umwanden die seinen. Er schien jetzt gegen vier Feinde zugleich zu kämpfen, alle vier so schnell und gefährlich wie Blitze. Er mußte einen schweren Kampf bestehen, bevor er sie alle in kleine Stücke zerhackt hatte.

Doch am nächsten Tag kamen nur tote Männer gegen die Männer von der Insel der Mächtigen gezogen. Mit Entsetzen erkannten Brans Männer die Gesichter von Männern wieder, die sie nicht nur einmal, sondern schon zweimal getötet hatten; der Kessel besaß die Macht, kleinste Fleischstücke wieder miteinander zu verbinden, zu einem ganzen Mann. Und in jener Nacht brachten Kundschafter die Nachricht, daß frische irische Truppen auf allen Straßen nach Tara strömten. Die Männer von der Insel der Mächtigen waren in großer Bedrängnis; sie konnten auf keine Verstärkungen hoffen, und ihre Toten standen nicht wieder auf.

»Am Anfang hätten uns die Alten Stämme vielleicht geholfen«, sagte Manawyddan, »doch jetzt nicht mehr. Nicht, seitdem sie gehört haben, daß der Onkel den Neffen verbrannte.«

Er blickte zu Bran hinüber. »Sollen wir versuchen, die Schiffe zu erreichen, Bruder?« Die Nacht war schon weit vorgerückt, und die Häuptlinge saßen allein im Rat.

Nissyen hob dunkle Augen. »Und unsere Verwundeten? Viele von ihnen könnten nicht so weit gehen.«

Mit strengem Leid begegnete Manawyddan jenen Augen. »Besser einige Leben verlieren als alle, Knabe. Und unsere Schwester ist bei uns.«

Bran sagte schwer: »Wir würden nie bis zu den Schiffen kommen. Was an tauglichen Männern wir noch haben, könnte sich nicht so weit durchkämpfen, solange diese Dämonen uns nach Belieben und von allen Seiten angreifen können. Hier haben wir wenigstens Mauern als Rückendeckung.«

»Laßt uns einen Überraschungsangriff machen«, sagte Pryderi. »Wenn wir den Kessel erobern könnten . . .« Seine Augen funkelten.

»Die Wälle von Tara wurden gut geplant«, sagte Bran. »Und die Stelle, wo der Kessel steht, ist gut gewählt. Zwei von jenen Teufeln könnten sie gegen eine ganze Armee halten.«

Eine Weile lang herrschte Schweigen. Dann sagte schließlich Manawyddan: »Wir können nur eins versuchen. Morgen müssen wir die irischen Frauen zurückhalten, damit sie keine Warnung nach Tara tragen können, und dann ihre Toten zusammen mit den unseren verbrennen. Ich bezweifle, ob der Kessel Männer aus Asche auferstehen lassen kann.«

Doch als man bei Sonnenuntergang des nächsten Tages nach einem gewaltigen Blutbad die Toten verbrannte, da wurde nur ein Armvoll irischer Überbleibsel ins Feuer geworfen. Seinesgleichen hatte Lunte gerochen und war geflohen.

Wie eine riesige Horde Ratten wuselten sie nach Tara zurück. Über den grünen
Rasen rollten und hüpften und hopsten sie, eine grausig quirlende Masse. Erschöpft und blutend verfolgten die Männer von der Insel der Mächtigen
sie, doch vergeblich. Wer von ihnen sie einholte, wurde zu Fall gebracht, und
binnen eines Atemzuges war ihm das Fleisch von den Knochen gerissen, so
wild waren die Nägel und Zähne jener rumpflosen Hände und Füße und
Köpfe.

In jener Nacht wurden zum ersten Mal die Türen zu Brans Haus geschlossen. Männer kauerten um die Feuer herum und versuchten, nicht an den Kessel zu denken, der auf dem Hügel von Tara böse glühte, wie ein Höllenstern;
an jene Schatten, die jetzt gerade über seine Ränder rutschen mußten: die Toten, die sich mit geschmeidiger und fürchterlicher Behendigkeit in die Welt
der Menschen zurückschwangen. In dem Hause herrschte eine Finsternis, die
weit tiefer war als die der Nacht draußen; lange schien es denen drinnen
her zu sein, daß sie in ihrem Stolz und in ihrer Stärke ausgezogen waren, die
Ausländer zu bestrafen, sie, die jetzt wie gefangene Tiere auf den Schlächter
warteten.

Schließlich kam Schlaf, ihre Augenlider zu schließen, sie in Welten zu tragen, an die sich der wache Verstand in seiner Grobheit nicht zu erinnern vermag.

Als die Dunkelheit am tiefsten war, erwachte Nissyen. Er hörte eine ver-
stohlene Bewegung bei den Türen, und lautlos erhob er sich und kroch darauf
zu. Seine Hand fand eine andere Hand und berührte sie.

»Evnissyen«, sagte er.

»Wieder du!« Das Flüstern war ein zorniges Zischen. »Hätte ich dich doch
im Schoße unserer Mutter erschlagen! Dort hätte es wenigstens keine Narren
gegeben, die ›Verwandtenmörder‹ geschrien hätten!«

Nissyen sagte: »Was hast du denn vor, Bruder?«

Evnissyen sagte: »Ich weiß noch nicht. Aber etwas muß getan werden.«

Sie gingen zusammen hinaus und schlossen die Türen hinter sich. Sie
schritten über Boden, der weiß vor Frost gewesen wäre, hätte es genug Licht in
der Welt gegeben, um irgend etwas weiß aussehen zu lassen. Der Mond war
untergegangen, und Wolken verhüllten die Sterne, doch auf dem Hügel von
Tara glühte noch immer stumpf der Kessel. Keine Schatten bewegten sich
mehr um ihn herum; für diese Nacht war seine Arbeit getan.

»Er hatte da einen guten Gedanken, jener großmäulige Ableger Manawyddans«, sagte Evnissyen. »Wenigstens den Anfang dazu. Den Kessel zu zerstören, das wäre leichter, als ihn zu erobern. Wenn wir ihn von den Mauern hin-
abwerfen könnten ...«

264

»Erst müßten wir hinkommen«, sagte Nissyen. Er dachte: ›Du spielst mit Strohhalmen, weil du nicht stillsitzen kannst. Weil du in deinem Herzen weißt, daß du über alle unsere Leute den Tod gebracht hast.‹

»Es muß einen Weg geben!«

Eine Zeitlang gingen sie schweigend auf Tara zu, dann lachte Evnissyen rauh.

»Es heißt, diese Insel bringe keine Schlangen hervor, und doch hat sie Matholuch hervorgebracht. Siehst du jetzt, was die Verschlagenheit dieser Schlange uns eingebracht hat!«

Nissyen schwieg.

»Sogar du mußt Verstand genug haben, um das Spiel zu begreifen, das er spielt, Bruder. Er sorgt dafür, daß seine lebenden Toten uns alle töten und daß wir vor unserem Tod genug von ihnen töten, damit die Männer von Irland hinterher mit dem Rest fertigwerden können. Dann kann er in aller Ruhe in Tara sitzen und sich eins grinsen. Oh, in ihrer schleimigen Art ist sie gerissen, diese ausländische Schlange! Wenn nur Bran nicht so töricht gewesen wäre, ihm den Kessel zu geben . . .«

Dann schrie er auf, denn ein Speer kam durch die Dunkelheit geflogen und traf ihn ins Bein.

Sie flüchteten, doch rings um sie wurden die Schatten lebendig. Erblühten schrecklich und schwarz zu Waffen und rufenden Stimmen, zu eiligen Füßen von Männern. Pfeile und weitere Speere pfiffen hinter ihnen her. Nissyen stützte seinen Bruder, doch selbst so torkelte und taumelte Evnissyen. Und hinter ihnen barst eine Fackel in rotes Licht.

»Schnell, Bruder!« Nissyens Griff verstärkte sich. »Wenn das lebende Männer sind, werden sie dich als den Mörder ihres Königs erkennen . . .«

»Narr!« Evnissyen riß sich von ihm los. »Du benutzt dieses Wort – für das Zertreten einer jungen Schlange . . .«

Dann überwältigte ihn solcher Schmerz, daß er fiel, sich krümmte.

Neben ihnen stand ein dichtes Gebüsch. Lichtschnell riß sich Nissyen seinen grünen Mantel ab und dann den flammenroten Mantel von Evnissyen, den dieser immer trug. Er stieß seinen Bruder in das Gebüsch und bedeckte ihn mit dem grünen Mantel.

»Rühr dich nicht, Bruder. Auch wenn sie mich fangen. Du kannst nichts tun, und ich möchte nicht vergebens sterben.«

Er rannte davon; der rote Mantel umflatterte ihn, und das Fackellicht entdeckte ihn und ließ ihn aufleuchten wie frisch vergossenes Blut. Genauso erbarmungslos leuchtete es ihm ins Gesicht, welches ebenso das von Evnissyen hätte sein können . . .

Ein Schrei stieg auf, wild wie der eines hungrigen Raubtiers: »GWERNS MÖRDER!«

Mehr Speere zischten; er fiel. Sie umringten ihn und lachten mit wildem Frohlocken. Sie hätten gern mehr Zeit gehabt. Sie hätten ihn gern nach Tara zurückgetragen, wo Matholuch an der Rache hätte teilhaben können. Doch das Haus Brans war näher, und schon nahten von dort Stimmen und das Klirren von Waffen.

Sie hatten nicht genug Zeit, um sich so mit Nissyen zu beschäftigen, wie sie es gerne getan hätten, aber sie hatten immer noch Zeit genug. Sie marterten ihn, so sehr sie konnten.

ZWÖLFTES KAPITEL – DER TOTER ZWEIER KÖNIGE/DER MORGEN KAM UND MIT IHM DAS HEER DER IREN, UND DIESES MAL TRUGEN SIE NISSYENS KOPF AUF EINER STANGE MIT SICH. SCHREIE DER WUT UND DER TRAUER STIEGEN VON BRANS MÄNNERN AUF, als sie das sahen; wie ein Mann warfen sie sich auf den Feind. Die lebenden Iren mußten den toten zu Hilfe kommen.

Den ganzen Tag über tobte die Schlacht. Manchmal brandete sie gegen die Wälle von Tara; manchmal rollte sie zurück und brach sich wie eine Welle an den Mauern und Türen von Brans Haus. Schrecklich wütete sie, wie ein Feuer, das zur Zeit der Dürre einen Wald ergreift und das ganze Volk der Waldbewohner und alles verschlingt – groß und klein, die grünen Bäume und die geflügelten und bepelzten Tiere, die zu fliehen versuchen und es nicht können, bis schließlich nur die Baumstümpfe übrigbleiben und Reste von verbranntem Holz und verbrannten Knochen.

Die Männer von der Insel der Mächtigen eroberten Nissyens Kopf zurück, doch das Leben, das in ihm gewesen war, konnten sie nicht in ihn zurückbringen, und sie bezahlten für diesen Kopf mit vielen Männern.

Die ganze Schlacht über lag Evnissyen im Gebüsch; manchmal hörte er sie, und manchmal hörte er sie nicht, denn sein Bewußtsein flackerte hin und her, wie eine ersterbende Kerze flackert.

›Ich könnte ihnen jetzt zurufen, sie würden mich hören und kommen . . .‹

Doch er wußte, daß er es nicht tun würde; daß er niemals wieder den Klang einer menschlichen Stimme hören wollte.

›Warum sollte ich wieder aufstehen wollen, wo ich nicht aufstehen konnte, als du noch lebtest, Nissyen? Als sie dich marterten . . .‹

Wieder verließ ihn das Bewußtsein. Als er wieder erwachte, war es fast Nacht. Er regte sich ein wenig, unter jenem grünen Mantel, der die Farbe aller wachsenden Dinge hatte. Er sah den Himmel über Tara, sah, wie sich seine weiße Weite langsam in Dunkelheit verwandelte und wie der Kessel stumpf zu glühen begann; sie hatten das Feuer unter ihm entzündet. Bald würden sie beginnen, ihre Toten wiederzubeleben.

Und er dachte: ›Nicht einmal jener Kessel könnte den Glanz in Nissyens Augen zurückbringen, oder das Lachen zu seinen Lippen, oder die Sanftheit seiner Stimme. Wie wenig Macht haben Wunder, wenn jenes dort Nissyen zwar wieder gehen und kämpfen machen könnte, täte man ihn hinein, ihn selbst jedoch nie wieder zurückbringen kann.‹

Er hatte noch nie geweint, außer vor Wut; seine Augen kannten kein Weinen. Er konnte nur daliegen und den Schmerz in sich rasen fühlen, brennend wie Feuer, ihn wie mit Krallen zerreißend.

›Er ist tot, und er starb für mich. Nicht, weil er das für seine Pflicht hielt, sondern weil ich ihm am Herzen lag.‹

Die einzigen Augen, die jemals den seinen warm, unerschrocken, ohne Abscheu begegnet waren. Der einzige, dem es niemals Mühe machte, freundlich zu sein.

›Ich bin jetzt allein, für immer . . .‹

Die anderen hatten sich stets bemüht, freundlich zu sein. Er hatte das stets durchschaut und sie desto mehr gehaßt. Weil sie sich hatten bemühen müssen. Warum war immer alles mißglückt? Was war der Sinn von allem gewesen? Er war zu erschöpft, um zu denken; auch waren die Augen des Geistes, der zu seinem gegenwärtigen Körper gehörte, nicht fähig, den Grund dafür zu erkennen.

Er blickte auf und sah den Kessel, rot jetzt wie die Sonne, die untergegangen war; rot wie ein gefallener Stern, der durch das Dämmer der Hölle glüht. Schwarzer Rauch strömte von ihm auf, verdunkelte den dunkelnden Himmel.

›Jeden Tag töten wir sie, doch jeden Tag erheben sie sich wieder und töten mehr von uns, und unsere Toten stehen nicht wieder auf. So muß es weitergehen, bis sie uns alle getötet haben, uns bis auf den letzten Mann niedergemäht haben, wie der Schnitter das Getreide mäht. Das Heer von der Insel der Mächtigen wird nicht mehr sein, und die ausländischen Feiglinge werden alle unsere Köpfe bekommen und lachen.‹

Er sagte sich zum tausendsten Mal: ›Es ist Brans Schuld, nicht meine. Bran hat den Kessel hergegeben.‹

Er war aber zu schwach, um alte Feuer hochzupäppeln, er, der immer so viele Feuer des Zorns unterhalten hatte, um sich daran zu wärmen. Er war für immer allein in Kälte und Finsternis, und über die Eiswüsten heulte eine Stimme her, eine Stimme, die er nicht länger ausschließen konnte: »Deine Taten sind es, die dieses Schicksal über die Männer von der Insel der Mächtigen gebracht haben. Du haßt die Ausländer, und dein Haß hat ihnen dieses große Geschenk gemacht: den Sieg über dein Volk und dessen Vernichtung.«

Und er taumelte unter dieser Erkenntnis und tat den Schrei, den die irrende Menschheit durch alle Zeiten hindurch getan hat: »Das wollte ich nicht! Ich wußte nicht, daß es so werden würde.« Und das Unerbittliche antwortete ihm: »Doch ist es so, und zwar durch dich!«

Er nahm es an; und dies war das erste Mal in seinem Leben, daß Evnissyen je die Verantwortung für etwas übernahm, was mißlungen war.

Er sagte: »O Götter, wehe mir, daß ich der Grund für dieses Gemetzel an den Männern der Insel der Mächtigen bin! Und Schande komme über mich, wenn ich nicht nach ihrer Rettung trachte.«

Er lag ganz still, und aus seinem Schmerz ward ein Gedanke geboren, mit dem fernen weißen Schimmer von Berggipfeln darauf, wie aus Schmerz ein Kind geboren wird.

Er warf den Mantel beiseite, er zog den Speer aus seinem Bein. Mit Blut und Erde beschmierte er sich das Gesicht, so daß es niemand hätte erkennen können. Er rollte sich aus dem Gebüsch hervor; er rollte weiter, unter Schmerzen, bis er zu einem Haufen irischer Toter kam.

Es waren, so sagt das »Mabinogi«, zwei Iren ohne Hosen, die ihn fanden. Sie lupften ihn quer auf ihre Rücken, ächzend und stöhnend. »Das ist ein Schwerer!« Sie waren alle gewaltige Männer, jene Söhne Penardims, Männer von Schönheit und Kraft.

Er brauchte keine Steifheit vorzutäuschen. Auf jenem Schlachtfeld lagen viele Entseelte, die noch weich und warm waren.

Sie trugen ihn nach Tara zurück und die Wälle hinauf. Er fühlte, wie ihn ein heißer Wind anblies; er wurde heißer und heftiger. Der Kessel . . .

Sie hoben ihn höher; er wußte, warum. Die Hitze des Dampfes machte ihn benommen. Angst packte ihn, jähe Angst vor den brodelnden Tiefen, die ihn im nächsten Augenblick empfangen würden.

›Kann ich tun, was ich tun will? Kann ich überhaupt etwas tun in diesen Schmerzen?

Ich muß es tun.

Puppenschlaff – sei puppenschlaff. Du darfst dich jetzt nicht versteifen; sie dürfen nicht ahnen, daß du atmest. Puppenschlaff; wie Branwens Puppen, die du immer zerbrochen hast, du, der jetzt die letzte und kostbarste ihrer Puppen zerbrochen hat . . .‹

Ihre Hände ließen ihn los, fielen beiseite. ER fiel – hinab, hinab. Er konnte nichts tun, als seine Augen schließen.

268

›O Götter! O Mütter! Todesqual fürwahr, heiße, versengende Todesqual! Fühlte Gwern dasselbe?‹

Dann, so plötzlich wie sie gekommen war, war sie wieder verschwunden. Er fühlte und roch die Hitze und die Dämpfe immer noch, das brodelnde Bad der Wiedergeburt wusch über seinen ganzen Körper hin, doch wunderbarerweise brannte es nicht mehr. Er hatte das Gefühl weiter Räume um sich herum, das Gefühl, außerhalb der Welt zu sein, und doch inmitten der Welt.

Mitten im Schoß des Weltenalls ...

Er wartete nicht ab, was es mit ihm gemacht hätte. Er streckte seine Arme und Beine, so weit sie reichten. Er reckte sich und streckte sich mit all der Kraft, die in ihm war, und mit aller Gewalttätigkeit, aller Wut, allem Haß, mit denen er begabt war, vor allen Söhnen von Frauen.

Er spürte seine Sehnen krachen und dann seine Knochen. Seine Lungen arbeiteten in feuriger Qual. Er rang nach Luft und sog brennende Hitze ein; der Schmerz kam zurück. Er durchlebte Äonen von Kampf und Qual, er dehnte und reckte und streckte sich, während es schien, als ob er keine Kraft mehr habe – weder menschliche noch übermenschliche –, sich auch nur das kleinste bißchen zu recken und zu strecken. Sein Herz war wie ein großer aufgeblasener Ball, der sich unter unvorstellbarer Qual gegen seine Rippen preßte, die es zurückdrängten und in es hineinschnitten wie Messer und ihm noch mehr Schmerzen zufügten.

Doch all das dauerte nur sieben Atemzüge lang.

Dann barst der Kessel, und das Herz von Evnissyen barst mit ihm.

Die Männer von der Insel der Mächtigen in jenem hügelhohen Hause Brans hörten ein Krachen, als zerbräche der Mond und fiele in Stücken auf die Erde herab. Sie stürzten hinaus und sahen noch, wie ein gewaltiger Feuerball über dem Hügel ihrer Feinde aufstieg; dann brach er auseinander und fiel wie ein Flammenregen auf Tara zurück.

Der Kessel der Götter war ins Land der Götter zurückgekehrt.

Bran sagte: »Zuletzt hat er doch noch eine gute Tat getan. Ich bin froh darüber; um seinetwillen wie auch um unsertwillen, denn er war unser junger Bruder und schön anzusehen. Er gab sein Leben für unser aller Leben, und kein Mann kann mehr tun.«

»Er handelte bis zuletzt gemäß seiner Natur«, sagte Manawyddan. »Er rettete uns durch Zerstörung, seine einzige Begabung.«

Die ganze Nacht hindurch arbeiteten die Druiden auf den von Feuer verwüsteten Wällen von Tara, wandten jegliche Kunst an, die sie beherrschten, um die Dämpfe abzuwenden, die beim Bersten des Kessels freigesetzt worden waren.

Wie eine lohfarbene Wolke schwebten die Dämpfe über ganz Irland; dichte, wogende Nebel, durchschossen von einem seltsam wilden Grün, von Purpur und Orange; und was für eine Farbe es auch war, die da flammenhaft aufglühte oder sich schlangenhaft durch jene grausige Schwaden hindurchwand; sie war entsetzlich anzuschauen.

Der Tod war in ihnen, in jenen Dämpfen aus der Unterwelt. Die Vögel fielen vom Himmel, das Vieh starb auf den Weiden, und die Füchse verendeten in ihren Höhlen. Und die Menschen starben auch, die Reichen in ihren prächtigen Häusern aus Holz und die Armen in ihren rohen Hütten aus Stein. Bei Tagesanbruch gab es in jener weiten Ebene, die sich westlich von Tara von den Königen erstreckt, kein Leben mehr; nicht Mann noch Frau noch Tier überlebte, außer im heiligen Tara und in Brans Haus.

Der Art war die Frucht von Evnissyens Opfer, jenem seltsamsten aller Erlöser der Menschheit.

Er war gekommen und gegangen, jene dunkle, kranke Seele, die von den Druiden vorausgesagt worden war. Er hatte eine Welt zerbrochen, wie er den Kessel zerbrochen hatte, dessen Form ein Gleichnis der Welt war; und das Böse in ihm, das sich schneller in den Elementen auflöste als sein zerbrochener Körper, mag mitgeholfen haben, jene Dämpfe giftig zu machen. Doch mit welchen unwißbaren Mächten sich sein Wesen vermischte, wird niemand je erfahren; mit welchen Gewalten, die in jenem der Erde fremden Kessel lauerten: jenem Lebensspender, der, frevlerisch entwendet, durch den Paß des Hundsrachens gegangen und ein vergifteter, verzerrter Schatten seiner selbst geworden war.

Evnissyen war verschwunden, und mit ihm war die Welt vergangen, die er gekannt hatte. Seine Brüder jedoch wußten das noch nicht; sie hatten, wie die irischen Druiden, die ganze Nacht hindurch gearbeitet. Sie wußten aber, welches Geschenk er ihnen mit seinem Tod gemacht hatte, sie, für deren Druidenblick seine letzten Gedanken sichtbar gewesen sein müssen – Bilder, verzerrt von Todespein, sich in die Nebel verflüchtigend, die ihn verschlungen hatten.

Die ganze Nacht hindurch arbeiteten die Söhne Llyrs, und am Morgen sahen sie, daß sie alle diejenigen ihrer Männer gerettet hatten, die noch stehen konnten; die schlimmer Verwundeten aber waren gestorben, wo sie lagen. Seit dem Tode ihres Kindes hatte Branwen nur noch für die Not jener verwundeten Männer gelebt; dies hatte ihr eine Zuflucht vor den eigenen Schmerzen gewährt und die Kraft, die Türen zu Vergangenheit und Zukunft verschlossen zu halten. Jetzt saß sie trostlos da, die roten, zerschundenen Hände leer in ihrem Schoß, die Augen noch leerer. In jener grauen Dämmerung sahen ihre Brüder erstmals deutlich, was jene Jahre in der Grube ihr angetan hatten.

Bran wandte sein Gesicht ab, und in seinen Augen lag ein unsagbares Leid. Dann sah er den Bruder und die Männer an, die ihm geblieben waren.

»Wir wollen einen Herold zu Matholuch senden«, sagte er. »Ihm sagen, daß wir unsere Schwester mit uns nehmen und dieses Land verlassen. Sein Volk kann jetzt keinen Kampf mehr wollen, sowenig wie das unsere.«

Und in den erschöpften Gesichtern rings um ihn dämmerte Hoffnung, so schwach wie das Licht, das auf das leichenbesäte Land draußen fiel, aber doch Hoffnung. ›Heim‹, dachten sie. ›Heim.‹ Vor ihren Augen stiegen Visionen von grünen Feldern auf, die sie kannten, Gesichter von Freunden und Verwandten. ›Es wird alles sein, wie es war.‹

Sie meinten, sie könnten tun, was noch kein Mann und keine Frau je getan hat: zurück in die Vergangenheit gehen.

Der Herold ging, und die anderen machten sich, so müde sie auch waren, beinahe fieberhaft daran, ihre Habe zusammenzutragen und zu packen. Nur Branwen saß immer noch wie eine Holzfigur da, mit reglosen, leeren Händen.

Manawyddan ging schließlich zu ihr und sagte: »Willst du für uns packen, Schwester? Bran und ich müssen so viel anderes tun.« Sie erhob sich sogleich, lächelte ihn mit ihrem Munde an und machte sich an die Arbeit; ihre Hände waren tätig, doch ihre Augen blieben leer.

Aber Brans Augen wurden froher, wie er ihr zusah. Er sagte zu Manawyddan: »Es wird sie heilen, unser eigenes Land. Der Duft des Weißdorns und des Heidekrauts und der Anblick der Sonne auf den Klippen von Harlech. Sie ist zu jung, um nicht weiterzugehen. Um nicht wieder einen Mann zu wollen und zu spüren, daß der Körper wie eine Harfe ist, wenn die Liebe ihn zur Musik bewegt. Zu jung, um keine Kinder mehr zu gebären. So vernarbt ihr Herz auch ist: kann der Schrei eines toten Kindes im Feuer jemals so laut im Ohr einer Mutter klingen wie der Schrei des lebenden Kindes nach ihrer Brust? Heimat und Zeit sind alles was Branwen braucht; das Leben wird den Rest besorgen.«

»Ich hoffe es«, sagte Manawyddan. Er dachte: ›Doch die Heimat wird anders sein, Bruder. Trauer wird in viele Gesichter kommen, wenn sie die wenigen erblicken, die uns noch folgen, und wenn sie sehen, daß ihre Angehörigen nicht darunter sind. Erst wenn wir alt sind, können wir hoffen, wieder solch eine blühende Schar junger Männer zu sehen, wie sie damals unter den Felsen von Harlech jubelte.

Auf viele Jahre hinaus wird die Insel der Mächtigen jetzt ein Land von Frauen sein. Jene, die mit Branwen Mädchen gewesen waren, werden um ihre Brüder weinen und um die Väter ihrer Kinder. Sie wird wissen, daß sie der Grund jenes Weinens ist; gewiß wird das ihre Wunden nicht heilen helfen.

Wenn sie überhaupt geheilt werden können . . .‹

Der Herold kam von Tara zurück. Die Iren waren nicht freundlich gewesen, aber froh darüber, daß die Fremden bald von ihrer Insel verschwunden sein würden.

Noch eine Nacht schlief, was Brans Heer gewesen war, in Brans Haus. Am Morgen wollten sie aufbrechen.

Der Mond schien herab; kalt, auf ein verheertes Land. In der Halle von Tara kam, was an Adligen in Irland übriggeblieben war, vor Matholuch.

»Herr«, sagten sie, »du bist König über ein Land von Toten. Vielleicht sind im hohen Norden, in Ulster, der Hochburg der Alten Stämme, noch ein paar Leute am Leben. Vielleicht gibt es auch an den Küsten im Westen, wo die Stürme ohne Unterlaß toben, noch andere. Wir wissen es nicht; doch nirgendwo können es viele sein. Und wir wissen auch nicht, ob unsere vergifteten Felder jemals wieder Gras oder Getreide tragen werden oder ob die wenigen Frauen, die übriggeblieben sind, uns noch Kinder gebären können. Kinder haben wir keine mehr – alle gingen zugrunde.«

»So ist es«, sagte Matholuch. Er dachte: ›Ihr seid nicht nur hierhergekommen, um mir zu erzählen, was ich schon weiß.‹ Und erstarrte in alter Angst.

Sie sahen ihn mit wilden Augen an, jene wenigen, die ihm geblieben waren, jene stets wilden Häuptlinge der Neuen Stämme. Mit den harten Augen von Männern, die glauben, nichts mehr verlieren zu können.

»Sollen wir sie gehen lassen, Herr? Damit sie über uns lachen?«

Matholuch sagte schwer: »Es wird lange dauern, bis sie wieder lachen werden. Von jenen, die übers Meer kamen, kann nur noch jeder Zehnte am Leben sein. Wir haben sie für ihr Kommen teuer bezahlen lassen.«

»Doch auf der Insel der Mächtigen könnten sie wieder erstarken, könnten mit einem neuen Heer zurückkommen – viele Männer müssen zurückgelassen worden sein, um nach den Höfen und Städten zu sehen –, sie könnten zurückkommen, um unser Land zu besetzen, das sie zu einer Wüste gemacht haben. Es für immer in ihren Besitz nehmen.«

Matholuch leckte seine Lippen. Er sagte müde: »Was wollt ihr also, daß ich tue?« Das war jetzt schon eine alte Geschichte . . .

»Laß uns ihnen folgen, Herr. Ihnen auf dem Weg zu ihren Schiffen auflauern. Zwei der Königsbrüder sind schon tot. Wenn wir die Köpfe der beiden anderen bekommen könnten . . . ! Oder vielleicht sogar den deiner Frau, derer, die dasaß und zusah, wie ihr Sohn verbrannte . . .«

Matholuch fiel Branwens Gesicht ein, wie es ausgesehen hatte, als sie jenes Verbrennen sah; hörte wieder die Schreie, ihren und den des Knaben. Einen

Atemzug lang schien in ihm etwas hin und her zu schwingen; fast hätte es sich befreit.

Er sagte harsch: »Sprecht nicht mehr davon. Der verbrannte, war mein Sohn.« Fast hätte er gesagt: ›Sprecht nicht mehr von ihr‹ Und wenn er das herausbekommen hätte, wäre er vielleicht ein Mann gewesen; er, der sein Mannestum aufgegeben hatte, um König zu bleiben.

Er blieb König; der König, der er immer gewesen war. Er sagte: »Aber wir werden ihnen folgen. Ja, wir werden ihnen folgen.«

Am Morgen brachen die Männer Brans auf. Es war ein kalter, nebliger Morgen. Schwere, graue Regenwolken waren jenen giftigen, feurigen Schwaden gefolgt, so als versuchte die Erde, sich selbst zu heilen; doch war noch kein Regen gefallen.

Bran blickte ein einziges Mal auf sein Haus zurück und lachte. »Ich werde nie wieder in ein Haus hineingehen«, sagte er. Wäre Branwen nicht in Hörweite gewesen, hätte er hinzugesetzt: ›Hätte ich doch dieses nie gesehen‹ Statt dessen sagte er: »Das einzige, was ich mir je wieder wünsche, ist der Himmel, der sich über der Insel der Mächtigen wölbt. Der ist Dach genug für mein Haupt.«

Alle waren weh und wund, doch alle klatschten Beifall. ›Heim!‹

Er marschierte los, inmitten seiner Männer.

Auf halbem Weg geschah es. Sie zogen durch einen Wald, dessen Blätter verdorrt waren; was an Grün der nahende Winter übriggelassen, das hatten die Dämpfe des Kessels verdorrt und geschwärzt. Hinter jenen Baumruinen hervor kam der Tod: Ein Schauer von Speeren, wie ein Schwarm niedrig fliegender, bronzeschnäbliger Vögel, und hinter ihnen her, mit ohrenzerreißendem Geheul, die Iren.

In jener letzten Schlacht kämpften die Männer von der Insel der Mächtigen, wie ein großer Hirsch kämpft, der von Hunden umringt ist; und die anderen kämpften wie das, was sie waren: Männer, deren Frauen und Kinder, Sippe und Häuser und Besitz in jenem rauchigen Tod zugrundegegangen waren. Männer, deren Welt geendet hatte, Männer, die willens waren, mit ihr zu enden, wenn sie nur die Zerstörer vernichten konnten, die Bringer des Verderbens.

Bran trieb die Iren in den Wald zurück. Wie der Riese, der er war, stieß er vor, sein Schwert umwirbelte ihn wie grimmiges Licht, bis die schwarzen Baumschatten ihn umschlossen, nach ihm griffen, wie die langen schwarzen Arme von Riesen, die noch mächtiger waren als er. Ein großer Speer kam aus dem Hinterhalt geflogen und durchbohrte seine Hüfte, doch er kämpfte weiter, obwohl der Schaft aus seinem Fleische ragte. Noch zwanzig Männer fielen von seiner Hand, bevor das Gift an der Speerspitze sein großes Herz erreichte und er umsank.

Über dem Leib ihres Königs machten seine Männer ihren letzten Stand. Bis auf sieben starben sie dort alle, sagt das »Mabinogi«; und die Namen jener Sieben werden nie vergessen werden, solange sich die Insel der Mächtigen des Ruhmes ihrer Frühzeit erinnert: Manawyddan des Königs Bruder, Ynawc, Grudyen, Gluneu, Taliesin, der später seiner vielen Geburten wegen berühmt wurde, Pryderi Fürst von Dyved und Heilyn Sohn Gwynns des Uralten.

Die Iren starben bis zum letzten Mann.

Sie waren kraftlos und verzweifelt, jene Sieben, die übriggeblieben waren. Durch den grauen Regen, der endlich zu fallen begonnen hatte, stolperten sie und mühten sich, ein Feuer zu entfachen und am Lodern zu halten, mühten sich, eine Art Schutzdach zu bauen, aus abgebrochenen Zweigen und Mänteln toter Männer, über der Stelle, wo Bran lag. Branwen half ihnen, sie, die Manawyddan und Pryderi mit ihren Schilden bis zuletzt gedeckt hatten.

Bran lebte, konnte sich aber nicht bewegen. Wie ein Geflecht aus Feuer durchzog das Gift seine Adern, und wie Eis gefror es Muskeln und Knochen. Er litt sehr, und alle wußten, daß es keine Hoffnung gab.

Steinstill und steinweiß, versorgte Branwen ihn. Nur ihre Augen waren noch lebendig, und alles Leben in ihnen war Elend.

»Wie reut mich jener Tag, an dem ich die Starin sandte, Bruder«, sagte sie, und ihre Stimme war so matt und stumpf wie die Klinge eines angelaufenen Messers. »Ich dachte nie, daß mir die Tage in der Grube jemals wie glückliche vorkämen; doch wie froh wäre ich jetzt, in ihrer Hitze zu schmachten und zu denken, daß mein Kind lebt und daß du lebst.«

Er konnte sie nicht berühren. Er sah sie an aus Augen, die so zärtlich waren wie jedwede Berührung.

»Beschuldige dich nicht, Branwen, Mädchen. Auf mir allein liegt die Schuld. Ich hätte dich niemals nach Irland senden dürfen; es mangelte mir an Weisheit, und, was schlimmer ist, es mangelte mir an Liebe – dir gegenüber und meinem Volk gegenüber. Möge mein Blut allein, und nicht meines Sohnes Blut, als Sühne gefordert werden! Aber ich weiß es nicht – ich weiß es nicht . . .

Du verstehst nicht, du kannst es nicht. Sei es so. Nur weine nicht, kleine Branwen, denn deine Tränen sind das einzige, was so bitter ist wie das Gift. Beides zusammen ist mehr, als ich ertragen kann.«

Sie wischte die Tränen von ihren Wimpern. Sie biß die Zähne zusammen und zwang sich, wieder wie Stein zu sein.

»Schlimm wäre es, wenn ich nicht wenigstens so viel für dich täte, Bran, Bruder – ich, die ich dich das Leben gekostet habe.«

»Das hast du nicht«, sagte Bran. Er sah zu Manawyddan hinüber, lächelte ein wenig mit seinem schmerzverzerrten Mund. »Sag's ihr, Bruder, du, der weiß, wie alles war, und immer dagegen gekämpft hat. Aber sag's ihr nicht, bevor ich tot bin, denn es ist mir jetzt schon ungemütlich genug – ohne ihre Augen sehen zu müssen, wenn sie es weiß.«

Später sagte er: »Ich habe mein eigenes Werk vernichtet – ich riß ein, und meine Aufgabe war, aufzubauen . . .«

Dann schlossen sich seine Augen, und eine Zeitlang schien er zu träumen, und sie umsaßen ihn, so ruhig wie die sinkenden Schatten, den Göttern dankend und den Müttern, daß er, wie kurz auch immer, ruhen konnte.

Manawyddan legte seinen Arm um Branwen, und ihr Körper ergab sich in die Tröstung jenes Haltes, doch ihr Gesicht starrte immer noch, ohne zu sehen, in Elend, mit Augen, die nie wieder die gute, gewöhnliche Welt sehen würden.

Die Nacht neigte sich. Die Dämmerung kam, grau und sorgenvoll. Dann plötzlich erglühte golden der ferne Osten, wie eine Tür, die sich auftut zur Hellen Welt.

Bran schlug die Augen auf. Er schaute mit geduldigen, schmerzerfüllten Augen in jenes Gold. Er sagte: »Ich hätte gerne die Sonne noch einmal gesehen; tragt mich hinaus. Häuser haben mir immer Unglück gebracht, von dem Tage an, als ich nicht in sie hineinkommen konnte, bis zu dem, an dem ich in dieses kam – dir keinen Vorwurf, Schwester, daß du es hast bauen lassen.«

Sie merkten, daß er sich immer noch in jenem Hause wähnte, das die Iren gebaut hatten. Sie hoben ihn auf und trugen ihn unter den freien Himmel, weg von dem Schatten der Bäume.

Er sah sich glücklich um. »Ich danke euch, Männer. Ich möchte hier draußen sterben, wo ich um mich herum das Leben der Erde fühlen kann, wo alles ohne Unterlaß stirbt, sich verwandelt, neue Gestalt annimmt, um wieder zu leben. Mauern sind für immer tot. Nur das, was der Mensch macht und nicht die Mütter, das kann sich in etwas Lebloses verwandeln; Ihr Werk hat ewiges Leben.«

Dann kam der Schmerz zurück, und er krümmte sich.

»Es soll also nicht leicht sein . . . Branwen? Wo ist das Mädchen?«

Branwen war im Dunkeln zurückgeblieben. Bran sah sich um und erblickte sie in jener erbärmlichen Zuflucht, die jetzt wie eine Tür in die Finsternis aussah, und auf seinem Gesicht lag ein unsagbar trauriger Ausdruck.

»Mädchen, komm her. Nein . . .« Manawyddan, dessen Lippen grau geworden waren, weil er begriff, wollte ihn aufhalten. »Nein. Warum sollte ich entfliehen und dir auch noch diese Last aufbürden? Es ihr erklären und dann auch die Tat noch vollbringen.«

Sie kam, und er sprach mit ihr. »Branwen, du mußt jetzt tapfer sein. Ich bin in zu großen Schmerzen, um es noch länger zu ertragen; und wenn ich es könnte, so sind vielleicht noch irgendwo einige Iren übriggeblieben, und ihr, die ihr leben könnt, solltet möglichst schnell zu den Schiffen zurück.«

Sie hätte nicht weißer werden können. Sie sagte nichts, sah ihn nur mit dunklen Augen an, so erbärmlich, als hätte er soeben ihr Todesurteil verkündet.

Er lächelte in sie hinein. »Du möchtest doch nicht, daß ich noch länger leide, wenn es mir gut gehen könnte, Branwen?«

Sie beugte ihren Kopf. Er blickte in die erbleichenden Gesichter der Männer um ihn herum, und sie wichen vor ihm zurück.

»Schlagt mir den Kopf ab«, sagte er. »Derjenige von euch, der mich am meisten liebt . . . ich hoffe freilich, daß einer von euch bereit ist, es meinem Bruder zu ersparen . . .«

Sie wichen noch weiter zurück.

»Herr«, sagte Ynawc, seine bebenden Lippen befeuchtend, »wir sind keine Verräter. Wie könnten wir dir das antun?«

»Ihr seid meine Männer«, sagte Bran. »Ihr könnt keine Verräter sein, wenn ihr meinen Befehl befolgt.«

»Dann sind wir sehr liebevolle Verräter, Herr«, sagte Pryderi. »Wir können deinen Befehl nicht ausführen. Ich sehe nicht, wie er erfüllt werden könnte. Sei uns ein guter Herr«, drängte er, mit seinem gewinnenden Lächeln, »wie du uns immer einer gewesen bist, und fordere nicht das von uns.«

Bran übersah dieses Lächeln, obgleich Pryderi mit ihm sein Leben lang die meisten Menschen betört hatte.

»Ich habe darum gebeten«, sagte Bran. »Ist es Liebe, mich in diesem Schmerz zu lassen?«

Manawyddan biß die Zähne zusammen und trat vor. »Ich werde es tun«, sagte er.

»Das habe ich erwartet«, sagte Bran. »Guter, weiser Manawyddan; immer das Schlimmste vorhersehend und es fürchtend, das Schlimmste, das nicht einträte, würde man auf dich hören – doch wenn es dann da ist, bist du der erste, der seine Schulter dagegen stemmt. Manche Männer haben dieses Geschick.«

Pryderi wurde feuerrot, und seine Hände ballten sich. Er trat vor. »Gibt es denn keinen von euch, der seinem Bruder die Tat ersparen will, obwohl dies das letzte ist, worum der König uns bittet?« Er sah sich hoffnungsvoll im Kreise um, stieß jedoch nur auf Schweigen. »Wenn es keinen gibt«, sagte er und straffte die Schultern, und sein Mund zog sich zusammen und wurde weiß, »dann werde ich es tun.«

Doch Manawyddan hegte stets eine Zärtlichkeit für jenen fröhlichen jungen König von Dyved. Er lächelte ihn jetzt an.

»Deine Jugend ist die einzige Helle, die auf unserer Erde geblieben ist, Pryderi; ich möchte nicht, daß eine Wolke sie verdunkelt, bevor es sein muß. Führe Branwen beiseite, Junge; das kannst du tun. Geht alle, und laßt uns Söhne Llyrs allein.«

Sie gingen; Branwen schritt aufrecht dahin; die Male, die ihre Nägel in ihre Handflächen gruben, waren bis zum Tage ihres Todes sichtbar. Ihr einziger Gedanke war: ›Ich darf es keinem von ihnen noch schwerer machen.‹ Sie war nur noch ein Wille, keine Frau mehr.

Als Manawyddan das Schwert hob, lächelte Bran zu ihm auf. »Vor langer Zeit, Manawyddan, sagtest du mir, ich sei so versessen darauf, neue Wege zu erschließen, daß ich eines Tages einen Weg erschließen würde, auf dem ich mir den Hals bräche. Jetzt bricht er. Wer weiß: wenn wir eine neue Geburt erleben, werde ich vielleicht besser auf dich hören, mein bester Freund und mein Bruder, Sohn Llyrs.«

Fünf Männer zogen weiter, mit Branwen und dem Haupt, zu den Schiffen. Manawyddan und Pryderi blieben zurück, um den Steinhügel über dem Körper hoch aufzuschichten, der Bran dem Gesegneten gehört hatte. Es war nasse, trostlose Arbeit; der graue Regen hatte wieder eingesetzt.

Als sie getan war, blickte Manawyddan zum Wald hinüber. »Eine Arbeit muß noch getan werden, Junge.«

Pryderi fand sein Lächeln wieder, das ihm für Stunden abhandengekommen war. Seine weißen Zähne blitzten darin auf, perlenhell.

»Und ob ich dran gedacht habe, Herr!« sagte er. »Voller Hoffnung, daß du mich mitmachen ließest.«

Sie gingen zusammen in den Wald hinein. Sie suchten sich einen Weg zwischen toten Männern und verbrannten Bäumen und Büschen. Bis Pryderi einen Ruf ausstieß und stehenblieb.

»Ich dachte, der Speer müsse von ungefähr hier geworfen worden sein!« Es war nicht nötig zu sagen, welcher Speer. »Und er wurde es! Sieh hier!«

Er hielt einen Fetzen roten Stoffes hoch, der sich an einem Zweig verfangen hatte; roter Stoff vom Mantel eines Mannes; einem Mantel, den sie kannten.

»Branwen hat das gewoben und bestickt.« Manawyddans Gesicht veränderte sich nicht, als er den Fetzen in die Hand nahm. »Seltsam, daß er ihn immer noch trug.«

»Du wußtest, daß er es war . . .?« Pryderi riß Mund und Augen auf.

»Er war nicht unter den Toten. Auch fühlte ich ihn letzte Nacht fliehen; fühlte seinen Triumph und seine Angst.«

Einen Atemzug lang war Pryderi stumm, voll Scheu. Die Neuen Stämme sahen nur mit den Augen in ihren Köpfen; sie hatten nicht jenes andere Gesicht, das die Alten Stämme hatten – jenes Gesicht, das kam und ging und oft nicht da war, aber etwas so Unheimliches sein konnte.

Dann lachte er kurz. »Nun, es stimmt immer noch, daß die Iren gefallen sind bis zum letzten Mann. Er versteht sich darauf, Männern aus dem Weg zu gehen, jener König, der kein ganzer Mann ist. Wird er wohl einen Weg finden, wie er nicht ganz sterben muß?«

»Nicht mit uns auf den Fersen.« Manawyddans Stimme war so unverändert wie sein Gesicht.

Sie gingen weiter durch den Wald; sie kamen auf seiner anderen Seite wieder heraus. Der Regen hörte auf, und der Mond schien. Fahl wie eine Spuksonne schien er auf ein verwüstetes Land herab, ein Land, das so leer allen Lebens lag, wie wohl alle Lande leer lagen, bevor das Leben erschaffen ward. Tot lagen die Vögel unter den Bäumen und die Tiere auf den Feldern. Neben einem Brunnen lag eine tote Frau, neben ihr ein umgestürzter Eimer; und ein totes Kind. Nicht einmal eine Ameise gab es dort, die sich von ihrem Fleisch genährt hätte.

Doch irgendwo in jener Stille lauerte noch etwas Lebendiges . . .

Der Regen hatte alle Spuren verwischt, aber Manawyddan wußte dennoch, wohin sie gehen mußten. Vielleicht leitete ihn die fiebrige Hitze der Angst seiner Beute, so wie der Geruch des Hasen die Hunde leitet. Bei Tagesanbruch fanden sie ihn schließlich, schlafend in einem Gebüsch. Dieses hätte ihn wohl verborgen, wäre er nicht immer noch in seinen zerrissenen roten Mantel gewikkelt gewesen, der ihn aussehen ließ, als wäre er in Blut gehüllt.

Sie standen und sahen auf ihn hinab und wußten, daß die Jagd vorüber war.

Manawyddans Gesicht war entschlossen, so entschlossen, wie es seit jenem Augenblick gewesen war, als er sein Schwert gezogen und sich Bran genähert hatte. Entschlossen wie ein in Stein gemeißeltes Gesicht. Jetzt zog er sein Schwert wieder, doch in seinen Augen war keine Freude.

»Die Druiden würden sagen, daß ich noch viel zu lernen hätte«, sagte er. »Sie hätten recht. Dies wird Bran nicht zurückbringen. Aber es muß getan werden. Das, was hier liegt, hat mehr getan und mehr verursacht, als ich ertragen kann.«

»Herr«, sagte Pryderi voller Hoffnung, »da fällt mir ein, daß du noch nie gern getötet hast, und sehr froh wäre ich, dürfte ich an deiner Statt auf diese Laus hier treten. Wenn du dir also nicht die Mühe machen willst . . .«

»Es ist immer noch ein König, was da getötet werden muß«, sagte Manawyddan, »und ich werde es tun, der ich für diese eine Stunde ein König bin, der Erbe Belis, und dann nie wieder.«

Er setzte die Spitze seines Schwertes an Matholuchs Kehle und stieß ihn, nicht grob, mit dem Fuß an.

Matholuch fuhr hellwach auf. Als hätte er selbst im Schlaf damit gerechnet, es befürchtet und darauf gewartet. Seine entsetzten Blicke schossen hin und her, von einem Mann zum anderen, wie zwei in die Falle gegangene Tiere.

»Manawyddan!« sagte er. »Bruder! Ich bin es nicht gewesen, der Bran getötet hat. Nicht auf meinen Befehl hin hat sich der Mann versteckt und es getan. Nie ist es mein Wille gewesen, daß einem von euch ein Leid getan werde, meiner Herrin nicht und ihren Brüdern nicht, meinen Verwandten. Manawyddan, erinnere dich daran, daß wir von einer Sippe sind . . .«

»Steh auf«, sagte Manawyddan, »du, der du die Schwache ins Gesicht und den Starken in den Rücken schlugst.«

Doch Matholuch Mäuseherz hatte nicht die Kraft, sich zu erheben, nicht einmal dann, als das Schwert ihn stärker kitzelte. Pryderi zog sein eigenes Schwert.

»Wirklich, Herr, jetzt, da wir unsere Maus gefangen haben, besteht da noch eine Notwendigkeit, wie eine Katze mit ihr zu spielen, weil er sich nicht wie ein Mann verhalten will? Wir wollen ihn sogleich töten, wie Männer.«

Matholuch begann bei diesen Worten zu kreischen, er streckte flehende, krallende Hände empor. Er hatte keine Stützen des Stolzes mehr und also keinen Stolz; er hatte keine Eitelkeit mehr; er hatte nur noch Fleisch und Blut, das weiteratmen wollte.

»Manawyddan, Manawyddan . . .« Die Worte waren ein Gebet.

Dann begegnete er jenen Augen, die so tief wie das Meer waren und ebenso kalt, und die Zunge gefror ihm im Munde. Einen langen Augenblick lang herrschte Stille, dort in der Dämmerung; die Sonne stieg blutig im Osten auf.

»O Mann, du ewiger Beinahe-Mann«, sagte Manawyddan, »dies ist dein Ende. Erhebe dich jetzt und tue eine Tat ganz; das hast du nie getan, denn selbst als du geboren wurdest, ist nicht genug von dir herausgekommen, um einen Mann daraus zu machen. Stirb jetzt als ein solcher, gib meiner Schwester, die mit dir geschlafen hat, wenigstens diese eine würdige Erinnerung; häufe nicht mehr Schande, als du unbedingt mußt, auf die Erinnerung an meinen Neffen, den du zeugtest. Stirb anständig, denn es führt kein Weg am Sterben vorbei; ich werde dich nicht leben lassen.«

279

Da stand Matholuch auf. Er schluckte schwer, dreimal; seine Zunge wurde lebendig, und er leckte sich über die Lippen damit; es war aber nur ein armes, ängstliches Ding, was da in der trockenen roten Höhle seines Mundes zitterte.

Pryderi stand Wache, mit gezücktem Schwert, um Hinterlist zu verhindern. Doch in Matholuch war keine Hinterlist mehr; alle Verschlagenheit hatte ihn verlassen. Ein Ende aller Dinge war zu ihm gekommen, und sein eigenes Ende war da.

Er kämpfte, und er kämpfte nicht schlecht in jenem letzten Kampf. Die Sonne stand hoch im Osten, als Manawyddan ihn tötete. Sie beschien sein Gesicht, als er fiel, und verwandelte sein beinahe rotes Haar und seinen Bart zu Gold. Sie erglänzte auf seinen glasigen Augen, die nach oben starrten, endlich ohne Angst.

Manawyddan wischte sein Schwert ab und steckte es in die Scheide.

»Willst du ihm nicht den Kopf abschlagen, Herr?« Pryderi blickte überrascht von jenen toten Augen in die Manawyddans, die undeutbar, grau und kalt waren.

»Nein«, sagte Manawyddan. »Branwen soll nicht noch einmal sein Gesicht erblicken müssen. Im übrigen haben wir an dem einen schon schwer genug zu tragen. Auch würde jener Kopf schlecht mit diesem hier zusammenpassen.«

DREIZEHNTES KAPITEL – DER WIND DES TODES/IN JENER NACHT HATTEN DIE FÜNF MÄNNER VON DER INSEL DER MÄCHTIGEN ERSCHÖPFT AN DER KÜSTE GESCHLAFEN.

SIE HATTEN JENE KÜSTE ERREICHT, UND SIE HATTEN ALLES VERÄNDERT VORGEFUNDEN. Ihre Schiffe waren Wracks oder gänzlich verschwunden. Die Sinkenden Lande erstreckten sich nicht mehr wie eine morastige Brücke von Irland zur Insel der Mächtigen hinüber. Sie waren in jener Katastrophe versunken, als der Kessel barst und seine giftigen Dämpfe sich über Land und Meer ausbreiteten.

Tot unter den Trümmern der Schiffe lagen jene wenigen Männer, die zu ihrer Bewachung zurückgelassen worden waren. Während der Krieg tobte, hatten die zahlenmäßig unterlegenen Iren sie verschont; die älteren und kühleren Köpfe unter ihnen hatten sicherlich nicht die Absicht, den Feinden den Rückzug abzuschneiden. Doch jene Todeswolke hatte nichts verschont.

Wund und wehe, wie sie waren, errichteten die fünf Männer einen Leichenscheiterhaufen für die Kameraden, von denen sie so gerne willkommen geheißen worden wären. Dann schlugen sie ein Lager auf, so gut sie konnten. Aus den Rümpfen von zwei zerbrochenen Schiffen bauten sie ein Obdach für Branwen, und dahinein setzten sie auch das Haupt von Bran, in jener goldenen

Schüssel, in der sie es getragen hatten, jener Schüssel, die sie von Harlech mitgenommen hatten, um ihm sein Essen darin aufzutragen.

Dann schliefen sie, Branwen aber schlief nicht. Sie wußte, welcher Gang den einen Bruder, den sie noch hatte, aufhielt, und im Dunkeln lag sie da und betete zu den Müttern.

»Beschützt ihn – laßt ihm nichts zustoßen, meinem Bruder Manawyddan . . . Laßt den Mann, der einst mein Mann war, besser sterben, als er gelebt hat . . .«

Würde Manawyddan jenen Kopf auf einer Stange zurückbringen, tote Augen glasig über den grauen Lippen, die einst warm auf den ihren gelegen hatten? Und wenn er es tat, was würde sie dann tun? Jener kalten Wange einen Schlag versetzen, so wie er einst die ihre geschlagen hatte, der ausländische Feigling, der Mörder ihres Bruders? Oder würde sie wahnsinnig werden und ihn von jener Spitze herunterholen und ihn dort bergen, wo er hatte liegen wollen – um seiner eigenen Sicherheit willen, nicht aus Liebe zu ihr –, jenen Kopf des Vaters ihres Sohnes? Nein, das nie; er hatte Bran getötet.

›Bran! Bran, mein Bruder! Gwern, mein Kind! Euch zwei liebte ich, und ihn habe ich hassen gelernt, doch jetzt, da auch ich schuldig und gebrochen bin, kann ich die Schrecklichkeit sehen, ihn vor allen Menschen hassen zu müssen – Matholuch! Gwern hätte ich bemitleidet, wenn er sich gefürchtet hätte, doch seinen Vater kann ich nicht bemitleiden. Ein Mann muß ein Mann sein. Keine wandelnde, sich windende Angst.

Oh, Bran, mein Bruder! Gwern, mein Sohn!‹

Sie betete wieder. »Mütter, beschützt Manawyddan!« Aber sie konnte die Mütter nicht fühlen. Sie konnte nur die tiefe Dunkelheit um sich herum fühlen, die Dunkelheit, die so weit wie die Welt zu sein schien. Beide, Jene, zu denen sie betete, und jene, für die sie betete, schienen so weit weg zu sein wie die Sterne, und sie war ganz allein, schiffbrüchig und einsam auf ewig.

Dann sprach aus der Dunkelheit heraus Brans Haupt. »Du bist nicht allein, kleine Branwen. Ich bin hier.«

Sie stützte sich auf einen Arm auf. Sie starrte um sich, hatte so wenig Atem in sich wie das Haupt. Es hatte seine Augen geöffnet, und sie waren die Augen Brans. Seine Lippen öffneten sich, es sprach wieder, und die Stimme war die vertraute, tiefe Stimme Brans, wie damals, als das Haupt noch auf seinen Schultern saß.

»Kind, noch kann ich nicht zur Ruhe eingehen, ich, der ich das alles über euch gebracht habe.«

Sie schrie bei diesen Worten auf. »Nein! Ich habe DICH hierhergebracht. In den Tod.«

Doch das Haupt lächelte nur. »Mädchen, Matholuch und sein Metzger haben dir ein Ohr gelassen; benütze es. Er nahm dich, um einen Sohn zu bekommen, der König über die Insel der Mächtigen werden sollte, und ich betrog ihn, in der Hoffnung, daß dein Sohn in der Ferne geboren und Caradoc nach mir König werden würde. Du warst eine Figur in dem Spiel, das wir spielten. Du hast wenig Grund, uns zu danken – deinem Mann so wenig wie deinem Bruder.«

Einen Atemzug lang weiteten sich ihre Augen, doch dann überwältigte sie wieder die Erinnerung.

»Ich hatte Gwern. Ein anderer Mann hätte mir einen anderen Sohn schenken können, aber nicht ihn, und ihn kann ich nicht ungeboren wünschen. Was für ein Schwächling sein Vater auch war, nur wir beide zusammen konnten IHN machen.«

»Ihr zwei machtet seinen Körper, Mädchen; nicht alles von ihm.«

»Den Körper, den Evnissyen verbrannte!« Die Erinnerung entriß ihr einen Schrei; sie wiegte sich stöhnend hin und her. »Geh zur Ruhe, Bran; nimm mich mit! Dann werde ich ihn vielleicht wiederfinden. Vielleicht wird er sich erinnern – er war so klein, er kann nicht begreifen, was in jener Nacht geschah. Selbst in den Armen der Mütter kann er es nicht begreifen. Was, wenn er denkt, so wie die Iren, daß wir alle ihn verraten hätten, sogar ich . . .«

»Friede, Schwester! Er braucht keinen Trost. Jenes Verbrennen war nur ein böser Traum. Evnissyen machte, daß wir alle ihn träumten, doch Gwern war der erste, der erwachte.«

»Aber er ist fort! Ich kann ihn nicht sehen, ich kann ihn nicht halten. Ich kann nur seinen Tod sehen – nur seinen Todesschrei hören; Tag und Nacht, im Schlafen und im Wachen, werde ich von diesem Augenblick und diesem Schrei verbrannt! Ich leide Todesqualen, kann aber nicht sterben. Gib mir Ruhe, Bran; laß uns beide ruhen!« Immer noch wiegte sie sich hin und her.

»Mädchen, dies sind nur böse Träume; du quälst dich vergebens. In der Grube hattest du Mut, zu arbeiten und zu warten und geduldig zu sein. Hab' jenen Mut wieder.«

»Wozu, Bruder? Oh, ich weiß, ich bezweifle nicht, was die Druiden sagen. Eines Tages werde ich meinen Sohn wiederfinden – aber wann, und welche Gestalten werden wir dann tragen? Ich will mein Kindchen – keinen fremden Mann oder einen leuchtenden Geist –, und diesen Gwern werde ich nie wieder haben. Drei Jahre lang wartete ich, drei schwere, bittere Jahre, zu den Müttern flehend, daß er sich nicht zu sehr verändere – und jetzt muß ich wieder warten! Auf einen Fremden.«

»Du sehnst dich nach dem Bilde, das du in der Grube gehegt hast, Branwen; nach seiner Rundlichkeit und seinen Pausbacken, nach den Locken, die du kämmtest, und den Armen, die er um deinen Hals schlang. Doch jene Dinge kannst du mit einem neuen Kind wieder erleben; das sind Dinge, die immer vorübergehen. Nicht der wahre Gwern.«

»Ich will den Gwern, den ich kenne!«

Sie weinte, bis schließlich das Haupt mit ihr weinte; dann faßte sie sich und bemitleidete seinen Jammer, wie sie den des lebenden Bran bemitleidet hätte. Sie trocknete seine Augen, die Tränen, die über sein großes Gesicht hinweg zu seinem Kinn hinabrannen, und sie versuchte, das Blut abzuwischen, das seinen Hals umgab, konnte es aber nicht, denn dieses Blut blieb immer frisch. Während sie das tat, sah ihr das Haupt zu, und jener Blick war nicht mehr ganz der des lebenden Bran.

»Schlaf', Branwen«, sagte es sanft. »Es ist wahr, daß du Ruhe brauchst, kleine Schwester. Leg' dich hin und schlaf.«

Hoffnung flammte in ihrem weißen Gesicht auf. »Du meinst . . .«

»Nein, dein Körper ist dafür noch zu stark. Doch schlafe, und wenn dein Leid deine Seele nicht zu fest an deinen Körper bindet, wirst du Gwern wiederfinden, auch wenn du dich beim Erwachen nicht mehr an diese Begegnung erinnern wirst.«

»Ich muß erwachen?« Ihr Mund zitterte, ihre Augen waren ganz krank vor Schmerz.

Doch das Haupt sah sie an, und unter diesem seltsam zwingenden Blick schienen Gewichte auf ihre Augenlider zu sinken; sie sank nieder, wo seine Füße hätten sein sollen, und schlief. Und das Haupt blickte immer noch auf sie hinab, und seine Augen trauerten um sie und um alle Dinge.

»Evnissyen, kannst du es ertragen, dies anzusehen, von dort, wo du bist, du, der den Körper ihres Kindes im Feuer verbrannt hat und ihren Geist noch immer darin verbrennt? Oh, die Tat ist auch die ihre, da sie sich dem Feuer ergibt, das du entzündet hast, aber sie ist nicht die erste aus unserem Blut, die einen Sohn zu sehr liebte. Alle diese Taten entsprangen meiner Tat, und für mich naht der Tag der Sühne . . .

Eines Tages werden die Menschen an einen Gott glauben, der die Menschen in alle Ewigkeit verbrennt, und sie werden Ihn einen Gott der Liebe nennen – und dann werden sie, wie heute, sich immer noch selbst verbrennen. Wann wird ein Ende dieses Verbrennens kommen, o Mütter? Ein Ende des Schmerzes, den wir Kinder der Frauen einander antun?«

Und das Haupt schaute gen Osten, wo die Insel der Mächtigen lag. Hinaus über die schaumgekrönten, unruhigen Wogen des dunklen Meeres schaute es und durch die mondbeglänzte Nacht darüber. Wie weit jene seltsamen Augen sahen, weiß niemand zu sagen, doch aus ihrer Ruhe erhob sich eine Todespein, und eine Weile lang waren sie wieder nur die Augen Brans, die sein eigenes Elend erblickten.

»CARADOC«, sagte das Haupt sanft. »CARADOC.«

In der Stadt der Sieben Häuptlinge saß Caradoc mit den Sechsen. Sie waren glücklich, denn die Stürme und die Meerbeben, die den endgültigen Untergang der Sinkenden Lande begleitet hatten, waren vorüber. Land und Meer waren wieder friedlich.

Das »Mabinogi« sagt, daß Pendaran Dyved dabeigewesen sei, als junger Page. Doch das scheint seltsam, denn Pendaran Dyved muß damals ein alter Mann gewesen sein. Er kann schon zwanzig Jahre vorher kein junger Mann gewesen sein, als er, in seinem Amt als Pwylls Oberdruide, Pryderi nach jenem ersten Schrei benannt hatte, den Rhiannon von sich gab, als sie erfuhr, daß ihr heißersehnter kleiner Sohn wohlauf war: »Jetzt bin ich von meinem Gram befreit (pryde ri).« Vermutlich hatte ihm sein Druidenblick die Gefahr gezeigt (zwischen den Fürsten von Dyved und den Kindern Llyrs waren die Bande immer sehr eng), und er hatte seinen eigenen Körper in Dyved gelassen und sich den des Pagen hier für eine Weile geliehen. Der Geist des Knaben muß dorthin gegangen sein, wohin die Schlafenden gehen.

Die Sieben feierten, und der Druide sah zu, mit weisen Greisenaugen, die vor der Helligkeit jener geliehenen jungen Augen leuchteten, und die Nacht schritt voran. Der Mond stieg von seinem Thron herab, und der Himmel erdunkelte; die Erde zitterte wie vor dem Kommen großer Kälte. In Caradocs Halle gab es noch Licht und Wärme, doch draußen, in jenem letzten, sternlosen Schweigen vor Tagesanbruch, lag Schwärze wie ein großes Tier geduckt vor den Türen.

»Herr, Sturm kommt auf.« Der Jüngling, der Pendaran Dyved in sich hatte, sagte es zu Caradoc. »Soll ich die Türen schließen?«

Caradoc lachte und schüttelte den Kopf. »Ich spüre keinen Zug, Junge. Ich habe nie eine stillere Nacht erlebt.«

»Sie ist zu still, Herr. Der Sturm wird ein gewaltiger sein, wenn er kommt.«

Unic Glew lachte betrunken. »Komm her, Junge, nimm 'nen Schluck und wärm' dich auf. Wir hatten Stürme genug in letzter Zeit; wir wollen nicht, daß dir vor Angst noch etwas passiert.«

Der Page gab keine Antwort. Er stand da und beobachtete jene Türen, die jetzt nichts als Dunkelheiten waren: wachsame Augen der Nacht.

Heveydd der Große und Gwlch dösten; sie waren die ältesten der sieben

Häuptlinge. Iddic aber, der neben ihnen saß, schüttelte sich plötzlich. Er fuhr sich mit der Hand über den Nacken.

»Heh! War das ein Wind! Kalt wie ein Messer. Vielleicht sollten die Türen doch besser geschlossen werden.«

Fodor der Sohn Ervylls saß an Iddics Seite. Er zuckte zusammen, blickte hinter sich, dann schüttelte er sich das gelbe Haar aus den Augen und lachte.

»Du hast recht, Iddic. Das war wirklich ein Wind! Es müssen viele Tote auf ihm reiten, um ihn so kalt zu machen. Ich hoffe, unsere Schiffe in Irland sind sicher. Es ist nur gut, daß der neue Palast deines Vaters zu weit im Inland liegt, Caradoc, um überflutet worden zu sein.«

Llassar der Sohn Llassars runzelte die Stirn. Er war der gewaltigste Krieger dort, und er saß neben Caradoc.

»Vielleicht ist uns ein Bote aus Irland entgangen. Keiner von deinem Vater, Caradoc – jener Bursche hat nach mir gefragt. Doch muß er etwas über das Heer gewußt haben.«

»Wer? Wann? Wie?« Sofort wurden Ohren gespitzt, Köpfe gehoben. Caradocs eifrige Stimme übertönte alle. »Wer war der Mann, Llassar? Und wieso ist dir seine Botschaft entgangen?«

»Weil er starb, Herr. Starb mit den Worten: ›Llassar. Sagt Llassar . . .‹ Doch was er mir sagen wollte, das weiß nur Arawn, König der Unterwelt.«

»Wie ist das geschehen?«

»Meine Männer fanden ihn am Strand, neben den Trümmern eines Fischerbootes.«

»Glaubst du, er ist ein Opfer jenes Untergangs geworden . . .?« Caradoc holte tief Atem. Entsetzlich war der Gedanke an jene aufgewühlte See, an die Tiefen, die sich auftaten und ihre langerwartete Beute verschlangen.

Llassar sagte einfach: »Kein Mann hätte ihn überleben können, Herr.«

»Hast du keine Ahnung, wer er war?«

»Er hätte alles mögliche sein können, nur kein kleiner Mann, Herr, oder ein so großer wie dein Vater. Er war ein Krieger, kein Fischer; er trug Gold und Scharlach, und er war mit Wunden bedeckt, alten und neuen. Er war wie meine Brüder gebaut, wie Kueli und Keli mit dem halben Gesicht, doch ob es der eine oder der andere von ihnen war, hätte nicht einmal meine Mutter, Kymideu Kymeinvoll, sagen können. Er hatte überhaupt kein Gesicht mehr.«

»Meinst du, das Meer hat das getan?«

Llassar sagte langsam: »Nein. Männer müssen über ihn hergefallen sein, gleich nachdem er gelandet war. Vielleicht hielt er sie für Freunde. Es war noch dunkel, als meine Männer ihn fanden, gestern morgen; und sie schwören, daß sie fliehende Schritte hörten.«

Caradoc runzelte die Stirn. »Räuber? Ich dachte, wir hätten mit ihnen hierzuland aufgeräumt. Doch seine Botschaft kann nicht wichtig gewesen sein; kein Bote vom König meinem Vater wäre allein und in einem Fischerboot gekommen.«

Doch immer noch runzelte er besorgt die Stirn. Kein Mann konnte gern auf jene Reise gegangen sein. Selbst wenn sich keine Schrecken aus der Tiefe erhoben, war jenes wilde, schon winterliche Meer grausam gegen alle Reisenden. Bran und seine Männer wären verrückt, wenn sie versuchten, mit ihrer Flotte nach Hause zu kommen, bevor der Frühling Wind und Wasser erwärmte. Und doch hatte ein Mann allein jene Reise gewagt – und zwar, als das Meer sich noch nicht ganz beruhigt haben konnte nach seinem schrecklichen und titanischen Mahl. Welche Angst, welche Not mochte ihn getrieben haben?

›Kann dem Heer etwas zugestoßen sein? Meinem Vater . . .?‹ Caradoc sagte sich streng, daß dieser Gedanke reine Torheit sei.

Er zuckte die Schultern. »Das ist schon eine seltsame Geschichte. Auf jeden Fall müssen wir jene Räuber fangen; ich will nicht, daß noch mehr Männer getötet werden.«

Iddic sah wieder von seinem Wein auf. Seine Augen hatten ein seltsames Glitzern, eine Glasigkeit, wie eine beginnende Leere. »Er muß es gewesen sein, den ich auf dem Wind reiten spürte. Dein Bruder, Llassar. Doch warum sollte er gerade mir mit seiner kalten Hand über den Nacken fahren? Keli mochte mich nie – warum sollte er also zuerst zu mir kommen? Doch du wirst auch noch an die Reihe kommen.«

Llassar sagte scharf: »Es gibt keinen Beweis dafür, daß der tote Mann Keli mein Bruder war.«

Caradoc sagte: »Wir werden nach einem Druiden schicken. Nach einem, der mächtig genug ist, um ihn zurückzurufen und herauszufinden, wer er war. Wir werden Pendaran Dyved aus Dyved holen lassen, wenn es nötig ist.«

»Ich wünschte, er könnte den Burschen lange genug aufhalten, um herauszufinden, was seine Botschaft war«, murmelte Fodor.

Ein starker Wind wehte plötzlich durch die Halle. Die Kerzenflammen bogen sich, sanken, und einen Atemzug lang schien der lange Raum in Finsternis abzukippen. Sogar das Feuer sank zusammen, als hätte es Angst vor Händen, die es packen könnten. Dann stiegen die Flammen wieder empor; alles war wie zuvor.

Caradoc sagte unvermittelt zu dem verkleideten Druiden: »Du hattest da einen besseren Gedanken, als wir dachten, Junge. Ich will nicht, daß jener Windstoß wiederkommt. Schließ die Türen.«

Der Druide rührte sich nicht. Er starrte angestrengt in die Schatten, als versuchte er, in jener dunklen, sich sammelnden Schar einen zu finden, der Leben in sich hatte, einen dichteren, stärkeren Schatten.

»Zu spät, Herr«, flüsterte er. »Zu spät. Es ist jetzt hier drinnen. Wir wollen uns nicht mit Ihm einschließen.«

»Mit was?« lachte Unic Glew laut. »Du hast den Sohn des Königs gehört, Knabe. Geh und schließ jene Türen!« Und er verpaßte dem scheinbaren Knaben eine Kopfnuß.

Der Druide machte sich nicht einmal die Mühe, auszuweichen, wie es jeder richtige Junge getan hätte. Er starrte immer noch in die Schatten.

»Hört!«

Draußen brach plötzlich ein gewaltiger Sturm los. Die schwarze, wartende Stille verwandelte sich in ein Tosen. Wind heulte ums Haus. Hagel hämmerte auf es ein, trommelte auf das Dach wie eine Myriade winziger, wilder Hände.

Fodor flüsterte: »So stürmt es, wenn die Mächtigen sterben. Wenn eines Mannes Feinde und Freunde aus Anderswelt um sein Haus herum kämpfen.«

Caradoc erbleichte bis auf die Lippen. »Wenn das bedeutet, daß meinem Vater ein Unglück widerfahren ist, oder meinen Onkeln . . .«

Iddic hatte die ganze Zeit mit glasigen Augen in seinen Wein gestarrt. Jetzt hob er plötzlich den Kopf.

»Du bist es also doch, Keli? Ich dachte es mir. Nein – du willst mich warnen? Es ist . . .«

Während er sprach, blitzte es auf, und sein Kopf fiel, und Blut sprang in einem kräftigen Strahl aus seinem Halsstumpf.

Sein Kopf fiel auf den Tisch vor ihm und rollte ihn entlang, die Augen jetzt in vollkommene Leere starrend.

Eine Weile lang sahen alle Männer das Schwert, das durch die Luft geblitzt war, um ihn zu töten; dann, so schnell wie es gekommen war, blitzte es wieder ins Nichts zurück.

Sie hatten keine Hand gesehen . . .

Fodor mab Ervyll schrie. Er sprang auf, weg von dem kopflos dasitzenden Körper Iddics. Doch mitten in seiner Bewegung, während jener Körper gerade in sich zusammensank, blitzte das Schwert wieder auf. Es fuhr durch Fodors Rücken und kam aus seiner Brust heraus; und gewaltig muß der Ruck gewesen sein, der es wieder herauszog.

Es tropfte in der Luft und verschwand, als löste es sich auf. Fodor fiel und lag still; und der sich entspannende Körper Iddics fiel und streckte sich über ihn hin, schlaff, wie eine losgelassene Puppe aus einer Kinderhand fällt.

Llassar sprang vor, über die beiden hinweg, und schlug blindlings mit seinem eigenen Schwert in die Luft, aus der jener blitzende Tod gekommen war. Doch seine Klinge fand kein Ziel.

So duellierte er sich eine Zeitlang mit der Luft; und die anderen rannten hierhin und dorthin, schlugen mit ihren Schwertern um sich. Aber sie sahen nichts, hörten nichts; sie zerschnitten nur Luft, durchbohrten nur Luft.

Caradoc näherte sich Llassar. »Rücken an Rücken! Wenn wir so stehen, können wir nicht von allen Seiten gleichzeitig getroffen werden. Rücken an Rücken, Männer!«

Er schrie, doch sie hörten ihn nicht. Sie sprangen umher und duckten sich und wichen aus, sie flohen aus Ecken, und sie stürzten sich in Winkel, hockten dort und schwangen ihre Schwerter in wilden Kreisen vor sich, um jenen unsichtbaren Feind fernzuhalten.

Caradoc erreichte Llassar. Und genau in diesem Augenblick tauchte das Schwert wieder auf. Hinter Llassar dem Sohn Llassars, nicht vor ihm. Blut von der Klinge bespritzte Caradocs Wange, als es nach unten schnitt, durch Llassars Schulter hindurch, zu seinem Herzen. Er fiel, und sein Gewicht zog Caradoc mit zu Boden. Der Druide zuckte zusammen, in der Erwartung, die Klinge jenen hingestreckten Körper durchbohren zu sehen, doch wieder verschwand sie wie zuvor. Caradoc richtete sich mühsam auf, unberührt.

»Zu den Türen, Männer! Hinaus!«

Dieses Mal hörten sie ihn, in dem kurzen, furchtbaren Schweigen, das Llassars Fall folgte. Sie stürmten zu den Türen, und er stürmte mit ihnen, doch zwischen ihnen und jener schützenden Dunkelheit blitzte das Schwert wieder auf, das jetzt vom Blut dreier Männer tropfte.

Caradoc sprang es an; seine eigene Klinge prallte dagegen. »Schlagt zu, Männer! Es kann die Tür nicht gegen uns alle halten! Irgendwo dahinter steckt ein Körper . . .«

Doch während er noch sprach, verschwand das Schwert und kam dann wieder; und es kam ein schrecklich stöhnender Schrei von Gwlch. Er brach in die Knie; das Schwert blitzte und troff, als es aus seiner Brust herauskam.

Da schien aller Mut sie zu verlassen, jene beiden letzten Häuptlinge, jene Krieger, die tapfer im Kampf gewesen waren, Unic Glew und Heveydd, genannt der Große. Wie Mäuse, mit denen eine unsichtbare Katze spielt, flohen sie durch die Halle, ihre Schwerter um sich wirbelnd. Caradoc folgte ihnen, aber sie achteten nicht auf ihn; mehr als einmal durchbohrten ihre Schwerter ihn fast.

Mit dem Rücken gegen die Wand, stand der Page, der Pendaran Dyved war, stumm beobachtend da, seine alten Augen leuchteten durch sein junges Gesicht hindurch, wie eine Spiegelung unter Wasser . . .

Dann kam, was kommen mußte. Das Schwert erschien wieder in der Luft, dieses Mal über Caradocs Kopf. Während der Druide seine Warnung hinausrief, während seine beiden letzten Männer zurücksprangen, laut schreiend, krachte es durch Fleisch und Knochen hindurch.

Es zerhieb die Hüfte Heveydds des Großen, und als er wankte, schwer hinabsank zur Größe anderer Männer, blitzte es wieder auf, schlug wieder zu. Das einst hohe Haupt Heveydds sprang von seinen Schultern und an Caradocs Wange vorüber.

Von den sechs Häuptlingen waren fünf gefallen.

Nur Unic Glew war übriggeblieben, und unglücklicherweise kehrte sein Mut zurück. Er torkelte unsicher in seiner Trunkenheit umher, versuchte, sich aufrecht auf seinen Beinen zu halten, mit denen er nicht sehr vertraut zu sein schien. Wieder und wieder durchbohrte er die Luft.

»Unic! Unic Glew!« Caradoc rief ihm zu, doch dieser schüttelte nur benommen den Kopf und durchbohrte den nächsten Schatten.

»Laß mich in Ruhe, Sohn Brans. Das Schwert läßt dich in Ruhe – das hat sich Mal um Mal gezeigt. Du brauchst keine Hilfe, und du kannst keine Hilfe geben. Laß uns Kämpfer sein.«

Er durchbohrte einen neuen Schatten. »Ich bin noch nie vor einem Mann mit einem Schwert davongelaufen«, murmelte er mit großer Würde, »und ich laufe jetzt nicht mehr länger vor einem Schwert mit keinem Mann dran davon.«

Er ging vorwärts, in die Mitte der Halle.

Caradoc wußte, was kommen mußte. Was er schon fünfmal in jener Nacht hatte geschehen sehen, und er ertrug es nicht. In ihm riß etwas, wie ein überspanntes Seil reißt. Er sprang hinter Unic Glew her und schleuderte ihn gegen die Wand, deckte ihn mit seinem eigenen Körper. Mit hervortretenden Augen starrte er in jenes tödliche Nichts und flehte es an:

»Wenn du schon nicht wie ein Mann gegen mich kämpfen willst, so laß mich wenigstens mit meinen Männern sterben. Tu mir nicht diese Schande an, sie alle vor meinen Augen sterben zu sehen, ohne daß ich einen einzigen Schlag austeile.«

Doch nichts antwortete ihm. Kein Geräusch, keine Bewegung, kein Blitzen eines Schwertes. Die Kerzen brannten herab. Der Hagel trommelte immer noch aufs Dach, verzweifelt wie Helfer, Verteidiger, die nicht hineinkonnten.

Von seinem Platz an der Wand aus sah der Druide so gelassen wie ein Gott zu . . .

Caradoc warf den Kopf zurück, so daß seine Kehle und seine Brust ein Ziel boten, schutzlos und bloß.

»Bist du solch ein Feigling, daß du meine Herausforderung nicht annimmst? In meine Hut wurde die Insel gegeben; mir haben jene Sechs unterstanden. Nimm mein Leben, und laß diesen letzten Mann gehen.«

Er sah das Schwert kommen. Wie ein Lichtstrahl kam es heran, hier blitzende Bronze, dort frisches Scharlachrot von triefendem Blut.

Er stand bereit, ihm zu begegnen, mit wachsamen Augen, erhobenem Schwert. Und dann zappelte Unic Glew und riß sich los.

»Hier kommt es! Laß mich ran, Knabe!«

Caradoc versuchte ihn zurückzureißen, und in dem Handgemenge drehte sich Unics Rücken aus der Deckung, und das Schwert blitzte herab. Im Entsetzen fielen Caradocs Hände herab, und Unic, losgelassen, taumelte gegen einen der langen Tische. Er hielt sich an ihm fest, starrte mit ungläubigen Augen Caradoc an.

»Du hast mich gehalten – damit es mich treffen konnte!«

Jenes waren seine letzten Worte. Dann fiel er und starb.

Die erstarrende Leiche lag da, und Caradoc lag neben ihr. Der Regen wehte in Schwaden durch die Halle und schlug gegen die Brust, die er vergebens dem Schwert entblößt hatte.

Manchmal sprach er mit sich selbst, und seine Stimme und das Heulen des Windes waren die einzigen Laute, die jenes Schweigen durchbrachen.

»In meine Hut hat mein Vater die Insel der Mächtigen gegeben, und wie habe ich sie gehütet! Welcher Mann würde mir jetzt noch folgen? Ich bin ganz allein . . .

Sechsmal wurde mein Herz in dieser Nacht durchbohrt, und doch lebe ich. Sie alle, alle!« Er nannte ihre Namen und knirschte mit den Zähnen und weinte. »Ja, ICH lebe – mein Leben achtet er für zu gering, um es zu nehmen! Und er hat es dazu gemacht . . . Wenn ich an ihn herankönnte, wenn ich ihn sehen könnte, nur für einen einzigen Augenblick! Es gibt keine Entfernung, die ich nicht überspringen könnte, um ihn zu packen, kein Schwert und keine Kraft, die ihm helfen könnten, wenn ich ihn einmal in meinen Händen hätte! Aber ich kann ihn nicht sehen, ich kann ihn nicht erreichen! Er wird nur töten und töten und mich leben und zusehen lassen . . . Mögen die Hunde Arawns ihn zerreißen, möge seine Seele rot und zerrissen aus ihren Mäulern hangen!

Ich kann nichts tun, ich kann ihn nicht finden, ich kann keine Männer mehr bitten, mir in einen Tod zu folgen, den ich nicht teilen kann. Armseliger Stoff für einen König bin ich. Caradoc der Verfluchte, Sohn Brans des Gesegneten.«

Die stummen Wände schienen es mit vielen Stimmen zurückzuwerfen, der

290

Regen, der dem Hagel gefolgt war, schien es mit winzigen Füßen auf den hart-
getretenen Boden zu trommeln, Tausende von Geräuschen schmiedeten sich
auf dem glühenden Amboß seines gemarterten Gehirns zu einem einzigen
Laut zusammen:

»CARADOC DER VERFLUCHTE . . . CARADOC DER VERFLUCHTE!«

Er lag dort, und sein Geist brannte, und sein Körper brannte.

Er lag dort, und er starb dort, vor Anbruch des Tages.

Der Morgen kam, und aus seinen grauen Schatten gestaltete sich die Erde neu,
schwarze Formlosigkeit und Mißförmigkeit nahmen Form und Wärme und
Farbe an. Aus jenen grauen Schatten heraus, wo die toten Männer lagen und
der Druide kauerte, nahm das Wesen des Zauberers Gestalt an und Mensch-
lichkeit und Farbe. Ein lebender Mann stand da, rein und schön, bis auf sein
blutbeflecktes Schwert.

Es war Caswallon, der Sohn Belis.

Er ging zu dem toten Sohn Brans hinüber. Er kniete hin und betastete ihn
mit den Händen, dann sah er zu dem immer noch schweigenden Druiden auf.

»Dies ist nicht meine Tat; meine Hände sind frei von verwandtem Blut. Es
hätte mir ins Herz geschnitten, ihn zu töten, denn er war mein Neffe, meines
Vetters Sohn, und es findet sich auch keine Wunde an ihm. Du wirst das bezeugen, Druide.«

»Du hast sein Blut nicht vergossen. Das werde ich bezeugen.«

»Ich habe das nicht geplant; ich habe es nicht vorhergesehen. Wie hätte ich
es vorhersehen können? Ich wäre nie gestorben, nur weil andere Männer starben; mir scheint, dieser Knabe war ein großer Narr.«

»Er wird einer der Drei Großen Hüter genannt werden, die an Kummer und
Leid starben. Die TRIADEN werden ihm jenen Namen geben und ihn noch ehren, wenn wir beide schon lange Staub sind.«

»Wer werden die beiden anderen Hüter sein?« Ein Schatten zog über Caswallons Gesicht.

»Sie werden nicht aus deinem Blut sein. Kein Sohn von dir wird nach dir
herrschen. Die Insel der Mächtigen wird jetzt viele Könige haben, doch keiner
wird in Frieden regieren, und keiner wird eine Dynastie gründen. Und schließlich werden hellhaarige Eindringlinge über alles hinwegfegen und uns alle unterwerfen – die Neuen Stämme wie die Alten. Bran hätte es vielleicht verhindern können, wenn er seine Schwester nicht weggegeben hätte und den Kessel,
jenes Gleichnis für das Gefäß in ihrem Leib – für die Fähigkeit zu Geburt und
Wiedergeburt, die Macht der Frau. Jetzt werden für lange, lange Zeit die Frauen
sein wie Tiere auf den Feldern, und wir Männer werden herrschen und unsere

Kunst ausüben, den Krieg. Durch ihn werden wir leben – oder vielmehr kämpfen und sterben.«

»Doch wenigstens eine Weile lang werde ich herrschen, Druide. Wer bist du? Math der Uralte?«

»Ich bin Pendaran Dyved. Maths Magie wäre stark genug gewesen, um den Tarnmantel von dir zu reißen. Es war dein Glück – oder dein Unglück –, daß er nie die Grenzen Gwynedds überschreitet, sein Lehen von den Müttern.«

»Es war mein Glück – wenn er wirklich stark genug gewesen wäre. Ich bin nicht blutdürstig; ich werde allen, die mir als Hochkönig huldigen, ein guter Freund sein. Ich werde nicht einmal jene bestrafen, die es nicht tun, solange sie keine Hand gegen mich erheben. Ich glaube, das werden nur wenige tun.«

»Hat Keli die Hand gegen dich erhoben? Er, der kam, um seine Brüder vor den Dämonen zu warnen, die ihm von Irland herüber folgen könnten?«

»Ich wollte nicht, daß er Panik unter dem Volk verbreite. Das Meer wogt zwischen uns und Irland; wir haben zumindest Zeit, uns auf jene Dämonen vorzubereiten. Doch als ich hörte, wozu Brans Torheit geführt hatte, da wußte ich: Es ist höchste Zeit, daß diese Insel einen neuen König bekommt – einen aus der echten Linie Belis!«

»Du hast diese Krone schon viele Winter lang begehrt, Caswallon; seit dem Tag, als er nach Irland aufbrach, hast du unablässig nach ihr getrachtet. Doch brauchst du dich weder vor Bran noch vor den Dämonen zu fürchten, die seine Torheit entfesselte. Der Kessel ist zerstört worden, und unser wahrer König auch, und die meisten seiner Männer mit ihm.«

Licht flammte auf in Caswallons Gesicht; wurde rasch verschleiert. »Schlechte Nachricht, Druide. Doch wenn sie stimmt, dann wird Sippe nicht gegen Sippe kämpfen. Krieg und Blutvergießen wird in den kommenden Zeiten von dieser meerumgürteten Insel verbannt sein. Deine Prophezeiungen sind so kläglich, wie deine Zaubersprüche es waren, als du gegen mich kämpftest, alter Mann.«

»Sind sie das? Bevor du stirbst, wirst du noch die Eindringlinge sehen, Caswallon; Stück um Stück werden du und die Könige, die nach dir kommen, das Land hergeben müssen. Wir sind unserer jungen Männer beraubt worden, wie ein Baum seiner Früchte beraubt wird, und bald werden sich die Vögel des Verhängnisses versammeln; sie werden uns nie wieder eine solche Ernte gestatten. Sie werden angreifen und angreifen, und was an Kraft sie uns nicht entziehen, das wird unser Streit untereinander verzehren. Denn du wirst nur der erste von vielen blutigen, selbstsüchtigen Ränkeschmieden sein. Doch eine Zeitlang kannst du uns, wenn du einige deiner Versprechungen hältst, Frieden geben. Herrsche denn, Sohn Belis; deine Stunde ist gekommen. Ich kämpfe nicht länger gegen dich.«

Caswallon lächelte und dankte ihm, doch noch während er seinen Dank aussprach, sah sich der andere um, glotzte, als sähe er die Leichen zum ersten Mal. Mit einem Schrei der Angst und des Entsetzens floh er, und hielt nicht, bis sich der grüne Wald von Edeyrnion hinter ihm schloß. Einen Augenblick lang erschreckte diese Flucht Caswallon, dann lächelte er.

»Es ist nur der Junge. Der Page meines Verwandten.«

So war es. Denn der Druide hatte jenen geliehenen Körper verlassen; Pendaran Dyved war wieder in Dyved.

Caswallons Gedanken wandten sich daraufhin dem großen Leichenbegängnis zu und den großen Trauerfeierlichkeiten, die er für Caradoc veranstalten wollte. Er war sehr froh, daß er seinen jungen Verwandten nicht hatte töten müssen; es kann aber auch nicht bezweifelt werden, daß er mehr als nur ein bißchen froh darüber war, daß dieser tot war. Die Prophezeiungen des Druiden verbannte er aus seinen Gedanken; Übelwollende sind oft Wunschdenker, und dies war in der Tat Caswallons Stunde. Keine Gespenster sollten zwischen ihm und der Freude dieser Stunde stehen.

Und in Irland, im Gold des Morgens, neigte sich Brans großes Haupt dahin, wo keine Brust mehr war, über die goldene Schüssel, die sein Blut hielt, und große Tränen tropften auf Branwens weißes, schlafendes Gesicht hinab.

»Es ist vollbracht«, sprach das Haupt. »Und es ist begonnen.«

Vierzehntes Kapitel – Die Vögel Rhiannons/Sie arbeiteten schwer, jene sieben Männer von der Insel der Mächtigen, die in Irland übriggeblieben waren; arbeiteten schwer, um ein Schiff zu bauen, das sie heimwärts trüge. Sie fanden rasch heraus, daß das angekohlte Holz ihrer zertrümmerten Schiffe morsch und nicht zu verwenden war; nichts, was die Dämpfe des Kessels berührt hatte, konnte wieder nutzbar gemacht werden. Sie mußten landeinwärts gehen, in die Wälder, und Bäume fällen, und selbst diese mußten sie sorgfältig aussuchen; denn auch dort war der versengende Atem des Kessels gewesen. Dann mußten sie die Stämme an die Küste schleifen; die Arbeit war nicht leicht.

Sie sahen keine Iren; bis auf sie selbst war das heimgesuchte Land unbewohnt, und wenn ihnen der Schweiß nicht herablief und ihre Rücken nicht schmerzten, dann kamen auch sie sich wie Gespenster vor. So viele waren gefallen; so wenige waren sie, die überlebt hatten.

Sie hatten kein frisches Fleisch; es gab kein Wild mehr, das sie hätten jagen können, doch ein Rest der Schiffsvorräte war noch genießbar. Als Manawyddan sich hingesetzt hatte, um die Arbeit einzuteilen, hatte Branwen die Aufgabe des Kochens für sich beansprucht. Da legte sich Schweigen auf alle, ein schweres, erschrockenes Schweigen. Bis Manawyddan sagte: »Willst du das wirklich, Schwester? Einige von uns können auch kochen.«

Seit dem Feuertod ihres Sohnes hatte Branwen nie wieder ein Feuer angesehen. Wann immer sie einem hatte nahe sein müssen, hielt sie ihm den Rükken zugekehrt oder wandte wenigstens ihr Gesicht ab. Doch jetzt sagte sie: »Ich kann keine Bäume fällen, Bruder, und ich kann auch nicht beim Bau des Schiffes mithelfen, doch hier in Irland habe ich sehr gut Kochen gelernt. Ich werde tun, was ich kann.«

Und sie tat es. Während die Männer das Schiff bauten, arbeitete sie so ruhig, wie sie es einst in der Küche von Tara getan hatte, und was sie in den Flammen sah, das wußte nur sie.

Manawyddan dachte: ›Vielleicht ist das der Anfang. Der erste Schritt. Vielleicht wird sie jetzt aus der Vergangenheit zurückkommen, in die Welt lebender Menschen.‹

Branwen dachte: ›Soviel kann ich tun. Für diese kleine Weile noch werde ich gebraucht.‹

Sie tat noch etwas. Nahe der Stelle, wo sie kochte und wo sie alle aßen, errichtete sie aus Erde und Steinen einen Hügel. Auf diesen Hügel stellte sie die goldene Schüssel, die Brans Haupt enthielt, und darumherum wickelte sie seinen Mantel, so daß er selbst dort zu stehen schien, über sie wachend.

Zuerst beunruhigte diese Handlung Manawyddan, aber er mochte ihr nicht widersprechen, und er sagte sich: ›Vielleicht ist auch das ein Schritt. Sie macht ein Kind aus unseres Bruders Haupt, im Glauben, sie täte es nur aus Liebe zu ihm; doch in ihrem Herzen sehnt sie sich nach einem neuen Kind.‹

Und er war froh, daß das Haupt keinerlei Anzeichen von Verwesung zeigte; seine Farbe blieb so frisch und freundlich wie im Leben, und die geschlossenen Augen sahen aus, als dösten sie nur. Jeden Tag wusch Branwen es und kämmte sein Haar, und jede Nacht nahm sie es zu sich in ihre Unterkunft.

Der Tag kam, an dem das Schiff fertig war; es war ein Tag, an dem die Sonne schwach schien und kein Wind wehte. Manawyddan sagte: »Sollen wir hier auf den Frühling warten, wir, die wir zu wenige sind, um uns zu verteidigen, wenn Feinde kommen? Das ist immer noch möglich, denn ich glaube nicht, daß die Winde jene Todeswolke über ganz Irland getragen haben. Oder sollen wir die Geschenke annehmen, die die Mütter uns gegeben haben, und Segel setzen, darauf vertrauend, daß Sie uns heimbringen?«

Wie mit einer Stimme riefen alle: »Wir wollen heim!« Doch fürchteten sie weder die Iren, noch trauten sie dem Meer; die Wahrheit war, daß keiner von ihnen es ertragen konnte, noch länger in jenem stummen Lande zu bleiben, in jenem Land des Todes.

Die Sieben setzten Segel, und Branwen war die achte in jener Gemeinschaft. Mit Brans Haupt auf ihrem Schoße saß sie da und schaute auf Irland zurück, bis die Nebel kamen und es verhüllten. Da senkte sie ihren Kopf und barg ihr Gesicht in den Haaren Brans.

Pryderi sagte beklommen zu Manawyddan: »Weint sie? Man sollte meinen, sie würde sich freuen, jenes Land zum letzten Mal zu sehen, wo man sie so grausam mißhandelt hat.«

Manawyddan sagte: »Ihr Sohn wurde dort geboren und ist dort begraben; irisches Blut floß in seinen Adern. Glücklich sind wir, deren Liebe und deren Haß in getrennten Bahnen fließen können, nicht miteinander vermengt.«

Doch seine Hoffnung schwand, wenn er sie anschaute. ›Was erwartet sie daheim? Was wir alle wollen, ist: an einen Ort zurückzukehren, der jetzt nirgendwo ist. In eine Heimat, wie wir sie kennen, zu einer Insel der Mächtigen, die sich nicht bewegt, nicht verändert hat.‹

Aber sie würde verändert sein, und zwar für immer. Die Feste, die sie besuchten, würden von neuen Gesichtern oder leeren Plätzen beherrscht sein, und Caradoc würde König sein, nie wieder Bran. Alle ihre Kameraden waren gefallen, alle ihre Freunde und alle ihre Feinde, und jetzt segelten sie allein zurück aus jener toten Geisterwelt, mit ihr, für die sie gekämpft hatten; doch das Herz in ihrer Brust war gebrochen. Sie war nur noch die verdorrte, brennende Hülse jenes lachenden Mädchens, das vor Jahren mit seinem Geliebten nach Irland gesegelt war.

Jener Preis, ihr einziger Sieg, war ebenso verloren wie gewonnen. Manawyddan nahm diese Tatsache endlich an und beugte sein Haupt.

Die Nacht fand sie vom Nebel eingeschlossen, unfähig, ihren Kurs durch das Grau zu erkennen; und die Hoffnung, das Lachen, die ihre Ausfahrt geleitet hatten, waren verschwunden. Ihre Sorgen waren wie heimkehrende Vögel zurückgekommen, und schließlich glaubten sie alle, daß sie nie wieder nach Hause kämen. Selbst wenn ihre Körper dort ankommen sollten: alles würde anders sein. Solch reiche Ernte hatte der Tod gehalten, daß es ihnen schien, als müßte die ganze Welt tot sein; und ihre eigenen Stimmen, vom Nebel gedämpft, waren wie unnatürliche und respektlose Laute, die den Frieden im Grab der Welt störten.

Branwen lag da, ihre Wange an die Brans gepreßt. Einmal flüsterte sie: »Bruder, ist dies das Ende?«

›Was mich angeht, so würde ich gerne ruhen. Aber ich will nicht, daß Manawyddan stirbt, oder seine Freunde. Am allerwenigsten dieser Jüngling, der unser Neffe ist, und immer noch so viel Kraft in sich hat, glücklich zu sein.‹

In ihren Gedanken fügte sie jene Worte hinzu, ohne sie laut auszusprechen. Es war ihr aufgegangen, daß es nicht nötig war, laut mit Brans Haupt zu sprechen. Und es kam ihr so vor, als antwortete das Haupt, obwohl sie nicht sagen konnte – seit jener ersten Nacht hatte sie es nie mit Sicherheit sagen können –, ob seine Stimme von irgendwo andersher als aus ihrem eigenen Kopf kam.

»Ich werde euch alle nach Hause bringen, kleine Branwen.«

Morgen kam, und Licht. Aus der grauen Wasserwüste stiegen die grauen Klippen von Anglesey auf, die rauhen und ewigen Felsen. Doch ihnen allen schienen sie so warm und einladend, wie es die erleuchtete Tür des Elternhauses für verirrte Kinder ist. Wie sie hierher gekommen waren, konnten sie sich nicht vorstellen, aber sie lachten und jubelten, weil sie angekommen waren.

Das »Mabinogi« sagt, sie seien bei Aber Alaw in Talebolyon gelandet, das heißt, auf der heiligen Insel von Anglesey. Wie herrlich muß es gewesen sein, festes Land unter den Füßen zu spüren, Erde, die schon fast die Erde von der Insel der Mächtigen war!

In der Nähe ihres Landeplatzes war ein Wald. Als sie ihre Glieder reckten und streckten, blickte Pryderi zu ihm hinüber, und seine Augen tanzten.

»Jetzt können wir jagen«, sagte er. »Wie würde ich mich über einen guten Braten freuen, einen frischen!« Er warf seinen hellen Schopf zurück, als trotzte er dem Gedanken, daß jenes Essen nicht gefangen und gegessen werden könnte, und er lächelte.

Manawyddan lächelte beim Anblick seines Lächelns, und Branwen lächelte die beiden an. Doch ihr Lächeln war nur eine Art, ihren Mund zu bewegen; es hatte keine Helligkeit.

»Geht jagen«, sagte sie, »ihr alle. Ich werde hier am Strand Treibholz für ein Feuer sammeln. Es wird das Fleisch erwarten, das ihr bringt.«

Doch während sie das sagte, überkam Dunkelheit sie, und einen Atemzug lang schien sie den Boden unter den Füßen zu verlieren. ›Feuer – Feuer – werd' ich denn niemals mit ihm fertig sein?‹

Pryderi hatte nichts bemerkt; er lachte. »Es wird aber eine Menge Fleisch werden. Und mit dem Braten bist du schon so gut wie fertig, Herrin!«

Sie war sich nicht sicher, was Manawyddans graue Augen gesehen hatten . . .

Er war der erste der Jäger, der von der Jagd zurückkam, obwohl er keine große Beute brachte. Zusammen zerlegten sie diese und bereiteten sie zum Bra-

ten vor. Sie arbeiteten zusammen, und diese Wärme und Nähe brachte viele
Dinge zurück. Fast baute es ein helles und warmes Haus um sie herum, Mauern, hinter denen sich ihr Herz bergen konnte, wie ein Reh sich vor den Hunden birgt.

Sie waren zahlreich und stark, jene Hunde. Sie waren in ihr, nicht um sie
herum. Unentrinnbar – sprungbereit, um sie niederzureißen und zu verschlingen.

Nach einer Weile kamen die anderen mit ihrer Beute zurück, und sie bereitete auch diese zu. Sie aß mit ihnen und saß am Feuer. Die Sonne ging unter.
Wie das Gesicht einer sterbenden Frau erbleichte der Himmel, nur hie und da
befleckte ihn noch rotes Licht, wie mit dem Scharlach frischen Blutes.

Sie dachte: ›Bevor die Nacht kommt, muß ich die Insel der Mächtigen wieder erblicken, nach der ich mich so lange gesehnt habe. Von hier aus kann
man auch Irland sehen . . .‹

Sie stand auf, sie schaute. Im Westen lag Irland, eine flammenbetupfte,
dunkelnde Masse. Im Osten lag, fast berührbar, die blasse Küste der Insel der
Mächtigen. Heimat . . .

Sie schaute, und alle ihre Erinnerungen kamen über sie wie Hagel; solch
wilder Hagel, wie ihn Vulkane ausspeien, um die Felder der Menschen zu verwüsten. Sie wurde von Kopf bis Fuß verbrannt von Erinnerungen; sie versengten sie wie glühende Kohlen. Es waren ihrer zu viele und zu schreckliche, als
daß ein Herz sie hätte ertragen können; doch wie ein Berggipfel, der vom Sonnenuntergang zur Flamme verwandelt wird, so stieg klar die schlimmste vor
ihr auf.

›Gwern! Wenn ich nicht um Hilfe geschickt hätte, wärst du noch am Leben! Was lag denn an meinem Körper, der seinen Schatz hervorgebracht hatte.
Ich hatte meine Insel damals, meine Zuflucht, und ich wußte es nicht.‹

Ihretwegen lag Irland verwüstet, die grüne Insel, auf der ihr Kind geboren
worden war. Ihretwegen waren die tapfersten Söhne ihrer eigenen Insel gefallen; bald würden die Frauen dort in Wehklagen ausbrechen. Waren alle jene
Toten weniger tot, war ihr eigenes Elend geringer, weil sie schuldlos war? Nur
was geschehen war, zählte; was geschehen und was unentrinnbar war . . .

Sie schrie laut zum weißen Abend hinauf: »Leid, das mein Leid ist! Wehe,
daß ich je geboren ward! Denn das Glück zweier Inseln wurde durch mich zerstört.«

Sie stöhnte auf, und ihr Herz brach, und sie fiel . . .

Manawyddan küßte ihre Wange und schloß ihre Augen. »Schlaf ist wohl
das beste für dich, Liebstes, denn die Welt, in der wir aufgewachsen sind, ist
nicht mehr, und du warst zu müde, um beim Bau der neuen mitzuhelfen.

Schlaf', und finde Gwern wieder und unsere Brüder. Und vielleicht wird sogar Matholuch eine neue Geschichte ersinnen können und sie dort vor Arawns Gesicht erzählen. Vielleicht wird es dir schließlich sogar ein Trost sein, nicht nur deine Schande, daß er ein Feigling war. Doch traurig wird meine Welt sein, nachdem du und das Licht von dir aus ihr geschwunden seid.«

Sie begruben sie in einem vierseitigen Grab am Ufer der Alaw. Später muß es dem Wasser gelungen sein, jenes letzte Bett ihrer Lieblichkeit zu umschließen, denn Jahrhunderte später wurde ein Inselchen dort immer noch Ynys Bronwen genannt, »Branwens Insel«.

Sie ließen dort, was von ihr übrigblieb, nachdem sie von ihnen gegangen war, und zogen weiter . . .

Sie überquerten die Meerenge von Menai und kamen zur Insel der Mächtigen. Sie, die in einem nach Tausenden zählenden Heer ausgezogen waren, kamen zu siebt zurück, ohne Beute und ohne Siegespreis.

Auf dem Weg nach Harlech begegnete ihnen eine große Menschenmenge, eine Menge bekränzter Männer und Frauen, die aber alle traurige Augen hatten. Manawyddan fühlte, wie sich ihm bei diesem Anblick das Herz im Leibe umdrehte. Er hatte geglaubt, nichts auf der Welt könnte ihm noch etwas anhaben; doch das mag wohl nur dann wahr sein, wenn ein Mensch stirbt. Wie Branwen gestorben war und Caradoc.

Er fragte den nächsten Mann: »Was bedeuten diese Kränze?« Und er mußte sich die Lippen netzen, ehe er sprechen konnte.

Der Mann kannte ihn nicht; er antwortete, wie er jedem beliebigen Mann geantwortet hätte. »Caswallon, Sohn Belis, wurde in Llwndrys zum König gekrönt.«

»Und Caradoc . . .?« Pryderis Stimme bebte; er hatte seinen Vetter gern gehabt. »Was ist mit Caradoc und mit den Häuptlingen, die bei ihm gelassen wurden?«

Dann hörten die Sieben, die heimgekommen waren, was den Sieben geschehen war, die zurückgeblieben waren.

Sie zogen weiter nach Harlech, und es gab niemanden, der ihnen dessen Besitz verwehrt hätte. Es muß schon seiner Schätze beraubt gewesen sein, falls noch welche übriggeblieben waren; und Caswallon war ein zu kleiner Mann, um für die zugigen, dachlosen Höfe Brans eine Verwendung zu haben. Sie lagerten dort, in jener Einöde, die einst vor Menschen und Schätzen geprangt hatte. Sie saßen da, und das Haupt Brans war bei ihnen, in seiner Schüssel.

Lange saß Manawyddan in Gedanken versunken da, und die anderen warteten. Es war an ihm, zu sprechen; er war jetzt ihr König, rechtmäßiger König über die gesamte Insel der Mächtigen, wie er es, nach allen heiligen Gesetzen, schon seit Brans Tod gewesen war. Ihr Warten war wie ein Schwert, das sie ihm in die Hand drückten. Ihr Gehorsam befahl ihm; ihr Schweigen zwang ihn zum Reden.

Schließlich sagte er: »Caswallon hat die heiligen Bande der Verwandtschaft nicht gebrochen. Er hat Caradocs Blut nicht vergossen; er brach nur Caradocs Herz. Und selbst Druidenblick kann die Zeit nicht vorhersehen, in der die Menschen das Mord nennen.«

»Was liegt daran, wie wir es nennen?« Pryderis Hand schloß sich um den Griff seines Schwertes. »Wir wollen es rächen! Wir sind nur sieben, aber wir sind sieben, die aus einem Krieg zurückgekommen sind, wie ihn die Welt noch nicht gesehen hat. Und ich bin immer noch ein König; die Männer von Dyved werden mir folgen.«

»Wohin?« sagte Manawyddan. »Wir könnten siegen. Wir könnten vielleicht Caswallon überrumpeln, und ich glaube auch, daß es noch viele gibt, die ihn nicht lieben. Doch um zu siegen, müßten wir die Insel der Mächtigen in ein Blutbad stürzen. Niemals werde ich das tun. Um so weniger, als die Insel dann mein wäre; ein wahrer König raubt seinem Volk niemals den Frieden.«

Schweigen; Schweigen so tief wie jenes, das in einem Grabe ruht oder am Grunde des Meeres. Manawyddan brach es; er lachte, ein bitteres, schmerzliches Lachen, das durch jene öden, felsigen Höhen von Harlech hallte und seine einzige Antwort im grauen Rauschen des Meeres weit drunten fand.

»Ich habe mich oft gefragt, warum, als ich Brans Kopf abschlug, er mich bat, ihn nach Harlech zu bringen. Warum er nicht sagte, nach Edeyrnion. Ich verstehe es nicht – das hier muß für einen Mann in seiner letzten Stunde doch ein trauriger Anblick gewesen sein; und erst recht für einen Mann, der seinen Sohn so liebte . . .« Seine Stimme brach.

Wieder Schweigen, und dann ertönte aus den Tiefen jenes Schweigens ein Gesang. Der Gesang von Vögeln, lieblicher als irgendein anderer Klang auf der Erde; schöner und köstlicher als jegliche Musik, die je aus einer menschlichen Kehle kam. Ganz Schönheit war jener Gesang; seine Sanftheit, sein Friede waren lieblicher als der Traum von Liebe, als der kalte weiße Himmel, den spätere Menschen erträumten. Er hatte den Zauber von Göttern an sich, die nie verdammten, niemals geboten oder verboten, sondern alles in die Musik ihrer unermeßlichen Güte einhüllten; Götter, die es dem Menschen überließen, sich zu verbrennen, bis seine Augen klar genug waren, Wunder und Friede ihrer Gärten zu schauen; das zu tun, was jeder Mensch nur für sich selbst tun kann: die eigenen Bande sprengen.

Drei Vögel sangen, und sie flogen noch weit draußen überm Meer; doch durch eine plötzliche und geheimnisvolle Ausdehnung ihrer Sicht sahen die Männer auf Harlech sie kommen; sahen sie klar und deutlich. Einen goldenen Vogel, einen weißen Vogel und einen grünen Vogel, mit schimmerndem Gefieder im Sonnenlicht kreisend.

Pryderi rang nach Atem. »Die Drei Vögel Rhiannons, meiner Mutter! Alles, was sie aus ihrer Welt mitbrachte. Man sieht sie so gut wie nie. Ich sah sie ein einziges Mal, als ich ein Kind war; ich sah, wie meine Mutter sie in der Dämmerung küßte.«

Und das Haupt schlug seine Augen auf und sagte ruhig, von seiner Schüssel aus: »Du hast entschieden, wie ein König entscheiden sollte, Manawyddan mein Bruder; und wie vielleicht nur du entscheiden konntest. Jetzt werden wir sieben Tage lang hier in Harlech feiern, wie wir es früher taten, und mein Haupt wird euch dabei so angenehme Gesellschaft leisten wie damals, als es noch auf meinem Körper saß.«

Sieben Tage lang sangen die Vögel, und sieben Tage lang feierten die müden Männer, und es war ihnen so, als umgäbe sie Harlechs gesamte alte Pracht, und sie waren glücklich dort mit Bran ihrem Herrn. Alles Böse, was geschehen war, war wie ein Traum, aus dem sie erwacht waren, ein Traum, der sie nicht mehr ängstigte. Ihre Teller und Trinkhörner schienen immer voll zu sein, ohne daß sie wußten, wie sie gefüllt wurden. Jenes Fest wurde von späteren Dichtern »Die Unterhaltung durch das Edle Haupt« genannt, und keinem der Gäste, die sich seiner Fülle erfreuten, kam es seltsam oder traurig vor, daß Brans Körper nicht anwesend war. Er selbst war es, und das war genug.

Sechs jener Sieben dachten überhaupt nicht; nur Manawyddan dachte. Manchmal in der Nacht, während die anderen schliefen, sprachen die Söhne Llyrs lange miteinander.

Einmal sagte Manawyddan: »Warum konntest du Branwen nicht helfen, Bruder?« Und das Haupt erwiderte: »Ich versuchte es. Aber ich konnte nicht durch die heiße Hülle ihres Schmerzes hindurchbrechen; sie war jenseits von Erschütterung oder Tröstung. Niemand kann zu viel lieben, doch liegt es in unserem Blut, einen einzigen Menschen zu sehr zu lieben. So liebte unsere Mutter Penardim die Dunkle unseren Vater Llyr, so liebte ich Caradoc, so liebte Branwen ihr Kind. Und für sie gibt es am meisten Rechtfertigung, für unsere kleine Schwester, die ich von uns geschickt habe, damit sie jene finsteren Jahre in der Grube verbringe.«

»Hätten ihr nicht einmal die Vögel helfen können? Die Vögel, um die du gewiß Rhiannon in ihren Träumen gebeten hast?«

»Nein. Sie sind die Nachkommen jener Rasse, deren Lied den Schmerz des

Todes nimmt, so daß die Toten glücklich hinab zu Arawn gehen. Sie halten keinen von der Ruhe ab.«

»Und sie brauchte Ruhe.« Manawyddan seufzte.

»Wie ihr alle sie braucht, deren Herzen schlimmer verwundet sind als eure Körper; die ihr Dinge gesehen und ertragen habt, wie sie vor euch niemand erlitten hat. Selbst auf Pryderi mögen Schatten gefallen sein. Doch euch Sieben kann ich hier auf Erden heilen; wenn ihr wieder zu euren Erinnerungen erwacht, werdet ihr die Kraft haben, sie zu ertragen.«

»Das klingt, als träumten wir jetzt.«

»Wer weiß schon sicher, wann er träumt und wann er wacht? Was du jetzt weißt, ist gut; sei zufrieden.«

Ein anderes Mal sagte Manawyddan: »Da ist etwas, das ich gern gewußt hätte, Bruder, obwohl es gewiß nicht sehr wichtig ist. Du müßtest es wissen, du, der du einen Fuß in dieser Welt und einen in der nächsten hast.«

»Ich habe überhaupt keine Füße mehr, ich brauche sie nicht mehr. Aber ich werde deine Frage beantworten, wenn ich es kann.«

»Ich frage mich, wie die Götter ohne den Kessel zurechtgekommen sind.«

»Sie haben ihn nie verloren«, sagte Brans Haupt.

Manawyddan starrte das Haupt ungläubig an, dann kratzte er sein eigenes. »Wie kann das sein? Ich konnte nie begreifen, wie Llassar und seine Frau die Macht gehabt hatten, jenen Kessel zu stehlen; doch ist es gewiß, daß sie Etwas erwischten, das große Macht hatte.«

»Es war der Kessel«, sagte das Haupt, »und er war es nicht. Vielleicht kann ich es dir nicht begreiflich machen, dir, der immer noch seinen ganzen Körper hat; doch nichts ist je so fest, wie es scheint. Alles, was ist, ist vielschichtig, und jedes Auge, das ein Ding sieht, sieht nur ein Teil davon – und zwar ein Teil, das kein anderes Auge sehen kann. Kymideu Kymeinvoll und Llassar stahlen den Kessel, den SIE sahen, nicht den, den die Götter sehen. Der wahre Kessel ist zu fein für die Erde; er steht unversehrt dort, wo er immer stand, durch alle Zeiten hindurch. Was Evnissyen zerbrach, war nur ein Frevel und ein Trugbild.«

»Du hast recht, Bruder: Ich verstehe dich nicht.«

»Es ist ganz einfach«, sagte das Haupt. »Wir werden nie zerstört, obwohl wir alle viele Körper gehabt haben, die zerstört wurden. Und mit dem Kessel ist es genauso, dem Kessel, der niemals ein irdisches Ebenbild hätte haben dürfen. Schlaf' jetzt, Bruder.«

Ein Gedanke durchzuckte Manawyddan. »Kannst du schlafen?«

»Ich brauche keinen Schlaf, denn ich kenne keine Müdigkeit mehr und keine Fesseln von Zeit und Raum. Wenn du schläfst, gehe ich zu unseren Eltern und unseren Brüdern und zu Branwen. Ich bin auch bei meinem Sohn, meinem Sohn, bei dessen Tod ich mitgeholfen habe, wie ich auch viele von unseren Männern in den Tod führte, weil ich wollte, daß er meine Krone trage. Diese allein ist verloren, mein Bruder, und sie war, in dem Sinne, in dem ich sie für Caradoc wünschte, schließlich nur ein Tand.«

»Das hätte ich dir sagen können, als du noch am Leben warst.« Manawyddan dachte das nur, doch das Haupt konnte Gedanken hören. »Aber damals wolltest du nicht hören. Jetzt, da weniger von dir da ist, scheinst du mehr Vernunft zu haben.«

»Ich habe wahrlich manches hören müssen«, sagte das Haupt, »denn wie oft hast du mir keinen anderen Ausweg gelassen. Doch auch das ist vorüber; nicht über Kronen oder anderen Tand werden wir uns je wieder zanken, Manawyddan mein Bruder.«

Am siebten Tag sagte das Haupt: »Es ist Zeit, daß wir gehen.«

Sie starrten es furchtsam an. »Du wirst uns doch nicht verlassen, Herr?«

»Noch nicht. Wir werden nach Gwales auf Penvro gehen, und dort werden wir achtzig Tage lang feiern.«

Sie stellten ihm keine weiteren Fragen. Es machte ihnen nichts aus, Harlech zu verlassen, solange er bei ihnen war; es schien ihnen, als wären sie dort sieben Jahre lang gewesen, obwohl jede Stunde in jenen sieben Jahren glücklich gewesen war. Sie brachen auf, trugen das Haupt in seiner Schüssel mit sich; und die Vögel Rhiannons flogen ihnen singend voran.

Sie kamen nach Gwales, heute vielleicht Gresholm genannt, diejenige der Pembrokeshire-Inseln, die am weitesten draußen in der grauen, rauschenden See liegt. Auf Gwales erwartete sie eine schöne und königliche Halle; weder Mann noch Frau waren darinnen. Drei Türen hatte sie, und zwei davon standen offen; eine führte auf das grüne Penvro hinaus und die zweite auf das graugrüne Meer.

»Öffnet die Tür nicht, die geschlossen ist«, sagte das Haupt Brans. »Noch nicht. Die Zeit muß kommen, da einer von euch es tun wird; doch dann wird mein Haupt zu verwesen beginnen, und die Erinnerungen an all eure Leiden und Verluste wird über euch kommen, und ihr werdet wieder in der Welt der Menschen sein.«

»Ach Herr«, bettelte Pryderi, »sag' uns doch bitte, welcher von uns jene Tür öffnen und dich zum zweiten Mal töten wird, dann werden wir diesen Idioten jetzt gleich töten!«

»Dann würdet ihr euer ganzes Leben lang hier träumend verbringen«, sagte das Haupt, »und ich will weder das, noch will ich, daß auch nur noch ein einzi-

ger meiner Männer getötet wird.« Und das Haupt sah Pryderi sehr nachdrücklich an, und Pryderi sah beiseite.

Tage kamen und gingen, blau und golden, und nach jedem Tage kam die
Nacht; wie ein zahmer dunkler Vogel, der sich sanft auf einer Hand niederläßt.
Und immer noch feierten jene Sieben und waren glücklich, friedsamer, als es
die gänzlich Wachen je sind.

Und seine Späher brachten die Nachricht vor Caswallon, der sich Sorgen
gemacht hatte, als er hörte, daß Manawyddan und seine Männer in Harlech
seien, jenem Königssitz, den viele noch immer in Liebe und Ehrfurcht hielten.

»Sie sitzen in einer Fischerhütte, Herr, einem Platz, den sie ganz heruntergekommen und verlassen vorgefunden haben. Sie trinken Quellwasser und
sammeln Tang, den sie dann essen, und sie lachen und plappern wie Kinder.
Sie sind alle irrsinnig, Herr.«

Caswallon lächelte. »Dann ist von ihnen nichts zu befürchten.«

So schützte Bran der Gesegnete seine Männer im Tod besser, als er es im
Leben getan hatte.

Zur Nacht sprachen er und Manawyddan immer noch miteinander. In späteren Jahren versuchte Manawyddan, sich jener Gespräche zu erinnern, aber
da schienen sie in einem mondversilberten Nebel entschwunden zu sein.

Einmal, das wußte er, hatte er gesagt: »Nissyen und Evnissyen. Warum
waren sie so verschieden, jene beiden Söhne des Fluches?«

Brans Haupt hatte geantwortet, milder Donner aus jenem schimmernden
Nebel heraus. »Beide waren Teile eines Unsterblichen, und Nissyen ist ein Teil,
wie er für gewöhnlich nicht wieder in einen Körper unserer Welt geboren wird.
Doch wählte er die Geburt, er kam in dieses Schulzimmer zurück, dem er
längst entwachsen war, um Evnissyen davon abzuhalten, allzuviel Schaden
anzurichten.«

»Aber«, sagte Manawyddan, »ich kann keinen Schaden sehen, von dem er
ihn abgehalten hätte.«

»Er tat viel«, sagte das Haupt. »Er verhinderte, daß du und ich gegeneinander statt gegen Irland kämpften. Und er brachte Evnissyen, dessen einzige Gabe der Haß war, dazu, ihn zu lieben, so daß am Ende der Junge die Fesseln
sprengte, die er sich durch die Zeiten hindurch angeschmiedet hatte, und sich
opferte, um uns zu retten.«

Manawyddan seufzte. »Sieben von uns hat er gerettet – nur sieben . . . Unsere Mutter hätte unseren Vater sterben lassen sollen.«

»Gib ihr keine Schuld«, sagte das Haupt. »Er mußte kommen. Solche wie er
sind ein Teil der wachsenden Schmerzen der Welt.«

»Aus deinem Munde klingt das, als wäre er etwas, das ein Kind haben muß, um seine Zähne daran zu schärfen«, sagte Manawyddan. »Doch hat er die meisten unserer Zähne ausgebrochen, und es kam mir auch immer so vor, als hätte er das Kauen besorgt, nicht wir.«

»Veränderung wird immer Zwillinge gebären«, sagte das Haupt. »Gut und Böse. Wir wurden in Zeiten großer Veränderung geboren, die ich, meinen eigenen Zwecken zuliebe, zu beschleunigen versuchte. Und Veränderung, die zu schnell kommt, bewirkt eine Drillingsgeburt: Haß und Angst und Kampf. Jetzt kann nicht einmal ich sagen, in welchem Zeitalter wieder Frieden oder ein Ende des Unfriedens kommen wird.«

»Du bist nicht ermutigend, Bruder.«

»Ich werde nicht ermutigt. In der Finsternis, die kommt, wird der Mensch sich selbst und jene Bastardgötter, die aus seinem Griff nach dem Unwißbaren geboren werden, verbiegen und entstellen.«

Ein anderes Mal sagte das Haupt: »Es hat wirklich nicht viel Sinn, wenn man versucht, die Welt zu reinigen, wie Beli es versuchte und wie ich es eine Zeitlang versuchte, ehe nicht jeder Mann und jede Frau versucht, sich selbst zu reinigen. Veränderung, die wirksam ist, muß aus den Herzen der Menschen kommen; Gewalt ist ein schlechter Besen, um etwas damit reinzufegen.«

»So wurde es uns immer gelehrt, Bruder.«

»Vielleicht hat man es uns nicht nachdrücklich genug gelehrt. Doch auf den Lehrern beruht die einzige Hoffnung der Welt. Gewalt sollte nur gebraucht werden, um einen Mann daran zu hindern, daß er einen anderen verletzt; um den Lehrern Frieden zu geben, in dem sie lehren können. Doch Regierungen wie Götter werden das vergessen, obwohl die Götter, die selbst in ihrer Verderbtheit noch schlauer sind – wie das geringere Material es immer sein muß –, stets wissen werden, daß das Eine alles ist, worauf es ankommt. Das Einzelwesen, wer immer oder was immer es ist. Denn ist nicht jeder von uns ein einzelnes? Allein, gefangen in seiner Abgeschlossenheit?«

»Nichts könnte wahrer sein als das«, seufzte Manawyddan. Einsamkeit – manchmal war er hinreichend wach, um sie zu fürchten.

Das Haupt fuhr fort: »Doch Regierungen werden glauben, daß nur Massen von Menschen zählen, daß ein Einzelwesen nur dazu da sei, sich nach dem Bild des anderen zu formen; und dann, wenn der Mensch als Beherrscher von Regierungen und Menschenmassen, angeekelt von seinen verdorbenen Göttern, Regierungen höher stellt als sie – dann wird die Stunde seiner größten Gefahr kommen. Denn dann werden sich seine eigenen Fähigkeiten und Kenntnisse, ins Gottähnliche gesteigert, gegen ihn kehren.«

»Mögen ihm die Mütter beistehen«, sagte Manawyddan. Später fragte er sich, worüber sie damals wohl gesprochen hatten. Oft in jenen Nachtstunden

304

hatte das Haupt Wörter benutzt, die ihm fremd waren; damals verstand er sie, doch am Morgen war dieses Verständnis immer verschwunden.

Jenes Fest in Gwales war ein Anfang und ein Ende. Das Ende der Herrschaft der Kinder Llyrs, jener fabelhaften Frühzeit, die Math der Uralte noch eine Generation länger in Gwynedd am Leben erhielt. Was damals begann, ist heute noch nicht vollendet; doch viele Geheimnisse liegen zwischen jener Zeit und unserer.

Ein anderes Mal erwachte Manawyddan in der Nacht, oder meinte zu erwachen; vielleicht träumte er auch nur. Und im silbernen Zwielicht sah er das Haupt Brans seines Bruders in die Ferne starren und hörte die laute Stimme, tief und tönend wie die Stimme der Erde:

»Wieder werde ich der Hüter des Kessels sein. Ja, mein Haupt soll in einem Schlosse über dem Regenbogenfluß thronen, der die Erde gürtet, und dort Leben und Geburt ordnen und den zeitenalten Streit zwischen dem Leben und seinem Bruder Tod. Denn diese beiden Brüder von mir und von allen Menschen wurden zur gleichen Stunde geboren, doch das Leben ist der Erstgeborene und sowohl der vorbestimmte Sieger als auch das vorbestimmte Opfer.«

Manawyddan wollte fragen, was das Haupt damit meine, doch als seine Lippen sich öffneten, strich eine Feder des Schlafes, jenes dunklen Vogels, über sein Gesicht ...

Jene Bedeutung war immer verborgen, und heute scheint sie verloren zu sein. Doch eine Geschichte, deren Erzähler noch nicht vom Gral gehört zu haben scheint, berichtet, wie ein junger Held, der eine Frage hätte stellen sollen und es nicht tat, zu einem Wunderschloß kam und dort ein Blutendes Haupt auf einer Schale und einen Blutenden Speer sah.

Den Speer, der Christus verwundete – oder Bran?

Es gibt viele Welten, und vielleicht rückten damals, als die Herrschaft der Uralten Harmonien auf Erden endete, jene Hüter der Mysterien, die in der Welt oberhalb der unseren über sie wachten, vielleicht rückten sie weiter und machten Bran den Gesegneten zu ihrem Nachfolger. Denn alle Fehler Brans waren der Liebe entsprungen, und zuletzt hatte er sich selbst verstanden und dadurch so viel Weisheit gewonnen, wie ein Mensch es überhaupt kann, und war bereit, ein Gott zu werden.

Das würde viel erklären; sogar, weshalb jener Dämon-Bruder der Herren des Lebens unsichtbar, Männer direkt vor den Nasen von Arthurs Rittern erschlagend, umhergeschlichen sein soll. Denn der Tod ist notwendig, um Platz für das Leben zu schaffen. Er klingt mehr nach Caswallon als nach Evnissyen, doch Caswallon mag an Evnissyens Stelle getreten sein als der Zerstörer. Denn dieser war ein Individuum und jener der erste eines Typus' und eines Zeitalters.

Der Sohn Belis ist wie eine Schlange durch die Jahrhunderte geglitten, immer schwärzer werdend. Gier heißt sein Gott, weswegen seine Schuld größer ist als die Evnissyens, dem anscheinend nie an Gewinn lag.

Doch diese Dinge können nur vermutet werden, niemals sicher gewußt.

In Caswallons irdischem Reich verging die Zeit. Über Gwales rundete sich der zweite goldene Mond und schwand in die Dunkelheit. Der dritte erhob sich, schmal und sichelförmig und strahlend, begann sich zu runden. Der achtzigste Tag kam und die achtzigste Nacht, und Heilyn, Sohn Gwyns, erwachte, während seine Kameraden schliefen. Er sah die Dunkelheit schwinden, er sah die beiden Türpfosten hervortreten, lang und hell. Er sah die dritte Tür, die geschlossene Tür, zwischen den Wänden erscheinen, schwer und braun und reich geschnitzt, den Morgen ausschließend.

Er war ein Mann mit wißbegierigem Verstand, der Sohn Gwyns. Wann immer etwas war, wovon er nichts wußte, wollte er sogleich alles darüber erfahren. Jene Eigenschaft kann – wie Feuer – Gutes oder Schlechtes bewirken. Ohne sie wäre die Menschheit nirgendwohin gekommen; mit ihr hat sich mancher Mann in Lagen gebracht, aus denen herauszukommen er sich viel hätte kosten lassen.

Heilyn sah die Tür an, und sie schien seinen Blick zu erwidern, schien zu sagen: ›Du kannst nicht durch mich hindurchsehen. Du weißt nicht sicher, was auf meiner anderen Seite ist. Ich bin wie Blindheit; ich schließe dich ein ... ‹

Heilyn starrte sie an. Er dachte: ›Ich könnte dich öffnen. Ich werde es nicht, denn es wäre nicht klug. Aber ich könnte es ... ‹

Die Tür schien ihm eine Fratze zu schneiden, so wie ein Knabe dem andern die Zunge herausstreckt: ›Du traust dich ja doch nicht. Du fürchtest dich vor dem, womit das Haupt gedroht hat. Weißt du denn ganz genau, daß es das gesagt hat? Wie kann ein Haupt denn reden? Weißt du überhaupt etwas ganz sicher?‹

Er sah zu dem Haupt hinüber, doch das blickte nicht zu ihm her. Die Morgendämmerung spiegelte sich schwach in seinen Augen, die vielleicht weise in Mysterien schauten oder vielleicht nur glasig waren.

Er fühlte sich plötzlich schwindlig, seiner selbst und aller Dinge unsicher. Er sprang auf, als wollte er die Unsicherheit durch eine Tat verscheuchen. Er faßte jene höhnische Tür fest ins Auge; sie war wenigstens fest und wirklich.

»Bei meinem Barte«, sagte er, »ich werde diese Tür öffnen und sehen, ob das wahr ist, was darüber gesagt wurde.«

Er ging zu ihr; seine Füße bewegten sich, und dann bewegte sich seine Hand; berührte jenes harte, feste Holz ...

Und dann schienen rings um ihn herum Glocken zu läuten; laute, liebliche, elfische Glocken. Seine Kameraden fuhren auf; er sah ihre weißen Gesichter zu ihm herüberstarren, hörte ihre erschreckten Stimmen. Und hatte nichts als Luft in der Hand. Er sah eine rohe Mauer mit einem klaffenden Loch darin und prallte zurück.

Sie alle sahen es; sahen, was die Mauer verborgen hatte: das morgenhelle Meer und die Küsten von Cornwall; die Mündung des Henvelen, wo er sich ins Meer ergoß. Und Meer und Himmel und Fluß sahen grau wie der Tod aus.

Das Glockengeläute verstummte, und sie hörten das letzte, schwache Echo eines Gesanges. Sie blickten empor und sahen die Vögel Rhiannons von ihnen fliegen, weiß und grün und golden am trüben Himmel.

Sie schauten sich um und erblickten keine prächtige Halle, sondern die kahle Hütte eines Fischers. Einer rief: »Wo sind wir?«

Von all den Reichtümern und all der Schönheit, die sie scheinbar umgeben hatten, war nur eine goldene Schüssel übriggeblieben: die Schüssel, die Brans Haupt enthielt. Dieses Haupt wandte jetzt seine Augen ein wenig, zu Manawyddan hin, und lächelte mit ergrauenden Lippen. Einen Atemzug lang war das Gesicht noch Brans Gesicht, Bran selbst war in den Augen und in dem Lächeln. Und dann schlossen sich die Augen, und das Haupt rollte langsam seitwärts, wie ein Ball aus Kinderhand fällt. Es lag auf der einen Wange in der goldenen Schüssel, inmitten gerinnenden Blutes; die andere Wange war aschfahl, bespritzt und nach oben gewandt . . .

Ein dünner Wind blies durch die Hütte, ein Wind so scharf wie ein Schwert und kalt wie der Tod.

»Es ist vollbracht«, sagte Manawyddan. »Wir sind zurück in unserer eigenen Welt. Und es ist eine Welt ohne dich, Bran, mein Bruder, und fast ohne alles, was wir je liebten.«

In Trauer verließen sie Gwales, jenen grauen Ort, der regenbogenhell gewesen war, und in Trauer richteten sie ihre Blicke gen Llwndrys und auf den Weißen Berg. Ihre Herzen waren tot in ihrer Brust, so tot wie das Haupt, das sie trugen, jetzt für immer stumm in seiner goldenen Schüssel. Es war Frühling, sie aber waren so verzweifelt wie nackte Männer, die durch Winterkälte irren. In jenem schwarzen Erwachen schien es ihnen, als wären alle Toten erst gestern gestorben, und sie trauerten um sie, am meisten aber um Bran ihren Herrn.

Sie kamen zum Weißen Berg, dorthin, wo heute der Tower von London steht, und sie begruben das Haupt dort, mit dem Gesicht gen Gallien, und die Triaden nennen dies das Dritte Gute Verbergen. Denn solange das tote Gesicht Brans zum Festland hinübersah, konnte kein Eindringling seinen Fuß auf die

Insel der Mächtigen setzen. So viel Segenskraft besaß er noch im Tode, Bran der Gesegnete, Sohn Llyrs, den die dunkle Penardim geliebt hatte. Das Ausgraben jenes Hauptes wird das Dritte Böse Entdecken genannt; Arthur grub es in seinem jungen Stolze aus, begierig, die Insel der Mächtigen ganz aus eigener Kraft zu halten – ohne die Hilfe des heiligen, mächtigen Toten.

Caswallon muß das Verdienst eingeräumt werden, nichts unternommen zu haben, um jenes Begräbnis zu verhindern; denn er muß davon gewußt haben. Doch Caswallon war nicht der Mann, der jemals einen Vorteil vertan hätte.

Als es vollbracht war, sagte Manawyddan: »Wir müssen jetzt weiter. Wenn wir an einen guten Platz gelangen und dort für immer bleiben könnten, dann wäre das wirklich gut. Doch das kann nimmer sein. Nichts kann lange stillstehen; was nicht vorwärtsgeht, muß verwesen.«

Sein Gesicht war traurig, als er das sagte, er, der nicht mehr jung war und fortan allein weitergehen mußte. Doch den anderen fielen plötzlich Leute ein, die vielleicht noch am Leben waren; Leute, die sich freuen würden, sie wiederzusehen. Licht kam in ihre Gesichter; eine schwache Bewegung, wie die von Pflanzen, die neue Wurzeln zu treiben suchen. Pryderi schnupperte die Luft wie ein junger Hund; mit fröhlichen Augen sah er westwärts, nach Dyved.

»Ich will heimgehen«, sagte er. »Zu meiner Mutter und zu meinem Volk und zur goldenen Kigva, meiner Frau.«. Er spreizte sich ein wenig. »Vielleicht werde ich einen Sohn zeugen. Männer, die gerade aus dem Krieg heimkommen, zeugen oft Söhne. Es ist eine gute Zeit dafür.«

Einige von ihnen lachten. Sogar Heilyn grinste, der, seitdem er die verbotene Tür geöffnet hatte, fast so stumm wie der Tote gewesen war.

Manawyddan sagte: »Jede Zeit ist dafür eine gute Zeit.« Er dachte: ›Es ist hart, zurückgelassen zu werden, ein Mensch, dessen Sippe sich den Göttern zugesellt hat. Niemanden zu haben, mit dem oder für den man arbeiten kann.‹

Er, der immer mit Bran gearbeitet hatte, mußte fortan allein arbeiten. Bei kleinen täglichen Aufgaben mochte er wohl viel Hilfe haben; in großen Kämpfen keine. Darin hatte er recht; doch wieviel Arbeit ihn in jener neuen Welt erwartete, in die er hineinging, und wie wenig davon für ihn selbst sein würde, das konnte er noch nicht ahnen. Jetzt dachte er, seine Einsamkeit werde so lange dauern wie sein Körper. Doch jene Geschichte wird im Dritten Zweig des »Mabinogi« erzählt. Der Zweite Zweig endet mit dem Begraben des Edlen Hauptes.

DIES ALSO WAR DIE GESCHICHTE VON BRANWEN UND
VOM KESSEL, VOM GROSSEN KRIEG
UND DAVON, WIE DIE SIEBEN AUS IRLAND ZURÜCKKEHRTEN.

Rhiannons Lied
Der Dritte Zweig des Mabinogi

Meiner Mutter gewidmet,
die einen hellen und kühnen Geist hatte.

Erstes Kapitel – Das letzte der Kinder Llyrs/Sie wandten ihre Gesichter gen Westen, zum heiligen Pfad der Toten hin, jene Sieben, die ein neues Leben suchten. Jene Sieben, die allein aus Irland und aus jenem grossen Kriege zurückgekehrt waren, der zwei Inseln von Kriegern entblößt hatte; jenem Kriege, in dem nicht nur ihre Kameraden gestorben waren, sondern auch ihr früheres Leben und die vertraute Lebensweise.

Es war schon zu spät an diesem Tage, um auf ihrem Wege nach Dyved noch weit zu kommen, deshalb kampierten sie außerhalb Llwndrys', in Sichtweite des Weißen Hügels, wo sie das Haupt Brans bestattet hatten, das Haupt ihres Königs, den man einst Bran den Gesegneten nannte. Sie sahen den Mond aufgehen, mit Silber die Bäume und strohgedeckten Dächer jener Stadt der Könige übergießen. Und dann kam der Schlaf und schloß ihre Augen, und sechs von sieben schliefen. Nur Manawyddan Sohn Llyrs saß noch wachend da und dachte an all das, was einmal gewesen und jetzt nicht mehr war.

Er schaute zu dem strohgedeckten Dach der Königshalle hinüber und dachte daran, wie seine Eltern ihn und Bran als kleine Kinder dorthin mitgenommen hatten, um den großen Beli zu besuchen, ihren Onkel; und wie lange Bran davon geträumt hatte, daß Caradoc sein Sohn dort sitzen würde, Herr in jener Halle, in der noch keines Königs Sohn den Thron bestiegen hatte. Denn bei den Alten Stämmen galt die Abstammung mütterlicherseits, und von jeher war der Sohn einer Königsschwester der neue König geworden – so, wie Bran der Nachfolger Belis geworden war.

Doch jetzt lag Caradoc wie Bran unter der Erde, und Caswallon der Sohn Belis saß in jener Halle, sicher auf dem Platz, den er durch Magie und Mord gewonnen hatte. Brans Traum war in Erfüllung gegangen – wenn auch nicht so, wie er es sich erträumt hatte. Der Sohn eines Königs saß jetzt auf dem Thron seines Vaters, und die Zeit und die Macht der Alten Stämme war dahin.

Manawyddan saß da und sah das Nichts. Er hörte es und spürte es, er schmeckte es und atmete es ein.

Wäre er jünger gewesen, hätte er vielleicht nach Rache getrachtet; hätte deren Flammen entzündet und geschürt und einen Trost in ihnen gefunden. Ein Ziel für den Ziellosen, Wärme in dieser großen Kälte.

›Ich könnte es tun, ich bin immer noch ein starker Mann. Doch wenn ich es täte, würden noch mehr Männer sterben; ganz gewiß einige von diesen sechs treuen Kameraden hier neben mir. Selbst Jung-Pryderi könnte fallen, er, für den das Leben noch so viel bereithält. Ich könnte die Tat allein vollbringen, aber wie? Von hinten an meinen Feind heranschleichen, wie ein Wolf? Wie er die Häuptlinge beschlich, die Bran zum Schutze Caradocs zurückgelassen hatte? Soll ich mich ummodeln, um zu werden wie er? Nein. Lieber anständig sterben, in einem Straßengraben, wie jeder andere wandernde Bettler.

Denn was bist du anderes als ein Bettler, Manawyddan, Sohn Llyrs, der nirgendwohin gehen kann? Für den alle Straßen nach Nirgendwo führen?‹

So war es. Er hatte nichts mehr zu tun, hatte keine Heimstatt mehr, jetzt, da Brans letzter Befehl erfüllt, das Haupt in Seine erwählte Ruhestätte gebettet worden war.

›Wenn doch nur du noch lebtest, Branwen, Schwesterchen! Wenn nur dein Kind am Leben geblieben wäre, oder Caradoc. Doch Brans Traum ist die Fackel gewesen; sie entzündete das Feuer, das rote Raserei und Vernichtung über uns alle brachte . . .‹

Seit er ein Mann war, hatte er Bran und der Insel der Mächtigen gedient, und obwohl er seinen eigenen Gedanken gefolgt war und manchmal denen Brans, so hatte er doch niemals etwas für sich selbst getan, zu seinem eigenen Vorteil. Jetzt fürchtete er sich, fühlte sich so entblößt und hilflos, wie er sich niemals hätte fühlen können, wenn jemand übriggeblieben wäre, für den er hätte arbeiten und kämpfen können. Niemand ist so von anderen Menschen abhängig wie der selbstlose Mensch; ihr Bedürfnis ist sein Antrieb und sein Gleichgewicht, und so bedarf er ihrer, und dieses Bedürfnis ist seinerseits vielleicht eine seltsame Art von Selbstsucht. Als Manawyddan noch Menschen hatte, die auf ihn angewiesen waren, hatte er eine nie versiegende Kraftquelle. Doch jetzt besaß er beides nicht mehr und somit nichts.

Er saß die ganze Nacht hindurch da und sah die Morgendämmerung kommen, wie eine verblühte, grauhaarige Frau, die ihre welken Wangen färbt. Er sah die Sonne ihr helles Haupt im Osten erheben, ihren steten und unerbittlichen Marsch beginnen, jenen Marsch, der alle anderen Menschen zu Arbeit und Leben rief.

Er stand auf; er tat einen Schrei, wie ihn ein Mensch am Rande eines Abgrundes tut: »O Allmächtige Mütter! O mein Leid! Keinen gibt es außer mir, der nicht weiß, wohin er sein Haupt heute nacht legen soll!«

»Herr . . .« Es war Pryderis Stimme. Jener jüngste und ihm liebste der Sieben war aufgewacht. Mühsam stand er auf, noch ganz schlaftrunken, und kam herbei. Und Manawyddan schwieg beschämt.

»Herr . . .« Die Hand des jungen Königs von Dyved war auf seinem Arm.

»Ich meine nicht ein Bett oder ein Dach überm Kopf, Knabe. Das sind geringe Dinge – keinem Bettler, der auf der Insel der Mächtigen umherzieht, werden sie verweigert, wenn er an die Tür eines rechtschaffenen Bauern klopft. Ich meine eine Heimat, einen Ort, der zu mir gehört und ich zu ihm. Wohin ich auch gehe, werde ich ein Fremder sein. Ein Ausländer bin ich jetzt, auf der ganzen Erde, da Bran und Branwen unterm Rasen sind und meine ganze Sippe tot ist.«

Pryderi schwieg, versuchte nachzudenken. In dieser Schwäche des starken Mannes, einer Eiche ohne Efeu, lag etwas, was das Betrachten ungehörig erscheinen ließ, ein Grauen, wie es Menschen späterer Zeiten spüren mochten, wenn sie den Körper eines gefolterten Menschen in seiner nackten Hilflosigkeit sahen.

»Herr, dein Vetter ist König über die Insel der Mächtigen. Du und er, ihr seid von einem Blut, und in eurer Jugend wart ihr Freunde. Er sitzt auf deinem Thron, das weiß ich, aber du hast niemals Anspruch auf dein Land und Eigentum erhoben. Immer hat man dich als den Dritten Landlosen König gekannt. Und Caswallon braucht den Frieden, wie ihn dieses Land braucht – er wäre froh, wenn du ihm zur Seite stehen und ihm dabei helfen würdest, den Frieden herbeizuführen. Wie du Bran geholfen hast.«

»Das wär' er bestimmt!« Manawyddan lachte bitter. »Der letzte der Söhne meiner Mutter sein Haushund, und alle Zungen zum Schweigen gebracht! Doch obwohl dieser Mann mein Vetter ist, könnte ich es nicht ertragen, ihn auf dem Thron meines Bruders, des Gesegneten, zu sehen. Nie könnte ich mit Caswallon unter einem Dach glücklich sein!«

Was er sonst noch hätte sagen können, sagte er nicht; die freundliche Absicht des Jungen band ihn. Das war es also, was alle Männer denken würden, sogar seine getreuen Sechs. Er, der rechtmäßige Hochkönig, sei willens, weil er keinen Anspruch auf seine Krone erhob, Caswallons Schoßhund zu sein. Ein neuer Einsamkeitsberg türmte sich vor ihm, ein neuer Schmerzensabgrund klaffte auf.

Pryderi schwieg wieder, biß sich auf die Lippe und dachte angestrengt. Dann erstrahlten plötzlich seine Augen. Er straffte seine Schultern, wie einer, der eine Last abwirft. Seine weißen Zähne blitzten in einem freudigen, betörenden Lächeln. »Herr, möchtest du dir noch einen Rat von mir anhören?«

»Ich bedarf des Rates«, antwortete Manawyddan müde. Er spürte keine Neugier, er sprach nur aus Höflichkeit; Pryderi aber stürzte sich auf diese Erlaubnis so freudig, wie sich ein Hund auf einen Knochen stürzt.

»Herr, sieben Cantrevs habe ich von Pwyll meinem Vater geerbt; in ihnen lebt Rhiannon meine Mutter. Mit meiner Frau Kigva lebe ich in den Sieben Cantrevs von Seissyllwch, und wenn du der Mann meiner Mutter wärst, könntet ihr beide euch zusammen der Länder meines Vaters erfreuen. Es gibt keine schöneren oder reicheren – es würde mein Herz froh machen, wenn du sie hättest.«

Einen Atemzug lang schwieg Manawyddan; dann sagte er: »Ich danke dir für große Freundschaft, Fürst. Deine Mutter würde es vielleicht nicht; sie ist sehr wohl in der Lage, sich selbst einen Gatten zu suchen, wenn sie einen haben will.«

»Ich würde dir die beste Freundschaft von der Welt erweisen, wenn du mich ließest«, schmeichelte Pryderi. »Die Herrin meine Mutter wird sagen, was ich sage – seit ich ein kleines Kind war, habe ich sie dich als den edelsten der Männer preisen hören. Nie hat sie jenen einzigen Besuch von dir in Dyved vergessen; viele Jahre ist das schon her. Und sie ist jetzt einsam, da mein Vater tot ist und ich ein verheirateter Mann bin.«

Manawyddan öffnete den Mund, um nein zu sagen, doch in diesem Augenblick flog ein goldener Vogel über ihn hinweg. Eine goldene Feder fiel ihm vor die Füße. Er bückte sich, um sie aufzuheben; in seiner Hand leuchtete das Ding wie Licht, und während er es ansah, hörte er seine eigene Stimme sagen, zu seiner eigenen Verwunderung: »Ich werde mit dir gehen, Junge. Zu Rhiannon.«

ZWEITES KAPITEL – SIE KOMMEN ZUR HÜTTE DES SCHÄFERS / ALSO BRACHEN SIE AUF NACH DYVED AM WESTLICHEN MEER, UND IHRE KAMERADEN VERLIESSEN SIE, EINER NACH DEM ANDEREN; GINGEN ZURÜCK ZU IHREN FAMILIEN, UM IHNEN DIE GESCHICH-ten zu erzählen, die alte Krieger immer erzählt haben. Gewiß kann kein Krieger jemals gewaltigere erzählt haben – was freilich etwas heißen will. Denn bis auf den heutigen Tag haben keine anderen Männer auf der Welt gegen Feinde gekämpft, die den Kessel der Wiedergeburt besaßen, der – obwohl durch eine frevlerische Tat in unsere grobstoffliche Welt gebracht und dort gefangengehalten – immer noch die Macht besaß, die Toten auferstehen zu lassen. Ihre entseelten Körper, besessen von Dämonen der Unterwelt, zurückzuschicken, damit sie gegen lebende Männer kämpften.

Gluneu ging als erster. Er verließ sie in der zweiten Nacht; und als sich die Sechs zum Schlafen niederlegten, tastete Manawyddan nach jener schimmernden Feder und konnte sie nicht finden. Er lächelte bitter, ohne Überraschung. ›Ich hab' sie also nur geträumt. Die Vögel Rhiannons sind bei ihr in Arberth, sie, die einzigen Wesen, die aus ihrer Welt mit ihr herübergekommen sind. Und ich bin nicht der Mann, für den sie ihre Welt verlassen hat.‹

Für Pwyll hatte sie ewige Jugend dahingegeben; für ihn hatte sie, die Tochter eines Königs in Feenland, einen sterblichen Körper angenommen und dessen Schmerzen. Um Pwyll zu bekommen und ihn zu behalten, hatte sie viele Heimsuchungen ertragen; und schließlich war ihr die äußerste Prüfung abverlangt worden: allein zu sein in den Jahren des Welkens.

›Ich werde sie besuchen, dann gehen. Dazu verpflichtet mich mein Versprechen.‹ Doch tief drinnen in dem Sohne Llyrs rührte sich etwas, wie sich nichts mehr gerührt hatte, seitdem Bran seine giftige Wunde empfangen und gesagt hatte: »Schlagt mir den Kopf ab!« Eine Erinnerung, die eine Weile lang sogar jene schwarze Erinnerung zurückzudrängen vermochte. ›Du kannst es nicht vergessen haben, Königin, sowenig, wie ich es vergessen habe. Ich habe dir einen großen Dienst erwiesen, doch gerade dieses Dienstes wegen wirst du wohl nie wieder mein Gesicht erblicken wollen.‹

Sie würde es sich nicht anmerken lassen; sie war eine echte Königin. Sie würden einander freundlich begegnen und freundlich auseinandergehen; auf einen Abschied mehr kam es in dieser Zeit der Abschiede wahrlich nicht mehr an.

Am dritten Tage verließ Ynawc sie. Grudyen ging als nächster, und dann Heilyn. Taliesin ging als letzter, der herrliche Sänger, das Wunder der westlichen Barden bis zum letzten Tage der Welt. Pryderi gab sich große Mühe, ihn zu überreden, daß er mit ihnen nach Dyved gehe.

»Du wirst dort die beste Gastfreundschaft der ganzen Welt erfahren«, drängte er. »Du kannst mit den Vögeln meiner Mutter singen, von denen manche sagen, sie könnten sogar noch süßer singen als du, und du kannst mit meinem Verwandten, dem alten Druiden Pendaran Dyved, über weise Dinge reden.«

Doch Taliesin schüttelte den Kopf.

»Ich bin lang genug bei euch gewesen«, sagte er, »und die Taten, die wir gemeinsam vollbringen sollten, sind vollbracht. Ich wünschte, sie wären es nicht, denn ihr beide seid gute Kameraden. Doch jetzt muß ich dorthin gehen, wo sich neue Taten gestalten, denn das ist das ewige Gesetz Taliesins. Ihr reitet gen Süden, nach Dyved, das die ungeborenen Menschen das Land der Zauberei und Phantasie nennen werden, und ich reite gen Norden, in das feurige Sonnenlicht der Zukunft hinein.«

Manawyddan sah ihm in die Augen. »Du meinst, wir seien die Vergangenheit? So soll es denn sein.«

Pryderi jedoch stemmte die Arme in die Hüften und rückte ein wenig an seinem Schwert.

»Ich fühle mich nicht im geringsten vergangen«, sagte er. »Ich vollbringe immer noch Taten, und ich habe vor, noch mehr zu vollbringen.«

Doch Taliesin und Manawyddan schenkten ihm keine Beachtung; sie sahen einander tief in die Augen. Die Dämmerung umschloß sie sanft; unter den Bäumen ließ sich der Abend nieder; Schatten, die bald zu Dunkelheit reifen würden, streckten schon lange schwarze Arme aus. Nur am westlichen Himmel blühten noch rosige Wolken wie Blumen. Und einen Atemzug lang war dem fröhlichen jungen König von Dyved so, als berührte ihn die Fingerspitze eines großen Schweigens, einer Endlichkeit, die auch Friede war. Dann wandte sich der Dichter ihm zu.

»Ich gehe jetzt, nach Gwynedd«, sagte Taliesin. »Ich war dort am Hofe Dons, vor der Geburt Gwydions. Und jetzt möchte ich ihn heranwachsen sehen.«

»Gwydion?« sagte Pryderi, erfreut, daß er schließlich doch etwas verstand. »Ist das nicht der kleine Junge, der Maths Erbe sein wird?«

In dem ungewissen Licht sah ihn Taliesin lange und traurig an. »Er ist ein kleiner Junge, doch das ist nicht alles, was er ist. Oder alles, was er war. Er hat viele Namen getragen. Doch jetzt wird er der Sohn Dons genannt, der Schwester Maths des Uralten, und in einer kommenden Zeit wirst du denken, daß du diesen Namen nur zu gut kennst. Und später wird ihn alle Welt kennen, denn es gibt einen Weltenamboß, und unsere Welt ist Metall darauf, und er ist der Schmied, der unseren Teil der Welt in eine neue Gestalt hämmern wird. Was blutige Narren wie Caswallon tun, kann ungeschehen gemacht werden, nicht aber das Werk weiser Männer, die durch den Geist arbeiten.«

»Er trägt eine hohe Bestimmung«, sagte Pryderi beeindruckt. »Vielleicht eine, ohne die wir anderen getrost auskommen könnten. Warum sollte ich einmal denken, daß ich ihn nur zu gut kenne?«

Taliesin antwortete nicht, und Manawyddan rieb sich das Kinn. »Ich erinnere mich jetzt; an eine Sache, die Math einmal sagte. Er weiß schon, daß dieses Kind gekommen ist, um sein Werk ungeschehen zu machen und sein eigenes zu vollbringen.«

»Er weiß es und nimmt es an«, sagte Taliesin. »Was kann Math dem Uralten verborgen bleiben? In der Östlichen Welt gibt es einen Gott, so heißt es, der die Veränderung und ihre Übel verabscheute, wie Math das tut, und wünschte, Seinem Volk den Frieden zu bewahren und das Goldene Zeitalter. Also verbot Er ihnen, die Frucht vom Baume der Erkenntnis zu essen, und sie gehorchten Ihm nicht. Doch Math ist ein weiserer Gott; Er wird seinem Volke nicht das verbieten, was es früher oder später tun muß, und wird ihm nicht die Sünde des Ungehorsams auferlegen.«

»Der Grund dafür ist, daß Math noch einen menschlichen Körper trägt«, sagte Manawyddan, »und für sich selbst sprechen kann, statt durch die Münder von Priestern, die Sein Wort nicht gänzlich verstehen können.«

Pryderi riß die Augen auf. »Math ist ein Mensch. Ein Mensch voll Zauberei und Wunder, aber menschlich. Er ißt und schläft und tut all die Dinge, die wir anderen auch tun. Wenn seine Zeit kommt, wird er sterben.«

»Alle Götter sterben«, sagte Taliesin. »Indem Er wie ein Mensch stirbt, kann ein Gott manchmal am klarsten zeigen, daß Er ein Gott ist. Und für Math naht die Zeit, sich von der Erde zurückzuziehen und nicht mehr angebetet zu werden, denn die Menschen wollen jetzt wildere Götter.«

»Wie es jener Östliche Gott wohl schon ist«, sagte Manawyddan, »denn Er ist ein Vater; wir aber verneigen uns vor den Müttern. Doch glaube ich jenen nicht, die Ihn eifersüchtig nennen. Die Eifersucht muß in seinen Priestern stekken. Kein Gott könnte je solch ein Narr sein, Sein Volk für alle Zeiten in Unwissenheit halten zu wollen; denn der Unwissende kann niemals zwischen Gut und Böse wählen und darum keins von beiden meistern.«

»All das geht über meinen Kopf«, sagte Pryderi und kratzte sich an selbigem. »Aber wie dem auch sein mag – euer Gwydion da, der ein ziemlich aufsässiger Kerl zu sein scheint, wird noch eine Weile brauchen, bis er herangewachsen ist und anfangen kann mit seiner Unruhestifterei.«

So nahm Taliesin der Viel-Erinnernde Abschied, er, der viele Geburten erlebt hat und noch viele erleben wird. Der vielleicht sogar heute irgendwo unter uns weilt, es weiß aber niemand, wo. Zumindest niemand, der es verrät...

Pryderi machte einen letzten Versuch, ihn zum Bleiben zu bewegen.

»Wenn du schon unbedingt«, drängte er mit seinem gewinnendsten Lächeln, »in der Nähe von Leuten sein willst, die einen Sohn aufziehen, dann solltest du bei uns bleiben. Kigva und ich hätten schon längst einen Jungen, wenn ich nicht in den Krieg hätte ziehen müssen; doch jetzt werden wir keinen Augenblick mehr verlieren. Ja, vielleicht haben wir sogar schon einen«, meinte er dann hoffnungsvoll. »Jenes war eine gute Nacht, unsere letzte, bevor ich Dyved verließ. Drillinge könnten in ihr entstanden sein!«

Aber wieder schüttelte Taliesin nur den Kopf und lächelte...

So wurden die Sieben zu Zweien, und zu zweit zogen sie weiter nach Dyved. Und die Preseli Mountains führten sie westwärts, jene zerklüfteten, in den Himmel ragenden Wälle, deren Gipfel sie in den schlechten Tagen von Irland aus hatten sehen können. Pryderi waren damals ihre sonnenbeschienenen, gezackten Höhen wie der Anblick eines vertrauten Gesichtes von daheim vorgekommen, einem Daheim, von dem er nicht sicher wußte, ob er es jemals wiedersehen würde.

Jetzt trennte ihn keine See mehr von dort, nur noch Streifen wilden Wald- und Moorlandes, die unter seinen ungeduldigen Füßen immer schmäler wurden. Und Manawyddan, der über eine langsamere Gangart froh gewesen wäre, wußte, was sich in Pryderis Herzen regte; japsend hielt er Schritt mit ihm.

Die Nacht überkam sie in einer Falte jener windigen Hügel, und dort stießen sie auf die Hütte eines Schäfers. Der Schäfer hieß sie willkommen; da er aber alt war und sein Augenlicht schwach, erkannte er Pryderi nicht. Und Manawyddan sagte: »Laß ihn denken, du seiest ein Fremder; er wird dann vielleicht freier sprechen als vor seinem König. Du bist lange fort von Dyved gewesen; es kann inzwischen viel geschehen sein.«

Die Wahrheit war, daß ihm die ganze Zeit, seitdem sie jene wilde Gegend betreten hatten, sein Druidengesicht gesagt hatte, daß Augen sie beobachteten; hungrige, starrende Augen. Vielleicht aus der Ferne die Augen von Caswallons Druiden; vielleicht die von Druiden, welche einem nahen Feinde dienten, der Pryderi auf seinem Heimweg in einen Hinterhalt locken wollte.

Zu dem Schäfer sagte er: »Ich bin ein Harfner, der aus dem Krieg zurückkommt, und das ist Guri, mein Sohn.«

Die Frau des Schäfers brachte ihnen ein Abendessen und sah ihnen beim Essen zu. Dann sagte die alte Frau: »Von welchem Krieg sprichst du? Ich wußte nicht, daß diese Insel noch genug Männer dafür hatte, oder daß jene wenigen, die am Leben geblieben waren, genug Herz für einen neuen hatten. Doch so seid ihr Männer. Niemals gebt ihr Ruhe, immer jagt ihr hinter dem Blut des andern her!«

»Wir kämpften in Irland«, sagte Manawyddan. »Irland, wo die jungen Männer von der Insel der Mächtigen starben. Und wir wollen keinen Tod mehr sehen.«

Sie riß die Augen auf. »Kein Mann ist lebend aus jenem gewaltigen Krieg heimgekommen, das weiß ich. Nicht einer ist in unsere Berge zurückgekommen; oder in die Ebenen dort drunten.«

»Es bleiben immer ein paar übrig, die zurückkommen«, sagte Manawyddan. »Wenn sie auch nur langsam kommen. Wir sind nur die ersten, von denen ihr hört.«

Der alte Schäfer beugte sich eifrig vor. »Wenn ihr dort gewesen seid, dort, wo die Schlacht brüllte und wo später die Wölfe und die Adler vom Fleisch unserer Söhne fraßen, dann wißt ihr vielleicht, was unserem jungen König zugestoßen ist. Er ist dort gefallen: Pryderi, der Sohn Pwylls.«

»Vielleicht nicht«, sagte Pryderi. »Vielleicht wird er zurückkommen.«

Der alte Mann schüttelte den Kopf. »Er wäre schon zurückgekommen, wenn er überlebt hätte. Zu seinem Volk und zu seiner jungen Frau.«

»Ich bin zurückgekommen«, sagte Pryderi. »Glaubst du, meine Kraft und mein Glück waren größer als seine?«

»Die Mütter allein wissen, was Glück ist.« Die alte Frau faßte ihn durch den Rauch hindurch schärfer ins Auge. »Du bist wie er. Auch er wurde Guri genannt; Guri vom Goldenen Haar war der Name, den er als kleines Kind trug, und er ist herangewachsen und so stattlich und golden geworden – wie du. Aber er ist nicht zurückgekommen.«

»Leidet Dyved denn Not?« fragte Manawyddan. »Herrenlosem Volk ergeht es oft schlecht.«

Der Schäfer schüttelte wieder den Kopf.

»Noch nicht. Aber Not steht bevor. Die beiden Königinnen herrschen noch in Frieden, und der alte Pendaran Dyved ist ihr Ratgeber, Pwylls weiser Hoher Druide. Doch Caswallon sendet Geschenke an unsere Häuptlinge, und die jungen Männer werden unruhig und murren: ›Wir sollten wieder einen König haben.‹«

»Dann hat also keine der beiden Königinnen einen neuen Mann genommen?« fragte Manawyddan.

»Nein. Doch sobald Pendaran Dyved beigesetzt ist, werden beide zum Hochzeitslager geführt. Vielleicht jede von mehreren Männern, bevor sich ein Mann als Meister erweist und sich einrichten kann, um diejenigen von uns, die noch übriggeblieben sind, niederzutreten und auszurauben.«

»Und Caswallon würde so etwas zulassen?« Pryderis Fäuste ballten sich. »Niemals hätte sich das unter Bran zutragen können!«

Der alte Mann lachte bitter. »Doch der Segen wich von Bran dem Gesegneten. Er zog davon und ließ seinen Sohn als unseren König zurück, entgegen dem heiligen Gesetz. Und jetzt ist er und sein ganzes Haus tot, und Caswallon sagt, daß er immer der rechtmäßige König gewesen sei. Und vielleicht hat er recht, denn die Götter sind sichtlich mit ihm. Die Mütter werden schwach, der Vater wird stark.«

Manawyddan schwieg. Er dachte: ›So wird das ganze Volk reden. Der Sieg beweist, daß ein Mann von Gott erwählt ist, und sei es ein Mörder. Und einst liebten und priesen dich alle Männer, Bran mein Bruder.‹

Doch schließlich hatte Bran den Frieden gebrochen, den er aufrechterhalten hatte; hatte sein eigenes Werk zunichte gemacht und Elend und Tod über sein Volk gebracht. Das war die Wahrheit, und sie war die schwerste aller Lasten, die es nun zu tragen galt.

Pryderi sagte widerspenstig: »Das Geschäft eines Hochkönigs ist es, Ordnung und Frieden aufrechtzuerhalten. Nicht, mitanzusehen, wie die Unterkönige einander und ihr Volk abschlachten.«

Jetzt lachte die alte Frau, ein mißtönendes, schrilles Gegacker. »Er braucht Freunde – Caswallon, der Auserwählte des Vaters. Die sieben Häuptlinge, die er erschlug, um Caradoc den Sohn Brans loszuwerden, sie haben Verwandte und Freunde hinterlassen. Ihre Hände strecken sich schnell genug aus, um Caswallons Geschenke anzunehmen, aber ihre Herzen lieben ihn nicht. Und wenn sein Glück sich wandelt, wenn die Ernte verhagelt oder Eindringlinge uns überfallen, dann werden viele schreien: ›Das ist der Fluch des Blutes – des Blutes, das er vergoß!‹ Solange die Unterkönige ihn Hochkönig nennen, wird Caswallon sie tun lassen, wie es ihnen gefällt.«

»Oder sie gegeneinander ausspielen, um Zeit zu gewinnen«, sagte Manawyddan. »Und zusehen, wie ihre Macht abnimmt, während die seine wächst.«

»Und Dyved ist immer noch ein reiches und blühendes Land!« Pryderis Lachen klang wie zerreißende Seide. »Wie gerne würde er es schwach und zerrissen sehen – so, wie wir Irland schwach und zerrissen hinter uns gelassen haben.«

»Vielleicht ist es so.« Der alte Mann seufzte. »Manche Leute sagen, er unterstütze einen unserer Herren; andere, daß er einen anderen unterstütze. Doch alle diese gierigen Herrchen warten nur darauf, daß der Atem aus Pendaran Dyveds Körper weicht. Die Angst vor dem Fluch des alten Druiden hält sie alle noch zurück; aber er schwindet dahin. Seine Ende naht.«

»Ich möchte meinen, daß Rhiannon sich auch ein bißchen aufs Verwünschen versteht«, sagte Pryderi. »Sie ist keine sterblich geborene Königin.«

»Oh, sie hat ihre Zauberkräfte!« Die alte Frau kicherte wieder. »Wie gern hätte ich einen winzigen Teil von jener Zaubermacht! Doch die war nie von der Art, daß sie Männer von ihr ferngehalten hätte, und selbst in ihrer Jugend hat sie es nicht vermocht, jene lügnerischen Frauen zu verwünschen, die schworen, sie habe ihr eigenes neugeborenes Kind getötet. Vor ihr braucht niemand Angst zu haben!«

»Krankheit oder Tod über jene Frauen zu bringen, das hätte sie auch nicht reingewaschen«, sagte Manawyddan. »Es hätte nur bewirkt, daß die Leute sie noch mehr fürchten und hassen. Ich habe von jener Geschichte gehört.«

»Hast du? Sie wird auf die verschiedenste Weise erzählt. Aber ich kenne die richtige!« Und sie stürzte sich so begierig ins Erzählen, wie ein hungriger Mann sich über dampfendes Fleisch hermacht; stürzte sich in all die Nöte und Plagen, die sich ereignet hatten und bald vergessen sein würden in den wundersamen Geschehnissen und nicht mehr schreckenden Schrecknissen der Vergangenheit.

Manawyddan dachte müde: ›Hier in dieser Einsamkeit bedeutet es ihr viel, eine Gelegenheit zum Reden zu haben. Und vielleicht ist sie weiser, als sie aussieht. Zu vergessen, wogegen man nicht ankämpfen kann, sich dessen zu erfreuen, was man noch hat – das ist nicht die übelste Art, seine grauen Tage zu verträumen. Fragt sich nur: Gäbe es nicht, wenn man hartnäckig genug suchte, eine Möglichkeit zu handeln, statt zu träumen?‹

Er kannte die Geschichte, die sie erzählte; besser als sie. Er ließ aus seinem

Geist in den ihren soviel heimliches Wissen einfließen, wie er glaubte verantworten zu können.

»Hier in den Preselis fing alles an.« Ihre Stimme hatte sich zu einem Sang erhoben. »Hier versammelten sich die Häuptlinge von Dyved, um sich mit Pwyll ihrem Herrn zu treffen. An dem heiligen Ort erwarteten sie ihn, innerhalb jenes Doppelringes aus Blausteinen, wo sich das Volk zum Rat versammelt, seit die ersten Menschen in Dyved wandelten. Alt, uralt sind jene Ringe, und im Dunkel der Nacht erheben sich ihre großen Steine und tanzen miteinander. Denn sie sind das Älteste Volk, die Erstgeborenen der Mutter Erde. Jeder hat einen Namen, der nicht ausgesprochen werden darf, und jeder hat die Macht, zu heilen oder zu verheeren. Und kein Mensch darf es wagen, das Wort noch einmal auszusprechen, das er vor ihnen ausgesprochen hat; sonst wird er verdorren und sterben.«

»Ich weiß von jenem Ort«, sagte Manawyddan. »Groß ist die Macht des äußeren Ringes, doch die des inneren ist noch größer. Denn seine zwölf Steine sollen die ersten Zwölf von der Erde geborenen Götter sein, Grundgestalt aller künftigen mächtig mysteriösen Zwölf. In ihnen ist nicht nur die Farbe des Meeres, das einst alle Dinge bedeckte, sondern auch die Asche jener Feuer, aus denen sich die Mutter Erde formte, in jenem gewaltigen Kreißen, dem die Berge und die Täler entsprangen.«*

Die alte Frau starrte ihn an, mit aufgesperrtem Mund. »Du weißt zuviel. Du kannst kein Mann von den Neuen Stämmen sein.«

»Alle Stämme bringen gute Männer hervor, Frau. Entstammen nicht dein Pwyll und sein Pryderi den Neuen?«

Der Schäfer sagte traurig: »Ja. Sie sind milde Eroberer gewesen, jene aus dem Hause Pwylls. Doch die, die nach ihnen kommen, werden es dem kleinen Mann schwermachen; uns Hirten und Ackerbauern. Sie werden uns alle, die wir den Alten Stämmen angehören, kleinmachen.«

»Nicht für immer«, sagte Manawyddan. »Schließlich werden Alte Stämme und Neue ein Volk werden.«

»Vielleicht. Aber es wird noch länger dauern – lang und lang –, bis die Reichen die Brüder der Armen werden.«

»Das Haus Pwyll ist vielleicht noch nicht am Ende«, warf Pryderi ein, mit entschlossener Miene.

»Jene Männer, die sich mit Pwyll am Heiligen Ort trafen, wollten es vor

---

* Nur von Preseli können die ›Bluestone Circles‹ von Stonehenge stammen, obgleich ihr Transport für jedes Volk des Altertums eine herkulische, fast unlösbare Aufgabe gewesen sein muß.

323

dem Ende bewahren.« Die alte Frau fuhr mit ihrer Geschichte fort, unbeirrt.

»Pwyll kam, und er sagte: ›Männer, warum habt ihr mich hierhergerufen?‹ Und sie sagten: ›Herr, Sorge erfüllt uns, daß wir einen Mann, den wir so sehr lieben, unser Oberhaupt und unseren Ziehbruder, ohne einen Erben sehen müssen. Du bist nicht so jung wie einige von uns, und deine Frau ist kinderlos. Nimm eine andere und bekomme Söhne. Du kannst nicht ewig unter uns bleiben, und wenn du auch die Frau, die du jetzt hast, wirst behalten wollen, so werden wir das nicht dulden.‹ Sie sagten nicht: ›Jene Frau aus Feenland ist jetzt sterblich und kann getötet werden. Ihre eigene Sippe wird sie nicht rächen, sie, deren Wut sie unfruchtbar gemacht haben muß. Und wenn du es tun wirst, dann werden wir es aus Liebe zu dir erdulden.‹

Sie sagten das nicht, weil es nicht höflich gewesen wäre; doch Pwyll wußte, was sie meinten. Er wußte auch, was seine Pflicht seinem Volke gegenüber war. Er sagte: ›Die Frau und ich haben erst drei Winter miteinander geschlafen, und es ist noch Zeit genug, daß ihr Bauch anschwillt. Gebt mir ein Jahr und einen Tag, und wenn er dann immer noch leer ist, werde ich eurem Willen Folge leisten.‹ Und sie willigten ein.

Am Maitag wurde jener Pakt geschlossen, und am Abend vor dem Maitag des nächsten Jahres – im allerletzten Augenblick, genau eine Nacht, bevor ihre Zeit vorüber war – gebar Königin Rhiannon einen Sohn. Mit Hilfe welcher Künste sie ihn bekam, das wissen nur die Mütter; aber bekommen hat sie ihn! Und sie und ihr Herr triumphierten wie Krieger, die aus der Schlacht heimgeritten kommen, reich mit Beute beladen.

Pwyll und seine Männer feierten in der großen Halle, und in ihrem großen Bett schlief die Königin, und ihr Kind schlief neben ihr. Sechs der vornehmsten Damen von Dyved wachten über sie, so daß alles sicher schien. Obgleich die Maiennacht eine der Heiligen Nächte ist, in denen sich die Türen zwischen den Welten öffnen – wenn die, die unsere Gestalt abgelegt oder nie getragen haben, aus ihren schrecklichen unirdischen Orten gegen uns Sterbliche anrücken können.

Sie können nicht glücklich gewesen sein, jene sechs feinen Damen – jede von ihnen hatte eine Tochter oder eine Schwester, von der sie sagte, jene hätte Pwyll in diesen vier Wintern mit vier prächtigen Knaben beschenkt, nicht nur mit einem einzigen. Eine bittere Pille muß es für sie auch gewesen sein, zu wissen, daß jetzt diese hergelaufene Frau ihres einen Sohnes wegen für alle Zeiten Königin über sie sein würde. Aber sie wagten nicht, das auszusprechen; sie mußten so tun, als wären sie stolz und glücklich. Denn keiner Frau in Dyved konnte ein höheres Ehrenamt anvertraut werden. Sie wußten, daß sie über diese Mutter und ihren Sohn wachen mußten, als wären's die eigenen Augäpfel. Doch zur Mitternacht war auch die letzte von ihnen eingeschlafen.«

Hier gelang es ihrem Mann, ein Wort einzuwerfen. »Du kannst ihnen das nicht vorwerfen, alte Frau. Jener Schlaf muß ihnen auferlegt worden sein, von Jenen, die der Weise ohne Namen läßt.«

Sie fuhr fort, als hätte er nichts gesagt. »Und gegen Tagesanbruch, als sie erwachten, alle sechs, mit einem jähen Ruck – da war der Knabe verschwunden. Er war nicht mehr da; er war nirgendwo zu finden; es war, als hätte es nie einen neugeborenen Jungen gegeben. Da packte sie alle große Furcht, sie, die geschlafen hatten, als sie hätten wachen sollen, sie, die, wie viele bezeugen konnten, immer gegen ihre Königin, die Fremde, gezischelt hatten . . .«

Pryderi gähnte hinter der vorgehaltenen Hand und flüsterte Manawyddan zu: »Ich hätte nie gedacht, daß ich mir dieses Garn noch einmal anhören müßte.« Dann wurde sein Mund grimmig. »Wenn ich mein Vater gewesen wäre, ich hätte diese elenden Hexen alle wie Ratten ersäuft!«

»Obwohl sie die Frauen und Schwestern seiner Häuptlinge waren? Du weißt es besser, Junge!«

»Das sagt meine Mutter auch. Hätte er es getan, hätte es nach wie vor keinen Frieden in Dyved gegeben. Und doch sage ich . . .«

»Pst, Junge! Unsere Gastgeberin kann dich hören!«

Die Frau hatte wirklich zu sprechen aufgehört und sah sie unwillig an; doch ein solch gewaltiges Schweigen ließ sich augenblicklich um sie herum nieder, daß sie aussahen, als wäre es die ganze Zeit über dagewesen; und sie fuhr fort.

»Die Königin schlief noch, da töteten sie den neugeborenen Welpen einer Hirschhündin und beschmierten ihr Gesicht und ihre Hände mit dessen Blut, dann legten sie die Knochen neben sie hin. Daraufhin erhoben sie sich und zerkratzten sich ihre Gesichter und schlugen einander blaue Augen und schrien so laut, daß der ganze Hofstaat herbeigerannt kam. Und sie wiesen auf das blutige Gesicht der Königin und brachen in Wehklagen aus. ›O Mütter, wärt ihr doch gekommen, als wir heute nacht zu euch flehten! Denn diese Irrsinnige hier erhob sich, und solche Dämonenkraft war in ihr, daß wir alle zusammen sie nicht halten konnten. Vor unseren Augen hat sie ihren Sohn Glied für Glied zerrissen und hat ihn roh gegessen!‹

So wurde Freude zu Leid verwandelt und Triumph zu Weh. Wie Feuer breitete sich die Geschichte durch das Land aus, und wieder kamen seine Adligen vor Pwyll. ›Schaff' dieses böse Weib fort, Herr, diese Mörderin, die ihr eigen Fleisch und deines verschlungen hat.‹ Doch Pwyll antwortete: ›Ihr habt kein Recht, das zu verlangen. Ich habe versprochen, sie zu verstoßen, wenn sie unfruchtbar bliebe; doch jetzt hat sie ein Kind geboren. Haltet ihr euer Versprechen, wie ich das meine gehalten habe.‹ Aber sie wüteten weiter, und schließlich, damit seine Frau nicht hinter seinem Rücken erwürgt oder bei lebendigem Leibe verbrannt würde, sagte er notgedrungen: ›Die Druiden sollen über sie richten.‹

Und Rhiannon flehte jene Frauen an: ›Bei der Sonne und beim Mond, die alles sehen; bei den Müttern, nach deren Bild wir alle gestaltet sind: beschuldigt mich nicht zu Unrecht! Wenn ihr lügt, weil ihr euch fürchtet, dann werde ich euch verteidigen.‹

Sie aber antworteten: ›Wirklich, Herrin, für niemanden auf der weiten Welt würden wir es wagen, Unheil über uns selbst zu bringen.‹

›Ist mein Leid nicht groß genug?‹ sagte Rhiannon. ›Der Schmerz einer Mutter, die ihr Kind verloren hat. Welches Unheil wird denn über euch kommen, wenn ihr die Wahrheit sagt?‹

Doch was sie auch sagte: sie bekam nur eine einzige Antwort von jenen Frauen.

Also kamen schließlich die Druiden und hörten sich alles an, und so lautete der Spruch, den sie fällten: ›Herrin, sieben Jahre lang sollst du jeden Tag auf dem Trittstein* vor dem Hause deines Gebieters hier in Arberth sitzen. Und jedem, der an seine Tür kommt, sollst du von deiner blutigen Tat berichten und sollst dich dann auf alle viere niederlassen – genauso, wie ein Tier gehen würde, das es nicht besser weiß, als das eigene Junge zu verschlingen – und sollst jenen Gast auf deinem Rücken in die Halle tragen.‹

So lautete das Urteil der Druiden, und wie sie es befahlen, so geschah es auch. Doch wenige wollten auf ihrem Rücken reiten, denn wir Leute in Dyved haben ein Herz in der Brust.«

DRITTES KAPITEL – DER MANN, DER MIT DEM UNGEHEUER KÄMPFTE/DA IHRE EIGENE KEHLE TROCKEN GEWORDEN WAR, ERHOB SICH DIE FRAU UND BRACHTE FÜR ALLE MET HERBEI. ALS MANAWYDDAN DESSEN SELTENE GÜTE LOBTE, LÄCHELTE SIE UND SAGTE: »Ich habe einen kleinen Freund, der mir hilft.«

»Wohl einen Hausgeist. Noch mehr Zauberei«, sagte Pryderi. »Mein Vater und alle seine Männer müssen jedenfalls verhext gewesen sein, als sie diese Hundeknochen nicht von den meinen unterscheiden konnten. Jene hundsgemeinen Hexen hätten klüger gehandelt, wenn sie behauptet hätten, daß die Hündin mich ganz verschlungen habe, und daß meine Mutter dann zum Ausgleich einen jungen Hund roh zum Frühstück verzehrt habe.«

»Bursche, willst du, daß sie dich hört?«

---

* Zum Besteigen der Pferde.

Doch weil Pryderis junges Gesicht so grimmig ernst war und Glut in seinen Augen glomm, schenkte die alte Frau seinen Becher bis zum Rand voll mit süßem gelbem Met. Geschmeichelt, weil ihre Erzählung ihn so bewegt hatte, setzte sie sich dann ans Feuer und hob wieder an.

»Teyrnon von der Donnerflut war damals Herr über Gwent, und es gab auf der ganzen Welt keinen besseren Mann. Und er hatte eine Stute, und im ganzen Land gab es kein schöneres Pferd. Doch obgleich sie jedes Jahr in der Nacht vor Frühlingsanfang fohlte, so stand doch am nächsten Morgen nie ein Fohlen neben ihr. Was aus ihren Fohlen wurde, das wußte kein Mensch. Und eines Nachts sprach Teyrnon mit seiner Frau darüber. ›Frau‹, sagte er, ›wir sind wirklich große Narren, daß wir unsere Stute jedes Jahr fohlen lassen und nie eines ihrer Fohlen behalten.‹

›Was können wir dagegen tun?‹ sagte sie.

›Morgen nacht ist Frühlingsanfang‹, sagte er. ›Und nie wieder will ich Sonne oder Mond sehen, wenn ich nicht herausfinde, was das für ein Ding ist, das da kommt und die Fohlen fortträgt!‹

Sie fürchtete sich und versuchte ihn davon abzubringen, er aber hörte nicht auf sie. Er ließ die Stute in eine leere Hütte führen, das letzte und geringste der kleinen Häuser, die sein großes Haus umstanden. Auf der einen Seite der Hütte lag das offene Moor, auf der anderen Seite befand sich eine Tür, die einzige Öffnung. Er ließ seine Männer ein helles Feuer anfachen, dann hieß er sie gehen und schloß die Tür hinter ihnen, denn vom Moor her wehte ein scharfer Wind. Er setzte sich, voll gewappnet, mit dem Rücken gegen die Wand, die am weitesten weg von jener Tür war. Von da aus konnte er alles beobachten, ohne gesehen zu werden, denn dichte Schatten bargen ihn. Er wartete dort, bis das graue Zwielicht nicht mehr seine Finger durch die Ritzen an der Tür zu zwängen versuchte, bis es überhaupt kein Licht mehr gab außer dem roten Glosten des Feuers. Der Wind heulte, und die Stute stand beim Feuer und zitterte. Hin und wieder hob sie ihren Kopf und wieherte erbärmlich, und Teyrnon schien es, als schauten ihre dunklen Augen furchtsam zur Tür hin. Er rührte sich aber nicht und ging nicht zu ihr, obwohl er ein Mann war, dessen Natur es war, allen Tieren in Schmerzen zu helfen.

Kaum war es Nacht geworden, da fohlte sie – ein großes, schönes Hengstfohlen. Es stand auf wackligen Beinen, schwach und naß und benommen, und seine Mutter wusch es. Die Wahrnehmung ihrer Zunge auf seiner Haut tröstete es, und es drängte sich näher und fand ihre Zitzen und saugte; da war es wieder so glücklich, wie es in dem warmen dunklen Nest des Mutterleibes gewesen war. So trösteten sie einander nach den pressenden, zerreißenden Geburtswehen; und so entdeckte das Fohlen – wie alle Neugeborenen – diese riesige

Welt und sich selbst und sie, die erste Teilhaberin seiner großen und schrecklichen Einsamkeit.

Teyrnon hielt es nicht mehr aus. Er ging zu ihnen und lobte die Stute und
befühlte das Fohlen, stolz auf dessen Größe und die Kraft, mit der es saugte.

Doch als er neben ihnen kniete, da ertönte ein gewaltiges Krachen, und die
Tür fiel herein. Durch die schwarze Öffnung schoß ein riesiger Arm, dick wie
ein Baum und schwärzer als die Nacht, und an seinem Ende saß eine große,
blitzende Klaue; die packte die Mähne des Fohlens. Teyrnon sprang auf und
hieb mit seinem Schwert drauflos, und als die Stute sah, daß sie dieses Mal Hilfe
hatte, da sprang auch sie den Arm an, biß und trat ihn. Teyrnon brauchte sie;
er war der Gefolgsmann Pwylls, des Königs von Dyved, gewesen und hatte an
dessen Seite in vielen Schlachten gekämpft, doch auf einen solchen Feind war
er noch nie gestoßen. Sein Schwert schien in Holz zu hacken, und alle drei –
Mann, Stute und Fohlen – wurden stetig, wenn auch langsam, durch die Tür
gezerrt. Sie hatten die Macht, jene unirdische Macht zu behindern, aber aufhalten konnten sie sie nicht. Doch dann schnitt plötzlich Teyrnons Klinge durch
den mächtigen Muskel hindurch und durch die Sehne bis auf den Knochen.
Härter als Fels schien jener Knochen, und zunächst glaubte Teyrnon, es sei alles vorüber, doch dann schloß er seine Augen und hielt den Atem an und
schlug mit aller Kraft, die er besaß, drauflos. Und da erhob sich dort ein Schrei,
wie noch kein Schrei auf dieser Welt gehört wurde; er schien allen Raum unter
dem Himmel zu erfüllen und die Erde selbst zu erschüttern. Teyrnon prallte
zurück, seine Trommelfelle platzten fast, und als sein Kopf wieder klar wurde,
sah er, daß der Arm in seiner ganzen schwarzen schrecklichen Länge, bis dahin, wo der Ellbogen hätte sein sollen, abgetrennt auf dem Boden lag. Um ihn
herum brodelte eine Blutlache, aus der ein Gestank aufstieg, der ihn fast erstickte.

Auf der einen Seite der Tür war die Mauer zerrissen wie ein Stück Stoff,
und das Dach bog sich durch. Er stemmte seine Schulter gegen diese Ruinen-
wand und brach hindurch, denn jene stinkende, brodelnde Blutlache versperrte
den Eingang. Er führte die Stute und ihr Fohlen hinaus, obwohl sie schrie, wie
nur ein Pferd schreien kann, und ihre Augen rollte, denn die Nacht war immer noch erfüllt von unirdischem Wehgeheul. Sie standen da, alle drei, und so-
gen in tiefen Zügen die reine Nachtluft ein, und allmählich wurde das Geheul
schwächer, denn jenes ungeheuerliche, verwundete Ding sank auf seiner
Flucht in die Tiefen der Unterwelt zurück, in jene unaussprechliche, unaus-
denkbare Finsternis, aus der es gekommen war. Und dann hörten sie, durch jenes Klagen hindurch, ein anderes Klagen: einen leisen, scharfen Schrei dort
draußen in der finsteren Nacht.

328

›Was ist das?‹ rief Teyrnon und rannte hinzu.

Nahe der Tür fand er es, dort, wo es hingefallen war, gerade noch außerhalb der Blutlache, die immer noch aus jenem blutenden Monsterarm brodelte. Ein Neugeborenes, eingewickelt in einen Mantel aus schimmerndem Zeug und brüllend, als wollte es seinen fetten kleinen Hals sprengen.

Teyrnon hob es auf und wickelte es aus und besah es, wie er das Fohlen besehen hatte, und dann schaute er zu dem Fohlen hinüber und lächelte.

›Ihr seid ein Paar, ihr beide‹, sagte er. ›Beide Neugeborene und beide Hengste.‹

Er sah, daß das Fohlen wieder die Zitzen seiner Mutter gefunden hatte, nachdem der Hunger stärker als die Erinnerung an den Schrecken geworden war, und wie sich die Mutter beruhigte, still dastand, um jenen Hunger zu stillen, obwohl sie noch am ganzen Leibe zitterte. Er wurde wieder ernst und blickte auf das krähende Kind hinab.

›Mir scheint, der von euch, der vier Beine hat, ist im Augenblick besser dran. Wir werden dich mit hineinnehmen, Meister Zweibein, und sehen, was wir da tun können. Ich verstehe nicht, warum die Leute nicht schon längst herausgerannt gekommen sind, um nachzusehen, was hier los ist!‹

Er kehrte in seine große Halle zurück und fand dort alle Männer, Frauen und Kinder in tiefem Schlafe vor. In so tiefem Schlafe wie die sechs Damen, die in derselben Nacht an Rhiannons Bett saßen. Doch von ihnen wußte er natürlich nichts. Er ging weiter und kam in sein Schlafgemach, und dort fand er seine Frau in so tiefem Schlafe wie alle anderen auch. Er schüttelte sie, und als sie die Augen aufschlug und ihn anstarrte, da lächelte er wieder.

›Ist das die Frau, die die ganze Nacht hindurch kein Auge zumachen wollte aus Angst, daß mir etwas zustoßen könnte?‹

Sie wird recht blöde dreingeschaut haben, doch in diesem Augenblick bekam das Kind, das verstummt war, weil es ihm an Luft fehlte, seinen Atem zurück und fing wieder an zu schreien. Das war ein Klang, nach dem sie sich lange gesehnt haben muß, sie, die eine Frau ohne Kinder war, so wie Rhiannon es gewesen war. Doch jetzt fuhr sie erschrocken zusammen.

›Herr, was ist das?‹

Teyrnon, immer noch lächelnd, hielt ihr das Neugeborene hin.

›Frau, hier ist ein Sohn für dich, wenn du ihn haben willst, obwohl du ihn nicht geboren hast.‹

›Wer hat ihn geboren?‹ sagte sie. Und sie saß kerzengerade im Bett und sah Teyrnon sehr streng an.

›So hat es sich zugetragen –‹ und Teyrnon erzählte ihr alles. Sie staunte sehr, als sie es vernahm, und sie gab viele kleine Schreie und Seufzer von sich, vor Entsetzen ob der Gefährlichkeit seines Abenteuers wie auch vor Bewunderung seiner Tapferkeit, doch nie wandte sie ein Auge von dem Kind ab. Und als sie Milch angewärmt und seine Windeln gewechselt hatte – die inzwischen klatschnaß geworden waren – und es schließlich eingeschlafen war, satt und zufrieden, da hielt sie den schimmernden Mantel hoch und betrachtete ihn mit einem sorgsam einschätzenden Blick.

›Das ist ein guter Stoff; ein seltener Stoff. Wer diesen Mantel besessen hat, ist reich genug, sich selbst und ihren Sohn in alle Schätze der Östlichen Welt zu kleiden.‹ Und sie sah Teyrnon an und dachte erleichtert, daß er keine solche Frau kannte, und daß es, sollte dies doch der Fall gewesen sein, zu lange her war, als daß sie ihm diesen Sohn hätte heute nacht gebären können.

›Das Kind ist von vornehmer Abstammung‹, sagte sie.

›Er ist auf jeden Fall ein prächtiger Knabe‹, sagte Teyrnon. ›Kräftig für sein Alter.‹

›Sein Alter!‹ schnaubte sie. ›Er hat kein Alter – er wurde in dieser Nacht geboren.‹ Plötzlich weiteten sich ihre Augen. ›Herr, wir wollen ein Spiel machen; ein lustiges Spiel mit meinen Frauen. Wir wollen sie hereinrufen und ihnen sagen, daß ich schon viele Monate lang schwanger gewesen sei, aber nichts davon gesagt hätte, falls nichts daraus würde, denn die Mütter sind seither nicht freundlich zu mir gewesen.‹

So geschah es dann, obwohl ich als Frau nicht glaube, daß die Frauen in Teyrnons Haushalt sich hinters Licht führen ließen. Wahrscheinlich wollte Teyrnons Frau alle von ihnen so bald wie möglich sehen, um sich zu vergewissern, daß an keiner von ihnen Anzeichen von einer Kindsgeburt zu bemerken waren – schimmernder Mantel hin, schimmernder Mantel her.

Und die Frauen hielten es wahrscheinlich für klug, ihrer Herrin nicht zu widersprechen. Wie auch immer, die meisten Leute in Gwent, bestimmt alle Männer, glaubten, daß das Kind Teyrnons eigener Sohn von seiner Frau sei. Sie nannten den Knaben Guri, und weil das Haar, das er auf dem Kopf hatte, wie reines Gold glänzte, nannten sie ihn Guri vom Goldenen Haar. Und als es wieder Frühlingsanfang war, da marschierte er schon kühn drauflos und war so groß wie das größte Kind von drei Jahren.«

»Diese Frau meint es gut mit mir«, flüsterte Pryderi Manawyddan zu. »Als ich diese Geschichte daheim hörte, war ich nur so groß und schön, wie es der größte und schönste Bub mit einem Jahr sein kann.«

»So ist es wohl eher gewesen«, flüsterte Manawyddan zurück, »doch sei lieber still.«

»Und im zweiten Jahr«, fuhr die alte Frau fort, »da war er so groß und schön wie der größte, kräftigste Sechsjährige.«

Hier spitzte Pryderi den Mund zu einem Pfeifen, doch Manawyddan trat ihm rechtzeitig auf den Fuß, und er blieb stumm.

»Zu dieser Zeit«, fuhr sie etwas sachlicher fort, »sprachen alle von dem großen Unglück in Arberth und von Rhiannons Strafe. Kunde davon war schon in jenem ersten Winter nach Gwent gedrungen, und Teyrnon und seine Frau hatten einander einmal angesehen und dann woandershin geblickt. Doch im zweiten Jahr, als sie dieselbe Geschichte wieder und wieder hörten, da legten sie großen Wert darauf, einander nicht anzusehen. Sie gaben sich die größte Mühe, einander nicht anzusehen, und jedes hätte es sehr gern gehabt, seine oder ihre Augen vor der Wahrheit verschließen zu können.

Teyrnons Frau sprach in ihrem Herzen: ›Er ist mein Augapfel, aber er ist von ihrem Fleisch und Blut. Kann ich das einer anderen Frau antun – ich, die ich die Bürde der Unfruchtbarkeit mit ihr geteilt habe? Aber wie kann ich wissen, ob er von ihrem Fleisch und Blut ist – ich habe nicht gesehen, wie sie ihn geboren hat! Wie kann ich also sicher sein? Und er ist auch Teyrnons Augapfel, und Teyrnon hat keinen Sohn! Und Teyrnon kämpfte gegen den Großen Arm und rettete das Kind; er hat ihm mit größerem Wagnis ins Leben geholfen, als leibliche Eltern es je könnten. Wer hat ein besseres Recht auf ihn als Teyrnon?‹

Und Teyrnon dachte: ›Er ist der Augapfel meiner Frau. Wie könnte ich sie, die so lange gewartet hat, darum bitten, ihn wieder herzugeben – jetzt, da sie ihn endlich bekommen hat? Ich bin aber einst Pwylls Gefolgsmann gewesen, und wir waren Freunde – die Herrschaft über Gwent ist sein Geschenk. Doch wie kann ich sicher sein, daß der Junge ihm gehört?‹

Und beide dachten: ›Rhiannon hat einmal empfangen; und was für Plagen sie auch den Tag über ertragen muß: jede Nacht sitzt sie an Pwylls Seite in seiner Halle, seine geehrte Königin, und wenn der Mond hoch am Himmel steht, gehen sie zusammen zu Bett. Warum sollte sie kein zweites Kind gebären? Laßt sie empfangen – laßt sie empfangen . . .‹

Doch der dritte Winter kam, und Guri rannte jetzt überall umher und wurde sogar schon auf den Rücken des jungen Hengstes gehoben, der in gewisser Weise sein Zwillingsbruder war. Und immer noch kam kein Wort, daß Königin Rhiannon eine andere Last trug als das Gewicht von Gästen, die roh genug waren, auf ihrem Rücken zu reiten. Jeden dritten oder vierten Monat geschah das einmal, doch wenn diese törichten Burschen den Hof wieder verließen, sandte Pwyll ihnen Männer hinterher, die ihnen bessere Manieren beibrachten. Soviel konnte er für sie tun, er, der ihren Schoß nicht wieder füllen konnte.

Und wieder kam die Nacht zum Frühlingsanfang und Guris vierter Sommer. Da kam ein Fremder in Teyrnons Haus. Groß war er, und sein Haar war schwarz wie die Nacht, und seine Augen waren bald grau, bald grün; sie änderten sich wie das Meer. Seine Kleider waren alt und abgetragen, doch trug er eine silberne Harfe mit goldenen Saiten. Und niemand hatte je eine Harfe schlagen hören, wie er sie schlug, oder eine Geschichte erzählen hören, wie er sie erzählte.

Drei Nächte lang spielte er für die Leute von Teyrnons Haus, und in der dritten Nacht spielte er ein Lied, das war so süß, daß es die Augen von Frauen im Kindbett mit Schlaf verschlossen hätte und verwundete Männer ihre schärfsten Schmerzen hätte vergessen und Ruhe finden lassen. Alles Lebendige in jenem Haus schlummerte ein; Männer, Frauen und Kinder schliefen; die Katzen und die Hunde schliefen und sogar die Mäuse in den Mauerritzen.

Nur Teyrnon war noch wach. Er saß auf seinem Platz, auf dem Herrensitz, mit dem schlafenden Kind Guri neben sich, dessen Kopf auf seines Vaters Knien ruhte. Und Teyrnon sah den Barden an, und der Barde sah Teyrnon an.

›Schon einmal, Lord von Gwent‹, sagte der Harfner, ›wachtest du, während andere schliefen.‹

›Woher weißt du das?‹ wollte Teyrnon wissen.

›Ich weiß viele Dinge‹, sagte der Fremde, ›und ich habe diese drei Tage hier nicht zugebracht, ohne deine Gedanken in der Nacht brennen zu spüren. Deine und die deiner Gemahlin.‹

›Die Träume eines Menschen gehören ihm ganz allein‹, sagte Teyrnon, ›und kein Fremder hat ein Recht, in sie hineinzuschleichen, um sie zu belauern und Geheimnisse herauszufinden, die nicht für ihn bestimmt sind!‹ Seine Hand fuhr zu seinem Schwert.

›Auf meine Rechte kommt es nicht an‹, sagte der Fremde. ›Aber andere haben Rechte, auf die es ankommt. Sieh dir dieses Kind an.‹ Er wies auf den schlafenden Guri. ›Hast du je solche Ähnlichkeit zwischen Vater und Sohn gesehen wie zwischen diesem Knaben hier und Pwyll, Fürst von Dyved?‹

Teyrnon sah auf das Kind hinab, und seine Augen sahen, wogegen er sie zwei Winter lang verschlossen hatte. Sahen es zu deutlich, um es je wieder zu vergessen ...

›Schau in diese Augen‹, sagte der Fremde; und während er das sagte, öffneten sich Guris Augen. Sie blickten auf, schläfrig und voller Vertrauen, zu dem Manne, den er Vater nannte. Und Teyrnon senkte den Kopf.

›Es sind die Augen Pwylls‹, sagte er schwer. ›Die Augen Pwylls, meines Herrn und meines Freundes.‹

Dann sah er wieder zu dem Barden hin, und sein Gesicht veränderte sich; Wut verzerrte es. Er sprang auf, stieß Guri hinter sich. Sprungbereit wie ein Raubtier stand er da, und sein gezücktes Schwert blitzte im Feuerschein.

›Wer bist du?‹ Das Blitzen seiner Klinge war nicht tödlicher als das Blitzen seiner Augen. ›Wer bist du, und was hat dich hierhergeführt? Bist auch du ein Ding der Nacht?‹

Aber er bekam keine Antwort; es war niemand da, der ihm hätte antworten können. Er stand ganz allein inmitten der hingestreckten Körper seiner vom Schlaf entseelten Leute. Sogar das Kind Guri schlief wieder, so ruhig, als wäre es nie aufgewacht. Teyrnon hob es auf und ging aus der Halle, und seine Schultern waren gebeugt wie die eines alten Mannes.

Noch in derselben Nacht weckte der Lord von Gwent seine Frau und redete mit ihr. Er sagte ihr, was er nicht länger vor sich selbst verheimlichen konnte. Er sagte: ›Es ist nicht recht von mir, einen Knaben zu behalten, von dem ich weiß, daß er der Sohn eines anderen Mannes ist. Und für dich ist es auch nicht recht, ihn zu behalten und eine so edle Dame eine solche Strafe ertragen zu lassen.‹

Die Frau weinte nicht und klagte nicht. Sie sagte nur: ›Du hast recht, Herr. Lange schon wußte ich, daß wir den Jungen nach Hause schicken sollten.‹

Dann saßen sie eine Zeitlang stumm da, und in der Dunkelheit fand seine Hand die ihre, und sie barg ihren Kopf an seiner Brust und weinte. Aber nicht stürmisch; sie liebte ihn zu sehr, um seine Last noch schwerer zu machen, und bald wandte sich ihr Sinn, wie der einer guten Haushälterin, dem zu, was aus dem Zusammenbruch noch gerettet werden konnte.

›In dreifacher Weise werden wir aus dieser Angelegenheit Gewinn ziehen, Herr. Dank und Geschenke von der Königin, weil wir sie von ihrer Strafe erlösen, und den Dank Pwylls, weil wir seinen Sohn aufgezogen haben und ihn ihm wieder zurückgeben. Und wenn der Junge ein gutes Herz hat – und wie gut weißt du, daß er das hat! –, dann wird er unser Ziehsohn sein und uns alles Gute erweisen, das in seiner Macht steht.‹

›Ziehsöhne‹, so dachte sie, ›kommen zurück, um ihre Zieheltern zu besuchen. Er wird zurückkommen, um uns zu sehen. Wir werden ihn manchmal sehen, manchmal‹, und dieser Gedanke war das einzige Licht in ihrer Finsternis.

Am Morgen packte sie Guris Sachen und kleidete ihn in seine besten Kleider und kämmte seine goldenen Locken. Dann setzte Teyrnon den Knaben neben sich in seinen Wagen, und zusammen fuhren sie davon. Zwei der besten Männer Teyrnons ritten als Geleit hinter ihnen.

Es war fast Abend, als sie nach Arberth kamen. Sie sahen Pwylls Palast, rund wie die untergehende Sonne, die seine strohgedeckten Dächer in Gold verwandelte. Dahinter stiegen die blauen, zerklüfteten Höhen unserer Preselis auf, wolkenertränkt, so daß niemand zu sagen wußte, wo das Gebirge aufhörte und der Himmel begann. Und näher, niedriger, doch furchtbar in seiner Gewalt, ragte jener schreckliche und riesige Hügel auf, den man den Gorsedd Arberth nennt, der Sitz der Mysterien, die Grabstätte von Dyveds erstem König, obwohl kein Mensch seinen Stamm oder seinen Namen mehr weiß. Wie die Heimstatt aller Schatten sah er aus, ein Schwarz, in dem, sogar bei Tage, die Schwärze der Nacht Zuflucht suchen und ihre Stunde erwarten mochte ...

Vor den Palasttoren, die breit genug waren, um zwölf Männer gleichzeitig einzulassen, war ein Trittstein aufgestellt. Neben jenem Stein saß eine Frau, und die sinkende Sonne ließ ihr Haar aufleuchten wie eine goldene Flamme.

Sie erhob sich, als sie die Gäste kommen sah. Ihr Gesicht war starr wie eine Maske, wie Schnitzwerk, gefertigt von gottähnlichen Handwerkern jenseits des Östlichen Meeres. Damals, als sie begann, bei jenem Stein zu sitzen, muß sie um jenen unbeweglichen Gesichtsausdruck gerungen, ihn so schwer erkämpft haben, wie je ein Krieger in der Schlacht gekämpft hat. Doch Tag war auf Tag gefolgt, Woche auf Woche, und aus den Monaten waren Jahre geworden; jetzt war die Maske ein Teil von ihr. Sie zuckte nur einmal zusammen: als Teyrnon das Kind aus dem Wagen hob und es an seines Vaters Seite heranzottelte.

›Herr‹ – ihre Stimme klang klar und ohne Schwanken – ›komm nicht näher. Ich will jeden von euch auf meinem Rücken in den Palast tragen.‹

Die zwei kräftigen Gefolgsmannen Teyrnons erstarrten in ihren eigenen Fußstapfen, dann blickten sie mit großer Aufmerksamkeit auf ihre Füße hinab. Überallhin, nur nicht auf die Königin. Doch Teyrnon sah die Frau an und sie ihn.

›Dies ist meine Buße, Herr‹ – ihre Augen schwankten sowenig wie ihre Stimme – ›dafür, daß ich meinen eigenen Sohn getötet und gegessen habe.‹

Sie hatte keinen Zweifel daran, daß Teyrnon sie für schuldig hielt; nicht ein einziges Mal in all den Jahren ihres Leides war er, Pwylls alter Kamerad, gekommen, um sie zu besuchen. Doch das war ohne Bedeutung. Sie hatte zu vielen Männern ins Gesicht gesehen, als daß sie sich noch darum kümmerte, was einer mehr sich dachte; doch das Kind – sein Entsetzen hatte noch die Macht, ihr weh zu tun. Sie ertrug es nicht, mitanzusehen, wie diese jungen Augen aufgerissen wurden; sie hielt die ihren reglos auf das Gesicht seines Vaters gerichtet.

›Herrin‹, Teyrnons tiefe Stimme bebte, ›halte mich nie für einen solchen! Niemals werde ich auf deinem Rücken reiten.‹

Dann wandte er sich seinen Männern zu, und so wild war sein Blick, daß sie die Köpfe einzogen, obwohl ein solcher Ritt das letzte war, was sie wollten.

334

Das Kind Guri aber piepste: ›Und ich will es auch nicht, Herrin‹ Seine besorgten, freundlichen Augen betrachteten sie.

Und plötzlich lachte Rhiannon. Das verlorene Lächeln ihrer Jugend kam zurück und machte das maskenhafte Gesicht lebendig und lieblich.

›Du bist einer, den ich gerne tragen würde‹ sagte sie und schlang ihre Arme um ihn. Dann gingen sie alle zusammen in den Palast.

Groß war die Freude in Arberth in dieser Nacht. In jener königlichen Halle war ein königliches Fest nichts Ungewöhnliches, doch als das Volk erfuhr, daß Teyrnon, Lord von Gwent, gekommen war, da starben noch mehr Ochsen, und noch mehr Geflügel wurde gebraten. Das Beste an Met und Wein, das beste Silbergeschirr und die goldenen Becher wurden hervorgeholt, die besten Käsesorten herbeigeschafft und aufgeschnitten. Inmitten dieses Treibens kam Pwyll von der Jagd heim; als er hörte, wer gekommen war, erstrahlte sein Gesicht vor Freude, dann verdüsterte es sich.

›Ist er . . .?‹ Diese Frage drückte er wohl eher mit seinem Blick als mit Worten aus.

Doch als seine fröhlichen Leute die Köpfe schüttelten, kam er mit ausgestreckten Händen herbei und mit einem Gesicht, das strahlte wie die Sonne. Er begrüßte Teyrnon und hieß ihn zwischen sich und Rhiannon Platz nehmen, und der Knabe saß zwischen den beiden Männern Teyrnons. Rhiannons Augen suchten ihn dort oft.

Sie schmausten und redeten und tranken, sie tranken und redeten und schmausten. Pwyll war begierig, alles zu erfahren, was sein Freund erlebt hatte, und schließlich sagte er: ›Diese schöne Stute von dir – das war doch wirklich eine seltsame Geschichte. Ist es dir je gelungen, eines ihrer Fohlen zu behalten?‹

›Ja‹, sagte Teyrnon. ›Vier sind es jetzt, und alle vier so feine Pferde, wie man sich's nur wünschen kann. Aber es war ein gewaltiger Kampf, den ich bestehen mußte, um das erste von den vieren zu behalten.‹

Und er berichtete von jener Nacht und von dem Arm, der in der Nacht gekommen war; und die Frauen schauderte es, und die Männer hielten den Atem an. Guris Augen wurden rund; er hatte die Geschichte noch nie gehört.

Teyrnon erzählte von seinem Sieg und davon, wie sein Feind wehklagend in die Unterwelt zurückgeflohen war. Dann berichtete er von jenem anderen Schrei. Von dem, was er bei der Tür gefunden hatte.

Tief war da das Schweigen; brunnentief: Die Menschen starrten einander an und wagten nicht zu sprechen. Jeder dachte: ›Es kann nicht sein – doch vielleicht . . .‹ Und Pwyll sah seine Gemahlin an und wartete auf das Strahlen, das nicht auf ihr Gesicht trat. Sie dachte: ›Ich träume wieder. Ich habe schon so oft geträumt. Teyrnons Worte müssen eine andere Bedeutung haben, als wir meinen. Bald werde ich wieder erwachen.‹

Teyrnon stand auf und schritt durch das erstarrte Schweigen. Hin zu dem Kind, das er bisher sein Kind genannt hatte. Unter seinem Mantel hervor zog er das schimmernde Zeug, in das der Neugeborene gewickelt gewesen war; er legte es um Guri und nahm ihn auf den Arm, so, wie er ihn in jener anderen Nacht auf den Arm genommen hatte. Er trug ihn zu Rhiannon und setzte ihn auf ihren Schoß.

›Herrin, hier ist dein Sohn. Wer auch jene Geschichte erzählt hat, daß du ihn getötet habest: es war eine Lüge. Ich glaube, daß es hier keinen unter all den Anwesenden gibt, der nicht sieht, daß dieser Knabe der Sohn Pwylls ist. Seht ihn an‹ – er wies auf seinen Herrn – ›und dann seht euch dieses Kind an‹

Von allen dort stieg ein Ruf auf: ›So ist es‹ Große Macht war mit Teyrnon in jener Stunde; alle sahen jene Ähnlichkeit, so, wie er selbst sie in jener Nacht gesehen hatte, als der fremde Barde ihm in seiner eigenen Halle gegenübergestanden hatte.

Nur Rhiannon saß in stummem Staunen da, ihre Augen waren so aufgerissen und leer wie die Augen des überraschten Kindes auf ihrem Schoß. Ihre Arme hatten sich um dieses geschlossen, wie sich die Arme jeder Frau um ein Kind schließen werden, aber sie sah es nicht an. Es war, als wagte sie nicht, hinzusehen . . .

Doch da erhob sich Pwyll und warf seine Arme um die beiden, und seine Augen waren feucht. Rhiannon aber begann zu zittern, am ganzen Leibe zu beben, wie ein Baum im Sturme bebt. Rasch blickte sie in Guris Gesicht und begrub dann ihr eigenes in seinem goldenen Haar.

›Oh, mein Liebling, wenn das wahr ist, dann bin ich von meiner langen, langen Angst um dich erlöst, von meinem langen Gram‹

Und der weise Druide, Pendaran Dyved, kam und sagte zu ihr: ›Gut hast du deinen Sohn benannt, Herrin. Pryderi, Sohn Pwylls, soll er für immer heißen.‹«

Viertes Kapitel – Der Sohn Llyrs erinnert sich/»Sie hat die Geschichte nicht schlecht erzählt.« Pryderi streckte sich behaglich auf dem Strohsack aus, der ihr Bett war. »Ich meine, sie hat das meiste richtig erfasst. Bis auf eines.«

»Und was war das?« fragte Manawyddan höflich. Er zog die Decken wieder herauf, die Pryderis Recken und Strecken hinunterbefördert hatte. Er hoffte, Pryderi würde bald einschlafen.

»Was der fremde Barde getan hat. Er hat sich nicht in Luft aufgelöst.«

»Was hat er dann getan?« Manawyddans Stimme klang teilnahmslos.

Pryderi runzelte die Stirn. »Es ist seltsam. Ich kann noch das Schwert im Feuerschein blitzen sehen, und wie Teyrnons Augen darüber blitzten. Ich sah das Schwert schon zustoßen und das Blut des Fremden rot von ihm triefen. Und das Herz schlug mir im Halse, denn ich liebte jenen Barden.«

»Und ist es geschehen?«

»Nein. Er drehte jener Klinge und jenen Augen den Rücken zu. Ohne Eile nahm er seine Harfe auf, und ohne Eile schritt er durch die Tür. Er ging durch sie hinaus, und wir sahen ihn niemals wieder.«

»Seine Arbeit war getan. Er hatte keinen Grund, noch länger zu bleiben.«

»Aber wer war er? Wohin ist er gegangen? Und woher ist er gekommen?«

»Genügt es dir nicht, daß er dein Freund war und der Freund deiner Eltern?«

»Schon, aber wer war er? Manchmal ist es mir so vorgekommen, als hättest du eine gewisse Ähnlichkeit mit ihm, Herr.«

Der Sohn Llyrs lachte leise. »Ich bin kein Helfer aus Feenland, Junge.«

»Sowenig wie er! Die Sippe meiner Mutter hat ihr niemals Hilfe gesandt, immer nur Harm.«

»Verachte dein eigen Blut nicht«, sagte Manawyddan streng. »Ein Volk, in dem deine Mutter geboren wurde, kann unmöglich ein Ungeheuer gesandt haben, um ein neugeborenes Kind zu stehlen. Erinnere dich an Gwawl den Hellen, Gwawl mab Cludd, mit dem ihre Sippe sie verheiraten wollte. Sie ist ihm unberührt entkommen, doch zu welchem Preis! Sein Haß wird niemals sterben.«

»Ich kenne jene Geschichte. Bei der Hochzeitsfeier kam Gwawl und übertölpelte meinen Vater, der ihm dann meine Mutter abtreten mußte. Um Gwawl zu entkommen, mußte Mutter ihn in einen Sack locken, und dann gaben Vater und alle seine Männer jenem Sack einen tüchtigen Hieb mit einem kräftigen Stock. Bis Gwawl versprach, Mutter ziehen zu lassen und keine Rache zu nehmen. Mit dem schrecklichen, namenlosen Eid schwor er das, mit dem, der sogar einen Gott zerschmettern kann, wenn er ihn bricht. Gwawl hat keine Ungeheuer geschickt.«

»Gwawl hatte aber Freunde, die kein Eid band. Wäre Arawn, König von Annwn, nicht gewesen, der Freund deines Vaters in Anderswelt, ganz Dyved wäre längst schon vernichtet worden. Das weißt du doch schon lange, Junge.«

»Aber wenn diese Mächte Pwyll nicht anzutasten wagten, wie konnten sie es dann wagen, mich anzutasten, seinen Sohn? Es sei denn, sie stammten aus der Sippe meiner Mutter und hatten deshalb einen Anspruch auf mich, den selbst der mächtige Arawn respektieren mußte!«

Manawyddan sagte: »Wir können die Wege der Anderswelt nicht ergründen, Junge, wir sterblichen Menschen. Wir wollen schlafen.«

Doch als sie sich dann gute Nacht gewünscht hatten, dachte er: ›Fast hättest du den Schleier von mehr als einem Geheimnis weggerissen, Pryderi. Doch das hast du nie geahnt und wirst es nie erahnen: daß kein Tropfen von Pwylls Blut in deinen Adern fließt.‹

Jene Nacht war so dunkel gewesen wie diese. Weich und still hatte sich dann der Mond aus wolkigen Dunkelheiten erhoben, höher und immer höher, sich stetig westwärts über die unvorstellbaren Weiten des Himmels hinweg bewegend. In seinem blassen Schein hatte Pwyll, Fürst von Dyved, trinkend bei seinem Gast gesessen, und beide Männer hatten des Mondes schimmerndes Rund beobachtet, das soviel sanfter war als das der Sonne.

»Noch neun Monate haben wir, Rhiannon und ich. Nur noch neun.« Pwylls Stimme war heiser vor Schmerz.

»Das könnte Zeit genug sein. Vergeudet sie nicht.«

»Wir haben alles getan, was wir konnten. Wir haben zusammen unter jedem Stein der Heiligen Steine gelegen und haben jeden Ritus befolgt, den uns die Druiden rieten. Wir haben jede Torheit begangen, die uns alte Weiber rieten. Und nichts ist geschehen. Wie ich schon vorher wußte.«

Er lachte rauh, bitter, mit einem verzerrten Gesicht. In ratlosem Mitleid saß der andere Mann da und sah ihm zu.

Pwyll faßte sich, sah ihn wieder an und lächelte. »Doch jetzt vergeude ich wirklich meine Zeit. Es gibt nur ein einziges Mittel. Die Götter müssen dich hierher gesandt haben, Sohn Llyrs, Bruder Brans meines Hochkönigs.«

Manawyddan sagte bedächtig: »Du meinst das Recht des besuchenden Oberherrn, mit der Frau seines Gastgebers zu schlafen? Bei den Alten Stämmen ist es nicht Sitte. Bran würde es nie in Anspruch nehmen. Ich ebensowenig.«

Pwyll lächelte immer noch. »Wenn Rhiannon Mutter wäre, würde ich mich über deine Enthaltung sehr freuen; das gebe ich zu. Aber sie ist es nicht, und bei den Neuen Stämmen ist es ein alter Brauch, der einen guten Kern hat. Der König sollte immer der beste Mann im ganzen Stamm sein, der stärkste und der klügste. Und mit je mehr Frauen er schläft, je mehr Söhne er zeugt, desto stärker ist sein Stamm.«

Manawyddan sagte grimmig: »Wenn ich eine Frau liebte und sie mich – jeder andere Mann, der mit ihr zu Bett ginge, müßte in der Tat stärker sein als

338

ich.« Sein Gesicht war hart; er dachte an seine Mutter, die dunkle Penardim, und daran, wie sie, um seinen durch Verrat gefangenen Vater Llyr freizukaufen, seinem Fänger ihren Körper hatte preisgeben und die Zwillinge Nissyen und Evnissyen gebären müssen, jene zwei, die anders waren als alle Menschen, die je auf der Insel der Mächtigen geboren wurden.

Pwyll sagte: »Unehre ist das, was ein Mann dafür hält.« Sein Gesicht war jetzt kalt; wie eine hölzerne Maske.

»Das ist häufig wahr. Aber kaum eine Redensart ist immer wahr.« Manawyddan brütete vor sich hin. Als er Rhiannon zum ersten Mal gesehen hatte, war sie ihm wie die schönste aller Frauen vorgekommen; als sie miteinander geredet hatten, erfuhr er, daß ihre Gedanken in den gleichen Bahnen flossen, daß die gleichen Dinge sie zu Gelächter oder Mitleid rührten. Er hatte aber auch erfahren, daß sie seinen Freund liebte. Erst jetzt, als ihm dieses edelste aller Gefäße angeboten wurde, ohne Wein darin, seinen Durst zu löschen, empfand er die Heftigkeit seines Durstes. Doch die Hitze in seinem Blut raunte ihm gegen sein besseres Wissen zu: ›Du würdest sie haben. Sie berühren – sie umarmen . . .‹

Er sagte heftig: »Bei den Alten Stämmen schläft keine Frau mit einem Mann, wenn sie ihn nicht will. Sonst würde ihr Kind außerhalb der Heiligen Harmonien geboren werden, gegen den Willen der Mütter. Ich werde kein solches Kind zeugen – sowenig wie du es wolltest, wenn du meinen Bruder Evnissyen gekannt hättest. Mach' deine Kinder selbst, Mann!«

Pwylls Augen wichen nicht von seinen. »Ich kann nicht.«

Einen Atemzug lang herrschte kaltes Schweigen. Dann warf Manawyddan den Kopf zurück, er begriff. »Wenn das eigene Volk deiner Königin sie unfruchtbar gemacht hat, dann wird auch mein Same nicht in ihr Wurzel schlagen. Warum also diese schlimme Tat nutzlos vollbringen?«

Pwyll sagte: »Du hast gehört, daß ich in meiner Jugend in die Anderswelt ging, um für Arawn, König von Annwn, zu kämpfen. Um jenen schrecklichen Feind für ihn zu töten, der ihm Annwn zu entreißen und dadurch auch den Lauf unserer Welt zu verändern drohte.«

»Du hast eine große Tat vollbracht.«

»Und groß ist ihr Preis gewesen. Jenes Schattenvolk brauchte Erdenkraft, um gegen den Weißen Schatten zu kämpfen – gegen ihn, der sogar in ihre Welt blutigen Tod gebracht hatte. Und nur von einem Erdenmann konnten sie diese Kraft bekommen, da Gewalt das uns angeborene Element ist. Doch der Mann, der seine Kraft so gebraucht hat, kann sie nicht gänzlich zurück zur Erde bringen. Er, der soviel Tod berührt hat, muß selbst ein wenig sterben. Etwas hinter sich lassen, bei den Schatten . . .«

»Du hast Kraft genug zurückgebracht. Ich weiß das, denn ich habe dich auf dem Schlachtfeld gesehen . . .« Manawyddan verstummte und biß sich auf die Lippe. Zu spät verstand er. In jenen unverwandt auf ihn gerichteten Augen, in dem tiefen Schmerz und der Schande in ihnen, fühlte er solches Entsetzen, wie es nur ein starker Mann beim Anblick eines anderen starken, verstümmelten Mannes empfinden kann. ›Dies schmerzt ihn mehr, als mich der Verlust meiner rechten Hand oder eines der Beine, auf denen ich stehe, schmerzen würde. Und es beschämt ihn, wie nur Feigheit einen Mann beschämen sollte . . .‹

Der Sohn Llyrs hatte diese Eigenschaft: er konnte mit ganzem Herzen das bemitleiden, was ihm wie Torheit vorkam. Kein Mann sollte sich durch das, wogegen er nicht ankämpfen konnte, erniedrigt fühlen; durch einen Mangel oder einen Unterschied zu anderen Männern. Und wenn er es dennoch tat . . .

Pwyll sagte ruhig: »Rhiannon weiß es. Ich konnte nicht zulassen, daß sie sich die Schuld gab. Da sie eine Frau ist, ist sie immer noch edel oder töricht genug, mich zu lieben. Jetzt wissen wir drei es. Und ich kenne deine Ehre zu gut, Sohn Llyrs, um zu sagen: Es darf niemals einen vierten geben.«

Manawyddan dachte geschwind: ›Aber du hast zugelassen, daß dein Volk ihr die Schuld gibt.‹ Und dann, ebenso geschwind: ›Aber du bist nicht wie Bran und ich. Du hast keinen Bruder, keinen nahen Verwandten – sie können sich nur an dich wenden. Und wenn sie das wüßten – sie, die deinen Mut und deine Gesinnung am besten kennen –, dann würden sie ihren Glauben an dich verlieren. Würden umherirren wie führerlose Schafe, die sich vor den Wölfen fürchten. Das hat euch eure Erkenntnis eingebracht, ihr Männer von den Neuen Stämmen, die ihr so stolz darauf seid, Väter zu sein. Wir von den Alten Stämmen schätzen einen Mann nach seinem eigenen Wert, nicht nach dem, was sein Same im Bauche einer Frau zustande bringt.‹

Laut sagte er: »Ich werde mein Bestes für dich tun, Fürst von Dyved. Ich werde alle Druidenmacht anwenden, die mein Haus besitzt, aber selten gebraucht – ich werde deine Gestalt annehmen, so daß Rhiannon denken wird, du seist es, der bei ihr liegt.«

Pwyll lächelte. »Ich zweifle, ob du sie die ganze Nacht hindurch täuschen kannst . . .«

»Das weiß ich. Ich werde nicht fragen, was für Koseworte ihr beide zueinander sagt – die Worte, die kein Dritter jemals wissen sollte. Geh zu ihr und sag' es ihr – ich nehme an, sie weiß schon von deinem hübschen Plan, oder nicht?«

»Ja. Sie ist eine große Frau. Sie sagte: ›Als ich zu dir kam, habe ich auch die Sitten deines Volkes angenommen. Sage dem Sohn Llyrs, daß ich ihn willkommen heißen werde, wie es die Mutter seines Sohnes sollte.‹«

»Ich will aber nicht, daß sie mich in Großmut erleidet. Sage ihr, daß ihr von heute nacht an, bis ich euch verlasse, in der Nacht nicht miteinander sprechen dürft. So wird sie nicht merken, wann ich zu ihr komme.«

Pwyll sagte mit schwerer Würde: »Herr, ich danke dir.«

Als er bei Rhiannon seiner Frau war, berichtete er ihr, was ihr Freund und Gast gesagt hatte. Sie lachte – ein Lachen, das ein halbes Schluchzen war –, schlang ihre Arme um ihn und preßte sich an ihn.

»Welch ein Beweis seines Edelmuts! Ich fürchtete mich; jetzt kann ich es dir sagen, Herr. Ich fürchtete mich. Mit einem anderen Mann zu schlafen als mit dir . . .« Sie küßte ihn lang und heiß.

Als er sich von ihr abwandte, um seine Kleider abzulegen, umgaben ihn die Schatten dicht. Wäre ihr Sinn ruhiger gewesen, hätte sie, Frau aus Feenland, erkannt, daß einer jener Schatten ein Mann war.

Seine bloßen Füße machten kein Geräusch auf dem Binsenteppich, als er jenen stillen, monderhellten Raum verließ; sie verließ. Sie hörte nicht hin; sie wartete nur. Sah, mit tiefer Erleichterung und Glückseligkeit, wie sich das teure, vertraute Haupt zu ihr wandte, wie sich der teure, vertraute Körper ihr näherte. »Was morgen nacht auch geschehen mag, Herr, heute nacht sind wir noch zusammen!«

In Manawyddans Augen sahen ihr weißes Gesicht und ihre ausgestreckten Arme, die reine Lieblichkeit ihrer weißen Brüste immer noch wie Geschenke aus dem Feenreich aus . . .

Jetzt, neben ihrem und seinem Sohn wachliegend, dachte er: ›Es war wohlgetan. Sie ahnte keinen Augenblick, daß wir in derselben Stunde, in der Pwyll mit ihr sprach, unsere Gestalten vertauschen würden. Der Junge wurde gezeugt, wie die Heiligen Harmonien alle Kinder gezeugt haben wollen: in geteilter Liebe und geteiltem Verlangen.‹

Doch bald war neue Not gekommen. Die schrecklichen Feinde aus Anderswelt hatten ihre Wirklichkeit bewiesen, indem sie das neugeborene Leben geraubt hatten. Er dachte an das lange Elend zurück, daran, wie Rhiannon unter Angst und Elend und Schande gelitten hatte. Erinnerte sich an das lange Starren in jene mit klarem Wasser gefüllte Schale; Wasser, in dem der geschulte Druidenblick sehen konnte, was weit weg war. Wie er sich mühte, seine Gedanken von ihrem Gesicht fernzuhalten, von dem verfluchten Trittstein, um jenes andere Gesicht zu finden, jenes unbekannte Kindergesicht, das vielleicht schon nicht mehr auf der Erde war. Wieder und wieder hatte er Teyrnons Haus im Wasser gesehen; endlich hatte er es auf Erden gefunden. Das Haus und den stämmigen kleinen Sohn, den er noch nie gesehen hatte. Die Freude jener Stunde war ganz sein eigen gewesen, und wenn nichts anderes es je wieder sein würde. Ein Jammer, daß sie die Freude anderer hatte beenden müssen . . .

›Du schuldest Teyrnon viel, Junge; so viel, wie ein Junge seinem Vater nur schulden kann, vielleicht sogar noch mehr. Er kämpfte in deiner Geburtsnacht einen großen Kampf für dich, doch vielleicht war der Kampf, den er später in sich selbst austrug, noch schwerer. Er hätte auch diesen gewonnen, ohne Hilfe, wenn ich ihn nicht gedrängt hätte. Doch was immer ich tat – es war gut, wenn es ihr nur einen einzigen Tag bei jenem Trittstein ersparte.‹

Er hatte ihr den Jungen wiedergeschenkt. Er hatte Teyrnon geholfen, sich selbst zu besiegen; welche Ironie, daß er dabei sogar noch einen Anderen besiegt hatte, jene unsichtbare, unbekannte Gewalt, deren Schrecklichkeit jenes Ungeheuer nur gedient hatte . . .

Hatte er sie wirklich besiegt? Plötzlich sahen in jener Finsternis Augen in die seinen, dieselben Augen, von denen er sich am Tage zuvor beobachtet gefühlt hatte. Augen, so meergrau wie seine eigenen, aber kälter, tiefer als das Meer. Kalt von der Kälte weiten und unergründlichen Raumes. ›Schau. Schau und erkenne deine Kleinheit. Niemand kann Mich besiegen. Ich stehe über Alter und Tod. Für Mich ist deine Lebensspanne weniger als die Hälfte eines Monats. Und obwohl Ich ein paar Atemzüge lang von Meiner Zeit warte, bevor Ich zuschlage, so wird der Schlag doch geführt werden. Und unter ihm werdet ihr erbärmliches Geziefer aufschreien und fliehen und zu Nichts zerschmettert werden.‹

Jene Stimme, die keinen Klang hatte, durchkältete Manawyddans Herz. Er sank in eine Nacht, die jenes angedrohte Nichts zu sein schien.

FÜNFTES KAPITEL – HEIMKEHR/IN DER TAUIGEN LIEBLICHKEIT DER MORGENRÖTE BRACHEN SIE WIEDER AUF. DER WEG WAR STEINIG UND BESCHWERLICH; STEIL FÜHRTE ER HINAN ZU JENEN DUNKLEN BERGEN, WELCHE DIE HEILIGEN STEINE BARGEN. DOCH Pryderi sang unterm Gehen. Seine Augen leuchteten wie die Sonne, die bald heiß auf sie niederbrannte.

»Vor Einbruch der Nacht werden wir daheim sein, Herr. Daheim!«

›Dein Daheim‹, dachte Manawyddan. ›Wird für mich je wieder ein Ort auf dieser Erde ein Daheim sein? Es darf aber nichts das Glück dieses Knaben trüben; nichts darf ihm diesen Tag verderben.‹ Er stapfte unglücklich dahin. Eine schwarze Stimmung lastete auf ihm; er konnte nicht begreifen, wie er solch ein Narr hatte sein können, wie er sich hatte überreden lassen, Rhiannon wiederzusehen. Als Bettler vor sie zu treten, die noch immer eine Königin war – was

342

für eine Rolle war das für einen stolzen Mann? Für jedweden Mann? Weit besser, ihr die Erinnerung an ihn zu lassen, die sie immer gehabt hatte; an einen, der ihr in der Not geholfen, dann zuviel Zartgefühl gehabt hatte, sie jemals wieder mit seiner Gegenwart zu belasten. Er war des Hochkönigs Bruder gewesen, als sie sich das letzte Mal begegnet waren, und jetzt war er ein besitzloser Wanderer, für immer ohne Freunde und ohne Sippe.

Nein, nicht ganz freundeslos. Er konnte die Gastfreundschaft dieses Jungen nun nicht einfach beiseite schieben, so töricht er auch gewesen sein mochte, als er sie annahm. Einst hatte man ihn in Dyved gebraucht. Jetzt brauchte man ihn nirgendwo ...

›Ich träumte letzte Nacht etwas. Was war es?‹ Wie eine schwarze Schwinge strich Erinnerung über ihn hinweg und war wieder fort.

Die Sonne war schon gesunken, als sie den Gorsedd Arberth erblickten, jenen gewaltigen Hügel, den alle Menschen fürchteten. Blumen wuchsen dort, doch kein Kind pflückte sie je. Gewiß war Gold dort vergraben, zusammen mit jenem einst gewaltigen, jetzt namenlosen König; doch kein Räuber war Narr genug, danach zu suchen. Viele Generationen von Königen und Kriegern hatten jenen Hügel gemieden, wie Menschen ein Bett aus glühenden Kohlen meiden. Nur in schlimmen Zeiten, wenn dem ganzen Stamm große Not drohte, hatten einige Fürsten von Dyved dem Tod ins Auge gesehen und den Hügel bestiegen. Der König, der jenen Hügel bestieg, wurde erschlagen, oder er sah ein Wunder ...

Pwyll hatte ein Wunder gesehen. Er hatte auf jenem Hügel gesessen und hatte gesehen, wie sich dessen Flanke auftat und Rhiannon herausgeritten kam, auf einem weißen Pferd und in ein goldenes Gewand gehüllt. Die ihm bestimmte Heilige Braut ...

Doch jetzt lag dieser berüchtigte Hügel ruhig da, purpurn in dem grauen Abend, und als sie näherkamen, sahen sie, wie vor seinen grimmen Höhen Rauch emporkräuselte, und dann sahen sie, wie sich an seinem Fuße der Palast duckte, der Palast, in dem Pryderi geboren worden war.

Pryderi stieß einen lauten Freudenschrei aus. »Wir sind da! Da!« Und stürzte vorwärts, zu hingegeben an seine Freude, um Manawyddans Schweigen zu bemerken.

Die großen Tore gähnten vor ihnen, so wie sie vor langer Zeit vor Teyrnon und dem kleinen Guri gegähnt hatten. Der Torhüter sah sie, sah Pryderi und riß die Augen auf; schaute noch einmal hin, rannte dann hinein. Männer und Frauen kamen herausgeschwärmt, wie Bienen aus ihrem Stock, und alle riefen: »Der König! König Pryderi!«

Wie Bienen schwärmten sie auf ihn ein, versuchten alle gleichzeitig, seine

343

Hände zu küssen, seine Kleider, irgendein Stück von ihm, das sie erreichen konnten.

Dann kamen noch zwei Frauen, und vor ihnen wichen alle zurück; bildeten eine Gasse, die gerade zu ihm führte.

Die eine zögerte, bis sie sein Gesicht sah, dann schrie sie auf und rannte. Sie war jung und großbusig, saftig wie ein Apfel und süß wie Honig: Kigva, die Tochter Gwynn Gloyus. Sie warf sich in die Arme Pryderis, und sie herzten und küßten einander, als versuchten sie, sich in einen Körper zusammenzupressen, alle Getrenntheit und alle Möglichkeit zu neuer Trennung für immer zu beseitigen.

Die andere Frau kam langsamer herbei. Doch ihre Augen tranken Pryderi mit einer Freude, die so warm, so einhüllend war wie eine Berührung. Die Zeit hatte mit grauen Fingern nach dem Gold ihres Haares gegriffen, war über ihr Gesicht gestampft und hatte winzige Fußspuren um Augen und Mund hinterlassen, ihre Schönheit aber leuchtete weiterhin durch das alternde Fleisch hindurch, so wie das Licht durch eine Alabasterlampe hindurchscheint.

Sie sah Manawyddan, und ihre Augen strahlten ihm entgegen. Ihm selbst, nicht nur ihrem Gast. Sie ging zu ihm.

»Sei willkommen hier, Sohn Llyrs! Lange ist es her, seitdem du in dieses Haus gekommen bist, doch gibt es keinen Mann, den wir hier so gerne sähen, außer meinem Sohn.«

Er ergriff ihre ausgestreckten Hände, und wie durch einen Zauber war er nicht mehr verlegen oder beschämt.

Sie gingen hinein, und das Fest für sie war schon bereitet, das Fest, das wohl auf die Nachricht von Rhiannons Vögeln hin vorbereitet worden war. Kigva saß neben Pryderi, Rhiannon aber setzte Manawyddan zwischen ihren Sohn und sich. Und der Sohn Llyrs konnte sowenig ein Auge von ihr wenden, wie Pryderi ein Auge von Kigva wenden konnte. Wie Rhiannon den Kopf wandte, wie sie eine Hand hob, die Form ihres Mundes, wenn sie einen neuen Gedanken aussprach – alles war Musik. Jeder Moment verlieh ihr einen neuartigen Liebreiz, der ihm unübertrefflich schien – und dann bewegte sie sich wieder, und der neue Anblick riß ihn wiederum hin durch ungeahnte Schönheit.

Er dachte: ›Sie ist so schön, wie sie es immer gewesen ist. Sie ist noch schöner, als sie je war. Sie hat eine Anmut, neben der Jugend prahlerisch und plump wirkt.‹

Doch Pryderi und Kigva waren mit ihrer Jugend wohl zufrieden. Jedem der beiden schien es, als könnte nichts auf der Welt so schön und so wundervoll sein wie das andere. Sie lachten und redeten und schmausten – Pryderi vertilgte große Mengen –, doch die ganze Zeit über ließen sie sich nicht aus den Augen. Und je weiter die Nacht fortschritt, desto weniger sprachen sie, und Kigva nahm schließlich keinen Bissen und keinen Schluck mehr zu sich.

Endlich kam der Augenblick, nach dem sie sich gesehnt hatten. Das Fest war aus, und der junge König und die junge Königin begaben sich zu Bett. Rhiannon ging in ihr Schlafgemach, und Manawyddan legte sich in dem zur Ruhe, das man ihm gegeben hatte. Doch seine geschlossenen Augen sahen immer noch Rhiannon.

So war es in der nächsten Nacht und in der übernächsten. Die Adligen Dyveds strömten herbei, um Pryderi daheim willkommen zu heißen; und da jene, die gehofft hatten, seinen Thron zu bekommen, jetzt große Sorgfalt darauf verwenden mußten, ihrer Freude ebenso laut Ausdruck zu geben wie die anderen, die sich wirklich freuten, oder noch lauter zu jubeln, so gab es keinen einzigen ruhigen Augenblick. In jenen drei Tagen wäre es jedem Menschen in dem Palast zu Arberth schwergefallen, zur Besinnung zu kommen.

Manawyddan und Rhiannon aber redeten miteinander, und sie hörten nur eines das andere. Ihre Herzen und ihre Stimmen strömten zusammen, wie die Stimme und die Harfe des Barden zusammenströmen. Und je länger Manawyddan sie ansah und mit ihr redete, desto mehr schien es ihm, als wäre jene weitbesungene Schönheit der Königin von Dyved jetzt in ihrem Verblühen noch lieblicher und angenehmer, als sie es in ihrer strahlenden Jugend gewesen war. Auch sie hatte Verlust erlitten und um ihren Toten geweint. Auch in ihr – wie in ihm – waren öde Orte, die nie wieder erblühen würden, Orte, wo auch sie immer allein sein mußte.

Aber sie lebte, wie er lebte, und sie war einsam, wie er einsam war.

Und in der letzten Nacht jenes Festes, als der Mond schon ein gutes Stück auf seinem Weg nach West vorangeschritten war, da sagte er zu dem jungen König von Dyved: »Pryderi, ich wäre sehr froh, wenn es so wäre, wie du sagtest.«

»Was hat er denn gesagt?« fragte Rhiannon, und obwohl ihre Stimme wißbegierig klang, war ihr Mund es nicht. Er hatte alles Wissen, jener Mund; er war süß und auch ein wenig boshaft.

Pryderi sah sie an und räusperte sich, dann räusperte er sich noch einmal. Er war zu sehr mit seinen eigenen Angelegenheiten beschäftigt gewesen, um wahrzunehmen, wie sich die Dinge zwischen seiner Mutter und seinem Freund entwickelten, und jetzt, vor ihrem Angesicht, klang sein Angebot nicht ganz so, wie es das getan, als er es Manawyddan gemacht hatte. Damals war er sicher gewesen, daß sie freudig dies, oder was immer er wünschte, tun würde, um ihm eine Freude zu machen – immer hatte sie das getan, wenn sie das

345

Gefühl hatte, daß die fragliche Sache nicht schlecht für ihn sei (ein Punkt, in dem die beiden, vor allem in seiner frühen Jugend, manchmal unterschiedlicher Meinung gewesen waren). Doch jetzt wurde ihm plötzlich bewußt, daß er sich da einiges zugemutet hatte.

»Herrin«, sagte er und räusperte sich zum dritten Mal. »Herrin, ich habe dich dem Sohn Llyrs als Braut angeboten. Es gibt« – fuhr er hastig fort, bevor sie etwas sagen konnte – »wirklich keinen besseren Mann unter den Lebenden als ihn, und als ich dieses Angebot machte, dachte ich, euch beiden einen guten Dienst zu tun. Wirklich und wahrhaftig« – hier lächelte er sie so strahlend an, wie er es als Kind getan, wenn sie ihn bei etwas erwischt hatte, wovon er mit einiger Sicherheit wußte, daß sie es nicht wollte –, »ich glaube auch jetzt noch, daß es das ist. Wenn du es mir erlaubst, Mutter.«

Da öffnete sich Rhiannons Lächeln ganz, wie eine scharlachrote Blume in der Sonne. »Du hast es gesagt, und freudig werd' ich deinem Wort gehorchen, Sohn.«

Am Morgen erwachte Manawyddan an Rhiannons Seite. Er lag neben ihr und sah sie an, und es schien ihm, als spürte er, wie ihn in jener Kammer das Leben selbst umflutete, ihn wie ein warmes Meer umflutete. Leben, das so gewiß war, als wäre seine Jugend zu ihm zurückgekehrt, das Ungestüm der aufgehenden Sonne im scharlachroten Osten, nicht die erdgenährte Kraft eines blitzgetroffenen Baumes, der verheilt und neue Zweige ausstreckt.

Nicht wiedergeboren, sondern noch immer versengt, aber weiter wachsend, höher und weiter – weiter . . .

Dann bemerkte er, daß sie ihn durch ihre Wimpern hindurch beobachtete, mit einem leisen Zwinkern in den Augen, und er lächelte.

»Guten Morgen, Herrin.« Sie lächelte zurück und streckte sich, wie eine Katze sich streckt. »Es ist ein guter Morgen. Der beste Morgen, den wir beide seit langer Zeit erlebt haben. Hast du wirklich geglaubt, Herr, daß du und dieses übergroße Kind von mir irgendein Geheimnis vor mir verbergen könntet? Daß ich nicht daran gedacht und es gewollt habe – lange bevor mein Junge daran dachte und es wollte?«

»Niemals, Herrin. Ich befürchtete, du liebtest Pwyll zu sehr, um je wieder einen anderen Mann nehmen zu wollen.«

Sie wurde ernst. »Ich liebte Pwyll, und ich liebe ihn. Aber er ist von mir gegangen, also gibt es hier auf Erden nichts mehr, was ich mit jener Liebe tun könnte. Als mein Sohn mich dir anbot, als mein Vogel über dich hinwegflog und die goldene Feder vor deine Füße fiel – hast du da nicht meinen Ruf gehört?«

»Ich glaubte zu träumen, Herrin. Glaubte, es sei ein Echo meiner eigenen, kindischen Sehnsucht.«

Sie lachte leise, ein zärtliches, spöttisches Lachen, und rieb ihr Gesicht gegen das seine. »Es ist wahr, was man von dir sagt, Manawyddan: Du nimmst nicht in Anspruch, was dir gehört.«

»Ich habe genug damit zu tun, mit mir selbst fertigzuwerden, Herrin. Ohne gierig nach der Herrschaft über Dinge zu trachten, die vielleicht gar nicht mir gehören sollten.«

»Niemand wird dich gierig nennen, Herr. Du wirst Caswallon immer deine Krone tragen lassen – und gut weiß ich, warum: niemand haßte es mehr als du, wenn diese Insel in Blut gebadet würde! Du wirst nicht einmal je einen Anspruch auf den Sohn erheben, den du gezeugt hast. Und ich danke dir dafür von ganzem Herzen, denn ich weiß, wieviel Pwyll daran lag, daß Pryderi ihn für seinen Vater hält.«

»Der ist schlecht erzogen, wer sein Geschenk zurücknimmt. Ich habe mich übrigens oft gefragt, Herrin: Hast du je erraten, in welcher Nacht der Junge gezeugt wurde?«

Sie lachte wieder und zog seinen Kopf an ihre Brust. »Ja, das habe ich. Zuerst nicht, aber bevor die Nacht vorüber war. Ich wußte, daß der Mann, mit dem ich schlief, mich liebte – daß ich nicht genommen wurde wie ein seltenes Gericht, das ein Gastgeber seinem Gast vorsetzt –, aber es bestand ein Unterschied. Deshalb gab ich dir, als du dann schliefst, für einen Augenblick deine eigene Gestalt zurück, um mich zu vergewissern – ein paar kleine Kniffe beherrsche ich noch, wenn ich auch die meisten meiner Gaben in der Hellen Welt zurücklassen mußte.«

»Es tut mir leid. Ich dachte, ich hätte dir weder Gram noch Schande zugefügt.«

»Das hast du nicht. Als es geschah, wäre es mir lieber gewesen, ich hätte ein wenig Gram oder Schande fühlen können. Schande . . .« Sie wurde wieder ernst. »Du hast die Tat edel und mit großem Zartgefühl getan, Herr; eine Tat, die ein anderer schrecklich hätte machen können. Als es Verrat gewesen wäre, zu lieben, und ein Frevel, nicht zu lieben, da hast du das Beste getan, mir beide Übel zu ersparen. Dafür habe ich dir – so sehr wie für meinen Sohn – schon lange danken wollen.«

»Du schuldest mir keinen Dank.« Seine Augen zwinkerten. »Jenes war die beste Nacht meiner Jugend, Herrin. Sie hätte nur dann noch besser sein können, wenn ich selbst es gewesen wäre, den du liebtest und erwähltest.«

»Ich liebe dich jetzt.« Sie schlang ihre Arme um seinen Hals.

Noch zwei solche Nächte hatten sie. Die dritte Nacht war die des Vollmon-

347

des, und gegen Morgen weckte sie Gelächter. Gelächter, das von der anderen Seite der Wand herüberdrang, wo Kigva und Pryderi ihr Bett hatten. Jener neumodische Luxus, ein Fenster, war dort in die Außenmauer geschnitten worden, und offenbar schauten die beiden jungen Leute gerade durch dieses hinaus.

Kigva sagte: »Sieh dir den Mond an, Herr! Ist er je so rund und schön gewesen? Sogar jetzt noch, wo er schon untergeht.«

Pryderi antwortete: »Ich sehe zwei Monde, an einem weißen Himmel – was für ein seltener Anblick! Laß mich sehen, ob ich doppelt sehe, Herrin, oder ob sie wirklich da sind.«

Schweigen, und dann Kigvas Lachen. »Fühlen meinst du, nicht sehen ...« Und Geräusche, die Geflüster sein konnten, wahrscheinlich jedoch Küsse, dort in der Morgenröte.

Rhiannon lächelte. »Wir müssen auch hier ein Fenster in die Mauer schneiden lassen, Herr. Nachdem ich Pwyll verloren hatte, wollte ich jahrelang mich in die Dunkelheit einschließen. Es machte mich immer traurig, wenn ich hörte, wie diese beiden Kinder glücklich waren, auch wenn ich mich für sie freute. Als ich hier allein lag.«

Manawyddan nahm sie in seine Arme. »Herrin, lange wird es dauern, bis du wieder allein liegen wirst.«

Doch jene Zeit sollte rascher kommen, als die beiden sich träumen ließen.

An jenem Morgen hatte Unrast Pryderi befallen. Einen aufblitzenden Augenblick lang, als er seine Mutter zum Frühstück kommen sah, Manawyddans Arm um sie, erhellte sie sich zu dem alten, liebevollen Mutwillen. Doch davor und danach war sie so schwer wie der Körper einer schwangeren Frau kurz vor der Geburt.

Er zappelte hin und her. Seine Hände schienen unbedingt etwas tun zu wollen, waren dann aber mit allem unzufrieden, was sie anfaßten. Seine Füße schienen irgendwohin gehen zu wollen, waren aber anscheinend nicht bereit, ihn von seinem Platz zu erheben.

Er aß nicht. Er knabberte nur an seinem Essen und warf es dann beiseite, und nichts hätte Pryderi unähnlicher sein können als das.

Kigva und Manawyddan saßen da und sahen ihm zu, mit besorger Verwunderung. Rhiannon saß da und sah ihm eine Weile zu, dann sprach sie.

»Sohn, es ist ein neues Gesicht, das du da aufhast, und das alte gefiel mir besser.«

Pryderi warf den Kopf zurück und sah sie trotzig an. »Mir gefällt es genausowenig, und bald werde ich etwas tun müssen, das uns beiden noch weniger gefallen wird. Denn dieser Caswallon mab Beli, der sich jetzt Hochkönig nennt, wird bald hören, daß ich daheim bin, falls er es nicht schon gehört hat; und wenn ich nicht zu ihm gehe und ihm huldige, dann wird er mißtrauisch werden und vielleicht hierherkommen, um sich diese Huldigung zu holen.«

Er verstummte und schaute seine Mutter an, als wäre das ihre Schuld; und als sie seinen Blick ungerührt aushielt, schaute er zur Decke hinauf.

»Ich weiß nicht, was ich tun soll, außer hingehen und ihm huldigen; und wenn man schon saure Milch trinken muß, dann hat es keinen Sinn, es hinauszuschieben.«

Er verstummte wieder und blickte wie gebannt auf den Boden und an die Wände und die Decke. Mit großer Sorgfalt blickte er überallhin, nur nicht zu den Dreien, die er am meisten liebte.

Er hatte Angst, er hatte verzweifelte Angst vor dem, was sie von ihm glauben mochten. Manawyddan, sein rechtmäßiger König, in dessen Augen diese Huldigung an den Thronräuber wie Feigheit und Verrat aussehen mochte. Seine Mutter, jetzt die rechtmäßige Königin über die gesamte Insel der Mächtigen, die ihn leicht im gleichen Lichte sehen konnte. Und Kigva, Kigva, die ihn immer für den tapfersten und stärksten aller Männer gehalten hatte. Fähig, alle Feinde unter seinem Fuße zu zertreten.

Er wartete darauf, daß sie alle zusammen losbrechen würden, in einem Chor fassungslosen Entsetzens und Zorns. Er wartete darauf, daß sie schweigen würden, und ihr Schweigen war das, was er für das Wahrscheinlichste hielt und was er am meisten fürchtete.

Was dann aber geschah, verblüffte ihn so sehr, wie nichts anderes auf Erden ihn hätte verblüffen können. Rhiannon nahm sich noch eine Scheibe Fleisch und bemerkte ruhig und beiläufig, doch mit einer gewissen Bewunderung in ihrer Stimme: »Sohn, du wirst erwachsen.«

Manawyddan sagte: »Es ist das einzige, was du tun kannst. Dyved kann nicht allein gegen den gesamten übrigen Teil der Insel der Mächtigen stehen, und indem du mich hierherbrachtest, mußt du sowieso schon Caswallons Argwohn erweckt haben. Du hast recht: je früher du zu ihm gehst, desto besser ist es.«

»Ganz so eilig ist es dann auch wieder nicht.« Rhiannon schluckte ihren Bissen hastig hinunter, dann wandte sie sich an ihren Sohn. »Denn, König und Sohn, Caswallon ist in Kent, wie ihr zwei Männer leicht hättet erfahren können, wenn ihr euch die Mühe gemacht hättet, danach zu fragen. Warte, bis er näher ist. Mach keinen zu eifrigen Eindruck. Und etwas Gutes hat saure Milch an sich: sie hält.«

»Das stimmt«, sagte Pryderi, sehr beeindruckt. Er atmete erleichtert auf und lehnte sich in seinem Sitz zurück; dann erblickte er das Frühstück vor sich und machte sich mit großem Eifer an die Arbeit.

Er war tapfer. Was ihn anging, so hätte er freudig gegen jenen unrechtmäßigen Magier-König gekämpft, trotz dessen Macht, zu töten, ohne gesehen zu werden. Er bewunderte Vernunft so wenig, wie ein junger Mann eine häßliche Frau bewundert; doch in dieser Lage konnte er sich nicht selbst opfern, ohne andere Menschen zu opfern, ja ganz Dyved. Da das Beschützen seines Volkes einen Verzicht auf Selbstbewunderung bedeutete, war sein Plan, so unheldisch er ihn jetzt auch anmutete, wahrscheinlich die größte Heldentat seines ganzen Lebens.

Doch Rhiannon sorgte sich. In jener Nacht sprach sie mit Manawyddan. »Wir dürfen ihn nicht zu bald zu Caswallon gehen lassen, Herr. Nicht, bevor du genug Zeit gehabt hast, ihn zu schulen. Denn Pryderi kann nur geradlinig denken, und Caswallon, der dazu nicht fähig ist, wird ihn nicht verstehen. Es könnte nur zu leicht alles schieflaufen!«

Manawyddan legte seinen Arm um sie. »Beruhige dich, Herrin. Caswallon wird seinen Gast nicht töten. Das wäre noch schlimmer als seine alte Blutschuld, die das Volk eben erst zu vergessen beginnt.«

»Aber man kann für einen Unfall sorgen! Gift . . .«

»Wer würde in einem solchen Fall wohl Caswallon Glauben schenken? Ein einmal befleckter Name wird niemals wieder ganz rein. Und ich glaube, daß Caswallon aufrichtig froh sein wird, den Jungen zu sehen. Frieden ist das, was er will und jetzt am meisten braucht.«

Doch auch er hatte Angst. Besonnenheit war ein neues Gewächs in dem jungen König von Dyved; an diesem Morgen hatte es sich zum ersten Mal gezeigt, aber es konnte erst eine junge und zarte Pflanze sein. Auf Caswallons Besonnenheit konnte man sich wohl verlassen, doch ständige Anspannung und Wachsamkeit machen sich beim Menschen bemerkbar. Blutschuld, auch wenn sie überdeckt wird, uneingestandene Gewissensqual, kann ihn ohne weiteres dazu treiben, neues Blut zu vergießen. Und es gab eine Gefahr, von der Rhiannon nie etwas ahnen durfte. Wenn Caswallon das Geheimnis von Pryderis Abstammung herausbekam, einen Rivalen in ihm sah – es hatte damals manches Gerede gegeben, wenn auch nur geraunte Vermutungen. Er dachte an Branwens weiches, spöttisches Lachen, vor langer Zeit.

Er sagte, bedächtig: »Vielleicht sollte ich mit Pryderi gehen. Ich bringe meine eigene Huldigung dar.«

»Und steckst deinen eigenen Kopf auch noch in den Rachen des Wolfes? Nein. Wenn du hier bist, dann wird Caswallon wissen, daß Dyved, falls er Pryderi ein Leid zufügt, nicht führungslos sein wird. Männer aus allen Teilen der Insel der Mächtigen werden sich dann um dich scharen. Nicht alle Männer, aber viele.«

Manawyddan lachte leise. »Dann kann Pryderi wirklich unbesorgt gehen. Du widerlegst selbst alle deine Ängste.«

»So einfach ist es nicht, das weißt du! Auch du hast Angst. Laß uns gemeinsam überlegen . . .«

Sie sprachen viel und überlegten lange.

Der Tod des alten Pendaran Dyved verschaffte ihnen einen Aufschub. Er hatte nur noch für Pryderis Heimkehr gelebt, er, der Königinnen und Reich lange und nach besten Kräften gehütet hatte. Doch es war Manawyddan, nicht Pryderi, den er zuletzt sprechen wollte.

»Ich bin froh, daß ich meine Bürde auf deine Schultern legen kann, Sohn Llyrs. Du magst denken, du habest schon genug Lasten getragen; doch die Wahrheit ist, daß du ein Mann bist, der dazu geboren wurde, Lasten zu tragen. Frei von ihnen, verlieren deine Augen ihren Glanz und deine Schultern fallen ein.«

»Du bist weise, alter Mann. Weiser, als ich dachte.«

Der alte Druide lächelte. »Du hast mich nie für weise gehalten. Und ich weiß auch, warum. Ich weiß es seit damals, als ich Gast in Harlech war. Und ich fürchte, ein anderer weiß es auch.«

»Ich bin immer höflich zu dir gewesen . . .«

»Und sonst nichts. Doch jetzt haben wir beide nur noch Zeit für die Wahrheit, Bruder Brans des Gesegneten.«

Alter Zorn und alter Schmerz wallten in Manawyddan auf. Beim Gedanken an das, was seine Schwester in Irland erlitten hatte, an das, was Rhiannon hier erlitten hatte.

»Niemals hätten es Druiden der Alten Stämme geduldet, daß ihre Königin oder irgendeine andere Frau wie eine Eselin benützt wird – gezwungen wird, Männer auf ihrem Rücken zu tragen! Schlimmer noch: gezwungen wird, die abscheulichen Lügen jener Weiber wieder und wieder von sich zu geben, sich selbst einer solch scheußlichen Tat zu bezichtigen! Ihre Augen hätten das Lügengewebe durchdrungen, sie hätten diese Weiber unter Heulen und Zähneklappern um Gnade winseln lassen. Pwyll war kein Matholuch; nur ein rechtschaffener Mann, der sich mühte, für seine Frau und für sein Volk das Beste zu tun. Aber ihr Druiden – ich kenne deine Weisheit und deine Güte, Pendaran Dyved, viele Male haben sie sich seit jener Zeit erwiesen, doch nie werde ich begreifen, was damals über dich gekommen ist!«

Das alte Gesicht wurde feierlich. »Ich hatte nicht die Kraft, gegen das anzukämpfen, was damals Dyved bedrohte, Herr. Wir Druiden waren alle hilflos; wir schauten ins Wasser und in den Kristall, und wir sahen nichts als Wolken. Nichts als Grau – Grau. Es hatte Augen. Nur ich sah jene Augen.«

Sein Gesicht zuckte; er keuchte.

»Sie suchten mich in der Nacht heim. Das Böse in ihnen drang in mich ein; zwang mich, Rhiannon zu verhöhnen und ihr das roheste Urteil zu sprechen, das wir zu fällen wagten, Herr. Denn wir fürchteten uns auch vor Pwyll. Aber jene Augen . . .«

Er rang nach Luft. Manawyddan sagte versöhnlich: »Friede sei mit dir, Pendaran Dyved. Wenn du Rhiannon gegenüber einmal versagt hast, so hast du sie seitdem lange und gut beschützt. Ich bedaure, daß ich dich an das erinnerte, was vorbei und vorüber ist.«

»Es ist nicht vorüber! Er – wartet. Hüte dich, Sohn Llyrs!«

Der sterbende Mann rief diese Worte laut, seine letzten. Danach sprach er nicht mehr, obwohl er noch zwei Nächte lang atmete.

Dann starb er und wurde beigesetzt, und viele trauerten um ihn, Rhiannon die Königin nicht am wenigsten. Und eine Woche später brach Pryderi zum Hofe Caswallons auf. Prächtig zog er aus, in seine besten Gewänder gekleidet, inmitten der besten jungen Männer, die ihm geblieben waren. Goldene Ornamente glitzerten auf seinem scharlachroten Mantel und sogar auf dem Geschirr seines weißen Pferdes, dem edelsten aller Hengste, einem Enkel jenes Fohlens, das Teyrnon zusammen mit ihm gerettet hatte, in jener Schreckensnacht vor langer Zeit.

Doch Manawyddan sah ihn ziehen, und sein Herz war kalt vor Angst. Denn er dachte an jene Worte Pendaran Dyveds: ›. . . in Harlech war. Und ich fürchte, ein anderer weiß es auch.‹ Welche andere Bedeutung konnten diese Worte haben, als daß Caswallon das Geheimnis von Pryderis Abstammung erwittert hatte?

SECHSTES KAPITEL – VOR CASWALLON/DER JUNGE KÖNIG VON DYVED UND SEIN GEFOLGE WAREN NUR NOCH EINE HALBE TAGESREISE VON DEM HAUS ENTFERNT, IN DEM CASWALLON WAR, ALS IHNEN AUF DER STRASSE EIN FREMDER BEGEGNETE.

Er war groß und alt, und seine zerlumpten Kleider waren so vielfarbig wie der Regenbogen. Über der einen Schulter trug er einen schäbigen Ledersack, dem die meisten Haare ausgegangen waren. Doch über der anderen hing eine goldene Harfe mit silbernen Saiten.

Er sagte: »Herr, darf ich mit dir reisen?«

Einige von Pryderis jungen Begleitern sahen gekränkt aus, und alle sahen überrascht aus, doch Pryderi faßte den Fremden scharf ins Auge.

»Mann«, sagte er, »hab' ich dich nicht schon einmal gesehen?«

»Herr, ich habe in den Hallen vieler Häuptlinge gesungen. Vielleicht sang ich in der Halle deines Vaters, als du noch ein Kind warst.«

»Mein Vater war Pwyll, König von Dyved.«

»Ein edler Mann und ein weitberühmter. Ich sang einmal in seinem Palast in Arberth, bevor er einen Sohn hatte.«

Pryderi zögerte, gab sich den Anschein, als schaute er nicht auf die Kleider des Fremden. »Ich würde gerne einem Barden zuhören, der vor meinem Vater sang; doch bin ich gerade auf dem Wege, den Hochkönig aufzusuchen. Wenn du aber nach Arberth gehen möchtest, dann werden dir dort meine Mutter und meine Frau einen guten Empfang bereiten. Ich werde bald wieder zu Hause sein.«

Er dachte, der schäbige Mann werde davor zurückscheuen, den prächtigen Barden an Caswallons Hof zu begegnen; doch zu seiner Überraschung sagte der Fremde: »Ich möchte lieber jetzt mit dir gehen, Herr. Wenn ich darf.«

»Dann komm«, sagte Pryderi. Er winkte dem Manne, der das Gepäck besorgte. »Hol' ihm einen Mantel!«

Doch der Fremde schüttelte den Kopf. »Du bist großmütig, Herr, wie man es von dem Sohn deines Vaters erwartet. Aber diese Kleider und ich sind alte Kameraden; wir werden jetzt nicht voneinander scheiden.«

»Wie es dir beliebt«, sagte Pryderi.

So zog der Fremde mit ihnen, und sie zogen gemeinsam weiter, und vor Sonnenuntergang kamen sie an den Ort, wo der König war. Es war ein Ort des Druidengeistes, der weisen Männer und Lehrer; später sollten die Menschen ihn Oxford nennen. Caswallon, einst nur der Schüler von Hexenmeistern, hatte sich in jüngster Zeit dem Studium der höheren Weisheit zugewandt. Er wollte die Erinnerung an den blutigen Beginn seiner Herrschaft tilgen, um dereinst so im Gedächtnis der Menschen weiterzuleben wie sein Vater Beli: berühmt als ein Mann des Edelsinns wie als ein Mann der Macht.

Er bereitete Pryderi einen großen Empfang, und er und seine Männer machten viel von ihm her. »Das nenn' ich vorbildlich handeln, junger Fürst«, sagte er, »daß du, der so gut Freund mit meinen Vettern warst, so bald zu mir kommst und mir zu meiner Königswürde Glück wünschst!«

»Du bist der König«, sagte Pryderi, »und diese Insel braucht Frieden. Möge sie unter dir so gesegnet sein, wie sie es unter Bran war.«

Mehr zu sagen, brachte er nicht übers Herz, und er erstickte schon an diesen Worten fast; doch Caswallon schüttelte seine Hand und lachte.

Bis tief in die Nacht hinein feierten sie. Dann sagte Caswallon: »Ich möchte dich um etwas bitten, junger König. Gib es mir, und ich werde Dyved keinen Tribut mehr abverlangen, solange du lebst.«

Pryderi richtete sich jäh auf, die Weindünste verzogen sich aus seinem Kopf. Er dachte entsetzt: ›Was, wenn er Manawyddans Kopf von mir will?‹ Laut sagte er, und sah dabei Caswallon gerade in die Augen: »Wünsche, was du willst, Herr. Wenn ich es in Ehren geben kann, werde ich es geben.«

Wieder lachte Caswallon. »Ich sehe, du hast jenes Fest nicht vergessen, die Hochzeit deiner Eltern, bei der Gwawl der Helle verkleidet hereinkam und eine Bitte tat. Dein Vater versprach, diese Bitte zu erfüllen, vergaß aber, ihr eine Grenze zu setzen – und Gwawl erbat nichts geringeres als die Braut.«

»Gwawl hat von diesem Fehler meines Vaters nichts gehabt. Nichts, als Schande und blaue Flecken.« Pryderis Augen hielten noch immer Caswallons Blicke fest. In den Schatten hinter ihnen schnappten einige Männer nach Luft.

Aber Caswallon lächelte unentwegt. »Eure Häuptlinge halten ihre Besprechungen und eure Druiden ihre Zeremonien in einem uralten Ring Heiliger Steine. Für euch, die Neuen Stämme, ist er eine Kriegsbeute; die Großväter eurer Großväter wußten noch nichts von ihm. Doch den Alten Stämmen sind diese Steine heilig; nichts, was Menschen sehen oder berühren, könnte heiliger sein.«

»Auch meinem Volk sind sie heilig.« Pryderi atmete jetzt leichter, sah aber verwundert drein. »Vier Generationen meines Volkes haben dort gebetet und ihre Beratungen gehalten. Wir treiben dort kein Possenspiel und werden keinen Frevel an ihnen begehen.«

»Das sagt auch niemand. Doch die weisen Männer hier – einige von ihnen haben als Druiden sowohl meinem Vater Beli als auch meinem Vetter Bran gedient – sagen, sie wüßten einen Ort, wo man jene Göttersteine so aufstellen könnte, daß sie dem Menschen solche Weisheit brächten, wie er sie noch nie gehabt hat. Wo sie den unaufhörlichen Gang der großen Sterne beobachten und berechnen könnten, jener Sterne, die wie Männer über den Himmel marschieren – ja, sie könnten dort sogar den Zeitpunkt jener großen Finsternis vorhersagen, die manchmal Sonne und Mond verschlingt.«

Pryderi sagte bedächtig: »Mein Volk wird jenen Heiligen Ring nicht gern hergeben wollen. Und ich sehe auch nicht, wie er bewegt werden könnte.«

»Ich sage, daß er bewegt werden kann.«

Pryderi schwieg eine Zeitlang; dann sagte er: »Das ist eine große Sache. Ich muß darüber mit meinen Häuptlingen und meinen Druiden im Ring selbst sprechen. Jene Göttersteine sind allen Menschen in Dyved heilig. Weder der König noch irgendein anderer Mensch kann sie einfach weggeben.«

»Ein König spricht für sein Volk«, sagte Caswallon.

»Ein Kriegskönig tut's, in Kriegszeiten. Nicht aber der Herr eines friedlichen Volkes, in Friedenszeiten.«

»Steuersenkungen lindern die Schmerzen aller Leute.« Caswallon grinste. Doch Pryderi beharrte auf dem, was er gesagt hatte, obwohl ihn der König bedrängte. Schließlich fragte er – vielleicht auch, um jenes Drängen zu mindern –, wohin die Steine denn gehen sollten; und als er die Antwort bekam, lachte er.

»Für einen Vogel wäre das eine lange Reise. Und Steine sind keine Vögel – sie fliegen nicht. Komm und hol' sie dir, wenn du es kannst!«

»Ist das dein Ernst?« Caswallons Augen blickten stechend.

Pryderi lachte wieder. »Ja, das ist es, Herr. Und wenn sich die Steine so leicht wie Federn machen und mit dir davonfliegen, dann werden mein Volk und ich wissen, daß es Gottes Wille ist, daß sie von uns gehen. Denn tragen werdet ihr sie nicht einmal halb so weit können.«

»Die Götter werden uns helfen«, sagte Caswallon, »denn es ist Ihr Wille. Und Ihr Segen wird auf dir ruhen.«

Er streckte seine Hand aus, und Pryderi nahm sie und lachte. »Ohne Ihnen oder dir gegenüber respektlos sein zu wollen, Herr: Ich fürchte, Dyved wird dir dieses Jahr und nächstes Jahr Tribut zahlen, und noch viele Jahre lang.«

Caswallon erwiderte das Lachen. »Wir werden sehen.« Doch insgeheim hatte er aufgehört zu lachen. Er dachte: ›Dieser junge Mann ist steifnackig, wenn auch ein wenig schlichten Gemüts. Für einen steifen Hals ist es gut, wenn kein Kopf auf ihm sitzt.‹

Am nächsten Morgen schlief die ganze Festgesellschaft lange; nur der Fremde nicht, der mit Pryderi gekommen war. Er stand früh auf und ging zu einem Bach in der Nähe des Hauses hinunter; er wusch sich dort Gesicht und Hände, und der Wind wehte ihm süß und kühl ins Gesicht.

Er blickte sich um und sah, daß das Land grün war und lieblich; was er sonst noch darin sah, können nur Druidenaugen wissen. Er sprach zu sich: ›Dies ist ein Ort der Geburt. Nicht für die Geburt des Leibes, sondern einer, wo das Wissen verehrt werden wird und große Gedanken ans Licht kommen. Wenn Caswallon auf seine Druiden hört, mag er erinnerungswürdige Taten zuwege bringen; aber nicht zum Wohle seines Volkes oder um ihrer selbst willen. Er wird sie um seines Ruhmes und seiner Macht willen vollbringen. Er hat sich nicht verändert.‹

Er legte sich in das grüne Gras, wo dereinst sich so viele Mauern und Dächer erheben sollten, Dächer, unter denen so viele Gedanken gedacht werden sollten, und er dachte.

›Zunächst war Caswallon froh, den Jungen zu sehen. Sein Entschluß stand noch nicht fest. Er entschied sich erst, als er sah, daß der Knabe einen Mann in

355

sich hatte. Das könnte in jedem Manne gefährlich werden, der immer noch dem Hause Bran anhängt. Doch am gefährlichsten im Sohne Manawyddans, dem Sohn Llyrs.‹

Doch wenn Caswallon auch nur eine Ahnung von jenem Geheimnis hatte, so hatte er bislang nicht das geringste davon zu erkennen gegeben. Augen, die in der vergangenen Nacht die Gedanken hinter seiner Stirn durchforscht hatten – die geschulten Gedanken, die fast, wenn auch nicht ganz, so gut gehütet werden konnten wie das Gesicht davor –, hatten nichts entdeckt.

Der Tag schritt voran. Zu zweien und dreien erwachten die Festgäste und taumelten in die Sonne hinaus. Manche von ihnen hatten Kopfschmerzen und manche Bauchschmerzen, und einige hatten beides; doch als dann die Frauen ein Frühstück herausbrachten, da hatten viele der jungen Männer dennoch einen kräftigen Appetit. Pryderi hatte ihn, und Caswallon setzte sich neben ihn und machte wieder so viel von ihm her wie in der vergangenen Nacht. Met und Wein hatten keinen Einfluß auf Caswallons Kopf.

Der König war fast fertig mit seinem Frühstück, als sein Blick auf den großen, schäbig gekleideten Mann fiel, der unter Pryderis Männern stand. Seine Augen begegneten den Augen des Fremden, und deren graue Geradheit wunderte ihn. Einen Atemzug lang zuckte Erinnerung durch seinen Kopf, dann wieder davon, wie eine Motte oder Mücke am Gesicht eines Menschen vorbeihuscht.

Er sagte: »Pryderi, wer ist jener Mann dort mit der Harfe? Er ist nicht gekleidet wie deine anderen Männer.«

Pryderi lachte. »Du hast eine taktvolle Art, es auszudrücken, Herr. Er hat sich mir gestern angeschlossen. Ich habe ihm einen neuen Mantel angeboten, aber er wollte ihn nicht nehmen.«

Der König runzelte die Stirn. »Das ist für einen Bettler ein ungewöhnliches Verhalten. Gewöhnlich grapschen sie sich alles, was sie nur bekommen können.«

Pryderi sagte, eine Spur störrisch: »Er ist kein Bettler, Herr. Sieh, was für eine schöne Harfe er hat.«

»Kann er was damit anfangen, frag' ich mich? He, Bursche, komm her und spiel' uns eins!«

Der Fremde kam daraufhin an ihren Tisch und spielte für sie, und kein Mann und keine Frau dort hatte je süßere Musik vernommen.

Als er aufhörte, holte Caswallon tief Atem. »Mann, du bist der König der Harfner!«

Der Fremde sagte: »Manche Männer sind König über dieses, manche über jenes, Herr.«

356

Caswallons Gesicht veränderte sich; einen Atemzug lang wurden seine Augen hart. Dann nahm er die schöne goldene Kette von seinem Hals und warf sie dem Harfner hin. Der Barde mußte sich bücken, um sie aufzuheben, und Pryderi, ohne zu wissen, wie, begriff, daß der Hochkönig genau das hatte erreichen wollen: jener gerade Rücken sollte sich beugen, und jener stolz erhobene Kopf sollte sich neigen, um das Geschenk aus dem Staub aufzuheben. Alle Anwesenden sollten sehen, welche Art von Königtum zählte, wie wenig die Gaben eines Künstlers neben Rang und Macht bedeuteten.

›Aber warum?‹ dachte Pryderi, und sein Mund verzog sich vor Abscheu. ›Warum liegt ihm daran?‹

Doch der Fremde richtete sich wieder auf, mit ungetrübter Stirn, ja, mit einer leichten Belustigung in seinen Augen. Er ging zu Caswallon hin, die Kette in der Hand.

»Solch ein Geschenk ist zu kostbar, hoher König, für einen armen, heimatlosen Vagabunden. Ich könnte nie wieder ein Auge zutun vor Angst, daß mir im Schlaf jemand die Kehle durchschnitte, um sie zu bekommen. Früher oder später würde es jemand tun.« Er streckte Caswallon die Kette hin.

Der König sagte: »Deine Wanderungen sind zu Ende.« Er machte eine Pause, und diese Pause schien, seltsamerweise, die Morgensonne zu verdunkeln. Dann fügte er hinzu, mit einer seidensanften Stimme: »Du wirst immer bei mir bleiben und jede Nacht deine süße Musik für mich spielen.«

»Herr, ich könnte nicht hoffen, einem so hohen König lange Zeit zu gefallen. An manchen Tagen ist meine Musik süß, an anderen sauer.«

»Nicht jedem Manne wird der Posten eines Barden am Hofe des Hochkönigs angeboten. Angenommen, ich lasse dich nicht gehen, Narr?« Caswallons Stimme klang leise, doch seine Augen brannten wie glühende Kohlen.

Der Fremde sagte leichthin: »Du wirst gemäß deiner Art von Königswürde handeln, Herr, so wie ich gemäß der meinen handeln werde. Hättest du gern, daß ich ein paar Zauberstückchen für dich mache? Ich bin ein listenreicher Mann, nicht nur ein Musikant.«

Eine Steifheit, eine Furcht, die in der Luft gelegen hatte, wich. Die Leute lokkerten sich; einige lächelten. Der Harfenmann war vernünftig; er gab also doch nach. Aber Caswallons Augen wurden nicht weicher, wenn auch ihr Glühen erkaltete. »Dann zeig' uns, Bursche, was du kannst.«

Die Kette baumelte immer noch von des Fremden Hand. Er legte sie auf den Tisch neben Caswallon, nahm seinen abgeschabten Sack von der Schulter und hielt ihn hoch.

»Dieser kleine Sack da kann nicht viel enthalten. Das können alle hier bezeugen.«

Er stellte ihn hin und schnürte seine Mündung auf. Er nahm einen Knäuel Silberfaden heraus, der mondhell in der Sonne glitzerte. Einer von Pryderis Männern flüsterte diesem zu: »So klein dieser Sack auch ist, er könnte doch hundert solcher Bälle enthalten. Ich fürchte, es wird nicht viel werden mit der Zauberei!«

»Wart' ab, was er damit tut«, flüsterte Pryderi zurück.

Seine Augen mit der Hand schirmend, blickte der Fremde zum Himmel hinauf. Der war blau, blauer als das tiefste Meer, doch hier und dort trieben weiße Wolken auf ihm, zarte, gewaltige Massen, die himmlisch weich, aber auch so fest wie die strohgedeckten Dächer darunter aussahen. Weißheiten mit kräuseligen Rändern, die immer dünner und feiner wurden, bis sie in jene Tiefe aus Blau einschmolzen und verschwanden.

Der Fremde wirbelte den Knäuel in seiner Hand herum. Immer schneller wirbelte er ihn. Er leuchtete heller, als Silber es je konnte. Er wurde größer und heller. Er leuchtete heller als der Mond. Er leuchtete wie die Sonne selbst.

Alle Augen waren auf die wirbelnde Helligkeit geheftet. Keiner hätte ein Auge davon wenden können, und wenn ein Speer oder ein Pfeil aus jenem blitzenden, wirbelnden Ball heraus auf ihn zugeflogen wäre.

Ein einzelner Faden löste sich aus dem Knäuel. Er fiel nicht erdwärts und schwebte nicht in der Luft, wie es selbst ein haarfeiner Faden hätte tun müssen. Er schoß steil in die Höhe, wie ein Vogel.

Hinauf und hinauf und hinauf schoß er, höher, als je ein Vogel flog. Sie hätten sein oberes Ende schon längst nicht mehr sehen dürfen, sie sahen den Faden aber immer noch in seiner vollen Länge, die sich von der Erde bis zum Himmel erstreckte.

Der Faden erreichte eine Wolke, wickelte sich um jene Wolke herum; wurde eine schimmernde Brücke, fein wie ein Haar.

»So weit, so gut«, sagte der Fremde.

Er bückte sich wieder zu seinem Sack hinunter, tat den Knäuel wieder hinein und holte einen weißen Hasen heraus, der zu groß war, um darin Platz gehabt zu haben

»Hinauf, Hase!« sagte er und setzte ihn vor den Faden hin. Und obwohl jede der Pfoten des Hasen um ein Vielfaches breiter war als diese schmälste aller Brücken, schoß er ohne die geringste Mühe den Faden hinauf. Höher und immer höher, durch den Himmel, bis er die Wolke erreichte und sich in jenem Weiß, das seinem eigenen Weiß so ähnlich war, verlor.

Allen stockte der Atem, nur dem Barden nicht. Er bückte sich schon wieder und holte einen kleinen schneeweißen Hund aus dem Sack. Er setzte ihn auf die Füße und sagte: »Hund, hinter diesem Hasen her!«

Und der Hund jagte den Faden hinauf, wie der Hase es getan hatte.

Auch er verschwand, und bald kam die wilde, süße Musik seines Bellens vom Himmel heruntergeweht. Sie wußten, daß er jetzt den Hasen durch die Wolken jagte.

Wieder bückte sich der Barde zu seinem Sack. Dieses Mal schien er Mühe zu haben, das herauszuholen, was drinnen war. Schließlich tauchte ein Kopf auf, der blonde Lockenschopf eines Halbwüchsigen, und eine Frau schrie auf. Doch dem Kopf folgte eine Brust, und dann kamen lange Beine, die alles trugen. Der ganze Bursche stand da, hübsch und grinsend.

Der Harfner sagte: »Junge, hinter dem Hund her!«

Der Junge stürzte zu dem Faden hin. Er kletterte ihn so schnell hinauf, wie nur je ein Junge eine Leiter hinaufgeklettert ist. Auch er verschwand.

Wieder wandte sich der Barde seinem Sack zu. Auch dieses Mal hatte er Mühe, doch es dauerte nicht lange, bis ein junges Weib dastand, so schön, daß jeder der anwesenden Männer nach Luft schnappte und alle Wunder in den Wolken vergaß.

»Mädchen, hinter den anderen her!« befahl der Fremde, »und paß auf, daß der Hund nicht den Hasen zerreißt. Jener Bursche ist vielleicht nachlässig.«

Es folgte, und ein stöhnendes »Ach!« stieg aus den Kehlen aller jungen Männer auf. Wie gerne hätten sie diese Schönheit hier unten behalten, wo sie sich an sie heranmachen konnten.

Doch auch sie verschwand, und bald ertönten, vermischt mit dem Gebell, das immer noch süß und wild und fremd vom Himmel zu ihnen herabscholl, die Stimmen der beiden jungen Leute, die nach dem Hund riefen. Alle Leute Caswallons und alle Mannen Pryderis standen in Ehrfurcht da, lauschten jener Jagd am Himmel, bis schließlich deren lieblicher, seltsamer Lärm erstarb. Es wurde still; ein ehrfürchtiges, verblüfftes Schweigen.

Bis der Barde den Kopf schüttelte und die Stirn runzelte. »Ich fürchte«, sagte er, zu den Wolken hinaufschauend, »da oben gehen Dinge vor.«

»Was für Dinge?« fragte Caswallon.

»Ich fürchte, der Hund frißt den Hasen, solange der Bursche das Mädchen liebt.«

Alle jungen Burschen auf der Erde ballten die Fäuste oder schnaubten zornig. Einer sagte: »Ein schlechter Diener ist dieser Bursche, daß er seinem Herrn so wenig gehorcht. Ich würde ihm das Fell dafür abziehen lassen!«

In Wirklichkeit war aber jeder nur deshalb wütend, weil nicht er es war, der da oben in den Wolken liebte. Jeder dachte neiderfüllt, was für ein weiches Bett jene weiße Wolke sein mußte; nur Pryderi dachte an seine rothaarige Kigva, die daheim auf ihn wartete, und er grinste voll Mitgefühl.

Caswallons strenger Mund zuckte. »Es sieht ganz danach aus«, sagte er. »Ich werde dem ein Ende machen«, sagte der Fremde. Und er nahm den Knäuel wieder aus dem Sack und fing an, den Faden einzuholen. Wieder waren alle Augen auf jenes schimmernde Rund gerichtet . . .

Dann wälzten sich plötzlich Mädchen und Junge auf der Erde, und niemand konnte den geringsten Zweifel hegen, womit sie beschäftigt gewesen waren. Im nächsten Augenblick plumpste neben ihnen der Hund herunter, dem einer der Hasenläufe noch aus dem Maul ragte.

Alle Anwesenden brüllten vor Lachen, sogar Caswallon. Nur der Barde nicht. Er biß die Zähne zusammen und zog sein Schwert und drang auf die Liebenden ein. Mit einem Blitz war der Kopf des Jungen von den Schultern herunter und rollte auf dem Boden. Der Körper zuckte wie der eines geköpften Huhnes.

Männer keuchten. Frauen schrien. Caswallon wurde wieder ernst, und seine Augen fixierten die des Fremden. »Ich mag es nicht, wenn so etwas vor meinen Augen geschieht«, sagte er mit Würde.

Ein Mann, der dort an der Hauswand stand, murmelte: »Wenn er es nicht selbst tut.« Und wünschte sich dann, er hätte geschwiegen, denn in jener jähen Stille klang sogar ein Flüstern laut.

Der Fremde zuckte die Schultern. »Nun, mein Gebieter, wenn es dir nicht gefällt, dann kann das Geschehene ungeschehen gemacht werden.«

Pryderi sank erleichtert in seinen Sitz zurück und holte tief Luft. Bis zu diesem Augenblick hatte er nicht gewußt, wie entsetzt und auch enttäuscht er war. Unerklärlicherweise, denn dieser Totschläger war ja nur eine Zufallsbekanntschaft.

»Dann mach' es rückgängig«, sagte Caswallon schroff.

Der Harfner ging zu dem Kopf hin und hob ihn auf. Er warf ihn zu dem immer noch zuckenden Rumpf hinüber, und der Kopf landete auf dem Halsstumpf und wuchs sogleich wieder an. Der Junge sprang auf, sah verblüfft drein. Doch gleich darauf sah er noch viel verblüffter aus, denn sein Gesicht sah jetzt rückwärts, nicht mehr nach vorn. Sein Kopf war verkehrt herum angewachsen!

»Es wäre besser, er würde sterben, als so zu leben!« sagte Caswallon heftig.

»Ich bin froh, daß du so denkst«, sagte der Fremde. Er ging zu dem Jungen hin und legte eine Hand auf die linke Seite seines Gesichtes, die andere auf die rechte. Ohne Anstrengung drehte er dann den Kopf herum, bis das Gesicht wieder in die richtige Richtung schaute.

»Zurück in den Sack«, sagte er dann. »Die ganze Bande!«

Sie schrumpften und wurden kleiner; die Liebenden wurden so groß wie

360

Kinder, der Hund wurde so groß wie ein Welpe, und der Hasenlauf sprang aus seinem Maul und wurde wieder ein ganzer Hase, ein winziger allerdings. Sie alle rannten zu dem Sack, und als sie ihn erreichten, da waren sie nur noch so groß wie Puppen. Sie krabbelten hinein und waren nicht mehr sichtbar.

Der Fremde hob seinen Sack auf und seine Harfe und ging auf das Tor zu. Doch Caswallons Stimme schoß ihm wie ein Speer hinterher: »Haltet diesen Mann!«

Männer stürzten vorwärts, sammelten sich vor dem Tor, und die Sonne blitzte auf ihren Speerspitzen.

Der Barde blieb stehen. Ohne Eile schritt der König zu ihm hin. »Es ist also Krieg, Manawyddan, mein Vetter?«

Kein Muskel im Gesicht des anderen regte sich. »Es ist Friede, wenn du ihn haben willst, Caswallon.«

Der Hochkönig lachte. »Du hast nicht die Macht, ihn mir anzubieten. Nicht, solange meine Männer zwischen dir und dem Tor stehen. Ich glaube nicht, daß du auf deinem Faden über sie hinwegklettern kannst.«

Er sah die Erinnerung, die Manawyddan nicht zu verbergen suchte, und lachte. »Man braucht Zeit, um sich einen Tarnmantel zu weben. Soviel Zeit, wie ich hatte, als ich meinen Angriff auf die Sieben vorbereitete, die Caradoc bewachten. Ich werde sie dir nicht geben.«

Der Sohn Llyrs sagte gelassen: »List kann ich mit List, Zauber mit Zauber parieren, Caswallon. Und Herr über dich werden. Weil Bran und ich selten solche Kinderspiele zu spielen beliebten, scheinst du vergessen zu haben, daß wir vom Alten Blut sind und schon damals mehr über Einbildungskraft und Magie wußten, als du je zu lernen hoffen kannst.«

»Ich leugne es nicht. Doch jetzt versperren dir Krieger das Tor, Vetter. Speerspitzen machen allem Blendwerk ein Ende.«

Da kam Pryderi auf sie zu, mit funkelnden Augen und entschlossener Miene. »Dieser Mann ist in meinem Gefolge hierhergekommen, Herr; er steht also unter meinem Schutz. Was hat er getan, daß du ihn töten willst?«

Manawyddan sprach, bevor Caswallon es konnte. »Niemand will mich töten, junger Herr. Der Hochkönig und ich haben ein Geschäft miteinander, über das wir allein sprechen müssen.«

Und Pryderi, zu seiner eigenen Überraschung, machte kehrt und ging an seinen Platz zurück.

Manawyddan sagte ruhig zu Caswallon: »Er weiß nicht, wer ich bin. Ein Zauber ist auf seinen Augen – wie er jetzt noch auf den Augen aller Leute hier liegt, außer auf deinen. Eine Weile lang habe ich auch sie getäuscht.«

»Nicht lange. Du bist hergekommen, um deinen Welpen zu beschützen, hast aber gleichzeitig auf eine Möglichkeit gehofft, mir das Leben zu nehmen.«

»Ich bin gekommen, um den Jungen zu beschützen; soviel Wahrheit kannst sogar du sehen, Vetter. Doch ob er jetzt oder in hohem Alter stirbt: nie wird er einen Zweifel daran haben, daß er der Sohn Pwylls, des Fürsten von Dyved, ist. Throne und Kronen sind Spielzeuge, derentwegen ich niemals Blut vergießen würde – und noch viel weniger würde ich jemals sein Blut dafür aufs Spiel setzen.«

»Das sagst du, aber wie kann ich dir trauen? Du hast mich in eine Falle gelockt, Manawyddan; doch du und dein Sohn, ihr werdet es sein, die in ihr sterben. So besudelt mein Name auch sein wird, ich werde König bleiben. Ein Mann kann die Lasten tragen, die er tragen muß.«

Manawyddan lachte. »Mein Zauber täuscht die Augen deiner Männer; das weißt du. Wenn ich mich jetzt umdrehe und rufe: ›Hier komm' ich!‹, dann wird jeder mein Gesicht auf dem Mann neben ihm sehen. Solange sie einander töten, können Pryderi und ich und alle seine Männer durch die anderen Tore hinausgehen.«

Caswallon sagte grimmig: »Wenn das so ist, warum machst du dann nicht, daß sie dein Gesicht auf meinem Gesicht sehen und die ganze Sache ein Ende hat?«

»Weil ich dann dort sitzen muß, wo du jetzt sitzt, und genauso unbequem. Denn wir beide haben Freunde. Ich selbst vermag zwar nicht zu begreifen, was daran liegt, ob der Sohn eines Mannes sein Nachfolger wird oder seiner Schwester Sohn, solange der neue König ein guter Diener seines Volkes ist.«

Caswallons Lippen kräuselten sich. »Du nennst soeben einen weiteren Grund, nach meinem Platz zu trachten, Vater Pryderis.«

»Es ist dein Platz, solange du ihn gut ausfüllst. Ich sage nicht, daß ich nichts gegen dich unternehmen werde, solltest du das Volk unterdrücken, ich bin aber noch derselbe Narr, für den du mich immer gehalten hast. Ich würde es hassen, etwas gegen dich zu unternehmen. Denn dann hätte auch ich Blut an den Händen, dann müßte auch ich ständig hinter mich schauen. Ich will diese Last nicht, noch werde ich sie Pryderi auferlegen, dessen Natur nicht so beschaffen ist, daß er sie tragen könnte.«

Caswallon sagte langsam: »Die Bürde ist schwer. Aber ich hasse sie nicht derart, daß ich sie ablegen wollte. Du mußt wissen, daß du mir niemals wirst trauen können, Vetter. Bist du wirklich Narr genug, mich am Leben zu lassen, obwohl du das weißt?«

»Ich kann dir trauen, Vetter. Denn ich verfüge über zuviel Wissen, als daß du dich jemals heimlich und hinterlistig an mich heranschleichen könntest, unter welchem Zauberschleier auch immer. Und du weißt jetzt, daß ich mich jederzeit ungesehen an dich heranschleichen kann. Ich werde jetzt gehen, und du wirst deine Abmachung mit Pryderi halten; denn du weißt, daß ich die Macht habe, ihn zu rächen. Und wenn deine Männer kommen, um die Heiligen Steine zu holen, dann wird dein Hoher Druide mit ihnen kommen und allen Leuten verkünden, daß Pryderi sich dem Willen der Götter gebeugt habe.

Leb so wohl, wie du kannst, Vetter. Als Knaben spielten wir beide bessere Spiele als heute, ich hoffe aber, daß wir uns in den Gestalten, die wir in diesem Leben tragen, nie wieder begegnen werden.«

Caswallon biß sich auf die Lippe, dann winkte er seinen Wächtern. Wie Nebel vor der Sommersonne vergeht, so verschwanden sie von den Toren. Ohne einen Blick zurück, wandte der Fremde, der Manawyddan, Sohn Llyrs, war, ihnen den Rücken zu und schritt hinaus.

»Er hätte sich wenigstens verabschieden können«, brummte einer von Pryderis Männern.

Doch Pryderi starrte ihm staunend nach. Er sagte nachdenklich: »Jetzt kenne ich ihn. Ich hätte ihn erkennen müssen, als ich ihn das erste Mal sah. Er ist der Harfner, der vor langer Zeit in Teyrnons Haus zu Gwent kam, als ich ein Kind war.«

Siebentes Kapitel – Die Heiligen Steine werden geholt/Wieder kam Pryderi, der Sohn Pwylls, heim nach Arberth, und wieder hiess sein Volk ihn herzlich willkommen. Fackeln leuchteten wie Sterne, und über heller Glut wurde Wild und Geflügel gebraten, und Harfner spielten und trugen Balladen vor. Pryderi ertrug aber diese Dinge nur, weil er die Gefühle seiner Leute nicht verletzen wollte.

»Ich habe in letzter Zeit zuviel gefeiert, zuviel getrunken und zuviel gegessen«, sagte er zu seiner Familie, als er schließlich allein mit ihnen war. »Jetzt brauch' ich etwas frische Luft! Die Götter wissen, wie sehr ich sie brauche, nachdem ich all diese Nächte hindurch das Lächeln Caswallons aushalten mußte.«

»Hast du nicht gesagt, der König habe dich gut empfangen, Sohn?« Rhiannon lächelte ihr eigenes Lächeln – liebevoll und dennoch etwas spöttisch.

»Das hat er, aber sein Lächeln gefällt mir überhaupt nicht. Es ist voller Zähne und voller Verschlagenheit und voller Schnurrhaare. Man fühlt sich, als wäre er eine Katze, die soeben eine Maus verschlungen hat – und man weiß nie, ob man nicht selbst diese Maus ist. Doch« – er wurde wieder sachlich – »einmal wurde dieses Lächeln von seinem Gesicht weggewischt. Und das war eine seltsame Geschichte.«

Er berichtete ihnen von dem geheimnisvollen Harfner und davon, wie er zuletzt in ihm den Mann erkannte, der vor langer Zeit für Teyrnon in Gwent gespielt hatte.

»Er hat dir damals viel Gutes erwiesen, Mutter. Ist es möglich, daß nicht alle deine Verwandten in der Hellen Welt so gegen dich eingenommen sind?«

»Keiner von ihnen ist gegen mich eingenommen, Sohn. Ich bin es gewesen, die sich von ihnen losgerissen hat, indem ich die Welt, in die ich geboren wurde, verließ, um deinem Vater zu folgen.«

»Das sagst du immer. Wer aber hat dann diese Jahre der Unfruchtbarkeit über dich verhängt? Und wer ließ mich in meiner Geburtsnacht davontragen, als ich es schließlich durchgesetzt hatte, geboren zu werden?«

Rhiannons Lächeln nahm zu. »Du räumst dir da ein zu großes Verdienst ein, Sohn. Dein Vater und ich waren diejenigen, die dir zur Geburt verhalfen.«

»Darum geht es nicht. Du weißt, was ich meine ...«

Doch Kigva sprudelte über vor Staunen. »Bei den Müttern! Wie gern hätte ich diesen fremden Mann gesehen und ihm gedankt! Ohne ihn wärst du vielleicht nie zu uns heimgekommen. Denn warum wäre er wohl aufgetaucht, wenn Caswallon nicht etwas gegen dich im Schilde geführt hätte.«

»Das ist richtig.« Pryderi ernüchterte sich wieder. »Ich habe mich das auch gefragt.«

Manawyddan sagte: »Arawn, König von Annwn, verdankt deinem Vater viel, Junge. Sein gesamtes Königreich in Anderswelt. Vielleicht wollte er Caswallon wissen lassen, daß du mächtige Freunde hast.«

Rhiannon sagte ernst: »Es gibt viele Welten; die meisten von ihnen sind besser als unsere, ein paar sind schlechter. Wir, die in dieser leben, können nur die Wege und Geheimnisse unserer Welt kennen. Selbst mir ist nichts anderes möglich, denn viele Erinnerungen wichen von mir, als sich mein Leib zu einem irdischen Leib vergröberte. Wir wollen keine Zeit an unnützes Rätselraten verschwenden. Du bist wieder daheim, Sohn; das ist genug.«

»Ja, das ist es!« Kigva faßte seine Hand und drückte sie. »Aber ...«, ihre Augen wurden groß, »was, wenn uns dieser Caswallon einmal besucht? Ich will nicht mit ihm schlafen!«

Rhiannon lachte beruhigend. »Das wirst du nicht müssen, Kind. In jener Nacht werde ich einer Kuh oder einer Stute deine Gestalt verleihen. Oder einer Ratte, wenn ich eine erwischen kann. Sie würde die richtige Bettgenossin für Caswallon abgeben – Fleisch von seinem Fleische.«

Pryderi und Kigva lachten herzhaft; beide schienen erleichtert. Pryderi sagte: »Doch was wird aus meiner frischen Luft? Mir scheint, jeder Einwohner von Dyved möchte hier sitzen bleiben und sich vollschlagen bis ins nächste Jahr.«

»Sag ihnen, du seiest sehr lange fortgewesen und wolltest jetzt die jährliche Rundreise durch deine Länder machen«, sagte Rhiannon. »Es ist auch wirklich höchste Zeit, daß du das tust. Dann werden alle Häuptlinge und reichen Gutsherren nach Hause gehen und ihre Häuser und ihr Gesinde für deinen Besuch herrichten.«

»Diese Reise wird auch noch einen anderen guten Zweck haben«, sagte sie später zu Manawyddan, als sie im Bett lagen. »Obwohl unsere vielen Gäste viele Geschenke gebracht haben, gehen die Vorräte im Palast doch zur Neige. Wenn wir die Gäste sind und unsere Gastgeber das Essen liefern müssen, dann werden die Feste nicht so lang dauern.«

Manawyddan lachte und umarmte sie. »Du bist eine gute Haushälterin, Herrin. Du hast die Sitten unserer Welt gut erlernt. Und doch frage ich mich manchmal – kann es wirklich sein, daß du deine eigene nie vermißt?«

»Herr, ich bin hinter Pwyll her in den Rachen der Zeit geritten, obwohl ich wußte, daß sie uns zerreißt und aussaugt und schließlich wegwirft wie abgenagte Knochen. Ich sage nicht, daß ich ohne Angst gekommen bin, aber ich kam aus eigener Entscheidung.«

»Es war eine große, eine unerhörte Entscheidung!«

»Das war es. Doch jetzt kommt mir alles wie ein Traum vor, jenes Land der Ewig-Jungen, in dem man nicht stirbt, bis man zu weise für unsere Welt geworden ist und dadurch bereit für die nächste – für eine, von der wir so wenig wissen, wie ihr von der unseren wißt.«

»So habe ich es gehört. Und auch, daß bei euch der Tod anders sei als bei uns.«

»Es ist nur ein tiefer Schlaf, ohne Krankheit. Gut erinnere ich mich an meine Angst, als ich zum ersten Mal die Häßlichkeit des irdischen Todes sah und wußte, daß er auch zu mir kommen wird, und vielleicht zuerst zu ihm, zu Pwyll. Doch selbst da bedauerte ich meine Entscheidung nicht.

Ich habe gelitten, aber ich habe meine Wahl nicht bereut. Und heute nacht und hier bereue ich sie auch nicht, Manawyddan, Sohn Llyrs.« Und wieder legte sie ihre Arme um seinen Nacken ...

So begann für Manawyddan das Glück in Dyved, die langen guten Tage in jenem Lande, das Dichter später das Land der Zauberei und Phantasie nennen sollten. Er und Rhiannon ritten mit Pryderi und Kigva durch die grünen Auen und meinten, noch nie so reiche Ernte auf den Feldern gesehen, noch nie süßeren Honig als diesen gekostet zu haben. Für Pryderi war es die Heimat, die

Heimat, von der er lange getrennt gewesen war. Und für Kigva wäre jedes Land, durch das sie zusammen mit ihm ritt, so köstlich wie Rhiannons liebliches Land der Ewig-Jungen gewesen. Der Glanz in ihren jungen Augen überglänzte auch die Augen des älteren Paares; sie glaubten, noch nie zuvor hätten sie die Herrlichkeit und zauberische Einfachheit der Erde erfahren.

Das »Mabinogi« sagt, daß jene vier zusammen glücklich gewesen seien; und solche Freunde seien sie geworden, daß sie es nicht ertragen konnten, voneinander getrennt zu sein, weder bei Tag noch bei Nacht. Das klingt unwahrscheinlich; jedes Paar muß den Wunsch verspürt haben, bisweilen für sich zu sein; doch gewiß ist, daß sie glücklich waren.

Es fehlte ihnen nichts als der Sohn, den Pryderi sich gewünscht hatte. Er wäre sehr willkommen gewesen, aber er wurde nicht wirklich benötigt. Denn sie hatten genug, und selten, wahrlich selten, können Menschen diesen vollkommensten aller Zustände genießen, sie, die zumeist in der Hoffnung auf die Zukunft leben und dann, wenn das Stück Zukunft, auf das hin sie geplant und gearbeitet haben, wirklich kommt, schon wieder weiterleben und weiterarbeiten müssen in der Hoffnung auf ein neues Stück.

Genug habend – im Besitz jener Summe, die am schwersten zu erwerben ist und am unmöglichsten zu behalten –, standen jene vier ausgesetzt auf einem herrlichen und glitschigen Gipfel. Ihr vollkommenes Gleichgewicht, ihre tiefe Zufriedenheit, sie konnten nicht lange währen; denn es ist die Natur der Zeit, hinzuzufügen und wegzunehmen.

Manawyddan und Rhiannon müssen das gewußt haben, und sie sprachen darüber.

Rhiannon sagte: »Lange habe ich mich vor der Zeit gefürchtet, Herr, denn ich wußte, daß sie die Kraft meines Geliebten und meine Schönheit wegnehmen muß. Doch nach dem Tode Pwylls habe ich gelernt, sie zu segnen, denn jetzt hatte sie ihr schlimmstes Werk getan und konnte mich nur noch ihm näher bringen.«

»Ich verstehe dich«, sagte Manawyddan. Und seufzte, im Gedanken an Bran und Branwen.

»Doch als ich sie dann gesegnet hatte, veränderte sich meine Sicht. Ich sah, daß sie nicht nur zerstört, sondern auch lehrt. Ich erkannte, daß ich, so groß meine Liebe und die Pwylls auch war, aus der Erinnerung an sie kein Gefängnis machen durfte, eine Festung, die andere ausschloß. Denn jede Festung ist in Wirklichkeit ein enger Raum, der Körper und Geist einzwängt. Und jeder Mann, jede Frau ist liebenswert, und jedes ruft eine Liebe hervor, die immer nur ihm oder ihr gegeben werden kann und nie einem anderen. Und ich erinnerte mich an dich und wußte, daß ich dich liebte und daß ich durch dieses

Lieben nicht aufhören mußte, Pwyll zu lieben. Es ist schwer, sie verständlich zu machen, diese Erkenntnis. Verstehst du, Herr?«

Manawyddan sagte: »Ja.«

Sie bebte leise. »Die Veränderung wird wiederkommen, ich weiß – Veränderung ist das Kind der Zeit. Und ich fürchte Caswallon, deinen Vetter. Glaubst du wirklich, daß er die Heiligen Steine fortschaffen kann?«

»Ich glaube, ja. Er ist sich dessen sicher, und in Dingen, bei denen es um Dinge geht, ist mein Vetter kein Narr.«

»Hätten die Mütter es doch gewollt, daß du ihn hättest davon abhalten können, Pryderi dieses Versprechen abzulisten! Nichts könnte das Volk von Dyved in größere Angst versetzen als das Fortschaffen der Steine. Und es wird eine Waffe in den Händen der Häuptlinge der Sieben Cantrevs von Seissyllwch sein. Sie lieben Pwyll nicht.«

Manawyddan runzelte die Stirn. »Ich weiß. Jene Sieben Cantrevs waren ein Teil von Dyved, bis die Neuen Stämme kamen. Und erst im letzten Jahr seines Lebens gab mein Bruder Bran – da die neuen Häuptlinge die dort noch lebenden Angehörigen der Alten Stämme mißhandelten, wie Pwyll dies nie getan hatte – Pryderi die Erlaubnis, den Frieden zu brechen und sich jene Sieben Cantrevs zurückzuholen. Und das arme Volk in ihnen hat allen Grund, deinen Sohn zu segnen; jene Häuptlinge aber werden ihn immer verfluchen.«

»Ja.« Sie zitterte wieder. »Ich werde diesen Krieg nie vergessen können, Herr. Es war Pryderis erster, und er ritt lachend hinaus. Ich aber fragte mich, ob ich in diesem Körper je wieder lachen würde. Wenn er wie sein Vater gestorben wäre . . .!«

Seine Hand bedeckte die ihre. »Zuletzt hättest du auch dann wieder die Zeit gesegnet, Herrin, aber es wäre schwer gewesen.«

»Zu schwer!« Sie klammerte sich an ihn, und ihr Körper bebte. »Das wäre das einzige gewesen, was ich nicht hätte tragen können. Kein Mann kann je das Band zwischen einer Frau und dem Kind, das aus ihrem Leibe geboren wurde, ganz verstehen, nicht einmal du, Manawyddan, weisester aller Männer.«

»Ein wenig verstehe ich schon davon, meine Rhiannon.« Seine Stimme klang tief, schwer von unsagbaren Dingen. Er hielt sie, er sprach ihren Namen, aber er sah nicht ihr Gesicht, sondern das Gesicht Branwens, wie es in jener schwarzen Nacht vor Tara ausgesehen hatte: als sie zusehen mußte, wie ihr kleiner Sohn von Evnissyen, ihrem vor Haß tollen Bruder, ins Feuer geworfen wurde; Evnissyen, der nie hätte geboren werden dürfen.

Rhiannon hörte und sah, sie dachte, sein Schmerz gälte dem, was Pryderi hätte zustoßen können. Sie sagte rasch: »Gut weiß ich, daß auch du ihn liebst,

Herr! Du hast ihn beschützt und über ihn gewacht, wie es ein Vater nur tun kann. Aber es ist nicht dasselbe.«

Nicht einmal ihr konnte er von Branwen erzählen, von jenem alten Schmerz. Er dachte: ›Das ist Übermaß und deshalb gefährlich. Jeder Liebende hat ein Recht, zu sterben, um das Geliebte zu retten. So, wie ich für Branwen gestorben wäre, oder für Bran oder für Nissyen. Oder für Branwens Kind. Doch alles Leben veröden lassen für etwas, das nicht gerettet werden kann – das heißt, sich dem Zerstörer auszuliefern, den man haßt. Heißt, den eigenen Willen gegen den der Mütter stellen. Doch wer bin ich, daß ich einer Mutter sagen könnte, wie man den Müttern dient?‹

Und am allerwenigsten dieser Frau, die in ihm die Lebensfreude wiedererweckt hatte . . .

Laut sagte er: »Herrin, viele der Druiden, mit denen Caswallon gesprochen hat, sind weise Männer, obwohl er selbst keiner ist. Und mein Herz sagt mir, daß es richtig ist, wenn die Steine gehen; daß sie in ihrer neuen Heimat ein Wunder und Geheimnis für die Menschen sein werden in kommenden Zeiten. Was Pryderi angeht, so haben wir ihm Leben gegeben; von jetzt an können wir nichts weiter für ihn tun, als ihm das an Liebe und Rat geben, was er von uns annehmen will.«

Seine Herrin lächelte nachsichtig und zärtlich auf ihn hernieder. Sie dachte: ›Also ist auch der weiseste aller Männer am Ende so töricht wie alle anderen.‹

Sie waren weiterhin glücklich. Die Erde war ihre Mutter und ihre Freundin; denn das Leben ist zauberisch, und die Große Energie, die alle Dinge formt, ist mächtiger in Magie als jeglicher Zaubermeister und Magier, den die Waliser je kannten. Die Wunder, die wir täglich sehen, scheinen uns selbstverständlich; was das Haupt Brans in Gwales tat, mutet uns dagegen wundervoll an, aber nur deshalb, weil dieses Ereignis etwas ist, von dem man selten hört, während jene die ganze Zeit geschehen. Und doch ist ein Kopf, der spricht, nachdem man ihn von seinen Schultern geschlagen hat, wenn wir's mal recht bedenken, nicht annähernd ein so ungeheures oder allbewegendes Mysterium wie das Wunder des Wachstums oder des Sonnenaufgangs und Sonnenuntergangs.

Wir haben aus »natürlich« und »alltäglich« armselige Wörter gemacht, gewöhnlich und ausgedroschen, wo sie doch DAS Wort sein sollten, voll von ehrfurchtgebietender Macht und Magie, voll kosmischer Gewalt.

Auf Gwales war Manawyddan weniger wach gewesen, als er es in Dyved war. Oder vielleicht wacher, denn dort hatte er in der Ewigkeit gelebt und außerhalb der Zeit. Er hatte dort vergessen, daß Bran tot war, weil Bran da war. Jetzt war er wieder in dem uralten, unerbittlichen Netz aus Zeit und Schmerz verfangen, doch seine Füße waren wieder auf einen Weg gebracht worden, und das neue Netz wob sich um ihn, reich an Farbe und Musik. Rhiannon wob es, Rhiannon mit ihren tiefen Augen und ihrem warmen Mund und ihrem Verständnis, das für gewöhnlich so voll und süß und ruhig war wie ihre Brust. Sie war wie kühles Wasser auf sonnverbrannter Erde; wie ein warmes Feuer in frostiger Herbstnacht.

»Am besten ist die Liebe am Nachmittag«, sagte er ihr einmal. »Nach dem Sturm, wenn das Herz Weisheit gelernt hat und der Körper noch nicht zu alt ist. Wenn Liebe nicht mehr Anstrengung und Angst und Wein ist, der einem Mann zu Kopf steigt, sondern das Feuer in seinem Herd und die Speise auf seinem Tisch.«

Sie lächelte ihr gebrochenes Lächeln, halb elfisch, halb mütterlich. »Pryderi und Kigva würden denken, das sei das Geschwätz eines verbrauchten alten Mannes. Sie verzehren einander wie Honig. Bin ich für dich nicht mehr als ein gut brennendes Scheit oder ein gut gebratener Happen Rindfleisch? Es gab eine Zeit, da konnte ich einen Mann trunken machen!«

Seine Augen funkelten.

»Laß mich sehen, was du kannst, jetzt. Ich fühle mich nicht im geringsten verbraucht, Herrin!«

Und alsbald sagte sie, er sei es nicht, ganz und gar nicht . . .

Winter legte Weiß auf die Hügel. Die Winde schrillten und heulten; sie tobten durch jenen uralten Ring der Heiligen Steine, als wollten sie umstürzen, was stand, bevor etwas Grünes auf der Erde gewachsen war; bevor das Leben zum ersten Mal eine Gestalt angenommen hatte, die atmete und sich bewegte. Kalt wie Eis bliesen jene Winde; wie Messer stachen sie in alles lebende Fleisch. Doch in der großen Halle zu Arberth gab es Feuer und Wärme und Lachen; dort blühte noch der Sommer.

Das Frühjahr kam und mit ihm die Männer Caswallons. Unbewaffnet kamen sie, nur mit Schlitten aus schwerem Holz und Seilen aus gedrehten Häuten. Sie zerbrachen den Ring, sie bewegten die Heiligen Steine, jene Erstgeborenen der Mutter Erde. In Ihrem Leib hinterließen sie tiefe Spuren, dort, wo seit jeher Ihre Kinder gestanden hatten.

Das Volk von Dyved schrie entsetzt auf. Sie ließen ihre Pflüge auf den Feldern stehen und ihr Essen halb gegessen auf den Tischen. Sie eilten zu den Waffen, doch Pryderi mußte ihnen Einhalt gebieten; mußte sagen: »Ich habe versprochen . . .«

Der Hohe Druide sprach; er, den Caswallon gesandt, wie Manawyddan ihm geboten hatte. Er sagte, daß dies der Götter Wille sei, ihm selbst offenbart, als er vor dem Altar schlief, auf der Haut eines Stieres. Daß die Heiligen Steine, das Reglose Erste Volk, jetzt an einen Ort gingen, wo sie von mehr Menschen gesehen und geehrt werden könnten als je zuvor. Von der ganzen Insel der Mächtigen.

In tiefem Schweigen lauschte das Volk von Dyved. Ihre Gesichter erhellten sich nicht; sie verloren nur das zuckende Licht, das die Kampfwut ihnen verliehen hatte. In Verwirrung und Schmerz sahen sie zu, wie jenes waffenlose Heer die Steine davonschleppte.

Einige murmelten: »Sie werden nicht weit kommen. Sie werden davonhinken, zurück zu ihrem diebischen Hochkönig, wie Hunde, die man vom Fraß wegprügelt. Und dann werden wir zu dem VOLK DAS SICH NICHT BEWEGT gehen und es wieder heimführen.«

Andere aber sagten verzweifelnd: »Der Hohe Druide hat es geträumt. Auf der Stierhaut hat er's geträumt!«

Ein paar sagten: Pwyll hätte die Steine niemals gehen lassen. Wenn er noch am Leben wäre . . .«

Und einige wenige sagten: »Wenn er nur eine Frau aus seinem eigenen Volk geheiratet, einen Sohn gezeugt hätte, dem etwas am eigenen Volk liegt . . .«

Gekrümmt unter jener Last, die zu schwer für Menschen schien, kämpften sich Caswallons Männer in Richtung Meer. Lang und schwer war jener Kampf; die Arme wurden ihnen fast aus den Gelenken gerissen, ihre Rücken schienen für immer geduckt zu sein, doch schließlich gelangten sie an das grau wogende Wasser, zu den wartenden Flößen. Auf dem Meer fuhren die Steine dann, bis sie an die Mündung eines Flusses kamen, der tief genug war, um sie zu tragen. Von Fluß zu Fluß reisten sie; lang und gewunden wie eine Schlange war jener Weg. Doch endlich kamen sie an ihren vorbestimmten Platz; inmitten von Grün, innerhalb eines Ringes aus riesigen Sandsteinblöcken, ward ihr eigener Ring wieder aufgerichtet. Das Heiligtum stand und steht noch, und heute noch staunen die Menschen.

Später sagten die Menschen, nur Zauberei habe jene Steine bewegen können; jener weise Merlin, Arthurs Hüter, habe sie von Irland herübergebracht. Und es kann wirklich stimmen, daß die Neuen Stämme, oder ein Teil von ihnen, von Irland nach Dyved gekommen sind.

Doch der einzige Zauber, der jene Steine versetzte, war Caswallons scharfsinniger und rücksichtsloser Wille. Er plante gut.

In Dyved murrten die Leute immer noch: »Unheil wird kommen. Unser Glück ist mit dem Ersten Volk davongezogen.«

Der Sommer schritt voran. Getreide und Früchte wuchsen golden und hoch

heran, aber immer noch starrten die Leute zum Himmel, in Furcht vor dem
Sturm. Wer es konnte, mied die Hügel; die es aber nicht konnten, gingen
wachsam, blickten nach oben oder westwärts oder nach unten; überallhin, nur
nicht zu der Stelle, die jedermann nackt und klar vor sich sehen konnte. Jene
leere Stelle auf den windigen Höhen, wo seit undenklichen Zeiten die Steine
gestanden hatten, Dyved beschützend. Wo sie jetzt nicht mehr standen, jene
Heiligen, die Erstgeborenen der Mutter.

ACHTES KAPITEL – STURM ÜBER DEM GORSEDD ARBERTH/DER REGEN ENDETE; ES
WURDE HEISS; DIE SONNE BRANNTE AUF DIE WEITE BRAUNE BRUST DER MUTTER HER-
NIEDER, ALS HASSTE SIE DIESE UND ALLES LEBEN, DAS IHR ENTSPRANG. DIE ANGST IN
den Augen der Menschen veränderte sich. Einige sagten: »Wir fürchteten den
Sturm zu Unrecht.« Und andere setzten hinzu: »Auf diesem Wege wird also
das Verhängnis kommen!«

Rhiannon sagte: »Vielleicht gibt es etwas, das ich dagegen tun kann.« Und
sie rief ihre Frauen zusammen und alle anderen Frauen, die sie begleiten wollten, und führte sie zu einer Stelle tief in den Wäldern. Dort warteten sie, bis der
Mond aufging, und welche Riten sie dann dort vollführten, hat kein Mann je
erfahren. Nur Schäfer und Ziegenhirten hörten ihren Gesang, schwach und
sehr weit weg, und der Klang gefiel ihnen sehr, aber sie erzitterten davor.

Der Morgen kam, diesmal still, ohne sein gewöhnliches Flammengold.
Wolken verhüllten der Sonne feuriges Antlitz; die Nacht wich einem Grau,
nicht wirklichem Licht. Und bald begann Regen zu fallen; wie eine Myriade
weicher winziger Pfoten trommelte er auf die ausgetrocknete Erde, auf die sterbenden Pflanzen, die grün gewesen waren.

Der Regen rettete die Ernte. Und dann hörte er auf.

Die Sonne schien auf die Schnitter herab. Männer und Frauen sangen, als
sie die Ernte einholten. Die meisten von ihnen sagten: »Die alte Königin ist
weise und mächtig. Sie hat den Zorn der Götter besänftigt.« Einige aber sagten
immer noch: »Wartet ab!«

In der großen Halle zu Arberth wurde ein Fest gehalten. Die Männer feierten, tranken auf ihre eigene Kraft und auf die fruchtbare Mutter Erde, tranken
auf sie, die mit Hilfe männlicher Kraft geboren hatte. Denn jetzt wußten sie
sich im Besitz der Nahrung für einen weiteren Winter, und Nahrung ist Leben.
Alle Augen richteten sich liebevoll auf Pryderi; die Ernte ist nur dann gut,
wenn der König gut ist. Er hatte sie nicht im Stich gelassen; seine Macht und
sein Glück waren noch mit ihm, wenn er auch sich – und ihnen – die Heiligen
Steine hatte ablisten lassen.

371

Pryderi wußte, was sie in ihren Herzen dachten. Seit Monaten hatte ihn dieses Wissen gebrannt, und der rettende Regen hatte jenen Brand nicht gänzlich gelöscht. Denn er wußte, daß er nichts dazu beigetragen hatte, ihn herbeizubringen.

Er war zu ehrlich, um es zu vergessen, und er war zu jung, um sich nicht vor sich selbst beweisen zu müssen. ›Da ich das, wofür ich gepriesen werde, nicht getan habe, muß ich etwas tun, was ebenso gut ist. Ebenso rühmenswert.‹

Er erhob sich, den Becher in der Hand. Er sagte: »Stoßt mit mir an, Männer und Frauen von Dyved. Denn bei der Sonne und beim Mond, bei Erde und Himmel schwöre ich, daß ich nicht wieder essen oder trinken werde, bis ich vom Gorsedd Arberth aus die Sonne habe aufgehen sehen!«

Da ward es still. Auge suchte Auge, und in jedem stand ein Entsetzen und eine Frage. Selbst bei Tag, wenn die Sonne am Himmel stand, scheuten die Menschen jenen mächtigen Hügel, den man den Gorsedd Arberth hieß. Bei Nacht hielten sich sogar jene, die in dem Palast an seinem Fuße lebten, so weit wie irgend möglich von ihm entfernt und erzitterten, wenn sie von seinen einsamen Höhen herab den Ruf eines Nachtvogels hörten. Es war ein heiliger Ort; zu heilig für Menschen.

Manawyddan sah Rhiannon an, und ihr Gesicht war gelassen und unbewegt, maskenhaft wie das des Mondes. Doch ihre Hände waren verkrampft; so verkrampft, daß das Stück Brot, das sie in der einen Hand hielt, zerbröselte. Und Kigvas rundes junges Gesicht war weiß vor Angst.

Wieder sprach Pryderi, mit lauter und deutlicher Stimme, so daß alle ihn hören konnten. »Wenige Könige von Dyved haben diese Tat vollbracht, doch jeder König wußte, daß er stets bereit sein muß, sie zu vollbringen. Pwyll, mein Vater, hat sie vollbracht, nachdem er von Annwn zurückgekehrt war; er, der im Lande der Toten gewesen war, wußte, daß er sich von dem Tode, der ihm noch anhaftete, reinigen und neue Kraft und neues Leben von den Mächtigen vom Hügel gewinnen mußte – mitsamt einer Königin, die ihm Söhne gebären würde –, oder wieder in die Unterwelt hinuntergehen mußte. Und die Hügelbewohner ehrten ihn vor allen Menschen, indem sie ihm eine aus ihrem Stamme sandten – die Königin, meine Mutter.« Er machte eine Pause und lächelte sie an, dann wandte er sich wieder an sein Volk.

»Nun werde ich, der ich weiter weg von meinem Volke gewesen bin als je ein König von Dyved – außer Pwyll –, dasselbe Abenteuer wagen. Ich werde ein für alle Mal beweisen, daß mir kein Unglück anhaftet, daß mir kein Verhängnis aus jenem schrecklichen Krieg jenseits des Meeres hierher gefolgt ist. Ich werde annehmen, was mir die Götter schicken!«

372

Er leerte den Becher, lachte und warf ihn von sich, und das Lächeln auf seinem jungen Gesicht war so hell wie eine Flamme.

Wie ein Mann erhob sich sein Volk und jubelte ihm zu. Alle jungen Männer riefen: »Wir werden mit dir gehen!«

Er lächelte. »Das ist euer Recht. Mein Vater ging inmitten seiner Ziehbrüder und aller seiner Wahren Kameraden.«

Kigva erhob sich, die Tochter Gwynn Gloyus, und alle Mädchenhaftigkeit war aus ihrem jungen Gesicht verschwunden; es war das einer Frau. »Es ist mein Recht, Pryderi. Seit jeher bestiegen Königinnen den Hügel, um mit ihren Königen zu sterben.«

»Oder um von neuem mit ihnen vermählt zu werden.« Manawyddan erhob sich. »Jetzt besteht keine Notwendigkeit zu sterben. Doch als du überm Meer in den Kampf zogst, Stiefsohn, da gingen wir beide immer Seite an Seite.«

Pryderi sagte bestürzt: »Ich wollte die Königinnen in deiner Obhut lassen, Stiefvater. Kigva muß nichts beweisen; sie soll in unserem Gemach warten und sich bereithalten, mit mir die Heilige Hochzeit zu feiern, wenn ich zurückkomme.«

Rhiannon stand auf und warf ihr Brot einem Hund hin. »Kigva hat ihr Recht schon in Anspruch genommen, Sohn. Und ich habe schon auf dem Gorsedd gestanden, bevor du geboren wurdest. Ich fürchte mich nicht, heute nacht wieder auf ihm zu stehen.«

Schließlich gingen sie alle, sogar die Damen, die Rhiannon und Kigva dienten.

Sie trugen keine Fackeln. Es war Vollmond, und der Gipfel des Gorsedd mußte so hell wie am Tage sein. Doch obwohl der Weg kurz war, so lag doch ein Teil von ihm in dem tiefen Schatten des Hügels, und in jener Finsternis konnte keiner das Gesicht des anderen sehen. Sie konnten nur ihre Tritte hören, leise knirschende Geräusche, die sowohl die Erde als auch deren Schweigen zu stören schienen. Jedes hörte auch das eigene Atmen, und es klang so laut, daß es eine neuerliche Verletzung jenes erhabenen Schweigens schien. Viele dachten sehnsüchtig an die lichterhelle Halle, wo sie noch vor einem Augenblick so fröhlich gewesen waren. Wo jetzt die Diener die Reste von den Speisen der Großen aßen – konnte das wirklich nur ein paar Schritte weit weg sein?

›Werden wir je wieder dorthin zurückkehren? Je wieder lachen und trinken?‹ Jener stumme Schrei stieg aus hundert Herzen auf.

In der Dunkelheit schlüpfte Rhiannons Hand in die Manawyddans.

Er sagte: »Fürchte dich nicht, meine Königin. Wäre die Ernte nicht so gut ausgefallen, hätten diese ›Wahren Kameraden‹ vielleicht Zeichen erblickt, die ihnen gebieten würden, ihn zu erschlagen – nun aber ist alles anders. Er hat ihre Liebe zurückgewonnen.«

Sie lachte bitter. »Der letzte König, der vor Pwyll den Hügel bestieg, starb – erschlagen von den Speeren seiner eigenen Männer, soweit ich weiß. Doch ist es nicht das, wovor ich mich fürchte. Hier auf diesem Hügel gibt es wirklich einen Durchgang in eine andere Welt – ich, die ich einst hindurchgegangen bin, weiß es nur zu gut.«

Manawyddan schwieg, dachte an das, was noch durch jenen Gang gekommen sein mochte. An jenen grausigen Riesenarm, der den neugeborenen Sohn von ihrer Seite geraubt hatte.

Rhiannon sagte: »Das war ganz unnötig. Bevor die Regen kamen, fürchtete ich, daß er es würde tun müssen. Aber jetzt, wo alles gut war! Was ist nur in ihn gefahren? Wenn ein Bann auf ihm liegt, der ihn zu seinem Verhängnis zieht . . .« Sie erzitterte.

Manawyddan sagte: »Es ist nur er selbst. Sein Stolz wurde verletzt. Auch glaube ich, daß er wirklich die Angst hat, das Unglück, das uns in Irland befiel, habe seine Urteilskraft getrübt und ihn dadurch die Steine verlieren lassen.«

»Das war doch aber auch nur seine eigene Schuld! Besonnenheit ist noch nie seine starke Seite gewesen. Es ist ein Jammer, daß der Verstand eines Kindes nicht genauso schnell erwachsen wird wie das übrige. Jetzt muß ich zusehen, wie er in Gefahren hineinrennt, von denen ich ihn einst hätte zurückhalten können – an den Ohren, wenn nötig.«

»Herrin, dies ist das Schicksal aller Eltern, die ein Kind heranwachsen sehen.«

»Das weiß ich, aber das macht es nicht weniger schwer! Wenn ich ihm nur hätte mehr beibringen können! Doch als ich durch jene Türen kam, durch die ich jetzt nur dann wieder treten kann, wenn ich euren Erden-Tod sterbe, da habe ich vieles vergessen – und für vieles, woran ich mich erinnere, sind meine Lippen versiegelt.«

Sie gingen schweigend weiter.

Sie tauchten aus jenem tiefen Schatten wieder auf und fanden sich am Fuße des Hügels, inmitten ihres Gefolges. Ihnen voraus stiegen Pryderi und Kigva hügelan, Hand in Hand; das Mädchen hatte jetzt wieder ein strahlendes Gesicht, des Händedrucks wegen. Das ältere Paar folgte, und der Mond sah mit seinem blassen, übel zugerichteten Gesicht auf sie herab, wie ein goldenes, von Unholden aus dem Weltall mißhandeltes Antlitz.

Sie erreichten den Gipfel des Hügels. Die vier setzten sich auf die Steine, die dort aufgestellt worden waren, in unvordenklicher Zeit, um bei solchen Gelegenheiten als Sitzplätze zu dienen. Sie saßen da, und um sie herum saß ihr Gefolge. Sie saßen und warteten . . .

Sie sahen, wie drunten Licht aus den offenen Türen des Palastes strömte, den sie verlassen hatten. Schwache Stimmen schienen zu ihnen heraufzuwehen.

Kigva sagte leise: »Ich dachte, unser Gesinde liebt uns. Wie können sie so fröhlich sein?«

Rhiannon sagte: »Sie mögen uns, doch jetzt ist der Wein in ihnen und ertränkt alles andere. Und vielleicht nicht nur Wein. Neide ihnen den Augenblick nicht, in dem sie sich als Herren und Herrinnen über all das fühlen, was sie tagein, tagaus erarbeiten, das ihnen aber nie gehört.«

Allen auf jenem bangen Berge war es, als wären sie Tote, die in die Welt der Lebenden zurückschauten. In eine Welt und in ein Leben, die schon weit weg waren, unglaublich weit weg. Schweigen schien sich um sie zu wickeln, Falte um Falte eines immer enger werdenden Mantels. Es drang in ihre Münder und in ihre Herzen; es strich über sie hin wie Schlaf.

Dann ertönte von weither schwach und lieblich Musik. Musik, die schöner war als Gesang von Vögeln, weicher als der leiseste Ton des Wiegenliedes einer Mutter, die ihr Kind in Schlaf wiegt.

Manawyddan fühlte Frieden über sich kommen und seine Lider schließen, und dann plötzlich fühlte er etwas ganz anderes – einen scharfen, durchbohrenden Schmerz. Er fuhr auf, hellwach, griff nach seinem Schwert. Er erblickte jedoch kein Ungeheuer, sondern nur die weißen Finger seiner Gemahlin, die soeben seinen Arm losließen, und dann verriet ihm ein Aufschrei, daß sie auch ihren Sohn gekniffen hatte.

»Autsch!« Pryderi rieb sich den Arm. »Ich bin der Meinung, Mutter, es hat hier auf dem Gorsedd nichts Gefährliches mehr gegeben, seitdem du aus ihm gekommen bist!«

Aber Rhiannon schien ihn gar nicht zu hören. Sie schaute in den weiten dunklen Himmel, als wäre er ein Gesicht; und ihres war weißer, als der Mond es je hätte machen können. Sie murmelte Zauber- und Bannsprüche, doch die tiefen, mächtigen Laute gehörten einer Zunge an, die so leis war wie das Rascheln von Blättern; einer Zunge, die nicht von dieser Welt war. Soviel begriffen beide Männer; die Haare auf ihrem Haupt sprangen auf, als hätte die Unheimlichkeit jener Worte ihnen Beine gemacht, und Kigva umklammerte je eine Hand der beiden.

Auch sie war wach; doch sonst war es kein Mann und keine Frau auf jenem Hügel. Deren Köpfe waren alle gesenkt, ihre Körper nach vorn gesunken oder hingestreckt in tiefstem Schlaf. Wie hohe Pflanzen, hingemäht von einer

375

Sichel, lagen sie da oder hingen schlaff auf ihren Sitzen – leer und seelenlos wie tote, noch nicht begrabene Menschen.

Rhiannons Murmeln verstummte. Sie drehte sich um und sah die drei an, und Schweiß stand wie Tau auf ihrer Braue.

»Ihr Narren! Wollt ihr auf dem Hügel von Arberth etwa schlafen? Besser wäre es, auf hoher See ohne Boot unter euch zu schlafen oder auf dem Herd, wenn das Feuer lichterloh brennt.«

Sie versuchten ihr zu antworten, sie taten ihre Münder auf, aber es kam nichts heraus. Ihre Kinnbacken sperrten sich nur zu einem gewaltigen Gähnen auf. Die Nacht war wieder still; Wolken sammelten sich um den Mond, wie Schafe, die sich um ihren Hirten scharen.

Oder wie Wölfe, die ein Schaf einkreisen . . .

Manawyddan dachte in zornigem Erstaunen: ›Mein Verstand ist wach, aber mein Körper ist es nicht.‹ Er riß sich zusammen und begann zu kämpfen.

Seine Lider waren schwer, so schwer; noch nie in seinem Leben hatte er etwas derart Schweres aufzuhalten versucht. Er sah, daß Pryderis Augen sich wieder geschlossen hatten und daß sich die Kigvas gerade wieder schlossen.

Rhiannon schwankte, sah von einem schlaftrunkenen Gesicht ins nächste. Ihre Lippen und ihre Finger zuckten, als wüßte sie nicht, was sie zuerst gebrauchen sollte.

Dann öffneten sich Manawyddans Augen mit einem Ruck. Er rüttelte Pryderi wach, und Rhiannon tat dasselbe mit Kigva. Er zog sein eigenes Schwert und dann das Pryderis und stieß den Griff in die schlaffe Hand des jüngeren Mannes.

»Wir müssen gehen! Immer im Kreis herum. Und wenn einer aus dem Kreis zu fallen droht, muß der hinter ihm ihn stoßen oder kneifen!«

Das taten sie. Sie stolperten dahin, die Augen fielen ihnen immer wieder zu; es war, als wären schwere Steine an ihre Füße gebunden, zögen sie nieder. Aber sie gingen weiter; der Kreis wurde nicht unterbrochen.

Rhiannons müde Augen begannen zu leuchten. Sie flüsterte Manawyddan zu: »Wenn wir nur bis Sonnenaufgang aushalten können . . .«

Es wurde wieder still. Sie stolperten dahin, ihre Augen hingen verzweifelt hoffend an dem immer noch schwarzen Osten.

Der Mond war verschwunden; die Wolken hatten ihn verschlungen. Nirgendwo war Licht; nur schwarze Nacht und tiefes Schweigen.

Plötzlich sah Kigva um sich und hinter sich, wie ein Kind, das Angst hat. Sie sagte: »Es ist zu still. Es ist, als hätte auch die Erde Angst und wartete auf etwas. Ich möchte ein Geräusch hören; irgendein Geräusch.«

Wie zur Antwort krachte Donner um sie herum; wie ein Hammer, groß wie der größte Berg, schmetterte er auf die Erde. Sie preßten im Schmerz die Hände an die Ohren; sie glaubten, ihre Trommelfelle wären zerschmettert worden und blutend in ihre Köpfe hineingefallen.

Wie ein Meer fiel Nebel vom Himmel. Sie sahen ihn weiß über ihren Köpfen brodeln, zwischen sich und dem schwarzen Himmel; dick wie Meerwasser, wild wie Gischt, herniederbrandend.

Dann war er auf ihnen, um sie herum, und jedes war allein in einer schrecklich brüllenden Welt, die weder Farbe noch Form mehr hatte, nicht einmal mehr die Unfarbe der Finsternis.

Sie konnten einander nicht sehen. Sie konnten überhaupt nichts sehen. Sie wußten, daß die Erde noch unter ihren Füßen war, aber nur deshalb, weil diese den Boden spürten.

Manawyddan war es, als kämpfte er darum, daß sein Kopf nicht davongeweht wurde, daß er nicht wie ein hüpfender Ball auf jenem unermeßlichen Schallstrom dahintanzte, jenem unglaublichen und unerhörten Tosen; dem Brüllen jenes Sturmes, der kein Sturm von dieser Welt war.

Er tastete, wie ein Blinder, mit den Händen. »Rhiannon! Pryderi! Kigva! Gebt mir eure Hände! Wir müssen unseren Kreis erhalten. Wir dürfen einander nicht loslassen!«

Mehrmals mußte er das schreien, jedes Mal lauter, bevor er seine eigene Stimme hören konnte. Dann fühlte er schließlich Pryderis starke Hand in die seine gleiten und auf der anderen Seite die glatte Hand Rhiannons, und er hörte ihre Stimme, die durch den Wind und den Donner herwehte wie das dünne klare Läuten einer silbernen Glocke. »Ich habe eine von Kigvas Händen. Hat einer von euch Männern die andere?«

Pryderi versuchte Ja zu sagen, doch das Tosen und Toben trug seine Stimme davon.

Sie standen mit verklammerten Händen, jene vier; der Donner geißelte ihre Ohren; der Sturm peitschte sie wie ein eisiger Dreschflegel, felderlang, felderbreit. Kigva wurde auf die Knie geworfen. Manawyddan sagte: »Wir legen uns besser alle hin. Aber wir dürfen die Hand des anderen nicht loslassen.«

Da lagen sie, mit immer noch fest verklammerten Händen. Der Sturm trommelte nicht mehr auf sie ein, doch jetzt zitterten sie unter seiner eisigen, unnatürlichen Kälte. Er heulte durch das Gewölbe der Nacht wie die Wogen eines brüllenden Meeres, eines Ozeans, der sich aus seinem unvordenklichen Abgrund erhoben hat, um alles Leben zu ertränken. Unaufhörlich krachten die Donner; es war, als müßte selbst dieser Hügel eingeebnet werden und die Erde auseinanderbrechen und in den Abgrund des Weltalls fallen.

Doch dann begannen sie in jenem Tosen andere Geräusche wahrzunehmen; winzig, weit weg, erhoben sie sich von drunten. Dünn und schwach wie das Zirpen von Insekten, durchdrangen sie dennoch dieses Schallmeer, mit einer schrecklichen Endgültigkeit. Schrille Schreie, die Todesschreie von Menschen und Tieren.

Die vier erschauderten; sie umklammerten die Hände der anderen noch stärker, denn sie hörten ihre Welt sterben.

Doch alle Dinge enden, nur wir nicht, und selbst wir, wie wir uns kennen, haben ein Ende ...

Sie merkten nicht, wann der Donner nachließ. Sie waren zu benommen, um zu denken; der Donner war in ihre Köpfe gedrungen und rollte dort drinnen weiter, betäubend und unaufhörlich.

Aber sie sahen den Nebel dünner werden. Als sie dann einander wieder sehen konnten, ungewisse Klumpen, dunkler als die Trübnis ringsum, da erwachten ihre benommenen Sinne wieder. Ängstlich warteten sie darauf, daß jene Klumpen wieder Gestalt annähmen, Umrisse; sahen, wie jene verzerrten Formen Gesichter ausbildeten, wieder erkennbare Menschen wurden.

›Etwas ist geblieben. Wir sind hier; wir haben einander. Die Welt geht weiter.‹

Der Morgen kam; der Nebel leuchtete jetzt fast. Aus ihm schimmerte Pryderis Haar golden hervor. Kigvas rotes Haar entzündete sich wieder wie eine Fackel. Manawyddans Augen fanden die Rhiannons, und sie lächelten einander an.

Die Sonne kam rot herauf, nahm stolz ihr Eigentum wieder in Anspruch. Der gesamte Himmel schimmerte mit einem Licht, das rein und blaß war wie Perlmutt. Besiegt sank der Nebel durch das jetzt neue, sanfte Schweigen hinab, zu der Welt drunten.

Die vier blickten sich um und sahen, daß sie auf dem kahlen Hügel allein waren.

Nicht einer von all denen, die ihnen auf diesen Hügel gefolgt waren, war noch da. Sie waren alle verschwunden, als hätten sie sich im Nebel aufgelöst.

Kigva faßte Pryderis Hand. »Hat der Sturm sie fortgeweht?«

Er sagte, durch zusammengepreßte Lippen hindurch: »Ich weiß es nicht.«

Alle vier blickten hinunter; angestrengt, verzweifelt, als wären ihre Augen Speere oder Pfeile, die jene weiße Nebeldecke durchbohren könnten, welche dort unten noch lag.

Auch diese zerschliß. Bald begannen die Strohdächer des Palastes aus ihr aufzusteigen, die Dächer ihres Daheims, und einen Atemzug lang war der Anblick süßer als Honig, war wie das Gesicht der Mutter für ein verirrtes Kind. Dann rief Manawyddan: »Rauch sollte aus ihnen steigen! Ich sehe keinen!«

»Vielleicht hat der Wind alle Feuer ausgeblasen«, sagte Pryderi. »Wir wollen hinuntergehen und nachsehen.«

Er wollte sich aufmachen, doch Rhiannon hielt ihn am Arm fest. »Warte, Sohn. Wir wollen erst noch ein wenig genauer hinsehen.«

Sie warteten, sie beobachteten. Bald konnten sie das gute, alltägliche Grün und Braun der Erde sehen. Doch etwas stimmte nicht, etwas war anders. Sie strengten ihre Augen an, spähten in eine Gegend hinab, die erfüllt hätte sein müssen von friedlichen Höfen; von den Feldern und Herden und den kleinen gemütlichen Behausungen der Leute.

Sie war es nicht. Nur die Felder waren noch da, die stillen, leeren Felder. Die Bäume und die grünen Wiesen.

Kein Haus war zu sehen, kein Tier, kein Mensch. Nicht einmal eine geschwärzte Ruine, wo blitzgeborstene Häuser hätten stehen müssen.

Entsetzen umklammerte ihre Herzen wie eiserne Finger. Sie rannten stolpernd den Hügel hinab. Sie erreichten den Palast. Seine Tore waren nicht vor dem Sturm verschlossen und verriegelt. Sie standen sperrangelweit offen – schwarze, trostlose Schlünde.

Sie gingen hinein, und kein Mensch hieß sie willkommen. Die große Halle stand leer, bis auf umgeworfene Stühle und Tische, und Geschirr und verschüttetes Essen lagen überall am Boden.

Sie durchsuchten den ganzen Palast, die Schlafräume und die Küchen und die Vorratsräume, und fanden immer noch nichts, außer Nahrungsmitteln und Möbeln und Kleidern, alles durcheinandergeworfen und zerbrochen und zerrissen von jenem gewaltigen Sturm. Kein lebendes Wesen war geblieben, nicht einmal ein Hund.

Sie riefen in jenes Schweigen hinein, das jetzt nicht mehr bedrohlich war, sondern nur leer. Es gab ihnen nichts zurück als das Echo ihrer eigenen Stimmen.

Pryderi verstummte schließlich und kratzte sich den Kopf. »Jeder Mann und jede Frau von Dyved muß fortgeweht worden sein«, sagte er.

Kigva preßte sich an ihn, mit klappernden Zähnen. »Was bedeutet das? Was hat das alles zu bedeuten?«

Plötzliche Hoffnung erhellte seine Augen. »Vielleicht träumen wir«, sagte er. Und er zwickte versuchsweise ihren Arm.

»Autsch!« rief Kigva. »Du könntest anders feststellen, ob ich Wirklichkeit bin. Laß mal sehen, ob du es bist!« Und sie zwickte ihn.

»Wirklich«, sagte Pryderi, »es gibt angenehmere Methoden, um das herauszubringen.«

Er gab ihr einen Kuß auf den Mund, und sie erwiderte diesen Kuß. Sie küßten einander mehrmals und sahen allmählich so aus, als ob es ihnen nun besser ginge. Rhiannon schaute ihnen ernst zu.

»Du hättest mein Volk nicht herausfordern sollen, Sohn. Wenn ein Mensch auf dem Gorsedd Arberth steht, nimmt er seine Seele mit sich, und sie können diese Seele packen und gebrauchen. Als ich in jene Welt gehörte und mich nach deinem Vater Pwyll sehnte, da konnte ich nicht zu ihm kommen, bevor er auf diesem Hügel saß und dadurch sich selbst und seine Welt in meine Reichweite brachte.«

Manawyddan sagte: »Es wird gut sein, wenn wir jetzt essen und schlafen. Danach können wir aufbrechen und nachsehen, ob das ganze Land so ist.«

Einen Tag und eine Nacht lang ruhten sie aus, und dann brachen sie auf. Sie durchforschten Dyved von einem Ende bis zum anderen, aber sie fanden keinen Mann, keine Frau und kein Kind. Weder Rinder noch Schafe, nicht einmal einen verirrten Hund. Menschen und alle Lebewesen, die zum Menschen gehörten, waren weggefegt worden.

Näher am Meer fanden sie leere Häuser. Weiße Schmetterlinge flatterten in seltsam dichten Scharen um diese Häuser herum, und manchmal flog einer von ihnen in ein verlassenes Haus und berührte einen Gegenstand – Schüssel oder Bett oder Kleid – zärtlich und zaudernd mit seinen feinen, feinen Fühlern, als wäre es etwas, das er liebte.

Manawyddan und Rhiannon sahen einander traurig an, als sie jene kleinen geflügelten Besucher erblickten.

»Das sind die Gestalten, von denen die geringeren Druiden behaupten, sie hätten sie aus den Mündern der Sterbenden fliegen sehen«, sagte er. »Ist also unser ganzes Volk tot? Wir haben weder Leichen noch Knochen gefunden.«

Rhiannon schüttelte den Kopf. »Es läßt sich schwer sagen, was geschehen ist. Auch wissen wir nicht, welcher Zauber jetzt noch vor unseren Augen ist. Aber ich bin sicher, daß unser Volk nicht einen gewöhnlichen Tod gestorben ist. Vielleicht hatten auch sie Angst, und alles von ihnen, was grobstofflich war, zerfiel unter dem Anprall Seines Willens, der diese Täuschung gesandt hat, in Stücke. Denn es ist eine Täuschung, was da über Dyved gekommen ist – ein Zauberbann aus meiner eigenen Welt, und so ist Gwawl schließlich gerächt.«

»Glaubst du, daß es EIN Rächer war, nicht viele?«

Ihre Augen schlossen sich halb. »Ich weiß es nicht. Ich kann es nicht sagen. Es erforderte große Macht.«

»Nun, worauf es ankommt, ist doch das: Wird das, was geschehen ist, den Täter zufriedenstellen? Oder die Täter?«

Sie zitterte, als wehte ein kalter Wind sie an. Als flackerte ihr inneres Licht unter einem unirdisch kalten Hauch.

»Auch das weiß ich nicht. Ich bin mir nicht sicher – sie versuchten mit Macht, uns in jener Nacht zu holen. Ich wandte alle Kraft auf, die ich noch hatte, und als die verbraucht war, hast du uns gerettet. Mag sein, sie sind befriedigt, wenn sie nun sehen, daß wir von Königen und Königinnen zu Wanderern in der Wüstnis erniedrigt worden sind.«

»Das ist kein schlechtes Leben«, sagte Manawyddan. »Wir haben unsere Gesundheit und haben einander, und der Himmel ist blau über uns, und die Sonne scheint auf uns. Wenn wir jetzt auch jagen und fischen müssen, um uns zu ernähren, so gehört uns doch das Land, in dem wir leben und arbeiten, und die Nahrung, die wir uns erwerben, schmeckt um so besser, denn sie hat einen höheren Preis.«

»So ist es«, sagte Rhiannon. »Und es ist möglicherweise ein guter Grund dafür, daß sie uns auch künftig nicht in Ruhe lassen werden.«

NEUNTES KAPITEL – DIE VERÄNDERUNG/HERBST KAM WIE EINE FACKEL UND STECKTE DIE BÄUME IN BRAND. DIE VÖGEL FLOGEN IN WÄRMERE LÄNDER, DOCH MANAWYDDAN UND PRYDERI JAGTEN UND FISCHTEN NOCH, UND RHIANNON UND KIGVA BEREITeten zu, was die beiden heimbrachten. Winter kam und weißer Schnee, und wieder heulten die Winde über Dyved hinweg; es waren aber keine solchen Stürme, wie sie in jener Schreckensnacht geheult hatten. Die Männer saßen öfter zu Hause, und Rhiannon und Kigva buken Brot aus dem Getreide, das eingebracht worden war, bevor der große Schrecken begann.

Es wurde wieder Frühling, es grünte überall, und die Vögel kamen zurück. Und wieder verließen sie den Palast, jene vier, und wanderten durch das Land, lebten von der Jagd und von wildem Honig. Bis es wieder Herbst wurde und ein neuer Winter kam.

Sie begegneten keinem Menschen. Kein Reisender und kein Bote betrat Dyved, und zuerst schien ihnen das seltsam. Manawyddan aber sagte: »Die Druiden müssen in ihrem Kristall etwas von dem gesehen haben, was in jener verhängnisvollen Nacht geschehen ist. Sie glauben, wir seien verschwunden wie die anderen, und Fremde fürchten sich davor, das Land zu betreten und in Besitz zu nehmen, denn der Fluch könnte dem Land immer noch anhaften und sich erheben und sie niederschmettern.« Er fügte nicht hinzu: ›Zweifellos denken sie, es wäre kein Fluch über das Land gekommen, wenn die Heiligen Steine daheim an ihrem angestammten Platz geblieben wären.‹

Pryderi schnaubte. »Caswallon wird sich freuen. Er glaubt, er sei dich für immer los.«

»Ja, er freut sich«, sagte Manawyddan. »Denn wir vier werden gewiß niemals gegen ihn kämpfen können. Ohne Zweifel hieße er uns willkommen, wenn wir an seinen Hof kämen und seine Milde anflehten – dann könnte er allen Menschen unser Elend und seine Güte vorführen. Aber ich glaube, auch das sollten wir nicht tun wollen.«

Pryderi schnaubte wieder. »Es ist das letzte, was wir tun würden! Und ich denke, es wäre meine letzte Handlung überhaupt, denn ich würde es hassen, meinen Kopf zu lange seiner Güte anzuvertrauen. Schon der Gedanke daran bewirkt, daß er sich sehr locker auf meinen Schultern anfühlt!«

»Da tust du ihm Unrecht«, sagte Manawyddan. »Niemand wäre zärtlicher um unser Leben besorgt als er. Er würde uns, wie ich gesagt habe, zu einer eindrucksvollen Vorstellung verwenden.«

»Wir könnten zu Math gehen, dem Uralten in Gwynedd«, sagte Kigva. »Er könnte uns vielleicht helfen. Es heißt, kein Mensch auf der Erde sei mächtiger in Zauberei und Magie als Er.«

»Keine Macht dieser Welt könnte es mit der Macht aufnehmen, die Dyved heimgesucht hat«, sagte Manawyddan. »Das weiß Caswallon, sonst hätte er inzwischen seine Männer hierhergeschickt. Aber ich habe keinen Zweifel, daß uns Math die Freundschaftshand entgegenstrecken würde, wenn wir nach Gwynedd gingen. Eine wahre Freundeshand, nicht die Hand eines, der Ruhm sucht, indem er unsere Not vorführt.«

Pryderi sagte wütend: »Ich werde nie als Bettler zu dem gehen, dessen ebenbürtiger König ich einst war«, und wandte ihnen allen den Rücken zu. Später wurde er wieder freundlich und fröhlich, ja, so fröhlich, daß an jenem Abend schließlich alle froh waren, ins Bett zu kommen und dadurch die Anstrengung zu beenden.

Später, als sie Seite an Seite im Dunkeln lagen, sprach Rhiannon mit ihrem Mann. »Der Junge wird des Lebens hier überdrüssig.«

Eine Zeitlang schwieg Manawyddan. Zu hören, was man schon weiß, kann bitter sein. Dann sagte er: »Ich habe mich gewundert, daß diese schwarze Stimmung ihn nicht schon früher befallen hat. Es sind seine Leute, die da verschwunden sind, die Schafe, deren Hirte er war.«

»Und er liebte sie. Und er war stolz darauf, daß er aus Dyved wieder ein Königreich gemacht hat – Dyved, das die Neuen Stämme in kleine Fürstentümer zertrümmert hatten. Du hast ihn nicht gesehen, wie er mit hoch erhobenem Kopf heimkam, nachdem er die Sieben Cantrevs von Seissyllwch erobert hatte.«

»Und jetzt ist das alles zunichte gemacht.«

»Ja, aber eine Weile lang hat er es nicht erkannt. Er ist so jung; dieses neue Leben war für ihn wie ein Spiel, ein Knabenstreich.«

»Doch jetzt hat sich sein Verstand, der eine Zeitlang betäubt gewesen war, erholt. Es ist, wie es damals war, während jener Erholung außerhalb der Zeit, als das Haupt Brans meines Bruders mit uns redete und uns von unseren Wunden heilte. Damals haben deine Vögel für uns gesungen. Deine Vögel, Rhiannon. Könntest du nicht machen, daß sie wieder für Pryderi singen und ihm Frieden bringen?«

Sie sagte traurig: »Meine Vögel singen nicht mehr. Manchmal besuche ich sie im Walde, und sie setzen sich auf meine Hand oder reiben ihre Schnäbel liebevoll an meinem Gesicht. Aber sie geben keinen Laut von sich; jene Schreckensnacht raubte ihnen die Stimme.«

Er seufzte. »Dann ist keine Hilfe. Wir müssen wieder in die Welt der Menschen gehen. Und wir sind hier doch so glücklich gewesen. Ich würde nicht gehen wollen, selbst wenn ich Caswallon so sehr traute, wie ich es Pryderi einzureden versuchte.«

»Ich habe nicht geglaubt, daß du ihm traust. Denn Caswallon würde immer noch Angst haben vor deiner Macht, auch wenn er wüßte, daß du Dyved nicht retten konntest. Kein Mensch hätte es können.«

Manawyddan lachte kurz. »Sehr würde er sich wohl nicht vor mir fürchten – wenn er mich derart geschlagen sähe. Aber ich kann es nicht mit Sicherheit sagen. Doch was auch geschehen mag – der Junge darf sich auf keinen Fall den Gedanken in den Kopf setzen, gegen Caswallon zu kämpfen. Einst hätten sich wohl viele Männer erhoben, um ihm zu folgen, jetzt jedoch nicht mehr. Denn wenn das Unglück einen Menschen befallen hat, wer kann wissen, ob und wann es ihn wieder verläßt? Und wahrlich, Pryderi und ich haben bewiesen, daß das Unheil, das in Irland über uns kam, immer noch an uns haftet!«

»So ist es nicht. Du bist zu einem Fluch heimgekehrt, der auf mich und die meinen gewartet hat seit der Nacht, in der ich zum ersten Mal mit Pwyll schlief. Seit der Nacht, in der er und seine Männer Gwawl schlugen, der versucht hatte, mich Pwyll wegzunehmen. Ich hätte es wissen müssen, daß dieses Verhängnis noch einmal über uns kommen würde.«

»Wenn die Sonne scheint, Herrin, ist es schwer, an kommendes Unglück zu denken. Doch was geschah, ist geschehen; jetzt kommt es auf die Zukunft an. Da es Pryderi hier nicht mehr sehr lange aushalten wird, und da er und ich nicht um Krone und Thron kämpfen können, täten wir gut daran, neue Namen anzunehmen und unauffällig unter gewöhnlichen Leuten zu leben.«

»Herr, das wird Pryderi nicht gefallen.«

»Es muß dennoch versucht werden. Laß uns über die Mittel und Wege reden.«

So rüstete sich der Sohn Llyrs wieder einmal für ein neues Leben.

Der Frühling nahte. Pryderi wurde täglich unruhiger. Er tigerte in der verwaisten Halle von Arberth auf und ab und beäugte die Bänke, auf denen einst die Schar seiner Männer gesessen hatte. Und er schien ihr Schweigen zu sehen und ihr Nichtvorhandensein zu hören, als wäre beides ein Schrei.

Schließlich kam der Tag, an dem er mit Entschiedenheit sagte: »Ich halte es nicht mehr aus. Es ist, als wäre man bei lebendigem Leibe begraben. Warum gehen wir nicht irgendwohin, wo es Leute gibt – Leute, die an dem Ort bleiben, an den sie gehören, und nicht davongeweht werden.«

Rhiannon, die gerade nähte, legte ihre Arbeit beiseite, und Manawyddan, der eine Speerspitze schliff, stellte den Speer weg. Beide dachten, wie glücklich das Volk von Dyved wäre, wenn es dort, wo es hingehörte, hätte bleiben können; aber keines von beiden sagte etwas. Sie konnten sich die Bitternis in Pryderis Herz vorstellen; den Schrei, der dort aufsteigen mußte: ›Wenn ich doch nie den Hügel von Arberth bestiegen hätte‹

Er sprach nochmals. Er sagte: »Laßt uns an einen Ort gehen, wo wir hören können, wie ein Kind plärrt oder wie eine alte Frau davon faselt, wie man Bohnen am besten kocht, oder wie ein Mann prahlt mit all den Männern, die er in Schlachten getötet haben will, in denen er gar nicht kämpfte. Einst dachte ich, diese drei Äußerungen seien die dümmsten, die je das Ohr eines Mannes belästigen, doch jetzt wäre mir alles lieb, was überhaupt ein Geräusch macht!«

»Es ist wahr, daß es hier sehr still ist«, sagte Kigva. Ihre hellen Augen sahen sehnsüchtig aus, so als riefen sie sich alles Leben in Erinnerung, all den köstlichen Lärm, der einst diese Halle erfüllt hatte.

Sie berührte ihre Ohren, die so zart wie Schmetterlinge unter ihrem schimmernden Haar saßen. »Ihr Ohren, wie gerne habt ihr früher das Singen und Harfen und Geschichtenerzählen gehört und das Geplauder von Frauen, die einander erzählten, was andere Frauen taten oder anhatten, doch jetzt bekommt ihr nur noch wenig derlei.«

»Wenn meine nicht bald etwas zu tun bekommen, dann werden sie vertrocknen und abfallen«, brummte Pryderi.

Er schritt wieder die Halle hinab, sehr schnell, und kam dann wieder zurück. Rhiannon sah Manawyddan an, und Manawyddan sah Rhiannon an.

»Nein«, seufzte der Sohn Llyrs, »so können wir nicht weiterleben. Das Leben hier ist zwar angenehm – oder ist es gewesen –, aber es ist ohne Gefahren, und ich fürchte«, er seufzte wieder, »es ist die Aufgabe von Männern, Gefahren zu bestehen.«

»Laßt uns ausziehen und welche bestehen!« rief Pryderi. Er warf seinen gelben Schopf zurück und lauschte, wie ein junger, witternder Hund. Voll Sehnsucht, die geschwinden Hufe der Beute vor sich zu hören und das Gebell der anderen Hunde neben sich.

»Wir werden sie finden«, sagte Manawyddan. »Männer müssen es.« Ein drittes Mal seufzte er.

So verließen sie Dyved und gingen nach Logres, in jenes grüne liebliche Land, das später von den Angeln besetzt und England genannt wurde. Sie kamen zu der Stadt, die später Hereford hieß, und dort widerfuhr ihnen ein seltsames Mißgeschick. Denn als sie den Sack mit Gold öffneten, den sie mit sich gebracht hatten, da war nur noch welkes Laub in ihm. Pryderi wollte die Blätter in seinem Zorn wegwerfen, aber seine Mutter ließ es nicht zu.

»Es ist in Wirklichkeit immer noch Gold, Sohn; es wurde ihm nur der Anschein von Laub verliehen. Auch das ist ein Werk meiner Sippe.«

»Wirklich, Mutter«, sagte Pryderi angeekelt, »ich habe dich sehr gern, aber was meine anderen Verwandten von deiner Seite her angeht, so mag ich sie überhaupt nicht.«

Rhiannon warf Manawyddan ein schiefes Lächeln zu. Es sagte: ›Er ahnt ja nicht, daß ich die einzige meines Hauses bin, die damit etwas zu tun hat!‹ Mann und Frau hatten dieses kleine Zauberstück gemeinsam geplant; Caswallon vernahm wohl eher von reichen Leuten als von armen.

Laut sagte sie: »Der Wirt wird uns vermutlich eine Zeitlang trauen, aber nicht so lange, daß wir nach Dyved zurückgehen und neues Gold holen könnten.«

»Und was nützte das? Es würde sich unterwegs auch nur in Laub verwandeln!« Pryderi lachte böse, sah aber ein wenig besorgt aus. Der König von Dyved hatte noch nie einen Grund gehabt, sich über Schulden Sorgen zu machen.

»Wir könnten nach Caer Loyu gehen«, sagte Kigva. »Niemand würde wagen, uns aufzuhalten, wenn wir sagten, wir gingen dorthin.«

Pryderi sagte mit finsterer Miene: »Du scheinst zu vergessen, daß dein Vater Gwynn Gloyu tot ist und daß deine Tanten, die Neun Hexen, jetzt in Caer Loyu herrschen.«

»Das macht nichts«, sagte Kigva. »Als er noch lebte, haben sie sowieso schon regiert. Ich weiß, daß du meine Tanten nicht magst und daß sie dich nicht mögen, aber genau betrachtet«, fügte sie nachdenklich hinzu, »mögen sie überhaupt nie jemanden. Nicht einmal mich, in die sie doch ganz vernarrt sind.«

385

»Ich werde überallhin gehen und alles tun – nur nicht bei deinen Tanten leben!« sagte Pryderi heftig.

»Es gibt schlimmere Leute als meine Tanten«, sagte Kigva. »Sie werden sich freuen, wenn sie uns sehen. Sie freuen sich immer über Gesellschaft, weil es ihnen auf die Nerven geht, und es macht ihnen soviel Freude, Leuten, die ihnen auf die Nerven gehen, auf die Nerven zu gehen. Sie sind ausgezeichnete Gastgeberinnen, wenn man sich einmal an sie gewöhnt hat.«

»Ich werde mich nicht an sie gewöhnen!« sagte Pryderi. »ich werde es nicht einmal versuchen!«

»Dann werden wir ein Handwerk lernen müssen«, sagte Manawyddan, »und zwar schnell.«

Pryderi gaffte. »Arbeiten?« sagte er. »Für unseren Lebensunterhalt? Als wären wir keine geborenen Edelleute?« Schon lernten die Neuen Stämme diese Form des Stolzes.

»Du wolltest doch Gefahren«, sagte Manawyddan.

Pryderi verdaute diese Bemerkung, dann lachte er. »Gut«, sagte er, »ich habe gewürfelt, und ich werde das Spiel zu Ende spielen.«

Sie wurden Sattelmacher; es ist unwahrscheinlich, daß sie wußten, wie man Sättel macht; doch ebenso unwahrscheinlich ist es, daß sie wußten, wie man irgend etwas anderes tut, was gewöhnliche Menschen zum Brotverdienst tun müssen.

Sie wußten nur, wie man ißt, und sie mußten einen Weg finden, wie sie das auch weiterhin tun konnten.

Zuerst kam Pryderi gar nicht auf den Gedanken, daß sie nicht alles tun könnten, was sie tun wollten. Er hatte Sättel gesehen, also glaubte er, er müsse fähig sein, Sättel zu machen, wenn auch die ersten Versuche unbeholfen ausfallen würden. Doch bald flog das Bild eines schönen, von ihm verfertigten Sattels, das Bild, das so angenehm nahe geschienen hatte wie das Haus über der Straße, davon wie ein Vogel und ließ sich auf die Spitze eines Baumes nieder, wo es hockte und ihm höhnisch zukrächzte.

»Ich glaube«, sagte er, sich den hübschen Kopf kratzend, »es gibt ein Geheimnis beim Sattelmachen. Ich hätte nie gedacht, daß Sattelmacher solch mächtige Leute sind; wie seltsam, daß sie etwas machen können, das ich nicht kann. Vielleicht«, fügte er hoffnungsvoll hinzu, »ist das wie das Schwimmen der Fische oder das Fliegen der Vögel. Es gibt da einen Kniff, und wenn man von Sattelmachern abstammt, bekommt man ihn bei der Geburt mit, wenn man aber von Königinnen geboren wird, so wie wir, dann hat man ihn eben nicht. Wir sind nicht dafür vorgesehen«, schloß er mit Überzeugung.

»Wir haben Mägen«, sagte Manawyddan.

»Das stimmt«, seufzte Pryderi. Und machte sich wieder an die Arbeit.

Doch bald sagte Manawyddan: »Es wird lange dauern, bis unsere Fertigkeit der jener Männer gleichkommt, die ihr ganzes Leben nichts anderes gemacht haben. Wir brauchen etwas Neues; etwas, das die Augen der Leute auf unsere Sättel zieht.«

»Wir können sie verzieren«, sagte Pryderi.

»Wir können sogar noch mehr. Es gibt ein Zeug, das Calch Llassar heißt. Ich habe die Kunst, es herzustellen, von Llassar selbst gelernt, von jenem wilden Riesen aus dem See.«

Eine ganze Nacht hindurch blieb Manawyddan auf und braute das Calch Llassar. Kigva sagte: »Seit ich meine Tanten, die Neun Hexen, verließ, habe ich kein solches Kesselkochen mehr gesehen.« Doch weder ihr noch Pryderi behagte der Geruch, und bald gingen sie zu Bett.

Rhiannon blieb beim Feuer, sie nähte, und Manawyddan sagte zu ihr: »Er war ein großer Künstler, dieser Llassar. Ich habe ihn dieses Zeug machen sehen und staunte darüber, wie er darin das Blau des Himmels einfangen konnte. Ich bat ihn, mir zu zeigen, wie es gemacht wird, und er sagte: ›Schick' mir einen Mann, dem du traust, und ich werde es ihn lehren. Es ziemt dir nicht, schmutzige Hände zu bekommen und deine Kleider zu besudeln, Königsbruder.‹ Ich habe es aber immer als das beste erachtet, das Wissen in meinem eigenen Kopf zu bewahren, also lernte ich es selbst. Doch bis heute ist der einzige Gebrauch, den ich davon gemacht habe, der gewesen, daß ich das Kleid einer Holzpuppe blau gefärbt habe, für Branwen; sie war noch ein Kind. Ich kann heute noch ihre Augen sehen, wie sie diese Puppe zum ersten Mal erblickte.«

Er verstummte, dann sagte er verwundert: »Ja, ich kann es sehen. Ich, der dachte, ich könnte nie wieder Branwens Gesicht sehen, außer so, wie es aussah, als Bran sie von jenem Feuer zurückriß, in dem ihr Söhnlein starb. Wie es in Aber Alaw aussah, wo sie starb. Zwei Anblicke, die mein Herz wie Feuer versengten.«

»Doch jetzt sind das nur zwei von allen ihren Gesichtern«, sagte Rhiannon. »Von den vielen, an die du dich erinnerst.«

»Ja, so ist es. Ich habe weitergelebt und bin mit anderen Dingen beschäftigt gewesen; ich merkte nicht, daß ich sie allmählich vergaß. Doch durch dieses Vergessen habe ich sie wiedergewonnen. Es ist ein großes Geheimnis.«

»Du hast ihr Leid gesehen, nicht sie selbst. Jenes mußtest du vergessen, um dich an sie zu erinnern. Sie war dir die liebste von allen, glaube ich; deine junge Schwester.«

Manawyddan zögerte. »Bran und ich waren immer zusammen; jeder wäre sich ohne den anderen einarmig vorgekommen. Doch für Bran empfand ich nie solche Zärtlichkeit wie für sie. Sie war ganz Lieblichkeit. Sie war unsere Mutter; denn es steckt eine Mutter in allen Frauen – von der Zeit an, wo das kleine Mädchen die Arme nach ihrer ersten Puppe ausstreckt. Und sie war unser Kind; wir brachten ihr das Gehen bei.« Und auf einmal kam zuviel zu ihm zurück, und er stöhnte: »O Bran, Bruder, warum hast du sogar sie Caradoc zuliebe zerstören müssen!«

»Weil Caradoc ein Stück von ihm war«, sagte Rhiannon. »Ich weiß es. Bis heute habe ich nicht gespürt, daß Pryderi ganz aus mir heraus sei, obwohl ich ihn nur neun Monate lang sicher in meinem Leibe trug und er jetzt schon viele Jahre lang umherrennt und sich in alle möglichen Unsicherheiten stürzt, die er nur finden kann. Doch was ihn betrifft, das betrifft mich auch heute noch.« Und sie legte ihre Hand auf ihre Brust.

»Das ist die Art der Frauen«, sagte Manawyddan.

Es kam der Tag, an dem die Sättel fertig waren. Manawyddan und Pryderi stellten sie auf dem Marktplatz zur Schau. Viele kamen und sahen sie sich an, und alle, die es sich leisten konnten, kauften, ob sie nun einen Sattel brauchten oder nicht. Denn noch nie hatte es irgendwo solche Sättel gegeben wie diese Sättel; ihre Vergoldung funkelte in der Sonne, und die blaue Glasur, die Calch Llassar hieß, schimmerte so blau wie der Himmel über ihr.

Am Abend gab es keine goldenen Sättel mehr.

Manawyddan und Pryderi bezahlten ihre Schulden, die beträchtlich gewesen sein müssen – es sei denn, daß Rhiannon, wie man vermuten darf, insgeheim ein paar Blätter in Goldstücke zurückverwandelt hatte. Dann machten die zwei Männer sich daran, neue Sättel anzufertigen.

Auch diese wurden so schnell verkauft, wie sie hergestellt wurden. Und so ging es mit der nächsten Partie und mit der nächsten und übernächsten. Leute kamen von weit herbei, um jene Sättel zu kaufen. Jedermann war in sie vernarrt, und wer es nicht war, den hätte man zumindest für auf einem Auge blind gehalten.

Doch die anderen Sattelmacher in Hereford verkauften keinen einzigen Sattel. Das gefiel ihnen nicht, und sie hielten deswegen eine Zusammenkunft.

»Wir könnten den älteren Mann bitten, uns zu verraten, wie man das Calch Llassar macht«, sagte einer, ohne viel Hoffnung.

»Er würde es uns nicht sagen«, sagte ein anderer rundweg.

»Wir könnten versuchen, ihn dazu zu bringen«, schlug ein dritter vor. »Wir könnten ihm Dinge antun, bis er es uns sagt«, fügte er dann hinzu.

»Das würde ihn verletzen, und es wäre gegen das Gesetz«, sagte wieder ein anderer. »Und es wäre auch falsch. Wir sind ehrbare Männer, und ehrbare Handwerker. Wir dürfen nichts tun, was nicht gesetzestreu und anständig ist.«

»Nein, das können wir nicht«, sagten sie alle traurig; und obwohl sie zu Beginn schon in düsterer Stimmung gewesen waren, kam jetzt noch größere Düsternis über sie und wickelte sich wie ein Mantel um sie.

»Das Wissen eines Menschen gehört ihm allein«, fuhr der Nachdenkliche dann fort, »und niemand hat ein Recht, es ihm zu rauben. Doch unser Handel gehört uns, und er hat ihn uns geraubt. Es ist immer rechtmäßig gewesen, daß ehrbare Männer in einen Wolf einen Speer stecken, und dieser Mann, der das Calch Llassar macht, ist uns gefährlicher als jeder Wolf. Es wäre also eine ehrbare und gesetzliche Handlung von uns, ihn zu töten.«

Diese Worte schienen in jedem der Männer eine Fackel zu entzünden. Ihre zusammengesunkenen Gestalten richteten sich wieder auf, ihre Augen leuchteten, und ihre Ohren lauschten gebannt.

»Wär' es das?« sagten sie glücklich.

Nur ein Mann erhob Einwände. »Wir werden den jungen Mann auch töten müssen. Und was wird aus den Frauen? Es wäre jammerschade, sie umzubringen, denn sie sehen gut aus.«

»Es wäre unvernünftig, etwas anderes zu tun«, sagte der Pläneschmied, »denn sie werden wohl etwas über das Calch Llassar wissen. Im übrigen würden sie uns wahrscheinlich zürnen, weil wir ihre Männer umgebracht haben, und der Zorn einer Frau bringt Unglück.«

»Dann werden wir sie alle töten«, sagten die anderen. »Obwohl wir es ganz bestimmt nicht täten, wenn es nicht Rechtens wäre, denn wir sind ehrbare, gesetzestreue Männer.«

Doch da es fast schon tagte, beschlossen sie, ihre Unternehmung auf die nächste Nacht zu verschieben. Sie gingen alle heim und zu Bett, und ihre Gedanken, die schwer wie Steine gewesen waren, wurden leicht wie Federn, und ihr Schlaf, der unruhig und wirr gewesen, war jetzt leicht und süß.

Nur ein Mann konnte keinen Schlaf finden, der Mann, der Einwände erhoben hatte.

Er dachte: ›Wenn wir hingehen und sie töten, müssen wir alle gehen, also muß ich auch gehen. Wir werden sie bestimmt töten; da es aber vier gesunde, kräftige Leute sind, werden sie vielleicht zuerst einige von uns töten.

Vielleicht töten sie sogar mich!

Wir sind viele; es gibt viele andere, die sie außer mir töten könnten. Ich kann nicht wissen, ob ich es nicht sein werde.

Ich kann verletzt werden, wenn ich nicht getötet werde.‹

»Ach«, stöhnte er, »warum kann denn die ganze Sache nicht friedlich geregelt werden, ohne diese Aufregung? Wenn sie nur wüßten, daß wir sie töten wollen, dann würden sie von allein davonlaufen. Jeder vernünftige Mensch würde davonlaufen . . .«

Wie ein Blitz über einen schwarzen Himmel zuckt, so schoß ein Gedanke durch seinen Kopf: Sie konnten es erfahren, denn er konnte es ihnen sagen!

Der Gedanke verbrannte ihn wie Fieber, gefror ihn wie Eis, aber er kam nicht mehr von ihm los. Zuletzt stand er auf und trat in das Morgenzwielicht hinaus. Er schlich verstohlen durch Hintergäßchen und machte manchen Umweg. Er hatte sich den Kapuzenmantel seines Weibes geborgt, damit niemand ihn erkenne, wenn er gesehen würde. Und er hoffte von ganzem Herzen, daß Niemand die einzige Person wäre, die ihn sähe.

Er gelangte an die Tür von Manawyddans Haus und klopfte.

Kigva und Rhiannon bereiteten schon das Frühstück, und es war Kigva, die die Tür öffnete. Als sie ihn erblickte, wurden ihr Mund und ihre Augen zu drei runden Monden, und während sie dastand und die Augen aufriß, wollte er sich aus dem Staube machen, doch Rhiannon rief von drinnen: »Was ist denn, Mädchen?«

»Es ist eine Frau mit einem Schnurrbart!« rief Kigva. Und sie wurde ein Satz und ein Sprung und ein Zupacken, und was sie packte, waren jene Schnurrbarthaare. Der Mann gilfte.

Rhiannon kam zu ihnen, und ihre Augen waren hart.

»Erkläre dich«, sagte sie. »Du, der du dich als Frau verkleidet in die Küche anständiger Frauen schleichen wolltest!«

Er erklärte sich.

Rhiannon rief Manawyddan herbei, und er kam und hörte und stellte einige Fragen, die der Mann beantwortete.

»Ihr werdet doch davonlaufen?« fragte der Mann eifrig. »Ganz bestimmt?«

»Ich weiß es noch nicht«, sagte Manawyddan. »Ich muß mich erst mit meinem Sohn beraten. Doch wenn wir bleiben und wenn wir jemanden töten, dann wirst nicht du es sein.«

»Jeder wird es sein, den Pryderi erwischen kann«, sagte Kigva mit blitzenden Augen, »wenn er das gehört hat!«

Der Mann floh. Doch als Pryderi es hörte, schien er nicht zornig zu werden. Er legte nur den Kopf schräg zur Seite und lächelte. Seine Augen blitzten, und seine Zähne blitzten.

»Wir wollen diese Leute erschlagen«, sagte er freudig, »statt uns von ihnen erschlagen zu lassen.«

»Es wäre unklug«, sagte Manawyddan.

»Es wäre ein großer Spaß«, sagte Pryderi. »Dieses viele Arbeiten ist mir nämlich höchst langweilig geworden. Laß uns zuschlagen«, drängte er.

»Das werden wir nicht«, sagte Manawyddan. »Wir werden soviel Gepäck mitnehmen, wie wir tragen können, und noch heute diese Stadt verlassen.«

Pryderi sperrte den Mund auf. »Soll das heißen, daß wir uns von ihnen vertreiben lassen?«

»Wir vertreiben uns selbst«, sagte Manawyddan. »Es ist nur billig. Wir haben ihren Handel beeinträchtigt, und sie müssen leben.«

»Wir müssen auch leben«, sagte Pryderi. »Das hast du oft genug selbst gesagt!«

»Wir können irgendwo anders leben«, sagte Manawyddan. »An einem Ort, wo wir uns keine Feinde gemacht haben.«

ZEHNTES KAPITEL – DIE GOLDSCHUHMACHER/SIE KAMEN IN EINE ANDERE STADT, EINE STADT, DER DAS »MABINOGI« KEINEN NAMEN GIBT. ES SAGT NUR, DASS SIE DORTHIN GEKOMMEN SEIEN.

»Was für ein Handwerk sollen wir hier treiben?« fragte Pryderi. »Bitte keine Sättel mehr«, bat er. »Ich bin ganz krank von all diesen Sätteln. Wer braucht auch Sättel? Ein Mann sollte auf dem sitzen, was die Götter ihm zum Draufsitzen gegeben haben. Das ist gut genug gepolstert.«

»Dann wollen wir Schilde machen«, sagte Manawyddan.

»Können wir das?« Pryderi rieb sich das Kinn, denn es fiel ihm plötzlich ein, wie lange es dauerte, die Herstellung von Dingen zu erlernen. »Haben wir denn eine Ahnung, wie man Schilde macht?«

»Wir werden es versuchen«, sagte Manawyddan.

Sie versuchten es, und binnen kurzer Zeit gelang es ihnen. Pryderi hielt es nie für eine sehr fesselnde Arbeit, er sagte aber, es sei jedenfalls besser, als Sättel zu machen.

»Obwohl es das Geschäft eines Mannes ist, einen Schild zu tragen, nicht einen zu machen«, brummte er.

Nun ist es aber wahr, daß man Zeit braucht, um zu lernen, wie man eine Sache gut macht; und die Bewohner der Stadt kauften weiterhin von den einheimischen Schildmachern. Von den Männern, die ihr Handwerk verstanden, den Männern, die sie kannten. Die Neuankömmlinge konnten sich ihren Lebensunterhalt nicht verdienen; sie versuchten, ihre Konkurrenten zu unterbieten, fanden aber bald heraus, daß ihnen dann nicht genug Gewinn blieb, um leben zu können.

Es kam eine Woche, da aßen sie recht leichte Kost, und in der nächsten Woche war sie noch leichter.

»Etwas Gutes haben Sättel an sich«, sagte Pryderi. »Leder ist ein bißchen wie Fleisch.« Er strich sich über seinen eingeschrumpften Bauch und sagte: »Wie ausgehöhlt ich bin! Hohl wie der große Baum daheim, in dem die Vögel nisteten.«

Manawyddan sagte: »Wir brauchen etwas Neues. Etwas, das die Augen der Kunden anzieht.«

In jener Nacht blieb er auf, um neues Calch Llassar zu machen. Er färbte alle seine Schilde blau und stellte sie dann, strahlend wie große Edelsteine, auf dem Marktplatz zur Schau.

Danach schien es blaue Schilde zu regnen, zu hageln und zu schneien. Wenn ein Mann keinen blauen Schild hatte, dann war er selber blau, und er beeilte sich, einen zu kaufen und dadurch seine ursprüngliche Farbe zurückzuerhalten. Und wenn er zufällig immer noch an seinem alten Schild hing und sich nicht von ihm trennen wollte, dann lief seine Frau blau an und konnte nicht getröstet werden, bis er sich einen schönen neuen blauen Schild gekauft hatte und so adrett aussah wie die Männer anderer Frauen.

Doch die ortsansässigen Schildmacher waren ganz blau angelaufen, denn von ihnen kaufte niemand mehr etwas.

Rhiannon sagte zu Manawyddan: »Herr, was, wenn das wieder geschieht, was das letztemal geschah?«

»Es soll nur«, sagte Pryderi vergnügt. Er hatte einen großen Brocken Fleisch in Arbeit, und während er sprach, säbelte er sich ein großes Stück davon ab. »Wenn uns die anderen Schildmacher umbringen wollen, dann werden wir sie einfach zuerst umbringen.«

»Wenn wir das tun, wird es Caswallon und seinen Männern zu Ohren kommen.« Manawyddan sah besorgt drein. »Du hast recht, wenn du dich ängstigst, Herrin; es schien mir aber so, als hätte ich keine andere Wahl gehabt.«

»Ach, vielleicht wird eine Weile lang alles gutgehen«, sagte Kigva. Und sie blickte im Haus umher, auf die neuen Töpfe und Pfannen, die sie und Rhiannon gerade gekauft hatten, und auf all die anderen Dinge, die sie gekauft und gerichtet hatten, um das Haus hübsch und wohnlich zu machen.

»Es ist angenehm hier«, sagte sie. »Ich würde gerne bleiben.«

»Das wirst du«, sagte Pryderi. »Wer würde es wagen, uns daraus zu vertreiben?«

»Sie haben uns aus unserem letzten Haus verjagt . . .«

Doch Pryderi stopfte ihr einen großen saftigen Happen des Rinderbratens in den Mund und brachte sie zum Schweigen.

Die Zeit verging. Manawyddan und Pryderi machten Schilde, so schnell sie nur konnten, und verkauften sie noch schneller. Sie hatten weit mehr Bestellungen, als sie ausführen konnten.

Eines Tages kam ein junger Diener ins Haus. Es begab sich, daß er Rhiannon allein antraf, denn Kigva half den Männern, die Schilde zu färben.

»Frau des Hauses«, sagte er, »richte deinem Mann aus, daß er sich mit dem Schild für meinen Herrn beeilen soll. Er will ihn bis morgen mittag.«

»Wer ist dein Herr?« fragte Rhiannon.

»Huw, der Sohn Cradocs.«

Rhiannon überlegte einen Augenblick. »Es kommen etliche vor ihm dran. Wir können seinen Schild frühestens am dritten Mittag, von heute an gerechnet, fertig haben. Ich will aber mit meinem Mann sprechen. Vielleicht läßt sich etwas machen.«

Der junge Mann sah gekränkt aus. Huw, der Sohn Cradocs, war ein Häuptling und einer der reichsten Männer im Cantrev; wenige gaben ihm ein Nein zur Antwort.

»Du mußt dich schon etwas mehr anstrengen, Frau. Mein Herr muß seinen Schild bis morgen mittag haben!«

»Selbst wenn die Männer, die ihren Schild vor ihm bestellten, warten müssen? So behandeln wir unsere Kunden nicht, junger Mann.« Doch plötzlich wurde Rhiannon stutzig; ihre Augen zogen sich zusammen. »Warum will dein Herr seinen Schild so bald, Junge? Was hat ihn so in Eile versetzt?«

Ihre Augen waren keine Augen mehr. Sie waren Speere, sie waren Pfeile, die sich in die seinen bohrten. Sie waren in ihm, in seinem Innersten, und gegen seinen Willen öffnete sich sein Mund. Seine Zunge gehorchte ihrem Willen, nicht seinem eigenen.

»Weil er ihn danach nicht mehr bekommen kann, Herrin. Weil morgen nacht die anderen Schildmacher und ihre Sippen und ihre Freunde hierherkommen werden. Sie werden euch das Haus überm Kopf anzünden, und wenn einer von euch seinen Kopf rausstreckt, werden sie ihn abschneiden.«

»Ich kann ihnen nicht einmal große Vorwürfe machen«, sagte Rhiannon. »Geh jetzt, und richte deinem Herrn aus, was ich dir aufgetragen habe. Du wirst ihm nichts weiteres sagen.«

Und wirklich, in dem Augenblick, wo sie ihre Augen von ihm löste, vergaß der junge Mann vollkommen, daß er ihr überhaupt etwas erzählt hatte – außer dem, was ihm sein Herr befohlen hatte. Er empfand nur einen Verdruß, weil diese unvernünftigen Leute umgebracht werden würden, bevor sie den Schild hergestellt hatten, den Huw, der Sohn Cradocs, haben wollte. Und ein leichtes Unbehagen, aus Angst, daß Huw ihm die Schuld daran geben würde.

Doch was immer der Sohn Cradocs auch getan haben mag – Pryderi, der Sohn Pwylls, tobte.

»Wir werden uns das von diesen Lümmeln nicht gefallen lassen! Sofort wollen wir hingehen, heute nacht spätestens, und sie aufstöbern, diese verräterischen Ratten. Und dann schlachten wir sie ab!«

»Dann werden wir die Gesetzesbrecher sein«, sagte Manawyddan. »Es wird Caswallon die Möglichkeit geben, uns schnell und ohne Aufsehen aus dem Weg zu räumen, wobei er so tun wird, als würde er uns nicht kennen.«

Eine Weile lang schwieg Pryderi, schnaufte schwer. »Was können wir denn sonst tun? Wieder davonrennen? WIEDER?«

»Wir werden in eine andere Stadt gehen«, sagte Manawyddan. Und das taten sie dann auch.

Wieder wird uns nicht berichtet, wo jene Stadt lag. Wahrscheinlich war sie weiter weg vom Herzland der Insel der Mächtigen als die, die sie soeben verlassen hatten; denn dort scheint Manawyddan die Nähe Caswallons gefürchtet zu haben. Vielleicht lag sie etwas näher an den blauen Bergen von Wales und näher der Wildnis, die einmal Dyved gewesen war.

Wo es auch war – sie gelangten dorthin; und Manawyddan sagte zu Pryderi: »Welches Handwerk sollen wir jetzt ausüben? Du bist an der Reihe, dir eines auszusuchen.«

»Was dir beliebt, solange wir es nur können«, sagte Pryderi. »Ich bin nicht dafür, etwas Neues zu erlernen; wir müssen zu oft lernen.«

»Das glaube ich nicht«, sagte Manawyddan. »Laß uns Schuhe machen. Ich habe nämlich bemerkt, daß die Schuhmacher hier friedlich aussehende Leute sind und daß es nicht viele von ihnen gibt. Ich glaube nicht, daß sie große Lust am Töten haben. Ich hab' ein bißchen genug von Leuten, die mich töten wollen.«

»Ich nicht«, sagte Pryderi. »Wovon ich genug habe, übergenug, das ist, daß wir nicht versuchen, sie zu töten.«

»Sohn«, sagte Rhiannon, »dein Vater hat recht. Hier müssen wir versuchen, allen Schwierigkeiten aus dem Wege zu gehen.«

»Ich brauche Übung«, sagte Pryderi. »Die kann ich nicht bekommen, indem ich in einem Laden hocke. Ich brauche einen Kampf. Und überhaupt weiß ich nicht das kleinste Schnipselchen vom Schuhmachen.«

»Ich versteh' etwas davon«, sagte Manawyddan, »und ich werde dir zeigen, wie man näht. Wir werden das Leder nicht selbst zurichten, sondern es schon zugerichtet kaufen und dann die Schuhe aus ihm herausschneiden.«

»Ich würde«, sagte Pryderi, »wirklich viel lieber die Köpfe jener Leute ab-

394

schneiden, die uns dauernd aus der Stadt jagen.« Doch dann fügte er sich; jenes war sein letzter Protest.

Das »Mabinogi« sagt, daß Manawyddan das beste Leder gekauft habe, das in der Stadt erhältlich gewesen sei, und daß er den besten Goldschmied in der Stadt ausfindig gemacht und ihn goldene Schnallen für die Schuhe habe anfertigen lassen. Er sah ihm beim Anfertigen so lange zu, bis er die Herstellung beherrschte. Dann vergoldete er die Schuhe ganz, nicht nur die Schnallen. Sie leuchteten wie Gold; nie sah man so schöne Schuhe auf der Insel der Mächtigen – außer jenen, die Gwydion machte, der goldenzüngige Sohn Dons, als auch er Schuhmacher spielte, um die sonnenhelle Arianrhod zu überlisten und dadurch einen Namen für ihren gemeinsamen kleinen Sohn zu bekommen, den Sohn, den sie haßte und den er liebte. Doch das begab sich alles zu einer späteren Zeit.

Kigva und Rhiannon bestaunten jenes erste Paar goldener Schuhe. Sie hielten sie in die Höhe und besahen sie von allen Seiten und waren entzückt und geblendet von ihnen.

Pryderi pfiff durch die Zähne. »Ich würde es hassen, in den Schuhen der anderen Schuhmacher zu stecken, wenn wir einmal einen guten Vorrat von diesen hier haben. Sie sind ein besserer Grund, uns umzubringen, als die anderen je hatten.«

»Sie sind schön«, sagte Kigva. Sie konnte ihre Augen nicht davon lösen. »Zu schön, um jemanden zornig zu machen.« Sie probierte sie an.

»Das hoffe ich«, sagte Rhiannon. Wenn ihre Stimme auch zweifelnd klang, so konnte doch auch sie ihre Augen nicht von den Schuhen lösen.

Oben mag jene Stadt dieselbe geblieben sein, unten jedoch erstrahlte sie. Da blitzte es, als wären die Sterne vom Himmel gefallen und gingen jetzt paarweise durch die Straßen, und aus jedem Paar sproß eine Persönlichkeit auf.

Füße schimmerten und leuchteten, sie blitzten und funkelten. Sie flimmerten wie Leuchtkäfer, sie bewegten sich so gemessen wie der Mond, sie schritten gewichtig und gravitätisch einher wie die Sonne, die triumphal dem Mittag entgegenschreitet.

Die Schuhe waren golden, und golden war der Wasserfall, der in die Börsen Manawyddans und Pryderis rauschte.

Von den übrigen Schuhmachern verkaufte keiner etwas, und keinem von ihnen gefiel das.

Doch vier Monate lang machten die Goldschuhmacher ihre goldenen Schuhe in Frieden. Dann kam eines Tages nach Einbruch der Nacht eine Frau in den Laden und traf Manawyddan allein an. Sie sagte zu ihm: »Wenn du mir ein Paar goldene Schuhe umsonst machst, werde ich dir etwas verraten.«

Manawyddan rieb sich das Kinn.

»Etwas, das wertvoller ist als Gold? Das wäre wirklich etwas!« sagte er. »Was ist es denn?«

»Wenn ich die Schuhe habe, werde ich es dir sagen.«

Manawyddan rieb sein Kinn noch etwas mehr.

»Du wirst die Schuhe bekommen, wenn ich weiß, was du weißt«, sagte er dann. »Aber ich werde deine Füße jetzt schon messen. Wenn die Schuhe einmal gemacht sind, werden wir beide einen Verlust erleiden, wenn du sie nicht bekommst; denn es ist unwahrscheinlich, daß sie jemand anderem passen werden.«

»Wenn du dir nicht zuviel Zeit damit läßt . . .«, sagte sie; und der Ausdruck in ihren Augen, als sie das sagte, gefiel ihm nicht.

Er berichtete den anderen von dem Handel, den er geschlossen hatte, und Rhiannon erhob sich augenblicklich.

»Ich fang' schon mit dem Packen an«, sagte sie ergeben. »Kigva, du sorgst für unsere Kleider und die Wäsche. Ich mach' mich an die Küchenregale.«

»Ach du liebe Güte«, jammerte Kigva. »Ich hab' es wirklich satt, mich dauernd an neue Häuser zu gewöhnen. Kaum haben wir für unsere Töpfe und Pfannen den besten Platz herausgefunden und kaum habe ich auswendig gelernt, wo sie sich alle befinden, so müssen wir schon wieder davonrennen. Ich will nicht mehr reisen! Ich will nicht mehr aus jeder Stadt vertrieben werden! Ich hasse alle Städte!« Und sie setzte sich hin und weinte.

»Das sieht hübsch aus«, sagte Rhiannon, »und ich täte es auch gerne. Aber jetzt ist nicht die Zeit dafür; wir müssen packen.«

Pryderi jedoch legte seinen Arm um Kigva und tröstete sie.

»Ich werde dir für jeden deiner Töpfe einen Kopf von diesen Tröpfen schneiden«, sagte er zärtlich. »Und auch für jede Pfanne einen. Du sollst nicht mehr davonrennen müssen.«

»Nur noch dieses eine Mal«, sagte Manawyddan. »Städte sind nicht gut für uns; das steht jetzt fest. Wir könnten einen Hof kaufen, doch dort würden wir fast so einsam sein, wie wir es in Dyved waren, und das Land wäre doch niemals ganz unser eigenes Land. Laßt uns zurück nach Dyved gehen und dort das Land bebauen«, sagte er.

Einen Atemzug lang sahen ihn Pryderi und Kigva verständnislos an; dann dämmerte es in ihren Gesichtern; es war, als käme der Morgen über ein hochsommerliches Moor gezogen, leis und kühl und süß, das Versprechen eines kühleren, klareren Tages.

»Dyved . . .«, sagte Pryderi. Und hundert Erinnerungen schwangen in seiner Stimme mit, Erinnerungen an große Dinge und an kleine Dinge, an erkletterte Bäume und gefangene Fische, an fröhlichen Auszug und frohe Heimkehr. Die Erinnerungen eines ganzen Lebens, eines Lebens, das gut gewesen war.

»Wirklich«, hauchte er zärtlich, »es gibt keinen besseren Fleck auf der ganzen Welt, zu dem man zurückkehren könnte. Dyved . . .«

»Wirklich«, sagte Kigva, unter Tränen lächelnd, »Dyved ist ein angenehmer Ort. Niemand hat uns je aus ihm vertrieben, und niemand wird es je tun, denn es gibt dort niemanden mehr, der es könnte.«

Rhiannon jedoch lächelte nicht, und ihr Gesicht sah weiß und reglos aus, wie eine schöne, schneebedeckte Landschaft, die fest im harschen Griff des Winters ist. Ihre Augen schienen in ferne Räume zu blicken, und ihre Stimme hatte den Klang des Windes an sich; eines kalten, von weither wehenden Windes.

»Du hast erreicht, was du erreichen wolltest, Mann«, sagte sie, »und was auch ich wollte, obwohl es vielleicht nicht klug ist. Wir werden zurück nach Dyved gehen, denn das ist unser Schicksal; doch ich fürchte, daß dort Etwas auf uns wartet.«

ELFTES KAPITEL – DIE FALLE/IM FRÜHLING KAMEN SIE NACH DYVED ZURÜCK, UND DAS LAND LAG SCHÖN UND STILL VOR IHREN AUGEN, UND DIE DREI VÖGEL RHIANNONS FLOGEN IHNEN VORAUS, IHRE FLÜGEL BLITZTEN IN DER SONNE.

Einmal sonderte sich Rhiannon von den anderen ab und hielt ihre Hände in die Höhe und rief sie herbei. Sie kamen und setzten sich auf ihre Finger, und sie sprach mit ihnen, in einer fremden, süß zirpenden Zunge. Und mit ebenso süßem Zirpen antworteten die Vögel; zum ersten Mal seit jener Schreckensnacht gaben sie einen Laut von sich, aber sie sangen nicht.

Doch als Rhiannon zu den anderen zurückkehrte, war ihr Gesicht weiß und ernst, und als sie fragten, ob sie etwas erfahren habe, da schüttelte sie nur den Kopf.

»Nichts, was ich in der Sprache der Menschen ausdrücken könnte. Sie wissen nicht alles, und ich kann in der Zunge, in der sie reden, den Namen, den sie aussprechen, nicht erkennen. Es ist ein gewaltiger Name, er wirft einen großen Schatten – ein Zwielicht in das Herz und eine Stille ringsumher, als ob die Erde Selbst, unsere Mutter, diesen Namen hörte und vor Angst Ihren Atem anhielte.

Doch soviel weiß ich: Die Vögel sagten deutlich: ›Seid wachsam. Seid wachsam. Wachsam . . .‹«

Die Vögel verließen sie, als sie nach Arberth kamen, zu jenem ruhigen Palast mit der goldenen Sonne darüber und seinen einsamen Gemächern drinnen, so dunkel und still.

Sie zündeten in der Küche ein Feuer an und führten die Kuh, die sie mit sich gebracht hatten, auf die Weide. Sie versuchten, miteinander zu sprechen, doch das Schweigen schien ihre Stimmen zu ertränken. Die verlassenen Gemächer schienen ein totes Gefühl auszuströmen, das sie früher nicht gehabt hatten; es war, als klagten die Stimmen all jener Menschen, die aus ihrem Leben hier so stürmisch weggerissen worden waren, stumm aus den Mauern. Als riefen sie nach Wärme und Atem und nach allem, was man ihnen geraubt hatte.

Gegen Abend wurde jene Stille gebrochen, erschüttert von lautem Hundegebell.

Pryderi rannte durch die Palasttore hinaus und wurde fast niedergerissen vom Andrang hochspringender Pfoten und Leiber und verzückt leckender Zungen.

»Es sind meine Hunde!« rief er. »Meine Hunde!«

Er tätschelte dem einen den Kopf und kratzte den anderen unterm Kinn, er kratzte einen hinterm linken Ohr und den andern hinterm rechten. Er streichelte und tätschelte und kraulte, und die Hunde sprangen an ihm hoch und leckten und wedelten mit den Schwänzen, als wollten sie diese loswedeln.

»Ich bin zu euch zurückgekommen, meine Lieblinge!« jauchzte er. »Ich bin zurückgekommen!« Und sein Blick strahlte vor Liebe und Mitgefühl für die Hunde, die ihn schon verloren geglaubt hatten.

Dann wurde er plötzlich ernst; sah mit einem streng gewordenen Blick auf sie hinab. »Ich bin es nicht gewesen, der davongelaufen ist und euch im Stich gelassen hat! Ich habe euch, bevor ich von hier weggegangen bin, jahrelang nicht gesehen. Ihr müßt mir davongelaufen sein!«

Die Hunde winselten. Sie schauten ängstlich zu dem dunklen Wald zurück, aus dem sie gekommen waren. Ihre Nackenhaare sträubten sich, und sie winselten wieder und zitterten und schmiegten sich so eng an Pryderi, wie sie nur konnten, sahen mit großen, gepeinigten Augen zu ihm auf, als versuchten sie, ihm etwas zu sagen.

Rhiannon sagte leise: »Die Hunde sind nicht weggelaufen, Sohn. Sie wurden geholt . . .«

Sie und die anderen waren ihm ins Freie gefolgt, und Pryderi fuhr zu ihr herum, für einen Augenblick verstummt. Dann sagte er scharf und schnell: »Aber sie sind zurückgekommen!«

Seine Worte waren eine Feststellung, doch in seinen Augen standen Fragen, hell und deutlich, und Kigva schob ihre Hand in seine. Sie hauchte, rundäugig: »Glaubst du, daß eines Tages auch die Leute zurückkommen könnten?«

Rhiannon schüttelte den Kopf. »Möglich ist alles. Aber ich denke nicht, daß das geschehen wird. Baut keine Hoffnungen darauf, Kinder.«

»Aber die Hunde wurden nicht getötet! Sie sind zurückgekommen. Sie sind hier!«

Beide jungen Leute hatten gleichzeitig gesprochen, und Pryderi ergänzte, indem er zu den Hunden hinabschaute und sich den Kopf kratzte: »Wo sie nur gewesen sind die ganze Zeit über? Und wie sind sie von dort losgekommen?«

»Stell' diese Fragen Dem, Der sie geholt hat, Sohn. Aber nein – ich bete zu den Müttern, daß du nie die Gelegenheit dazu haben wirst!«

Etwas in Rhiannons Stimme brachte die Stille zurück. Als hätte sich ein großer kalter Finger plötzlich auf ihre Herzen gelegt...

Dann winselte einer der Hunde von neuem, und Pryderi beugte sich zu ihm, um ihn zu tätscheln, und sagte großspurig: »Sei ruhig! Ich werde nicht zulassen, daß dich noch einmal etwas holt!«

Alle Hunde glaubten ihm; er glaubte sich sogar selber. Sie blickten dankbar zu ihm auf, und ihre Schwänze wedelten wieder, und ihre jachernden Zungen rollten so rot und glücklich und dankbar, daß sie ebenfalls zu wedeln schienen.

In jener Nacht, als sie in ihrem Bett lagen, sagte Manawyddan zu seiner Herrin:

»Ich hoffe, daß die Hunde bleiben werden. Oder bleiben dürfen. Dem Jungen bedeuten sie viel.«

Sie sagte: »Ich weiß nicht, was ich hoffe. Sie wurden vielleicht zu einem bestimmten Zweck zurückgeschickt.«

»Wir müssen auf jeden Fall vorsichtig sein«, sagte Manawyddan.

Die Hunde blieben, und Pryderi zog auf die Jagd mit ihnen und brachte manche Mahlzeit heim. Sie waren genauso, wie sie immer gewesen waren; wo sie auch gewesen sein mochten: jener geheimnisvolle Ort hatte sie nicht verändert. Es braucht viel, die liebende Einfalt von Hunden zu ändern.

Die Blätter färbten sich und fielen. Der Winter kam von den blauen Bergen heruntergeheult; weißte das ganze Land. Das Frühjahr kam, und die Wälder schäumten wieder weiß, dieses Mal von Weißdornblüten; und immer noch geschah nichts. Jetzt waren sie alle weniger achtsam. Leute, die zunächst vorsichtig einhergehen, halb in der Erwartung, hinter jedem Busch könnte ein Ungeheuer hervorschießen und in jedem Winkel etwas Furchtbares lauern, müßten ja zwangsläufig sehr überrascht sein, wenn ein Jahr später dann hinter einem Busch etwas anderes sichtbar würde als Leere oder ein weiterer Busch. Oder etwas anderes als Schatten und vielleicht ein bis zwei Spinnweben in einem Winkel.

So fand sie der Sommer: glücklich und arglos.

Dann begannen die Regen. Sie peitschten auf jene dem Wind ausgesetzten Höhen ein, wo früher die Heiligen Steine gestanden hatten; sie näßten die tiefen grünen Wälder ein und machten Morast aus der braunen Brust der Mutter Erde. Pryderi ließ die Hunde in die große Halle herein, und dort tappten er und sie rastlos auf und ab, gelangweilt, da sie nichts zu tun hatten. Er und Kigva zankten, versöhnten sich aber bald wieder.

»Die Versöhnung wird freilich nicht lange vorhalten«, sagte Kigva zu Rhiannon, »es sei denn, dieser Regen hört auf und er kann wieder aus dem Haus.«

»Vielleicht ist das meine Aufgabe«, sagte Rhiannon. »Er benimmt sich wieder wie ein kleiner Junge. Soll ich ihm das sagen?«

Kigva überlegte. »Nein. Es ist unser Streit. Schaut einfach beiseite, du und Vater, und laßt uns den Streit in Frieden austragen.«

Doch am nächsten Morgen hatte der Regen aufgehört. Pryderi und Manawyddan standen früh auf und zogen auf die Jagd, umsprungen von den fröhlich kläffenden Hunden.

Eine Weile lang bekamen sie nichts als schlammige Füße. Rings um sie dampften Nebel, sie konnten ihren Weg nur selten sehen, aber das Haus schloß sie nicht mehr ein, und diese Freiheit kam ihnen köstlich vor.

Der Morgen schritt voran; die Nebel verschwanden, die Sonne kam jedoch nicht heraus. Der Himmel war grau und hell. Es regte sich kein Hauch, es rührte sich kein Blatt.

»Es ist sehr still«, sagte Pryderi. »Ich wünschte, die Hunde stöberten etwas auf.«

Manawyddan hatte auch gedacht, daß es sehr still sei. Er sagte: »Laß den Hunden Zeit.«

Sie stapften weiter und weiter, ohne daß etwas geschah.

Die Sonne, die goldene Herrin des Tages, kämpfte darum, jenen Silberschleier zu durchdringen. Wie ein Mensch sein Gesicht verschwommen in tiefem Wasser gespiegelt sieht, so schimmerten mondblasse Abbilder der Sonne hie und da zwischen den Bäumen. Eines schien gerade vor ihnen herabzusinken, leuchtend in dem grünen Dämmer.

Manawyddan sagte verwundert: »Ich habe solche Erscheinungen am Ufer des Usk gesehen, aber noch nie so weit westlich.«

Doch in diesem Augenblick erhoben die Hunde ein lautes Gebell. Wie ein Schauer geschleuderter Speere schossen sie vorwärts, und mit einem Jubelschrei stürzte Pryderi ihnen nach. Manawyddan rannte hinterdrein, so schnell er konnte.

Die Jagd endete so plötzlich, wie sie begonnen hatte. Die Hunde standen knurrend vor einem dichten grünen Gebüsch. Einen letzten, schwindelerregenden Augenblick lang hatte Manawyddan unterm Laufen gedacht, jenen Scheinmond in einem Blitz weißen Lichtes hinter eben jenem Busch herniedersinken gesehen zu haben. Dann stand er keuchend und sich die Augen reibend neben Pryderi.

Die Hunde machten kehrt und rannten zu den Männern zurück. Ihr Haar sträubte sich; senkrecht stand es auf ihren Rücken. Sie hatten Angst, verzweifelte Angst; sie, die noch nie vor einem Wild das geringste Anzeichen von Angst gezeigt hatten.

Pryderi lachte. »Jetzt werden wir zu diesem Busch hingehen und nachsehen, was sich in ihm verbirgt!« Seine Augen funkelten. Erregung war in ihm, wie eine Art Trunkenheit.

Er sprang auf den Busch zu.

Wie der Blitz sprang ein riesiger, leuchtender Körper aus seiner grünen Deckung; sprang auf und davon.

Aber nicht weit. Er machte kehrt und stellte sich, mit kleinen, bös flammenden Augen, mit angriffslüstern gesenkten Hauern. Es war ein wilder Eber, ein rein weißer Eber, und dieses Weiß hatte etwas Schreckliches an sich. Einen Frost wie von einer Farbe (oder einer Farblosigkeit), die zu weiß war, um irgendwo in der Natur einen Platz zu haben. Dem Sohn Llyrs kam sie vor wie das schneidend kalte, abstoßende Weiß des Todes.

Pryderi fühlte es nicht. Sein Gesicht flammte vor Entzücken. »Pack' ihn, Gwythur! Faß, Kaw! Drauf, Fflam! Zugepackt, meine Lieblinge!«

Immer hatten sie sich auf diesen Befehl hin freudig und pfeilschnell auf die Beute gestürzt. Doch jetzt scheuten sie zurück und duckten sich; sie sahen ihn erbärmlich an, als wollten sie sagen: ›Wir würden ihn liebend gern töten. Wir würden dir liebend gern gehorchen. Aber wir wagen es nicht, wir wagen es nicht!‹

Er war unerbittlich. »Faßt ihn! Seid ihr Hunde oder Mäuse?«

Das ertrugen sie nicht; sie griffen an.

Der Eber stand und nahm sie wild an. Er spießte einen der Hunde auf seinen Hauern auf, und die andern wichen vor ihm zurück; dann griffen sie wieder an.

Pryderi, der einen seiner Hunde hatte sterben sehen, griff ebenfalls an, brüllend vor Wut. Wieder rannte Manawyddan so schnell er konnte, mit angstzerquältem Herzen, mühte sich nach Leibeskräften, seinen Sohn zu erreichen, ehe Pryderi und der Eber aufeinandertrafen.

Die Hunde knurrten und sprangen immer noch an, doch der weiße Eber schien mit ihnen nur zu spielen. Schien auf ihren Herrn zu warten.

Keine zehn Fuß von ihm entfernt, holte Manawyddan Pryderi ein. Seite an Seite stürmten sie weiter. Dann, und erst dann, wandte sich der Eber und floh. Verschwand, unglaublich geschwind, tödlich weiß, im Wald.

Pryderi schoß ihm nach, rief seine Hunde zu sich. Manawyddan blieb wieder zurück. Er konnte nicht Schritt halten mit ihnen; seine Beine hatten nicht mehr die federnde Behendigkeit der Jugend. Aber er war zäh; sie konnten ihn nicht abschütteln.

Die Hunde rannten, die Männer rannten, und die ganze Zeit über war ihnen, wie ein Blitz aus blassem, kaltem Licht, der weiße Eber voraus.

Bei früheren Verfolgungsjagden war in dem Sohn Llyrs oft etwas wie eine Tür aufgeschwungen, und er hatte eine seltsame Art von Einheit mit der Beute gefühlt. Ein Erbarmen mit dem Ding, das sterben mußte, um ihn zu ernähren. Doch jetzt fühlte er nur Abscheu. Jenes weiße Untier war ihm ekelhaft, er wäre erstickt an seinem Fleisch, doch mit Frohlocken hätte er es sterben sehen. Es war ein Ding, das nicht sein sollte.

Er rannte zu schnell, um zu denken. Sein Körper schmerzte, seine Ohren waren erfüllt von dem Singen des Blutes in seinem zerspringenden Kopf. Von sehr weit weg, fast wie aus einer anderen Welt, hörte er das bebende, furchtsame und dennoch wilde Bellen der Hunde; hörte, wie Pryderi sie anfeuerte. Seine verschwimmenden Augen sahen den kalt schimmernden Eber in einem grünen Nebel verschwinden und wieder auftauchen. Bäume . . .

Sogar die Bäume schienen zu rennen, ihre Wurzeln glitten unter der Erde hin und her, wollten weg von der Eiseskälte jenes Tieres, das zu weiß war, um etwas Natürliches zu sein . . .

Er konnte nicht sehen, wohin er rannte; er konnte überhaupt nichts deutlich erkennen. Jeder Atemzug zerriß ihm die Brust. Doch zwang er sich weiter; er durfte Pryderi nicht verlieren.

Der Eber hatte haltgemacht. Er wurde größer. Sein Weiß glitzerte, schimmerte, erweiterte sich zu einem funkelnden Ball . . . Es war gar kein Eber. Es war der vom Himmel gefallene Mond, und er war so groß geworden wie ein Berg.

Manawyddan stieg ihn hinan. Er konnte immer noch Pryderi und die Hunde vor sich hören, und er rief ihnen zu, sie sollten stehenbleiben.

»Pryderi! Pryderi!«

Dann sah er sie. Die Öffnung in jenem weiß leuchtenden Berg. Wie ein schwarzer Mund gähnte sie auf unter dem wuchtigen, reich ornamentierten steinernen Türsturz.

Schneeweiß blitzte der Eber durch jene Öffnung hindurch und hinein; ward kleiner und kleiner in deren Dunkelheit, ein rasender Fleck weißen Lichtes.

Mit lautem Geblaff stürzten die Hunde hinter ihm her. Wie ein wirklicher Mund schien die Dunkelheit sie zu verschlingen. Pryderi wollte ihnen nachspringen, doch Manawyddan hielt ihn am Arm fest.

Sie standen da wie Männer, die aus einem Traum erwachen; plötzlich erkennend, daß sie diese Stelle noch nie gesehen hatten.

Pryderi flüsterte bebend: »Diese Öffnung ist noch nie hier gewesen.«

Sie sahen zu dem grauhellen Himmel empor; es war der gleiche. Sie blickten auf den Boden und sahen, daß unter ihren Füßen weder Gras noch Erde war, sondern weiße Quarzkiesel. Eine zusammengebackene Masse von Kieseln, die den ganzen Hügel bedeckte.

Was für ein Hügel war das? Und woher waren diese weißen Steine gekommen?

Sie schauten zu der schwarzen Mündung des Ganges zurück.

Kein Bellen war aus ihr zu hören, nicht das geringste Geräusch. Die Hunde mußten sich in jenen Tiefen verloren haben, jenseits von Licht, jenseits von Sicht, jenseits von Schall.

Schweigen schien aus jenem schwarzen Mund zu kriechen, wie ausgeatmeter Brodem. Schien sie zu umzingeln und zu bedecken, wie aufsteigender Nebel.

Sie drehten sich um und rannten hügelan.

Auf dem Gipfel hielten sie keuchend inne und schnappten nach Luft, aber nicht aus Atemnot.

Sie standen auf dem Gipfel des Gorsedd Arberth, jenes Durchgangs zwischen den Welten.

»Wir sind hergeführt worden«, sagte Manawyddan langsam. »Geblendet und geführt.«

Pryderi schien ihn nicht zu hören. Er blickte den Weg zurück, den sie gekommen waren, und seine Augen waren wild und besorgt.

»Die Hunde«, murmelte er. »Die Hunde.«

»Wir wollen hier ein wenig warten«, sagte Manawyddan. »Es ist ein hochgelegener Platz. Es könnte keinen besseren Fleck geben, um sie zu erblicken, wenn sie wieder herauskommen.«

Sie spähten und lauschten, und die grüne Wildnis, die einmal Dyved gewesen war, lag ausgebreitet unter ihnen, aber sie sahen nichts und hörten nichts. Kein Vogel flog über den Himmel; kein Windhauch regte ein Blatt.

Rastlosigkeit überkam Pryderi; ließ sich auf ihm nieder und wuchs.

»Herr«, sagte er schließlich. »Ich werde jetzt in den Berg hineingehen und die Hunde finden. Oder zumindest herausfinden, was ihnen zugestoßen ist.«

»Bist du toll?« sagte Manawyddan. »Wer immer diesen Zauber über das

Land geworfen hat – er öffnete den Abhang dieses Berges und lockte die Hunde in diese Falle!«

»Das weiß ich, aber dies ist der Berg der Prüfung. Dies ist vielleicht meine Prüfung.«

»Es ist eine Falle. Du sagtest, dieser Eingang sei noch nie hier gewesen; aber er war schon früher da. Durch ihn wurde der erste König von Dyved in seine Grabkammer getragen, und dann wurde sein Grabhügel über ihm errichtet und mit weißem Quarz bedeckt, damit er wie der Mond scheine, wie die Grabmale der irischen Könige. Dann blieb er jahrhundertelang versiegelt, und ein fremdes Volk vertrieb sein Volk, und die weißen Steine wurden fortgetragen oder von Gras überwachsen. Jener verlorengegangene Eingang ist sicherlich das, was die gewöhnlichen Menschen meinen, wenn sie von diesem Ort als einem Durchgang zwischen den Welten reden.«

»Es ist nicht der verlorene, sondern der gefundene Eingang.« Pryderi zerrte ungeduldig an der Hand, die ihn wieder beim Arm gepackt hatte.

»Wahrlich, er ist gefunden. Der Tod hat seinen Rachen aufgetan. Willst du ihn betreten?«

Pryderi versuchte, geduldig zu bleiben. »Du verstehst das nicht, Stiefvater. Du bist nicht hier geboren worden, du stammst nicht aus dem Blut der Könige von Dyved. Aber ich, und ich nehme das Schicksal an, das mir auferlegt ist.«

»Ich verstehe nur, daß du dein Leben wegwerfen willst. Denk an Kigva und an deine Mutter.«

»Das tue ich. Diese letzten Jahre sind nicht leicht für sie gewesen. Vielleicht wird der Bann gebrochen, wenn ich in den Berg gehe; vielleicht wird wieder alles so werden, wie es gewesen ist. Unser Volk befreit.«

»Wenn es noch am Leben ist. Junge, das ist ein schöner Traum, aber es ist ein Traum.«

Pryderi riß seinen Arm los. »Auf keinen Fall kann ich meine Hunde einfach aufgeben.«

Manawyddan ließ seine Hand fallen; er verstand alles. Dieser Junge, der Unglück über sein ganzes Volk gebracht hatte, konnte wissentlich nicht einmal einen Hund im Stich lassen. Die Schuld, die sich jahrelang tief unter seiner Fröhlichkeit geduckt hatte, hatte ihn nicht davor bewahrt, nun auch diese armen Kreaturen in ihr Verhängnis zu treiben. Doch diese Treibjagd hatte der seitherigen Last den letzten, entscheidenden Strohhalm hinzugefügt. Nicht noch einmal konnte Pryderi es ertragen, unversehrt zu bleiben, während jene, die ihm vertraut hatten, zugrundegingen.

Traurig sah der Sohn Llyrs zu, wie jene aufrechte junge Gestalt den Hügel hinabschritt. »Die Treue ist stark in dir«, sagte er leise. »Du bist ein wahrer

Sohn von Königen, wenn auch nicht von denen, die du für deine Väter hältst.«

Er dachte an Bran und an Beli, den Bruder ihrer Mutter, Beli, den man den Mächtigen genannt hatte. ›Sie wären stolz auf dich gewesen, mein Sohn, wenn sie dich auch für einen Narren gehalten hätten.‹ Doch dann traf ihn schwarzes Erkennen, brannte durch die letzten Fäden jenes Zaubergewebes hindurch, das auch ihn geblendet hatte. Schmerz ertränkte Stolz. Er krümmte sich in solcher Seelenqual, wie er sie seit Brans Tod nicht mehr erfahren hatte. Doch seine Erziehung hielt; sein Geist war immer noch sein Herr. Sinnlos, dem Jungen jetzt zu folgen; keine irdische Macht konnte Pryderi retten. Wenn Hilfe ihn je erreichen sollte, so mußte sie von einem Freien kommen. Nicht von einem, der sein Verhängnis teilte.

Er wußte, daß es zwecklos war, hier zu warten; er wartete dennoch. Der Tag schritt weiter. Die Sonne sank, in einem Himmel, der die Augen des wachenden Mannes zu verletzen schien; flammend und blutbespritzt, als stürbe eine ganze Welt.

Er saß still da unter diesem Toben, still wie die Steine rings um ihn.

Die Nacht kam; der Mond ging auf. Und immer noch wartete Manawyddan . . .

Endlich sprach er zu sich selbst: ›Das ist Narretei. Du weißt, daß es keine Hoffnung mehr gibt.‹

Dort drunten mußten die Frauen voller Angst warten; denn sie wußten, daß ihre Männer schon heimgekehrt wären, wenn nichts geschehen wäre. Grausam, sie noch länger warten zu lassen; grausam aber auch, was er ihnen berichten mußte . . .

Er stieg den Gorsedd hinab. Er zog seinen Mantel eng um sich, denn ein Wind war aufgekommen. Dieser umwinselte ihn, während er ging; kalt, kälter als jeder Sommerwind, den er je gespürt hatte. Wie ein eiskalter Atem traf er ihn, als er an jenem schwarzen Mund vorüberkam, der sich am Abhang des Berges aufgetan hatte; jenem Eingang, der sich selbst in der Dunkelheit der Nacht noch schwarz abzeichnete.

Manawyddan warf einen Blick auf jene Öffnung. Er dachte dumpf: ›Warum hat sie sich nicht geschlossen? Ihre Arbeit ist getan. Kann Der, Der drinnen wartet, so töricht sein, anzunehmen, daß ich das Spiel doch noch aufgebe und zu Ihm hineinkomme?‹

Dann schien ein bitteres Lachen in seinem Kopf zu erschallen: sein eigenes. ›Welches Spiel könnte ich denn aufgeben? Was habe ich in Dyved Gutes angerichtet in all den Jahren, seitdem Er es verwüstet hat? Was kann ich meinem Sohne nützen? Meinem Sohn! Meinem Sohn!‹

Er ging weiter. Das ist alles, was der Mensch tun kann: weitergehen.

405

Er sah die Lichter von Arberth. Sie strömten heraus, ihn zu begrüßen, denn die großen Tore standen offen.

Er betrat die Halle. Rhiannon saß da und nähte. Kigva schlief, an ihre Knie gelehnt. Er hatte nur einen Atemzug lang Zeit, um zu denken, daß ihr dieser Schlaf aus Barmherzigkeit eingeflößt worden sei, durch Zauber oder Kräuter, denn dann sah ihn Rhiannon. Freude schoß in ihre Augen, entfaltete sich darin wie eine Blume. Sie sprang auf, ihr Mund öffnete sich, um seinen Namen auszusprechen, ihre Arme streckten sich nach ihm aus.

Und dann sah sie, daß er allein war, und all ihre Freude erstarb.

Ihre Arme fielen herab, ihr Gesicht gefror. Ihre Augen wurden zu Speeren, die ihn durchbohrten, obwohl ihre Stimme nur ein Flüstern war. »Wo ist er, der mit dir ausgezogen ist?«

Manawyddan faßte sich. Er hatte den Schmerz beim Anblick ihres Schmerzes erwartet. Jetzt sah er, daß er einen noch viel bittereren Trunk tun mußte.

»Herrin«, sagte er, »dies ist geschehen.«

Sie hörte, mit erblassendem Gesicht, bis es so weiß wie der Tod war. Alles Leben, das aus dem Gesicht gewichen war, schien in ihren Augen zu brennen. Sie flammten; sie blitzten. Es waren nicht mehr Rhiannons Augen, sondern nur noch die Augen der Mutter Pryderis, und dahinter stand die ganze lange Reihe der Mütter – geschuppte und bepelzte, haarige und haarlose –, denen seit Anbeginn der Zeit ihre Kinder geraubt worden waren. Manawyddan wünschte mit ganzem Herzen, daß sie immer noch Rhiannon sei, seine Rhiannon; denn er hatte sein eigenes Leid zu tragen, und er war sehr erschöpft. Taumelig vor Müdigkeit rang er nach Worten, um zu ihr durchzudringen, sie zurückzubringen; sie wenigstens ein bißchen zu trösten.

Er schloß mit den Worten: »Herrin, gib die Hoffnung nicht auf. Denn du weißt besser als wir Erdengeborenen, daß es unwahrscheinlich ist, daß er einen gewöhnlichen Tod starb.«

Schnell wie der Blitz und ebenso schrecklich traf ihn ihr Zorn. »Mann ohne Ehre, ohne Mut! Ein schlechter Kamerad bist du gewesen, und einen guten Kameraden hast du verloren!«

Wie eine Flamme über trockenes Gras zischt, schoß sie an ihm vorbei und war verschwunden.

Er folgte ihr in die Nacht hinaus; er rief ihren Namen. »Rhiannon! Rhiannon!« Erhaschte aber nur noch einen Schemen von ihr: eine hohe schlanke Gestalt, die in den aufsteigenden Nebeln verschwand.

Er folgte ihr dennoch, immer noch verzweifelt »Rhiannon! Rhiannon!« rufend. Doch war er erschöpft, ihm schwindelte, sein ganzer Körper schmerzte; und sie war frisch und von leichterem Gewicht als die Frauen, die in unsere

Welt geboren werden. In den immer dichter werdenden Nebeln verlor er sie aus den Augen. Büsche griffen boshaft nach ihm, Bäume stellten sich ihm in den Weg. Ein riesiger Stamm prallte gegen ihn, raubte ihm fast das Bewußtsein. Er fiel, erhob sich wieder, aber nur, um hilflos im Kreise herumzurennen, blind einhertappend, wie ein Mensch in einem Labyrinth. Wie lange, wußte er auch später nicht ...

Mit einem ohrenzerreißenden, erderschütternden Krachen schmetterte Donner durch die Nacht. Der Nachthimmel schauderte zurück vor der zischenden Titanenklinge aus feurigem Licht, die ihn versengte.

Als Manawyddan wieder zu Bewußtsein kam, hatten sich die Nebel gehoben. Der Mond schien mit einer gespenstischen Sanftheit hernieder. Fern aus dem Westen her kam ein trauriges, süßes Rufen. Drei Vögel flogen meerwärts, und der Mond versilberte ihre Federn: weißes, grünes und goldenes Gefieder.

Die Vögel Rhiannons, die der Welt der Menschen ihr Lebewohl zusangen!

Er begriff. Der Feind hatte vorhergesehen, daß Rhiannon Pryderi suchen würde. Er hatte die Nebel gesandt und den Labyrinth-Zauber, damit Manawyddan sie nicht aufhalten konnte. Die schwarze Mündung am Abhang des Berges war jetzt geschlossen. Jener schwarze Schlund hatte sie verschlungen, den Bissen, auf den er gewartet hatte.

›Rhiannon. Rhiannon, meine Geliebte‹

Mit gesenktem Haupt und hängenden Schultern ging der Sohn Llyrs nach Arberth zurück, wo sie dieses Mal nicht auf ihn warten würde. Er ging wie ein sehr alter Mann, und er fühlte sich, als läge alles Gewicht aller Berge dieser Welt auf seinem Herzen.

Zwölftes Kapitel – Der Sohn Llyrs macht weiter/ Er kam in die Halle von Arberth zurück, und wieder kam er allein. Der Nebel war vor ihm gekommen. Nur die Nachglut des herabgebrannten Feuers glomm noch schwächlich gegen die Nebel an, die wie gleitende Schattengestalten die Halle umschlichen.

Kigva schlief noch. Ihr leerer Körper, der dalag, war nichts als ein weiterer Schatten.

Er ließ sich schwerfällig nieder, kauerte bei jener Glut. Er fühlte sich wie ein Mann, der inmitten einer endlosen Winterwüste im höchsten Norden sitzt, an jener furchtbaren Stelle, wo das Meer endet und das Eis beginnt. Für immer allein in sonnenloser Nacht und ewiger Kälte.

Die Mütter allein wissen, um wen er am meisten trauerte: um den Mann, den er so sehr geliebt hatte, wie Bran seinen Sohn Caradoc geliebt hatte, oder um die Frau, die seine Freundin und Geliebte gewesen war.

›Rhiannon und Pryderi. Pryderi und Rhiannon.

O Bran und Branwen! War es denn nicht genug, daß ich euch verlieren mußte? Ich hätte nicht auch noch diese beiden verlieren dürfen. O Mütter, kein Mensch sollte dies zweimal ertragen müssen‹

Er hatte Frühling und Sommer erfahren, und Stürme waren gekommen und hatten die großen Bäume gefällt und alle Blumen zu Tode gepeitscht. Er hatte den Eishauch der Einsamkeit erfahren, der kälter ist als der Eishauch des Todes, da der Tod wenigstens unsere Einsamkeit auslöschen muß. Denn der Toten sind viele, und im schlimmsten Falle gibt es im Schlaf keine Einsamkeit.

Er hatte den Spätsommer erfahren, mit seiner goldenen Wärme, seinem zarten Entzücken beim Anblick der Jugend, wenn man selbst nicht mehr von den fiebrigen, verwirrenden Kräften der Jugend hin und her gerissen wird. Doch jetzt waren die Bäume von neuem ihrer Äste beraubt und gefällt, und alles war aus. Er war zurück in der großen Kälte.

Doch der Feind, der diese Geliebten geraubt hatte, mochte, da er jenseits des Todes stand, nicht einen Tod bringen, wie wir ihn kennen. Das hatte er zu Rhiannon gesagt, und es war wahr.

›Doch wie kann dir das helfen, Sohn Llyrs? Wie kannst du, ein Mensch, mit einem Gotte kämpfen? Mit einem Gott, den du nicht einmal sehen kannst?‹

Es gab keinen Weg; keinen. Hoffnung war nur ein Hohn.

›O Pryderi, hätte ich doch mit dir gehen sollen? Dann wären wir wenigstens zusammen gewesen . . .‹

Aber in seinem Herzen wußte er, daß jenes, nicht dieses, Ergebung, Flucht gewesen wäre. Er hätte sein Leben gegeben, um Pryderi zu retten; aber er konnte es nicht sinnlos wegwerfen. Der Sohn Llyrs hatte nicht die Fähigkeit, etwas zu vergeuden.

Pryderi hatte sich mit dem Gedanken getröstet, daß er es mit einer unberechenbaren, ihn unbarmherzig auf die Probe stellenden Macht zu tun habe, die seinen Mut zuletzt vielleicht doch belohnen würde. Manawyddan hatte diesen Glauben nicht. Eine unirdische Macht mochte gut oder böse sein, aber sie hatte nicht ein Kindsgemüt, das Elementargewalten an grausame Streiche verschwendete.

Doch im Bösen liegt immer Schwäche. Weisheit steht über Boshaftigkeit, über Rache. Selbst auf der Erde lehrten das die höchsten Druiden. Selbst jenseits der Erde konnte eine Macht, die sich solchen Leidenschaften hingab, nicht unverwundbar sein; sie konnte vielleicht so über Ihr Ziel hinausschießen . . .

Doch wie konnte einer wie Er so darüber hinausschießen, daß Er in die Reichweite eines Sterblichen kam? Ein Neugeborenes kann einen Mann nicht zu Boden schlagen.

Mochte Hoffnung auch nur Hohn sein – ohne Hoffnung kann der Mensch nicht leben, und sei es nur die geringe Hoffnung, am Abend sein Abendessen zu bekommen. ›Und im Bösen liegt Schwäche.‹

Kigva bewegte sich und stöhnte. Ihre Hand tastete neben sich, und Manawyddans Augen schlossen sich in jähem Schmerz. Sie wähnte sich in ihrem Bett und Pryderi an ihrer Seite.

Sie schlug die Augen auf, blickte um sich in der weiten Halle, erst verständnislos, dann entsetzt. Sie sah ihn, und ihr ganzes Gesicht erglühte.

»Du bist zurückgekommen, Herr! Und Pryderi – wo ist Pryderi?« Ihre Stimme bebte und brach, wie die eines Kindes, das in tiefe Finsternis starrt. Sie hatte bemerkt, daß er allein war.

Manawyddan ermannte sich wieder. Auch ihr mußte er es sagen ...

»Wo ist Pryderi? Wo ist Rhiannon?« Kigvas Stimme erhob sich scharf, als wäre jegliches Geräusch, und sei es das ihrer eigenen Stimme, besser als das Warten. Dieses Warten, das der Erkenntnis zustrebte wie der Geburt von etwas Ungeheuerlichem, Unvorstellbarem.

»Wo ist er? Wo bist du gewesen? Du kamst und kamst nicht – und die Nacht ist immer dunkler und dunkler geworden, und ich bin immer ängstlicher und ängstlicher geworden. Bis sie mich hinlegen hieß und mit ihren Händen meinen Kopf streichelte. Aber sie hat mich zu lange schlafen lassen ... Wo ist sie? Wo ist ER?«

Manawyddan dachte an Rhiannons Hände, an jene weißen Hände, die voller kleiner Zaubereien waren, zarter, zärtlicher Zaubereien ihrer Weiblichkeit, und an andere, kleine Wunder, die ihr von jener Hellen Welt geblieben waren, in der sie geboren worden war. War sie jetzt wieder in jener Welt? Oder in einer anderen?

›Rhiannon, Rhiannon, wo bist du?‹

Kigva sagte wieder: »Wo sind sie? Wo ist Pryderi?«

»Kind, ich weiß es nicht.«

Er erzählte ihr alles, was er wußte, und ab und zu brach sie in seine Geschichte mit Fragen ein, den Fragen des von plötzlichem Leid Betroffenen, der nach einer Möglichkeit sucht, die Wahrheit nicht als wahr erkennen zu müssen. Und dann weinte sie.

Sie weinte, die Tochter Gwynn Gloyus, als könnte sie mit ihren Tränen alles wegwaschen, was geschehen war, als könnte Pryderi auf ihrer Tränenflut zurückgetragen werden. Sie weinte, wie nur ein junger Mensch weinen kann, in der unbewußten Erinnerung an die Zeiten, da Tränen einem Geschenke oder Mitleid brachten. Sie weinte, als wäre es ihr gleich, ob sie weiterlebte oder starb.

Schließlich machte Manawyddan ein Frühstück und brachte ihr etwas davon; doch obwohl sie zu diesem Zeitpunkt so viel geweint hatte, daß sie nicht mehr weinen konnte, aß sie nichts. Sie saß nur stumm da, starrte ins Nichts, und manchmal, während der Tag voranschritt, sah sie ihn an, wenn sie meinte, er merke es nicht, und dann erzitterte sie.

›Ich bin allein mit diesem Mann, der seine Frau verloren hat, wie ich meinen Mann verloren habe. Wir sind weit weg von anderen Männern und Frauen. Jeder würde sagen, wir sollten einander trösten ... Ich kann es nicht. Ich will es nicht! O Mütter! O Pryderi! Pryderi!‹

Sie sah nicht Manawyddan, sondern nur den Mann.

Er spürte, wie sie ihn ansah. Er dachte müde: ›Das ist es, was die Sitten der Neuen Stämme zuwege gebracht haben. In den alten Zeiten, in Harlech, wäre kein Mädchen auf den Gedanken gekommen, daß ein Mann sich ihrer erfreuen könnte, ohne daß sie Teil an dieser Freude hätte. Haben wir nicht ohnedies schon Schwierigkeiten genug?‹

Es schmerzte ihn, daß diese Frau, die jahrelang wie sein eigen Kind gewesen war, Angst vor ihm haben konnte. Er stellte sich vor sie hin, zu weit weg, um sie berühren zu können. Er sah auf sie hinab, bis sie ihren Blick hob, um dem seinen zu begegnen. Ängstlich oder nicht, sie hatte viel Kämpferblut in sich.

»Herrin«, sagte er, »du tust Unrecht, wenn du mich fürchtest. Ich erkläre dir, daß ich selbst dann, wenn ich in der Blüte meiner Jugend stünde, Pryderi die Treue halten würde, der wie ein Sohn für mich war. Ich werde dir alle Freundschaft entgegenbringen, die in meiner Macht steht, und sonst nichts, solange dieses Leid auf uns lastet.«

So wunderlich und förmlich, sagt das »Mabinogi«, sprach er zu ihr; und vielleicht hätte er auf keine andere Weise zu ihr hindurchdringen können. Sie sah ihn an, mit einem langen, ruhigen Blick. Dann lächelte sie ihn an, plötzlich und strahlend und innig, wie ein erleichtertes und reumütiges Kind die Person anlächelt, die versprochen hat, ihm nicht weh zu tun.

»Herr, genau das hätte ich von dir erwartet, wenn ich wirklich an DICH gedacht hätte. Es tut mir leid!«

»Kind, es ist vergessen. Aber wir können nicht hier bleiben. Allein und ohne Hunde, bin ich nicht Jäger genug, um Nahrung für uns herbeizuschaffen. Möchtest du zu den Hexen in Caer Loyu gehen?«

»Nein«, sagte Kigva, und ihr Mund bebte. »Sie würden mir sagen, es sei

410

ganz ausgezeichnet, daß ich Pryderi los bin, und das könnte ich nicht ertragen. Nicht jetzt! Herr, laß mich bei dir bleiben.«

»Ich hatte gehofft, du würdest das sagen«, sagte Manawyddan. Und sie sprang auf und küßte ihn, und sie waren so gute Freunde, wie sie es je gewesen waren.

Dann verließen sie jenes heimgesuchte Land, wo jede Stelle von Pryderi und Rhiannon sprach. Wo die Stille so laut war, daß sie in ihren Ohren wie ein Schrei klang. Sie gingen nach Logres zurück, und beim Anblick neuer Dinge und neuer Orte erhellten sich Kigvas Augen, wie es Manawyddan erhofft hatte. Sie war zu jung, um immer traurig zu sein.

Sie fanden eine Stadt, die ihnen gefiel, und sie beschlossen, dort zu bleiben.

»Herr«, sagte Kigva, »welches Handwerk wirst du hier ergreifen? Laß es bitte das richtige sein, denn ich bin es immer noch leid, aus der Stadt gejagt zu werden.«

Doch dieses Mal war Manawyddan anderer Meinung; seine eigene Last Bitternis war zu neu und zu schwer.

»Ich werde kein anderes Handwerk ausüben als das, welches ich schon früher ausübte. Ich werde Schuhe machen.«

Da sah ihm Kigva sehr gerade in die Augen. Wie sie es bei den Hexen in Gwynn Gloyu gesehen haben mochte.

»Herr, du weißt gut, daß es dich immer in Nöte bringt, wenn du mit diesen Lümmeln wetteiferst. Und Schuhmachen ist keine Beschäftigung für einen Mann von so edler Abstammung!«

»Es wäre gut«, sagte Manawyddan, »wenn kein hochgeborener Mann jemals etwas Schlimmeres täte. Ich mache Schuhe, und jemand bezahlt mich für sie, und wenn es gute Schuhe sind und sie ihm passen, wo ist dann der Schade? Hat Caswallon seinen Thron so ehrenhaft erworben – jenen Thron, den einmal mein Bruder Bran innehatte, was die Leute schon zu vergessen beginnen?«

Kigva sagte streng: »Wir reden hier nicht über Caswallon, der nur ein Gestank ist. Wir reden von dir.«

»Ich werde Schuhe machen«, sagte Manawyddan.

Er machte goldene Schuhe wie zuvor, und kaum war die Arbeit recht im Gang, da nahm Kigva Pryderis Platz ein und half ihm, durchaus nicht ohne Spaß.

»Obwohl ich genau weiß, wie es ausgehen wird!« sagte sie.

Die Monate vergingen; sie hatten Erfolg. Doch bevor das Jahr ganz vorüber war, fiel Kigva auf, daß einige der Frauen in der Stadt nicht mehr so freundlich zu ihr waren, wie sie es gewesen waren. Sie erzählte es Manawyddan.

»Es sind alles Frauen von Schuhmachern oder Verwandte von ihnen, Herr. Ich glaube, es wäre besser, wenn du nicht so gute Schuhe machen würdest.«

Er seufzte. »Das ist eine Schwäche von mir, die ich tragen muß, Mädchen. Was ich tue, muß ich so gut tun, wie ich nur kann.«

Auch Kigva seufzte. »Wenigstens bist du weise genug, es eine Schwäche zu nennen. Sie wird uns wieder in Schwierigkeiten bringen.«

In jener Nacht erwachte Manawyddan plötzlich. Das Zimmer war dunkel und still, das Mondlicht reichte nicht bis zu seinem Bett. Dennoch konnte er, recht deutlich, auf seiner Brust einen kleinen braunen Vogel sitzen sehen. Er sagte, ohne Überraschung: »Du bist Branwens Vogel. Die Starin, die sie im Mehltrog aufzog und zu uns sandte, um uns zu sagen, wie sie, die als eine Königin nach Irland ging, jetzt nur noch eine geschlagene Sklavin war.«

Der Vogel sagte: »So ist es. Und bevor du nach Irland gingst, um meine Herrin zu erlösen, hast du mich in die Obhut einer anderen Königin gegeben. In die Rhiannons Oset of Faery.«

Erinnerung kam zu Manawyddan. »Sie sagte mir, du habest einen Gefährten gefunden und seiest davongeflogen.«

»Ja. Sie ließ mich frei, um mein Lieb zu lieben und mein Nest zu bauen und meine Brut aufzuziehen, wie ein Vogel es sollte. Bis zu jener Schreckensnacht – der Nacht des Sturmes, der von jenseits der Welt herüberkam. Ich bin damals gestorben, an dem Tosen; denn ich war nicht mehr jung.«

»Warum bist du dann nicht zu Branwen zurückgekehrt?« fragte Manawyddan, immer noch ohne Erstaunen.

»Das tat ich, und freudig war unser Wiedersehen. Doch für diese eine Nacht schickt sie mich zurück. Dir zuliebe, wie sie mich einst sich selbst zuliebe auf eine lange Reise geschickt hat. Und dieses Mal verstehe ich den Sinn der Worte, die ich spreche. Sie läßt dir sagen: ›Bruder, hüte dich.‹«

»Vor was? Oder vor wem?«

»Vor Männern, die ihren Lebensunterhalt verlieren, weil du sie in ihrem eigenen Handwerk übertriffst. Die dich töten werden, falls du noch hier bist, wenn der Mond wieder aufgeht.«

»Das ist nichts Erstaunliches. Ist das alles, was sie mir sagen läßt?«

»Nein. Sie sagt: Wenn du zurück nach Dyved gehst – und sie weiß wohl, daß du zurückgehen wirst –, mußt du dich immer noch hüten vor, oh, oh, ich kann den Namen nicht aussprechen! Er preßt meine Kehle wie eine Faust zusammen, er zieht wie Blei meine Zunge nieder!« Er fühlte, wie ihr winziger Körper zitterte, obwohl kein irdisches Gewicht und keine irdische Stofflichkeit mehr in ihm war.

»Ruh' dich aus, Kleines«, sagte er. »Sei still. Vielleicht kann ich helfen.« Dann sprach er Worte der Macht; Worte, wie sie selbst die weisesten der Hohen Druiden selten mehr als zweimal in ihrem Leben aussprachen: das eine Mal, wenn sie ihnen gelehrt wurden, und das andere Mal, wenn sie sie lehrend weitergaben; mystische, mächtige Laute, die gegen jene schreckliche und äußerste Not wappnen sollten, die nach aller Wahrscheinlichkeit niemals kommen würde. Doch die Zunge schien anzuschwellen und hart zu werden, bis sie wie ein Stein in seinem Munde lag. Die Laute kamen undeutlich. Schweiß stand auf seiner Stirn.

Die Nacht draußen war still, doch im Zimmer erhob sich ein dünner Wind. Er zauste der Starin unirdisches Gefieder; wehte eiskalt durch Manawyddans Haar.

»Ich muß gehen«, wisperte der Vogel. »Zurück – zu – ihr. Dort – kann sogar Er mir nichts anhaben.«

»Er?«

Sie legte ihren Schnabel an sein Ohr. Sacht wie der Laut wachsenden Grases war jetzt ihr Gewisper. »Der Graue Mann – der Sohn Dessen, Der sich im Walde birgt – Oh, oh! Hüte dich, hüte dich!«

Wie eine Feder vom Wind davongetrieben wird, so wurde sie davongewirbelt. Doch in dem Augenblick, bevor sie verschwand, sah Manawyddan, wie ein Strahl Mondlicht sie traf, sie einhüllte wie in einen schimmernden Mantel. Herzensfroh dachte er: ›Branwen hat Macht, ihre Botin zu schützen.‹ Dann überwältigte ihn die Nacht, und er sank wieder in jenen geheimnisvoll heilenden Abgrund, den die Menschen Schlaf nennen.

Als er erwachte, stand die Sonne hoch am Himmel, und der gute Geruch von Essen stach ihm in der Nase; Kigva machte Frühstück. Einen Atemzug lang lag er still, dann fiel ihm alles ein, und er sprang auf.

»Mädchen, wir müssen vor Einbruch der Nacht von hier fort sein!«

Kigva ließ den Löffel fallen, mit dem sie in der Hafergrütze rührte, und der Löffel fiel in den heißen Brei und bespritzte sie, so daß sie zurücksprang. Dann sagte sie mit einiger Herbheit: »Das habe ich dir gleich gesagt, Herr. Doch wer sonst noch hat es dir gesagt?«

»Ein kleiner Vogel.«

Kigva sah ihn scharf an. »Einer mit Federn?«

»Er hatte einmal Federn.«

Ihr Gesicht wurde ernst. »Nicht – einer von Rhiannons Vögeln?«

»Nein. Wenn sie Rhiannon gefunden haben, dann bleiben sie bei ihr. Beeil' dich und pack' unsere Sachen, Mädchen. Ich muß noch verschiedene Dinge erledigen.«

»Ja, das mußt du unbedingt – verschiedene Dinge erledigen, Herr. Warum sollten wir uns das von diesen Lümmeln gefallen lassen?«

»Lümmel oder nicht, sie haben ein Recht zu leben. Es ist Zeit für uns, daß wir heimgehen, Mädchen. Zurück nach Dyved.«

»Heim«, sagte Kigva; und ihr Gesicht veränderte sich und wurde weich. »Heim!«

Doch in der Nacht, als sie durch einsame Wälder stapften, drei beladene Esel mit sich führend (diese Tiere zu kaufen und zu beladen, war das gewesen, was Manawyddan noch hatte erledigen müssen), da wurde sie wieder neugierig.

»Was hat dich denn diesmal gewarnt, Herr? Fangen die Winde an, dir die Worte der Menschen zuzutragen, wie sie es bei Math dem Uralten tun?«

»Math hört die Gedanken der Menschen, nicht ihre Worte, Mädchen; und in diesem Zeitalter hat er als einziger diese Gabe.«

»Hast du denn angefangen, auf der Stierhaut zu schlafen? Ich habe es nie bemerkt, wenn ich dein Bett machte.«

»Kind, kein Druide der Alten Stämme hat jemals auf einer Stierhaut geschlafen. Nur die Druiden der Neuen Stämme, die von uns die Druidenkunst erlernten, sich aber immer noch weigern, gemäß den Heiligen Harmonien zu leben, brauchen solche Hilfsmittel, um das Innere Auge zu schärfen.«

Kigva dachte darüber nach. »Ich habe Pendaran Dyved solche Sachen sagen hören, Herr, wenn er mit Rhiannon redete. Doch wenn Dinge, die sich nicht von allein bewegen können, in Wirklichkeit keine Macht über Menschen haben – warum ist dann all unser Unglück über uns gekommen, nachdem Caswallon die Heiligen Steine fortgeschafft hat?«

Manawyddan sagte langsam: »Für uns vier hatte das Wegschaffen der Steine keine Bedeutung. Doch für das Volk von Dyved, wer weiß? Generationen von Glauben und Verehrung mögen Macht in ein Ding gießen, so wie die Seeleute, bevor sie in See stechen – die gleichbedeutend mit Leben für sie ist –, Wasser in einen Krug oder ein Faß gießen. Und als die Steine gingen, da haben vielleicht die Menschen in Dyved, die so lange ihren Glauben in sie gesetzt haben, nicht genug Kraft übrigbehalten, der Angst zu widerstehen, die sie aus Zeit und Leben schüttelte.«

Kigva dachte wieder nach, dann schüttelte sie den Kopf. »Herr, ich würde gern sagen: Ich verstehe dich. Die Wahrheit ist aber, daß ich überhaupt nichts verstehe.«

Sie zogen eine Weile weiter, dann sprach sie wieder. »Herr, das nächste Jahr wird das siebte Jahr nach dem Großen Sturm sein. Die Leute sagen, daß im siebten Jahr, und nur in ihm, ein Bann aus Anderswelt gebrochen und alles, was genommen wurde, zurückgebracht werden kann. Könnte Dyved zurückkommen? Könnten sogar SIE zurückkommen?«

Manawyddan wußte, wen sie mit SIE meinte. Er sagte gütig: »Bete zu den Müttern, daß es Wirklichkeit wird, Kind. Aber setze keine Hoffnung darauf.«

Sie sprach in jener Nacht nichts mehr.

Kalt und einsam war jene Reise. Die Zähne des Winters bissen schon zu, frostweiß aus den Herbstwinden heraus. Die Bäume, die zuerst wie Fackeln flammten, wurden entblättert und bloß, ihre nackten Zweige zitterten unter den Regenschauern, und die gefallenen Blätter unter ihnen waren so braun wie sie. Ihre ganze kurze Pracht aus Rot und Gold war dahin, vertrocknet wie ihr Sommergrün. Bald trugen der Mann und das Mädchen ihre schweren Mäntel selbst am Mittag, und wenn die Nacht kam, banden sie ihre Esel dort an, wo das Gezweig der Bäume am tiefsten herabhing und am meisten Schutz bot.

»Das ist nicht sehr angenehm«, sagte Kigva einmal, zitternd, weil die Zähne des Windes durch ihren Mantel dringen wollten. Sie zog die gute Wolle enger um sich.

»Es wird noch schlimmer werden«, sagte Manawyddan, der einen besorgten Blick zu den weiten, dunkelnden Wolkenmassen über ihnen warf, »wenn Regen kommt.«

Es dauerte nicht lange, da regnete es. Kalt und grau prasselte er auf sie hernieder, durchnäßte sie völlig. Ihre vollgesogenen Kleider verwandelten sich von Freunden in Feinde; Feinde, die sich klamm, unerbittlich an ihre kalten, nassen Körper klebten. Alles lag im Nebel. Lange vor Einbruch der Nacht stolperten sie nur noch dahin, quatschten blindlings durch ungesehene, krallende Gestrüppe aus Zweigen und Unterholz. Als es dann Nacht wurde, herrschte völlige Finsternis; es gelang ihnen nicht, ein Feuer anzuzünden. Wenn es Manawyddans langem, geduldigem Bemühen gelungen war, in dem feuchten Holz, das sie zusammengesucht hatten, einen Funken aufglimmen zu lassen, löschten ihn die schwarzen heftigen Regengüsse sogleich wieder aus.

Sie gingen weiter, ohne gerastet zu haben, ohne von Speise oder Trank erwärmt worden zu sein. Am nächsten Tag war es das gleiche und in der nächsten Nacht auch.

Am dritten Tage wurde der Boden steiniger, hörte auf, an ihren nassen Füßen zu saugen.

»Das ist besser«, sagte Kigva hoffnungsvoll. »Wir kommen jetzt schneller voran. Kommen früher irgendwohin.«

Unter ›irgendwohin‹ verstand sie ein Haus mit einem Dach darüber und einem Feuer darinnen. Manawyddan, der wußte, daß sie in jener nassen, nächtlichen Welt schon an vielen derart angenehmen Plätzen vorübergekommen sein mußten, hatte den Mut, nur zu antworten: »Vielleicht.«

Der Boden wurde immer fester; stieg stetig an. Bald erkannten sie, daß sie sich an der Flanke eines Berges befinden mußten. Der Wind peitschte noch wilder auf sie ein, der Anstieg forderte ihren müden Beinen neue Anstrengung ab. Doch Manawyddans Blick erhellte sich, und er spähte eifrig durch jene blendenden, geißelnden Regengüsse.

»Dies müssen die Hügel des Preseli sein«, sagte er. »Ich dachte schon, daß wir in ihrer Nähe sein müßten. Beinah daheim.«

›Preseli‹, dachte Kigva, ›wo die Steine einmal waren.‹ Und sie dachte daran, wie so anders alles gewesen war, als sich die Steine noch an ihrem angestammten Platz befunden hatten; an das Licht und das Lachen und die Wärme zu Arberth, und an Pryderi, wie er am Tage mit ihr gescherzt und sich mit ihr gebalgt hatte, und wie er bei Nacht so liebend bei ihr gelegen hatte.

Sie stapfte ruhig weiter, doch jetzt war die Nässe auf ihrem Gesicht nicht mehr kalt; sie war heiß und salzig. Sie rollte langsam ihre Wangen hinab, unter dem Regen, der immer noch auf sie einschlug.

Es nachtete, als sie endlich die Mauern eines Hauses erblickten. Sie rannten darauf zu, ihre Herzen hüpften vor Freude, doch auch vor Angst. Was, wenn diese ersehnte Zuflucht sich als Trugbild erwies, als etwas, das wieder in den Nebeln verschwand?

Das tat es nicht. Das Haus war fest. Seine Tür trat so still und dunkel in Erscheinung wie die Nacht, doch den beiden kam sie so warm und verheißungsvoll vor wie ein von Flammen erhellter Herd. Sie stürzten hinein, und Kigva ließ sich fallen, erschöpft und nach Atem ringend: endlich aufgebend. Manawyddan tastete umher, bis er die Feuerstelle fand; Holz lag schon bereit. Bald flammte ein Feuer auf, und er sah die kahlen Wände um sie herum; sah die Töpfe und die Pfannen und die spärlichen Möbel, die seit langem unbenutzte Bettstatt. Sah und hielt den Atem an.

Dies war die Hütte des Schäfers, in der er und Pryderi in jener langvergangenen Nacht, bevor sie nach Arberth kamen, Gast gewesen waren. Alles war noch genau so, wie es damals gewesen war. Nur der alte Schäfer und seine Frau waren verschwunden.

In einer Truhe fanden sich Decken, trocken und sauber. An einem Haken hing der Umhang der alten Frau, so sauber und unverstaubt, als hätte sie ihn eben erst gewaschen und getrocknet. Manawyddan brachte ihn und eine der Decken zu Kigva hinüber.

»Zieh deine nassen Sachen aus, so schnell du kannst, Kind. Du bist ja völlig durchweicht. Ich werde mir eine andere Decken nehmen.«

Kigva stand mühsam auf. »Ich werde erst etwas kochen, Herr. Zieh du dich erst um; du hast schon genug getan, als du das Feuer allein anmachtest.«

»Das war keine Mühe; diese Scheite sind trocken.«

»Es dauert nur einen Augenblick, dann gibt's was zu essen«, sagte Kigva mit entschlossener Miene, obwohl ihre Zähne ein wenig klapperten.

»Es wird länger dauern. Erst müssen wir die Vorräte hereinholen und auspacken . . .«

»Ach, das ist ja alles noch auf den Eseln! Hilf mir, sie hereinzubringen.«

Und Manawyddan half ihr, denn er wollte sie nicht berühren, und es gab keine andere Möglichkeit, sie aufzuhalten. Während sie kochte und die Esel sich so dicht am Feuer niederkauerten, wie Kigva es ihnen erlaubte, und das Wasser von ihren zottigen Fellen troff, ging er zu der Bettstatt und schälte sich endlich aus seinen nassen Kleidern. Die gesegnete Wärme einer trockenen Dekke hüllte sich gerade um seinen müden, ausgekühlten Körper, da hörte er hinter sich ein dünnes, unflätig fröhliches Gelächterchen.

»Viel Angst kannst du deiner Frau ja nicht einjagen, Mann aus der Sippschaft der Großen Leute.«

Manawyddan fuhr herum. Tief in den tiefsten Schatten sah er etwas.

Braune Knie waren da, und ein kleines braunes Gesicht, so knorrig wie altes Holz, und der größte Mund, den er je in einem Gesicht gesehen hatte, und aus ihm kam immer noch das Gelächter, zwischen Schnurrhaaren hervor, die so grau wie Spinnweben waren und ebenso schmutzig.

Jene Schnurrhaare besaßen große Originalität, denn sie wuchsen nach oben statt nach unten, und sie wuchsen sowohl aus den Ohren und Brauenbögen ihres Besitzers als auch auf seinen Wangen und seinem Kinn.

»Du kannst«, sagte Manawyddan, »eigentlich nur ein Hausgeist sein.«

»Das bin ich«, sagte der Hausgeist, »und ich freue mich, jemanden zu sehen, sogar dich und dieses unverschämte junge Ding von einem Mädchen, dem gleich etwas zustoßen wird, wenn diese elenden Esel, die sie hereinzuzerren gewagt hat, mein hübsches sauberes Haus verdrecken. Es ist lange her, seit ich jemanden hatte, den ich plagen konnte. Sehr lange.« Und er seufzte.

»Das tut mir außerordentlich leid«, sagte Manawyddan höflich, »doch solltest du versuchen, einen von uns beiden zu plagen, dann wird es dir noch viel mehr leid tun. Ich hätte gleich sehen müssen, daß du hier bist. Dieses sieht nicht wie ein Haus aus, das seit Jahren verlassen steht.«

»Wahrhaftig nicht«, sagte der Hausgeist mit Stolz. »Man könnte meinen, die Frau des Schäfers sei eben erst ausgegangen. Sie sagte immer, sie könne nicht begreifen, wie sie jemals ohne mich ausgekommen sei; und da sie immer eine Schale frische Milch hingestellt hat und von allem das Beste, habe ich ihr die Probe stets erspart. Aber seit sie verschwunden ist, habe ich herausgefunden, daß sie einige Dinge doch allein fertiggebracht haben muß.«

»Das bezweifle ich nicht«, sagte Manawyddan.

»Es stimmt, obwohl ich es niemals zugeben würde, wenn sie zurückkäme. Frauen darf man niemals hochmütig werden lassen – wie die deine es ist, die diese Esel hier hereingeschleppt hat.«

»Sie hat gut daran getan«, sagte Manawyddan. »Sie sind naß und frieren.«

»Wenn sie das tun, was ich befürchte, dann werde ich ihr Gesicht hineintunken. Wir Hausgeister haben unsere Rechte. Wir können die Hausarbeit so glatt von der Hand gehen lassen und so leicht, wie man Sahne aus einem Krug gießt, oder so voller Zufälle und Unfälle, wie ein Fischnetz voller Löcher ist. Wir sind ohnegleichen.«

»Es wird hier bald niemanden wie dich geben, wenn du versuchst, Kigva Streiche zu spielen«, sagte Manawyddan, ohne die Stimme zu heben.

»Keiner von euch plumpen Großen Leuten könnte je Hand an mich legen«, sagte der Hausgeist behaglich. »Ich werde noch hier sein, wenn ihr beiden schon längst verschwunden seid.«

»Mag sein. Doch ich und jeder andere druidisch gebildete Mann kann einen Pfriem durch deine Nase ziehen und einen Sturm entfachen, der dich für die Dauer von zweimal sieben Generationen durch die oberen Luftschichten über den östlichen Meeren wirbelt.«*

Zum ersten Mal sah ihm der Hausgeist in die Augen; in jene meergrauen Augen des Sohnes von Llyr. Er wand sich.

»Tu das bitte nicht«, flehte er. »Einem Vetter von mir ist es passiert, und er ist immer noch nicht zurück. Seine Mutter befürchtet, daß er nach seiner Rückkehr für immer Rheuma haben wird. Jene Höhenluft ist kalt – niemand weiß wirklich, wie kalt.« Er zitterte. »Ich ahnte ja nicht, daß du ein Eingeweihter bist, Herr; ich sah nur, wie töricht nachsichtig du mit diesem Mädchen bist.«

»Jetzt weißt du es. Vergiß es nicht.«

»Ich wünschte, ich dürfte es. Doch ist es sehr schön, wieder Leute hier zu haben. Ich bin so froh, euch zu sehen, daß heute abend kein einziger Klumpen in der Hafergrütze sein wird, die das Mädchen macht; obwohl das einige Mühe kosten wird, denn es ist sonnenklar, daß dieser kleinen Närrin niemals beigebracht worden ist, wie man Hafergrütze macht. Oder irgend etwas anderes.«

---

* Hinsichtlich der Züchtigung eines widerspenstigen Hausgeistes siehe John Rhys, »Celtic Folklore«, Bd. 2.

Darauf hatte Manawyddan keine Antwort. Kleine Dinge können so ärgerlich sein wie große, und schon oft, seitdem er ohne Rhiannon leben mußte, hatte er sich bei dem Gedanken geschämt, wie gut es doch gewesen wäre, wenn die Neun Hexen Kigva das Kochen beigebracht hätten. Rhiannon hatte es offensichtlich für einfacher und taktvoller gehalten, ihre eigenen Zauberkräfte auf die Speisen einwirken zu lassen, statt eine erwachsene Schwiegertochter zu belehren.

Kigva rief: »Das Essen ist gleich fertig, Herr. Wenn du kommst und aufpaßt, kann ich mich jetzt umziehen.«

»Sie kann meine Stimme nicht hören«, sagte der Hausgeist gesetzt. »Nicht, wenn ich es nicht will. Und ich will es nicht. Sie ist keine Person, mit der man eine gebildete Unterhaltung führen könnte.«

»Jede Unterhaltung zwischen dir und ihr würde bald ein Streit werden«, sagte Manawyddan, »deshalb ist es am klügsten, gleich gar keine anzufangen.« Dann rief er zu Kigva hinüber: »Ich komme schon, Mädchen. Du hättest dich schon längst umziehen sollen!«

DREIZEHNTES KAPITEL – DIE WARNUNG UND DIE AUSSAAT/GEGEN MORGEN ERWACHTE MANAWYDDAN, ODER MEINTE ZU ERWACHEN. ER SAH DAS KLEINE HAUS UM SICH HERUM, STILL UND GRAU. DANN WUCHS PLÖTZLICH DAS GRAU, DEHNTE UND WEITETE sich, zu einem unendlichen Raum; in schreckliche und unwißbare Tiefen, aus denen heraus ihn Augen beobachteten. Er hörte eine Stimme, die keinen Klang hatte, deutlich sagen: »Hier sind wir uns das erste Mal begegnet, Sterblicher, deine Augen und Meine. Kehr' um, damit wir uns nicht noch einmal begegnen – zum letzten Mal. Denn kein Mensch soll in Dyved leben, in Dyved, das nach Meinem Willen für immer eine Wüstnis bleiben muß.«

Manawyddan fuhr auf. Doch jetzt, in der verblassenden Dunkelheit, die immer noch mehr schwarz als grau war, umgab ihn das Haus klein und gemütlich. Er hörte Kigvas ruhiges Atmen und erinnerte sich daran, wie er in jener anderen Nacht, als es Pryderi gewesen war, der neben ihm in der Dunkelheit gelegen hatte, in Traum oder Vision jene Gefahr geschaut hatte, an die er sich damals so wenig wie jetzt erinnern konnte, von der er aber wußte, daß sie schrecklich wirklich war. »Warum verbirgst Du Dich vor meinem wachen Geist, Feind? Willst Du mich zur Umkehr oder zum Angriff bringen?«

Neben ihm ertönte wieder das krächzende Gelächter des Hausgeistes. »Es gibt also doch etwas, das Macht hat, dich in Angst zu versetzen, o großmächtiger Zauberer!«

Manawyddan sagte: »Was hast du gesehen, Kobold?«

»Nur dich. Dich und dieses Mädchen, das wenigstens nicht schnarcht. Aber ich sah dich zusammenzucken, Herr.«

Manawyddan sagte nachdrücklicher: »Was hast du in jener Nacht des Großen Sturmes gesehen? Als Dyved verwüstet wurde?«

Der Hausgeist erzitterte. »Nicht viel, Herr. Doch zuviel. Der Schäfer und seine Frau schliefen schon fest. Sie hätten es vielleicht noch nicht getan, zu dieser Zeit der Nacht, wären sie jünger gewesen. Ich kann mich an lebhafte Zeiten in diesem Bett erinnern.« Er kicherte. »Das Alter zieht die Hitze aus Männern und Frauen, Herr. Allein die große Müdigkeit hat sie aus dir und dem Mädchen letzte Nacht genommen.«

»Mein Stiefsohn ist ihr Mann, nicht ich.«

Der Hausgeist krächzte wieder. »Dein Stiefsohn! Du hattest nie einen. Nur Große Leute konnten so töricht sein, dieses Märchen zu schlucken, Herr. Ich weiß, wer du bist; wir Hausgeister haben unsere Wege, auf denen wir uns zu informieren wissen, und letzte Nacht habe ich sie benutzt.« Er ernüchterte sich, sah verwundert drein. »Pryderi ist doch schon lange fort. Warum ist seine Frau jetzt nicht deine Frau?«

»Weil sie ihn immer noch liebt. Und ich bin weder jung genug noch alt genug, um mit jungen Mädchen schlafen zu wollen.«

»Ich weiß«, sagte der Hausgeist, »diese kichrigen, kitzligen Mädchen können im Bett eines vernünftigen Mannes wirklich eine Plage sein. Sie haben nicht genug Verstand, um mit dem Reden aufzuhören und einen Mann einschlafen zu lassen, wenn er genug hat und seine Ruhe will. Sie wackeln beim Schwatzen dauernd mit dem Kopf, und das ist doch wirklich nicht das Ende von ihnen, das reizvoll ist.«

»Sie sind nicht die einzigen Schwätzer. Ich habe dich gefragt, was in der Nacht des Großen Sturmes geschehen ist.«

Der Hausgeist zitterte wieder. »Ich würde wirklich lieber über etwas anderes schwatzen. Ich denke nie an jene Nacht zurück. Ich habe soviel davon vergessen, wie ich nur konnte.«

»Doch dieses eine Mal wirst du dich an alles erinnern. Erzähle mir alles, was du weißt. Ich werde dich kein zweites Mal darum bitten.«

»Wie ich schon sagte, Herr, das alte Paar schlief. Und da meine Arbeit getan war, hörte ich ihnen beim Schnarchen zu, wie ich das in vielen Nächten getan hatte. Sie schnarchten nicht im Takt, und manchmal schnarchte das eine von ihnen lauter und manchmal das andere, und diese Schnauber und Schnarcher und Rumpler hörten sich ungemein interessant an. Unterhaltsamer als die Geräusche, die die alten Leute bei Tag machten.«

»Du spielst immer noch mit Worten. Komm zur Sache.«

»Ich tue nur, worum du mich gebeten hast, Herr; ich erzähle dir alles, woran ich mich erinnern kann. Jenes war eine Nacht wie viele andere. Und dann kam der Donner.« Er machte eine Pause, und diesmal wartete Manawyddan und trieb ihn nicht an.

»Der Donner kam, und dann kamen der Regen und die Stürme.« Der Hausgeist schauderte. »Es gibt immer Reiter auf dem Wind, doch in jener Nacht waren es viele, viele. Nicht unsere gewöhnlichen menschlichen Toten, die mit Bedauern und Sehnsucht oder mit vergebender Freundlichkeit – vielleicht sogar mit einem Augenzwinkern – auf diese Erde herabblicken, auf der sie einst wandelten. In diesen steckte kein Bedauern und keine Freundlichkeit. Nur Gewalt; Gewalt und der Wille, zu zerstören. Ich fürchtete mich.« Wieder verstummte er, seine Zähne klapperten.

»Wie haben sie ausgesehen, jene Reiter?« drängte Manawyddan. »Berichte.«

»Ich kann nicht. Man kann sie nur als Grauheiten und Wirbel sehen; sie wirbeln und wirbeln und haben keine Gestalt. In ihrer eigenen Welt müssen sie Gestalten tragen, doch in unserer haben sie keine. Aber sie waren schrecklich, und sie kamen näher.

Das ganze Haus wackelte und bebte, als versuchten sie, es von der Erde loszureißen und in die Nacht jenseits der Welt zu schleudern. Ich kroch in meinen Winkel und zitterte; ich bebte wie ein Blatt in jenem Sturm; und der Schäfer und seine Frau wachten auf und zitterten ebenfalls. Sie schrie einmal, doch in jenem Tosen klang es leise, nicht lauter als das Rascheln eines Blattes. Danach klammerten sie und der alte Mann sich nur noch aneinander, wühlten sich in die Wärme des anderen. Sie zitterten aber immer noch.

Wir zitterten alle drei; es war ein Schmerz, ein zerrender, zerreißender Schmerz, der unser Allerinnerstes durchwühlte. Eine Qual, die nur mit unserem Ende enden konnte, wenn unser Wesen zu lauter Stücken zerschüttelt worden war. Solange eine Zehe oder ein Finger noch ein Ganzes blieben, solange ein Haar noch neben einem anderen wuchs, solange konnten wir keinen Frieden finden.

Wir zitterten, der Schäfer und seine alte Frau und ich, wir zitterten ...

Wäre ich so fest gewesen, wie sie es waren, dann wäre ich auseinandergeflogen, wie sie es taten. Ich sah ihre Körper hin und her flackern wie Fackelflammen und schließlich erlöschen. Ich sah, wo sie gewesen waren, denn sie waren es nicht mehr ...

Von dem, was danach geschah, weiß ich nicht mehr viel, ich fühlte nicht und dachte nicht, eine lange Zeit.

Am Morgen, als alles wieder ruhig und golden war und ich immer noch hier saß, betäubt und benommen, da flogen zwei Libellen ins Haus herein. Sie sahen sich überall um, sie ließen sich hier nieder und dort und flogen dann wieder hinaus. Aber ich erkannte sie.

Sie kamen dann wieder, zuerst recht häufig. Ich wußte, welches die Frau war, denn ich erkannte sie an der Art, mit der sie über ihren Besitztümern schwebte und sich manchmal auf ihnen niederließ und sie mit ihren Fühlern betastete, als liebte sie diese und erinnerte sich. Doch das war alles, was sie tun konnte, und mit der Zeit wurde es mir langweilig, vor allem ihre flattrige Art, und ich jagte sie jedesmal, wenn sie hereingeflogen kamen, wieder hinaus.«

»Das war sehr grausam von dir«, sagte Manawyddan.

»Es war sehr hausgeistlich«, sagte der Hausgeist.

Gegen Sonnenuntergang kamen Manawyddan und Kigva und die Esel nach Arberth. Und nie zuvor war Manawyddan so froh gewesen, sein Heim wiederzusehen und die grünen Auen, durch die er mit Rhiannon und Pryderi gewandelt war. Nie zuvor hatte er erkannt, wie völlig es seine Heimat geworden war, dieses Haus, in dem sein Sohn geboren worden war, wenn auch nicht er selbst.

›Selbst Harlech wiederzusehen, wäre nicht wie das hier. Harlech war mein Zuhause, weil es Brans Zuhause war; dort lachte und arbeitete ich mit meinem Bruder und half ihm – oder glaubte, ihm zu helfen – bei der Schaffung von Frieden und Glück für die Welt, die wir kannten. Die Alten Stämme und die Neuen wollten wir zusammenschmieden zu einem Volk. Doch hier lebte ich mit Rhiannon; hier haben wir in unserer Jugend und ohne ihr Wissen freudig unseren Sohn gezeugt; hier haben wir uns in reifem Alter und in vollem Wissen geliebt. Auch wir lachten und schufen und arbeiteten zusammen; für uns selbst und für jene, die nach uns kommen sollten; unter ihnen einige von unserem Fleisch und Blut. Ist das jetzt alles zu Nichts geworden?‹

Sein Verstand sagte Ja; die stillen Ruinen rings um ihn sagten Ja. Doch in seinem Herzen wollte die töricht scheinende Fröhlichkeit nicht sterben.

Kigva, die sein Gesicht beobachtete, riß sich zusammen und dachte entschlossen: ›Er wird alt. Ich habe mich wie ein kleines Kind benommen, habe ihn meine Tränen und meine Ängste und meinen Verlust tragen lassen, der nicht größer als seiner ist. Von jetzt an muß ich stark sein. Er soll nur dasitzen und träumen; seine Zeit dafür ist jetzt gekommen, und er hat es sich verdient.‹

Und sie dachte verwundert, daß sie ihn mehr liebe, als sie ihren eigenen Vater Gwynn Gloyu je geliebt hatte, jenen großen, prahlerischen Krieger, der sich so sehr bemüht hatte, trotz der Neun Hexen ein Mann zu sein, dem das aber nie ganz gelungen war ...

In jener Nacht schienen die einsamen Hallen von Arberth eine ruhige

Freundlichkeit an sich zu haben; nicht die Kälte und schluchzende Leere, vor denen sich die Heimkehrenden gefürchtet hatten. Und als sie und Manawyddan die Esel abgeladen und versorgt hatten, beschloß Kigva, das beste Essen zu kochen, das sie je gekocht hatte. Es gelang ihr – zu ihrer und zu Manawyddans Überraschung war es so gut wie alles, was Rhiannon ihnen je vorgesetzt hatte. Erst später, als sie zu Bett gegangen war, fand der Sohn Llyrs den Grund dafür heraus.

Er saß allein beim Feuer, als sich in den Schatten etwas bewegte. Er zuckte zusammen, dann entspannte er sich wieder. ›Es wäre ja nur gut, wenn ein Geist hierherkäme. Vielleicht ist es mein Weib; oder mein Junge.‹

Es kam näher, aus den Schatten heraus, in das Licht. Etwas Festeres als Erinnerung; etwas Kleines und Braunes und Knorriges.

»Ich bin hier«, sagte der Hausgeist.

»Das sehe ich«, sagte Manawyddan. »Ich dachte immer, ihr Hausgeister verließet niemals ein Haus, es sei denn, ihr würdet dort schlecht behandelt. Und in der Hütte des Schäfers war ja niemand. Bevor wir gingen, schafften Kigva und ich das Unheil weg, das die Esel, zugegebenermaßen, hinterlassen hatten.«

Der Hausgeist sah verlegen aus. »Es ist unser Brauch, Herr, wie du es sagst, niemals das Haus zu verlassen, das wir erwählt haben, bis uns ein Narr beleidigt. Doch laß mich das sagen: Ich war alt, bevor die älteste Eiche in Dyved eine Eichel war, doch all die Jahre seither sind mir nicht so lang vorgekommen wie die wenigen, die ich in jener Hütte verbrachte, seit der Schäfer und seine Frau davonwehten. Plump und dumm und übellaunig, wie ihr Großen Leute seid: ohne euch wird es einem langweilig. Ich möchte gern hier einziehen und in deinem Hause spuken.«

Manawyddan strich sich übers Kinn. »Das könnte Vorteile und Nachteile mit sich bringen«, sagte er.

»Was für Nachteile? Hat diese Närrin von einem Mädchen dir schon jemals ein solches Abendessen gekocht? Nichts, was du ißt, wird je halbgar oder zerkocht oder anders als gut sein, sehr gut, solange ich bei euch bin.«

Manawyddan strich sich wieder übers Kinn. »Und Kigva? Wie wird es für sie sein?«

Der Hausgeist sah ihn flehentlich an. »Ich werde ihr nicht viele Streiche spielen, Herr. Gerade genug, um nicht einzurosten. Wenn sie mich mit dem gebührenden Respekt behandelt, dann könnte niemand netter zu ihr sein, als ich es sein werde. Die meiste Zeit wenigstens.«

»Die ganze Zeit«, sagte Manawyddan, »wenn du hierbleibst.«

Der Hausgeist richtete sich mit großer Würde empor; er sah volle drei Fuß hoch aus. »Herr, es ist auch Brauch, daß eine Schale Milch und Brot jede Nacht für den Hausgeist hingestellt wird. Wenn sie achtlos ist, wenn die Milch sauer geworden oder das Brot nur ein winziges bißchen altbacken ist, dann muß sie dafür bezahlen. Auch das ist das Recht eines Hausgeistes; ein Recht, das es sogar wert ist, gegebenenfalls dafür in den oberen Winden zu frieren.«

»Ich denke, du gehst besser heim«, sagte Manawyddan.

»Herr, ich würde sie nicht an einer Stelle verbrennen oder verbrühen, wo man es sehen könnte! Ich würde sie dann und wann stolpern lassen, aber ich würde ihr nie einen Arm oder ein Bein brechen, das schwöre ich. Bei der Sonne und beim Mond und bei dem Eid, den wir Hausgeister schwören.«

»Hausgeist, ich danke dir für ein gutes Abendessen, doch meine Tochter und ich werden allein zurechtkommen. Leb wohl!«

»Bist du sicher, Herr? Jenes Mädchen ist so täppisch, daß sie ohne mich schlimmere Unfälle erleiden würde, als ich je für sie ersinnen könnte. Sie mag und versteht nichts, was mit einer Küche zu tun hat, und nichts in einer Küche mag oder versteht sie.«

»Drohst du uns?« Manawyddans Stimme war plötzlich seidensanft. Alle Schnurrhaare des Hausgeistes standen alarmiert zu Berge.

»Nein, Herr. In viele Häuser könnte ich ungesehen eindringen und für Unglück sorgen, aber hier wage ich es nicht. Ein Eingeweihter wie du würde mich entdecken. Aber bedenke – denk' an die Mahlzeiten, die du gestern und heute hattest, und dann an die von früher. Und eine junge Frau wird überheblich, wenn alles gut geht und sie meint, das alles sei ihr Werk – sie braucht dann eine Lektion. Und wenn sie die gelernt hat, dann ist sie danach in der Küche und außerhalb wie umgewandelt. Denk' an deine Bequemlichkeit und an das Wohl des Mädchens, Herr. Ich werde ihr kein wirkliches Leid antun.«

Manawyddan sagte: »Ich werde selbst jeden Abend eine Schale Milch eingießen und sie dir hinstellen, und wenn du irgendwelche Einwände bezüglich des Inhalts haben solltest, dann werden wir beide das miteinander austragen. Doch füge Kigva eine Brandblase oder einen blauen Fleck zu, und ich werde dich für dreimal sieben Generationen in die oberen Luftschichten schicken. Das schwöre ich bei der Sonne und beim Mond und bei dem Eid, den mein Geschlecht schwört.«

Der Hausgeist strahlte. »Herr, ich werde wachen über sie, als wäre sie der zarteste aller Lammbraten!«

Und das tat er auch. Von jenem Tage an hätte es keinem Mann und keiner Frau besser ergehen können, als es Manawyddan und Kigva erging. Wenn er von der Jagd Wildbret heimbrachte, brannte das Fleisch nie an, und wenn Kigva Kräuter gesammelt hatte, die noch zu grün waren, dann reiften sie auf geheimnisvolle Weise im Kochtopf. Und wenn sie die Wäsche wusch, dann ging der Schmutz so leicht heraus, als hätte er nur wie ein Vogel auf der Oberfläche des Stoffes gesessen und wäre nie in das Gewebe eingedrungen.

Kigva hatte immer eine besondere Gabe dafür gehabt, Dinge zu verlegen – jetzt konnte sie alles sogleich finden, was sie suchte, selbst wenn sie hätte schwören können, daß sie den Gegenstand nie und nimmer dorthin gelegt hatte, wo er jetzt plötzlich vor ihrer Nase auftauchte.

Dieses Glück und dieses leichte Leben gingen ihr allmählich auf die Nerven. Sie versuchte sich vorzustellen, daß Rhiannon über sie wachte und ihr hülfe, doch die Anwesenheit, die sie gelegentlich spürte, hatte mit Rhiannon anscheinend nicht das geringste zu tun.

Dann fiel ihr eines Abends auf dem Wege ins Bett ein, daß sie in der Küche etwas vergessen hatte. Als sie zurückging, um es zu holen, sah sie Manawyddan die Schale Milch und das Brot hinstellen, und sie begriff alles.

»Herr, es ist ein Hausgeist in diesem Haus!«

»Laß dich davon nicht ängstigen, Mädchen«, sagte Manawyddan friedlich. »Er schadet nicht. Er hilft nur.«

»Ich habe keine Angst«, sagte Kigva. »Sollte die Nichte von Neun Hexen etwa Angst vor einem Hüpfer von Hausgeist haben? Doch das . . .«, sie überdachte die Dinge, und ihr Gesicht wurde immer länger, bis es sehr lang war, »das erklärt vieles. Allzuviel.«

Danach war sie ungeschickter als je zuvor, und der Hausgeist beschwerte sich bei Manawyddan. »Das ist sogar noch schwerer als die Pflicht, sie vor Unfällen zu bewahren, Herr. Ich habe noch nie ein Mädchen gesehen, das alles so verkehrt anstellt.«

Kigva beschwerte sich ebenfalls. »Es ist sehr schwer für mich, dauernd drüber nachzudenken, wo er gerade ist. Ob hinter mir oder vor mir oder auf welcher Seite. Zu wissen, daß er mich beobachtet und daß ich, was immer ich auch tue, nicht ohne ihn sein kann. Und ich spüre immer, daß er über mich lacht, Herr.«

»Das tue ich nicht«, sagte der Hausgeist, der in der Nähe geblieben war. »Dafür muß ich ihretwegen viel zuviel arbeiten!«

»Fühlst du denn keine Dankbarkeit für seine Hilfe?« fragte Manawyddan.

»Er ist sehr nützlich«, sagte Kigva, »wenn ich mir auch wünschte, daß er eine Plage wäre. Ich wünsche mir jetzt auch, daß ich mir von meinen Tanten hätte Magie beibringen lassen, wie sie es immer wollten. Doch Hexen wenden immer die schwarze Magie an; sie singen sehr viele Zaubersänge über sehr vielen Kesseln, in denen bis zum Rand seltsame Dinge blubbern. Ich fühlte mich nie in der Lage, alle diese Salbadereien auswendig zu lernen und sie dann inmitten eines derart üblen Geruches zu singen. Hätte ich es doch nur getan . . .«

»Er ist nur um dich, wenn du arbeitest«, sagte Manawyddan tröstend. »Er und ich verstehen einander. Es besteht kein Grund für dich, dir über ihn den Kopf zu zerbrechen.«

»Was an Kopf sie hat!« sagte der Hausgeist grinsend.

Der Hausgeist war eine große Hilfe für Kigva, doch war er gleichzeitig eine Kränkung. Sie konnte jetzt nicht mehr auf das Werk ihrer Hände stolz sein, da sie wußte, wieviel davon sein Anteil war; und zuwenig Stolz haben, ist für Mann und Frau genauso ungesund, wie zuviel davon zu haben. Manawyddan sah ihre Not und bemitleidete sie, wußte aber nicht, was er dagegen tun könnte. Sein Handel mit dem Hausgeist war geschlossen, und außerdem empfand er Mitleid bei dem Gedanken an die Einsamkeit des Gnoms.

Der Winter heulte über das Land. Eis bedeckte die Flüsse, Schnee weißte die braune Erde und machte aus den entblätterten Bäumen leuchtende, spitzenbesetzte Schönheiten. Stürme schlugen gegen die Mauern des Palastes; scharf wie Messer, stärker als die Arme von Männern, rissen sie an dem strohgedeckten Dach. Manawyddan mußte hinaufklettern, um es zu flicken, und der Hausgeist ging mit, um ihm zu helfen. Kigva ließ in der Küche einen Schub Brot anbrennen und klatschte vor Freude in die Hände.

›Wenn ich jetzt ganz schnell mache, kann ich den nächsten Schub selbst machen und backen. O Mütter, laßt es gut werden!‹

Es wurde gut. An jenem Abend, als der erschöpfte Manawyddan endlich wieder wohlbehalten in der warmen Halle saß, trug sie es voller Stolz auf, und er beglückwünschte sie dazu. Ihr Gesicht leuchtete wie die längst entschwundene Sommersonne.

»Jetzt kannst du klar sehen, was für eine gute Sache es war, daß der Hausgeist mit dir aufs Dach geklettert ist und dich davor bewahrt hat, dir auf dem glitschigen Dach ein Bein zu brechen, statt mich in meiner gemütlichen Küche zu stören.«

Der Hausgeist schnaubte laut, und Manawyddan sagte: »Scht!« Doch das Licht auf ihrem Gesicht erlosch nicht.

In seiner Müdigkeit ließ Manawyddan sie an diesem Abend sogar die Milch in die Schüssel des Hausgeistes gießen, ermahnte sie allerdings streng, erst alles zu kosten und sich zu vergewissern, daß es vom Besten war. Das tat sie, doch als sie die Schüssel hinstellte und eine großzügige Portion ihres frischgebackenen Brotes dazu, da sagte sie stolz: »Ganz sicher bin ich, Hausgeist, daß es dir noch nie besser geschmeckt hat. Und vergiß nicht, daß du am Backen keinen Anteil hattest. Nicht ich bin es gewesen, die dich hier je gebraucht oder um deine Gegenwart gebeten hätte, sondern der Herr Manawyddan. Aber selbstverständlich bist du hier willkommen, als sein Gast.«

»Es war recht anständiges Brot«, berichtete der Hausgeist später Manawyddan. »Was auch sehr gut für sie war – trotz deiner Anwesenheit, Herr.«

»Erinnere dich an unsere Abmachung«, sagte Manawyddan schläfrig.

»Das tu ich auch. Sonst hätte ich sie ganz bestimmt in ihre hochnäsige Nase gezwickt, Herr. Kaum habe ich es lassen können.«

»Ich bin froh, daß du es nicht getan hast. Die oberen Winde sind in dieser Jahreszeit besonders kalt, Freundchen.«

Der Hausgeist sagte: »Ich weiß. Dennoch, jenes Mädchen hütet besser seine Zunge, oder es wird morgen oder übermorgen einen Bissen erwischen, der noch zu heiß ist.«

Doch da blickte ihn Manawyddan an, und für den Rest des Abends war der Hausgeist nur noch zwei Fuß hoch. Seine Größe veränderte sich entsprechend seiner Stimmung; manchmal war er drei Fuß hoch, und manchmal weniger, denn Hausgeister gehören nicht einer so harten Kruste im Universum an wie die Welt, die wir kennen.

Schließlich kam der Frühling. Schnee und Eis schmolzen; unter der braunen Borke der Bäume und unter der braunen Brust der Mutter regte sich eine Vielfalt winzigen Lebens: winziges Leben, das sich zur Fülle allen Grüns erhebt, zu Blättern, Gras und Moos.

Manawyddan holte die letzte Ladung Getreide, diejenige, die er für die Aussaat aufgehoben hatte. Er bestimmte drei Felder, er pflügte sie und säte aus. Der Hausgeist ging mit ihm und half ihm, so daß Kigva wieder Frieden in ihrer Küche hatte. Manchmal verunglückte ihr etwas, aber öfter ging alles gut. Sie lernte; und ließ man ihr Zeit, dann konnte ihr verletzter Stolz, ihr Verlangen, zu beweisen, daß sie allein zurechtkam, eine ausgezeichnete Köchin aus ihr machen.

Die Sommerszeit kam, mit Armen voller Blumen; jene älteste aller Bräute, die ewig süß wie Honig ist und ewig jung; Sie, die in ewig sich erneuernder Jungfräulichkeit heranwächst, um von den Armen des Jungen Gottes umfangen zu werden, von Ihrem Erlöser. Von Ihm, dessen warme Winde Sie zu unerschöpflicher und freudiger Mutterschaft bringen.

Die Sommerszeit kam, und das Getreide auf den drei Feldern schoß auf. Das »Mabinogi« sagt, daß kein Weizen auf der Welt je besser aufgegangen sei.

Der Hausgeist sah ihn sich an und wurde nicht nur drei Fuß hoch, sondern blieb auch so. Er sagte bei sich: ›Dies ist die Frucht meiner Hilfe.‹

Manawyddan und Kigva sahen den Weizen an und waren glücklich. Sie sagte: »Nächsten Winter werden wir Mehl in Hülle und Fülle haben, Herr.«

Es hatte nämlich eine kurze Zeit gegeben, da waren die Mehlvorräte sehr geschwunden, und was noch vorhanden war, mußte für die Aussaat aufgehoben werden; eine Zeit, wo Eis die Fische bedeckte, wo es nicht sicher war, in den verschneiten Wäldern dem Wild nachzuspüren: eine Zeit, in der sie hungerten.

Nicht so, daß sie Angst bekommen hätten, aber doch so, daß es ziemlich unangenehm war.

Manawyddan lächelte und sagte: »Nein, nächsten Winter werden wir es nicht nötig haben, unsere Gürtel enger zu schnallen.«

Zweifellos fürchtete er nicht die gewöhnlichen Unbilden des Wetters, wie das ein gewöhnlicher Bauer muß; seine Druidenkunst konnte sie fernhalten. Doch scheint er übermäßig zuversichtlich gewesen zu sein; der Zauber überkam seine Augen wieder, jener selbe Zauber, der jetzt seit sieben Jahren so leicht über alle Augen in Dyved gefallen war, in jenem Land der Täuschung. Er vor allen Männern hätte sich daran erinnern müssen, daß der Feind sie noch belauern, mit ihnen spielen konnte wie die Katze mit der Maus.

Der Sommer schritt voran; die Erntezeit kam. Manawyddan ging und sah sich das Feld an, wo er zuerst gesät hatte, und sah, daß es reif war. »Morgen werde ich es mähen«, sagte er.

»Warum nicht jetzt?« fragte der Hausgeist an seiner Seite.

»Weil die Sonne schon hoch am Himmel steht. Bevor ich fertig wäre, würde ich so naß wie die Seehunde sein, die sich im Meer tummeln.«

»Nicht, wenn ich dir helfe, Herr!«

»Vielleicht nicht, und ich danke dir; doch die Ernte wird morgen um so besser sein, wenn das Korn einen Tag länger reifen kann.« Auch Manawyddan war – wie Kigva – der Meinung, es sei nicht klug, zu abhängig von dem Hausgeist zu werden.

Er ging wieder heim und berichtete Kigva, und sie jauchzte und brachte ein gutes Essen auf den Tisch. Einmal, als ein Krug Milch umkippte und sich dann plötzlich mitten in der Luft von selbst zu fangen schien, ruhig durch die Luft zurücksegelte, um schließlich ruhig auf dem Tisch zu landen, da lächelte sie sogar und sagte: »Danke, Hausgeist.«

Sie aßen und gingen dann zu Bett; doch die Dunkelheit der Nacht fing eben erst an zu erblassen vor dem Nahen der hellen Füße des Morgens, als Manawyddan sich schon wieder erhob. Er frühstückte und brach auf.

Er sah die Sterne blinzeln und erlöschen, sah, wie sie in dem Grau verschwanden gleich funkelnden Diamanten, die von unsichtbaren Riesenhänden weggeschnappt werden. Er spürte den Tau auf seinem Gesicht, wie schwere Tränen, nur daß er kalt war.

Er schritt unter einem grauen Himmel dahin, durch ein graues Land; denn noch war der Morgen nicht stark genug, als daß Farbe, jenes älteste Kind des Lichts, wiedergeboren wurde. Er dachte plötzlich, kalt: GRAUIGKEIT, GRAUIGKEIT – wie ein Vogel schwebte die Halberinnerung in jener fahlen Dunkelheit über seinem Kopf, flog dann davon und war verschwunden.

Er kam zu dem Feld, und er erstarrte. Denn ringsum war nichts als Vernichtung. Alles war zertrampelt und zertreten wie von einer Herde großer Tiere. Er ging über das Feld, von einem Ende zum anderen, und stellte fest, daß nicht nur jeder Halm flachgetrampelt, sondern daß von jedem Halm auch noch die Ähre getrennt worden war, so sauber wie mit einem Messer, und daß keine einzige Ähre mehr vorhanden war.

Nichts als Stroh war geblieben.

Er ging hinüber und sah sich das zweite Feld an, und auf ihm stand jeder Halm aufrecht da, so kerzengerade wie ein junger Krieger oder ein junger Baum. Hoch und golden und schwer von Ähren voll feinstem Weizen. Manawyddan stand da und besah das Feld eine lange Weile, mit zusammengekniffenen grauen Augen. Dann sagte er bei sich: ›Morgen werde ich dieses mähen.‹

»Warum morgen? Wir werden es heute mähen!« Kigva tobte, als er heimkam und ihr berichtete, was geschehen war. »Ich werde jetzt gleich mit dir hinausgehen und helfen! Und der Hausgeist auch; wir werden diese Ernte einbringen, bevor ihr etwas zustoßen kann.«

»Morgen werden wir ernten«, sagte Manawyddan.

Kigva sah ihn erstaunt an. »Herr, was ist über dich gekommen? Das bist doch nicht du, was da so handelt!«

»Morgen werden wir das Feld abernten«, sagte Manawyddan.

An jenem Abend war das Essen nicht so gut. Als Kigva ein Topf aus der Hand fiel, vergaß der Hausgeist, ihn aufzufangen. Es floß alles über ihre Füße, und das mißfiel ihr, denn es war heiß. Sie war wütend und benutzte Worte, die sie von den Neun Hexen gelernt hatte.

Zum ersten Mal erschien der Hausgeist vor ihr.

»Herrin«, sagte er, »ich habe das nicht absichtlich getan. Es war deine eigene Ungeschicklichkeit. Wenn du mir versprichst, es nicht dem Herrn Manawyddan zu erzählen, werde ich einen kleinen Zauber anwenden, der deine Füße augenblicklich heilt.«

»Tu es also«, sagte Kigva, »und ich will es lassen.«

Er tat es, und danach befühlte sie verwundert ihre Füße, entdeckte, daß die Haut so weiß und glatt wie eh und je war. Danach sagte sie neugierig zu dem Hausgeist: »Warum fürchtest du dich vor dem Herrn Manawyddan? Er ist der gütigste der Menschen.«

»Er könnte mich in die oberen Winde schicken, Herrin.«

»Er hat leider nicht mehr genug Verstand, um so etwas zu tun«, sagte Kigva. »Doch wenn du zuläßt, daß ich noch einmal etwas verschütte, dann werd' ich es ihm sagen und abwarten, ob er's nicht doch noch kann. Denn wir können es uns nicht mehr leisten, noch mehr Nahrung zu verschwenden. Ich glaube nämlich, daß wir dieses Mal durch Hunger aus Dyved vertrieben werden sollen. Und wenn wir versuchen, irgendwoanders zu leben, dann halten wir nie sehr lange aus.« Und sie seufzte.

»Ihr werdet es wohl nicht sehr lange aushalten, wenn ihr hierbleibt«, sagte der Hausgeist. »Denn hier braut sich wieder etwas zusammen. Und jedes Mal, wenn hier etwas geschehen ist, verschwand jemand. Und dieses Mal gibt es niemanden mehr, der verschwinden könnte – außer dir und dem Herrn Manawyddan. Es wird mir leid tun, ihn gehen zu sehen, auch wenn er manchmal unvernünftig ist.« Und auch er seufzte.

»Verschwinde doch du«, sagte Kigva und warf einen Topf nach ihm. Er tat es, in dünne Luft, und sie ging zu Bett, konnte aber keinen Schlaf finden. Lange warf sie sich herum, ruhelos und elend ängstlich, und dann schien ihr plötzlich die Sonne in die Augen. Es war heller Tag, doch als sie aufstand, entdeckte sie, daß sie allein im Palast war. Manawyddan war fort. Der Hausgeist ebenfalls, denn die Küche mutete sie an wie ein toter Ort, wo es kein Leben geben kann, weder sichtbares noch unsichtbares.

Da setzte sie sich hin und weinte. Und unter Schluchzen dachte sie: ›Verschwinden wäre mir gerade recht, wenn ich dann wieder bei dir wäre, Pryderi. An welchem Ort wir auch wären, ich könnte dort mit dir glücklich sein. Wenigstens ein bißchen glücklich. Doch was, wenn wir nicht beieinander wären? Was, wenn verschwinden bedeutet, allein in Kälte und Nacht zu sein? Oder sogar –‹ ihre Zähne klapperten – ›nirgendwo sein?‹

Im Morgengrauen war Manawyddan zu seinem zweiten Feld gekommen. Hatte es betrachtet und gesehen, daß es so vernichtet wie das andere war. Nichts als zertrampelte Halme, zertrampeltes Stroh war übrig. Nicht eine einzige Weizenähre war übriggeblieben; nur das nutzlose, ährenlose Stroh.

Als er das sah, hob er seine Arme über den Kopf und schüttelte seine geballten Fäuste gen Himmel. »Wehe!« schrie er. »O gütige Mütter, wer ist mein Vernichter? Doch nur zu gut weiß ich, wer Er ist: Er, der meine Vernichtung

430

suchte von Anfang an, vollendet sie jetzt, und mit mir hat Er das ganze Land zerstört!«

Dann ging er hinweg, so schnell ihn seine Beine trugen. Er kam zum dritten Feld, dem letzten, das noch übrig war; und jetzt kam die junge Sonne herauf, und unter ihren zarten Strahlen leuchtete es wie ein Feld aus Gold, so schön wie der schönste Weizen, der je gewachsen. Er sah es an, und seine Miene wurde entschlossen.

»Schande über mich«, sagte er, »wenn ich heute nacht nicht hier Wache halte! Was mir auch den Ertrag der anderen Felder geraubt hat – es wird zurückkommen, um auch dieses Feld zu plündern, und ich werde sehen, was es ist.«

Doch als er heimkam und Kigva von seinem Plan berichtete, da tobte sie wieder. »Herr, hat dich denn alle Weisheit verlassen? Dich, der einst so weise war?«

Aber ihre Worte rührten ihn so wenig, wie wenn sie eine Möwe gewesen wäre, die ihre Schwingen gegen ein Kliff schlägt.

»Ich werde heute nacht das Feld bewachen«, sagte er. Und er holte seinen Speer herbei und alle seine anderen Waffen und machte sich daran, sie zu schärfen. »Ich werde bereit sein, was da auch kommen mag.«

»Pryderi war auch bewaffnet«, sagte Kigva, den Tränen nahe. »Bewaffnet ging er in jene Höhle hinein, aus der er nie wieder herauskam. Rhiannon hatte ihre Magie, doch auch sie kam nicht wieder zurück. Was immer heute nacht kommen wird – es ist stark, zu stark für Menschenkräfte.«

»Ich habe diese Felder gepflügt, und ich habe dort gesät, Mädchen; ich habe meine Kraft und meinen Schweiß in sie gesenkt. Ich werde mich nicht ohne Kampf berauben lassen.« Manawyddans Miene blieb fest entschlossen; der Ausdruck seiner grauen Augen war nicht mehr sein eigener.

Kigva weinte laut. »Willst du mich hier denn ganz allein zurücklassen, Herr? Das einzige menschliche Wesen in diesem ganzen Land? Was soll ich anfangen? Wie soll ich leben?«

»Ich werde heute nacht das Feld bewachen.«

Kigvas Schluchzen versiegte. Sie sagte ruhig: »Herr, ich sehe, daß dein Verstand von dir gewichen ist und daß die Spinne, die auch die anderen gefangen hat, jetzt dich in ihrem Netz hat. Nun, ich werde dir ein gutes Abendessen machen; es wird dein letztes sein.«

Sie ging in die Küche und rief leise in die Luft: »Hausgeist, gib mir etwas, das ich ihm ins Essen tun kann – er soll die Vernichtung des dritten Feldes verschlafen. Ich will versuchen, wenigstens diesen Schlag zu verhindern.«

Über ihr lachte der Hausgeist: »Mädchen, du bist klüger, als ich dachte!«

431

Zum zweiten und letzten Mal sah sie ihn – behaglich schwang er sich zwischen den Dachsparren umher.

Doch Kigva war es, die in jener Nacht fest schlief; so fest, daß sie nicht das geringste hörte, als Manawyddan aufstand und das Haus verließ.

VIERZEHNTES KAPITEL – DER GRAUE MANN KOMMT/VOR AUFGANG DES MONDES ERREICHTE MANAWYDDAN DAS FELD. ER SETZTE SICH UNTER EINEN BAUM IN DER NÄHE UND WARTETE. ER SAH DEN HIMMEL DUNKEL WERDEN UND DIE STERNE HERAUStreten, jene leuchtenden Tausendschaften, die jede Nacht Wache halten über der Erde und vielleicht Taten verhüten, die noch düsterer sind als jene, die ohnehin in der Dunkelheit geschehen. Er sah den Mond heraufsteigen, stolz und königlich unter den Sternen, seine Wangen gefärbt mit dem Rotgold der Erntezeit.

Er hörte das schläfrige Zwitschern der Vögel und das Schweigen, das ihm folgte. Er hörte eine Eule schreien, irgendwo in den Wäldern. Er sah den dunklen Schatten des Hügels von Arberth schwarz aus der Schwärze aufragen, so dunkel, daß es schien, als ob kein Licht es jemals erreichen oder durchdringen könnte. Jener Hügel, dessen schwarzer Abhang sich über den Zweien geschlossen hatte, die ihm die liebsten auf Erden gewesen waren . . .

Er saß da und wartete. Die Nacht schritt voran.

»Es wird spät«, sagte der Hausgeist.

Manawyddan schaute sich um und sah ihn unter den knorrigen Wurzeln des Baumes kauern. Er war klein; er war sehr klein; kleiner, als der Sohn Llyrs ihn je gesehen hatte.

»Du hier! Wo ist Kigva?«

»Daheim in Sicherheit«, sagte der Hausgeist. »Sie kann uns nicht folgen, und sie kann sich auch keine Sorgen machen. Ich habe ihrem Essen etwas beigemischt, wie du es mir auftrugst; ich glaube allerdings immer noch, daß ihr Plan der bessere war. Ich weiß nicht, was mich zu der Narrheit getrieben hat, mit dir zu kommen.«

»Du bist wirklich ein Narr. Dein Wesen ist zu leicht und zu klein, um Dem zu begegnen, was heute nacht hierherkommen wird. Geh, geh, bevor du davongeweht wirst – nicht für die Dauer von zweimal sieben Äonen, sondern für immer!«

»Ich würde ja gern«, sagte der Hausgeist, »wenn ich es wagte.« Er zitterte. »Was immer da kommt, ist schon auf Seinem Weg. Ich kann es spüren, wenn ich dir auch nicht sagen kann, aus welcher Richtung Es kommt. Vielleicht ist Es ungeheuer genug, um von allen Seiten gleichzeitig zu kommen.«

»Dann rühr' dich nicht; vielleicht kannst du Seinem Blick entgehen. Tu nichts, denn du kannst mir nicht helfen.«

»Du kannst dir ja selbst nicht helfen!« sagte der Hausgeist.

»Ich kann es versuchen. Das ist der Grund, weshalb die Menschen auf die Erde geschickt werden: zu lernen und zu versuchen.«

Der Hausgeist gab darauf keine Antwort. Sie strengten ihre Ohren an, aber sie hörten nichts als die Stille; Stille, die immer ein Gewebe aus einer Unzahl winziger, ineinander verflochtener Geräusche ist. Ihre eigenen Atemzüge wurden zu Fäden in jenem Gewebe; Teil seiner schrecklichen, wartenden Ruhe.

Nichts geschah. Nicht ein einziger Schritt von all den trippelnden, kralligen Leisheiten kam in ihre Nähe. Nicht ein einziger Laut nahm Gestalt oder Zweck an; irgendeinen Zweck, der mit ihnen zu tun hatte ...

Der Mond stieg höher. Die Nacht schritt voran. Mitternacht kam.

Dann geschah es. Jener furchtbare, flammende Lichtspeer schoß hervor, erstreckte sich von einem Ende des Himmels bis zum anderen, peitschte über das helle Gesicht des Mondes. Alle Sterne des Himmels schienen zu fallen, und während sie fielen, brüllte der Himmel donnernd. Die Erde schien unter der Heftigkeit jenes Dröhnens zu erbeben, des lautesten, das je gehört ward.

Als Manawyddan und der Hausgeist wieder die Hände von den Ohren nahmen, als ihre geblendeten Augen wieder sahen, da landeten die Sterne. Jeder aus dem hellen Schwarm verlor in dem Moment, da er auf der Erde aufschlug, sein Strahlen und wurde zu einer Maus. Und jede aus diesem unzählbaren Mäuseheer stürzte sich blitzschnell auf einen Weizenhalm und rannte ihn hinauf. So viele waren sie, daß die hohen Halme sich alle unter ihrem Gewicht bogen wie unter einem Sturm und zur Erde niedersanken. Dann, immer noch blitzschnell, entfloh jede Maus, eine goldene Ähre zwischen den weißen, schimmernden Zähnen.

Mit einem Wutschrei sprang Manawyddan unter sie. Er stieß mit seinem Speer nach ihnen, er stampfte mit seinen Füßen, aber sie rannten über seine Füße hinweg und hüpften über seinen Speer. Er konnte sie nicht berühren, er konnte sie nicht packen, sowenig, wie wenn sie am Himmel fliegende Vögel gewesen wären. Er versuchte, sein Auge auf eine einzelne Maus zu richten, in der Hoffnung, so ein Ziel zu gewinnen, aber es gelang ihm nicht, sowenig, als wär's ein Schwarm fliegender Insekten gewesen. Aber er gab nicht auf; nicht noch einmal würde er sich, wie beim ersten unbesonnenen Angriff, von Panik überwältigen lassen.

Bewegte sich da nicht eine langsamer als die anderen? Ein bißchen, eine Idee langsamer? Nicht schneller, als das schnellste Pferd rennen kann? Er bete-

433

te, daß es so sei; betete, daß nicht Hoffnung seine Augen blendete, wie es der Zauber getan hatte.

Sie lief langsamer – wenn die Geschwindigkeit des schnellsten Hundes oder Pferdes langsam genannt werden kann. Ihre dunklen Flanken waren feist; fast mißförmig. Da sie fetter als die anderen war, fiel ihr das Tragen der goldenen Weizenähre schwerer.

Wie ein Hund raste Manawyddan hinter ihr her. Wieder und wieder meinte er, sie zu haben. Zweimal fiel er hin, als sie kaum mehr einen Zoll von seinen ausgestreckten Fingern entfernt war. Immer gelang es ihr gerade noch, seinem Griff zu entkommen.

Sie näherten sich dem Ackerrain. Bald würden die Büsche und die hohen Gräser sie bergen.

Er holte auf. Sie war nur noch einen Meter voraus. Nur noch eine Elle. Einen Zoll. Er setzte alle seine Geschwindigkeit ein. Sein Herz schien gegen die Wände seiner Brust zu schlagen, wie ein Rammbaum in den Händen der Belagerer gegen die Tore einer Festung donnert. Seine angespannten Muskeln drohten bei jedem Satz zu zerreißen, bei jedem Sprung.

Keinen Zoll mehr ihm voraus. Keinen halben Zoll. Doch auch die Büsche waren keinen Fuß weit mehr entfernt.

Mit einem keuchenden Siegesschrei schlug er zu. Und fiel, seine genarrten Hände hielten Gras umkrampft: sonst nichts.

Doch in seiner Verzweiflung hörte er einen anderen Siegesschrei; schrill und schwach, aber nicht das Quieken einer Maus. Eine Stimme, die er kannte. Sie veränderte sich, solange er sie hörte, in einen scharfen Schmerzensschrei.

Manawyddan riß das Gras vor sich auseinander. Er sah, wie der Hausgeist nach der Maus grapschte, die ihre scharfen weißen Zähne schon in seine Schultern geschlagen hatte, Zähne, die jetzt bereit waren, sobald sich der kleine Körper noch ein wenig höher winden konnte, in die Kehle des Hausgeistes zu fahren.

Manawyddans Eisenfinger rissen sie weg; er japste vor Schmerz, als diese scharfen Zähne im Fleisch seiner Handfläche aufeinandertrafen. Der Hausgeist sprang herbei. »Rasch! Steck' sie da rein!«

Der Sohn Llyrs riß die Augen auf. Er sah einen seiner Handschuhe und ein Stück Schnur. Doch noch im gleichen Augenblick kämpfte er darum, seine Beute in die schwarze Öffnung des Handschuhs zu manövrieren. Gemeinsam mit dem Hausgeist schaffte er es kaum, ihre winzige, sich windende Gefangene hineinzubekommen, die Schnur noch eben rechtzeitig zuzubinden, so daß sie sich nicht wieder herauszwängen konnte.

Als die Tat getan war, sahen sie sich um, schwer atmend, in der schon fast sicheren Erwartung, jetzt von einer Million scharfer, wütender Mäusezähne angefallen und niedergerissen zu werden.

Doch im Mondlicht war alles still. Kein lebendes Wesen war in dem Stroh zu sehen, das dieses einst herrliche Feld bedeckte. Jede Maus, jede Ähre war verschwunden. Eine Weile lang gafften sie. Dann sagte Manawyddan leise: »Gewalt ist nicht ihre Waffe.«

»Mir genügt es.« Der Hausgeist rieb sich die Schulter. »Beide zusammen hätten wir sie nicht halten können, wenn ich diesen Handschuh nicht mitgebracht hätte.«

»Was hat dich bewogen, ihn mitzubringen?«

»Ich war gerade aus dem Haus getreten, um dir zu folgen, Herr, als ich wieder umkehrte, um ihn zu holen. Ein kleiner Vogel war über mich hinweggeflogen und hatte es zu mir gesagt.«

Einen Atemzug lang war Manawyddan stumm. »So? Nun, ich danke dir, kleiner Freund; dafür und für treue, tapfere Freundschaft.« Und lautlos fügte er hinzu: ›Auch dir danke ich, Branwen.‹

Einen weiteren Atemzug lang schien er in ihre Augen zu sehen, in Augen, so dunkel und strahlend, so fröhlich, wie sie es in ihrer Jugend gewesen waren, wenn sie geglaubt hatte, sie habe ihrem Bruder ein Spiel gewinnen helfen. Und er hatte sie das immer glauben lassen, ob es zutraf oder nicht.

›Und dieses Mal hast du recht, Liebes, ob es nun du bist oder meine Erinnerung, was ich da sehe.‹

Der Hausgeist sagte: »Ich wäre überhaupt nicht gekommen, wenn ich gewußt hätte, worauf ich mich da einlasse.«

»Aber du bist gekommen«, sagte Manawyddan.

Stumm gingen sie zusammen zum Palast zurück. In der Halle fanden sie Kigva vor dem Feuer schlafen. Sie sprang auf, ihre Augen immer noch getrübt von dem Schlaftrunk; doch als sie Manawyddan sah, wurden sie zu zwei Lichtern.

»Du bist zurück, Herr! Unversehrt!«

»Ja, Mädchen.« Manawyddan ging zu einem Haken in der Wand hinüber und hängte den Handschuh daran. »Wir haben auch unser letztes Weizenfeld verloren, aber ich habe einen der Räuber gefangen. Morgen werde ich ihn hängen; und bei der Sonne und beim Mond – wenn ich sie hätte, würde ich sie alle hängen!«

Kigva riß die Augen auf. »Herr, was für eine Art Räuber paßt in einen Handschuh?«

Da erzählte er ihr von der Mäuseplage und von der Gefangennahme, und ihr Gesicht bewölkte sich.

»Es wäre mir nicht recht, wenn du die Maus hier drinnen losließest, Herr; zwischen der Rasse der Frauen und der Rasse der Mäuse herrscht keine Liebe. Doch warum sie nicht draußen freilassen? Es ist unter der Würde eines großen Mannes, wie du einer bist, eine elende kleine Maus zu hängen.«

»Mädchen, ich würde sie alle hängen, wenn ich sie erwischen könnte; und diese Maus hier werde ich hängen.«

Kigva zuckte die Schultern. Sie schämte sich ihrer früheren Befürchtungen; Mäuse schienen ihr unwahrscheinliche Verbündete der Macht zu sein, die ganz Dyved verwüstet hatte. Der Verlust der Ernte war ein schwerer Schlag, und der alte Mann nahm ihn sich sehr zu Herzen. Besser, man ließ ihm eben seinen Willen. »Nun, Herr«, sagte sie, »mach' was dir beliebt.« Dann gingen sie zu Bett.

Als Manawyddan wieder aufstand, war der Morgen nicht grau, sondern flammenrot und flammengolden.

Er nahm den Handschuh vom Haken und fühlte ein schnelles, krampfartiges Zucken darin. Danach lag seine Gefangene still. Aus dem Feuerholz nahm er sich Stecken, um damit einen puppengroßen Galgen zu bauen. Er legte sie und den Handschuh in einen Sack, und mit diesem Sack über der Schulter verließ er den Palast und die schlafende Kigva und machte sich auf den Weg zum Hügel von Arberth.

Dunkel ragte er dort vor ihm in der aufgehenden Sonne empor, eine grimmige Festung der alten Nacht, die von den Mächten des Tages niemals völlig besiegt werden konnte, und selbst die Lichtstrahlen, die seinen Gipfel berührten, sahen aus wie eine Krone aus allesverzehrendem Feuer.

Manawyddan setzte seinen Fuß auf den Berghang, und der Hausgeist erschien neben ihm.

»Hältst du das für klug, Herr?«

»Vielleicht, vielleicht auch nicht. Wir werden sehen.«

»Ich will es aber nicht sehen. Warum den Feind hier auf Seinem eigenen Gelände herausfordern?«

»Kleiner, wenn Gewalt Seine Waffe wäre, dann hätte Er uns alle schon längst niedergestreckt. Er brauchte Jahre, um Rhiannon und Pryderi in die Falle zu locken. Er tötet durch Schrecken und Magie.«

»Und hier ist die beste Stelle dafür, dieser Hügel, der das Tor zur Unterwelt ist. Kehr' um, Herr, solange du noch kannst! Er soll hinter Seiner Maus herlaufen, wenn Er sie haben will.«

»Noch ein Tag in unserer Welt könnte ihr Tod sein; ich kenne die Gesetze ihres Volkes nicht. Und nur hier, dessen bin ich gewiß, kann Er sich bei Tage zeigen.«

»Nun, ich wünsch' dir viel Glück!« sagte der Hausgeist. »Ich bin nicht tapfer genug, diesmal mit dir zu gehen.« Und er drehte sich um und trottete den Hügel wieder hinunter.

Manawyddan ging weiter. Er wußte, daß er jetzt völlig allein war, jenseits aller Hilfe von irdischen Kreaturen, und selbst die Toten, die ihn liebten, konnten ihm hier nicht helfen. Er hatte jetzt nur noch sich, sonst keinen, auf den er sich verlassen konnte, und er wußte, daß vor der Macht des Gegners alle Künste, die er beherrschte, wie Kinderspielzeug gegen die Waffen eines Mannes waren.

Er erreichte die Hochfläche des Gorsedds; er kam zu dessen höchster Stelle. Und dort, unter dem roten Licht, das auf ihn herniederschien, richtete er zwei der Stecken auf. Zum Galgen fehlte nur noch der Querbalken. Als er sich nach dem dritten Stecken bückte, stand er stockstill und ließ seine Hand fallen.

Ein Barde kam auf ihn zu; kein richtiger Barde, sondern ein Sänger niederen Ranges, ein alter Mann in alten, zerschlissenen Kleidern. Der Mann lächelte ihn an und versuchte, ihm in die Augen zu sehen; doch Manawyddan wußte plötzlich, daß es nicht gut wäre, lange in jene Augen zu blicken. Sie waren tief und fremd und so grau wie seine eigenen.

»Herr«, sagte der Fremde, »ich wünsche dir einen guten Tag.«

»Dir das gleiche und meinen Gruß, Sänger. Doch von woher bist du gekommen?«

Der Fremde fuhr fort zu lächeln; seine Augen versuchten immer noch, die Manawyddans zu fangen. »Ich habe viele Monate lang in Lloegyr gesungen, Herr. Warum fragst du?«

»Weil ich seit sieben Jahren in diesem Land kein menschliches Wesen mehr gesehen habe – außer den vieren meiner eigenen Familie und jetzt dich. Und du bist sehr schnell und auf seltsamen Pfaden gekommen. Ich habe dich nicht diesen Hügel heraufkommen sehen, den zu betreten sich die meisten Menschen fürchten.«

Der Fremde lächelte immer noch. »Ich gehe durch dieses Land zu meinem Eigentum. Vielleicht hast du mich nicht kommen sehen, Herr, weil du so in deine Arbeit vertieft warst. Was machst du denn da?«

»Ich hänge einen Dieb, den ich erwischt habe, als er mich beraubte.« Eine Sekunde lang begegnete Manawyddans Blick dem seinen und blitzte auf wie sonnenbeglänztes Eis.

»Und wo ist der Dieb, Herr? Ich sehe nur uns beide und etwas, das sich in jenem Handschuh bewegt, den du dort bereitgelegt hast: etwas, das nicht größer sein kann als eine Maus. Einem Manne von solcher Geburt und Erziehung steht es schlecht an, Ungeziefer so zu behandeln, Herr. Laß es frei.«

Sein Ton schmeichelte, doch seine Augen klammerten sich an die Manawyddans, die er endlich eingefangen zu haben glaubte. Sie zogen und zerrten, so sanft und unerbittlich, wie die Ebbe den Schwimmer zieht, der sich in ihrem seidensanften, unwiderstehlichen Netz verfangen hat.

Mit einem gewaltigen Ruck zog Manawyddan seine Augen weg. »Bei den Müttern, das werde ich nicht! Sie hat mich bestohlen, ich habe sie dabei gefangen, und sie muß sterben!«

Der Fremde holte unter seinem Mantel ein Säckchen hervor. Aus ihm nahm er Silberstücke, die er in die Luft warf und wieder auffing, daß es nur so in der Sonne blitzte. Es blitzte und glitzerte zu sehr. Manawyddan mühte sich, beiseite zu blicken, und konnte es nicht; wußte, daß er in die Falle gegangen war.

»Herr, das ist der ganze Reichtum, den ich singend und bettelnd in Lloegyr zusammengebracht habe. Ich werde ihn dir ganz geben, wenn du dieses Ungeziefer freiläßt.«

Mit einer neuerlichen Kraftaufbietung, die seine Augen aus ihren Höhlen zu zerren schien, zog Manawyddan seine Augen weg. »Bei den Müttern! Ich lasse sie weder frei, noch verkaufe ich sie.«

»Wie du willst.« Der Sänger steckte sein Silber weg, zuckte die Achseln und ging davon, die andere Seite des Hügels hinunter.

Manawyddan bückte sich, um den Querbalken auf die beiden Gabeln des Galgens zu legen, doch seine Hände zitterten so sehr, daß es ihm eine Weile lang nicht gelang. Als er ihn schließlich an seinem Platz befestigte, gehorchten ihm plötzlich seine Hände nicht mehr.

Ein Druide nahte; an seinem weißen Kleide und den goldenen Ornamenten war er kenntlich als ein Hochstehender im Gefolge der Keridwen, der Dunklen Königin des Sees, der Göttin, die älter ist als jeder Gott. Und das muß wohl so sein, denn »Sie, die gebiert«, ist das erste Symbol der Schöpfung, das der Mensch kennt.

»Sei gegrüßt, Herr.« Seine tiefe Stimme klang wie eine Harfe.

Manawyddan erwies ihm den schuldigen Respekt. Dieses Mal stellte er keine Fragen, es verging aber nur kurze Zeit, bis er selbst welche beantwortete. Zu seiner Überraschung hörte er sich mehr sagen, als er eigentlich wollte; doch seine Augen hielt er wohlweislich auf den Boden gerichtet. »Das Geschöpf da hat die Gestalt einer Maus, Herr, aber ich habe sie gefangen, als sie mich beraubte.«

Wieder der entsetzte Protest, wieder das Angebot, die Gefangene freizukaufen. Dieses Mal wurde Gold geboten, und Manawyddan mußte die Augen heben, er fand keine Entschuldigung mehr, sie gesenkt zu halten. Der Druide hielt die Goldstücke in seiner rechten Hand, über seiner hohlen linken. Auf und ab warf er sie, auf und ab. Sie leuchteten wie Sternschnuppen. Sie wurden größer. Sie waren heller als Monde. Sie strahlten wie flammende, fallende Sonnen ...

Er hörte seine eigene Stimme rauh sagen: »Ich werde sie weder verkaufen noch freilassen.« Die Stimme schien aus der Kehle eines anderen Mannes zu kommen, aus einem Selbst, das tiefer war als das Selbst, das er kannte. »Wie sie es verdient hat, so soll sie sterben!«

»Tu, was dir beliebt, Herr.« Auch der Druide zuckte die Schultern und schritt davon.

Manawyddan sank neben dem winzigen Galgen in die Knie. Sein ganzer Körper zitterte, er bedeckte sein Gesicht mit seinen Händen. Würde er die Kraft für einen weiteren Kampf haben?

Als er glaubte, daß seine Hand fest genug sei, knüpfte er eine winzige Schlinge, dann öffnete er rasch den Handschuh. Seine Finger fuhren hinein und packten seine Beute.

Sie schrie einmal auf, ein jämmerlicher kleiner Schrei, wie ihn eine Maus in den Zähnen einer Katze von sich gibt, dann warf sie sich hin und her, trat und biß so wild um sich, daß er sie kaum halten konnte. Schließlich gelang es ihm, die Schlinge über ihren Hals zu streifen.

Da erschlaffte sie, wie eine Frau, die in Ohnmacht fällt, und zum ersten Mal sah er ihren Körper deutlich. Sah und begriff, weshalb sie bei ihrer Flucht weniger leicht und weniger schnell gewesen war als die anderen. Er zuckte zusammen und wandte sein Gesicht ab, denn der Sohn Llyrs war ein gütiger Mann. Dennoch schwang er ihren winzigen, pelzigen Körper zum Galgen hin.

Dann hielt er inne, wie er zuvor innegehalten hatte, und sein Opfer fiel ihm fast aus der kraftlosen Hand.

Den Hügel herauf nahte ein Hoher Druide, kam in einem goldenen Wagen gefahren, und die Sichel in seiner Hand leuchtete golden in der Sonne. Groß war er und in eine weiße Robe gekleidet, und heller als das Gold schimmerte der Kristallring an der Hand, welche die Sichel hielt. Jener Ring war aus dem heiligen Mysterienstein namens »Glain Neidr«; jenem Stein, der von Schlangen gemacht wird und dessen Entstehung wie sein Gebrauch unter die Mysterien gehört.

Hinter ihm erstreckte sich sein Gefolge bis in die Ebene hinab; prächtig gekleidete Männer in prächtigen Wagen aus Bronze, von den edelsten Pferden gezogen, die Manawyddan je gesehen hatte. Wie weit jenes Gefolge sich ausdehnte, konnte er nicht sehen, er wußte aber, daß es besser war, dieses anzusehen, als in das Gesicht des Hohen Druiden zu blicken, und ein einziger blitzschneller Blick auf jene nahenden Männer sagte ihm viel. Ihre Augen waren zu hell, so wie die Augen ihres Herrn zu hell waren, doch die Augen eines jeden von ihnen waren, unmerklich fast, seltsam leer. Nicht ohne Blick, sondern ohne Selbst. Jedes Auge war wie eine einzelne Facette eines Diamanten, die nur einen einzelnen Strahl jenes Lichtes widerspiegelte, das durch jene riesigen, sonnenhaften Augen aus Anderswelt hindurchflammte, die durch jene ganze Gesellschaft hindurchstrahlten wie durch eine Maske.

Augen, die unmittelbar aus dem stolzen, gelassenen Gesicht des Hohen Druiden erstrahlen mußten.

Manawyddan preßte seine Maus an sich. Mit der freien Hand setzte er die Spitze seines Messers an ihre Kehle.

»Deinen Segen, Herr Druide!« Ehrerbietig sagte er es, gab sich aber alle Mühe, an jenem vornehmen, hoch erhobenen Haupt vorbeizusehen.

»Du hast ihn, mein Sohn.« Die tiefe Stimme schien ihn wie Wasser einzuhüllen, mit der Tiefe und Weichheit und Kraft sonnenwarmen Wassers. Schien seinen wachen Verstand sanft zu umspielen, stetig und unermüdlich, wie Wellen die Felsen umspielen, die sie am Ende davontragen werden.

»Ist das nicht eine Maus in deiner Hand, mein Sohn?« Immer noch dieser sanfte, einhüllende Druck, ein wenig enger werdend, wie die Windungen einer Schlange . . .

Mut überkam Manawyddan. Er hob seine Augen und sah in jene Augen, die mild und wohlwollend, aber auch betäubend und bannend auf ihn herabstrahlten. Augen, die er kannte, die er jetzt jedoch deutlicher sah, als er sie je zuvor gesehen hatte, ihre Unirdischkeit durch die Schleier hindurchbrennend.

»Es ist eine Maus«, sagte er, »und sie hat mich beraubt.«

Immer noch strahlten jene bannenden Augen mild und wohlwollend auf ihn herab. »Mein Sohn, da ich gerade zum letzten Stündlein dieses Schmarotzers gekommen bin, will ich das Tier freikaufen. Wir, die wir die Herren des Lebens sind, können es nicht mit ansehen, wie Leben genommen wird. Besonders, wenn das Geschöpf Frucht im Leibe trägt und deshalb den Müttern heilig ist.«

»Bei denselben Müttern! Ich lasse sie nicht frei!«

»Schau dir zuerst das Lösegeld an, das ich biete.«

Doch diesmal wandte Manawyddan seine Augen von dem Goldregen ab und sah nicht hin. Nicht, obgleich der Glanz die Luft um den Hohen Druiden herum zu erfüllen schien wie Feuer. Nicht, obgleich es so hell strahlte, daß sich die Sonnenhelle durch seine geschlossenen Augenlider hindurchbrannte.

»Ich werde dir all dies Gold geben und noch mehr als dieses Gold.« Wieder

440

hüllte ihn die tiefe Stimme ein. »Ich werde dir alle die Pferde geben, die du hier siehst und dort auf der Ebene, und ich werde dir die Wagen geben, die sie ziehen, und alle Schätze, die in ihnen sind.«

»Ich lasse das Tier nicht frei.« Irgendwie gelang es Manawyddan, diese Worte auszustoßen. Es war schwer, so schwer, als müßte er große Steine bergauf wälzen; doch er wußte, daß er siegte. Die unirdische Kraft, die in ihm war, wie in allen Menschen, stand fest. Augen und Stimme verloren langsam ihre Macht über ihn, Stück um Stück.

Doch jetzt wandelte sich die tönend tiefe Stimme; wurde streng. »Du, der du von den Königen der Alten Stämme abstammst, willst die Heiligen Harmonien verletzen? Willst die Mutter mit ihrem Kind im Leibe töten?«

Die Hand, die die Sichel hielt, hob sich, wie zum Fluch. Aber es war nicht die Furcht vor Fluch oder Sichel, die Manawyddan zurückschrecken ließ, seine gequälten Hände sich enger um Messer und Maus schließen ließ. Das Licht des Ringes, des »Glain Neidr«, brannte durch seine geschlossenen Augenlider hindurch. Brannte mit schrecklicher, unvorstellbarer Helligkeit, brannte ihn mit aller Eiseskälte in allen Augen aller Schlangen, die je lebten . . .

Er konnte ihn sehen, als hätte er die Augen offen und hielte ihn in seiner eigenen Hand.

Verzweifelt, in Todesnot, beschwor er andere Bilder herauf und stellte sie zwischen sich und jenes Strahlen. Das Gesicht Rhiannons, jung und zart, wie es berührt wurde von einem Strahl des Mondlichts in jener Nacht, da er Pryderi zeugte. Jenes gleiche Gesicht, gealtert, aber tiefer schön, in jener zweiten Nacht, als sie zu Arberth neben ihm lag, als sie wußte, daß er es war, und als sie ganz sein war. Pryderi, lachend und mit seinen Hunden spielend; den Hunden, die dieser Berg verschlungen hatte.

Er öffnete die Augen; er blickte geradewegs in die Augen seines Peinigers. Er versuchte nicht, strahlendes Feuer mit Feuer zu parieren, sondern mit dem meerkalten, meergrauen Blick, wie ihn Llyr gehabt hatte. Jenem Blick, der seine Kälte, seine ruhige Tiefe immer wahrte.

»Ich werde den Preis, den du geboten hast, nicht annehmen, o Grauer Mann, Sohn Dessen, Der sich im Walde birgt. Das, glaube ich, kommt einem deiner Namen nahe genug, und ein anderer ist, des bin ich gewiß, Tod.«

Jenes funkelnde, glänzende Strahlen verlor sein Funkeln und Glänzen. Wolken brodelten plötzlich auf, verdeckten die Sonne. Das ganze große Gefolge aus Wagen, Menschen und Pferden erzitterte, wankte und erlosch. Nur der kahle, graue Abhang des Berges blieb. Grau war auch der König, der dort in seinem goldenen Wagen saß, allein, doch nicht gemindert böse, doch geschlagen, trotz all seiner unermeßlichen Macht.

»Nenne deinen Preis, Erdenmensch. Ich werde ihn bezahlen.«

»Laß Rhiannon und Pryderi frei.«

Einen Atemzug lang zog sich der eiserne Mund zusammen; die tiefen Augen, in die Manawyddan bis zu diesem Tage nur in Träumen gesehen hatte, blitzten mit all dem Schlangenfeuer, das in dem Ring erstrahlt war.

»Du sollst sie haben. Laß die Maus frei.«

»Ich will mehr. Nimm den Bann und den Zauber von Dyved. Bring die Leute und die Tiere in die Häuser wieder so zurück, wie sie zuvor waren.«

»Das wird länger dauern. Seelen zusammensuchen, die geboren und wiedergeboren wurden in langer Geschlechterfolge, Schmetterling auf Schmetterling, Libelle auf Libelle – das ist nicht das Werk eines Augenblicks.«

»Doch wirst du es tun.«

»Ich werde es.«

Nebel bedeckten das Land drunten. Der Hügel wurde eine Insel in einem grauen Nebelmeer. Dann sagte der Graue Mann: »Der Zauber wirkt. Laß sie frei.«

»Noch nicht«, sagte Manawyddan.

In seiner Hand kämpfte die Maus und fiepte erbärmlich; sie war aus ihrer Ohnmacht erwacht. Ihre kleinen hellen Augen richteten sich sehnsüchtig auf den Grauen Mann. So fleht eine Frau in Todesnot den Mann an, den sie liebt.

»Ich werde sie nicht gehen lassen, bis ich weiß, was es mit alledem auf sich hat«, sagte Manawyddan.

»Dann höre. Ich bin ein König in meiner Welt, wie ich einst ein König hier auf Erden war. Und Gwawl der Helle ist mein Freund – der Mann, den Rhiannons Vater für sie erwählte. Er liegt immer noch im Bett, krank an den Beulen von Pwylls Schlägen. Denn in unserer Welt geschah dieses Unrecht vor weniger als drei Nächten, in eurer aber, in der die Zeit dahinrast wie ein in Angst geratenes Pferd, das alles niedertrampelt, ist Pwyll alt geworden und gestorben.«

»Pwyll holte sich nur zurück, was ihm gehörte. Die Frau hatte das Recht, sich ihren Mann selbst zu wählen.«

»Und sie wählte wie eine Närrin. Sie, die jetzt noch Gwawls frischvermählte Braut sein könnte, jung und lieblich – was ist sie jetzt? Du weißt es am besten, denn du hast ihre Falten geküßt und ihre Launen gekostet. Alle Welten, die ich kenne – und ich kenne deren viele –, sind nichts als Übungsgelände, Schulzimmer für die folgenden. Doch wie eine Frau, die so mauleselhaft störrisch ist wie Rhiannon, jemals die Helle Welt erreicht hat, das weiß ich nicht. Sie gehörte auf die Erde, und sie ist zur Erde zurückgekehrt.«

»Dann hättest du sie dort lassen sollen.« Manawyddans Miene wurde ebenfalls entschlossen. »Und du – hast du dich so hoch über uns erhoben? Du, der – um ein paar Striemen auf dem Rücken eines Mannes zu rächen, der versucht hatte, eine Frau gegen ihren Willen zu nehmen – ein Neugeborenes aus den Armen seiner Mutter reißen ließ, damit es zur Beute eines Ungeheuers aus der Unterwelt werde?«

Der Graue Mann lächelte schwach, müde. »Als ich das tat, hatte ich eben Gwawls Rücken gesehen, und die paar Striemen, von denen du sprichst, waren frisch und nicht nur ein paar. Nie werde ich diesen Frevel vergessen; du kannst das nicht verstehen, Mensch aus einer niedrigen, groben Welt. In Annwn, der ersten Welt über der euren, gibt es immer noch Gewalt; Pwyll erwarb sich Arawns Freundschaft, indem er für ihn tötete. Doch in der Hellen Welt haben wir die Gewalt überwunden. Wir führen immer noch Kriege, aber mit Hilfe von Magie und List, denn wir haben dafür bei weitem mehr Verstand als ihr – und andere Fähigkeiten, die ihr nicht einmal ahnen könnt. Wir hassen den Anblick und Geruch von Blut und jegliches Ansehen oder Anhören körperlichen Schmerzes. Jene rohen Übel haben wir gebannt.«

»Das höre ich gerne«, sagte Manawyddan trocken, »vor allem, wenn ich daran denke, wie lange ihr Rhiannon und Pryderi schon gefangenhaltet.«

»Ich habe sie nicht verletzt«, sagte der Graue Mann. »Ich habe mir allerdings große Mühe gegeben, ihnen Unannehmlichkeiten zu bereiten, und jetzt wünsche ich mir, ich hätte mir noch mehr Mühe gegeben.« Er seufzte. »Rhiannon hat Böses getan – etwas so Böses, wie es die Helle Welt noch nie gesehen hat –, als sie jene Gewalttat gegen Gwawl plante. Dieser frevlerischen Tat wegen habe ich ganz Dyved verheert; ich wollte, daß es in Ewigkeit eine Wüste bleiben sollte.«

»Das wäre dir wohl gelungen, wenn du dich damit begnügt hättest. Wenn du mit der Gefangennahme Rhiannons und Pryderis zufrieden gewesen wärest, hätte ich dich niemals erreichen können.«

Der Graue Mann sagte grimmig: »Du sätest dort Getreide, wo ich kein Getreide haben wollte. Du hast ein winziges Stück Meiner Wüste fruchtbar gemacht.«

»Ein kleines Stück, gewiß. Kigva und ich sind keine jungen Liebenden, die das Land hätten wieder bevölkern können.«

»Du hast genug getan. Du hast dich gegen Meinen Willen gestellt. Zweimal kamen die Männer meines Hofes und meine Ziehbrüder, um dich zu bestrafen; als Stiere und als Hirsche zertrampelten sie deine Felder. Doch in der dritten Nacht wünschten meine Frau und die Damen meines Hofes, an der Lustbarkeit teilzuhaben, deshalb verwandelte ich sie in Mäuse. Du glaubst, mich überlistet zu haben, sterblicher Narr; doch hätte sie nicht ein Kind getragen, so hättest du sie niemals in deine Gewalt bekommen. Jetzt laß sie frei.«

»Noch nicht«, sagte Manawyddan. »Schwöre mir einen Eid, daß nie wieder ein Zauberbann auf Dyved gelegt werden wird.«

»Ich schwöre es. Laß sie frei.«

In dem Zwielicht, das er bewirkt hatte, veränderte sich der Graue Mann. Seltsame Lichter und Farben spielten über sein Gesicht und seinen Körper hin, der sich unter ihnen zu wandeln und zu entformen und von neuem zu formen schien, nicht fest in eine Form gegossen wie die Körper, die wir kennen. Wieder spürte Manawyddan Gefahr.

»Du wirst noch einen Eid auf dich nehmen«, sagte er. »Daß du keine Rache mehr nehmen wirst an Pryderi oder Rhiannon, und keine an mir – nie.«

Einen Atemzug lang wurde die strudelnde Gestalt des Grauen Mannes schwarz wie die Nacht. Sie schoß auf und türmte sich über Manawyddan, reichte fast bis zu den Wolken. Aus seinen Augen zuckten solche Blitze, daß es schien, als müßte im nächsten Augenblick der alte, schreckliche Donner über den Hügeln losbrechen. Dann sank er wieder auf die Größe eines großen Mannes zurück. Er strahlte wieder, mild, belustigt, mit echtem Respekt.

»Ich schwöre es. Und zwar bei den Müttern. Es war ein guter Gedanke, dies zu fordern. Sonst wäre das ganze Gewitter über dir niedergegangen.«

»Aus Angst davor habe ich meine Worte sorgsam gewählt«, sagte Manawyddan.

»Jetzt gib mir meine Frau«, sagte der Graue Mann.

»Nicht, ehe ich die meine frei vor mir sehe. Und unseren Sohn mit ihr.«

»Siehe! Da kommen sie!« sagte der Graue Mann.

Von Osten her erscholl plötzlich Hundegebell, ein unvermutetes Lachen. Manawyddan zuckte zusammen und fuhr herum, denn er kannte jenes Lachen. Pryderi kam auf ihn zugerannt, sein Haar floß rotgolden im Wind, seine Hunde umsprangen ihn freudig, während er genauso freudig lachte.

Beide Männer wußten nicht, was sie dazu brachte, sich umzudrehen ...

Von Westen her kam Rhiannon, und auf ihrem Gesicht stand eine tiefe Freude, eine neue Weisheit. Die Freude überstrahlte das Gold ihrer Robe, die ein Kleid aus dem gleichen schimmernden Licht war, das sie getragen hatte, als sie vor langer Zeit Pwyll zum ersten Mal auf diesem Hügel hier erschienen war; nur daß es jetzt mit Silber durchwirkt war, so wie ihr Haar jetzt mit Silber durchwirkt war. Doch nie war sie einem Manne schöner erschienen, als sie jetzt Manawyddan erschien.

Er setzte die Maus behutsam zu Boden. Er rannte, um die beiden zu begrüßen. Das »Mabinogi« sagt uns nicht, wessen Arme sich zuerst um wen schlossen; doch eine Weile lang müssen die drei aneinandergehangen haben, als wären sie ein einziger Körper. Was sie sagten, wird ebenfalls nicht berichtet, und vielleicht ist es auch richtig, daß dies nicht geschieht, denn jene Worte und jene Stunde gehörten ihnen allein, und überhaupt hätten jene Worte wohl für keinen anderen einen Sinn ergeben.

Als sie sich schließlich umwandten, war der Graue Mann wieder zu einer Gestalt aus grauer Wolke geworden. Nur seine Augen waren noch menschlich, wenn sie wirklich jemals menschlich gewesen waren. Neben ihm in dem Wagen saß eine junge Frau, die war so lieblich wie der Morgen. Sogar die Linien ihres Leibes waren ein Wunder und eine Einladung und ein Entzücken; mag sein, daß in den höheren Welten herannahende Mutterschaft nicht so entstaltet wie in der unseren.

Manawyddan ging zu ihnen. Er sah jene Grauheit an, die immer noch ein Geheimnis und eine große Macht war.

»Denke nicht, daß ich mich an meiner Schlauheit weide, Herr. Wohl weiß ich, daß von uns beiden du bei weitem der mächtigere bist. Doch während unseres Kampfes liebte ich, und du haßtest; frag' dich selbst, was das für einen Unterschied machte. Frag' dich auch – du, der du denkst, ich könne nicht verstehen, was du empfandest, als du den Rücken deines Freundes sahst –, was du wohl empfunden hättest beim Anblick deines Bruders, der sich in der Qual einer vergifteten Wunde windet. Wenn du ihm mit deinen eigenen Händen seinen Kopf hättest abschlagen müssen, um seinen Schmerzen ein Ende zu machen.«

Die Grauheit verdunkelte sich ein wenig, wie sich manchmal eine Sturmwolke verdunkelt. Die Augen veränderten sich nicht.

»Ja, ich habe dich unterschätzt, Sterblicher. Du hast dein Spiel gut gespielt. Das Lamentieren auf den Feldern und das Grollen im Haus, und wie du deinen Zorn über den Verlust frei über die Oberfläche deines Geistes hast branden lassen, während du seine Tiefen klar und kalt hieltest – das alles, damit ich dich für einen gewöhnlichen Menschen hielte, für nichts als einen mordgierigen Erdennarren, der meine Königin umzubringen drohte.«

»Du konntest also in meinen Geist blicken«, sagte Manawyddan. »Ich war mir nicht ganz sicher.«

Einen Moment lang verwandelte sich die Grauheit wieder in einen Menschen. Er lächelte. »Wir können immer in euren Geist blicken, Erdentor. Wir können eure Gedanken sehen, und wenn es uns gefällt, können wir mit ihnen spielen, wie eine Katze mit Mäusen. Können euch benutzen, wie euch die winzigen Wesen der Luft benutzen, sie, die ihr nicht sehen könnt, die euch aber dennoch Krankheit und Tod bringen. Weise Männer in der Zukunft werden so viel lernen – schon bald, nach meiner Zeitrechnung –, doch in ihrem aufgeblähten Stolz wird ihnen nie dämmern, daß sie von denen, die ihnen überlegen sind, ebenso benutzt werden, wie von denen, die ihnen unterlegen sind.«

»Wenn du damit sagen willst, daß wir nur eure Puppen seien«, sagte Manawyddan, »so glaube ich dir nicht. Wir ersinnen selbst, aus eigenem Antrieb, genug Mittel und Wege, einander zu verletzen.«

»Ich leugne es nicht. Und aus eigenem Antrieb, wie du gesagt hast, könnt ihr lieben. Die meiste Zeit überlassen wir euch eurer eigenen Narrheit, manchmal aber haben wir eine Absicht, der ihr dienen könnt.«

»Nicht oft, hoffe ich«, sagte Manawyddan.

»Nein. Und wenn wir es tun, dann helfen wir euch für gewöhnlich – wie der Höhere dem Niedrigeren helfen sollte. Ich glaube, daß kein Herr der Hellen Welt je wieder die Erde offen überfallen wird. Der Geist wird stärker, selbst unter den sterblichen Menschen, und die Wände zwischen den Welten werden fester. Wir werden vielleicht wieder mit euren Gedanken spielen, aber nur mit euren Gedanken.«

»Erinnere dich an deinen Eid, und spiele nicht mit den meinen, Herr. Ich habe genug davon, für deine Maus die Katze zu spielen.«

Diese letzten Worte erinnerten Manawyddan an etwas. Er wandte sich der jungen Königin der Hellen Welt zu. »Verzeih', daß ich dich so geängstigt habe, Herrin, aber ich war in großer Not.«

Sie lächelte. »Du hast mich wahrlich in große Angst versetzt, Herr. Hättest du mich gehängt, dann hätte mein Kind einen anderen Körper finden müssen, und mein Gebieter hätte wohl lange nach meiner Seele suchen müssen. Sie hätte in Arawns Hände fallen und Ihm lange, lange Zeit entrissen bleiben können.«

»Da wir«, sagte der Graue Mann, »gerade von Seelen sprechen: meine Aufgabe ist erfüllt. Sieh hinab auf dein Land.«

Während er das sagte, rollten die Wolken vor der Sonne fort, und die Nebel verflogen von dem Land unter ihnen.

Und Manawyddan schaute und sah, daß die Felder von Dyved alle golden von Getreide waren. Er sah Herden und Häuser, wie eh und je. Er sah den Rauch aus den Herden der Hausfrauen steigen, und er hörte schwach den Gesang der Schnitter.

»Es ist gut«, hauchte Rhiannon an seiner Seite. »Es ist gut.« Ihre Hand schlüpfte in seine.

446

Auf seiner anderen Seite drückte Pryderi seinen Arm und tänzelte unruhig. »Wie froh wird Kigva sein, uns zu sehen, vor allem mich!«

Die drei standen allein auf dem Hügel. Wagen und Grauheit und jene Königin aus der Hellen Welt – nichts war von ihnen mehr zu sehen. Wie Träume, aus denen ein Schläfer erwacht ist, waren sie verschwunden.

FÜNFZEHNTES KAPITEL – DIE SIEBEN JAHRE ENDEN/IM ABENDDÄMMER SASS DER SOHN LLYRS VOR DEN TOREN DES PALASTES VON ARBERTH. DESSEN SIEBENJÄHRIGES SCHWEIGEN WAR VORÜBER; ER SUMMTE WIE EIN BIENENSTOCK, UND AUS DIESEN vielen Lauten, die jetzt alle köstlich klangen, konnte er die drei heraushören, die er am liebsten hörte: Rhiannons Stimme, hell und frisch, wie sie mit ihren Mägden sprach, während sie das Abendessen zubereiteten; Pryderis und Kigvas Stimmen, die lachten und einander neckten. Er dachte an das, was Rhiannon ihm gesagt hatte – wobei ihr Mund sich zu jenem zärtlichen, halb boshaften Lächeln bog, dessen Weisheit nicht ganz von dieser Welt war.

»Heute nacht, glaube ich, werden sie den Sohn zeugen, nach dem sie sich so gesehnt haben.«

Und ihre Hand hatte die seine berührt, und ihre Augen hatten Versprechungen gemacht; auch sie würden Freude erleben in dieser Nacht, wenn auch für sie die Tage des Kinderzeugens vorüber waren.

Er dachte daran, wie angenehm es sein würde, seinen Enkel in Arberth heranwachsen und spielen zu sehen; denn er war ja nicht hier gewesen, damals, als man Pryderi spielen sah; eine kleine Gestalt und ein fester, rosiger Kinderspeck, ein paar Tränen und viel Geschrei und sehr viel Lachen …

Der Hausgeist trat aus dem Gebüsch und sah ihn an. »Guten Abend wünsche ich dir, Herr«, sagte er, »und Lebewohl.«

»Warum willst du gehen? Du bist ein guter Freund gewesen.«

»Ich weiß, daß ich das war«, sagte der Hausgeist. »Ich schäme mich nicht, daß ich nicht mit dir auf den Berg gegangen bin; ich hätte dort nichts ausrichten können. Ich habe die Maus gefangen.«

»Ja, das hast du getan.«

»Und dafür kannst du mir nie genug danken. Aber jetzt kann ich nichts mehr für dich tun. Rhiannon braucht mich nicht, und außerdem kann sie mich sehen, und das würde es sehr gefährlich machen, ihr Streiche zu spielen. Es ist mir gelungen, Kigva ein paar zu spielen – trotz dir!«

»Bist du dir dessen sicher?«

»Ja.« Der Hausgeist grinste. »Jetzt kann ich's mir leisten, es zu gestehen. Ich gehe zurück in die Hütte des Schäfers. Sie brauchen mich dort. Ich kann mancherlei für sie tun und ihnen mancherlei antun, und kann machen, daß sie über meine Klugheit staunen.«

»Tu ihnen nicht zu vielerlei an ... Und viel Glück sei mit dir.«

»Und mit dir, Herr.« Der Hausgeist verschwand.

Manawyddan saß wieder allein da und fragte sich, ob der Hausgeist wirklich Kigva Streiche gespielt oder nur mit dem geprahlt hatte, was er gern getan hätte.

Er stand auf und ging eine kleine Strecke vom Palast hinweg und lauschte dem Summen des Abends. Lauschte der sanften Musik des freien Feldes, ihr, die bei Einbruch der Nacht tröstlicher ist als irgendein anderer Laut auf der Welt. Er sah jene Felder, ihr vom Zwielicht gedämpftes Gold, und über ihnen die weiße Weite des Himmels, unvorstellbar weit; jetzt dunkelte er, war aber immer noch rein in der Reinheit seiner Überirdischkeit, die das Unendliche spiegelte. Er hörte das leise Zwitschern der Vögel, die sich zum Schlafen niederließen, und er lächelte. Wie gut, am Leben zu sein, am Leben zu sein und eine Aufgabe zu haben, und seine Lieben um sich. Konnte es ein besseres Los in irgendeiner Welt geben?

Doch in der Hellen Welt, auf seinem fabelhaften Thron, der aus dem Stoff der Sonnenuntergänge gemacht ist, rotgolden in ihren himmlischen Feuern leuchtend, mag der Graue Mann gesessen und gelächelt haben. ›Du hast hart gearbeitet und hart gekämpft, Sohn Llyrs, und für ein paar Tage Meiner Zeit hast du gewonnen. Doch dein Sohn ist seinem letzten Feind noch nicht begegnet.‹

Und in Gwynedd, am Hofe Dons, saß und spielte mit seinen Spielsachen das Kind namens Gwydion, Erbe von Gwynedd, er, dessen Größe Taliesin vorausgesagt hatte. So, wie er eines Tages, als Mann, allein in den seltsamen Schatzkammern seines eigenen Verstandes sitzen und Mittel und Wege ersinnen würde, um mit anderen Spielsachen zu spielen. Mit Menschen, wie das Schicksal ...

Das Schicksal der Kinder Llyrs
und
das Ende des Dritten Zweiges

FÜR PEDANTEN UND EINIGE ANDERE LEUTE/Mein ursprünglicher Grundsatz war, niemals etwas zu ändern, was ich in den »Vier Zweigen des Mabinogi« fand – soviel ich auch hinzufügen oder weglassen mochte. Doch wenn ich diesen Grundsatz in meiner Behandlung des Dritten Zweiges nicht gebrochen habe, so habe ich ihn zumindest beträchtlich gebogen.

Ich habe das verschwindende Zauberschloß in eine verschwindende Zauber-öffnung im Abhang des Hügels von Arberth verändert. Da Schlösser erst mit der Normannischen Eroberung nach Britannien kamen, nehme ich an, daß es sich bei jenem Schloß um eine mönchische Einschiebung handelt. Grabkammern, die in große Hügel eingelassen waren, sind ein unzweifelhafter Bestandteil der keltischen Kultur, obgleich sie wohl schon von vorkeltischen Völkern errichtet wurden.

Da die Lage Arberths strittig zu sein scheint – der verstorbene Professor W. J. Grufydd sagte, die bisher angenommene Lage sei nicht geeignet für die Hauptstadt von Dyved –, habe ich mir die Freiheit genommen, Arberth in die Nähe der Preseli Mountains zu legen; es wird uns klar berichtet, daß sich dort die Adligen mit Pwyll berieten oder vielmehr ihm Befehle erteilten.

Geologen stimmen miteinander überein, daß die Preseli Mountains der Ursprungsort der berühmten »Blausteine« von Stonehenge gewesen sein müssen – was mir einen weiteren Schwung Einfälle gab. Es verschaffte mir auch eine Begründung für die sonst schwer erklärliche Besteigung des Hügels durch Pryderi. Das »Mabinogi« hält es nicht für nötig, zu sagen, warum er sich plötzlich in den Kopf setzte, eine derart gefährliche Sache zu unternehmen; doch wir modernen Autoren müssen unseren Charakteren vernünftige Gründe für ihre unvernünftigsten Handlungen geben. Es fehlt uns die gloriose Freiheit der alten Barden, und vielleicht ist das auch gut so.

Meiner Auffassung nach ist der ursprüngliche Hügel – wo immer er nun stand (oder nicht stand) – mit einem grausigen heidnischen Ritual verknüpft gewesen, das die mönchischen Abschreiber entweder nicht verstanden oder unterdrücken wollten.

Wahrscheinlich waren sie auch der Meinung, daß einem so edlen Manne wie Manawyddan keine magischen Kräfte zugeschrieben werden sollten; er gehörte jedoch dem mächtigsten Königshause in den »Vier Zweigen« an, und von diesen Königshäusern sagte Sir John Rhys: ». . . die Könige sind meist die mächtigsten Magier ihrer Zeit . . . die herrschende Klasse in diesen Geschichten . . . ihre Magie wurde ihnen von Generation zu Generation überliefert.« Ich fühlte deshalb die Freiheit, Manawyddan anzuschwärzen und ihn einige der Zauberstücke vorführen zu lassen, die seinem irischen Gegenstück, Manannan mac Lir, zugeschrieben werden. Die Ähnlichkeit eines dieser Zauberstücke mit dem berühmten indischen Seiltrick kommt mir sehr bemerkenswert vor.

Wenn Gawains berühmter Grüner Ritter wirklich der Graue Ritter genannt werden sollte – wie viele glauben (das irische »glas« bedeutet grau oder grün) –, dann scheint eine Verbindung mit unserem Grauen Mann offenkundig. Und in seinem faszinierenden Buch »The King and the Corpse« identifizierte der große Gelehrte Heinrich Zimmer diesen mysteriösen Ritter als den Tod selbst.

Die Insel der Mächtigen
Der Vierte Zweig des Mabinogi

Meiner Mutter gewidmet
und ihrer Mutter,
den beiden, die zuerst
an Gwydion und an mich glaubten,
und allen, die,
wissentlich oder unwissentlich,
geholfen haben.
Möge jene Hilfe
zu ihnen zurückkehren!

VORWORT / Dies ist die Geschichte von Math, Sohn Mathonwys, dem König und ursprünglich vielleicht Obergott von Gwynedd in den druidischen Tagen Britanniens – nicht ganz so, wie sie in dem alten »Roten Buch von Hergest« erzählt wird. Ich habe wenig geändert, jedoch viel hinzugefügt.

Besonderen Dank schulde ich Professor Robinson von der Harvard Universität, der eigens für mich eine Übersetzung einiger unklarer Passagen anfertigte, die mit Gwydions Metamorphosen zu tun haben; desgleichen Fräulein Elizabeth Albee Adams aus Quincy, Massachusetts, für die Benutzung ihres Aufsatzes »The Bards of Britain«, und meinem Vetter Clifton Joseph Furness, dem Verfasser von »The Genteel Female«, der mir die Hilfe beider verschaffte.

Ich möchte auch dem verstorbenen Sir John Rhys danken. Gewiß könnte niemand heute noch einmal die Ernte einbringen, die er bei der walisischen Landbevölkerung sammelte. Alte Glaubensvorstellungen und Traditionen verblassen allenthalben. Ohne das, was er gerettet hat, und ohne seine klare, sorgfältige Analyse alter britischer Bräuche hätte meiner Arbeit der nötige Unterbau gefehlt, hätte dieses Buch nicht geschrieben werden können. Einige Teile des Hauses, das ich über diesen Grundsteinen errichtet habe, würden ihm vielleicht nicht behagen. Niemand kann beweisen, daß die beiden Gesellschaftssysteme, die in den »Mabinogion« beschrieben sind, jemals aufeinandertrafen, als beide in voller Blüte standen – sowenig wie jemand triftig nachweisen kann, daß sie es nicht taten. Doch als Völker wie die Pikten das zu erahnen begannen, was die Mittelviktorianer die »Tatsachen des Lebens« genannt hätten, müssen sie, wie die Menschen in diesem Buch es tun, recht viel getratscht und spekuliert haben. Selbst heute gibt es nichts so Lächerliches wie eine neue Idee.

Auch hat niemand außer mir je die Vermutung geäußert, daß die Stämme Gwynedds und Dyveds von verschiedener Rasse gewesen seien. Doch Pryderi, der seinem Vater Pwyll auf dem Thron von Dyved folgt, zeigt uns, daß Vaterschaft dort ein anerkanntes und als rechtsverbindlich betrachtetes Faktum gewesen sein muß, wogegen in Gwynedd noch die piktische Sitte des Mutterrechtes herrschte. So scheint es vertretbar, den Streit zwischen den beiden Königreichen als einen Teil des gewaltigen prähistorischen Kampfes auf der Insel Britannien darzustellen, als Frucht des wilden Hasses, den die Pikten oder Prydn, die früheren Herren der Insel, gegen die später gekommenen keltischen Invasoren hegten.

Evangeline Walton

1. Buch
Die Schweine Pryderis

Was war zuerst, ist es Dunkel, ist es Licht?
Oder Adam, wenn es ihn gab, an welchem Tag
    ward er erschaffen?
Oder unter der Erde Oberfläche, was das Fundament? ...
Von wannen kommen Nacht und Tag? ...
Das Sieden des Meeres,
Warum wird es nicht gesehen?
Es gibt drei Brunnen
In dem Berg aus Rosen,
Es gibt eine feste Burg
Unter des Meeres Woge.
Trügerischer Begrüßer,
Was ist des Türhüters Name? ...
Wer wird Uffern* ermessen? ...
Wie die Größe seiner Steine?
Oder die Wipfel seiner wirbelnden Bäume?
Wer biegt sie so krumm?
Oder welche Schwaden mögen
Um ihre Stämme sein?
Ist es Lleu und Gwydyon,
Die ihre Künste vollführen?
Oder kennen sie Bücher,
Wenn sie es tun?
Von wannen kommen Nacht und Flut? ...
Wohin flieht Nacht vor Tag;
Und warum wird es nicht gesehen?

(Aus dem »Ersten Buch von Taliesin«,
wie es in Skene, »Four Ancient Books of
Wales« übersetzt ist)

* Die Unterwelt

ERSTES KAPITEL – DIE LIEBESKRANKHEIT GILVAETHWYS/GILVAETHWY DER SOHN
DONS WAR IN EINER SCHLIMMEN VERFASSUNG. SEIN GESICHT, DAS EINMAL SO RUND
UND FRÖHLICH WIE DER MOND GEWESEN, WAR LANG UND MAGER GEWORDEN, WIE DAS
eines ausgehungerten Wolfshundes, und seine sonnengebräunte Haut war zu
einer grünen und kränklichen Färbung verblaßt, die ziemlich der eines bleichen Kohlkopfes glich.

Er hatte vergessen, wie man lacht und wie man scherzt, obgleich Scherze
und Gelächter früher den größeren Teil seiner Unterhaltung ausgemacht hatten. Er, der früher in jedem Spiel und in jedem Kampf dort zu finden gewesen
war, wo es am muntersten herging, verschanzte sich jetzt hinter diesem neuen
langen Gesicht wie hinter einer Mauer, und er hockte im Winkel und blies
Trübsal. Die Griesgrämigkeit hatte ihn befallen und sein Appetit ihn verlassen.

Seine Krankheit war weder von neuer noch von fremder Art. Sie trug Rök-
ke und war Fußhalterin seines Onkels, Maths des Uralten, des Königs von
Gwynedd, der zu Caer Dathyl* Hof hielt. Goewyn war ihr Name, Tochter Pe-
bins von Dol Pebin in Arvon, und sie war das schönste Mädchen ihres Landes
und ihrer Zeit, Gilvaethwys eigene Schwester vielleicht ausgenommen, die
sonnenhelle Arianrhod, die auf ihrem eigenen Schloß im Meer lebte.

Neu war, daß die Liebe diesem Jüngling Kummer machte. Bei Gilvaethwy
kamen und gingen die Mädchen gemeinhin mühelos. Entweder machten sie
ihm Augen, und er folgte diesen Einladungen, oder sie taten so, als flöhen sie
vor ihm, und er fing sie; und hinterher vergaß er sie wieder mit der gleichen
befriedigten Unbeschwertheit, mit der sie ihn vergaßen.

Doch Goewyn war ein anderes Kapitel. Sie wäre auf keinen Fall willens gewesen, ihre ehrenvolle Stellung am Hofe aufzugeben (die rituelle Jungfräulichkeit forderte und nicht nur das Halten der königlichen Füße einbegriff und sogar das Kratzen der königlichen Haut, wann immer diese die hochverräterische
Handlung des Juckens beging, sondern auch die geschätzten Annehmlichkeiten
der Steuerfreiheit und einen Anteil am Geschenkgeld der Gäste des Königs),
um Gilvaethwys Weib oder Geliebte zu werden.

Und mit einer Verlockung leben zu müssen, die man stets vor der Nase
hat, aber nie greifen kann, das ist der aufreizendste aller Zustände und der
stärkste Entfacher der Begierde. Es war nicht gut für Gilvaethwy.

Goewyn fehlte ihm, und damit fehlte ihm alles; die Luft, die er atmete, war
so bitter wie die Speise, die er aß. Er hatte sich in einen Kokon aus Trübsinn
eingesponnen, in dem er benommen und elend lebte, ohne Hoffnung, je auszu-

---

* Pen y Gair in Carnarvonshire im heutigen Wales. Gwynedd, ›Gwyneth‹: das
walisische dd hat den Klang von th in ›they‹.

schlüpfen. Doch spürte er kein Verlangen, sich seinen Zustand anmerken zu lassen. Er mag sich vor den Folgen gefürchtet haben, denn Liebeskrankheit wurde damals auf den Drei Inseln von Prydain* zwar als ein Leiden anerkannt, es war aber eines, für das ältere männliche Verwandte nicht unbedingt Verständnis hatten. Daß die Heilmethoden seines Onkels, wie drastisch auch immer, seine Sinne von Goewyn hätten ablenken und ihn dadurch zur Besinnung bringen können, das fiel ihm nicht ein, oder wenn es ihm einfiel, dann ließ es ihn kalt. Er wollte nicht geheilt werden.

Deshalb war er alarmiert, als ihm eines Tages bewußt wurde, daß die Augen seines Bruders Gwydion auf seinem Gesicht verweilten; denn was Gwydions Augen entgehen wollte, das mußte kleiner sein als nichts. Jetzt bohrten sie sich in seines jungen Bruders langes Gesicht und durchforschten es, als wollten sie die längenden Gedanken dahinter ausgraben.

»Junge«, sagte er, »was ist mit dir los?«

Gilvaethwy versuchte, ein Leiden zu erfinden, konnte es aber nicht. Sein Verstand jagte nach einer Lüge umher, ward aber von jenem durchdringenden Blick so aller Lügen entblößt, wie ein Skelett aller Läuse ledig ist.

»Warum?« sagte er schwächlich. »Was glaubst du denn, was mit mir los sei?«

»Ich sehe, daß du knochig und großäugig wirst und zu nichts mehr Lust hast, als auf deinem Hintern zu hocken und dich zu härmen wie eine kranke Kuh. Auch hast du deinen Appetit nicht mehr; und wenn du nicht ißt, dann ist etwas los mit dir. So war es immer. Ich sehe genug«, sagte sein Bruder, »und wirst du mir jetzt bitte sagen, warum es so ist?«

Gilvaethwy zappelte und betrachtete mit großem Interesse seine Knie und dann seine Füße. Doch seines Bruders Blick, der ihn seit Tagen, ohne daß er es gemerkt, so leicht und vollkommen wie die Luft eingehüllt hatte, senkte sich jetzt wie ein Bohrer in ihn; und er konnte sich nicht von ihm loswinden. Schließlich sagte er mürrisch:

»Bruder, es wäre nicht gut für mich, wenn ich jemandem erzählte, was mit mir ist.« Und nach einer Weile fügte er hinzu, während Gwydion immer noch auf ihn herniedersah: »Du, den er dazu ausgebildet hat, sein Nachfolger zu werden, weißt zweifellos viel mehr über die Fähigkeiten Maths ap Mathonwy als ich, Bruder. Doch besitzt er eine Fähigkeit, die niemand in Gwynedd je vergißt, und das ist, daß der Wind sein Diener ist und ihm jedes Geräusch zuträgt, das irgendwo gemacht wird, und sei es noch so weit weg. Ich werde keine Geräusche machen!« sagte er mit Nachdruck.

_____

* Die Britischen Inseln

»Das wird dir nicht viel nützen«, sagte Gwydion. »Du mißverstehst sogar
das, was du weißt. Gedanken sind es, die er hört, nicht Geräusche. Wenn er an
dich dächte« – und er lächelte über seines Bruders jäh entsetzten Gesichtsausdruck – »würde er augenblicklich wissen, was dich plagt. Genauso wie er
wüßte, wenn er dich beobachtete, was du ständig so anstarrst, wie ein hungriger Hund einen Knochen anstarrt. Ich weiß es«, sagte er leise, »es ist Goewyn.«
Schweigen. Schweigen, so tief wie das eines großen Gewässers, Schweigen,
in dem die Bewegung der Wolken am Himmel hörbar zu sein schien und das
Wachsen des Weizens auf den Feldern. Und über jene schwere Stille hinweg
sahen die beiden einander an, und des Jungen weißes, erschrockenes Gesicht
war jetzt so angespannt wie das seines Bruders; das des Mannes war immer
noch rätselhaft, mit seinen schwertgeraden Augen und dem wunderlichen, gebrochenen Lächeln.

Schließlich, mit einem gewaltigen, stöhnenden Seufzer, hievte sich Gilvaethwy aus dem tiefen Teich jenes Schweigens. Er konnte keine Worte finden,
konnte nur dasitzen und in dumpfer Schuld in das Gesicht starren, in dem keine Absicht zu lesen und kein Gedanke zu entziffern war.

Gwydion war der älteste Sohn Dons, der Königsschwester, wie Gilvaethwy
wahrscheinlich ihr jüngster war. Der Name ihres Vaters – oder ihrer Väter –
ist unbekannt. Die Ehe war in Gwynedd immer noch eine junge Einrichtung,
die Vaterschaft eine Theorie, die von den Jungen eifrig diskutiert und von den
Alten zweiflerisch belächelt wurde. Frauen hatten von jeher Kinder bekommen; es mochte sein, daß das Geheimnis der Fortpflanzung des Lebens eine
Kunst war, die nicht in ihrer Macht allein lag, doch das war alles immer noch
unbewiesene Spekulation. Ein Mann konnte sich nur bei denen der Blutsver-
wandtschaft sicher sein, die von seiner Mutter geboren worden waren oder von
der Tochter seiner Mutter.

Deshalb war Gwydion ap Don der rechtmäßige Erbe Maths und sein Schüler in der Magie und in den Mysterien, ihm enger verbunden als irgendein anderer Mann: Aufseher des Königlichen Haushaltes, und als solcher hätte er vor
allen anderen den König vor den Absichten seines jüngeren Neffen auf die königliche Fußhalterin warnen oder selbst für Abhilfe sorgen müssen.

Doch leidiges Mitleid hinderte ihn. Für Gwydion war die Welt ein vielstök-
kiges Gebäude, wogegen sie für Gilvaethwy eine ebene Fläche war, in der sich
plötzlich ein Abgrund aufgetan hatte. Der Erbe Maths, in die geheimen Dinge
eingeweiht, war auf Ebenen des Wunders und der Macht und der Schönheit
gewandelt, hoch über der heißen, irdischen Herrlichkeit der Wiesen, auf denen
Gilvaethwy immer fröhlich umhergetollt war, ohne je gewahr zu werden, daß
ihr Horizont kein Ende, sondern ein Eingang und ein Schleier war. Doch gele-

gentlich, bewußt den Reiz des Neuen in niedrigerem Zeitvertreib suchend, wandte sich Gwydion immer noch zu jenen fleischlicheren Gefilden zurück. Er war jung genug, um das grausame Feuer der Begierde seines Bruders zu begreifen und seine scheinbare Ewigkeit; jung genug, um sich auf die Seite der Jugend gegen die nüchterne Herrschaft des Alters zu stellen – in jenem Kampf, der so alt ist wie das Leben und erst mit der Welt enden wird.

»Aber du brauchst dir keine Sorgen zu machen«, antwortete Gwydion alsbald auf jenen bekennenden Seufzer. »Da Math bis jetzt nicht über dich nachgedacht hat, wird er das wahrscheinlich auch nicht tun, bis wir Zeit genug hatten, diese Sache sicher auf die eine oder andere Weise zu erledigen. Er ist mit den Gedanken zu vieler Menschen beschäftigt, um darüber nachsinnen zu können, was wohl die deinen sind, schon darum nicht, weil du in der Regel ja keine hast. Und seufze nicht, Brüderchen. Das ist niemals der Weg, das zu bekommen, was man will.«

»Soll das heißen, daß du mir helfen willst? Daß du mich nicht verrätst?« Gilvaethwys Mund öffnete sich und blieb so, und seine Augen erhellten sich zu einem ungläubigen Strahlen.

»Ich werde es übers Herz bringen«, sagte sein Bruder und seufzte nun seinerseits, »und wenn ich Gwynedd und Powys und Deheubarth zu den Waffen rufen muß. Denn heutzutage verläßt Math den Hof nie, außer in Kriegszeiten, und solange sie seine Füße hält, kannst du ihr ja schlecht näherkommen. Auch gibt es da eine Möglichkeit«, fügte er hinzu, »wie Gwynedd Nutzen aus einem Krieg ziehen könnte. Doch jetzt mach' erst einmal ein anderes Gesicht, damit Math, wenn sein Auge auf dich fällt, nichts Ungewöhnliches entdeckt und nicht nach dem Grund deines Leidens forscht. Denn wozu ich Tage gebraucht habe, das könnte er im Nu tun, und seine Medizin würde dir wohl nicht schmecken.«

Sie gingen zu ihrem Onkel, Math dem Sohn Mathonwys, der riesig und reglos wie ein altes Gebirge auf seiner königlichen Liege ruhte. Sein langer Bart bedeckte ihn wie ein glitzerndes Schneefeld.

Er war alt, so alt, daß die Taten seiner Jugend heute vergessen sind und nicht einmal in Sagen fortleben, und doch müssen ihrer viele und gewaltige gewesen sein. Denn er hatte die frühen Zeitalter gesehen und wie die Welt sich aus den Nebeln des Großen Anfangs hob. Er kannte die Gesetze der Zyklen, den Lauf der Erde und die Bahnen der Sterne. Ja, sogar die unbekannteren, aber noch geheimnisvolleren Bewegungen in den Köpfen der Menschen kannte er. Er war der Atavar, der es für die Pflicht seines Königtums ansah, sein Volk auf dem vorbestimmten Pfad der Entwicklung höher zu führen. Und er wußte, wie das Leben zu Anbeginn gewesen war, und es mag sein, daß er ahnte, wie es am Ende sein wird.

Goewyn saß zu seinen Füßen, die sie in ihrem Schoße hielt. Sie sah Gilvaethwy nicht an. Sowenig wie er sie; er hütete sich davor. Beide jungen Männer beachteten sie nicht und grüßten Math den König. Sie trugen eine Miene zur Schau, die geschäftsmäßig und zeremoniell zugleich war.

»Herr«, sagte Gwydion, »Neuigkeiten sind mir zu Ohren gekommen. Unbekannte Tiere sind in den Süden gebracht worden, und sie gehören einer Rasse an, die nie zuvor auf der Insel der Mächtigen gesehen wurde.«

Math kratzte sich das Kinn.

»Wie heißen sie?« sagte er.

»Sie werden Schweine genannt, Herr. Ihr Fleisch soll besser schmecken als das vom Rind, wenn es auch kleine Tiere sind.«

»Sie sind also klein?« sagte Math und rieb sich wieder das Kinn. Oder vielmehr die Stelle, wo es sich befinden mußte, unterm blassen Katarakt seines Bartes.

»Ja«, sagte Gwydion, über dieses Detail hinwegeilend, »und ihre Namen ändern sich auch. Sie werden auch Säue oder Sauen genannt.«

»Wem gehören sie?«

»Arawn, der König von Annwn in Faery, sandte sie Pryderi dem Sohn Pwylls. Sie sind eines jener Geschenke, die zwischen Dyved und jenem Teil von Faery, der in der Unterwelt liegt, ausgetauscht wurden, seit Pwyll mit Arawn die Gestalt tauschte und an Arawns Statt Havgan erschlug. Und dieses Mal hat Pryderi bestimmt das bessere Teil erwischt, denn er hat die Nahrung und den Wohlstand der Welt vermehrt.«

»So«, sagte Math, und er schaute seinen Neffen aus jenen meergrauen, meertiefen Augen an, die niemand je ergründen konnte. Sie waren durchdringend und gleichzeitig nicht durchdringend, denn sie schienen einen Mann nicht anzusehen, sondern durch ihn hindurch und über ihn hinaus, in die fernen Nebel des Horizontes hinein und hinter den Schleier aus Raum und Zeit. »Ich erinnere mich gut genug daran, daß jene Freundschaft zwischen Dyved und den Toten nicht endete, als Pwyll starb und ging, um bei Arawn in Annwn zu leben, sondern auch unter Pryderi aufrechterhalten wurde ... Und was für einen Vorschlag hast du nun, wie wir einige von diesen Schweinen von ihm bekommen könnten? Denn ich merke schon, daß du darauf hinauswillst.«

Gwydion machte eine eifrige Geste: »Herr, ich werde mit elf anderen als Barden verkleidet gehen, und wir werden Pryderis Hof aufsuchen und sehen, was wir sehen werden.«

Math rieb sich den weichen Bart an seinem Kinn.

»Es ist möglich, daß Pryderi euch keines dieser neuen Tiere geben wird«, sagte er trocken.

Das schnelle Lächeln seines Neffen blitzte ihn an. »Ich verstehe mich nicht schlecht aufs Handeln, mein Onkel. Ich werde nicht ohne sie zurückkommen.«

»Dann geh«, sagte Math, »und Glück sei mit dir.«

Dann sah er noch lange zur Tür hin, nachdem sein Neffe durch sie hinausgegangen war.

»Er hat eine Absicht«, sagte er, »und er hat Tatkraft. Wie wird er diese einsetzen und jene durchsetzen?«

Goewyn hob ihr schönes Gesicht von der Betrachtung seiner Füße. Sie hatte nicht aufgeblickt, solange die Prinzen dagewesen waren. In letzter Zeit war es ihr bisweilen so vorgekommen, als hätte Gilvaethwys Auge versucht, das ihre zu fassen; und sie, die viel vom Umherschweifen von Gilvaethwys Auge gehört hatte, hatte nicht die Absicht, es bei diesem Zeitvertreib zu ermutigen.

»Wenn du Angst um deinen Schwestersohn auf dieser Reise hast, Herr, warum hast du ihn dann gehen lassen?«

»Weil er, der nach mir herrschen wird, früher oder später auf eigene Verantwortung handeln muß, und weil es gut ist, zu wissen, wie er handeln wird, Kind. Lassen wir die Klinge rostig werden, aus Angst, sie könnte schartig werden, wenn wir wissen, daß sie eines Tages geschwungen werden muß? Im übrigen ist dies ein gutes Unternehmen. Eine neue Tierrasse könnte sich für Gwynedd als eine wertvolle Bereicherung erweisen.«

»Eine neue Tierrasse«, sann das Mädchen und seufzte mit dem Staunen eines Kindes. »Wie werden sie wohl aussehen? Werden sie so gut schmecken, wie Gwydion hat sagen hören?«

»Auch das muß abgewartet werden. Für jetzt soll es genügen, daß sie kommen werden. Gwydion wird viele neue Dinge nach Gwynedd bringen.«

Sie sah ihn eine Zeitlang hinter der feinen Seide ihrer langen Wimpern hervor an. Sie fürchtete sich nicht davor, mit ihm zu sprechen. Es herrschte Freundlichkeit zwischen ihnen. Sie war zu jung für langes Schweigen, und Math der König mochte nichts um sich haben, was aus seiner natürlichen Form verbogen oder verzerrt war. Doch eine kleine Weile lang war sie still, dachte ihren Gedanken zu Ende.

»Findest du also neue Dinge gut, Herr? Meine Großmutter tut es nicht. Sie sagt, es seien viele neue Dinge in die Welt gekommen, seit sie ein Mädchen war, und diese sei darum nur schlechter geworden. Sie behauptet, daß das Eheband eine Verrücktheit sei und daß all dieses Gerede übers Kindermachen unverschämt und lästerlich sei. Frauen und Götter haben das immer gut genug hingebracht, sagt sie, warum sollten sich jetzt da junge Männer einmischen und sich dünkelhafte Vorstellungen in den Kopf setzen?

Doch meine Mutter empfindet anders. Im Jahr bevor ich geboren wurde, hatte sie einen Geliebten, den sie gern behalten hätte, doch er ging fort und lebt jetzt mit Creurdilad der Schön-Gezopften in Arvon. Und das hätte er nicht tun können, sagt Mutter, wenn sie eine Ehe mit ihm geschlossen hätte. Doch Großmutter sagt, daß es mehr als ein paar neumodischer Versprechungen bedürfe, um einen Mann zu binden; daß Männer wanderlustige Füße hätten und daß Frauen deshalb ein wanderndes Auge haben sollten. Hat Großmutter unrecht?«

Der König strich sich wieder den Bart. »Es scheint, als wäre die Ehe zu früh gekommen«, sagte er. »Denn die Ehe ist eine edle und schöne Idee, doch der größte Teil der Menschheit ist noch nicht fähig, sie zu verwirklichen; und nach dem greifend, was zu hoch ist, als daß die Menschen es erreichen könnten, fallen sie tiefer, als sie es je zuvor taten.

In meiner Jugend begehrten Männer und Frauen einander und vereinigten sich und schieden wieder voneinander, wenn das Begehren vorüber war. Und es gab weder Streit noch Neugier noch lüsterne Spekulation, was die Herkunft der Kinder angeht, denn diese waren die Geschenke, mit denen die hohen Götter die Frau segneten: ihr Anteil am Schöpfungswerk. In jenen Tagen kannten wir keine Mißachtung der Frauen. Sie waren unsere Lieben und unsere Schöpfer, unser Ursprung und unser Trost: frei, zu geben und zu verweigern. Wir führten Kriege und wanderten und gründeten Königreiche. Wir überließen es ihnen, für das Haus zu sorgen und Leben zu schenken und der Erde Nahrung abzuringen.

Doch als die Reiche errichtet waren, als das rotglühende Metall gestaltet und bereit für den Schliff war, da begannen auch wir an Häuser und Felder zu denken und an die Ausbildung derer, die nach uns kamen. Und als sich unsere Arbeit mit der unserer Frauen vereinigte wie niemals zuvor, da entstanden neue Ideen und neue Kämpfe und neue Fragen – die Formung unbekannter Gesetze.

Also werden jetzt immer mehr Männer und Frauen, die einander begehren, heiraten und so tun, als würde ihr Begehren nie vergehen, als würde das Auge von keinem je zu einem anderen schweifen. Und eine unverheiratete Frau muß so tun, als schaute sie alle Männer mit kalten Augen an. Doch die Menschen werden sich auch weiterhin so verhalten, wie sie es immer taten. Und in einer Lüge liegt keine Tugend«, sagte er, »das tat es nie und wird es nie tun.

Also wird die uralte Achtung vor dem Frauentum schwächer und schwächer, und die jungen Männer entwickeln eine Begierde, gewalttätige Hände auf dieses neue Ding zu legen, das Keuschheit genannt wird, um zu sehen, ob sie wirklich so kalt ist, wie sie vorgibt. Sie halten alle Frauen auf Grund der einen überführt, deren Fenster sie noch offenstehen finden.

Doch Veränderung ist unvermeidlich und gut, und ihre Geburtswehen sind immer neue Übel, denn die Energie in einer neuen Idee regt das Niedere immer ebenso sehr wie das Hohe an, wenn auch zum Schluß nur das Hohe dauern wird, ob auch Zeiten vergehen, ehe es die Welt nach seinem Willen formt.

Große Energie liegt in einer Idee. Doch diese Dinge sind nicht für mich. Solange mein Tag währt, werde ich gemäß den Heiligen Harmonien regieren, und mit diesen neuen Gesetzen, die seine Gesetze sein werden, muß sich Gwydion beschäftigen, wenn er an die Reihe kommt.«

»Du hast es alles deutlich gemacht, Herr«, sagte Goewyn, »aber ich verstehe es immer noch nicht.«

Doch der König schien sie nicht zu hören. Seine Hand lag immer noch auf seinem Bart. Er murmelte, wie zu sich selbst: »Er sollte bereit sein. Ich habe ihm Wissen gegeben, doch Weisheit konnte ich ihm nicht geben. Die muß ein Mann sich selbst erwerben.«

Nachdem sie Maths Kammer verlassen hatten und ins Sonnenlicht getreten waren, starrte Gilvaethwy seinen Bruder mit aufgerissenen Augen an.

»Wie konntest du es wagen, ihm eine solche Geschichte zu erzählen!« rief er erschrocken. »Er wird herausfinden, daß es so etwas wie eine neue Tierrasse weder in Dyved noch sonstwo gibt. Und was wird dann geschehen?«

»Er wird es nicht herausfinden«, sagte Gwydion sehr gelassen, »denn es gibt solch eine neue Tierrasse, Idiot. Und selbst du hättest davon erfahren, wenn du in den vergangenen drei Wochen nicht in einem solchen Zustand gewesen wärest, daß du nichts anderes mehr hören konntest als das Rauschen von Goewyns Röcken. Ich belüge Math niemals; er würde die Lüge schon in meinem Kopf gewahren, und das wäre sehr peinlich. Wenn ich ihm nicht die ganze Wahrheit sage, dann denke ich nur an den Teil davon, über den ich spreche, wenn ich bei ihm bin.«

»Dann gibt es also wirklich eine neue Tierart, die man mit dieser Sammlung ausländischer Namen benennt, die du erwähntest – Schwäue oder Seine oder war es Schweine, oder alles drei?«

»Natürlich. Und ein einziges Schwein wäre, gebraten, mehr wert, als sich mit sämtlichen Mädchen Gwynedds herumzukugeln, was ja etwas ist, das du nun so oft getan hast, daß es dir eigentlich langweilig sein müßte. Doch Schweinebraten ist etwas Neues unter der Sonne. Außerhalb Faerys gibt es nur diese eine Herde Schweine, Mädchen dagegen überall reichlich – von den fernsten Küsten von Pryderis Reich im Süden bis dorthin, wo die Küsten von Alban ans nördliche Meer stoßen, und jenseits noch jede Menge mehr, in Gallien. Wenn ich auch zugebe, daß Jungfrauen weniger häufig sind.

Die Schweine gibt es, wahrhaftig genug, und früher oder später hätte ich mich sowieso um sie bemüht. Es wäre vielleicht besser gewesen, noch zu warten, doch da du entweder dieses Mädchen haben mußt oder deine Krankheit dich in ein frühes Grab bringt, haben wir dafür keine Zeit.«

»Das haben wir wirklich nicht«, sagte Gilvaethwy.

Gwydion warf einen kurzen und forschenden Blick auf ihn. »Ich frage mich, ob du weißt, wieviel wir wagen«, sagte er, »und wie lange wir vielleicht für meine jetzige Weichherzigkeit werden büßen müssen. Doch genug davon. Was ich versprochen habe, werde ich halten, und ich hätte es nicht versprochen, wenn ich nicht geglaubt hätte, daß ich es ausführen könnte. Wir wollen jetzt unsere Reise nach Dyved planen. Du wirst mit mir kommen, denn du brauchst Übung, falls du nicht als ein käsebleicher, schlotteriger Liebhaber vor Goewyn erscheinen willst, wenn die Zeit gekommen ist, den jede anständige Frau nur anspucken würde. Außerdem wäre es nicht gerecht, wenn du aller Arbeit entgingest.«

Und für den Rest jenes Tages waren sie beschäftigt, denn es galt, zehn andere auszuwählen und manchmal von neuem auszuwählen, wenn einige der ursprünglich gewählten entdeckten, daß sie andere Verpflichtungen hatten und nicht nach Dyved gehen konnten. Auch mußten Bardengewänder gekauft oder geliehen oder sonstwie beschafft werden. Harfen desgleichen. Alle Herren hatten Harfen; sie waren das wesentliche Merkmal des Adels, ihr Fehlen stufte einen Mann als Leibeigenen ein. Doch die von Gwydion beschafften sahen wohl alle verdächtig neu und ungebraucht aus. Es war schwer, zwölf Barden in Gwynedd zu finden, die selbst für einen so kurzen Zeitraum, wie sie die Reise in den Süden wohl in Anspruch nehmen würde, ohne Kleider auskommen konnten. Doch Gwydions Genie erwies sich diesem Problem gewachsen, wenn auch mancher glücklose Dichter am nächsten Morgen aufgewacht sein und zu seiner großen Überraschung entdeckt haben mag, daß seine Harfe und vielleicht sogar intimere und notwendigere Stücke seines Aufzuges verschwunden waren.

Doch zu dieser Zeit waren die zwölf Abenteurer schon ein gutes Stück auf ihrem Weg nach Dyved, und sie sangen im Gehen.

Es waren lauter junge Männer, die Gwydion ausgewählt hatte, und alle liebten einen guten Streich und ein Lied und fürchteten sich nicht vor einem Kampf. Keiner war unter ihnen, dem nicht der Mund im Gedanken an einen Bissen von jenem neuen Tier gewässert hätte, nachdem sie Gwydions Erzäh-

467

lungen gelauscht hatten – bis auf Gilvaethwy, der in seine eigenen Träume eingehüllt dahinwandelte. Schweinefleisch war bis dahin unbekannt in Britannien, abgesehen von dem des gefährlichen Wildschweins, dem größten Feind des Jägers. Und sich dessen grimmige Wildheit in einem Stall eingesperrt vorzustellen, zahm auf den Schlächter wartend, das war eine Neuigkeit, von der man kaum träumen konnte; als würde sich der Wolf in einen Schäferhund verwandeln oder der Adler das Lied der Drossel singen.

Sie hofften, daß ihnen ihre Mission gründlich gelänge, wenn auch nicht unbedingt friedlich. Sie dachten, es wäre wohl besser, wenn sie ihren Willen ohne Schwierigkeiten durchsetzen könnten, waren aber bereit, diesen Schwierigkeiten mehr als auf halbem Wege zu begegnen. Gwydion kannte ihre Gemüter, zweifelte aber nicht an seiner Macht, sie zu beherrschen. Keiner von ihnen besaß auch nur ein Zehntel seiner Intelligenz, und keiner von ihnen hätte sich dessen mehr bewußt sein könnten als er.

Es hätte ihnen wohl mehr gelegen, im Schutze der Dunkelheit über Pryderis Stall herzufallen und ihn zu plündern, als in der Verkleidung von Barden Handels- und Verhandlungskunst zu erproben, Gwydion liebte es jedoch von jeher, einen Streich zu spielen, und er mag seines Onkels Ansicht bezüglich offener Räuberei gefürchtet haben.

Im übrigen konnte der Stall gut bewacht sein . . .

So befeuerte er seine Männer, indem er ihnen den Spaß ausmalte, dessen Opfer Pryderi werden würde, wenn er den Thronfolger und die Edlen eines Nachbarlandes, die wegen seines kostbaren Besitzes kämen, empfinge, ohne auch nur zu ahnen, daß sie etwas anderes waren als eine Gruppe wandernder Dichter auf der Jagd nach Größerem als einem Bett und einer Mahlzeit. Er führte ihnen das Vergnügen am Spielen einer Rolle so lebhaft vor Augen, daß er jene Liebe zum Drama in ihnen weckte, die den Herzen der Menschen eingeboren ist, seit der erste Wilde im Mondlicht tanzte, und vielleicht noch länger.

Und während sie gen Süden marschierten, erzählte er ihnen Geschichten von Dyved und von dessen Größe und der Größe seiner Vergangenheit, denn es ist ruhmlos, gegen einen anderen als einen würdigen Feind zu ziehen.

Nicht, daß diese Geschichten unwahr gewesen wären; denn wenn Dyved auch von einem Volk der Neuen Stämme besessen wurde, das lange nach ihrer eigenen, zaubermächtigen Rasse der Prydyn nach Britannien gekommen war – die Prydyn, deren Ursprung vielleicht in Landen lag, die jetzt im Westlichen Meer versunken sind, wogegen die Neuen Stämme aus den fernen Tälern des Altai im fernen Osten kamen –, so bot der Süden doch ein volles Maß an Wundern und Gefahren. Zwar gab es dort keinen Magier von Maths Macht.

Keine Sage berichtet, daß Pryderi je Zauberkünste geübt hätte. Doch seine Mutter war eine Fürstin aus Faery gewesen, Rhiannon von den Zaubervögeln, den Vögeln, deren süßes Singen die Zeit zurückhalten und einen Mann so verzaubern konnte, daß er das Vergehen von achtzig Jahren nicht bemerkte; und Pwyll ihr Mann war ein Freund Arawns, König in Faery, gewesen, mit dem er ein Jahr lang die Gestalt getauscht und auf diese Weise sogar dessen Frau und Havgan, seinen Erzfeind, getäuscht hatte.

Und der Süden hieß immer noch Gwlad yr Hud, »Das Land der Verzauberung«, im Gedenken an diese Dinge. Zwar war es einst in den Tagen Llwyds ap Kilcoed, des großen Zauberers, durch Magie verwüstet worden, und Rhiannon und ihr Sohn hatten bittere Gefangenschaft ertragen. Doch am Ende war Llwyd in Schimpf und Schande davongejagt worden, und seit damals hatte kein Feind es gewagt, Dyved oder seinen König zu bedrohen.

»Deshalb wäre es eine gewaltige Sache, wenn wir eine Tat gegen ihn vollbringen könnten, nur wir zwölf«, sagte einer der zehn. Kerzengerade stand er da, schwang sein Schwert und betastete es liebevoll.

»Und das werden wir, wenn jener König nicht die Vernunft zeigt, uns ein paar Schweine zu geben«, sagte ein anderer.

»Es gibt viele Arten von Vernunft«, sagte Gwydion, »und einige davon sind Unvernunft. Und in letzterer liegt vielleicht unsere beste Hoffnung. Ruhig Blut! Ich denke, er wird uns die Schweine geben.«

»Ich auch«, sagte der erste, und es lag ein großer Nachdruck in der Art, wie er das sagte.

»Es sollte jetzt auch ungefährlich sein, denn der alte Manawyddan ap Llyr ist tot, er, der Llwyd ap Kilcoed überlistete, den großen Magier aus Faery«, warf ein mehr vorsichtiges Gemüt ein. »Er war aus unserem eigenen alten Königsblut – ein Bruder Brans, der einst die gesamte Insel der Mächtigen regierte; nicht, wie Pryderi, einer von diesen Emporkömmlingen aus dem Neuen Volk, das die Mode der Ehe eingeführt hat und glaubt, man könnte sagen, von welchem Mann der Sohn einer Frau sei.

Wer könnte dessen sicher sein«, sagte er, »selbst wenn man sicher wüßte, daß es so etwas wie Vaterschaft überhaupt gibt?«

»Es sollte leicht sein, derart vertrauensselige Leute zu täuschen«, lachte ein anderer.

»Ich begreife nicht, wie sie überhaupt Stammbäume haben können«, sagte Owein ap Gwennan, der eines Tages ein Herold werden wollte, wenn er älter war und mehr dazu neigte, etwas zur Ruhe zu kommen. »Eine lebenslängliche Gewohnheit daraus zu machen, mit einer bestimmten Frau zu schlafen – im besten Falle eine eintönige Angelegenheit –, und dann zu sagen, jedes Kind, das sie bekommt, sei von dir, das hieße doch ein großes Wagnis eingehen und wäre wohl kaum ein Nachweis, auf den sich eine Thronfolge gründen ließe! Und auch noch Generation auf Generation – was wäre denn der Sinn, ein Verzeichnis solcher Vermutungen zu führen?

Wogegen alle in Gwynedd wissen, daß Math und Don von der gleichen Mutter geboren wurden, und die Frauen, die sahen, wie Don unseren Gwydion gebar, leben heute noch. Unser Königshaus ist über jeden Zweifel erhaben, und unsere Könige wissen, daß ihr eigen Blut nach ihnen herrschen wird. Das ist die richtige Ordnung der Dinge. Was man mit seinen eigenen Augen gesehen hat, das weiß man!«

»Manchmal weiß man Dinge, die man nicht mit seinen eigenen Augen gesehen hat«, sagte Gwydion. »Es gibt viele unentdeckte Kenntnisse in der Welt. Und ich sprach einmal mit einem Händler aus dem Osten, der sagte, daß seine Könige, die er Pharaonen nannte, früher die Sitte gehabt hätten, ihre eigenen Schwestern zu heiraten, um den Thron besser zu behaupten und um sicher zu sein, daß ihre Söhne mit ihnen verwandt seien, oder aus einem ähnlichen Grund. Jedenfalls aus einem besseren als dem, aus dem Ehen für gewöhnlich geschlossen werden.«

»Das wäre eine Idee!« sagte ein junger Mann, sich den Kopf kratzend. »Doch die Neuen Stämme wären entsetzt darüber, sie, die es für eine solche Sünde halten, mit einer Frau aus der engeren Verwandtschaft zu schlafen.* Aber auf die Wahrscheinlichkeit, daß Pwyll der Vater Pryderis war, würde ich nicht viel wetten.«

»Manche sagen, daß es Manawyddan ap Llyr war«, sagte Gwydion. »Er heiratete Rhiannon nach Pwylls Tod, und es ist sicher, daß er scharfsinnig genug war, sowohl Pryderi als auch seine eigene Frau vor Llwyd zu retten. Doch sind wir nicht an Pryderis Eltern interessiert, sondern an seinen Schweinen.«

»Von denen du uns mehr erzählen kannst«, sagte Owein. »Überhaupt, wenn das Schlafen einer Frau mit einem Manne ein Kind macht, warum bekommt sie dann nicht mehrere auf einmal? Wie kann man wissen, wie viele Beilager oder wie viele Männer es braucht, um ein Kind zu machen? Es könnte mehrere Väter haben; man kann nicht wissen, was im Inneren einer Frau vor sich

---

* Siehe Cäsars Bemerkungen bezüglich der weiten Verbreitung des Inzests – möglicherweise nur bei den Binnenland-Stämmen – in Britannien. Er schreibt nicht, daß diese Erscheinung dynastische Gründe habe, wie in Ägypten. Dort war sie politisch motiviert, letztes Überbleibsel eines einst universellen Brauches. – Ägyptische Perlen wurden in einem Grab unweit von Stonehenge gefunden.

geht . . . Ich selbst habe mit einigen geschlafen, die überhaupt nie Kinder bekamen, und ich bin ein einwandfreier Mann. Man kann nicht mit Bestimmtheit
sagen, daß es das ist, was es bewirkt. Es mag den Göttern gegenüber unehr-
erbietig sein, das zu sagen.«

An jenem Abend aßen sie Rindfleisch im Hause eines Bauern und träumten
von Schweinefleisch. Doch in den dunklen Stunden der Nacht hörte Gwydion,
neben Gilvaethwy auf einem Haufen Stroh liegend (das Haus war zu arm und
klein, um ihnen Besseres zu bieten), diesen im Schlaf stöhnen und reden; das
Stöhnen klang wie Goewyns Name. Und mit einem spöttischen Lächeln, das
aber nicht ohne mißmutige Zärtlichkeit war, legte Gwydion seinen Arm um
ihn und beruhigte so seinen Schlaf.

›Es ist ein Jammer‹, dachte er, ›und es wäre zu hart, ihn solche Pein noch
länger erleiden zu lassen. Die Natur treibt ihr Werk zu weit. Denn das ist
Wahnsinn, nicht Liebe, und das einzige Mittel dagegen ist das Mädchen, das
ihn wahrscheinlich schnell genug heilen wird. Keine Frau ist es wert, daß man
solches Aufhebens um sie macht, nicht einmal Arianrhod; und sie ist zehnmal
das kaltäugige Ding wert, das Maths Füße wärmt.

Arianrhod liebe ich, und ich könnte nicht ich selbst sein, wenn ich sie nicht
liebte. Doch wenn ich sie nie wiedersähe, oder wenn sie mich haßte, so wäre
ihre Schönheit doch vor meinen Augen und die Tage, in denen wir zusammen
zu Dons Knien spielten. Ich würde genug von ihr behalten, um ein glücklicher
Mann zu sein, und mein Verlangen nach anderen Frauen wäre gering. Das ist
gut. Es ist mehr als diese vorübergehenden Fieber, die manchmal einen Mann
oder eine Frau zu Asche verbrannt zurücklassen.

Kein menschliches Wesen kann, wenn es unersetzbar ist, jemals gänzlich
verloren sein, denn das Verlangen, zu berühren und zu liebkosen, sucht das
Geschlecht und nicht das Einzelwesen. Und ein wahrlich wertvoll Ding muß in
das Herz und den Geist des Geliebten gezogen werden, um dort als Inbild für
immer fortzudauern.‹

ZWEITES KAPITEL – DIE MAGIE GWYDIONS/BEI SONNENUNTERGANG EINES ANDEREN
ABENDS KAMEN SIE NACH RHUDDLAN TEIVI, WO PRYDERIS PALAST WAR. SIE SAHEN DIE
RUNDEN HÄUSER DER KÖNIGLICHEN FESTE SICH DUNKEL VON DEM FLAMMENDEN
Gold der runden, sinkenden Sonne abheben. Die Gebäude des Südlichen Hofes
schienen dadurch in furchterregender Weise auf einer Platte aus Feuer montiert
zu sein, und den Abenteurern stockte der Atem, denn es fiel ihnen der golden-
mähnige Pryderi ein und seine Schlachten, die nie eine Niederlage gekannt

hatten. Doch dann besannen sie sich wieder auf ihr wohlbefestigtes Caer Dathyl und auf ihren eigenen König, über den sogar die Zeit nur einen zweifelhaften Sieg hatte erringen können, und auf die Macht seiner uralten Weisheit und auf seine Geheimnisse, die so alt waren wie die Dämmerung.

Nur Gwydion lächelte die ganze Zeit über, ohne Furcht ...

Doch ihre Bedrücktheit währte nicht lange. Sie waren müde und hungrig, und bald murrten sie wieder, während sie mit dem Abend um die Wette liefen, um in den Palast zu kommen. Ihre Bäuche sprachen und ihre Füße.

»Ich hoffe, dieser König wird ein Schwein für uns schlachten«, knurrte einer. »Doch bestimmt ist er ein zu knausriger und kleinlicher Geizhals, um seinen Gästen das Beste anzubieten. Und wenn er das wirklich ist, dann erschlagen wir ihn am besten in seinem Bett und verhelfen uns selbst zu den Schweinen aus seinem Stall!«

»Und verhelfen uns auch zu den Speerspitzen seiner Wachen, dorthin, wo wir sie am ungernsten hätten?« sagte Gwydion. »Ihr kläfft wie ein Pack Köter. Seid nur still; es ist möglich, daß er uns zum Abendessen ein Schwein richten läßt, und es ist möglich, daß er es nicht tut. Ich bin so hungrig wie jeder von euch, und doch hört ihr mich nicht muhen wie eine Kuh, die ihr Kalb verloren hat.«

So beruhigte er sie, doch in Wirklichkeit kümmerte es ihn nicht, ob es zum Abendessen Schweinefleisch gab oder nicht, denn sein Hunger war geistiger Art. Sein Verlangen galt einem Strom von Schweinen, galt sich vermehrenden und heranwachsenden Schweinen, ihrem schmatzenden Schlingen und Verschlungenwerden im Gwynedd der kommenden Zeit, womit sie den Reichtum des Landes und sein Genießen vergrößern würden, solange die Sitte des Essens dauerte; und die flüchtige, unmittelbare Befriedigung eines Abendessens wog dagegen nichts.

Und der Torhüter Pryderis ließ sie ein, zwölf Barden, von denen einige ihre Harfen trugen, als wären sie mehr an Schilde oder Speere gewohnt.

Sie kamen vor Pryderi, der auf seinem königlichen Lager saß, das mit scharlachrotem Zeug und goldenen Stickereien aus dem Osten bedeckt war – ein Löwe von einem Mann, wenn seine goldene Mähne auch ergraute und nicht mehr leuchtete wie die Sonne, wie sie es getan hatte, als er noch Guri vom Goldenen Haar war, bevor er seinen zweiten Namen, Pryderi (Gram), bekommen hatte, des Grames wegen, der seine Mutter Rhiannon befiel, als ihn Dämonen aus der Hut der Sieben Schlafenden Frauen, darunter die Königin selbst, in seiner Geburtsnacht entführten.

Jetzt war sein Name Pryderi der Sohn Pwylls, was ›Gram der Sohn des Gedankens‹ bedeutet, und heute weiß niemand, was an diesen Geschichten ist:

warum Gedanke nach Faery ging und dort einen Feind der Götter erschlug; oder warum ihm auf einem Hügel der Gefahren und der Wunder eine Prinzessin aus Faery erschien; und warum Gram in der Nacht seiner Geburt gestohlen und dann von Teyrnon gerettet wurde, der die Klaue des Dämonen abhieb. Oder wenn es einige wissen, dann verraten sie es nicht . . .

Doch selbst diese Dinge sind ein geringeres Geheimnis als die achtzig Jahre währende Feier Pryderis mit dem Sprechenden Haupt Brans, das nach Morddwydtyllyon von des Königs Schultern geschlagen worden war, und wie Pryderi dennoch als junger Mann nach Dyved zurückkommen konnte, zu einem Weibe und einer Mutter unverändert von der Zeit.

Entweder müssen die Schreiber einen Fehler gemacht haben oder die Lande, von denen sie berichten, waren nicht die irdischen Dyved und Gwynedd, sondern ihre Ebenbilder in Faery, in jener ersten Schicht von ihm, das in der Oberwelt liegt, über unserer Erde und Annwn; und ihre Helden waren keine Menschen, sondern solche, die sich von den Banden des Erdenleibes schon freigemacht hatten: die geringeren Götter, deren Taten ein Vorbild für die Taten der Menschen sind und sie inspirieren. Denn vielleicht ragt eine Welt in die andere hinein, und jede ist nichts als die Schale der nächsten . . .

Wenn es so ist, dann waren diese Götter sehr menschlich, keine überwältigenden älteren Brüder der Menschen. Und selbst wenn sie Götter waren, dann ist es nicht seltsam, daß sie heute tot sind. Denn der Tod bedeutet den Übergang von Welt zu Welt, und für Götter kommt, wie für Menschen, die Zeit, da ihre Arbeit in der einen getan ist. Alles, was ist, muß durch jede Welt hindurchgehen, bis es die Letzte von Allen erreicht . . .

Es wird uns nicht berichtet, ob Königin Kigva an jenem Abend in der Festhalle war, als Gwydion nach Dyved kam, sie, die unter Manawyddans Schutz gelebt hatte, während Pryderi sich in der Gewalt von Llwyd befand. Aber es ist wahrscheinlich, daß Gwrgi Gwastra anwesend war, er, der in diesem Reich eine so große Rolle spielte, daß man vermuten darf, er sei Pryderis und ihr Sohn gewesen. Wir werden später noch von ihm hören.

Wir wissen aber, daß Pryderi die Reisenden freundlich empfing, ob er ihnen nun Schweinefleisch vorsetzte oder nicht. Denn das Gesetz schrieb vor, daß man Barden Gastfreundschaft gewähren mußte, so daß sie von einem Ende des Landes bis zum anderen niemals auf Speise oder Lager verzichten mußten, wenn ein Haus in Sicht war. Und ein großer und gütiger König konnte nicht anders, als um seiner eigenen Ehre willen das Gesetz großzügig erfüllen.

Aber auch Barden müssen geben . . .

Der Sohn Pwylls hieß Gwydion beim Fleisch neben sich setzen, und nachdem alle nach Herzenslust gegessen und getrunken hatten, da wandte er sich an seinen Gast und sagte:

»Nun würde ich gern ein Lied von einigen deiner Männer hier hören.« Gwydion blickte sich unter den elfen um, die im Verführen von Frauen und im Aufhetzen zu einer Balgerei besser waren als im Singen.

»Herr«, sagte er, »am ersten Abend, an dem wir in der Halle eines hohen Herren sind, ist es unser Brauch, keinen als den Anführer der Barden seine Kunst versuchen zu lassen. Falls du es wünschst, werd' ich dir gern eine Geschichte erzählen.«

Seine eigenen Männer grinsten hierbei, denn in Gwynedd waren Gwydions Lieder seit langem berühmt, und die Macht seines Geschichtenerzählens hatten sie erst jüngst erlebt. Also schlug Gilvaethwy die Harfe und Gwydion sang, und die Halle erklang von goldenen Klängen. Auch über silberne Töne verfügte er, übergossen von anderen Farben, die so zart wie die Töne des Regenbogens waren nach einem Sommergewitter. Und jedes Wort ließ die Ohren nach mehr lechzen, und je mehr sie bekamen, desto weniger fühlten sie, daß sie je genug davon bekommen könnten in dieser Welt. Und wenn eine Geschichte zu Ende war, dann wollten Pryderi und seine Männer eine neue hören und noch eine und danach noch mehr. Doch welche Geschichten Gwydion dort in seinen Liedern erzählte, weiß heute niemand mehr. Es ist uns nur überliefert, daß Gwydion der beste Geschichtenerzähler auf der Welt war ...

Als die Nacht ihre dunkelsten Stunden erreicht hatte und das Schweigen der Unterwelt über die Gefilde der Menschen sich zu ergießen schien, da hatte noch keiner die Darbietung verlassen, und alle Augen waren hell und scharf, ungetrübt von den Schleiern des Schlafes. Da begann Pryderi Gwydion nach der verborgenen Bedeutung in einigen der Geschichten zu fragen, die er gesungen hatte; kleine, geheimnisvolle, angedeutete Dinge. Und Gwydion antwortete, doch seine Antworten, die wie Fackeln zu erhellen schienen, vergrößerten am Ende das Geheimnis nur; und es ist möglich, daß keine von ihnen stimmte.

Doch schließlich verstummte er und saß, nur den König anstarrend, da, seine Augen so hell wie Silber und tief wie das Meer.

Pryderi wurde unter jenem Blick unruhig. Er packte seinen Sinn zu fest, umfaßte ihn wie eine sich schließende Hand ...

»War da etwas, das du mich fragen wolltest?« sagte er.

»Ja«, antwortete Gwydion und sah den König noch eine Weile länger an. »Ich frage mich«, sagte er dann, »ob es wohl jemanden gibt, mit dem du über mein Geschäft lieber verhandeln wolltest als mit mir?«

Diese Worte waren eine Warnung. Hätte der König von Dyved in jenen dunklen Stunden der Nacht an die Geschichten von den Dämonen gedacht, die erst eingeladen werden müssen, bevor sie die Schwelle zu menschlichen Behausungen überschreiten können, dann hätte er eine andere Antwort gegeben.

»Fürwahr«, sagte Pryderi, »das ist unwahrscheinlich. Denn wenn du nicht genug Worte hast, dann niemand unter der Sonne.«

Da hörte Gwydions Blick auf, zu binden und bannen, und wurde gerade wie ein Schwert.

»Herr, dann höre mein Begehren. Ich bin gekommen, um dich zu bitten, mir einige der Tiere zu geben, die dir von Annwn gesandt wurden.«

»Fürwahr«, sagte Pryderi, »das wäre das Leichteste von der Welt – wenn ich es tun könnte.« Und er rutschte unruhig auf seinem Thron hin und her; denn er spürte ein plötzliches heftiges Verlangen, dessen Grund oder Herkunft er nicht hätte nennen können, Gwydion die Schweine zu geben.

»Es besteht zwischen mir und meinem Volke eine Abmachung, diese Tiere betreffend«, sagte er; und fand es plötzlich schwer, sich daran zu erinnern. So ähnlich waren jene beiden Augen einen Augenblick lang zwei Seen, in denen er zu versinken drohte, ein schwacher Schwimmer, der, wenn er sich nicht hütete, ertrinken würde ... »Und die Abmachung lautet, daß keines dieser Tiere Dyved verlassen soll, bevor sich ihre Zahl im Land verdoppelt hat.«

Gwydion lächelte ihn an. »Herr, mach' dir deswegen keine Sorgen. Ich kann dich von diesem Band befreien. Versprich mir heute nacht die Schweine nicht, aber verweigere sie mir auch nicht; und morgen früh werde ich dir zeigen, was zum Tausch für sie geboten wird.«

»So sei es. Ich hoffe, daß du deine Worte wahr machen kannst«, sagte Pryderi. Und fragte sich im nächsten Augenblick, ob er das wirklich tat ...

Als Gwydion und seine elf sich in ihr Schlafgemach begaben, da benahmen sich die Männer von Gwynedd alle trunken und schläfrig – was sie auch wirklich hätten sein müssen, nach all dem Wein, den sie getrunken hatten –, bis sie sicher waren, daß alles Gesinde außer Hörweite war. Dann stürzten sie sich alle gemeinsam auf den Sohn Dons in einer einzigen lauten und gewaltigen und lärmenden Frage.

»Hast du Glück gehabt? Hast du die Schweine bekommen? Hast du schon um sie gebeten?«

Er hob den Arm, und sie verstummten alle. Sein Gesicht besaß in jener Stimmung und in jenem Augenblick alle Befehlsmacht Maths.

»Männer«, sagte er, »durch Bitten werden wir diese Schweine nicht bekommen.«

»Hat er sie dir abgeschlagen? Der Geizkragen! Der Knicker! Dieser elende, unkönigliche, klebefingrige, geizige alte Schlinghals von Schweinefleisch und Liedern über anderer Männer Taten!«

»Der würde keinen abgenagten Knochen hergeben, und wär' er sieben Jahre alt!«

»Er hat dir alle diese Geschichten abgelockt, und jetzt will er dir nichts dafür geben!«

»Ein anständiger König hätte dir für die Hälfte einer solchen Darbietung Land genug für einen ganzen Cantrev gegeben!«

»Er wird uns allen Land genug für unsere Gräber geben, wenn ihr eure Meinungen weiterhin so hinausheult«, sagte Gwydion, »und uns obendrein der Mühe entheben, je wieder Schweinefleisch oder etwas anderes essen zu müssen. Das Gesetz, das die Leben von Barden heilig macht, ist für uns sehr praktisch – was ich auch bedachte, als ich diese Verkleidung wählte –, aber es wird uns nicht zu weit schützen.

Wie, meint ihr wohl, kann ich mit solch einem Pack Köter, das meine Absätze umheult, überhaupt etwas erreichen? Es ist nur gut, daß ihr zu betrunken wart, um zuzuhören, wie ich mit ihm redete, sonst hättet ihr alles verdorben. Ich wollte ihn heute nacht bezaubern. Dieser Wurf ist mißglückt, aber es gibt noch andere Tricks, die man ausprobieren kann.«

»Ja! Ja!« riefen sie. »Laß uns hingehen und unsere Schwerter in ihn und seine Häuptlinge stecken, solange sie schlafen und es nicht erwarten! Und dann den Stall öffnen und alle Schweine nach Gwynedd treiben!«

»Und die Schweine in der Dunkelheit verlieren!« sagte Gwydion.

»Wir könnten den Palast als Fackel anzünden«, schlug Gilvaethwy vor, dessen Lebensgeister in der Erregung seiner Kameraden und des Abenteuers wieder erwachten.

»Und den ganzen Cantrev auf dem Hals haben, bevor wir auch nur aufgebrochen wären«, sagte Gwydion, aber er lächelte dabei.

Die zehn sahen unglücklich drein. Sie waren wie Blasen, aus denen die aufblähende Luft entwichen war.

»Und wie sollen wir dann die Schweine bekommen?« sagten sie.

»Welches Recht hat dieser alte Geizhals, auf diesen Schweinen zu hocken wie die Henne auf ihren Eiern?« murrten sie.

»Es ist nur billig, daß Gwynedd ihren Anteil bekommt!«

»Wo er doch nichts als ein Emporkömmling von König aus dem Neuen Volk ist, wogegen wir von dem uralten Stamm sind, von dem, der über die ganze Insel der Mächtigen herrschte, lange bevor seine Großmütter die Frechheit besaßen, hierherzusegeln!«

»Und was haben sie schon hierhergebracht, außer einem Sack voll närrischer Ideen über Männer und Frauen und Geburt von Kindern? Ideen, die die Leute dazu gebracht haben, eine Menge von Fragen zu stellen, die niemals beantwortet werden können und noch unseren Großneffen Schwierigkeiten machen werden! Noch nie etwas, das irgendwie getaugt hätte«, rief einer, »und selbst das taugt nichts.«

»Außer den Schweinen«, sagte ein anderer.

»Und wie sollen wir die kriegen?« seufzte ein dritter und kratzte seinen Kopf an verschiedenen Stellen.

»Ich werde sie bekommen«, sagte Gwydion. »Geht zu Bett.«

Und mit diesen Worten kam Frieden über sie und Sicherheit, und sie gingen zu Bett.

Doch Gwydion folgte ihnen nicht. Lange nachdem auch der letzte von ihnen schnarchte, stand er immer noch aufrecht und allein in der dunklen Kammer, und mit einem dünnen Zauberstab zeichnete er im weißen Schimmer des Mondes Muster zu seinen Füßen; Kreise zog er und Dreiecke und andere Formen und Symbole, deren Macht wir nicht kennen ...

Gilvaethwy erwachte einmal in der gespenstischen, versilberten Nacht und sah ihm zu. Er wußte, daß er nicht durch Fragen stören durfte. Doch Gwydion wandte sich nach ihm um und antwortete ihm, als hätte er gefragt. Sie hatten ein seltsam feines Gehör, jene, die Maths Künste studiert hatten.

»Ich mache einen Zauber«, sagte er, »und wenn du willst, kannst du mir von draußen ein paar Pilze holen und dann zusehen.«

Und letzteres war eine Erlaubnis, die für gewöhnlich so eifrig gesucht und ergriffen worden wäre wie der höchste aller Preise. Gwydion war nicht immer willens, das Entstehen seines Zaubers zu zeigen. Doch Gilvaethwy fiel plötzlich seine Unglückseligkeit ein und daß es ihm nicht anstand, an irgend etwas auf der Welt interessiert zu sein. Früher in dieser Nacht war er sowieso schon zu nahe daran gewesen, das zu vergessen. Deshalb hüllte er sich jetzt in tragische Würde und wandte sein Gesicht zur Wand. Er war ein Mann in großem Leid und großer Sehnsucht; kein Kind, das mit Spielzeug ergötzt werden konnte.

»Tut mir leid, Bruder, doch nirgendwo auf der Welt gibt es etwas, das zu sehen mich interessierte, ein Ding ausgenommen, und das ist nicht hier«, sagte er und seufzte – ein tiefes, männliches Seufzen.

»Ach, wirklich?« sagte Gwydion. »Du kannst mir aber trotzdem die Pilze holen. Ich sah welche in der Nähe des Palasttores wachsen. Diese Übung sollte dir zu Schlaf verhelfen und vielleicht zu einem Traum, in dem du siehst, was du sehen willst.«

»Wenn du noch einen Atemzug lang gewartet hättest, hätte ich dir gesagt, daß ich dir gern gefällig bin, wie schwer mein Herz auch ist«, sagte Gilvaethwy vorwurfsvoll und seufzte wieder und ging dann. Mag sein, daß ihm die

Erwähnung des Traumes unbehaglich war, denn die Eingeweihten des Hauses Math hatten wohl Macht über Träume, und Gilvaethwy hatte kein Verlangen, auf einem Nachtmahr zu reiten oder von einem geritten zu werden.

Er hatte einige Mühe, die Pilze zu finden, denn es gab nur wenig Licht. Der Mond war schon zu einem kränklichen und bleichwangigen Elend verblaßt; und es kam ihm so vor, als wäre der Wind, der von Gwynedd her über die Felder wehte, kälter als gewöhnlich, und als läge etwas Spöttisches in seinem Pfeifen, eine Tücke nicht von dieser Welt ...

Die Dämmerung schickte sich an, die Nacht auszubleichen, als er endlich die Arme voller Pilze hatte und sich auf den Rückweg zum Palast machte. Und in diesem grauen, spinnwebigen Zwielicht, in dem alle Dinge verschwommen sind und halb dieser Welt, halb einer anderen anzugehören scheinen – ungewisse Gestalten und Geister von leblosen Dingen, die sich jetzt nach dem dunkleren, tätigeren Leben der Nacht zur Ruhe begaben –, kam er wieder herein und legte seine Last vor Gwydion nieder.

Dann taumelte er – zu sehr zitternd, um auf den Dank seines Bruders zu achten – wieder in sein Bett und in einen Schlaf, der zu tief für Träume war.

Gwydion lächelte über jenen Schlaf und arbeitete weiter ...

Er hatte viel zu tun und zu denken, bevor die Sonne zu hoch am Himmel stand für das Binden des Bannes. Er liebte seine Arbeit. Er mag sich des Mißlingens des Planes seiner Kameraden, die Schweine einfach zu stehlen, nicht ganz so sicher gewesen sein, wie er getan hatte, doch ihn auszuführen hätte das Wagen gewaltiger Gefahren erfordert. Und obwohl er Wagemut besaß und Anfällen urtümlicher Schlachtenwut, die das Entzücken seiner Freunde darstellte, noch nicht entwachsen war, so nahm er doch selten Gefahren unnötig auf sich, zumindest, wenn es um unwichtige Ziele ging.

Für ihn war ein gut gelungener Streich immer besser als die ruhmreichste Schlacht, wie überhaupt die Wonnen seines Körpers fast immer gegenüber denen seines Geistes die Unterlinge waren. So wundervoll die Zusammenarbeit von Kriegerhand und -bein und -auge auch sein mochte: weit größere Abenteuer konnten durch den Verstand gewonnen werden, der schließlich Hand und Bein und Auge stets leiten muß.

Maths mysteriöses Göttlichkeitsfluid war nicht in ihm, aber er war der Vorläufer des Intellekts: der erste Mann einer künftigen Welt. Er war ein Künstler, einer der ersten in unserer Westlichen Welt, von dem wir Zeugnis haben, denn die Künstler Griechenlands und Roms hatten die führenden Hände Ägyptens und des Ostens gespürt. Und er liebte es, mit seinen geistigen Fähigkeiten eine Idee zu gestalten und auszufeilen, wie sein Bruder Govannon, der erste der Schmiede, es liebte, mit seinen Werkzeugen ein Schwert zu gestalten und zu schleifen.

Vielleicht war es sein Künstlerblut, was ihn die Neuen Stämme und ihre Lebensweise weniger verachten ließ, als seine Kameraden das taten. Denn er konnte es nicht ertragen, eine Tür ungeöffnet zu lassen oder neue Gedanken unversucht zurückzuweisen.

Überdies wußte er, daß etwas an diesen Gedanken war. Die Triaden nennen ihn einen der Drei Berühmten Hirten der Insel und sagen, daß er sich um das Vieh von Gwynedd Uch Conwy annahm; und das bedeutet wahrscheinlich nicht nur, daß er seine Zauberkünste zum Wohl der Tiere übte, sondern daß er sie und ihr Verhalten und die Voraussetzungen ihres Lebens ebenfalls studierte. In jenen Tagen waren die Pflichten von Königen und Prinzen oft einfacher als heute. Er mag den Kopf des kranken Kalbes auf seinen eigenen Knien gehalten haben, und seine eigenen Hände mögen die gehörnte Mutter in der schmerzensreichen Gebärstunde getröstet haben.

Und man kann sich leicht vorstellen, zu welchen Experimenten jener glänzende, neugierige und respektlose Geist seinen Besitzer führte, wie viel er durch diese stummen Geschöpfe von dem bewies, was die Grundlagen von Geburt und Unfruchtbarkeit und die Gesetze des Lebens betrifft.

Er dachte an diese beiden Dinge, als der Zauber schließlich fertig war und er sich zur Ruhe legte, während die Sonne aufging und durch alle Risse und Ritzen in Strahlen aus flüssiger Flamme hereindrang.

›Denn ich habe bemerkt, daß eine Kuh, die ich allein in ein Gehege bringe, unfruchtbar ist, und wenn ich andere Kühe zu ihr lasse, ist sie unfruchtbar, doch wenn ich einen Stier in das Gehege lasse, und sei es nur einmal, dann bekommt sie ein Kalb. Und nachdem das Kalb entwöhnt ist, wird sie wieder unfruchtbar und bleibt so, bis ich den Stier wieder in das Gehege lasse. Und wenn das bei Tieren so ist, warum dann nicht bei Männern und Frauen?

Das Volk schreit, Tiere könnten nicht derart mit Menschen verglichen werden und solche Fragen lästerten die Götter – vor allem Frauen schreien das, da sie den Männern diese neue Macht mißgönnen –, doch das ist Anmaßung und Narreneitelkeit und hat keinen Platz in der Weisheit meines Onkels Math. Wir sind nicht so verschieden; wir wurden von dem einen Planer geplant, und das Kalb trinkt von der Milch seiner Mutter, wie ich von der Dons trank ... Sie haben das gleiche Schicksal wie wir geerbt. Alles, was ist, ist ewig, und alles vergeht nur, um wiederzukehren, bis am Ende der Jahre die Zeit des großen Wandels kommen wird ...

Nein, das Neue Volk hat in diesem einen Punkt recht. Und herrlich wäre es zu wissen, daß ein Kind von einem selbst stammt, ein Teil vom Wesen des eigenen Körpers ist. Ich habe den Frauen dieses Wunder immer geneidet . . .‹

Und er spielte eine Weile mit diesem Gedanken und streichelte ihn, träumte. Die Idee entzückte ihn. In ihrer Verwirklichung hätte sich wohl die Zärtlichkeit, deren Knospe er für Gilvaethwy fühlte, zur duftenden Blüte entfaltet, das Gefühl, das ihn zu einer ungünstigen Zeit, wie er wohl wußte, auf diese Reise geführt hatte. Doch jetzt war die Brücke überschritten und es gab kein Umkehren.

›Denn ich werde nicht in Schande und ohne Schweine nach Gwynedd zurückkehren. Math würde nichts sagen, doch würde ich in der Ruhe hinter seinen Augen lesen, daß ich jung und unreif sei und meiner Kräfte zu sicher. Und Gilvaethwy wäre nicht geholfen . . .‹

Er grübelte eine Weile, dann kehrten seine Gedanken zu angenehmeren Pfaden zurück. ›Ein Kind? Ja, ich könnte zu einem Kind kommen – doch wie sicher sein, daß es wirklich von mir ist? Die Ehe ist, im besten Falle, ein mißlicher und ungewisser Notbehelf. Das Neue Volk hätte wirklich, wenn es schon dabei war, einen besseren ersinnen können; doch wie könnten sie, wenn nicht einmal ich es kann? Es wäre unbillig, Treue von Frauen zu fordern, wenn wir Männer diese Treue so langweilig finden. Doch Treue wäre die Voraussetzung . . . Aber jetzt will ich schlafen. Bald muß ich zu Pryderi gehen.‹

Und er gab sich die nötigen Befehle und schlief ein . . .

Der Tag war frisch und golden wie eines jungen Mädchens Haar, als Gwydion wieder vor Pryderi kam, der auf seinem Thron saß.

»Herr«, sagte er, »ich wünsche dir einen guten Tag.«

»Mögen die Götter dich gedeihen lassen«, sagte Pryderi. »Ich hoffe, daß du und deine Kameraden in eurer Unterkunft alles zum Besten fandet. Doch das müßt ihr, denn du siehst so frisch und glanzäugig aus, als hättest du geschlafen wie ein Kind; doch das ist die Natur der Jugend.« Und er seufzte um seine eigene Jugend, die in den langen Jahren während der Unterhaltung durch das Haupt Brans dahingegangen war, nach dem Gemetzel von Morddwydtyllyon, und in jenen länger scheinenden Jahren, als er mit Manawyddan Sohn Llyrs durch Britannien gewandert war – heimatlose Flüchtlinge, solange Dyved unter dem Zauberbann Llwyds lag.

Doch Gwydion lächelte und sagte: »Wir können uns über nichts beklagen, Herr. Deine Gastfreundschaft ist so groß wie dein Name, und ein Mann hätte selbst schuld, wenn er hier keinen Schlaf fände. Ich komme zu dir, um mein Wort zu erfüllen. Ich habe die Tauschware für die Schweine. Komm zum Palasttor und sieh sie dir an.«

Also ging Pryderi zur Tür, und draußen sah er Gwydions elf Männer zwölf

Pferde bewachen, Pferde, deren Zaumzeug und Sättel aus Gold waren, Pferde, die auf Kandaren aus Gold herumbissen; zwölf weißbrüstige Windhunde mit Halsbändern und Leinen aus Gold; und zwölf runde, goldüberzogene Schilde, die auf den Steinen funkelten wie ein Haufen kleiner Sonnen. Oder wie saumselige Sterne, die vom Tag überrascht worden und auf ihrer hastigen Flucht vom Himmel gefallen waren.

Pryderi schaute, und er dachte, daß jedes einzelne dieser vierundzwanzig Tiere das schönste zu sein schien, das seine Rasse jemals hervorgebracht hatte; doch wenn seine Augen dann vom letzten der Tiere, das ihm wie das herrlichste unter Herrlichen vorkam, wieder zum ersten zurückkehrten, so war dieses so schön wie zuvor und ebenso unübertrefflich. Und der Glanz des Goldes blendete ihn, verstärkte sich, bis er Himmel und Erde mit seinem Scheinen zu erfüllen schien, und er hätte gern weggesehen, konnte es aber nicht. Als es ihm endlich gelang, da lächelte ihn Gwydion immer noch mit seinem stillen, hintergründigen Lächeln an. Er sagte aber keinen Ton.

»Diese alle willst du für die Schweine geben?« stotterte der König. Und wünschte plötzlich, ohne zu wissen, warum, nicht als erster gesprochen zu haben.

»Diese alle«, sagte Gwydion, ohne ein Auge von ihm zu wenden. »Ist es nicht die doppelte Zahl von zwölf Schweinen, Herr? Und die Schilde obendrein, ohne das klitzekleinste Schweinchen extra. Wird dein Volk nicht sagen, du habest einen günstigen Handel geschlossen und einen weit wertvolleren Schatz gewonnen als ein paar von den neuen Tieren?«

»Das ist richtig«, sagte Pryderi, »und doch ist etwas faul daran.« Dann sah er von Gwydion und von dem Gold weg, denn beides wirkte auf seinen Verstand in seltsamer Weise wie Wein, und es war ihm wohler, wenn er sie nicht ansah. »Ich werde mich mit meinem Volk beraten«, sagte er. »Ich habe eine Abmachung mit ihnen getroffen, und ich werde nichts tun, von dem man sagen könnte, es würde diese Abmachung brechen. Sie sollen unserem Handel zustimmen, bevor er geschlossen wird.«

»So sei es«, sagte Gwydion und lächelte.

Doch unterm Palasttor blieb der König stehen und sah einen Augenblick zu seinem jungen Gast zurück. »Da ist eine Sache, die ich gerne wüßte«, sagte er. »Wie hast du alle diese Geschöpfe bis zum Morgen hierhergebracht? Du brachtest sie gestern nicht mit dir, denn das hätten mir meine Männer berichtet. Es sind keine Dinge, die man übersieht.«

»Ich habe in der Nacht einen Boten nach ihnen gesandt«, sagte Gwydion, und sagte nicht mehr.

Zu Mittag waren Pryderis Häuptlinge und Adlige versammelt, und sie berieten Gwydions Angebot angesichts der glitzernden Dinge, die er gebracht hatte. Und keinen gab es unter ihnen, der nicht über diese Schätze staunte, über die herrlichen Tiere und das glänzende Gold; keinen, der in seinem Herzen nicht den Gedanken verabscheute, solche Reichtümer könnten auf Nimmerwiedersehen aus Dyved verschwinden. Doch auch ihre neuen Tiere waren ein einzigartiger und unschätzbarer Besitz, eine Rasse von Wesen, die aus dem zaubrischen und geheimnisvollen Reich Faery stammten und von Dyved ganz allein besessen wurden, unter allen Ländern der Erde, eine einzigartige und auserwählte Krönung.

»Und was sind dagegen Hunde und Pferde?« sagte einer. »Wir haben Hunde und Pferde seit jeher gehabt; aber Schweine hat niemand sonst auf der Welt.«

Doch ein anderer sah Gwydions Pferde an und die Hunde, das Licht, das von Halsbändern und Sätteln und Schilden strahlte. »Wir haben nicht viele solcher Pferde und Hunde gehabt, und auch nicht solches Zubehör«, sagte er. »Und selbst, wenn wir zwölf hergeben, so wird sich die neue Tierart auch weiterhin in Dyved vermehren. Auch ist es vielleicht nicht weise, dieses Geschenk der Götter für uns allein zu behalten, denn das wird in anderen Ländern Neid und Gier erzeugen und bewirken, daß unsere Grenzen wieder heimgesucht werden, wie es in den alten Tagen geschah, bevor Pryderi stark und sicher als Herr über den ganzen Süden stand.«

»Sie sollen uns nur angreifen, wenn sie es wagen!« rief einer, der jünger war, kühn lachend. »Das wird ein guter Zeitvertreib – so gut wie Schweinefleischessen. Ich habe hier jemanden, den nach einem Trunk aus den Adern solcher Besucher dürstet!« Und er tätschelte das Schwert an seiner Seite.

»Er hat recht!« rief ein anderer in seinem Alter. »Wir können unser Eigentum verteidigen! Und wer da meint, er könne sich ein Stück davon abschneiden, überlegt sich's besser anders. Solche Vorsicht ist Altmännergeschwätz und Narretei!« Doch bei aller Kühnheit seiner Worte weilten seine Augen doch begierig auf den Tieren und dem Gold.

»Schweigt, Hündchen!« sagte Pryderi, »und hütet eure Zungen gegenüber euren Älteren, bis ihr erst einmal einen Krieg bestanden habt oder zwei. Ich bin froh, zu wissen, daß die Schwertarme meiner jungen Männer bereit sind, doch liegt weder im Knausrigsein Ruhm noch darin, durch Knickerei Haß aufzustacheln. Und von Überfällen oder Kämpfen ist hier nicht die Rede; es wird uns ein angemessener Gegenwert für die Schweine geboten.«

»Das ist auch wieder wahr!« sagten sie und besahen lange die Pracht, die Gwydions angebotener Preis war.

»Was ich nur gern wüßte«, sagte ein Kriegshäuptling und strich sich den Schnurrbart, »ist, woher ein umherziehender Anführer von Barden alle diese Schätze hat. Er ist ein anderer, als er scheint.«

»Gewiß hat ihm ein König, der weit von hier herrscht, sie ihm für seine Lieder gegeben, was sich nur ziemte«, sagte Pryderi. »Oder aber, der junge Mann steht im Dienste eines anderen Königs auf der Insel der Mächtigen und bietet diesen Preis in dessen Auftrag. Ich wünschte, er stünde in meinem«, seufzte er dann, »denn seit Jahren bin ich nicht mehr so gut unterhalten worden wie vergangene Nacht.«

»Wir sollten herausfinden, von wem er kommt«, sagte der junge Mann eifrig. »Man sollte es aus ihm herausbringen!«

Da schaute ein bejahrter Mann auf, der unter Pwyll, Pryderis Vater, Vogt gewesen war und ebenso unter Manawyddan ap Llyr, dem Bruder Brans des Gesegneten und Ehemann von Königin Rhiannon in deren späteren Tagen, und sprach aus seinem blassen, schütteren Bart heraus:

»Herr, der Fremde hat eine goldene Zunge. Seine Stimme in der vergangenen Nacht war der süßeste Klang, den ich in der Halle gehört habe, seit deine Mutter, Königin Rhiannon, abschied und ihre Vögel zurück nach Faery flogen. Doch in seinem Lied war, wie in dem ihren, Magie, Magie, die aus herrlicheren Reichen kommt, als Sterbliche kennen. Und wenn Magie mit seinem Auftreten verbunden ist, kann es dann nicht auch Tücke sein? Erinnere dich an Llwyd und an die Tage, da du die Türklopfer seines Palastes um deinen Hals trugst.«

»Kein Besucher aus Faery käme, um Schweine zu holen«, sagte Pryderi. »Sie haben dort genug von ihnen, und noch mehr.«

»Es gibt auch auf der Insel der Mächtigen Stämme, die Zauberkünste beherrschen«, sagte der alte Mann, den Kopf schüttelnd. »Sie, die vor uns hier waren und reicher sind als wir an alten Weisheiten, die in früheren Tagen den Göttern von den Menschen abgerungen wurden, bevor die Wand zwischen den Welten fest war. Unter ihnen gibt es Meister der Beschwörung und des Blendwerks, die einem Mann seine eigenen Sinne stehlen und seine Gedanken ihrem Willen unterwerfen können. Sie haben keinen Grund, uns, die wir auf ihre Insel einfielen, zu lieben, und sie vergessen nicht. Sie sind sehr listenreich, Herr«, sagte er.

»Diese schlichten Gemüter, die nicht einmal wissen, warum Frauen Kinder bekommen!« sagte ein junger Adliger und lachte verächtlich; und alle jungen Männer lachten mit ihm. »Ich würde nur zu gern sehen, wie sie uns einen Streich zu spielen versuchen! Sie murmeln Magisches, weil sie nicht stark genug waren, uns mit Speeren zu vertreiben, und jetzt wollen sie ihre Schwäche

483

hinter dummem Mummenschanz verstecken. Dummköpfe, die nicht einmal wissen, daß eine Frau nicht von allein schwanger werden kann!

Aber vielleicht sind sie gar keine solchen Narren«, lachte er, »wenn sie Verwandtschaft nur nach der Mutter rechnen, denn ihre Frauen sind so wenig vertrauenswürdig, daß man jene auf keinem anderen Wege feststellen könnte. Ich bin unter diesen Stämmen gewesen!« Und er reckte sich und leckte sich die Lippen wie in angenehmen Erinnerungen.

»Sind sie schlechter als Männer? Sind sie schlechter, als unsere eigenen Frauen es wären, wenn sie nicht Angst davor hätten, die Treue zu brechen?« wollte der alte Mann wissen. »Du bist jung und weißt nicht, wie seltsam Unwissenheit und Weisheit vermischt sein können. Jeder Rasse ihre eigenen geheimen Gaben! Die Alten Stämme sind, wie ich gesagt habe.« Er wandte sich wieder an Pryderi. »Der Herr Manawyddan, dein zweiter Vater, verstand etwas von dieser Macht, Herr. Er überlegte wohl, als er dich und deine Mutter befreite, ehe er einem Wort oder einem Versprechen Llwyds traute.«

Pryderi wandte sich dem Jüngling zu, der den alten Diener seines Hauses verspottet hatte, und starrte ihn in Schweigen. Dann sagte er gütig zu dem alten Manne: »Ich weiß es wohl. Doch Llwyd war aus Faery, und jene Macht weicht von den Alten Stämmen. Es gibt unter ihnen keinen solchen Meister der Magie mehr, es sei denn Math, der alte Zauberkönig von Gwynedd; und er hat sich nie mit uns angelegt, so wenig wie wir uns mit ihm.«

»Math ap Mathonwy ist ein ehrenwerter Mann«, sagte einer der Häuptlinge, »doch von seinem Nachfolger Gwydion heißt es, er sei verschlagen und seines Onkels Schüler in den geheimen Künsten.«

»Math ist immer zufrieden gewesen, zu halten, was er hat«, fügte der alte Vogt hinzu, »Gwydion aber ist jung und wird neue Dinge wollen.«

»Gwydion, Prinz von Gwynedd?« sagte Pryderi, und es war ihm einen Moment lang, als erklänge eine warnende Stimme in seinem Innern, oder als beschwörten diese Worte ein Gesicht herauf, das flüchtig vor seinem Blick schwebte, doch dieser Augenblick ging vorbei, und die Schilde glänzten rund und golden und unverwandt, und die Leiber der Pferde schimmerten so geschmeidig wie polierte Bronze.

»Wir haben keinen Grund, Magie zu fürchten!« riefen die jungen Adligen. »Was liegt daran, wenn dieser Barde, der aus der Richtung von Gwynedd kam, sie anzuwenden versuchte! Unser König war zuviel für ihn! Er gab die Schweine nicht für eine Geschichte und ein Lied her. Der Dichter hat seine Schätze herausgraben und uns einen angemessenen Preis bieten müssen!« Und sie lachten triumphierend und schauten mit gierigen Augen auf das Gold.

»Und doch sollte er näher befragt werden!« sagten andere. »Wir sollten seine ganze Absicht kennen und den Namen seines Herrn.«

Pryderi hob den Arm.

»Das wäre ein unkönigliches Verhalten«, sagte er. »In Dyved war es noch nie Brauch, daß sich ein Gastgeber oder ein König in die privaten Angelegenheiten eines Gastes mischte. Er hat uns nichts zuleide getan. Er hat eine offene Bitte getan und uns einen billigen Tausch angeboten. Das allein betrifft uns. Nehmen wir an oder lehnen wir ab?«

»Daran ist gewiß nichts Magisches!« rief einer. »Die Sachen sind gut. Wir haben sie gesehen, und was wir mit unseren eigenen Augen gesehen haben, daran können wir glauben.«

»Sie können Kuhdung wie Gold glänzen machen«, murmelte der Graubart, doch niemand achtete auf ihn, und er starrte mit seinen alten, nachlassenden Augen ins Feuer, als sähe er dort Gestalten und Herrlichkeiten der fabelhaften vergangenen Jahre, die unwiderruflich dahin waren, und vielleicht auch das entzaubernde Grau der Jahre, deren Kommen niemals aufgehalten werden kann.

So ging es hin und her, doch die ganze Zeit über leuchteten die kreisrunden Schilde mehr und mehr wie kleine goldene Sonnen, bis ihr Glanz alle Augen an sich gezogen hatte, wie Stahl von einem Magneten angezogen wird; und jene fremde Lumineszenz, die nicht nur die Begierde anlockte, sondern auch betäubte wie das Licht, das man zuweilen in tiefen Wassern sieht oder im Kristall eines Zauberers, sank in ihre Seelen. Und Gwydions Wille geschah.

DRITTES KAPITEL – FLUCHT/UND ALS DIE SONNE NOCH EINE STUNDE WEIT VON IHREM FLAMMENBETT IM WESTEN ENTFERNT WAR, BRACHEN GWYDION UND SEINE MÄNNER AUS DEM PALAST VON RHUDDLAN TEIVI AUF, UND DIE ZWÖLF SCHWEINE FÜHRTEN sie mit sich. Sie gingen ohne Hast, aber sie gingen auch nicht langsam; und sie waren froh, daß ihnen beim Abmarsch nicht viele zusahen.

Und der Grund für diesen Mangel an Zuschauern war, daß die Männer von Dyved viel Met tranken, um den Handel zu feiern, den sie geschlossen hatten, und daß alle glücklich und froh waren, außer Pryderi, dessen Not ein Gedanke war, von dem er wußte, daß er ihm einfallen müßte, der ihm aber nicht einfiel. Er war nicht weit weg. Wieder und wieder huschte er ihm durch den Kopf, wie Schwalben fliegen, hoch und weit und sehr geschwind, aber er konnte ihn nie fassen, sowenig wie er eine Schwalbe im Flug hätte fassen können.

Sein Wille hätte Pfeil und Bogen sein und ihn herunterbringen sollen, aber es war, als läge ein anderer Wille als sein eigener auf ihm, diesen zudeckend und betäubend, Vergessen befehlend. Und jener unerreichbare Gedanke lautete: ›Wir sprachen fast bis zum Morgen miteinander. Wie konnte dann der fremde Barde einen Boten irgendwohin senden und sich diese Tiere und Schilde und die goldenen Geschirre bringen lassen, bevor der Morgen halb vorüber war?‹

Doch seine Männer waren glücklich, und Gwydions Männer waren ebenfalls glücklich, wie sie auf der Straße nach Gwynedd dahineilten. Wenn sie nach Rhuddlan Teivi zurücksahen, taten sie es unter Spottrufen und höhnischem Lachen, bis ihnen Gwydion mit einer Handbewegung Schweigen gebot. In ihr lag solches Kommando, daß alle gehorchten, selbst die, die am weitesten weg von ihm waren und sie gar nicht gesehen, das vibrierende Schweigen aber von ihren Kameraden aufgefangen hatten und daher wußten, was ihr Herr befohlen hatte.

»Männer«, sagte Gwydion, »vergeudet euren Atem nicht, denn ihr werdet ihn brauchen. Wir müssen heute nacht schnell vorankommen. Das Blendwerk wird nur einen Tag halten, und bei Anbruch des morgigen Tages werden die Truggebilde, die ich Pryderi für die Schweine vertauschte, wieder das Aussehen der gewöhnlichen Pilze haben, die sie sind. Sonst wären wir diese Nacht behaglich im Palast geblieben und hätten nicht durch diese plötzliche Abreise Argwohn herausgefordert.«

Alle starrten ihn an, denn dies war das erste, was er ihnen über den Ursprung der Dinge erzählte, die er Pryderi vertauscht hatte. Und obwohl sie sicher gewesen waren, daß er Magie angewandt hatte, so hatte sie doch ihre eingeborene Liebe zu Tumult und Ungestüm ein wenig befürchten lassen, daß die Schweine ehrlich bezahlt worden wären.

»Dafür hast du also die Pilze haben wollen!« sagte Gilvaethwy und vergaß nicht, zu lachen.

»Ich würde zu gern Pryderis Gesicht sehen, wenn er morgen früh seine schönen neuen Pferde und Hunde ansehen geht!« lachte ein anderer. »Das wird ein Anblick sein!«

Und der köstliche Humor dieser Vorstellung ließ sie alle in ein solches Gelächter ausbrechen, daß sie kaum aufhören konnten.

»Zu denken, daß wir dachten, du hättest dem alten Narren tatsächlich einen angemessenen Preis bezahlt!« gurgelten sie. »Du hättest ihm alle diese schönen Sachen wirklich gegeben! Denn wir glaubten nicht anders, als daß sie für immer dauern würden, nachdem du sie einmal gemacht hattest. Doch dafür warst du viel zu klug!«

Doch ein Schatten zog über Gwydions Gesicht. »Wenn ich fähig wäre, wirkliche Dinge so leicht zu machen, dann wäre es wohl klüger gewesen, sie ihm zu geben«, sagte er leise. Und einen Augenblick lang war ihm, als schaute

er in die grauen kristallinen Tiefen der Augen Maths; und ein Gedanke durchzuckte sein Herz wie ein Wundschmerz: ›Vielleicht werden bald einige dieser
fröhlichen Kameraden, die jetzt so laut über meinen Streich frohlocken, seinetwegen tot sein.‹

Doch wandte er seinen Sinn rasch von diesem wenig einträglichen Gedanken ab und ließ die Stimmung seiner Männer über sich hinweg und in sich
hinein strömen. Er konnte sich seines Triumphes mehr freuen als sie, denn seine Freude war nicht nur die über befriedigten Stammesgroll, sondern die des
Künstlers über ein wohlgelungenes Werk. Und bald begannen ihm Kampf und
Krieg, die unvermeidlich kommen mußten, auch gut und als ein kleines Unheil
vorzukommen im Vergleich mit dem Preis, den er für Gwynedd errungen hatte. Mußten nicht alle Männer ihr Leben aufs Spiel setzen?

Seine Kameraden hatten nicht die geringsten Bedenken.

»Wie dieser König Maul und Augen aufreißen wird!« lachten sie. »Wie er
sich die Augen reiben und wieder hinsehen und immer noch nichts von seinen
Pferden und Hunden entdecken und glauben wird, er sei beraubt worden! Das
wird diese Neuen Stämme ein oder zwei Dinge lehren! Sie werden lernen, re-
spektvoll gegen ihre Älteren zu sein und gegenüber den Dingen, die ihre Älteren wissen, sie aber nicht.«

»Wie bald werden sie wohl hinter uns her sein?« sagte Gilvaethwy.

»Lange bevor wir Gwynedd erreichen, Kindchen«, sagte sein Bruder.

»Ich meinte, wann sie in Gwynedd einmarschieren werden«, sagte Gilvaethwy mit Würde, »nicht die kleine Jagd, die sie auf uns veranstalten werden. Du glaubst doch nicht, ich würde mich davor fürchten, Bruder? Es ist der
Krieg, dem ich entgegensehe.«

»Der ist nicht weit weg«, sagte Gwydion. »Pryderi wird nicht viele Tage
brauchen, um aus den einundzwanzig Cantrevs des Südens seinen Heerbann
zusammenzurufen. Aber erst wirst du einen hübschen langen Gang machen
müssen, Brüderchen, um deine Kampfeshitze abzukühlen.«

Er wußte, was Gilvaethwys Augen zum Glänzen brachte, nämlich der Gedanke an Goewyn und den von seinem Onkel verlassenen Palast zu Caer
Dathyl. Doch die anderen zehn schlugen liebevoll an ihre Schwerter, daß es
klirrte, und reckten sich mächtig.

»Er soll nur recht schnell kommen! Wir werden ihn herzlich empfangen!
Speere werden wir ihm geben. Speere statt Schweine!«

Und sie gingen nicht mehr, sondern stolzierten.

Ihr Lachen machte ihre Füße leichter, und das war gut. Denn jetzt entrollte
die Nacht ihre schwarzen Banner und senkte sich auf sie, und jeder Schatten
war wie der Vorbote eines Soldaten, den Pryderi bei Morgengrauen aussenden

würde. Wenn sie nicht schnell waren, würde man sie einholen, und sie wußten: wenn jemand von ihrer Gesellschaft dieses Einholen überlebte, dann würden es nur die Schweine sein. Außerdem stand ihnen eine Nacht ohne Schlaf und ohne Essen bevor. Doch das verstimmte sie nicht, denn in dem Gedanken an den Wettlauf mit den Verfolgern lag ein Kitzel, wie das immer der Fall ist, wenn die Aussichten so stehen, daß die Hoffnung atmen kann. Und sie hatten schon viele Male zu Abend gegessen und geschlafen und würden es wieder, wenn sie nicht eingeholt und getötet wurden. Doch der Tod, der eigene Tod, ist etwas, woran Jugend niemals wirklich glauben kann, wiewohl sie sich mit großer Gemütsruhe, angenehmer oder schmerzlicher, den Tod jedes anderen vorstellen kann.

Unsere eigene Stunde muß kommen, da es die aller anderer tut, und doch kann sie es nicht. Und es mag sein, daß dies nicht bloß die heißblütige Kraft junger Glieder und Körper ist, sondern ein sicherer Instinkt des Herzens, das weiß, welche Torheit es ist, sich das Erlöschen auch nur vorzustellen, bis dann Alter und Schmerz jene erste klare, unbewußte Erinnerung an die Ewigkeit überwölken, die wir mit uns in die Welt brachten, und wir alle Bewußtheit unserer Unsterblichkeit verlieren.

Wie auch immer: jene zwölf fürchteten sich nicht, jedenfalls fühlten sie nur jenes leichte, angenehme Prickeln des Grusels auf der Haut, das dem Spiel seine Würze gibt und Sinnen und Gliedern neue Kräfte schafft. Denn ohne Dunkelheit kann man das Licht nicht schätzen, und Freude nicht ohne den Stachel des Leids.

Auch waren sie alle jung genug, um einen Schelmenstreich zu mögen und ständig darüber zu lachen, wie ihr Anführer Pryderi mitgespielt hatte; und sie hatten die Hände zu voll, um sich mit abstrakten Begriffen zu beschäftigen. Denn die Geschenke des Herrn der mystischen Unterwelt erwiesen sich als widerspenstig und als zu kurzbeinig für schnelles Vorwärtskommen. Bald grunzte und quiekte das eine und versuchte, von der mondhellen Straße weg in die umliegenden Felder zu witschen, bald blieb das andere stehen und legte sich nieder und mußte gestupft und gestoßen werden, damit es wieder weiterging, oder gar eine Weile auf starken jungen Armen getragen werden.

Und wenn ihm dann die seltsame, unerhörte Beengung, gegen die Brust eines Fremden gepreßt zu werden, lästig wurde, grunzte es mißbilligend, zappelte sich frei und lief in die falsche Richtung davon. Nur Gwydion gehorchten sie stets, denn in seinen Händen und in seiner Stimme war Magie für alle Tiere.

Der Morgen fand sie aber schon in einem Landstrich von Keredigion, an einer Stelle, die noch Jahrhunderte später Mochdrev oder »Schweinsstadt« genannt wurde, weil sie dort Rast machten. Doch wagten sie keine lange Pause, sondern marschierten bald durch die grünen Lande von Melenydd weiter; doch bevor sie aufbrachen, warf Gwydion einen Schlafzauber über die Schweine und befahl den jungen Männern, sie zu tragen. Sie protestierten etwas dagegen, aber er blieb fest.

»Die Schweine sind müde«, sagte er, »und wir könnten einige von ihnen verlieren, wenn wir sie heute zum Gehen zwängen. Und wenn sie gingen, kämen wir gewiß nicht schneller als Schnecken voran.«

»Wir sind auch müde«, sagten die anderen, »und wir sind alle von adliger Abstammung, keine Lastträger. Das ist keine uns ziemende Arbeit«, endeten sie mit Überzeugung.

»Ihr werdet nicht daran sterben«, sagte Gwydion. »Und ihr seid nicht mit mir in den Süden gegangen, um euch zu erholen. Ihr glaubtet, stark genug für den Kampf zu sein. Seid ihr jetzt so schwach, daß ihr die Preise nicht nach Hause tragen könnt, die wir errungen haben, sondern sie die Straße entlang zu Pryderi zurücklaufen laßt? Es ist das erste Mal, daß sich Krieger aus Gwynedd so schlappmuskelig zeigen. Hebt die Schweine auf«, sagte er.

Und sie hoben sie auf. Doch waren es zwölf sehr müde Männer, die da in jener Nacht zwischen Keri und Arwystli in der Stadt Halt machten, die später als das zweite Mochdrev bekannt war. Jeder von ihnen bestand nur noch aus Schmerzen und Stöhnen und einem gewaltigen Verlangen, sich auszustrecken und zu schlafen, nur Gwydion nicht; und selbst er blieb nicht lang genug wach, um seine Schau zu üben und in Erfahrung zu bringen, wie dicht die Männer Pryderis hinter ihnen waren. Er schlief ein und träumte von einem Gwynedd voller quiekender, saftiger Schweine und einem Gilvaethwy, der wieder heil und glanzäugig war, befreit von seiner Liebeskrankheit. Doch für diese eine Nacht hatte Gilvaethwy sogar Goewyn vergessen und schnarchte unter dem Sternenzelt so friedlich und leer wie seine Kameraden. Nur Gwydion war niemals leer von Gedanken, weder im Wachen noch im Schlafen.

Am Morgen waren Männer und Schweine ausgeruht, und sie marschierten zusammen in Powys ein. Und der Ort, an dem sie in jener Nacht Halt machten, wird seitdem Mochnant genannt, »Schweinebrand«. Gilvaethwy waren seine Leiden wieder eingefallen, und er hatte eine Miene düsterer Versunkenheit angenommen, doch die Lebensgeister der anderen zehn waren wieder erwacht, und sie waren ausgelassen, voll Jubel. Gwydion behielt sie fest im Auge, denn er wußte, daß dieses Stadium des Erfolgs wie Trunkenheit ist und daß sie leicht zu unternehmungslustig werden konnten. Was sie auch bald taten. Es kam zu einem Kampf zwischen zwei Schweinen, jungen Ebern, die vielleicht den Geist der Stunde von ihren Hirten gefangen hatten, und Gwydion machte ihm ein Ende, obwohl seine Gefährten gerne gesehen hätten, was die Neuen

Tiere einander antun konnten. Hinterher schauten sie die Schweine lange und versonnen an.

Dann sagte einer: »Warum heute abend nicht Schweinebraten machen?« Und blitzschnell nahmen die anderen seinen Ruf auf: »Wir wollen heute abend ein Schwein braten! Damit wird endlich für all unsere Arbeit und Plage etwas haben!«

»Diese Schweine schulden mir einen Trägerlohn«, sagte einer. Und er zückte sein Schwert, das im Feuerschein blitzte wie ein gefrorener Mondlichtstrahl, und während er mit dem Finger über die scharfe Schneide fuhr, faßte er die Schweine schärfer ins Auge als je zuvor. »Eins von ihnen soll ihn jetzt bezahlen«, sagte er.

»Sie schulden uns alle diesen Lohn!« riefen seine Kameraden. »Und auf welch bessere Weise könnten sie ihre Schuld bezahlen!«

Die zehn entwickelten ein Starren und eine Gier, die auf die Schweine konzentriert waren, und es war offensichtlich, daß sie in einem Augenblick auch eine Bewegung ansetzen würden. Doch da erhob sich Gwydion von seinem Lagerplatz im Schatten.

»Es könnte wirklich keine bessere Weise geben«, sagte er, »wenn ich es erlaubte – was ich nicht werde.«

Doch hierauf erhob sich von allen Seiten ein Sturm des Protestes.

»Herr, sei kein Geizhals! Sei nicht wie Pryderi! Wir vom Norden sind großzügig und freigebig. Bei allen guten Dingen heißt es bei uns: leben und leben lassen. Und es ist doch nur ein einziges Schwein, worum wir bitten, ein kleines, einsames Schweinchen – den großen Burschen dort drüben, der ausreichte, um für jeden von uns einen ordentlichen Happen abzugeben. Elf Schweine werden sich genauso schnell vermehren wie zwölf, wenn du sie einmal daheim hast. Und im übrigen ist das ja ein Er; er könnte keine kleinen Schweine bekommen.«

»Sie würden sich genauso schnell vermehren wie elf«, sagte Gwydion.

»Dann erlaubst du es also nicht?« sagten die jungen Männer und wurden zu Märtyrern. Sie sahen ihn an wie zehn zweibeinige und zornige fleischgewordene Vorwürfe, doch die ganze Zeit über schauten ihre gierigen Augen immer noch an ihm vorbei und durch ihn hindurch zu den Schweinen hin.

»Steck dein Schwert weg«, sagte Gwydion zu dem jungen Mann, der es gezogen hatte, und er warf ihm einen Blick zu, der so tief wie das Meer war und ebenso kalt. Doch der Jüngling überhörte es, denn er starrte den Eber, den er bezeichnet hatte, so gebannt an, als sähe er schon die fetten Hinterkeulen, die jetzt noch auf den kleinen Hufen umherwitschten, überm Feuer knusprig braun und fettriefend und duftend werden. Er befingerte immer noch das

Schwert auf seinen Knien, und als die Männer das sahen, wurde ihr Protest noch lauter und zorniger.

»Herr, wir haben diese Schweine die ganze Strecke von Dyved bis hierher für dich getragen, und jetzt willst du uns nicht einmal eines von ihnen gönnen. Du hast uns schwere Arbeit aufgebürdet, wie sie einem Edelmann nicht ziemt, und jetzt willst du uns nicht einmal den Lohn eines Arbeiters dafür geben. Kann sich ein Fürst von Gwynedd so verhalten? Du hättest dir vom Norden zwölf Esel mitbringen sollen; denn du willst Lastesel, keine guten Kameraden!«

»Ich habe elf Esel mitgebracht«, sagte Gwydion, »wenn sie auch kürzere Ohren haben als die meisten.«

Doch das beleidigte sie. »Liegt dir so wenig an uns? Nun, wir sind Männer, und wir wollen wie Männer behandelt werden. Du und dein Bruder, ihr seid zwei, und wir sind zehn. Nimm an, wir würden gegen deinen Willen ein Schwein essen.«

»Dann würdet ihr wirklich wie Männer behandelt werden«, sagte Gwydion. Und er heftete seine Augen sehr nachdrücklich auf den jungen Mann mit dem Schwert. »Wie Männer, die einem Herrn von Gwynedd gegenüber eine neue Sprache geführt haben, und zwar eine, die ungesund ist. Ihr Narren«, sagte er, und seine Stimme klang wie das plötzliche Aufkommen eines Sturmes, »glaubt ihr denn, ich hätte einen König betrogen und beraubt und Gwynedd einen Krieg eingehandelt, damit ihr euch auf dem Heimweg die Bäuche vollschlagen könnt? Es ist wichtiger, diese zwölf Schweine sicher nach Hause zu bekommen, als euch dorthin zu bekommen, denn in Gwynedd gibt es Dutzende und Aberdutzende von Männern, doch auf der ganzen Welt außerhalb Dyveds und Faerys nur diese zwölf Schweine. Und wenn ich euch alle aus dem Leben und der Sichtbarkeit löschen müßte, um das zu tun, dann wäre der Preis nicht zu hoch. Doch werde ich es nicht tun; ich bin ein barmherziger Mann«, sagte er.

»Wirklich nicht?« sagten sie hoffnungsvoll. Und sie rückten alle den Schweinen wieder näher, denn während seiner Worte waren sie ein Stück zurückgewichen.

»Nein«, sagte Gwydion, »ich werde es nicht tun. Ich werde nur ein Zauberwort über euch sprechen, so daß euch, wenn ihr heute abend Schwein eßt, alles und jedes Fleisch, das ihr in den restlichen Tagen eurer Leben essen werdet, solches Erbrechen und solche Leibschmerzen bereiten wird, daß ihr eure Mütter für den Tag eurer Geburt verfluchen werdet.«

Das stoppte sie, und sie sahen ihn und einander an, mit erschreckten, entsetzten Augen, und ihre Gesichter leuchteten weiß unterm Mond.

»Herr«, sagte einer, »könntest du das wirklich tun?«

Da plötzlich stieß der junge Mann, der sein Schwert befingerte, einen gellenden Schrei aus und ließ es fallen. Und sie sahen, daß das Schwert nicht flach und gerade im Gras lag, sondern sich im Mondlicht wand und glänzte. Es war eine leuchtende Silberschlange, die sich zum Zustoßen zusammenringelte. Sie sahen es alle, und sie brachten alle einen gleichzeitigen Schreckensschrei und ein Zusammenfahren zuwege und einen Sprung, der sie so weit rückwärts trug, daß sie fast ins Feuer gefallen wären. Ja, einer fing mit seinem Mantel einen Funken ein und mußte dann von seinen Kameraden gelöscht werden. Nur Gwydion stand furchtlos und allein in jenem plötzlich leergefegten Raum und blickte mit gerunzelten Brauen auf die Schlange hinab.

»Wenn du Dinge aufheben und mit ihnen spielen willst, solltest du vorsichtiger sein«, sagte er, den bebenden jungen Mann ansehend, der sein Schwert gezogen hatte. »Das Ding hätte dich beißen können.«

Und die zischende Schlange ringelte sich immer noch und hob drohend ihren schrecklichen, silbernen Kopf, machte aber keine Anstalten, zuzustoßen, selbst als Gwydion zum Feuer zurückging und sein Mantel sie streifte.

»Warum mußtest du nur zu ihnen sagen, du hättest elf Esel aus dem Norden mitgebracht?« fragte Gilvaethwy gekränkt, nachdem sie sich zum Schlaf niedergelegt hatten. »Ich habe dir doch keine Schwierigkeiten gemacht, Bruder.«

»Was auch dein Glück gewesen ist«, sagte sein Bruder. »Denn du hast schon genug Schwierigkeiten gemacht und wirst noch mehr machen. Ich weiß, nach welchem Fleisch dich gelüstet«, sagte er, »und es ist kein Schweinefleisch. Und mein Herz wäre leichter, wenn ich Pryderi nur betrogen hätte, um Schweine zu stehlen und zwei Ländern Krieg zu bringen und meine Kameraden zu bedrohen.«

Doch Gilvaethwy hatte die Augen geschlossen und schien eingeschlafen zu sein.

Viertes Kapitel – Math zieht in den Krieg/Am Morgen fand der junge Mann, der sein Schwert verloren hatte, dieses beim Feuer wieder, wo die Schlange gewesen war; und sie zogen alle weiter wie zuvor.

Doch mit einem Unterschied. Denn nachdem etwas geschehen ist, kann nichts genauso weitergehen, wie es das zuvor tat. Wir mögen sagen, daß es das solle und daß es das tue. Wir mögen das sogar glauben. Doch ein Geschehnis kann niemals mehr ungeschehen gemacht werden, und, schwach oder stark, seine Farbe wird in die Schattierung aller Dinge kriechen und sie mit ihrem unendlich kleinen, aber alles durchdringenden Stück Wandlung verändern.

Es wird ein Faden in dem großen Gewebe, einer, der nicht mehr herausgerissen werden kann, bis die Zeit das ganze Gefüge zerstört – wenn die Zeit das überhaupt kann, denn es wird Geschehnisse geben, solange es Leben gibt, Leben, das ewig ist. Und da dies so ist, muß die Erinnerung ebenfalls in der einen oder anderen Form ewig sein, und solange es Erinnerung gibt, muß das Gewebe der Geschehnisse weiterweben, zumindest bis zu jenem letzten Unvorstellbaren Wandel, der größer ist als der Tod. Es ist also eine ernste Angelegenheit, wenn etwas geschieht; oder wäre es, wenn irgend etwas, das geschehen kann, am Ende ernst sein könnte.

Etwas war zehnen dieser zwölf Abenteurer geschehen. Sie hatten gelernt, daß es Mächte gab, die zu gewaltig waren, als daß sie mit ihrem Willen und ihrer Kraft dagegen ankommen konnten; und an jenem Morgen sahen sie kleiner aus, weil sie sich kleiner vorkamen.

Doch am Abend sahen sie so groß wie eh und je aus, da ihr Selbstgefühl wieder so angeschwollen war, daß Erinnerung nur noch eine winzige, aber unentrinnbare Nadelspitze war, die eines Tages wieder in dieses Gefühl hineinstechen und die Luft aus ihm herauslassen konnte: einer der niederdrückenden Anfänge der Weisheit.

Gwydion hatte ihnen geholfen, wieder größer zu werden, indem er kurzerhand alles vergaß, was in der vorigen Nacht geschehen war – der Kurs, der ihm am klügsten dünkte. Er verfügte über eine gute Beherrschung seiner Gedanken und konnte alles vergessen, dank der einfachen Methode, seine Gedanken in Richtungen auszusenden, die er für nützlicher hielt. Jetzt sandte er sie in alle machtversprechenden Richtungen, nur nicht in die des Mannes, der ihn gelehrt hatte, seine Gedanken zu beherrschen, des Mannes, dem zu begegnen er es nicht so eilig hatte wie seither – seinem Onkel Math.

Er wußte, daß er auf die Haltung des Volkes von Gwynedd zählen konnte. Sie würden entzückt sein von dem Sieg, den seine List über Pryderi errungen hatte, und so aufgebläht, als wäre es ihre eigene Leistung gewesen. Sie würden den Preis, den er errungen hatte, so hoch schätzen, daß ihnen einen Krieg mit den stets pflichtgetreu gehaßten Neuen Stämmen wohl wert wäre. Das einzige, was die jungen Leute von Gwynedd für diesen Krieg wollten, war ein Vorwand. Sie würden nichts Ruhmreiches darin gesehen haben, auf den Tag zu warten, an dem die Schweine gefahrlos und ehrlich erworben werden konnten.

Und Gwydion setzte all seine Entschlossenheit daran, seinen Willen in die gleiche Geisteshaltung zu zwingen. Mit dieser ließe sich Math am sichersten begegnen, Math, der sie nicht teilen, aber angesichts einer ehrlichen Überzeugung wie immer Nachsicht üben würde. Gwydion, ein Schüler, konnte den Unwissenden Lehren erteilen, doch war es vorstellbar, daß er von seinem eigenen Lehrer noch die eine oder andere zu lernen hatte, die er lieber vermieden hätte.

Doch war er sich seiner eigenen Fähigkeiten zu sicher, um das Eintreten dieses Schlimmsten zu erwarten, und er ließ seine Gedanken, die aus der Ferne gelesen werden konnten, nicht darauf verweilen. Er richtete sie auf mehr unmittelbare Gefahren und rätselte, was Pryderi wohl tat. Er selbst und die gestohlenen Schweine waren jetzt ein gutes Stück innerhalb der Grenzen von Gwynedd, doch diese würden sich gegen einen verfolgenden und wütenden König nicht als sehr wirksames Hindernis erweisen. Math hätte alle Bewegungen des Feindes in kürzester Zeit in Erfahrung bringen können, Gwydion jedoch war nicht so kundig. Er konnte seine Fragen nicht durch die klaren Räume des Äthers senden, um in die Gehirne anderer einzudringen, während er sowohl Schweine trieb als auch marschierte.

An jenem Abend machten sie im Cantrev von Rhos Halt, an dem Ort, der dadurch das dritte Mochdrev wurde. Sie übernachteten in einem Hause ihres eigenen Stammes, und da die größte Notwendigkeit für Eile und die Vermeidung, andere zu gefährden, vorüber zu sein schien, ließ Gwydion seine Männer festlich bewirten und Geschichten von ihren wahren Heldentaten erzählen und von einigen, die nicht wahr waren – vor gebannten Ohren und bewundernden Augen.

Gwydion aber erhob sich und ging von dem Fest und aus dem Haus in die Dunkelheit und kam zu einem Teich in den Feldern, wo die gespiegelten Sterne wie Kerzen unter Wasser waren, und der Mond breitete sein Licht in einer Decke aus Silber über das schimmernde Gesicht des Wassers, ohne in diesem Wunder sein eigenes, uraltes, sagenumwobenes, geheimnisvolles Gesicht zu verlieren. Der Mond, der tot ist und doch die Gezeiten regiert und allein der Liebe auf Erden leuchtet. Denn es ist eines der Mysterien, daß Liebende, die auf Erden die Schöpfer des Lebens sind, niemals unter der Sonne lieben, sondern immer im stillen Dunkel unter dem kalten Strahlen eines Sternes, der, Jahrtausende bevor der erste Mensch geboren wurde, erstarb.

Doch nicht Liebesgedanken waren es, die Gwydion in das Licht auf dem Teich starren und schauen und schauen ließen, bis er alles sah, was dort zu sehen war, und alles, was angedeutet wurde, aber unsichtbar blieb; bis jene glänzende Stille ein Wirbel aus blitzender, geheimnisvoller Bewegung ward und schließlich ein Vorhang sich hob, der ihn in klare Tiefe blicken ließ, tiefer als die Wasser dieser Erde, in Dinge, die Mond und Sterne niemals dort gespiegelt hatten.

Waffen sah er und marschierende Männer, das Land, durch das sie marschierten, und die Wut in ihren Herzen. Er hatte in jenem mondhellen Teich seine Bewußtheit ertränkt, wie andere Menschen dort vielleicht ihre Körper ertränkt hatten, und dieser hatte ihm die Geheimnisse allen Mondlichts preisgegeben und alles, was dieses auf der Erde sah und was er wissen wollte.

Doch das alles, was wie das Werk von Stunden klingt, hatte nur wenige Minuten erfordert, denn es hatte sich in Bereichen zugetragen, worein die Eingeweihten der Zeit entfliehen können; und bevor man ihn lange vermißt hatte, kam er in die Festhalle zurück und trat vor seine Männer.

»Kameraden«, sagte er, »bei Tagesanbruch müssen wir bereit sein, in höchster Eile weiterzumarschieren, denn Pryderis Heer ist uns schon auf den Fersen.«

Nach diesen Worten hörten die Kameraden mit dem Kauen auf, und die Trinkenden setzten ihre Becher mit lautem Klirren auf den Tisch. Ihre Augen blitzten, und ihre Hände fuhren zu ihren Schwertern.

»Ist Aussicht, daß er uns noch heute nacht einholt, Herr?« fragte einer.

»Nein«, sagte Gwydion, »wir können die Festungen von Gwynedd noch erreichen. Es braucht Zeit, einundzwanzig Cantrevs in Bewegung zu setzen, doch die Männer aus dreien hat er schon auf unseren Fersen, wir haben also nicht mehr viele Stunden zu verlieren!«

»Krieg!« schrie Gilvaethwy; und er beugte sich vor mit geröteten Wangen und funkelnden Augen und krampfigen Händen, die sich um das Nichts schlossen, als wäre es Etwas, das die anderen nicht sehen konnten.

Die Hausbesitzer sahen nach diesen Neuigkeiten nicht sehr glücklich aus, doch die zehn stießen ein Jubelgeheul aus.

»Warum sollten wir davonlaufen?« riefen sie. »Dies ist unser Land, wir sind unter unseren eigenen Leuten. Wenn dieser alte Narr von einem Pryderi seine Schweine wiederhaben will, dann soll er nur herausfinden, was geschieht, wenn er sie zurückholen will. Wenn er sie nicht behalten kann, nachdem er sie einmal bekommen hat, welches Recht hat er dann, in unser Land einzufallen? Solange wir davonrennen, wird er uns verfolgen; willst du, daß wir uns von ihm ins Meer jagen lassen? Laß uns hierbleiben und ihm einen warmen Empfang bereiten!«

»Nein«, sagte Gwydion, »ich will, daß ihr die Schweine in die Sicherheit der Festung von Gwynedd bringt, und dann können wir rechtzeitig zurück sein, um zum Heer meines Onkels zu stoßen und unseren Teil an der Schlacht zu bekommen. Wenn wir jetzt hierblieben, bevor die Männer von Gwynedd zusammengekommen sind, würde Pryderi seine Schweine zurückbekommen und unsere Köpfe obendrein.«

Sie zogen es alle vor, ihre Köpfe zu behalten, weshalb es keine Proteste mehr, sondern nur ein unterdrücktes Murren gab.

»Ich hoffe, daß jene Schlacht nicht zu bald sein wird«, seufzte einer. »Es wäre keine hübsche Sache, wenn sie geschlagen und vorüber wäre, bevor wir hinkämen, und wenn andere den ganzen Ruhm bekämen, während wir damit beschäftigt waren, Kindsmagd für Schweine zu spielen. Ich glaube immer noch«, brummte er ganz leise, »es wäre gastfreundlicher gewesen, hierzubleiben und diesem König den Gruß zu entbieten, der ihm zusteht.«

Doch so leise er es gebrummt hatte, Gwydion hatte es gehört.

»Mach dir keine Sorgen«, antwortete er, »es wird so viel Kampf geben, daß es für alle reicht.«

Die Hausbesitzer sahen hierauf noch unglücklicher drein. Gilvaethwy war schon wieder eine graue und hohlwangige Niedergeschlagenheit geworden. »Bist du dir dessen sicher, Bruder?« fragte er sehnsüchtig. »Sicher, daß es nicht klüger wäre, sogleich nach Caer Dathyl zurückzugehen?«

»Ich bin mir dessen sicher, Kleiner«, sagte Gwydion. »Und auch, daß ihr alle Zeit genug haben werdet, eure Herzblättchen zum Abschied zu küssen, bevor ihr in die Schlacht zieht. Was auch nötig ist«, fügte er hinzu, »denn schließlich könntet ihr ja getötet werden.«

»Was liegt mir daran!« sagte Gilvaethwy und strahlte wie zuvor.

Im düsteren Dämmer zwischen Nacht und Morgen aßen sie die Speisen, die ihnen die geängstigten Hausleute brachten, jene friedlichen Leute, denen noch keine Visionen aufstiegen von Ställen voll grunzender, quiekender, köstlicher Nahrung in kommenden Jahren, sondern nur solche von Feuer und Schwert, die am folgenden Tag ihr Land und ihr Heim zu zerstören drohten. Dennoch dienten sie treu dem Erben ihres Herrn und seinen Freunden. Und was diese anging, so ließen sie Haus und Leute fröhlich genug hinter sich und marschierten mit den Schweinen nach Arllechwedd weiter, wo sich die mächtigste Feste ihrer Zeit befand, in der höchsten der Städte dieses Distrikts gelegen, und so weit innerhalb Gwynedds, daß nur Eroberer, die schon das ganze Land überrannt hatten, sie zu erstürmen hoffen konnten. Dort wurde ein Stall für die Schweine gebaut, und weil Gwydion und seine Kameraden, tierische und menschliche, dort Halt machten, wird jene Stadt seither Creuwyrion oder Corwrion genannt, wenn auch niemand genau weiß, warum.*

---

* Creu-Wyrion scheint eher Wyrions Stall, nicht Gwydions Stall zu bedeuten, oder der Stall der Abkömmlinge.

Doch am Morgen danach ging die seltsame Schar auseinander, denn Gwydion und seine Männer kehrten nach Caer Dathyl zurück, wogegen die Schweine in Arllechwedd blieben, zusammen mit – dessen kann man gewiß sein – all den Geboten und Verboten, die Gwydion bezüglich ihrer Pflege zurücklassen konnte, die er zweifellos in Dyved in Erfahrung gebracht hatte. Seine Männer aber waren froh über diesen Abschied, denn sie hielten mehr von dem Abenteuer, das vor ihnen lag, als von dem, das sich nur als Flucht und Schweinehüten entpuppt hatte.

Und auf dem ganzen Weg nach Caer Dathyl fanden sie die Felder menschenleer und die Straßen voller bewaffneter Männer, die zur Königsfeste eilten. Weinende Frauen standen in offenen Türen und sahen ihre Männer davonziehen, und lachende, ihre Männer ermutigende Frauen waren zu sehen, die ihnen beim Anlegen der Waffen halfen; und überall standen Kinder herum, in deren aufgerissenen Augen halb Entsetzen und halb ein seltsames, kaum verstandenes Entzücken stand, als sie ihre Onkel und Brüder fortgehen sahen.

Erregung hing wie eine feine Wolke über allen, und sie atmete sich wie Wein; und in den Adern von Gwydion und seinen Männern begann es zu prickeln. Denn sie waren jung und stark und trugen Schwerter. Keiner unter ihnen war ein Weib oder ein Kind.

So gelangten sie schließlich zu den runden, von einem Graben umgebenen Häusern von Caer Dathyl und in die Gegenwart Maths des Uralten, der nicht mehr auf seiner Liege ruhte, sondern aufrecht und gewappnet dastand. Vor seiner Kammer sangen die Schwerttänzer ihre Kriegsgesänge, und ihre kreisenden Klingen bildeten unter der Sonne einen zackigen Ring aus blauem und tödlichem Licht. Alle seine Häuptlinge waren bei ihm, die Adligen und die Lords seiner Cantrevs und die anderen Söhne Dons, unter ihnen Govannon, Eveyd und Amaethon.

Gwydion berührte Govannon, den zweiten Sohn Dons, am Arm. »Was gibt es, Bruder?« fragte er. »Was hat das alles zu bedeuten?«

Sein Bruder sah ihn verwundert an, dann grinste er. »Du solltest der letzte sein, der das fragt«, sagte er. »Pryderi zieht alle Cantrevs des Südens zusammen, um dich zu jagen. Es ist ein Wunder, daß du so langsam zurückgekehrt bist. Wir befürchteten schon, er hätte dich eingeholt.«

»Er hat es nicht«, sagte Gwydion.

»Und wird es nicht«, sagte Govannon und lachte. »Ich habe Schwerter und Streitäxte bereit, Bruder, die werden die Männer von Dyved kleinhacken, wie man Weizenhalme kleinhackt. In der Nacht, als Math uns sagte, daß du verfolgt würdest, kam mir eine Idee für eine neue Axt, eine herrliche Axt, die so leicht und weich ins Hirn eines Mannes gleiten wird wie ein Messer in Käse.«

497

»Ist das alles, was man deiner Meinung nach mit Hirnen tun kann?« sagte
Gwydion. »Deine Rede ist immer so scharf wie deine Messer oder so schwer
wie deine Äxte, Govannon. Du kannst dir nichts Weicheres vorstellen als einen
Klumpen Eisen. Du hast nicht einmal gefragt, ob ich die Schweine aus dem Süden mitgebracht habe!«

»Ich habe nicht den geringsten Zweifel, daß es dir gelungen ist«, lachte
Govannon. »Ich kenne dich zu gut dafür. Und es wird meine Messer und Äxte
brauchen, um uns aus dem, wohinein uns deine Schweine gebracht haben,
wieder herauszubekommen.«

Das war so wahr, daß nicht einmal Gwydion eine Antwort darauf finden
konnte, und der erste Handwerker Gwynedds rieb sich die Hände und lachte
weiter. Der ältere Bruder jedoch dachte, und ein Schauer überrieselte ihn dabei,
an sein Abenteuer und an die fremde, weitreichende Geistesmacht seines Onkels – jene mysteriöse, allwissende Wachsamkeit, die ihn unsichtbar durch all
die Stunden der Nacht und des Tages geleitet haben mochte, seitdem er Gwynedd verlassen hatte. ›Er wußte, daß ich verfolgt wurde. Was weiß er sonst
noch?‹

Dann schwoll draußen das rituelle Aneinanderschlagen der Schwerter an
und die singenden Stimmen der Tänzer:

Feuer und Wasser, Blut und Erde!

Feuer! Feuer! Schwert und Feuer!

Feuer und Wasser, Erde und Blut!

Und alle Zweifel wichen von Gwynedds künftigem König. Er ließ die wilde,
weinige Musik in sich strömen und über sich hinweg, und sie brachte ihm den
Sturm des Blutes, der dem Verstand Frieden schenkt. Er hatte zum Wohl und
zum Ruhm Gwynedds gehandelt, und seine Angst vor dem Urteil Maths, die
zum Teil Angst vor seinem eigenen gewesen, war überwunden. Geschicklich-
keit und Schlauheit hatten ihren Dienst getan, die Stunde des Schwertes war
da. Und wer sollte das bedauern, der nicht zu schwach war, um ein Kriegerherz zu haben?

Math hatte die Ankömmlinge erblickt, und er sah unter seinen frostigen
Brauen hervor seine Neffen an. »So kommt ihr also endlich«, sagte er. »Wo
sind die Tiere, deretwegen ihr ausgezogen seid?«

»In einem Stall, den ich für sie im Cantrev drunten errichten ließ, Herr«,
sagte Gwydion.

Er trat vor und begrüßte seinen Onkel, Gilvaethwy hinter ihm, sich so dicht
wie sein Mantel an ihn pressend. Der Junge war erstaunt und erschrocken,

denn nie zuvor hatte er seinen Onkel aufrecht stehen sehen. Seit er alt genug war, um an den Hof zu kommen, hatte Math immer auf seiner Liege gelegen, den unzähligen vibrierenden Klängen des Universums lauschend.

Auf seiner Liege hatte er geplant, und auf seiner Liege hatte er gerichtet; und seine Neffen waren seine Hände für die Ausführung von Taten gewesen, wie die Winde seine Späher gewesen waren. Gilvaethwy hatte die Magie seines Onkels gefürchtet und die Macht seines Königstums, doch hatte er geglaubt, Manneskraft und Tatenmacht wären von ihm gewichen, verlorengegangen in den unermeßlichen Tiefen der Jahre.

Und jetzt war es, als hätte sich eine der uralten Meeresklippen von ihrer Stelle gerührt und schritte über die Gefilde der Menschen.

»Das war wohlgetan«, sagte Math, »das Bauen dieses Stalles. Und über den Rest dessen, was du getan hast, zu sprechen, ist es jetzt zu spät. Das Heer Pryderis ist innerhalb der Grenzen von Gwynedd, und wir müssen um unser Eigenes kämpfen.«

Den zweiten Satz sagte er aber nicht laut, und nur Gwydion hörte ihn in seiner Seele.

Gwydions Männer jedoch echoten alle die Worte des Königs in einem gewaltigen Ruf: »Wir müssen um unser Eigenes kämpfen!«, und ihre Schwerter wogten über ihren Köpfen wie ein Feld fremden und schimmernden Getreides, das zu keinem anderen Brot verbacken werden würde als zu Tod. Und draußen schmetterten die Kriegstrompeten, und das Klingen des Schwerttanzes schwoll an.

»Sind meine Männer aus Caer Seon gekommen?« fragte Gwydion. »Oder habe ich noch Zeit, sie zusammenzurufen?«

»Deine Brüder haben deine Männer zusammen mit den ihren geschart«, sagte Math, »und sie warten schon auf dich. Geh und nimm deinen Platz unter ihnen ein, denn wir marschieren noch in dieser Stunde.«

Und an jenem Abend kamen sie noch bis Penardd in Arvon, wo sie ein Lager aufschlugen. Und in der Ferne konnten sie die Lagerfeuer von Pryderis Heer sehen, die blitzten wie vom Himmel gefallene Sterne; oder wie die roten, bösen Augäpfel eines fabelhaften, vieläugigen Untieres, das sich dort in der Dunkelheit ausdehnte, um die Häuser und die Lande von Gwynedd zu bedrohen.

Im Lager der Männer des Nordens wurden drohend geballte Fäuste und spitze Speere gegen jene wachsamen kleinen Flammenaugen geschüttelt. Und es tönten Harfen und Schlachtgesänge. Und Krieger aßen und tranken gegen das Morgen an, wo viele von ihnen nicht mehr essen und trinken würden.

499

Als das Abendessen vorüber war, gingen Gwydion und Gilvaethwy von ihren Kameraden und kamen zu einer freien Stelle unter den Sternen, weg von den Feuern und dem Lärm um sie herum.

Gilvaethwy befeuchtete seine Lippen. »Sie werden denken, wir seien weggegangen, um mit Frauen zu schlafen«, wisperte er. »Sie werden nur darüber lachen. Viele werden sich heute nacht aus demselben Grund davonstehlen.«

Gwydion beobachtete ihn und wartete, ein schwaches, verächtliches Lächeln auf den Lippen.

»Doch diese Frauen werden sie erwarten«, flüsterte der Junge dann. Wieder mußte er seine Lippen befeuchten. »Sie werden keine Fußhalterinnen eines Königs sein. Was, wenn sie es melden sollte?«

»Fürchtest du dich?« sagte Gwydion, und das Ringeln einer Peitschenschnur lag in seiner Stimme. »Wenn es dir, nachdem wir so weit gekommen sind und all das getan haben, an Mut mangeln sollte, das zu packen, was ich in deine Reichweite gelegt habe, und wenn du wieder zum Winseln und Weinen zurückkehren willst, dann werde ich dir außer der Liebe noch etwas geben, woran du leiden kannst. Sie wird nichts verraten. Auf der ganzen Welt gibt es keine Frau, die dafür nicht zuviel Verstand hätte; ihre Stellung hängt davon ab. Ich habe den Zorn Maths gewagt. Bist du ein derartiger Feigling?«

»Nein!« flammte Gilvaethwy auf. »Ich bin kein Kind, das sich von dir ängstigen läßt, und ich habe Qualen erlitten, die du nicht mal ahnen kannst, fischblütig wie du bist! Nichts in der Welt könnte mich jetzt noch von ihr fernhalten! Aber darf ein Mann nicht in den Abgrund blicken, den er überspringen muß?«

»Nicht zu lange, wenn er springen will, ohne zu fallen«, sagte sein Bruder. »Und wenn du noch lange zitterst und zögerst, wird Math vielleicht den Winden deine Angst anriechen, und dann wirst du zumindest eine andere Form von Quälerei kennenlernen. Von wem hast du eigentlich all diese feinen Ausdrücke geborgt, von Math oder von mir?«

»Ich habe nicht gezögert!« sagte Gilvaethwy. »Ich habe keinen Augenblick gezögert. Du bist es gewesen, der mit Hangen und Bangen sich aufgeregt, der seine Nase in jeden Winkel gesteckt hat, um Katastrophen aufzustöbern. Laß uns jetzt zurück nach Caer Dathyl gehen, und ich verspreche dir, daß es nach der heutigen Nacht keine Trübsal und Verdrießlichkeit und Düsternis mehr in mir geben wird!« sagte er.

Und er drehte sich um, schnell und kraftbebend wie ein Hirsch, und starrte mit sternhellen, sehnsüchtigen Augen durch die Nacht gen Caer Dathyl, das unter dem jungfräulichen Tuch der Nacht lag.

»Ich kann nicht begreifen was du daran findest«, sagte Gwydion, »aber ich habe Pläne und Ränke geschmiedet, damit du deinen Willen bekommst. So sei es denn. Dieses eine Mal habe ich Math überlistet. Er würde es niemals verzeihen, wenn er es erführe. Aber er wird es nie erfahren.«

Caer Dathyl lag still und lieblich unter dem versilbernden Mond, als sie dort anlangten. Nur alte Männer und Frauen und Kinder waren noch dort, denn zwischen hier und dem heranrückenden Pryderi lagen die Heerscharen Maths, und wie hätte der Palast einen Feind im Lande fürchten können? Beim Anblick der Prinzen gab es zunächst einigen Aufruhr. Alle wollten wissen, ob schon eine Schlacht geschlagen worden sei, da sie zurückkämen, und ob sie geflohen seien oder ob sie Herolde des Sieges von Math seien. Doch Gwydion schnitt alle ihre Fragen ab.

»Nein, es ist keine Schlacht geschlagen worden, aber morgen wird es eine geben. Mein Bruder und ich sind zurückgekommen, weil wir im Palast etwas vergessen haben. Wir werden heute nacht hier schlafen, denn wir sind es müde, durch die Gegend zu ziehen und auf der Erde zu schlafen. Ich werde in mein gewöhnliches Quartier gehen – einige von euch sollen es gleich für mich herrichten –, und mein Bruder wird die Kammer meines Onkels aufsuchen und dort nach dem Ding sehen, das er dortgelassen hat.«

So ging Gilvaethwy in Maths Kammer, wo Goewyn und ihre Mägde rundäugig und blinzelnd aufsaßen, aus dem Schlaf geschreckt. Sie waren ganz Ohr gewesen, hatten versucht, herauszubringen, was der Grund für diese Unruhe war, doch als der Jüngling eintrat, wurden sie zu einem Wald aus weißen jungen Brüsten und großen Augen – furchtsamen oder flammenden – und nervösem Gekicher. Nur Goewyn saß kerzengerade und steif wie ein Statue in ihrer weißen Schönheit da, und ihre Augen blitzten wie gesenkte Speerspitzen. Die anderen schauten alle beiseite, doch Gilvaethwy riß die nächste mit seiner rechten Hand hoch und wirbelte die ihr nächste mit der linken herum und stieß die beiden sich um sich selbst Drehenden zur Tür hin.

»Hinaus!« befahl er dem Rest. »Oder ich werf' euch den beiden hinterher. Ihr werdet hier nicht mehr gebraucht!«

Als sie alle draußen waren, mit viel Geflatter und ein wenig Geschrei, stand er da und starrte Goewyn an, die sich als einzige nicht gerührt hatte. Sie starrte mit zunehmendem Zorn zurück.

»Dies ist die Kammer deines Onkels«, sagte sie, und sie nannte ihn nicht ›Herr‹, wie sie das bei Math oder Gwydion oder Govannon getan hätte. »Wenn er zurückkommt, was wird er dann über diese Unhöflichkeit gegen uns Mädchen sagen?«

Doch Gilvaethwy stand nur da und sah sie an, und es war ihm, als könnte er nie genug davon bekommen. Denn alles an ihr schien wie die Zeilen eines Gedichtes zusammenzufließen. Sie war schlank und rank wie eine Schwertklinge, sie war lieblicher und wärmer als das Licht der Sonne. Wie rot und süß ihr Mund war, sogar in seinem geschürzten Zorn; wie herrlich ihr Haar fiel, weich und hell wie ein leuchtender Nebel, über die weiße Biegung ihrer Schultern, über die köstlichen, einladenden Linien ihres schlank gerundeten Leibes; wie samtig der enge, milchige Pfad zwischen ihren Brüsten! . . . Sie erhob sich. Sie war weiß wie das Mondlicht. Und er sah, daß ihr Haar einen roten Schimmer hatte; in seiner Erinnerung war es reines Gold gewesen.

»Da deine Manieren anscheinend allesamt verlorengegangen sind, Königsneffe, werde ich gehen.«

Doch er vertrat ihr den Weg.

»Willst du mich nicht vorüberlassen?« sagte sie, und ihre Stimme war hart wie ein zugefrorener Fluß im Winter.

Gilvaethwy lächelte einschmeichelnd. »Ich will aber nicht, daß du gehst«, sagte er. »Ich will, daß du mit mir schläfst.«

Sie wurde rot, sie wurde weiß; sie stampfte mit dem Fuß.

»Ich werde nicht mit dir schlafen!« rief sie.

Sie versuchte, unter seinem Arm hindurchzurennen, aber er fing sie, und sie kratzte und trat ihn mit all den Fingern und Füßen, die sie zur Verfügung hatte, und biß ihn in die Schulter.

»Du kannst dabei schlafen oder nicht, wie du willst«, sagte Gilvaethwy, »aber du wirst bleiben.« Und er hob sie auf und trug sie, die kreischte, kämpfte und biß, zurück zu Maths Bett . . .

Als das erste Rot des Morgens wie Blut in den Osten zu kriechen begann, trat Gwydion in Maths Kammer, legte seine Hand auf die Schulter seines Bruders und rüttelte ihn wach.

»Steh auf«, sagte er, »wir müssen rechtzeitig für die Schlacht zurück sein. Wir können es uns nicht leisten, daß man uns vermißt.«

»Ich bin schon in einer Schlacht gewesen«, brummte Gilvaethwy, und er gähnte und rieb sich die Augen, von denen eines schwarz war.

Aber er kletterte aus dem Bett, auf das Drängen der Hand und der Stimme seines Bruders hin, und kleidete sich an, von Zeit zu Zeit einen Blick auf das Weib im Bett werfend. Aber sie lag da, als schliefe sie: reglos und mit geschlossenen Augen. Selbst als er zum Bett zurückging und sich über sie beugte und ihre weiße Schulter küßte, rührte sie sich nicht.

»Auf Wiedersehen, Liebes«, sagte er; und konnte nicht deuten, was hinter

dem reglosen, bronze-goldenen Vorhang ihrer Augenwimpern verborgen lag:
Schlaf oder welche Abgründe schmerzender Wut.

»Verschwende keine Zeit«, sagte Gwydion scharf. »Wir müssen fort.« Er
sagte es sehr ungeduldig. Er hatte keinen Blick auf Goewyn geworfen, hatte sie
aber neben seinem Bruder wohl wahrgenommen; er nahm sie jetzt ebenfalls
wohl wahr. Wie still sie war nach dem Sturm dieser Nacht! Still wie der Tod,
ihr Atmen war nicht das eines schlafenden Menschen, sie war von einer Reg-
losigkeit, die diese Angelegenheit über sein Begreifen hinaus ernst zu machen
schien. ›Aber Frauen sterben nicht daran‹, sagte er sich, ›oder sie würden oft
sterben – jene von ihnen, die keine Fußhalterinnen sind. Wie kann es nur so
einen großen Unterschied machen, ob sie Gilvaethwy wollte oder nicht? Er ist
ein hübscher Bursche.‹

Gilvaethwy wappnete sich, hatte Schwierigkeiten mit seinen Waffen. »Ich
kann mein Schwert nicht finden«, brummte er. »Ich hab' es letzte Nacht beiseite geworfen. Ich war in Eile; SIE versuchte es zu erwischen.« Und er blickte
wieder zum Bett hinüber.

»Dort liegt es«, sagte Gwydion, »in der Ecke drüben. Du hast es weit genug
geworfen. Beeil' dich jetzt.«

»Sollen wir nicht erst frühstücken?« fragte Gilvaethwy.

»Nein, Idiot«, sagte Gwydion. »Willst du wirklich?«

Sie sahen einander in die Augen, und in den Ohren beider erklangen die
vielen Geräusche der Nacht zuvor.

»Vielleicht besser nicht«, sagte Gilvaethwy, und sein Gesicht wurde langsam rot ...

Der Palast war grabesstill, als sie hinausgingen. Ihre Schritte und das Klirren ihrer Waffen durchklangen ihn, als hallten sie durch längst verlassene Räume aus unvordenklichen Zeiten, schwer von einem Schweigen, das stiller war
als Schlaf. Sie gingen in Hast, doch nicht mit zuviel Hast, denn wenn sie auch
eifrig darauf bedacht waren, diese Grabesstille mit dem Leben der hellen, erwachenden Felder zu vertauschen, so fürchteten sie doch, diese Ruhe zu Wachheit
und Gelärm aufzuwecken. Sie wußten, daß ihr Onkel weit weg war, daß die
schrecklichen, allwissenden Späher seiner Gedanken ganz mit der Schlacht und
mit dem Heer beschäftigt waren. Doch zwischen diesen Mauern seiner ent-
weihten Majestät schien ein Schatten seiner Macht wie ein dunkler, anklagen-
der Geist zu lauern.

»Wände sind keine Winde«, wisperte Gilvaethwy, »sie werden ihm keine
Botschaft zutragen.«

»Es sei denn, er bittet sie darum«, sagte Gwydion. Und das war alles, was
er sagte.

Doch keine Stimmen außer ihren eigenen durchbrachen die Stille, und wenn sie jemand gehen sah, so erfuhren sie es nie. Die alten Männer, die den Palast des Königs hätten bewachen sollen, schliefen; die Kinder schliefen in den Armen ihrer schlafenden Mütter. Nur die junge Frau auf Maths Bett schlief nicht. Erst als der letzte Klang von den Schritten der jungen Männer verklungen war, bewegte sie sich. Dann öffnete sie ihre Augen unter den roten Strahlen, die auf die allein Daliegende niederströmten, und schaute lange, mit einem dunklen, weiten Blick, in den blutigen Osten. Und aus diesen weiten Augen begannen Tränen zu fließen, langsam und schwer; hell wie rosige Kristalle im Morgenlicht rannen sie ihr weißes Gesicht hinab. Aber sie gab keinen einzigen Laut von sich . . .

»Nun, bist du befriedigt?« sagte Gwydion zu seinem Bruder. Sie ritten im goldenen Glanz des Morgens durch die Felder, und der Wind, erfüllt vom Duft warmer und fruchtbarer Erde, wehte stark und süß in ihre Gesichter.

»Ich bin befriedigt«, sagte Gilvaethwy heftig. »Ich bin am ganzen Körper wund und weh von ihren Tritten, und sie hat mir die halbe Haut von Hals und Brust gekratzt!«

»Das ist eine Kleinigkeit. Deinen Hals kann man nicht sehen, wenn du ein Tuch um ihn wickelst, und deine Kleider bedecken schon das übrige. Doch dein Gesicht ist wieder etwas anderes.« Gwydion wandte sich und sah ihn schief an. »Dein Liebling muß wie eine Hummel küssen«, sagte er.

Gilvaethwy grinste wehmütig und fuhr sich mit der Hand über seine entzündeten und geschwollenen Lippen.

»Sie biß mich jedes Mal«, sagte er.

»Sie hat gute Zähne; das kann man deutlich sehen.«

»Sie mochte mich nicht«, sagte Gilvaethwy, und seine Stimme klang kindlich betrübt. »Alle anderen taten es immer – wenn sie zuerst ein bißchen kratzten und sich sträubten, dann waren sie, bevor es vorüber war, so gierig auf mich, wie ich auf sie –, und sie waren immer darauf bedacht, nicht zu entkommen. Ich dachte, diesmal würde es genauso sein. Aber sie schien nicht nur so zu tun.«

»Du hast jedenfalls deinen Spaß gehabt«, sagte sein Bruder. »Und ich will keine Klagen mehr von dir hören«, grollte er, »denn ich werde schon genug damit zu tun haben, dies zu vertuschen, ohne die zusätzliche Mühe, Mitgefühl mit dir zu haben. Vor allem, da ich letzteres nicht aufrichtig haben kann. Sie machte Lärm für ein ganzes Dutzend. Ich hätte mir nicht träumen lassen, daß ein solches Geschrei aus dem Munde einer einzigen Frau kommen könnte. Wenn es im ganzen Palast auch nur eine einzige Person gibt, die unwissend oder sorglos oder bösartig genug ist, sich daran zu erinnern, was er oder sie die vergangene Nacht gehört hat, wenn Math heimkommt . . .«

»Was würde dann geschehen?« sagte Gilvaethwy und sah einen Augenblick lang erschrocken aus.

»Wir würden uns nicht wohler fühlen, wenn wir's wüßten«, sagte sein Bruder. Und sie ritten weiter.

Gilvaethwy pfiff so fröhlich drauflos wie eine Grille, denn seine Gewissensbisse waren zusammen mit dem Anblick der stirnrunzelnden Mauern von Caer Dathyl verschwunden, und seine Stimmung ermunterte sich, in Antwort auf die lebensprühende Schönheit des Morgens, fröhlich mit der Fröhlichkeit eines Menschen, der nach langen Mühen von einer schweren Last erleichtert ist. Jetzt zog er frohgemut in die Schlacht, dachte mit Wonne an den Angriff, das Stoßen der Speere und das Aufeinanderprallen der Schilde. Seine Brüder und seine Kameraden würden ihn vielleicht seines schwarzen Auges wegen etwas verspotten, doch ihre Erkundigungen würden nicht zu tief dringen, und sein gefürchteter, allwissender Onkel würde niemals eine so kleine und materielle Einzelheit bemerken. Und sollte er es doch tun, dann würde er nicht wissen, daß es nicht schon gestern vorhanden gewesen war, als eine gewisse Scheuheit Gilvaethwy dazu bewogen hatte, immer Gwydion oder jemand anderen zwischen sich und die Blicklinie seines Onkels zu bringen.

Gwydions Stimmung jedoch war stiller. Seine Nerven waren immer noch erschüttert vom Getöse dieser Nacht und nicht weniger von der Stille am Morgen. Dinge, die vorüber waren, waren für ihn stets weniger verschwommen als für Gilvaethwy. Er dachte an das Vieh, das er studiert hatte, und an Goewyn. ›Wird sie ein Kind bekommen? Fußhalterinnen tun es nie; das wurde selbst von den Frömmsten und Erzkonservativen bemerkt; und wenn sie es täte, dann gäbe es keine Möglichkeit, meinen Onkel mit Geschwätz von den Göttern hinters Licht zu führen. Dafür weiß er zuviel.

Auch würden die Frauen – zumindest die jüngeren – ihren Namen lästern und höhnen. Denn das ist eine der Niederträchtigkeiten, die diese Sitten der Neuen Stämme in den Frauen hervorbringen: sie verleumden einander und verlieren alle Treue gegenüber ihrer eigenen Schwesterschaft. Selbst die Altmodischen, von denen jede eine Menge von Männern gehabt hat, würden eine untreue Fußhalterin für einen Frevel an den Göttern halten.‹

Und die Heftigkeit seiner Hoffnung, Goewyn möge kein Kind bekommen, beschämte ihn. Es schien irgendwie falsch zu sein, daß ein so großes und schönes Wunder wie die Geburt jemals gefürchtet oder bedauert werden konnte. ›Aber das wäre wirklich nicht die richtige Art, ein Kind zu machen‹, dachte er, ›in einem solchen Getöse und Toben, während der halbe Hof entsetzt durch die Ritzen in der Tür spähte . . . Nein, es sollte in Stille geschehen, in einer besonderen Stunde der Schönheit, mit der Frau, die man am teuersten hält . . .

Dies war übel getan. Es verletzte, was Math die Heiligen Harmonien nennen würde. Doch war es um Gilvaethwys willen nötig. Govannon an meiner Stelle hätte ihn einfach verhauen, sobald er die Natur seines Leidens entdeckt hätte. Doch für mich ist solche Einfachheit des Handelns immer zu grob. Es ist mißlich, beide Seiten einer Frage sehen zu können, zu wissen, was man fühlen würde, wenn man an der Stelle des anderen wäre.‹

Aber er konnte sich nicht in Goewyns Lage versetzen. Er konnte den Gedanken der Keuschheit nicht begreifen, außer als einen Marktwert und eine Pose – etwas, das gegen die Naturgesetze war. Arianrhod, seine Lieblingsschwester, war das einzige Mädchen in ganz Gwynedd, das diesbezüglich gleich vehemente Behauptungen aufstellte wie die Fußhalterin; und es ist wahrscheinlich, daß Gwydion, dessen Lande näher an den ihren lagen als die ihrer anderen Brüder, schon die besten Voraussetzungen dafür hatten, zu wissen, welcher Wert diesen Behauptungen beizumessen war . . .

Welch Unheil war denn geschehen, solange Goewyn ihre Stellung behielt? Math würde genausogut dran sein wie zuvor, denn er würde nicht wissen, in was für einem Schoß seine Füße jetzt ruhten.

›Doch war es das Wagen einer großen Gefahr, und wenn ich einen Knaben erzöge, so würde ich ihm außer seinem Körper viele andere Dinge zur Beschäftigung geben, damit er fähig wäre, sich ohne so viele dieser mißlichen Fieberanfälle zu vergnügen.‹

Und damit wandte sich sein Sinn angenehmeren Bahnen zu, seinem eigenen Wunsch nach einem Kind und den Gedanken nach den Mitteln und Wegen dazu. ›Doch selbst wenn ich ein Kind hätte, könnte ich es nicht zu meinem Nachfolger erziehen. Das Volk von Gwynedd würde sich nie sicher sein, daß es wirklich von mir stammt. Mein Neffe muß mir nachfolgen, und auch ihn habe ich nicht. Ich könnte ein Kind Arianrhods lieben, aber sie ist zu sehr von dieser törichten Mode eingenommen, die von den Frauen Dyveds eingeführt wurde, um mir einen zu schenken. Es ist widerwärtig, daß Jungfrauen niemals Kinder haben . . .‹

FÜNFTES KAPITEL – DIE SCHLACHT/SO KAMEN SIE WIEDER NACH PENARDD UND GINGEN IN DIE HALLE, WO MATH AP MATHONWY MIT SEINEN HÄUPTLINGEN RAT HIELT.

Grau und alt schien er, wie er so dasaß: uralt und stark wie die Berge und ebenso eingehüllt in unerschütterliche Majestät. Und er sah seine zu spät kommenden Neffen mit jenen grauen, durchdringenden Augen an, die so weit und so tief schauen konnten.

»Ihr kommt wieder zu spät. Es scheint, daß ihr das Zuspätkommen zu einer Gewohnheit macht«, sagte er.

Gilvaethwy, der die vorgeschriebene Verneigung gemacht hatte, zog sich eilends dorthin zurück, wo Eveyd bei Govannon und Amaethon stand. Doch Gwydion verneigte sich vor seinem Onkel, wobei sein Inneres sorgfältig leer, bar aller Enthüllungen war.

»Wir hatten etwas Wichtiges zu erledigen, Herr.«

»So scheint es«, sagte der König. Und warf doch einen Blick auf Gilvaethwys schwarzes Auge.

»Es tut mir leid, wenn ich den Rat aufgehalten habe«, sagte Gwydion. »Ich dachte, daß es nicht viel zu beraten gäbe; daß wir entweder hier auf Pryderi warten oder uns in die befestigten Stellungen zurückziehen würden, wohin er uns nur unter großer Gefahr folgen kann.«

»Das ist es, was wir gerade erörtern«, sagte sein Onkel, »ob wir ihm hier begegnen sollen oder in den Stellungen von Arvon.«

»Warum sollten wir hier warten?« fragte Gwydion. »Vergangene Nacht hielt der Anblick unserer Lagerfeuer Pryderi davon ab, Gwynedd zu brandschatzen. Er weiß, daß wir bereit und gegen ihn gerüstet sind. Er wird uns folgen und nicht zulassen, daß seine Männer sich zerstreuen, um Behausungen der Leute zu plündern. Und warum sollten wir uns nicht in einer befestigten Stellung von ihm einholen lassen, wo es schwerer für ihn sein wird, uns anzugreifen oder sich durch die Ansiedlungen unseres Volkes hindurch zurückzuziehen?«

»Das ist wohlgesprochen«, sagte Math, »und so gesprochen, wie ich es von dir erwartet habe. Männer, mein Wort in dieser Sache lautet wie das Wort meines Neffen. Was habt ihr zu sagen?«

Da riefen einige der jungen Adligen: »Sollen wir ihn denn denken lassen, wir würden vor ihm davonlaufen? Er wird sagen, der Anblick seiner Feuer in der Nacht habe uns verjagt, wir würden es nicht wagen, unsere eigenen Grenzen zu verteidigen! Können wir denn nicht kämpfen, ohne eine Feste im Rücken zu haben?«

Und Gilvaethwy besaß die Unklugheit, mit ihnen zu schreien, bis ihn ein

Blick Gwydions und ein kräftiger Rippenstoß Govannons, der ihn fast umgeworfen hätte, zum Verstummen brachte.

»Es ist deutlich zu sehen, daß ihr Verschwender, nicht Bewahrer von Leben seid«, sagte der König, und er schaute auf sie alle aus seinen tiefen alten Augen hinab, die sie durch die Unergründlichkeit jener unsäglichen Ruhe tief beeindruckte, einer Ruhe, die leidenschaftslos schien, doch erfüllt von der Kraft, die sich am Grunde aller Leidenschaften befindet – lebensprühend und nicht blutleer, gelassen, doch unerbittlich. »Und daß ihr denkt, ein Krieg sollte geführt werden, um das Blut aller zu vergießen, einschließlich eures eigenen, und nicht um, soweit das möglich ist, die Leben und Lande und Heime von Gwynedd zu retten. Doch das ist es, was meine Aufgabe ist und meine Sorge sein wird. Wir gehen nach Arvon, Männer von Gwynedd, wenn ihr mir in den Krieg folgt.«

Und die älteren Männer schrien, daß er recht habe, die Häuptlinge, die kriegsgeübt waren. Und die jüngeren schwiegen, warfen jedoch sehnsüchtige Blicke auf das in der Ferne liegende Lager Pryderis zurück, während sie sich für den Marsch zu den Festungen rüsteten.

Und nur Gwydion fragte sich, ob dieser Rat und jenes Abwägen der Maßnahmen nicht nur als eine Prüfung seiner Urteilskraft angesetzt worden sei, und ob es im Willen Maths je eine Ungewißheit gegeben habe ...

Die Männer von Gwynedd mußten nicht weit marschieren. Sie machten Halt zwischen den Maenors von Penardd und Coed Alun, das heute Coed Helen heißt, und gingen dort in Stellung.

Sie mußten auch nicht lange warten, denn die Heerscharen des Südens marschierten bald vor ihnen auf, und sie konnten sehen, wie Pryderi vor seinen Männern auf und ab schritt, wie er sie anfeuerte und aufstachelte – eine gewaltige Gestalt in seinem schimmernden Kriegsharnisch, mit seinem goldenen Bart, der flammenhell unter der Sonne leuchtete. Wie eine Trompete scholl seine zornige Stimme durch den Raum zwischen den beiden Heeren, und das eine hörte so gut wie das andere, was er da schrie:

»Männer von Dyved, sollen wir diese diebischen Füchse noch weiter jagen? Diese Köter mit den Herzen feiger Köter, die nicht den Mut zum Rauben hatten, sondern mit List und Lügen sich in unser Land schleichen mußten, hinter Magie sich versteckend, um uns um unser Eigentum zu prellen und das zu bekommen, was zu nehmen sie nicht Manns genug waren? Jetzt sollen sie Schilde finden, die nicht nach einem Tage schmelzen, und diese zwischen sich und unsere Speere halten! Laßt sie erfahren, daß es in Dyved Schwerter und starke Arme gibt, die aller Magie ein Ende machen können!

Männer des Südens! Wir sind die Söhne von Eroberern! Sollen wir diese feigen, diebischen Nachbarn hinnehmen? Sollen wir auch nur einen Teil der

Insel der Mächtigen in ihrem Besitz lassen? Wir werden sie mit Feuer und Schwert vertilgen! Wir werden sie schlagen, wie unsere Ahnen die ihren jedesmal schlugen! Wir werden ihr Land versengen und verbrennen, und ihre Leute sollen die Sklaven sein, deren Herzen sie jetzt schon haben!«

Die Söhne Dons, die bei ihren Wagen standen, bereit für den Angriff, hörten ihn, und Eveyd und Gilvaethwy, die beiden jüngsten, knirschten bei dieser Beleidigung der Männer von Gwynedd mit den Zähnen: daß dem guten Ruf ihrer Tapferkeit solche Schande angetan wurde! Und Govannon streichelte seine Axt so zärtlich, als wäre sie das Haar einer Frau. Doch Gwydions Gesicht war völlig ausdruckslos ...

Dann prallten die Männer Dyveds und die Männer Gwynedds auf dem Blachfeld aufeinander, und Schild krachte gegen Schild, mit einem Tosen wie dem des Donners am Jüngsten Tage. Und Schwerter und Kriegsgeschrei erschollen lauter als jeglicher Sturm, unter dem die Erde je erbebte. Es gab Speere, die ihr Ziel verfehlten und harmlos gegen Bronzeplatten dröhnten, und Speere, die weiches Fleisch zerrissen und tief in es eindrangen. Blut floß, abgehauene Gliedmaßen fielen zu Boden und Männer, die noch lebten, in deren schmerzverkrümmte Körper die Fersen der Kämpfenden sich bohrten.

Stets bildeten die Männer von Gwynedd mit ihren Schilden einen Wall um ihren König, doch biß sein Schwert so viele Feinde wie die ihren. Und stets stand er in und über der Schlacht wie ein alter, mächtiger Turm, unerschütterlich und unbezwingbar.

Doch ein ums andremal löste sich Pryderi von seinen Männern und wütete wie ein Löwe durch die Reihen derer von Gwynedd, immer wirbelten seine blitzenden Augen und sein rotes Schwert, suchend, doch immer unbefriedigt, als wäre er hinter einem bestimmten Gesicht her, das er nicht finden konnte ... Sein Wagen fuhr in alle Richtungen, in jenem britischen Kampfstil, der die Legionen Cäsars durcheinanderbrachte, so daß die Ordnung auseinanderbrach und die Männer vor ihm flohen, nicht wissend, welchen er angreifen würde, und er mähte sie nieder wie Weizen.

Schon fünf Mal war er bis ins Herz des Nordheeres vorgestoßen, und jedes Mal ließ er eine Spur aus gefallenen Männern hinter sich, und unter diesen einen Mann von den zehn, die mit Gwydion und Gilvaethwy nach Dyved gezogen waren. Es schien, als könnte ihm keine Waffe nahekommen oder ihn berühren, als wäre sein Arm immer der schnellste und sein Stoß immer der stärkste.

Als dann das Gedränge zu dicht wurde, um mit dem Wagen zu fahren, schickte er ihn zurück und setzte seine Angriffe zu Fuß fort, wurde aber auch jetzt nicht verwundet, scheuchte vielmehr die Männer, wie ein Falke die Hühner scheucht: herabstoßend und zuschlagend. So daß viele den Mut verloren, gegen diesen Mann zu kämpfen, der sich unberührbar wie der Tod auf sie stürzte, dieser Mann, der einer der Sieben gewesen war, die vor Jahren als einzige aus dem Gemetzel von Morddwydtyllyon in Erinn zurückgekommen waren. Und niemand hielt stand, außer der Gruppe, wo Math war.

»So kann's nicht weitergehen«, sagte Gwydion zu Govannon dem Schmied. »Er wird die Schlachtordnung völlig zerbrechen, wenn wir ihn nicht zurückwerfen.«

»Oder ihm ein Ende machen, Bruder«, sagte Govannon und trieb die Axt, die vor der Schlacht eine neue Idee, jetzt aber eine blutige Wirklichkeit war, verschmiert von Fetzen von Skalp und Hirn und Haar, durch den Schädel eines Mannes von Dyved, der ihm zu nahe gekommen war.

»Er wird darauf bestehen«, sagte Gwydion, »oder er wird uns allen ein Ende machen. Doch haben wir keine andere Wahl, als es auszuprobieren.«

Also ging er zum Angriff über, und seine eigenen Männer, aus seinen Landen um Caer Seon herum, sahen es und erhoben das Geschrei: »Gwydion! Gwydion, Erbe von Gwynedd! Herr von Caer Seon!« Pryderi hörte es und war für ihn bereit, als er kam. Ein Mann von Gwynedd stand dem König von Dyved im Wege, zwischen ihm und den Söhnen Dons, und er führte einen Hieb nach Pryderi, der ihn parierte, indem er auf den zuschlagenden Arm hieb. Sein Schwert knirschte in die Knochen und schnitt durch sie hindurch, so daß der Arm zu Boden fiel, genau vor Gwydions Füße, und Blut wie ein roter Springbrunnen aus der Schulter schoß, die ihn gehalten hatte.

Gwydion warf einen Blick auf den Arm, den sein Landmann erhoben hatte, um ihn zu verteidigen, den Arm, der dort auf der Erde zitterte, als wollte er sich in sie krallen, mit Fingern, die sich nie wieder bewegen würden . . . Dann hatte er keine Zeit mehr für Blicke oder Gedanken, denn Pryderi stand vor ihm. Einen Augenblick lang herrschte im Tosen der Schlacht eine innere Stille, als diese beiden sich in die Augen sahen . . .

»Also du!« sagte Pryderi. »Feigling und Lügner!« schrie er. »Deine Stunde ist gekommen, und jetzt werde ich dir den angemessenen Lohn für das Lied bezahlen, das du in jener Nacht zu Rhuddlan Teivi für mich gesungen hast!«

Da hob Gwydion sein Schwert, doch darauf hatte Pryderi nur gelauert, und sein eigenes krachte mit solcher Macht hernieder, daß Schwert und Schild aus den Händen, die sie gehalten hatten, geschleudert wurden und der Hieb durch Schulter und Brust gefahren wäre, wenn Gwydion auch nur den Bruchteil eines Augenblickes langsamer zurückgezuckt wäre. Und wie er benommen und schwankend dastand, hob sich Pryderis Schwert wieder, und es war Govannons Axt, die es im Niedersausen aufhielt und zerschmetterte.

Ein Schrei des Entsetzens stieg von den Männern des Südens auf, als sie ihren König entwaffnet sahen, und ein Freudengebrüll von den Männern Gwynedds. Pryderi aber packte den nächsten von ihnen, einen kleinen Mann, der an Govannons Seite gekämpft hatte, und trug ihn wie einen Schild vor sich her, und das Blut dieses Mannes rötete die Schwerter von einem Dutzend seiner eigenen Kameraden, die den König von Dyved zu treffen versuchten, bevor er sich zu seinen eigenen Leuten zurückgekämpft hatte.

Doch dieser Vorfall kehrte das Schlachtenglück gegen die Männer aus dem Süden, denn beide Heere hatten Pryderis Zurückweichen gesehen. Mit einem Schrei stürmten die Männer von Gwynedd vor, und die Männer von Dyved begannen zu fliehen. Und bald darauf war das Landvolk wieder allein auf dem Felde, bis auf die Sterbenden und die Toten.

Die Männer von Gwynedd aber machten nicht Halt, sondern jagten hinter dem fliehenden Feind her, bis sie ihn eingeholt hatten, bei dem Bach, der Nant Call heißt, und dort hieben sie die Feinde zu Hunderten nieder, denn jene waren erschöpft und entmutigt von dem Schlag der ersten Niederlage. Und auf dieser Walstatt erlitten die Männer von Gwynedd nur geringe Verluste.

Was vom Heer des Südens übriggeblieben war, floh hinterher weiter, in Richtung Dol Pen Maen. Dort traten Pryderis Häuptlinge vor ihn, staubbedeckt und blutbeschmiert. »Herr«, sagten sie, »die Männer können nicht mehr weiter; der Mut hat sie verlassen, und sie sind fertig.«

Sie beobachteten ihn genau, als sie das sagten. Einige mögen dabei gezittert haben. Aber er hörte sie stumm an. Sein Gesicht war so reglos wie ein Fels, grau und sturmentstellt wie ein Fels. Doch einmal wandte er sein Gesicht ab und schaute gen Süden, dorthin, wo die schön wogenden Lande von Dyved lagen und sein Volk, das ihm zugejubelt hatte, vertrauend und frohlockend über seine Macht, wie er in seinem Stolz und seinem Schlachtenglanz ausgezogen war, um das an ihm und ihnen begangene Unrecht zu rächen. Doch zwischen ihm und Dyved ragte die graue Mauer aus Zwielicht auf, erdunkelnd mit der fallenden Nacht ...

»Wir schlagen hier ein Lager auf«, sagte er. »Besser, wie Männer sterben, als wie erschreckte Karnickel in unsere Höhlen zurückflüchten. Es ist vorüber.«

Die Männer von Gwynedd sahen in der Ferne die Feuer dieses Lagers, rote Glut unter dem grauen Tuch der Dämmerung. Die Krieger waren von den Tagen des Marschierens und Metzelns erschöpft. Viele von ihnen hatten schwere Wunden. Doch, noch glühend von ihren Siegen, hätten sie gern angegriffen und ein Ende gemacht. Dies wurde Math berichtet, der auf dem Schlachtroß saß, reglos wie ein Berg.

»Herr«, sagten die Häuptlinge, »sollen wir es leiden, daß sie in den Süden zurückfliehen und dort neue Truppen sammeln? Wäre es nicht richtig, ein Ende zu machen?«

»Wen dort könnten sie noch sammeln?« sagte Math. »Die Männer aus einundzwanzig Cantrevs sind Pryderi auf diesem Zug gefolgt. Er hat keine mehr.«

»Männer, die heute in den Süden entkommen, können eines Tages zurückgeritten kommen«, sagte Govannon, und er spielte mit seiner ungesäuberten Axt.

Der König rieb sich das Kinn.

»Sie wissen, daß sie jetzt ohne unsere Erlaubnis nicht mehr aus unserem Land entrinnen können«, sagte er. »Sie warten auf den Tod oder auf den Frieden, den wir, die Sieger, gewähren. Friede ist keine Schande.«

»Den hätten sie auch, wenn sie tot wären«, sagte Eveyd der Sohn Dons. »Sollen wir keine Wachen aufstellen, um zu verhindern, daß sie sich in der Nacht unbemerkt davonschleichen?« bat er.

»Wir brauchen keine Späher«, sagte Math. »Es ist vorüber.«

Sechstes Kapitel – Frieden/Gwydion der Sohn Dons kam wieder vor seinen Onkel, als alle anderen mit ihren Pflichten beschäftigt waren. Es dämmerte. Das Essen dampfte über den Lagerfeuern, und die Verwundeten wurden versorgt. Alle anderen waren um die roten, tanzenden Lichter herum geschart. Lange hatte der alte König dagesessen, abseits und leidenschaftslos wie ein Gott in seiner Einsamkeit, auf sein Heer herniederschauend. Und die Ruhe in seinem Blick konnte niemand deuten – ob sie traurig oder froh oder ewig war, oder über die Nichtigkeit aller Dinge nachsann.

»Herr, willst du nicht kommen und mit den Männern essen?« sagte Gwydion. »Dies ist ein Sieg, und zwar ein glänzender! Wir haben bei Nant Call nur wenige Männer verloren, nicht mehr, als du an den Fingern deiner beiden Hände zählen kannst«, sagte er.

Der König wandte den Kopf und sah ihn an. Jeder sah das Gesicht des anderen in der mondlichtdurchwirkten Dunkelheit verschwommen, geisterhaft blaß.

»Das ist gut«, sagte Math, »doch hätte es besser sein können. Viele Männer sind auf jenem Felde zwischen den Maenors gestorben. So viele Männer sind in Gwynedd in all den Tagen nicht gestorben, seitdem du geboren wurdest.«

Gwydion sah auf die Mondstrahlen hinab, die zwischen den Zweigen der Bäume hindurch auf den Boden fielen, die warme Nacht mit ihren Lanzen aus kaltem Licht durchbohrend, wie Geisterschwerter leuchtend.

»Es ist dennoch Sieg, Herr«, sagte er.

»Ja«, sagte Math und rieb sich wieder das Kinn. »Und was noch?«

Gwydion antwortete mit einer Stimme, die heftig und heiß vor Leidenschaft war und seltsam jung. »Sind sie nicht in unser Land eingefallen, Herr, wie sie vor Zeiten über diese Insel hergefallen sind, in jenen Tagen, als unser Volk die Herrschaft über die gesamte Insel der Mächtigen hatte?«

»Sie sind Eroberer und waren immer Eroberer«, sagte Math, »doch viele Jahre lang haben wir in Frieden mit ihnen gelebt. Und ich sage dir, es wird einen Tag geben, da die Neuen Stämme und die Stämme der Prydyn ein Volk sein werden, wieder eine einzige Rasse zwischen den Bergen und dem Meer. Denn so bewegen sich die Zyklen, und das Neue kann niemals vertrieben oder verschluckt werden, sondern muß sich mit dem Alten vermischen und dieses umgestalten. Und es ist auch nicht gut, den Lauf der Zyklen zu hemmen und frischen Haß in den Kessel der Vorsehung zu gießen. Friede kann nicht durch Blut errungen werden, sondern nur durch Einigung. Haben diese Vorgänge das Kommen jenes Tages beschleunigt, mein Neffe?«

»Möchte das Volk von Gwynedd es beschleunigen?« fragte Gwydion.

»Nein«, sagte Math, »aber möchtest nicht du es?«

Und darauf konnte sein Neffe mit keinem Wort antworten ...

Am folgenden Tag, in den goldenen Morgenstunden, sandte Pryderi Boten zu Math dem König, die sich nach den Friedensbedingungen erkundigten. Math beriet mit seinen Häuptlingen, wie diese Friedensbedingungen aussehen sollten. Dies war keine leichte Sache, denn wenn das Heer des Südens auch geschlagen war und die Hälfte seiner Männer verloren hatte, so war doch das Heer Gwynedds, das zu Beginn das kleinere gewesen, jetzt um ein Drittel weniger, als es beim Auszug gewesen war. Und einige der Häuptlinge hielten es immer noch für sicherer, jetzt über das Heer von Dyved herzufallen und es zu vernichten, da es keine neue Schlacht wagen konnte.

Doch Math sagte dazu nein.

»Auch wir können keine Schlacht mehr wagen«, sprach er zu ihnen. »Wenig Gutes würde es bringen, unsere eigenen Männer daran zu verschwenden, die Pryderis zu vernichten und das eine Land so verkrüppelt wie das andere zurückzulassen. Wir können keine Männer mehr entbehren«, sagte er.

»Da wir es nicht wagen können, diese Südländer allein im Lande zu lassen, wollen wir mit ihnen bis an unsere Grenzen marschieren, so daß wir sicher sind, daß sie nicht umkehren oder unterwegs über die Leute herfallen«, sagte Gwydion.

»Was aber, wenn sie uns bei Nacht angreifen oder während des Marsches mit einer plötzlichen Verräterei über uns herfallen?« wollten die Häuptlinge wissen.

»Sie sind nicht schlau genug, um Verräter zu sein«, sagte Gwydion, »aber bei Nacht –?« und seine feinen Brauen zogen sich zusammen.

Math strich sich den Bart.

»Es ist übel«, sagte er, »dem Feind seine Fangzähne zu belassen, solange er noch seinen Haß als Wetzstein hat, sie daran zu schärfen!«

Und schließlich kam man überein, daß Pryderi seinen Sohn und die Söhne von dreiundzwanzig seiner Adligen als Geiseln bei den Männern von Gwynedd lassen sollte, während er nach Dyved zurückmarschierte. Also gingen Gwrgi Gwastra und seine dreiundzwanzig Kameraden aus dem Lager der Männer des Südens in das Maths. Und Pryderi kehrte ihnen den Rücken zu, damit er sie nicht gehen sähe; saß allein, mit einem so grimmen und steinernen Gesicht, daß seine Männer, selbst diejenigen unter ihnen, die seine ältesten und vertrautesten Kameraden waren, ihn nicht anzusprechen wagten ...

Dann marschierten die beiden Heere nebeneinander zum Traeth Mawr und überquerten ihn. Und weder dem Land noch der Bevölkerung geschah ein Leid. Doch als sie Seite an Seite nach Melenryd hineinmarschierten, fingen die Schwierigkeiten an. Denn die Fußsoldaten der beiden Armeen marschierten nur ein paar Schritte auseinander, und die Männer von Gwynedd, noch siegestrunken, konnten nicht anders, als über ihre Nachbarn lachend die Schulter zu zucken, und sie machten unüberhörbare Witze über die großen Pläne des Herrn von Dyved und wie er diese ausgeführt.

Zuerst hatten die Männer von Dyved alles in schwarzer Niedergeschlagenheit und hilflosem Zorn ertragen, doch als man dann den Traeth Mawr überschritten hatte, begannen ihr Mut und ihre Wut zu ihnen zurückzukehren. Die Funken, die die Männer von Gwynedd so fröhlich ausstreuten, fielen in trockenes Holz. Die spöttischen Bemerkungen scheuerten von Stunde zu Stunde tiefer. Sie schienen zuzunehmen und anzuschwellen und sich aufzublähen, schienen so zahlreiche Belästigungen hervorzutreiben, wie eine Kartoffel Augen hat. Für Männer, deren Stolz sowieso schon wund und wehe ist, kann ein Nadelstich zum Speerstoß werden; und je häufiger die Männer von Gwynedd ihre Schüsse ins Ziel treffen sahen, desto größeres Vergnügen machte das Schießen.

Aber es kam zu keiner weniger blumenreichen Form des Schießens, bis schließlich ein Mann von Dyved die Beherrschung verlor und auf eine Stichelei antwortete.

»Ihr prahlt da laut und viel mit einem Sieg, den ihr nie errungen hättet, wenn unser König nicht sein Schwert verloren hätte, und das wahrscheinlich durch Zauberei«, sagte er zu einem der Plagegeister aus Gwynedd. »Doch wir aus Dyved haben noch nie Kindsmagd für fremde Krieger spielen müssen, die aus unserem Reich hinausmarschieren. Wir haben sie erst gar nicht hereingelassen«, sagte er.

Der Mann aus Gwynedd sah verblüfft aus, und dann wurde er plötzlich purpurrot.

»Was hast du mich da eben geheißen?« sagte er, sein Kinn so weit vorstoßend, daß es ein Wunder war, daß es sich nicht vom Rest seines Gesichtes löste.

»Was du bist«, sagte der Mann aus Dyved. »Ihr habt Angst, uns auch nur einen Augenblick aus den Augen zu lassen.« Und er lachte seinem Feind ins Gesicht.

Doch bevor er ausgelacht hatte, zischte ihm ein Pfeil in seinen offenen, lachenden Mund hinein und kam an seinem Nacken wieder heraus. Er fiel, und der Kamerad neben ihm stieß einen Wutschrei aus und schoß den Mann, der ihn getötet hatte, nieder.

Danach gelang es nicht mehr, die beiden Heere davon abzuhalten, aufeinander zu schießen, sobald die Augen ihrer Offiziere woanders waren, und die Nachricht wurde zu Math gebracht.

»Nun«, sagte er, sich das Kinn reibend, »was kann man da tun?«

»Gwydion könnte ein paar Übel ausstreuen – ich habe bemerkt, daß er das manchmal tut, wenn er sich ärgert«, sagte Govannon, »doch das erforderte Zeit und könnte sich als zu fein erweisen, um von anderen als seinen eigenen Männern aus Caer Seon verstanden zu werden, die darin geübt sind. Ich könnte ein paar Köpfe abschlagen, was eine so einfache Sache ist, daß es jedermann begreift, doch wann immer ich nicht hinsähe, würden die Zungen in den Köpfen, die noch auf ihren Schultern sitzen, genausoviel wackeln wie zuvor; und Pfeile würden nach wie vor fliegen.«

»Ist der Tod so einfach?« sagte Math. Und er grübelte eine Weile, als starrte er in jene Tiefen des Schicksals und der Zeit, die allen Augen außer seinen verhüllt waren.

»Niemand soll getötet werden«, sagte er dann schließlich, »denn wir können sie nicht aufhalten. Wenn der Haß einmal erregt ist, kann er nicht wieder beruhigt werden, bevor sich seine Flammen von selbst verzehrt haben. Doch schlecht haben wir unsere Abmachung mit Pryderi gehalten.« Und seine Augen weilten lange auf Gwydion, der neben ihm auf und ab schritt, prächtig und ruhelos wie eine Flamme in seinem scharlachroten Mantel. Und in jenen alten Königsaugen standen Liebe und Stolz, aber auch ein tieferer Schatten.

»Er wird es nicht wagen, zu protestieren«, sagte Gwydion. »Sein Sohn und die Söhne seiner Häuptlinge sind in unserer Hand.«

»Dann ist das Unheil um so größer«, sagte Math. Und in seinen Neffen war etwas, das den Sinn seiner Worte begriff, so wie Männer, die noch im Tal sind, die Umrisse eines fernen Berggipfels sehen können, und es band ihre Zungen.

Pryderi und seine Häuptlinge bedachten unterdessen die gleichen Dinge: die Geiseln und den gebrochenen Frieden. Die Häuptlinge waren um Pryderi versammelt, der auf seinem Pferde saß.

»Herr, wir verlieren jede Stunde Männer«, sagten sie, »viele Männer. Es kann so nicht weitergehen. Bevor wir Gwynedd verlassen, wird es wieder zur Schlacht kommen.«

»Und wenn es so ist?« sagte Pryderi. Ein Schwert lag über seinen Knien, und seine Hände streichelten es die ganze Zeit über, doch seine Miene zeigte keine Freude; vielmehr eine mitleiderregende Ungewißheit, wie sie seinen Blick heimsuchte, seit Gwydion ihn zu Rhuddlan Teivi verzauberte und seine Kraft versagt hatte, das zurückzugewinnen, was sein unbegreiflicherweise besiegter Verstand verloren hatte.

Sie zögerten. Sie sahen ihn an und sahen einander an, und in ihren Augen stand das schmerzliche Verlangen eines Hundes, der speichelnd auf ein Stück saftiges Fleisch starrt, an das er sich aus Angst vor der Peitsche nicht herantraut.

»Wir könnten es wagen, Herr«, sagten sie. »Das Heer hat seinen Mut zurückbekommen. Und wenn wir auch viele Männer verloren haben, so war die Stärke der Alten Stämme zu Anfang nicht so groß wie die unsere. Doch gibt es etwas zu bedenken.«

»Meinen Sohn und eure Söhne«, sagte Pryderi. »Nur zu gut weiß ich das.« Und er starrte düster auf seine Hände, die das Schwert streichelten.

Da fiel über alle ein Schweigen, das so schwer wie das Gewicht von Bergen war, dicht und dick und dunkel.

»Wenn es zur Schlacht kommt, wie wird es ihnen dann wohl in den Händen der Männer von Gwynedd ergehen?« Ein rotbärtiger Häuptling sagte das. »Diese Leute halten schlecht Wort. Der künftige König ihres Landes handelt mit falschen Waren, und sie brechen den Frieden, den sie geschworen haben. Müssen wir wie Kühe auf den Schlächter warten? Alles läuft verkehrt; wenn wir schnell zuschlagen, könnte es dann nicht nur besser gehen? Es gibt etwas wie Rettung.«

»Und wenn wir Tote retteten?« sagte ein anderer.

Niemand fand darauf eine Antwort. Denn sie wogen Möglichkeiten gegeneinander ab, die sich ihrer Berechnung entzogen, spielten mit dem Schicksal um zu hohe Einsätze, mit dem Schicksal, das sie in diesen Zwiespalt geführt hatte. Angriff war gefährlich, und Rückzug war gefährlich. Und Angst, die nicht ihnen selbst galt, durchschauderte sie. Angst, die nicht ihren eigenen Körpern galt, sondern ihrem eigenen Fleisch und Blut – ein Band, von dem Gwydion, als einziger von allen Männern von Gwynedd, träumte. Und auf ihnen allen lastete immer noch die entmutigende Erinnerung an etwas gänzlich Neues – Niederlage.

So rätselten sie in der kalten Schwere ihrer Herzen. Und Pryderi rätselte ebenso, die Hände auf dem Schwert, seine Miene so dunkel und drohend wie eine Gewitterwolke, sich mit jedem Gedanken und Nerv des hilflosen Elends um sich herum bewußt und dessen Raspeln durch sein ganzes Wesen fühlend.

Denn er war der König. Auf ihm lasteten die Schmerzen aller, ihre Not und deren Behebung. Und doch war er nur ein Mann, dessen Leiden eins mit den ihren war.

Er dachte an Gwrgi Gwastra und an die Söhne seiner Häuptlinge, und an all das Leid und die Schande dieses traurigen Heimweges. Und eine dumpfe Wut brannte in ihm, eine ausweglose Qual, vergiftet von Ohnmacht, die ihn versengte wie eine Flamme und nur von einem einzigen Ding auf Erden gelindert werden konnte: dem Gefühl eines Halses zwischen seinen Händen.

GWYDION! GWYDION, ERBE GWYNEDDS! Tag und Nacht brauste unablässig dieser Name in seinen Ohren, machte ihn wahnsinnig vor einem Haß, der ihn zu sprengen drohte und doch nur in Folterqualen weiter und weiter brannte. Der Mann, der ihn belogen und betrogen hatte; der Schrei, der auf dem Blachfeld zwischen den Maenors das Schlachtenglück gegen ihn gekehrt hatte.

Gwydion! Von Anfang bis Ende war er es gewesen, der sie zugrunde gerichtet hatte. Er war der Fluch und das Verderben der Männer von Dyved. Für alle Zeiten jene goldene Stimme, die ihn übertölpelt hatte, zum Verstummen würgen! Das Licht in jenen Augen auslöschen, deren bannendes Starren auch jetzt noch eine fröstelnde, geheime Kammer seines Gehirns heimsuchte, und sie im Tode glasig werden sehen: das allein konnte ihn erleichtern, ihn befreien und ihm seine Manneswürde wiedergeben. Nie wieder konnte er sich selbst sein, nie wieder konnte es in Dyved Macht und Ehre geben, solange dieser Mann lebte.

Im Zweikampf würde ein Magier sicherlich wie andere Männer sein. Seine Knochen würden ebenso leicht brechen; sein Blut würde ebenso strömen ... Pryderis Hände verkrampften sich und entkrampften sich. Die Tat war sein Gebiet, das einzige, das er beherrschte; doch jetzt war sie ihm versagt.

Oder nicht ...? Hell wie ein Blitz und ebenso jäh zuckte ein Gedanke durch die schweren Gewitterwolken in seinem Herzen. Er hob den Kopf und blickte seine Häuptlinge an.

»Sendet Math eine Botschaft«, sagte er ...

Sie trugen jene Botschaft zu Math dem Sohn Mathonwys, der in seinem
Lager inmitten seiner Kriegshäuptlinge saß. Die Söhne Dons waren bei ihm,
die Anführer der Clans und die Lords der Cantrevs. Und der alte König saß in
seinem Alter da, das aussah wie das Alter der Erde, weiß vom Frost aller Winter der Zeit, und lauschte mit grauen, meertiefen Augen dem, was die Boten
sagten.

»Dies ist das Wort Pryderis«, sagten sie. »Er bittet dich, Herr von Gwynedd,
dein Volk zurückzuhalten, wie er das seine zurückhalten wird, und den Kampf
und die Schlacht ihm und Gwydion dem Sohn Dons zu überlassen, der all dies
verursacht hat.«

Math strich die lange, frostige Weite seines Bartes. Eine Weile lang schien
er nachzudenken, schien in sich die Forderung des Schicksals zu erwägen, und
alles, was eintreten konnte oder eintreten mußte, was verschlossen war in jenen tiefen und einsamen Räumen, in denen sein Geist immer allein wandern
mußte oder unbegleitet von irdischen Gestalten. Doch endlich richtete er seine
Augen auf sie und sprach.

»Wahrlich«, sagte er, »ich rufe die Götter zu Zeugen, daß ich, wenn Gwydion der Sohn Dons einwilligt, froh sein werde, den Kampf und die Schlacht
ihm und eurem König zu überlassen. Niemals werde ich irgend jemanden in
die Schlacht schicken, bevor ich und die Meinen unser Äußerstes tun.«

Da richteten sich aller Augen fragend auf Gwydion, alle außer denen des
Königs, die zwar auf seinem Neffen weilten, jedoch mit einem Ausdruck, den
niemand deuten konnte.

Und das Volk von Gwynedd dachte, daß sein künftiger König schön und
kriegerisch und wie eine wahre Fackel des Lebens aussehe, aber auch trübsin-
nig und finster, als nagte etwas an ihm.

Seit dem Friedensschluß war der Erbe von Gwynedd stets von großer Unruhe befallen gewesen. Er hatte Erde und Himmel durch eine drückende Wolke
hindurch gesehen, deren rote Düsternis von den Todesschreien und dem Stöhnen Verwundeter vibriert hatte. In ihm waren jene feinen Sinne des Gesichts
und des Gehörs, die über den gröberen Sinnen des Körpers stehen, zu gut ausgebildet, um nicht den scheußlichen Aufruhr aus Schmerz und Wut der häßlichen Wesen wahrzunehmen, die sich von Blut nähren – den übersinnlichen
Unrat, der sich am Schauplatz gewaltsamen Todes aufhält. Er besaß nicht
Maths unerschütterliche Klarheit, die ihn in Sphären oberhalb jener Vision hätte erheben können; und für ihn waren diese Tode gestorben, und für ihn war
dieses Blut vergossen worden.

An Goewyn dachte er überhaupt nicht. Er wagte es nicht, aus Angst vor
Maths unheimlichen Fähigkeiten. Was er Pryderi angetan hatte, plagte ihn we-

518

nig; Pryderi war nicht von seinem Stamm oder aus seiner Sippe. Die Gleichheit von Ausländern mit uns selbst ist auch heute noch in der Theorie häufiger als in der Praxis. Im Umgang der Nationen miteinander hat sie keinen wirklichen Platz; und zu Gwydions Zeiten war sie nicht vorstellbar, nicht einmal als ein sinnloser Traum.

Er wußte nicht, ob es Math oder seine eigene Seele war, was ihm die Gedanken sandte, die ihn jetzt heimsuchten, die Gedanken, die er ständig wegargumentierte: ›Wenn auch viele getötet wurden – sind nicht die Schweine gewonnen? Könnte ich ein Haus bauen, ohne Bäume zu fällen? Wird jemals etwas Gutes gewonnen ohne Kampf und Krieg, sei es etwas Geistiges oder etwas Körperliches?‹

Doch eine Flamme der Bedrängnis verzehrte ihn, ein tiefes Unbehagen. Eine Stimme, so kalt wie ein Windstoß aus der Unterwelt, klang durch seine Seele: ›Das, was ich hätte friedlich bekommen können, durch ein wenig Warten, das, was ich so billig und schlau für Blendwerk kaufte, ist das am Ende nicht doch teuer bezahlt worden mit dem Blut der Männer von Gwynedd? Math wird nichts sagen. Er überläßt mich dem Urteil meines eigenen Geistes, den er gebildet hat. Er weiß, daß Schlachtentriumphe ihn nicht lange betäuben können, daß mich Angst vor ihm in den Tagen meiner eigenen Königschaft, wenn er gegangen ist, nicht schrecken kann . . . Lernt ein König auf diese Weise? Dann muß sein Volk teuer für seine Belehrung bezahlen!‹

So hatten sich seine Gedanken seit Tagen versengend und ermüdend im Kreise gedreht. Und jetzt kam diese Herausforderung, halb willkommener Ausweg, halb Drohung; denn Pryderi war immer noch der Held, den bis heute noch kein Feind im Kampf bezwungen hatte. Sein Geist flog zu dem seines Onkels, suchte mit aller Meisterkunst, die er beherrschte, den Wunsch und die Absicht in ihm aufzuspüren.

War dies die Strafe oder nur das Wagnis, das einzugehen Math für Königspflicht hielt?

Doch die Augen des Königs und sein Geist verrieten ihm nichts. Sie warteten in Schweigen, ohne zu helfen und ohne zu hindern, auf seine freie Entscheidung . . . wenn ihm eine freie Entscheidung überhaupt noch möglich war.

»Wahrhaftig«, sagten die Boten, »Pryderi sagt, es wäre gerechter, wenn der Mann, der dieses Unheil über ihn gebracht hat, ihm von Angesicht zu Angesicht gegenüberträte und beide Stämme unversehrt ließe.«

Da schnellte Gwydion auf und sprang vor die Boten hin, umwirbelt von seinem scharlachroten Mantel.

»Die Götter seien meine Zeugen!« rief er. »Ich will die Männer von Gwynedd nicht an meiner Statt kämpfen lassen. Da ich die Erlaubnis habe, mich mit Pryderi zu messen, werde ich freudig meinen Körper gegen den seinen stellen!«

SIEBENTES KAPITEL – GWYDION UND PRYDERI SPRECHEN MIT SCHWERTERN/SIE TRUGEN DIESES WORT ZU PRYDERI, DER IM HEERLAGER VON DYVED WARTETE. ER LÄCHELTE, ALS ER ES HÖRTE; UND IN JENEM LÄCHELN LAG ETWAS VON DER WILDEN FREUDE des Sturmes, von der Raserei, die das brüllende Meer peitscht.

»Fürwahr«, sagte er, »ich brauche niemanden als mich, um mein Recht einzufordern.«

An jenem Abend waren die Männer von Dyved glücklich und sangen in ihrem Lager, während Pryderis Knappen die Waffen ihres Königs schärften und auch den letzten Tropfen Blut von gewöhnlichen Menschen von ihnen abwuschen, damit sie rein wurden für das rote Naß, das alles Leid und alle Schande Dyveds heilen würde.

Sie rieben den Harnisch blank, den ihm Bran der Gesegnete gegeben hatte, der König über die ganze Insel Britannien gewesen war, Bran, dessen Haupt, nachdem es vom Rumpf getrennt worden war, achtzig Jahre lang ein ebenso liebenswürdiger und guter Kamerad war, wie es das jemals gewesen war, als es sich noch auf seinen Schultern befand. Er, der in einer Hinsicht der größte aller britischen Könige war, denn er war von so gewaltiger Größe, daß kein Haus ihn je aufnehmen konnte, außer dem einen in Erinn, wo er seinen Tod fand. Und seither hat kein britischer Monarch je wieder eine solche Größe erreicht. Vielleicht glaubten die Knappen, daß jenem Geschenk, das die Verbundenheit ihres Königs mit dem legendären und mächtigen Toten bewies, ein Zauber innewohne, der den Hexereien Gwynedds widerstünde. Denn auch Bran war von den Stämmen der Prydyn gewesen – ein Fürst aus dem Geschlecht Belis von der Tiefe, dessen Name eine Erinnerung sein mag an jenes Mächtige Wesen, zu dessen Ehre die Kelten, durch unzählige Frühjahre hindurch, die Feuer von Beltane entzündeten.

Hell wie Fackeln brannten die Hoffnungen der Männer von Dyved in jener Nacht. Doch die Freude im Lager der Männer von Gwynedd war weniger laut; oder, wenn sie genausoviel Lärm machte, so hatte dieser bisweilen einen hohlen Klang. Denn manche dachten mit Schrecken an Pryderis Kampfkraft und an seine Heldentaten und an all die Kriege, in denen er schon gekämpft hatte, Kriege, die schon legendär waren und in Sagas immer besungen werden würden: all die Berichte von einer Kraft, die noch nie besiegt worden war.

Auch war es kein großer Trost, darauf zu bauen, daß er alt wurde, denn sie hatten alle mit eigenen Augen gesehen, wie Math sich von seiner Liege aus scheinbaren Schwächen hatte erheben können, um ihnen als Heerführer voranzugehen.

Einige fragten sich, wie wohl der listenreiche Sohn Dons dem Morgen entgegensah, er, der jetzt Schwert und Speer mit ihresgleichen begegnen mußte, nicht mit Magie und Liedern. Scheinbar war dieser Kampf seiner eigenen freien Entscheidung überlassen worden, doch nach den Worten seines Onkels und der Herolde hätte er die Schande einer Ablehnung nicht auf sich nehmen und noch hoffen können, sie je wieder in einen Krieg zu führen.

Dort, wo sich Gwydions Quartier befand, erteilte Govannon seinem Bruder erbetene Waffenhilfe und ein Gutteil Ratschläge, die nicht erbeten worden waren. Gilvaethwy und Eveyd und Amaethon waren ebenfalls anwesend, voller Fragen und Vorschläge, bis Govannon sie hinausjagte.

»Unser Bruder muß schlafen«, grollte er. »Wie, glaubt ihr wohl, kann er morgen früh kämpfen, wenn er die ganze Nacht dem Gekakel von euch jungen Elstern zuhört? Dein Mundwerk geht jetzt tapfer genug, Gilvaethwy, aber vor der Schlacht fiel mir auf, daß du keinen Piepser tatest und daß du dich hinter jedem verstecktest, hinter dessen Kehrseite du kommen konntest.«

»Jedenfalls habe ich mich nicht hinter dir versteckt!« sagte Gilvaethwy.

»Nein«, gab sein Bruder zurück, »du wußtest schon warum.«

»Willst du dich die ganze Nacht mit ihnen streiten, Govannon?« fragte Gwydion. »Denn bei ihrem Schwatzen könnte ich genauso gut schlafen wie bei diesem Lärm.«

»Nein. Aber es gäbe weniger Streit, wenn du weniger Schwätzerei ermutigtest. Du hast Gilvaethwy fast zugrundegerichtet«, brummte ihr Bruder, als die Jünglinge schließlich vor seiner scheuchenden Hand geflohen waren. »Zuerst litt er wie eine Hündin, die den Bauch zum Platzen voller Junge hat, und jetzt rennt er überall herum und kreischt so frohlockend drauflos wie eine Frau, die ein Geheimnis entdeckt hat, das ihre beste Freundin weder ihr noch irgend jemand anderem anvertrauen wollte.«

»Er hat sich in der Schlacht gut genug gehalten«, sagte Gwydion. »Ist das nicht alles, was uns angeht, Bruder? Solche Sachen brennen am schnellsten aus, wenn man sie sich selbst überläßt. Du verstehst dich auf Metalle, aber nicht auf Launen, Govannon.«

»Metall hat manchmal Launen, aber ich hämmere sie heraus«, sagte Govannon. »Ich würde zu gerne wissen, worauf sich Gilvaethwys Launen bezogen, aber vielleicht werden wir glücklicher sein, wenn wir es nicht erfahren.«

Er sah seines Bruders Gesicht nicht, als er endete, denn während er sprach,

521

hatte sich Gwydion vom Feuer entfernt, so daß ihn ein Schatten verbarg. Er wünschte, daß dieser Schatten auch seine Erinnerung verberge vor den durchdringenden Gedanken Maths, die sie vielleicht sogar in diesem Augenblick beobachteten.

»Da wir von Schlachten sprechen: da du jetzt eine ganz für dich allein hast«, bemerkte der Schmied, »habe ich dir meine Axt gebracht. Sie hat dir gegen Pryderi schon einmal einen guten Dienst geleistet. Vielleicht holt sie dich wieder heraus«, sagte er.

Gwydion dankte ihm und nahm die Axt, lächelte jedoch, halb abwesend. »Glaubst du, es bedürfte nur einer neuen Axtform, um Pryderi zu überwinden, mein Bruder?«

»Ich glaube, sie wird mehr zuwege bringen als alles andere. Es gibt nichts Vergleichbares. Ich hoffe, du wirst nicht getötet werden«, brummte Govannon, »denn ich möchte nicht, daß Pryderi diese Axt bekommt und die Männer von Dyved nach diesem Muster andere machen. Es ist die erste Axt mit einem Stahlblatt, die je auf der Insel der Mächtigen gesehen wurde. Ich bin nicht sicher, ob ich sie ohne die hier vor Augen noch einmal machen könnte.«

»Du solltest lernen, besser auf deine Ideen achtzugeben«, sagte Gwydion, »denn sie sind mehr ein Teil von dir, als es deine Äxte sind.«

»Wenn es deine Ideen nicht gäbe, wäre es für mich einfacher, auf meine Äxte achtzugeben«, sagte Govannon. »Vielleicht holt uns eine Axt hier heraus, aber es war keine Axt, die uns hier hereingebracht hat.«

Und dann umarmten sie sich und schieden für die Nacht.

Als die Erde wieder im Gold des Morgens erglänzte, aß Gwydion und wappnete sich und brach auf. Er nahm Abschied von seinen Brüdern, die laut um seinen Sieg flehten. Und er nahm Abschied von Math dem Sohn Mathonwys, der in seiner unsäglichen Ruhe dasaß, der Ruhe, unter der er gehofft und gebangt haben mag, wie gewöhnliche Sterbliche hoffen und bangen, wenn ihre Liebsten sich in Gefahr begeben. Aber er saß in Schweigen da, innerem und äußerem, und tat nichts, um mit seinem Willen oder seinen Gebeten das Schicksal zu beeinflussen.

Und Gwydion ging zum Velenryd hinab, einer Furt im Flusse Cynvael, dem für das Treffen zwischen ihm und Pryderi bestimmten Ort. Er hatte befürchtet, zu früh zu kommen und von den Männern von Dyved verspottet zu werden, er habe wohl aus Angst nicht länger warten können – junge Magier sind nicht über die Torheit solcher Grillen erhaben –, doch Pryderi war schon vor ihm da, ungeduldig wie ein Hund, der Blut gewittert hat.

Sie maßen einander mit Blicken, und der Erdkreis verengte sich zu dem kleinen Fleck der Furt, und sie beide waren allein darin. Nur für einen von ihnen konnte er sich je wieder weiten. Die zuschauenden Heere hatten sich an den jeweiligen Uferhängen höher hinaufgezogen – außer Hör- und Schußweite. Sie waren ganz allein ... Lange starrten sie einander an, doch keiner senkte die Augen, bis die Pryderis müde wurden und er seine Wut aufstachelte, wie ein zorniger Mann seine Hunde zur Jagd aufstachelt.

»Feigling und Dieb!« schrie er. »Lügner, deine Magie wird dir jetzt nicht helfen. Bete zu deinen Göttern der Prydyn, denn heute stirbst du. Du wirst von Arawn in der Unterwelt gerichtet werden, und dort wirst du Schweine genug finden!«

Eine neue Wutwelle flammte in ihm auf, färbte sein Gesicht scharlachrot. Als schwebte über dem höchsten Gipfel seines Hasses ein Geist, wie ein Wind aus einer bösen Außenwelt, und legte ihm die Worte in den Mund.

»Du wolltest das Fleisch von Schweinen essen«, schrie er. »Mögen Schweine dein Fleisch fressen und Würmer in ihm kriechen! Möge sich deine eigene Magie gegen dich kehren, und mögen alle Siege, die sie dir gewinnt, den Preis zerstören, um den du gespielt hast! Ich verfluche dich, Erbe von Gwynedd! Ich verfluche dich, bis du so bitter und leer bist, wie ich jetzt bin!«

So wurde er ausgestoßen, der Fluch, der sich so seltsam erfüllen und doch nicht erfüllen sollte, in kommenden Jahren.

»Hast du zu deinen eigenen Göttern gebetet, Pryderi?« fragte Gwydion. »Ich nahm dir die Schweine, und jene, von denen du stammst, nahmen dem Volk der Prydyn das Land Dyved; und ich habe die Schweine mit Waffengewalt gehalten, wie ihr unser Land gehalten habt. Ist der Unterschied zwischen uns beiden so groß?«

Pryderi fand das unbeantwortbar, doch so gänzlich falsch und so in Wut versetzend, daß er es einer Hexerei zuschrieb, wie es die Menschen mit allem machen, was sie nicht verstehen können. Der dunkle Geist war von ihm gewichen. Er war wieder beherrscht von seiner menschlichen Rachsucht und menschlichen Absicht.

»Ich hab' genug von deinen Worten«, schrie er. »Ich hab' so viele von ihnen gehört, daß es mir bis ans Ende der Zeit reicht! Verräter und Betrüger, laß deine Lügen und kämpfe! Du schleichst jetzt nicht in anständige Häuser ein, um die Habe ehrlicher Männer zu stehlen. Wenn du so gut kämpfen wie reden kannst, dann komm und hol' dir deinen Tod!«

Und mit diesen Worten warf er seinen Speer – ein gewaltiger Wurf, der Schild und Mann durchbohrt hätte, doch Gwydion sprang beiseite, und sein Schild lenkte den Speer ab, doch nur um Haaresbreite. Da hob er seinen eigenen, doch schon kam Pryderi auf ihn zugestürzt, war zu nahe für den Wurf.

523

Gwydion zog deshalb sein Schwert und stellte sich, und dann kämpften sie dort in der Furt schweigend bis zum Ende . . .

Den ganzen Tag kämpften sie, und die Luft war erfüllt vom Klirren der Waffen, und das Wasser in der Furt färbte sich rot. Die Schatten wurden kürzer, und die Sonne schritt auf ihrem Siegesmarsch über die Welt voran. Mittag kam und ging. Die Schatten wurden länger, und die Sonne neigte sich gen Westen. Und die beiden Lager in der Ferne waren in eine Stille gehüllt, in der das Schlagen des Herzens gehört werden konnte, eine Stille, die das Rascheln der Blätter im Winde wie Donner klingen ließ.

Und Math der König saß da und hielt seine Augen reglos auf einen reglosen Himmel gerichtet. Welche Frage er an ihn stellte oder nicht stellte, wissen nur die Mächte, die die Erde gestalteten. Er hatte um Gwrgi Gwastra und die anderen Geiseln eine starke Wache aufziehen lassen, damit die Männer von Gwynedd ihnen kein Leid antun konnten, sollte Gwydion fallen. Und danach hatte niemand gewagt, ihm mit Bewegung oder Rede nahe zu kommen; und schließlich hatten sie ihn vergessen, wie Menschen Klippen vergessen oder die Nähe des unendlichen Meeres.

Die beiden in der Furt aber kämpften weiter, als könnten sie nie ein Ende finden, als wären sie einander so ebenbürtig wie Tag und Nacht. Bald wurde Gwydion zurückgetrieben und wich dem Sturm von Pryderis mächtigen Hieben, bald war Pryderi gezwungen, sich vor dem wirbelnden Angriff Gwydions zurückzuziehen, der ihn rings umgab, schnell und sengend wie ein Blitz und ebensowenig berührbar, bis sich seine eigene Kampfwut erneuerte und er seinen Feind durch die bloße Kraft seines stierstarken Angriffs zurückwarf.

Schon vor langem hatte er vergessen, worum sie kämpften, was der Grund seines Hasses war. Er war zu diesem Haß geworden, und dies kräftigte seinen Arm und betäubte seine Seele, wenn seine Muskeln auch steif und schmerzhaft zu werden begannen, als sich die Stunden zum Abend neigten.

Sie waren keine Männer mehr, diese beiden; sie waren Arme, die aneinander zerrten, und Beine, die vordrangen und sprangen, die auswichen und sich zurückzogen. Sie waren Haß und Wut und Mordlust. Sie waren jener tiefste aller Instinkte: Überleben.

Und nur in vorüberhuschenden Augenblicken erinnerte sich Gwydion an Gwydion den Magier, an den Mann der Künste und der Wissenschaften, den Erben Maths. Doch einer dieser Augenblicke kam gegen Abend, als er vor dem Ansturm Pryderis zurückwich, und einen Moment lang wich jene äußere Abgeschiedenheit, in der sie beide so lange allein gewesen waren, in die Ferne zurück, und er war allein mit dem Beobachter in sich, jenem Träumer, der immer alle seine Taten gestaltet hatte . . .

Einen Moment nur; es war sein geübter Körper, der auswich und Pryderi zurückschlug. Doch aus jenem Moment war etwas geboren worden, hatte ein Same gekeimt . . . Und Pryderi, der zurückgetrieben wurde, sah plötzlich die Augen seines Feindes: hell und scharf wie Stahl, tief und geheimnisvoll wie das Meer, die Augen jenes fremden Barden in Dyved. Er empfand Erinnerung und Haß und den alten, seltsamen Schauer . . .

Er riß sich zusammen und schlug seinen Feind zurück, doch der Atem wurde ihm jetzt knapper. Selbst wenn sein Feind zurückwich, blickte er immer noch in jene Augen, haßerfüllte und strahlende Augen, die seine Seele ohnmächtig vor Haß machten . . . Er wurde alt; seine Gelenke waren steifer, nicht so schnell und geschmeidig, wie sie es früher nach einem Kampftag gewesen waren. Und die Sonne sank tiefer in den Westen. Irgendwo weit weg war der Himmel rot, und das Wasser ringsum war rot geädert; blaues Zwielicht war über die Furt und das Land gefallen; auf der ganzen Welt schien nur in jenen Augen noch Licht zu sein.

Macht strahlten jene Augen aus. Er stieß mit seinem Schwert nach ihnen, konnte sie aber nicht treffen. Sie hatten etwas in sich, was ihn schon einmal bezwungen hatte, was ihn jetzt hilflos machte. Doch wie konnte ein Mann hilflos sein, wenn seine Arme und seine Beine frei waren?

Jetzt war er an der Reihe, zurückgetrieben zu werden, obwohl er immer noch mit seinem Schwert wild um sich schlug, aber wenn es auch manchmal auf Fleisch traf, so war es doch nicht das, was er wollte. Jene Augen waren immer noch vor ihm, leuchtend in dem roten und bläulichen Schleier des Zwielichts, das sich zu einer richtigen Wolke zu verdichten schien. Vor ihm und auf beiden Seiten von ihm – drei Paar Augen! Und mit schaudererregendem Grauen durchzuckte ihn der Gedanke, daß hinter ihm vielleicht noch ein Paar war!

Er fuhr herum, den Schweiß von der Stirn wischend, um sich gegen jenen möglichen Hieb von hinten zu schützen, und wie er sich umwandte, spürte er ein krachendes Reißen, einen durchbohrenden Schmerz in seiner Seite und in seiner Brust, der ihn hinabstürzte, hinab, durch unermeßliche, schwarze Schlünde hindurch, in denen Donner brüllte und vielfarbige Lichter flammten . . .

Gwydion sah auf den Körper seines Feindes hinab, der auf dem zertrampelten Schlamm und Sand am Rande der Furt lag. Er sank neben ihm auf die Knie, und das ward ihm leicht, denn nahezu alle Kraft hatte ihn verlassen. Doch aus dem anderen war das Leben geflohen.

»Du warst ein tapferer Mann, Pryderi«, flüsterte er, als er sich vergewissert hatte, daß nur noch ein Körper da war, »und ich bezweifle, ob je wieder ein so starker Mann geboren werden wird. Denn die Menschen dieser Welt werden schwächer; Hirn wird über Muskeln siegen. Wie es heute hier siegte ... Du in deine Zeit und ich in meine. Wo werden wir uns wieder treffen, frage ich mich, und wie wird es dann zwischen uns beiden ausgehen? Es wäre mir heute nicht so gut ergangen, hätten wir vor Arawns Richterstuhl gestanden, Aug' in Aug' vor ihm – ohne unsere Körper dazwischen ...

Und ich kehrte deinen eigenen Haß gegen dich, um dich niederzuschlagen. Du hast darüber gespottet, aber du hast dich gefürchtet vor jener Macht der Alten Stämme, die du nicht verstehen konntest. Nun, diese Furcht ist dein Tod gewesen, nicht der meine. Aber Gwrgi Gwastra soll sicher in den Süden zurückkehren, das verspreche ich dir, Pryderi. Du wirst ihn geliebt haben, wie ich eines Tages einen anderen lieben will. Und dieses Versprechen werde ich halten.«

ACHTES KAPITEL – WIE DAS HEER HEIMKAM/UND MANCHE SAGEN, DAS VOLK HABE PRYDERI BEI MAEN TYRIAWC ÜBER DEM VELENRYD BESTATTET, UND DORT SEI SEIN GRAB. DOCH ANDERE SAGEN, ES SEI IN ABERGENOLI AM MEER, WIE ES IM ALTEN »Englynion Beddau« berichtet wird:

> In Abergenoli ist das Grab Pryderis,
> wo die Küste bespült wird vom Meer.

Doch niemand weiß es wirklich, und es kommt auch nicht darauf an. Denn er wird nicht früher erwachen, ob nun die graue Brandung der hohen Wellen sein uraltes Wiegenlied singt, oder ob nur das kleine Inlandgewässer des Cynvaels der Sonne etwas zumurmelt, die auf es herniederscheint. Mag sein, daß er schon erwacht ist und daß Taten, von denen wir als solchen eines anderen Mannes hören, in Wirklichkeit die seinen sind. Doch wo immer er ist: es geht ihm gut, denn er war ein tapferer und wahrer Mann; und Charaktere ändern sich langsamer als Namen.

Die Männer des Südens zogen schwerfüßig und müdäugig nach Hause, wie Pferde mit zu schweren Reitern. Und diese Reiter waren wahrhaftig schwer: Schmerz über den Verlust ihres Königs und die besten ihrer Kameraden und um den größten Teil ihrer Pferde und Waffen. Für Dyved gab es keine Hoffnung mehr und kein Entkommen vor den Gästen, deren Namen alle »Trauer« lauteten.

Die Männer von Gwynedd aber kehrten in Freude und Triumph heim, mit lautem Jauchzen und Rufen. Bevor sie weiter als einen Tagesmarsch vorangekommen waren, löste Gwydion das Wort ein, das er an der Furt dem toten Pryderi gegeben hatte.

»Herr«, sagte er zu seinem Onkel, »jetzt, da die Männer von Dyved sicher fort sind, wäre es da nicht richtig, wenn wir die Geiseln freiließen, die sie uns als Friedenspfand gaben? Denn jetzt kann es keine Furcht vor Krieg mehr geben, und es wäre übel getan, wenn wir Gefangene aus diesen Jungen machten.«

»Dann sollen sie freigelassen werden«, sagte Math. Und so geschah es. Gwrgi Gwastra und seine Kameraden ritten in Freiheit dahin, um ihren Landsleuten zurück in den Süden zu folgen. Zurück zu dem dezimierten Heer und dem dezimierten Stall in Dyved, wo Frauen wehklagten und Kinder, die zum ersten Mal erfuhren, was Tod ist, ihn als einen ungewissen und schrecklichen Abgrund am Rande der Welt begriffen, über den einige fielen und nicht mehr zu sehen oder hören waren, für immer im Dunkel verschwunden, wogegen andere wieder von ihm zurückkamen – kaum ahnend, daß der Tod schließlich das gemeinsame Los aller ist.

Wahrlich bitter muß der erste Geschmack jener Freiheit gewesen sein, die das Almosen eines triumphierenden Feindes war. Und wie viele Jahre er danach auch gelebt oder regiert haben mag, es ist nur wahrscheinlich, daß Gwrgi Gwastra niemals mit Barden aus Gwynedd handelte oder jene traurige Heimkehr vergaß oder die Zauberkünste des Nordens verzieh.

In Gwynedd entfernten sich zwei der Söhne Dons von dem Siegesfest zu Caer Dathyl. Sie gaben dafür einfache und vernünftige Gründe an. Gilvaethwy sagte, wenn er die Runde durchs Land mache, um für Frieden zu sorgen, habe er jetzt mehr zu tun, als in gewöhnlichen Zeiten; und wenn Eveyd, dessen Gewohnheit es war, diese Arbeit mit ihm zu teilen, beim Fest bleibe, so sei sie für ihn um so dringlicher.

»Und Eveyd hat dieses Fest verdient«, erklärte er, mit einer großen Begeisterung für Gerechtigkeit, »denn ich war mit Gwydion im Süden, während er nur daheim war. Und ich habe außer der Schlacht auch noch dieses Abenteuer erlebt.«

»Es ist wahrhaftig das erste Mal, daß ich erlebe, wie du so viel Rücksicht auf die Rechte anderer nimmst, wo deine eigenen betroffen sind«, sagte Govannon, »und auch nicht versuchst, dich vor der Arbeit zu drücken. Ich habe dich noch nie solche Tugend ausströmen sehen, außer wenn du in der Schmiede etwas angestellt hattest und keine Möglichkeit fandest, es jemand anderem in die Schuhe zu schieben. Man könnte grad meinen, du hättest Angst vor etwas«, brummte er.

»Bist du ein altes Weib, das unaufhörlich auf Dingen herumhackt, die vor Jahren geschehen sind?« wollte Gilvaethwy wissen, dessen Ärger die Besorgnis anzumerken war, denn für gewöhnlich behandelte er den Schmied mit Respekt. »Ich bin jetzt erwachsen –«

Hier schaltete sich Gwydion ein, denn Govannons scharfe Zunge konnte die zarten Gewebe der Arglist ebenso leicht zerteilen, wie seine scharfe Axt das vielfältige Gefüge des Körpers zerspellen konnte. Und ein einziger Gedanke an Goewyn im Kopf des Jungen konnte alles enthüllen und verderben.

»Das bist du wirklich, Junge. Dieses eine Mal hast du sogar recht«, sagte er. »Und ich bin mit dir einer Meinung. Denn auch ich bin zu lange fort von Caer Seon gewesen. Ich will meine Männer nach Hause führen und dort alles in Ordnung bringen und dann wieder zu euch zurückkehren, wenn meine Wunden weiß sind, mein Onkel.«

Math sah ihn daraufhin an, aber nur mit den Augen des Körpers. Denn es war ein Zartgefühl in Math, das den persönlichen Bereich anderer respektierte – den Bereich, den er leichter verletzen konnte als irgend sonst ein Mensch – und die Gedanken seines Erben und Schülers ungedeutet ließ, wenn keine Notwendigkeit das Gegenteil erforderte oder wenn diese Gedanken sich nicht selbst aus eigener Dringlichkeit vor ihm ausbreiteten, in all den Farben, die in der Welt des Geistes vorkommen. Doch diese Dringlichkeit wurde immer seltener, da Gwydion die Ruhe erlernte, die allein Geheimhaltung ermöglicht. Und heute sah Math keine Notwendigkeit, Gedanken zu lesen. Der Krieg war vorüber und alle Gefahr für Gwynedd vorbei.

»Geht denn«, sagte er, »und besorgt, was immer besorgt werden soll, und euch und ihm meinen Segen. Gilvaethwy hat recht. Krieg zeugt große Unordnung, und wir wissen auch nicht, wieviel Schaden Pryderi im Lande angerichtet hat. Und du, Gwydion, mögen deine Wunden schnelle Heilung finden. Ihr habt beide wie Häuptlinge gesprochen, und es ist gut.«

So gingen sie ihres Weges, und ihr Onkel und ihre Brüder und das Heer zogen weiter nach Caer Dathyl. Dort gab es große Fröhlichkeit und großen Umtrieb, viel Küssen und Quietschen und Drücken, als die Frauen ihre Männer daheim willkommen hießen; und Geschichten wurden erzählt und Trophäen runden Augen vorgeführt, die vor entzücktem Staunen blitzten und glotzten, und gespitzte Ohren reckten und streckten sich nach mehr.

Nur Math der König verweilte nicht in jenem freudigen Tumult. Er verließ Govannon und Amaethon und Eveyd – die alle drei ein Mädchen auf jedem Knie hatten, kitzelnd und umarmend und umarmt werdend – und ging allein in den Frieden und die Ruhe seiner Kammer.

Er war alt, und es mag sein, daß er ein wenig müde war, wie gewöhnliche

Menschen müde sind; daß er sich nach jener Ruhe sehnte. Er hatte durch Lager und Schlacht hindurch seine monumentale Ruhe in sich getragen, die eins mit Erde und hohen Bäumen und dem Schweigen der Nacht war. Im Leben hatte er schon den Frieden des Todes gefunden; denn er hatte den Tod hinter sich gelassen und wußte, daß er in der Ewigkeit lebte und daß ihn die Zeit zwar belästigen, aber nie länger als für einen Augenblick aus all den endlosen Jahrhunderten seines Lebens hindern konnte: jenes Wissen allein ist Freiheit von der Sklaverei und dem Schrecken der Zeit.

Doch seine Knochen waren alt und entrichteten dem Augenblick ihren Zoll und waren froh über diese Stunde der Rast und die Gelegenheit, Schwert und Richterstab abzulegen.

Er erwiderte die Begrüßung der Mägde und legte sich auf seine Liege, an deren Fußende Goewyn saß. Er wollte seine Füße in ihren Schoß legen; aber sie wich zurück, sehr blaß. Ihre Augen waren dunkel und starr.

»Herr«, sagte sie, und ihre Stimme war nicht lauter als das Geflüster, das Blätter machen, wenn sie auf einen Waldteich fallen, »nur eine Jungfrau darf deine Füße halten; und ich bin jetzt eine Frau.«

... Schweigen, als käme die Nacht am Mittag. Schweigen und alles unermeßliche Gewicht des Schweigens. »Was sagst du?« hatte er gesagt; und die lauschenden Mädchen wußten nie zu sagen, ob er das laut gesprochen hatte oder ob sie die Macht seines Gedankens nur in ihrem Inneren vernahmen, hallend und widerhallend, laut wie Donner in jener Lautlosigkeit, krachend und von Wand zu Wand zurückgeworfen.

Der König hatte sich nicht erhoben, nicht einmal auf einen Ellbogen. Er hatte sich nicht gerührt. Aber er sah Goewyn an. Er sah sie an und in sie hinein, als wäre sie aus Glas.

Aber sie fiel nicht auf die Knie, wie eine andere es vielleicht getan hätte. Sie erhob sich von ihrem Platz und sah ihm gerade und furchtlos in die Augen, als gäbe es keinen Gedanken und kein Gefühl in ihr, das sie nicht der Deutung dieser allessehenden Augen auszusetzen gewagt hätte. Ihre silbrige Stimme klirrte durch die Stille wie ein Schwert.

»Herr, ich wurde nichtsahnend überfallen und überwältigt. Doch habe ich solch einen Lärm gemacht, daß es niemanden hier am Hofe gibt, der dir nicht bezeugen könnte, daß ich keine billige Frau bin, die sich zu einer Hätschelstunde verleiten läßt, während du und jeder echte Mann auf dem Schlachtfeld ist. Schau in ihre Herzen, Herr, wohl weiß ich, daß du es kannst, und in das meine. Und diese Tat wurde begangen von deinen Neffen, Herr, von Gwydion dem Sohn Dons und Gilvaethwy dem Sohn Dons. Sie haben deine Kammer und dich entehrt.«

Dann schwieg sie. Niemand hatte mehr Augen für sie. Denn das Gesicht des Königs war düster und schrecklich geworden wie ein zugefrorenes Meer, das bis in seine Tiefen hinab von den titanischen Gewalten eines Sturmes aufgewühlt wird. Er sah an ihr vorüber und über sie hinaus, als suchten und fänden seine Augen jene Beiden, die von Caer Dathyl davonritten, und zögen sie, allein durch die Gewalt jenes Blickes, zurück, damit sie dem Verbrechen gegenüberstünden, vor dem sie geflohen waren, und dem Verhängnis, vor dem es keine Flucht geben konnte.

Und etwas in der stillen Schrecklichkeit jenes Gesichtes, entsetzlich und unerbittlich in seiner leidenschaftslosen Macht, ließ die Glut ihres beleidigten Stolzes und ihres Verlangens nach Rache gefrieren, so daß sie zitternd neben der Liege hinsank und ihr Gesicht bedeckte ... Seine Hand berührte ihren Kopf nach einer Zeit, zärtlich, als wäre er der eines Kindes.

»Wahrlich«, sagte er, »gewaltig werde ich in dieser Sache verfahren, und ich werde nichts ungetan lassen, was in meiner Macht liegt. Erst werde ich dir Entschädigung leisten, und dann werde ich dafür sorgen, daß auch mir Sühne geleistet wird. Du sollst meine Frau sein und Königin von Gwynedd.«

Und dies war das erste Mal, daß je ein König von Gwynedd heiratete ...

In jener selben Abendstunde, als die Brüder gen Caer Seon ritten, hielt Gilvaethwy plötzlich an, erzitterte und wandte sich zu Gwydion.

»Wie kalt der Wind ist«, sagte er mit einem Schaudern, »so kalt, als wehte er direkt von Annwn in der Unterwelt herauf. Ich spürte nichts davon, und dann fuhr er plötzlich durch mich wie ein Speer, kalt, kälter als irgend etwas auf der Welt ...« Er schüttelte sich. »Es war mir einen Augenblick, als gefröre mein Blut zu Eis. Könnte sich so ein Wind anfühlen, der Maths Botschaften trägt, Bruder?«

»Zu oder von ihm?« sagte Gwydion. Sein Ton war leicht, doch sein Gesicht war sehr blaß. Schweiß stand auf seiner Oberlippe. »Doch muß es nichts mit ihm zu tun gehabt haben, warum sich also sorgen? Es reiten viele neue Toten auf den Winden nach Annwn, Brüderchen. Wir haben unser Teil von ihnen getötet, du und ich ... Kindchen, willst du vor einem Wind erzittern?«

NEUNTES KAPITEL – MATHS URTEIL/MATH SANDTE KEINE BOTEN AUS, UM SEINE BEIDEN NEFFEN ZU LADEN. VIELLEICHT DACHTE ER, SIE WÜRDEN NICHT KOMMEN. UND ER SANDTE AUCH KEINE BEWAFFNETEN AUS, UM SIE GEWALTSAM EINZUBRINGEN. ER WAR sich wohl sicher, daß Gwydion zuviel eigene Magie besaß, um sich so leicht gefangennehmen zu lassen. Er saß nur in Caer Dathyl und wartete, bis alle angemessene Zeit für ihre Rückkehr verstrichen war. Danach saß er immer noch da und wartete weiter, nachdem er gewisse Befehle erteilt hatte.

Was jene Befehle waren, erfuhren die Brüder vermutlich auf solche oder ähnliche Art und Weise:

Als sie müde und hungrig nach einem Tagesritt durchs Land zurückkamen nach Caer Seon, gierig auf einen Trunk und ein warmes Abendessen, stießen sie weder mit den Augen noch mit der Nase auf Anzeichen einer Mahlzeit, und ihre zornigen Bemerkungen über diese ungebührliche und erstaunliche Tatsache erregte bei Gwydions Hofmeister und den Dienern ein ebenso seltsames wie überraschendes Verhalten: bleiche Gesichter und unglaubliche Stummheit und ganz ungewöhnliche Zappelfüße; denn jeder der Männer betrachtete seine eigenen Füße und scharrte mit ihnen und stieß die seines Nachbarn an. Jeder schien dadurch seinem Nachbarn bedeuten zu wollen, er solle antworten, doch dieser Nachbar war stets genauso eifrig darauf bedacht, diese Verantwortung seinem Nachbarn weiterzureichen, der ebensowenig Lust verspürte, sie anzunehmen. Sie alle schienen plötzlich etwas außerordentlich Interessantes auf dem Boden entdeckt zu haben. Sie vermieden es geflissentlich, ihren Herrn anzuschauen.

Gilvaethwy verlor die Geduld. »Werden einige von euch sogleich aufhören, auf den Boden zu starren, und sprechen«, rief er, den nächsten Mann beim Hals packend, »oder muß ich erst ein paar von euch dorthin werfen?«

Seine Hand war an seinem Schwert, doch Gwydion schlug sie von dort weg. »Nicht so hastig, Junge!« sagte er. »Dies ist mein Haus.« Er sah alle seine Diener an und lächelte, und sie wichen einen Schritt zurück. »Was hat das zu bedeuten? Wenn ihr den Gebrauch eurer Zungen verloren habt, so habt ihr doch wohl nicht auch noch den Gebrauch eurer Hände verloren und könnt also noch kochen. Wenn es aber nicht so sein sollte, muß ein Weg gefunden werden, euch zu heilen. Ich lasse bei verzauberten Männern Milde walten, es sei denn, ich habe sie selbst verzaubert.« Und sein Lächeln wurde noch süßer als zuvor.

Sie sahen einander an. Sie befeuchteten ihre Lippen.

»Herr«, sagte einer, »es ist nicht unsere Schuld«.

»Ah, wessen dann?« sagte Gwydion, und sein Lächeln schien ein wenig steif zu werden, als wären plötzlich alle Fröste des Winters über sein Gesicht gezogen.

Sie sahen einander an und wieder auf ihre Füße. Dann sahen sie ihn vorsichtig an und leckten ihre bleichen Lippen.

»Math der König hat verboten, daß euch Speise oder Trank gegeben werde«, sagten sie.

Stille. Eine schrecklich endgültige Stille, wie die eines Herzens, das aufgehört hat zu schlagen. Gilvaethwy gaffte und erbleichte, und seine Lippen öffneten sich zu einem Schrei, der jedoch nicht kam. Gwydion aber stand immer noch reglos da; das Blut wich aus seinem Gesicht, seine ergrauenden Lippen behielten jenes Lächeln bei, das erstarrt zu sein schien, als wäre es in Stein geschnitten, unter Augen, die nicht lächelten.

Die Diener starrten und schauderten und schraken zurück. Sie blickten auf Dach und Wände und Boden, überallhin, nur nicht in die eine Richtung, die ihre Augen anzog wie ein Magnet: in das Gesicht ihres Herrn. In jenen Blicken waren Entsetzen und Mitleid seltsam vermischt. Scheu vor Sünde und Unglück und Verhängnis über ihr Begreifen hinaus.

Schließlich sprach Gwydion. »Habt ihr sonst noch eine Botschaft?« sagte er.

»Keine«, antworteten sie, und das leise, stimmlose Wort war wie das Rascheln toter Blätter im Winde an einem Abend, bevor Dunkelheit und Schnee des Winters kommen.

Gwydion befeuchtete seine Lippen.

»Sehr wohl. Dann gibt es nichts mehr zu sagen.« Seine Stimme klang fest und klar, so gelassen, als spräche er von einem geringen Ding. »Einer von euch soll eine Fackel holen und mich in meine Kammer führen.«

Und ein Mann huschte fort, um eine Fackel zu holen, und kam mit ihr wieder zurückgehuscht. Gwydion nahm einen Arm Gilvaethwys, der immer noch so verständnislos dreinstarrte wie einer, der nicht mehr denken oder hören kann.

»Komm«, sagte er, und die beiden gingen zusammen hinaus, dem Mann mit der Fackel folgend.

... Als der Diener gegangen war und die Kammertür hinter sich geschlossen hatte, schnellte Gilvaethwy mit der Jäheit einer losgelassenen Sprungfeder auf sie zu, blieb dann wie angewurzelt stehen, starrte das blanke Holz an, als wäre es eine unüberwindliche Mauer, die ihn von aller Wärme und allem Leben und aller Nahrung ausschlösse.

»Was wirst du jetzt machen?« flüsterte er, und seine Lippen zuckten, und seine bebenden Finger spielten mit dem Griff seines Schwertes. »Bruder, was sollen wir tun?«

»Ja, was?« sagte Gwydion.

Er hatte sich auf sein Bett fallen lassen, schlaff, müde, und sein Gesicht war sehr bleich.

Da sahen sie einander an, starrten gebannt in das angespannte Bleich des anderen Gesichts. Und die Schatten, die von der Fackel geworfen wurden, schienen zahlreicher zu werden, schwärzer und dichter, wie gräßliche Beobachter, kamen immer näher getanzt . . .

»Sie hat es ihm gesagt«, wisperte Gilvaethwy, seine trockenen Lippen mit der Zunge netzend.

Sie dachten an den Wind, der sie in jener Nacht angeweht hatte, als sie von Caer Dathyl fortgeritten waren. Sie konnten jenes Zwielicht wieder vor sich sehen und jene schneidende, unirdische Kälte spüren . . .

»In diesem Augenblick hat sie es ihm erzählt«, murmelte Gwydion. »Es waren seine Gedanken, die sich uns zuwandten, die uns so frieren ließen, nicht der Wind . . .«

Und er starrte in die Verwirklichung jener Ängste, die ihn seit jener Nacht, in der er und Gilvaethwy sich vom Lager der Männer von Gwynedd davongestohlen, unablässig heimgesucht hatten. Starrte in das Antlitz der Macht, mit der er sich nicht messen, gegen die er nicht kämpfen konnte, einer Macht, die auch in diesem Augenblick gegen ihn angetreten war . . .

Er hatte sich damals gesagt, daß dieser Wind keine Ausstrahlung von Maths Willen sein müsse. Mit Mühe und Entschlossenheit hatte er sich selbst überzeugt. Doch der Schatten davon hatte kalt auf seinen Empfindungen gelegen, wann immer er an Rückkehr nach Caer Dathyl gedacht hatte. Und jetzt wehte er wieder, kalt und unergründlich, durch seine leere Seele . . .

»Warum lügen wir nicht?« wollte Gilvaethwy ungestüm wissen. »Würde er ihrem Wort mehr glauben als unserem, wo du doch nach ihm der größte Mann in seinem Reiche bist?«

»Es hätte keinen Zweck, zu lügen«, sagte Gwydion.

Der Junge zitterte und leckte sich die Lippen.

»Wird er uns die Köpfe abschlagen?« flüsterte er.

»Etwas so Grobes wird er wohl nicht tun«, sagte Gwydion.

Gilvaethwy spähte in dem Dämmerlicht aufmerksam zu ihm hinüber.

»Du kennst ihn besser als irgendeiner von uns, Gwydion«, sagte er leise. »Kannst du dir denken, was er tun wird?«

»Ich kenne ihn zu gut, um denken zu können«, sagte Gwydion. Doch sah er, undeutlich und schrecklich wie das Bild einer fremden Welt, alle die Dinge, die Math tun konnte, ohne jedoch enträtseln zu können, welches Verderben Math aus der grausigen Ungewißheit jener unbekannten Lande und Meere wählen würde.

Schweigend verdauten sie den ganzen Gehalt dieser Antwort, denn sie hatten nichts anderes zu verdauen. Dann regte sich Gilvaethwy.

»Magie?« flüsterte er, schaudernd.

Doch Gwydion gab keine Antwort.

Gilvaethwy sprang zur Tür. Seine Stimme erhob sich plötzlich zu einem Schreien.

»Willst du dich von ihm in deinem eigenen Haus zu Tode hungern lassen? Wer will uns aufhalten, wenn wir dorthin gehen, wo es Nahrung gibt, und essen? Diese Diener werden es nicht wagen. Auch du hast Magie!«

»Selbst sie könnten es auf Maths Gebot hin wagen«, sagte Gwydion. »Wir könnten sie überwältigen. Aber dann geschähe vielleicht etwas noch Schlimmeres.«

Gilvaethwy, die Hand an der Tür, erstarrte, seine Augen waren entsetzte Fragen.

»Er hat uns bis jetzt noch keine Gewalt angetan«, sagte sein Bruder. »Er wartet nur.«

Sie sahen einander wieder an. Und selbst die Luft schien kalt und schwarz zu sein. Sie lag wie ein Gewicht auf ihren Seelen . . . Gilvaethwy dachte mit einem plötzlichen, krankhaften Verlangen an die große Halle draußen, an den Feuerschein und die vielen Menschen, die alle essen konnten. Er verspürte einen Anfall heftigen Hasses auf alle Menschen, die essen durften. Er spürte ein jähes Verlangen, sich zu betrinken. Er öffnete die Tür.

»Wenn ich schon kein Abendessen bekommen kann, dann will ich wenigstens Wein!« rief er aus. »Ich will mich betrinken!«

Er wollte nach einem Diener rufen, doch Gwydion sah ihn an, und danach versagte ihm seine Zunge den Dienst. Die Unweisen mochten sich manchmal weigern, den Befehlen Gwydions, die er laut aussprach, zu gehorchen, aber nur wenige konnten den blitzhaften Befehlen ungehorsam sein, die er nur dachte.

»Du kannst es nicht«, sagte er. »Hast du nicht gehört? ›Math der König verbietet, daß euch Speise oder Trank gegeben werde.‹ Willst du ihnen eine zweite Gelegenheit geben, dir etwas abzuschlagen?«

Sie schwiegen. Sie starrten wieder die schwarzen, belagernden Schatten an, die immer unheimlicher schwankten, immer näher kamen . . .

»Er kann uns nicht völlig vernichten«, wisperte Gwydion. »Das ist etwas, das niemandem angetan werden kann. Aber er kann uns für immer entfernen. Er kann uns verwandeln . . .« Und er zitterte.

»In was?« wollte Gilvaethwy wissen, mit klappernden Zähnen. »Wie kann er uns entfernen?«

»Hab' ich dir nicht gesagt, daß ich es nicht weiß?« antwortete sein Bruder. »Aber ich hoffe, daß er das nicht tun wird. Er würde sich selbst auch keinen guten Dienst damit erweisen. Dich könnte er leicht ersetzen, aber es wäre nicht so leicht, meinen Platz auszufüllen. Govannon gäbe keinen guten König von Gwynedd ab. Er würde sie von seiner Schmiede aus regieren, und seine einzige

Methode, einen Rechtsstreit zu entscheiden, wäre die, die Streitenden einzuschmelzen oder sie mit seinem Schwert zu erledigen. Er weiß alles, was Metall tun kann, aber sehr wenig darüber, was im Inneren eines Menschen vor sich geht. Und Amaethon* würde nichts tun als durch die Felder ziehen und lauschen, wie das Korn wächst, und den Bauern sagen, was sie tun müssen, damit es richtig wächst. Er würde das Volk für sich selbst sorgen lassen, während er für die Ernte sorgte ... Eveyd versteht sich gut auf Schlauheit und List; er könnte mit Magie umgehen, aber für Staatskunst hat er kein Talent, und die Weisheit ist ihm noch nie aufgegangen. Nur ich bin zum König ausgebildet worden.«

»Aber Math wird jetzt vielleicht meinen, seine Ausbildung habe dir nicht viel genützt«, warf Gilvaethwy ermutigend ein.

»Das ist wahr«, sagte Gwydion. Und er starrte lange und nachdenklich in die Schatten ...

Gilvaethwy versuchte wieder, seine trockenen Lippen mit der Zunge zu befeuchten, doch dieses Mal war auch sie trocken. Und er erinnerte sich mit einer jähen, kalten Beklommenheit daran, daß er von nun an nichts Herzhafteres bekommen konnte, um sie zu befeuchten, als Quellwasser. Und auch nichts Festeres ...

Er stand stumm, befingerte müßig sein Schwert. Das Schlimmste, was er je befürchtet hatte, war das Erscheinen von Häschern, von rohen Händen zu Math dem König und zum Verhängnis gezerrt zu werden. Aber hier gab es keinen Feind, gegen den man kämpfen konnte. Nur Stille. Stille, die durch ihre rätselhafte Kälte größeren Schrecken verhieß, als ausgesprochen oder geträumt werden konnte. Ein Entzug, der so einfach und doch so gewaltig war, daß er ihm die Welt unter den Füßen wegzuziehen schien; es vielleicht wirklich tun würde, wenn er lange genug dauerte ... Er schluckte.

»Kannst du nicht Blätter oder Gras oder irgend etwas in Nahrung verwandeln, Bruder«, fragte er begierig, »so wie du bei Pryderi die Pilze in Tiere verwandelt hast? Dann hätten wir etwas zu essen.«

Gwydion seufzte. »Es könnte wie Essen aussehen und schmecken und riechen«, sagte er, »aber in unseren Bäuchen würde es sich wieder in Blätter und Gras verwandeln. Und das wäre sehr beschwerlich. Ich kann nur Blendwerk erschaffen, und es ist leicht, die Augen oder den Verstand eines Menschen mit Blendwerk zu täuschen, aber es ist nicht so leicht, seinen Magen zu täuschen. Der will Wirklichkeit, Brüderchen.«

---

* Amaethon scheint im Walisischen Farmer oder Landwirt bedeutet zu haben. Er war vielleicht der heidnische Schutzpatron des Ackerbaus.

Gilvaethwy war bitter enttäuscht.

»Aber wie sollen wir dann etwas zu essen bekommen?« fragte er.

»Wir müssen ohne auskommen«, sagte Gwydion.

Und sie kamen ohne aus.

Am Morgen standen sie früh auf und kleideten sich an. Sie schnallten ihre Gürtel enger, aber sie konnten sie nicht eng genug schnallen. Dann befahlen sie Pferde und brachen eilig auf, bevor ein Geruch von verbotenem Frühstück in die Morgenluft dringen konnte. Sie ritten den ganzen Tag lang, machten vor großen Häusern und kleinen Häusern Halt und baten um Essen, in Häusern, die widerlich nah an der Straße, und in Häusern, die ein gutes Stück weit weg von ihr standen. In allen Arten von Häusern. Aber sie fanden keines, das Maths Boten übersehen hätten.

Solange der Mensch gut genährt ist, erkennt er die Bedeutung des Essens nicht. Essen ist, wie Atmen, eine so grundlegende Notwendigkeit, daß man es für selbstverständlich hält: Mittel zum Zweck. Wenn wir aber nicht atmen, sterben wir, und wenn wir nicht essen, sterben wir ebenfalls. Doch würde kein Mensch je zugeben, daß er lebt, um zu atmen, und selten, daß er lebt, um zu essen: seine Auffassung vom eigenen Glück oder Unglück, seine Hoffnungen und Wünsche und Ziele kreisen um andere Dinge.

Doch für diese beiden wurde Nahrung bald die einzige Hoffnung, das einzige Ziel und Verlangen. Sie wurde zu einer Besessenheit und einer Raserei und einem Wahnsinn, die sie so vollkommen verschlangen, wie sie gern Nahrung verschlungen hätten. Sie träumten davon im Schlafen und lechzten danach im Wachen; und sogar in ihren Träumen, wenn ihre Zähne gerade in einen saftigen und köstlichen Bissen beißen wollten, rissen ihnen unsichtbare Hände diesen Bissen plötzlich unter der Nase weg, oder eine Stimme war zu hören, die rief: ›Math der König verbietet, daß euch Speise oder Trank gegeben werde‹. Was Mittel zum Zweck gewesen war, wurde jetzt der Zweck selbst, und zwar einer, für den Gilvaethwy schon nach wenigen Tagen gerne eine Noch-Jungfrau Goewyn, ja sogar alle Frauen der Welt eingetauscht hätte. Und Gwydion hätte für eine Brotkruste sämtliche Schweine hingegeben, die je aus Annwn gekommen waren.

Zweifellos jagten und fischten sie, doch in Maths Reich mag es Wildbret und Fische für Gesetzesbrecher nicht im Überfluß gegeben haben. Sie mögen sich mit halbreifen Beeren vollgeschlagen und sich ihrer unfeierlich wieder entschlagen haben, ohne wirkliche Stillung ihres rasenden Hungers. Ihre gekränkten Mägen mögen sich manchmal umgestülpt und altes und stinkendes Fleisch ausgespieen haben, das schon zu lange tot gewesen war. Beeren mögen auf des

Königs Geheiß plötzlich grün geworden sein und Tiere eine unerreichbare Schnelligkeit und Verschlagenheit entwickelt haben.

Niemand, nicht einmal ihre besten Freunde und nächsten Verwandten, hätten es wagen können, Befehle eines so allhörenden Monarchen zu übertreten. Und als Gilvaethwy, der allmählich außer sich geriet, zu Kampf und Raub Zuflucht nehmen wollte, um an Nahrung zu kommen, hielt ihn Gwydion zurück.

»Wir haben schon genug getan«, sagte er. »Wir lassen es besser dabei bewenden. Für uns würde es alles nur noch schlimmer machen, und auch wenn dem nicht so wäre, möchte ich dem Volk von Gwynedd nicht noch mehr Schaden zufügen«, schloß er, und sein abgezehrtes Gesicht war dunkel vor Erinnerung. »Und überhaupt, Junge, willst du vielleicht, daß Math Caer Seon verläßt und hinter uns herkommt?«

Doch Gilvaethwy schwieg, und sein Bruder stöhnte und fügte hinzu: »Wenn ich gewußt hätte, daß Nahrung derart die oberste deiner Leidenschaften ist, dann hätte ich nicht so viele Schwierigkeiten auf mich nehmen müssen. Ich hätte dich eine Weile lang hungern lassen sollen, und deine Liebeskrankheit wäre geheilt gewesen.«

»Schieb' nicht alle Schuld auf mich«, sagte Gilvaethwy verdrossen. »Du bist es gewesen, der Pryderis Schweine wollte. Ich wollte Goewyn, aber ich habe deswegen nichts unternommen, oder? Ich träumte nie davon, Kriege anzufangen und zu töten und Könige zu betrügen. Aber du mußtest Schweine haben«, grollte er, »und jetzt hast du Schweine bekommen, aber du hast nicht einmal soviel wie ein halbes Schweineschwänzchen zu schmecken bekommen.«

»Ich habe sie für Gwynedd geholt, nicht für mich. Und wenn mein Onkel, als Herr von Gwynedd, ihren Preis für zu hoch hält, so hat er das Recht, Sühne von mir zu fordern; aber nicht, mich einen Verräter zu nennen. Aber indem ich dir half, habe ich uns beiden diesen Vorwurf eingehandelt. Und es gibt keine Flucht vor der Strafe, die wir nicht anzunehmen wagen.«

»Ich kann mir keine Strafe vorstellen, die mir weniger gefallen würde, als zu Tode gehungert werden«, murrte Gilvaethwy.

»Geh zu Math und such' dir eine aus«, schlug Gwydion vor.

Aber Gilvaethwy war noch nicht soweit, das zu tun.

Doch es kam die Zeit, da sie es nicht mehr aushielten und bereit waren, ihre Köpfe zu verlieren, wenn sie nur zuerst ihre Münder füllen konnten.

Sie betraten Caer Dathyl so unauffällig wie Leute, die nicht bemerkt werden wollen. Doch sie wurden bemerkt. Männer, die gegessen hatten, und Männer, die geredet hatten, und Männer, die mit Frauen geliebäugelt hatten, hielten inne und sahen sie an – und sahen wieder weg und machten sich, eine Spur zu beiläufig, wieder an ihre vorherigen Beschäftigungen. Über die Gesichter ihrer

Feinde zog der Schatten eines befriedigten Grinsens und die ihrer Freunde zeigten Blässe und Betroffenheit. Doch auf einem und allen dieser Gesichter war eine erschrockene Blässe geprägt, eine staunende und bemitleidende Scheu, die über Bosheit und Liebe hinausging.

Niemand sprach mit ihnen. Sie wurden übersehen, als wären sie keine lebenden Menschen. Doch traten alle beiseite, um ihnen Platz zu machen. Und etwas Spinnwebartiges lag in jenem Schweigen, jenem freudlosen, einsaugenden Empfang. Sie fühlten sich wie Fliegen, die sich immer tiefer in den seidigen, eisenfesten Maschen eines Netzes verfingen. In jener Stille lag etwas Unnatürliches und Unirdisches. Selbst die Stimmen, die sie hin und wieder mit dem Getue ungezwungenen Schwatzens durchbrachen, klangen nichtig und hohl, ein leeres Summen, das sich gegen die Stille stemmte.

Die Wachen machten keine Anstalten, sie zu berühren. Sie traten mit unheilvoller Lautlosigkeit beiseite, um sie durchzulassen. Und die Prinzen schlichen vorüber wie die Schatten, als die sie sich allmählich vorkamen und die sie vielleicht bald sein würden; sich bewußt, daß jeder Schritt sie der Spinne näherbrachte, die im Herzen dieses Netzes wartete. Zuerst waren sie froh gewesen, daß von Govannon oder Amaethon oder Eveyd nichts zu sehen war, die Zeugen ihres Sturzes hätten werden können. Doch jetzt wäre es gut gewesen, ein vertrautes Gesicht zu sehen, selbst ein spotterfülltes, gut, die Wärme inneren oder äußeren Zorns zu spüren.

Doch bevor sie aus dieser einst vertrauten Welt schieden, von der sie jetzt schon für immer ausgeschlossen schienen, mußten sie noch ein wohlbekanntes Gesicht erblicken. Goewyn die Königin saß mit ihren Mägden neben dem Thron, und als sie ihre neue Tante dort sahen, da zogen sie sich zusammen und schrumpften auf den kleinstmöglichen Umfang und versuchten, wie wirkliche Schatten mit den Wänden zu verschmelzen. Aber sie sah die beiden trotz allem vorübergehen und lächelte. Und sie zogen keinen Trost aus jenem Lächeln ...

ZEHNTES KAPITEL – ZURÜCK IN DIE SCHMIEDE/MATH DER KÖNIG SASS ALLEIN IN SEINER KAMMER, ALS SEINE NEFFEN ENDLICH EINTRATEN. ER SAH ZU IHNEN AUF, UND SIE SCHAUTEN ZU IHM HINÜBER. SIE WAREN BLEICHER UND DÜNNER, ALS SIE GEWESEN waren. Sie waren hager, und ihre Knochen waren sichtbar und spitzig geworden und stachen aus ihren schlotternden Kleidern hervor. Sie waren demütig; sie waren sehr demütig.

»Herr«, sagten sie, »wir wünschen dir einen guten Tag.«

Er sah sie noch eine Weile länger an, und seine Augen blitzten kalt wie Eis unter der grauen, buschigen Brandung seiner Brauen. »Nun«, sagte er schließlich, »seid ihr gekommen, um mir Sühne anzubieten?«

Gwydion sah seinen Onkel an und wieder beiseite. Gilvaethwy stieß Gwydion in die Rippen. Sie sprachen im gleichen Augenblick, fast mit einer Stimme.

»Wir stehen dir zu Willen, Herr.«

»Nach meinem Willen hätte ich nicht so viele meiner Krieger und ihre Waffen verloren. Noch wären so viele Frauen und Kinder in meinem Reich schutzlos gewesen.« Er erhob sich und stand aufrecht da, ragte über ihnen, und in jenem Erheben lag etwas Schreckliches und Unnatürliches, als stiege ein versunkener Berg aus dem Meer. Nicht oft stand Math der König aufrecht in seinem Palast. Sein Gesicht war starr wie Stein, unerbittlich wie Stein, ebenso bar allen Hasses wie jeglichen Erbarmens. »Ihr habt die Leben der Männer von Gwynedd für ein paar Tiere und ein fehlgeleitetes Verlangen hingegeben. Ihr habt Liebe und Treue und das Symbol dessen, was euch geboren hat, geschändet und die Leben der von euch geführten Männer und das Wohlergehen eures Volkes weggeworfen, um eure Lüste zu stillen.

Um der Sicherheit des Reiches, um der Sicherheit des Frauentums von Gwynedd willen, das euch hervorgebracht hat: Kann ich euch jetzt schonen? Ihr könnt die Schande, die ihr über mich gebracht habt, nicht wiedergutmachen, zu schweigen von Pryderis Tod. Doch da ihr hierhergekommen seid, um euch meinem Willen zu ergeben, werde ich eure Bestrafung beginnen!«

Er streckte seine Hand aus und erhob seinen Zauberstab, der neben ihm gelegen hatte, und schlug Gilvaethwy damit. Und es geschah Seltsames. Denn Gilvaethwys Körper schien zu zerfließen, wie eine Wolke zerfließt, zu erzittern und auseinanderzufliegen, sich zu biegen und zu kräuseln und nach unten zu wirbeln, war nach einem Augenblick verschwunden, als hätte ihn der Schlag in Luft aufgelöst. An der Stelle, wo Gilvaethwy gewesen war, stand jetzt eine ängstlich bebende Hirschkuh.

Maths Hand schoß vor und packte Gwydions Schulter. Wieder hob sich der Zauberstab und fiel, und auch Gwydions Gestalt wankte, wurde nebelhaft und erlosch. Er verschwand, und neben dem ersten Hirsch stand ein furchtsam bebender zweiter . . .

Es war geschehen. Sie duckten sich in ihren neuen Tiergestalten vor Math und klagten mit Stimmen, die Sprache und Stolz des Menschen vergessen hatten. Und der Sohn Mathonwys sah auf sie hinab, und sein Gesicht war traurig und unerbittlich.

»Ihr seid Sklaven eurer Leidenschaften gewesen«, sagte er. »Jetzt sollen auch eure Körper versklavt sein. Und da ihr gemeinsam gesündigt habt, sollt ihr auch gemeinsam bestraft werden. Denn es ist mein Wille, daß ihr von hinnen geht und gemäß der Natur der Tiere lebt, in deren Gestalt ihr haust. Und heut in einem Jahr kommt ihr hierher zu mir.«

Da flohen sie von seinem Angesicht; und der ganze Hof wich mit erschrockenen Augen und steifen weißen Gesichtern zurück, als jene hastigen Hufe auf den Steinen klickten und auf den Teppichen trommelten. Nur Goewyn die Königin saß immer noch lächelnd und ungerührt da. Die Hirsche rannten durch die große Halle und durch das große Tor hinaus, über die freie Fläche vor dem Palast hinweg und in den Wald hinein ...

Lange stand der alte König in seiner Kammer. Er hatte sich nicht gerührt; doch mit seinem inneren Auge hatte er jener Flucht und jenem Verschwinden zugesehen ...

»Die makelhafte Klinge muß zurück in die Schmiede«, sagte er.

Und er legte sich wieder auf seine Liege, und sein Gesicht war so ruhig, wie es in all den Jahrzehnten seiner Ruhe dort immer gewesen war. Doch auf seinen Wimpern, die mit den Wintern der langen Jahre weiß geworden waren, schimmerte ein Glanz wie von Tau ...

So schieden der Erbe von Gwynedd und sein Bruder aus dem Gesicht der Menschen. Sie begaben sich in die grüne Welt der Waldwildnis; und wenig ist von dem bekannt, was sie dort trieben. Sie hatten das Urteil empfangen, das sie verdient hatten. Sie waren zu dem Entwicklungsstand zurückgeschickt worden, der ihrem Verhalten angemessen war, auf die Stufe der Lebenstreppe, auf der die Geschöpfe ihren Trieben folgen können, ohne auf Recht oder Unrecht oder die Rechte anderer achten zu müssen, und dennoch sündlos bleiben.

Sie müssen gegessen und getrunken und sich gepaart haben, gejagt haben und gejagt worden sein, genau wie die Tierart, deren Gestalt sie trugen. Die Wechselfälle ihres Lebens müssen sie zerschlissen haben und die Unbilden der Jahreszeiten, wie die Tiere um sie herum zerschlissen wurden. Sie waren in der ereignisvollen Ereignislosigkeit des Waldes verloren, wo nichts endet, um nicht wieder zu beginnen, wo nur steifer werdende Glieder und schwindende Kraft das Verstreichen der Zeit erkennen lassen.

Es gibt Schnee, und es gibt Hitze; Stürme und Tage voller Sonnenschein; die Jungen dieses Jahres wachsen heran und gehen ihrer Wege, und die des nächsten Jahres werden empfangen und geboren: aber nur Menschenverstand hält diese Dinge für Zeit. So ist die kurze Lebensspanne eines Tieres dem einer ganzen Menschenfamilie vergleichbar, in der jede Generation nur einen Wurf

Junge aufzieht, denn in ihr wechseln die Einzelwesen, aber weder der Große Plan noch die Ordnung seines Gestaltens.

Und in dieses Leben gliederten sich diese beiden ein, die Prinzen von Gwynedd gewesen waren, fanden es ihre Welt. Sie müssen gelitten und genossen und gebangt haben, wie Tiere genießen und bangen und leiden; müssen Hunger und Durst und Befriedigung erfahren haben, Müdigkeit und überschäumende Kraft, Begierde und Erfüllung. Ihre Körper müssen vergessen haben, daß sie einmal Menschen gewesen waren.

Doch manchmal, in den dunklen, stillen Stunden der Nacht, muß sich das eine, wachend und einsam neben dem anderen liegend, erinnert haben ... An die Fackeln und die Lieder und die Fröhlichkeit in Maths Festhalle zu Caer Dathyl ... Szenen aus dem Lager und vom Hofe und aus den Frauengemächern trieben wie Träume vorüber ... Verschwommen leuchtende Bilder von dem Leben, das sie beide gehabt und verloren hatten. Und die eingepferchte Seele wimmerte wohl in den seltsamen Beschränkungen ihres Gefängnisses, hilflos und sehnsüchtig.

Doch selbst wenn das andere wach war, konnten diese Erinnerungen und diese Trauer nicht klar mitgeteilt werden. Denn ihre Tierzungen konnten keine Mitteilung gestalten, konnten nur Laute des Schmerzes oder der Lust ausstoßen, der Angst oder der Zärtlichkeit oder der Sehnsucht. Für den Austausch von Gedanken waren sie nicht fein genug. Doch in ihrem Winseln mag etwas Trost gelegen haben, und in jenem einfacheren Leibe war wohl ein sichereres Wahrnehmen dessen, was im Herzen des anderen vorging, als es den mehr getrennten, selbstversunkenen Sinnen der Menschen erfahrbar ist.

Nur drei Mal hebt sich der grüne Schleier des Waldlebens, um uns über die Jahrhunderte hinweg einen Blick auf sie zu gestatten:

Ein Jahr nach dem Tage, als sie vor Math gestanden hatten, um gerichtet zu werden, erhob sich plötzlich außerhalb des Palastes vor Maths Kammer ein Tumult: ein Stampfen wie von Hufen und seltsames Röhren vermengten sich mit dem Kläffen von Hunden, die etwas Neues und Bemerkenswertes entdeckt haben.

»Einer von euch soll gehen«, sagte Math zu denen, die bei ihm waren, »und sehen, was die Hunde da verbellen.«

»Herr«, sagte ein Mann, »ich habe es gesehen. Draußen stehen ein Hirsch und eine Hindin und ihr Kalb, und sie sind's, die von den Hunden angebellt werden.«

Da erhob sich Math wieder aus seiner alten Ruhe und schritt aus dem Palast. Draußen sah er zwei Hirsche und ein schönes Hirschkalb bei ihnen und die Hunde, die einen respektvollen Abstand von den dreien hielten und aus

541

Leibeskräften bellten. Doch als letztere den König von Gwynedd sahen, rannten sie alle zu ihm hin, als wollten sie Rat und Ermutigung, und bellten noch lauter als zuvor.

Denn sie waren erschrocken und gekränkt. Hirsche waren etwas, das aufgestöbert und aufgejagt werden sollte, etwas, das nach dem Aufstöbern vor einem davonrennen und dann gehetzt werden sollte. Doch wie sollte man Wild jagen, das auf einen zurannte, nicht von einem weg? Das allen Anstand verletzte, indem es die Behausungen der Menschen aufsuchte, statt sie zu fliehen? Diese Hirsche hatten etwas Ungebührliches und Unnatürliches an sich. Das sagten die Hunde mit großen, flehentlichen Augen und wedelnden Schweifen, und sie baten um Anweisungen.

Doch Math winkte sie zur Seite und schritt zu den drei Kreaturen aus der Wildnis hin. Nur das Hirschkalb war vom Gebell der Hunde gebührend eingeschüchtert worden. Einer der beiden Hirsche leckte beständig seine Schulter, damit es nicht davonrannte. Die beiden ausgewachsenen Tiere zuckten nicht zurück, als der König seinen Stab hob, sahen aber aus großen, flehenden Augen zu ihm auf.

»Der von euch, der letztes Jahr eine Hindin war, soll dieses Jahr ein wilder Eber sein. Und der, welcher ein Hirsch war, soll eine Sau werden.«

So sprach er und schlug sie mit dem Zauberstab ...

Sie waren fort; sie hatten gewankt und waren erloschen; und wo sie gewesen waren, standen jetzt zwei große, bebende Wildschweine.

Und Gwydion, den nach Schweinefleisch gelüstet hatte, stand in einer Gestalt da, die Schweine gebären konnte.

Das Hirschkalb schrak vor diesen Fremdlingen zurück, erschrocken und angstäugig sah es sich überall nach seinen Eltern um. Doch dann wurde es vom Stab des Königs berührt. Auch es ward flüssig und wolkig, wirbelte und entformte sich und formte sich neu, bis an seiner Stelle ein hübscher Junge stand, mit aufgerissenem Mund und verdutzten Augen.

Die beiden Schweine standen noch glotzend da, ein wenig ängstlich.

»Ich werde diesen Jungen annehmen und ihn taufen lassen«, sagte der König, »denn er hat keinen Teil und keine Schuld an eurer Sünde. Und der Name, den ich ihm geben werde, ist Hydwn. Ihr aber geht und lebt, wie wilde Schweine leben, und handelt gemäß der Natur der Tiere, nach deren Bilde ihr gestaltet seid. Und übers Jahr kommt ihr hierher zu mir.«

Er hob seinen Stab und wies auf den Wald, und sie flohen dorthin, wohin er deutete, wie ein Pfeil von der Sehne schnellt ...

Und so wurde Hydwn das Hirschkalb in unsere Welt geboren ...

Ein weiteres Jahr verging. Und in ihrem Schloß im Meer mag die liebliche

Arianrhod um ihre Brüder geweint haben, die aus der Welt der Menschen verbannt waren. Und Don die Schwester des Königs mag gleichfalls geweint haben an ihrem Hofe, der Llys Don genannt wurde und heute noch einen Namensvetter unter den Sternen hat*, wenn auch heute niemand mehr weiß, wo der irdische Palast stand.

Wenn sie damals noch lebte, muß sie um ihre Söhne geweint haben; die alten Bücher jedoch, die uns von deren Taten berichten, sagen nichts von ihr, außer daß Taliesin, der Dichter mit den vielen Leben und der Gestalten-Wechsler, erzählt, daß er während einer seiner unzähligen Wiedergeburten am Hofe Dons gewesen sei, bevor Gwydion geboren war. Daher wissen wir, daß sie Hof hielt als eine Königin. Ihr Name aber und ihr Wesen gehören unter die Mysterien, sind vielleicht ein schwacher Abglanz der Allmutter. Es mag sein, daß ihre Arbeit, nachdem sie diese Kinder in die Welt gebracht hatte, für dieses Mal getan war, und daß sie nie vom Verbrechen ihrer Söhne und von ihrer Strafe erfuhr.

... Und einer hochträchtigen Muttersau, die trostlos in Moor und Morast lag, mag es sehr seltsam vorgekommen sein, sich an den Schlachtenruhm zu erinnern und an die Männer, die Gwydion dem künftigen König von Gwynedd zujubelten, und an die anbetend erhobenen Augen der Frauen ...

Aber es kamen Winter und Sommer, und vor Maths Kammer ward das Gebell der Hunde wieder gehört, und spitze, quiekende Schreie, die wie die Stimmen von Schweinen klangen, jedoch einen seltsamen, tragischen Unterton an sich hatten, wie er in den Kehlen gewöhnlicher irdischer Schweine nicht vorkommt.

Da erhob sich Math wieder und schritt hinaus, während ihn der gesamte Hofstaat mit weißen, fragenden Gesichtern betrachtete und sich von seinem Zauberstab so sorgfältig fernhielt, wie sich die Hunde von jenen Tieren fernhielten, die alle überkommenen Regeln tierischen Verhaltens brachen.

Es standen drei Geschöpfe an der Mauer: zwei große Wildschweine und bei ihnen ein großes junges Schwein. Math sah sich das Junge schweigend an. Er rieb sich das Kinn.

»Nun«, sagte er, »ich werde diesen annehmen und ihn taufen.«

Dann schlug er das Schwein mit seinem Zauberstab, und das Tier schüttelte sich und wirbelte und löste sich auf und verschwand. Ein hübscher strammer Junge mit braunem Haar stand blinzelnd da und befühlte sich mit staunenden Händen, als wollte er seine verwandelte Gestalt erkunden. Es war der, der später Hychdwn der Hohe genannt wurde.

... Es waren drei Schweine gewesen, jetzt waren es noch zwei. Der König

---

* Die Waliser nennen das Sternbild der Kassiopeia ›Llys Don‹.

drehte sich um und sah sie an. Sie starrten zu ihm auf und keuchten; ihre großen Körper auf den kurzen Beinen zitterten vor etwas, das stärker war als
Angst. Über ihren borstigen Schnauzen blickten die wilden kleinen roten Augen verhangen und sehnsüchtig: vier gebannt starrende Tiefen voll stummen
Flehens . . .

Er sah sie an, und in seinem Gesicht, das so hoch über ihnen war, wie Dächer über den Köpfen der Menschen sind, stand weder Wut noch Nachgiebig-
keit, sondern nur ein Erbarmen, so groß und fern wie die Sterne . . .

Er hob seinen Stab.

»Der von euch, der im vergangenen Jahr ein Eber war, soll im nächsten
Jahr eine Wölfin sein. Er, der im letzten Jahr eine Sau war, soll jetzt ein Wolf
sein . . . Und handelt gemäß der Natur der Tiere, deren Gestalten auf euch sind.
Und übers Jahr seid ihr hier an dieser Mauer.«

. . . Und so kehrten sie in den Wald zurück, in leichten Sprüngen, magere,
graue Schreckensgestalten; und den beiden mag es vorgekommen sein – wie
den späteren Menschen, die den Albtraum Hölle träumten –, als sei diese Strafe ewig und Hoffnung eine von Stürmen ausgelöschte Kerze.

Es ist nicht bekannt, wohin sie wanderten. Und wir wissen auch nicht, auf
welchen einsamen Mooren sie zum Mond heulten; welche Knochen sie benag-
ten und in welcher Höhle des Waldes sie lagerten. Auch nicht, ob sie sich nur
von wilden Tieren ernährten oder ob ihre Pfoten Spuren im Schnee hinterließen, wenn sie die Viehweiden der Menschen umschlichen, so daß der spät
heimkommende Bauer vor ihnen floh, vor zwei unheimlichen Schatten mit
grünen Augen und froststarren Pelzen, die im Mondlicht glitzerten.

. . . Einsam waren jene Tage und bitter. Sie sind verloren in den grauen
Dämmerungen unerinnerter Zeit.

Sie waren Tiere gewesen, die nur vom süßen grünen Überzug der Erde
aßen, Tiere, die von allen Menschen gejagt, aber nicht gehaßt werden. Sie waren Tiere gewesen, die die Anmut des Verhaltens und auch die Anmut des Körpers verloren hatten; und die grünen, nichtdenkenden Dinge waren immer
noch ihre richtige Nahrung, aber sie verschlangen, wenn sie es erwischen
konnten, auch anderes. Jetzt waren sie Tiere, die nach dem Geruch und dem
Geschmack von Blut gierten, und damit wurden sie dem Menschen wieder
ähnlicher.

Sie waren Jäger und Sammler gewesen, bevor sie ihren Platz in der Evolution verwirkt hatten und aus der Welt der Menschen schieden. Jetzt waren sie
wieder Jäger. Aber sie wußten noch, wie es war, gejagt zu werden – das Entsetzen und die Hatz und die Angst, das müde, rasende Herz, das schlägt, als
wollte es sich aus dem Körper reißen, in dem es vielleicht bald zum Stillstand

kommen würde, und das Wissen, daß es, wenn man gepackt wird, keinen Ausweg gibt und keine Barmherzigkeit: nur die knirschende, mörderische Wut der überlegenen Stärke.

Männer mögen sie mit Feuer und Speeren in der Nacht gejagt haben, wenn sie den Häusern zu nahe gekommen waren, Häusern, in denen sie früher vielleicht Gäste gewesen waren. Sie mögen Wunden empfangen und sie einander zur Heilung geleckt haben und in stummem Mitgefühl. Denn menschenähnlicher, waren sie jetzt die meistgehaßten Feinde des Menschen...

Sie mögen Hirsche und Wildschweine gerissen haben, derengleichen sie zuvor gewesen waren. Und in einem Augenblick des Triumphes, mit rot triefenden weißen Fängen, mag sich das, was einmal Gwydion gewesen war, erinnert haben: ›Auch ich bin eines von ihnen gewesen. Auch ich habe in Angst und Entsetzen von diesem Ende geträumt.‹ Und mag sich über die seltsamen Gesetze der Zyklen gewundert haben, die aus dem Zerstörten den Zerstörer machen und aus dem Zerstörer das Zerstörte, bis der dumpf tastende Tierverstand die Vision der Seele fortwischte und den nach seinem rohen, blutigen Schmaus gierenden Wolf zurückschickte.

Doch das Ende jener Zeit kam schließlich, wie das Ende aller Dinge kommt.

Die Hunde bellten, und die Wölfe heulten vor der Kammer Maths des Königs. Und jenes Heulen klang gespenstischer und geheimnisvoller als das Geheul, das die Wölfe in stillen weißen Nächten zum Mond senden. Jenes Geheul, das mehr als Hunger oder Einsamkeit oder Sehnsucht in sich hat; ein unverstandenes kosmisches Mysterium, vielleicht ein weit entferntes Leid des Mondes, das weder die klagende Kehle noch der verschwommene Verstand begreift, jedoch über die Meilen unvermessenen Raumes hinweg erspürt.

Nur war die Trauer in diesem Klagen tiefer, schlimmer als jenes...

Und Math der König erhob sich wieder und schritt aus dem Palast. Wo die Hunde ihre Brüder umbellten, sah er zwei Wölfe aus den Wäldern und einen kräftigen Welpen. Und es war der Welpe, dem er sich zuwandte.

Er schlug ihn mit seinem Zauberstab, und er flog auseinander und verschwand. Ein weiterer schöner Junge stand starrend und bebend da, schnelle Blicke um sich werfend, als wäre er sich noch nicht sicher, ob er schon ganz da war, und als müßte er nachsehen, ob bei dieser Verwandlung nicht ein Stück von ihm verlorengegangen war.

»Ich werde diesen annehmen und ihn taufen«, sagte Math. »Ein Name wartet auf ihn, und er lautet Bleiddwn der Wölfling. Und so ist die Natur dieser drei Brüder:

Die drei Söhne Gilvaethwys des Treulosen,
die drei treuen Kämpfer:
Bleiddwn, Hydwn und Hychdwn der Hohe.«

Dann wandte er sich seinen Neffen zu und blickte auf sie hinab. Sie rührten
sich nicht, aber ihre großen Augen waren trauriger und flehentlicher als die
Augen von Hunden. Ihre Zungen hingen heraus, und ihre buschigen Schwänze
zuckten zwischen ihren Hinterbeinen.

Lange sah er auf die hinab, die sich vor ihm wie Geschöpfe duckten, die vor
lauter Verlangen keuchen, aber nicht mehr zu hoffen wagen. Und seine eigenen Augen waren auch traurig, traurig wie das unermeßliche Meer. So mag
ein Gott auf die stöhnende Welt aus seiner Hand hinabsehen, erfüllt von Mitleid für alles, was gewesen ist und sein wird, aber unerschütterlich wie die
Schicksale, die er geschaffen hat ...

Er hob seinen Zauberstab und schlug zu ...

Wieder war ein Wirbeln und Zucken und Entformen und Neuformen,
schneller, als das Auge folgen konnte. Sie waren Wölfe gewesen; sie wurden
Wolken; sie verschwanden wie Wolken; und wurden wieder zu Gestalten.
Zwei Männer knieten vor Math dem König.

Er sah mit seiner großen Ruhe, die die Klarheit der Ewigkeit in sich hatte,
auf sie hinab. Seine Augen waren gütig und friedevoll.

»Männer«, sagte er, »genug der Schande und der Strafe, die auf euch waren
um des Unrechts willen, das ihr begingt. Man hole kostbare Salben für diese
Männer und wasche ihre Häupter und bringe ihnen Kleider. Was getan ist, ist
getan.«

2. Buch
Llew

Ich bin mit gelehrten Männern zusammengewesen,
Mit Math dem Uralten, mit Govannon,
Mit Eveyd, mit Elestron,
In der Gefährtenschaft Achwysons,
Ein Jahr lang in Caer Govannon.
Ich bin uralt; ich bin jung . . .
Ich bin allumfassend; ich bin begabt mit scharfem Verstand.

(»Book of Taliesin«, I; »Red Book of Hergest«, XXIII)

ERSTES KAPITEL – MATH SUCHT EINE NEUE FUSSHALTERIN/SO WARD, WAS GEWESEN, BEENDET, UND WAS SEIN SOLLTE, BEGONNEN. ES HATTE VERBRECHEN UND ENTDECKUNG GEGEBEN; STRAFE UND VERGEBUNG WAREN ERTEILT WORDEN. GWYDION UND GILvaethwy waren aus ihrer Welt verbannt worden, und jetzt waren sie wieder in ihr; und die einzige dauernde Veränderung war in ihnen. Und nur die Zeit konnte deren Größe oder Kleinheit erweisen.

Es ist nicht wahrscheinlich, daß sie nach ihrer Rückkehr große Veränderungen vorfanden. Ein paar Leute waren gestorben, und ein paar waren geboren worden, und ein paar hatten sich verheiratet oder entheiratet: das war alles. Die Eheschließungen und – als natürliche Folge davon – die Scheidungen hatten an Zahl wohl ein wenig zugenommen, da sich die Sitten der Neuen Stämme stetig in die Lebensweise der Alten Stämme eindrängten.

Gilvaethwy, einige hübsche Mädchen bemerkend, die während seiner Abwesenheit aus kichernden, schlaksigen Gören erblüht waren, mag die sicheren und stetigen Freuden der Ehe erwogen haben – die Nachteile von Vergewaltigung und Zölibat waren noch sehr frisch in seinem Gedächtnis, und die Mode der Jungfräulichkeit war im Aufschwung. Es gab nur ein Hindernis: es hätte eine Menge Zeit erfordert, sie alle zu heiraten. Es wird uns nicht berichtet, wofür er sich schließlich entschied. Denn die alten Bücher vermelden nichts von seinen Taten nach seiner Entzauberung.

Die einzige wirkliche Veränderung, die den beiden Brüdern ins Auge sprang, muß gewesen sein, daß Goewyn die Königin jetzt an der Seite von Math dem König saß, statt seine Füße in ihrem Schoß zu halten: etwas, wofür Gilvaethwy sie untauglich gemacht hatte, wie alle drei, Königin und Prinzen, lebhaft erinnerten. Und es ist wenig wahrscheinlich, daß zwischen ihnen und ihr je mehr als geheuchelte Freundlichkeit herrschte. Denn keines von ihnen atmete schon jene dünne Luft, in der Math sich bewegte, nichts vergessend und alles vergebend, Sühne gegen Schuld abwägend und beides tilgend. Denn Unrecht, das vergessen wird, wird im allgemeinen bei einem neuen Reiz wieder erinnert, und Vergebung ist unvollkommen, eine schwache und feige Ausflucht, wenn sie die Erinnerung an das Gewesene nicht völlig ertragen kann.

Doch die Königin konnte die Erinnerung an ihre Rache gegen die Erinnerung an ihre Vergewaltigung abwägen. Und die Brüder konnten sich mit der gesegneten Tatsache trösten, daß erstere vorüber war. Und beiden Parteien ging es jetzt zu wohl, um sich groß beeinträchtigen zu lassen. Denn den Prinzen widerfuhr weder Vorwurf noch Demütigung: ihre Freiheit war ohne jede Fessel. Das Gewesene war aus und vorbei; das Volk wußte, daß es nicht Wille des Königs war, das Vergangene am Leben zu erhalten.

Und vermutlich standen sowieso die meisten von ihnen ganz im Geheimen auf der Seite ihrer jungen Prinzen und dachten, Math sei übertrieben streng gewesen. Gwydions Schweinestehlen wurde damals und noch Jahrhunderte später für eine ruhmreiche Tat gehalten, wogegen Jungfräulichkeit eine neue Mode war, über die solch Aufhebens zu machen töricht schien, wenn es auch eine beklagenswerte Ungehörigkeit war, daß das vergewaltigte Mädchen ausgerechnet die Fußhalterin des Königs gewesen war. Vor Einführung der Keuschheit war Vergewaltigung so gut wie unbekannt gewesen.

Nur drei Tage nach ihrer Entzauberung befahl Math der König seine Neffen zu sich.

»Was will er jetzt schon wieder von uns?« stöhnte Gilvaethwy, der den Befehl vernommen hatte, ohne große Begeisterung an den Tag zu legen. Er preßte die Hände gegen die Schläfen, denn sein Kopf schmerzte nach diesen drei in Fröhlichkeit und Feiern verbrachten Tagen. »Ich bin sicher, daß ich nicht gehen will«, sagte er.

»Ich bin sicher, daß du gehen wirst«, sagte Gwydion. »Er wird nichts von dem erwähnen, was geschehen ist. Er gräbt nie einen alten Knochen aus und kaut wieder auf ihm herum. Es kann aber sein, daß er einen Auftrag für uns hat, da er uns Zeit genug gegeben hat, unsere Rückkehr mit unseren Freunden zu feiern. Zuviel Zeit – nach deinem Aussehen zu urteilen«, fügte er mißbilligend hinzu. »Ich wäre mit weniger ausgekommen.«

»Das glaub' ich; das bist du immer. Du weißt ja gar nicht, wie man sich gehenläßt und sich richtig vergnügt«, sagte Gilvaethwy mit einer geplagten und betrübten Miene.

»Ich mißvergnüge mich jedenfalls nicht in der Weise, in der du das jetzt tust«, sagte Gwydion. »Und ich habe meine eigenen Weisen, mich gehenzulassen und mich zu vergnügen, aber du bist zu stumpfsinnig, sie zu verstehen«, erklärte er freundlich. »Sie erfordern mehr Macht, als darauf verwendet werden kann, bei einem Fest Fleisch in sich hineinzuschlingen und Bier in sich hineinzuschütten.«

»Magie?« sagte Gilvaethwy und stöhnte wieder. »Ich kann daran nicht viel Lustiges entdecken. Oder Frauen?« Und plötzlich sah er interessiert aus. »Ich habe bemerkt, daß du keine beachtet hast, seit wir wieder am Hof sind, wogegen es viele gab, die ich gerne wiedersah. Du verhältst dich in Wirklichkeit nicht viel anders wie wir übrigen, nur tust du es so verstohlen, daß niemand dich je dabei erwischen kann, es sei denn Onkel«, sagte er.

»Sei still und komm jetzt mit zu ihm«, sagte Gwydion scharf, »denn wir haben ihn schon lange genug warten lassen.«

So gingen sie zu Math, der sie grüßte wie einer, der froh ist, sie wiederzusehen; denn nicht einmal sein uraltes Herz hatte die Lasten menschlicher Sehnsucht und Liebe abgetan, noch die verhängnisvolle Verwundbarkeit, die einen Menschen über andere stellt. Alle Menschen waren dem Sohn Mathonwys teuer, doch Gwydion sein Neffe war ihm am teuersten.

Und in Gwydions Innerem sah er nichts als lautere Antwort auf jenes Willkommen; wie in Wirklichkeit in diesem Augenblick auch wenig anderes für ihn zu sehen gewesen wäre. Aber er sah die Ängste in Gilvaethwy und lächelte.

»Ihr habt Frieden gewonnen, meine Neffen«, sagte er, »und Freundschaft habt ihr auch. Doch gibt es da eine Sache, die ich mit euch beraten möchte. Und das ist, wo ich eine Jungfrau finden soll, die meine Füße hält.«

Gwydion überlegte.

»Junge Mädchen wachsen ständig heran, Herr; und wir, die in den drei vergangenen Jahren abwesend waren, kennen uns jetzt nicht unter ihnen aus. Unter denen, die am Hof waren, als ich zuletzt hier war, gibt es keine, die ich empfehlen könnte. Doch einige von den jüngeren sind vielleicht noch Jungfrauen«, sagte er.

»Es würde Zeit erfordern, es herauszufinden«, bemerkte Gilvaethwy und leckte sich die Lippen, wie eine Katze, die Rahm gerochen hat. »Bei einer neuen Ernte Mädchen! . . .«, sagte er.

»Ich bitte dich nicht, persönliche Untersuchungen anzustellen«, sagte Math. »Du würdest wohl die Ware ruinieren, wenn du sie fändest. Es gibt nicht viele Mädchen, die sich einem hübschen jungen Mann und Prinzen von Gwynedd verweigern würden. Doch glaubte ich, es hätte vielleicht eine gegeben.«

»Bestimmt nicht –!« rief Gilvaethwy im Stolz seiner getroffenen Eitelkeit, dann verstummte er, sich verlegen erinnernd, mit wem er sprach.

»Ich fürchte, daß die Freude über Gilvaethwys Heimkehr sich als zu groß für jegliche Keuschheit erwiesen hat, die du auf die Probe hättest stellen können, mein Onkel«, sagte Gwydion wohlwollend. Seine Augen lachten in die Maths, wie die keines anderen es gewagt hätten. »Die Moden von Dyved sind für unsere Frauen noch nicht verbindlich geworden, scheint es. Und da ist noch die Frage des Geschmacks: eine von ihnen, die einen Mann ablehnte, lehnte einen anderen vielleicht nicht ab. Ich habe noch keine Versuche angestellt, doch wenn ich es tue und scheitere, werde ich mich nicht schämen, dir davon zu berichten, Herr.«

»Nein, das würdest du nicht«, sagte Math. »Und das ist einer der Gründe, warum du nicht scheitern würdest. Du hast alle Vorzüge Gilvaethwys und deine eigenen dazu. Denn die Frauen lieben einen Mann, der nicht gänzlich seinem Körper hörig ist, sondern einen Teil seiner Person frei und über ihnen hält, über dem Zwang, sie haben zu müssen; wenn sie auch nicht immer willens sind, ihm diese Freiheit friedlich einzuräumen. Denn dann ist seine Liebe eine Gunst und eine Auszeichnung, keine Frucht, die von jedem Zweig gepflückt werden kann. Und darüber hinaus gibt es in aller menschlichen Natur das, was sich danach sehnt, zu erkunden, was höher und deshalb geheimnisvoll ist; und es ist dieses geschlechtsfreie Verlangen – auch wenn es sich durch Geschlechtlichkeit ausdrückt –, das eines Tages die Menschheit zurück zu der Gottschaft führen wird, die sie verloren hat.

Nein, dies ist kein guter Plan, eine Fußhalterin für mich zu finden«, sagte er.

Gwydion überlegte.

»Es ist wahr, daß du nicht viel Zeit für die Pflichten eines Königs hättest, wenn du die Erinnerungen aller Mädchen in Gwynedd durchforschen müßtest, um herauszufinden, welche einen Mann erkannt hat und welche nicht. Wir, die dich eine Fußhalterin gekostet haben, sollten uns der Mühe unterziehen, dir eine neue zu finden.«

Danach schwieg er. Alle drei schwiegen, wie sie da in Maths Kammer saßen, und ihre Aufgabe war wie ein Fluß, den ihr Verstand nicht überqueren konnte.

Math saß teilnahmslos, unbeweglich da, darauf wartend, daß seine Neffen jene Strömung mutig angingen; es schien aber, wie wenn ihre Gedanken zögerten, als könnten sie nicht schwimmen ...

Gilvaethwy ärgerte sich, weil er nicht alles verstehen konnte, was sein Onkel gesagt hatte, und weil er in einem Teil davon eine Herabsetzung seiner Person witterte, die er immer noch hoch schätzte, wenn auch nicht ganz so ausschließlich wie ehemals. Und auch, weil ihm nichts einfiel, was er hätte sagen können. Er erinnerte sich mit unbehaglicher Deutlichkeit daran, daß es seine Schuld war, daß sein Onkel jetzt eine Königin anstatt einer Fußhalterin hatte.

Gwydions Gedanken dagegen bewegten sich schnell, umkreisten einen Plan, von dem er hier vor seinem Onkel nichts verraten wollte, nicht einmal in seinem Innersten ...

»Herr«, sagte er schließlich, den Kopf hebend, »ich bin ein Narr, daß ich nicht schon früher daran dachte. Arianrhod die Tochter Dons, deine Nichte, brüstet sich mit ihrer Jungfräulichkeit. Oder hat sich das geändert, während ich fort war?«

»Das hat es nicht«, sagte Math, »soviel ich gehört habe. Es ist aber nie meine Art gewesen, die Winde einzusetzen, um den Handlungen Arianrhods nachzuspionieren. Ob sie einen Mann liebt oder nicht liebt, hat nie das Wohlergehen meines Volkes oder meines Reiches betroffen.«

»Das könnte es aber«, sagte Gwydion, »denn es betrifft die Thronfolge. Wenn sie aber kein Kind haben und gegenüber dem Geschlecht Dons ihre Pflicht nicht erfüllen will, so kann sie wenigstens als Fußhalterin dienen. Und nach einer so langen Abwesenheit muß in Caer Seon viel darauf warten, von mir erledigt zu werden. Soll ich jetzt dorthin gehen und sie dann, wenn sie sich immer noch als Jungfrau erklärt, mit mir bringen, wenn ich zurückkomme, Herr?«

»Tu es, wenn es mit ihrem Verlangen übereinstimmt«, sagte Math. »Und plage sie nicht allzusehr mit dieser ihrer Jungfräulichkeit, wenn du dich auch immer darüber geärgert hast. Denn diese Dinge liegen allein in ihrer freien Entscheidung. Du hast vier Schwestern. Es ist nicht nötig, daß gerade ein Sohn Arianrhods dein Erbe wird – wenn du auch sie am meisten liebst.«

»Weder Arianrhod noch Gwydion haben jemals eins das andere nicht plagen wollen«, sagte Gilvaethwy. »Sie könnten einander nicht in Frieden lassen, und wenn sie es wollten. Ob sie miteinander streiten oder sich gegen uns andere verbünden: immer muß eins die Aufmerksamkeit des anderen auf sich ziehen, und immer halten sie gegen uns andere fest zusammen – ein Gespann, das schwer zu schlagen ist.«

»Dir ist es nie gelungen«, murmelte Gwydion, »doch habe ich dich das eine oder andere Mal gegen ihren Zorn in Schutz genommen, Kindchen.«

Er stand auf, und seine Miene war fröhlich und sorglos. »Herr, ich werde mich an das erinnern, was du gesagt hast. Und um Arianrhod brauchst du dir keine Sorgen zu machen. Ich bin kein Mann aus dem Süden, der einen Mann für seine Schwester auswählen geht. Wenn ich es wäre, so könnte ich sie ja doch nicht zwingen; denn sie ist eine Meisterin der Magie. Don unsere Mutter unterrichtete sie gut in allen Künsten weiblicher Zauberei. Wenn sie nicht als Jungfrau zu dir kommt, wird es ihre eigene Schuld sein.«

»So sei es«, sagte Math. »Geh jetzt heim nach Caer Seon. Du wirst deinen Besitz und deine Herrschaft in guter Ordnung vorfinden, denn ich habe Govannon ein Auge darauf haben lassen. Und wenn es dir beliebt, an diesen Hof zurückzukommen, wird dich ein Willkommen erwarten.«

»Ich werde froh sein, wenn die Zeit kommt, es in Anspruch zu nehmen«, sagte Gwydion. »Darf ich Gilvaethwy mit mir nehmen, oder hast du hier Verwendung für ihn? Arianrhod würde sich wohl freuen, ihn wiederzusehen.«

»Das würde sie wohl nicht«, sagte Gilvaethwy, »wenigstens nicht sehr, wenn sie dich hat.«

»Sei still«, sagte Gwydion; und Math sagte: »Du kannst ihn mitnehmen.«

... Als seine Neffen ihn verlassen hatten, sah ihnen Math der König noch lange nach. Er strich sich den Bart.

»Er hat wieder eine Absicht . . .«, sagte er. »Was wird es wohl dieses Mal sein?«

Er muß sich das öfter gefragt haben, wie er so dasaß und wartete, die Jahre bedenkend, die gewesen waren, und die Jahre, die kommen würden. Für ihn war die Vergangenheit immer der Schoß der Zukunft, keine Schöpferin von Vorurteilen oder Streitigkeiten, sondern das Feld für Entwicklung, der Boden, in dem die Wurzel wächst, aus dem die Blume sprießt und die verlorene Eichel einen Baum treibt. Er wußte, daß sein Neffe immer noch zu gewitzt war, um geradlinig zu sein; daß er Gewitztheit noch nicht von List geschieden hatte, wenn er auch jüngst die Gefahren von zuviel List kennengelernt hatte. Welche Gestalt seine neue Absicht annehmen und wie weitreichend ihre Folgen werden würden, konnte man unmöglich voraussagen. Doch dieses Mal würde die Gewitztheit, ihrer Natur wegen, jede Verbindung mit Gesetzlosigkeit und Gewalt zurückweisen.

›Doch hat er die Lehre wirklich begriffen? Hab' ich ihn vielleicht nur gelehrt, Gescheitheit zu schätzen und nicht den Wert? Den Buchstaben, nicht das Gesetz? Er geht jetzt nicht dahin, um mir zu dienen, doch das ist bedeutungslos, solange er Gwynedd gut dient. Solange seine Absicht edel ist und nicht verderbt.‹

Es ist nicht wahrscheinlich, daß Math sich allzugroße Sorgen um die leibliche Sicherheit seiner Neffen in den Jahren ihrer Abwesenheit gemacht hatte. Kein großes Unheil hätte ihnen widerfahren können, selbst wenn sie in ihren Tiergestalten gestorben oder getötet worden wären. Denn der Tod ist nur eine Verwandlung, und sie hätten sich nicht so verwandeln können, daß seine Macht nicht ausgereicht hätte, sie zu finden und ihnen ihre ursprünglichen Gestalten wiederzugeben. Über das Seine war er der Herr des Lebens und des Todes, zumindest bis zu jenem unentrinnbar verhängten Augenblick des Übertritts, wenn die Arbeit eines Menschen auf dieser Ebene getan ist und er eine Zeitlang woandershin berufen wird.

Wir kennen das volle Ausmaß seiner Macht nicht, es scheint aber, als habe sie sich auf beide Seiten des Grabes erstreckt und die Voraussetzungen von Geburt und Tod und die des Erdenlebens geregelt, das dazwischen liegt, wenn auch nicht die unirdischen Jahre, die auf der anderen Seite liegen, jenseits der Zeit und zwischen Tod und Leben.

Er war ein Meister der Evolution, jedem die Prüfungen auferlegend, für die er bereit war, und die Lehren, die er am dringendsten lernen mußte; und dadurch lagen, mit einer Bedeutsamkeit, die in unseren Tagen, in denen die göttliche Bestimmung von Königen eine Legende und eine Absurdität geworden ist,

554

sowohl die Leiber als auch die Seelen der Menschen von Gwynedd in seiner Hand.

Wie er seine Neffen von jenen inneren Übeln, die in ihren Verstößen sichtbar geworden waren, heilen könnte, muß ihn größtes Nachdenken gekostet haben. Denn er hätte sie nicht aus Leben und Sein löschen können, selbst wenn er das gewollt hätte. Sie töten, hätte nur geheißen, sie unverändert in eine andere Sphäre befördern, aus der sie genau so, wie sie gegangen waren, zurückgekommen wären, wonach er oder ein anderer sich wieder mit ihnen hätte beschäftigen müssen.

Seine Aufgabe war es, zu erhellen, nicht, zu bestrafen; denn Strafe ist Rache, und Rache ist, im besten Fall, eine Kraftvergeudung. Das Heikle an seiner Arbeit hatte im Ersinnen von Sühnebedingungen bestanden, die bedrückend genug waren, Gedanken zu verursachen, ohne jedoch die Sühne durch den Groll über die der eigenen Person angetane Qual zu trüben.

Gilvaethwys Sünde war von tierischer Roheit gewesen, erdacht und ausgeführt mit tierischer Einfachheit. Doch die Sünde von Gwydion, Maths ausgebildetem Nachfolger, dem der König seine eigene Magie beigebracht und dadurch seine eigene Macht übertragen hatte, war eine andere und schwererwiegende Sache. Denn Gwydion hatte das Wissen verwandt, das zum Schutze Gwynedds bestimmt gewesen war, um ihr zu schaden; hatte sie zu einem Werkzeug gemacht, das seinen eigenen Absichten diente und den Lüsten eines geilen Buben willfahrte. Er konnte nicht wieder mit Macht betraut werden, bevor er die Verantwortung von Macht begriffen hatte; noch mit Freiheit, ehe er gelernt hatte, wie man mit Freiheit umgeht.

Er hatte Weisheit gesehen, aber nicht klar erfaßt. Er war zu gewitzt gewesen und hatte sich an seiner eigenen Gewitztheit berauscht, ein Zustand, der eine weit gefährlichere und folgenreichere Krankheit ist als die Lüste in Gilvaethwys Körper. Denn Gewitztheit und Weisheit sind so verschieden wie die Wirrnis eines Labyrinths und der gerade, steile Flug eines Vogels. Und ein Meister der Evolution, der Günstlingswirtschaft an den Tag legte und mit seiner magischen Macht so leichtfertig und unbedenklich umging, sie als ein Spielzeug benutzte, um seine eigenen und anderer Launen damit zu befriedigen, der konnte nur zu leicht die Wege der Evolution blockieren und den Lauf der Zyklen stören.

Nicht in solche Hände hätte Math das heilige Lehen seines Königtums übergeben können; und er hatte sein Bestes getan, sie zu stetigen, damit sie für ihre vorbestimmte und unausweichbare Aufgabe taugten. Jener Prozeß hatte stattgefunden. Was er gezeugt hatte, formte sich jetzt im Schoße der Gegenwart der Geburt in der Zukunft entgegen.

Am Erfolg von Gilvaethwys Strafe konnte es keine Zweifel geben. Jener junge Mann würde in Zukunft ein wenig vorsichtiger und weniger selbstsüchtig auftreten, nachdem er gelernt hatte, daß es unentrinnbare und nicht ungerechte Gesetze über seinen eigenen Wünschen gab, und das war alles, was von ihm in dieser Runde des Lebens erwartet werden konnte. Doch die Handlungen Gwydions, der um ein Vielfaches lebendiger war als Gilvaethwy, da sein Denken viel mehr Bereiche umspannte und da seine Energien in viel mehr Richtungen ausstrahlten, die waren niemals völlig vorhersagbar. Ob er sich immer noch für so gewitzt hielt, Gerechtigkeit und die Rechte anderer beiseite schieben zu können, ohne den Preis dafür zahlen zu müssen?

Er, der als nächster König von Gwynedd werden sollte, ritt fröhlich genug nach Caer Seon und später nach Caer Arianrhod im Meer. Dort hieß ihn Arianrhod willkommen, und es wurden wochenlang Feste in jenem meerumgürteten Schloß einer Prinzessin gefeiert, die schöner war als die Morgenröte.

Sie war sicher froh, ihre Brüder wiederzusehen, wie gewöhnliche Mädchen froh sind, die über keinen anderen Zauber als ihr Mädchentum verfügen und deren Gesichter nicht eine Schönheit besitzen, die das herrlichste Geschenk der Götter ist.

Sie mag sich lange nach Gwydion gesehnt und jene Jahre einsam und bitter gefunden haben, in denen Caer Seon herrenlos stand und er ein fangzähniger oder behufter Wanderer in den Wäldern war.

Sie mag über seine Heimkehr frohlockt haben, vielleicht zu sehr ...

Gilvaethwy muß bei ihnen gewesen sein in jenen Tagen und höchstwahrscheinlich auch ihre Schwestern: Elen und Gwennan und Maelan, die anderen Töchter Dons. Auch sie scheinen im Schlosse Arianrhods gelebt zu haben, denn in Anglesey erzählte man sich bis in die jüngste Zeit hinein alte Geschichten davon, wie diese drei an jenem unbekannten Tag entkamen, als Caer Arianrhod für immer im Meer versank. Sogar die Namen ihrer Zufluchtsorte werden aufgezählt: Tyddyn Elen und das Moor von Maelan und Gwennans Grab.*

Es gab wohl eine heilige Quelle auf jener Insel, wie in anderen Teilen Britanniens, und wenn es so war, wären die Töchter Dons ihre Hüterinnen und Priesterinnen gewesen, eingesetzt, jenes geschlossene Auge der Tiefe zu bewachen, durch das sich die gierigen Wassergötter sonst hätten erheben können, um noch mehr von der Erdoberfläche zu verschlingen, so wie sie einst die verlorenen Lande des Westens verschlungen hatten, die jetzt Caer Sidi waren, das Land unterm Meer.

---

* Siehe Sir John Rhys, »Celtic Folklore«, Bd. 1, S. 108.

Das sind die Ängste und Schreckgespenster eines Volkes, dessen Vorfahren eine Sintflut erlebt haben und in deren Knochen sich das Entsetzen vor dem gierigen Meer weitererbt.

Arianrhod selbst, deren Name Silbernes Rad bedeutet, wurde wohl vom einfachen Volk als Inkarnation und zugleich als Priesterin der Mondgöttin angebetet, jener gütigen, silbernen Himmelsherrin, die herabgestiegen ist von ihrem blassen, hellen Wagen am Himmel, um besser über die Gezeiten wachen zu können, die sie regierte, und sie harmlos zu machen für die Gestade der Menschen. Solch mystisch mächtiger Sang und Beschwörung, um die Elemente zu beherrschen oder anzuflehen, waren wohl die Riten, die von allen Bewohnern jener geheiligten Inseln um Britannien herum geübt wurden, von denen uns Plutarch berichtet; auf deren einer, wie er sagt, der Entthronte Vater der Götter unter seinen Männern schläft, da Schlaf die für Ihn geschmiedete Fessel ist.

Doch das sind Dinge, die in Geheimnis verloren sind, und Weise und Historiker streiten sich über ihre Fransen, glücklich in dem wohl fruchtlosen Streit.

Doch damals und lange danach ahnte niemand, daß das Schloß vom Silbernen Rad nicht ewig fest an seinem Platze stehen würde. Und auch Gwydion und Arianrhod dachten nicht an Götter oder Sintfluten, wenn sie des Abends die weißen Strände entlangschlenderten oder des Mittags im Schatten hoher Bäume träumten, auf die grüne Insel Monas von den Druiden hinausschauend oder zurück zu der Mündung des Menais und der Küste, wo Gwydions Feste aufragte, die eine spätere Zeit Dinas Dinllev nennen sollte.

Wenn die Nacht mit ihren Frösten und ihrer kalten Dunkelheit kam und der blasse Mond über die grauschwarze See schimmerte, gingen sie hinein und suchten die warme Freundschaft des roten Feuers, das in der Halle prasselte. Und Gwydion sang und erzählte Geschichten, wie er es damals an Pryderis Hof getan hatte, und seine Schwestern lauschten, mit verträumtem Mund und sternenerfülltem Blick.

Er muß Arianrhod bald von ihres Onkels Mangel an einer Fußhalterin erzählt haben und von ihrer eigenen Anwartschaft. Aber er fragte nicht, ob sie die Bedingungen erfülle, und sie erwähnte sie auch nicht. Sie lachte und schlang ihre Arme um seinen Hals und küßte ihn.

»Ach Gwydion, du warst ein guter Bruder, daß du an mich dachtest! Wo könnte der König besser eine Fußhalterin finden als in seiner eigenen Familie und unter den Töchtern Dons!«

»Dann ist es dein Wille?« sagte Gwydion. »Ich schlug es vor, aber die Sache liegt in deiner eigenen freien Entscheidung, und ich hatte gedacht, daß du vielleicht nicht willens seiest, den Ort zu verlassen, an dem du Herrin und Königin bist, um nach Caer Dathyl zu gehen und dort den ganzen Tag zu sitzen und die Füße eines alten Mannes zu halten. Und ich warne dich: es werden dich dort viele Augen beobachten«, sagte er.

»Ich habe selbst Augen, die gut beobachten können«, sagte Arianrhod. »Jene anderen werden nicht mehr sehen, als ich beliebe, sehen zu lassen. Und ich bin hier eine lange Zeit gewesen. Ich habe alles getan, was man hier tun kann – so oft, daß ich dessen überdrüssig bin. Es ist mir nichts geblieben, als dem Schwatzen Elens und Maelans und Gwennans zuzuhören und meinen Hexenmeistern zuzuschauen, wie sie ihre Zauberstückchen üben; und die Götter wissen, wie lange es her ist, daß ihnen ein neues eingefallen ist!«

Elen die Demütige, die ihre Augen immer auf den Boden gerichtet hielt, saß in ihrer Nähe und webte; und sie lächelte jetzt alles andere als demütig, ohne jedoch die blaue Bescheidenheit ihrer Augen zu erheben.

»Einmal hattest du aber etwas anderes zu tun, Arianrhod, in jener Nacht im Frühling, als du bei Aufgang des Mondes zum Strand hinuntergingst. Es mag sein, daß es ein Hexenmeister gewesen ist, der dort seine Zauberstückchen für dich vollführte, aber er war keiner von denen hier.«

»Du bist nur böse, weil ich dich das heiße, was du bist: Schwatzbase«, sagte Arianrhod. Sie wandte sich wieder Gwydion zu. »Achte gar nicht auf sie. Sie war immer eine Lügnerin und gehässig. Wie kann meine eigene Schwester nur so etwas über mich erzählen! Ich bin in jener Nacht zum Strand hinuntergegangen. Ich war einsam und trauerte um dich, und der Kristall war trüb. Ich dachte, wenn ich lang genug ins Wasser schaute, könnte ich dort sehen, was du in der Wildnis tatest. Aber ich nehme die Götter zu Zeugen, daß ich dort keinen Mann von dieser Erde getroffen habe.«

»Vielleicht kam er dann von Caer Sidi unterm Meer«, sagte Elen, immer noch demütig. Aber Arianrhod würdigte sie keines Blickes.

»Du siehst jetzt selbst, was ich mitzumachen habe, Bruder«, sagte sie, und nie erbebten Harfen vor mehr Schmerz und Süßigkeit, als in der sanften Würde ihrer Stimme erklangen. »Ist es ein Wunder, daß ich dessen überdrüssig bin? Dieses endlosen Tratschens und dieser Eifersüchteleien und Zungen, die wie Nadeln stechen? Oder daß ich mich nicht davor fürchte, belauert zu werden, weil ich schon ganz zermürbt davon bin?

Doch jetzt werde ich an den Hof gehen und neue Dinge hören und sehen, was andere Frauen tragen, und ob meine eigene Garderobe noch in Mode oder schon lächerlich geworden ist. Ich werde das Begehren aller Augen dort sein und alle Frauen überstrahlen und kostbarer aussehen als alle – Goewyn die Königin einbegriffen, denn sie ist keine Jungfrau mehr.«

»Ich habe guten Grund, mich daran zu erinnern«, sagte Gwydion.

Sie wandte sich rasch zu ihm hin. »Ach, mein Lieber, hätte ich das nicht sagen sollen? Es muß ja wirklich schrecklich gewesen sein, im Körper eines Tieres eingesperrt alle diese Jahre in der Wildnis zu verbringen!«

Sie faßte seinen Arm mit beiden Händen und streichelte ihn. Ihre weißen Finger sahen so zart wie Blumen gegen seine braune Haut aus.

So gingen sie zusammen hinaus, und Elen die Demütige sah ihnen mit ihrem wissenden Lächeln nach ...

Sie gingen zu jener Stelle außerhalb des Palastes, wo die letzten Bäume wuchsen, bevor die weiße Küste abfiel, um sich der Umarmung des Meeres zu ergeben. Die Sonne war im Untergehen, und der ganze Himmel blühte wie eine Rose. Und jenes Wunder aus Farbe, rosig und strahlend, wie es nur Himmelsfarben sind, ließ den blassen Strand anemonenrosa erblühen und tönte mit Purpur das singende Brausen der Brandung. Die Erde schimmerte wie ein Juwel.

Und auf ihrem Gang kamen sie unter einem Baum hindurch, der trotz dem nahenden Winter noch goldbedeckt war; und Gwydion hob seinen Arm und schüttelte eine Blätterflut auf sie herab. Und murmelte dabei einen Zauberspruch und machte ein kleines Wunder. So daß sie nicht von goldenen Blättern umrauscht wurden, sondern von einem Schauer goldener Sterne; nicht von den großen, wirklichen Sternen, jenen Welten jungfräulichen Feuers, oder den titanischen, kahlen Steinkugeln, die ewig voneinander getrennt über den Himmel rollen, sondern von den kleinen Sternen, die wir kennen, den winzigen, strahlenden Himmelsdiamanten, welche die Menschen zu sehen glauben, funkelnd, wie kein echtes Gold je funkelte, hoch über den Gefilden der Erde.

Arianrhod lachte vor Entzücken über dieses kleine Wunder und kniete nieder, um die Sterne aufzusammeln. »Sie sind schön, Gwydion. Sie sind wie Perlen aus Licht! Ich wünschte, ich hätte eine Halskette aus ihnen!«

»Das verrät die Frau«, sagte ihr Bruder. »Mußt du dir sogar die Sterne um den Hals hängen?«

»Es sind doch gar keine wirklichen Sterne«, sagte Arianrhod. »Ihr gesunder Verstand sagt einer Frau, daß man mit Spielzeug nicht mehr tut, als spielen.«

»Gut getroffen«, sagte Gwydion und lachte. »Was du wohl alles für Spielzeug hältst, Arianrhod? Aber du sollst deine Halskette haben – so kurz sie auch dauern mag.«

Er pflückte einen Grashalm, warf ihn auf die Sterne, die sie in ihren Händen hielt, und murmelte leise einen Zauberspruch. Der Halm wurde zu einer feinen goldenen Kette, auf die sich die Sterne in ihren Händen aufreihten; und sie lachte, wie sie ihnen dabei zusah, und hängte sie dann um ihren Hals.

Sie gab ihm drei Küsse dafür, und er erwiderte sie.

559

»Du bist großzügig, Schwester«, sagte er, »denn dieser Flitter wird die Stunde nicht überdauern.«

»Auch die Küsse dauerten nicht so lang«, sagte sie. »Was liegt daran? Er ist schön, solange er hier ist. Du hättest den Zauberspruch nicht wispern müssen; auch ich beherrsche diese Art von Arbeit. Ich habe ähnliche Dinge mit meinen Hexenmeistern gemacht, doch dachten wir nie daran, Sterne zu gestalten.«

»Jeder gestaltet seinen eigenen Traum«, sagte Gwydion. »Aber hast du nie etwas Längerdauerndes erschaffen wollen, Arianrhod? Frauen können es; Männer nicht.«

Sie wich einen Schritt zurück und sah ihn an. Die Sterne, die er erschaffen hatte, blitzten noch wie ein Ring aus Goldfeuer um ihren weißen Hals. Der blässere Schein ihres Haares spiegelte es wider. Ihre Augen aber blitzten silbern wie Schwertklingen.

»Mußt du wieder mit diesem alten Streit anfangen, Bruder? Ich bin nicht so glücklich wie die Mädchen von Dyved; deren Brüder achten auf die Ehre ihres Hauses. Dort gibt es keinen, der mich wegen Kinderlosigkeit schelten oder mir, einem unverheirateten Mädchen, so etwas Schändliches vorschlagen würde!«

»Mußt du sogar mir etwas vormachen, Arianrhod?« Gwydions Lächeln war seiden und stählern zugleich. »Haben drei Jahre dich vergessen lassen, wie gut ich den Wert deiner Behauptungen, du seist Jungfrau, kenne? Auch wärest du in Dyved nicht so gut dran. Denn dort würde dir von einem Bruder, der die Geschichte gehört hätte, die Elen erzählte, mehr als Schelte widerfahren.«

Sie stampfte mit einem schmalen Fuß auf. »Du hast dir von dieser Natter das Herz vergiften lassen! Du bist eifersüchtig! . . . Willst du etwa ihr gegen mich glauben?«

»Ich würde keiner von euch beiden jemals glauben, wenn es ein Vorteil für euch sein könnte, mich anzulügen, mein Herz«, sagte Gwydion besänftigend. »Ich kenne dich sehr gut. Und du würdest dich genauso irren, wenn du mir unter solchen Umständen glaubtest.«

»Das weiß ich auch«, sagte Arianrhod.

»Eifersucht ist jedoch eine Kunst, die ich den Männern von Dyved überlasse, die ihre Schwestern und Frauen und Lieblinge als Eigentum betrachten. Eine Kleinigkeit, die ihr Frauen vergeßt, wenn ihr törichterweise hinter ihren Moden herjagt.«

»Die Frauen von Gwynedd sind immer frei gewesen. Man kann sich von neuen Sitten das nehmen, was einem gefällt, und den Rest lassen«, sagte Arianrhod.

»So dachte ich . . .«, sagte ihr Bruder.

Er trat näher zu ihr. »Von den Kindern Dons haben nur wir beide immer die neuen Dinge gesucht und sie nie gefürchtet, Arianrhod. Wir allein sind nicht zu stolz oder zu gewohnheitsverhaftet gewesen, die Sitten der Neuen Stämme zu studieren. Govannon und Eveyd und Amaethon sind zu vorsichtig gewesen, wir aber sind nicht vorsichtig genug gewesen; und es mag sein, daß dies immer die Schuld derer sein wird, die das Neue bringen ... Es ist selten, daß der Visionär über seine Vision hinaussieht ...

Wir sind so schlau gewesen, daß wir dachten, wir könnten den Neuen Stämmen das abnehmen, was uns gefällt, und nichts dafür bezahlen. Ich aber habe gelernt, daß wir für alles, was wir bekommen, bezahlen müssen – in der einen oder anderen Münze. Und was habe ich durch diese drei Jahre in Tiergestalt in der Wildnis gewonnen – oder du durch den öden Ruf der Jungfräulichkeit, den mit Wahrheit zu erkaufen du nicht willens bist?«

»Ich habe ihn«, sagte sie, »und ich behalte ihn. Das genügt mir. Dein Mut läßt nach, Gwydion.«

»Nein; ich beginne nur zu sehen, daß es bessere Wege des Kaufens gibt. Nicht, daß List nicht auch ihre guten Seiten hätte ... Ich werde immer bekommen, was ich begehre. Doch ein Begehren sollte wert sein, erkauft zu werden ... Und meines ist Vaterschaft.« Er benutzte ein Wort aus der Sprache des Volkes im Süden; in der Zunge der Prydyn existierte es nicht. »Und was ist deines, Arianrhod?«

»Was du nur zu gut weißt«, sagte sie, »da du mich stets drängst, es aufzugeben. Du hast einen schlechten Zeitpunkt gewählt, Gwydion, denn du selbst bietest mir gerade einen Preis an, den ich nicht anders bekommen kann als eben dadurch.«

Er zuckte die Achseln. »Ich weiß, daß es dir Freude macht, dich eine Jungfrau zu nennen, Arianrhod. Vor den Augen aller Männer erhebt dich das zum Inbild eines unerreichbaren Verlangens – dieser Traum von der Schönheit einer jungfräulichen Prinzessin, auf einer Insel im Meer, umgeben von Zauberern und Mägden, und kalt wie die Wellen rings um sie. Du glaubst, es liege ein Zauber darin, der dir zu neuer Macht und neuem Ruhm verhelfen kann. Doch wenn in Jungfräulichkeit eine mystische Macht liegen sollte, dann allein in der Tatsache, nicht in der Bezeichnung. Und du hast liebwerte Dinge für diese kahle Lüge hingegeben, Arianrhod: ein Kind an deiner Brust und das Wunder, das größer ist als Zauberei.«

Er sprach die Wahrheit, wie er sie sah. Er glaubte, es gebe auf der ganzen Welt keine Frau, die sich, wenn aus der Vorstellung einmal Wirklichkeit geworden war, nicht über die Herrlichkeit, geboren zu haben, freuen oder das Gewicht in ihren Armen gerne hüten würde. Seine Schwester jedoch sah ihn an und kräuselte ihre süßen Lippen zu einem Lächeln, dessen Verächtlichkeit so

561

kalt wie das Eis war, das im Winter auf Quellen und Teichen funkelt. Das gleiche kalte Strahlen schimmerte in den blauen, himmelähnlichen Tiefen ihrer Augen.

»Es ist ein Wunder, das durch seine Häufigkeit schal geworden ist. Es ist ein Ding, das fast jede Frau tun kann. Und ich will neue Dinge tun; ich will Magie und Macht und Größe haben. Warum sollte ich unter Qualen ein Kind hervorbringen, wenn es so viele neue Zaubersprüche zu lernen gibt und so viel auf der Welt genossen werden will? In meinem Verstand werde ich das Wissen der Frauen von Dyved mit dem Wissen der Frauen von Gwynedd vermählen; wer weiß, was daraus geboren werden wird?«

»Letztlich nichts Gutes«, sagte Gwydion. »Für die Frauen von Gwynedd die gleiche Knechtschaft, die denen von Dyved schon auferlegt ist. An einen einzigen Mann gebunden zu sein und keinen anderen mehr ansehen zu dürfen – für immer! Und ihren Körper stets zur Vergnügung ihres Herrn bereitzuhalten, ob in jener Stunde Liebe in einem brennt oder nicht. Das ist, was sie Moral nennen«, sagte er.

»Es ist unnatürlich«, sagte Arianrhod. »Es wäre in der Tat närrisch, den Namen Jungfrau zu behalten, um das zu erreichen. Doch die Frauen Gwynedds werden sich niemals so unterjochen lassen. Und die Idee der Jungfräulichkeit hat etwas Kostbares und Rares an sich. Sie gibt einer Frau ein Ansehen und einen Glanz – und einen Wert, den sie nie zuvor hatte. Für das Volk ist es ein Geheimnis. Es meint, es mache meine Magie stärker.«

»Glaubst du, du seist besser als unsere Mutter Don?« fragte Gwydion. »Als die weise Schwester Maths des Uralten, sie, die stolz darauf war, uns zu gebären? Sie war nie verheiratet. Doch jubelte sie jedesmal und empfand den Stolz des Schöpfers, wenn sie eine Seele verkörperte; und das Volk jubelte mit ihr. Das ist eine Macht, die größer ist als jeder Zauberspruch.«

»Was ist ›besser‹?« sagte Arianrhod. »Ich weiß es nicht. Ich weiß nur, daß ich anders bin als die Tochter Mathonwys; daß meine Wünsche nicht ihre Wünsche sind und daß ich in meiner Zeit lebe, nicht in ihrer. Und die Götter wissen, daß ich kein Verlangen habe, zu heiraten! Ich will meinen Wert behalten, nicht verlieren. Ich würde mich nie an einen Mann binden wollen, der mich für eine Stunde ergötzt, und hinterher für alle Zeiten schale Frucht essen. Ich habe noch nie einen gesehen, dessen Gesicht anzusehen ich an jedem Tag meines Lebens ertragen könnte, ausgenommen die Gesichter meiner Brüder.«

»Dann willst du also die Frauen für ewig zur Kinderlosigkeit verdammen?« fragte Gwydion. »Du kämpfst gegen die Gesetze der Gezeiten an, Arianrhod; und zuletzt werden sie dich vielleicht irgendwohin schwemmen, wohin du

562

nicht möchtest. Altes oder Neues: sie mischen sich schlecht; und eine Zeitlang muß das eine oder das andere sicherlich siegen. Ich würde dir kein Joch und keinen Zwang auferlegen. Ich bitte dich nur, altem Brauch zu folgen und dem Reich von Gwynedd einen Erben zu schenken.«

Arianrhod gähnte hinter einer zarten Hand.

»Ich dachte, du wolltest ein eigenes Kind. Warum mich also wegen eines Neffen plagen? Nimm dir eine Frau und verschaff' dir einen Sohn.«

»Ich habe daran gedacht«, räumte ihr Bruder ein, »aber ich will keine Frau. Auch würde es das Volk nicht zufriedenstellen. Kein Mann könnte sicher auf dem Thron sitzen, wenn er nicht von einer Frau aus dem Königshause von Gwynedd geboren ist.

Es gibt nur eine Lösung, die das Volk annähme, wenn du dich an die Bräuche von Dyved klammerst ... Willst du mich heiraten, Arianrhod?«

»Frauen heiraten niemals ihre Brüder«, sagte Arianrhod. »Man tut so etwas nicht. Es ist gegen die Sitte der Neuen Stämme, der Ehe-Erfinder, wenn ich auch nicht weiß, warum.«

»Unser eigenes Volk würde sich nichts daraus machen«, sagte Gwydion. »Du würdest eines Tages Königin von Gwynedd sein«, drängte er sie, »und das würde dir doch gefallen. Und du wärst in keiner Weise gebunden. Denn wenn du mir einmal meinen Erben geschenkt hast, wird mich nicht kümmern, wie vielen Männern du deine Arme öffnest. Unsere Liebe ist zu alt und zu tief in uns verwurzelt, um von deinen vorübergehenden Launen gestört zu werden, Arianrhod. Oder von meinen. Wir würden immer Kameraden bleiben und manchmal Liebende sein, und ich würde dich alle magischen Geheimnisse lehren, die ich zu enthüllen wage.«

»Alle, die du wagst! Wenn ich zu Math gehe, lern' ich wohl mehr. Du hast deine Geheimnisse immer eifersüchtig gehütet, Gwydion.«

Er lachte.

»Ich dachte es mir. Deshalb bist du also so darauf versessen, nach Caer Dathyl zu gehen: um Math einige der Geheimnisse seiner Macht zu entlocken! Aber du würdest enttäuscht werden, Schwester. Die Weisheit Maths kann nicht durch List gewonnen werden, sondern nur durch harte Arbeit und den Aufbau und die Reinigung des Charakters. Sie wäre umsonst für dich zu haben, wenn du sie erlangen könntest; du kannst sie nicht stehlen. Ein blinder Mensch muß Augen bekommen, bevor er die Sonne sehen kann, und das mußt auch du, bevor du an der Weisheit Maths teilhaben kannst.«

»Das sagst du«, sagte Arianrhod.

Und er sah endlich ein, daß er sie sowenig davon abbringen konnte, den Moden von Dyved zu folgen, wie eine Frau von heute dazu gebracht werden könnte, ein Kleid, das vor fünfzig Jahren modern gewesen ist, bei einem Hofball zu tragen. So fest band Etikette, nicht Ethos, ihren Sinn.

»Ich werde dir eine stille, fügsame Frau finden, die ihre Stellung kennt und nicht versuchen wird, zwischen uns zu kommen«, versprach sie. »Eine, der es genügen wird, die Frau eines hohen Herrn zu sein, und wenn du König bist, kannst du ja die Gesetze der Nachfolge in Gwynedd ändern.«

»Ich will keinen so zahmen Sohn, wie ich ihn von einer solchen Frau bekommen würde«, sagte Gwydion, »denn sie müßte häßlich oder schwachsinnig sein, da du mir eine andere nie gönnen würdest. Ein Kind soll in Verzükkung gezeugt werden, nicht in Verdrossenheit oder Abscheu oder in den Armen einer gekauften Frau.«

»Dann nimm doch eines deiner Tierjungen«, schlug Arianrhod vor. »Den Jungen der Sau, zum Beispiel . . . Niemand könnte leugnen, daß er aus dem Fleisch und Blut des Königshauses von Gwynedd geboren ist.«

Ihre Stimme schwankte ein wenig, als sie das sagte. Sie wußte nicht, wie er auf diese Verhöhnung antworten würde. Aber er stand still und lächelte sie nur an, und sein Lächeln hatte weder seine Seide noch seinen Stahl verloren.

»Du brauchst nicht so weit zurückzuweichen, Arianrhod. Ich könnte dich erreichen, ohne dich zu berühren, wenn ich es wollte . . . Dachtest du, ich sei Gwennan oder Elen oder Maelan, an denen du deine Zunge schärfen kannst, Schwesterchen? Ich bin zu lange fort gewesen; das nächste Mal wirst du dich besser daran erinnern.«

Und obwohl er nichts getan hatte, wußte sie plötzlich, daß sie das würde. Er hatte seine Magie von Math persönlich gelernt, und seine Kraft durchwehte sie wie ein kalter Wind, machte ihre eigene erbeben . . .

»Ich werde die Tiergeborenen nicht verwenden«, sagte er, »eine Menschengeburt ist nötig . . . Aber du sollst mit mir nach Caer Dathyl gehen, denn es ist nun einmal dein Ehrgeiz, Füße zu halten, und nicht, zu gebären.«

Sie spielte mit den Sternen, die an ihrem Halse funkelten. Sie lächelte. Sie war lieblicher als der aufgehende Mond: schlank wie die junge Mondsichel und ebenso blaß schimmernd, mit ihrer weißen Haut und ihrem goldnen Haar.

»Ich muß nach Caer Dathyl, Gwydion. Ich könnte das nicht aufgeben. Aber ich bin dir keine schlechte Schwester. Es gibt nichts anderes, worum du mich bitten könntest, und ich gäb' es dir nicht. Ich will keine Kinder haben und will weiterhin Jungfrau genannt werden. Laß uns Freunde sein, Gwydion.«

Sie ging auf ihn zu. Sie hatte sich einen Augenblick lang gefürchtet und wollte ihr Selbstgefühl jetzt dadurch wiederherstellen, daß sie seinen Willen vor ihrer eigenen Macht schmelzen sah.

Die Sonne sank jetzt rasch. Die rosige Blüte des Himmels hatte sich zu flammendem Scharlach vertieft. Von den fernen roten Höhen im Westen erstreckte sich eine goldene Bahn über das Meer, wie die Lichtstraße, die herab eine Seele zur Erde kommen mag ... Und ihr weißes Gesicht schimmerte von jener leuchtenden Lieblichkeit aus Himmel und Meer und Sand so plötzlich und bestürzend schön wie der blasse Mond, der gegen die schwarze Unermeßlichkeit der Nacht anleuchtet.

Sie legte ihre Hand auf seinen Arm und hielt ihm ihren Mund zum Friedenskuß hin. Er gab ihn, und sie vergaßen eine Weile lang Erben und Fußhalterinnen und alle ihre bedrängenden Träume.

In Gwydion jedoch blieb immer, wie sehr er sich auch in Freud oder Leid oder Visionen versenkte, eine Faser seines Wesens kalt und besonnen, das Ziel nicht aus den Augen lassend ...

ZWEITES KAPITEL – MATH STELLT ARIANRHOD AUF DIE PROBE/ES WAR WINTER UND NAHE DER SONNENWENDE, DIE SEIT UNDENKLICHEN ZEITEN ÜBERALL UND IN ALLEN LANDEN HEILIGGEHALTEN WIRD, ALS SICH ARIANRHOD SCHLIESSLICH FÜR DIE REISE rüstete und mit ihren Brüdern ostwärts zum Hofe Maths des Königs zog.

Viele Unterweisungen muß sie Elen und Gwennan und Maelan hinterlassen haben, was die Sorge für Haus und Güter und Geräte betraf, wenn sie auch zuerst alle wirklich wichtigen Dinge weggeschlossen oder versteckt hatte. Jetzt ritt sie mit ihren Brüdern durch eine Welt, die weiß im ersten Schnee des Winters leuchtete, wo die Bäume und die Büsche alle mit Silberspitze eingefaßt waren; denn der Herbst hatte sich lange hingezogen und war mild und süß wie die reife Frucht gewesen, die sich lange in einer Mulde birgt, ohne von Tier und Vogel gefunden zu werden.

Sie gelangten zum Palast und wurden von Goewyn der Königin empfangen. Und zwischen ihr und Arianrhod herrschte große Lippenfreundlichkeit, doch nicht ein wahrer Gruß in beider Herzen. Denn wie sehr sie auch ihren Herrn geliebt und verehrt haben mag: Goewyn hatte wenig Grund, die Kinder Dons zu lieben; und alle ihre Instinkte mögen ihr geboten haben, diesem Mädchen nicht zu trauen, das mit seiner Tugend so stolz prahlte und dabei Hand in Handschuh mit einem Bruder war, der nicht die geringste Achtung vor Tugend hatte. Arianrhod hatte keinen Hochzeitsgruß geschickt, als ihr Onkel heiratete und ihre Brüder ausgestoßen waren; und Math hatte das mit Nachsicht übergangen, wie er die Quengelei eines Kindes übergangen hätte, indem er sich sagte, daß seine Nichte ihre Brüder liebte und um sie trauerte. Die Braut jedoch mochte darin eine Kriegserklärung gesehen haben.

Es ist auch wenig wahrscheinlich, daß Goewyn viel Sympathie von Gwydions Schwester erfuhr, von ihrer Verwandtschaft einmal abgesehen. Denn für Arianrhod war nichts Sünde, bevor es entdeckt wurde. Selbst Gwydion hatte sie manchmal um diese Besonderheit des Geistes beneidet, für die Schuld nur der ungewöhnlich dauerhafte Gatte des Entlarvtwerdens war – die vergnügte Gelassenheit dessen, für den jede Tat so leicht wog wie ein Löwenzahnlicht, solange diese sie nicht mit Folgen bedrohte. In ihr schien kein Richter zu sitzen, unerbittlich und unentrinnbar, der eine Tat wog und sie benannte. Gwydion hatte diese unwillkommene Amtsperson in sich, wenn er sie bisweilen auch noch für längere Zeit einschläfern konnte.

In dieser Hinsicht war seine Schwester stärker als er, weil sie geringer war als er.

In Wahrheit bestand die Schwäche beider in der Meinung, daß Gewitztheit über allen Gesetzen thronte, Gesetzen, die nur bestanden, damit sie von ihnen umgangen werden konnten. Und jene unbezähmbare geistige Lebhaftigkeit war das Geheimnis ihrer nie nachlassenden Anziehung füreinander und ebenso das ihres unablässigen Geplänkels; denn sie konnten nirgendwo und in nichts Ruhe finden, sondern mußten ewig versuchen, sogar einander an Gewitztheit zu übertreffen.

Gwydion hatte einzusehen begonnen, daß Gesetzlosigkeit am Ende vergeblich ist, ja sogar die Gerechtigkeit jener Vergeblichkeit hatte er eingesehen; für Arianrhod jedoch, in der solches Bewußtsein nie geboren worden war, stellte Goewyn ein Rätsel dar, sie war zu gut, um wahr zu sein, und darum mußte das Schlimmste von ihr angenommen werden.

Denn warum sollte ein Mädchen Rang und Namen wegwerfen, um zu gestehen, was nicht in Gefahr stand, entdeckt zu werden? Solches Verhalten war unvorstellbar, es mußte einen triftigen Grund dafür gegeben haben.

›Sie muß sich sicher gewesen sein, daß sie den König unseren Onkel in die Ehe locken konnte. Vermutlich mißfielen ihr die Aufmerksamkeiten Gilvaethwys gar nicht, und sie hat meine Brüder nur betrogen, um sich zur Königin zu machen. Und indem sie das tat, hat sie mir Gwydion drei Jahre lang entzogen, was eine Kränkung ist, die ihr nie zu vergeben ich jedes Recht habe.‹

Denn Arianrhod hatte eine ganz klare und nicht ungewöhnliche Auffassung von dem, was Sünde ist: was einen belästigt und ärgert. ›Aber von jetzt an werde ich da sein und ein Auge auf sie haben. Wer weiß, vielleicht schmiedet diese verschlagene Schlange schon Ränke, meinen Bruder zu betrügen und ihren eigenen Sohn – wenn sie einen fertigbringt – nach Math auf den Thron zu setzen?‹

566

So nahm Arianrhod das Gewebe nicht wahr, das die Parzen woben, und ahnte nicht, was dieser Tag bringen sollte ...

Aber sie begrüßte nicht nur ihre junge Tante, sondern auch Govannon, der zu dieser Zeit ebenfalls am Hofe war, und ging zusammen mit ihren drei Brüdern in die Kammer Maths des Königs, der sie alle von dem Platz aus begrüßte, an dem er in seiner alten, großen Ruhe lag, die Gedanken eines Volkes leitend und erforschend ...

Er blickte zu ihr auf. Über den winterlichen Wald seines Bartes hinweg betrachtete er sie. Seine grauen Augen durchbohrten sie, und plötzlich war ihr, als wären das keine Augen, sondern ein graues Meer, das ihr gesamtes Wesen durchflutete, alles erkundend ... Sie war nicht uneingeweiht. Sie hielt ihr Denken so blank, wie ein wolkenloser Himmel blank ist, leer, jedoch unergründliche Tiefen deckend; aber starr, wie der Himmel niemals starr ist, vor Menschenangst.

In dieser seltsamen Durchleuchtung ihres Wesens, das er las, wie man ein Buch liest, gab es keine andere Rettung, als mit allem Denken und Fühlen aufzuhören. Und sie hörte auf. Sie wurde eine steife, fühllose Gedankenlosigkeit. Bangte jedoch, daß gerade dieses Aufhören ihm als eine Notwendigkeit vorkomme und damit als ein Verheimlichenwollen ...

»He, Mädchen«, sagte er, »bist du eine Jungfrau?«

Sie senkte ihr Haupt mit all der Bescheidenheit und Demut Elens. Sie zwang sich zu konzentriertem Vergessen, das so vollkommen war, als wäre jede Erinnerung in der Brandung des Meeres ertrunken: alle die Tage und Jahre ihres Lebens beiseite schiebend und alle Bewußtheit außer der dieses einen Augenblickes ... Sie hob ihren Kopf wieder, und die klare Schönheit ihrer Augen voll leerem Himmelblau begegnete den grauen Tiefen der seinen.

»Herr, ich weiß nicht anders, als daß ich es bin.«

Math griff nach seinem Zauberstab.

Gilvaethwy zuckte zusammen und blickte entsetzt zu Gwydion hinüber, sah aber auf dem Gesicht seines Bruders nur den schwächsten Schatten eines Lächelns. Es huschte so schnell drüber hin, daß er nicht einmal sicher wußte, ob es wirklich dagewesen war; auch kam es ihm unwahrscheinlich genug vor.

Math erhob sich schwer von seiner Liege und stellte sich aufrecht hin. Arianrhods Lippen erblaßten, und sie wich einen Schritt zurück, doch seine Augen faßten sie wieder und hielten sie. Govannon schaute scharf von ihrem weißen Gesicht zu den angespannten Gesichtern seiner Brüder, dann wieder – und sogar in seinem eisernen Blick zeigte sich einige Scheu – zurück zu seinem Onkel.

»Komm hierher«, sagte Math. Und wie eine Schlafwandlerin, indes ihre gebannten Glieder nicht mehr ihrem eigenen Willen, sondern dem seinen gehorchten, kam Arianrhod und stand vor ihm.

Math bog seinen Zauberstab in eine seltsame Form. Er legte ihn auf den Boden.

»Schreite darüber hinweg«, sagte er, »und ich werde wissen, ob du eine Jungfrau bist.«

Dies war das Ablegen eines Eides auf dem offiziellen Zauberstab des Hohen Druiden: der Eid, den ihr Volk für heilig hielt, vielleicht auch für eine Prüfung und eine Probe, womit das Urteil der Götter angerufen wurde.

Sie wankte, doch jetzt war es ihr eigener Wille, der sie hielt, erstarrt in der unnachgiebigen Form ihres heftigen Verlangens. Sie konnte nicht mehr zurück.

Ihr schmaler Fuß hob sich in die Luft, schwebte dort über dem weißen Stab, der unheimlich und unheilvoll dalag, wie ein fühlend Ding zu warten schien.

Ihr Fuß trat auf . . .

Dann ereigneten sich, dem »Mabinogi« zufolge, außerordentliche Dinge . . .

Ihre Brüder sahen sie zusammenzucken und erschaudern wie im Griff eines plötzlichen Krampfes; sahen, wie sie sich wand und wie sie wankte . . . Sie schrie . . .

Es schien ihr, als risse ihr eigener Körper sie in Stücke. Die unterbrochene Verbindung zwischen ihm und ihrem Verstand war wiederhergestellt; ihr Körper gehörte wieder ihr. Doch konnte sie jene fürchterliche innere Bewegung nicht aufhalten, jenes schreckliche Reißen, das sie zu spalten schien . . . Etwas ging vor sich. Etwas gab nach. Sie war erleichtert und taumelte frei.

Ein zweiter Schrei stieg auf, aber nicht von ihr. Ein fetter, goldhaariger neugeborener Bub, der auf dem Zauberstab saß, auf den er mit zuviel Schwung gefallen war, als daß es ihm gefallen hätte, schrie seinen Eindruck ob dieser Kränkung aus Leibeskräften hinaus und erprobte zur gleichen Zeit die Kraft seiner eben entdeckten Lungen.

Gwydion blickte stirnrunzelnd, mit fassungslosem Staunen auf ihn hinab . . .

Gilvaethwy und Govannon gafften.

Arianrhod jedoch zeigte keine Regung, den Ankömmling aufzuheben und sein Geschrei zu trösten. Einen Augenblick lang starrte sie ihn verblüfft an; dann, als seine Schreie ihre Trommelfelle durchdrangen und ihren Verstand wieder zu vollerem Bewußtsein dessen erweckten, was das alles für sie bedeutete, da wandte sie sich um und rannte zur Tür. Dort überkam sie ein neuer

568

Krampf. Sie schwankte eine Sekunde lang und erbebte. Dann stürzte sie weiter und war verschwunden.

Aber sie hatte auf dem Boden etwas hinter sich gelassen. Was, konnte niemand erkennen, klar war nur, daß es klein war. Denn Gwydion sprang hinzu und hob das Ding auf, bevor jemand einen zweiten Blick darauf werfen konnte, wickelte es in ein Stück Satin, das er um den Hals getragen hatte, und machte sich mit ihm durch die Tür davon.

Math sah seiner fliehenden Nichte und seinem fliehenden Neffen hinterher und bemerkte, daß sie in entgegengesetzten Richtungen flohen ...

Dann blickte er wieder auf das, was im Augenblick unangenehm unüberhörbar war: auf den kleinen Fremden, der sich auf seinem Zauberstab ausbreitete.

»Nun«, sagte er, »ich werde diesen hier taufen lassen, und sein Name soll Dylan sein.«

Govannon ging hin und hob das heulende kleine Wesen voller Grübchen auf. »Dieser hier hat seinen Beruf verfehlt«, brummte er. »Er hätte eine Schlachttrompete werden sollen.«

»Was hat das zu bedeuten?« sagte er als nächstes.

»Frag' deine Schwester«, sagte Math; und rieb sich das Kinn.

»Ich hätte gute Lust«, grollte Govannon. »Was fällt ihr ein, uns alle so zu entehren, zu versuchen, durch einen Betrug deine Fußhalterin zu werden? Wahrlich, dieses Mädchen ist so wenig eine Jungfrau, wie ich eine bin, oder das hier hätte sich nicht ereignen können! Wenn sie einen Jüngling geliebt und bei ihm gelegen hat – wen kümmert das. Aber hinterher mit hoch erhobener Nase herumlaufen und so tun, als sei sie kalt wie ein Fisch –! Die Unverschämtheit haben, sich in eine Stellung einschmuggeln zu wollen, auf die sie kein Anrecht hat, und auf ehrliche, warmherzige Frauen hinabzuschauen, die nicht so tun, als wären sie etwas anderes, als sie in Wirklichkeit sind! Sie ist eine schamlose, heimtückische kleine Lügnerin! Sie ist eine Schande für die Kinder Dons. Ich habe große Lust, ihr doch noch zu folgen«, sagte er, »und ich werde ihr dann ein paar scharfe Fragen stellen. Hier, nimm das!« Er versuchte das Kind in Gilvaethwys Arme zu schieben, doch dieser zog sich hell entsetzt zurück und weigerte sich, es zu nehmen.

»Laß sie sein«, sagte Math. »Sie hat verloren, worum sie gespielt hat. Und ihre Täuschungen haben niemanden verletzt außer sie selbst. Dich jedenfalls nicht.« Und er betrachtete das Kind in den Armen seines Neffen. »Es ist schlimm, ohne eine Mutter zu beginnen«, sagte er.

»Er hat aber eine«, sagte Govannon. »Laß mich ihn zu ihr bringen«, bat er grimmig.

»Das hieße, ihnen beiden Unrecht tun«, sagte sein Onkel. »Ich habe keinen Zauber, der Liebe in das Herz einer Frau senken kann; nur ihre eigene Entwicklung kann sie entstehen lassen.«

Sie trugen den Jungen zum Meer hinab und tauften ihn. Math waltete seines Amtes als Hoher Druide; doch wie die Riten einer druidischen Taufe aussahen, weiß heute niemand auf der Erde richtig. Oder wenn es einmal welche wußten, so haben sie es heute vergessen. Sie hielten das Kind sorgsam so, daß es das Meer nur eben berührte, doch als es das Wasser spürte, schien es dieses als seine vertraute und eigentliche Welt zu erkennen; denn die Hilflosigkeit des Säuglingsalters fiel von ihm. Es drehte sich herum und entwand sich ihren Händen und schwamm davon.

Govannon starrte hinter ihm her und kratzte sich den Kopf.

»Das ist doch –!« sagte er.

Math rieb sich wieder das Kinn.

»In der Tat«, sagte er.

»Du hättest den Balg wie einen kleinen Fisch davonschwimmen sehen sollen, Bruder!« sagte Govannon zu Gwydion. »Zuerst dachte ich, meine eigenen Augen seien Lügner.«

»So falsch sitzen sie dann auch wieder nicht«, sagte Gilvaethwy. »Es hätte wohl eher sein können, daß du zuviel zu trinken hattest; so was kommt ja manchmal vor. Doch wenn du mir dort gesagt hättest, du könntest nicht glauben, was du siehst, dann hätte ich dir sagen können, daß es Wirklichkeit ist, Bruder.«

»Schweig«, fuhr ihn Govannon an, »oder ich bring' dich zum Schweigen! Und es brauchte mehr als dein Wort, um mir etwas zu bestätigen. Es gibt schon eine Menge Lügner in dieser Familie«, grollte er, »ohne daß meine Augen auch noch diese Gewohnheit annehmen.«

Gilvaethwy schwieg. Er hätte es nie gewagt, den Schmied überhaupt zu necken, wäre Gwydion nicht dabeigewesen. Es war Abend, und die drei Brüder waren allein in der Kammer, die der Erbe Maths immer bewohnte, wenn er in Caer Dathyl weilte. Arianrhod war nicht bei ihnen. Sie war an jenem Nachmittag davongeeilt, sorgsam vermeidend, sich von ihren Brüdern oder ihrem Onkel zu verabschieden.

»Es gibt Zeiten, da muß man die Wahrheit sagen, und Zeiten, da darf man gar nichts sagen«, sagte Gwydion.

»Wenn man damit durchkommt!« sagte Govannon. »Es gibt Zeiten, da sagt sie jemand anderer für einen!«

Doch beide seine Brüder überhörten diese Anspielung.

»Das muß eine sehenswerte Taufe gewesen sein«, sagte Gwydion.

Govannon lachte. »War das vielleicht ein Anblick!« sagte er. »Wir alle standen dort am Strand und glotzten wie alte Hennen hinter einem Entchen her! Selbst Math der Allwissende, unser Onkel! Ich wette, daß sogar er in all den Menschenaltern, in denen er gelebt hat, noch nie etwas Derartiges gesehen hat. Du hast wirklich etwas verpaßt, Bruder! Warum bist du eigentlich so schnell davongerannt? Du hast dich so schuldhaft benommen wie Arianrhod«, sagte er.

»Ich hatte meine eigenen Gründe«, sagte Gwydion.

»Die hast du immer«, sagte sein Bruder. »Ich dachte, ich hätte dich einen von ihnen an der Tür aufheben sehen, wie du hinausliefst. Was war es? Bei aller Eile, in der du warst, hast du es sorgfältig genug eingewickelt.«

Gwydion jedoch hob nur seine Harfe auf und ließ seine Finger über ihre Saiten gleiten, und die weichen Töne klangen durch den Raum wie flüchtige Stimmen aus schöneren, wilderen Welten als dieser . . .

Govannon beäugte die Harfe mißtrauisch.

»Ich lasse mich nicht wie Pryderi von deiner Musik behexen«, sagte er. »Ich merke schon, daß dies so eine Zeit ist, da du gar nichts sagen möchtest. Dennoch gibt es da mancherlei, was ich im Blick auf die heutigen Vorgänge sehr gern wüßte: wie und warum der König jenen Zauber auf Arianrhod legte; und warum sie den kleinen Fisch bekam statt eines gewöhnlichen Kindes. Gibt es nichts, das zu erzählen jetzt grad die rechte Zeit wäre?«

»Math hat sie nicht bezaubert«, sagte Gwydion. »Sie hat sich mit ihrer eigenen Angst bezaubert; weil sie wußte, daß sie etwas hatte, was vor ihm verborgen werden mußte. So trug sie dazu bei, sich selbst zu verraten.«

»Wenn sie aber wußte, daß sie ein Kind trug, wie wagte sie sich dann hierher, um Fußhalterin zu werden?« wollte Govannon wissen. »Es ist für uns Schande genug, daß sie es tat«, knurrte er. »Math ist uns ein guter Herr gewesen, wir aber sind nicht immer gut zu ihm. Ich hätte aber gedacht, Gwydion, daß du wirklich wütend darüber werden würdest, wenn Arianrhod ihm einen solchen Streich spielt, denn schließlich bist du es gewesen, der sie ihm vorgeschlagen hat!«

»Dachtest du?« sagte Gwydion. Und sein Mund war ernst, doch der Blick, den er seinem Bruder zuwarf, schien wieder vor jenem geheimnisvollen Lächeln zu leuchten. Er war jetzt fried- und freudevoll; jene Bestürzung, die ihn einen Augenblick lang in Maths Kammer überkommen zu haben schien, als Dylan geboren wurde, hatte sich wie ein Nebel aufgelöst.

»Im übrigen hat sie ihm keinen Streich gespielt«, fügte er hinzu. »Dafür hat er schon gesorgt.«

»Wußtest du, daß er das tun würde?« sagte Gilvaethwy, mit einem plötzlichen Interesse, das Govannon dazu brachte, ihm einen scharfen Blick zuzuwerfen.

Aber Gwydion lächelte nur.

»Ich wußte sicher, daß er niemals eine Fußhalterin nehmen würde, ohne sie auf die Probe gestellt zu haben«, sagte er. »Und sie hat noch kein Kind getragen, Govannon. Dafür wäre sie zu klug gewesen. Aber es ist nicht gut, auf dem Stab eines Druiden falsch zu schwören. Dies war der Zauber des Stabes und der Form, in die Math ihn bog: hatte sie, die sich eine Jungfrau nannte, jemals Mannessamen in sich gehalten – und die meisten von uns glauben heute, daß es solch ein Ding gibt –, sollte dieser in der Reifung aus ihr kommen, die er während der Zeit, die er in ihr gelegen, natürlicherweise erreicht hätte.«

»Aber das hast du Arianrhod nicht gesagt, bevor sie kam!« lachte Govannon. Er wurde wieder ernst. »Aber diese Regel kann doch wohl nur für jüngste Taten gelten, Bruder; oder Arianrhod hätte dort vielleicht eine ganze Familie hinterlassen.«

»Math hat jüngste Taten streng genug gerichtet«, antwortete sein Bruder.

Govannon kratzte sich den Kopf. »Nun, Magie ist ohnegleichen«, sagte er. »Aber du hast mir immer noch nicht gesagt, warum unser Neffe so sehr einem Fisch glich. Das liegt doch nicht in unserer Familie«, sagte er.

»Aber vielleicht in der seines Vaters«, sagte Gwydion.

». . . Wenn man in solchen Dingen wirklich je sicher sein kann«, sagte sein Bruder zweiflerisch. »Schließlich geschieht nicht jedes Mal ein Kind, wenn ein Mann und eine Frau beieinander liegen. Wenn es das täte, wäre die Welt so voll von Kindern, daß einige von ihr herunterfallen würden. Jungfrauen haben nie welche; das wird jetzt immer sicherer, seitdem wir ein paar Jungfrauen haben. Doch muß dabei noch etwas anderes eine Rolle spielen. Etwas, das selbst ihr Magier nicht wißt, oder wenn ihr es wißt, dann wollt ihr es dem Rest von uns nicht verraten.«

». . . Idioten!« sagte Gwydion. »Ihr könnt die Tatsache begreifen, daß Jungfrauen keine Kinder haben, und gleichzeitig könnt ihr immer noch euren eigenen Anteil daran bezweifeln! Wie kann da die Welt je weiterkommen? Ich beginne allmählich zu bedauern, daß ich den Tod von so vielen der Männer von Dyved verursacht habe, denn zumindest hatten sie mehr Verstand. Verschwindet und laßt mich schlafen!« sagte er.

»Ich hab' doch gar nichts gesagt«, sagte Gilvaethwy mit gekränkter Miene. »Warum hast du also ›Idioten‹ gesagt, Bruder? Govannon hat das ganze Reden besorgt!«

»Und wird es auch weiterhin so halten, wenn er dort ist, wo du bist«, grunzte Govannon, »oder würde es tun, wenn das menschenmöglich wäre.« Er nahm den Arm seines jüngeren Bruders. »Komm jetzt mit mir. Wir sind hier unerwünscht.«

»Schließlich könnt ihr ja nichts dafür«, sagte Gwydion gütig und verzeihend. »Ich tat unrecht, euch vorzuwerfen, daß ihr nicht gescheiter seid, als euer Entwicklungsstand erlaubt.«

Govannon schnaubte und zerrte Gilvaethwy mit sich hinaus . . .

Allein gelassen, lächelte Gwydion vor sich hin. Dann ging er zu einer Truhe, die bei seinem Bett stand, und berührte sie mit seiner Hand so zärtlich, als wäre das Holz lebendes Fleisch. Jetzt stand in seinen Augen kein Spott mehr. Sie waren ernst und tief und leuchtend, wie ein Fluß unterm klaren Strahlen eines neuen Tages.

»Hier endlich ist mein Verlangen, sich unter meiner Hand gestaltend!« flüsterte er. Und mit einem Gewissensbiß dachte er an Arianrhod, wie sie durch die Nacht zum Schloß vom Silbernen Rad zurückfloh, allein in ihrer Demütigung und Enttäuschung und Trauer.

»Aber du wirst dich für alles wohl entschädigt fühlen, wenn du siehst, was uns meine List gewonnen hat, Arianrhod. Und es gab keinen anderen Weg, denn du warst eine zu große Närrin, um dazu gebracht zu werden, uns beiden dieses herrliche Geschenk auf andere Weise zu machen. Warum mußtest du nur so töricht sein, Arianrhod, und mich zwingen, dir wehzutun, wo ich das doch gar nicht will? . . . Aber Dylan hat mir einen Schrecken eingejagt.« Er lachte. »Welchem Wassermann bist du da begegnet, süße Schwester, in jener Frühlingsnacht, von der Elen sprach, als du zum Meer hinabgingst, um dort um mich zu trauern? Nun, er soll für Dylan drunten in Caer Sidi eine Herrschaft finden. Hier auf Erden werde ich für das sorgen, was mein ist.«

DRITTES KAPITEL – GWYDIONS WUNSCH WIRD WIRKLICHKEIT/UND GWYDION DES KÖNIGS ERBE NAHM JENE TRUHE MIT SICH NACH CAER SEON ZURÜCK UND STELLTE SIE DORT AN DAS FUSSENDE SEINES BETTES. UND WINTER HEULTE DURCH DIE WELT, trieb Schnee und Hagel vor sich her, mit kalten Winden, die wie Eispeitschen waren; und unter den weißen, schützenden Schneemassen und der graubraunen Decke aus Verwesung und Tod dämmerte die Erde, preßte sich dichter an die Glut ihres uralten Herzens, damit sie dann in Blüten und Blumen gebäre.

Was einmal die Blüten auf den Obstbäumen bilden würde, schlief, unerahnt, unter Zweigen, die behangen waren mit der weißen Spitze, die die Wolken weben und die wir Schnee nennen, Zweigen, die mit blitzendem Eis wie mit Diamanten besetzt waren. Unter dem Wind und unter den Stoppeln zitterten die Felder, künftige smaragdene Schätze bergend. In ihren Höhlen schnarchten die Bären, und keine Bewegung gab es darinnen, außer dort, wo Bärenjunge im Leibe ihrer schlafenden Mutter wuchsen.

Und das Gesinde in Caer Seon sprach von Magie und erzählte sich, wie man den Herrn in seiner Kammer mitten in der Nacht Zaubersprüche über einer Truhe murmeln sah. Mit einem Fieber der Neugier und Erwartung rätselten sie am Warum – schraken aber mit der Angst, die Menschen vor Magie haben, davor zurück.

Und die Frühjahrszeit kam übers Westliche Meer, sanft wie ein scheues Mädchen, das zum ersten Mal in die Arme seines Geliebten kommt. Die Peitsche der Winde verwandelte sich in das süß duftige silberne Wehen ihres Haares; Schnee und Eis schmolzen von der Erde.

Atmen ward ein Entzücken und Bewegung eine Freude, so voll war die Luft vom Rausch erwachenden und wachsenden Lebens. Die Sonne brannte durch die Schleier hindurch, die sie von der Welt getrennt hatten, und leuchtete wie ein goldenes Lächeln auf sie hinab. Der Saft stieg in den Bäumen; die Hirsche im Walde hoben die Köpfe, um die fremde Herrlichkeit in den Brisen zu schnuppern; und die Erde sang ihr Lied des Erwachens.

Es war die Zeit, in der die Welt wiedergeboren wird . . .

Und eines Morgens, wie Gwydion wach in seinem Bett lag und zusah, wie sich die Kammer mit dem rosig hereinsickernden Zwielicht des neuen Tages füllte, hörte er plötzlich ein dünnes, schwaches Zetern. Es klang nicht laut, sondern wie von schweren Hüllen gedämpft und hatte die Schwäche von etwas an sich, das noch nicht richtig weiß, wie man schreit, und seine ersten unsicheren Befehle an Muskeln gibt, die noch nie erprobt wurden.

Es war ein Schrei der Ungeduld, der Beschwerde und der Forderung, Ansprüche an eine unbekannte Welt erhebend.

Gwydion sprang auf, als er ihn hörte. Er öffnete die Truhe mit Händen, die trotz aller Stetigkeit, die sie durch Maths Ausbildung in Magie gewonnen hatten, ein wenig zitterten. Denn das Geheimnis der Magie ist, daß sie eine Wissenschaft ist, die wundervolle Kontrolle und Konzentration des Geistes erfordert, genauso, wie die komplizierte Metallmaschinerie, mit der die Menschen unserer Zeit ihre Wunder wirken, wundervolles Planen und Gestalten und Ineinandergreifen erfordert. Und aus diesem Grunde wird die Magie heute von vielen bezweifelt und geleugnet, die sie, da ihnen die geistige Kraft mangelt, dieses Verfahren zu verwirklichen oder es sich vorzustellen, als Kindereien und Phantastereien abtun; und plump die allesdurchdringenden Gedanken Maths mit Telephonen und Radios ersetzen.

Denn der Mensch, der so durchschnittlich ist, daß wir ihn normal nennen, wird von allen den zufälligen Gedanken und Stimmungen, denen wir ausgeliefert sind, hierhin oder dorthin getrieben, wie Schafe von einem Hund getrieben werden. Der Magier jedoch hat Herrschaft über seine Gedanken und Stimmungen errungen, und sie gehorchen ihm, wie die Hunde Menschen gehorchen.

Aber doch nicht immer, denn Gwydion war ein noch junger Magier, und so schlug sein Herz schneller, als er die Errungenschaft seines Wunsches betrachtete. Denn es war ein sehr menschliches Herz. Das soll heißen, er liebte mit menschlicher Schwäche, nicht mit der hohen, fernen Weisheit der Götter, die sicherlich am Ende nicht weniger tief und zärtlich ist. Andernfalls hätte er niemals um Gilvaethwys willen gesündigt.

Als der Deckel der Truhe zurückfiel, da wand sich das Satinbündel drinnen und wimmerte, immer noch diese stümperhaften Geräusche des Mißbehagens und des Verlangens machend, ohne zu wissen, wonach. Doch als die hereinströmende Luft das Bündel kräftigte und einige seiner Leiden linderte, da nahm sein Groll dawider entsprechend zu, und seine Äußerungen schwollen zu einem Geschrei. Es wand sich aus dem Satin heraus und streckte seine Arme aus.

Es war ein Kind.

Nicht rot vom rohen Hinausgestoßenwerden in der Geburt, wie es Kinder sind, die einen eher orthodoxen ersten Auftritt erleben, sondern rosenfarben oder wie die Morgenröte, und fett wie ein kleiner Butterball. Auf seinem wohlgeformten kleinen Kopf leuchtete da und dort dauniger Flaum, mondgolden wie Arianrhods vielbesungene Locken.

Es war ein Junge.

Gwydion hob ihn heraus und wickelte den Satin wieder um ihn. »Guten Morgen, und sei still«, sagte er, »denn wir müssen heute noch eine Reise machen, du und ich, die erste von vielen Reisen, die wir zusammen machen werden; und deine Stimme könnte uns unterwegs zuviel Aufmerksamkeit einbringen. Und wir müssen uns beeilen; denn wenn du auch noch zu unerfahren bist, um es zu wissen, so ist es doch wahrscheinlich, daß du hungrig bist.«

Und der Zauber in den sanften Tönen dieser Stimme besänftigte die Nerven des Kindes und trug den Willen darin zu seinen Halsmuskeln, die gerade erst gelernt hatten, seinem eigenen zu gehorchen, und setzten ihn dort durch. Und das Kind, bemeistert durch diese Gedankenübertragung, die spätere Menschen als Mesmerismus bezeichneten, wurde still.

Gwydion hüllte sich in einen Mantel, der weit genug war, um das Kind auf seinem Arm zu verbergen, und die beiden brachen auf.

Hinter ihnen blieb in der verlassenen Kammer die offene Truhe zurück, deren Magie und Mysterium die Sonne auflöste. Ein warmes dunkles Nest, seiner Heimlichkeit und seines Schatzes gleichermaßen beraubt, ein Kokon, dessen Schmetterling entflogen war, ein Werkzeug, das seinen Zweck erfüllt hatte ... Doch welche Zaubersprüche Gwydion über dieser Truhe gemurmelt hat, damit sie das Unvollkommene vollkommen mache und dem Geschlechtslosen und Ungestalten Gestalt und Geschlecht gebe, das ist bis auf den heutigen Tag ein Geheimnis geblieben.

Er ist der erste bekannte Erfinder des Brutkastens und bei weitem der erfolgreichste. Vielleicht wurde diese Kunst von den Vorfahren der Prydyn aus Caer Sidi mitgebracht, aus den Tagen, als jenes untergegangene Land noch über dem Wasser war und die Heimat von Erdenmenschen.

Es wird nicht berichtet, wie sie reisten, Gwydion und das Kind, und auch nicht genau, wohin. Hastig muß jene Reise gewesen sein, denn Gwydion konnte seine kostbare Errungenschaft keiner Gefahr aussetzen; und dabei muß es ihn sehr verlangt haben, mit entzückter und staunender Neugier jeden Millimeter und jeden Finger und jede Zehe seines Meisterwerkes zu untersuchen. Er, der wohl alle diese Einzelheiten entwarf, während er seine Zaubersprüche über der Truhe murmelte.

Die meisten Männer kommen zufällig zu einem Kind; es ist eine Zutat beim Verfolg ihres Verlangens nach dem Weibe; und niemals schwer erarbeitet und nicht immer herzlich willkommen. Für Gwydion jedoch war es keine so leichte Angelegenheit gewesen. Er hatte sein Kind nur kraft seines Willens und Wollens und Planens und Mühens bekommen. Dieses Kind war vielleicht inniger seines, als je ein anderes Kind das eines anderen Mannes war.

Aber es war das Haus einer Frau, zu dem sie schließlich kamen; denn Magie konnte Gwydion wohl nicht mehr weiterhelfen, jetzt war die menschliche Hilfe einer Frau nötig. Diese hatte großzügige Brüste und stillte gegen Bezahlung die Kinder von Müttern, deren Milch nicht reichte oder unbekömmlich war, oder die unter dem Geist der Unruhe flattersinnig geworden waren, der die Zeiten der Veränderung begleitet und solche neuen Ideen mit sich brachte, wie sie Arianrhod und ihresgleichen aus Dyved einführten.

Gwydion sah sich diese Mietmutter an, deren Beruf damals noch ein neuer in Gwynedd war; und sie sah ihn an.

»Nun«, sagte sie, »gewöhnlich ist es ja eine Frau, die mir diese Art von Last bringt, die du da auf deinem Arm hast.«

»Er wurde von einer Frau meiner Sippe geboren«, sagte Gwydion. »Sie hatte zwei oder drei bei der Geburt und nicht genug Milch für diesen hier. Weil sie nicht selbst kommen kann, habe ich ihn hergebracht, und das ist eine ungewohnte Arbeit für einen Mann und einen Krieger«, brummte er mit überzeugender Natürlichkeit.

Es war nicht überzeugend genug. Die Frau musterte ihn mit scharfem Blick.

»Sie ist aus deiner eigenen Sippe, und doch scheinst du nicht zu wissen, wie viele Kinder sie geboren hat? Obwohl du eines der Neugeborenen dort auf dem Arm trägst? Das ist seltsam.«

»Die Frauen waren nicht sicher, ob sie schon fertig war, als ich das Haus verließ«, sagte Gwydion. »Sie hat noch ordentlich geschrien. Doch der hier war das zweite, und sie hat noch nie mehr Milch als für eines gehabt. Auch war sie mürrisch über dieses Geschenk der Götter. Frevelhafte Undankbarkeit heiß' ich das!«

»Vielleicht hielt sie es für das Geschenk eines Mannes«, sagte die Frau und kicherte. »Hat sie schon öfters welche gehabt, weil du so gut Bescheid über ihre Milchverhältnisse weißt?« fragte sie.

»Schon drei- oder viermal«, sagte Gwydion, im Geist die Hast verfluchend, die ihm nicht die Zeit gelassen hatte, eine andere Gestalt anzunehmen. Denn er wollte nicht, daß jetzt schon Geschichten über seine Fürsorge für ein Kind im Land verbreitet würden. Arianrhod konnte zu früh davon hören; und er kannte seine schöne Schwester zu gut, um ihr zu trauen.

»Aber du wirst gut bezahlt werden, wenn du für dieses hier sorgst«, sagte er.

Das änderte die Blickrichtung der scharfen Augen der Frau, und sie feilschten eine Weile lang über die Bezahlung; denn Gwydion war zu listig, um ihren Verdacht dadurch zu nähren, daß er ihr den Handel zu leicht machte. Aber sie hatte die Güte, das erzürnte Ding an ihre Brust zu legen und ihm zu zeigen, wo man ein Mahl beginnt, während das gebührende und erwartete Handeln weiterging.

»Denn wenn du auch knausrig und ein Geizkragen bist«, sagte sie zu Gwydion, »so ist doch das arme Kind noch zu jung, um nicht an deiner knickrigen Natur unschuldig zu sein, und ich kann es nicht vor meinen Augen Hungers sterben sehen. Es ist sein Mißgeschick, nicht seine Schuld, daß es in deine Sippe geboren wurde«, sagte sie.

Gwydion, dem die Macht des Königshauses Math und dessen uralte Herrlichkeit und die Herrschaft über Gwynedd einfielen, hätte über diesen letzten Satz lachen mögen, doch später einmal mußte er mit Schmerz und Bitternis daran zurückdenken.

»Sein Mißgeschick ist, daß ich ihn von einer unverschämten alten Ziege stillen lassen muß«, sagte er. »Und wenn er nicht aus unserer zähen Rasse kä-

577

me, müßte ich Angst haben, daß deine unreine, käufliche Milch ihn vergiften würde. Ich hoffe nur, daß er auch zäh ist.«

»Vielleicht könnte seine Mutter doch genügend für ihn herauspressen«, sagte sie, »denn es ist meine Zeit bestimmt nicht wert, mich aus Barmherzigkeit vom Balg eines jeden hergelaufenen Fremden leersaugen zu lassen.«

»Wenn du noch lange immer mehr für seine Verpflegung forderst, als je ein Kind wert war, werd' ich ihn wohl zurücktragen und ihn seiner Mutter überlassen müssen«, sagte Gwydion.

Doch schließlich schlossen sie den Handel, und Gwydion gab ihr Gold, wenn sie auch sagte, es sei viel zuwenig und nicht ein Zehntel dessen, was sie Rechtens zu erwarten habe oder was die Güte ihrer Milch wert sei.

»Du redest gerade so, als wärest du die Preiskuh von Gwynedd«, sagte er, nachdem sie sich über alle Einzelheiten geeinigt hatten.

»Und wer bist du, um sagen zu können, ich sei es nicht?« gab sie feurig zurück.

Doch das brachte ihn auf einen Gedanken, und er schaute sie mit Augen an, die unter seinen langen, verschleiernden Wimpern scharf wie Stahl waren.

»Weißt du denn, wer ich bin?« sagte er.

»Nein, wie sollte ich auch den Namen und die Sippe jedes ärmlichen Spitzbuben kennen, der mit einem unerwünschten Balg an meine Tür getrapst kommt?« war die lebhafte Antwort.

Doch erkannte er die Lüge in ihrem Herzen. Nicht umsonst war er von Math unterrichtet worden.

»Du weißt, wer ich in Wirklichkeit bin«, sagte er sanft; und seine süße Bardenstimme schnurrte, und seine grauen Augen wurden schmal und blitzend wie die Schneiden eines Schwertes. »Du weißt, daß ich Gwydion der Magier bin, des Königs Neffe. Und warum hast du dieses Wissen vor mir verborgen?« sagte er.

Die Frau erbleichte. Sie wich zurück. »Herr«, stammelte sie, »ich dachte, es sei dein Wunsch, nicht erkannt zu werden, für einen gewöhnlichen Mann zu gelten. Sonst hätte ich mich nie so frei geäußert. Und zuerst habe ich dich auch wirklich nicht erkannt, wenn ich mir auch sicher war, daß ich dich schon einmal irgendwo gesehen hatte.«

»Es war wirklich mein Wunsch, nicht erkannt zu werden«, sagte Gwydion und seufzte. »Da du mich aber schon einmal gesehen hattest, konntest du ja nicht gut anders; und ich will dir diese Schuld verzeihen. Und was die Freiheiten angeht, die du dir in unserem Gespräch herausgenommen hast, so sind sie unerheblich; sie waren ein Teil des Spiels. Kein Zauberer, der sich so leicht beleidigen ließe, könnte je hoffen, mehr als Kinderpossen zustandezubringen;

und du wirst wohl zugeben, daß ich mich darauf verstehe, Unverschämtheiten mit gleicher Münze heimzuzahlen.

Solange das Kind gedeiht und du verschweigst, daß ich es hierhergebracht habe, sollst du bezahlt werden, wie wir es verabredet haben, und dein Haus und dein Gut und alles, was dir gehört, soll gedeihen. Denn sie stehen unter meinem Schutz.« Und sie wußte, daß er nicht von gewöhnlichem menschlichem Schutz sprach und nicht von wortreichen, aber wirkungslosen Geboten, sondern von etwas weit Mächtigerem und Geheimnisvollerem. »Aber wenn du nur ein Sterbenswörtchen von mir hauchst, und sei es zu einem Busch oder zu einem Baum, oder wenn das Kind ein Weh oder einen Schmerz leidet, den du hättest vermeiden können, dann wird alles, was du besitzest, vernichtet werden, und über alles, was du tust, wird Unheil und Verderben kommen, und jedes einzelne deiner Gelenke wird bis zu dem Tage deines Todes äußerst rheumatisch sein«, sagte er, und das seidige Schnurren seiner Stimme war tödlicher als das grüne Starren einer sprungbereiten Katze.

Sie wurde noch bleicher.

»Ich habe gehört, daß Frauen kein Geheimnis wahren können«, sagte er, und jetzt lächelte er; und sein Gesicht war wieder fröhlich und freundlich. »Aber ich habe bemerkt, daß sie es können, wenn es ihnen zum Vorteil gereicht.« (Außer einer, dachte er, sich an Goewyn erinnernd, und bei ihr hat es sich zum Schluß herausgestellt, daß ihr das Bekennen zum Vorteil gereichte. Vielleicht sogar mir. Wer weiß?) »Und da ich dich nicht bedrohen will, so beweise mir, dir zum Vorteil, daß Frauen Geheimnisse wahren können.«

»Das können sie«, sagte sie. »Niemand wird je von mir erfahren, daß du hiergewesen bist, Herr, und das Kind wird wohl behütet werden, denn ich weiß, wie man das macht.«

Und obwohl es uns unverständlich vorkommt, so mag Gwydion doch gut daran getan haben, daß er sie versprechen ließ, niemals von ihm zu reden – und sei es zu einem Busch oder zu einem Baum. Denn von einem anderen König, von March ap Meirchion, vielleicht demselben, der Tristans Onkel und Isoldes Mann war, wird die Geschichte erzählt, daß er den seltenen Makel von Pferdeohren gehabt habe. Nur sein Barbier, der es bei Todesstrafe nicht weitersagen durfte, wußte es; und es machte ihn krank, dieses Geheimnis für sich zu behalten, wie es das viele Menschen auch heute noch machte, gäbe es eine Angst, die groß genug wäre, um ihnen solches Schweigen aufzuerlegen; und sein Arzt schlug ihm vor, zur Heilung seines Leidens sein Geheimnis der Erde anzuvertrauen. Doch aus dieser Erde wuchs Rohr hervor, und Pfeifer schnitten es und machten Pfeifen daraus. Und als diese vor König March gespielt wurden, da wollten sie keine andere Weise spielen als: »March hat Pferdeohren!

March hat Pferdeohren!« Und ich weiß nicht, was mit Pfeifen oder Pfeifern danach geschah.

Doch all das hat nicht viel mit Gwydion zu tun ...

VIERTES KAPITEL – DIE WARNUNG DER STERNE/DER HERR VON CAER SEON KEHRTE HEIM; UND ES WIRD NICHT BERICHTET, OB SEINE DIENER SEINE ABWESENHEIT BEMERKT HATTEN. VIELLEICHT HATTE ER IN SEINEM BETT EIN KLEIDUNGSSTÜCK SO HINGELEGT, daß es aussah, als wäre er es selbst, und niemand hatte gewagt, ihn aufzuwecken.

Aber man fragt sich, wie viele den Mut gehabt hatten, in die offene Truhe zu spähen ...

In der Nacht, als alle Welt schlief, bis auf die wilden Tiere im Walde und den Fuchs, der auf seiner Suche nach den Hühnern der Menschen durch die Felder schleicht, ging er wieder hinaus. In jener einsamen Stunde mitternächtlicher Dunkelheit und Stille, so ähnlich den vielen anderen, die jetzt glücklicherweise der Vergangenheit angehörten, erinnerte sich Gwydion da wohl daran, daß auch er einmal durch die Wildnis gestreift war und Fangzähne und Fell getragen hatte?

Er kam zu einem weiten, stillen Feld, wo keine Bäume standen, die ihm den Himmel hätten verdecken können. Hoch über ihm blinzelten die Sterne, kleine, goldene Juwelen, die ewig schienen, die durch die Äonen hindurch aus der Leere des Raums herunterblickten; und doch leuchteten sie nicht schöner und heller als jene, die einmal um Arianrhods lieblichen Nacken erstrahlt waren, in jener Rosendämmerung am weißen Strand vor dem Schloß vom Silbernen Rad.

Dort waren jene Sterne einer nach dem anderen zerronnen, und sie hatte ihre Hände vom Hals ihres Bruders gelöst und sie zu haschen versucht, lachend, während sie flackerten und verloschen ... Wenigstens daran muß er sich erinnert haben, wie er sich an die Berechnungen machte, für die ihn seine Druidenkunst weihte ...

Denn so groß seine Hast bei Anbruch des Tages auch gewesen war, nachdem er den Schrei in der Truhe gehört hatte: wir können sicher sein, daß er den Stand der Sonne und die Positionen der verblassenden, verschwindenden Sterne gut festgehalten hatte, so daß er jetzt mit einiger Genauigkeit berechnen konnte.

Denn er wußte, daß das unendliche, schimmernde Himmelsheer die Schicksale jenes jungen Lebens, das der vergangene Morgen hatte beginnen sehen, schon in seine kosmischen, gesetzmäßigen Bewegungen aufgenommen hatte und in die strahlenden Kryptogramme, die es durch alle Zeiten hindurch

580

auf der schwarzen, uranfänglichen Weite, die wir Himmel nennen, gezogen hat, jener großen dunklen Formlosigkeit, welcher die Mutter aller Form ist.

Und um diese Sterne zu deuten, war Gwydion herausgekommen. Er muß für diese Aufgabe gut gerüstet gewesen sein, denn die Triaden nennen nur zwei, die ebenso bewandert in der Deutung jener schwebenden Himmelsfakkeln waren wie er: Idris und Gwyn ap Nudd, der Weiße, ein König der Unterwelt.

Lange ergründete und grübelte Gwydion; und manchmal war sein Gesicht glücklich, und manchmal war es besorgt. Er trug jene leuchtenden Muster der Vorsehung und des Schicksals auf eine Karte ein und brütete über ihr; und nachdem er sie so unauslöschlich in sein Gehirn eingeprägt hatte, wie Menschen seiner Zeit Bilder auf ihre Haut eingeprägt haben sollen, machte er ein Feuer und verbrannte sie. Denn es gab auf der ganzen Welt keine Stelle, die er für sicher genug gehalten hätte, um diese Karte dort zu bergen ...

Seine Augen weilten einige Zeit auf den glostenden Resten. Etwas Dunkleres und Kälteres als Nacht verdüsterte seine Seele. Dann hob sich sein Blick wieder, als suchte er Trost, zu den stummen Sternen empor. Er schüttelte sich wie einer, der die Beklemmung einer einhüllenden Kühle abwirft.

»Ihr habt mich vor einer großen Gefahr gewarnt«, sagte er zu den stillen Sternen, »aber es gibt nur diese eine. Viele müssen weit mehr Gefahren begegnen. Und es sollte ihn wenig Mühe kosten, diesem Verhängnis zu entgehen, da er ja gewarnt ist; denn er wird davon wissen und sonst niemand auf der Welt, außer mir und vielleicht Math.«

Aber die Sterne blieben stumm und starr, und die schlafende Welt umlag ihn in ihrem Frieden dunkel und still.

So tröstete er sich, und der Mut, der durch alle Veränderungen seines Lebens und durch das entsetzliche Los der Verbannung – nicht nur von seinem Daheim, sondern von der Menschheit – hindurch gehalten hatte, kam zurück und wärmte ihn. Er fühlte wieder, daß sein Verstand unbesiegbar war, ein Schwert, scharf genug, das Netz aller vorbestimmten Gefahren zu zerschneiden. Er vergaß, daß die Gefahr eines anderen auch der Besitz dieses anderen ist, der damit allein fertig werden muß; und daß ein Mensch nur ein paar Jahre lang für die Handlungen oder die Vorsicht eines anderen Menschen verantwortlich sein kann, und sei es für einen, der seine eigene Schöpfung ist.

Gwydion, der sich seiner eigenen Getrenntheit von Math immer wohlbewußt gewesen war, konnte die Getrenntheit seines eigenen Erben von ihm noch nicht begreifen: und das ist durch alle Zeiten hindurch die Unweisheit des Alters gewesen. Denn ein Kind darf nicht lange als Puppe oder Spielzeug angesehen werden, sondern von früh an als ein Mensch, der aus eigener Kraft stehen oder fallen muß.

Ein Jahr verging.

Nichts, was während dieser Zeit geschah, ist bekannt, außer daß das Kind, das in der Truhe gewesen war, wuchs.

Im »Roten Buch von Hergest«, steht, es sei so schnell gewachsen, daß es überrascht hätte, wenn man einen doppelt so alten Jungen zu Gesicht bekommen hätte, der ebenso groß gewesen wäre. Doch solche poetische Übertreibung muß mit entsprechender Nachsicht genommen werden.

Gwydion muß in jenem Jahr das Haus der Amme oft heimlich besucht haben; wenn das »Mabinogi« auch nicht sagt, ob er es tat oder nicht. Er muß jedoch die Entwicklung seines Erben haben sehen wollen und wie seine Befehle befolgt wurden.

Zweifellos kündigte er ihr seine Besuche nicht an; dieses Unterlassen hätte zu seiner Taktik wie zu seinem Mutwillen gepaßt; und sie wußte wohl nie, zu welcher Stunde des Tages oder der Nacht sie beim Anblick jener großen Gestalt in ihrem langen Mantel und mit ihrem Druidenstab zusammenzucken würde, die alles mit scharfen, geheimnisvollen Augen musterte. Und sie mag sich wohl auch nicht immer sicher gewesen sein, ob er nicht manchmal anwesend war, wenn sie ihn nicht sah. Es muß ziemliche Mühe machen, Amme eines Magierkindes zu sein.

Die beiden werden gelegentlich über Einzelheiten der Kinderpflege verschiedener Meinung gewesen sein. Denn darin waren sich Männer und Frauen uneins, seit Eva Kain gebar; wie es überhaupt die Natur der Gemüter von Mann und Frau ist, die meiste Zeit über die meisten Dinge miteinander im Streit zu liegen, wenn ihre Körper auch manchmal für eine Stunde Waffenstillstand schließen. Keinen Argwohn und keine Fehde gibt es, die so alt wäre wie die zwischen den Geschlechtern, so uranfänglich oder unendlich.

Die Amme hat wohl alte einfache Sprüche und alte Sitten anwenden wollen, in denen der Sohn Dons keinen Sinn sah. Und er wollte wohl Neuerungen ausprobieren, die ihr wie Ketzerei und Verrücktheit vorkamen und für die sie keine Verantwortung übernehmen wollte. Man fragt sich, welchen Aufruhr es um den ersten Zahn gegeben haben mag oder darüber, wie man Durchfall richtig behandelt, und wer wohl den Sieg davontrug: Druidenkunst und die experimentierfreudige, hirngeborene Magie des Mannes, der Ursprung der Wissenschaft, oder die uralten Regeln, die von den schwer erworbenen, gehorteten Erfahrungen der Frauen vorgeschrieben wurden.

Doch im Hauptpunkt, dem Wohlergehen des Kindes, waren die beiden sich einig, da ihre Beziehung lediglich die von Partnern war, die gemeinsam auf dieses Ziel hinarbeiteten. Es bestand zwischen ihnen keine komplizierende Liebe und Eifersucht, wie zwischen einem Vater und einer Mutter; sie dienten nur dem Kinde, dessen Leben Gwydion bewillt hatte.

Doch Gwydion kann nicht sehr viel von seiner Zeit im Haus der Frau verbracht haben, denn er hätte dort gesehen werden oder seine in die Länge gezogene Abwesenheit von daheim hätte Neugier erregen können. Auch hatte er in Caer Seon Pflichten zu erfüllen, in der Gerichtshalle und bei den Festen und auf den Feldern und gegenüber dem Volk; und da war die Herrschaft über das Vieh, die er als Oberhirte von Gwynedd ausübte. Diese Herrschaft muß sich ebenso über Schweine wie über Rinder erstreckt haben, die Rinder, durch deren Beobachtung er einst eine Definition der Vaterschaft erarbeitet hatte. Man kann sich leicht vorstellen, mit welcher Hingabe er die Vermehrung seiner teuer erkauften, grunzenden Schützlinge geplant und überwacht haben muß, von deren Beaufsichtigung er in den drei Jahren seiner eigenen Tiergestalt und seiner Verbannung so drastisch abgehalten gewesen war.

Die Gewohnheiten der Schweine brauchte er nicht zu studieren. Er kannte sie . . .

Es ist auch wahrscheinlich, daß er oft Arianrhod besuchte, die auf ihrem seeumgürteten Schloß saß, in einer Langeweile, die noch weit schlimmer war als früher, da sie jetzt von Enttäuschung und Wut gebittert war und durch die Geschichten, die man sich im Land herum erzählte, Echos jener Ereignisse, die in Maths Gegenwart vorgefallen waren. Und ihr Bruder vollbrachte wohl manches kleine Zauberstück und Wunder, um sie zu trösten; ohne einen Anflug von Schuld in seinem Mitleid zu spüren, denn er war der Meinung, er habe einem Kind ein kleines Vergnügen geraubt, aber nur, um ihm bald ein größeres und weit kostbareres zu schenken.

Keines von beiden hatte irgend etwas von Math zu befürchten; denn er beschäftigte sich wohl kaum mit Angelegenheiten des Geschlechts, es sei denn, sie waren mit Gewalt verbunden und verletzten dadurch das ursprüngliche Gesetz beiderseitiger Leidenschaft und die Heiligen Harmonien, denen er diente.

Seine Nichte hatte ihn zu betrügen versucht und war gescheitert; es gab also nichts mehr darüber zu sagen. Er war kein eitler Mann, der seine Selbstbewunderung oder seinen Eigendünkel durch ihren Glauben, sie könnte ihn hinters Licht führen, für verletzt gehalten hätte. Der Grund aller dieser stolzerfüllten Anschwellungen und Glorifizierungen der Persönlichkeit ist Selbsterhöhung, geboren aus Zweifel am eigenen Wert, und beides war nicht im Sohne Mathonwys. Er kannte seinen eigenen Wert zu gut, um zu glauben, dieser könnte durch die Gedanken oder Taten anderer beschädigt werden; und er sah im Argwohn nichts Rühmliches. Arianrhod hatte gelernt, daß sie ihn nicht betrügen konnte; und Strafen hätten diese Lehre nicht verstärkt oder Arianrhods Natur geändert.

Und er war kein rachsüchtiger Mann, der Gwydion mit Groll verfolgt hätte, weil dieser, um seine eigenen Absichten durchzusetzen, ihm die Enttäuschung bereitet hatte, eine ungeeignete Fußhalterin erwarten und empfangen zu müssen.

Arianrhod aber war dem König nicht dankbar für seine Großmütigkeit. Hätte sie es gewagt, würde sie ihn angewütet haben, weil er so gemein und argwöhnisch gewesen war, ihre Jungfräulichkeit auf die Probe zu stellen. Angst vor seinen alles erkennenden Gedanken hielt sie davon ab, sich derart Luft zu machen, und sei es nur in ihrem Herzen. Ihre gekränkte Wut mußte sich jedoch irgendeinen Auslaß schaffen, und Gwydion bekam einiges von ihrem Brodeln, Blubbern und Schäumen ab.

»Warum hast du mich nicht davor gewarnt, Bruder, daß Math einem Mädchen seine Ehre nicht auf sein Wort hin glauben, sondern es auf eine solch erschreckende und verletzende Probe stellen würde? Das Entsetzen jenes Augenblickes! Wo ich nicht wußte, was er mir sonst noch antun würde, weil ich es gewagt hatte, überhaupt vor ihn zu treten! . . . Und jetzt habe ich den Ruf der Jungfräulichkeit verloren! . . . Ich bin zugrunde gerichtet; ich bin für immer zugrunde gerichtet! Nach diesem Schrecken und dieser Angst und diesen Geburtswehen werde ich nie wieder die gleiche sein . . .«

Und sie weinte, denn sie fühlte wirklich, daß sie nie wieder die gleiche sein würde; und auch die Welt würde nie wieder die gleiche für sie sein. Sie schämte sich – nicht, weil sie gelogen hatte, sondern weil sie beim Lügen ertappt worden war. Des weiteren war sie in unerträglicher Weise vor sich selbst entehrt, weil sie geboren hatte, wiewohl das Tun, das sie dazu in die Lage versetzte, ihr niemals auch nur den geringsten Gewissensbiß verursacht hatte. Die Schuld lag bei jenen anderen, die verursacht hatten, daß ihre Taten ans Licht kamen. Ihre Vergehen wurden dadurch zu deren Vergehen an ihr; und sie haßte sie dementsprechend. Sie war Schmerz und Schrecken unterworfen worden; und das war ein großes Verbrechen, für das jemand hätte bezahlen sollen. Aber sie wußte niemanden, der dazu gebracht werden konnte.

Bald sollte sie jemanden wissen . . .

In der Zwischenzeit sah Gwydion ihrer weinenden Lieblichkeit zu, wie ein Mann einem Kinde zusieht, das über ein unwichtiges, zerbrochenes Spielzeug weint. Und er sagte das, was er für geeignet hielt, sie am schnellsten zu trösten. »Du siehst alles andere als zugrunde gerichtet aus! . . .« sagte er.

Da hob sie ihre tropfnassen Augen zu den seinen, damit sie ihre Spiegel würden; und erblickte in ihnen all die Freude an ihrer eigenen Schönheit: die

Kontur ihrer Wange, die fein und zart war wie ein Gedicht, auf der die Tränen lagen wie Kristallperlen oder Tautropfen, die ihr Gesicht mit einer Blume verwechselt hatten – wie süß ihr Mund zwischen jenen Zwillingsgedichten ihrer Wangen lag, rot wie eine Rose und köstlicher als der Honig, den je eine Biene aus dem Herzblut einer Rose machte.

Sie starrte, von ihrer eigenen Schönheit verzückt, und kühlte ihren verwundeten Stolz am Brunnen jenes Wunders, das sie gewiß über alle anderen erheben mußte.

Dann fiel ihr wieder ein, daß es ihre Pflicht war, über ihre Kränkungen zu trauern. »Und doch hättest du mich warnen sollen, Bruder –«

»Kann ich alles vorhersagen, was Math tun wird?« sagte Gwydion. »Wenn ich das könnte, hätte ich nicht drei Jahre in Tiergestalt verbracht. Ich habe dir eine Gelegenheit verschafft, Arianrhod, und du hast die damit verbundene Gefahr gewagt und hast verloren. Sei froh, daß du zwar entlarvt, aber nicht bestraft worden bist.«

»Ich wäre froh darüber, daß dieser elende Balg davongeschwommen ist, wenn ich bestimmt wüßte, daß er ertrank – und wenn ich nie wieder über etwas anderes froh sein werde!« sagte Arianrhod. »Es war sein Glück, daß er nicht an Land geblieben ist«, fügte sie rachsüchtig hinzu, »denn dort hätte ich ihn erwischen können, und weitaus freudiger würde ich ihn aus dieser Welt hinausbefördert haben, als ich ihn in sie hereinbrachte. Doch ist es das beste, daß er auf diese Weise ging, denn Rache wäre womöglich zu spät gekommen, um das zu retten, was von meinem guten Namen übriggeblieben ist, wenn du oder Govannon mir die Lieblosigkeit angetan hättet, ihn zu behalten und ihn aufziehen zu wollen.«

»Wenn ich ihn hätte aufziehen wollen, so wäre es für dich nicht ratsam gewesen, ihn aus der Welt schaffen zu wollen, Arianrhod«, sagte ihr Bruder; und seine Stimme war so sanft wie Samt.

Sie kannte diesen samtigen Ton und mißtraute ihm. Sie sah rasch zu ihm auf. »Ach ja, du hast ja immer Kinder geliebt, Gwydion; ich nicht. Aber ich glaube, du würdest mir nie weh tun, was ich auch täte. Ich hatte zuerst Angst, Angst, du wolltest Dylan behalten. Du hattest mich so um einen Erben gebeten. Ich war froh, als ich hörte, daß du nicht einmal zu seiner Taufe mitgegangen warst; daß du so viel Rücksicht auf meinen Schmerz nehmen würdest, Bruder! . . .«

Und sie ließ sich von ihm in die Arme nehmen und trösten. Doch während er das tat, waren seine Gedanken weit weg, bei dem wahren Grund, weshalb er keinen Anspruch auf Dylan erhoben hatte.

Sein Junge war noch von einer anderen Gefahr als jenem Verhängnis bedroht, das in den Sternen geschrieben stand, falls nicht auch sie Anteil hatte an diesem Verhängnis: von Arianrhod, seiner Mutter.

FÜNFTES KAPITEL – DAS ERWACHEN EINES VERSTANDES/EIN WEITERES JAHR VERGING, UND DAS KIND WAR GROSS GENUG, GANZ ALLEIN AN DEN HOF ZU GEHEN. SO STEHT ES WENIGSTENS IM »MABINOGI«. DOCH WENN SOLCH KLEINE BEINE WIRKLICH diese Reise machen konnten, so muß das Haus der Amme ganz in der Nähe von Caer Seon gewesen sein; oder Gwydion mußte sie und das Kind an einen nahen Ort gebracht haben.

Das Kind mag große Leute gesehen haben, die auf ihrem Weg zu Gwydions Hof an ihm vorüberritten, und mag ihnen gefolgt sein, gezogen von der Lokkung ihrer bunten Kleider und strahlenden Gesichter und dem Tänzeln ihrer schnellen Pferde, bis es sah, wohin sie gingen: das große runde Haus mit dem Graben drum herum. Und Staunen und Neugier angesichts dieses Ortes, der das Ziel solch strahlender Wesen sein konnte, mögen in ihm zugenommen haben, bis die Angst und die Scheu, die Kindern und allen wilden Wesen eigen sind, überwunden wurden und es hineinging.

Oder ein anderes Gehirn als das seine mag dieses Wunder bewirkt haben, ohne daß es etwas davon merkte, und ein anderer Wille als sein eigener jene kleinen Füße gelenkt haben. Denn ohne Zweifel konnte Gwydion bisweilen aus der Ferne Gedanken lesen und – sich den Charakterzug zunutze machend, der seiner Absicht am besten diente – die Handlungen des Denkenden gestalten. Und welches Material hätte er finden können, das mehr biegsam und formbar gewesen wäre als das Gehirn eines Kindes, das unglaublich kompliziert und unglaublich einfach zugleich ist, ganz verwirrt von den Geburtswehen seiner eigenen, unbegriffenen Kräfte?

Wie auch immer: das Kind aus der Truhe betrat endlich den Hof; und da es dort noch andere Kinder gab, die Sprößlinge der Höflinge und Diener, schenkte ihm niemand Beachtung. Außer einem . . .

Es mag sein, daß Gwydion eine Zeitlang nicht ins Haus der Amme gegangen war, wenigstens nicht in sichtbarer Gestalt oder wenn das Kind wach war. So daß jetzt sein Gesicht dem Kinde nicht bekannt oder klar bestimmbar war, jedoch unter allen diesen Fremden durch ein Aussehen hervorleuchtete, das schwache Erinnerung umringte, freundlich und vertrauenerweckend unter all dem, was vollkommen unbekannt und fremd war. Denn vielleicht war es nicht Gwydions Wunsch, vor dem Kind als ein wiedererkennbarer Teil des alten Lebens zu erscheinen, das im Hause der gemieteten Frau gelebt worden war, oder es so jählings zu verpflanzen, daß es sich nach ihr sehnen und sich fürchten würde, sondern vielmehr wie ein Magnet zu wirken, der das Kind allmählich vom Vergangenen wegzog, das Alte verblassen zu lassen und das Neue zu schaffen.

Und wer hätte sich besser darauf verstanden, ein Kind zu bezaubern, als er? Mit der Strahlkraft seiner Bardenkunst und seinem mesmerisierenden Willen und der Liebe, die aufrichtig und ohne Berechnung in Stimme und Blick und Berührung aufleuchtete, durch alle Berechnung hindurch, die seine Klugheit niemals beiseite schieben konnte, nicht einmal bei einem Kind? Und über was für einen unerschöpflichen Vorrat hinreißender Geschichten er verfügt haben muß! Was für traumige Tiefen des Schlafes und des Friedens müssen von seinen Liedern ausgeströmt sein oder von der Berührung seiner kühlen, magnetischen Hände!

Die alten Bücher sagen nur, daß Gwydion sich des Kindes annahm und daß dieses ihn allmählich mehr liebte als irgend jemanden . . .

So kam der Junge aus dem Haus der Amme nach Caer Seon; und zweifellos netzte ihn jene Frau, die das alte Manuskript namenlos läßt, beim Abschied mit vielen Tränen und Küssen und gab Gwydion zahllose Anweisungen und Ratschläge – von denen er sich die Hälfte angehört und gemeint haben mag, daß ein Viertel davon einen Sinn haben könnte. Vielleicht ist die Tatsache, daß er überhaupt zuhörte, ein Beweis dafür, daß er klüger als die meisten Männer war.

So ging sein Wunsch in Erfüllung: Er hatte das Kind endlich ganz für sich . . .

Und in jenem Herbst, als er nach der Ernte an jenem der vier Quartalstage des Jahres, der den Beginn des Winters markiert und heute Hallowe'en heißt, zu einem Fest nach Caer Dathyl ging, da nahm er das Kind mit sich und zeigte es seiner Sippe, ohne allerdings Außenstehenden zu sagen, welche Frau es geboren hatte.

Govannon ap Don sah den Jungen als erster. Er schaute ihn an und kratzte sich den Kopf und schaute dann wieder seinen Bruder an. »Wo hast du den her?« sagte er.

»Von Arianrhod«, sagte Gwydion.

Govannon kratzte sich wieder den Kopf. »Ich wußte ja, daß sie damals bei der Tür etwas fallen ließ, das du dann aufgehoben hast. Aber ich wußte nicht, daß es irgendwelchen Wert hatte. Laß mich ihn mal heben«, sagte er.

Und er tat es.

»Er scheint recht wirklich«, sagte Govannon, der ihn in seinen Armen wog und beifällig musterte. »Er ist schon schwerer als eine ausgewachsene Streitaxt. Wie hast du das nur fertiggebracht, Bruder? Aber ich weiß schon, daß es keinen Sinn hat, zu fragen. Er ist so gut wie der, der fortgeschwommen ist.«

»Er ist besser«, sagte Gwydion. »Es hat noch nie einen wie ihn gegeben.«

Govannon gab ihm ihren Neffen wieder zurück, was gar nicht so leicht war, denn er hatte eine Faustvoll von Govannons Schnurrbart erwischt und hätte seine Beute gern behalten, wenn er es auch vorzog, in Gwydions Arme zurückzukehren, denn er war sich nicht ganz sicher, was er von seinem Onkel dem Schmied halten sollte.

»Er hat auf jeden Fall einen besseren Griff«, sagte Govannon, »aber er ist ja auch älter.« Er lachte. »Es ist ein Glück, daß Arianrhod nicht die Stirn besessen hat, ihre Stirn auf diesem Fest zu zeigen, Bruder. Es wird in Gwynedd wieder Krieg geben, wenn sie hiervon etwas erfährt!«

Gwydion seufzte. »Sie würde hier herzlich empfangen werden, wenn sie käme; Math hegt keinen Groll. Ihre Schande existiert nur in ihrer eigenen Vorstellung. Warum muß sie nur immer solches Trara machen?«

»Sie wurde geboren, um Trara zu machen.«

»Nun, sie müßte ja eine Verrückte sein, wenn sie nicht mit Wohlgefallen sähe, was sie hervorgebracht hat – gegen ihren eigenen Willen«, sagte ihr Bruder. »Aber sie soll es ansehen, wie sie will. Ich kann mit Arianrhod umgehen.«

»So würde man meinen.« Und Govannon schaute das Kind wieder an und lachte.

»Wer meint was?« wollte dieses wissen.

»Nichts, was dir irgend jemand verraten könnte«, antwortete Govannon. Doch Gwydions Brauen waren gerunzelt und seine Augen dunkel vor Nachdenken. Seine Stimme schnitt die prompte Frage ›Warum?‹ des Kindes mit einer eigenen Frage ab:

»Ist Elen hier, oder Maelan oder Gwennan? Ich will nicht, daß Arianrhod etwas von dem Jungen hört, bevor sie ihn gesehen hat.«

»Alle Söhne, aber keine der Töchter Dons sind hier«, sagte Govannon. »Wenn eins von diesen Mädchen nicht irgendwohin geht, dann gehen auch die anderen nicht. Auf ihre Weise sind sie einander treu; sie bleiben eher daheim und ärgern einander die ganze Zeit, als daß eine ausgelassen wird. Das solltest du doch wissen, Gwydion.«

»Ich weiß es schon«, sagte der ältere Bruder, »aber es ist gut, ganz sicher zu sein . . .«

Später sah Math das Kind.

Er sah es lange an und strich sich den Bart, wie es ihn ansah.

»Wer ist das da?« sagte er.

»Er ist der, der nach mir König von Gwynedd sein wird«, sagte Gwydion. »Er ist Arianrhods zweiter Sohn.«

Math fuhr fort, sich den Bart zu streichen.

»Er ist auch die Absicht, die du vor fast drei Jahren im Sinn hattest, als du nach Caer Arianrhod aufbrachst, um mir deine Schwester zu holen«, sagte er.

Gwydion besaß den Anstand, beschämt auszusehen. »Es gab keine andere Möglichkeit, ihn zu bekommen«, sagte er. »Arianrhod hätte aus freien Stücken niemals ein Kind bekommen. Es tut mir leid, daß ich deinen Mangel an einer Fußhalterin ausnutzen mußte. Aber ich ließ dich nicht ungewarnt; ich wußte, du würdest wissen, daß ich irgendeinen Plan im Sinn führte. So viel hätten meine Gedanken nicht vor dir verbergen können. Und ich habe Gwynedd gut gedient, Herr; denn wo könnten wir einen Besseren finden, der nach uns kommt?«

»Das könnten wir wirklich nicht«, sagte Math. Und er sah wieder das Kind an, das zurückstarrte, unverwandt und staunend, wie ein Kind einen Berg anstarrt, der ungeheuer und ehrfurchterregend über alles Begreifen hinaus und älter als die Zeiten ist. Und in des Königs Blick lag alle hohe Zärtlichkeit und alles Leid des Unendlichen, das sieht, auf welche Bahnen die Räder der Bestimmung gesetzt sind, und ihren Lauf dennoch nicht ändern kann, sondern sie weiterdonnern lassen muß, den Willen der Geschicke zu erfüllen, die der Mensch, sein Geschöpf, gestaltet hat.

»Du und Arianrhod, ihr zwei –!« sagte er. »Ihr zwingt die Sitten Dyveds mit Macht herein und beseitigt alles das, worüber ich geherrscht habe, und alles, was durch die Jahrhunderte hindurch gewesen ist. Und während ihr dies tut, arbeitet ihr gegeneinander, wie es die Art von Mann und Frau ist. Und ihr seht auch euer Ziel nicht deutlich, sowenig wie die Beschaffenheit der Zeiten, die ihr herbeiführt, ihr, die ihr nur nach euren eigenen Wünschen trachtet! ... Doch Veränderung ist der Lauf der Welt und ihr Fortschritt; und wer bin ich, der noch einen Körper trägt, daß ich sagen könnte, die Gesetze der Zyklen hätten eine Veränderung zu früh kommen lassen?

... Du hast nun deinen Herzenswunsch, Gwydion; und du hast die uralten Gesetze abgetan und List und Arglist benutzt, um ihn zu bekommen, wie es deine Art ist, wenn dein Verlangen mächtig ist; und wieder wirst du den Preis dafür entrichten müssen, wenn auch diesmal nicht an mich.«

»An wen dann?« sagte Gwydion.

»Hast du nicht in der Nacht, nachdem du ihn aus der Truhe nahmst, die Sterne gedeutet?« sagte Math.

So wurde das Kind in den Kreis seiner Sippe aufgenommen, und alles ging gemäß Gwydions Willen, und es gab niemanden, der den kleinen Erben Gwydions, Erbe von Gwynedd, nicht bewundert und gepriesen hätte.

Es muß eine seltsame Welt gewesen sein, in der das Kind, das später Llew geheißen werden sollte, aufwuchs: eine Welt großer Häuser voll großer Leute, die immer mit einer Unzahl geheimnisvoller Geschäfte beschäftigt waren, die, wie man wohl wußte, nur vorübergehend unterbrochen wurden, um einen zu füttern und zu waschen und anzuziehen oder um mit einem zu spielen.

Es gab noch andere Kinder, doch keines von ihnen war auch nur annähernd so wichtig wie man selbst. Um sie wurde nicht soviel Getue gemacht; und sie waren anders. Sie hatten fast alle Mütter. Das waren Frauen, die sie liebhatten und die sich sehr willkürlich in ihre höchst privaten Angelegenheiten einmischten, die manchmal ein Trost und manchmal eine Plage zu sein schienen. In der Hauptsache waren sie aufgeregt oder reizbar und gackerten wie Hühner. Gwydion war niemals aufgeregt; es schien nichts erfunden worden zu sein, was ihn hätte durcheinanderbringen können.

Da gab es Damen, die kosten und belästigten einen mit zu vielen Küssen. Da gab es Diener, die einem aufwarteten. Da gab es Männer, die auf einen herabgrinsten und lauthals lustige Dinge sagten und einen dann allein ließen, so daß man wieder seinen eigenen Dingen nachgehen konnte, wie es sich gehört.

Da gab es Math, ein fernes, ungeheures Wesen, ziemlich gütig, aber gänzlich ehrfurchtgebietend. Da gab es Gwydion, ebenfalls ein wundervolles und wunderbares Wesen, aber voll menschlicher Wärme und Nähe. Man gehörte Gwydion und besaß ihn daher, wie ja Besitztümer eine Art haben, ihre Besitzer zu besitzen. Denn was ein Mensch besitzt, das muß er hegen und pflegen; und schließlich kommt es so weit, daß er lebt, um seinem Besitz zu dienen, anstatt daß dieser um seinetwillen da ist.

Gwydion war sein Onkel; das wußte das Kind. Es wußte auch, daß Gwydion deshalb seiner Mutter Bruder sein mußte, denn Neffen waren die Söhne von Schwestern: ein verwirrender Gedanke für einen, der keine Mutter hatte, aber offensichtlich einmal eine gehabt haben mußte. Die Beziehung zwischen Onkel und Neffe war die innigste, die es zwischen einem Mann und einem Jungen geben konnte. Das Kind hatte von Vätern reden hören, aber mitbekommen, daß mit diesen eine bestimmte Zweifelhaftigkeit verbunden war – etwas, worüber man Witze machte. Er konnte nicht richtig verstehen, was sie sein sollten.

Es gehörte sich also, daß Gwydion, als sein Onkel, ihn aufzog. Soweit waren Familienbeziehungen und Verpflichtungen klar. Man konnte sogar begreifen, daß Gwydion einmal ein kleiner Junge gewesen, der von Math aufgezogen worden war, genau so, wie man jetzt selbst von Gwydion aufgezogen wurde.

Doch wenn das stimmte, dann mußte auch Math einmal ein kleiner Junge gewesen sein, der von jemandem aufgezogen worden war; und es war ganz unmöglich, sich das vorzustellen. Der Kopf schwindelte einem, und die Vorstellungskraft versagte bei diesem Versuch. Selbst als kleines Kind mußte der Sohn Mathonwys gewiß eine große Würde und einen langen weißen Bart gehabt haben. Es stellte sich einen Miniatur-Math vor, der sich vergrößerte, ohne sich zu verändern.

Und wer hätte je uralt und ehrwürdig genug sein können, um Math aufzuziehen? Das Kind dachte, daß sich hierfür sogar die Götter als zu jung anhörten.

Aber wenn man auch noch so viele Fragen stellte, so konnte man doch nie etwas zu einem klar erkennbaren Anfang zurückverfolgen. Zum Beispiel: wenn ein Gott die Welt machte und alles, was in ihr war, wer hatte dann jenen Gott gemacht? Bestimmt mußte er eine Mutter gehabt haben. Er konnte sich doch nicht etwa auch noch selbst gemacht haben, aus Nichts? Er konnte doch nicht einfach geschehen sein?

Jene Frage muß ihn heftig umgetrieben haben – so, wie sie heute noch manchmal Kinder heftig umtreibt; und es ist unwahrscheinlich, daß sogar Gwydion sie hätte beantworten können.

Das Leben muß eine sehr komplizierte Angelegenheit für den Jungen gewesen sein, denn das Leben ist für Kinder immer sehr kompliziert. Erst als Erwachsene, wenn wir der Mühe, für unseren eigenen Unterhalt zu sorgen und unsere eigenen Entscheidungen zu treffen, müde sind, schauen wir auf die Kindheit als eine Zeit des Friedens zurück.

Kindern kommt die Freiheit der Erwachsenen gotthaft vor, und sie haben nicht den geringsten Zweifel an ihrer eigenen Fähigkeit, mit dieser Freiheit umzugehen, wenn sie ihrer habhaft werden könnten. Sie wissen, was für eine Anstrengung es ist, ständig gegängelt zu werden; sich blindlings Entscheidungen unterwerfen zu müssen, deren Weisheit einzusehen ihre Gehirne noch nicht genügend entwickelt sind; immer fragen zu müssen, ob man dies oder jenes tun könne; und ›bös‹ genannt zu werden, wenn man wegen irgendeiner jener unzähligen, unbegreiflichen Einschränkungen ungeduldig wurde.

Es ist weniger leicht für ein Kind, in dem Tatkraft und Unternehmungsgeist immerzu frisch und ungeschwächt von den Lebensquellen heraufsteigen, Knospen, die, wie ungestüm auch immer, der Entwicklung entgegenblühen, die sie dazu begaben wird, allein zu stehen, weniger leicht, sich diesem unvermeidlichen, ständigen Diktat zu beugen, als es für manchen Erwachsenen wäre, ausgelaugt von der Plackerei, sich ständig Anstöße abzuringen und versiegende Energien zu Handlungen anzutreiben.

Und wenn man, ohne lange nachzudenken oder jemanden zu fragen, auf eine Regung hin handelt, droht immer die Wahrscheinlichkeit, sich dem

Schrecken ausgesetzt zu sehen, plötzlich und grimmig eines Verbrechens beschuldigt zu werden, wo gar keines beabsichtigt war, ein Verbrechen, dessen Natur einem ein vollkommenes Rätsel ist, bis es einem erklärt wird; das man aber, offensichtlich durch eine göttliche Erleuchtung, gar nicht erst hätte begehen dürfen!

So viele Dinge gibt es da zu lernen, was man tun muß und nicht tun darf, so viel Wissen, das erlernt werden muß – ob man daran interessiert ist oder nicht –, so viele Rätsel und Überraschungen.

Warum, zum Beispiel, warum sollte der eigene Wunsch, einen Lärm zu machen, falsch sein, der Wunsch eines anderen dagegen, daß man keinen mache, richtig? Offensichtlich deshalb, weil der andere größer ist, also einfach gemäß dem Prinzip der Macht!

Selbst im besten Daheim werden kleine Köpfe manchmal durch die Auseinandersetzungen mit diesen Problemen verwirrt und dadurch widerspenstig, und müssen das auch – solange es Erwachsene und Kinder auf der Welt gibt und ewigen Krieg zwischen diesen beiden Gegensätzen, wie er zwischen Mann und Frau herrscht.

Denn es ist ein seltsam Ding, daß die innigsten Beziehungen in unserem Leben, jene, die wir für unsere heiligsten und tiefsten Lieben halten, gleichzeitig auch immer eingeborene Feindschaften sind, Zweikämpfe in dem universalen Krieg, der so alt ist, wie es Geschlechtlichkeit und Bewußtheit und die Fortpflanzung des Lebens sind. Doch so wird es bleiben bis zu dem Tage, an dem die Welt geheilt wird und die getrennten Hälften vereint werden und Bewußtheit klarer und wahrer bewußt ist als je, sich aber zu dem Einen verbunden und verschmolzen hat.

Und von diesem Kind mußte alles doppelt so schnell wie von anderen Kindern gelernt und verlernt und vergebens berätselt und vergessen werden – was das einzige ist, das Kinder mit ihren großen Rätseln tun können –, wenn es stimmt, daß es doppelt so schnell wuchs. Doch ist es wenig wahrscheinlich, daß Gwydion einen solchen Entwicklungssturm gewünscht und deshalb auf magischem Wege gefördert hätte, ein so heftiges, hastiges Lernen, das unvermeidlich mit einem Mangel an Gründlichkeit verbunden gewesen wäre.

Und es ist wahrscheinlich – vorausgesetzt, seine listige Klugheit galt in allen Dingen –, daß er der sorgfältigste und gründlichste aller Lehrer war. Er war wohl sogar verschlagen genug, immer aufrichtig zu sein, da Falschheit das Kind aufgeschreckt und sein Mißtrauen erweckt hätte. Er war gewiß sanft, denn Gewalt war nicht sein Element – war vielmehr dasjenige, auf das sich einzulassen ihm am wenigsten einbrachte, wie seine Erlebnisse mit Goewyn und Pryderi bezeugen. Sein Gebiet war der Verstand.

Und jener sich entwickelnde junge Verstand muß für Gwydion ein ebenso großes Entzücken gewesen sein, wie es der grünende Garten für den Gärtner ist; wie es das Gedicht für den Dichter ist oder das Gemälde für den Maler. Doch der Vergleich mit dem Garten ist wohl der beste, denn nur die Blume und das Kind können aus sich selbst heraus wachsen, zu eigenen Gestalten, und dabei ihren eigenen Anteil am Wunder erbringen.

Gwydion überwachte und leitete jene Entwicklung, beschnitt diesen Gedanken und goß jenen, hegte sie sorgfältig, bis die Knospe von selbst zur Blüte bereit war. Er streute Samenkörner aus und versuchte, die Schößlinge von anderen auszugraben, obwohl das ein schweres Geschäft ist, denn nichts kann ein erworbenes Wissen löschen, wenn auch manchmal neues Wissen es umformen und umgestalten kann.

Seine Wachsamkeit war so weich und allgegenwärtig wie die Luft; aber es war Wachsamkeit. Keine Erfahrung, kein Gedanke hätte jenen von Math ausgebildeten Fähigkeiten entgehen können. Und höchste Kunst wurde daran gewendet, dem Kind zu verbergen, was für ein aufgeschlagenes und gründlich gelesenes Buch es war; denn nichts wird vom menschlichen Verstand so sehr gefürchtet und verübelt, wie wenn in die Schutzzone seiner Gedanken eingedrungen wird. Gwydions langersehnter und jetzt gehegter kleiner Erbe, der nach außen hin mehr in Ruhe gelassen wurde als die meisten Kinder, war in Wirklichkeit eingehüllt von einer Umsicht, die nicht weniger allwissend als die eines Gottes war.

Doch immer kommt die Zeit, da alle Vorsicht versagen muß ...

Gwydion ritt eines Tages zu einem Fest im Hause eines Vasallen, und das Kind, das zurückblieb, kam zufällig darauf, über die Ungewißheit nachzudenken, die seine Anfänge umgab. Alle Kinder hatten Mütter; mußten welche haben. Die wenigen, von denen er wußte, daß sie keine besaßen, hatten welche gehabt, aber sie waren gestorben. War seine auch tot?

Das Kind spürte kein Bedürfnis nach einer Mutter, sein Interesse an dieser Frage war rein geistiger Natur, was aber nicht heißt, daß es ihm an Intensität gemangelt hätte. Er hatte von Natur aus einen hellen und regen Verstand, dessen Regsamkeit ständig geübt wurde.

Das Gesinde stand ihm zu Diensten: eine Tatsache, die ihm immer bewußt gewesen war und von der er soviel Gebrauch gemacht hatte, wie er sich irgend leisten konnte. Es würde alles für ihn tun, solange Gwydion es nicht verboten hatte. Das geschah zum Teil, weil sie ihn mochten, und zum Teil, weil sie ihren Herrn seinen Onkel fürchteten. Auch das wußte er. So stellte er einem der Dienstboten eine Frage, einem rundäugigen, rotwangigen Mädchen, das jung genug war, um ein wenig wie eine Altersgenossin zu erscheinen.

»Wo ist meine Mutter?«

Er wollte ihr keinen Fingerzeig geben, indem er fragte, ob seine Mutter tot sei. Erwachsene verheimlichten manchmal Dinge vor Kindern oder bestätigten nahegelegte Lösungen eher, als wahre zu enthüllen oder sich die Mühe zu machen, sie zu erläutern.

Die Magd grinste. Sie war jung und hielt viel von ihrem Witz. Außerdem war sie neu in Caer Seon und nicht vertraut mit den Eigenheiten ihres Herrn.

»In der Schlafkammer des Herrn deines Onkels, am Fußende seines Bettes«, sagte sie.

Der Junge trottete los, um nachzusehen. Er hatte seine Zweifel, aber es war möglich, daß jüngst eine fremde Dame in den Palast gekommen war, ohne daß er es bemerkt hatte.

Alsbald kam er wieder zurück und schaute anklagend zu dem Mädchen auf. »Du hast gelogen«, sagte er. »Dort ist niemand; nichts als ein Kasten.«

»Ich sagte, daß du dort deine Mutter finden würdest«, antwortete sie. »Ich sagte nicht, was sie sei.«

»Das ist wieder gelogen«, sagte der Junge. »Kinder kommen nicht aus Truhen, sie kommen aus Frauen.« Denn er wußte, was eine Geburt ist. Sein Zeitalter hatte die zimperliche Zotigkeit noch nicht entwickelt, die Neugier und eine Überwucherung des Schamgefühls anstachelt, indem sie natürliche Lebensbedürfnisse unter dem Mantel eines anstößigen Geheimnisses verbirgt.

»Aus mehr Mutter bist du nicht gekommen«, sagte die Magd und kicherte.

Das Kind starrte sie an und sah, so unglaublich es auch schien, daß sie nicht log. Diese Erkenntnis schien ihm den Boden unter den Füßen wegzuziehen, ihn über einen bodenlosen Abgrund der Angst zu hängen ...

»Aber das kann nicht wahr sein! Meine Mutter muß doch die Schwester meines Onkels sein!« schrie es, und seine Stimme war plötzlich schrill geworden. »Du bist ein unwissendes, dummes Mädchen und weißt nicht, wovon du sprichst.«

Sie lachte. »Ich mag unwissend und dumm sein«, sagte sie, »aber ich weiß sehr gut, wie Menschen geboren werden. Und du bist überhaupt nie geboren worden. Dein Onkel hat dich aus dieser Truhe geholt, und die Leute sagen, er hätte dich in ihr mit Magie gemacht. Einige, die länger hier sind als ich, haben mir erzählt, sie hätten ihn bei Nacht oft Beschwörungen über dieser Truhe murmeln hören; und dann hörten sie eines Morgens dich schreien, als du aus ihr herausgeholt wurdest. Das ist der Grund, warum man dir nie einen Namen gegeben hat. Weil es die Mütter sind, die Kindern einen Namen geben – und du hattest nie eine Mutter! Sie glauben, er machte dich, um einen Erben zu bekommen, da keine seiner Schwestern ein Kind hat.

. . . Wenn auch manche seltsame Geschichten über die Herrin Arianrhod erzählen«, fügte sie, sich erinnernd, hinzu, »daß sie ein Kind hatte, das wie ein Fisch davonschwamm und nie wieder gesehen wurde. Doch du hast nichts Fischiges an dir; ich habe selbst gesehen, wie dir der Herr Gwydion das Schwimmen beigebracht hat. Es sei denn, du warst jenes Kind und bist ertrunken, und er mußte dich im Kasten wieder zum Leben erwecken.«

Sie hatte das Staunen und die Erregung genossen, die sie mit jedem Wort ihrer Geschichte größer werden sah. Auch in ihr hatten jene wundersamen Vorfälle Staunen und Erregung geweckt; und sie war begierig, sie weiterzugeben, zumal an einen, wenn auch unfreiwilligen, Hauptdarsteller dieser Begebenheiten, an deren Dramatik sie anders nicht teilhaben konnte.

Doch für das Kind waren sie eine Tragödie. Es stampfte und schrillte. »Du bist eine Närrin und eine Lügnerin und ein böses Mädchen, und jedes Wort, das du gesagt hast, ist eine Lüge. Es muß eine Lüge sein! Und wenn mein Onkel heimkommt, werde ich ihn bitten, dich in eine Kröte zu verwandeln!«

Dann rannte es davon und ließ sie zurück, und ihre leichte Boshaftigkeit schrumpelte ein und kühlte sich zu einer immer stärker werdenden Angst ab, daß sie zu weit gegangen sei und ihr wirklich so etwas zustoßen könnte, wie das Kind gesagt hatte. Sie zitterte, als ihr die Fähigkeiten ihres geheimnisvollen Herrn einfielen . . .

Doch das Kind war im Griff schlimmerer Ängste. Es hatte seine Drohung und das Mädchen schnell vergessen, aber die Dinge, die es gesagt hatte, konnte es nicht vergessen. Sie hetzten es, wie Hunde ein Reh hetzen; es gab kein Gewässer in seiner Seele, in dem es sie seine Witterung verlieren machen konnte; keinen inneren Wald, in dem es einen Haken hätte schlagen und sie abschütteln können. Sie umbrausten seine Ohren wie Wespen, so hartnäckig und so stechend. Sie waren Nachtmahre, die seine japsenden Gedanken und seine zitternde Phantasie hügelauf und talab jagten.

Denn wenn er nicht geboren war, wenn er aus einem Kasten gekommen war, dann war er kein richtiges Kind. Wirkliche Kinder wurden immer von Frauen geboren. Er war nur ein magisches Gaukelwerk; und er kannte Gwydions Zauberkünste. Er hatte gesehen, wie sich ein Kiesel oder 1ein Grashalm in einen goldenen Ball oder in ein Hündchen verwandelt hatten, ein Hündchen mit einem kräftigen Bellen und einem Schwanz, der so natürlich wedelte wie richtige Schwänze; und wie nach einer Stunde oder zwei diese wunderschönen Sachen immer verschwanden und wieder unbelebte Kiesel oder Grashalme wurden. Ihr Verschwinden hatte ihn nie sehr bekümmert; Gwydion konnte ja immer wieder neue machen.

Aber konnte Gwydion ihn wieder machen? Oder würde auch er einmal verschwinden und etwas anderes werden, etwas, das überhaupt nichts wußte oder fühlte? Wenn ihm das geschah, und wenn Gwydion das Ding, das er gewesen war, zurückzauberte, würde er dann immer noch ganz er selbst sein oder ein völlig anderer kleiner Junge? Gwydion würde sicherlich nicht zulassen, daß er verschwand, solange er daheim war; dafür hatte er ihn zu lieb. Aber Gwydion war fort. Was, wenn, bevor er zurückkam –? Das Kind schauderte . . .

Und wenig Trost bot der Gedanke, er könnte das Kind der Herrin Arianrhod gewesen sein, das davongeschwommen war. Das wäre eine grausige Sache: ertrunken zu sein und dann wieder ins Leben zurückgebracht zu werden. Diese Vorstellung ließ ihn ein wenig vor sich selbst erschrecken, als wäre er ein Geist.

Und er dachte, mit einem zitternden Entsetzen, an die Nacht . . .

Die Nacht kam; er weigerte sich, ins Bett zu gehen. Er fürchtete sich vor dem Schlaf. Denn welch bessere Zeit konnte es geben als die, wenn er nicht dachte und nicht fühlte, wenn seine Gedanken für eine kleine Weile aufzuhören schienen, daß sein Körper zum gefühllosen, gedankenlosen Stand eines Stockes oder eines Steines oder eines Strohbündels zurückkehrte?

Sie brachten ihn ins Bett, aber er kletterte wieder heraus und begann mit seinen Spielsachen zu spielen, um sich wachzuhalten. Er fuhr fort, aus seinem Bett so schnell wieder hinauszuklettern, wie sie ihn hineinbringen konnten. Sie versuchten, ihn in Schlaf zu singen, doch er schrie sie an, sie sollten gehen, und warf Dinge nach ihnen. Sie schmeichelten und bettelten und drohten; er wußte jedoch, daß sie ihre Drohungen aus Angst vor Gwydion nicht wahr zu machen wagten. Und unter keinen Umständen wollte er ihnen sagen, was die Ursache für sein Verhalten war. Es war, als würde es, wenn man wie von einer Wirklichkeit darüber sprach, noch sicherer zu einer werden. Und dazuhin schämte er sich, weil ihm in der Brüderschaft der Menschen ein sicherer Platz mangelte.

Schließlich wurde er müde und tat so, als wollte er einschlafen, um sie loszuwerden. Doch als sie fort waren, war es ein Grausen, allein im Dunkeln zu liegen, elendiglich zu rätseln, was für ein Ding er wohl gewesen, bevor er in einen Jungen verwandelt worden war; und noch schlimmer wurde es, wenn er mit einem entsetzten Zusammenfahren entdeckte, daß er eingedöst war . . .

Wann immer das geschah, stand er wieder auf und warf etwas den Boden entlang, damit ihn der Lärm und die Bewegung aufweckten. Es weckte auch die Diener auf. Doch wieder hereinzukommen, um ihm Vorwürfe zu machen, nützte ihnen nichts.

Als er alle Dinge geworfen hatte, die geworfen werden konnten, und dessen überdrüssig geworden war, aber immer noch fühlte, wie der schreckliche Schlafdämon heranschlich, im Hinterhalt lag und mit seinen Luchsaugen nur darauf lauerte, im ersten unbewachten Augenblick zuzuschlagen, da fing er an, wie ein kleiner Tollwütiger auf und ab zu tanzen, um wachzubleiben.

Doch auch das war gefährlich. Es führte zu Erschöpfung, die sich wie bleierne Gewichte auf seine Lider legte und sie zuzuzwingen drohte. Und als er sich einen Augenblick lang entspannte, und fühlte, wie ihn ein Dämmer einhüllte, das freundlich und nicht bedrohlich schien, da hörte er einen der Diener wispern: »Den Göttern sei Dank, er wird still und geht endlich zur Ruhe!«

Und das erinnerte ihn daran, daß er wirklich zur Ruhe gehen und dort bleiben könnte, und dies schien ihm ein derart herzloser Hohn zu sein, daß er aufsaß und solche Schimpfworte gegen jenes glücklose, jedoch gewöhnlich und sicher geborene Individuum schleuderte, von denen er sich nicht hatte träumen lassen, daß seine Lippen sie äußern könnten.

Dies machte ihn wieder munter, und das war für die Diener ein großer Kummer.

Als Gwydion am nächsten Morgen heimgeritten kam, fand er einen erschöpften und trübäugigen Haushalt vor, dessen Mitglieder aussahen, als wären sie alle mit dem linken Fuß aus dem Bett gestiegen, nachdem sie es nach heftigstem Kampf bestiegen hätten.

Gwydion musterte alle Diener und sonderte einen Mann mit einem Blick aus. Der Mann trat vor.

»Was ist über euch alle gekommen?« fragte sein Herr. »Ist mit dem Jungen etwas nicht in Ordnung..?« Und seine Augen waren so scharf wie Govannons Klingen.

»Es ist etwas in ihn gefahren«, sagte der Mann. »Er weigert sich, einzuschlafen. Letzte Nacht hat er jedesmal, wenn ihn eine der Frauen in Schlaf zu singen versuchte, etwas nach ihr geworfen, und wenn andere von uns Dienern in seinem Zimmer waren, warf er Sachen nach uns allen, und wenn wir aus dem Zimmer gingen, warf er sie nach nichts. Er hat die ganze Nacht hindurch nicht ein Auge voll Schlaf bekommen und von uns niemand viel mehr.«

»Das ist etwas Neues... !« sagte Gwydion. Und er legte seine Hand über Lippen und Kinn – in der Geste, die zu Math gehörte. »Sagt er, was er gegen das Schlafen einzuwenden hat?« erkundigte er sich.

»Er sagt es nicht«, sagte der Diener.

»Wurde er gefragt?«

»Ja. Er hat darauf nur einen Koller bekommen. Herr, wir haben unser Bestes getan...«

Doch Gwydion überlegte. »Er hat noch nie schlechte Träume gehabt. Denn ich bin nur diese eine Nacht weggewesen, und ich habe immer alle seine Träume ausgelesen, bevor er sie geträumt hat.«

»Letzte Nacht hat er keinen von jenen verwendet«, sagte der Diener und seufzte.

»Du sagst, er hat überhaupt nicht geschlafen? . . . Nun, in jedem Fall ist es ein großer Sieg für ein kleines Kind, eine solche Tat zuwege zu bringen.«

»Das ist es wohl«, seufzte der Diener, »wenn du es so betrachtest.«

»Was hat er zum Abendessen gehabt?« fragte Gwydion mit einem sehr scharfen Blick.

»Nichts, was unbekömmlich gewesen wäre, Herr. Nichts, was er nicht schon oft gehabt hat.«

»Ich hoffe, daß ihm niemand dumme Gedanken bezüglich der Dunkelheit in den Kopf gesetzt hat. Ich hoffe es für den Betreffenden«, sagte Gwydion und lächelte in seiner sanften, süßen Art . . .

Der Mann trat ein, zwei Schritte zurück. »Nicht, daß ich gehört hätte, Herr!« stammelte er. »Es ist undenkbar, Herr, daß irgend jemand hier wagen würde –«

»Es muß aber irgendwo einen Grund geben«, sagte Gwydion.

»Wir dachten, es sei vielleicht ein Kobold oder ein Dämon der Luft in ihn gefahren«, erläuterte der Mann eifrig.

»Es ist vermutlich eher ein Gedanke als ein Kobold«, sagte Gwydion, »aber man erfährt nichts, ohne die Sache zu untersuchen. Bringt also das Kind zu mir«, sagte er.

Sie brachten den Jungen, und Gwydion sah ihn an, und er sah Gwydion an. Einer von ihnen mußte zuerst sprechen, und es war nicht Gwydion, der sprach.

»Ich will nicht schlafen gehen«, erklärte das Kind.

»Du wirst es«, sagte Gwydion, »und du sollst es. Doch was sind deine Einwände gegen das Schlafen? Du hast dein ganzes Leben lang geschlafen, wenn du müde warst, und bis heute hat es dir noch keinen Harm getan.«

Doch der Junge gab keine Antwort. Er haßte es, den Grund zu nennen, selbst Gwydion gegenüber, der den Grund vielleicht bestätigen würde. Und er war sehr müde und sehr unwirsch.

»Nun?« sagte Gwydion.

Das Kind sah ihn an.

»Bist du der Bruder einer Truhe?« fragte es.

»Das wäre keine gute Frage, wenn sie nicht so ernst gestellt würde«, sagte Gwydion. »So ist es eine seltsame. Erkläre sie!«

Doch die Pause war so lang und so notvoll, daß Gwydion einen Arm ausstreckte und das Kind zu sich zog.

»Wenn es etwas ist, das sich zu schwer in Worte bringen läßt, dann denke es deutlich, und ich werde es verstehen und darauf antworten«, schlug er vor, und seine Stimme war so zärtlich und lockend wie die der Drossel, wenn sie ihren Gefährten ruft.

Der Junge klammerte sich an ihn und zitterte. Er war über klares Denken hinaus.

»Bist du der Bruder meiner Mutter?« fragte er.

»Ja«, sagte Gwydion und schloß ihn in die Arme. »Das habe ich dir schon früher gesagt, und es ist eine unumstößliche Tatsache.«

»Aber dann wäre meine Mutter deine Schwester, und ist deine Schwester eine Truhe?« wollte das Kind wissen und weinte. »Ich dachte, Schwestern seien immer Frauen. Und Eigr sagte mir gestern, daß ich überhaupt nie geboren wurde, daß ich aus einer Truhe kam, der Truhe am Fußende deines Bettes, wo du mich mit Magie gemacht hast. Und wenn das so ist, dann bin ich nicht wirklich, und eines Tages werde ich aufhören, ich zu sein, und mich in etwas anderes zurückverwandeln. Und ich fühle mich sehr wirklich!« Er weinte wieder. »Ich will nicht aufhören, zu sein!«

»Du wirst es nicht«, sagte Gwydion. »Es gibt nichts, in das du dich zurückverwandeln könntest. Denn du bist nie etwas anderes gewesen als ein Kind. Du bist zwar in der Tat aus dieser Truhe gekommen, aber zuerst bist du aus einer Mutter gekommen, aus meiner Schwester Arianrhod.«

»Arianrhod?« wiederholte das Kind und schrak zusammen. »Ich bin aber niemals tot gewesen, oder?« fragte es ängstlich und zitterte.

»Gewiß bist du viele Male gestorben und geboren worden«, antwortete Gwydion sachlich. »Wie wir alle. Tot gewesen zu sein, darüber braucht man sich keinerlei Sorgen zu machen.«

»Eigr sagte, die Leute sagten, die Herrin Arianrhod habe ein Kind gehabt, das davongeschwommen sei! Und daß ich, wenn ich dein wirklicher Neffe wäre, dieses Kind gewesen sein und ertrunken sein und von dir wieder zum Leben erweckt worden sein müsse«, sagte das Kind.

Es wartete nun aber nicht mehr mit angehaltenem Atem und klopfendem Herzen auf die Antwort. Gwydions Arm lag um ihn, und Gwydions gelassene, ruhige Stimme war in seinen Ohren, und Nacht und Angst schienen so unwirklich wie die unheimlichen Gestalten, die die Nebel auf den Mooren manchmal des Nachts annahmen, monströse und bedrohliche Gebilde, die nie da waren, wenn man sie anfassen wollte, und von denen Gwydion sagte, es seien nur Vorspiegelungen, welche die Nacht mache, die mit sich selbst spiele.

599

»Du warst nicht jenes Kind«, sagte Gwydion. »Du warst ein anderes. Du wurdest geboren, bevor du zur Geburt bereit warst, und du wärest gestorben, wenn ich dich nicht in der Truhe aufbewahrt hätte, bis du das richtige Alter für deine Geburt hattest. Es war kein guter Anfang, aber du hast ihn überstanden. Jetzt ist mit dir alles in Ordnung«, sagte er, »und du brauchst dich vor nichts zu fürchten.«

»Aber Eigr sagte, daß ich nie eine Mutter gehabt hätte; und daß ich darum nie einen Namen bekommen habe«, machte das Kind seinen letzten Einwand.

»Gibt es etwas, das Eigr nicht sagte? Sie wäre klüger gewesen, wenn sie überhaupt nichts gesagt hätte.« Gwydions Stimme war so sanft, daß sie fast ein Schnurren war.

»Deine Mutter hat dir keinen Namen gegeben, weil sie noch nicht weiß, daß du nicht an deiner zu frühen Geburt gestorben bist. Ich habe dich als eine Überraschung für sie aufgespart ... Es ist aber wirklich Zeit, daß du einen Namen bekommst«, murmelte er nachdenklich.

Das Kind lag ruhig an seiner Schulter. Friede floß über es hin, warm und weich wie Sommerwogen nach dem Sturm ... Friede und Geborgenheit. Die Gewichte auf seinen Lidern waren nicht mehr aus Blei; sie fühlten sich leicht an und süß wie ein Kuß. Er WAR ein Junge; er war immer ein Junge gewesen. Er war menschlich und war wie andere Menschen geboren worden. Und sein müdes kleines Herz sang, erfüllt von diesem Wissen ... Doch noch ein Mal richtete er sich aus jener köstlichen, einlullenden Ruhe auf. Ein Gedanke durchzuckte ihn, blitzte wie eine Sternschnuppe durch seinen Kopf.

»Das Kind, das davongeschwommen ist, das muß doch ein Junge gewesen sein, wenn Eigr dachte, ich könnte es gewesen sein. Hab' ich also einen Bruder? Ich wünschte, ich könnte ihn sehen!«

»Er kam nie zurückgeschwommen«, sagte Gwydion. »Und jetzt schlaf ein.« Er stand auf, summte ein paar Takte des einschläferndsten Liedes von der Welt und trug das Kind zu seinem Bett.

Gwydion hatte in der vergangenen Nacht selbst wenig geschlafen. Das Fest hatte lange gedauert. Jetzt legte er sich neben dem Kind nieder und ließ seinen Arm um es liegen. Doch während aus dieser Umarmung köstlich heilsamer Friede und Vergessen über den müden kleinen Körper strömten, und während Gwydions Lippen die aufgewühlten goldenen Locken kosten, da murmelten sie gleichzeitig auch noch eine andere Art von Zauberspruch. So daß den ganzen Tag über das Mädchen Eigr sein Gesicht in einem Stück Tuch eingebunden hielt; und es schien ihm – so heftig war der Schmerz, den es litt –, als hätte es anstatt eines seiner Zähne eine glühende Kohle im Mund.

Gwydion mußte Maths Freisein von Groll erst noch erlangen ...

600

SECHSTES KAPITEL – IM SCHLOSS VOM SILBERNEN RAD/DOCH OB ER NUN ZUVOR SCHLIEF ODER NICHT UND WAS AN ZAUBERSPRÜCHEN ER AUSWARF: GWYDION MUSS AUCH LANGE UND TIEF NACHGEDACHT HABEN. ER HATTE EINE ZEIT DES FRIEDENS ERlebt, ein Samenkorn erblühen und ein Kind heranwachsen sehen, und jetzt war diese Zeit vorüber. Sein Waffenstillstand mit dem Leben war vorbei, und er mußte seinen Willen und seine Schlauheit wieder gegen das Schicksal und den Willen eines anderen stemmen.

Gegen Arianrhods Willen ...

›Denn diese Geschichte hat deutlich gemacht, daß der Junge jetzt alt genug ist, um Fragen zu stellen. Und es ist die Natur einer Frage, niemals zu ruhen, bis sie eine Antwort gefunden hat. Und die Jungen werden eine falsche Antwort finden, wenn ihnen eine richtige abgeschlagen wird. Wenn er auch nichts sagte, so hat er diese Frage doch schon mit sich herumgetragen, sonst hätte dieses Mädchen Eigr niemals soviel geredet. Daß sie es tat, ist etwas, das sie entweder schon bereut oder bald bereuen wird ...‹ Und er lächelte. ›Künftig muß ich alle Fragen und Antworten in meinen Händen behalten. Ich habe gut gewacht, aber jetzt werde ich noch besser wachen.

... Ferner habe ich lange genug gewartet. Es ist hohe Zeit, daß Arianrhod ihm einen Namen gibt, und das muß und wird sie tun.‹

Denn gemäß der Sitte dieser Zeit konnte die Stellung des Kindes als Gwydions Nachfolger und als eines Sohnes des Königshauses von Gwynedd niemals sicher sein, bevor ihm Arianrhod nicht einen Namen gab und ihn dadurch anerkannte. Ein Kinderkosename war eine leichte Sache; Gwydions Junge hatte wohl einen, wenn wir auch keine Aufzeichnung davon besitzen. Der richtige Name jedoch mußte von der Mutter erteilt und feierlich vom Druiden bestätigt werden*, genauso, wie vor langer Zeit dem kleinen Gwydion der ihm von Don verliehene Name von Math formell auferlegt worden war. So lag also der ganze, so listig ausgeheckte und auf ihre Kosten ausgeführte Plan in Arianrhods Willkür; und die Rechte ihres Sohnes hingen in der Schwebe.

Gwydion aber, der ihn im Morgenlicht mit stolzen Augen musterte, konnte nicht glauben, daß Arianrhod sich tatsächlich dazu entschließen könnte, die Absicht ihres Bruders zu durchkreuzen und ihren Sohn zu verleugnen. Das »Mabinogi« sagt, das Kind sei damals vier Jahre alt gewesen, und es wäre ein Wunder gewesen, einen so großen Jungen von acht Jahren zu finden. Er war wohl eher sechs, oder sah doch so aus. Er war noch rundlich von der Rundheit des frühen Kindesalters, hatte aber schon begonnen, sich zu strecken und Ge-

---

* Siehe den Hinweis in »The Welsh People« von Rhys.

stalt anzunehmen. Er hatte jetzt eine Nase anstatt eines Knopfes. Seine Schultern waren immer noch mollig und voller Grübchen, aber er wurde langbeinig, und jene langen, jungen Beine waren so gerade wie junge Tannen. Seine gekräuselten Locken leuchteten wie Gold, und die Wimpern seiner geschlossenen Augen waren so lang wie die seiner schönen Mutter. In aller und jeder Hinsicht war er vollkommen, und Gwydion konnte sich das Herz nicht vorstellen, das nicht vor Stolz und Freude über diesen Besitz geschwollen wäre.

Und konnte solch ein unnatürliches Herz in Arianrhods Busen schlagen, in seiner Schwester, die ihm sein ganzes Leben lang der liebste aller Kameraden, die intimste Verbündete gewesen war?

›Jetzt ist wirklich die beste Zeit, daß sie ihn sieht‹, überlegte er, während er das Kind betrachtete. ›Jetzt, da er anfängt zu zeigen, was er sein wird, und doch noch das Aussehen des kleinen Kindes an sich hat, das die Frauen lieben. Sie wäre kein Mensch mehr, wenn sie ihm widerstehen könnte. Dylan hat sie nie gesehen, oder hat nur einen Blick von ihm erhascht, als sie davonrannte, weshalb es vielleicht kein Wunder ist, daß ihre Instinkte nicht erweckt wurden. Und wer weiß – war es nicht vielleicht fehlgeleiteter Instinkt, nebst der Enttäuschung über die verlorene Aussicht, Fußhalterin zu werden, was ihr Herz ihn mit solchem Haß verfolgen ließ?

Doch diesen hier soll sie sehen und damit gleichzeitig ihre eigene Torheit, wenn die Götter sie wie andere Frauen gemacht haben.‹

Das Kind schlief bis zum Abend dieses Tages. Als der Himmel rot vom kleinen Tod des Tages war und der scharlachrote Leichenscheiterhaufen des Sonnenunterganges in der Asche des Zwielichts versank, da erwachte es. Und Gwydion hieß eine Magd – nicht die glücklose Eigr – ihm heiße Milch und Essen bringen. Danach erzählte Gwydion ihm eine Geschichte; nicht von den hohen Wundern, die erregen, sondern ganz erfüllt von geheimnisvollen, schläfrig machenden Wundern und voll verzaubernder Dämmernis von Träumen und weitschweifig wie ein Traum. So daß bald das Denken des kleinen Jungen von jener Geschichte davongetragen wurde, so zärtlich, als triebe es auf den sanft singenden Wellen eines Regenbogenflusses dahin.

Und solange diese Geschichte erzählt wurde, ruhten Gwydions zwingende Augen auf ihm, schwerten seine Schlaflast . . .

Denn so ging es bei Gwydions Geschichten immer. Sie konnten dem Geist eine Fackel sein oder ein Wiegenlied. Sie konnten die Lehre, die er vermitteln wollte, einprägen oder das Vergessen bringen, das er wünschte, oder vielmehr jenes Überlagern des Bewußtseins, das die Menschen so nennen; denn Vergessen ist in Wirklichkeit eine Täuschung, da nichts je verlorengeht, mag es auch tief vergraben werden.

Aber immer waren sie schön, denn allein durch Schönheit wird der Geist verfeinert und wächst die Seele.

Und nachdem er so das Kind wieder in Schlaf gesenkt hatte, damit es morgen früh, wenn all seine Schönheit benötigt würde, so frisch und hübsch wie irgend möglich aussähe, wandte sich Gwydion seinem eigenen Essen und Ruhen zu und vielleicht seinen eigenen Gedanken ...

Wieder kam ein Tag und seine Pflichten: Frühstück mußte gegessen und verdaut werden, eine neue strahlende Welt inspiziert und genossen werden. Und immer noch wußte der Junge nicht, daß dieser Tag anders werden sollte als andere Tage. Er erinnerte sich an seinen Ausbruch vor zwei Nächten so deutlich und lebhaft, wie man sich an zuckende Blitze und krachenden Donner erinnert; aber er grübelte nicht mehr daran herum, als Leute über die großen Ausbrüche der Elemente nachgrübeln. Denn jenes war vorüber, und dies war jetzt. Er besaß die Kunst des Kindes, im Augenblick zu leben – den zeitlosen Schild aller kleinen Wesen, die sich länger erinnern und früher vergessen müssen als alle anderen auf der Welt. Wenn nichts je wirklich verlorengehen kann, so kann doch alles außer Sichtweite gebracht werden. Und dies ist das Geheimnis, weshalb Kinder so leicht vergeben: in Wirklichkeit ist es gar kein Vergeben. Und der Mangel daran ist, was erwachsene Männer und Frauen müde macht, sie stärker beugt als die Jahre.

Gwydion aber vergaß nicht. Was heißen soll, daß er das Bewußtsein dessen, was geschehen war, nicht beiseite legte. Er hatte seine eigenen Pläne ...

Er legte seinen Mantel an und machte aus den Anstalten zu einem Spaziergang eine große Schau, und als das Kind hoffnungsvoll zu ihm aufblickte, gab er mit der Hand das erwünschte Zeichen, daß es folgen könne. Mann und Knabe gingen zusammen aus.

Ich weiß nicht, welche Entfernung zwischen Caer Seon und Caer Arianrhod lag, aber sie war nicht groß. Oder aber Gwydion transportierte sich und den Jungen mit Mitteln dorthin, die schneller waren als jener irdische, gottgegebene Zauber der Füße, an den wir uns so gewöhnt haben, daß wir das Wunderwerk unseres eigenen Körpers gar nicht mehr wahrnehmen. Denn nur das, was seltsam ist, scheint wundervoll, obschon uns größere Geheimnisse alle Tage umgeben.

Doch bevor die Sonne ihre flammende Besteigung des Himmels mehr als halb beendet hatte, standen die beiden vor den runden Gebäuden des Schlosses vom Silbernen Rad. Und Arianrhod, die das Nahen ihres Bruders entweder mit ihren eigenen Augen oder mit dem tieferen Blick gesehen hatte, den sie einst von ihren Hexenmeistern oder ihrer kundigen Mutter erlernte, kam herbei, um ihn zu begrüßen und herzlich willkommen zu heißen.

Sie begegneten einander in der großen Halle und umarmten sich. Froh und freudig war sie über diese Begegnung; und das Licht der Freude lag auf ihrem Gesicht. Ihr Begrüßungslächeln war lieblich wie eine in der Morgenröte aufgehende Rose. Der Junge, der sie staunend betrachtete, glaubte, noch nie etwas oder jemand so strahlend Schönes gesehen zu haben. Sie sah wie eine von der hellen Himmelswelt herabgefallene Göttin aus.

»Oh, Gwydion«, sagte sie. »Sei willkommen, und die Götter seien mit dir, Bruder!«

»Die Götter mögen dir Gutes geben«, antwortete er und küßte sie. Und das war das erste Mal, daß ihn das Kind je eine Frau küssen sah ... Sein Gedächtnis sollte dieses Bild für immer behalten: ihr goldenes Haar und ihre weißen Arme umgaben Gwydion; ihr nach oben gewandtes Gesicht, das in Gwynedd nicht seinesgleichen hatte, das Goewyns vielleicht ausgenommen; doch jenes vergaß das Kind und sah es niemals so deutlich wieder; und Gwydions dunkler Kopf zu ihrem hinabgebeugt – alles, was bekannt und sicher und teuer war, sich dem unbekannten, bezaubernden Geheimnis Frau beugend ...

Das Bild dauerte nicht lange. Sie blickte über die Schulter ihres Bruders und sah die klaren jungen Augen, die staunend auf sie geheftet waren. Ihre zarten Brauen runzelten und umwölkten sich. »Was für eine Junge ist das, den du da bei dir hast?« fragte sie.

Gwydion gab ihr die geradeste aller Antworten. Er unterschätzte die Wirkung der Überraschung nicht, denn er sah in einem Nachlassen der Selbstsicherheit seiner Schwester oder eines anderen Menschen immer eine Gelegenheit, die für seinen eigenen Zweck genutzt werden konnte. Und er wollte ihr die Neuigkeit auch nicht mit einer Schwächlichkeit beibringen, die als entschuldigend ausgelegt werden konnte und ihr dadurch das Recht eingeräumt hätte, Anstoß zu nehmen.

»Das ist dein Junge«, sagte er.

Schweigen fiel schnell wie ein Schlag. Sie starrte den Jungen an, und der Junge starrte sie an: keines mehr überrascht als das andere. Denn Gwydion hatte das Kind in keiner Weise vorbereitet. Er hatte es ohne Behinderung durch Scheuheit oder durch Mutmaßungen vor Arianrhod erscheinen lassen wollen, ohne die drückende Last der Erwartung.

Das Kind dachte mit einem kleinen Schauer scheuen, aber jubelnden Staunens: ›Sie ist meine Mutter! Diese herrliche Dame, und nicht ein Holzkasten, ist meine Mutter!‹ Und sein Herz tat einen seltsamen kleinen Hüpfer.

Arianrhod aber starrte es so bestürzt an, wie der Mond ein unverschämtes, verirrtes Sternchen anstarren mag, das seinen rechtmäßigen, fernen Platz am Himmel verlassen hat und in seine eigene Umlaufbahn eingedrungen ist.

Starrte, bis die staunende Leere des Bestürztseins etwas anderem Platz machte, aber keiner Zärtlichkeit! Ihr strahlendes Gesicht verlor allen Glanz und alle Lieblichkeit, flammte auf wie ein schönes, fauchendes Feuer, sich bäumend, um in seinem hitzigen Hunger zu zerstören, vorwärtszuschießen.

Ihre Hände ballten sich nicht, stiegen aber von ihren Seiten, und jeder Muskel in ihnen war gespannt und starr. Ihre köstliche, langfingrige Weißheit sah jetzt klauenhaft, grausam aus.

Sie schaute ihren kleinen Jungen an, als könnte die Flamme in ihren Augen ihn zu einem Aschflöckchen verbrennen, und sie hätte sich darüber gefreut, ihn derart zu vernichten!

Doch Gwydions Augen hatten die Entfernung zwischen ihr und dem Kind bemessen; und jetzt zog Gwydions Blick den ihren an sich und hielt ihn; jener blaue böse Blick begegnete den grauen Meerestiefen, die noch nie vor dem Blick eines anderen geschwunden waren, außer vor dem Maths. So kämpften die beiden eine Zeitlang stumm. Das Kind fühlte sich entlassen und wich zurück, als wären jene blauen flammenden Augen Hände, die es packen könnten.

Arianrhods Blick senkte sich nicht, sondern verschleierte sich mit Tränen. Schmerz entstellte den Zorn – etwas Tieferes als der alte übermäßige Zorn des verzogenen Kindes wegen einer vereitelten Laune: der Schmerz einer Frau, die betrogen wurde, wo sie am meisten vertraut hatte ... Sie breitete ihre Hände in einer Gebärde rasenden Schmerzes aus.

»Mein Leid!« schrie sie. »Was ist über dich gekommen, mich so zu schänden und meine Schande auch noch zu erhalten und so lange bei dir zu behalten? Daß du mich betrogen hast, mein Bruder, du, gerade du!«

»Wenn du keine größere Unehre ertragen mußt, als daß ich dieses Kind aufgezogen habe, dann wird deine Schande gering sein«, antwortete er. Und wandte seine Augen nicht von den ihren.

Darauf sah sie von ihm wieder zu dem Jungen hin, und ein gefährliches Lächeln spielte um ihre Mundwinkel.

»Wie lautet der Name deines Jungen?« fragte sie.

Gwydion mag in diesem Augenblick froh gewesen sein, daß dem Jungen nie ein Name gegeben worden war. Denn das Wissen eines Namens gibt dem Wissenden, wenn er Magie beherrscht, Macht über das Gewußte. Und nichts war jetzt klarer als die Erkenntnis, daß Arianrhod niemals mit irgendwelcher Macht über ihren Sohn betraut werden konnte. Die Hoffnungen und Pläne ihres Bruders krachten über ihm zusammen.

»Glücklicherweise«, antwortete er mit dem gebührenden Maß kühlen Unwillens über ihr Versehen, »ist ihm noch kein Name gegeben worden.«

Das Lächeln, das sie den beiden schenkte, hatte die Süßigkeit einer vergifteten Frucht an sich.

»Nun«, sagte sie, »dann schwöre ich diese Bestimmung auf ihn hernieder: Er soll niemals einen Namen bekommen, bis ich ihm einen gebe!«

Klar war in ihrem Lächeln ihre Absicht: Dies würde niemals sein.

Gwydion trat einen Schritt vor, doch ihr Blick gebot ihm Halt.

»Du verschwendest deine Zeit, mein teurer Bruder. Ich schwöre es beim Eid des Magiers mit dem Schicksal, und du nicht und ich nicht und Math nicht können ihn brechen. Und auch Rache kannst du nicht an mir nehmen. Ich habe Macht genug, um mich sogar vor dir zu schützen, wenn ich willens bin, sie anzuwenden. Und von nun an werde ich es wollen. Wehe mir, daß ich es nicht auch in der Vergangenheit tat!«

Ein Beben schüttelte sie, und in einem jähen neuen Wutanfall rang sie die Hände.

»Du hast gut gespielt, Bruder. Jetzt verstehe ich alles. Du wußtest, daß Math mich niemals als Fußhalterin annehmen würde, ohne sich zuerst zu vergewissern ... Du führtest mich zu ihm, damit ich gezwungen würde, ein Kind zu gebären ... Das Kind, das du wolltest, das Kind, das du haben wolltest, und wenn du die Sterne hättest vom Himmel holen müssen, es zu bezahlen ... Du hast mich von Anfang bis Ende belogen und betrogen. Und du hast deinen Wunsch bekommen, aber deinen Willen wirst du nicht durchsetzen, mein Bruder. Ein namenloses Kind kann nicht nach dir König von Gwynedd werden. Wenigstens darin kann ich dich vereiteln. Und darauf kannst du dich verlassen!«

Er starrte zurück, in weißglühender Wut. Schweigen war die einzige Waffe, an die er sich jetzt noch klammern konnte, und selbst sie war glitschig geworden in seinem Griff.

»Die Götter seien meine Zeugen«, sagte er schließlich, »daß du die schlechteste aller Frauen bist. Doch der Junge wird einen Namen bekommen, wie sehr dir das auch den Magen umdrehen mag. Und was dich angeht, so ist das Leiden, das du tragen mußt: daß du fortan nicht mehr Jungfrau genannt wirst!«

Dann schnappte er das Kind und ging mit ihm hinaus. Das Wehen seines Mantels streifte sie im Vorübergehen, sie, die dastand und den beiden nachsah, ihre schönen, haßerfüllten Augen lodernd wie böse Feuer, grell vor Haß, der sie wie eine Fackel entzündet hatte.

Es wird im »Mabinogi« berichtet, daß Gwydion jene Nacht in Caer Dathyl verbracht habe, aber das ist wohl ein Irrtum, denn die Reise von Caer Arianrhod dorthin wäre zu lang gewesen, als daß sie in so kurzer Zeit hätte auf natürlichem Wege erfolgen können. Und es ist nicht ersichtlich, weshalb Gwydion mit Magie hätte dorthin gehen sollen, denn wahrscheinlich ließ Math seine Hilfe nur jenen zuteil werden, die schon jedes Quentchen ihrer eigenen Möglichkeiten eingesetzt hatten. Denn nur, wenn wir alles einsetzen, was wir haben, wachsen wir, und Gwydion hatte noch nicht alles eingesetzt, was er hatte. Ferner wäre die Bitte um Hilfe ein Eingeständnis gewesen, daß er mit seiner Schwester nicht fertig wurde; und für einen Menschen von Gwydions Gemütsart wäre es unerträglich gewesen, ihr diesen Sieg einzuräumen. Auch mag ihn ihre besondere Verbindung haben fühlen lassen, daß ihre Fehde nur zwischen ihnen beiden war, und er wollte sie wohl vor allem Verdruß, außer dem durch ihn, schützen. Math hätte ihm sicher beigepflichtet, daß dies richtig sei.

Im übrigen war er wohl kaum in der Stimmung, die große, unerschütterliche Ruhe seines Onkels angenehm zu finden. Im Augenblick paßte ihm eine hitzigere Atmosphäre besser. In Caer Seon konnte er sich sein eigenes Klima schaffen, und das tat er auch, brachte jedoch zuerst rasch das Kind zu Bett, um es herauszuhalten. Die Diener suchten Schutz in der Entfernung.

Gwydion aber konnte nicht vor sich selbst davonlaufen, und an jenem Abend kann ihn seine eigene Gesellschaft nicht gefreut haben. Seine Pläne waren holterdiepolter umgestürzt worden. Er hatte Arianrhod überrumpeln wollen, doch statt dessen hatte sie ihm eine Überraschung bereitet, die ihn allen Vorteils beraubt hatte. Bisher hatte er sich immer wieder eingeredet, ihr Trotz und ihre Widerspenstigkeit stäken nur in ihrem Kopf und nicht in ihrem Herzen, das natürlich handeln würde, wenn es die Frucht ihres Leibes erblickte.

Doch ihre Abscheu vor der Mutterschaft war aufrichtig und unabänderlich, und er kam nicht daran vorbei – wie sehr er auch gegen jene Moden aus Dyved anwütete, die alle Milch und allen Saft in ihr hatten verfaulen lassen und sie willens gemacht hatten, alle ursprünglichen und sittsamen Gesetze der Natur und der Mütterlichkeit zu brechen, um einen Ruf aufrechtzuerhalten, dessen Verpflichtung zu erfüllen sie nicht bereit war. Einen Ruf, den sie schon verloren hatte, wenn die Geschichte von Dylans Geburt so weitverbreitet war, wie Eigrs Klatsch vor dem Kind vermuten ließ.

Doch lag in seinem Wüten gegen die Sitten von Dyved ein Widersinn, denn wenn diese jetzt dem Kind Hindernisse in den Weg warfen, so waren sie doch die Quelle von Gwydions Wunsch und Plan gewesen, die zur Geburt seines Kindes geführt hatten. Ohne sie wäre es nie ins Leben gekommen . . .

Die Rechte des Kindes zu begründen, ohne daß Arianrhod ihm einen Namen gab, war unmöglich. Zwang man sie, einzugestehen, daß sie auf dem Boden von Maths Kammer ein kleines, geschlechtsloses Ding zurückgelassen hatte, so konnte sie immer noch behaupten, das Kind, das ihr Bruder aus der

Truhe geholt habe, sei durch Zauberei gemacht worden oder stamme woanders her, von einer anderen Frau. Und das Gegenteil zu beweisen, war nicht möglich.

Das Kind konnte nicht nur niemals König von Gwynedd werden, es würde auch die Behinderung zu erleiden haben, ohne einen Namen durchs Leben gehen zu müssen. Denn der Schwur, mit dem Arianrhod das Schicksal herabgefleht hatte, war in seiner Schrecklichkeit Zwillingsbruder des Todes und sollte noch Jahrhunderte später das Entsetzen des walisischen Volkes sein.* Wie er genau lautete und beschaffen war, das konnten die Gelehrten nie entdecken, doch seine dunkle Macht war derart, daß viele, denen er auferlegt wurde, schon von der bloßen Berührung mit solcher Giftigkeit krank wurden und starben, ohne die Tabus, die er ihnen auferlegt hatte, jemals gebrochen zu haben. Gwydions Magie konnte dieses Unheil von seinem Jungen abhalten, doch keine Macht von ihm, und nicht einmal die von Math, hätte das Verhängnis abwenden können, das einer Namensgebung ohne Zustimmung der Mutter gefolgt wäre.

Nur Arianrhod konnte ihm einen Namen geben; denn in ihrem Hohn hatte sie sich die Freiheit dazu vorbehalten. Doch würde sie niemals Gebrauch davon machen.

Doch Hohn ist meistens unklug. Und als Gwydion das wieder einfiel, begann sich seine Wut abzukühlen, und er begann zu lächeln ... Er legte sich nieder und gelangte wieder zu ruhigem Denken; und als er genug gedacht hatte, schlief er ein.

Am Morgen stand er früh auf und weckte das Kind, das froh über die Möglichkeit war, wach zu sein. Denn in den vergangenen zwei Tagen war ihm nicht verstattet gewesen, viel Zeit in diesem Zustand zu verbringen, und es war jetzt, was die Ereignisse des vorigen Tages anging, so voller Fragen, wie ein tüchtig gewässertes und fruchtbares Feld voll emporsprießender Halme ist. Es platzte fast vor Fragen.

Es sah Gwydion an und versuchte herauszubekommen, ob die Wetterlage für Fragen geeignet wäre. Vergangene Nacht hatte es nicht so geschienen, denn das Beste, was man da aus ihm herausbekommen hatte, war ein »Sei still! Ich muß denken!« gewesen. Und das Kind war still gewesen. Denn wenn ihm auch nichts einfiel, was es getan haben könnte, so war es doch irgendwie seinetwegen, weshalb jene herrliche Dame zornig geworden war; deshalb war es jetzt wohl besser, nicht zuviel Aufmerksamkeit auf sich zu ziehen und auf eine mögliche, wenn auch unbekannte Schuld.

---

* Noch vor hundert Jahren! Siehe Rhys, »Celtic Folklore«, S. 647–649.

Doch Neugier arbeitet wie Hefe, wenn sie einmal eingedrungen ist, und jetzt waren die in ihn eingepferchten Fragen so angeschwollen, daß sie ihn zu sprengen drohten. Die Augen, die so sehnsüchtig zu Gwydion aufsahen, waren die Fragezeichen, die seine Lippen gern sein wollten.

»War denn diese herrliche Dame wirklich meine Mutter?« fragte er.

»Sie war es. Sie ist es«, sagte Gwydion.

Das Kind bedachte das, und seine Lippen zitterten. »Sie schien mich nicht zu mögen«, sagte es dann. »War sie nicht mit mir zufrieden? Meinte sie, ich sei in dem Kasten nicht gut geworden? Ich hab' doch gar nichts getan«, sagte es mit der Miene eines Kindes, das gekränkt ist und sich dennoch verteidigt. »Ich habe doch überhaupt nichts getan!«

»Die Sache hat nichts damit zu tun, was du tatest oder warst«, sagte Gwydion. »Sie hat nie Kinder haben wollen; das ist der Grund für ihr Verhalten. Und auch der Grund dafür, daß du zu früh geboren wurdest und ich dich in die Truhe legen mußte. Ich hatte geglaubt, sie würde Vernunft annehmen, wenn sie dich sehen und erkennen würde, wie gut du geworden bist. Aber sie hat keine, die sie annehmen könnte.«

Das Kind dachte darüber nach.

»Ich wünschte, sie hätte Kinder haben wollen«, sagte es und seufzte. »Sie ist sehr hübsch. Sie ist hübscher als alle Mütter der anderen Jungen.«

»Das ist sie«, erwiderte Gwydion. »Wenn ihr Inneres wie ihr Äußeres geworden wäre, hätte sie Vollkommenheit erreicht. Nie hätte es auf der Welt jemanden wie sie gegeben.«

»Wirklich nicht?« sagte das Kind mit atemlosem Stolz.

Dann sprangen seine Gedanken wieder um, zurück zu jener schweren Masse Mitteilungen, die es ohne Hilfe nie verdauen konnte.

»Aber warum hat sie überhaupt Kinder bekommen, wenn sie keine haben wollte? Hat sie mich zuerst gewollt und später ihre Meinung wieder geändert? Und wie hat sie es gemacht, daß ich zu früh geboren wurde? Ich wußte nicht, daß Mütter ihre Kinder hinausstoßen können, bevor sie fertig sind!«

»Es war ein Zufall, daß du überhaupt geboren wurdest«, sagte Gwydion. »Sie hatte keine Ahnung von dir.«

»Was für eine Art Zufall?« fragte das Kind.

»Das ist eine zu lange Geschichte, um sie dir jetzt zu erzählen«, sagte Gwydion. »Wir müssen uns beeilen, denn wir machen heute wieder eine Reise.«

»Wohin?« sagte das Kind. Und einen Augenblick lang knabberte sein Verstand wie ein heller kleiner Fisch an dem schimmernden Köder jener Reise, denn Kinder lieben Abwechslung und Reisen. Aber es hing noch zu fest an dem vorigen Gedanken, und zu ihm kehrte es gleich wieder zurück.

»Ist es wirklich so eine lange Geschichte?« schmeichelte es. »Ich würde sie zu gern jetzt hören.«

»Du solltest dich lieber für die heutige Reise interessieren«, sagte Gwydion, »denn sie hat damit zu tun, dir einen Namen zu verschaffen.«

»Aber sie hat doch gesagt, niemand außer ihr könnte mir einen Namen geben«, wandte das Kind ein, »und sie hat sich nicht so verhalten, als beabsichtigte sie das.«

»Ich werde eine Absicht für sie machen«, sagte Gwydion. Und das Kind starrte ihn stumm und schweigend an, rätselnd, was Gwydion wohl tun würde. Denn es hatte immer unvorstellbar geschienen, daß irgend jemand wagen könnte, sich Gwydion zu widersetzen. Nur Math konnte mächtiger sein als er, und der Sohn Mathonwys war nicht irgend jemand: er war wie ein Gott oder ein Berg – erhaben über den kleinen Bezirk der Menschen, so alt und so gewaltig, daß er kein Mensch mehr war.

Doch gestern hatte das Kind zum ersten Mal gesehen, wie jemand wagte, mit seinem Onkel böse zu werden: jene wunderschöne Dame, an die zu denken Schauder und Anziehung zugleich war. Während diese beiden stritten, war dem Kind gewesen, als schwankte die Welt, und es wäre nicht überrascht gewesen, wenn die beiden die Sonne und den Mond vom Himmel herabgerissen und einander an die Köpfe geworfen hätten, so gewaltig und alles umstürzend hatte jener Streit ausgesehen. Und Gwydion schien sie nicht besiegt zu haben; doch jetzt wollte er sie auf irgendeine Weise überlisten. Wie?

»Was wirst du tun?« flüsterte es schließlich.

»Was du bald sehen wirst«, sagte Gwydion geheimnisvoll. »Wir müssen aber bald aufbrechen. Iß dein Frühstück.«

Und das Kind aß es, doch zwischen den Bissen gelang es ihm, ein oder zwei letzte Fragen hinauszuquetschen. »War es, weil sie ihn nicht haben wollte, daß mein Bruder davongeschwommen ist? Hatte er Angst zu bleiben?«

»Nein«, sagte Gwydion. »Es war seine Natur, zu schwimmen, und das war gut für ihn.«

Das Kind schaute durch die offene Tür auf das kalte Meer hinaus, das nahe Caer Seon gegen die Felsen schlug, als haßte es sie und würde sie ewig angreifen, obwohl diese sich niemals dem Meer näherten.

Es zitterte . . .

»Ich bin froh, daß ich nicht davonschwimmen mußte«, sagte es. »Es hätte mir sicher nicht gefallen, ganz allein im Meer zu leben. Ich bin froh, daß du mich behalten hast, Herr.«

»Vermutlich lebt Dylan auch nicht ganz allein . . .«, sagte Gwydion. Aber er erklärte es nicht weiter.

»Warum hast du ihn nicht auch behalten?« fragte dann das Kind.

»Ich hätte ihn behalten, wenn es dich nicht gegeben hätte«, sagte Gwydion.

»Beide brauchte ich nicht.«

Das Kind grübelte. Es fühlte sich plötzlich sehr einsam. Es war ein einsames Geschäft, zufällig geboren worden zu sein, gegen den Willen seiner Mutter. Andere Mütter liebten ihre Kinder, und diese waren sich ihrer gewiß. Doch die seine hatte ihn nie geliebt; das war etwas Seltsames, desgleichen er noch nie gehört hatte. Und zum ersten Mal sah es, wie wacklig die Fundamente seiner Welt, die ihm immer felsenfest vorgekommen, in Wirklichkeit gewesen waren. Seine Seele schwebte schwindelnd über den Abgründen, in die es hätte fallen können. Angenommen, Gwydion hätte auch ihn nicht gewollt?

»Aber du hattest Bedarf an mir?« fragte es, erpicht auf Bestätigung. »Du hast mich behalten wollen? Du hättest ihr ganz bestimmt niemals erlaubt, mich davonschwimmen zu lassen?«

Und Gwydion lächelte, und das Licht seines Lächelns schien die schwindelerregenden Abgründe zu schließen und die Sonne wieder warm über einer festen Welt erstrahlen zu lassen. »Ja, ich wollte dich haben«, sagte er. »Sonst hätte ich dich nicht gerettet und in einer Truhe aufbewahrt, während dein viel mehr verheißungsvoll aussehender Bruder davonschwamm. Der Zufall, der sie dich gebären machte, war mein Tun, und ein hinlänglich peinliches Geschäft, aber das beste, was ich tun konnte, denn es ist nicht leicht, mit einer unvernünftigen Frau umzugehen. Du warst mein Plan und mein Werk. Du bist mein eigen, mehr mein, als du jemals eines anderen warst oder sein wirst.«

»Warum?« fragte das Kind eifrig.

»Für jetzt hast du genug gehört«, sagte Gwydion, und erhob sich von dem Tisch, an dem sie gegessen hatten.

An jenem Morgen gingen sie zusammen zum Strand hinunter. Und an einer Stelle zwischen Caer Seon und Aber Menei fand Gwydion Seetang und Seggen. Er sammelte einen Vorrat davon und befahl dem Kind, umherzurennen und zu spielen, während er einen Zauberspruch darüber sprach.

Das Kind ging ohne Einwände, denn wenn es bei dem Zauber auch gern zugesehen hätte und den Tag herbeisehnte, wo es größer sein würde und mit Gwydion Magie machen konnte – wie ihm versprochen worden war –, so hatte es jetzt doch noch große Scheu davor. Es wußte, daß Magie ein unheimliches Geschäft war und der Ungestörtheit und der Stille bedurfte. Und es ist sehr schwer für einen kleinen Jungen, still zu sein.

Er lief mit den Wellen um die Wette, mit den Wellen, die hier sanft und glucksend waren, die lachten wie kleine Kinder, so daß er sich manchmal vorstellen konnte, da lache vielleicht sein Bruder. Er bestimmte mit den Augen eine Stelle am Strand, wohin die Wellen kamen, und dann rannte er dorthin, um festzustellen, ob er die Stelle erreichen und wieder an seinen Ausgangspunkt zurückkehren konnte, bevor sie ihn einholten. Manchmal gewann er, doch manchmal verlor er, und dann schwappte die Welle über ihn hinweg, ein großer, kühler, gutmütiger Kamerad, dessen einziger Fehler seine Ähnlichkeit mit einem Bad war. Er wurde sehr naß und sehr glücklich dabei.

Doch alle Dinge enden, und schließlich rief ihn Gwydion. Als er zurückgerannt kam, lachend und triefend, da sah er am Strand keinen Tang und keine Seggen mehr. Statt dessen wartete dort ein Boot, schlank und seetüchtig aussehend und hell bemalt; Stecken und die Überbleibsel von den Seggen lagen zu einem kleinen Haufen aufgetürmt an Deck.

SIEBENTES KAPITEL – DAS ABENTEUER DER GOLDSCHUHMACHER/SIE FUHREN IN JENEM BOOT ZUM HAFEN VON CAER ARIANRHOD. DORT MACHTEN SIE FEST, UND GWYDION BERÜHRTE DIE STECKEN UND SEGGEN MIT SEINEM ZAUBERSTAB, SO DASS SIE sich verwandelten – oder sich zu verwandeln schienen – in das feinste Korduanleder. Und er färbte es so schön, daß es auf der ganzen Welt kein herrlicheres Leder gab. Dann setzte er sich hin und fing an, Schuhe aus diesem Leder auszuschneiden, und der Junge nähte sie. Da er aber nicht wußte, wie man näht, muß es Gwydions Gehirn, nicht sein eigenes, gewesen sein, das die Befehle dachte, denen seine Hände gehorchten. Und auf diesem Wege könnte auch heute noch jeder ungeübte Mensch jede Art von Arbeit tun, wenn wir heute noch viele solcher Meister der Gedankenübertragung hätten.

Dies war das Schuhmachen, dessentwegen die Triaden Gwydion den Dritten Goldschuhmacher nennen. Der erste von ihnen war Caswallon der Sohn Belis von der Tiefe, als er nach Gallien ging, um Flur die Tochter Mynach Gorrs vor dem Cäsaren und vor ihrem Entführer, König Mwrchan dem Dieb, zu retten. Und der zweite war der königliche Manawyddan, der Sohn Llyr Llediaiths und Bruder Brans des Gesegneten, in den Tagen, als er und die Seinen durch den Zauber Llwyds aus Dyved verbannt waren. Jener Manawyddan, dessen Stiefsohn Pryderi später von Gwydion getötet worden war.

Als Gwydion sah, daß sein Boot vom Schloß aus gesichtet worden war, traf er seine letzten Vorbereitungen. Er nahm seinen Zauberstab wieder und erhob sich. »Jetzt schau gut hin«, bedeutete er dem Kind, »und fürchte dich nicht, denn ich werde eine andere Gestalt annehmen.«

»Aber innendrin wirst du doch der gleiche sein?« fragte das Kind recht ängstlich. Denn an etwas so Wichtigem und Wohlvertrautem gefielen ihm diese zauberischen Verwandlungen nicht gänzlich, so unterhaltsam sie auch waren, wenn sie nur ein Boot aus Tang und Spielzeug aus Abfall machten. Daß Gwydion, der das Zentrum und die Achse der Erde war, seine Gestalt verändern sollte, war eine Vorstellung, die die ganze Welt wacklig zu machen schien, so als hätte die Sonne gedroht, sich in etwas anderes zu verwandeln.

»Natürlich«, sagte Gwydion. »Denn das Innere eines Menschen, das nicht gesehen und nicht berührt werden kann, braucht viele Jahre lang, um sich auch nur ein wenig zu verändern; wogegen sein Äußeres, das gesehen und berührt werden kann und das die meisten Menschen deshalb für wichtiger halten, sehr leicht verändert oder sogar ganz zerstört werden kann. Das mußt du im Gedächtnis behalten.«

»Das werde ich wirklich«, sagte das Kind. Aber es verstand nicht mehr als die Hälfte davon.

Dann berührte sich Gwydion mit dem Zauberstab, und augenblicklich schien er zu wirbeln und zu wanken und sich wolkig auszudehnen, als wäre seine Gestalt flüssig gewesen. Er wurde niedriger und nach beiden Seiten hin breiter, glich mit Umfang aus, was er an Höhe verloren hatte. Seine Haut wurde dunkel und seine Nase größer, und seine Augen wurden schwarz. Sein Mund hatte seinen Schnitt geändert, und ein paar seiner Zähne schienen jetzt anders zu stehen.

Das Kind sperrte Mund und Augen auf und wich zurück.

»Du hast gesehen, daß es überhaupt nichts ist«, sagte Gwydion. »Jetzt mußt auch du verwandelt werden; denn der ganze Plan würde scheitern, wenn jemand einen von uns beiden erkennen würde.«

Das Kind blieb tapfer und gehorsam stehen und versuchte, unbeteiligt dreinzusehen, aber es zitterte ein wenig. Denn es fühlte sich nicht ganz sicher, ob die Verwandlung wirklich überhaupt nichts wäre. Und der Anblick dieses fremd aussehenden Mannes, der mit einem erhobenen Stab auf ihn zukam, gefiel ihm auch nicht besonders. Kleine Jungen möchten nicht mit etwas geschlagen werden, nicht einmal mit einem Zauberstab. Aber es mußte sein, und es würde sehr kindisch aussehen, wenn man Angst vor etwas zeigte, von dem einem gesagt worden war, man müsse sich überhaupt nicht davor fürchten.

»Es tut nicht weh.« Gwydion legte ihm eine Hand auf die Schulter, und das Lächeln in seinen Augen gehörte Gwydion und niemand anderem auf der ganzen Welt. Es war so warm wie ein Feuer in einer kalten Winternacht. Und der Junge betrachtete es, als der Stab fiel . . .

Er fühlte sich einen Augenblick lang schwindlig. Es war ihm, als sei jedes Teil von ihm in Bewegung, als bewegte sich alles zugleich und zusammen, wie er sich hätte nie träumen lassen, daß sich etwas bewegen könnte – getrennt voneinander und doch in die gleiche Richtung, wie eine Wolke Schneeflocken vor einem Sturm hertreibt . . .

Wie alles vorüber war und sich seine verschiedenen Teile wieder alle eingefunden hatten, schüttelte er sich und trat auf die eine Seite des Bootes, um sein neues Gesicht im Wasser betrachten zu können. Er sah einen dunkeläugigen, dunkelhaarigen Jungen, mit einer Nase und einem Mund, die denselben Schnitt hatten wie die, die sich Gwydion selbst gegeben hatte. Er war offensichtlich ein paar Jahre älter als zuvor; er sah wie ein Zehnjähriger aus.

»Gefällt er dir?« fragte Gwydion. Er lächelte ein wenig, als belustigte ihn etwas.

»Ich gefalle mir besser«, sagte das Kind.

»In ein oder zwei Stunden wirst du wohl wieder du selbst sein«, sagte Gwydion. »Doch inzwischen bin ich ein Schuhmacher aus Dyved, und du bist mein Sohn, dem ich mein Handwerk beibringe. Und du darfst kein Wort sprechen, damit niemand auf den Gedanken kommt, einer von uns beiden sei jemals ein anderer gewesen. Wenn du sprichst, dann wirst du in dieser Welt niemals einen Namen bekommen.«

Ihr Gesinde brachte Arianrhod die Kunde von der Ankunft des Schuhmachers in einem Boot. Sie waren froh, ihr eine Neuigkeit zu bringen, die sie ablenkte, denn ihre Stimmung war seit gestern schwarz gewesen. Ein qualmendes Schwarz, das dazu neigte, Flammenzungen auszuschleudern und jeden zu versengen, der so unvorsichtig war, ihr nahe zu kommen.

»Drunten ist ein Schuhmacher aus Dyved mit seinem Sohn in einem Boot«, berichteten sie ihr. »Und er macht Schuhe aus dem schönsten Korduanleder, das man je gesehen hat!«

Zunächst schaute sie interessiert auf, dann fiel ihr wieder ihre Stimmung ein, und ihre Augen blitzten. »Das ist eine Lüge!« sagte sie. »Entweder seid ihr alle spaltzüngige Lügner – und gewöhnlich seid ihr das – oder der Mann ist ein Lügner, und ihr seid alle solch hirnlose dumme Tölpel, daß ihr ihm geglaubt habt – und gewöhnlich seid ihr auch das! Nicht oft kommt Leder aus Spanien den ganzen Weg zur Insel der Mächtigen. Und nicht einen einzigen gibt es unter euch, der nicht zu unwissend und zu geschmacklos wäre, es zu erkennen, wenn er es sähe!«

»Er hat aber das schönste Leder auf der Welt, Herrin«, antworteten sie, »und er vergoldet einige von den Schuhen, die er macht, so daß sie wie die Sonne strahlen und aussehen, als seien sie aus reinem Gold gemacht. Govannon dein Bruder könnte keine schmieden, die mehr wie Metall aussähen!«

Doch letzteres war keine weise Äußerung.

»Mögen die Dämonen der Luft mit allen meinen Brüdern davonfliegen!«
sagte Arianrhod und warf eine Schale nach dem Kopf des nächsten Sprechers,
so schnell, daß es diesem nicht gelang, ihr ganz auszuweichen, obwohl er sie
erwartet hatte. Man schaffte ihn hinaus, und Arianrhod saß da und grämte
sich, weil sein Kopf nicht der Gwydions gewesen war.

Ihr Stolz war bitter gedemütigt worden; denn man hatte sie überlistet, und
nichts ist für einen klugen Menschen, der nicht weise ist, so ärgerlich wie das.
Sie war als Werkzeug benutzt worden, um ein Kind zu gebären, das sie nicht
wollte und dessen Vorhandensein die schwerste Bedrohung darstellte, der ihr
Ruf bislang ausgesetzt worden war.

Denn was Dylan betraf, der davongeschwommen war, so konnte nichts bewiesen werden. Die Leute mochten ihn als eine Möglichkeit betrachten, er
konnte aber nie eine bewiesene Tatsache werden. Und Krankheiten und
schlimme Übel drohten jenen, die zu offen über ihn klatschten.

Dieses Kind aber würde, wenn es Gwydion gelang, ihre Mutterschaft nach-
zuweisen, ein sichtbarer und unwiderlegbarer Beweis sein. Die Überzeugungen
des Volkes von Dyved, die sie angerufen hatte, würden sie verdammen. Jungfrauen hatten keine Kinder.

Doch Gwydion konnte ihre Mutterschaft nicht beweisen. Das war ihr einziger Trost und ihre einzige Freude. Sie hatte sich die Macht gelassen, dem Kind
einen Namen zu geben, um ihren unerschütterlichen Bruder, dessen Gelassenheit sie immer mit einer hingerissenen Wut beneidet hatte, so lange plagen und
quälen zu können, bis er bereit war, sie auf den Knien anzuflehen, ihm jene
vergebliche Hoffnung zu erfüllen. Und dann konnte sie ihn auslachen und ihn
verhöhnen! Sie hatte das seit seinem Besuch in ihrer Vorstellung schon hundert Mal getan. Wunschbilder einer Rache aber, an deren Verwirklichung Hand
und Hirn nicht tatsächlich arbeiten, treiben einen ebenso zur Verzweiflung wie
die Fata Morgana eines kristallklaren Sees einen in der Wüste Verdurstenden.

Sie hätte über Vieh oder Volk ihres Bruders eine Krankheit schicken können, oder über ihn selbst oder das gehaßte Kind; doch Gwydions Macht hätte
ihn befähigt, diese in einem Moment abzuwerfen und sie vielleicht sogar auf
sie zurückzuschleudern.

Sie hätte sich bei Math ihrem Onkel beklagen können. Doch der hätte ihr
wohl geantwortet, daß sie, wenn sie nicht willens sei, eine Jungfrau zu sein,
auch kein Recht zum Wehklagen habe, wenn sie nicht Jungfrau genannt werde; und hätte sie ihm Lügen über das erzählt, was zwischen ihr und Gwydion
vorgefallen war, dann hätte er sie sogleich erkannt.

Und sie wollte ihre Würde nicht an nutzlose Anstrengungen verschwenden. Es blieb ihr nichts, als dazusitzen und auf den nächsten Zug ihres Bruders

zu warten. Inzwischen wallte und wütete sie in einem geistigen Fieber, das sie
stärker verbrannte als jedes körperliche Fieber. Ihre verletzte Eitelkeit schmerzte jeden Augenblick und ihr Herz ebenfalls. Denn es war Gwydion, der ihr das
angetan hatte – Gwydion, den sie mehr liebte als jeden anderen lebenden
Mann.

Sie liebte ihn, und deshalb war es eine Qual, ihn zu hassen. Doch den Jungen konnte sie beglückt hassen; ihn verabscheute sie mit aller Entzückung und
Entrückung, deren Abscheu fähig ist. Er war das Unrecht, das ihr Bruder ihr
angetan hatte, verkörpert zu Fleisch und Blut. Er war nicht das Band, sondern
die Barriere zwischen ihr und ihrem Geliebten: das, was Gwydion höher geschätzt hatte als sie, und daher der Gegenstand ihrer rasenden Eifersucht.

Doch nicht einmal ihr Haß war so hingebungsvoll wie die Liebe einer anderen Mutter, denn auch für diesen Haß war ihr Sohn kein Mensch, sondern lediglich das Sinnbild für den Verlust ihres guten Rufes und den Verlust Gwydions. Auch waren die Mißgeschicke dieses Kindes die einzige Waffe, mit der
sie nach dem Herzen ihres Bruders stoßen konnte, ohne ihm selbst Schaden
zuzufügen – sogar jetzt wäre sie nicht willens gewesen, das zu tun.

Doch nun begann unter den düsteren Flammen, die ihren Sinn erfüllten
und dort zuckten, ein neues Bild zu tanzen. Ein Paar goldene Schuhe, schmal
und wohlgestalt wie ihre eigenen Füße und strahlend wie die Sonne. Ihr Glitzern begann ihr Sinnieren von den Flammen wegzuziehen und diese zu dämpfen; und vielleicht war es nicht ausschließlich in ihrem eigenen Gehirn, daß
dieses verlockende Bild erschaffen wurde. Vielleicht wandte Gwydion sein
Denken daran, das seiner Schwester zu gestalten, das in jener Stunde der Leidenschaftlichkeit nicht abgeschirmt war.

»Selbst wenn diese erschreckten Narren das Leder aus Spanien nicht von
einer Kuhhaut aus Gwynedd unterscheiden können«, überlegte sie, »so könnten sie doch Gold wohl kaum verkennen. Goldene Schuhe wären ein großer
Schatz und sehr schön. Und wenn ich nicht die erste Frau in Gwynedd bin, die
sie trägt, dann wird es eine andere Frau sein; und ich würde der Mode folgen,
anstatt sie zu machen, wie es mein Recht ist. Ich werde die erste sein«, sagte
sie.

Sie rief also einen Diener und befahl ihm, dem Schuhmacher auszurichten,
er solle ihr ein Paar goldener Schuhe machen.

Doch als sie ihr gebracht wurden – gleißend und funkelnd in der Sonne,
genau die feine Form ihres eigenen Fußes – und sie die Schuhe anprobierte, da
war zwischen jeder Seite ihres Fußes und jeder Seite des Schuhes ein halber
Zoll Platz.

»Das ist seltsam«, sagte sie, »er konnte doch nach dem Maß meiner Füße arbeiten. Doch in allem außer ihrer Größe sind sie vollkommen gemacht und sehr schön. Bezahlt ihn für diese; heißt ihn aber neue machen, die kleiner sind.«

Die Diener gingen also zurück zum Schuhmacher und richteten ihm die Botschaft ihrer Herrin aus.

»Gut«, sagte er, »ich werde ihr Schuhe machen, die klein genug sind.« Und er machte sich wieder an die Arbeit.

Doch als sie ihr das zweite Paar Schuhe brachten, da waren diese so klein, daß sie ihre Füße nicht hineinbekam. Ihre Zehen wollten am einen Ende nicht hineinpassen und ihre Fersen am anderen nicht.

Die Diener erwarteten einen Ausbruch. Doch der Glanz dieser goldenen Schuhe hatte sie so gebannt, wie der Glanz goldener Schilde einst Pryderi von Dyved und seine Häuptlinge gebannt hatte. Und sie, die eine Meisterin der Magie war, besaß Selbstbeherrschung genug, wenn ihr daran lag, sie zu benutzen; es muß ihrer anmutigen Besonnenheit wegen gewesen sein, daß Taliesin sie die »Morgenröte der Gelassenheit« nannte. Sie sagte nur: »Geht und sagt jenem Mann, daß dieses Paar Schuhe nicht paßt.« Doch dieses Mal sagte sie nichts von Bezahlen.

Sie trugen ihre Worte zu dem Schuhmacher, und der schüttelte den Kopf wie einer, der verwirrt und peinlich überrascht ist. »Fürwahr«, sagte er, »ich werde keine Schuhe mehr für sie machen, wenn sie mich nicht ihren Fuß selbst messen läßt.«

Als sie ihr das berichteten, erhob sie sich. »So?« sagte sie. »Dann werde ich zu ihm gehen!«

Sie hüllte sich in einen scharlachroten Mantel, über dem ihr helles Haupt leuchtete, wie der Mond über Flammen leuchtet, und schritt hinab zum Strand.

Sie sah den stämmigen dunklen Mann und den Jungen im Boot, und einen Augenblick lang schien ihr, als blitzten die Augen des ersteren bei ihrem Anblick auf, wie die kleinen Augen einer Spinne aufblitzen, wenn sie ihr geflügeltes Mahl in die weichen, stahlstarken Maschen ihres Netzes kommen sieht. Doch schob sie diese Eingebung rasch beiseite. Denn welcher Schuhmacher aus Dyved würde es wagen, gegen sie etwas im Schilde zu führen, gegen die königliche Zauberin und Nichte des Königs von Gwynedd? Doch hätte er eingeschüchtert und schulderfüllt aussehen müssen, und sie starrte ihn an, bis er es tat.

»Herrin«, sagte er demütig, »ich wünsche dir einen guten Tag.«

»Die Götter geben dir Gutes«, antwortete sie. »Aber es ist wirklich ein Wunder, daß du nicht genug Verstand hast, um Schuhe nach Maß zu machen!«

Er zog den Kopf ein und rieb sich die Hände. »Es hat mir nicht gelingen wollen«, sagte er, »aber jetzt schaffe ich's.«

Sie kam an Bord; und er häufte die Häute wilder Tiere, die geschmeidig und weich gegerbt waren, und Stoffe aus dem Osten, wie sie sich in dem Vorrat eines Händlers fanden, auf die rohen Bretter des Bootes, um einen Sitz für sie zu machen. Sie setzte sich, und ein Eiszapfen wäre so schön gewesen wie sie und ebenso kalt und hart im Funkeln seines frostigen Feuers.

Sie bemerkte, daß der Junge kein Auge von ihr wenden konnte, sondern sie ständig mit einem furchtsamen und faszinierten Staunen anstarrte. Doch machte sie sich nichts daraus, denn sie war das Angestarrtwerden gewohnt. Ja, dieses hier versetzte sie sogar in bessere Laune.

Da kam ein Zaunkönig mit leisem Flügelschwirren geflogen und ließ sich auf dem Deck des Bootes nieder. Und als gehorchte er einem Zeichen, wandte der Junge seine Augen von der Dame zu dem Vogel. Er hob eine Schleuder auf, die neben ihm lag, und schleuderte einen Stein nach dem Zaunkönig, der diesen am Fuß traf, genau zwischen Knochen und Sehne.

Arianrhod lachte laut und klatschte in die Hände. »Das war ein guter Wurf!« rief sie. »Bei den Göttern, mit einer steten Hand war es, daß der LLEU den Vogel traf!«

Da lächelte der Schuhmacher, und jenes Lächeln erinnerte Arianrhod an den dunklen, sich öffnenden Rachen einer Spinne. Vor ihren Augen erzitterte seine Gestalt und dehnte sich wie eine Wolke und wirbelte in eine andere Gestalt zusammen. Der verletzte Zaunkönig und das vergoldete Leder verschwanden, und wo sie gewesen waren, lag jetzt ein zerfallender Haufen Tang und Seggen, über dem ihr Bruder stand und höhnisch auf sie herablächelte.

»Der Fluch der Götter über dich, daß du diese List nötig machtest«, sagte er. »Doch jetzt hat er einen Namen; und gut genug ist sein Name. Von diesem Tag an werden ihn die Menschen Llew Llaw Gyffes nennen.«

›Llaw Gyffes‹ bedeutet ›Sichere Hand‹. Doch die Verwendung des Wortes ›lleu‹ ist heute unerklärlich. Denn das Wort ist ein totes, uraltes, das einst ›Licht‹ bedeutete; und die späteren Schreiber schrieben es dann ›llew‹ oder ›lion‹. Doch niemand kann sagen, warum Arianrhod ihren kleinen Jungen entweder einen Löwen oder ein Licht hätte nennen sollen (wenn sie nicht in Wirklichkeit sagte, seine Hand sei so sicher wie das Licht); vielleicht war aber auch das irische Wort ›lu‹, ›klein‹, gemeint; doch gibt es von jenem Wort im heutigen Walisisch keine solche Form mehr.

Nur einen Augenblick lang schrak Arianrhod entsetzt zurück, überwältigt von der Jäheit jener Verwandlungen. Dann flammte ihr weißes Gesicht auf, und ihre blauen Augen blitzten hart und hell wie Saphire in einem Schwert-griff.

»Bei allen Göttern«, sagte sie, »um dieses Unrechts willen, das du mir ange-tan hast, wirst du nicht besser gedeihen.«

Gwydion sah sie an. »Noch habe ich dir kein Unrecht angetan«, antwortete er. Und das Kind Llew dachte, daß es an Stelle seiner schönen Mutter vor der Seidigkeit dieses »noch« erzittert wäre.

Doch Arianrhod zitterte nicht. Sie richtete sich zu ihrer vollen Höhe auf, und ihre ganze Gestalt sprühte wie vor Feuer.

»Nun«, sagte sie langsam, »ich schwöre diesem Jungen eine Bestimmung: Niemals soll er Waffen oder Rüstung haben, bis ich sie ihm mit meinen eige-nen Händen anlege.«

Sie lächelte ein Lächeln, das wie eine kleine, kräuselnde Flamme war, wäh-rend ihre Augen die beiden wie triumphierende Speere durchbohrten.

Gwydions Hände ballten sich.

»Beim Größten aller Götter«, sagte er, »viel Glück deiner Bosheit, aber er wird bewaffnet werden!«

»Hab' ich's nicht gut gemacht?« sagte das Kind frohlockend auf ihrem Heim-weg. »Ich warf den Stein nach dem zauberischen Zaunkönig, sobald er ange-flogen kam, wie du es mir aufgetragen hattest, und ich warf ganz gerade.« Und bei den letzten Worten streckte es seine kleine Brust hinaus.

»Ja«, sagte Gwydion, aber er sagte es abwesend, wie ein Mann, der an an-dere Dinge denkt.

Das Kind sah ihn an, und sein Gesicht ernüchterte sich, und jene anstek-kende Schwermut übertrug sich auf seine Stimmung. »Ist es wahr, daß ich nie-mals Waffen und Rüstung haben und wie Onkel Govannon Leute mit einer Axt erschlagen kann, wenn sie mir die nicht gibt?« fragte es mit einer Spur Wimmern in der Stimme. Denn es glaubte nicht, daß Arianrhod ihm jemals Waffen und Rüstung anlegen würde, und es hätte sich auch davor gefürchtet, sie derart nahe an sich herankommen zu lassen.

»Die Waffen oder die Leute?« sagte Gwydion. »Kind, wenn du sprichst, mußt du immer deutlich machen, was du meinst, und es ist wichtig, daß du dich daran erinnerst!«

»Ja, aber wird sie es?« sagte Llew.

»Sie wird es müssen«, sagte Gwydion. »Aber es vergehen noch Jahre, be-vor du Waffen und Rüstung brauchen wirst, und dann werde ich einen Weg ersinnen. Jetzt sei mit deinem Namen zufrieden. Gestern sah es noch so aus, als würdest du nie einen bekommen.«

Und der Junge saß und dachte an seinen Namen, hielt ihn fest, wie ein Hund einen heiß begehrten Knochen. Wenigstens nicht mit diesem Makel würde er in die Welt der Männer treten müssen.

In jenem Winter nahm ihn Gwydion wieder nach Caer Dathyl zum Fest der Sonnwendfeier mit, wie er es jedes Jahr tat. Und er berichtete der Sippe, daß Arianrhod dem Kind einen Namen gegeben hatte und wie dieser Name lautete. Warum Arianrhod nichts dagegen unternahm, kann nur vermutet werden. Doch die Menschen jener Zeit glaubten, daß einem Namen eine geheimnisvolle Gewalt innewohne; und es mag sein, daß sie in einer Namenssache nicht zu lügen wagte. Vor allem nicht, da die Worte, die bei jener Namensgebung gefallen waren, vielleicht von den alleshörenden Winden Math zugetragen worden waren.

».. . Der Name ist so gut wie jeder andere«, sagte Gwydion zu seinem Onkel.

Der König betrachtete den Jungen, der mit anderen Ball spielte, und rieb sich wieder sein weißflockiges Kinn. »Das ist er fürwahr«, sagte er, »doch Arianrhod dachte, gar kein Name sei gut.«

»Arianrhods Gedanken −!« sagte Gwydion. »Ich bin ihrer und ihrer Gedanken wirklich überdrüssig!« fügte er heftig hinzu. »Noch nie wurde eine derart unvernünftige Frau geboren!«

»So hat also das, was gesagt wurde, um euch einander näherzubringen, euch auseinandergetrieben und zu Unfreunden gemacht?« Der König sah ihn unter seinen frostigen Brauen hervor scharf an. »Ihre sind schlimme Taten; und eine lieblose Mutter verletzt die Heiligen Harmonien. Doch du hast sie gegen ihren Willen zur Mutter gemacht. Und das ist etwas, das zuvor nur selten auf der Welt geschehen ist, sich aber in den Zeiten, die jetzt beginnen, oft wiederholen wird. Du hast es aus Liebe getan, aus reinem Verlangen nach einem Kind. Doch viele jener Männer, die jetzt kommen, werden es aus Stolz und Lust tun; und dieses sie-wie-ein-Tier-Benutzen wird den Stand der Frau herabsetzen und ihre heilige Würde erniedrigen. Und nicht gut wird es der Welt gehen, solange diese schwindet, mein Neffe.«

»Ging die heilige Würde der Frau nicht schon durch solche Ränke und Anmaßungen wie denen Arianrhods verloren, mein Onkel?« sagte Gwydion.

»So ist es«, sagte Math. Er grübelte, hinaus über die schneebedeckten Felder starrend . . . »Und in beiden Fällen entspringt der Verlust derselben Quelle. Die Männer lernen allmählich, daß sie ihren Anteil an der Fortpflanzung des Lebens haben, und sie werden aus diesem Wissen unkluge Schlüsse ziehen. Und jeder wird nach einer Jungfrau trachten, auf die er das erste und einzige Siegel setzen kann.«

»Muß die Welt nicht stets lernen und sich wandeln?« sagte Gwydion.

»Sie muß es. Ich werde alt«, sagte Math. »Wenn ich vorausschaue, dann bange ich um das Volk, das unter der Verwirrung und den Qualen jenes Zukunftsschmiedens leiden wird. Die Macht der Frau schwindet, doch nichts vergeht je, außer um wieder zu wachsen ... Und wenn die Männer zu Tyrannen werden, dann gestalten sie sich das Los von Tyrannen, die zuletzt immer betrogen werden ...

Denn die Erkenntnis der Vaterschaft wird die Frau versklaven. Sie wird ihr die unbedingte Herrschaft über ihren eigenen Körper nehmen und diesen der Lust eines einzigen Mannes ausliefern; ihr Körper wird etwas sein, was er fordert, und nicht, was sie schenken oder weigern kann, wie ihr Herz es befiehlt. Auch wird Vaterschaft es zu einem Verbrechen machen, wenn ihr Körper einen Mann gewahrt, der nicht der eine ist, wogegen der seinige die seitherige Freiheit beibehält. Und das Ende von allem wird sein, daß es keine freien Frauen mehr auf der Welt geben wird, die allein um der Liebe willen lieben, wie es die Frauen vordem taten. Alle Frauen werden ihren Leib entweder dem Joch der Ehe unterwerfen oder ihn in schnödem Handel gegen Gold und Silber verdingen; und beide werden gleichermaßen die Leibeigenen der Männer sein.«

»Nicht durch alle Zeiten hindurch«, sagte Gwydion.

»Aber für lange und zu lange«, sagte Math. Wieder sann er.

»Doch diese Übel auf dem Weg zur wahren Ehe sind unvermeidlich, sind die tausend Jahre währenden Geburtswehen des Fortschritts.

Du gehe vorwärts, mein Neffe, denn du bist jung und fürchtest dich nicht vor Veränderung. Doch vergiß möglichst nicht, auf das zurückzublicken, was in der Vergangenheit gut war; sonst wird die Zukunft, die du baust, vielleicht zusammenstürzen.«

Gwydion aber, an die schöne, widernatürliche Arianrhod denkend und an ihre Drohung gegen ihren Sohn, war der Meinung, daß er ein gewisses Schwinden der Macht der Frauen gut aushalten könnte.

Auch hatte Math nichts von der Sorge erwähnt, die seinen Erben von Zeit zu Zeit quälte: Wie konnte Arianrhod, die von jetzt an auf der Hut sein würde, ein zweites Mal überlistet und dazu gebracht werden, jene Waffen zu geben, ohne die ihr Sohn hilflos und beschämt dastehen würde, wie einer ohne Arme und Beine, in einer Welt streitbarer Männer?

ACHTES KAPITEL – ARIANRHODS LETZTER FLUCH/ES WIRD IM »MABINOGI« GESAGT, DASS GWYDION NACH DER NAMENSGEBUNG LLEW LLAW GYFFES' DIESEN AN DEN ORT BRACHTE, DER SPÄTER ALS DINAS DINLLEV ODER LLEWS STADT BEKANNT WAR UND den die Gedichte die Festung Llews und Gwydions heißen. Welchen Namen der Ort damals trug, ist unbekannt.

Dort erzog ihn Gwydion.

Seine Erziehung muß gemäß seinem Heranwachsen vorangeschritten sein. Wenn ein altes Manuskript recht hat mit der Feststellung, daß Gwydion als erster Bücher und die Kunst des Lesens bei den Gälen von Mona und Anglesey einführte, dann war Llew vermutlich der erste Junge in Britannien, der seine Buchstaben lernen mußte; und man fragte sich, ob er diese Ehre immer zu schätzen wußte.

Doch ist es eher wahrscheinlich, daß Gwydion, ein Dichter, der als Erfinder der Poesie bezeichnet wurde und der seinen Gedichten wohl ein Fortbestehen sichern wollte, nur der erste Mann war, der die Regel der Druiden durchbrach und ihr geheimes Wissen der Schrift dem Volke erschloß – getreu seinem Wesen eines Aufschließers von Verborgenem – und daß Llew, einem Druidengeschlecht entstammend, diese Kunst sowieso hätte lernen müssen.

Zweifellos war er während dieser Zeit zu jung, um in die Mysterien der Magie eingeführt zu werden, er muß aber in jener geistigen Disziplin unterwiesen worden sein, die oberste Voraussetzung für ihre Ausübung ist: dem Konzentrationsvermögen, das den Geist dazu befähigt – den Geist, der in den meisten Leuten hilflos wie ein steuerloses Boot auf dem Meere widersprüchlicher Gedanken und Gefühle treibt, der Willkür guten oder schlechten Wetters ausgeliefert –, alle anderen Gedanken zugunsten eines Gedankens zurückzuweisen und sich an diesem einen mit der festen, unerschütterlichen Hartnäckigkeit eines Egels festzusaugen, bis auch die allerkleinste Einzelheit in der Beschaffenheit jenes Gedankens bekannt ist und sein Blut und sein Wesen einverleibt sind. Doch die Entwicklung eines solchen Vermögens erforderte Jahre, und sie kann nur durch große und willige Anstrengung erworben werden. Eine lange Zeit muß Llew noch ein Kind geblieben sein, mehr träumend als denkend, mehr fühlend als wissend.

Andere Mitglieder von Dons Clan mögen nach Dinas Dinllev zu Besuch gekommen sein; und die beiden machten wohl Besuche in Caer Govannon und Caer Dathyl und anderswo, überall, nur nicht in Caer Arianrhod.

Der Junge begegnete vermutlich nie seinen Tanten Gwennan und Elen und Maelan; diese hätten eher Arianrhods Partei ergriffen oder es zumindest für zu gefährlich gehalten, ihr zu trotzen. Seine Mutter sah er während seiner ganzen Kindheit nicht wieder. Doch manchmal dachte er an sie und grübelte, wie es wohl gewesen wäre, wenn sie ihn geliebt hätte. Gwydion liebte ihn; nichts hätte besser sein können als jenes enge und alte Band. Doch ihre Liebe wäre sicher anders gewesen ... etwas Unbekanntes und Unvorstellbares. Wie hätte es sich wohl angefühlt, wenn sie ihn in ihre weißen Arme geschlossen und geküßt hätte, wenn ihre Augen um seinetwillen weich und ihre Stimme sanft geworden wären, wie das bei Müttern anderer Jungen der Fall war?

Doch andererseits wurden einem Mütter oft auch zuviel. Wenigstens ging es seinen Freunden so mit den ihren. Ihr liebevolles Abtatschen konnte lästig werden, weil sie nie wußten, wann es Zeit war, aufzuhören; und sie waren so voller lästiger Ermahnungen und Verbote und Vorsichtsmaßregeln, daß sie ständig davon überliefen, wie Suppentöpfe auf dem Feuer. Sie hatten immer Angst, es könnte einem etwas zustoßen (ein Fehler, den Arianrhod sicher nicht besaß, denn sie hatte, wie Llew nur zu gut wußte, nur davor Angst, daß ihm nichts zustoßen könnte); und sie hatten sehr unvernünftige Vorurteile gegen Schlammfüße und das Erklettern zu hoher Bäume und zerrissene Kleider. Ja, sie waren sogar bekannt dafür, daß sie manchmal, in zürnenden Augenblicken, kleinen Jungen wegen solcher Dinge einen Klaps gaben!

Vielleicht war man also ohne eine doch besser dran ... Doch manchmal beschäftigte ihn das sehr ...

Ein Kind sollte von zwei Menschen verschiedenen Geschlechts geliebt werden, und seine Entwicklung wird wahrscheinlich einseitig verlaufen, wenn es nur von einem geliebt wird. Goewyn in Caer Dathyl mag sich mit dem Jungen angefreundet haben, doch zwischen ihr und Gwydion war die Asche eines alten Grolls aufgehäuft, an die sich der Sohn Dons – da er daran schuld gehabt hatte – erinnerte, wenn sie es nicht tat. Auch ist es unwahrscheinlich, daß Gwydions besitzhaberische Liebe die Gegenwart einer anderen Frau als Arianrhod im Herzen des Jungen hätte ertragen können: deren Recht, dort zu sein, hätte er zugestehen müssen. Seine halb weiblichen Intuitionen – die des Künstlers – mögen sich mit einer Art mütterlicher Eifersucht gepaart haben ...

So lernte Llew das Leben ausschließlich von Männern.

Und von was für Männern!

Vielleicht kannte er seine Großmutter Don, bestimmt jedoch seine Onkel Gilvaethwy und Govannon, Eveyd und Amaethon – ihn, der später eine Hündin, eine Hindin und einen Kiebitz von Arawn stahl, dem König der Unterwelt, und dadurch die fabelhafte, mysteriöse Schlacht bei Cad Goddeu herbeiführte, in der Gwydion Bäume in Krieger verwandelte und sie gegen die Truppen aus Faery führte, wenn er den Sieg am Ende auch dadurch errang, daß er in einem Lied den Namen jenes Helden aus Faery erriet – Bran von den Glitzernden

Zweigen –, dessen Partei niemals eine Niederlage erleiden konnte, solange sein Name unbekannt blieb.

Ein Teil jenes Liedes ist erhalten geblieben:

> Sicheren Hufs ist mein Hengst am Tage der Schlacht:
> Die hohen Reiser der Erle sind in deiner Hand:
> Bran ... durch den Zweig, den du da tragest,
> Hat Amatheon der Gute gesiegt.*

Jenes muß eine gewaltige Schlacht gewesen sein! Die Truppen der Toten strömten aus der Unterwelt herauf, um mit den Lebenden auf der Erde zu kämpfen; und vielleicht war jener Bran der Geist Brans des Gesegneten, dessen, der seine Todeswunde in dem Gemetzel von Morddwydtyllyon empfangen hatte. Man fragt sich, ob Gwydion und Pryderi auf jener Walstatt wieder aufeinandertrafen. All das muß sich in den Tagen zugetragen haben, da Gwydion König von Gwynedd war; denn der große Sohn Mathonwys wird nicht unter den Teilnehmern jener Schlacht genannt; und solange er am Leben war, hätten die Söhne Dons gewiß keine Tiere mehr gestohlen ...

Geschah es in Erinnerung an jenen großen Verlust von Menschenleben in dem Krieg mit Dyved, verursacht durch seinen in jugendlichem Ungestüm begangenen Diebstahl der Schweine Pryderis, daß Gwydion Bäume in Krieger verwandelte, um die Männer von Gwynedd zu schonen? Wer weiß? Doch das Wageblut des Sohnes Dons war gewiß nicht sehr abgekühlt, sonst hätte er es niemals gewagt, seinen Bruder die Mächte der Unterwelt herausfordern zu lassen. Und die Saga aller dieser Geschehnisse ist verloren. Nur ein oder zwei Abschnitte in der »Myvyrian Archaiology« bieten einen Anhaltspunkt dafür und die Bruchstücke eines Liedes ... Offensichtlich fand keine Bestrafung des Diebes statt, nachdem das Heer, das zuvor ein Wald gewesen, entlassen worden war, um wieder Wurzeln zu schlagen und Blätter zu treiben; andernfalls hätten Gwydions siegreiche Englyns Amaethon wohl kaum »den Guten« genannt.

Doch zweifellos war Llew weniger an seinen fabelhaften Onkeln interessiert als an seinen jüngeren Verwandten, den drei Tiergeborenen: Lang-Hydwn und Hoch-Hychdwn und Bleiddwn dem Wölfling. Diese waren sicher noch so jung, daß man mit ihnen spielen konnte; entschädigten ihn etwas für jenen Wasserbruder, der davongeschwommen war ...

Er muß überrascht gewesen sein, als er zum ersten Mal die Geschichte von der Geburt dieser drei Kameraden hörte, von dem Verhängnis, das einst auf

---

* Siehe Lady Guest, »Mabinogion«, Band II.

Gwydion und Gilvaethwy gefallen war . . . Am Tage mag dies nicht so schlecht geklungen haben. Ein kleiner Junge kann sich weit schlimmere Dinge vorstellen als die vollkommene Freiheit, den ganzen Tag in den Wäldern herumzurennen, ohne lernen oder arbeiten oder sich waschen zu müssen. Da brauchte man nicht um Nahrung zu bitten, wenn man Hunger hatte, sondern lief einfach drauflos und fing sich welche, wenn man ein Tier war, oder aß vom Boden Gras oder eine Blume. Doch in der Nacht, wenn die Eulen schuhuten und die Wölfe im Walde heulten und der Wind in den Wipfeln klagte, da mag er an seinem warmen Platz beim Feuer gezittert haben, wenn er an jene seltsame Verbannung dachte: ausgeschlossen zu sein in der Dunkelheit und in der Kälte und in jenem unheimlichen, grausigen Reich, in das sich die Waldung nach Einbruch der Dunkelheit verwandelt. Einsam und schaurig schien dann das Schlafen, nicht in einem warmen Bett, sondern draußen auf den Nebelmooren oder im Dunkel einer Höhle, ein Tier zu sein, das, ausgestoßen, die behaglichen, erleuchteten Häuser der Menschen umschlich . . . Und er muß mit aller Kraft seiner kleinen Seele gehofft haben, daß er nie etwas täte, das schlimm genug war, um von Gwydion auf solche Weise bestraft zu werden.

Eines Abends, als er nach Alter und Größe ungefähr zehn war, drückten ihn diese Gedanken so schwer, daß sie ein Leiden wurden und eine krankhafte Einbildung. Sie wurden zu einem Mühlstein, zogen ihn nieder in den Fluß der Schwermütigkeit.

Gwydion bemerkte dies. »Was drückt dich?« fragte er.

»Ich möchte gern wissen«, sagte das Kind, und sah verlegen drein, »ich möchte gern wissen, wie böse man sein müßte, um in ein Tier verwandelt zu werden.«

Doch Gwydion wurde nicht ungehalten. Für ihn war die Vergangenheit nie eine dunkle Gefängniszelle, in die er sich mit einer alten Erniedrigung eingeschlossen finden konnte, sondern eine Straße, deren Grenzsteine er als Weisung in Gegenwart und Zukunft verwenden konnte. Jene Wissenschaften des Geistes, die er studiert hatte, lehrten, daß es keine wirkliche Erniedrigung gab, außer im Irrtum; und ein Irrtum, der eingesehen und verdaut wird, ist vorüber und hat keine Macht mehr, zu beschämen.

»Es ist nötig, etwas weit Schlimmeres zu tun, als du jetzt überhaupt tun könntest«, antwortete er, »eine Reihe von Dingen, für die du, wie ich hoffe, keine Anlage hast.«

»Ich hoffe es auch nicht«, sagte Llew, »denn es würde mir nicht gefallen, von dir in ein Tier verwandelt zu werden. Eine andere Gestalt anzunehmen, machte nicht viel Spaß, wenn man nicht aus ihr herauskönnte, wenn man wollte, sondern in ihr eingeschlossen bleiben müßte. Es würde mir nichts ausmachen, den ganzen Tag im Wald herumzurennen. Das wäre wohl ein großer

Spaß. Aber ich würde es hassen, die ganze Zeit denken zu müssen, daß du zornig mit mir bist. Es wäre sehr unangenehm.«

»Vermutlich würde ich dich vermissen, statt dir zu zürnen«, sagte Gwydion. »Meinst du, Math sei zornig mit mir gewesen, während jener drei Jahre, die ich in Tiergestalt verbrachte? Zorn ist Schwäche und Verunreinigung, über die sich Math erhoben hat. Aber er mußte mich in Tiergestalt belassen, bis ich den Wert des Mannseins erkannte und einsah, daß Gewitztheit letzten Endes niemals stärker ist als Gerechtigkeit und daß Hirn, Verstand und Kraft und Wissen eines Menschen für ihn Verpflichtungen sind, nicht nur Werkzeuge, die seinen Absichten dienen. Es war Erziehung, nicht Bestrafung; aber ich glaube, daß du nicht soviel Erziehung erfordern wirst; denn ich, der ich meine eigenen Fehler kenne, habe gewacht und dich gegen sie gewappnet.«

»Aber was, wenn ich meine eigenen Fehler mache«, wandte das Kind ein, »und nicht die deinen?«

Gwydion runzelte die Stirn und dachte einen Augenblick lang an die Drohung in den Sternen . . .

»Das kannst du nicht«, sagte er, und überzeugte sich damit selbst. »Denn ich habe dich die Torheit der Boshaftigkeit gelehrt und die Torheit von zuviel List und die Unvermeidlichkeit des Bezahlenmüssens für alles, was man bekommt. Welche Möglichkeit bleibt dir also noch, in Unannehmlichkeiten zu geraten?« sagte er.

Doch gab es eine Möglichkeit, die sie sich beide nicht träumen ließen, wenn auch die Gestalt, in der diese Gefahr sich nahen würde, nicht die der kindlichen Ängste Llews war. Denn Gwydion vergaß immer noch, daß Llews Wesen nicht eine bloße Nachbildung seines eigenen war; und daß er, indem er ihn übte, allen den Gefahren, die er selbst kannte, zu widerstehen, andere Gefahren übersehen, ja, sogar noch gefördert haben könnte, Gefahren, vor denen sein eigener, schneller und scharfer Verstand, gewappnet durch seine eigenen Fehler, niemals hätte gewarnt werden müssen. Denn dies ist auf der ganzen Welt die Art von Eltern und Hütern: den Kindern ihrer Liebe ihre eigene Natur und ihre eigenen Probleme zuzuschreiben und nie zu sehen – bis es zu spät ist –, daß diese anders sein können. Und Gwydion der Goldenzüngige, der Listenreiche, hätte sich auch nie träumen lassen, daß es seinem Jungen – wie immer nun erzogen – an Verschlagenheit mangeln könnte.

Doch als Buße verhängte Verwandlungen hatten weder damals noch in späteren Tagen einen Platz in Llews Erziehung. Wenn er auch gelegentlich verwandelt worden sein mag. Denn wie konnte ein Junge besser das Leben der Tiere und Vögel kennenlernen als dadurch, daß er deren Gestalten für eine kurze Zeit annahm?

In seltsamen Gestalten mögen er und Gwydion seltsame Reisen gemacht haben. Sie studierten die Tiefen des Meeres, durchstreiften in Fischform die unermeßlichen tieferen Schichten des Wassers. Sie erforschten die Luft und die schimmernden unteren Schichten des Himmels als Vögel, wenn ihre Schwingen sie auch nicht hoch genug tragen konnten, um die Sterne zu untersuchen.

Als Maulwürfe oder Mäuse mögen sie die vertrackte, winzig kleine Untergrundwelt dieser Baubewohner untersucht haben; und als größere Tiere alle Geheimnisse des Waldes ausgekundschaftet haben.

Als Ameisen oder Bienen mögen sie verstohlen in Ameisenhaufen und Bienenstöcke eingedrungen sein und die ausgeklügelten, wundervoll eingerichteten Staaten dieser winzigen Völker studiert haben. Und Llew mag über diese Vollkommenheit der Ordnung gestaunt haben, die sich sonst nirgendwo auf der Welt findet.

»Ich begreife das nicht«, sagte er wohl am Abend zu Gwydion, wenn jene seltsamen und fesselnden Stunden in Erdkunde und Naturwissenschaft vorüber waren. »Warum werden es die Arbeiterinnen nicht überdrüssig, die Königinnen und die Drohnen zu verhalten, und warum machen sie keine Revolution und zwingen die Drohnen, zu arbeiten?«

(Sie hatten an jenem Tage die Bienen studiert, nachdem Gwydion die Wachen bezaubert hatte, die den Eingang zum Stock hüteten, damit diese nicht ihrer Sitte folgen konnten, sie wie alle fremden Bienen zu töten, die in den eigenen Stock einzudringen versuchen.)

»Ja, und warum lassen sich die Drohnen töten oder austreiben, sobald die Königinnen ihrer Liebhaber überdrüssig und sich sicher sind, daß ihre Eier ausschlüpfen werden? Sie sind doch Männer, und alle anderen Bienen sind Frauen. Warum verbünden sie sich nicht und kämpfen?«

»Weil ihre Ordnung es ihnen nicht erlaubt, diese Dinge zu tun oder zu begehren«, sagte Gwydion. »Und keins von ihnen begreift sich schon als Einzelwesen, sondern nur als Glied in einer Gemeinschaft, deren Gesetz ihren Tod oder ihre Arbeit festlegt. Nur im Menschen brennt mit einer solch starken Flamme jenes Bewußtsein, daß er gänzlich in sich selbst eingeschlossen ist, getrennt von seiner Art: der selbständige Einzelne.

Wo das Einzel-Ich ist, kann kein System vollkommen funktionieren oder sich als beständig erweisen: denn in allen Systemen gibt es Ungerechtigkeit und bereichert sich eine Klasse auf Kosten einer anderen; und da Einzelwesen immer für ihren eigenen Nutzen arbeiten werden und nicht für den des Systems, wird sich die leidende Klasse schließlich immer erheben und die andere ausbeuten.

Und so wird es sein, bis das Einzel-Ich – bei gleich stark brennendem Bewußtsein wie zuvor – jene verlorene Vorstellung des Ganzen zurückgewinnt, das die Ameisen und Bienen noch besitzen; und an jenem Tage werden die Ziele der Entwicklung und des Schicksals verwirklicht sein, und es wird für diese Welt kein Bedarf mehr bestehen.«

Llew schwieg eine Weile, verdaute das Wunder jener Vision, fand aber, daß sein geistiger Magen sie niemals ganz fassen könnte. »Dann haben wir also die Vorstellung des Ganzen verloren, um Einzelwesen zu werden?« fragte er. »Und jetzt, da wir Einzelne sind, ist es unsere Aufgabe, die Vorstellung des Ganzen zurückzukommen? Heißt das nicht im Kreise gehen?«

»Ewigkeit ist ein Kreis«, erwiderte Gwydion, »denn nur ein Kreis hat kein Ende . . . Doch zuvor waren wir uns nur unserer eigenen Art bewußt; das war alles, was wir vom Ganzen begreifen konnten. Und wenn wir jene weitere Bewußtheit wiedererlangen, dann wird auch das Ganze sich erweitert haben; und wir werden eins sein mit allen Arten und werden alle Geschöpfe als unsere Mitgeschöpfe erkennen. Doch Millionen von Menschenaltern werden vergehen, bevor die ganze Welt die Bewußtheit des Ganzen erreicht hat. Und es ist sehr wahrscheinlich, daß wir Menschen von heute bis dahin dieser Erde entwachsen sind; und die Menschen jener Zeit werden diejenigen sein, die jetzt noch so unentwickelt wie unsere Angelwürmer oder Maden sind.«

»Wahrhaftig! . . .«, sagte Llew. »Wo werden wir dann sein?«

»Das wirst du wissen, wenn die Zeit kommt«, sagte Gwydion. »Jetzt versteht es niemand richtig, es sei denn Math.«

»Und warum erklärt er es nicht?« fragte das Kind.

»Er kann nicht«, sagte Gwydion.

». . . Die Dinge werden dann aber noch lange in Unordnung sein«, seufzte Llew, »wenn alle Systeme ungerecht sind und wir keine Gerechtigkeit haben können, bis wir zum Ganzen zurückkehren. Es ist also unmöglich, richtig zu regieren? Ich dachte, alles, was du und Math tun, sei immer richtig!«

»Es ist so annähernd richtig, wie wir es machen können«, sagte Gwydion. »Doch keine Regierung hat jemals ganz recht, da wahre Regierung immer nur von innen kommen kann, nicht von außen. Und deshalb tun die Herrschenden gut daran, sich nicht zu sehr einzumischen, sondern bestrebt zu sein, die Schwächeren zu beschützen und die Stärkeren voreinander zu schützen – denn wer Partei ergreift, zeugt Zwist und fördert Zerstörung – und ansonsten diese Welt dem Einzelnen zu überlassen, dem sie gehört und der nur lernen kann, indem er seine eigenen Fehler macht.«

Als Llew ungefähr sechzehn war, geschah ihm etwas, wovon in keinem der alten Bücher berichtet wird.

An einem Sommerabend, als im Westen noch ein rosiger Schein stand, ging er zum Meer hinunter, um zu baden; und dieselbe Himmelsfarbe lag rosa und purpurn auf den Wassern und ließ sie erblühen wie ein Feld fremder, leuchtender Blumen, die sich sanft in einer Brise wiegen.

Der Jüngling warf sich in jene Blütenwellen. Manchmal griff er sie an und jagte sie mit mächtigen Schwüngen seiner starken jungen Arme schäumend vor sich her. Manchmal trieb er an ihrem purpurnen Busen so sicher dahin, wie er als Säugling an dem seiner Mutter hätte liegen können – aber nie gelegen hatte –, und sein weißer, noch knabenhafter Körper ward bewegungslos, getragen von jenem leichten, elastischen Element, das doch schwer genug gewesen ist, viele Menschen zu ertränken. Die rosenhellen Wellen umschwappten und umsangen ihn wie ein Wiegenlied, doch weiter draußen konnte er Wellen donnernd und wütend gegen die Felsen schlagen hören . . .

Als er an Land zurückgeschwommen kam, sah er am Strand ein Mädchen sitzen, das ihn beobachtete. Das störte ihn nicht, denn seinem Jahrhundert war die Verderbtheit noch unbekannt, die im menschlichen Körper nur das Instrument der Lusterfüllung sieht. Jene Verderbtheit, die Adam aus dem Paradiese trieb, als er zum ersten Male mit unzüchtigen Augen seine Nacktheit erschaute und sie mit Feigenblättern bedeckte, als wäre sie ein schamvoll Ding. Und deshalb sind – würde das Gleichnis in der Genesis richtig verstanden – Scham und Selbstbefangenheit die Namen des Engels, dessen Flammenschwert der Menschheit den glücklichen Frieden seiner ursprünglichen Unschuld verwehrt.

Doch in Maths Reich bewahrte die Seele noch etwas von ihrer ursprünglichen Reinheit, und Llew würde sich nicht geschämt haben, seinen Körper zu zeigen, es sei denn, er wäre mit Makeln behaftet gewesen – was er nicht war. Er war damals groß und schön. In ganz Gwynedd gab es keinen zweiten so schönen Jüngling.

Auch das Mädchen, das am Strand saß, war schön. Sie flammte golden und braun gegen den Sonnenuntergang. Ihr helles Haupt, das lockige Haar, das es umstrahlte, leuchteten wie ein Stern vor dem goldübergossenen Hintergrund von Himmel und Strand. Ihre sonnengebräunte Haut war von einem goldenen Glanz übergossen.

Als er an Land kam, lächelte sie, freundlich und doch ein bißchen scheu. »Einen guten Abend wünsch' ich dir, junger Herr«, sagte sie.

»Das wünsche ich dir auch«, erwiderte er.

Sie sahen einander eine Weile lang an, und dann setzte er sich, denn sie schien zu erwarten, daß er etwas tue; er wußte aber nicht, was. Er fuhr fort, sie anzusehen. Er hatte noch nie ein Mädchen genauer angesehen. Und das hier schien des Ansehens wohl wert zu sein: offen und unverstellt, wie ein gleichaltriger Kamerad, doch umgeben von der Köstlichkeit der Frau. Hold und heil, wohltuend menschlich, nicht schön und einschüchternd wie eine Flamme, wie Arianrhod seine Mutter.

Er hatte nie viel an Mädchen gedacht. Magie hatte ihn gänzlich in Anspruch genommen, und all die anderen Bildungsfächer, die Gwydion zu einem so bannenden und beherrschenden Spiel zu machen verstand. Es hatte so viel zu tun gegeben, so viel zu lernen, daß ihm keine Zeit für andere Beschäftigungen geblieben war. Gab es einmal eine freie Stunde, so wollte er immer nur draufloslaufen und sie im Wald oder am Strand verbringen, schauend und träumend.

Mädchen mochten schon ihre interessanten Seiten haben; diese Möglichkeit hatte er begriffen. Aber sie waren voller Gekicher und vielsagender Blicke und schräger Blicke und Geschnatter, dessen Sinn er nicht ausmachen konnte. Auch waren es Wesen mit unvorhersehbaren Launen, deren Aktionen und Reaktionen nicht einmal Gwydion genau vorhersagen konnte. (Arianrhod hatte ihrem Sohn diese verwirrte Vorsicht vor Frauen eingeprägt.)

Es hatte ihm nicht der Mühe wert geschienen, sich mit ihnen abzugeben, wo es doch so viele andere Studien gab, denen man mit Gewinn und Interesse folgen und die auf eine logische und verständliche Basis zurückgeführt werden konnten. Llew, der mit Vernunft aufgezogen und mit Deduktion genährt worden war, hütete sich sorgfältig vor allem, was nicht mit einer Regel der Logik übereinstimmte.

Doch jetzt sah er, daß dieses Mädchen interessant war; und erkannte, daß der Umgang mit ihm eine Wissenschaft darstellte, die ihm unbekannt war.

»Kommst du oft an den Strand?« sagte er endlich matt. »Ich habe dich hier noch nicht gesehen.«

»Ich bin noch nicht hier gewesen«, sagte sie. Und dieses scheue, einschmeichelnde Lächeln huschte wieder, nervös, über ihren einen Mundwinkel. »Ich kam, weil ich aufgepaßt und herausgefunden habe, daß du oft hierherkommst. Und es ist ein großes Kompliment für dich, daß ich gekommen bin«, schloß sie bestimmter, »denn ich bin noch nie ausgegangen, um einen Mann zu treffen.«

»Dann bist du gekommen, um mich zu treffen?« fragte Llew.

»Ja«, sagte sie und sah ihn erwartungsvoll an, ein plötzliches Licht in ihren Augen, und das zitternde Lächeln lief erst zum einen Winkel ihres Mundes und dann zum anderen.

Doch er saß nur reglos da und sah verblüfft drein. Er erging sich in hundert wilden Vermutungen, aber die Lage blieb ein Rätsel, das ihn unvorbereitet erwischt hatte.

Ihr Gesicht wurde weiß und verwirrt. Unter seinem ausdruckslosen Starren regte sie sich unbehaglich, und ihr kleines Lachen hatte einen unglücklichen Klang. »Magst du keine Mädchen?« sagte sie.

»Ich habe sie nie gemocht oder nicht gemocht«, sagte Llew. Er lächelte mit geschwindem Eifer. »Aber ich glaube, ich fange an, dich zu mögen.«

Ihre Miene erhellt sich hierauf wie eine wiederentzündete Fackel, und für einen Augenblick blitzte das Lächeln wie ein Stern. »Tust du das wirklich?«

Doch danach fiel wieder das schwere Warteschweigen auf die beiden, dick wie eine Sturmwolke, die blitzerfüllt ist, aber nicht ausbrechen kann. Sie sahen einander an wie Kinder, die sich verlaufen haben, zitternd und nach einander tastend unter ihrem Schatten.

Hätte sie seine Unerfahrenheit und Ratlosigkeit erkannt, hätte sie ihm helfen können. Doch sie war zu jung und zu sehr von ihrer eigenen Scheu und ihrem eigenen Gefühl in Anspruch genommen, als daß sie das hätte wahrnehmen können. Jeder Moment machte ihr nur das Scheitern und die Demütigung deutlicher bewußt und die Todesqualen ihrer Hoffnung.

Und er dachte an sie, nicht an das, was sie denken könnte. Irgendwo in ihm begann Morgenröte, in seiner Seele und in seinem Körper, ein Strahlen wie eine aufgehende Sonne. Die Welt wandelte sich. Sein Körper, der, wie der vieler rein geistig Erzogener, niemals ein Instrument für großen Schmerz oder große Freude gewesen war, fühlte sich an, als würde er gestimmt wie eine Harfe, für eine unbekannte Rhapsodie ...

Er zögerte, zweifelnd, unsicher, in der Undeutlichkeit jenes Lichtes ... Was sagte man zuerst? Tat man zuerst?

Ferner war er, wenn er sich dessen auch nicht bewußt war, es nicht gewohnt, Unternehmungen aus eigenem Antrieb zu beginnen. Gwydion hatte ihn oft, um sein Denkvermögen zu entwickeln, ein Problem innerhalb ihres Bereiches lösen lassen, doch diese Probleme stammten immer aus der Welt des Mannes. Alle ihre Unternehmungen waren durch Türen vonstatten gegangen, die Gwydion geöffnet hatte, oder waren Samenkörnern entsprungen, die er ausgewählt und dann in Llews Geist zum Blühen gebracht hatte. Jener Meister der Gedanken mag nicht immer fähig gewesen sein, der Versuchung zu widerstehen, die Gedanken des Jungen schneller und besser zu denken, als dieser sie selbst denken konnte.

Llew konnte mit seinem Verstand keine völlig eigenen Entscheidungen treffen. Er befand sich immer noch in einem Alter, in dem er auf Gwydions Entscheidungen wartete, nicht gewohnt, seine eigenen zu treffen. Der fast vollkommene Frieden, der immer zwischen ihnen geherrscht hatte, machte seinen Sinn weniger bereit für das Freibrechen, wie wenn er stets mit Ressentiment und Rebellion gegen den Sohn Dons befeuert worden wäre.

Er saß ganz in sich verschlossen da, und das Mädchen saß ganz in sich verschlossen da, aber weniger glücklich. Ein Ton, eine leiseste Berührung, ja, ein Blick von ihr hätte ihn vom Knaben zum Mann gemacht. Das zu begreifen, hätte sie entzückt. Sie wäre begeistert gewesen vom Gefühl ihrer königlichen Macht, von ihrer Fähigkeit, nie gekanntes Entzücken zu schenken – und beruhigt durch das Gefühl ihrer Gleichheit.

Denn sie empfand Schüchternheit, wußte, daß sie mehr gab als er. Was sie da tat, wurde heute nicht mehr von jedem Mädchen getan, wenn auch noch von den meisten, ob sie es nun immer zugaben oder nicht.

Aber sie war zu schwindlig von seiner Schönheit, um fähig zu sein, ihn für weniger als einen jungen Gott zu halten, für einen Gefährten in ihren eigenen Unsicherheiten. Mit jedem Moment sickerte ihr scheues Wagen aus ihr; krank war ihr Herz, zugeschwollen ihr Hals. Sie hatte ihm nicht gefallen ...

Schließlich hob sie stolz ihren hellen kleinen Kopf. »Soll ich gehen?« fragte sie.

»Warum?« sagte Llew. »Daß du hier bist, gefällt mir gut genug.«

Es lag eine scheue Freundlichkeit in den Worten, doch für sie klangen sie wie Hohn und Spott. Sie sprang mit jäher Leidenschaft auf.

»Wozu denn? Warum tust du dann nichts? Willst du nichts anderes tun, als mich verhöhnen und verspotten?«

Er starrte sie an, stumm, erschrocken. Hier war wieder diese wütende, unvernünftige Verquertheit der Frau.

»Was mit dir machen?« sagte er schließlich.

Sie stampfte mit dem Fuß. »Du bist überhaupt kein richtiger Mann! Keiner meiner Brüder würde so mit einem Mädchen sprechen, das gekommen ist, um ihn zu treffen, wenn beide genug Zeit hätten, es sei denn, sie wäre so häßlich wie ein Maulesel oder eine alte Ziege! Doch meine Brüder tragen Waffen und bringen Köpfe mit nach Hause, wenn es an den Grenzen Kämpfe gibt. Und sie sagen, daß du niemals Waffen trägst, daß du, wenn man dich irgendwohin brächte, wo dir auch nur in den Finger geschnitten werden könnte, in einem Kampf nichts als deinen Rücken zeigen würdest – und nicht einmal den hast du je gezeigt! Niemals hätte ich mich solch einer armseligen, schleichenden Memme angeboten – außer zum Spott!«

Dann machte sie kehrt, rannte wie ein Reh den weißen Strand entlang, von ganzem heißen verletzten Herzen hoffend, daß er ihr nachlaufen würde. Aber er blieb reglos sitzen, entsetzt über die Abfuhr, die sie ihm erteilt hatte. Sagten, dachten die Leute DAS? Die Schmähungen, die sie für weniger oder nicht mehr als den Stich einer Biene gehalten hatte – für einen, der so hochgestellt war! –, pulsierten in ihm wie eine Speerwunde; und sein empfindlicher junger Stolz lag blutend und bebend in ihm

Auch diesen Schmerz hatte ihm Arianrhod, seine Mutter, und die Natur der Frau zugefügt...

Als er in Gwydions Festung zurückkam, saßen alle beim Fleisch. Govannon war da, als Gast seines Bruders, herzhaft kauend und ebenso fröhlich, mit denen um ihn herum darüber streitend, was die jeweiligen Vorzüge einer Schwert- oder Dolchklinge betraf; ob diese besser mit Nieten am Griff angebracht wurde – in der hergebrachten britischen Art – oder besser nach der Art der Gallier in einen Schaft eingelassen wurde: bei welcher konnte man sich besser darauf verlassen, daß sie nicht auseinanderkam, während man seinen Mann spaltete?

Einer meinte, nur das Althergebrachte könne gut sein.

»Denn es ist ja sonnenklar, daß eine Klinge, die nur in ein Loch geschraubt wird, nicht so wahrscheinlich drin bleibt wie eine, die mit Nieten festgemacht wird. Und wenn er nicht schon gut gespalten ist, wenn Heft und Schneide auseinanderkommen, dann wird der Mann, den du gerade zerteilst, wohl eher dich zerteilen!«

»Nieten können locker werden«, sagte Govannon, »und sie werden nicht so lang an der gleichen Stelle bleiben wie ein gutes, wohlgeformtes Loch. Das heißt, wenn man den richtigen Mann für diese Arbeit hat.« Und seine mächtige, haarige Brust schwoll ein wenig an. »Überdies, wenn du deine Klinge tief genug in deinen Mann schiebst, dann wird sie drin steckenbleiben, selbst wenn der Stiel loskommt. Und es wird ihm nicht sehr danach zumute sein, sich bei dir zu revanchieren, bevor er sie wieder raus hat – wenn er dann noch Lust hat.

... Aber ich glaube, Eisen, nicht Bronze, wird das einzige Kriegsmetall der Zukunft sein«, sagte er.

Llew aber, der weder Waffen aus Eisen noch aus Bronze, weder mit Nieten noch ohne Nieten haben konnte, ging wortlos an ihm vorüber und wünschte seinen Onkel den Schmied in dessen Schmiede oder zu Dylan auf den Meeresgrund. Irgendwohin, nur außer Gesicht und Gehör, ihn und seine Klingen und sein Gerede über Klingen.

Dies war ein Leid, das Llew niemand anvertrauen konnte, nicht einmal Gwydion.

Die Niedergeschlagenheit wich nicht mehr von Llew. Er ging stumm und düster wie sein eigener Schatten umher, und wenn er überhaupt etwas sagte, dann war es leer und ohne Schwung, wie ein Mann redet, um die Stille zu überdecken. Denn ein neuer Lebensabschnitt hatte begonnen; so, wie er damals, als ihm das Mädchen Eigr erzählt hatte, er sei überhaupt nie geboren worden, in Wirklichkeit aufgehört hatte, ein kleines Kind zu sein, so war er aus der Knabenschaft herausgetreten, als er das Mädchen am Strand traf. Er war jetzt das Beginnen eines Mannes.

Doch im Manne schlummert immer der Knabe, und selbst in der Tiefe und Weite seines Unglücks stak jugendliche Maßlosigkeit. Alle Dinge auf der Welt hatten aufgehört, ihn zu interessieren oder ihm zu gefallen. Wenn er seinen Verstand auf einen Lehrgegenstand richtete, so kam das Wissen, das vorne an seinem Kopf hineinging, in der nächsten Minute hinten wieder heraus, als wäre sein Schädel dort offen. Sogar das Licht der Sonne schien ihm von einer dunkelblauen Farbe zu sein und die Erde ein stinkender Ausguß voll Elend. Denn er litt in seinem Herzen und in seinem Stolz. Schon fingen hinter seinem Rücken die Leute an, ihn Feigling und weibischen Faulenzer zu heißen; und es gab keine Möglichkeit, ihnen das Gegenteil zu beweisen. Denn er konnte keine Waffen bekommen.

Er hatte sich für einen Prinzen und einen Thronerben und einen Schüler der Magie und der Mysterien gehalten; und dann hatte er entdecken müssen, daß er weniger als ein Mann war. Kein Bauernjunge in ganz Gwynedd, der nicht ein Schwert haben und führen konnte! Niemand außer ihm besaß eine Mutter, deren Fluch einen waffenlos machte und zur Hilflosigkeit eines Krüppels verdammte. Und von einem Krüppel hätten wenigstens alle gewußt, daß er einmal ein tapferer Mann gewesen war; sein Mißgeschick wäre kein Makel und keine Schande gewesen. Ein starker Jüngling jedoch, der niemals Waffen trug oder in den Krieg zog, mußte einen seltsamen und schändlichen Gegenstand des Spottes darstellen, eine feige Mißgeburt, die in keiner Versammlung ihr Haupt erheben konnte – Stoff, der weder zum Häuptling noch zum König taugte.

Und sein Herz schmerzte, weil diese Verhöhnung seines Makels ihm zuerst von jemandem entgegengeschleudert worden war, von dem er etwas Schönes erwartet hatte; wenn er auch nicht wußte, was. Aber er hatte dort in der Einsamkeit jener goldenen Dämmerung gefühlt, wie große Schönheit ihre Schwingen um sie beide breitete; hatte im Rauschen jener Schwingen, schwach und undeutlich, doch unverkennbar, den Klang eines Wunderliedes gehört, wie es eine mächtige Woge aus Rosenfeuer singen mag, die aus dem Herzen der Sonne erdwärts strömt, um die Welt in ihrer schimmernden Flut zu baden.

Er versuchte zu ergründen, wodurch er sie gekränkt, ihr ungeborenes Entzücken erstickt und vernichtet haben könnte. Aber es gelang ihm nicht. Er wußte, was sich bei solchen einsamen Begegnungen am Strand oder im stillen Wald oft zwischen Männern und Frauen zutrug; er hatte Männer und Knaben

634

darüber reden hören. Doch hatte das alles so hitzig, plump und prahlerisch geklungen, nie ehrfurchtgebietend und schön, so völlig anders als sein Erlebnis.

Hatte sie erwartet, daß er sie packte und sie auf dem Sand herumwälzte,
wie es jene Männer getan hätten? War es das, was sie gewollt hatte? Doch alles hatte zu besonders, zu liebwert, zu sehr ganz ihr Eigenes geschienen, um in
jene rohen Formen zu passen, über die Männer Witze machten. Er war scheu
gewesen vor dieser fremden, neuen Herrlichkeit, die sie beide umschlossen
hatte – anbetend, wie er es vor dem köstlichen Aufgehen einer Blume gewesen
wäre oder dem ersten Entfalten und Ausbreiten der hellfarbenen Flügel eines
Schmetterlings. So zart und regenbogengleich war ihm jene Morgenröte der
Leidenschaft vorgekommen. Er hätte sich gefürchtet, fordernde Hände auf ihre
Schönheit zu legen . . .

Und augenscheinlich hatte sie gedacht, er habe sie nicht gewollt; oder aber,
und wahrscheinlich, sie war von der schwächlichen, süßlichen Art seiner Liebe
ebenso abgestoßen worden wie von seinem Fernbleiben von Kampf und Krieg.
Sie war im Zorn von ihm gegangen . . .

In seinen eigenen Augen war er unglaubwürdig und entehrt, und für keinen Mann ist das ein gesunder Anblick. Scham, täglich eingenommen, ruft in
der Seele Gelbsucht und Verdauungsstörung hervor, dagegen reinigt eine kräftige Dosis davon bisweilen einen Organismus, der vor Dünkel aufgedunsen ist,
ganz ausgezeichnet. Llew jedoch war nicht sehr dünkelhaft gewesen, und seine
Entleerung ließ ihn flacher als ein Stück Pergament und schwerer als einen
Stein zurück.

Gwydion bemerkte diesen Zustand bald und machte sich daran, Llews Sinn
nach den Gründen dafür zu erforschen, Gedanken um Gedanken; doch fand er
nichts als den Mangel an Waffen; denn ein seltsamer Vorbehalt, tiefer als
Schüchternheit, bewog Llew, die Begegnung am Strand zu verbergen; und er
war nicht ohne einen Teil jener Verbergungskunst, die Gwydion einst befähigt
hatte, einen Gedanken vor Math zu verschleiern, indem er aufhörte, ihn zu
denken.

Der Junge mag die mangelnden Waffen nicht nur als einen Schild gegen
das Mädchen in seinen Gedanken gelassen haben, sondern auch, um Gwydion
an seine Pflicht zu erinnern. Denn die Zeit war für Arianrhods Bruder gekommen, seine Drohung wahrzumachen, indem er sie zwang, ihren Sohn zu bewaffnen – falls er dazu fähig war.

Gwydion scheint das gleiche gedacht zu haben. Denn eines Tages rief er
den Jüngling zu sich. »Junge«, sagte er, »morgen werden wir zusammen auf
eine Reise gehen. Sei also fröhlicher, als du jetzt bist.«

»Das will ich gerne tun«, sagte der Junge.

Und bei Tagesanbruch, als die Sonne ihre ersten roten Leuchtfeuer im Osten entzündete, erhoben sie sich leise und verließen das Schloß. Sie gingen die Küste entlang gen Bryn Aryen.

Auf dem Cevn Glydno machten sie Halt, und Gwydion verwandelte zwei Felsbrocken in Pferde. Ob sie dort sonst noch etwas taten, wird nicht berichtet, doch als die Sonne sich nach Westen neigte, kamen zwei Jünglinge mit Harfen auf Caer Arianrhod zugeritten und baten den Türhüter um Einlaß.

»Sag deiner Herrin, daß zwei Barden aus Glamorgan hier sind«, sagte jener, der wie der ältere aussah. Doch warum er älter aussah, hätte niemand sagen können, es sei denn, daß seine grauen Augen und sein entschlossenes Kinn einen Ausdruck hatten, der tiefer war, mehr auf Willen und Kraft hindeutete ...

Der Torhüter ging also hinein und meldete Arianrhod: »Zwei fahrende Sänger von Glamorgan sind draußen, zwei, die das Volk unterhalten.«

Das gefiel ihr, und sie antwortete: »Laß sie herein. Das Willkommen der Götter sei mit ihnen.«

Denn es schien ihr angenehm, daß sich in Caer Arianrhod etwas Neues ereignen sollte, wo die Ruhe ihr manchmal wie die eines beruhigten Meeres vorkam, das nur ihre eigenen Stimmungen bewegen und aufwühlen konnte, wie Stürme das Meer erschüttern, und wo es nichts gab, was nicht ganz allein von ihr ausgegangen wäre ... Wenn sie auch diese Allgewalt schätzte, so kommen doch Zeiten, da die Schöpferin des Schöpfens müde wird und sich selbst gern in dem Selbst eines anderen verlöre, da unser gesamtes Wesen sich danach sehnt, sich nicht zu bewegen, sondern bewegt zu werden, erfrischt zu werden von der Energie anderer, anstatt unsere eigene zu verausgaben ...

Auch waren, was Unterhaltung und Belustigung jener Zeit anging, die Barden allmächtig. Es gab keine Theater, außer den Altären und den heiligen Eichen, wo die Druiden die symbolischen Riten ihrer Mysterien vollführten; und es gab weder Saga noch Sang, außer dem, was von den Lippen der Barden tönte. Und diese Frau aus dem zauberliebenden Geschlecht Maths muß eine Künstlerin gewesen sein, eine Liebhaberin von Geschichten und Liedern.

Ein Fest wurde gerüstet, und die Barden wurden von Arianrhod selbst an ihre Plätze geführt, und alle waren fröhlich. Doch niemand bat um eine Geschichte, denn die Höflichkeit forderte, daß man die Dichter in Ruhe essen ließ und ihnen alle Pflichten der Gastfreundschaft erwies, bevor sie gebeten wurden, ihre Kunst zu zeigen.

Doch von Zeit zu Zeit musterte Arianrhod den älteren Barden mit scharfen Augen; denn in ihm war etwas, das sie anzog und wie ein Magnet auf ihren Blick wirkte. »Habe ich dich schon irgendwo gesehen?« fragte sie. »Denn dein Blick hat etwas an sich, was mir bekannt sein sollte.«

Dem jüngeren Barden stieß in diesem Augenblick ein Mißgeschick zu, er warf seinen Weinbecher um, doch der ältere wandte sich um und warf ihm einen verdorrenden Blick zu.

»Ich glaube nicht, Herrin«, antwortete er seiner Gastgeberin höflich, »denn ich kann mich nicht an dich erinnern, und du bist ein Anblick, den kein Mann vergessen könnte. Sieh genau hin, vielleicht denkst du an jemand anderen, dessen Gesicht dem meinen ähnelt.« Und er wandte sich zu ihr hin und schaute in ihre Augen, und sie durchforschte sein Gesicht, Zoll um Zoll, ohne jedoch einen Zug darin zu finden, der ihr bekannt gewesen wäre, nichts als Fremdheit, die immer fremder wurde . . .

»Es war wohl nur eine Täuschung«, sagte sie. »Doch« – und ihre Augen wurden schmäler – »nie gab es eine Täuschung, die nicht einen Ursprung gehabt hätte – entweder in den Tiefen von uns selbst, in einer unbegriffenen Weisheit, oder irgendwo anders, von wo sie zu unserer Verwirrung und unserer Qual gesandt wurde.«

»Ich habe gehört, daß Euer Ladyschaft eine Druidin ist und eine Zaubermeisterin«, sagte er ehrerbietig. »Würde es dich verdrießen, mir den Sinn deiner Worte zu erklären, wenn es sich um keines der Geheimnisse handelt, die nur einem Eingeweihten eröffnet werden dürfen?«

»Es ist keine große Sache«, antwortete sie, »doch könnte sie nur von einem Unterrichteten wirklich verstanden werden; und heute abend wünsche ich, von dir unterrichtet zu werden. Lange schon habe ich ohne Lernen auskommen müssen. Ich hätte gern etwas Neues gehört!«

»Wie mich das betrübt! Denn ich muß dich auch darin verdrießen«, seufzte er. »Denn wie könnte meine armselige Kunst eine Herrin unterhalten, deren Bruder der erste aller Geschichtenerzähler ist und oberster aller Barden der ganzen Welt?«

Da zog ein Schatten über ihr schönes Gesicht, düster wie eine schwelende Flamme. »Mein Bruder ist der letzte Barde auf der Welt, dem ich zuhören wollte«, sagte sie. »Denn die Preise, die er für seine Lieder fordert, sind zu hoch, und wenn man sie einmal gehört hat, bleibt einem keine andere Wahl, als zu bezahlen. Sie sind ein Netz, und er ist eine Spinne – wie Pryderi, Dyveds toter König, bezeugen könnte, wäre es ihm möglich, aus den Hallen Annwns zurückzukommen und zu sprechen. Denn auch er hat sich im Netz meines Bruders verfangen. Und ich habe sagen hören, daß er einen Fluch hinterließ: Fleisch vom Fleisch der Schweine, die ihm geraubt wurden, solle Fleisch vom Fleisch meines Bruders fressen . . . Doch diese Dinge gehen dich nichts an. Sing mir ein Lied, und ich werde deine Kunst beurteilen.«

Der Mann sah überrascht und verwirrt drein, wie es einem ansteht, wenn man eine große Herrin gegen ihre Sippe sprechen hört, aber er griff zu seiner Harfe. »Du sprichst wohl, Herrin, wenn du sagst, daß mich diese Dinge nichts angehen, denn sie sind mir unverständlich. Doch habe ich gehört, daß der Herr dein Bruder die Macht hat, Verfluchungen abzuwenden, solche wenigstens, die aus Dyved kommen. Und jetzt werde ich mein Bestes für dich geben.«

So schlug Llew die Harfe, und Gwydion sang, und seine Stimme war wie ein goldener Fluß, der sie alle davontrug. Und wer weiß, in welchen Booten sie auf jener schimmernden Flut dahintrieben, welche Regenbogengebilde aus Traum und Phantasie und Wunder da erklangen, welche Mären von Mythen und welche Legenden, die schon damals jenen alt vorkamen, die heute selbst legendär sind: Herrlichkeiten, verloren unter den tiefsten Schichten der Zeit? Alte Dinge, die er neu machte, blasse Überbleibsel aus dem Zwielicht der Zeit, über die er die hellen Farben des Sonnenaufgangs warf.

Denn es gibt nichts, was nicht alt ist, und es gibt nichts, was nicht neu ist, da alles Teile sind der großen Ordnung dessen, »was sein muß«, in der nur der Dichter, dessen Aufgabe es ist, die Träume im tiefen unwandelbaren Herzen des Menschen auszudrücken, manchmal, schwächer und ferner als jegliches Echo, den Rhythmus eines uralten, gewaltigen Liedes hört . . .

Alle saßen und lauschten wie von Zauber besänftigte Wesen. Mit großen Augen saß Arianrhod und lauschte, und das Blau ihrer Augen war wie das des Himmels, als er am ersten Tage staunend über der Erde leuchtete. Und der Blick des jüngeren Barden war ein Zwilling des ihren, was Farbe und Staunen und Freude anging. Es hätten dieselben Augen, in zwei Gesichter eingelassen, sein können.

Als das Lied zu Ende war, lachte Arianrhod und klatschte in die Hände und gab dem Sänger die goldene Kette von ihrem Hals. Dann stellte sie ihm Fragen zu jener Geschichte und ihrer Entstehung und anderem, und sie disputierten miteinander. Ihre Gedanken umarmten und jagten und befeuerten einander. Doch gelang es ihr nie, ihm eine Frage zu stellen, die er nicht beantworten konnte; denn wenn er die Antwort nicht wußte, erfand er eine. Und die Anwesenden bemerkten, daß auf ihren beiden Gesichtern solches Glühen und solche Erregung und Lebensfreude lagen, wie sie zu den meisten nur kommen, wenn sie ein wenig trunken oder wenn ihre Körper im Entzücken der Liebe verloren sind.

Doch schließlich erhob sich Arianrhod und bot ihnen allen huldvollen Abschied für die Nacht, und Diener führten die Barden zu dem ihnen für diese Nacht zugewiesenen Schlafgemach.

Aber sie schliefen nicht gleich ein. Der jüngere legte sich zwar hin, doch sein Körper war so gespannt wie eine sprungbereite Feder. Er blickte mit hellen

Augen zum älteren auf. »Was wirst du jetzt machen?« flüsterte er. »Ich dachte, du würdest sie bitten, mich zu bewaffnen, als ihr Verstand von den Liedern ganz benebelt war.«

»Dein eigener muß benebelt gewesen sein«, erwiderte der ältere, »sonst hätte dir eine solche Dummheit nicht einfallen können. Welchen Vorwand hätte ich nennen können? Sie wäre sofort mißtrauisch geworden, und alles wäre zunichte gewesen. Doch sei still; denn es ist nicht sicher, hier zu sprechen.«

Der Junge hob den Kopf, so wachsam wie ein Reh, und blickte sich in der Kammer um. »Ich sehe nicht, wo jemand versteckt sein könnte«, flüsterte er. Und danach, in noch leiserem Ton: »Meinst du etwa –?«

»Ich meine, daß Arianrhods Hexenmeister lange Ohren haben«, sagte der andere. »Und ihre eigenen sind auch nicht gerade kurz, wenn ich auch glaube, sie für heute nacht eingelullt zu haben. Aber ich könnte für unsere Sicherheit nicht bürgen, wenn sie, solange wir schlafen, herausfindet, wer wir sind.«

Und während er sprach, war sein Gesicht dunkel vom Nachsinnen, und älter. Denn was das Leben in das Antlitz eines Menschen geschrieben hat, läßt sich nicht leicht wegwischen, selbst wenn er die Macht hat, seine Züge zu gestalten und umzugestalten, als wären sie Lehm in des Töpfers Hand. Auch mag in jenem Raum, allein mit Llew, das Blendwerk gefallen sein und sein eigenes Gesicht entblößt haben.

»Sie würde es nicht wagen, uns ein Leid anzutun«, sagte der Junge, »sie würde sich vor Math fürchten.«

»Das würde sie«, sagte Gwydion, »aber vielleicht nicht so schnell, wie uns lieb wäre. Arianrhod kennt ihre Grenzen nicht gut genug. Und wirst du jetzt endlich still sein?«

Llew wurde still.

Doch sein Onkel legte sich noch nicht so schnell neben ihm nieder. Er saß eine Zeitlang in der ruhigen Dunkelheit, lauschte jener tiefen Stille, die doch von Lauten rauschte, und spielte mit der goldenen Kette, die ihm Arianrhod geschenkt hatte.

›Ich schenkte sie einst dir, Schwester, und jetzt kommt sie zu mir zurück – als das Geschenk, das du einem fahrenden Sänger hinwirfst. Aber du schenktest sie doch meinem Genie, und du bist wieder in der Spinne Netz ... Zwischen uns besteht eine alte Rechnung, Arianrhod. Du hast Schuld gegenüber dem Jungen. Habe auch ich Schuld gegenüber dir? Mag sein. Sie sind sehr ineinander verschlungen, unser Recht und unser Unrecht ...‹

Er lauschte dem wispernden Schweigen des dunklen, schlafenden Hauses, bis ihm schien, als könnte er, durch seinen sechsten oder siebten Magiersinn, das Atmen seiner Schwester aus dem aller anderen herausfiltern, seiner Schwester, die weiß und golden in ihrem Bette lag.

›Schläfst du zu tief, um zu ahnen, daß ich dir nahe bin, Arianrhod? . . . Fast hättest du mich beim Fest erkannt; ich mußte schnell sein und den Schleier der Illusion dicht genug über deine Augen legen, um dich zu blenden . . . Du bist an Magie gewachsen, Arianrhod, und damit an Macht, deinen Haß auszuleben. Und doch soll es dir nichts nützen. Die Götter und die Zukunft mögen die Schulden zwischen uns aufrechnen, wie ihnen beliebt; der Junge ist hier, und ich bereue nicht, daß er gekommen ist. Du wirst den Preis für mein Lied bezahlen.‹

Dann, seinen Geist weit genug öffnend, um alle Gedanken und Gefühle in jenem Haus aufzunehmen und alle Träume seiner Bewohner zu erkunden, vergewisserte er sich, daß nichts dort eine Drohung darstellte oder Kenntnis von ihm hatte, und daß es sicher war, einzuschlafen . . .

Er erwachte in jener grauen Zwielichtstunde, in der es für die unirdischen Wanderer wohl am leichtesten ist, zwischen den Welten hin und her zu schweifen; wenn das schwächliche Licht darum kämpft, die Schleier der Nacht zu durchdringen, und aller Erde eine fahle und verzerrte Fremdheit leiht, wie ein durch Nebel gesehenes Totengesicht. In jener Zauberstunde, in der weder Licht noch Finsternis die Macht hat, in der die Geschöpfe beider nebelverhüllt und unmenschlich durch die unentschiedenen Sphären zu huschen scheinen. Die Tore der Unterwelt und der Überwelt standen offen. Der Himmel brütete, Feuer und Eisen, über den Nebeln der verhangenen Erde.

Llew schlief noch. Wie ein Kind lag er da, die Decke abgeworfen und einen Arm über seine Locken gebogen. Als Gwydion aufstand, blickte er zärtlich auf jenen hellen Schopf hinab. Er berührte ihn mit einer Hand, die seinen Schlaf noch vertiefte, dann machte er sich an sein Werk.

Doch hätte es dort einen Zuschauer gegeben, so hätte er denken müssen, Gwydion täte gar nichts. Er saß ruhig da, still wie die Wände ringsum, mit geschlossenen Augen und gefalteten Händen. Doch nie war er voller und angestrengter tätig gewesen. Aus seinen innersten Tiefen rief er Wissen und Kraft und Macht herauf. Sein Geist schäumte und flammte wie schmelzendes Metall unter der Gewalt seines Willens . . .

Der Tag kam über den Rand der Welt herauf. Der Sonnengott schritt hervor, kein rotes, schrumpliges Kind mehr, das neugeboren an einem blassen Himmel zittert, sondern als goldener Bräutigam und strahlend erdwärts kommend.

Lärm zerschmetterte jene strahlende Stille – jäh und erschreckend, als krachte aus dem klaren Blau und Gold jenes lächelnden Himmels rollender

Donner herab. Von den Zinnen Caer Arianrhods und von der Küste darunter erschollen Trompeten und die Schreie von Frauen und die Rufe von Männern.

Llew in seinem Bett schreckte hoch. Er öffnete den Mund, um zu sprechen, schloß ihn aber wieder beim Anblick der weißen, starren Konzentration auf Gwydions Gesicht. Er saß gespannt da, die Augen auf den älteren Mann geheftet, die Ohren dem lauter werdenden Lärmen draußen zugewandt.

Getrappel von Füßen war vor der Kammer zu hören, ein Klopfen, als trommelte jemand mit geballten Fäusten gegen die Tür; und der Junge hörte eine Stimme, deren klarer, warmer Ton ihn immer erschaudern ließ: die seiner Mutter.

»Öffnet! Öffnet!«

Gwydion, es hörend, entspannte sich. Er reckte seine Arme und lächelte ...

Llew warf ihm einen raschen Blick zu, las die Erlaubnis in seinem Sinn – jene beiden waren zu wohlgeübt im Austausch von Gedanken, um laut sprechen zu müssen – und sprang zur Tür und öffnete sie. Arianrhod trat mit einer ihrer Mägde ein. Sie war sehr bleich.

»Männer«, sagte sie, »wir sind in großer Not.«

»Fürwahr!« sagte Gwydion. »Wir haben Rufen und Trompeten gehört. Was meinst du wohl, was sie bedeuten mögen?«

Stumm und mit aufgerissenen Augen bedeutete sie ihnen, ihr zu folgen. In der nächsten Kammer war ein Fenster, das nach Westen ging, aufs Meer hinaus. Sie schauten hinaus und sahen, daß die ganze See von weißen Segeln bedeckt zu sein schien, dichter bedeckt als je der Himmel von Sturmwolken. Pfeilschnell flogen sie heran, wie eine Schar Riesenvögel, die herniederstürzen, um die ganze Erde zu verschlingen. Die Verdecke der Schiffe waren dunkel von sich tummelnden Kriegern, und die Sonne blitzte wie Feuer auf den Helmen und den bösen, stachligen Spitzen der Speere ...

»Da!« sagte sie, und ihre Stimme bebte, wenn sie auch rasch war, sie zu festigen. »Bei den Göttern, wir können das Blau des Meeres nicht vor ihnen sehen! Und sie kommen landwärts so schnell wie der Wind. Was sollen wir tun?«

Sie legte ihre Hand auf Gwydions Arm. Ihre Augen waren dunkel vor Angst, waren nicht länger die einer Zauberin, sondern die einer Frau, in stummem Flehen zu den seinen erhoben. Als erkennte sie in ihm, ob er auch ein wandernder Barde zu sein schien, eine Macht, die ihr helfen könnte. Und Llew sah staunend ein geschwindes, erweichendes Zucken über Gwydions Gesicht huschen, wie der Schatten einer uralten Zärtlichkeit ...

Immer sollte er in seinem Gedächtnis diesen Augenblick neben jenen anderen stellen, wie er vor langer Zeit zum ersten Mal das Mysterium von Mann und Frau erschaut hatte: als Arianrhod in ihrer Halle ihre Arme um Gwydion gelegt und er ihren Mund geküßt ...

Doch diese Verwandlung wich schnell von Gwydions Gesicht. Es härtete sich wie das eines Mannes, der mit dem Rücken zur Wand steht und sich grimmig darauf vorbereitet, gegen übermächtige Feinde zu kämpfen.

»Herrin, es bleibt uns nur eine Wahl. Wir müssen die Tore schließen und uns der Angreifer erwehren, so gut wir nur können.«

Ihr schnelles Lächeln blitzte ihn an, hell wie der Mond. »Die Götter lohnen es dir! Keiner meiner Männer hier taugt zum Führer. Sie haben zu lange friedlich im Dienst einer Frau gelebt, und ihre Herzen sind die von Schafen geworden. Übernimm du die Leitung der Verteidigung. Ich werde euch Waffen in Hülle und Fülle bringen.«

Sie ging von ihnen; und Llew beobachtete die Küste, wo soeben die ersten der Schiffe auf den Strand liefen und Krieger an Land sprangen, Speere und Äxte über ihren Köpfen schwingend, in einem grausigen, stachligen Tanz ...

Als sie zurückkam, waren zwei Mägde bei ihr, die Waffen und Wehr für zwei Männer trugen. Arianrhod wandte sich Gwydion zu, und in ihren Augen stand der verherrlichende Stolz, den Frauen beim Anblick des verzweifelten, fast hoffnungslosen Mutes empfinden, mit dem manche Männer gegen den sicheren Untergang ankämpfen können. Sie wollte ihm helfen, seine Rüstung anzulegen, aber er winkte sie zurück.

»Herrin, wappne du diesen Jüngling hier, denn er ist neu in Wehr und Waffen und wird lange brauchen, sie anzulegen. Und wir dürfen keine Zeit verlieren, schon höre ich das Getöse heranrückender Krieger. Ich werde mit Hilfe deiner Mägde zurechtkommen.«

Sie gehorchte ihm; es war ihr kein Stolz geblieben, seinem Gebot zu widerstreben. Durch das Fenster konnte sie die dunklen Fremden wie Ameisen auf das Schloß zuströmen sehen; und sie hatte kein Verlangen, als Sklavin in ein fremdes Land geschleppt zu werden.

»Mit Freuden«, sagte sie; und beugte ihr stolzes Haupt vor Llew, um ihm die Rüstung anzulegen.

Sie war in großer Hast aufgestanden, durch Trompeten und Geschrei aus dem Schlaf geschreckt, und trug nur ein dünnes Gewand. Er konnte den weißen, lieblichen Pfad zwischen ihren Brüsten sehen, die ihn nie gesäugt hatten. Er konnte ihre Hände spüren, flink und leicht und kühl, bei aller Angst beherrscht. Es war das erste Mal, daß sie ihn je berührte ... Ein Beben ging durch ihn, und er schloß die Augen.

Nie seit seiner Geburt waren sie einander so nah gewesen; nie wieder würden sie es sein ...

»Bist du fertig?« fragte Gwydion.

»Ich bin fertig«, antwortete sie. »Er ist gewappnet.«

»Auch ich bin fertig«, sagte Gwydion und lächelte ... »Jetzt laßt uns Waffen und Wehr wieder ablegen, denn es besteht kein Bedarf mehr für sie.«

Sie sah ihn fassungslos an, als wäre er plötzlich toll geworden. Ihr schöner Mund stand offen. »Was soll das heißen? Siehst du denn nicht das Heer ums Schloß herum?«

Gwydion blickte sie gerade an, ernst und ohne Lächeln.

»Herrin, siehst du es?«

Sie sah hinaus; und die Abhänge und der Strand, die noch vor einem Augenblick dunkel von angreifenden Männern gewesen waren, leuchteten jetzt verlassen, leer allen Lebens, unter der Sonne. Das Meer schimmerte blau und friedlich; kein einziges Segel befleckte seine Wellen. Schiffe und Krieger waren verschwunden, als hätten sie sich in Luft aufgelöst.

Sie starrte. Sie rieb sich die Augen und starrte wieder. Doch war immer noch nichts dort ...

Dann sah sie Gwydion mit den Augen eines Menschen an, der an seinem eigenen Verstand zweifelt.

»Oh«, stieß sie hervor, »was war dann die Ursache dieses Tumultes?«

Und jetzt lächelte er sie an, und die Linien seines Gesichtes änderten sich mit jenem Lächeln, so daß keine falsche Form mehr ihren Bruder vor ihr verbarg, und sie erkannte ihn.

»Er wurde verursacht, um dich dazu zu bringen, die Bedingungen deines Fluches zu erfüllen und deinen Sohn zu wappnen«, antwortete er, »und jetzt hat er Waffen und Wehr bekommen, ohne dir dafür danken zu müssen.«

Sie wurde rot. Sie wurde weiß. Dann barst solches Feuer in ihr Gesicht, daß es sie zu verzehren und aus ihr herauszuspringen und auch die beiden in Asche zu verwandeln drohte. Doch ihre Gesichtszüge bewegten sich dabei nicht. Sie schienen nur mit jedem Augenblick härter und böser zu werden, wie ein weißglühender Stein.

Sie warf einen Blick, und nur einen einzigen, auf Llew, die Augen erfüllt von dem Haß, den die langen Jahre des Hortens noch vertieft hatten: nicht der Blick einer Mutter, sondern der, den eine Frau der Rivalin zuwirft, die in der Liebe über sie triumphiert hat ...

Gwydion wandte kein Auge von ihr, denn er mißtraute ihrer Fähigkeit, die eigene Haßqual zu beherrschen.

Sie schlug mit einem Lächeln nach ihm, das grell und grausam wie ein Schwert war. Ihren Sohn sah sie kein zweites Mal an.

»Bei allen Göttern«, sagte sie leise, und gerade das Leise ihrer Stimme enthielt einen Haß, der zu stark war, als daß er in einem Wutschrei hätte ausgedrückt werden können, »du bist ein verruchter Mann, Gwydion mein Bruder. Viele Jünglinge hätten in dem Aufruhr und dem Tumult, den du heute in diesem Cantrev hervorgerufen hast, ihren Tod finden können. Und was diesen hier bei dir angeht, so schwöre ich ein Schicksal auf ihn herab.«

Sie hielt inne und wartete, ihre Augen die beiden jäh erbleichten Gesichter betrachtend, wie die Katze eine Maus betrachtet, die sie in den Krallen hält. Als sie ihre Stimme wieder hörten, war es ein weiches, sich weidendes Schnurren. Erfüllt von einem Triumph, der dieses Mal weder betrogen noch umgangen werden konnte: »Nie soll seine Lende die einer Frau aus dem Geschlecht berühren, das jetzt auf dieser Erde lebt.«

3. Buch
Wie Blodeuwedd liebte

Nicht aus Mutter und Vater,
Als ich gemacht ward,
Schuf mein Schöpfer mich.
Aus neungestalten Anlagen:
Aus der Frucht der Früchte,
Aus der Frucht des uranfänglichen Gottes,
Aus Primeln und Blüten vom Hügel,
Aus den Blüten von Bäumen und Sträuchern.
Aus Erde, aus einem irdischen Lauf,
Als ich gestaltet ward.
Aus der Blüte der Nesseln,
Aus dem Wasser der neunten Woge.
Ich ward von Math erzaubert,
Bevor ich unsterblich wurde;
Ich ward von Gwydion erzaubert
Dem großen Reiniger der Brytonen ...
Ich ward erzaubert vom Weisen
Aller Weisen, in der ursprünglichen Welt.

(»Book of Taliesin«, VIII;
Skene, »Four Ancient Books of Wales«)

ERSTES KAPITEL – MATHS RAT UND TAT/GWYDION UND LLEW KEHRTEN NICHT NACH
DINAS DINLLEV ZURÜCK. STATT DESSEN GINGEN SIE NACH CAER DATHYL ZU MATH.

DENN DIESES MAL WAR DER SOHN DONS HILFLOS, UND NICHT EINMAL SEIN
Scharfsinn konnte einen Weg erdenken, wie sich der Fluch seiner Schwester
umgehen ließ. Wüten und Arianrhod sagen, daß sie eine verruchte Frau sei, der
niemand Schutz oder Hilfe angedeihen lassen solle, und versichern, der Junge
werde trotz ihr eine Gattin bekommen – das konnte er tun und hatte er getan;
doch besaß er nicht die geringste Vorstellung, wie letzteres erreicht werden
könnte. Und seine Schwester hatte gewußt, daß er hilflos war, und sie hatte
über seine Wut und seinen Abgang gelächelt.

Arianrhod hatte ihren Sohn von den Freuden der Liebe ausgeschlossen.
Llew konnte nicht an der Seite einer Frau von dieser Erde liegen. Das war so
gewiß, wie die Sonne niemals im Osten untergehen würde. Also mußte er bei
einer liegen, die nicht menschlich war. Aber Gwydion mußte sich eingestehen,
daß eine solche nicht zu finden war.

Endlich war er in die Lage gekommen, in der er Math um Hilfe bitten
mußte, und er zweifelte, ob selbst Math sie geben konnte.

Auch dieses Mal mag Gwydion nicht abgeneigt gewesen sein, den Zorn ihres gemeinsamen Onkels auf seine Schwester herniederzuziehen, wenn dies
möglich war ...

Der alte König hieß sie willkommen. Sie verneigten sich vor ihm, Neffe
und Großneffe, wie er in seiner langen Ruhe dalag. Seit dem Krieg war er nicht
wieder aus seinem Palast geritten und würde es nie wieder. Doch über dem
weiten, winterlichen Dickicht seines Bartes leuchteten seine Augen noch so
scharf und tief wie eh und je, und Macht und Majestät umlagen ihn immer
noch wie ein Mantel. Denn unter seiner uralten, grabähnlichen Ruhe, die so
untätig wie der Tod schien, war er in Wirklichkeit tätiger als irgend etwas, das
sich unter dem langsamen, beschwerenden Gewicht des Körpers bewegt –
durch sein eigenes Nachdenken die Gedanken der Menschen hörend und reini-
gend und erhebend.

Einem Menschen konnte es geschehen, daß ihm die Lösung seiner Nöte
plötzlich durch den Kopf blitzte, ohne daß er wußte, wie oder warum; oder daß
ihm des Abends von den Hügeln herab Friede nahte, wie ein weißer Wind
durch seine geplagte und notvolle Seele wehte, wiewohl seine Augen solche
sein mochten, die für gewöhnlich die Hügel sahen, ohne sie je wahrzunehmen.
Jenes waren die Geschenke Maths.

So regierte er, der zu alt geworden und seiner Verwandlung zu nahe war,
um sein Volk noch durch den Körper zu regieren, dieses immer noch durch
den Geist. Und in das Herz des Zornerfüllten sandte er einen Strom des Mit-

leids aus den Quellen seines eigenen, unerschöpflichen Vorrates. Und auf die geistige Netzhaut des in sich selbst Versunkenen warf er unvermutet das Bild eines anderen Menschen und alle die vergessenen Gefühle jenes anderen und all das Leid, das ihm angetan werden mochte.

Viele wurden so gewarnt. Aus den Sinnen von vielen verblaßten diese Bilder nur zu schnell. Doch wenn sie auch unbeachtet blieben, so hinterließ ihr Licht doch einen geheimen Feuerfunken, der stumpf vor sich hinschwelte und die ersten Keime der Entwicklung weckte: Einsicht und Reue.

Dies war die Weisheit, deren Hilfe Gwydion und Llew suchten.

Sie gossen ihre Wut und ihr Weh vor ihm aus, und er hörte zu, in großer, ungestörter, jedoch nicht teilnahmsloser Gelassenheit, und so wenig betroffen von den Leidenschaften seiner Sippe, als wären es die der zeitlosen Berge. Und gerade sein Mangel an Bestürzung oder Ärger flößte ihnen das Gefühl ein, daß diese Not nicht so verzweifelt sein mochte oder die Befreiung davon nicht so unerreichbar. Doch sahen sie keine Lösung.

»Nun«, sagte Math schließlich und rieb sich das Kinn, »geh du jetzt hinaus und iß mit den Leuten des Hofes, Llew, denn wenn du schon auf Liebe verzichten mußt, so wirst du dir nicht helfen, wenn du auch noch auf Nahrung verzichtest. Dein Onkel und ich werden über diese Sache nachdenken.«

Doch nachdem der Junge gegangen war, saß er eine lange Zeit in Schweigen da, sich das Kinn reibend, während Gwydion in der Kammer auf und ab tigerte, flammenrastlos wie eh und je.

»Willst du etwa Arianrhod dieses Verbrechen gegen ihren eigenen Sohn begehen und sie ungeschoren davonkommen lassen?« brach es schließlich aus ihm heraus. »Sie lacht jetzt, weil sie den Sieg über mich errungen hat, und das kümmert mich nicht, aber das Leben des Jungen darf sie nicht zerstören! Noch nie hat man so etwas Ungeheuerliches vernommen: daß sie ihren eigenen Sohn um seiner Geburt willen bestrafen darf, ohne selbst wegen Unkeuschheit bestraft zu werden, wenn sie es schon Unkeuschheit nennen muß! Schließlich hat er ja nicht um seine Geburt gebeten!«

»Du hast es . . .«, sagte Math. Und es herrschte Schweigen zwischen den beiden, während der Wind und die Schwalben um das Schloß wisperten.

»Welches Recht hat sie, sich darüber zu beklagen?« sagte Gwydion hierauf. »Ich tat ihr keine Gewalt an!«

»Nein; du hättest es nicht gewagt, die Heiligen Harmonien ein zweites Mal zu verletzen. Du hast ihr keine Gewalt angetan, und doch tatest du ihr Gewalt an, denn deine Anschläge zwangen sie, ein unerwünschtes Kind zu gebären. Und ihr Ruf, nicht der deine, hat den Preis für jene Geburt bezahlt. Du warst klug genug, innerhalb des Gesetzes zu bleiben, das sie in ihrem offenen Haß übertreten hat . . .

Auch du bist an den Mißgeschicken dieses Knaben nicht unschuldig; denn du wolltest ihn geboren haben, bevor für die Männer Gwynedds die Zeit gekommen war, die Vaterschaft zu erkennen. Und der, dessen Geburt die überkommene Ordnung der Dinge verletzt, muß immer bezahlen . . . Und nicht Rache ist es, was ihm jetzt helfen wird.«

»Was wird ihm helfen?« fragte Gwydion. Während sein Onkel gesprochen hatte, hat er stumm dagestanden, mit nachdenklich gerunzelter Stirn. Doch jetzt nahm er sein Hinundhergehen wieder auf.

»Wenn ich kein Recht habe, Rache an Arianrhod zu fordern, was dann? . . . Gibt es keinen Weg, den Fluch zu entkräften? In allen deinen Jahren und in aller deiner Weisheit, Herr, hast du von keinem gehört? Wie schwer und mühsam er auch wäre, ich würde ihn einschlagen, denn ich liebe Llew . . . Eine zu schwere Verantwortung ist es, Leben zu schenken, wenn man dieses Leben dem, der dieses Geschenk empfing, zu einer Last werden läßt.«

»Es gibt keinen«, sagte Math. »Jener Fluch ist unwiderruflich und unlösbar. Zuvor ist es dir gelungen, deine Schwester zu überlisten, da sie sich die Freiheit gelassen hatte, den Fluch außer Kraft zu setzen, doch nachdem sie die Unweisheit des Hohns erfuhr, entzog sie diesen Fluch ihrer eigenen Macht . . . So mißbraucht sie, was an Weisheit sie gewinnt . . .«

»Ja, das tut sie!« sagte ihr Bruder. »Es wäre mir ein großes Vergnügen, sie eine andere Art von Weisheit zu lehren«, fügte er dann grimmig hinzu.

»Du kannst sie nicht mit ihren eigenen Waffen bekämpfen«, sagte Math, »denn sie dient dem Haß mit einer Zielstrebigkeit, die du, der du liebst, nie erreichen könntest; und der Sieg geht immer an den fanatischen Kämpfer. Du kannst sie nur besiegen, indem du an deiner eigenen Waffe, die du vorhin nanntest, festhältst und sie reinigst; denn Liebe ist eine mächtigere Kraft als Haß. Du würdest dich um Llews willen so wenig schonen, wie du sie geschont hast. Ist das nicht eine Stärke, die größer ist als jegliche von ihr?«

»Es scheint nicht so«, sagte Gwydion, »da es ist mir nicht gelungen ist, ihn vor ihr zu schützen. Denn er muß eine Frau haben. Ich erinnere mich gut daran, in welche Lage es Gilvaethwy versetzte, ohne eine bestimmte Frau auskommen zu müssen, obwohl er alle anderen in Sicht hätte haben können. Und jetzt soll ich mit ansehen müssen, wie Llew einem noch weit schlimmeren Schicksal unterworfen wird? Denn für ihn werden alle Frauen wie Fußhalterinnen sein!«

»Er ist nicht wie Gilvaethwy«, sagte Math. »Du selbst hast dafür gesorgt.«

»Er ist aber menschlich«, seufzte Gwydion.

Math überlegte eine Weile lang, sich wieder das Kinn reibend. Die Dämmerung brach herein, und in dem dunkel werdenden Raum leuchtete sein Kopf in einem frostigen Licht. Sein langer Bart sah unendlich aus, so weiß und weit war er, wie das Wesen allen Schnees.

»Hat er je eine Frau gekannt?« fragte er. »Ich dachte, ich hätte vorhin, als er hier neben dir stand, das Gesicht von einer in seinem Gemüt erblickt.«

»Das hat er nicht«, sagte Gwydion. »Er hat überhaupt nie irgendwelchen Umgang mit einer Frau gehabt, oder ich hätte etwas davon erfahren. Ich hätte es in seinem Wesen erkannt, selbst wenn er versucht hätte, es zu verbergen; und warum sollte er das versuchen?«

»Bist du dir dessen sicher?« fragte Math. Und es mag sein, daß er das nur auf Grund seines in all den Jahren angesammelten Wissens sagte, aus seiner Kenntnis menschlicher Herzen. Oder er hatte vielleicht in seiner unermeßlichen Allwissenheit jenes Gespräch am Strand bei Sonnenuntergang gehört und die Stimme des Mädchens, das den Waffenlosen verspottete . . .

Doch Gwydion schüttelte den Kopf. »Die Jungen können ihre Absichten verbergen. Ich erinnere mich daran. Llew jedoch nicht. Nicht vor mir. Es muß irgendein Mädchen gewesen sein, das er einmal gesehen hat und dessen Schönheit ihm wieder einfiel, als er wußte, daß es für ihn jetzt unerreichbar war.«

»Vielleicht«, sagte Math. »Er hat jetzt Mannesgröße erreicht, und er ist der schönste Bursche, der je gesehen ward. Es wäre an der Zeit, daß er an Frauen zu denken beginnt.«

»Er hat nicht an sie gedacht«, sagte Gwydion mit einem Seufzen, »wenigstens nicht in der Vergangenheit, als er sie hätte haben können. Doch jetzt wird er an sie denken«, stöhnte er.

»Das ist leider wahr«, sagte Math, »denn am stärksten lockt, was wir nicht haben können; und nichts ist je so anziehend wie das Verbotene.«

Gwydion seufzte wieder. »Er wird nichts anderes tun, als an sie denken«, sagte er. »Seither interessierten sie ihn nicht, doch jetzt wird er von ihnen besessen sein. Seine Augen werden jede Bewegung und jeden Blick und jeden Schritt und jede Art von Gestalt und Gesicht verschlingen. Sie werden Bücher sein, die er nicht lesen kann, und Früchte, die er nicht essen kann. Sie werden ihn im Schlafen und im Wachen heimsuchen, und sie werden seine Folter werden.

Und Jugend und Leidenschaft zusammen können eine tödliche Schlinge weben. Was, wenn sie in einer Stunde so aufflammen, daß er alles vergißt, sogar Arianrhod und ihren Fluch, und vernichtet werden wird?«

Und seine Lippen erbleichten im Gedanken daran . . .

»Du mußt Vorkehrungen dagegen treffen«, sagte Math.

Sein Neffe überlegte.

»Ich könnte ihn durch Drohungen und mit Gewalt zurückhalten, doch dieser Kurs würde unweigerlich eine Mauer zwischen uns errichten. Und im übrigen, wenn er Arianrhods Fluch vergessen könnte, an welche Drohung von mir könnte er sich dann noch erinnern? Ich muß einen anderen Weg finden. Ich könnte ihm eine endlose Reihe von Trug-Frauen heraufbeschwören, die eine Stunde lang fest genug für seinen Kuß und seine Umarmung wären. Aber das würde ihn nicht befriedigen, denn Liebe fordert Wirklichkeit. Sie kann nicht mit bloßem Küssen und Umarmen gesättigt werden, sondern sucht das Ich dahinter – wenn auch nur die Götter wissen, warum. Man sollte meinen, eine Trug-Liebe sei das Ideal des Mannes, da er doch immer einen Spiegel für sich selbst sucht; und es macht uns stets zornig, wenn wir uns an dem Unterschied zwischen dem Gemüt unserer Geliebten und unserem eigenen stechen.«

»So ist es«, sagte Math, »und so ist es nicht. Oder vielmehr, das ist nicht alles. Der Unterschied ist sowohl der Magnet als auch der Stachel. Denn Mann und Frau sind unvollkommen, und da sie das im Innersten wissen, suchen sie stets Vervollkommnung in einander. Und so ist es gewesen seit jenem Ersten Tage, als das Geschlechtliche die Menschheit mit Wällen aus Feuern voneinander trennte und Hälften machte aus dem, was ein Ganzes gewesen war. Und so wird es sein bis ans Ende, wenn die Hälften wieder zu einem Ganzen gemacht werden und das Liebende die Flammenmauer überqueren und wieder eins sein wird mit seinem Geliebten und ewig in Frieden.«

Gwydion sah ihn gebannt an. Denn nichts – weder Sorge noch Schmerz noch Vergnügen – konnte je im Sohn Dons die Freude an der Jagd auf Wissen lange überdecken.

»Du hast lange genug gelebt, um Geschichten darüber gehört zu haben, wie die Welt vor jenem Tage war, Onkel, als Mann und Frau noch nicht in zwei Formen gespalten waren. Gab es damals, als du jung warst, noch Menschen, die sie erzählen konnten?«

Math fuhr fort, ohne die Unterbrechung zu beachten:

»– Und ohne es zu wissen, sehnen sich Mann und Frau ewig nach dieser verlorenen Ganzheit und suchen einander zu verschlingen, um diese wiederzuerlangen, ohne zu wissen, daß Einigung nur durch Frieden erreicht werden kann und niemals durch Krieg – durch den Austausch von Geben und Nehmen, nicht durch Zerstörung. Und durch die kurzen Momente, in denen ihr Fleisch sie erreicht, geht das Leben weiter, und der endlose Kreislauf erneuert sich, und neue Seelen werden in die Welt verkörpert, um die alte endlose Suche und den Streit fortzusetzen.«

Gwydion dachte eine Weile nach.

»Es ist wahr, daß der Unterschied ein Magnet ist«, sagte er. »Zwischen Arianrhod und mir war es immer so. Denn ich wollte sie erforschen und sie mich, und wir verbargen beide unsere Geheimnisse voreinander und suchten die des anderen zu entdecken, und in diesem Streit gab es Freude, aber keinen Sieg. Ja, es gab große Freude; denn auf der ganzen Welt gibt es keine so kluge und schöne Frau wie sie, wenn ihr Herz auch keine Weisheit hat und ihr Gemüt das eines störrischen Maultiers ist, besessen von sieben Dämonen obendrein«, schloß er mit plötzlicher Hitze. Und dies rief ihn zu mehr praktischen und unmittelbaren Dingen zurück.

»Doch wie hilft das alles Llew?« fragte er.

Math sah ihn an.

»Du hast von Trug-Frauen gesprochen. Du sagst, du könntest Fleisch erschaffen, das eine Stunde lang fest sei. Doch gibt es ähnliche Schöpfungen, die nicht vergehen. Habe ich dich das nie gelehrt?« fragte er.

Gwydion starrte ihn an. »Willst du sagen, daß du eine Frau machen kannst –?«

»Einst waren wir alle Bilder im Geiste eines Gottes«, sagte Math. »Er dachte uns ins Leben . . . Unsere Körper können Seelen in die Welt rufen. Kann unser Geist weniger? Jetzt werden wir unsere Magie auf die Probe stellen, du und ich.«

Danach waren der Herr von Gwynedd und sein Erbe drei Tage lang in seiner Kammer eingeschlossen, und niemand sah ihre Gesichter oder wußte, welches Werk sie da drinnen vollbrachten. Nur Llew wußte, daß es auf irgendeine Weise ihn und sein Los betraf; doch wie es ihm helfen könnte, wußte er nicht; und so beschäftigte er sich mit seinen neugewonnenen Waffen und versuchte sich einzureden, daß ihr Glanz heller sei als Augen, die man am Strand bei Sonnenuntergang hatte erstrahlen sehen; und daß Schwertklingen zuverlässiger seien als Frauen, diese Unruhestifterinnen.

Die Diener trugen aber Speise und Trank vor die geschlossene Tür von Maths Kammer und huschten wieder eilends davon, wenn ihre neugierigen Augen auch an dem dicken Eichenblock klebten, als wollten sie das Geheimnis jenseits ausspähen. Doch jene Tür war so fest verschlossen wie die Tore zwischen der Erde und den Welten jenseits, jene wabernden Portale aus Zwielicht, die die meisten von uns nur mit einem Schlüssel öffnen können: dem Tod.

Doch während jener drei Tage hätte nicht einmal der Tod Maths Tür aufschließen können . . .

Auch Blumen trugen die Diener herbei, zu jeder Mittagsstunde. Große Haufen von Blüten der Eiche und des Ginsters und vom Mädesüß, die schönsten und feinsten, die in Wald und Feld gesammelt werden konnten. Doch wozu Math und Gwydion diese Blumen gebrauchten, ist – wie alles andere, was sie in jenen drei Tagen taten – eines der Mysterien, die mit den Druiden zusammen begraben liegen, wenn auch vielleicht gelbe Männer, die in einsamen Klöstern in den schneebedeckten Bergen Tibets ihre Gedanken zu greifbaren Inbildern gestalten, Bruchstücke jener fremden Wissenschaft behalten haben, die einst von Stonehenge zu den Menhiren auf fernen südlichen Inseln in einem Meer gereist sein mag, von dessen Vorhandensein das Volk von Gwynedd nie etwas erfuhr.

Sie mögen die Blumen dazu benötigt haben, das Bindeglied der Substanz zu bilden, mit der sie das Körperlose in der körperhaften Welt, die wir kennen, verankern konnten. Und welcher Stoff könnte zarter sein als Blumen, zerbrechlicher und der Phantasie mehr verwandt und gleichzeitig so voll von allen Verheißungen und Mächten des Lebens wie die Stärke der Eiche und die süß sprießende Kraft von Pflanzen und die weiche Schönheit der kleinen Blumen, die auf den Wiesen wachsen? Welch besseren Stoff als Blüten könnte es geben, um Leben zu gestalten, als diese zarten, blühenden Anfänge des Lebens?

Ob Arianrhod und ihre Hexenmeister von jenem Werk wohl etwas erfuhren? Arianrhod, die auf Caer Arianrhod saß und ihren Sieg umarmte. Ob sie daran werkten, mit gemurmelten und gesungenen Bannsprüchen und Flüchen, es zu hindern oder die Natur des Wesens, das es gestaltete, zu ändern?

Doch am Ende des dritten Tages öffneten Gwydion und Math die Türen der Kammer und traten hervor; und sie sahen erschöpft aus, aber sie lächelten wie Männer, deren Arbeit getan ist.

Math blickte zu Goewyn, seiner Frau, hinüber, die inmitten ihrer Damen saß, und er sagte:

»Geh in meine Kammer, denn dort drinnen ist eine, die deiner Fürsorge bedarf. Erweise ihr alle Ehre, denn heute abend ist sie eine Fremde und ein Gast unter uns; und an einem künftigen Tag, wenn meine Zeit vorüber ist, wird auch sie Herrin über Gwynedd sein.«

Die Königin erhob sich. Ihr Atem stockte ein wenig, wie in großer Scheu. Ihr Gesicht leuchtete weiß im Licht der Fackeln, nicht unberührt von Furcht.

»Eine Fremde hier und überall«, sagte sie, »ein Gast dem ganzen Menschengeschlecht. Ist sie wie andere Frauen, Herr, diese, die mich da drinnen erwartet? Mit welchem Namen soll ich sie begrüßen – meine junge künftige Verwandte?«

Und alle dort fühlten mit ihr das Wunder jener Stunde und schraken davor zurück, da in jener Kammer eine Frau wartete, die nicht im Schoße einer Mut-

653

ter gestaltet oder aus dem Geschlecht der Menschen geboren worden war.

»Sie schläft«, sagte Math, »doch morgen früh wird sie erwachen, wie andere Frauen erwachen. Dann werde ich ihr einen Namen geben und sie dem Volk vorstellen. Fürchte dich nicht vor ihr, denn wir sind alle Fremde, so unbekannt wie sie, wenn die Winde von Annwn unsere Seelen in die Welt wehen. Wenn dies auch nicht erkannt wird, denn jene, von deren Fleisch wir sind, bilden sich ein, daß unsere Seelen zumindest teilweise von den ihren gestaltet seien. Und sie wird außer dir keine weibliche Verwandte haben, an die sie sich wenden kann, da Arianrhod ihren eigenen Sohn verwünscht.«

Die Gestalt der Königin erzitterte. Ein jäher Ausbruch von Leidenschaftlichkeit zog über ihr Gesicht. »Schlimm war das von Arianrhod getan!« rief sie. »Llew ist ein schöner Jüngling, und als sie ihn gebar, tat sie besser, denn damals, als sie ihn verfluchte. Recht geschähe ihr, wenn das Meer sie darum verschlänge und alles, was ihr gehört. Warum mußte sie das Ding da drinnen nötig machen!«

»Aus der Unweisheit ihres Herzens heraus tat sie es«, antwortete Math, »und aus dem, was mich meine Weisheit dünkt, schuf ich das Heilmittel, das ich konnte ...«

»Es geschieht, wie du willst, Herr«, sagte Goewyn. »Ich werde sie in mein Gemach tragen lassen und dort ein Lager für sie bereiten.«

Und sie ging mit ihren Mägden hinaus.

Gwydion aber ging in die Kammer, wo Llew war. Er fand ihn daliegend, die Arme unter seinem hellen Schopf verschränkt, in den purpurnen Abend hinausstarrend.

»Wir haben ein Weib für dich bereit«, sagte Gwydion.

Llew sprang auf, mit ehrfurchtgeweiteten Augen und aufgerissenem Mund. »Soll das heißen, ihr habt eine Frau GEMACHT?« stieß er hervor. »Ihr wart fähig, das zu tun?

Aber sie muß ein Trugbild sein!« rief er. »Sie kann doch gar nicht wirklich sein!«

Und Einsamkeit und ein jähes kaltes Grausen überkamen ihn, ein Sehnen nach warmen und menschlichen Dingen, nach Wirklichkeiten, die so unbestreitbar waren wie er selbst: und sei es eine höhnende Stimme bei Sonnenuntergang am Strand und braune Augen, die vor warmem, irdischem Ärger über Dinge funkeln, die nicht scheinen, sondern sind.

»Diese nicht«, sagte Gwydion. »Sie ist eine Wirklichkeit. Was immer sie gewesen sein mag, bevor wir ihre Erscheinung gestalteten: jetzt hat sie ihr eigenes Leben. Sie ist kein Trugbild mehr; sie ist ein Mädchen, das du freien kannst.«

»Aber wie kann sie das sein«, fragte der Junge, »wenn sie nicht menschlich ist?«

»Einst mag sie dem Menschengeschlecht angehört haben«, antwortete Gwydion. »Wer weiß?«

Und einen seltsam feierlichen Augenblick lang fragte er sich selbst, woher sie wohl gekommen war und was für ein Wesen sie haben mochte, die Seele, die er und Math aus den oberen Winden herabgezogen hatten, damit sie die von ihnen gestaltete Form bewohne ...

Doch Llew überlegte. »Du sagtest, sie sei eine Frau für mich. Ich soll also heiraten?«

»Ja«, sagte Gwydion. »Es bleibt dir nichts anderes übrig. Es war schon schwer genug, diese eine Frau für dich zu bekommen ...« Er reckte und streckte sich und seufzte müde. »Es ist für Menschen ein schweres Geschäft, die Arbeit von Göttern zu tun.«

Und während er das sagte, dachte er verwundert: ›Was Math sagte, ist wahr. Mein Wunsch nach einem Sohn hat die Sitte der Ehe in Gwynedd gefestigt, obwohl ich selbst nicht geheiratet habe. Denn jetzt muß er, der mein ist, heiraten oder lieblos leben ... Es ist auch meinetwegen geschehen, daß Math damals Goewyn heiratete; und wohin wir Könige führen, dahin wird das Volk folgen. Ehe – die ich niemals wollte – ist das Ziel, auf das sich alle meine Pläne und Handlungen hingestalten. Geht es uns allen so, daß wir niemals das Ziel kennen, auf das wir in Wirklichkeit hinarbeiten, so wenig, wie die Mutter das Gesicht oder die Taten des ungeborenen Kindes kennt?‹

Aber er legte seine Hand auf den Arm des Jungen und sagte laut die Worte, die dazu berechnet waren, Träume und Verlangen zu entzünden: »Kind, wir haben Großes für dich vollbracht. In ganz Gwynedd gibt es kein so schönes Mädchen. Sie ist so schön, wie Goewyn oder Arianrhod deine Mutter je waren.«

Und für den Rest jener Nacht schlief er ...

Llew aber schlief nicht. Eine Flamme der Unruhe beherrschte ihn, ein Wirbel aus Erwartung und Angst. Er war bis zum Überströmen erfüllt von Vermutungen und Zweifeln und Wunder. Sein Gehirn und sein Körper waren auf eine Weise erregt, die neu war und schwer zu begreifen.

Denn er stand an der Schwelle zu einer unbekannten Welt, vor Geheimnissen, die vor der Begegnung am Strand nicht einmal in seinen Träumen oft aufgetaucht waren. Noch gestern schienen sie ihm für immer verwehrt zu sein; jetzt stand ihm ihre Erfahrung unmittelbar bevor – so schnell, wie Math die Sippe für das Hochzeitsfest zusammenrufen konnte. Und halb ersehnte er diese

Erfahrung, und halb schrak er vor der Vertraulichkeit und der Dauerhaftigkeit zurück, die sie bedeutete.

Er war nicht übermäßig erpicht darauf, verheiratet zu sein. Er hatte die Ehe immer mit Argwohn beäugt, denn Jugend, die ihr ganzes Leben in Banden verbracht hat, besitzt ein scharfes Auge für neue. Und er hatte bemerkt, daß die wenigen verheirateten Männer, die er kannte, weniger frei zu sein schienen als die anderen. Entweder kamen sie behutsam daher, wie Krieger, die ein feindliches Lager umschleichen, oder sie wurden unhöflich und streitsüchtig, wie die ohne Lebensart es manchmal einem erklärten Feind gegenüber sind. Wenn sie auch nur in die Richtung einer anderen Frau schauten, dann wurden ihre Frauen böse und schimpften und kreischten, oder sie zerflossen in wäßrigem Wehgeschrei. Beide Erscheinungsformen sahen ungemein reizlos aus.

Doch würde es eine zu große Beleidigung sein, das Mädchen nicht zu bitten, ihn zu heiraten, denn Leute, die dauernd miteinander lebten, heirateten immer. Die altmodischen, unverheirateten Konservativen lebten immer nur eine kleine Weile miteinander. Im übrigen besaß er Verstand genug, um zu erkennen, daß ein Hochzeitsfest keinen großen Unterschied machen würde. Wenn er sein ganzes Leben lang mit ihr lebte, würde er mit ihr verheiratet sein – ob es nun so hieß oder nicht.

Das war also die Ehe.

Sie sah wie ein mißliches und beschwerliches Geschäft aus, und er war immer geneigt gewesen, seinen Onkeln leidenschaftslos zuzustimmen, die sagten, sie würde niemals erfolgreich sein. Schließlich: war die Annahme vernünftig, zwei Menschen hätten Naturen, die einander als angenehm genug empfinden, um für den Rest ihrer Tage glücklich zusammenleben zu können, nur weil sie eine Nacht lang ein Verlangen gehabt hatten, einander zu küssen und zu umarmen?

Doch jetzt raunte sein Herz: Warum nicht, wenn beide höflich und liebend wären und in allen Dingen gut zueinander paßten? Warum sollte eine einzige schöne Frau nicht genügen, wenn sie freundlich und edelmütig wäre? ... Und er sann darüber nach, wie sie wohl aussähe, jene Schönheit, von der Gwydion gesprochen hatte. Er versuchte, sie sich vorzustellen, es gelang ihm aber nicht. Seine Phantasie tänzelte und drehte und bäumte sich beim Ausmalen, erregt wie ein ausgelassenes Pferd. Und wenn er daran dachte, wie bald und wie nahe er jene unbekannte und geheimnisvolle Lieblichkeit zu erkunden bekäme, da hüpfte sein Herz sonderbar vor bebender Freude, doch sein Verstand schreckte vor jenem Gedanken zurück, mit einer furchtsamen, jungfräulichen Schüchternheit ...

Am Morgen sah er sie. Sie wurde zum Meer hinabgeführt, um getauft zu werden, und Math gab ihr den Namen Blodeuwedd oder Blumengleich, wenn auch manche gesagt haben, der Name habe Blodeuedd, ›Blumen‹, gelautet.

Dann legte Math vor dem Volk ihre Hand in die Llews, und alle jubelten laut, als das Hochzeitsfest verkündet wurde. Denn vor ihrer lebendigen Gegenwart schmolz alles Grausen vor ihrem seltsamen Ursprung wie Nebel vor der Sonne. Sie war süß wie Honig. Sie war warm und lieblich wie die Morgenröte, die aus fernen Himmelsstätten heraufsteigt, um die dunkle und zitternde Erde zu erhellen. Jede ihrer Bewegungen war Musik und eine neue Enthüllung von Schönheit; die Berührung ihrer Hand oder die Wendung ihres Kopfes war ein Lied.

Und die Lords der Cantrevs und Cymwds und die Häuptlinge der Stämme kamen zu dem Hochzeitsfest geritten, zu dem Math sie eingeladen hatte. Den ganzen Tag über kamen sie angeritten, einzeln und zu zweien; und Govannon und Gilvaethwy und Eveyd und Amaethon waren unter ihnen und alle jene anderen, ungenannten Adligen, die keine Söhne Dons waren.

Llews Erregtheit stieg und stieg, bis sie, als der Abend das Land zu überschleiern begann, ein Fieber der Ungeduld und zugleich des Bangens geworden war. Erst war ihm, als käme die Nacht nie, und dann, als käme sie mit aller schrecklichen Geschwindigkeit eines Pfeiles; und er wäre gerne ausgewichen. Denn er hatte keine Erfahrung im Umwerben von Frauen. Er hatte das Mädchen am Strand nicht zufriedengestellt. Es würde eine traurige Geschichte, wenn er auch seine eigene Frau nicht zufriedenstellte. Und er war eingeschüchtert. Die Pracht ihrer Schönheit hatte ihn in jenem Augenblick betroffen, als seine Augen den ihren begegneten, während Math ihre Hände verband – das Gefühl ihrer Hand, wie sie, weich wie Samt und doch lebendig und erregend wie eine Flamme, in der seinen lag ...

Er bekam Ratschläge in Hülle und Fülle, obwohl er um keinen bat. Sein Onkel Gilvaethwy erteilte ihm ausführliche und begeisterte Belehrungen, und sein Onkel Govannon schlug ihm auf den Rücken und befahl ihm, fröhlicher zu werden: sie würde ihm schon nicht den Kopf abschneiden. »Wenn ihr auch vielleicht danach zumute sein wird, wenn du schon so früh am Abend einschlafen wirst, wie es jetzt den Anschein hat«, sagte er.

»Sie wird ihn schon aufwecken, keine Angst«, lachte Gilvaethwy. »Sie ist ein aufweckend aussehendes Weib ...«

Llew errötete und wünschte, er wäre es nicht, denn sein Vetter Bleiddwn, Gilvaethwys jüngster Sohn, der älter und erfahrener war, sah her. Aber er schien Mitgefühl zu haben.

»Es ist ein Jammer, beim ersten Mal so viele Zuschauer zu haben«, flüsterte er ihm zu. »Du wirst jetzt vorgeführt wie ein Hengst, der Fohlen machen muß. Es wäre wirklich ein angenehmeres Abenteuer, wenn du jetzt heimlich hinausschlüpfen und hinter einer Hecke ein Mädchen anhalten könntest . . .«

Doch Gwydion war der Ansicht, der Quälerei sei jetzt mehr als genug, und jagte sie alle hinaus.

»Ja, wir lassen ihn jetzt besser schlafen«, sagte Bleiddwn kichernd, »denn heute nacht wird er nicht viel Zeit dafür haben . . .«

Doch Gwydion warf ihm einen Blick zu, der ihm den Mund noch weiter aufsperrte und ihn dann mit einem Knacksen zuschnappen ließ.

»Ich würde nicht sagen, daß einer von euch ein Hohlkopf sei«, sagte er, als er mit ihnen die Kammer verlassen hatte, in der Llew saß, »denn alle eure Köpfe sind von der Stirn bis zum Hinterkopf massiv; und waren es immer. Dort drinnen gibt es nicht einmal Platz für Hohlheit.«

»Wogegen deiner und der Llews hübsche Hohlräume in sich haben, nehm' ich an!« sagte einer seiner Brüder lachend.

»In ihnen gibt's Bewegung«, sagte Gwydion, »was mehr ist, als eure je enthalten haben. Aber das ist unwichtig. Verderbt dem Jungen diese Nacht nicht. Er hat weniger mit seinem Körper gelebt als irgendeiner von euch; und für ihn ist das hier voll von Ungewohntem und Neuem, das Erkunden eines Geheimnisses. Nehmt der Frucht nicht ihren Flaum.«

»Es wäre schwer, dieser Frucht ihren Flaum zu nehmen«, sagte Govannon. »Sie ist der flaumigste Pfirsich, der je in Gwynedd wuchs, und den Jungen möchte ich sehen, dem sie sauer schmeckte. Mein Neffe Llew ist dafür eine zu wohlgeschmiedete Klinge, des bin ich sicher. Es ist nur ein Jammer, daß Math niemals Jünglinge als Fußhalter nimmt, Gwydion, denn ich glaube, daß dein Liebling gut dafür geeignet wäre. Warum hast du ihn eigentlich nie ein bißchen frei herumlaufen lassen?«

»Wir alle liefen frei herum«, sagte Gwydion, »und das Ende davon war, daß Gilvaethwy und ich eine Zeitlang in engem Gefängnis umherliefen. Das wollte ich ihm gern ersparen.«

Govannon kratzte sich den Kopf. »Du hast wohl recht«, sagte er, »aber es gibt auch so etwas, wie zu sehr recht haben . . . Was, wenn er nicht erfahren genug ist, auf festen Grund unter seinen Füßen zu achten, wenn du ihn schließlich frei laufen läßt?«

Gwydion verdaute das einen Moment lang.

»Das ist gut ausgedrückt«, sagte er. »Weisheit zeigt sich manchmal dort, wo man sie am wenigsten vermutet«, und er blickte auf den Mund seines Bruders. »Doch das Ziel, auf das hin ich ihn ausgebildet habe, ist, gut und sicher zu laufen. Und er ist klug. Nie in seinem Leben gab es eine Lektion, von der er nicht gelernt hat.«

»Nun«, sagte Govannon, »es ist deine Angelegenheit.«

Llew badete im Abenddämmer im Fluß Conwy, wählte aber eine bewaldete Stelle. Er war froh, nicht am offenen Strand baden zu müssen. Aus irgendeinem Grunde wäre ihm das wie eine merkwürdige Form der Untreue vorgekommen, und wie ein Tasten nach einer toten und verblassenden Vergangenheit.

Als er aus dem leuchtenden Wasser tauchte, erinnerte er sich an das namenlose Mädchen am Meer und fragte sich, ob sie seitdem an dem Strand, wo sie einander begegnet waren, einen anderen Mann getroffen habe. Sie war die Mutter aller dieser Geschehnisse, sie, nicht weniger als Arianrhod. Denn sie war es, die ihn nach Waffen und Rüstung hatte barmen machen.

Einmal, erst vor ein paar Tagen, wenn es ihm jetzt auch wie vor langer Zeit schien, hatte er geträumt, wie er sich ihr in der vollen Pracht seiner Rüstung zeigte, nachdem er diese errungen hatte. Ja, und wie er sie dann verschmähte, als sie sich ihm bewundernd zu Füßen warf, obgleich er ihr doch vielleicht noch verziehen hätte ... Aber jetzt schied sie schnell aus seinem Sinn, wie die ausgebrauchten Dinge der Kindheit, alte Träumchen und Absichten, derer man längst entwachsen ist, die man vergessen hat. Sie war etwas, das sich vor sehr langer Zeit ereignet hatte.

Blodeuwedd war hier und jetzt, und sie prangte zur Rechten Maths. Denn heute nacht widerfuhr Braut und Bräutigam alle Ehre; die Söhne Dons saßen zur Linken des Königs.

Und Llew errötete wieder, verlegen durch die Höhe jener Ehre, als er zwischen der alten, mysteriösen Macht seines Großonkels und jener strahlenden Schönheit seinen Platz einnahm, die seine Gegenwart und seine Zukunft war. Schönheit und Weisheit saßen links und rechts von ihm. Und die unerschütterlichen Sternenhöhen des einen, die zu erringen Jahre und Jahrzehnte harter Arbeit erfordern würde, schienen ihm nicht geheimnisvoller als die schimmernde Sanftheit der anderen, die sich ihm darbot ...

In seinem ganzen späteren Leben blieb ihm jener Abend nur als ein Nebel aus Fackellicht und Gesang und Jubel im Gedächtnis. Man hatte auf ihr Wohl getrunken und ihnen Gesundheit und langes Leben gewünscht, und er hatte mit der geziemenden Höflichkeit eines Prinzen Bescheid darauf getan. Aber er dachte, es müsse Gwydions Verstand gewesen sein, der diese Antworten in Worte geformt und zu seinen Lippen geschickt und auch dafür gesorgt hatte, daß er den Wein aus seinem erhobenen Becher nicht auf sie schüttete, die dort an seiner Seite strahlte. So verloren waren alle Einzelheiten in der Wärme und dem Glanz jenes Nebels . . .

Doch schließlich führten die Frauen Blodeuwedd hinaus. Sie berührte seine Hand und lächelte und ging, ihr schönes, blumengekröntes Haupt bescheiden gesenkt, wie sie zwischen den Damen dahinschritt.

»Warum läßt sie ihren Kopf so hängen?« murmelte ein Mann weiter unten an der Tafel.

Eine alte Dame, die jung gewesen war, bevor es in Gwynedd Ehefrauen gab, antwortete ihm: »Sie tut es, weil das in Dyved einige junge Mädchen bei ihrer Hochzeit tun, Narr. Die armen jungen Dinger werden durch das unanständige Getue, das man über ihr Beilager macht, wenn sie noch keinen Mann hatten, ganz scheu gemacht. Und jetzt setzt sich diese Mode auch hier immer mehr durch, und die dort tut es, weil sie glaubt, es schicke sich. Für eine, die erst einen Tag alt ist, lernt sie die Bedeutungen von Schicklichkeit und Unschicklichkeit schnell.«

»Es ist nur gut für Llew Llaw Gyffes, daß sie für ihr Alter schon so gut entwickelt ist«, sagte der Mann lachend, »sonst hätte er noch eine Weile warten müssen . . .«

»Zu meiner Zeit kümmerte sich keine ehrbare Frau darum, was schicklich oder unschicklich sei«, bemerkte die alte Frau, »denn damals gab es keine Lüsternheit und nichts, dessen man sich hätte schämen müssen.« Worauf sie fortfuhr, das von der Hinterkeule eines Schweines abgesäbelte Fleisch zu kauen, doch selbst damit hatte sie Mühe, denn die meisten ihrer Zähne waren ausgegangen . . .

Dann war Llew an der Reihe, aus der Festhalle geführt zu werden.

Er war der erste Thronfolger von Gwynedd, für den in Caer Dathyl ein Hochzeitsfest gehalten wurde.

Endlich stand er allein im Gemach seiner Frau. Der Mond hatte es mit einem klaren und schimmernden Zwielicht erfüllt, das wie tiefes, durchsichtiges Wasser leuchtete. Er konnte deutlich sehen, wie sie dalag, ihn erwartend.

Sie war schön genug für eine Göttin. Sie war zu schön für einen Mann. Und zum letzten Mal dachte er an jenes Mädchen am Strand. Es war fest und warm und menschlich gewesen und – wie er selbst – vor kurzem noch ein Kind; es hätte eine Kameradin sein können. Er hatte schon vergessen, daß seine Schönheit ihn je betroffen gemacht . . .

Doch dort lag sein Weib in zauberischer Jugend, die keine Kindheit erfahren hatte und vielleicht kein Alter erfahren würde. Ihr helles Haar war auf dem Kissen gebreitet, golden wie Ginster. Ihre Arme und ihr Busen schimmerten rosig und weiß auf den bestickten Tüchern, als wären sie aus einem

Schauer von Apfelblüten gebildet. Ihre Haut sah blumenlieblich, blumenzart aus. Er fürchtete, sie würde wieder in Blütenblätter zerfallen, wenn er sie berührte ...

... Sie lächelte: »Mein Gebieter«, sagte sie, und streckte ihre Arme aus.

Er ging zu ihr; er legte seine Arme um sie. Ihr Körper fühlte sich so leicht in seinen Armen an, so warm und seidensanft, daß er immer noch fast fürchtete, es fehle ihm die Wirklichkeit. Doch die Berührung durchschauerte ihn wie ein Wein, den zu trinken den Göttern vorbehalten ist. Sie hatte eine herrliche, verzückende Süße an sich, so scharf wie der Schmerz ...

Er küßte ihren Mund. Er preßte sein Gesicht gegen das Weiß ihres Halses. Zum ersten Mal sprach er zu ihr. Seine Stimme stolperte vor Staunen und Entzücken.

»Blodeuwedd ... Blodeuwedd ...«

Draußen war der Festlärm verstummt. Die Barden schwiegen. Die Frauen waren in ihre Quartiere gegangen, und die Männer, die nicht mehr in der Lage waren, zu den ihren zu gehen, lagen reglos vor der Tafel oder der ersterbenden Glut des Feuers ausgestreckt. Sie lebten, aber sie waren nicht anwesend. Über die große Halle war der kleine Schlaftod gebreitet, die Stille abgeschiedener Seelen ...

Nur Gwydion saß noch aufrecht und kläräugig da, zu Math hinüberstarrend, der auf seinem Thron saß. Groß und mehr als menschlich sah er dort im stumpfen Grau der Dämmerung aus, wie ein grauer, behütender Weltengeist, der den Menschen den Tag zurückbringt, mit gelassenen, unvergänglichen Augen dem Wunder zusehend, das er durch alle Zeiten hindurch gewirkt hat.

Und sein Neffe fragte sich, ob er selbst bei all seiner Wachheit näher war als jene entleerten Schläfer. Denn Math brauchte keinen Schlaf, um die Stunde zwischen den Welten zu überbrücken. Er konnte ohne Schlaf ruhen, so vollkommen war die Freiheit, die er selbst in diesem Körper von den Nöten und der Blindheit und den irdischen hitzigen Begierden des Fleisches erreicht hatte, vor denen der Geist des gewöhnlichen Menschen, müde nach einem Tag des Weilens, zurück zu den reineren, helleren Welten flieht, die auf der anderen Seite der Erinnerung liegen: Reiche, die wir alle nächtlich besuchen – wenn auch im Wachen unsere Hirne zu grob sind, um ihre Herrlichkeit zu erinnern.

Gwydion begann einen Gedanken zu denken. Er dachte ihn dort in der Dämmerung so klar und beständig, daß er wußte, seine Nachdrücklichkeit mußte schließlich in Maths Bewußtsein so laut wie jedes gesprochene Wort ertönen. Sein Onkel wandte ihm sein Gesicht zu und wartete, und seine grauen Augen waren gelassene Fragen über der bleichen Weite seines Bartes.

»Es ist schwer für einen Mann, sich ohne Besitz zu erhalten«, sagte Gwydion.

Math verstand. »Nun«, sagte er, »ich werde dem jungen Mann die Lordschaft über den besten der Cantrevs geben.«

»Lord«, sagte Gwydion, »welcher der Cantrevs ist das?«

»Der Cantrev von Dinodig«, antwortete Math. Und Dinodig umfaßte die Distrikte, die in späteren Zeiten Eivionydd und Ardudwy genannt wurden; und dieses Mal war Gwydion zufrieden ...

Den zehnten Tag danach führte Llew Blodeuwedd die Blumengesichtige in ihr neues Heim zu Ardudwy. Bevor sie gingen, erhielt Llew von Math wohl noch einigen Rat, was das Regieren einer Provinz anging, und Gwydion gab ihm vermutlich noch viel mehr, und dasselbe taten alle anderen, die im Rang hoch genug standen, um es zu wagen. Denn guter Rat ist die eine Ware, mit der sogar der geizigste Mensch auf der Welt verschwenderisch umgeht. Und es ist zugleich das am wenigsten benutzte aller Geschenke – was wohl nur gut ist.

Goewyn unterwies Blodeuwedd hinsichtlich der Pflichten und Plagen einer Hausherrin und Lady eines Cantrevs; und das Mädchen lauschte mit schicklicher Aufmerksamkeit und erkundigte sich nach der genauen Bedeutung von diesem oder den Einzelheiten von jenem. Ihr Sinn für Schicklichkeit wirkte an einem so jungen Menschen seltsam, und Goewyn dachte an eine andere Frau, die Schicklichkeit über Ehre oder Mutterschaft gestellt hatte. ›Sie ist es, viel eher als Llew, die Arianrhods Kind sein könnte.‹

Doch in Blodeuwedds Gemüt gab es keine Belebung, keinen eigenen Antrieb und keine Arglist. Sie hörte ruhig zu, ohne Staunen oder Angst oder Scheu, so, wie sie es am ersten Tag ihres Lebens getan hatte, als Goewyn sie in den Pflichten einer Ehefrau unterwiesen hatte.

Und es kam der Königin so vor, als bewiese das bloß duldende Hinnehmen aller Dinge, die kamen, daß sie immer noch eine Puppe war, die Gwydions und Maths Willen ausführte, belebt von den Trieben, die sie ihr eingepflanzt hatten; als gäbe es in ihrem Geist und in ihren Gefühlen leere Flecke, als wäre sie nie völlig beseelt worden und wäre kein Mensch, sondern nur eines jener schönen Bildnisse, die Dichter erschaffen, Bildnisse, deren Herzen und Sinne sich nur nach dem Willen ihres Schöpfers bewegen. Und für so jemanden schien Schicklichkeit das Unvermeidliche zu sein, die einzige Richtschnur. Vielleicht das einzige, was ihr Selbstgefühl über das eines Tieres erhob.

Doch Königin Goewyn sah, daß Llew glücklich war, und darüber freute sie sich, denn sie liebte den schönen, sanften Jüngling, der, obwohl nächster Verwandter jener, die ihr einst größtes Unrecht angetan hatten, doch er selbst und kein anderer und zwiefach aus dem Blut ihres Gemahles war.

Sie fragte sich nur, was geschehen würde, wenn je ein Wille in jenem schönen, halb-menschlichen Ding erwachen würde, das Magie aus dem unbekannten Nichts herbeibeschworen hatte.

ZWEITES KAPITEL – DAS ERSCHEINEN VON GORONWY PEVR/DAS JUNGE PAAR RICHTETE SICH IN EINEM PALAST ZU MUR Y CASTELL IN ARDUDWY EIN, UND SIE WAREN DORT GLÜCKLICH.

›Glücklich‹ ist ein kleines Wort. Dem einen mag es eine Art angenehmer Ruhe unter einer milden Sonne bedeuten, ungeplagt von nagenden Sorgen oder schmerzlichen Kümmernissen und niemals befeuert von Verzückungen. Jenes ist ein guter Zustand und ein besserer, als die meisten von uns je bekommen, doch nichts Großes entsprießt ihm.

Glücklich sein kann heißen, das Leben herzhaft und mit Appetit verzehren, wie ein hungriger Mensch ein gutes Gericht verzehrt, ohne auf Tiefe oder Form des Geschirrs zu achten oder zu überlegen, wie es erfunden wurde, und ohne zu wehklagen, wenn das Fleisch gelegentlich zäh oder zu trocken oder zu saftig ist, weil das meiste davon ja gute, nahrhafte Speise ist.

Oder aber Glück kann ein Rhythmus sein, der alle Tage in Musik verwandelt und das Gehen zu einem Tanz macht und aus der Sonne eine hellere Helligkeit, die Luft mit Wein und die Welt mit Wunder erfüllend. Als würde plötzlich ein Zauberschleier über alle Dinge geworfen oder ein Vorhang gehoben, der Schönheit verborgen hielt . . .

So war es für Llew. Er war glücklich, und er war tätig. Seine Nächte und Tage waren übervoll. Das Wohlergehen des Volkes einer ganzen Provinz lag auf seinen Schultern, und Schönheit und Entzücken waren bei ihm; und er war jung und stark genug, beides mit heißer Freude zu umarmen.

Am Tage saß er auf dem Richterstuhl und richtete, wie er es Gwydion in Caer Seon und Dinas Dinllev hatte tun sehen und Math in Caer Dathyl. Er wog Streitigkeiten über Erbschaften oder Grenzmarken, Unrecht, das begangen worden war, und Unrecht, das begangen werden sollte; und alle Beweise kamen von Leuten, von denen kein einziger versuchte, ihm die reine Wahrheit zu sagen, sondern immer nur das, was sie ihn glauben machen wollten.

Manchmal wirbelte ihm der Kopf ob der verschlungenen Knoten, in die ihn ihre Worte schlangen, und sein Verstand schrak zurück vor der Mühe, jene fest mit der Wahrheit verwobenen Lügen herauszufinden – vor allem aber vor dem

Wissen, daß seine Entscheidung den Streit nicht beendete. Ihre Folgen würden dauern, vielleicht ein Leben lang oder noch länger, und die Verantwortung würde auf ihm lasten.

Zuvor hatte er immer Gwydion gehabt, den er um Rat fragen konnte, Gwydion, an den er sich wenden konnte. Wann immer ein Gedankendickicht zu wirr wurde, konnte der Sohn Dons ein Wort sprechen, das einen Weg zeigte, auf dem man sich freimachen, an den man sich halten konnte. Gwydions Verstand hatte einen selten aus dem Labyrinth geführt; aber er hatte das Licht entzündet, bei dessen Schein man sich herausarbeiten konnte . . . Doch jetzt mußte Llew sowohl seine eigene Fackel entzünden als auch seinen eigenen Weg freihauen. Und das forderte sein gesamtes Mannestum und beanspruchte seine ganze Kraft.

Er muß der Anforderung gut gerecht geworden sein, denn in dem alten Buch steht geschrieben, daß alle ihn und seine Herrschaft liebten. Er lernte, König zu sein, und er war auch ein Liebender geworden. Denn er, der sein Leben lang zärtlich geliebt worden war, liebte jetzt Blodeuwedd zärtlich und fand darin ein neues und seltsames Entzücken, gesondert von ihrer Köstlichkeit.

Denn für ihn war sie das Lied in der Kehle der Drossel. Sie war das Sonnenlicht, das die Welt färbte. Sie war so zart wie der Regenbogen und ebenso fröhlich. Sie war der Friede, den er mit dem Weibe geschlossen hatte, jener seltsamen Feindin, die ihn mit nicht nachlassender Bosheit alle seine Tage hindurch in der Welt verfolgt hatte, in die sie ihn gebracht hatte.

Seine Frau war die Heilung aller Wunden und aller Kriege. Ihre Zerbrechlichkeit war der Schatz, den er behütete. Und ihre Schönheit war der Wein, der ihn trunken machte, und der Schrein, vor dem er sich in Ehrfurcht neigte. Sie war sein Liebling und seine Freundin und ein Garten, in dem allein er sich ergehen konnte. Sie verkörperte die geheimnisvolle Schönheit, die er seit jenem Tage, als Arianrhod sich geweigert hatte, ihm einen Namen zu geben, immer angebetet hatte – endlich sanft und freundlich geworden, nicht länger feindselig.

Und er dachte nicht daran, daß er durch das Besitzen dieses Mysteriums kein Geheimnis erfahren hatte, so ganz ging er darin auf, es anzubeten.

(Vielleicht wurde ihnen in dieser Zeit ein Sohn geboren, denn Taliesin spricht von einem ›Minawg ap Lleu vom höflichen Leben‹, einem, dessen ›Stoß im Kampfe heftig war‹; und das scheint auf einen Sohn Llews hinzudeuten. Das »Mabinogi« erwähnt jedoch nichts von seiner Geburt.)

Gedeihen war in jenen Jahren mit dem Land und mit den Kindern Dons. Amaethon wachte über der Ernte, die niemals ausblieb, und in Caer Seon studierte Gwydion die Sterne. In Caer Dathyl sank Math immer tiefer in seine alte

Träumerei, so daß Körper sich immer weiter und weiter von ihm entfernten und die Dinge der Seele immer näher kamen, heller als die verblassende Erde ... Und in ihrem Schloß vom Silbernen Rad lebte Arianrhod still, wie eine, die ihr Äußerstes an Rache versucht hat und gescheitert ist oder darauf wartet, daß die vom Haß gesäte Saat aufgeht ...

Wir wissen nicht, ob in jenen Tagen in Gwynedd Kunde von Dylan dem Sohn der Woge vernommen ward, von ihm, der später eine so seltsame und schicksalhafte Rückkehr an die Gestade seiner Geburt erleben sollte. Aber nirgendwo ist verzeichnet, daß Llew und sein Bruder nach der kurzen Zeit, die sie in Arianrhods Schoß zusammen waren, einander je wieder begegneten ...

Und wir wissen auch nicht, wie lange das Glück Llews und Blodeuwedds dauerte. Doch Wandel kommt zu allen Dingen, und am schnellsten zum Glück.

Zu ihrem kam er an einem Tage, als Llew nach Caer Dathyl ritt, um Math den König zu besuchen.

Er nahm die Blumengesichtige nicht mit sich, es gab also vielleicht wirklich ein kleines Kind namens Minawg, nach dem sie sehen mußte. Oder er wünschte sich vielleicht, für diese kleine Weile wieder mit seiner Sippe allein zu sein, wie in seiner Knabenzeit. Er mag gefühlt haben, daß ihr das nach der Zeit der Trennung zustand.

Doch nachdem er fort war, ging seine Frau allein im Hofe umher und war einsam. So war es immer mit ihr; sie war nicht gern allein. Vielleicht sog ihr dünnes Wesen durch den Anblick ihrer im Auge eines Geliebten gespiegelten Schönheit Leben und Wärme ein. Vielleicht war sonst die Wirklichkeit schwer festzuhalten. Die Luft mag zu unendlich geschienen haben, der Raum ein klaffender Rachen. Es ist schwer, über die Kluft der Jahrhunderte und die Irrgärten der Magie hinweg, die Geheimnisse ihres Wesens zu deuten.

Aber sie vermißte Llew, und sie erging sich dort, wo er sie zum Abschied geküßt hatte.

Die Sonne schritt westwärts, breitete einen goldenen Hitzeschleier über die windlose Welt. Die Schatten der Bäume längten sich, wuchsen zu den schwarzen Riesen heran, die zur Nacht die Erde ergreifen würden. Kein Vogel sang, und in den Blättern raschelte keine Brise. Der Tag lag ruhig wie ein Körper auf seinem Leichenscheiterhaufen.

Da erscholl in der Lautlosigkeit jählings Lärm ...

Fern und klar schmetterte er durch das Land rings um das Schloß. Suchend und bebend vor wilder Jagdlust. Und etwas in ihr hüpfte und prickelte bei dieser wilden Spannung, die körperlos aus der Luft zu kommen schien. Sie hörte es nicht nur in ihren Ohren, sondern auch in ihrem Blut. Lebendiger als alles, was ihr je in Körper oder Wesen begegnet war, kam es ihr vor, wild vor federnder, feuriger Freude. Ihre Hand ging zu ihrem Herzen. Sie stand lauschend, steinstill ...

Wieder erscholl das Horn, schärfer, näher, wie das Sturmgeläut des Schicksals.

Wo sie stand, war eine kleine Erhebung. Sie blickte über die Schloßmauern, hinaus in das Land draußen. Dort bewegte sich etwas, etwas Braunes gegen das Grün. Es kam näher, und sie sah, daß es ein Hirsch war, der da müde lief, schwankend in seinem Lauf. Fast konnte sie sein erschöpftes, hilfloses Entsetzen und seine Not spüren, die Qual seines wild schlagenden Herzens ... Auch ihr Herz schlug heftig, wie sie zusah, aber vor einer seltsamen, gespannten Erregtheit, bar allen Mitleids ... Hinter dem Hirsch hetzten Hunde her, schossen wie rotzüngige, blitzäugige Pfeile über das Grün, und hinter ihnen kamen Jäger auf Pferden, denen eine Schar Männer zu Fuß folgte.

»Es muß ein großer Häuptling sein, der da jagt«, sagte sich Blodeuwedd. »Er ist kein Mann aus diesem Land, sonst hätte ich sein Gefolge schon einmal gesehen. Er ist keiner von Llews Gefolgsmännern.«

Und dieser Gedanke erregte sie: daß es Länder und Mächte gab außer den Ländern und Mächten, die sie kannte. Er schien eine Tür am fernen Horizont zu öffnen ...

Sie rief den Männern auf den Mauern zu: »Einer von euch gehe hin und frage, wessen Männer das da draußen sind!«

Ein Bursche wurde geschickt, und er holte die Männer zu Fuß ein und sprach mit ihnen. Dann kam er zurück und stand vor Blodeuwedd, und das Bellen der Hunde klang, wenn auch schwach und weiter weg, immer noch in ihren Ohren, als er sprach: »Es ist Goronwy Pevr«, sagte er, »der Herr von Penllyn.«

»Penllyn?« sagte sie langsam und zog verwundert die Brauen zusammen. »Das liegt doch jenseits unserer Grenzen. Wie dieses Penllyn wohl aussehen mag?«

Die Jagd zog weiter, und jene seltsame Tapferkeit, mit der sich manche Geschöpfe, selbst angesichts der Hoffnungslosigkeit, noch an ein Leben klammern, das schon verloren ist, trug den Hirsch weiter. Doch bei Sonnenuntergang, am Ufer des Flusses Cynvael, packten ihn schließlich die Hunde und töteten ihn. Und als Goronwy Pevr und seine Männer die glatte, braune Haut von dem roten, bebenden Kadaver gestreift und die Hunde ihren Anteil des Blutes hatten schlappen lassen, da sank die Welt in die dunklen Arme der Nacht, und der Tag war nur noch ein rotes Denkmal im Westen.

Als der letzte Schimmer vom Himmel verschwunden war und blaues

Zwielicht sich zu dunkleren Schatten vertiefte, kamen Goronwy Pevr und seine Männer zu den Toren von Mur y Castell zurück. Ihre Schatten kamen lang und schwarz vor ihnen einher, wie ausgestreckte, gierige Finger der Nacht ...

Blodeuwedd sah sie kommen. All die Stunden hindurch waren ihre Gedanken wie vom Licht gebannte Motten über jenem fackelhellen Augenblick gekreist, der die Stumpfheit ihres Tages erhellt hatte.

Doch ihr verschlagener Sinn für Schicklichkeit beherrschte sie noch. Sie wandte sich an den Hofstaat, und ihr Mund war schüchtern und ihre zarten Brauen waren nachdenklich gerunzelt.

»Mein Gebieter ist fort«, sagte sie, »doch wird dieser Häuptling draußen wohl Schlechtes über uns und die Gastfreundschaft meines Gebieters verbreiten, wenn wir ihn bei Nacht in sein eigenes Land zurückreiten lassen.«

»Fürwahr, Herrin«, antworteten sie, »es wäre nur geziemend, ihn einzulassen.«

So gingen also Boten zu Goronwy und luden ihn ein. Er kam schnell und gerne. Blodeuwedd begrüßte ihn am Hoftor, und ihr Haar schimmerte golden im Licht der Fackeln.

In deren rotem Lodern stand er vor ihr. Er war ein großer, dunkler Mann, mit Augen hell wie Flammen, heller als die Augen der meisten Menschen. Seine Hände waren noch rot von der Jagd und vom Blut der Beute.

»Herrin, die Götter mögen dir deine Huld vergelten«, sagte er. »Ohne deine Güte hätten meine Männer und ich im Moor schlafen oder bis zum Monduntergang zurückkreiten müssen.«

»Herr, das war eine geringe Sache«, antwortete sie, doch ihre Stimme bebte plötzlich, als wäre ihr schwindlig, und sie mußte sie mit einer größeren Anstrengung festigen, als sie je eine mit ihren Händen unternommen hatte. »Du bist hier herzlich willkommen, Herr. Komm herein –«

Sie gab ihm den Begrüßungskuß der Gastgeberin, und er erwiderte ihn. Und es war ihr, als hätte in diesem Augenblick ein Blitzschlag die Welt entzweigespalten und zu einer anderen Gestalt zusammengeschmiedet. Als wäre der Blitz geblieben, in ihrem Herzen flammend ...

Und sie erkannte in dieser Stunde, daß sie Goronwy Pevr liebte. Daß, zum Guten oder zum Bösen, jenes Feuer für ihn in ihr brennen und nicht mehr erlöschen werde. Und mit Gut oder Böse meinte sie Glück oder Unglück. Die Worte hatten für sie keine tiefere Bedeutung; auch für Arianrhod, die eine von einer Frau geborene Frau war, hatten sie wenig mehr bedeutet.

In jener Nacht herrschten Fest und Fröhlichkeit in Mur y Castell. Die Barden sangen, und erlesenes Fleisch dampfte, und der Weinbecher ging von Hand zu Hand. Das Hofvolk bewunderte das Geweih des Hirsches und vernahm den Bericht von der Jagd und wie trefflich die Beute um ihr Leben gekämpft hatte.

Doch zwei gab es dort, die weder das Gespräch noch die Lieder hörten, und nicht schmeckten, was sie aßen und tranken: der fremde König, der Blodeuwedd anstarrte, und Blodeuwedd, die den Fremden anstarrte. Aber sie sah sein Starren gar nicht, nur sein Gesicht. Zum ersten Mal, seit sie lebte, regten sich Ereignisse in ihr und kamen nicht von außen über sie; so daß sie von allem anderen nichts wahrnahm. Und es schien ihr eine die Welt endende Qual, daß dieser Mann am nächsten Morgen von ihr gehen und sie ihn niemals wiedersehen würde.

Er würde gehen und niemals wissen, daß sie ihn liebte. Heute abend würde für ihn nur eine kleine Begebenheit unter vielen Abenden sein, und er würde nie wissen, daß es für sie der Anfang und das Ende der Welt gewesen war.

Wie viele Frauen hatten ihn schon geliebt? Wie viele hatte er schon geliebt?

Sie ging dann in ihr Gemach, aber sie fand keinen Schlaf. Sie lag in der Dunkelheit allein in ihrem Bett, und sie war noch nie so lebendig gewesen. Sie fühlte sich wie in Govannons Schmiede geschmolzenes und gehämmertes Metall. Sie konnte das Hämmern in ihrem Herzen spüren.

›Goronwy Pevr. Goronwy, König von Penllyn‹

Er war als Fremder aus fremdem Land zu ihr gekommen; und solches lockt die Herzen der Frauen. Er war umgeben vom Zauber der Jagd zu ihr gekommen, der wilden Erregung von Flucht und Verfolgung und dem gierigen Gebell der Hunde und dem Schmettern der Hörner.

Er war mit vom Sieg blutbedeckten Händen zu ihr gekommen ...

Er war dunkel, wo ihr junger Gatte hell war. Llews Schönheit war so bekannt und hingenommen und alltäglich wie die ihres Schoßhündchens; doch die Schönheit dieses Mannes war neu, geheimnisvoll, zwingend ... Llews Geheimnisse lagen auf Höhen, die ihrem Blick entzogen waren, so ahnte sie nicht einmal, daß sie vorhanden waren. Und nichts in ihm hatte sie je so erregt, wie dieses Bellen der Hunde im Abendrot und der Anblick jener hohen, eroberischen Gestalt mit geröteten Händen es getan.

Sie wußte jetzt, daß sie Llew nie geliebt hatte. Sie hatte sich lediglich seiner Schönheit erfreut, wie sie sich aller guten Dinge erfreut hatte, die ihr das Leben geschenkt. Sie fühlte sich, als sei sie nie zuvor wach gewesen, sondern hätte immer nur in einer dumpf angenehmen Welt von Schatten dahingedöst. Und jetzt mußte sie wach in die Welt des Schlafes zurückkehren; mußte in jenem Grau mit einem Schatten namens Llew weiterleben, inmitten anderer Schatten.

Und alle unverbrauchte Lebenskraft und Hingabe flammten in ihr auf, daß sie von ihnen verbrannt zu werden schien, und sie weinte leis, zitternd vor der lichtlosen Ödnis der Jahre, die auf sie zumarschiert kamen . . .

Sie hörte einen Schritt vor der Tür.

Er war leise, er war verstohlen, wie der eines Diebes oder Mörders – der Schritt eines, der vor allem nicht wagt, im Dunkel der Nacht beim Schleichen zu seinem noch dunkleren Vorhaben gesehen zu werden. So schwach hörbar war er, daß sie nicht sicher hätte sein können, überhaupt etwas gehört zu haben, hätte nicht ihr ganzes Wesen auf diese Heimlichkeit geantwortet wie auf einen Trompetenstoß.

Sie saß kerzengerade in ihrem Bett.

Sie hörte den Schritt wieder, noch leiser und heimlicher. Und dann ein schwaches Scharren. Die Tür schwang herein, langsam, ließ ein schwarzes Viereck in das mondhelle, silberne Zwielicht ihres Gemaches dringen . . .

Sie beobachtete es mit gebannten Augen, starr wie Stein, und der Atem stockte ihr in der Kehle . . .

Die Tür stand weit offen. Ein Rechteck aus Schwarz, höher als ein Mann.

Er trat hindurch. Sein Gesicht leuchtete einen Moment lang weiß und gespenstisch gegen die Dunkelheit, doch seine Augen waren heller denn je, begieriger . . . Ihr Herz schrie, da ihre Lippen sich nicht öffnen wollten: ›Goronwy! Goronwy! Goronwy Pevr! . . .‹

Lange Zeit sah eins das andere an, ohne sich zu rühren: sie saß golden in dem silbrigen Zwielicht, und er stand dunkel und reglos im Dämmer der offenen Tür.

Sie dachten an alle, die schliefen, aber aufwachen und sie hören konnten. Sie dachten an den Aufruhr, der ihren Stimmen zu folgen drohte, der die Stille zerschmettern und den Palast erfüllen würde, in dem sich jetzt keine Seelen befanden außer den ihren, und diese waren in Feuer versunken.

Doch endlich kam er näher.

»Du bist das Licht der Welt«, sagte er in einem Wispern. »Du bist all meine Hoffnung und all mein Begehren. Ich sah dich und weiß nicht mehr, wie ich weiterleben kann, ohne dich zu sehen; und doch werde ich wahnsinnig, wenn ich in deiner Nähe bleibe, ohne dich zu berühren . . .

Ich kann nicht gehen, und ich kann nicht bleiben. Herrin, wirst du Erbarmen mit mir haben?«

Da erblühte die Freude in ihr. Sie prangte wie ein Garten voller Blumen, die mit der Morgenröte aufgehen, ganz Zartheit und Strahlen unter der Sonne. Sie faltete ihre weißen Hände wie ein Kind beim Versprechen eines großes Festes und blickte zu ihm auf: Augen, die vor einem Entzücken glänzten, an das ganz zu glauben sie noch nicht wagte.

»Du liebst mich?« hauchte sie. »Du liebst mich fürwahr?«

»Ich liebe dich fürwahr«, antwortete er, »aber du bist eines anderen Königs Weib.«

Da erbleichte sie und erlosch; das Licht wich aus ihrem Gesicht. »Er ist aber fort«, sagte sie.

Er leckte sich die Lippen. »In seiner Sippe gibt es mächtige Magier –!« sagte er.

Darauf schwiegen sie. Sie starrten einander an, wie zwei Seelen von eben Verstorbenen starren mögen, benommen und allein in den grauen, zugigen Räumen zwischen den Welten . . . Aber sie konnten ihre Blicke nicht voneinanderreißen . . .

Er kam heran. Er streichelte ihren Arm, und seine starken braunen Finger schienen ihr nacktes Herz zu berühren, das um seinetwillen aus ihrer Brust gekommen war . . . Halb wandte sie sich ihm zu, doch dann dachte sie an Maths Gedanken, die sie beobachten mochten, stiller und wachsamer als die Mäuse im Gebälk oder die Luft, die sie atmeten . . . Sie dachte an Gwydions graue, durchdringende Augen. Doch nicht einmal ihre Ängste ließen sie ein einzig Mal an das Gesicht ihres jungen Gebieters denken.

»Mein Mann wird zurückkommen«, sagte sie.

»Heute nacht wird er nicht zurückkommen«, antwortete der Mann.

Aber sie blieb stumm, und das dunkle Frösteln ging aus ihrer Seele in die seine über.

»Ich kann gehen . . .«, sagte er. Und zog sich ein wenig von ihr zurück, zur Tür hin.

Doch da richtete sie sich auf. Ihre Arme erhoben sich zu seinen Schultern. Ihr Gesicht leuchtete bleich und hungrig wie eine weiße Flamme.

»Und wenn Math und Gwydion mir die Seele aus dem Leib reißen und sie zehntausend Menschenalter lang durch die oberen Winde sausen lassen sollten«, sagte sie, »nicht einmal dann würde ich auf diese Nacht verzichten!«

DRITTES KAPITEL – WEBER DES BÖSEN/BEI TAGESANBRUCH ERWACHTE ER IN IHREN ARMEN UND FÜRCHTETE SICH. ER VERSUCHTE AUFZUSTEHEN, ABER SIE KLAMMERTE SICH AN IHN, ERST IM SCHLAF UND DANN IM WACHEN, UND ER KONNTE SICH NICHT freimachen.

»Du wirst nicht von mir gehen?« Ihre aufgerissenen Augen flehten die seinen an.

»Wir dürfen hier vom Gesinde nicht zusammen gesehen werden«, sagte er.

»Es wäre eine schlimme Sache, wenn sie entdeckten, daß du nicht allein geschlafen hast.«

»Aber du wirst nicht den Palast verlassen«, bettelte sie, »du wirst heute nacht zu mir zurückkommen?«

Er schwieg. Aller Verstand, den er besaß, drängte ihn, zu fliehen, wie eine Biene von der Blüte flieht, die sie geplündert hat; drängte ihn, sein Wissen und seine Macht nicht mit der fabelhaften, mysteriösen Macht des Hauses Math zu messen. Doch in dieser Blüte war noch Nektar, Süßigkeit, die ihm nie enden zu können schien. Und ihr Rosenmund und ihre weiß umschlingenden Arme arbeiteten so stark an seiner ungestillten Begierde wie in der vergangenen Nacht.

»Ich werde diese Nacht noch bleiben«, sagte er schließlich. »Aber länger kann ich nicht bleiben . . .«

Und sie lachte und küßte ihn und war es wohl zufrieden. Denn es gab ja noch eine Nacht, bevor die Welt endete . . .

An jenem Tage war sie eine Gastgeberin, die ihrem Gast alle Ehre erwies. Er saß an Llews Tisch und aß und trank und scherzte mit Llews Weib. Und immer war ihm, als wären hier alle Dinge besser und schöner als daheim in seiner eigenen Halle. Die Gefäße aus Gold und Silber und Bronze auf der Tafel und die herrliche Herrin, die zuoberst an ihr saß, strahlten immer heller, wertvoller als alles, was er besaß oder je zu besitzen hoffen konnte.

Sogar die Sonne schien über den Feldern von Ardudwy heller zu scheinen als über den Feldern von Penllyn. Und auch die Schätze des Hofes schienen ihm kostbarer als alles, was er je gesehen hatte: die feinen und merkwürdigen Dinge, die Hochzeitsgeschenke von Math und den Söhnen Dons gewesen waren.

Mit jeder Stunde wuchs der Neid auf den König von Dinodig. Alter Groll über die Höhe des Hauses Math wuchs ebenfalls, trieb dunklere, vergiftete Schößlinge aus . . . Und Goronwy dachte bei sich: ›Wenn ich Herr über all dies und über sie geworden wäre – wie glücklich wären wir geworden!‹

Jenes Glück, das nicht gewesen war und nicht sein konnte, war ihm ein Elend. Es wurde auch zu einem Unrecht; und rechtzeitig zu einem vom Schicksal an ihm begangenen Betrug und zu einer Kränkung, die ihm der Mann zufügte, welcher all das hatte, was ihm fehlte.

Er dachte: ›Welch besseres Recht hat er darauf als ich? Ich bin der bessere Mann. Seine Frau weiß, daß ich der bessere Mann bin. Was ist er anderes als ein schwerfälliger, wasserblütiger Knabe, der nichts behalten und nichts erringen könnte, wenn er nicht das Schoßkind seiner Magier-Sippe wäre, ein Bastard, den sie durch magische Tricks aus seiner hinterlistigen Mutter holten? Ein Bastard!‹

Und obwohl es bisher in Gwynedd noch kein Gewicht und wenig Bedeutung hatte, so nahm er dieses häßliche neue Wort doch immer wieder in den Mund, das die Neuen Stämme auf die Insel Prydain gebracht hatten. Es schaffte ihm etwas Luft, aber wenig Trost, und er wütete gegen seine Nutzlosigkeit an ...

Doch der Abend kam und die Dämmerung, die diesen beiden Morgen war. Die Dunkelheit, die ihr Schild und ihre heimliche Höhle war. Die Welt, deren Grabdüsternis ihr eigenes Feuer erhellte. Er stahl sich wieder zu ihr, und wieder empfingen ihn ihre offenen Arme ...

Die Nacht marschierte weiter, und in ihren schwarzen Locken begann sich Grau zu zeigen. Sie lagen einander erschöpft und übersättigt in den Armen, die kalten Fluten der Gedanken begannen schon hereinzudringen und ihr Glück auszulöschen. Die Welt, die davongerollt war, um sie ihrer strahlenden Einsamkeit zu überlassen, vom ganzen All abgetrennt, hatte ihre unerbittliche Rückkehr begonnen. Sie türmte sich über ihnen, ein ungeheurer und unheimlicher Schatten, schwärzer als die Nacht ...

Sie klammerte sich an ihn, und ihre Hände, die schwach waren vor erschöpfter Lust, streichelten seine Arme und seine Brust. Ihre Lippen, die seine Wange kosten, flüsterten: »Kannst du mich nicht mit dir nehmen, wenn du gehst?«

»Ich kann nicht«, antwortete er. »Denn dein Mann würde dir folgen und mit ihm alle Truppen Gwynedds. Und ich kann gegen die Magie Maths und seines Neffen nicht bestehen. Mein Leid, daß es so ist.«

Beim Gedanken an Rache von Llew hätte sie gelacht, doch bei Erwähnung der schrecklichen Macht ihrer Schöpfer zitterte sie und weinte. Alle ihre Bitten und Finten vertrockneten ihr auf der Zunge. Denn wie konnte irgendeine Kraft – selbst die der heißen, wilden Stärke Goronwys, in der sie seit dem Tage der Jagd frohlockt hatte – gegen jene mysteriöse, unermeßliche Macht bestehen?

»Es ist ein schwieriger Fall«, sagte er, »aber wir müssen damit fertig werden. Es ist heute nicht mehr so wie in den alten Tagen, als eine Frau frei war, ihre Liebhaber zu wählen.«

Sie weinte lauter und schlug sich mit den Händen gegen die Brust. »Dann bin ich sein, und es gibt keinen Ausweg! Ich bin das Spielzeug, das sie zu seinem Vergnügen machten. Ich bin wie eine Sklavin an ihn gefesselt, und mein Leben gehört nicht mir, sondern ist sein Eigentum. Warum wurde ich nur zu solchem Unglück geschaffen? Aber ich wurde ja um seinetwillen erschaffen, nicht um meinetwillen! Und ich muß immer, immer bei ihm bleiben, denn selbst wenn sie ihm eine andere machten, würde er sie nicht haben wollen, so sehr liebt er mich!«

Und jählings haßte sie ihn dieser Liebe wegen und hätte ihn dafür verfluchen können, verfluchen um seiner bloßen Existenz willen, die ihr das Glück verwehrte. Sie haßte Math und Gwydion, die sie gemacht hatten. Sie haßte alle Dinge und alle Welt außer Goronwy Pevr.

Seele wuchs in ihr und Tücke ...

Er ließ sie eine Weile weinen, und dann legte er seine Lippen an ihr Ohr: »Bist du sicher, daß wir nicht belauscht werden?« wisperte er. »Daß uns die Ohren Maths nicht aus der Ferne zuhören?«

Sie lag überrascht und reglos da, schlug ihre großen Augen zu den seinen auf. »Was machte das? Könnten wir etwas sagen, das es noch schlimmer machen würde, als es schon ist – wenn er uns zuhörte?«

»Es gibt eine Möglichkeit ...«, sagte er und mußte sich die Lippen befeuchten, um weitersprechen zu können. »Es gibt einen Weg, wie wir vielleicht für immer zusammensein könnten ...«

Und es schauderte ihn, und er spähte in der grauen Düsternis des Gemaches umher, als könnte er irgendwo tief in dessen Schatten ein weißbärtiges, beobachtendes Gesicht entdecken, wissend wie das Gottes und ebenso schrecklich in seiner leidenschaftslosen Macht ...

Doch sie faßte mit bebenden Fingern nach ihm. Ihr weißes Gesicht erblühte wieder. »Was für einen Weg? Sag's mir! Sag's mir! Er wird dich nicht hören, denn er und Gwydion werden zu sehr mit Llew beschäftigt gewesen sein, um etwas anderes zu hören oder zu sehen. Wir waren sicher und sind sicher. Und überhaupt wird dir Schweigen nichts helfen, denn Gedanken sind es, die sie hören, nicht Worte: jenes ist nur ein Märchen, das die gewöhnlichen Leute glauben, die nicht verstehen, wie ihre Gedanken ausgespäht werden können, und nur verängstigt werden würden. Llew sagte mir, wie es sich wirklich verhält.«

Einen Moment noch überlegte Goronwy, die Tiefe des Abgrundes ermessend, in den zu springen er im Begriff war ... Er sah auf die Frau hinab, die in dem Halblicht dalag, das weniger Licht als ein grauer Schatten war, der sich seinen Weg in das Schwarz erzwang. Sie war schön. Sie war süß wie die Äpfel, die einst auf einem verbotenen Baum in einem Garten im Osten der Welt wuchsen. Sie war ein Preis, der alle Gefahren wert war, selbst jene schattenhaften Zerstörungen, schrecklicher als der gewöhnliche Tod, die in der Macht des Hauses Math lagen.

»Es gibt nur einen einzigen Weg, wie wir zusammenkommen können«, sagte er, »und das ist, indem wir deinen Mann töten.«

Auf diese Worte hin schien die graue Dämmerung um sie herum kälter zu werden. Die Schatten wurden schwärzer und erfüllt von Drohungen. Das fahle Licht, das in das Gemach drang, griff wie Gespensterhände nach ihnen.

Sie schrak zurück, ihr Verstand erzitterte vor der Ungeheuerlichkeit jenes Schrittes, seinen Gefahren und den Strafen, die folgen konnten, doch dann trieb er, wie Treibholz, auf dem starken Strom ihrer Leidenschaft dahin.

»Es wäre nicht leicht«, wisperte sie. »Die Könige aus dem Geschlecht Maths sind schwer zu töten. Sie sterben nicht wie gewöhnliche Menschen. Nur auf bestimmte Weisen können sie ihre Tode erhalten, bevor ihre Zeit gekommen ist, und diese werden geheimgehalten.«

»Und doch mußt du ihm die Weise entlocken, wie er seinen erhalten kann«, antwortete ihr Geliebter. »Er wird es dir sagen. Jeder Mann würde alles für dich tun, wenn du ihn im Bett darum bätest. Alles, meine Schönste – außer sich deiner enthalten.« Und er küßte ihren Mund.

Ihre Augen leuchteten. Sie streckte ihre weißen Arme aus. »Würdest du dort wirklich alles für mich tun?« schmeichelte sie.

»Fürwahr, das würde ich«, sagte er und schlang seine Arme um sie . . .

Später sagte sie: »Ich werde tun, was du wünschst. Ich werde Llew dazu bringen, daß er mir sagt, wie er getötet werden kann.«

Er blieb noch eine Nacht, obwohl er fürchtete, Llew könnte heimkommen.

Jetzt, wenn nie zuvor, war Blodeuwedd lebendig und ihrer selbst bewußt. Die Erde war für sie mit den Farben des Regenbogens gedeckt und erfüllt von schäumenden Springbrunnen. Das Strömen des Blutes in ihren Adern war eine glühende Verzückung aus Feuer und Jubel. Fort war die alte, leichte, wärmende Zufriedenheit, in der sie sich wie ein Tierchen hatte verwöhnen und verzärteln lassen, in der sie mit Dankbarkeit und Liebkosungen jedes Geschenk, das man ihr machte, angenommen hatte. Jetzt waren in ihr Wille und Verlangen erweckt und unabdingbar und unabänderlich auf einen einzigen Mann geheftet worden.

So tat sie ihren ersten Schritt auf der Leiter der Entwicklung.

Und doch gab es in ihrem engen, selbstbezogenen Puppenhirn keinen Raum für einen Gedanken an irgend etwas anderes als ihre eigenen Wünsche.

In der dritten Nacht besprach sie mit ihrem Geliebten einige letzte Einzelheiten ihres Planes. Sie hatte sich gefragt, wie er der Rache entgehen wollte, die Math und Gwydion für Llew nehmen würden. Doch er war zuversichtlich und sorglos.

»Auch ich besitze Kenntnisse und Macht«, sagte er, und seine flammenhellen Augen leuchteten prahlerisch, »obwohl ich nicht von Math unterrichtet wurde. Ich werde Llews Gestalt annehmen, wenn er aus dem Weg geräumt ist, und ich werde an seiner Statt hier dein Mann und König sein. Und wenn Math und Gwydion bemerken, daß ich etwas anders regiere, als er es seither tat, dann mögen sie zwar enttäuscht sein, aber sie werden wohl kaum etwas gegen ihren Liebling unternehmen. Und selbst wenn ihre Magie sie befähigen sollte, die Wahrheit zu entdecken, werden dann die alten Bullen noch genug Mut und Kraft haben, gegen den zu ziehen, der den jungen erschlug? Ihre Zeit wird mit dem dahin sein, der ihnen am liebsten war. Töte Llew deinen Gebieter, und wir sind sicher.«

Llew freute sich seines Besuches in Caer Dathyl.

Math war da und auch Gwydion. In jenen späteren Tagen war Gwydion wohl öfter in Caer Dathyl als in Dinas Dinllev oder Caer Seon, jenen einsamen Nestern, aus denen der Vogel ausgeflogen war. Jetzt, da Llew fort war und er selbst nicht mehr zum Schloß vom Silbernen Rad ging, mag der Sohn Dons mit noch größerer Begierde als zuvor Wissen und Weisheit verfolgt haben. Denn oft ist ein Schmerz in leeren Händen, die lange voll gewesen sind.

Alle drei müssen sich über diese Begegnung gefreut haben. Gut muß es Llew getan haben, wieder Gwydions Hand auf seiner Schulter zu spüren, glücklich muß Gwydion gewesen sein, wieder einmal in diese jungen, hellen Augen zu schauen . . .

Doch als die Zeit zum Abschied kam, schmerzte es Llew, seine Verwandten zu verlassen, aber es schmerzte ihn nicht, zu gehen. Denn der Gedanke an Blodeuwedd trieb ihn, und Sorge über Dinge, die in seinem Cantrev schiefgehen mochten, solange er fort war.

Er ritt von dannen, und Math und Gwydion saßen schweigend und sahen ihm nach, bis er verschwunden war. Und dann blieben sie noch eine Weile länger sitzen, sahen dem silbernen Strömen des Conwys zu, der zwischen seinen Ufern blinkte wie ein nacktes Schwert.

Vor kurzem noch – wenn auch Llews gesamte Lebensspanne dazwischen lag – waren sie beide Jugend und Alter gewesen, Gwydion der junge Mann, den man schützen und vor dem man schützen mußte. Und jetzt waren sie beide Alte, die Jugend davonreiten sahen, waren befreit vom Strom der Zeit. Die Jahre hatten ihren Streit hinweggewaschen und sie zu Verbündeten gemacht: die Jahre, die immer die Jugend auf die andere Seite in jenem ewigen Kampf rückt, der zwischen den Lebensaltern herrscht.

Sie saßen und sahen dem Conwy zu, wie er ins Meer strömte . . .

»Er macht sich gut«, sagte Gwydion schließlich, und in seiner Stimme lag Stolz, der zugleich der Schmerz des Entsagens war, des Künstlers, der das Meisterwerk, an dem er lange und schwer gearbeitet, das er innig geliebt hat, schließlich vollendet sieht und damit von ihm geschieden und nicht länger sein eigen.

»Das tut er fürwahr«, sagte Math. »Er ist ein geeigneter Häuptling und Herrscher über Menschen, und er kann allein stehen. Es gab eine Zeit, da ich fürchtete, es könnte anders sein. Daß sein Wille, den immer du geformt hattest, noch zu weich wäre und von denen um ihn herum zu leicht geformt werden könnte und dadurch seine Urteile beeinflußt und seine Taten gelenkt.«

»Ich verstehe dich nicht«, sagte Gwydion, »denn du redest, als hätte ich ihn tyrannisiert, und so ist es doch nie gewesen.«

»Wahrlich nie«, sagte Math. »Wenn auch die Art seiner Geburt ihm Mißgeschicke auferlegte, so hat er doch nie unmittelbar durch deine Hand gelitten. Denn Angst und das Verlangen nach Flucht sind selten voneinander getrennt, und du könntest es nie ertragen, wenn er auch nur einen Augenblick lang den Wunsch hätte, dir zu entfliehen. Auch hast du dich weit genug entwickelt, um die Überflüssigkeit der Tyrannei einzusehen.

Doch nicht oft vor seiner Hochzeit konnte er seinen Willen von deinem Willen unterscheiden. Es war deine Stimme, die oftmals insgeheim in seinen Gedanken sprach, wenn er deinen Wunsch erfüllte und glaubte, es sei sein eigener. Du hast ihn ebensosehr durch deine Magie wie durch deine Liebe geleitet, und wer sich eines Menschen Magie gefügt hat, fügt sich meistens auch der eines anderen. Und er hat nie Vorsicht gelernt; denn er hat nie auf Fallgruben achten müssen, denn immer führtest du ihn dorthin, wo der Weg unter seinen Füßen fest war.«

»Fallgruben? . . .« sagte Gwydion, die Stirn runzelnd. »Fester Boden unter den Füßen? Auch Govannon hat einmal davon gesprochen. Doch bin ich viel geeigneter für Vaterschaft als Govannon. Er würde denken, er könne menschliche Gedanken und Gefühle in Formen schmelzen und hämmern, wie er das mit dem Metall in seiner Schmiede tut.«

»Du bist es wahrlich«, sagte Math. »Es wird lang und lange dauern, bis die Hüter der Jugend lernen, genug Freiheit und nicht zuviel zu geben. Jeder Schritt aufwärts bringt seine eigenen Schwierigkeiten mit sich, doch das ist keine Entschuldigung für einen Rückschritt, auch wenn die meisten Menschen dies meinen.

Ich weiß, daß du manchmal der Meinung warst, ich hätte dich nicht eng genug an mich gebunden, sonst hättest du nicht versucht, Gilvaethwy Befriedigung zu verschaffen und die Schweine Pryderis zu stehlen. Aber ich hatte dir das an Freiheit und an Unterweisung gegeben, was ich vermochte. Niemanden kann man mehr lehren, als er derzeit zu lernen fähig ist.«

»Wenigstens mußtest du nie fürchten, mein Geist wäre zu leicht formbar!« sagte Gwydion und lachte. »Mußtest vielmehr ein wachsames Auge darauf haben, was er entwickeln könnte. Doch auch ich sah jene Gefahren, von denen du sprichst. Als für den Nestling die Zeit kam, davonzufliegen, ließ ich ihn frei, sich sein eigenes Nest zu bauen.«

»Auch das tatest du«, sagte Math, »und er hat bewiesen, daß du ihm das Fliegen beigebracht hast, Neffe. Ich werde alt. Ich rede über tote Gedanken und Ängste, über die zu sprechen keine Notwendigkeit besteht. Doch als er da vorhin unserem Blick entschwand, schien einen Augenblick lang ein kalter Wind über meine Seele zu wehen. Als schiede er für länger von uns, als wir ahnen.«

»Du meinst, in Dinodig könnte eine Gefahr auf ihn warten –?« Gwydions Augen waren plötzlich scharf wie Schwertspitzen, und seine Lippen waren weiß geworden.

»Es dauerte nur einen Augenblick, Neffe. Ich weiß nichts. Es mag nur eines jener Hirngespinste gewesen sein, die Liebe und Wachsamkeit im Gealterten hervorbringen, in uns, die mehr und mehr zu Beobachtern und weniger und weniger zu Handelnden werden. Doch vor Einbruch der Nacht werde ich die Sinne seiner Adligen erforschen und mich vergewissern, daß es keine Verschwörung gegen ihn gibt.«

»Und wenn es eine gibt, dann sollte es nicht schwer sein, ihr ein Ende zu machen – indem man den Verschwörern ein Ende macht.« Gwydions Lächeln war schneidend.

»Es ist nur gut«, fügte er dann hinzu, »daß die Frau, die wir ihm machten, ihn wohl kaum zu beherrschen sucht, denn ihr könnte er übermäßig nachgeben. Doch die Seele, die wir ihr verschafften, ist ein zu leichtes Ding, zu leicht zufriedengestellt, um nach Macht zu trachten!«

»Ich wünschte, er hätte ein festeres Wesen zur Gattin bekommen können«, sagte Math. Und einen Augenblick lang beschattete sich sein Gesicht, wie sich weiße Berggipfel, hoch und heiter in ihrer stillen Majestät, am Abend beschatten.

»Ich auch«, sagte Gwydion. »Doch wenn nicht viel Gutes in ihr steckt, so auch nicht viel Böses. Unter den vielen von Frauen geborenen Frauen hätte er es sowohl schlechter als auch besser treffen können. Meine eigenen Erfahrungen mit Arianrhod haben mich zu dem Glauben geführt, daß Blodeuwedds Gemüt vielleicht das angenehmste ist, das eine Frau haben mag, solange man den Unterschied nicht kennt. Und Llew wird ihn nie erkennen.« Und er seufzte im Gedanken an all die Erfahrungen, schöne wie erbitternde, auf die Llew verzichten mußte.

»Es ist aber keine Entwicklung«, sagte Math.

In jener Nacht durchforschte er die Herzen aller Adligen und Männer von Bedeutung in Dinodig und die aller unsteten und unberechenbaren Männer, die sich unterdrückt wähnen oder aus Abenteuerlust gegen ihren König Ränke schmieden mochten. Er prüfte ihre wachen Gedanken und ihre Träume, ließ sie durch seinen Geist strömen wie durch ein Sieb: die ganze große Masse aus kleinen Dingen, aus Schmerzen und Freuden, Liebe und Haß; hier ein Zahnschmerz und dort eine enttäuschte Liebe; das Weh um ein Mädchengesicht, das nicht lächeln wollte, oder die Zufriedenheit über ein gutes Abendessen. Doch nicht ein einziges Mal entdeckte er dort Llew, außer in den Gemütstönungen, die einen Herrscher immer umgeben: Hoffnung oder Angst vor seinen Urteilen; Treue zu ihm oder Bewunderung; oder wirkungslose Wut. Nirgendwo Zahn oder Biß einer Verschwörung.

So vergewisserten er und Gwydion sich, und sie waren zufrieden.

Am dritten Morgen, als Blodeuwedd nicht länger wagte, Goronwy zurückzuhalten, sondern ihn gehen ließ, sagte er, als er von ihr Abschied nahm: »Erinnere dich an das, was ich dir gesagt habe, und frage Llew Llaw Gyffes gut aus, wenn er weich vor Liebe ist, damit wir erfahren, wie ich ihn töten kann.«

An jenem Abend, als der Sonnenuntergang den Palast zu Mur y Castell mit einem Lichtschein umgab und die königliche Behausung wie ein Wirklichkeit gewordener Schatten aufragte, das dunkle Herz des Flammengoldes, kehrte Llew Llaw Gyffes heim. Froh war sein Volk, ihn zu sehen, und Blodeuwedd seine Frau schmiegte sich in atemloser Begrüßung in seine Arme. Sie hieß ihn willkommen im Rot des Sonnenunterganges, das die große Halle wie Blut erglühen ließ, und ihr Haar und ihre Augen funkelten im Widerschein der Feuer.

Ihm aber war, da er sie küßte, als bärste das Leben, das vor seinem Gehen ein Lied gewesen war, jetzt in noch süßere Töne, in volle Musik, als wäre die Süßigkeit der Heimkehr Grund genug für den Auszug. Er hatte sich nach ihrer Schönheit und Zartheit gesehnt, wie sich die schneegefesselte Erde nach dem blumigen und duftenden Wein des Frühlings sehnt; und er fand sie schöner als in Träumen und Erinnerung.

Denn sie war zu liebreizend, als daß ein so nüchternes und irdisches Ding wie die Erinnerung ihre ganze Lieblichkeit hätte behalten können. Im Widerspiegeln verblaßte die Erinnerung sie und machte ihre lebendige Gegenwart zu einem Wunder so herrlich wie die Morgenröte.

Sie war jedoch ein Frühling, den ein Frost heimgesucht hatte, und auf ihre Morgenröte war ein Schatten gefallen.

Er sah diese Dinge bald. Er sah sie durch das Festen des Abends hindurch, während sie schmausten und die Barden sangen und sie neben ihm saß. Sie aß wenig, und ihr Gesicht war weiß wie ein geduckt hangendes Schneeglöckchen, auf das in einsamem Tal dunkle, riesenhafte Gräser dräuend herniederblicken.

Er konnte sie nicht zum Lächeln bringen, obwohl seine Hand ständig die ihre suchte oder er seinen Arm um sie legte. Sie wollte nicht trinken, bis er aus ihrem Becher trank und sie aus seinem trinken ließ. Über den Bechern trafen sich ihre Lippen für einen Augenblick. Er glaubte, sie würde jetzt lachen, mit dem vertrauten, blumenhaften Erblühen und dem strahlenden Blick. Aber sie tat es nicht. Einen Moment lang schien es ihm, als blitzte ein fremder Funke in ihren Augen auf, fast ein böses Glimmen.

Als die Nacht ihre schwärzesten Tiefen erreicht hatte, gingen sie in ihr Gemach und legten sich nieder. Der Mond schien schwach. Blodeuwedd glitzerte in dem Silberschatten, den er auf das Lager warf. Richtiges Licht war aus der Welt gewichen. Nur diese glimmernde Düsternis war geblieben, das Schwarz zu bekämpfen. Doch ihr Gesicht war von ihm abgewandt, dem Dunkel zugekehrt ...

Llew betrachtete sie und dachte an jene Hochzeitsnacht in Caer Dathyl vor langer Zeit, wie er als Fremder zu ihr gekommen war und sie ihn in ihren weichen Armen willkommen geheißen hatte. Er brannte vor Zärtlichkeit für sie und vor überschäumender, sehnsüchtiger Lust. Er begehrte ihre Not zu teilen und sie aufzulösen, sie zu befreien und sie zu trösten.

Er legte seinen Arm um sie; preßte sein Gesicht gegen das sanfte, süßduftende Gold ihres Haares. Er sagte ihren Namen. Sie antwortete nicht.

»Blodeuwedd«, sagte er wieder, »Blodeuwedd ...«

Er küßte ein Ohrläppchen, das er unvermutet in jener Haarflut fand, aber immer noch antwortete sie nicht. Aus dem Dunkel ertönte nur ein unterdrücktes Schluchzen.

»Was ist denn?« fragte er. »Ist dir nicht wohl?«

»Ich habe mir Gedanken gemacht«, sagte sie, und ihre Stimme klang erstickt von einem neuerlichen Schluchzen, das sie erbärmlich zu unterdrücken versuchte, »über etwas, von dem du nie gedacht hast, es könnte mir nahegehen. Denn während du in Caer Dathyl mit deiner Sippe glücklich warst und mich vergaßest, war ich hier einsam und grämte mich um dich. Und da fiel mir ein: Was würde ich fühlen, wenn du gehen und nimmer wiederkehren würdest? Wenn du sterben solltest und ich ohne dich weiterleben müßte? Und eines Tages kann das geschehen. Denn eines von uns beiden muß zuerst sterben, und was, wenn du es sein solltest?« Und sie weinte.

Llew zog sie so eng an sich, wie es möglich war. Er preßte sie an sich und küßte ihr Gesicht und ihre tränennassen Augen viele Male, und mit ebenso großer Lust wie Mitleid.

»Ich habe nicht die Absicht, zu sterben«, sagte er. »Eine lange Zeit wird vergehen, bevor eines von uns sterben wird.«

»Aber es ist eine Zeit, die kommen muß«, schluchzte sie.

»Geliebtes, wenn sie kommen muß, was denkst du wohl, wer von uns beiden zuerst gehen wird – ich, ein großer starker Mann, oder du, eine Frau so zart wie eine Blume? Ich bitte dich, spar' dein Mitleid um mich!« Und er lachte leise, zärtlich, in ihr Haar.

»Aber vielleicht kommt es doch anders!« klagte sie. »Eine Frau sitzt daheim in Sicherheit. Ein Mann aber zieht in den Krieg, und auf der Jagd kann ihn ein wilder Eber töten, oder in einem Wald können ihm Vogelfreie auflauern!«

Er lachte wieder. »Mögen die Götter deine Sorge um mich lohnen!« sagte er. »Aber wenn mich diese Götter nicht töten, dann wird jenes Töten nicht leicht werden!«

Sie wand ihre Arme um ihn und küßte ihn viele Male. »Um der Götter willen und um meinetwillen«, bettelte sie, und ihre Lippen berührten die seinen, »sag' mir, wie du getötet werden könntest. Denn mein Gedächtnis für Vorsichtsmaßnahmen ist besser als deines!«

Da stutzte er. Gwydion hatte ihm streng verboten, jemals über das in den Sternen verborgene Geheimnis zu sprechen.

Doch sie war schön, und er liebte sie. Er konnte ihrer Not diesen Trost nicht abschlagen, der sie beruhigen würde. Er mag sich über diese Beunruhigung auch ein wenig gefreut haben, so tief er sie bemitleidete. Denn in früheren Tagen hatte er sie genau beobachtet, ob ihr etwa der Gedanke an ihren magischen Ursprung eine Angst vor Auflösung einflößte, wie er sie einmal in seiner Kindheit verspürt hatte. Er hatte aber nie erkennen können, ob sie an Anfang oder Ende dachte. Sie hatte sich an den angenehmen Dingen der Gegenwart gewärmt, wie sich ein Kätzchen in der Sonne wärmt. Das Gold und das Grün und die Blüte des Heute hatten ihr genügt, ohne daß sie an Gestern oder Morgen dachte. Und er hatte sie ob ihrer Kindhaftigkeit nicht weniger geliebt. Eher mehr. Doch manchmal hatte es ihm ein wenig das Gefühl des Alleinseins gegeben.

Und jetzt war ihre Besorgtheit süß. Sie machte sie lieblicher, vertrauter, als sie je zuvor gewesen war. Er küßte sie und lachte, seine Wange an ihrer Schulter reibend.

»Ich freue mich ja, es dir zu sagen«, sagte er. »Ich kann nicht leicht getötet werden, und nur durch eine Wunde. Und es würde ein Jahr dauern, den Speer zu machen, der mich durchbohren könnte. Er hätte keine Macht, wenn zu irgendeiner Zeit an ihm gearbeitet würde, solange die Druiden nicht ihre Opfer darbringen.«

»Bist du dessen ganz sicher?« sagte sie, und es kam ihm nicht seltsam vor, daß ihre Stimme so eifrig klang. Natürlich würde sie froh sein, denn nichts konnte weniger wahrscheinlich sein, als daß je ein Speer so hergestellt wurde.

»Das bin ich«, erwiderte er. »Und ich kann weder in einem Haus noch außerhalb eines Hauses getötet werden. Ich kann weder auf dem Rücken eines Pferdes noch zu Fuß getötet werden.«

Sie stöhnte auf. Er dachte, es geschehe vor Erstaunen. Doch der Klang ihrer Stimme tönte flach und leblos, als sie sagte: »Fürwahr, wie kannst du dann überhaupt getötet werden?«

»Ich werde es dir sagen«, antwortete er. »Wenn ein Bad an einem Fluß errichtet und der Bottich mit einem dicht gepackten Strohdach überdeckt würde, und eine Ziege stünde daneben; und wenn ich dann mit einem Fuß auf dem Rand des Bottichs und mit dem andern auf dem Rücken der Ziege stehen würde, so könnte mir jeder Mann, der jenen Speer hätte, meinen Tod erteilen.«

Sie küßte ihn mit einem Ausbruch von Liebe und Dankbarkeit. »Ich danke den Göttern«, sagte sie, »daß es so leicht ist, dem zu entgehen. Und daß du meiner Sorge ein Ende gemacht hast.«

. . . Später schlief er, sie aber schlief nicht. Sie lag mit weit offenen Augen hellwach neben ihm, und ihre blütenzarten Brüste und Arme schimmerten im silbrigen Mondzwielicht – Wunder, so unwirklich wie Träume. Ihre Augen, die in Dunkel und Nichts starrten, sahen Goronwy Pevr. Ihr Herz flüsterte seinen Namen wieder und wieder, bis es ein Rhythmus wurde, zu dem ihr Blut floß und ihre Gedanken sich bewegten und sie Atem schöpfte. Der Wind draußen schien ihn zu rauschen und die Hunde ihn in die Nacht hinauszuheulen und die Mäuse in den Wänden mit ihren kleinen, huschenden Füßen den Takt mit ihm zu halten.

Schließlich erhob sie sich.

Sie erhob sich so lautlos wie ein Geist, sich sacht des Schläfers schlaffen Armen entziehend. Sie blickte auf ihn hinab und dachte mit Abscheu daran, daß sie noch ein ganzes Jahr bei ihm würde bleiben müssen.

»Aber es hätte schlimmer kommen können«, dachte sie. »Ich hätte die Art und Weise, wie er getötet werden kann, nie herausbringen können. Ich fürchtete schon, es würde mir nicht gelingen. Aber es war leicht, sehr leicht. Keine Frau könnte je Goronwy so leicht täuschen. Er würde niemals an der Brust eines Weibes sein Leben verplappern. Er würde sie mit seinen eigenen Händen erwürgen, wenn sie es versuchte, würde sie so schnell töten, wie er ein Reh tötet . . . Aber es würde auch keine Frau je versuchen, Goronwy zu täuschen . . . Goronwy . . . !«

Und sie preßte ihre Hände gegen ihr Herz, das bei seinem Namen so hart schlug, daß es ihr aus dem Leib zu springen drohte. Sie dachte an die Macht und die Kraft und die Leidenschaft Goronwys, die Leidenschaft, die wie Feuer von unter der Erde war, von dem Ort, wo die urzeitlichen Dämonen des Feuers lebten, unter der Dunkelheit . . .

Sie dachte an die vergangene Nacht und an diese.

Sie sah wieder ihren Mann an.

Einst war die jubelnde Verehrung, mit der er sich ihrer Schönheit erfreut hatte, ihr Stolz und ihr Vergnügen gewesen. Jetzt kam sie ihr halbherzig vor, ein Ärgernis, eine dünne Milch-und-Wasser-Liebe, deren ekelerregende Lauheit sie am liebsten laut geschmäht hätte. Sie hatte sich an wilderen Feuern gewärmt, Feuern, die ihr Bewußtsein stärker zum Glühen gebracht, ihr luftiges Wesen fester in der Erde verankert, die Kälte jener unbekannten Räume, aus denen sie gekommen war, besser vertrieben hatte. Und ihr Geist, der fast zu leicht war, um von seinem eigenen Gewicht in unserer Sphäre gehalten zu werden, klammerte sich verzweifelt an diese rohere Hitze.

»Er wird mühelos sterben«, flüsterte sie, auf Llew niederblickend, »jetzt, da wir den Weg wissen.«

Sie sagte es ohne Haß. Denn sie haßte ihn nicht. Für sie war er kein Mensch mehr. Er war nur noch ein Verdruß und eine Mauer zwischen ihr und dem Glück. Sie hielt seinen Tod nicht für einen Mord: lediglich für das Wegschieben eines Hindernisses aus ihrem Weg. Haß erfordert eine ebenso ausschließliche Hingabe wie Liebe, und ihre flackernden Feuerchen des Bösen konnten selbst in dieser neuen Aktivität ihrer Leidenschaften, die sie über den Stand der Halbbeseelten erhob, eine solch gewaltige Bezeichnung nicht beanspruchen. Es war Ärger, nicht Haß.

Sie wandte sich von Llew ab und verließ ihn. Sie schlich durch die Dunkelheit der Halle zum Tor, wo der Torhüter schlief, trunken vom Wein, mit dem er die Rückkehr seines Herrn gefeiert hatte.

Es fiel ihr schwer, das Tor allein zu öffnen, aber es gelang ihr. Dann ruhte sie aus, erschöpft und keuchend gegen den großen Holzbrocken gelehnt, der sie mit sich hinausgeschwungen hatte, ihre entsetzten Augen zurück zu dem Schläfer kehrend. Es schien ihr, als wäre das Knarren dieser aufgehenden Tür laut genug gewesen, um die ganze Welt aufzuwecken, als müßte der Himmel donnernd davon widerhallen und Schreie aus jeder Kehle in Mur y Castell ertönen. Aber der Torhüter lag nach wie vor hingestreckt da und schnarchte, blind und taub gegen alles um ihn herum. Auch hätte er, wäre er wach gewesen, es kaum gewagt, offen nach dem Tun seiner Herrin zu fragen.

Sie blickte wieder vorwärts.

Sie hatte jetzt die Schwelle überschritten. Sie stand in einer grauen und monströsen Welt, in der das kränkliche Licht schwach mit unheimlichen Schattenscharen kämpfte, alles in einer nebligen, unheimlichen Fahlheit verloren. Im Osten erblaßten die Sterne, loschen aus. Die Dämmerung nahte langsam, als hätte sie Angst vor dem, was sie enthüllen könnte, sollten einige finstere Wesen der Nacht noch in der Welt weilen.

Eine Fledermaus flog vorüber, ein dunkler Schatten, lautlos und finster in diesem schaurigen Zwielicht ... Sie dachte an die Dämonen der Luft ...

Einen Augenblick lang blieb sie zitternd stehen, wo sie war. Sie fühlte sich, als könnte auch sie, sollte sie sich in jene bleiche und grausige Trübnis wagen, verlorengehen und für immer ein Geschöpf der Nacht werden, ewig an diese gespenstergraue Welt gebunden, in der schwarze Schatten wie böse Geister umherschlichen. Dann dachte sie wieder an Goronwy. Die Feuer seiner seltsam flammenden Augen schienen magnetische Fackeln zu sein, die sie weiterzogen ...

Sie ging zu einer Hütte in der Nähe des Palastes, wo ein Mann war, über den sie schon mit Goronwy gesprochen hatte. Er hatte keine Liebe für seinen Herrn, weil Llew einmal gegen ihn Urteil gesprochen hatte, einer grausamen Tat wegen, wenn er ihm auch Leben und Freiheit gelassen hatte.

Sie sprach lange mit jenem Manne in dem geisterhaften Grau. Sie drängte ihn, und er schrak furchtsam zurück. Da nahm sie eine goldene Kette von ihrem Hals und zeigte sie ihm, und seine Augen glitzerten vor einer Gier, die sich erhob, um mit seiner Angst zu kämpfen. Auch begann sich sein Sinn über die Genugtuung, die dieser geheimnisvolle Gang seinem Haß versprach, hämisch zu freuen.

So gab sie ihm schließlich die Botschaft und die Hälfte der Kette. »Die andere Hälfte wird dir gehören«, sagte sie, »wenn du ein Zeichen zurückbringst, von dem ich weiß, daß es aus der Hand des Herrn Goronwy kommt.«

Und bevor die ersten roten Speere des Morgens den Osten durchbohrt hatten, war sie zurück in Llews Bett, vor sich hinlächelnd, während ihre Seele im Schlaf davontrieb ... Ihr Bote aber hastete so eilig davon wie die Schatten, hastete in Goronwy Pevrs Land ...

VIERTES KAPITEL – DER SPRUCH DER STERNE/AUS JENEM TAG WURDE EINE NACHT, UND AUS NEUEN TAGEN WURDEN NÄCHTE. DREIMAL HUNDERT MAL UND ÖFTER FLOH DIE SONNE UND GRIFF WIEDER AN, HEISS UND GOLDEN ÜBER DER WELT. ZWÖLF MAL dünnte sich der Mond zur Schmalheit einer Sichel, schwoll der Mondgöttin Leib wieder zu einer Völle heran, die rund war wie von einem Wunder, von dem sie nie entbunden wird.

Während jener Zeit muß Llew wie ehedem sein Land regiert und seine Frau geliebt haben. Und in Ruhe und Beruhigung müssen Math und Gwydion seine

Zufriedenheit beobachtet haben, und alle ihre Befürchtungen waren eingeschläfert und ihre Herzen gewiß, daß es nur ein trügerisches, auf dem Wind umherschweifendes Hirngespinst gewesen war, was Math an jenem Tage, als der Junge Caer Dathyl verließ, gewarnt hatte.

Dinodig blühte in einem goldenen Frieden, der unwandelbar schien. Das Leben schien – bis auf die Bewegungen der Jahreszeiten – Halt gemacht zu haben und zufrieden an dem schönen Ort zu verweilen, den es da gefunden hatte. Nur Blodeuwedd wußte es besser, sie, die wie eine seltene, goldene Spinne in ihrem Netz wartete, sicher verschanzt hinter der leeren Lieblichkeit ihres Blumengesichtes.

Und auch Goronwy Pevr wußte es, er, der an einem geheimen Ort schwer arbeitete, während die Druiden von Penllyn unter den heiligen Eichen die Opfer darbrachten. Inmitten der Flammen und der Dunkelheit seiner verborgenen Schmiede weidete er sich schon an den ausgedehnten Landen von Ardudwy und an der Schönheit der Frau, die ihm dieser Speer, den er da fertigte, gewinnen würde; und seine Augen funkelten noch heller.

Auch er wartete . . .

Doch es kam ein Tag, da er nicht mehr arbeitete. Da der Speer hart und hungrig unter der Sonne blitzte, in seiner ganzen scharfen, gezackten Schlankheit bereit war . . .

An jenem Tage sandte er einen Boten zu Blodeuwedd von den Blüten.

. . . Das »Mabinogi« berichtet, daß sie hierauf zu Llew Llaw Gyffes gegangen sei und mit ihm gesprochen habe.

»Herr«, sagte sie, »ich habe mir über die Sache, von der du mir im vergangenen Jahr erzähltest, den Kopf zerbrochen. Denn ich kann nicht begreifen, wie das sein könnte. Wenn ich das Bad für dich bereiten lasse, wirst du mir dann zeigen, wie es dir möglich ist, mit einem Fuß auf dem Rande eines Bottichs zu stehen und mit dem anderen auf dem Rücken einer Ziege?«

Er lächelte, wie wir lächeln, wenn wir einem Kind willfahren. Sie sah so schön aus in ihrem Schmeicheln, wie sie mit ihren blauen Augen und rosigen Lippen eifrig zu ihm aufsah und die Sonne auf ihr Goldhaar schien.

»Ich werde es dir zeigen«, sagte er.

Sie lächelte und küßte ihn zum Dank, klatschte in die Hände wie ein vergnügtes Kind und ging dann hinaus, um dem Gesinde die nötigen Anordnungen zu erteilen.

Sie bauten ein Badehaus am Fluß Cynvael, jenem Strom, an dem auch Pryderi seinen Tod empfangen hatte. Sie stellten dort einen Bottich auf und überdeckten ihn mit einem dicht gepackten Strohdach. Auch wurden alle Ziegen des Cantrevs zusammengetrieben und an eine Stelle jenseits des Flusses gebracht, gegenüber vom Bryn Kyvergyr.

Und der Bote eilte wieder zurück, um diese Kunde zu Goronwy Pevr zu tragen ...

Blodeuwedd aber sagte zu Llew: »Herr, das Bad und das Dach sind bereit.«

»Gut«, sagte er, »ich werde gern hingehen und es mir anschauen.«

Am Tage danach gingen sie zusammen an das Ufer des Flusses Cynvael hinab und besahen den großen Bottich unter dem kleinen Dach. Blodeuwedd blickte ihren Mann an, und sie blickte die dunkel aufragende Masse des Hügels Bryn Kyvergyr an, wo Goronwy im Hinterhalt lag; und der Mann, den ihre Augen nicht sahen, er war's, den sie sah ...

Sie beeilte sich, etwas zu sagen, fürchtend, Llew könnte in der Stille das heftige Schlagen ihres Herzens hören: »Willst du nicht in das Bad steigen, Herr?«

»Mit Freuden«, antwortete er. Er entkleidete sich und stieg in den Bottich und badete darin.

Blodeuwedd sah ihm zu, wie er in dem Wasser plantschte. Sie hatte, während sie dort wartete, etwas von der schrecklichen Unschuld der Spinne an sich, die ihre feinen und kunstvollen Grausamkeiten mechanisch vollbringt, um ihren Hunger zu stillen, ohne auch nur einen Gedanken an die Gefühle ihrer Beute zu verschwenden: nur ihrer eigenen Absicht bewußt ... Jener prächtige weiße junge Körper, der da in dem Bottich planschte, war ihr weniger, als die Fliege der Spinne ist. Er war keine Nahrung, er war bloß eine Tür, die eingetreten, ein Stein, der aus ihrem Wege gestoßen werden mußte.

Nach dem heutigen Tag würde sie nie wieder über ihn stolpern; er würde fort sein, äußerst und vollkommen fort – eine Beschwernis, die erledigt war. Sie würde allein sein, allein mit Goronwy, in ihrer gemeinsam erwählten Welt aus Feuer und Fleisch. Die Sonne würde über der Erde aufgehen, um nie wieder zu versinken.

Ein Zittern packte sie, ein Schauer der Erwartung. Ihre Seele schwindelte vor Freude, sprang den Armen der Freiheit entgegen, die sie erwarteten ...

Ihre Gedanken summten und schossen umher wie erschreckte Bienen: ›Goronwy! Mein Goronwy! In einer kleinen Weile schon wird er tot sein, in einer kleinen, kleinen Weile! Und du und ich werden immer zusammen sein ...‹ Konnte es wahr sein, daß dieser Tag endlich gekommen war? Was, wenn Goronwy einen Augenblick, nachdem die Opfer vorüber waren, an dem Speer gearbeitet hatte und dieser also nicht die Macht besaß, zu töten?

›Er würde Verdacht schöpfen. Er würde nach dem Werfer suchen. Vielleicht wird er sogar DICH töten!‹

Und es bedurfte aller Macht ihres Willens, sie davon abzuhalten, beim Gedanken daran die Hände zu ringen.

Llew legte eine Hand auf den Rand des Bottichs, als wollte er heraussteigen.

Sie rief ihm zu, kaum gelang es ihr, die Angst aus ihrer Stimme fernzuhalten: »Herr, was ist mit den Tieren, von denen du sprachst?«

Seine Hand fiel wieder vom Rand des Bottichs. »Ach ja«, sagte er, »laß eines von ihnen einfangen und herbringen.«

Sie ging eifrig und sorgte dafür, daß sein Auftrag erfüllt wurde, und er blieb, wo er war, ruhte im Wasser.

Die Sonne sank in den Westen; ein Heer von Schatten sammelte sich über der Welt ... In jenem roten Licht mag ihn der Gedanke durchzuckt haben, daß sein Tun eine Unbedachtheit war, eine Versuchung des Schicksals. Hatte nicht Gwydion ihm einst Bande auferlegt, niemals einen Fuß auf den Rand eines Bottichs und den anderen auf den Rücken einer Ziege zu setzen und dadurch das Unheil herauszufordern? ... An diesem Fluß war es gewesen, daß Pryderi gestorben war, fiel ihm ein, Gwydions mächtiger Feind, erschlagen in jenem gewaltigen Zweikampf, der schon Legende war. Hier, wenn irgendwo, konnten die Dunklen Mächte über den Samen des Sohnes Dons Macht haben – hier, wo jenes Blut düster aus dem Wasser schrie ...

Aber er war kein Kind mehr, für das es unrecht war, Gwydions Gebot nicht zu gehorchen. Er war jetzt ein Mann, der über seine eigene Sicherheit bestimmen konnte. Manchmal machten sie einen Mann übervorsichtig, diese Druidenwarnungen vor Unheil und Tod, vor dunklen magischen Wunden, die nicht heilen wollten; nicht einmal in einer anderen Welt ...

Welchen Harm konnte es denn bringen, den Tod zu seinem Fest einzuladen, wenn man ihm keine Tür offen ließ, durch die er eintreten konnte? Kein Feind kannte das Geheimnis, das Llews Verhängnis war; niemand in der Welt hatte eine Waffe, die so geschmiedet war, daß sie ihm sein Verderben bringen konnte, selbst wenn jemand, der ihm übelwollte, ihn hier sähe.

Llew lächelte über diese eingebildete Gefahr ... Im übrigen würde er sich in Blodeuwedds Augen zum Narren machen, wenn er verspätete Vorsicht zeigte und sie enttäuschte. Er wollte nicht, daß sie ihn für ängstlich hielt ...

Seine Frau kam mit einem Diener zurück, der eine Ziege hinter sich herzog. Der Bursche band sie neben dem Bottich fest, mit dem Gesicht eines Menschen, der sich sehr über die Launen seines Herrn und seiner Herrin wundert, dann ging er wieder zum Palast zurück.

Blodeuwedd hielt sich in der Nähe, lauernd ...

Llew erhob sich. Die Schatten waren jetzt versammelt, geballt und wartend. Mit jedem Augenblick wurden sie schwärzer, länger, streckten ihre dunklen

Arme aus, die Welt zu bedecken. Ein rotes Glühen begann sich im Westen zusammenzuziehen. Der Hügel Bryn Kyvergyr warf einen schwarzen und massigen Schatten, wie der erste Wachturm der Nacht, über die Erde ...

Llew setzte einen Fuß auf den Rand des Bottichs, so die mystischen Bedingungen halb erfüllend. Er tastete mit dem anderen nach dem Rücken der Ziege und sah, mit einiger Überraschung, daß Blodeuwedd, der so viel an diesem Anblick gelegen hatte, gar nicht zu ihm herschaute, sondern zu dem Hügel hinüber ...

Auf Bryn Kyvergyr hatte sich Goronwy Pevr auf ein Knie erhoben, und sein Arm war zum Wurf gehoben ...

Llews Fuß fand den Rücken der Ziege.

Es war ein pfeifendes Blitzen blauen Lichts in der Luft – etwas, das selbst unter dem glühenden Gold des Sonnenuntergangs kalt glomm. Es prallte mitten in der Luft auf Llews Körper und drang in ihn ein. Es fuhr durch ihn hindurch, die Speerspitze aber blieb in seiner Flanke stecken, als er fiel.

Sie leuchtete im Gefieder eines Adlers, der von dort aufflatterte, wo Llew gefallen war, mit einem wilden, unirdischen Schrei ...

Goronwy kam zu Blodeuwedd, die auf den Knien lag, mit weißen Händen ihr Gesicht bedeckend. Sie hatte nicht die Kraft gehabt, jenen letzten Augenblick zu sehen, der Sieg oder Niederlage bringen mußte.

Er stand hoch und dunkel über ihr, und seine Lippen lächelten, und seine Augen funkelten ...

Sie blickte auf, immer noch bebend, doch ihre Augen wurden größer, und ihre Lippen bogen sich zu ungläubiger Freude. »Ist es vorbei –?« flüsterte sie. »Ist er tot?«

Und zur Antwort zeigte er ihr den roten Schaft des Speeres ohne Spitze ...

Sie erhob sich. Ihre Augen waren Sterne. Sie schauten nicht zum Bottich hinüber, zu dem, was unter ihm liegen mochte ... Sie waren verherrlichend und frohlockend auf Goronwys Gesicht geheftet.

»Jetzt bist du es, dem ich gehöre«, sagte sie. »Ganz dir!«

»Mir fürwahr!« antwortete er. Er riß sie an sich. Seine Hand, die ihre Schulter umfaßte, färbte diese rot mit dem Blut, das der Speer an seinen Fingern hinterlassen hatte. Sie ließen einander los.

»Die Nacht kommt ...«, sagte er und schaute sie an.

Sie lächelte, und ihr Gesicht war wie eine sich öffnende Blume ...

Sie wandten sich um und gingen zusammen zum Palast zurück, eng umschlungen.

Und Llew Llaw Gyffes ward nicht mehr gesehen ...

Die Sonne sank, färbte die Wasser des Flusses Cynvael blutrot, und im Westen stand ein gewaltiges Flammen wie ein Leichenscheiterhaufen. Das Licht der Welt erstarb. Die Nacht kam herab, mit ihren schwarzen Schleiern, weich und dunkel und unsäglich geheimnisvoll, die Erde einhüllend. Eine Schwärze, die Sichtlosigkeit war, lastete auf der Welt und die Stille des Todes.

Das Heer der Sterne marschierte auf, eine Unzahl winziger, heller Armeen am Himmel: die Sterne, die Gwydion einst in einer Nacht vor langer Zeit auf einem Feld gedeutet hatte. Gedeutet hatte, und vergebens gedeutet hatte ... Jetzt schauten sie herab, teilnahmslos wie eh und je, zu hoch und zu fern, um der Erde Hilfe oder Mitleid zu gewähren, blickten herab auf ihre Warnung, die nicht beachtet, auf ihr Verhängnis, das erfüllt worden war. Sie sahen die ganze Nacht hindurch zu, von ihren angestammten Plätzen am Firmament aus, und blinkten kalt auf jenes verlassene Bad des Todes am Ufer des Cynvael hernieder. Und die Nacht war einsam, war solch eine unendliche, schwarze Leere, wie es der Raum sein mag, durch den eine frisch entkörperte Seele flieht – verloren und betäubt und hilflos, als würde sie ins Urnichts zurückgefegt ...

Am Morgen erhob sich Goronwy Pevr von Llews Bett, und er nahm Llews Gestalt an und herrschte über Llews Land.

Und bald schien es dem Volk von Dinodig, als richte sein König nicht mehr so gerecht wie ehedem, sondern begünstige allezeit die Männer, deren Freundschaft ihm am meisten nützen konnte. Heute ist das die Gewohnheit der meisten Herrschenden, doch in den Tagen Maths wurde es nicht für die Tat eines guten Königs gehalten. Desgleichen erlegte er dem Land neue Steuern auf, sich und seine Anhänger mästend, und die Liebe zum Gold in ihm wuchs immerzu. Sein Wesen wurde barsch, bisweilen ein Ding, vor dem man sich fürchten mußte. Die Leute begannen zu flüstern, in seinen Augen stünde ein neues Funkeln, als ob hinter seinem eigenen Gesicht ein anderes hervorspähte, und daß ein Wechselbalg aus Annwn in ihm stäke.

Und eines Tages im Herbst, als die Blätter rot waren wie Blut und die Tritte des nahenden Winters das Meer kälteten, kam Gwydion der Sohn Dons in Hast nach Caer Dathyl und zum Palast Maths des Königs geritten. Weder sich selbst noch sein Pferd hatte er auf jenem Ritt geschont, und was ihn begrüßte, war Schweigen. Ein Schatten lag über Caer Dathyl, trotz der mittäglichen Sonne.

Er stieg ab, und das Gesicht des Mannes, dem er die Zügel zuwarf, war blaß und finster. Auf allen Gesichtern am Hofe lagen Finsternis und Verwirrung und ein weißes, betroffenes Staunen, wie das eines Volkes, das die Macht der Sonne erlöschen sieht und die Gesetze der Natur beiseite gestoßen.

Goewyn empfing ihn mit den freundlichen Worten des Verwandtengrußes, und in ihren Augen, die gegen ihn immer kalt gewesen waren, sah er Mitleid. Das traf ihn wie ein Speer, denn darin sah er seine schwärzesten Ängste Wirklichkeit geworden, und er erkannte, daß endlich das eingetreten war, was nicht einmal Maths Macht zu heilen vermochte. Und er sah auch, daß der Hof dies ebenfalls wußte, daß es das war, was ihnen die Angst auferlegt hatte: Der König, dessen Macht immer so unbesieglich wie die der Sterne geschienen hatte oder die der Gezeiten, war hilflos, unfähig einer Tat.

Er konnte die Angst und das Staunen spüren, die auf ihre Herzen einpeitschten, kalt wie Wellen aus dem Meer: ›Ist dieser Feind so stark, daß er sogar unserem König widerstehen kann, ihm, der schon mit den Göttern selbst verkehrt hat? Wird sein Kriegsgeschrei sogar hier ertönen, in den Hallen von Caer Dathyl? Werden wir das Schicksal des Volkes von Dinodig teilen? Ist die Zeit von Maths Macht vorüber und er selbst ein verbrauchter Mann, unfähig, uns ferner zu schützen? Sind die guten Götter besiegt worden, und kommt jetzt die Nacht der uralten Prophezeiungen auf die Welt hernieder?‹

Es rauschte durch den Sinn eines jeden Menschen dort, wie Schwalben durch die Lüfte rauschen: ›Goronwy – Goronwy, der Feind der Götter!‹

Doch etwas Hoffnung muß noch in Gwydion gewesen sein, als er in Maths Kammer ging und die Tür hinter sich schloß.

Der alte König saß allein. Sein Kopf war gesenkt, und seine große, hervorspringende Nase und die grauen Augen, die stumpf wie ein nach der peitschenden Wut eines Sturmes mattes Wintermeer aussahen, waren fast in der weißen Flut seines Bartes versunken. Er sah aus wie ein verwitterter, schneebedeckter Fels, auf den die Wetter niedergehen; und es umgab ihn auch der Hauch eines sehr menschlichen Schmerzes, ähnlich dem erbärmlichen Gram hilfloser alter Männer bei gewöhnlichen Feuerstätten.

Gwydion stand staunend und sprachlos vor ihm, wie einer, der hört, daß die Sonne nicht mehr aufgehen wird.

Der König blickte auf, und seine grauen Augen waren lichtlos, älter und trauriger als die Jahrhunderte.

»So bist du also endlich gekommen, Neffe. Ich wunderte mich, daß du nicht früher kamst.«

»Ich wiegte mich zu lange in Sicherheit«, sagte Gwydion. »Als ich die bösen Berichte aus Llews Landen zuerst vernahm, hielt ich sie für törichte Lügen: Nichtigkeit, deren Verleumdung unter der Würde einer Bestrafung war. Aber sie kamen und kamen, bis ich besorgt wurde und meinen Geist durch die Nacht sandte, um seine Gedanken zu erforschen. Und dann konnte ich ihn nicht finden ... Also schaute ich in den Kristall und sah seine Kammer in Mur y Castell und die Gestalt eines anderen Mannes, der dort neben Blodeuwedd schlief.«

»Auch ich hörte«, sagte Math. »Nicht die Geschichten, die von lügnerischen Zungen verbreitet werden können, sondern das Stöhnen und die Unzufriedenheit in den Herzen meines unterdrückten Volkes. Doch wir, du und ich, die wir ihn haben heranwachsen sehen, wissen, daß solche Taten niemals die Llews sein konnten. Ich war so erstaunt, wie ich es in all den Jahrhunderten zuvor nicht gewesen bin. Und ich versuchte, aus der Ferne in sein Inneres zu schauen, konnte es aber nicht finden, nur das eines anderen an seiner Statt ... Ich sah, daß einer, der eine gewisse Kenntnis der niedrigeren und dunkleren Formen der Magie besitzt, seine Gestalt und seinen Platz eingenommen hatte, in der Meinung, er könne uns durch diesen Gestaltenwandel täuschen, kaum ahnend, daß es sicherere Wege gibt, einen Mann zu erkennen, als an seinem Gesicht. So wähnt er sich in Sicherheit.«

»Bald wird er es besser wissen!« sagte Gwydion, und die Wildheit des Wolfes, in dessen Gestalt er einst gesteckt hatte, flammte für einen Augenblick in seinem Gesicht auf. »Wenn Llew für immer fort ist, soll er Feuers sterben, und ich werde die schlimmsten Bande, die ich ersinnen kann, seinen künftigen Leben auferlegen, und in jeder Welt, in die ich reichen kann, für die schlimmsten Qualen sorgen!«

Math sah ihn stumm an, bis das Wolfsrot aus seinem Gesicht wich und es wieder nur das weiße Weh trug, das auch das Gesicht des Sohnes Mathonwys bleichte.

»Du vermagst nicht soviel«, sagte er. »Du kannst ihn nicht Arawns Händen entreißen. Wir sind die Herren der Erde, und es gibt Gesetze, die es uns verwehren, uns mit den Angelegenheiten Annwns oder mit jenen zu befassen, die Arawns Untertanen geworden sind. Sonst könnten wir Llew zurückgewinnen. Du magst seinen Mörder aus der Welt schicken und dafür sorgen, daß ihm bei seiner Rückkehr ein böser Empfang bereitet wird, doch zwischen Leben und Leben würde Arawn sein König sein. Und Gerechtigkeit, nicht Rache, lautet stets das Wort, mein Neffe.«

Gwydion lachte: ein kurzer und bitterer Laut, wie knirschendes Eis. »Gerechtigkeit sollte genügen!« sagte er. »Für ihn und für sie. Ich erkundete ihre Gemüter wohl, wie sie dort lagen und einander verschlangen wie Schweine. Es gibt ein Herz, und nur ein einziges, das über den Wechsel der Könige von Dinodig frohlockt. Sie führte Llew zur Schlachtbank wie ein Schwein: Blodeuwedd, die du und ich erschufen!«

Maths eisgrauer Kopf sank noch tiefer auf seine Brust hinab. »Sie ward schlecht gestaltet, schlecht vorausbestimmt. Ist das ihre Schuld, oder unsere, die wir sie mißformten? Es war ein zu großes Wagnis, solch eine Wanderin von den Winden herabzuziehen, die zufrieden war, in eine so leichte, notdürftige Form einzutreten. Solch eine konnte nicht zu Llews Gattin taugen. Hätten die Götter doch meinen Verstand verdorrt, bevor ich an ihre Gestaltung dachte!«

Gwydion lachte wieder. »Hätten sie lieber Arianrhod verdorrt, bevor ihre versauerte Eitelkeit und ihr Trotz sie dazu brachten, dem Jungen dieses Verhängnis aufzuerlegen! Was sonst konnten wir tun, nachdem sie uns alle anderen Wege versperrt hatte? Und Arianrhod kann sich nicht damit entschuldigen, daß es eben ein armer Geist aus dem Weltraum sei, was da in ihr hause. Frauen sind Llews Fluch vom Anfang seines Lebens an gewesen. In jenen Blüten, aus denen wir ihm ein Weib gestalteten, muß starkes Gift gewesen sein!«

»Arianrhod wird ihren Preis für die Taten, die sie getan hat, bezahlen müssen«, sagte Math. »Dies ist der Anbruch eines Zeitenalters, und schlimme Dinge nahen. Wir haben den Becher noch nicht bis zur Neige geleert, mein Neffe. Und bald wird er an ihren Lippen sein.«

Er starrte durch das Fenster, hinaus auf die Schatten, die sich über dem Flusse Conwy längten. Sein Gesicht sah aus, als sähe er einen größeren und breiteren Fluß, grenzenlos wie das Leben selbst, einem kälteren Meere zuströmend ...

Gwydion wandte sich von dem Haß ab, der mit dem Widerhaken vergifteter Liebe versehen war, und jenem Hassen zu, das wild und ungehindert lodern konnte. Doch selbst diese Wendung brachte Unheil, denn der Gedanke an jene beiden führte ihm einen solchen Ansturm der Sehnsucht her nach dem, den sie ihm geraubt hatten, daß er eine Weile lang nur stumm dastehen konnte, mit zuckenden Händen und zuckendem Gesicht, mit schierer, Fleisch gewordener Folter ringend, mit solchem Schmerz, wie er ihn nicht für möglich gehalten hätte.

Es war ihm, als würde sein Herz auf spitzen Steinen zerstampft und zermahlen, und er hätte in seiner Qual laut schreien mögen. Erst jetzt hatte er innegehalten, um sie zu ermessen und ihr ganzes Entsetzen zu schmecken. Er war spornstreichs losgeritten, von ihr wie von Stürmen umpeitscht, um Maths Hilfe zu suchen. Und jetzt gab es auf der ganzen Welt keine Hilfe. Llew war fort, und kein Mensch wußte, wohin. Dies war das Ende ...

Doch noch einmal erhob sich sein Herz gegen die kalte Brandung jenes Urteils. Nicht durch Verzweiflung erlangen Menschen seine und Maths Macht.

»Was haben sie mit ihm getan?« flüsterte er. »Er konnte nicht vernichtet werden; er konnte sich nur anderswohin begeben. Wo ist er?«

»Ich weiß nicht einmal, wo der Körper ist, den er trug«, sagte Math. »Ich habe gesucht, doch wo immer Llew war, finde ich jetzt nur Goronwy Pevr. Bei Tage sitzt er auf dem Thron und richtet und bestraft und belohnt. Bei Nacht aber geht er zum Bett Blodeuwedds, und mit der Dunkelheit kommt seine eigene Gestalt über ihn, die Gestalt, die sie liebt.«

»Goronwy Pevr, König von Penllyn und Mörder Llews«, sagte Gwydion und fuhr sich mit der Zunge über die Lippen, als wäre ein schlechter Geschmack auf ihnen. »Llew hatte aber auch Körper und Seele. Wo sind sie jetzt?«

Math erhob sich von seinem Sitz. Wieder ragte er auf, schien seine große graue Gestalt die Kammer zu erfüllen, ehrfurchtgebietend und majestätisch wie Klippen, die sich von ihren uralten Plätzen erheben. Seine Stimme scholl durch den Raum, als ob das Feuer in dem jüngeren Manne sie stärkte, so wie erloschene Vulkane durch die unauslöschbaren Feuer des Erdinneren wiedererweckt werden.

»Ich habe alle Wege versucht, und vergeblich. Doch werden wir es wieder und wieder versuchen. Komm, Neffe, füge deine Kraft der meinen hinzu!«

Nacht kam, und wieder Tag. Eine weitere Nacht verging, und danach ihr strahlender Zwilling.

Am dritten Mittag saßen Gwydion und Math allein in der Kammer des Sohnes Mathonwys; und ihre Hände und ihre Sinne waren müßig und ihre Gesichter grau und erschöpft. Eine kalte Düsternis umhing sie, ein dämpfender, trübender Schatten, den das Sonnengold nicht erwärmen oder auflösen konnte. Sie sahen alt aus, wie sie da saßen, müde Männer, die gescheitert waren. Manchmal hoben sich die Augen des einen und erforschten die Tiefen in denen des anderen, als suchten sie dort nach einem unversuchten Mittel, nach einer Kunst, die noch nicht geschlagen worden war.

In Grau saßen sie da, wie geschlagene Krieger nach einer verlorenen Schlacht.

»Wir haben in Erde und Feuer und Wasser nach ihm gesucht«, sagte Gwydion. »In der Luft und unter Wasser. Wir haben die Gedanken Goronwys und Blodeuwedds gesiebt, während sie schliefen. Und wir haben die Winde gesiebt, die aus Annwn herwehen, doch nicht einer von ihnen hat ihn in die Unterwelt getragen. Er ist im Kristall unsichtbar und im Teich. Wenn er nur einen einzigen Gedanken an uns gehabt hätte, würden wir ihn gefunden haben. Und er könnte sich an niemanden als uns wenden. Es ist, als dächte er nicht«, sagte er.

Und beide waren stumm, entsetzt bei diesem Gedanken an eine Vernichtung, die so vollkommen außerhalb aller Grenzen der Natur lag.

»Er ist irgendwo«, sagte Math schließlich, »und er muß dort denken. Doch wo ist ›dort‹? . . . Ich werde alt, mein Neffe. Einst hätte ich ihn gefunden. Mein Verstand hätte Himmel und Erde so sicher und geschwind durchdrungen, wie ein Speer fliegt, und er hätte ihn gefunden, wie ein Speer sein Ziel findet. Doch jetzt kann ich es nicht . . . Ich nähere mich meiner Verwandlung . . .«

Und er sah in der Tat alt aus, nicht wie ehedem, so bejahrt zerklüftet und machtvoll wie Berge, sondern alt, wie verbrauchte, müde Männer es sind, gekrümmt unter der Last des Wehs und gebeugt von der Weisheit der Jahre. Der Verlust Llews beugte ihn und – ebenso schwer oder noch schwerer – das Gewicht der stummen Qual Gwydions.

Und sein Neffe fühlte, wie er ihn so sah, einen Jammer, daß diese hohe, unermeßliche Macht, die alle seine Tage überschattet hatte – bald gefürchtet, bald benötigt –, jemals Schwinden oder Schatten erfahren mußte.

›Er liebt mich, wie ich Llew liebe. Oder fast so sehr, wie ich Llew liebe. Auf der ganzen Welt könnte es keine andere derartige Liebe geben. Denn ich bin aus Maths Blut, aber ich bin nicht aus seinem eigenen Körper: wenigstens nicht, soviel ich weiß . . .

Doch wieviel zählt in der Liebe das Besitzen? Als ich dachte, Llew sei glücklich in Dinodig, da konnte auch ich glücklich sein, obwohl ich einsam war; als ich wußte, daß er auf der Erde wandelte, mit seinen starken Gliedern und seinem hellen Schopf und seinem hellen Lächeln, obwohl ich ihn nicht sehen konnte. Erst jetzt, da ich weiß, daß er nirgendwo mehr so wandelt, ist dieser Schmerz in meinem Herzen . . .‹

Er legte seinen Kopf auf seine Hände; saß stumm, brütend da. ›Irgendwo ist er. Irgendwo muß er sein. Ich werde ihn finden, wenn ich lange genug suche, und wäre er auch zu weit fortgegangen, als daß ich ihm in diesem Körper folgen könnte‹. Konnte der Gott im Menschen seinen Willen eisern genug machen, die unerbittlichen Mauern des Schicksals zu durchbohren?

Irgendwo, wie weißes Licht schwach auf fernen Hügeln glänzt, dämmerte die Gewißheit, daß er es konnte: graue Dämmerung, welk und schwach, über den Trümmern einer sturmerschütterten, sonnenlosen Welt, ein Schimmer, der ebensogut Tag wie Nacht sein mochte. Er wußte, daß dieses Licht aus ihm selbst kam. Doch hielt er es darum nicht für eine Täuschung; vielmehr für eine gewissere Wahrheit. Er glaubte an sich selbst und daher an Gott.

Zum ersten Mal hatte Maths Stärke ihn im Stich gelassen. Also mußte er seine gesamte eigene Kraft entwickeln, und noch mehr als sie.

Endlich hob er den Kopf.

Nicht allein nach seinem Willen konnte er diese Reise unternehmen: Er ließ den König seinen Onkel, der alt und leidgebeugt war, wenn auch nicht so bitter geschlagen wie er selbst, allein zurück, den König, der ihn vielleicht brauchte. Viele mochten sagen, der künftige König von Gwynedd solle jetzt an der Seite seines Onkels bleiben, als seine Hilfe und Hauptstütze.

»Herr«, sagte er, »ich kann keine Ruhe finden, bevor ich Nachricht von meinem Neffen habe.«

Schweigen, Schweigen, in dem sogar das Schlagen eines Herzens so laut wie Hammerschläge geklungen hätte.

»Geh denn«, antwortete Math, »und die Götter geben dir Kraft!«

Am Abend schieden sie voneinander. Gwydion hatte wieder das Gewand eines Barden angelegt. Die Verkleidung, die den hitzigen Begierden seiner Jugend gedient hatte, mußte jetzt der bitteren, vielleicht lebenslänglichen Suche seines Mannesalters dienen. Goronwy und Blodeuwedd durften nicht ahnen, daß man sie verdächtigte. Bei seiner Suche durfte es keine neugierigen Augen und Ohren geben. Später, wenn Palast und Hof weit hinter ihm lagen, würde er das Aussehen seines Gesichtes verändern. Doch jetzt, da er sich vor seinem Onkel verneigte, war es noch nicht maskiert von Magie. Der alte König sah in das Gesicht, das er liebte, und er wußte, es konnte zum letzten Mal sein.

Sie sagten die gebührenden Worte des Segnens und des Lebewohls und schieden voneinander. Doch unter der Tür wandte sich Gwydion wieder um, angerührt von etwas in jener düsteren, gebirgshaften Majestät, in der Math dort allein saß.

»Bist du sicher, daß du mich nicht brauchen wirst, Herr«, fragte er, »daß du mir auch Herzensabschied gibst?«

»Solange ich lebe, kann ich das Meine hüten«, sagte Math, »jetzt, da ich aufgewacht bin. Ich mag zu lange und zu träge im Frieden und Glück dieser jüngsten Tage geträumt haben. Ein alter Hund schläft gern in der Sonne. So sieht der Wolf seine Gelegenheit, sich an die Herde heranzuschleichen. Doch meine Zähne sind noch kräftig. Nur vergiß nicht, Neffe, die Pflicht, die dir obliegen wird, wenn meine Verwandlung kommt. Die Erinnerung an mich wird Goronwy nicht von Caer Dathyl fernhalten; und deine Brüder sind gradheraus und stark, doch was List angeht, keine Gegner für einen wie ihn. Und mehr und mehr regiert List und weniger und weniger Kraft die Welt. Du selbst hast es bewiesen, als du Pryderi besiegtest.«

»Wie er, wird auch Goronwy nicht so lange leben, bis du eine Erinnerung bist«, antwortete Gwydion. »Da Llew offenbar nicht nach Annwn gegangen ist, muß er noch irgendwo in dieser Welt sein, und wenn er es ist, werde ich ihn finden. Deshalb habe ich aufgehört, an Rache zu denken. Die zu nehmen, werde ich seiner Hand überlassen.«

»Dann hast du dich rein für die Suche gemacht«, sagte Math. »Geh.«

Doch saß er noch lange da und sah seinem Neffen hinterher, als er ihn mit

694

den Augen des Körpers schon lange nicht mehr sehen konnte. Er hatte sich um Llew nicht so sehr gegrämt, wie Gwydion es getan, und doch wußten die Götter, daß er Gram genug erlitten hatte. Er hatte seinen Erben immer noch an seiner Seite, und die größte Hoffnung seiner Lebenstage war in Sicherheit. Für ihn konnte eine Welt, die Gwydion barg, nicht so schwarz werden, wie sie jetzt für Gwydion geworden war.

Er wußte aber, daß sein Neffe im Schmerzensmeer versunken war, über dem seine Weisheit noch leuchtete wie die weißen Felsen ewiger Verheißung. Wie lange der Sturm auch toben mag, schließlich wird die Sonne wieder scheinen. Doch wie lange wird das Sturmgewölk noch dauern? O Herren der Sterne: wie lange noch?

Schwer ist es, selbst für einen Weisen, am Abend des Lebens, wenn der Kampf vorüber und Frieden verdient und errungen scheint, zu sehen, wie sich die schöne Zukunft verfinstert und der grünende Garten zerwühlt und zertrampelt wird und wie sich der liebste Mensch in Qualen windet, die man ihm nicht ersparen kann. Math hatte gedacht, daß für ihn keine bitterere Zeit kommen könne als jene Jahre, in denen Gwydion und Gilvaethwy in ihren Tiergestalten durch die Wälder geschweift waren. Jetzt wußte er es besser.

Der König bedeckte sein Gesicht mit seinem Mantel und saß stumm da ...

Gwydion aber schritt auf sonnenloser Straße gen Powys. Die roten und goldenen Blätter waren unter dem Hauch eines frühen Frostes gefallen. Ein dünner Wind klagte durch ihre welken und verblaßten Haufen und ließ die entblößten und nackten Bäume beben. Der bewölkte Himmel wurde mit der nahenden Nacht dunkler.

Er ging allein, auf eine Suche, während derer ein Sterblicher, sollte sie erfolgreich sein, sogar den Bezwinger aller Menschen berauben und besiegen mußte: den Tod.

Der Himmel wurde schwarz, und einer um den anderen, Schar um Schar, traten die Sterne hervor, die er in der Nacht nach Llews Geburt ergründet hatte, und sahen ihm stumm zu, wie er seine einsame Straße dahinzog.

FÜNFTES KAPITEL – DYLANS TOD/SIE TRUGEN DIE KUNDE VON LLEWS TOD ZU ARIANRHOD DER TOCHTER DONS, DIE IN IHRER MEERUMGÜRTETEN HALLE SASS. SIE LACHTE, ALS SIE ES HÖRTE, ABER VOR HÄME, MIT WENIG FREUDE.

»Mein Bruder hat also den Einsatz verloren, um den er gespielt hat! Den Preis, für den er sogar mich drangegeben hätte! Besser wär' es für ihn gewesen, hätte er dieses Spiel überhaupt nie angefangen!«

Dann fügte sie hinzu: »Mein Onkel und mein Bruder sind große Magier, doch als sie dieses Weib für Llew gestalteten, wirkten sie Unheil. Oder es wirkte vielleicht dieses eine Mal der Zauber eines anderen stärker als der ihre ...

Was hat Gwydion getan? Hat er an diesem Mann und dieser Frau Rache genommen, wie es Rechtens ist?«

»Das hat er nicht, Herrin«, antworteten die Boten. »Er ist verschwunden, und es heißt, daß er durch das Land ziehe, um die Seele Llews zu suchen.«

Arianrhod lachte wieder, ein harsches und hektisches Lachen, das wie zerspringendes Kristall klang. »Dann ist er ein Narr«, sagte sie. »Die Toten haben es nicht so eilig, zurückzukommen. Will er seine Kraft an vergebliche Träume und Wanderungen verschwenden, während Goronwy sich Blodeuwedds erfreut und der Lande, die mein Onkel Llew zum Lehen gegeben hat? Wenn wir verloren haben, was wir am höchsten schätzten, sollen wir dann greinen, kindische Hoffnungen hätscheln und hinter Irrlichtern herjagen? Oder uns erheben und nehmen, was an Gutem uns geblieben ist: denen den Tod bereiten, die zu hassen wir ein Recht haben? Letzteres ist der Weg des Weisen!«

»Es ist aber ein schlimmes Ding, Herrin, und das Zeichen dafür, daß unsere eigenen Leben geendet haben, wenn uns nur das noch freut«, sagte einer von ihren Hexenmeistern. »Dann sind wir wahrlich tot und nur noch unsere eigenen Rächer.«

Darauf erzitterte Arianrhod und erbleichte; einen Augenblick lang schien es, als hätte ein kalter Wind sie schrumpfen lassen. Doch dann hob ihr Kopf sich desto höher, und ihre lieblichen Lippen wölbten sich zu ihrem verachtungsvollsten Lächeln.

»Eines weiß ich bestimmt: daß Gwydions Liebe wenig Wert hat. Hätte ich meinen Sohn geliebt, würde ich ihn gerächt haben.«

Und jenes war das allererste Mal, daß sie diesen Ausdruck gebrauchte: ›mein Sohn‹.

Da blickte Elen die Demütige von ihrem Weben auf. »Vielleicht ist es gut für dich, Arianrhod, daß Gwydion keine Rache sucht. Denn er könnte sie hier suchen.«

Arianrhod leuchtete in ihrer ausbrechenden Leidenschaft wie eine Flamme.

»Wenig Gutes würd' es ihm bringen, wenn er das täte! Aber er hat kein Recht dazu! Er hat mich herausgefordert. Er hat dieses Spiel gewählt und angefangen, nicht ich; kann ich dafür getadelt werden, daß ich mich nicht völlig zugrunderichten habe lassen? Er soll nur auf seinen Erben aufpassen, schließlich wollte er ihn ja haben; ich werde auf mich aufpassen!«

»Kannst du das?« sagte Elen und lächelte ...

Doch ihre Schwester war schon aus der Halle gestürmt.

Aber den ganzen Herbst hindurch war Arianrhod von Rastlosigkeit befallen, und sie wandelte oft und allein an jenen weißen Stränden, die das Schloß vom Silbernen Rad umgaben. Nur eine Stelle betrat sie nie: dort unter den Bäumen, wo vor langer Zeit Gwydion die Blätter für sie in Sterne verwandelt hatte.

Es mag ihr wie ein an ihr begangenes Unrecht vorgekommen sein, daß jemand anderer als sie selbst es gewagt hatte, ihrem Sohn Schaden zuzufügen. Er war ihr Fleisch und aus dem Blute Dons gewesen. Sein Tod mag ihr als ein fruchtloser Gewinn erschienen sein, denn er konnte ihren Anspruch auf Jungfräulichkeit nicht wiederherstellen. Wäre sie eine Jungfrau gewesen, hätte Llew niemals in die Welt kommen und hier seinen Tod empfangen können. Auch konnte sie sich über diesen Tod nicht um seiner selbst willen freuen, denn sie hatte ihn nie um seiner selbst willen gehaßt. Sie hatte ihn ja kaum gekannt.

In der Vergangenheit hatte ihr die Vorstellung Vergnügen bereitet, Gwydion winde sich immer noch unter dem Gedanken, daß sie ihn hasse. Sie waren einander immer lieb und teuer gewesen; war es da wahrscheinlich, daß er ohne sie ganz glücklich sein konnte, obschon er Llew hatte, da doch auch sie ohne ihn nicht glücklich sein konnte? Es konnte einfach nicht sein, daß er sie nicht vermißte, daß gar das Kind, das er – o unaussprechliche Beleidigung und Demütigung! – noch mehr als sie selbst begehrt hatte, seine Erinnerung an sie so gänzlich auslöschte.

Doch jetzt besaß er dieses verwünschte Kind nicht mehr, und es mochte sein, daß er sie haßte. Und etwas in ihr wand sich unter diesem Gedanken ...

Sie hatte sich an ihm rächen wollen. Doch Rache an jenen, die wir lieben, kommt uns meist teuer zu stehen ...

Die Tage vergingen und wurden kürzer. Die Nächte kamen früher und früher, wie der Winter seine Frostdecke über die Welt legte.

Eines Abends, als der Westen rot wie ein Blutfleck auf einem düstren, eisengrauen Horizont lag, erging sie sich am Strand. Himmel und Meer schienen gleichermaßen aller Farbe entleert. Sie redete sich ein, daß sie ihre Rache bekommen habe und glücklich sei. Doch unter der Befriedigung in ihrem Hirn pochte ein dumpfer Schmerz in ihrem Herzen. Sie mußte sich zitternd an den beharrlichen Feuern des Zorns wärmen, deren Schrein ihre Seele so lange gewesen war.

Da erblickte sie in den Wassern eine Veränderung. Im Westen, wo die sterbende Sonne immer noch ein goldenes Glimmern über sie goß, schäumten die Wellen weiß und blitzend auf. Sie stiegen höher, faßten das erlöschende Licht, glühten rosa und purpurn und golden, schleuderten ihre weiße Gischt gen Himmel, wie Herolde die Banner ihres nahenden Königs schwingen.

Sie beugte sich vor, gespannt und erstaunt. In all ihren Jahren am Meer hatte sie noch nie etwas Ähnliches gesehen. Oder doch – wie lange war es her, seit sie sich das letztemal an jene Stunde erinnert hatte? – einst, in einer mondbeglänzten Nacht, als sie am Strand umhergewandert, war da nicht auch so eine Meereswoge aufgestiegen, in schäumendem, wirbelndem Weiß landwärts gerauscht?

Doch damals war Frühling gewesen, und jetzt war Herbst. Sommer hatte bevorgestanden, und jetzt nahte nur der Winter. Nein, der Winter war ja schon da. Hatte sie vergessen, was es war, das Erde und Himmel so grau machte? Damals war die Zeit des Erwachens und Lebenspendens gewesen, und jetzt war die Zeit für Sterben und Verfall.

Aber sie sah jenen Regenbogen im Westen größer werden und erglühen. Sah die Wellen, die ihn bildeten, vom Meeresgrunde zu Manneshöhe ansteigen, funkelnd wie Flammen, sich alle sammeln und schimmern unter einer einzigen Krone aus Schaum. Sah sie vorwärtspreschen, ein sprühendes, wirbelndes Wunder, auf Caer Arianrhod zu. Pfeilgerade kamen sie heran, pfeilgerade auf den Strand zu; und die kleinen Wellen am Ufer lachten, wie sie die großen kommen hörten, und tanzten vor Freude.

. . . Sie hatten die Küste erreicht. Sie teilten sich: Jene flammende Blume aus Schaum öffnete sich und fiel in einem Schauer glitzernder Gischt ins Meer zurück, als ihr ein junger Mann entschwamm, leichtfüßig an Land gesprungen kam. Groß und goldenhaarig und lachend stand er da, aus meerblauen Augen zu ihr herablächelnd.

Sie erkannte ihn. In dem Augenblick, da sich die Wellen für ihn aufgetan, hatte sie ihn erkannt. Er erinnerte sie nur zu sehr an den Jungen, dem sie vor Jahren den Fluch des Ungeliebtseins auferlegt hatte. Nur daß dieser Gwydion weniger ähnlich sah . . .

Eine entsetzliche Schwächewelle ging über sie hinweg, und sie mußte die Augen schließen. Sie dachte, die Worte wie kalte Speere in ihrem schwindligen Kopf: ›Gibt es denn nichts, was ich in meinem Leben getan habe, das jetzt nicht zu mir zurückkommt?‹

»Dylan«, flüsterte sie, »Dylan, Sohn der Wogen.«

Er mißdeutete den Grund ihrer Schwäche und ihres Schwankens. Er lachte und faßte nach ihren Händen.

»Ja, ich bin Dylan, Mutter. Freust du dich, mich zu sehen? Ich hatte nicht gewußt, daß mein Fortschwimmen dir solch ein Leid bereitete.«

Da schien sie zu sich zu kommen. Ihr Gesicht rötete sich, als spiegelte es etwas von dem roten Licht wider, das noch am eisernen Himmel über ihnen glühte. Sie legte ihre weißen Arme um ihn und klammerte sich an ihn, und ihr Gesicht veränderte sich. Ihr Mund zuckte seltsam.

»Ein Leid!« Sie lachte unstet. »Ein Leid – oh, mein Sohn!«

Er drückte sie an sich. Er lachte und küßte sie. »Ich wette, daß nicht viele Männer vor dir davongeschwommen sind! Ich habe immer von deiner Lieblichkeit erzählen hören, doch hätte ich nie gedacht, eine so schöne Mutter vorzufinden!«

Sie lachte und schob ihm das goldene Haar aus der Stirn. »Ich merke, du hast schon die Redensarten gelernt, die den Frauen gefallen, mein Sohn. Es wäre auch kaum zu erwarten gewesen, daß sie dich lange ohne diesen Unterricht gelassen hätten – schön wie du bist... Gut ist deine Heimkehr, mein Sohn. Du wirst hier gebraucht.«

»Wozu denn?« fragte er. Aber sie wollte es ihm noch nicht sagen...

Sie gingen zusammen in ihr Schloß, und in jener Nacht feierte sie mit ihm in Caer Arianrhod und war fröhlich, bis das Gesinde unter sich zu flüstern begann, durch den Verlust des einen Sohnes müsse das Herz ihrer Herrin erweicht worden sein, so daß sie jetzt weise genug sei, über den froh zu sein, der ihr geblieben war. Mutter und Sohn sprachen miteinander, und sie fragte ihn nach den Palästen unterm Meer und nach seiner Kindheit dort. Und ihre blauen Augen, die auf ihm verweilten, leuchteten vor jenem Licht, das die Suche nach Wissen in den Söhnen und Töchtern Dons stets hervorrief.

Ihr Lächeln war so mild wie der Mond im Frühling, und alle Rastlosigkeit und Unzufriedenheit schienen aus ihrem Gesicht gewichen zu sein, fortgeweht vom heiteren Strahlen der Abendröte.

Doch zuletzt, als die Nacht alt wurde und die meisten der Festenden schliefen, verdüsterte es sich wieder, und er fragte sie, als sie einander im Licht der erlöschenden Fackeln gegenübersaßen: »Mutter, du sagtest, ich würde hier gebraucht? Warum ist mein Kommen gerade jetzt besonders gut?«

Sie sah ihn an und sagte tonlos: »Dein Bruder wurde ermordet.«

»Mein Bruder?« sagte er erstaunt. »Fürwahr, ich wußte nicht einmal, daß ich einen hatte!«

»Du hattest aber einen. Als Kind war er immer traurig darüber, daß du davongeschwommen warst; er hätte dich gerne gekannt und mit dir gespielt.« Sie schloß die Augen, wie sie das sagte. Woher sie das wußte, weiß niemand zu sagen. »Er war so jung wie du, und noch jünger, und jetzt ist er ermordet worden.«

»Wie ist das geschehen?« sagte Dylan, und auch sein Gesicht verdüsterte sich.

Sie erzählte ihm die Geschichte von Goronwys Liebe zu Blodeuwedd, und wie Llew Llaw Gyffes gestorben war. Dylans schönes Gesicht sah am Schluß fürwahr dunkel aus. »Nun«, sagte er, »was willst du, daß ich tue?«

»Du mußt den töten, der deinen Bruder tötete«, sagte sie.

»Das werd' ich freudig tun«, antwortete er. »Eine kleine Aufgabe wird das für mich sein, und eine glückliche.«

»Es wird nicht leicht sein«, sagte sie. »Es gibt nur eine Art von Speer, die ihn töten kann, so wie es nur eine Art gab, die deinen Bruder töten konnte. Und nur mein Bruder Govannon der Schmied kann den machen, der Goronwys Verderben sein wird.«

»Dann werde ich also zu meinem Onkel Govannon gehen und ihn bitten, ihn für mich zu machen«, sagte Dylan. »Es scheint mir aber, als ob ihr Landmenschen höchst unvernünftig schwer zu töten wärt.«

»Wir haben unsere eigenen Weisen, den Tod fernzuhalten«, antwortete sie, »und wenn diese versagen, sind wir zunichte. Wie Llew es ist! Wie Goronwy es sein wird, wenn du ihn mit dem Speer durchbohrt hast. Jetzt lacht er im Stolz seines Sieges über uns alle. Denn mein Onkel Math ist altersschwach, und mein Bruder Gwydion, der König, der nach ihm kommen wird, hat Llew aufgezogen und ist wie von Sinnen, seitdem er von seinem Tod erfahren hat. Er streift im Land umher und durchsucht die Winde nach der Seele seines Neffen. Und in Ermangelung seines Erstlingsanspruchs wird keiner meiner anderen Brüder Rache nehmen. Doch dein Recht ist so gut wie seines.«

»Das ist es fürwahr«, sagte Dylan, »und ich werde guten Gebrauch davon machen!«

Dafür küßte sie ihn. »Da sprach fürwahr mein Sohn!« sagte sie.

Am nächsten Morgen rüstete sie ihn für die Reise zu Govannon und gab ihm manchen Rat. Zuerst wollte sie ihm den Weg dorthin erklären.

Er aber lachte und schüttelte seinen Lockenschopf.

»Sag mir nur, wo das Meer seiner Schmiede am nächsten kommt, Mutter. Bis gestern abend bin ich in meinem ganzen Leben noch nicht zu Fuß gegangen – hab' ich mich nicht gut gehalten, für einen, der darin so ungeübt ist? –, aber ich habe keine große Lust, es allzulang zu tun. Und bestimmt würde ich nicht wissen, wie man ein Landpferd reitet. Meine Rosse sind immer die Wogen gewesen. Ich werde zur Schmiede meines Onkels schwimmen, wenn sie so gelegen ist, daß ich es kann.«

»Sie liegt an der Mündung des Flusses Conwy«, antwortete sie. »Aber die Wellen sehen heute kalt aus, mein Sohn. Bist du sicher, daß dir nicht kalt werden wird?«

»Genauso leicht könnte es einem Kind von der Milch seiner Mutter kalt werden«, lachte er. »Die Wellen sind meine ältesten Freunde. Du brauchst keine Angst um mich zu haben, Mutter.«

»Ich habe keine«, sagte sie. »Doch ist da noch etwas.« Und sie legte ihre

Hand auf seinen Arm. »Dein Onkel Govannon ist ein Mann von jähzorniger Gemütsart. Er sah dich als Neugeborenes davonschwimmen, und er wird vielleicht denken, du wolltest dir einen Scherz mit ihm erlauben, wenn du, ein Fremder, zu ihm kommst und behauptest, jener ertrunkene Dylan zu sein, seiner Schwester Sohn. Frag' ihn nach dem Speer, bevor du ihm sagst, wer du bist. Er ist zu jedem freundlich, der ihn nach Waffen fragt, so versessen ist er auf seine kostbaren Speere und Schwerter.«

Dylan runzelte die Stirn. »Du solltest ihn besser als irgend jemand anderes kennen, und doch will es mir nicht gefallen, mich gegenüber meinem Onkel Govannon so zu verhalten, als wäre er ein bissiger Hund. Ich habe mich noch nie vor Hunden gefürchtet, oder vor irgend etwas anderem«, sagte er, »und mein Onkel wird meinen Mut nicht höher schätzen, wenn er das erfährt. Ich wünschte, deine Sippe wäre froh über mich, statt sich meiner zu schämen!«

»Sie wird sich deiner niemals schämen«, sagte sie. »Und es ist gut, sich Govannon mit Vorsicht zu nähern. Versprich es mir!« bat sie.

Einen Augenblick lang sah der Jüngling unentschieden aus. Dann tätschelte er ihre Hand, die auf seinem Arm lag, und lächelte. »Also gut«, sagte er, »wie du willst, Mutter.«

Sie ging mit ihm zum Meer hinab und sah ihm zu, wie er in die Wellen tauchte. Sie segnete ihn und schickte ihn auf seine Reise. Als er aus den Wellen zurückblickte, stand sie immer noch dort am weißen Strand, und der Wind verwehte ihr goldenes Haar. Und ihre Hand winkte ihm Lebewohl.

Er lachte. Er rief zurück zu ihr: »Ich werde dir Goronwys Kopf als ein Geschenk heimbringen, Mutter!«

... Selbst als er am Busen der Wellen ihrem Blick entschwunden war, verweilte sie noch, beobachtete das Meer. Sie leuchtete wie eine Flammenzunge, wie sie da stand, so schön und so zerstörerisch.

»Sollte ich Gwydion das rauben, was er über alles schätzte, und ihn, der mir nie mehr war als der Zeitvertreib einer Nacht, seinen Sohn behalten lassen?« fragte sie sich. »Soll ich den einen von ihnen leben lassen und den anderen nicht?«

Govannon der Sohn Dons arbeitete in seiner Schmiede an der Mündung des Conwy, als ein Bote zu ihm kam. Er erkannte den Burschen als einen Mann im Dienste seiner Schwester Arianrhod, obwohl er ihn jahrelang nicht gesehen hatte. Es war keine Freundlichkeit in Govannon. Sein Herz war wund wegen Llews Tod und wegen Goronwys Ungeschorenheit. Jetzt am allerwenigsten wollte er an seine Schwester erinnert werden, den Ursprung aller dieser

Schmerzen. Als er den Diener sah, brummte er nur wie ein großer Bär und arbeitete weiter.

Der Bote blieb in einiger Entfernung stehen und wartete, bleich, voll Angst zu stören, während die Hiebe des Schmieds einen Regen roter Funken versprühten, die unregelmäßig wie Blitze auf seinen mächtigen Armen und seinem grimmigen Gesicht aufglühten. Er handhabte das Metall, als wäre es ein Mensch, den er haßte. Und der Bote wich immer weiter zurück, bis die Wand allem Weichen ein Ende machte.

Dort ermannte er sich. Ein wachsames Auge auf Govannons Hammer gerichtet, sprach er:

»Deine Schwester sendet dir eine Botschaft, Herr.«

»Und«, sagte Govannon, »was will sie?«

Sein Hammerarm schwebte immer noch über seinem Kopf, und seine Augen glotzten unangenehm in dem roten Licht.

Der Mann fuhr sich mit der Zunge über die Lippen. »Sie schickt dir eine Botschaft –«, sagte er.

»Und wozu?« brummte Govannon.

»Ich werde es dir sagen, wenn du mich läßt«, stammelte der Mann.

»Ich werde dich sterben lassen, wenn du es nicht tust!« fuhr ihn Govannon an. »Soll ich den ganzen Tag vergeuden und warten, bis du soweit bist, Arianrhods Nichtigkeiten auszuspucken?«

Wieder befeuchtete der Mann seine Lippen. »Sie gebietet mir, dir auszurichten, sie habe durch Künste, die dein Haus beherrsche, erfahren, daß Goronwy Pevr, der Llew Llaw Gyffes tötete, deinen Neffen und ihren Sohn, heute auf seinem Weg hierher sei, um einen Speer von dir zu holen. Er wird groß sein und blauäugig und goldenhaarig, und es wird, wie jetzt bei Tage immer, viel von der Ähnlichkeit mit Llew auf ihm sein. Er wird einen meergrünen Mantel tragen, der von zwei Broschen aus rotem Gold zusammengehalten wird, die mit einer Kette aus dem gleichen Material miteinander verbunden . . .«

Weiter kam er nicht. Die Stimme des Schmieds prallte mit einem gewaltigen Gebrüll gegen ihn, das ihm die Worte von den Lippen schmetterte. Govannons geballte Fäuste stiegen noch höher, und sein Hammer schlug gegen das Dach der Schmiede.

»Hierher wird er kommen?« brüllte er. »Er wird es wagen, zu MIR zu kommen?«

»Das wird er fürwahr«, sagte der Diener, »und meine Herrin fleht dich an, bei den heiligen Banden der Verwandtschaft, um alter Liebe willen, aus den Tagen, da ihr zusammen Kinder wart: Gib ihm jenen Speer, sobald er nach ihm fragt, und mitten durchs Herz.«

»Das ist der erste anständige, frauliche Satz, den ich seit einer sehr langen Zeit aus ihrem Munde gehört habe«, sagte Govannon, »und du kannst ihr ausrichten, daß es mir eine Freude sein wird, ihren Willen zu erfüllen.«

Govannon ap Don hieß den Helfer, der bei ihm in der Schmiede war, den schärfsten Speer holen und die Spitze vergiften. »Denn es wäre schade, wenn der Mörder meines Neffen einen zu raschen Tod stürbe«, sagte er.

Der Mann gehorchte. Er tauchte den schlanken Schaft aus Bronze mit seiner blitzenden, scharfen Spitze in das brodelnde Gift.

Und Govannon lächelte ...

»Er hat von den Kindern Dons Besseres verdient«, sagte er. »Gwydion ist es, der dies tun sollte«, sann er. »Aber ich verletze sein Recht nicht allzu sehr. Niemand könnte von mir erwarten, daß ich den Mörder in meine Schmiede herein- und ihn lebend wieder hinausließe. Und ich habe die Aufforderung Arianrhods, die, trotz allem, die Mutter des Jungen war und deshalb die Person, die das größte Recht an ihm hatte. Wenn es auch ein Jammer ist, daß sie durch nichts anderes zur Vernunft gebracht werden konnte als durch sein Sterben.

Ein Jammer auch, daß mein Bruder den Jungen so verwöhnte, daß er nie genug klaren Verstand entwickelte, um sich vor irgend etwas zu fürchten, sondern die ganze Welt für seinen Freund halten und hingehen und sein teuerstes Geheimnis im Bett einer Hündin ausplappern mußte. Letzten Endes hat Arianrhod noch am meisten Vernunft bewiesen, denn während Gwydion wie ein Mondsüchtiger auf einer verrückten Suche umherirrt, hat sie eine richtige und angemessene Rache für ihren Sohn ersonnen.«

Doch der Helfer hörte nicht zu. Er starrte durch den niedrigen Eingang auf die graue Unruhe des Meeres hinaus. Und seine Augen begannen aus ihren Höhlen zu treten.

»Herr, dort bewegt sich etwas auf den Wassern!« flüsterte er.

»Schau, dort drüben auf dem Meer – es ist wie ein Wagen aus Schaum auf den Wellen, es bricht das Licht auf hundert Arten und mit hundert Farben, wie ein Diamant.«

Doch Govannons Augen waren auf die Speerspitze geheftet, und er dachte daran, wie jener andere Speer geblitzt haben mußte, als er vom Hügel Bryn Kyvergyr flog ... Jene vergiftete, noch dampfende Speerspitze enthielt seine ganze Seele, in einem Warten, das so heiß und tödlich wie sein eigenes war. Sie hielt sein Bewußtsein gefangen wie ein Wall aus Feuer.

»Was kümmert mich das Meer«, sagte er rauh. »Laß es ausspeien, was es will. Schau lieber die Straße entlang und sag mir, ob du dort jemanden kommen siehst.«

Der Mann schaute, und Govannon schaute, aber beide konnten dort niemanden entdecken. Doch als sie umkehrten, um zurück in die Schmiede zu gehen, sahen sie schließlich doch jemanden: eine Gestalt, die herankam, aber nicht von der Straße, sondern von der Küste her. Der Mann war aufgetaucht, während sie in die andere Richtung geschaut hatten. Sein Mantel hob sich grün von den grauen Felsen ab. Sie sahen, wie hell die Sonne auf sein goldenes Haar schien.

Govannon sah, daß zwei rotgoldene Spangen den Mantel an der Brust des Fremden zusammenhielten. Der Schmied erzitterte, und seine Finger zuckten vor Eifer. Seine Augen leuchteten so gierig wie die eines Wolfes. Doch ging er zu seinem Amboß zurück und hämmerte wieder drauflos, wie ein Mann, der seiner täglichen Arbeit nachgeht. Nur hielt er den Speer in seiner Nähe bereit, in dem schwarzen Schatten auf der anderen Seite des Ambosses, wo man ihn vom Eingang aus nicht sehen konnte.

Der Fremde kam an die Tür. Das rote Licht der Esse spielte drohend über seine junge, ranke Gestalt und sein Goldhaar hin. Einen Augenblick lang sprach er nicht. Seine Augen waren diese flammendurchzuckte Finsternis nicht gewohnt, und der Schmied in den Schatten kam ihm geradezu wie die geballte Masse der Nacht vor, die da in der rußigen Düsternis aufragte.

Dann tat er einen Schritt vorwärts. Er lächelte, und seine junge Stimme klang klar und fröhlich.

»Bist du Govannon der Schmied, der Sohn Dons? Ich bin gekommen, um mir einen Speer zu holen.«

Diese Worte waren das Signal ...

Govannon packte den Speer und schleuderte ihn, und die See brüllte auf und bäumte sich, stieg in weißen Fontänen gen Himmel, als dieser Wurf sein Ziel traf ... Jenes war der Wurf, der uns als einer der Drei Frevelhaften Würfe auf der Insel Britannien überliefert wurde. Taliesin sagt, daß

> Die Wellen von Erinn und Mann und aus dem Norden
> und die von Britannien, drängend in schönen Horden

ihn sahen und betrauerten und daß seither die wilden Wellen unaufhörlich gegen die Küste gepeitscht haben, Rache für diesen Wurf heischend.

Er traf Dylan in die Brust. Er prallte zurück, und das Blut kam rings um den eingedrungenen Speer herum hervorgeschossen wie eine Art schrecklich roter Blume, die sich erblühend öffnet.

Und dennoch griff er an. Er ging vorwärts, stracks auf den Mann zu, der ihn tödlich verwundet hatte. Erst als er ihn erreicht hatte, taumelte und fiel er auf den Boden der Schmiede; und dann war Govannon auf ihm, eine Hand in sein Haar gekrallt, die andere das Schwert zum Todesstreich hebend.

Doch Dylan blickte in seine Augen auf und lachte: ein seltsamer, rasselnder Laut, der seine Lippen und sein Kinn mit Rot bedeckte. »Du bereitest mir einen überwarmen Empfang, Onkel«, sagte er.

Das Gesicht des Schmieds erbleichte, und die Augen quollen ihm fast aus dem Kopf. Das Geschlecht Maths begriff schnell. »Wer bist du, daß du mich Onkel nennst?« wollte er wissen. »Bist du nicht Goronwy Pevr?«

»Ich bin nicht Goronwy; ich kam, um den Speer zu holen, der Goronwy töten sollte . . .« Die meerblauen Augen wurden glasig; der Schleier des Todes breitete sich über sie. »Meine Mutter Arianrhod schickte mich zu dir, um diesen Speer zu holen und meinen Bruder damit zu rächen.«

Govannon hatte das Schwert fallenlassen. Seine Hände lagen auf den Schultern des Jünglings. Sie verkrampften sich. Sein Gesicht war weiß vor Furcht. »Deine Mutter Arianrhod! Wer bist du dann? Sprich!«

Doch Dylan hörte ihn nur noch schwach. Es war ein Tosen in seinem Kopf, ein Singen wie von großen Wassern. »Ich bin –«, wisperte er. »Hörst du nicht – wie sie für mich kommen – singend? Ich bin Dylan – von den Wogen. Ah – ah!« Denn die Bitternis des Giftes hatte ihn gepackt, und er krümmte sich, als es seine Adern versengte.

Mit entschlossener Miene hob Govannon sein Schwert wieder. »Wenigstens das kann ich dir ersparen«, sagte er . . .

Später sah der Schmied auf ihn hinab. Er war so schön wie je, jetzt, da sein Onkel ihm das Blut vom Gesicht gewaschen hatte. Sein heller Mantel verbarg die Male des Gnadenstreichs. Er lächelte wie ein Knabe, der schläft und von neuen Abenteuern träumt. Doch auf dem Gesicht Govannon ap Dons war kein Lächeln. Der zuschauende Helfer zitterte.

»Dies ist eine häßliche Tat«, sagte sein Meister, »und mein Name muß den Gestank davon tragen, denn ich werde es niemals bekannt werden lassen, daß die Tochter meiner Mutter eine solch verruchte Tat vollbringen konnte. Und ich werde dich in so viele Stücke hauen, wie Sterne am Himmel stehen, wenn du jemals auch nur ein Wort davon hauchst.

Geh du jetzt zu meiner Schwester und gib ihr meine Botschaft, und sieh zu, daß nur ihr Ohr sie vernimmt.«

Er sprach die Botschaft, und der Mann wiederholte sie, zitternd und stammelnd.

»Ich habe Angst, Herr«, sagte er, »große Angst. Deine Schwester ist eine Hexenmeisterin, und diese Botschaft wird ihr nicht gefallen. Ich verspüre keinen Wunsch, als Maus zurückzukommen oder als etwas Kriechendes oder Krabbelndes oder Fliegendes.«

»Die Botschaft wird ihr besser gefallen, als mir die Tat gefällt, zu der sie mich verlockt hat«, sagte Govannon, »und sie wird mich nicht noch mehr herausfordern wollen. Im übrigen bist du der einzige Mann, der diese Botschaft überbringen kann, denn nur du kennst die Tat, von der sie spricht . . . Horch, wie die Wellen brüllen, als versuchten sie, die Welt zu zerschmettern. Wir, Arianrhod und ich, haben eine Tat getan, für die die ganze Menschheit bezahlen wird. Wir haben das Volk des Meeres zum Feind der Landbewohner gemacht, und der Preis dafür wird bitter sein.«

Der Mann zitterte und sagte noch mehr, doch Govannon stieß ihn beiseite und blickte noch ein Mal auf Dylan hinab. Lange sah er in jenes stille Knabengesicht.

»Du warst also der kleine Bursche, den ich vor langer Zeit zu seiner Taufe trug«, sagte er, »als Gwydion seinen Llew in der Truhe versteckte . . . Wir hätten damals beide nicht erwartet, daß die Dinge zwischen uns einmal zu diesem Ende kämen, Neffe . . . Und du warst Llew so ähnlich, und ich haßte dich deshalb um so mehr. Es machte mich rasend, daß Goronwy der Mörder gerade jenes Gesicht tragen sollte. Ich wußte nicht, daß du ein Recht darauf hattest, daß du mein junger Verwandter warst, den ich lieb gehabt hätte . . . Ach! Gwydion hat also doch das bessere Teil erwählt; er hat nicht diesen Schmerz auf dem Herzen!

Und durch die Jahrhunderte hindurch werden sich die Menschen daran erinnern, daß ich dich mordete, doch warum, das werden sie niemals wissen.«

Er ließ sich nieder und verhüllte Dylans Gesicht, und er blieb dort bei dem Toten. Sein Mann stahl sich davon.

Draußen tobte das Meer, peitschte die Küste. Es brüllte wie ein riesiges graues Ungeheuer, stürzte sich wütend auf das Land. Niemals seitdem ist es so ruhig wie vor jenem Tage gewesen. Schiffe sanken und Menschen ertranken, um für jene Wut des Wassers zu bezahlen. Und es mag sein, daß es die Wut eines Königs von Caer Sidi ist, der seinen Sohn verloren hat . . .

Und noch Jahrhunderte später nannten die Menschen im Tale des Conwy das Rauschen der Meereswellen, wo sie dem Fluß begegneten, ›die Todesseufzer Dylans‹.

Govannon ap Dons Mann kam in der Abenddämmerung zum Schlosse Arianrhods. Sie führten ihn vor die Schwester seines Herrn, und er sah sie ängstlich und scheu an, wie sie dort im Glühen des Fackellichtes stand.

»Herrin«, stammelte er, »darf ich mit dir allein sprechen?«

706

Arianrhod legte ihre schlanke Hand an ihre Kehle. Ihr Gesicht war weiß vor Entsetzen, doch worüber, wußte weder sie noch irgend jemand. Auf ihr Zeichen hin zogen sich ihre Leute zurück.

Govannons Mann begann sich vor ihr zu verneigen, doch sie rief scharf: »Hör auf damit! Sag mir – sag mir, was zu sagen du gekommen bist!«

»Herrin«, sagte er, »Govannon dein Bruder sendet dir diese Botschaft: daß er deinen Willen erfüllt hat und daß er, wenn du nicht eine Frau und seine Schwester wärest, kommen und deinen Kopf abschlagen würde. Und wenn du ihm je wieder vor Augen kommst, dann wird er ihn doch noch abschlagen. Dafür, daß du ihn dazu verleitet hast, grundlos seinen eigenen Neffen zu töten, und solch eine Übeltat begingst, deren sich noch keine von einer Frau geborene Frau je schuldig gemacht hat.«

SECHSTES KAPITEL – ARIANRHODS LETZTER ZAUBERFLUCH/AN JENEM ABEND ERGING SICH ARIANRHOD AM STRAND, UND SIE WAR NICHT GLÜCKLICH. GOVANNON HATTE SIE VERGESSEN. SEIN HASS BEGLEITETE SIE DORT IN DER DUNKELNDEN DÄMMERUNG NICHT. Er hatte sich ganz weit zurückgezogen – ein winziger Funke im fernsten Hintergrund ihrer Erinnerung.

Sie war mit sich allein und deshalb mit vielen Ichs. Denn ihr Wesen, das weit höher entwickelt war als das Blodeuwedds, war auch weit vielschichtiger. Es war zu groß, um von der Einfachheit eines einzigen Gefühls, eines einzigen Verlangens ausgefüllt zu werden, außer in dem Zeitraum, der nötig war, jenes Verlangen, jenes Gefühl zur Tatsache zu machen.

Und jetzt waren alle ihre Pläne verwirklicht, alle ihre Wünsche erfüllt. Kein Haß war mehr zu stillen. Sie hatte keinen Zweck mehr. Sie hatte nichts. Sie hatte alle anderen zunichte gemacht und hatte sich selbst doch nicht geheilt.

Und sie schaute mit Entsetzen in die Tiefen jenes Nichts, auf dem sie hinfort ziellos dahintreiben mußte, am Gerippe einer vollendeten Rache nagend.

Sie dachte: ›Was soll ich jetzt nur tun?‹ Sie rang ihre Hände und flüsterte laut: »Was soll ich nur tun?«

Doch nur die nahende Nacht antwortete, schrecklich und laut in ihrem Schweigen und ihrer Leere. Schlimmer als jegliche Menschenstimme, die angeklagt oder verdammt hätte – denn selbst Blutrichter wären ihr in diesem Elend noch Gefährten gewesen –, schrecklich wie die gähnende Leere des unerschaffenen Raumes.

Und sie erkannte, daß auch sie am Ende war: daß ihr Lebensbau eingestürzt war, als jene beiden jungen Leben, für deren Vernichtung sie alles getan hatte, zerstört waren.

Bestürzt dachte sie: ›Ich habe sie so sehr gehaßt, daß ich sie ebensogut hätte lieben können.‹

Sie fragte sich: ›Wäre es nicht besser gewesen, wenn ich so gewesen wäre, wie Gwydion mich haben wollte? Stolz auf meine Kinder, weil sie schön und stark waren? Wenn ich von Anfang an wie andere Mädchen aus Gwynedd gewesen wäre und mich nicht um den Ruf der Jungfräulichkeit bekümmert hätte?‹

Doch die Vision, wie leicht und glücklich das Leben dann wohl dahingeflossen wäre – die Kinder an ihrer Seite heranwachsend, ihre Lieblinge und nicht ihre Plagen –, war etwas, dem sie sich nicht auszusetzen wagte. Ihr Herz zuckte davor zurück, erschaudernd. Auch wußte sie, daß es so niemals hätte werden können. Die Veränderung hatte Gwydion und sie in ihren Griff genommen. Sie konnten niemals stillhalten und alten, überkommenen Wegen folgen. Sie mußten immerzu in Bewegung sein und erforschen und entdecken, und irgendwie war sie in jenem Bewegen verwirrt worden, hatte die Richtung und den festen Boden unter den Füßen verloren – war auf diesem Felsen Nichts gestrandet.

Wie war das geschehen? Warum war es geschehen? Sie wußte es nicht. Sie weigerte sich, es zu wissen. Doch wehte es wie ein Sturmwind über die Mauern ihrer gewaltigen Eitelkeit herüber: Hatte sie nicht das Wesentliche verloren und nach Schatten gehascht, als sie sich auf jenen Ruf gestürzt, dem sie nicht gerecht werden wollte – Jungfrau?

Sei es, wie es mochte: sie war zu weit gegangen, um umzukehren. Jetzt war sie fest an diesen Felsen gebunden und konnte sich nicht bewegen; lag gebunden in dem Knäuel ihrer eigenen Taten. Sie hatte sich selbst aus dem warmen Reich der Menschheit ausgeschlossen und deren Türen zu ihr verbarrikadiert. Sie war die Mutter, die ihre eigenen Söhne gemordet hatte, die Frau, die fortan von allen Frauen abgesondert sein würde.

Und all ihre Wut auf Gwydion, die Asche gewesen war während dieser langen Monate, in denen sie vom Gedanken an seine furchtbare und erschöpfende Suche geplagt worden war und sich gemüht hatte, sich daran zu weiden, und es nicht vermocht hatte, diese Wut flammte jetzt wieder auf und brauste in einer sengenden, brennenden Lohe über sie hinweg. Alle diese Dinge wären niemals geschehen, hätte Gwydion sie sein lassen. Er war es, der sie zu allen diesen Verbrechen getrieben hatte, er, der sie hinterlistig in die Mutterschaft gelockt und diese beiden lebenden Beleidigungen vor ihre Augen gestellt hatte, die sie nach bestem Vermögen hatte auslöschen müssen. Er war verantwortlich für alles und schuldig an allem.

Sie raste gegen die gesamte menschliche Rasse an, die sich nicht zufriedengeben wollte mit den Geschenken, die sie ihr gab, sondern sie dazu überlisten mußte, neue zu machen, und dann rechtschaffen entsetzt tat, wenn sie ob dieser Hinterlist grollte. Sie dachte mit Freude an die Falle, in der sie Govannon gefangen hatte. Er war ihr Arm gewesen, um Dylan zu schlagen, so wie ihr eigener Körper einst für Gwydion das Ei gewesen war, aus dem er sein Hähnchen schlüpfen ließ. Heute nacht wußte nun auch ein Mann, wie es schmeckt, gefoppt zu werden und ein Werkzeug zu sein!

Sie hatte ein Recht, an Gwydion Rache zu nehmen. Es war nur eine weitere der Übeltaten, die er ihr angetan, daß ihre Rache ein Verstoß gegen Llews Recht auf Leben war.

Denn ihr Verstand, der um so vieles schärfer als der Blodeuwedds war, konnte nicht leugnen – jetzt, da er nicht mehr auf der Welt war, um sie zu quälen –: Llew hatte ein Recht auf Leben gehabt. Nicht willentlich hatte er ihr ein Unrecht getan. Gwydion, nicht er, hatte seine Geburt bewillt.

Und selbst diese letzte Tat war, in gewisser Weise, um ihres Bruders willen getan worden. Ihr Anschlag auf das Leben Dylans war als ihr Sühnopfer für Gwydion gedacht gewesen, wenn sie auch gewußt hatte, daß ihm dies weder gefallen noch helfen würde. Sie hatte gedacht, daß sie Dylan nicht verschonen dürfe, da sie Llew nicht verschont hatte; daß sie zu anderen nicht freundlicher sein dürfe, als sie zu ihrem Bruder gewesen war.

Oder war es ihr um sich selbst gegangen, hatte sie sich vor sich selbst rechtfertigen wollen?

Oder um Llew, den sie auf eine verquere Art rächen wollte?

Ihr Kopf wirbelte in einer seltsamen Verdrehtheit. Sie konnte nichts klar zu Ende denken. Alles war verbogen und unentwirrbar verwirrt, war wie Meter und Meter von Spinnweben hinter und über ihr und um sie herum – unentrinnbar.

Und Gwydion war die Spinne, die dieses Netz gewoben hatte.

Ihre Wut gegen ihn kochte so lange, bis sie daran dachte, ihre dunkelsten Zauberkünste zu gebrauchen, um ihn zu töten. Aber sie wußte, daß er Wissen genug besaß, um gewarnt zu werden und sich zu verteidigen. Doch fühlte sie, daß ihr nichts daran lag, ob er zurückschlug, ob sie beide sich auf einen letzten und tödlichen Kampf einließen, dieses Mal von Angesicht zu Angesicht, ohne einen Dritten zwischen ihnen, der zerstört oder gerettet werden konnte. Wenn er sie tötete und alles endete, würde es gut sein.

Doch die Vorstellung, daß sie gewinnen und ihn töten könnte, die ertrug sie nicht. In vereitelter Wut rang sie die Hände und stöhnte: »Das wäre das Schlimmste! Das einzige, was ich nicht ertragen könnte!«

Sie rannte den Strand entlang wie ein Reh, wenn Hunde es hetzen, und sie kam an die Stelle, wo Gwydion die Blätter in Sterne verwandelt hatte. Sie warf sich in den Sand und wühlte sich hinein und stieß wilde Verwünschungen gegen den achtlosen Himmel aus. Sie schlug sich an die Brust und weinte.

Doch bald erhob sie sich wieder. Bilder suchten sie heim, bewegten sich vor ihr in der Nacht, die auf die Erde sank. Sie dachte an Dylan, wie er mit dem Speer im Herzen dort in Govannons Schmiede niederbrach. Sie dachte an eine andere junge Gestalt, die gerade und geschmeidig auf dem Rand des Bottichs stand, als der Speer von Bryn Kyvergyr durch die Luft blitzte ... Sie schloß die Augen und sah sie immer noch, deutlich vor der dunklen Wand ihrer Augenlider.

Ihre Brüste, die nie gesäugt hatten, brannten, als wären sie mit bitterem Feuer gefüllt. All die Liebe, die sie sich nie hatte fühlen lassen, gerann in ihr, ward sauer und verdarb: ein Dämon, vor dem sie fliehen mußte.

Dylan und Llew! Llew und Dylan! Nirgendwo auf Erden gab es für sie eine Zuflucht vor diesen beiden Namen. Sie erklangen in ihrem Atmen. Sie schlugen in ihrem Herzen. Die Brandung schrie sie, die gegen die Felsen schlug.

Die Brandung ...

Sie blickte um sich und sah, daß das Zwielicht rasch erdunkelte. Der Himmel wurde schwarz, und vom Meer begannen Schatten heraufzumarschieren. Es schien ihr, als ob heute abend im Murmeln der Wellen etwas Feindseliges und Zorniges läge, als ob sie mit einem neuen Groll gegen die Küste schlügen, wie Feinde, obwohl sie keinen Wind spüren konnte ...

Aus aller Natur schlug ihr Unfreundlichkeit entgegen ... Das bedrückte sie, und sie wurde aufgeregt und zornig, fühlte sich beobachtet.

Sie hatte gedacht, Dylans Tod würde ihr Ruhe schenken, sie endlich vor ihren Söhnen sichern. Sei auch eine gerechte Entschädigung für Llew und Gwydion, denn tief in ihrem wunden Herzen, während eines Momentes, als seine fröhlichen, freundlichen jungen Augen das erste Mal in die ihren herablachten, da mag sie wohl nicht den Tod ihres erstgeborenen Sohnes gewünscht haben ... Auf ihn hatte sie niemals eifersüchtig sein müssen, hatte niemals fühlen müssen, daß Gwydion ihn mehr liebte als sie ...

Doch hatte sie Gwydion die Treue gehalten.

Und jetzt schien jener Tod nur der Bruch einer anderen Treuepflicht zu sein, ein neues Unrecht, das sie rächen mußte.

Doch wen gab es, an dem sie es rächen konnte – außer an sich selbst? Nicht an Govannon. Sie lachte über diesen Gedanken. Govannon war weniger verantwortlich, als wenn er sein eigener Speer gewesen wäre.

An wem dann? Der Atem stockte ihr vor einem jäh aufschießenden Gedanken.

Sie war in der Stimmung gewesen, Dylan für Llew zu opfern. Und jetzt, da dies getan, war sie bereit, Llew für Dylan zu opfern. Die tatsächliche Möglichkeit hierzu beschäftigte sie wenig. Leben und Handeln waren für sie untrennbar; und jetzt mußte sie handeln oder wahnsinnig werden.

Im übrigen – die Möglichkeit versengte ihren Sinn wie ein Blitz: War es denn vollkommen sicher, daß Gwydions Suche scheitern würde? Er hatte nur zu oft gesiegt, wenn sein Vorhaben aussichtslos schien. Ihrem Bruder gelang vieles. Und wenn es ihm gelingen sollte, Llew ins Leben zurückzubringen, nachdem sie Dylan getötet hatte –! Sie schluchzte vor Wut, vielleicht um Dylans willen, beim Gedanken daran.

Sie rannte zum Schloß zurück. Doch vor dem Tor bog sie ab und kroch dann die Hänge der Klippen entlang, den Weg mit den Händen fühlend, bis sie zu einer Spalte kam, die so niedrig und verborgen war, daß sie in jenem Licht fast unsichtbar blieb. Sie schlüpfte hindurch und stieg dann durch einen engen, abschüssigen Gang in eine Krypta hinunter. Dort begann ein Gang, der immer tiefer in ein Labyrinth von Höhlen hineinführte, die unter dem Schloß lagen, und sie folgte ihm hinab und hinab, in Tiefen, wo sie gezwungen war, den Weg durch die schwarze Sichtlosigkeit zu ertasten.

Sie befand sich jetzt unter dem Meeresspiegel, und in ihren Ohren wurde das böse Murmeln des Meeres immer lauter, wie es gegen die großen Felsenbarrieren schlug, aus denen der Inselsockel bestand.

Dort in den Eingeweiden der Erde tönte dieses Geräusch grausig. Es zwang sie zu schnellerem Schritt, ließ ihren Atem stocken.

Doch schließlich kam sie in das Gelaß, das ihr Ziel war. Sie machte dort Halt, und ihre Hände gruben sich in die Wand, die naß von einem grünen und schleimigen Schlick war. Sie krallte hinein, vor der ungestümen Kraft ihrer Entschlossenheit ebenso zitternd wie vor der Anstrengung ihrer körperlichen Kraft. Ein Stein gab nach, lockerte sich unter ihren Händen. Sie brach ihn heraus und nach ihm weitere Steine. Sie tastete in der so entstandenen Höhlung umher, bis sie etwas Metallisches fühlte; zog und zerrte, bis das Ding in ihren Händen und dann in ihren Armen war.

Sie wandte sich um und rannte wieder zur Oberfläche der Erde hinauf, und obwohl sie eine starke Frau war, taumelte sie unter dem Gewicht dessen, was sie da trug. Und es schien ihr, wie sie da rannte, als hätte sich das Brausen des Meeres verändert. Als läge jetzt ein Lachen darin, ein befriedigtes, triumphierendes Lachen, das aber zugleich gierig klang . . .

Es herrschte völlige Nacht, als sie den Strand wieder erreichte. Wolken umwirbelten ihre Namensschwester und Gebieterin, die Mondgöttin, und schienen sie bedecken zu wollen. Arianrhod war über die Lichter in ihrem Schloß froh, als sie zu ihm hinaufrannte und den Torhüter herausrief.

Elen und Gwennan und Maelan sprangen von ihren Sitzen im Fackellicht auf, als sie ihre Schwester erblickten: mit wildem Blick und fliegendem Haar, der schlickbedeckte Schrein, Schleim über ihre schlammbedeckten Hände und Arme tropfend. Auch die Hexenmeister erhoben sich, wie ein Mann, von ihren Plätzen, und ihre Augen waren in einer Art ängstlicher, aber magnetischer Gebanntheit auf das Behältnis in ihren Armen geheftet.

»Wollt ihr ewig wie gaffende Narren dastehen?« sagte Arianrhod, und ihr Keuchen machte die Worte zu einem wilden Wispern. »Schnell, Schwestern! Helft mir, mich für die Riten zu reinigen! Auf, und ihr, meine Hexenmeister, in die Höhlen mit euch! Macht alles bereit! Wir müssen dort eine Beschwörung vollführen!«

Sie standen alle mit aufgerissenen Augen da, und in dem sich vertiefenden Schweigen wurden ihre Gesichter bleich. Elen brach es, eine zitternde Hand ausstreckend und auf den Schrein in Arianrhods Armen deutend, wobei ihr Gesicht dunkel wurde vor Zorn.

»Arianrhod, was hast du da?« Der Schrein, der jetzt grün und unansehnlich aussah, war einst aus Gold gemacht worden. Kein anderes Metall hätte an jenem feuchten und schleimigen Ort, wo es verborgen gewesen war, dem Rost so widerstehen können.

Arianrhod lachte. »Dies ist der Schrein der heiligen Bann- und Zaubersprüche! Einst tötete Hu der Mächtige einen Mann dafür, daß dieser ihn aus fremden Landen mit sich brachte, als unsere Vorväter von den Sinkenden Landen flohen, den Schrein, dessen Magie von jener Zeit bis zum heutigen Tag kein Magier zu benutzen gewagt hat. Der Schrein, den meine Mutter Don in meine Hut gegeben hat, indem sie mir, und mir allein, sein Versteck anvertraute. Und jetzt habe ich ihn endlich hervorgeholt!«

Elen wich zurück. »Bist du toll geworden, Arianrhod? Willst du den Zorn des Königs unseres Onkels über uns bringen? Oder Dinge, die vielleicht noch schlimmer sind? Wohl weißt du, daß es für keinen Mann und für keine Frau sicher ist, sich mit dem einzulassen, was dieser Schrein birgt.«

»Es wäre ein Jammer, wenn so viel Macht ungenutzt bliebe«, sagte Arianrhod. »Im übrigen brauche ich heute nacht starken Zauber. Ich werde zu verhindern wissen, daß Gwydion ein viertes Mal über mich triumphiert. Ich muß einen Zauber beschwören, der Llews Seele für immer außer Gwydions Reichweite treibt. Und dafür muß ich alle Mächte anrufen.«

Da fiel Schweigen, spannungsgeladen, Blässe verbreitend. Augen traten hervor und erbleichten, während die im Schreck geschrumpften Pupillen umherrollten. Keinen gab es, der dem Blick des anderen zu begegnen wagte.

Schließlich rang Maelan die Hände und tat einen kleinen, ächzenden

Schrei. »Arianrhod, du wirst doch nicht – du wagst doch nicht – das geschlossene Auge der Tiefe zu öffnen, als dessen Hüterinnen wir vier eingesetzt wurden?«

»Das werde ich fürwahr«, sagte Arianrhod. »Ich muß das Wasser ebenso anrufen wie Erde und Feuer und Luft. Laß dein Plärren, Närrin.«

Maelan schrie gellend und bedeckte ihr Gesicht mit den Händen.

Gwennan legte einen Arm um sie und sah Arianrhod in die Augen. »Ist das dein fester Wille, Schwester? Läßt du dich davon wirklich nicht mehr abbringen?«

»Man hat sie noch nie von etwas abbringen können, das sie tun zu wollen meinte«, sagte Elen, »selbst wenn sie es gar nicht richtig wollte. Es ist in Wirklichkeit nicht Gwydion und nicht Llew, dem sie schaden möchte. Sie ist jetzt nur in einer Raserei, die sie zwingt, irgend etwas zu tun, damit sie keine Zeit hat, innezuhalten und nachzudenken und zu bereuen, daß sie Dylan ermordet hat.«

Sie kam nicht weiter, denn mit einem schrillen Schrei wirbelte Arianrhod herum, hob den Schrein und hätte ihre Schwester damit niedergeschlagen, wenn diese nicht schleunigst zurückgewichen wäre. Gwennan und die schluchzende Maelan warfen sich zwischen die beiden.

Arianrhod beruhigte sich und stand, ihre Schwestern verächtlich anlächelnd, da. Die Töchter Dons maßen einander, und Gwennans Blick wurde sehr kalt.

»Das ist das Ende, Arianrhod«, sagte sie. »Lange haben wir vier hier zusammen gearbeitet, haben über die Küsten von Gwynedd gewacht und die Gezeiten im Namen unserer Herrin, der Mondgöttin, beaufsichtigt. Doch jetzt hast du alle Gesetze gebrochen, die je den Frauen auferlegt wurden, und du wirst auch das größte Gesetz brechen, das je den Magiern auferlegt wurde. Und wir wagen nicht, daran teilzuhaben. Dies ist nicht unser Untergang. Du hast in dir ein Feuer entzündet, das nur alle Wasser des Meeres löschen können. Leb wohl, Schwester, und die Götter mögen dir Frieden schenken. Wir gehen.«

»Lebt wohl, und welch Glück, daß ich euch endlich los bin!« antwortete Arianrhod. »Warum sollte ich euch auch hierhaben wollen, euch Pack hasenherziger Hündinnen, die den ganzen Tag nur weinen und winseln? Geht hinaus und fahrt mit einem Boot zum Festland, aber macht schnell, denn ich werde diese Riten, vor denen ihr euch so sehr fürchtet, auch nicht einen Augenblick länger hinausschieben, als ihre Vorbereitung dauert.«

Gwennan warf ihr einen langen, sinnenden Blick zu, als wollte sie ihr Bild auf die Wände der Erinnerung malen. Dann wandte sie sich ohne ein weiteres Wort um und ging hinaus, um ihre Habseligkeiten zu holen. Elen und Maelan folgten ihr. Als sie an Arianrhod vorüberkamen, sahen auch sie ihre Schwester lange an.

»Lebwohl, Schwester«, sagten sie. »Wir nahmen an deinen Verbrechen nicht teil; wir wollen auch an dem hier nicht teilnehmen.«

Arianrhod aber antwortete mit keinem Wort ...

Nachdem sie gegangen waren und ihr Boot auf der Wasserfläche der Sicht entschwunden war, stand Arianrhod immer noch stumm da. Unter dem Fackellicht schien ihr Haar wie eine gelbe Flamme zu brennen, an ihrem Gesicht und ihren Schultern zu zehren. In seinem feurigen Schatten sah ihr Gesicht klein und blaß aus, wie ein eingeschrumpeltes Ding. Sie stand allein und wußte, daß sie von nun an immer allein stehen mußte.

Die Hexenmeister kamen in die Halle zurückgeströmt. Doch eine Weile lang bemerkte sie diese gar nicht. Schließlich wandte sie sich um. »Ist alles bereit?« fragte sie.

»Es ist bereit«, antworteten sie.

Der älteste Hexenmeister trat vor, mit einem erschreckten und besorgten Blick in seinen tränenden Augen. »Nichte Maths des Uralten, ist das weise? Dies sind gewaltige Zaubersprüche. Es sind dieselben, die von den Hexenmeistern von Caer Sidi in jenen letzten Tagen angewandt wurden, als jenes Land auf den Grund des Meeres sank. Der Zauberer, der dieser Flut entfloh und sie in das neue Land mit sich brachte, starb um dieser Tat willen. Don deine Mutter hat sie aufbewahrt, obwohl ihr Bruder der Sohn Mathonwys sie zurück ins Meer werfen wollte, damit sie versänken und bei all der anderen schwarzen Magie lägen, die dem Verlorenen Land des Westens das Verderben brachte. Aber sie wagte es nie, sie zu gebrauchen.«

»Ich wage es«, sagte Arianrhod.

Doch während sie das sagte, weiteten sich ihre Augen, und ihr Gesicht ward weiß, denn etwas Seltsames ereignete sich. Die Halle schien um sie herumzuwirbeln, und der Mann vor ihr war größer geworden, weißer sein Haar und sein Bart. Seine Augen tränten nicht mehr, sondern waren tiefer und klarer: die meergrauen Augen ihres Onkels Math. Jener allesdurchdringende, gottähnliche Blick, dem sie seit dem Tage der Geburt ihrer Kinder nicht mehr begegnet war ... Sie hätte angesichts dieses Blendwerkes aufschreien mögen, doch im nächsten Augenblick war es wieder vergangen. Die Halle stand wieder still, und nur ihr alter Hexenmeister war da, schaute sie in furchtsamer Verwirrung an.

Sie packte seinen Arm und schüttelte ihn heftig. »Woher hast du diese Worte? Wer gebot dir, sie zu sagen?«

»Ich weiß nicht«, murmelte der alte Mann, und seine Augen blickten unsicher und bestürzt drein. »Sie schienen von weit her in meinen Kopf zu kommen ... von sehr weit her ...«

Er richtete sich auf und sah auf sie hinab. »Herrin, mußt du dies wirklich tun?«

»Ich muß«, sagte Arianrhod, »denn Gwydion mein Bruder hat mich erniedrigt, indem er meinen Körper als ein Werkzeug zur Verwirklichung seines Willens benutzte, so wie Viehbesitzer heutzutage Kühe und Stuten züchten. Und um dieser Schmach willen habe ich ein Recht auf Rache, und ich werde nicht darauf verzichten, und wenn der Preis dafür mein Leben wäre!«

Es war dunkel in den Höhlen unter dem Schloß. Das rauchige Glühen des Beschwörungsfeuers konnte die Schatten nicht auflösen. Es machte sie nur tanzen wie triumphierende Irre.

Arianrhod schaute um sich und faßte einen großen Stein ins Auge, der im Mittelpunkt jenes Gelasses in den Eingeweiden der Insel lag. »Öffnet den Brunnen!« sagte sie.

Jenes war der heilige Brunnen, den sie und ihre Schwestern immer gehütet hatten, der Salzwasserbrunnen, der das Auge der Tiefe genannt ward, weil er keinen Boden hatte und sein Grund nur das Meer war.

Auf ihr Geheiß hin zogen und hoben sie an dem schweren Verschlußstein, der jedoch nicht weichen wollte.

»Es ist, als ob ihn etwas von innen festhielte«, sagten sie.

»Die Insel selbst ist es, die nicht will, daß der Stein gehoben wird«, wisperte der alte Druide. »Sie fürchtet sich ...«

»Warum sollte sie sich fürchten«, fragte seine Königin verächtlich.

Ihr Hexenmeister sah sie an. »Du weißt es wohl«, sagte er. »Du weißt, was anderen Frauen widerfuhr, die ihrer Pflicht untreu wurden und andere Brunnen öffneten. Die Herren über die Wasser sind immer gierig, suchen immer neue Reiche zu beherrschen ... Einst hättest du es vielleicht tun dürfen. Dort drunten ist einer, der dich einst liebte, doch heute nacht wird er dich nicht lieben. Ist es weise, seine Wasser jetzt noch mehr zu stören, wo sie sowieso schon vor seiner Wut auf dich brodeln?«

»Laß ihn nur versuchen, gegen mich zu kämpfen«, sagte Arianrhod. »Ich kann ihn übertreffen, wie ich alle anderen Männer übertroffen habe, mit denen ich zu tun hatte. Dies ist mein Land, mein Reich und mein Element, und nicht seines.«

Der Stein begann sich zu bewegen, schien sich fast von selbst in den Händen der Hexenmeister zu heben.

Der alte Druide sah seine Fürstin wieder an, streckte eine flehende Hand aus.

»Herrin, noch ist es nicht zu spät. Willst du nicht befehlen, den Stein wieder aufzulegen?«

»Es ist zu spät«, sagte Arianrhod. »Was wäre ich denn anderes als ein Narr und Feigling, wenn ich jetzt aus Angst umkehrte, wo ich zuvor nicht aus Liebe oder Ehre umkehren wollte? Und wenn ich geglaubt hätte, das ganze Meer warte dort auf mich, bereit, emporzuspringen, sobald jener Stein gehoben wird, so hätte ich ihn dennoch gehoben. Denn ich habe alle Türen hinter mir zugeschlagen und verriegelt. Ich habe mein Los auf das geworfen, was das Volk Verruchtheit nennt, also muß ich in der Verruchtheit erfolgreich sein: kein Versager in allem. Ich muß mich meiner Rache völlig versichern.«

»Es ist wahr«, sagte der Hexenmeister. »Wer nicht zurück kann, muß vorwärts . . .«

Doch sie gab ihm keine Antwort. Sie hatte den Schrein geöffnet und las laut die Worte von einer goldenen Tafel, die sie ihm entnommen hatte. Sie intonierte sie, halb singend, in einer Sprache, die in keinem unter der Sonne sichtbaren Land mehr gesprochen wurde, Worte, in einer Schrift geschrieben, die von niemandem unter der Sonne gelesen werden konnte, außer von denen des Hauses Math. Zu voller Größe aufgerichtet, schlank und kerzengerade, stand sie da, ihre Arme über die Flammen gestreckt, leuchtend wie die Seele des Feuers: so sang sie jene Worte mystischer Macht, und der Stein rollte zurück . . .

Die Hexenmeister wichen rasch zurück vor jener schwarzen, aufgedeckten Leere. Sie bildeten einen Ring um das Feuer und ihre Königin herum und sangen ihre Worte nach. Sie begannen einen schwankenden Tanz, entgegen dem Lauf der Sonne um die Flammen herum.

Der Singsang wurde lauter, das Tanzen wilder, die Flammen zuckten höher.

Weit, weit drunten in den fernen Tiefen des geöffneten Schachtes begannen die Wasser zu brodeln und strudeln. Auch sie sprangen höher, in einer zischenden Fontäne.

Arianrhod hob ihre Arme über den Kopf. Die Flammen schienen ihnen nachzusteigen, wie Flügel, über denen die herrliche Schönheit ihres Gesichtes schwebte, vom Goldschein ihres Haares wie von einem Strahlenkranz umgeben. Sie sprach in der Zunge der Prydyn.

»Ich rufe Erde und Feuer und Luft und Wasser an. Ich rufe die Vier Elemente an: Ich befehle euch, ich, die Zauberin, daß ihr der Seele Llews, meines Sohnes, keine Zuflucht gewährt. Verwehrt ihm die Tiefen des Meeres. Verwehrt ihm die wolkigen Himmel. Verwehrt ihm die Wärme des Feuers, die Gefilde der Erde und den Schoß der Frauen. Entfacht einen Wind, mächtig genug, seine Seele aus der Welt zu wehen, daß sie verlorengehe in der weiten Unendlichkeit des Weltenraums . . .«

Das zischende Wasser stieg in einem silbernen Strahl aus dem Brunnen jenseits des Feuerscheins. Es blitzte wie ein Schwert.

Der Steinboden bebte. Die Insel erzitterte und bebte, als schüttelten und preßten sie dort unten riesige Fäuste. Krachen und Bersten ertönte: ein Prasseln von fallenden Steinen.

Die Singenden verstummten. Sie sahen einander mit weißen Gesichtern an, die Augen über den starren Lippen, auf denen der Gesang erstorben war, traten hervor.

Das Krachen wurde lauter, gewaltiger. Das Brüllen dahinter schwoll an, als vereinten sich Meer und splitternde Felsen zu einem lauten Lied des Sturzes und der Zerstörung, zur schrecklichen Musik einer brechenden und endenden Welt.

Der mächtige Wasserstrahl in dem Schacht schrillte und wand sich, als er seine Bahn heraufbrach, wie in der Geburt eines Ungeheuers, durch die Felswände des brechenden Inselherzens hindurch.

Die Erde krümmte sich in ihrer Todesqual, als die zerreißende See ihr Innerstes durchbohrte, es auseinanderriß.

In jenem kleinen Raum bebten die Trommelfelle der Menschen unter diesem Tosen wie unter schweren Schlägen. Sie legten ihre Hände an ihre Ohren, um es draußen zu halten, aber ihre Hände waren weder groß noch dick genug. Sie stürzten, wie ein einziger Körper, zur Treppe hin.

Die Felsendecke über ihnen krachte. Ein Teil davon fiel herab, ein großer Felsbrocken, der die Hälfte der Hexenmeister unter sich zerschmetterte. Von einigen der Hingestreckten ragten nur noch die Füße und Beine unter dem schweren Stein hervor, über dem das Wasser aus dem Brunnen zu brodeln begann, in einer weiten, weißen Woge.

Arianrhod schrie. Die Männer, die noch am Leben waren, schrieen ebenfalls, jene gesprungenen, schrecklichen Schreie von Männern, die schlimmer sind als alle Frauenschreie . . .

Sie stürmten die Steinstufen hinan, die zum Schloß hinaufführten. Doch so schnell sie auch waren: das Wasser war schneller. Es umschäumte ihre Füße, stieg zu ihren Knöcheln, ihren Knien, ihren Hüften.

Arianrhod war allen anderen voraus. Sie sah, wie die strudelnde Flut die Achselhöhlen der Männer erreichte, ihre Schultern, ihre Hälse. Sah, wie sie die qualverzerrten Gesichter der obersten mit weißen Strahlenkränzen umgab, wie sie die Köpfe derer auf den Stufen darunter bedeckte. Sah, wie einer nach dem anderen hinabgesaugt wurde . . .

Sie erreichte die letzte Stufe. Frauen kamen in die große Halle zurückgerannt, wie vor einem von draußen kommenden Feind, doch bei ihrem Anblick und dem des dampfenden Wasserkammes, der ihr folgte, blieben sie stehen, wo sie waren, und hoben ihre Arme und ihre schreienden Münder gen Himmel.

Ihre Haltung sagte ihr, daß Flucht vergeblich war; und dennoch versuchte Arianrhod zu fliehen. Sie stürmte durch die Tür – und blieb wie angewurzelt stehen.

Sie fühlte die Insel unter sich wanken, zusammensinken wie ein Pferd, dessen Rücken bricht. Das Meer war gestiegen. Es ragte über die Insel, ein riesiger Wall aus Wasser, den Horizont verdeckend, und der weiße Schaum des Wellenkammes kräuselte sich über den Himmel hin, mußte im nächsten Augenblick fallen und die Insel bedecken.

Das sah sie. Sie sank auf die Knie, warf die Arme empor, ihr Gesicht vor dem Anblick des Wassers zu schützen, vor jener graugrünen Wasserunendlichkeit, die ihren Mut schon zermalmt hatte, wie sie ihre Seele gleich zermalmen würde.

Sie erkannte ihren Untergang und den Grund ihres Unterganges. Sie hatte das oberste der Gesetze gebrochen, jenes heilige Gesetz, auf dem die Erhaltung des Menschengeschlechts beruht: daß eine Frau die Leben der Kinder, die sie geboren hat, behüten, nicht nehmen soll.

Sie hatte den Tod zum Diener genommen, und am Ende hatte er sie zu SEINER Dienerin gemacht und sowohl ihren Tod als auch den anderer gefordert. Es war Dylans Rächer, was sich da über ihr auftürmte, bereit, zu fallen . . .

Erst im allerletzten Augenblick, als jene grüne, erstickende Unermeßlichkeit heranrollte und ihrem Blick den Himmel auf immer auslöschte, flüsterte sie, in ihre zitternden Hände hinein, das, was sie für die ganze Wahrheit gehalten haben mag:

»Gwydion, für dich habe ich alles getan! O Gwydion! O mein Bruder!«

Und dann fiel der Wellenwall, und wo einmal Caer Arianrhod gestanden hatte, brodelten und strudelten jetzt nur noch die Wasser.

SIEBENTES KAPITEL – GWYDION GEHT AUF EINE SELTSAME SUCHE/GWYDION AP DON WANDERTE LANGE DURCH GWYNEDD UND POWYS. WEIT WANDERTE ER UMHER, WÄHREND DIE HERBSTWINDE IN DEN BRAUNEN, BLÄTTERLOSEN BÄUMEN IHRE KLAGELIEDER spielten, den Bäumen, die unter diesem Hauch wie schaudernde, vielarmige Wesen zitterten, und die fahlen Morgen die Felder frostversilbert, grau wie müde und alternde Köpfe vorfanden.

Weit wanderte er umher, doch Llew fand er nirgends.

Langsam muß jene Reise vonstatten gegangen sein. Eine Meile – das war für ihn wohl schon eine gute Tagesleistung. Denn kein Busch, kein Erdklumpen war zu klein, um nicht durchsucht zu werden, genauestens durchsucht zu werden nach seiner Beute, kein Baumwipfel zu hoch und kein Gestrüpp zu dicht oder zu unzugänglich. Denn er glaubte an die Lehren seines Ordens, zu denen wohl auch die Überzeugung gehörte, daß die abgeschiedene Seele des Menschen höchst einfach in die geflügelten Wesen der Luft überwechseln könne. Und jene Lehre kann als Beweis für die Verwandtschaft der Druiden mit den Erbauern der Pyramiden betrachtet werden, denn das Volk der Pharaonen pflegte die Seele darzustellen, wie sie gerade in die Form oder Gestalt eines Vogels übergeht. So gab es keinen Vogel, keine Biene, keine Motte, kein geflügeltes Insekt von irgendeiner Art, das nicht die Seele beherbergen konnte, die Gwydion suchte. In den Sagen von Erinn wird erzählt, daß sie, die dann des großen Cuchulains Mutter wurde, die Seele ihres Sohnes in Gestalt einer Eintagsfliege trank, die ihr in einem Becher Wein gereicht worden war.

Doch die Schmetterlinge waren mit dem Sommer vergangen, und im roten Schein der Abende mag sich Gwydion, wenn er die südwärts fliegenden Vögel beobachtete, die den blutigen Himmel mit Schwarz sprenkelten, wohl gefragt haben, ob eine jener hohen, fernen Formen am Himmel sein Sohn sei, der von ihm fortflog, fort in jene wärmeren Lande überm Meer.

Wie er die Seele Llews zu erkennen hoffte, wenn er sie fand, ist ein Rätsel, das nur sein druidisches Geheimwissen lösen konnte. Doch er und Math besaßen Sinne, kannten Schichten des Bewußtseins und der Vision, die über dem liegen, was wir beherrschen, die wir beim schwachen Laternenschein der Naturwissenschaften dahinstolpern und es als eine Tatsache hinnehmen würden, daß der Kopf nicht denkt, weil wir ihn nicht denken sehen können – hätten wir das nicht soeben gedacht. Der Art ist die Logik und das Durchdringungsvermögen der Wissenschaft, die wir kennen.

Gwydion und Math jedoch wußten sicherere Wege, einen Mann zu erkennen, als an seinem Gesicht, wie sie selbst es ja gesagt haben. Und der Ruf jedes Vogels, das Summen jeder Fliege, der Anblick jeder weißen Müllermotte, die ihm in der Dämmerung voranflatterte, muß für Gwydion eine Hoffnung und

719

ein Trompetenruf gewesen sein, dem zu folgen es galt, der erkundet werden mußte, unter welchen Schmerzen auch immer.

Doch immer eine vergebliche Hoffnung.

Die Menschen mögen sich bei seinem Anblick gewundert haben: ein grauköpfiger Mann mit einer Harfe, der Vögel querfeldein verfolgte oder plötzlich aufsprang, um eine Fliege zu jagen, und sie dann nicht tötete, sondern nur anstarrte. Sie müssen ihn für einen Mondsüchtigen gehalten haben oder für einen vom Bardenwahn Besessenen.

Viele Male muß ihm seine Beute entwischt sein und ihn rätselnd, gequält von Ungewißheit und Bedauern, zurückgelassen haben. ›Wenn ich diesen eingeholt, wenn ich jene gefangen hätte, hätte ich dann Llew, meinen Liebling, wieder an meiner Seite gehabt?‹

Viele Male mag er eine Seele gefunden haben, aber nie die eine, die er suchte. Einige von ihnen mögen Seelen gewesen sein, die er kannte, von Männern, die vor langer Zeit in dem großen Krieg mit Pryderi seinetwegen gefallen waren. Und andere mögen die alter Frauen gewesen sein, die ihm Geschichten erzählt hatten, als er klein war, bevor er Dons Hof verlassen hatte, um nach Caer Dathyl zu gehen und von Math unterrichtet zu werden. Oder von Mädchen, mit denen er in seinen jungen Tagen gelacht hatte, als er noch glaubte, seine Gescheitheit allein genüge, die Welt zu formen, so wie Govannon die Metalle in seiner Schmiede formte. Wir wissen nicht, welchen alten Freunden oder alten Feinden er auf diese Weise begegnete, oder ob er sich manchmal gewünscht haben mag, daß er bei ihnen und von der Last des Lebens erlöst wäre.

So wurden die letzten aufgehäuften Schätze aus goldenen Herbstblättern vom Regen in schlammiges Braun verwandelt. Und alle Vögel waren fortgeflogen. Und die Fliegen summten nicht mehr, sondern trieben, Bauch nach oben, auf Pfützen, eklige Pünktchen aus Schwarz zwischen ihren erstarrten Flügeln. Schnee kam und hüllte die zitternden Bäume wieder in festliche Gewandung, beperlten jeden dürftigen, dünnen, armähnlichen Zweig mit funkelndem Weiß. Die Pfützen auf den Wegen und Feldern gefroren zu Eis.

Immer noch zog Gwydion weiter.

Die Gesetze der Gastfreundschaft, die den Unterhalt der Barden sicherstellten, schützten ihn. Wo er auch hinkam, gaben ihm die Leute Speise und Trank und solches Lager, wie sie eben hatten. Und dafür erzählte er ihnen Geschichten, spann sie als die alte Wunderspinne, die er immer gewesen war. Vielleicht war er ein wenig froh, damit Freude zu schenken, das alte, alte Leid der Welt zu lindern, dessen Gewicht er selbst jetzt im vollsten Maße erfuhr: ein wenig die Kälte seiner Verlassenheit am kurzen Feuer ihrer Freude wärmend.

Und für den Dichter und Schöpfer kann die Schöpferfreude niemals ganz trüb sein, bis einmal die Zeit gekommen ist, da es für Seele und Leib gut wäre, voneinander zu scheiden, und längere Einheit eine Gefahr für das eine und Unfruchtbarkeit für das andere bedeutet.

Oft muß er im rauchigen Düster einer Pächterkate oder Schäferhütte in den schwarzen Stunden der Nacht schlaflos dagelegen haben, dem Heulen der Winde lauschend, von denen es heißt, sie seien die Rosse der Toten, rätselnd, ob ein Klagen in diesem ganzen unheimlichen Tumult die Stimme seines Sohnes sei.

Er gelangte wieder in seine eigenen Lande um Dinas Dinllev herum, und sein Volk erkannte in der Truggestalt, die ihm seine Kunst verliehen hatte, seinen Herrn nicht. Sie hießen ihn nur willkommen, wie man einen Barden willkommen heißt, und sein eigener Hofmeister reichte ihm ein Geschenk und bat ihn um ein Lied.

Gwydion sang es.

Doch betrat er das Schloß nicht, das ihm gehört hatte und in dem er Llew vom Kind zum Jüngling erzogen hatte.

Eines Abends aber ging er zum Strand nahe der Festung. Llew hatte diese Stelle geliebt, und sein Geist mochte, angezogen wie ein heimkehrender Vogel, dort schweben, wo sein Körper so oft in jenen vergangenen Tagen gebadet hatte. Es war noch nicht wirklicher Abend, oder es war vielleicht mehr wirklicher Abend, als es die späteren, dunkleren Stunden sein würden. Es war die Zeit des kurzen Winterzwielichts, stumpf und düster wie der Tod.

Der fahle Strand lag gebleicht vor einem eisernen Meer. Die sterbende Sonne bildete einen Blutfleck am harschen grauen Himmel. Und unter diesem harten und freudlosen Himmel ertönte kein Laut als Schluchzen, ein bitteres menschliches Schluchzen, das sich mit dem alten Wehklagen des Meeres mischte.

Es war das Schluchzen einer Frau.

Gwydion blieb stehen. Es blitzte mit elektrisierender Helligkeit aus dem Herzen der Frau, die da weinte, in das seine: Sie betrauerten beide das gleiche Leid! Und er fragte sich: Was für eine Frau war das, die da um Llew weinte?

Er ging wieder weiter. Er kam an eine Stelle, von wo aus er sie sehen konnte; sie kniete, halb von einem Felsen verborgen, das Gesicht in den Händen vergraben. In jenem trüben Licht leuchtete ihr Haar stumpf, wie unpoliertes Kupfer, wie die Seele einer ausgelöschten Flamme. Er sah sie an, bis sie die Speere seiner Augen spürte, ihre Hände fallenließ und ihr erschrockenes Gesicht hob, um jenem durchdringenden Blick zu begegnen.

»Um wen weinst du, Mädchen?« fragte er.

Sie blickte in seine Augen und erkannte die Druidenmacht darinnen. Sie sagte, mit einem Anflug von Trotz in ihrer Stimme: »Um Llew Llaw Gyffes.«

»Warum solltest du um ihn weinen?«

Sie lachte.

»Vielleicht, weil er einmal eine kleine Weile lang hier an diesem Strand meine Liebe war, Fremder, bevor seine verfluchte Mutter ihm den Fluch des Ungeliebtseins auferlegte. Und jetzt ist er tot.«

»Das ist nicht wahr«, sagte Gwydion. »Llew hatte nie eine andere Liebe als Blodeuwedd. Und was macht dich so sicher, daß er tot ist?«

Sie lachte wieder, bitterer, und dieses Mal mit deutlichem Hohn. »Ganz Gwynedd spricht darüber. Ganz Gwynedd erzählt sich, daß Goronwy Pevr ihn um ihres gemeinsamen Weibes willen tötete und seine Gestalt und seine Lande nahm. Du weißt sehr wohl, daß zumindest dies wahr ist – Druide, der du bist.

Vielleicht ist es nicht wahr, daß ich seine Liebe war. Doch kam ich vor langer Zeit an diesen Strand, um ihn zu treffen. Aber ich gefiel ihm nicht. Er nahm mich nicht. Aber ich wollte ihn damals, und ich wollte nie vorher und nie nachher einen anderen Mann, wenn ich auch seither andere genommen habe. Es half nichts. Ich konnte nur in ihren Armen liegen und an ihn denken ... Ich weiß nicht, warum ich ihm nicht gefallen habe. Ich versuchte es. Ich dachte, ich hätte ihm gefallen. Und dann wollte er nur dasitzen und nichts tun, nichts ... Und ich wurde zornig und rannte davon, schrie, daß er ein Feigling sei, der nie wie meine Brüder in den Krieg ziehe und nicht einmal den Mut habe, eine Frau zu umarmen.

Und jetzt, da er tot ist, schmerzt mich der Gedanke, daß meine Worte ihn verletzt haben könnten, obwohl ich nichts war und ihn verloren hatte, und er alles war.«

Sie weinte wieder, und ihre Tränen rannen langsam zwischen ihren verdeckenden Fingern hervor, wie das unaufhörliche Tropfen, das Stalaktiten bildet in den dunklen Höhlen unter der Erde.

Gwydion beobachtete sie, kalt und gelassen, und während er sie beobachtete, veränderte er seine Gestalt. Vielleicht spürte sie die Verwandlung. Plötzlich senkte sie ihre Hände wieder und blickte auf. Und als sie ihn sah, stieß sie einen Schrei aus.

»Du – du – bist der Herr Gwydion – Gwydion der Sohn Dons?«

»Ich bin Gwydion ap Don«, antwortete er. »Fürchtest du dich jetzt vor mir?«

Sie schrak einen Augenblick zusammen, ihn aus aufgerissenen Augen anstarrend, warf dann jäh den Kopf zurück wie eine hochschießende Flamme. »Nein, das tue ich nicht! Was gäbe es denn noch, was ich von deinem Zorn befürchten könnte, oder von irgend etwas anderem? Verderbe mich, wenn du willst, weil ich ihn verspottet habe. Töte mich, und schicke meine Seele aus, die seine zu suchen. Ich könnte ihn finden, wenn ich tot und frei wäre, gleichgültig, wie weit fort er geweht worden ist! Es ist das in mir, was ihn erkennen und zu ihm gezogen werden würde, und lägen alle Welten dazwischen!«

Gwydion sagte langsam, überlegend, mehr zu sich selbst als zu ihr: »Du meinst, dieses Verlangen von dir nach ihm würde dauern, auch wenn du aus dem Körper wärest? Daß es so tief geht?«

»Ich weiß es!« flammte sie. »Ich konnte ihn nicht bekommen, solange er lebendig war, doch jetzt ist er mein, ihn zu beweinen; denn sie, die ihn tötete, wird nicht um ihn weinen. Ich bin Fleisch und Blut, nicht Blumen!«

»Du bist eine Frau«, sagte Gwydion, »und es ist richtig, daß wenigstens eine Frau um einen Mann weinen sollte. Ich hatte eine Weile lang vor, dir Leid anzutun, aber ich kann dieser Treue zu ihm nicht zürnen. Ich werde meine Rache aufsparen für sie, die weniger als eine Frau war.«

Sie schaute aus der hellen Flut ihres Haares hervor eifrig zu ihm auf. »Glaubst du, es wäre ein guter Gedanke«, hauchte sie hoffnungsvoll, »mich zu töten und auszusenden, damit ich ihn finde?«

Doch Gwydion veränderte sich. Seine Gestalt wankte und bebte dort in der Ungewißheit des vorrückenden Zwielichts. Sie schien zu zerfließen und sich auszubreiten und wie Gischt in die Höhe zu sprühen, dann zu erdunkeln und sich zu verdichten und wieder nach unten zu wirbeln, während eine neue Gestalt zitternd Wesen annahm. Er stand wieder in der Gestalt des Barden vor ihr, der zuerst auf sie herabgeschaut hatte.

Er antwortete ihr. »Nein«, sagte er, »das tue ich nicht. Eines Tages werde ich vielleicht eine bessere Verwendung für dich finden, Kind. Wer weiß?«

Und er ging davon, schritt in das Zwielicht hinein.

Sie blickte ihm nach, bis Schwärze aufstieg und Meer und Himmel bedeckte.

Die Zeit des Y Calan, der Wintersonnenwende, fand Gwydion in Arvon. Unweit von ihm lagen die Lande von Eivionydd, ein Teil von Llews Cantrev, den Goronwy an sich gerissen hatte, in dem er immer noch in schadenfrohem Frieden regierte und sich Blodeuwedds erfreute und lachen mochte beim Gedanken an sein totes Opfer und jene mächtigen Magier, Llews gefürchtete Sippe, die er zum Narren gehalten hatte.

Doch Gwydion ließ sich von dem Gedanken an Goronwys Lachen nicht stören. Goronwy konnte warten. Im Erben Maths gab es nur noch Raum für eine Sehnsucht, eine Absicht. In seinem Verlangen, zu retten, hatte er sich über die Rache erhoben, wenn auch die Zeit wieder kommen mochte, da er umkehren und absichtlich in jenen Brodem des Bösen eintauchen würde, dem seine Weisheit jetzt abschwor.

Nur kurz hatte dessen roter Dampf seine Seele berührt: als jenes weinende Mädchen ihm erzählte, wie sie Llew verhöhnt hatte. Doch war er unter dem Gefühl ihrer Verwandtschaft ebenso rasch wieder erstorben. Sie, und sie allein, teilte die Völle seines Grams. Selbst Math konnte das nicht, denn Maths Liebe zu Gwydion war eine Barriere zwischen ihm und der gänzlichen Verlassenheit, die Gwydion erlitt.

Er hatte nur noch seine Suche, und das war eine Suche ohne Führer, ohne Weg.

Am schwersten muß sie dort in Arvon für ihn gewesen sein, wo er einst Math und seinen Häuptlingen geraten hatte, auf Pryderi und das Heer aus dem Süden zu warten.

Er wanderte durch ein erinnertes Land, dessen Männer seinetwegen gestorben und dessen Felder seinetwegen mit Blut getränkt worden waren. Und es schien ihm, als ob ein Schatten und ein Gestank immer noch über ihnen hingen, ein ahnungsschweres Unheilszeichen. In den roten Dämmerungen der winterlichen Sonnenuntergänge und in der darauf folgenden Dunkelheit konnte er den Haß Pryderis wieder spüren, konnte wieder – wie schwache, ferne Echos – jene Schreie von Männern hören, deren Leiber von Schwertern und Speeren zerrissen worden waren . . .

Er wanderte über jenen Schauplatz seiner alten Verbrechen, ebenso sehr ein Geist wie jede jener schwebenden Hüllen von Männern, die jetzt über ihren Todesstätten trieben, jetzt, da ihm das geraubt worden war, was er noch weit höher geschätzt hatte als Pryderi je die ihm gestohlenen Schweine aus Annwn. Und er dachte: ›IST das vielleicht wohlverdient? Mußte es kommen?‹

Er dachte: ›Hier wird etwas geschehen. Irgend etwas. Ich weiß nicht, was. Wird es zum Guten oder zum Bösen sein? Ist es Pryderis Haß, den er zurückließ wie ein Feuer, das in einem verlassenen Herd weiterschwelt, der es hütet, bis es schließlich ausbricht? Denn ich kann es fühlen, dieses Geschehnis, wie es sich im Schoß des Schicksals gestaltet.‹

Er näherte sich Maenor Penardd, einem jener beiden Maenors, zwischen denen das Heer Maths damals Stellung bezogen hatte, um Pryderi zu erwarten. Er kam zu einem Haus nahe Maenor Penardd und trat ein.

Die Frau des Hauses hieß ihn willkommen, und vielleicht nicht nur, weil er ein Barde war. Denn alle Frauen sahen Gwydion mit Wohlgefallen an. Goewyn ist die einzige Frau, von der uns überliefert wird, daß ihr ein Sohn Dons mißfiel. Es war Magie in Gwydion und Trauer um ihn, und beide diese Eigenschaften sind für Frauen unwiderstehlich. Diese Frau mag bei seinem Anblick in eine Art Tagtraum verfallen sein und mag vielleicht sogar gewagt haben zu fragen, was ihn bedrücke.

»Guter Barde«, sagte sie, »ist es eine Frau, die dir Kummer bereitet hat?« Gwydion hatte sie nicht angesehen. Er hatte nur wahrgenommen, daß sie da war. Ihre Stimme in seinen Ohren bedeutete ihm nicht mehr als das Summen einer Fliege. Weniger, denn eine Fliege hätte Llew sein können. Doch Höflichkeit ließ ihn jetzt hinsehen und antworten:

»Eine Frau fürwahr«, sagte er; »vielmehr zwei«.

»Oh«, sagte sie, »zwei zur gleichen Zeit?« Und sie sah ihn voller Bewunderung ob solcher Männlichkeit an.

Er dachte an Arianrhod und Blodeuwedd und lachte bitter.

»Zwei fürwahr«, sagte er.

»Ich würde zu gern die dritte sein«, sagte sie, »und ich würde dir alles andere als Kummer machen.«

»Bist du frei, das zu tun?« fragte Gwydion.

»Ich bin mit dem Herrn dieses Hauses verheiratet«, antwortete sie, »aber ich bin eine anständige, altmodische Frau und stecke meine Nase nicht gern in unangenehme Dinge.«

»Das ist deutlich«, sagte Gwydion höflich, »oder vielmehr hübsch. Du hast eine sehr wohlgestalte Nase. Und ich danke dir, aber ich habe eine lange Reise hinter mir und fühle mich heute nicht kräftig genug für Liebe.«

Er war froh über diese Ausrede, denn er hatte nicht die Absicht, von seiner Suche auch nur die geringste Energie abzuzweigen, wenn es auch ein grober Verstoß gegen die Höflichkeit war, die Einladung einer Gastgeberin in ihr Bett abzulehnen. Und überdies dachte er an Goronwy und Blodeuwedd. Doch danach schien die Dame nur noch kalte Blicke für ihn zu haben, und er wäre am liebsten weitergezogen, um die Nacht in einem anderen Haus zu verbringen, wenn ihm nicht gewesen wäre, als mahnte ihn etwas, zu bleiben.

Am Abend kamen der Herr des Hauses und seine Männer zum Abendessen heim. Als letzter kam der Schweinehirt, und Gwydion hörte seinen Herrn ihn befragen.

»Nun, Bursche, ist die Sau heut abend heimgekommen?«

»Das ist sie«, antwortete der Junge. »Die Ferkel haben gerade mit dem Saugen begonnen.«

Gwydion hatte plötzlich ein seltsames Gefühl – als spitzte sich in ihm ein Ohr, wie sich die Ohren der Hunde spitzen, wenn sie ein Wild gewittert haben. Vielleicht war das, was da in ihn gekommen war, ein verschwommenes Bild aus dem trüben kleinen Hirn der Sau, heraufbeschworen vom Gespräch ihres Herrn und ihres Hüters über sie. Vielleicht war es auch nur ein neues Irrlicht, eine vergebliche Hoffnung mehr unter den vielen, die aus Schmerz und Sehnsucht geboren werden, und von denen eine jede Zwilling zweier Ängste ist.

Doch seit Monaten waren Irrlichter seine einzigen Sterne in wegloser Nacht gewesen, einer Nacht, die keinen Morgen kennen konnte, bis der Tote vom Tod zurückgekehrt war.

Und als der Hausherr, zufrieden über diese Auskunft, sich an den Tisch gesetzt hatte, blieb Gwydion bei dem Schweinehirten stehen und sprach mit ihm. »Wohin geht denn diese Sau von euch?« fragte er.

»Ich weiß es nicht«, erwiderte der Junge, »und niemand weiß es. Jeden Tag rennt sie hinaus, sobald der Schweinestall geöffnet wird, und danach bekommt sie niemand mehr zu Gesicht oder weiß, wohin sie geht, so wenig, wie wenn sich die Erde unter ihr auftun würde. Sie frißt nicht viel, wann und wo die anderen Schweine fressen, doch bekommt sie Futter genug, denn sie ist fett, und ihre Ferkel sind immer voll.«

»Nun«, sagte Gwydion, »dies ist ein rechtes Wunder. Eine verschwindende Sau! Willst du mir einen Gefallen tun und morgen früh den Schweinestall verschlossen halten, bis ich dort bin?«

»Diesen Gefallen werd' ich dir recht gern tun«, sagte der Junge.

Es wurde spät, und sie legten sich zum Schlafen nieder, doch bei aller Übung Gwydions in der Beherrschung des Geistes kam der Schlaf nur zögernd zu ihm.

Lange lag er da und lauschte dem schwarzen, lärmigen Schweigen des Hauses um ihn herum, dem hundertfältigen Huschen und Knistern und Scharren und Rascheln, fast im Takt mit der leisen ätherischen Musik, den die Schatten machten – auf einer anderen Ebene als dieser –, als der Mond sie an den Wänden tanzen ließ.

Er hörte das Atmen aller Menschen im Hause, und er zählte diese Schläfer nach den verschiedenen Melodien, die ihr Atmen spielte: hier ein Mann mit einem Schnarchen, das ein Geräusch wie eine Säge machte, dort ein Mädchen, das so zierlich schnarchte wie eine Brot knabbernde Maus, und dort drüben eine Frau, die in ihrem Schlaf wie eine Biene summte. Einige atmeten ruhig, aber schwer, und andere leicht und regelmäßig, und ein oder zwei stöhnten und murmelten bisweilen vor sich hin, mit jenen beunruhigten Bruchstücken des Bewußtseins kämpfend, die wir Träume nennen. Das waren die Unglücklichen, die jenen unbekannten Ort noch nicht erreicht hatten, an den die tief Schlafenden gehen: jene Wunderwelt, die das Bewußtsein vor unseren Blicken wie eine eiserne Wand verschließt.

Lange lag er da und dachte. Doch vor allem fühlte er. Halb sehnte er sich nach dem Morgen, und halb fürchtete er ihn. Bald floß Entsetzen durch seine

Adern, bald Erwartung. Und stets jene seltsame Ahnung eines in den Wehen liegenden Ereignisses, dort im Schoße des Schicksals.

Er dachte: ›Dinodig ist nicht weit von hier. Und Goronwy wird wohl kaum wünschen, daß die Überbleibsel Llews in seinem eigenen Lande ruhen – die Götter oder Math könnten Witterung davon bekommen und das Verbrechen entdecken. Doch wo ist der Rest von Llew? Wo?

Blodeuwedd bedeckte ihr Gesicht, als er ermordet wurde; sie sah nichts. Wenn Goronwy etwas sah, das sich als Spur erweisen könnte, so ist er eingeweiht, und er ist geschickt genug, nicht daran zu denken, nicht einmal im Schlaf.

Bin ich endlich auf der richtigen Spur? Oder wird dies nur ein neues Mißlingen? O Götter, laßt mich nicht auch dieses Mal scheitern‹

Er lag und lauschte dem Wind, wie er ums Haus heulte. Es schien ihm, als wäre heute nacht seltsame Stärke im Wind, als erhöbe er sich. Er schrillte, als ritten alle Krieger, die zwischen den beiden Maenors gefallen waren, auf ihm, als höhnten ihn die Toten mit Llews Tod und seinem Verlust.

Und dann schlief er plötzlich ein ...

In der Dämmerung, als die ersten grauen Lichtschimmer den rußigen Himmel zu bleichen begannen und sich die widerspenstigen Schatten noch mit schwarzen Armen an die neblige Erde klammerten, weckte der Schweinehirt Gwydion.

Er erhob sich schwer. Er fühlte sich, als käme er von fernher zurück, aus nebelerfüllter Dunkelheit und Aufruhr und Sturm, aus tiefen Wassern herauf. Und das Brausen jener Wasser tönte noch in seinen Ohren. Er hatte geträumt, und in dem Traum hatte ihm Arianrhods Stimme zugeschrieen, und ein Wall aus Wasser war von der Erde bis zum Himmel gestiegen.

Von wo und warum hatte sie nach ihm geschrieen? Was hatte sie bedrängt?

Doch all das wich aus seinem Sinn, so wie Nebel und Nacht des Morgens von einem Flusse weichen, als er erwachte und sein Verstand aufloderte, voll Feuer für seine Suche.

Er zog sich an und folgte dem Schweinehirten. Sie traten in eine graue Welt hinaus, die von dickem Nebel erfüllt war, dunkel von den letzten Spiegelungen der Nacht. Nur im fernsten Osten zeigte der Morgen ein fahles Gesicht; wie das einer blassen Frau, die auf die Finsternis und Frostigkeit der Erde hinabspäht, bangend, was ihr Licht dort entdecken mochte.

Auch Gwydion spürte jene Bangnis und sah doch seine Hoffnung darin ...

Sie kamen an den Schweinestall.

Gwydion blieb etwas zurück. Er stand stumm da, in seinen langen Mantel gehüllt, der ihm in dem Halblicht kaum eine Ähnlichkeit mit einer Menschengestalt ließ. Ein Schatten unter Schatten. Wartend, reglos, bis auf das Feuer in seinem Inneren. Er hatte das Aussehen von etwas Unnatürlichem, von einem, dessen ganzes Sinnen und Trachten so lange die Toten gewesen sind, daß etwas von der Schrecklichkeit ihrer düsteren Gesellschaft auf ihn gekommen war, der kalte Hauch einer anderen Welt.

Der Junge warf einen Blick auf ihn und zitterte, unbestimmt eingeschüchtert ... Er erinnerte sich plötzlich daran, daß Barden ja Druiden waren, Diener der Göttin Keridwen, der Dunklen Königin des Sees. Und konnte nicht auch dieser Mann ein Magier sein? War es nicht möglich, daß die Sau in unheimliche, dem Menschen fremde Dinge verwickelt war? Schweine waren doch ursprünglich aus Annwn gekommen. Konnte es sein, daß sie dorthin, in Arawns Reich, jeden Tag zurückkehrte?

Mit bebenden Händen öffnete er den Stall.

Die Sau kam geschwind herausgerannt, ihn mit der Schnelligkeit ihres Auftauchens fast umwerfend. Sie rannte davon, mit einer unschweinischen Behendigkeit, grotesk, doch schrecklich dort im klammen Morgengrau: ein gewaltiger Bauch mit leeren Zitzen, der wie Gallert auf vier kurzen Beinchen wackelte, die faßförmige, gierig gereckte Schnauze, die kleinen roten Augen darüber eifrig funkelnd ...

So rasch rannte sie davon, daß der Schweinehirt dem in den Schatten Wartenden einen erschreckten Warnruf zurief. Doch es kam keine Antwort, und als er hinsah, entdeckte er, daß der Mann nicht mehr da war. Sich die Augen reibend, ging er zitternd ins Haus zurück ...

Durch die grauen Nebel des Morgens eilten die beiden stumm dahin – der Mann, der die Schweine nach Gwynedd gebracht hatte, folgte, wohin die Sau führte.

Sie rannte ohne Halten und ohne Grunzen dahin, stumm und ihres Zieles gewiß. Gwydion ap Don blieb ein gutes Stück hinter ihr zurück, damit sie ihn nicht sehen konnte, heftete sich aber an ihre Spur wie ihr Schatten. In seinem Kopf mögen Erinnerungen an die Zeit wach geworden sein, als er ihr Ebenbild und nicht ihr Schatten gewesen war: an die Tage, da Math ihm jene Gestalt auferlegt hatte und auch er an frostigen Morgen auf Nahrungssuche umhergestreift war, während in dem warmen Unterschlupf das hungrige Ferkel wartete.

Mit Hilfe jener Erfahrung las er ihr kleines, zielgerichtetes Wollen um so gewisser, und dessen Natürlichkeit minderte die Entsetzlichkeit der Dinge, die er vielleicht würde sehen müssen ...

Die Nebel lösten sich auf. Die Sonne kam herauf, marschierte rot über den Himmel, über die bloßen braunen Bäume und gefrorenen Felder, die hartschollig wie Stein dalagen.

Und immer noch zogen der Mann und die Sau weiter, gefesselt an ihre einsame Suche ...

Sie gingen einen Fluß stromauf, und Gwydion ließ der Sau jetzt, da die Sonne herauf war, einen größeren Vorsprung. Doch immer waren seine Augen auf sie geheftet, unentwegt ... Sie merkte nicht, daß ihr jemand folgte. Schließlich bog sie ab und lief dann auf einen Bach zu. Dort blieb sie unter einer Eiche stehen und senkte ihren Kopf, in einer abscheulich beredten Gebärde ...

Gwydion merkte, daß sie fraß. Er kam jetzt kühn heran, und sie achtete gar nicht auf ihn, ganz ihrer Gier hingegeben.

Gwydion schaute hin und sah, was es war, was die Sau da fraß: erkannte, daß Pryderi endlich gerächt war ...

Er sah hin und lehnte sich gegen den Baum, und eine kleine Weile lang schwang durch seinen Kopf ein Schwarz, in dem eine Glocke läutete: ›Mögen Schweine dein Fleisch fressen und Würmer ihnen helfen‹

Nicht seinen eigenen Körper, doch sein eigen Fleisch und Blut!

Der Fluch Pryderis hatte sich endlich erfüllt.

›Ich aber schonte deinen Sohn, Pryderi. Ich tötete den nicht, der nicht gegen mich gekämpft hatte. Ich wagte es, mich seiner Rachsucht auszusetzen und der Gefahr, daß das Feuer in ihm ausbreche und Gwynedd versenge – und ließ ihn gehen. Ich schickte ihn in Frieden zurück nach Dyved vom Süden. So viel Barmherzigkeit erwies ich dir, Pryderi. Hättest du mir nicht ebensoviel erweisen können?‹

Er lehnte gegen die große Eiche, und zu seinen Füßen schlang die Sau, kaute schmatzend ihr grausiges Mahl. Der harte helle Wintermorgen umleuchtete sie; der Himmel blitzte blaß und erbarmungslos wie Stahl. Neben dem zugefrorenen Bach, auf einer Erde aus Schnee und Eisen, schienen Mann und Tier nur Pünktchen zu sein, verloren auf der harschen Eiswüste des Schicksals.

Durch das Gemüt des Mannes krochen Entsetzen und Schwäche, träge Fluten wie die farblosen Morgennebel, allmählich die ewigen Gipfel enthüllend: eine Aureole über der grauen Öde des Weltenalls.

Das alte Feuer des Handelns flackerte in ihm auf, das schon immer den Erben Maths gekennzeichnet hatte.

›Nicht du bist es, der das getan hat, Pryderi. Du bist weitergezogen, sehr viel weiter, über Gwynedd und den Süden hinaus. Es ist der blinde Haß, den du hinter dir gelassen hast, der jetzt die Welt wie ein Wind durchstreift. Ich aber, der auf dieser Erde noch als lebender Mensch wandelt, sollte ich nicht stärker sein als ein hohler und seelenloser Haß? Soll ich meine Suche enden lassen, wo sie beginnen sollte?‹

Er schaute langsam empor, und seine Augen suchten jenes Kap weißen Lichtes, als wäre es ein körperhaftes Ding. Höher und höher, Ast um Ast die Eiche hinauf, durch große Zweige und Zweige, die immer leichter, kleiner wurden, dem verblichenen Himmel entgegen . . .

Und auf dem obersten Ast sah er einen Adler sitzen, zusammengesunken in sein besudeltes Gefieder, dort unter der Sonne.

Er war schon so lange in den Wipfeln der Bäume. So lange, daß er vergesssen hatte, wie das Gesicht der Erde aussah.

Er hatte dort gesessen, als die Bäume belaubt waren, eine bebende Unendlichkeit aus Blättern, weit wie das Meer und wallend und wogend wie das Meer. Welle auf Welle von Blättern . . .

Er hatte dort gesessen, als die Stürme bliesen und die Blätter fielen; und die entblößten, nackten Zweige hatten gezittert, und er hatte mit ihnen gezittert, kalt, so kalt, als würde ihm nie wieder warm werden, bis auf die eine Stelle unaufhörlichen Feuers in seiner Seite, wo das Ding war.

Er hatte vergessen, daß es Speerspitze hieß. Er kannte es nur als das Schmerzende Ding.

Schwach erinnerte er sich, daß er nicht immer in den Baumwipfeln gelebt hatte. Einst hatte er irgendwo anders gelebt, an einem völlig anderen Ort, wo es Lachen und Lärm und Glückseligkeit gab. Dort waren andere bei ihm gewesen; er war nicht allein gewesen. Doch an mehr konnte er sich nicht erinnern. Es lag ihm nicht daran, es zu versuchen.

Er war jetzt schon lange allein. Nichts war mehr bei ihm als Schmerz und das Schmerzende Ding. Er konnte sich nicht erinnern, wie es war, keinen Schmerz zu spüren, gesund und stark zu sein. Zuerst war es wilder Schmerz gewesen, als wäre das Ding ein an ihm nagender Zahn gewesen: wie ihn die Tiere des Waldes eines Tages benagen würden, wenn er schließlich zu schwach geworden war, um zu fliegen oder sich mit seinen Krallen an einem Ast festzuklammern, und fiel . . .

Manchmal war es eine Qual gewesen, die durch seine Adern wie Feuer floß und ihn ganz mit jener rasenden, reißenden Pein erfüllte . . . Und jetzt war es zu einem stumpf brennenden Schmerz abgeklungen, der nie aufhörte und nie aufflammte: eine Gleichgültigkeit, die ihn allen Antriebs beraubte – selbst des Wunsches, zu sterben.

Schmerz, Schmerz. Lange hatte er den ganzen Bereich seines geschrumpften, verschwommenen Bewußtseins erfüllt. Und jetzt war die Mattheit sogar noch größer als der Schmerz. Er konnte nicht einmal mehr wünschen, von seinem Schmerz erlöst zu sein. Nur wünschen, hier zu sitzen, ohne sich je wieder zu bewegen ...

Er war krank, so krank, daß sein Fleisch von ihm abfaulte und zum Fuß des Baumes hinabfiel. Aber er blickte niemals zur Erde unter ihm oder zum Himmel über ihm. Er blickte überhaupt nirgendwohin. Die ganze Welt war eine Trübnis, in der nichts als der feste Ast zählte, den er unter sich fühlen konnte. Jedes Schwanken von ihm versetzte ihn in Angst, jede Notwendigkeit, seinen Willen anzustrengen, um seine schwachen Schwingen zu regen und zu einem anderen Zweig zu fliegen.

Dort unten war etwas.

Es war ein Klang. Eine Stimme sang dort, wehte wild und süß herauf, bis dahin, wo er hockte.

Sie hatte Worte, und er verstand sie, in einer ungewissen Weise, die er nicht begreifen konnte.

> Zwischen zwei Seen eine Eiche wächst –
> Dunkel breitet sie sich über Himmel und Schlucht.
> Wenn ich nicht Unwahrheit spreche,
> Hier liegen die Glieder Llews.

Llew! Llew! Der Name tönte seltsam durch sein Bewußtsein. Er bedeutete ihn. Er war er! Er rief ihn. Und wenn er ihn rief, dann mußte er kommen. Das war irgendwie das Gesetz.

Mußte er sich bewegen? Mußte er seine Schwingen heben und sich von diesem letzten, armselig unbequemen bißchen Frieden fortrühren? War das klug? Vogelnatur wisperte: Ist es vielleicht eine Gefahr, eine Falle?

Er kam langsam, sehr langsam zur Mitte des Baums herab. Gewiß konnte ihm hier kein Schade geschehen.

Der Halt, die Ruhe waren ein Segen nach der Qual der Bewegung, eine unsägliche Erleichterung ...

Jetzt sah er den Sänger. Es war ein Mann am Fuße des Baumes, und der Mann war noch nie zuvor dort gewesen, und doch war er nicht fremd. Irgendwie war er so vertraut wie die Baumwipfel, so von jeher bekannt.

Und die Stimme war nicht erschreckend, kein Lärm. Sie war sanfter als Tau, sie hatte die klagende Sanftheit weiter Wasser in sich, sie schmerzte, so zart und durchdringend schön war sie, schön wie das Verständnis allen Schmerzes.

Auf hohem Grund eine Eiche wächst –
Regen kann sie nicht schmelzen, noch Hitze sie verdorren.
Drei Schock die Schmerzen, drei Schock die Qualen,
Ertragen in ihren Ästen von Llew Llaw Gyffes.

Llaw Gyffes! Llaw Gyffes. Auch das war er. Das war er gewesen, vor langer
Zeit, bevor er verwundet wurde. Und es war der Mann dort drunten, der ihn
rief, der ihn zu sich hinabrief . . .

Eine Woge vergessener Erinnerungen brandete durch ihn. Sein armes,
schwaches Vogelhirn prallte vor all diesen Erinnerungen zurück, die es nie er-
fassen, nie verstehen konnte.

Dieser Mann war jemand, der ihn liebte. Doch zwischen Vögeln und Menschen konnte es keine Freundschaft geben. Sein müder befiederter Kopf
kämpfte mit diesen beiden unvereinbaren und unbestreitbaren Tatsachen. Jede
schien die andere unmöglich zu machen, und keiner gelang es.

Es waren Bande auf ihm, und sie kämpften miteinander: der Mann dort
drunten erlegte sie ihm auf; und die Natur, die ihm sagte, er müsse sich vor
den Menschen hüten.

Er flatterte zum niedrigsten Ast des Baumes hinab; blieb dort sitzen. Er
konnte wieder hinauffliegen, bevor eine Hand ihn berühren konnte.

Gwydion warf den Kopf zurück und sang wieder. Seine Stimme schmeichelte so ruhig, so unbekümmert, wie die Frühlingssonne die Blumensamen
aus ihrem dunklen Frostschlaf in der Erde hervorruft, so innig zärtlich wie eine
Mutter zu einem geängstigten Kinde spricht.

Am Abhang eine Eiche wächst –
Welch Glück, daß ich ihn erblickte –
Wenn ich nicht Unwahrheit spreche,
Wird Llew auf meinen Schoß kommen.

Jenes war das letzte der drei Englyns, die Gwydion zu Nant y Llew sang.

Auf dem Ast hatte der Adler zugehört, ohne seine gelben Augen je von
dem Mann zu wenden.

Er schien in seinem Gefieder zu zittern.

All seine Vogelwildheit schrie auf gegen den Gedanken, von Menschenhand berührt zu werden. Und tief drinnen flüsterte etwas, daß er schon viele
Male zu diesen Händen gegangen sei. Und er war froh über ihre Berührung
gewesen und ohne Angst. Er konnte nicht, doch er mußte. Er wollte nicht,
doch mit aller Kraft seines müden Leibes sehnte er sich danach.

Eine Stimme, der er früher immer gehorcht hatte, rief ihn. Die Liebe und die alte Befehlsmacht kamen zu ihm hergeströmt, einhüllend und warm und stark. Der eine Halt, der ihn sein ganzes Leben lang nie im Stich gelassen hatte; die eine sichere, schöne Insel, stet und verläßlich in tückischen, wechselhaften Meeren erblühend ...

Er flog hinunter; er landete auf Gwydions Knie.

Und in jenem Augenblick, als sein Herz für immer aufsprang vor Entsetzen über das Aufgeben des Baumes, da legte sich ein Arm um ihn. Er sah einen Stab sich heben, und bevor er sich freikämpfen konnte, fühlte er ihn fallen ... Er wirbelte, wirbelte ... Sein gesamtes Wesen zerwirbelte in Stücke und wieder zusammen, sich dabei neu gestaltend. Sein Gehirn, wankend und sich ausdehnend, wurde von einem Krampf erschüttert, der nicht weniger furchterregend war als jener, der seinen Körper ergriffen hatte.

Er und etwas auf dem Boden verschmolzen zu Einem: sie waren ein Mensch. Er war ein Mensch. Er fühlte sich unaussprechlich schwach. Er fühlte sich wund und wehe, als wäre alles in ihm seltsam verkehrt.

Doch Gwydions Arme lagen stark und warm um ihn. Gwydions Augen blickten mit besorgter Zärtlichkeit in die seinen herab. Und er kannte sie und lächelte ... Dann wirbelte ihn etwas in die Dunkelheit davon ...

ACHTES KAPITEL – GWYNEDDS HEERBANN/NACHT LAG WIE TOD AUF ALLER WELT. VON IHREM THRON IN DEN WOLKEN LÄCHELTE DIE MONDGÖTTIN BLEICH HERNIEDER, DIE ERDE VERSILBERND.

... Das Gefühl von Bewegung, von Schwanken. Unter ihm schwankte etwas, wie es manchmal sein Ast im Baumwipfel tat, nur sanfter, weicher. Kein Laut von Wind oder Sturm. Er lag still und nahm eine Weile nichts wahr als dieses Schwanken. Sein Wille trieb in dunklen Nebeln: ein diesiges, teilnahmsloses Ding, das sich nirgendwo niederließ. Im Hintergrund war Schmerz, doch Schmerz war immer da.

Doch schließlich wurde ihm bewußt, daß diese Nacht anders war als alle anderen Nächte. Er wußte nicht, wodurch; er wollte nicht die Anstrengung machen, darüber nachzudenken. Doch allmählich, während die Nacht voranschritt, begann Neugierde sein trübes Bewußtsein zu schärfen, wie ein Mann eine rostige Klinge schärfen mag.

Der Mond und der Himmel waren weiter weg, als sie es gewesen waren; sie schienen höher gestiegen zu sein. Wälle, Erhebungen aus ungewissen, dunklen Massen ragten zwischen ihnen und ihm auf. Warum umklammerten seine Krallen nicht mehr den Ast? Warum und worauf ruhte er hier? Sich an nichts klammernd, gehalten von keiner Art von Stütze, die ihm auf der Welt bekannt war! Unwillkürlich griff er aus, und es waren keine Krallen, was ihm da gehorchte, sondern vollkommen fremde Gliedmaßen ... Da dämmerte es ihm, in einem jähen Entsetzen: er hatte keine Krallen! Er war kein Vogel! Er war ein Mensch.

Und die Selbstverständlichkeit dieser Erkenntnis brandete über ihn hinweg, und zur gleichen Zeit, sonderbar und lebhaft, alle Erinnerungen an seine Tage als ein verwundeter Adler in den Wipfeln der Bäume. Es war ihm, als wäre er zwei Wesen; und er kämpfte verzweifelt darum, alles von sich zusammenzubringen, sich in die eine Form zu gießen, damit er nicht für immer zergliedert sei.

Er erinnerte sein Leben als Llew. Er erinnerte Gwydion und den weißbärtigen, würdevollen Math den Uralten in seiner Halle zu Caer Dathyl. Er erinnerte die drei Flüche Arianrhods. Er erinnerte Blodeuwedd, wie man sich des Duftes und der Helligkeit eines alten Gartens erinnert, gesehen an einem längst vergangenen Sommertag.

Er war Llew, und er war ein Vogel gewesen. Wie konnte das sein?

Er lag rätselnd da, und die alte Geschichte von Gwydion und Gilvaethwy trieb ihm durch den Sinn: wie sie drei Jahre lang als wilde Tiere des Waldes umhergestreift waren. Er lag da und mühte seine Erinnerung; aber er konnte seine Gedanken so wenig zusammenweben, wie er in der Luft treibende Löwenzahnlichter hätte haschen und zu einem Netzwerk verweben können. Nur daß in seinen Bemühungen, sich zu erinnern, immer wieder, schwach, doch in einem schrecklichen Licht, die Erinnerung an ein nahe dem Hügel Bryn Kyvergyr errichtetes Bad aufblitzte ...

Der geschwinde Klang von Pferdehufen ertönte. Ein Mann auf einem Pferd kam herangeritten, hielt an, um auf ihn herabzublicken. Er sah das mondbleiche Gesicht Gwydions, angespannt und ängstlich, ein scharfer, weißer Umriß gegen die Nacht. Llew wollte sich regen, aber seine Hand war ein zu schweres Gewicht, als daß er sie hätte heben können. Er sprach, aber die Worte stolperten in seinem Munde, als wäre dieser noch nicht ganz wieder sein.

»Herr«, flüsterte er, »Herr, ich kann mich nicht erinnern ... Ich weiß, daß mir die Gestalt eines Vogels auferlegt wurde, aber nicht ... wie oder warum. Warst du es, der sie mir auferlegte, Herr? Hatte ich etwas ... Böses ... getan ... an das ich ... mich nicht ... erinnere? Sag mir ... was geschehen ist. Um mich herum ist alles Nebel. Ich kann nicht denken; ich kann mich nicht ... erinnern.«

»Lieg du still«, sagte Gwydion. Seine Augen blickten in die Llews. Seine Hand, die auf der Llews lag, war leicht und zart wie die einer Frau, doch schwer, als wäre alle Schwere der Welt in ihr, ihn zurück in die süßen, dunklen Wolkenlande pressend, in das weite, unermeßliche Meer des Schlafes...

»Lieg du still, und versuche, nicht zu denken. Ich habe dich nicht verwandelt, wenn es auch welche gibt, die ich wohl verwandeln werde. Ein schwarzer Zauber ist gegen dich verübt worden, und das hauptsächlich durch deine eigene Torheit. Jetzt ist nicht die Zeit, es zu erzählen; wir reiten jetzt nach Caer Dathyl. Schlaf, und versuche nicht, dich zu erinnern.«

Schlaf... Gwydions Augen waren seltsam hell in der Nacht. Sie waren so hell wie zwei Fackeln. Sie waren heller als der ferne Mond. Sie drangen in ihn ein wie die Wärme eines Herdfeuers, machten ihn schläfrig, geboten ihm Schlaf. Er hatte ein Gefühl, als ob irgendwo in der Nähe, seine Wachsamkeit heischend, ein Unheil lauerte, ein schrecklicher Schatten drohte. Aber es konnte nicht hierherkommen, denn Gwydions Augen und Gwydions Hand waren da. Alles war wieder gut mit der Welt, wie es in seiner Kindheit gewesen war, als Traumschrecken und Nachtmahre wichen und er im Schatten von Gwydions Macht, Gwydions Liebe so sicher war...

Llew schlief, und Gwydion ritt neben ihm, unter den starren Sternen. Er dachte: ›Jetzt kann ich ihm Blodeuwedds Tat nicht offenlegen. Das könnte ein Fieber in ihm erregen, das ihn hinauswehte und wieder aus dem Gesichtskreis der Menschen triebe; und die ganze Suche müßte von vorn beginnen, und alles Gewonnene wäre verloren. Ich habe ihn gefunden, und ich werde ihn behalten.‹

Er blickte zu den Sternen und dachte an jene Nacht, als er sie vor langer Zeit gedeutet hatte, und an die aufreibenden Nächte, da er sie während seiner Suche vergeblich erforscht hatte.

›Er hat erlitten, was geschrieben stand, und ich habe ihn von eurem Verhängnis befreit. Schreibt ihm jetzt Gutes, o Sterne! Er muß noch Eines ertragen. Laßt es ihn nicht zu früh erfahren!‹

Tag kam und Dunkelheit: Träume, die bald klar waren und bald zu verschwimmen schienen, Unwirklichkeiten im Unwirklichen, auf der schwarzen Brust der Nacht... Llew war auf einer Bahre aus geflochtenen Zweigen, mit Binsen bedeckt und zwischen zwei Pferden hangend, getragen worden, und jetzt lag er auf einem Bett, aber er bemerkte diese Veränderung nicht. Manchmal hörte er Stimmen, und manchmal sah er Gesichter, durch die Schleier in seinem Bewußtsein treibend, wie die weißen Nebelgestalten über Nebelmoore treiben.

Alle Druiden und Heilkundigen Gwynedds waren um sein Bett versammelt. Der Palast hallte wider von Gesang und Gebet. Weiber weinten, und Männer schritten mit düsteren, drohenden Gesichtern einher. Und manchmal schüttelten sie geballte, bewaffnete Fäuste gen Ardudwy, wo Goronwy mit Blodeuwedd hauste.

Denn furchtbar waren die Wunden Llews. Er, der unter den Männern Gwynedds der schönste gewesen, war jetzt der erbärmlichst aussehende auf der ganzen Welt; und es steht geschrieben, daß an seinen Knochen kein Fleisch gewesen sei. Kein weibliches Wesen durfte ihn sehen, überhaupt niemand außer den Ärzten und Druiden; und diese mögen verzweifelnd ihre Köpfe geschüttelt haben über jenem verstümmelten und verwesten Körper, in dem nur Gwydions Wille und Magie die Seele und Lebensflamme noch hielten.

Es mögen Tage gekommen sein, da alle Hoffnung wankte, in Nichts zerflatternd wie eine Fackel vor dem Sturm. Tage, da es schien, als wäre das Wunder vergeblich errungen und der Tote zu einem Körper zurückgebracht worden, der zu zerstört war, um bewohnbar zu sein.

Tage, an denen alle außer Gwydion aufgegeben hätten ...

Wir wissen nicht, welche Zaubermittel sie anwandten, um dort neues Fleisch wachsen zu lassen, wo früheres Fleisch abgefault war, und was für Zaubersprüche von unbekannter Kraft und Macht bei Llews Wiedergestaltung angewendet wurden, als Math und Gwydion den Heilkundigen beistanden.

Llews Tod und Wiederkehr und was ihm dazwischen widerfuhr, sind gleichermaßen Mysterien, unserer Logik unenträtselbar.

Doch der Tag kam, da der Körper, der auf dem Bett lag, wieder ein ganzer, wenn auch ein ausgezehrter war, da alle klaffenden Wunden geschlossen waren und der Lebenssaft wieder durch belebtes Fleisch floß, Fleisch, das nicht mehr schwärte, das nicht mehr durchgiftet war.

Llew erwachte, und er schlief und träumte nicht mehr. Er schaute zur Sonne, deren Glanz durch das Fenster drang, und er genoß das Essen, das ihm gebracht wurde. Ein paar Tage lang befriedigte ihn das. Dann fragte er nach seinem Reich und nach Blodeuwedd.

»Goronwy Pevr hält dein Land«, berichtete ihm Gwydion, »der Mann, der sich für deinen Töter hält. Er verfügt über etwas Wissen niedriger Art. Er brachte die Mittel, deinen Tod zu bewirken, in Erfahrung, und er plante, an deiner Statt zu regieren.«

»Doch wie konnte er sie in Erfahrung bringen?« brach es aus Llew heraus. »Ich verriet es niemandem. Niemandem außer –« Er verstummte und sperrte den Mund auf. Er erinnerte sich mit Entsetzen daran, daß Blodeuwedd ihn gebeten hatte, in das Bad zu steigen. Doch zwischen ihrer unschuldigen Neugier und diesem ränkeschmiedenden Feind konnte es keine Verbindung geben. Es war ein Frevel, das auch nur zu denken!

»Du hast verraten, was niemals hätte geäußert werden dürfen – nicht einmal in Gedanken«, sagte Gwydion. »Einmal, nur ein einziges Mal, und nur weil ich mußte, habe ich je mit dir darüber gesprochen – über das Geheimnis, das du mit deinem Leben hättest wahren müssen, weil es dein Leben war. Dachtest du nicht daran, daß andere Ohren als die ihren es hören könnten?«

Und er wartete, bangend, auf den Ausdruck, der seiner Meinung nach sich jetzt auf dem Gesicht des Jungen zeigen mußte. Doch Llew richtete sich von seinem Lager auf. Angst bleichte sein Gesicht, wie ein Wintersturm darüber hinwegfegend. Aber nicht die Angst, die Gwydion erwartet hatte: kein widerwilliges Begreifen.

»Blodeuwedd, meine Frau –« gemarterte Einsamkeit lag in diesem Schrei –, »wo ist sie? Wenn dieser Mann sich meines Landes und meines Volkes bemächtigt hat, was ist dann aus ihr geworden? Hat er auch sie geraubt – meine Frau? Hast du ihn sie dort behalten lassen – geduldet, daß er sie zwingt –«

Gwydion wandte sein Gesicht ab.

»Er mußte sie nicht zwingen . . .«, sagte er.

Danach sagte Llew tagelang wenig. Er lag da und starrte die leeren Wände an, als sähe er dort Bilder, und auf seinem Gesicht stand ein weißes Sinnieren, düster wie winterliche Berge, obwohl jetzt alle Natur zum Frühlingsfest gewandet war.

Wieder war er von einer Frau betrogen worden, und zum letzten Male. Denn jetzt war er für immer von allen Frauen abgeschnitten.

Und er fragte sich, ob in ihm etwas sei, was ihn den Frauen hassenswürdig mache. Nie hatte er in den Augen von irgendeiner Gunst gefunden, nicht einmal in denen der Frau, die ihn geboren hatte, obwohl er während seiner ganzen Knabenschaft scheu und insgeheim von ihr geträumt hatte. Und Blodeuwedd hatte mehr als ihn den ersten Fremden geliebt, der in seiner Abwesenheit an ihre Tore gekommen war. Alle ihre gemeinsamen Tage, die für ihn die Herrlichkeit der Welt gewesen, waren für sie wie nichts gewesen. Um jenes anderen willen hatte sie ihn hingeführt, wie man ein Tier zum Schlächter führt.

Blodeuwedd! Blodeuwedd! Ihr Name gellte durch sein ganzes Wesen, glühend, wie die Wunde in seiner Seite es gewesen war, unerträglich in seinem Schmerz aus Sehnsucht und Verlust.

Doch laut sprach er diesen Namen nie wieder aus.

Er wünschte, sie wäre gestorben, bevor Goronwy nach Dinodig kam. Nicht, weil ihm dann Goronwys Speer erspart geblieben wäre, sondern weil er sie dann nie wirklich erkannt hätte. Denn am schwersten wiegt das Wissen, daß unsere Liebe niemals gelebt hat, sondern nur ein Traum gewesen ist, den das eigene Herz um ein schönes, leeres Gesicht herum errichtet hat.

Kein leeres, denn sie hatte Goronwy geliebt!

Und eine Flamme schoß in ihm auf. ›Sie will ich nicht wiedersehen, nicht in dieser Welt und nicht in einer anderen, aber ihn will und werde ich sehen! Ihn zu sehen, danach sehne ich mich. Goronwy! Goronwy Pevr!‹

Sein Herz schrie diesen Namen so inbrünstig hinaus, wie ihn einst das Blodeuwedds hinausgeschrieen hatte: ›Goronwy! Goronwy Pevr!‹

Der Frühling erblühte zum Sommer, und Blumen zogen über die Wiesen hin. Der grüne Mais wuchs hinan, in Brisen wie freundliche, sturmlose Wasser sich kräuselnd. Fülle lächelte auf das Land der Söhne Dons hernieder.

Und Llew wurde kräftiger, und das Feuer in ihm loderte höher, während Fleisch und Sehnen sich fester verbanden und die Muskeln auf seiner Brust und seinen Armen wieder schwollen und hart wurden. In sein Gesicht jedoch waren jetzt andere Linien eingegraben als in den alten Tagen, als er der junge Lord von Dinodig gewesen war oder wie er zum erstenmal in diesem Bett zu Caer Dathyl erwachte. Seine Augen sahen älter aus, und seine empfindsamen Lippen zeigten eine Grimmigkeit, die das Ende der Jugend bedeutete. Streng waren sie damals manchmal auch gewesen, als er zu Dinodig auf dem Richterstuhl gesessen hatte, bekümmert darüber, so sein zu müssen, doch unbeugsam. Jetzt hatten sie keinen Wunsch, beugsam zu sein. Sie waren wie in der Hitze eines gewaltigen Feuers geschmiedetes Metall.

Seine Rückkehr wurde nicht im Lande ausgesprengt. Math und Gwydion hatten sie geheimgehalten, doch im Volke herrschte eine Unruhe, eine Erregtheit. Männer schärften und polierten ihre Waffen, und Govannon arbeitete Tag und Nacht in seiner Schmiede. Und manche sagten, die Söhne Dons wollten nun endlich doch den Rachefeldzug gegen Goronwy führen.

Doch die Ernte reifte und wurde eingebracht. Die Wälder flammten vor Rot und Gold: des Sommers Leichenbrand. Frost zwickte und weißte die braunen Felder. Die Winterwinde begannen, wie luftige Speere, kalt von der grauen See hereinzuwehen.

Llew hatte das Bett verlassen. Manchmal ging er gegen Sonnenuntergang draußen umher, sein Gesicht mit einem Zipfel seines Mantels bedeckend, wenn sich jemand näherte, der ihn kennen mochte. Er wartete mit einer seltsamen Geduld, die aber in keiner Weise auf Gleichgültigkeit deutete, auf die volle Wiederherstellung seines Körpers.

Und Gwydion blieb in Caer Dathyl und übte dort sein Amt als Hofmeister aus. Er war bisher noch nicht nach Dinas Dinllev gegangen, nicht einmal für die Dauer eines Tages, und auch nicht zu seinen heimatlichen Gestaden, wo

sich bei Ebbe der graue Fels zeigte, der einst Caer Arianrhod gewesen war –
stolz und schön zwischen Himmel und Meer.

Einmal, und nur einmal, sprach er zu Math von seiner Schwester. »Du, der
alle Dinge weiß, hättest du sie nicht retten können, Herr? Sie daran hindern
können, die Mächte des Meeres zu entfesseln?«

»Ich versuchte es«, sagte Math der Sohn Mathonwys, »doch niemand kann
einen Mann oder eine Frau retten, wenn er oder sie nicht gerettet werden will.
Dies ist das Gesetz aller Dinge: daß niemand nasses Holz zur Flamme entzünden kann bis zu dem Tage, da die trocknende Sonne es erreichen wird.«

»Dann konntest du sie also nicht erreichen, Herr?«

»Arianrhod hatte ihre Wahl getroffen«, sagte Math, »und sie wollte von ihrer Wahl nicht ablassen. Sie hatte das Ende jenes Weges erreicht – sie hatte
mehr Böses getan, als sie ertragen konnte, und Gutes wollte sie nicht tun. Sie
war die Sklavin ihres eigenen Willens geworden, der seinerseits von ihrer Bosheit versklavt war. Für sie war der Tod Dylans das Ende – wie viele Jahre sie
auch danach noch gelebt hätte. Und es war besser für sie, eine Weile lang ab-
zuscheiden, als noch mehr Unheil anzurichten, noch mehr Schuld anzuhäufen,
in der Raserei, die sie verzehrte.«

»Und doch versuchtest du, sie zu warnen?« fragte Gwydion.

»Ich warnte sie«, antwortete Math. »Ich gab ihr die Möglichkeit, sich zu
retten, wenn sie diese noch ergreifen konnte. Sie starb den Tod, nach dem ihr
Leben schrie, weil eine geringere Medizin sie nicht hätte reinigen können.«

». . . Und ihre Diener und Hexenmeister, auch die?« fragte Gwydion
schließlich. »Diese ihr Schicksal teilen zu lassen, hieß das nicht, noch eine weitere Schuld anzuhäufen?«

»Sie hatten ihre Gelegenheit, mit Elen und Maelan und Gwennan zu gehen«, sagte Math. »Sie blieben, um den Willen Arianrhods zu erfüllen. Auch
über sie waren Stolz und Lockung ihrer Hexereien gefallen, und der Schreck
des Todes befreite sie schnell und einfach aus jener Falle, bevor sie Zeit hatten,
noch tiefer verstrickt zu werden, wie sie es ist und sein wird, durch ihre Gier
nach verbotener Macht.«

Gwydion dachte an seine Schwester, die sich zu erhaben gedünkt hatte, Leben zu gestalten, und für sich selbst und für viele andere den Tod gestaltet hatte; und neben jenes verlorene Gesicht der Schönheit kamen die Gesichter Llews
und des goldenhaarigen Dylans und zuletzt das des bärtigen Govannons getrieben.

Math sprach, als hätte er sie ebenfalls gesehen.

»Haß ist ein zweischneidiges Schwert«, sagte er, »wie Govannon lernte, als
er sich von ihm so blenden ließ, daß er nicht hinsehen wollte, wie Dylan aus

dem Meer stieg. Hätte er hingeschaut, würde er erkannt haben, daß es nicht Goronwy sein konnte, der da kam.«

Gwydion sagte: »Denkst du, daß ich jetzt vor dem Bösen gewarnt werden muß, Onkel?«

»Mußt du das nicht immer?« sagte der Sohn Mathonwys. »Du, der stets zwischen den höheren und den niedrigeren Wegen hin und her pendelt?«

Und zu dieser Zeit sprachen sie nicht weiter . . .

Winter weißte die Welt.

Die Zeit des Y Calan rückte näher, und Llew trat vor Math den Sohn Mathonwys, der wie eh und je auf seinem Liege-Thron lag. Aufrecht und prächtig sah der Prinz aus, wie er vor seinen Großonkel stand. Einen Mantel rot wie Blut trug er und ein gewaltiges Schwert aus dem neuen, mondhellen Metall namens Stahl, das ihm Govannon aus seiner Schmiede an der Mündung des Conwys gesandt hatte. Eine Spange aus rotem Gold, deren Enden in die Form kleiner Schilde gehämmert war, lag um seinen Hals, unter der hellen Flamme seines Haares. Und sein Gesicht war gezeichnet von einem frischen Entschluß.

»Herr«, sagte er, »meine Zeit ist gekommen, Sühne von dem zu fordern, der mir all dieses Leid bereitete.«

Math sah ihn lange an.

»Fürwahr«, sagte er, »niemals wird Goronwy fähig sein, das zu behalten, worauf du ein Recht hast.«

Llew zuckte bei diesen Worten zusammen, als wären sie mit dem Widerhaken einer verborgenen Bedeutung versehen, dann errötete er. Er sah wie ein Wetterleuchten aus, bereit, durch schwarzes Sturmgewölk zu bersten. »Nun«, sagte er, »je schneller ich meine Rechte bekomme, desto besser wird es mir gefallen.«

Also ward in Gwynedd das Wort zum Heerbann verkündet, und Trompeten verbreiteten es im ganzen Lande. Wie ausschwärmende Bienen oder heimkehrende Vögel, im Frühjahr nordwärts ziehend, antworteten die Männer Gwynedds. Aus jedem Cymwd und aus jedem Cantrev kamen sie. Die Erde war schwarz von ihnen, wie sie nach Caer Dathyl eilten.

Nie seit vor der Geburt Llew Llaw Gyffes hatte es im Lande einen so gewaltigen Heerbann gegeben.

Und am Vorabend des Y Calan, als das ganze Heer versammelt war und die Druiden Feuer entzündeten und Lieder sangen, um die Dunklen Mächte fernzuhalten, die, auf unsere Welt losgelassen, in den Nächten vor dem Wechsel der Jahreszeiten umherstreifen, da zeigte sich Llew im Eingang des Palastes, und Math und Gwydion standen links und rechts von ihm. Und das Heer froh-

lockte mit einem donnernden Ruf, als es seinen Prinzen von den Toten zurückgekommen sah.

In jener Nacht herrschten Frohsinn und Fest, und alle priesen die Mächtig-
keit Gwydions, die sogar den Tod gezwungen hatte, seine schon verschlungene
Beute wieder auszuwürgen.

»Wir werden dir ein neues Bad bauen, Herr«, sagten sie zu Llew, »und das
Wasser darin wird das Blut von Goronwy Pevr sein!«

Llew lachte und dankte ihnen. Er lachte und scherzte jene ganze Nacht hindurch. Doch im Morgengrauen, als er in seine Kammer ging, da kam kein
Schlaf zu ihm, wie zu den anderen. Er lag wach und sah zu, wie der Mond und
die Sterne erstarben und die kalte Erde fahl wurde und vor dem freudlosen
Wintermorgen erzitterte, und auf seinem Gesicht stand der Schmerz der einen,
noch unverheilten Wunde.

Land und Volk konnte er von Goronwy zurückgewinnen, doch sie nim-
mermehr. Sie war nicht sein, sie war Goronwys. Sie hatte ihre Liebe Goronwy
gegeben, und nicht ihm.

Und dieser Gedanke war kälter als Eis; er war kälter als die Windstöße vom
Wintermeer her. Er fühlte sich einsam und verloren, wie in einer unendlichen
Eiswüste, die nichts jemals auftauen oder aufbrechen konnte. Heftiger von
Frost durchschauert, als er es in jenen trüben Tagen in den Baumwipfeln je ge-
wesen war, da die Winterstürme mit Schlossen und Schneeschauern auf einen
verlorenen Vogel eingeprasselt waren.

Sein Herz schrie: BLODEUWEDD! BLODEUWEDD!

Und wußte, daß dieser Schrei für immer ohne Antwort bleiben mußte. Daß
von ihr nichts geblieben war, was ihm gehört hätte ...

Er wurde in der Dämmerung eine hohe Gestalt neben sich gewahr. Gwydion blickte auf ihn herab. Llew blickte auf, nicht nur willkommenheißend.
Er spürte den Instinkt des verwundeten Tieres, allein zu sein. »Warum schläfst
du nicht?« wollte er wissen. »Ist es nötig, daß wir beide unsere Nachtruhe verlieren?«

»Ich kann nicht schlafen«, sagte Gwydion leise, »da du in diesen Qualen
bist.«

Llew zerrte an dem Bärenfell, auf dem er lag. Er gab ein kurzes und bitteres
Lachen von sich. »Dann wirst du lang und lange ohne Schlaf auskommen
müssen«, sagte er.

Eine Zeitlang herrschte Schweigen.

»Mußt du dich so grämen?« sagte Gwydion schließlich. »Math und ich
können dir eine machen, die ebenso schön ist.«

»– die nicht sie wäre, oder vielmehr, wofür ich sie hielt.« Llew lachte wieder, bitterer als zuvor. »Ich will keine andere. Wenn ich es täte, wenn ich je wieder lieben könnte, wozu wäre das gut, mein Onkel? Wofür sollte ich eine andere Frau nehmen? Um aufzupassen und sie zu belauern, ob sie mir einen anderen Mann vorzieht? Um mich jedesmal, wenn ich heimkäme, fragen zu müssen, welchen Mann sie hatte, solange ich fort war? Wäre das Liebe?«

»Wenn du Trug-Frauen mißtraust«, sagte Gwydion, »dann könnte vielleicht eine sterbliche gefunden werden, die genug Mut hat, ihren eigenen Körper zu verlassen und in einem zu hausen, den wir gestalten würden, womit sie die Bedingungen des dir auferlegten Bandes erfüllen und dir dennoch ein warmes und menschliches Herz bieten würde. Es gibt viele Frauen, die froh wären, dich zu lieben.«

»Hab' ich die Herzen von Fleisch-und-Blut-Frauen so warm gefunden?« Die Bitterkeit in Llews Lachen wich jetzt dem Schmerz. »Habe ich das Herz meiner Mutter dazu gerührt? Oder ...« Doch da verstummte er, denn er glaubte, daß dies sein einziges Geheimnis sei, das Gwydion nicht teile. Auch fiel ihm ein, daß er ihren Namen nie gekannt hatte ...

Und er dachte an die Schönheit und die Süßigkeit der Frauen wie an einen Garten, dessen Tore ihm auf ewig verschlossen waren. Blodeuwedd war seine einzige und letzte Möglichkeit gewesen, und sie hatte ihn ganz und gar verlassen. Und er besaß nicht mehr das Herz, einen neuen Wurf zu wagen ...

Auch konnte er das gar nicht. Es gab nur eine Frau, an die er dachte, nur eine Frau, nach der er sich sehnte.

Gwydion, ihn beobachtend, dachte: ›Dies ist also Ehe – dieses verzehrende Verlangen nach einer Frau oder nach einem Manne, so daß alle anderen wie abgenagte Knochen nach einem Mahl sind, und dieses Unfähigsein, ihm oder ihr zu entfliehen. Und möge das eine auch leiblich entfliehen, so werden Herz und Seele des anderen sein Inbild in sich tragen, wie weit es auch gehe ... Das Hochzeitsfest, oder das Fehlen desselben, ändert nichts daran. Wie viele Menschen werden je wirklich verheiratet sein, selbst wenn alle zu heiraten scheinen?

Ehe – dieses Trauern wegen der Liebe eines anderen zu dem, den wir lieben. Vielleicht ist sie seit Jahrhunderten in der Welt herangewachsen, hat sich aus etwas in der Natur der Männer und Frauen von selbst herangebildet, und war nicht, wie wir dachten, lediglich eine für Männer notwendige Einrichtung, Söhne zu bekommen ... War dann auch ich mit Arianrhod verheiratet? War das der Anfang alles dieses Leides?‹

Er erinnerte sich daran, wie fest sein Entschluß gewesen war, sie zur Mutter seines Sohnes zu machen. Mit Elen oder Gwennan oder Maelan hätte er

742

fertigwerden können: in ihnen steckte nicht viel Böses. Aber er hatte gewollt, daß Llew von ihr komme, und nur von ihr.

Er sah seinen Jungen wieder an. Und er fragte sich, ob in allen Zeiten die Menschheit jemals eine Antwort auf das kreuzigende Rätsel finden würde: wie die Liebe zwischen Mann und Frau schmerzlos machen, wenn einmal in dem einen Herzen die Liebe erstirbt?

Llew dachte: ›Wird sie weinen und flehen und versuchen, mich zu erweichen, wenn wir einander begegnen? Wie soll ich das ertragen? Wie mit ihr umgehen? Ich bin begierig, auf Goronwy zu treffen, doch bitter wie der Tod wird es sein, ihr zu begegnen. Das wissen die Götter.‹

Ein Anflug von Angst regte sich in Gwydion, als er diese Gedanken las. Er sagte laut: »Dies ist deine Angelegenheit, Neffe. Doch wenig davon wird dir, außer Goronwy, süß schmecken. Willst du mir Erlaubnis geben, dir nach Mur y Castell vorauszugehen und dort so zu verfahren, wie ich es für richtig halte?«

»Mit . . . ihr?« Llew erhob sich auf einen Ellbogen, Gwydion anstarrend, sein Gesicht plötzlich weiß in dem Rosenschimmer des Morgens.

»Ihr Sterben käme zu spät«, sagte er dann. »Was kann ihr Tod jetzt noch ändern?«

Gwydions Stimme klang kalt und unerbittlich durch die stille Kammer: »Sie hat ihr eigenes Urteil geschrieben!«

Das Bärenfell in Llews Fingern riß. »So sei es denn. Doch laß sie nicht leiden, wie ich litt, Herr. Laß sie nach ihrem Tode unbehelligt. Sie war immer so schön, so zart, so wenig geeignet, Schmerzen zu ertragen . . . Ich bitte dich darum, Herr. Laß sie nicht verbrennen, wie das Gesetz es befiehlt, oder foltern.«

Der Morgen schritt voran, und Gwydion kam zu Math.

Der alte König blickte auf. »Welches Vorhaben läßt dich aufbrechen, Neffe, noch bevor das Heer aufbricht?«

»Ich denke, du weißt es«, sagte Gwydion. »Es ist Blodeuwedd.«

Math senkte sein weißes Haupt und sann lange.

»Sie hat gemordet«, sagte er, »und das nicht aus Haß oder Angst, sondern nur, um ihren eigenen Lüsten zu dienen. Und das ist eine Sünde, wie sie vormals in diesem Land nur selten sich ereignete. Noch niemals hat eine Frau aus Gwynedd einen Mann, den sie einmal liebte, so leichten Herzens getötet. Doch auch noch niemals zuvor waren die Frauen von Gwynedd gebunden gewesen. Sie haben ihre Liebe geschenkt, wann und wo es ihnen beliebte, wie es ihr Recht war, und es bestand keine Notwendigkeit für sie, den gestrigen Liebhaber zu töten, um den heutigen zu bekommen. Denn sie gewährten ihm ihre Gunst, entrichteten ihm nicht ihren Tribut.

Doch jetzt hat diese Frau, die an einen Mann gebunden wurde, aber kein treues Wesen besaß, seinen Tod ersonnen, damit sie frei wäre, ihren eigenen Trieben zu folgen. Solches sind die Verbrechen, die noch Jahrhunderte, nachdem wir vergessen sein werden, die Früchte der Ehe sein werden. Menschennatur ändert sich langsamer als Menschensitten.« Und er seufzte ...

»Was nicht verändert werden kann, kann zerstört werden«, sagte Gwydion, nur an Blodeuwedd denkend. Um jenes flaumenleichte Ding trauerte Llew und wollte nicht getröstet werden. Um ihretwillen hatte Gwydion ihn, blaß und grübelnd, im Morgengrauen verlassen müssen, um endlich die bittere Lehre des Alters zu lernen: die eigene Hilflosigkeit, zu helfen. Von Tod und Wunden hatte er den Leib errettet; die Seele konnte er nicht von ihrem Leid befreien. Sein Liebling war jetzt ein Mann, kein Kind mehr, dem er ein neues Spielzeug ersinnen konnte.

Math seufzte wieder.

»Das werden in den kommenden Zeiten die Männer nur zu oft sagen, mein Neffe. Willst du alle Frauen zerstören? Denn sie sind schlechter Besitz, doch gute Gefährten. Und Arglist ist stets ihre Antwort auf Gewalt. Ihr, die ihr ihnen Bande auferlegtet, die ihr euch selbst nicht auferlegt, werdet nie die Ehrlichkeit von ihnen bekommen, die wir aus der alten Zeit kannten. Auch waren wir beide nicht ganz gerecht zu ihr, der wir zu Llews Freude Leben gaben, nicht zu ihrer eigenen.«

»Wäre Llew nicht die Freude jeder anständigen Frau gewesen, schön wie er ist?« wollte Gwydion ingrimmig wissen.

Doch Math schwieg, und schließlich antwortete Gwydion jenem Schweigen. »Ich werde sie nicht ganz von der Entwicklungsleiter stoßen«, sagte er, »nicht, wenn ich eine einzige Aufrichtigkeit, eine einzige Wahrheit in ihr finde. Doch wenn ich das nicht tue, dann mögen die Hunde Annwns, die die Seele der Toten hetzen, ihr gnädiger sein als ich!«

Um Mittag ritt er los. Unterm Eingang des Palastes stand Llew und sah ihn ziehen, diesen Mann, der ihm Leben gegeben und ihn dann ins Leben zurückgezerrt hatte, das in diesem Augenblick eine schwere Mühsal schien. So sehr er Gwydion liebte: in jener Stunde grollte er fast jenen einschließenden Liebesfestungsmauern, die ihn nicht gehen lassen wollten, da sein Glück verdorben und seine Hoffnung tot und die Zukunft eine endlose Einsamkeit, ein graues Dämmerdunkel war ...

Eine Einsamkeit, in der er sich allein auf Gwydion verlassen konnte ...

Er ging in den Palast zurück, rief seine Männer und befahl ihnen, seine Waffen, die schon glänzten, funkelnd zu machen.

Gwydion ritt allein gen Dinodig, zog aus, um nach Art aller orthodoxen Götter das Geschöpf zu verwerfen, das er schlecht erschaffen hatte ...

NEUNTES KAPITEL – VERDAMMNIS/GORONWY PEVR WAR AUF DER JAGD, UND BLO-
DEUWEDD SASS ALLEIN IN IHREM FRAUENGEMACH. SIE UND IHRE MÄGDE STICKTEN,
UND SIE MAG UNTER DER ARBEIT GESUNGEN HABEN. SIE WAR GLÜCKLICH. SEIT ÜBER
einem Jahr war sie jetzt glücklich, lebte unter einem wolkenlosen Himmel.

Llew war tot und vergessen. Am Anfang mögen Vergeltungsängste sie
heimgesucht haben, doch die Zeit hatte diese zerstreut. Tag um Tag war hell
geworden und verblaßt, und noch immer hatten Math und Gwydion nichts
herausgefunden, nichts unternommen. Das hatte ihr Kinderhirn in Sicherheit
gewiegt, und insgeheim lachte sie über jene gefürchtete mysteriöse Macht, die
sie erschaffen hatte. Wie die Kleinen lachen, frohlockend in ihrem kläglichen
Triumph, wenn sie jene genarrt haben, denen sie grollen, weil sie größer sind
als sie selbst. Sie glaubte, wie Heute war, würde Morgen sein und alle Tage danach.

Zu ihr, wie sie da saß, kam der Hofbarde. Er war ein Mann Goronwys, aus
Penllyn. Llews Barde hatte Goronwy nicht gefallen, und dem Manne war ein
Unfall zugestoßen.

Es war unüblich, daß dieser ihr Frauengemach betrat, wenn sie bei ihren
Mägden saß. Doch jetzt tat er es. Er blieb unter der Tür stehen und sah sie an,
grüßte sie aber nicht. Sein Gesicht war weiß, sogar seine Lippen waren weiß,
und diese befeuchtete er.

»Herrin«, sagte er, »der Sohn Dons kommt hierhergeritten.«

Sie ließ ihre Stickerei fallen. Sie brauchte ihn nicht zu fragen, welcher der
Söhne Dons, und doch fragte sie ihn, mit bangen und bebenden Lippen:

»Gwydion?« flüsterte sie, und jener Name schien ihr schwarz und kalt wie
ein Schatten ins Zimmer zu fallen. »Gwydion? . . . Mit was für einem Gefolge
reist er? Wie viele Männer sind bei ihm? Kommt er wie zu einem Höflichkeits-
besuch?«

Und ihr Verstand raste benommen hin und her, versuchte, zu denken und
wieder nicht zu denken, an alles, was ein Besuch Gwydions bedeuten könnte,
an alles, was er zur Folge haben könnte.

Es war ein Besuch. Es mußte ein Besuch sein. Es durfte einfach nichts anderes sein.

Ihr Hirn schrie das mit hartnäckigem Entsetzen, als könnte sie durch die
Heftigkeit ihres Wunsches das Schicksal fernhalten.

Sie hatte sich so sicher gefühlt, so gewiß und glücklich. Es durfte jetzt einfach kein Unglück geben. Sie flüsterte sich das zu, lauter, als sie soeben gesprochen hatte: ›Hat er einen Verdacht? Kommt er, um sich zu vergewissern?‹

Ihre Gedanken flogen zu den Palastköchen, zu Giften. Sie alle hatten inzwischen Goronwy zu sehr fürchten gelernt, um ihr nicht zu gehorchen, wie sehr

auch ihre Herzen noch am Hause Math hangen mochten. Die Schlechtigkeit, die, nachdem sie Goronwy das erste Mal begehrt hatte, kurz aufgeflackert war, hatte unter seiner Vormundschaft zugenommen, und jetzt flammte sie, furchtgespeist, auf. Nötig oder unnötig: sie hätte gern Gwydions Tod gesehen.

Alle diese Gedanken schossen ihr im Zeitraum eines Augenblicks durch den Kopf, bevor der Mann dort Zeit hatte, den Mund aufzumachen und zu sprechen.

»Er kommt allein, Herrin«, sagte er. »Es ist niemand bei ihm. Doch weit hinter ihm ist eine große Staubwolke, wie von einem ganzen Heer. Und er kommt sehr schnell.«

Sie packte seinen Arm mit erregten, zitternden Fingern und schüttelte ihn. Ihre Zähne klapperten. »Ein Heer!« keuchte sie. »Bist du dir dessen sicher? Bist du dir ganz sicher, daß dort ein Heer kommt?«

Er schaute düster zu Boden. »Ganz Gwynedd hat sich erhoben«, sagte er. »Ganz Gwynedd kommt gegen uns marschiert.«

Sie ließ seinen Arm los. Sie legte ihre Hände auf ihr Herz, dem war, als wäre es von einem Pfeil aus Eis durchbohrt worden.

»Doch wie sollte er es erfahren haben?« wollte sie wissen. »Llew mein Herr ist tot, seit langem tot. Und nur er hätte es verraten können. Sie können es gar nicht wissen. Es muß einfach so sein, daß sie denken, Llew regiere noch hier – daß Math zornig ist und Gwydion das Heer nur hierherbringt, um Llew zu erschrecken, Llew, der, wie er denkt, sich schlecht benommen hat, dem er aber niemals etwas zuleide tun könnte. Das ist der Grund für sein Vorausreiten: um für Frieden zu sorgen und um seinen Neffen davon zu überzeugen, sich zu unterwerfen und Besserung zu geloben. Siehst du das denn nicht?«

Doch der Barde blickte sie nicht an. Seine Augen schienen tief in seinen Kopf eingesunken zu sein, und in diesen Schlupfwinkeln rollten sie, vor Angst leuchtend, hin und her, als hätten sie sich am liebsten hinter seinen Schädel verkrochen und dort versteckt. Eine Art entsetzter Ehrfurcht stand in ihnen. Wieder befeuchtete er seine blassen Lippen.

»Dein Herr ist nicht tot«, sagte er. »Er ist bei dem Heer, und Gwydion ap Don reitet ihm nur voraus.«

Da lachte sie – lachte wild und wahnsinnig, schallendes Gelächter an schallendes Gelächter reihend.

»Du bist toll«, sagte sie. »Wenn Goronwy heimkommt, wird er dir den Kopf abschlagen lassen für diese Tollheit. Mich mit einer solchen Narrengeschichte zu erschrecken!«

Er sah sie nur an, und langsam wurde ihr Lachen von diesem Blick erstickt.

»Gwydion ap Don hat ihn von den Toten zurückgeholt«, sagte er. »Er fand den Vogel, in den Llew übergegangen war, und er gab ihm wieder Menschengestalt. Lang und lange suchte er, bis er ihn fand. Er und Math haben von Anfang an gewußt, was du getan hast.«

Sie starrte ihn an, und ihr Gesicht war weiß, als blickte sie in ein offenes Grab. Sie wich zurück, ihre Hände umklammerten den hölzernen Sitz.

»Sie wissen ...«, wisperte sie. »Hast du das durch deine Künste erfahren? Alle Barden sind Druiden; ich vergaß das. Du weißt dies ganz sicher?«

Er nickte schwer.

»Als ich von dem Reiter und der Staubwolke hörte, wandte ich meine Künste an«, sagte er. »Ich sah ...«

»Du erfuhrst, was in ihren Köpfen war«, flüsterte sie. »Hast du ... noch etwas gesehen?«

»Ich sah Erde und Himmel rot von Blut strömen«, antwortete er, seine Lippen befeuchtend. »Herrin, frag mich nicht mehr. Ich kann dir nicht mehr sagen. Ich kann nicht erinnern, was ich sah. Aber ich werde nicht hier warten, bis der Herr Gwydion kommt.«

Er drehte sich um und ging hinaus; und sie wußte, daß er ihr nicht sagen würde, was sonst noch er gesehen hatte ... Sie hörte den Klang seiner sich entfernenden Schritte, und sie dachte an den Klang von Pferdegetrappel, Pferdegetrappel geschwind und zielbewußt und unerbittlich, unterwegs von Caer Dathyl hierher ...

Da zerriß ihr Schrei die Stille, wie Fleisch von einem Speer zerrissen wird, und alle Diener hörten ihn und erschauderten, selbst die Stallknechte bei den Pferden draußen. Sie erschauderten und hielten es für einen Todesschrei oder für den Schrei einer Lufthexe ...

Sie sprang auf und befahl ihren Mägden, ihr zu folgen. Sie rannte zu den Palasttoren, und dort versuchten die Mägde, sie aufzuhalten, sich an ihre Hände und ihre Gewänder hängend.

»Was wird aus deinem Gebieter, Herrin? Wäre es nicht besser, ihn durch einen Boten zu warnen und dann hier unter seinem Schutz Widerstand zu leisten, als allein durchs Land zu laufen?«

Doch sie kämpfte mit ihnen, wehrte sie ab. »Laßt jemand anderen Goronwy warnen! Denkt ihr, ich werde hierbleiben und Gwydion mich finden lassen? Es gibt keine Macht auf Erden, die den Sohn Dons aufhalten kann, jetzt, da er alles weiß!«

Sie rannte durch den Hof und in die Felder hinaus, auf denen sie einst den Hirsch hatte rennen sehen, an jenem Tage, als sie zum erstenmal Goronwy Pevr erblickt hatte. Und alle ihre Mägde rannten mit ihr, wie ein Rudel erschrockener Rehe, gehetzt von unsichtbaren Hunden ...

Sie kamen an den Fluß Cynvael, und sie durchwateten ihn. Sie durchquerten ihn, ohne innezuhalten, und rannten jenseits weiter. Ihre nassen Gewänder klebten an ihren Leibern, und der Wind peitschte ihr triefendes Haar.

Die Sonne senkte sich. Der Berg jenseits des Cynvaels ragte vor ihnen auf, schwarz gegen den leuchtenden Himmel. Ein Schatten, dessen Dunkelheit Schutz verhieß, und er schien Blodeuwedd herbeizuwinken ...

Auf jenem Berg befand sich eine Festung, die ein paar Mann gegen Hunderte halten konnten: das stärkste Bollwerk von Dinodig. Goronwy hatte es mit Männern besetzt, die er als Söldner aus Penllyn geholt hatte. Männern, denen er trauen zu können glaubte. Einige von ihnen mögen Druiden gewesen sein, seine eigenen Lehrer in den schwarzen Künsten.

Blodeuwedd dachte: ›Wenn ich sie erreichen kann, dann werde ich geborgen sein, werde ich für eine kleine Weile sicher sein. Jene dort können mich beschützen. Nicht einmal mit seiner Magie kann Gwydion leicht jene Mauern überwinden. Und wenn Goronwy mit seinen Männern kommt, werden wir in der Lage sein, einer langen Belagerung standzuhalten.‹

Aber es war nicht Goronwy, den sie herbeiwünschte, sondern nur den Schutz seines Schwertarmes.

Sie stiegen bergan. Sie kämpften sich steile, steinige Abhänge hinauf, unter dunklen und dräuenden Felsen.

Blodeuwedd sagte keuchend zu einem Mädchen, das neben ihr lief: »Es würde einem Pferd schwerfallen, hier heraufzukommen. Aber vielleicht reitet er nicht auf einem sterblichen Pferd, sondern auf einem der Geschöpfe seiner Magie ...« Und sie zitterte im Gedanken daran.

»Oder er wird von seinem Pferd absteigen«, flüsterte das Mädchen zurück, »und sich unsichtbar machen, und sich ungesehen an uns heranschleichen ...«

Blodeuwedd stieß einen schrillen Schrei aus, drehte sich um und schlug sie, so daß jene taumelte und zwischen ihren Kameradinnen zu Boden stürzte. Doch danach rannten sie alle nur noch schneller.

Sie dachten an alle die geheimnisvollen, entsetzlichen Dinge, die einem ein Magier zur Strafe antun konnte: an ihre Seelen, wie sie verloren und hilflos die öden Räume der oberen Winde durchwanderten, verfolgt vielleicht von den geifernden weißen Hunden aus Annwn, deren Zähne die Seelen der bösen Toten zerreißen. Sie dachten an Verwandlungen, an seltsame und unbequeme Gestalten, an krabbelnde Insekten und hüpfende Kröten. Konnte er vielleicht sogar ihren Geist aus der Welt hinauswehen, herunter vom Rad des Lebens, in ewige Nacht hinein ...?

Sie flohen desto schneller, doch solche Furcht hatte sie jetzt befallen, daß sie ihr Ziel nicht im Auge behalten konnten, sondern ständig zurück in die sich sammelnden Schatten schauen mußten ... Die Bergvorsprünge verbargen die sinkende Sonne. Wo sie waren, wurde es immer dunkler. Die aufragenden Felsen blickten immer unheilvoller herab, in seltsam unpersönlichem Haß auf menschliches Leben.

Die Frauen an der Bergflanke waren keine Frauen mehr. Sie waren nur noch ebensoviele atemlose Ängste, den steilen Weg hinaufkrabbelnd und -kletternd, eine jede ein zitternder, schlotternder Schrecken.

Eine von ihnen schrie auf: »Ich sehe ihn!«, und die anderen konnten, hinsehend, nicht sicher sein, ob es ein Schatten oder ein Mann war, was sich da unter ihnen bewegte, im Schutz der Felsen ...

Sie eilten weiter, doch jetzt fürchteten sie sich so, daß sie gingen, als wären ihre Köpfe verkehrtherum angeschraubt, gebannt ihre Gesichter auf die Schatten hinter ihnen geheftet.

Später sahen sie ihn in einem Fleck späten Sonnenlichts unter ihnen, die hohe Gestalt in dem grünen Mantel, in seiner Hand den schrecklichen Zauberstab ... Sie kannten ihn, erkannten sein Gesicht ohne jeden Zweifel: das Grauen, das sie trieb, sichtbar geworden, ihre Angst in leibhaftiger Gestalt.

Dann verschluckten ihn die Felsen. Doch von Zeit zu Zeit sahen sie ihn dann wieder ...

Sie erklommen den Berg, und er erklomm den Berg, stetig näherrückend, unerbittlich wie das Schicksal.

Er holte sehr langsam auf, doch unablässig, Zoll um Zoll, wuchs dieser kleine Gewinn. Jedes Mal, wenn sie ihn sahen, war er ein wenig näher.

Blodeuwedd rief: »Es ist sein Schattenbild, das er sich vorausschickt, um uns Angst einzujagen! Er ist es gar nicht selbst!«

Doch dann verdoppelte sie ihre Geschwindigkeit, damit sie die Festung früher erreiche, und die anderen taten es ihr nach.

Der Weg war beschwerlich, und sie brauchten ihre Augen ebensosehr wie ihre Hände und Füße. Aber sie konnten nicht geradeaus sehen. Sie starrten gebannt rückwärts, während sie kletterten, ihre Augen den Verfolger suchend.

Ein See blitzte unter ihnen auf, wie ein dunkler Diamant in dem Lavendellicht der Dämmerung.

Eine der Frauen glitt aus und stürzte hinein. Ihre Kameradinnen bemerkten den Fall nicht. Ihre Augen achteten nicht auf das, was neben oder vor ihnen lag.

Eine zweite verlor den Halt und rollte den Abhang hinunter, sich überschlagend wie ein rollender Stein, bis der See sie verschlang ... Doch sie hatte gellend aufgeschrieen, und die anderen hatten sie gehört. Danach wurde die

Flucht noch toller, verzweifelter als zuvor, aber noch immer konnten sie ihre Augen nicht von dem Weg losreißen, den sie gekommen waren.

Eine um die andere fielen sie, und die dunklen Wasser schlossen sich über ihnen . . .

Und dies ist der See, der Llyn y Morwynion genannt wird, See der Mägde.

Blodeuwedd blickte sich um. Die letzte ihrer Begleiterinnen war verschwunden. Sie war allein.

Erst jetzt begannen jene versprengten Tode sie zu schrecken. Ihr ganzes Sinnen und Trachten hatte ihren eigenen Schritten gegolten, ihrer eigenen Gefährdung. Doch vollkommene Einsamkeit, vollkommene Abgeschnittenheit erfüllte sie jetzt mit einer Art Entsetzen. So leer und weit, so unfreundlich war die Welt um sie herum: der rotfleckige Himmel, der auf sie herniederstarrte, die Lanzen roten Lichtes, die das sich vertiefende purpurne Düster zwischen den Felsen durchbohrten, durch die sie sich vorwärtsplagte, die Felsnadeln, die drohend auf ihr Ringen niederblickten. In dieser ganzen öden, hilfeweigernden Welt gab es nichts Belebtes außer ihr und jener lautlosen Gestalt dort drunten, die näher und immer näher kam . . .

Sie spornte ihre müden Füße, ihre gequälten Lungen zu neuer Anstrengung. Aber sie konnte ihn nicht abschütteln. Sie wurde müde und matt. Das rote Licht und die schwarzen Schatten vermengten sich sonderbar, bald aufblitzend, bald sich verfinsternd. Die Dämmerung ward immer dunkler. Es war ihr, als ginge sie in die geöffneten Arme der Nacht hinein, für immer aus der Welt des Lichtes und der Freude und der menschlichen Wärme hinaus. Nie wieder würde sie Goronwy sehen. Nie wieder würde eine freundliche Stimme zu ihr sprechen oder die Hand eines Geliebten sie berühren.

Wie weit konnte es denn noch bis zur Festung sein? Wie weit nur?

Die Nacht sank auf sie hernieder. Bald würde sie allein in Kälte und Dunkelheit sein, und ihr ganzes Leben lang hatte sie das Alleinsein mehr als alles andere gefürchtet. Sie hätte weinen und ihre Hände ringen mögen vor Mitleid mit sich selbst, aber sie hatte keine Kraft mehr dazu.

Niemals hätte Llew sie zu dem verdammt. Er hatte sie geliebt. Vor ihm hätte sie weinen und sich ihm zu Füßen werfen können, und niemals hätte er es übers Herz gebracht, ihr weh zu tun. Doch Gwydion war allein vorausgeeilt, um das zu verhindern: Gwydion, der gnadenlos sein würde.

Vor Maths erhabener Gelassenheit oder Llews Liebe hätte sie um Gnade flehen können. Aber vor Gwydion war kein Bitten möglich. Seine Liebe zu Llew würde ihn schrecklich machen. Was an Schrecklichem gab es, das er ihr nicht antun konnte?

Es war kein Mensch mehr, was sie da den Berg hinauf verfolgte. Es war der Gott, der sie erschaffen und dessen Gestaltungsplan sie durchkreuzt hatte: ihr zorniger Schöpfer, der sie vielleicht zunichte machen konnte ...

Und wie dicht er schon hinter ihr war, wie er näherkam!

›Wie weit noch? O Götter, wie lange noch?‹

Warum hatte Goronwy je nach Dinodig kommen müssen? Warum hatte er sie nicht in Frieden lassen können, zufrieden mit Llew? Dann wäre sie jetzt noch sicher und glücklich in ihrem Palast, nicht erschöpft an diesem Bergabhang, wo Kälte und Nacht und Gwydion ihr zu Leibe rückten.

Sie fragte sich nicht, wo Goronwy war oder was ihm jetzt wohl geschehen mochte. All ihr Verlangen nach ihm war tot: ertrunken in der Flut ihrer Angst um sich selbst.

Würde sie die Festung überhaupt sehen, die nahe dem Bergkamm aufragte? Würde die Dunkelheit fallen und ihr verwehren, sie zu erkennen, wenn sie dort angekommen war? Oder konnte Gwydion Trugbilder von Felsen machen, die ihren Augen die Feste verbargen?

Der Gedanke packte sie wie eine eisige Hand, und ein dünner Klageschrei stieg zwischen den Bergwänden auf.

Aber sie wagte nicht, sich der Verzweiflung zu ergeben. Sie rannte weiter, stolpernd, jeder Atemzug ein Schluchzen.

... Er war nur noch zwölf Schritt hinter ihr. Sie wagte nicht, sich umzusehen, damit seine Augen die ihren nicht fassen und fesseln konnten. Ihr gehetzter Blick durchforschte die Ungewißheit vor ihr nach ihrem Zufluchtsort, aber der war nicht da.

Er war nur noch eine Manneslänge hinter ihr – eines kurzen Mannes Länge – eine Frauenlänge – die eines Kindes ...

Er war neben ihr.

Da brach sie in die Knie; die Beine versagten ihr den Dienst. Sie bedeckte ihr Gesicht mit den Händen, um jene durchbohrenden grauen Augen auszuschließen, denen sie nicht zu begegnen wagte, doch deren Strahlen schien sich durch Hände und Gesicht hindurchzubrennen, in ihr Gehirn hinein ... Ihre Zunge lag starr in ihrem Munde. Vermochte nicht, die verzweifelten Lügen und Entschuldigungen zu formen, die sie auszuströmen versuchte, obgleich sie wußte, daß er sie niemals glauben würde.

Sie wagte nicht, anzublicken, was in seiner Hand war. War sie schon über ihr erhoben – die Waffe, die ihre Welt enden würde? Das Aufblitzen jenes erinnerten Wurfes ... Ihre Seele stöhnte in Pein: ›Bryn Kyvergyr! ... Bryn Kyvergyr ...‹

Sie konnte nur knien und warten ...

Lange blickte Gwydion auf die schöne Gestalt hinab, die er erschaffen hatte. Sein Gesicht war entschlossen und streng wie ein in Stein gehauenes Haupt, seine Augen jedoch waren traurig und müde. Nicht glücklich kann ein Künstler sein eigenes Meisterwerk zerstören oder ein Dichter sein eigenes Gedicht verbrennen, selbst wenn ihm der herrliche Gedanke, den er darin hatte spiegeln wollen, entflohen sein mag.

Kristallklar lag ihr Sinn vor ihm, das leichte, leere Ding, bar allen Denkens oder Wollens, all das Bedauern ohne Reue, die vom Eis der Angst gelöschte Lust. Selbst jenes eine Band, das sie an das Geschlecht der Frauen gebunden, hatte nicht gehalten. Selbst Goronwy war vergessen, untergegangen in ihrer Angst um sich selbst.

Und er erkannte, daß auch sie ein Kind war, das er mit Arianrhod gezeugt hatte – so gewiß eine Frucht von Arianrhods Fluch, wie Llew eine Frucht ihres Leibes war. Schon besiegt, hatte Arianrhod ihn und Math noch geschlagen. Es war das Spiegelbild ihrer Niedertracht, nicht das seiner eigenen Liebe, was da vor ihm kniete, den Streich erwartend, den er seiner Schwester niemals versetzt hätte ...

Er blickte auf Blodeuwedd hinab, die da zitternd kauerte wie ein Geschöpf, das in Schatten sinkt, aus denen es keine Wiederkehr gibt. Er hob seinen Arm.

»Ich werde dir keinen gewöhnlichen Tod zufügen«, sagte er. »Ich werde dir antun, was schlimmer ist. Denn ich werde dich in der Gestalt eines Vogels aussenden. Und um der Schmach willen, die du Llew angetan hast, sollst du nie wieder dein Angesicht unter der Sonne zeigen. Es soll die Natur aller anderer Vögel sein, dich zu hassen und dich zu vertreiben, wo immer sie dich finden. Und du sollst deinen Namen nicht verlieren, sondern ewig Blodeuwedd* geheißen werden.«

Sein Arm fiel ...

So ward sie eine Eule und flog davon, um sich im Dunkel zu verstecken. Und sie wird sich dort verstecken, bis ans Ende der Welt.

ZEHNTES KAPITEL – LLECH GORONWY/GORONWY PEVR WICH NACH PENLLYN ZU-RÜCK. UND BEI SEINEM ABGANG ACHTETE ER NICHT AUF ORDNUNG.

VON DORT SANDTE ER BOTSCHAFTER, DIE LLEW LLAW GYFFES FRAGTEN, WÜRDE ER Land oder Lordschaft, Gold oder Silber als Sühne für das Unrecht annehmen, das er erlitten habe?

---

* Das »Mabinogi« gibt an, daß die Eule in Wales seitdem ›Blodeuwedd‹ genannt worden sei oder ›die Blumengleiche‹.

752

Llew hörte sie an, auf seinem Schlachtroß Melyngan Gamre sitzend, »Dem Hengst von den Gelbweißen Fußtapfen«; und in seinem Gesicht regte sich nichts, während er die Botschaft hörte: Es war hart und hell und schön wie ein Schwert.

»Ich werde nichts von alledem annehmen, bei allen Göttern«, sagte er. »Nicht eines von diesen Nichtsen, die ihr genannt habt ... Dieses sind die mildesten Bedingungen, unter denen ich Frieden mit ihm machen werde: daß er komme und dort stehe, wo ich stand, als er den Speer nach mir warf, während ich dort stehe, wo er stand, und einen Speer nach ihm werfe. Und das ist die geringste Sühne, die ich von ihm annehmen werde.«

Sie trugen dies Wort zu Goronwy Pevr, der an der Grenze von Penllyn wartete. Er saß unter seinen Männern, mit einem nackten Schwert auf seinen Knien, doch sein Gesicht ward grau und seine Augen stumpf wie ausgebrannte Kohlen, da er es hörte.

Er dachte an Widerstand; doch er wußte, daß seine Männer nicht zahlreich genug waren, um gegen das ganze Heer von Gwynedd zu bestehen, und daß Gwydion bei Bedarf Verstärkung schaffen konnte, indem er Bäume und Schilf in Krieger verwandelte.

Er dachte an Flucht; doch er wußte, daß nirgendwo auf Erden ein Versteck war, wo ihn die Macht Maths und Gwydions nicht hätte aufspüren können.

Er mußte die Bedingungen Llews annehmen oder aber annehmen, was an schlimmeren Dingen die Magie und die Mißgunst der Mächtigen ersinnen konnten. Und seine Vorstellung ertrug nicht, was jene sein mochten ...

Er befeuchtete seine Lippen und blickte sich unter den Gesichtern um, die ihn wartend umringten. Sie warteten alle. Wie ebensoviele lebende Fragezeichen hingen sie an seinem Wort. Sie hingen nicht nur daran, sie waren Gewichte, wirkliche, körperhafte Gewichte, die dieses Wort aus ihm herauszuzerren versuchten. Er spürte das gespannte Starren jedes einzelnen von ihnen steinschwer auf seiner Seele. Hinter jenen Blicken war weder Mitgefühl noch Besorgnis zu entdecken. Alle dachten nur an ihre Ländereien, ihre Leben und ihre Heime, die den Männern von Gwynedd ausgeliefert sein würden, wenn er sich weigerte.

Er befeuchtete seine Lippen wieder. Nie zuvor hatte er jener Treue bedurft, die nicht durch Gewalt bekommen werden kann, oder den Wert solch ätherischer und unberechenbarer Dinge wie Freundschaft und Zuneigung erkannt. Er blickte sich in der ganzen Runde um.

»Ist es nötig, daß ich dies auf mich nehme?« fragte er. »Ihr, meine treuen Kämpen und meine Milchbrüder und meine Leibwache, ist nicht einer unter euch, der den Wurf an meiner Statt hinnehmen will?«

Und er dachte an seinen ganzen Stamm wie an die Glieder seines eigenen Körpers. Es schien unglaublich, daß es nicht einen unter ihnen geben sollte, der sich opfern wollte, seine verhältnismäßige Unwichtigkeit einsehend, damit das Haupt am Leben bliebe. Doch der Ring weißer Gesichter öffnete sich nicht, um einen Mann hindurch oder ihn hinaus zu lassen. Der Ring wich ein wenig zurück, als stünde plötzlich eine kalte Gegenwart neben ihm, aber er teilte sich nicht. Er schloß ihn nach wie vor ein.

»Es gibt fürwahr keinen«, sagten sie.

Und er schaute hin, und er fühlte oder sah, was jene kalte Gegenwart war, mit der sie ihn alleingelassen hatten, im Mittelpunkt des Kreises. Er war der Tod.

Er leckte sich über die Lippen.

»Ich werde den Wurf hinnehmen.«

Im Morgengrauen kam er an das Ufer des Flusses Cynvael, dem Hügel Bryn Kyvergyr gegenüber. Das Bad, das Blodeuwedd für Llew hatte errichten lassen, stand noch dort. Er sah, daß neben ihm eine Ziege angebunden stand, und erzitterte . . .

Das Schwarz der Nacht erblaßte vor einem harschen grauen Bleich am Himmel. Ein roter Lichtspeer stieß seine feurige Spitze über den östlichen Rand der Welt. Er konnte den Bryn Kyvergyr nur als einen hohen dunklen Schatten aus den Flußnebeln aufragen sehen, doch mühte er seine Augen, ängstlich versuchend, drüben das Blinken von Waffen und Rüstung auszumachen.

Schweigen hing über der Welt. Schweres, graues Schweigen, das zu warten schien, wie er wartete.

Ihm war sehr kalt. Er zitterte und zog seinen Mantel enger um sich. Er dachte: ›Das ist ungerecht. Es ist schlimmer als das, was ich ihm antat. Er wußte nicht, daß ich da war und auf ihn wartete . . .‹ Und er dachte daran, daß heute der andere auf ihn wartete und daß er das Opfer sein würde . . .

Rotes Licht strömte, weit im Osten, wie aus einer geöffneten Ader. Die Nebel über dem Fluß erbleichten, wurden fedrig und halb durchsichtig.

Er sah das Funkeln von Wehr und Waffen sich auf dem Bryn Kyvergyr bewegen . . .

Er stand und starrte so lange, wie er glaubte, starren zu können. Dann ging er langsam zu dem Bottich und stieg hinauf. Droben drehte er sich um und stellte einen Fuß auf seinen Rand und streckte den anderen zum Rücken der Ziege hin.

Dann plötzlich schrie er. Seine Stimme erschallte verzweifelt, dem Manne am jenseitigen Ufer des Flusses zurufend.

»Da mich die Betörungen einer Frau dazu verführten, daß ich dir antat, was ich dir angetan habe, bitte ich dich bei allen Göttern, mich die Steinplatte, die dort drüben am Flußufer liegt, holen und sie zwischen mich und den Wurf halten zu lassen!«

Jenseits des Wassers blieb es stumm.

Llew erinnerte sich aller Schönheit Blodeuwedds, der verlorenen Zerbrechlichkeit und der tausendfältigen Lieblichkeiten derer, die jetzt ein düsterer Vogel der Nacht war, verdammt dazu, für ihre Nächte der Liebe durch zahllose Jahrhunderte in Finsternis bezahlen zu müssen, ohne Unterlaß bis ans Ende der Welt ... Erinnerung rauschte über ihn hinweg in einer so lebensprallen Flut, daß es Entzücken und Schmerz zugleich war. Er dachte: ›An seiner Stelle, hätte ich nicht auch vielleicht gewünscht, zu töten, um sie zu gewinnen? Ich, der jetzt für den schalen Lohn der Rache töten will? Um ihretwillen, die mir niemals wiedergegeben werden kann?‹

Einen Augenblick lang spürte er ein seltsames Gefühl der Brüderlichkeit mit dem Manne, den er töten wollte. Sie beide hatten sie geliebt; sie beide hatten sie begehrt.

Hoch über ihm schien sich ein Fenster aufzutun, in das grauweiße Licht einer anderen Welt hinein ... Es schloß sich wieder. Doch er antwortete: »Fürwahr, ich will es dir nicht weigern.«

»Mögen die Götter dich dafür lohnen und dich lieben«, sagte Goronwy.

Er ging zum Fluß hinab und hob die große Platte dort auf. Es waren gewaltige Männer in jenen Tagen.

Er kam zurück und stieg wieder auf den Bottich hinauf, den Stein so eng an sich drückend, als wäre es eine Geliebte. Er deckte ihn von Kopf bis Fuß wie ein riesiger Schild.

Er setzte seinen Fuß auf den Rücken der Ziege ...

Der Himmel strömte rot, wie übergossen vom feurigen Blut von Riesen, erschlagen in einer Himmelsschlacht. Er flammte wie ein Leichenscheiterhaufen. Die Sonne kam blutrot über den rechten Rand der Welt heraufgestiegen. Die Flußnebel zerflatterten vor ihr wie fliegende Federn, lösten sich unter ihrem versengenden Licht auf.

Llew durchquerte den Fluß. Er kam an die Stelle, wo die durchbohrte Steinplatte lag, die noch Jahrhunderte später Llech Goronwy heißen sollte. Er zog seinen Speer aus dem Loch darinnen ... Der rote Schaft spiegelte, als er ihn hob, triefend und scharlachrot, die Sonne wider.

Dann wandte er sich um und ging nach Mur y Castell zurück, wo Gwydion und die Männer von Gwynedd warteten.

ANMERKUNGEN

MATHS HÖRFÄHIGKEITEN. Das »Mabinogi« sagt, daß jedes gesprochene Wort, das vom Wind erfaßt wurde, Math zugetragen worden sei. Eine Fähigkeit, die zu ungefüge ist, als daß selbst eine Legende damit zurechtkommen könnte, denn offensichtlich versäumte er es, sich von den Winden eine Anzahl von Unterhaltungen zutragen zu lassen, die für ihn von entscheidender Bedeutung gewesen wären.

In Zentralasien jedoch heißt Telepathie ›Botschaften auf dem Wind senden‹.* Mag nicht die ursprüngliche Idee der Druiden die gleiche gewesen sein, bevor der Volksaberglaube und das Erlöschen ihres Kultes zu dem einfacheren und dabei noch mehr übernatürlichen Begriff der Allwissenheit führten, einem Begriff, der urtümlicher zu sein scheint, in Wirklichkeit aber eine Verfallserscheinung sein mag? Nikolai Roerich, der große russische Künstler und Reisende, hat in seinem Buch »Altai-Himalaya« von seinem Verlangen berichtet, die Tempel von Bonpo in Zentralasien zu untersuchen, wo er Verbindungen mit dem Druidentum zu finden dachte.

DYLANS TOD UND DER UNTERGANG VON CAER ARIANRHOD. Kein Bericht vom Tode Dylans ist auf uns gekommen. Wir wissen, daß eine Triade sagte, er habe seinen Todesstoß von seinem Onkel Govannon empfangen; und Taliesin spricht vage von Gift wie auch davon, daß Dylan von einer Waffe durchbohrt worden sei, erwähnt jedoch Govannon nicht, dessen Beweggrund im Dunkeln bleibt. Ebensowenig ist der Grund oder die Art und Weise des Versinkens von Caer Arianrhod bekannt; doch dieses Unheil, das der Mutter eines Seegottes widerfuhr, ob dessen Tötung durch ihren Bruder die Meereswellen noch immer stürmisch grollen, macht es leicht, sich einen Zusammenhang vorzustellen. Und das törichte Aufdecken eines heiligen Brunnens durch eine Frau ist etwas Vertrautes in den Überschwemmungsgeschichten der »Celtic Folklore, Welsh and Manx«, wo Rhys die Möglichkeiten erörtert, daß 1. der Brunnen als das Auge einer Wassergottheit betrachtet wurde und daß 2. die Frau entweder seine Priesterin war oder es ihr verboten war, sich ihm zu nähern.

DAS FERTIGEN DES TODBRINGENDEN SPEERES. Gemäß dem »Mabinogi« konnte an diesem Speer nur während der Messe an Sonntagen gearbeitet werden. Ich habe jedoch alle christlichen Bezüge und Einschaltungen sorgfältig entfernt, da man annimmt, das »Mabinogi« sei in Wirklichkeit eine Geschichte der alten

---

* Siehe Madame Alexandra David-Neel, »Magic and Mystery in Tibet«.

Stammesgottheiten, die zu sterblichen Königen und Fürsten euhemerisiert wurden. Siehe »The Mythology of all Races«, Bd. 3.

PRYDYN ist eine walisische Bezeichnung für die Pikten. Meine Schilderung des Ursprungs und der Lebensanschauung dieser Rasse ist ein weiteres Stück Eigenbau – zu atlantisch und pythagoräisch im Aroma, um von den Keltologen bestätigt zu werden. Die klassischen Autoritäten glaubten jedoch, daß die Lehren der Druiden jenen des Pythagoras' ähnlich seien; und schließlich ist ihres das einzige zeitgenössische Zeugnis.

Heil dir, Gwydion, über die Kluft der Zeiten hinweg! Gwydion, Gott und Künstler der klassischen westlichen Welt. Du, der Dichter ureigener Gott, Schutzpatron unserer Kunst und fleischgewordenes Inbild aller unserer Fehler und Tugenden (oder jener Tugenden, nach denen wir uns am meisten sehnen), du, den wir die Jahrhunderte hindurch angebetet haben, ob wir deinen Namen auch vergaßen und ungeehrt ließen! Wenn du uns nicht gänzlich den Rücken gekehrt hast (wie mich die Eintönigkeit moderner Literatur bisweilen befürchten macht), oder bis die Zeit dich zu einer neuen Wiedergeburt bringt: Höre mich!

Nimm dieses Opfer an, Gwydion der Goldenzüngige, du, dessen Rede stärker war als die Waffen der Menschen.

1936

INHALT

DER FÜRST VON ANNWN
Der Erste Zweig des Mabinogi

1. Buch
Der Ritt in den Abgrund

Erstes Kapitel – Der Jäger und der Gejagte ... 13
Zweites Kapitel – Die Begegnung im Walde ... 20
Drittes Kapitel – Die Begegnung auf den Mooren ... 27
Viertes Kapitel – Die Schöpferin der Vögel ... 36
Fünftes Kapitel – Die Hüterin des Tores ... 44
Sechstes Kapitel – Das Mondlichtland ... 51
Siebentes Kapitel – Arawns Königin ... 60
Achtes Kapitel – Der Zweikampf an der Furt ... 70
Neuntes Kapitel – Heimkehr ... 75

2. Buch
Rhiannon von den Vögeln

Erstes Kapitel – Not kommt über Dyved ... 85
Zweites Kapitel – Pwyll besteigt den Hügel
    des Schreckens ... 92
Drittes Kapitel – Was aus dem Hügel kam ... 103
Viertes Kapitel – In der Halle Heveydds
    des Uralten ... 109
Fünftes Kapitel – Entscheidungen ... 118
Sechstes Kapitel – Wieder in Heveydds Halle ... 126
Siebentes Kapitel – Die goldene Sichel ... 136
Quellen und Danksagungen ... 141

DIE KINDER LLYRS
Der Zweite Zweig des Mabinogi

Der Anfang ... 144
Erstes Kapitel – Die Ankunft des Fremden ... 158
Zweites Kapitel – Die Beleidigung ... 171
Drittes Kapitel – Der Friedensschluß ... 180
Viertes Kapitel – Das Eiserne Haus ... 190
Fünftes Kapitel – Der Schlag ... 199
Sechstes Kapitel – Branwen und die Starin ... 206
Siebentes Kapitel – Die Insel der Mächtigen ruft
    zu den Waffen ... 213
Achtes Kapitel – Die Sinkenden Lande ... 223
Neuntes Kapitel – Die eine Schwäche Brans ... 233
Zehntes Kapitel – Der Preis einer Krone ... 241
Elftes Kapitel – Krieg ... 253
Zwölftes Kapitel – Der Töter zweier Könige ... 266
Dreizehntes Kapitel – Der Wind des Todes ... 280
Vierzehntes Kapitel – Die Vögel Rhiannons ... 293

RHIANNONS LIED
Der Dritte Zweig des Mabinogi

Erstes Kapitel – Das letzte der Kinder Llyrs ... 313
Zweites Kapitel – Sie kommen zur Hütte
    des Schäfers ... 316
Drittes Kapitel – Der Mann, der mit dem Ungeheuer
    kämpfte ... 326
Viertes Kapitel – Der Sohn Llyrs erinnert sich ... 336
Fünftes Kapitel – Heimkehr ... 342
Sechstes Kapitel – Vor Caswallon ... 352
Siebentes Kapitel – Die Heiligen Steine werden geholt ... 363
Achtes Kapitel – Sturm über dem Gorsedd Arberth ... 371
Neuntes Kapitel – Die Veränderung ... 381
Zehntes Kapitel – Die Goldschuhmacher ... 391
Elftes Kapitel – Die Falle ... 397
Zwölftes Kapitel – Der Sohn Llyrs macht weiter ... 407
Dreizehntes Kapitel – Die Warnung und die Aussaat ... 419

Vierzehntes Kapitel – Der Graue Mann kommt . . . 432
Fünfzehntes Kapitel – Die Sieben Jahre enden . . . 447
Für Pedanten und einige andere Leute . . . 449

DIE INSEL DER MÄCHTIGEN
Der Vierte Zweig des Mabinogi

Vorwort . . . 455

1. Buch
Die Schweine Pryderis

Erstes Kapitel – Die Liebeskrankheit Gilvaethwys . . . 459
Zweites Kapitel – Die Magie Gwydions . . . 471
Drittes Kapitel – Flucht . . . 485
Viertes Kapitel – Math zieht in den Krieg . . . 492
Fünftes Kapitel – Die Schlacht . . . 507
Sechstes Kapitel – Frieden . . . 512
Siebentes Kapitel – Gwydion und Pryderi sprechen
    mit Schwertern . . . 520
Achtes Kapitel – Wie das Heer heimkam . . . 526
Neuntes Kapitel – Maths Urteil . . . 530
Zehntes Kapitel – Zurück in die Schmiede . . . 538

2. Buch
Llew

Erstes Kapitel – Math sucht eine neue Fußhalterin . . . 549
Zweites Kapitel – Math stellt Arianrhod auf die Probe . . . 565
Drittes Kapitel – Gwydions Wunsch wird
    Wirklichkeit . . . 573
Viertes Kapitel – Die Warnung der Sterne . . . 580
Fünftes Kapitel – Das Erwachen eines Verstandes . . . 586
Sechstes Kapitel – Im Schloß vom Silbernen Rad . . . 601
Siebentes Kapitel – Das Abenteuer der
    Goldschuhmacher . . . 612
Achtes Kapitel – Arianrhods letzter Fluch . . . 622

3. Buch
Wie Blodeuwedd liebte

Erstes Kapitel – Maths Rat und Tat ... 647
Zweites Kapitel – Das Erscheinen von Goronwy Pevr ... 663
Drittes Kapitel – Weber des Bösen ... 670
Viertes Kapitel – Der Spruch der Sterne ... 683
Fünftes Kapitel – Dylans Tod ... 695
Sechstes Kapitel – Arianrhods letzter Zauberfluch ... 707
Siebentes Kapitel – Gwydion geht auf eine seltsame Suche ... 719
Achtes Kapitel – Gwynedds Heerbann ... 733
Neuntes Kapitel – Verdammnis ... 745
Zehntes Kapitel – Llech Goronwy ... 752

Anmerkungen ... 756

CIP-Kurztitelaufnahme der Deutschen Bibliothek:
Walton, Evangeline:
Die vier Zweige des Mabinogi / Evangeline Walton.
Aus dem Amerikanischen übersetzt von Jürgen Schweier.
– 2., revidierte Auflage – Stuttgart: Klett-Cotta, 1983.
(Hobbit Presse)
Einheitssacht.: Four branches of the Mabinogion ‹dt.›
ISBN 3-608-95148-2

Mervyn Peake:
GORMENGHAST

Aus dem Englischen übersetzt
von Annette Charpentier

Erstes Buch: Der junge Titus
536 Seiten, kart., im Schuber
ISBN 3-608-95070-2

Zweites Buch: Im Schloß
550 Seiten, kart., im Schuber
ISBN 3-608-95050-8

Drittes Buch: Der letzte Lord Groan
286 Seiten, kart., im Schuber
ISBN 3-608-95051-6

Hobbit Presse
Klett-Cotta